C **CONDADO**
r **DE PROVENZA**
Marsella

ARAGÓN Y
BARCELONA

RIENTALES
(norávide Banú Ganiyya)

a r M e d i t e r r á n e o

Túnez

Constantina

Bugia

Al-Mahdiyya

Argel

I F R I Q I Y Y A

Gafsa

El Imperio
Almohade
a finales
del siglo XII

L M O H A D

r t o d e l S a h a r a

D1738271

0   200 km

LAS CADENAS
DEL DESTINO

LAS CADENAS
DEL DESTINO

Sebastián Roa

GRUPO ZETA

Barcelona • Madrid • Bogotá • Buenos Aires • Caracas • México D.F. • Miami • Montevideo • Santiago de Chile

1.ª edición: noviembre 2016

© Sebastián Roa, 2016
© Mapa: Antonio Plata, 2015
© Ediciones B, S. A., 2016
   Consell de Cent, 425-427 - 08009 Barcelona (España)
   www.edicionesb.com

Printed in Spain
ISBN: 978-84-666-6009-9
DL B 20107-2016

Impreso por Unigraf, S. L.
Avda. Cámara de la Industria, 38
Pol. Ind. Arroyomolinos n.º 1,
28938 - Móstoles (Madrid)

MAR - 8 2018

Salustio vivió en una época de corrupción generalizada y de crisis diversas. Sobre todo crisis de valores. Él, al igual que otros romanos que habrían de venir después, pudo ver cómo el estado, y con él el individuo, se veían sometidos a los vaivenes de la fortuna. En ocasiones no es el azar, sino la voluntad humana lo que lleva al desastre. Sin embargo, durante toda la historia ha habido otras voluntades que se han opuesto al mal. A veces para vencerlo y sobrevivir, a veces para desaparecer tras la derrota. Ese es también nuestro pasado, y conviene tenerlo presente para aprestar nuestras armas y enfrentar, una vez más, el mal que siempre nos acecha. Que vuelve bajo otras banderas, credos o intereses. Con ese fin, para recordar que no hemos de bajar la guardia, he escrito esta novela. Y he tomado como modelo a los que vivieron antes que nosotros. A quienes hace siglos hubieron de vérselas con la amenaza del exterminio. A vosotros, de quienes abulta más el recuerdo que el polvo de vuestros huesos, dedico mi obra, entrego mi gratitud y ruego, con humildad, perdón. Gracias por no ceder al desánimo y por mantener viva la llama de la esperanza incluso cuando no existía esperanza. Gracias por comparecer, pese a lo que dejabais atrás y a lo incierto de vuestro destino, en el campo del honor. Y perdón por todo lo que vuestros descendientes, ingratos y pagados de nosotros mismos, hemos dejado desaparecer. Perdón por olvidar la sangre que derramasteis y por derribar el templo que construisteis. Gracias y perdón, sobre todo y una vez más, a quienes sostienen mi esfuerzo en esa vanguardia del combate más cruento, sufren mis ausencias y curan mis heridas: mi mujer Ana y mi hija Yaiza, que me dan una razón para luchar incluso cuando la derrota es segura.

Las cadenas del destino es el cierre de un proyecto al que he dedicado siete años, y complementa lo narrado en *La loba de al-Ándalus* y *El ejército de Dios*. Durante esta lucha literaria vi cómo mi padre caía en otra lucha, la que constantemente libramos contra el tiempo: a su memoria dedico las tres novelas.

También he de agradecer a mi editora, Lucía Luengo, su confianza y su ilusión. A Santiago Posteguillo, su generosidad y guía. A los miembros del Club de Lectura de Calatayud, su didáctico paseo por el castillo bilbilitano, impagable para alguna que otra escena de esta novela. Y a Ian Khachan, una vez más, su tiempo y sus consejos sobre el borrador.

Aclaración previa sobre las expresiones y citas

A lo largo de la escritura de esta novela me he topado con el problema de la transcripción arabista. Hay métodos académicos para solventarlo, pero están diseñados para especialistas o artículos científicos más que para autores y lectores de novela histórica. A este problema se une otro: el de los nombres propios árabes, con todos sus componentes, o el de los topónimos y sus gentilicios, a veces fácilmente reconocibles para el profano, a veces no tanto. He intentado hallar una solución que no rompa con la necesidad de una pronunciación al menos próxima a la real, pero que al mismo tiempo sea digerible y contribuya a ambientar históricamente la novela. Así pues, transcribo para buscar el punto medio entre lo atractivo y lo comprensible, simplifico los nombres para no confundir al lector, traduzco cuando lo considero más práctico y me dejo llevar por el encanto árabe cuando este es irresistible. En todo caso me he dejado guiar por el instinto y por el sentido común, con el objetivo de que primen siempre la ambientación histórica y la agilidad narrativa. Espero que los académicos en cuyas manos caiga esta obra y se dignen leerla no sean severos con semejante licencia.

En cualquier caso, y tanto para aligerar este problema como el de otros términos poco usuales, se incluye un glosario al final. En él se recogen esas expresiones árabes libremente adaptadas, y también tecnicismos y expresiones medievales referentes a la guerra, la política, la toponimia, la sociedad...

Por otro lado, y aparte de los encabezamientos, he tomado prestadas diversas citas y les he dado vida dentro de la trama, en ocasiones sometiéndolas a ligerísimas modificaciones. Se trata de fragmentos de los libros sagrados, de poemas andalusíes, de trovas y de otras obras medievales. Tras el glosario se halla una lista con referencias a dichas citas, a sus autores o procedencias y a los capítulos de esta novela en los que están integradas.

Prefacio: La certeza de la derrota

Bienvenido, lector, a nuestro pasado. Un pasado que, aunque no lo sepas o te niegues a admitirlo, ha hecho que seas quien eres. Que hables como hablas, que ames como amas, que creas en lo que crees o que no creas nada en absoluto. Tal vez la diferencia la marcó el filo de una espada, la punta de una lanza, la carga de media docena de jinetes o la andanada de cien ballesteros. Detalles que hemos olvidado o que observamos como motas de polvo, apenas desdibujadas, en los libros de historia.

El siglo XII muere, y con él ha muerto la esperanza.

El equilibrio entre musulmanes y cristianos se ha roto en un lugar llamado Alarcos. Allí, bajo el sol, las flechas y las lanzas, han caído las tropas castellanas que contenían el avance almohade. Miles de hombres entre los que hay villanos, mesnaderos, freires, caballeros, obispos y nobles, han sido masacrados por la máquina de guerra más capaz que jamás vomitó el Magreb.

La frontera se desgarra. Por ella se colarán ahora las hordas que imponen la sumisión al islam o la muerte. Y nadie podrá defender las tierras que preceden al Tajo, porque nadie queda capaz de empuñar la espada. Como tantas veces ocurrió y como tantas veces ocurrirá, los habitantes de esta península han sido incapaces de actuar en concordia, y han podido más sus rivalidades vanas que el futuro común. Alfonso de Castilla, aniquilado su ejército, ha huido hacia Toledo, aunque no es improbable que tenga que continuar su fuga hacia el norte. Su primo y tocayo, Alfonso de León, no pudo o no quiso llegar a tiempo a su cita con la batalla. Y tampoco Sancho de Navarra compareció pese a su compromiso. A los reyes de Aragón y Portugal ni siquiera se les esperaba. Da igual. Ahora, tras uno caerán los otros, porque al frente de los almohades cabalga el califa más enérgico de su dinastía. Yaqub, apodado al-Mansur. El victorioso. No lo llaman así por casualidad. Con él, el imperio africano ha alcanzado su máxima extensión, y su ejército ha llegado a cotas de eficacia que jamás se vieron desde que el primer musulmán pisó suelo ibérico. Sus dominios se extienden del Atlántico a la Tripolitania y del desierto del Sahara a las inmediaciones del Tajo.

Yaqub, como ya hicieran su padre Yusuf y su abuelo Abd al-Mumín, gobierna sobre fieles súbditos africanos, convencidos y motivados por los lazos tribales que los unen y la creencia en el Tawhid, la doctrina almohade que no admite fisuras y que exige la conversión o la aniquilación de todos los infieles. Y ahora, con la victoria de Alarcos, también está garantizada la sumisión total de los andalusíes, los hispanomusulmanes que, a pesar de su fe, tienen más en común con los cristianos del norte que con esos almohades fanáticos salidos del Atlas.

Los enemigos de Yaqub al-Mansur son muy diferentes de él. Los cinco reinos cristianos contaron hace tiempo con el apoyo andalusí, pero lo dejaron perderse por imprevisión o avaricia. Y no son mucho mejores las relaciones entre hermanos de religión. Portugal, León, Castilla, Navarra y Aragón han tardado décadas en aparcar sus porfías. Y eso tras guerras por afianzar fronteras, pactos cumplidos y traicionados, amonestaciones desde Roma y, sobre todo, sangre. Mucha sangre. ¿Para qué? Para nada. O mejor dicho, para saborear finalmente el miedo. El miedo será lo que ahora atenace cada corazón cristiano. Incluso quienes dejen atrás sus hogares y con sus familias a cuestas recorran los caminos hacia el norte, volverán la vista con el temor de que aparezca el ingente ejército de al-Mansur. Es la certeza de la derrota; porque si Castilla, el reino más fuerte y extenso de la Península, ha caído ante el empuje almohade, ¿qué podrán hacer los demás?

Se dice que antes de que los cristianos abandonaran a los andalusíes y se regodearan en sus rivalidades, en el año del Señor de 1157, el viejo emperador Alfonso se sintió morir en las sendas de Sierra Morena y dictó un augurio. Afirmó que solo la unión llevaría al triunfo. Según quienes lo asistieron en sus últimos estertores, vaticinó que todo acabaría en aquel mismo lugar, tierra de frontera entre Cristo y Mahoma. No muy lejos, en verdad, de la llanura de Alarcos donde la esperanza ha muerto y la derrota se ha vuelto cierta.

Es cuestión de tiempo. De saber cuánto pasará desde que Toledo caiga para que Oporto, Compostela, Pamplona o Huesca sean plazas musulmanas. Es cuestión de sufrimiento, porque duele que te atormenten, te crucifiquen o te decapiten. Es cuestión de humillación y cadenas, como las que esperan a las mujeres e hijos de quienes no acepten la fe de Yaqub al-Mansur. O es cuestión de orar sobre una almozala, tendidos hacia el este y cantando que Dios es grande, porque todos se habrán avenido al nuevo orden y el imperio almohade se habrá extendido hasta los Pirineos.

Galería de personajes principales

Alfonso, rey de Castilla (Alfonso VIII). Nieto de Alfonso VII, el Emperador. Durante su infancia tuvo que soportar una guerra civil, las intromisiones de León y los ataques de Navarra. Obsesionado con la unión entre los reinos cristianos para enfrentarse a los almohades. Dirigió a su ejército en la desastrosa batalla de Alarcos (1195).

Leonor Plantagenet, reina de Castilla. Hija de Enrique de Inglaterra y de Leonor de Aquitania. Esposa de Alfonso y su mayor apoyo; impulsora de las artes en la corte castellana.

Berenguela de Castilla. Hija de Alfonso VIII y Leonor Plantagenet. Fue la heredera hasta el nacimiento de su hermano Fernando.

Fernando de Castilla. Hijo de Alfonso VIII y Leonor Plantagenet. Príncipe heredero de la corona.

Otros hijos de Alfonso y Leonor: Urraca, Blanca, Mafalda, Leonor, Constanza, Enrique.

Diego de Haro. Alférez de Castilla y señor de Vizcaya. Uno de los nobles castellanos más importantes. Participante en la batalla de Alarcos.

Otros nobles castellanos: Fernando de Lara, Gonzalo de Lara, Álvaro de Lara.

Martín de Pisuerga. Arzobispo de Toledo. Participante activo en la batalla de Alarcos.

Velasco. Novicio calatravo, participante en la batalla de Alarcos.

Martín de Hinojosa. Monje cisterciense de Santa María de Huerta tras ser abad de este mismo monasterio y renunciar al obispado de Sigüenza.

Abraham ibn al-Fayyar. Gran rabino de Toledo.

Raquel. Prostituta judía esclavizada en León y vendida en Toledo.

Alfonso, rey de León (Alfonso IX). Nieto de Alfonso VII, el Emperador, primo de Alfonso VIII de Castilla, del que fue rival toda la vida. Se comprometió a ayudar a Castilla en Alarcos, pero no llegó a tiempo a la batalla.

Pedro de Castro, el Renegado. De origen castellano pero afecto al reino de León. Llamado *el Maldito* por los almohades, luchó junto a ellos durante la batalla de Alarcos.

Sancho, rey de Navarra (Sancho VII). Nieto de Alfonso VII, el Emperador, primo de Alfonso VIII de Castilla. Se comprometió a ayudar a Castilla en Alarcos, pero no llegó a tiempo a la batalla.

Gome de Agoncillo. Alférez navarro, principal consejero de Sancho VII.

García. Obispo de Pamplona.

Rodrigo de Rada. Joven diácono, sobrino de fray Martín de Hinojosa.

Alfonso, rey de Aragón (Alfonso II). Hijo de Petronila, reina de Aragón, y de Ramón Berenguer IV, conde de Barcelona. Además de estos dos estados, poseía diversos territorios y derechos al norte de los Pirineos.

Sancha de Castilla, reina de Aragón. Hija de Alfonso VII, el Emperador. Tía, por lo tanto, de Alfonso VIII de Castilla. Esposa del rey Alfonso II de Aragón.

Pedro de Aragón. Hijo de Alfonso II y Sancha. Príncipe heredero de la corona.

Miguel de Luesia. Joven noble aragonés.

Otros nobles aragoneses: Aznar Pardo, Jimeno Cornel, García Romeu.

Yaqub al-Mansur (Abú Yusuf Yaqub ibn Yusuf ibn Abd al-Mumín). Tercer califa almohade. Ganó su apodo de al-Mansur (el Victorioso) por su competencia militar en África y en la Península Ibérica. Gran vencedor en la batalla de Alarcos (1195).

Muhammad (Abú Abd Allah Muhammad ibn Yaqub ibn Yusuf ibn Abd al-Mumín). Hijo del califa Yaqub al-Mansur y de una esclava portuguesa.

El Calderero (Abú Said Utmán ibn Abd Allah ibn Ibrahim ibn Yami). Visir almohade de origen andalusí.

El Tuerto (Abd al-Wahid ibn Umar Intí). Noble almohade de la cabila hintata. Hermano del gran visir Abú Yahyá, muerto en la batalla de Alarcos.

Ibn Sanadid. Diseñador de la estrategia vencedora en Alarcos y líder de las fuerzas andalusíes.

Ramla. Hija de Ibn Sanadid y de su esposa, Rayhana.

Ibn Qadish. Joven guerrero andalusí, participante en la batalla de Alarcos.

Ibn Farach. Veterano guerrero andalusí.

Cabeza de Serpiente (Abd Allah ibn Ganiyya). Emir de las Islas Orientales. De origen almorávide y enemigo de los almohades.

Leonor de Aquitania. Antigua reina de Francia y de Inglaterra. Madre de Leonor Plantagenet.

Cardenal Gregorio de Santángelo. Legado papal en la Península Ibérica. Protagonizó al menos dos embajadas para reclamar la unión de los reinos cristianos contra los almohades.

Arnaldo Amalarico. Monje cisterciense, legado papal en el Languedoc para luchar contra la herejía cátara.

María de Montpellier. Noble occitana, heredera de un poderoso señorío al norte de los Pirineos.

PRIMERA PARTE

(1195-1199)

Gran número de guerreros de ambos bandos muerden el polvo. Jamás se vieran tan altos hechos de armas como en la jornada de Alarcos. Empero era llegada la hora de las venganzas celestes, y al Dios de los ejércitos no le plugo en aquel día tristemente célebre coronar el esfuerzo sobrehumano de los soldados de Castilla. ¡Sucumbieron! Y no al mayor valor, sino al número inmenso de sus enemigos.

NICOLÁS CASTOR DE CANUEDA
La batalla de Alarcos

1

El cobarde

Verano de 1195. Llanura de Alarcos

Velasco se despierta y mira a su izquierda. El mundo es un borrón cuyos contornos vuelven a dibujarse. Poco a poco aparece un rostro humano, vecino. Ojos de par en par, barba enmarañada, piel sucia. La boca está abierta, y por entre los dientes negros asoma una lengua igual de negra. El hombre está inmóvil, aunque algo se agita sobre su piel. Pequeñas manchas que se recrean en sus labios, se desplazan por los pómulos y corretean sobre los ojos. Velasco se da cuenta de que está mirando a un muerto. Y a su lado hay otro. Y otro más. No le cabe duda de dónde está. El infierno, claro. La morada de Satanás. Y por todas partes, los condenados. Despojos que se confunden entre sí, con lo pardo de la tierra y lo rojo de la sangre. Hay muertos que todavía empuñan armas, y sus hojas se hunden en los cuerpos de otros muertos. Miembros desgarrados, amputados por el filo de la espada o el hacha. Yelmos abollados, lorigas desmalladas, rostros que estallaron, escudos astillados, jirones de carne. Sangre a medio secar en las comisuras que apenas ocultan los dientes quebrados. Algunos cadáveres, es curioso, parecen aún vivos. Incluso a gusto. Se aprietan unos contra otros. Diríase que se abrazan. Otros tienen un aspecto casi cómico. En posturas forzadas, con brazos y piernas doblados en ángulos imposibles. Los hay que se acurrucan, se enlazan las rodillas o se tapan la cabeza, como si pudieran evitar que sus sesos se escurran sobre tierra. Lo peor son los ojos. Parecen hundidos, se ocultan en la carne para escapar del horror. Ojos abiertos, sí. Pero ausentes, fijos, apagados, en los que ya se posa el polvo y sobre los que caminan los insectos. Porque los muertos yacen bajo nubes de insectos. Moscas de vientres verdes y brillantes que se entretienen sobre las heridas, los cortes y las vísceras derramadas. Hurgan en la carne, levantan el vuelo y zumban en un aire denso y agridulce, caliente y húmedo, solo para ir en busca de otro cadáver que saborear.

Velasco trata de moverse, pero no puede. El peso del mundo descansa sobre él. «Tal vez estoy muerto yo también», piensa. Intenta recordar. Vuelve la cabeza y mira arriba. Un cielo azul que empieza a oscurecerse. Hay aves. Buitres que planean en lo alto. Y cuervos. «¿Cómo he llegado hasta aquí?»

Ha luchado en la batalla, claro. El hecho se abre paso entre las nubes de moscas y la peste a sangre, sudor y orines. Él es un guerrero más. Se esfuerza por liberar su cuerpo tanto como por completar su recuerdo. Consigue moverse una pulgada. Se ayuda con las manos. Presiona sobre algo pegajoso y blando a su derecha. Mira a ese lado y ve que se trata de un caballo. La pobre bestia está tendida de costado, con una infinidad de flechas clavadas en su cuello, en su cuerpo, en sus patas. Al caer atrapó la pierna de Velasco, pero también a otros hombres. Bajo el cadáver del animal asoman brazos que se estiran inertes. Uno de ellos aún empuña una espada. Se oye un grito.

Alguien ha pedido misericordia, aunque su voz se ha quebrado enseguida. Venía de lejos. Eso hace que Velasco se fije un poco más. Hay sonidos aparte del zumbido de los insectos. Gemidos apagados. Resoplidos. Sollozos. Oraciones quedas. Agua que corre. Agua, sí. Más allá del erial de cadáveres, a la derecha. Velasco cobra conciencia de que se muere de sed.

La memoria se recupera a trallazos. El ruido de la corriente ocupa ahora su atención. «El Guadiana», se dice. Velasco corría hacia el río hace un momento. ¿O fue hace una semana? Quería llegar allí. El Guadiana era la salvación. *Es* la salvación.

Un nuevo grito, y este viene de más cerca. El corazón de Velasco se acelera. Tira de su pierna. Descubre que ahora puede moverla, así que insiste. Su rodilla resbala bajo el corpachón del caballo. Ah, cómo le duele todo. El cuello, la espalda, la cabeza. Pero tiene que levantarse. Tiene que llegar al río. Apoya las manos y se incorpora despacio. Lo justo para buscar el origen del último grito. Le cuesta enfocar la mirada. Lo que ve son manchas oscuras que se mueven a lo lejos. Una de esas sombras se detiene y alza las manos. Sostiene algo largo, siniestro, que descarga con fuerza sobre alguien tendido a sus pies. Otro grito desgarra el aire.

«Al río —se dice de nuevo, y su propia voz resuena en su interior con urgencia—. Hacia el río ya.»

Rueda sobre un mullido colchón de cuerpos sin vida. Luego se arrastra, pero todo está resbaladizo. Se pringa con la sangre, con los excrementos, con la grasa. Se araña con las anillas rotas, se pincha con las moharras de las lanzas. Cuesta avanzar sobre brazos mutilados, pasta de entrañas, hierro y astas de flecha.

Flechas. Las hay por todas partes. Eso activa un rincón más de la memoria en el maltratado cráneo de Velasco. «Los jinetes arqueros.»

Se ve a sí mismo, o casi mejor se siente, lanzado a la carga sobre su propio caballo. Cabalga en una línea de compañeros, estribo con estribo, mientras una lluvia de flechas surca el cielo por doquier. Los jinetes arqueros del enemigo masacraron a la mayoría antes de llegar al choque. Cada vez lo ve más claro. Por eso está todo acribillado, con esos proyectiles hincados en animales y hombres, y por tierra hasta la orilla del río. Ahí está el río, sí. Un esfuerzo más y llegará. Escapará de los infieles que recorren el campo y rematan a los heridos. Gatea ahora Velasco. Al pasar junto a un guerrero de tez oscura y turbante deshecho, ve que sus ojos se mueven. El tipo se convulsiona bajo su escudo. ¿Y si avisa a los otros almohades? Hay que huir. Deprisa, antes de que lo vean. El suelo cede en una pendiente sembrada de junquillos. Velasco aprieta su maltratado cuerpo contra el barro de la orilla y aguarda. Hay más hombres allí, medio sumergidos. Un caballo muerto en lo más rápido de la corriente le muestra que el cauce no es profundo. Tal vez podría remontar el Guadiana... Se atreve a alzar la cabeza y mira al norte.

Alarcos. Sus muros se yerguen río arriba, en un extremo del cerro que llaman Despeñadero. Hay mucho movimiento allí, podría jurarlo. Y nubes de polvo se levantan a su alrededor. Algarabía lejana. Eso causa alivio a Velasco. Si los enemigos están entretenidos en Alarcos, quizás él pueda escapar. Vuelve a hundir la cara en el lodo, porque los recuerdos se apelotonan ahora.

Alarcos. De allí salieron esa mañana... ¿O fue el día anterior? ¿Fue en esta vida? Bueno, en algún momento de una mañana, él y sus hermanos de orden abandonaron Alarcos para batallar. Cargaron contra el ejército almohade, sí. Junto a los haces de caballeros castellanos, jinetes de los concejos y freires de otras órdenes. Las flechas acabaron con muchos de ellos. Las disparaban esos malditos arqueros a caballo que recorrían toda la llanura por delante, a los lados, incluso a retaguardia... Y por fin chocaron con el enemigo. Velasco se recuerda pie a tierra. No sabe cómo perdió su montura. A su alrededor se combatía con desesperación. Se mutilaba, se atravesaba, se machacaba. Pisaba cuerpos sin vida, tanto cristianos como musulmanes. Sus hermanos de orden morían por todas partes. Calatravos. Porque él es calatravo. Y debería estar muerto, como los otros.

Velasco cae entonces en la cuenta. Se palpa el torso, la loriga que su padre le dio antes de mandarlo a profesar. Se toca la cara, los brazos, las piernas... Todo parece en su sitio. No está herido, gracias al Creador y a la santa Virgen María. Hasta lleva puesto su yelmo. Se despoja de él a toda prisa. Lucha con el dolor y la fatiga para escapar de su cota de malla. Ahora respira mejor. Hincha el pecho, y justo en ese momento ve las sombras a caballo que, aún distantes, vienen en su dirección. Encoge la cabeza a toda prisa. ¿Quieren cazarlo? ¿Lo han localizado acaso? «¿Es que vas a quedarte a esperarlos, imbécil?», se dice. Oye voces lejanas en la lengua de los infieles, se le arruga el estómago. Se mete en el Guadiana y, avanzando sobre el limo del fondo, cruza a la otra orilla.

Muhammad se tapó la boca y la nariz. La arcada le hizo doblarse hasta vomitar. A su alrededor, los guardias negros del califa esperaron impávidos.

El joven tosió un par de veces y se restregó los labios, incapaz de controlar el temblor. Desde donde estaba, en la pequeña colina en el centro de la llanura, se veía el campo de batalla. Todo él, de Alarcos hasta allí, sembrado de cadáveres. Pero muy cerca, casi a sus pies, era donde se había luchado con mayor arrojo. Donde más hombres habían muerto. En la base de la loma yacían miles. Los miembros de la cabila hintata, que habían recibido el honor de aguantar la embestida definitiva de los cristianos. Y junto a ellos se hallaban sus enemigos. Amontonados donde habían caído.

Muhammad bajó despacio, protegido por la escolta de Ábid al-Majzén, los gigantescos esclavos negros. En el centro de lo que había sido la fila hintata se hallaba su padre, el califa. Firme, con la mirada fija en uno de los cadáveres. En torno a él se arremolinaban los jeques del ejército. Y también estaba allí su aliado cristiano, Pedro de Castro. Aquel al que los musulmanes llamaban Maldito y los católicos apodaban Renegado. Y el arráez andalusí Ibn Sanadid, diseñador de la estrategia que había llevado al triunfo, y que hacía de intérprete para el señor de Castro.

Muhammad tenía catorce años y era el primogénito de Yaqub. Todos sabían que él heredaría el imperio de su padre, y por eso había acudido allí, al lugar donde se había librado la batalla definitiva. No se trataba de un muchacho fuerte. En realidad, ni siquiera parecía almohade. Su piel no era oscura, como la de los masmudas de pura raza. Más bien tenía un tono pálido, parecido al de su madre Zahr, concubina portuguesa que ahora agotaba sus días recluida en el harén del Dar al-Majzén, en Marrakech. La herencia europea de Muhammad también residía en su cabello, mezcla del negro de su padre y del rubio de su madre.

—P-p-padre.

Pero de lo que más se avergonzaba el califa no era de la apariencia cristiana o de la evidente debilidad de su hijo, sino de su apocamiento. Muhammad había llamado al califa sin mirarlo de frente. Con ese tartamudeo irritable que no conseguía reprimir. Yaqub se volvió despacio. Se limpió las lágrimas de los ojos enrojecidos.

—Dios, alabado sea, ha dictado su sentencia.

Alrededor, los jeques asintieron. Todos veneraban a Yaqub. Lo habían acompañado en sus expediciones, habían luchado a su lado, habían temido por su vida. Lo seguirían, si se lo ordenaba, al mismo corazón de los reinos cristianos. No por nada el califa había recibido su apodo. Al-Mansur. *El victorioso*. Y ese día había sumado un triunfo más en su cuenta. Muhammad lo observó. Recubierto de metal y gloria. Con el cuerpo robusto a sus treinta y cinco años de adiestramiento y oración. Curtido en las nieves del Atlas y en el desierto del Yarid. Acostumbrado a mirar a la muerte cara a cara. Convencido de que cumplía la misión de Dios, de que Él estaba a su lado en todo momento, y por eso le concedía la victoria. Una victoria como jamás se había conocido en aquella península.

—P-p-pero entonces... ¿p-p-por qué lloras, padre?

Yaqub señaló al cadáver cubierto por la enorme bandera blanca que la sangre había teñido.

—Mi fiel Abú Yahyá ha alcanzado el martirio. Dios me recuerda mi imperfección. Me advierte que mi fe no es pura, y por eso me castiga. Con la muerte de aquel a quien más añoraré.

Muhammad contempló el bulto. Todos lo hicieron. Guardias negros, jeques almohades... Incluso el cristiano Pedro de Castro miró con veneración al ilustre muerto. Abú Yahyá, visir omnipotente de Yaqub. El hombre que había educado al califa en el arte de la guerra. Muchos decían que él era el auténtico artífice de sus victorias. Y decían otras cosas de ambos. Rumores que nadie se atrevería a repetir en público.

—S-s-si ahora es un mártir, es que está con Dios. ¿No t-t-tendría que alegrarnos?

Yaqub al-Mansur asintió con desgana. La verdad oficial, por supuesto, debía ceñirse a eso. El imperio almohade acababa de conseguir una victoria que pronto adquiriría visos de mito. Yaqub había superado incluso a su abuelo Abd al-Mumín, el que lograra desatarse del yugo almorávide y asentar los cimientos de su imperio. ¿Qué mejor motivo para alegrarse y dar gracias al Único? Y en cuanto a Abú Yahyá, efectivamente, ahora mismo se encontraba ya en el paraíso, rodeado de vírgenes sumisas, gozando de ríos de leche y miel. Eso era todo lo que un buen almohade podía desear. Y afirmar lo contrario constituía una herejía. Carraspeó antes de volverse de nuevo hacia el cadáver de su amigo. Señaló a Alarcos.

—El perro Alfonso ha muerto o se ha acogido al castillo. Él me desafió. Desafió a Dios. Y ha causado la muerte de mi fiel Abú Yahyá. Quiero su cabeza. Quiero las cabezas de todos los que alzaron sus armas contra Dios. ¿Están matando a los infieles supervivientes? Dios lo exige.

A nadie le pasó desapercibido que, a pesar de la corta parrafada, el califa había nombrado a Dios tres veces. En verdad Yaqub tenía fama de buen creyente desde su llegada al poder, pero todos habían observado cómo su fe parecía crecer en los últimos tiempos. Uno de los jeques se inclinó en profunda reverencia antes de contestar:

—Tal como ordenaste, príncipe de los creyentes. Hemos enviado jinetes en todas direcciones para buscar a los cristianos huidos de la batalla. Pero no hemos encontrado a Alfonso de Castilla. Estará escondido como el animal apaleado que es.

—Bien. Con ayuda de Dios, lo hallaremos. ¿Nuestras bajas?

Los jeques se miraron entre sí. Fue el mismo que había hablado el que respondió:

—Cuantiosas. Han caído los voluntarios de la fe, nuestros arqueros y ballesteros. Y casi toda la cabila hintata.

Yaqub se venció de hombros.

—Casi toda la cabila hintata... —repitió, y se dirigió a su visir muerto—. Mi buen Abú Yahyá, perdóname. He mandado a los de tu sangre al exterminio. —Cerró los ojos y señaló al cielo—. Es la voluntad de Dios, alabado sea.

—En realidad, príncipe de los creyentes, no todos los hintatas han muerto —intervino de nuevo el jeque—. El hermano de Abú Yahyá, Abd al-Wahid, ha sobrevivido.

—Ah. Dios es misericordioso. ¿Dónde está? Quiero llorar junto a él por la pérdida de quien gobernaba en su casa.

—Tus médicos lo atienden. Está herido.

—¿Es grave? Dios no lo quiera.

El jeque se encogió de hombros.

—Puede que pierda un ojo. Pero se salvará.

Durante la conversación, Ibn Sanadid traducía las palabras bereberes al romance para Pedro de Castro. Este se adelantó un paso:

—Mi señor, perdóname, pero hay asuntos que requieren tu atención. Alarcos.

El califa miró al cristiano con desprecio. Pero le dio la razón con un gesto.

—Acercaos allí y comprobad que se cierra el asedio. Que no salga nadie de Alarcos salvo que sea en pedazos. O que se trate de Alfonso de Castilla, cargado de cadenas y dispuesto para morir. Maldito, tu fe no agrada a Dios, pero te encargarás de exigir la rendición. Negocia con los de tu fe. Si me entregan a su rey, me conformaré con reducirlos a la esclavitud. Si no, tanto ellos como sus mujeres e hijos serán degollados. Hazlo bien y te recompensaré. Incluso puede que Dios te recompense también.

El señor de Castro oyó la traducción del andalusí Ibn Sanadid y se inclinó en señal de respeto. Tanto ellos como los jeques se alejaron en busca de sus monturas. Yaqub volvió a contemplar el bulto cubierto por la bandera.

Muhammad, a su espalda, permaneció en silencio. Le habría gustado que su padre le prestara más atención que a un cadáver, aunque fuera el de su mejor amigo y servidor. Pero sabía que el califa se avergonzaba de él. Quiso convencerse de que un día alcanzaría su gloria. Que ganaría batallas en las que se mediría con miles de enemigos. Que conquistaría castillos, ciudades... Reinos enteros. Fue a decir algo para consolar a su padre, pero tuvo miedo de tartamudear de nuevo. Hizo una profunda reverencia que el califa no vio, y se retiró a retaguardia.

Entre los jeques y visires, uno observaba al príncipe de los creyentes. Lo hacía con los ojos entornados, enumerando en su mente todas las veces que había nombrado a Dios. Se trataba del único visir de origen no africano en la corte almohade, Abú Said ibn Yami, conocido a sus espaldas como el Calderero, apodo secular de su familia. El Calderero ni siquiera era de noble cuna, sino descendiente de un comerciante andalusí, un vendedor de ollas que se había unido en los primeros tiempos al Mahdi, el ideólogo de la doctrina almohade. Su antepasado lo había tenido difícil, porque sus paisanos lo acusaban de bereber, y los bereberes de andalusí. Eso convertía a Ibn Yami en un resentido. Resentido contra los andalusíes, porque renegaba de su fe débil y de su poco valor y porque odiaba que le recordaran sus orígenes familiares. Y resentido contra los bereberes menos afortunados porque, a diferencia de ellos, los antepasados del Calderero habían sabido superar sus trabas, valerse de su ingenio para escapar de la pobreza y de su origen impuro, sobresalir entre los africanos y situarse entre los más próximos a la corte almohade.

Aunque esos esfuerzos por parecer almohade no lo habían llevado a desdeñar el placer, lo que aumentaba las burlas entre los demás visires. «No deja de ser un andalusí —solían decir—. Lujurioso, indigno de sentarse tan cerca del califa.»

Y es que el Calderero tenía cuatro esposas y quince concubinas. Le encantaba la variedad, por lo que se había emparejado con esclavas cristianas, judías y negras. Mujeres pequeñas y grandes, rubias y morenas. Y se rumoreaba que aún deseaba ampliar su harén. Contaba treinta años. Su rostro era atractivo, el bigote y la barba recortados. El cabello negro, rizado y abundante. Se cubría con un *burnús* de buena factura y con turbante abultado. Llevaba desde la adolescencia intentando medrar en la corte, pero su origen lo impedía. Con dientes apretados, solía ver cómo africanos menos inteligentes lo sobrepasaban para desempeñar puestos de responsabilidad, mientras que él seguía siendo un mero subalterno dedicado a la intendencia. Eso, a veces, le acarreaba las burlas de los demás visires. «Calderero, a tus calderas», susurraban. Él hacía oídos sordos, aunque se prometía venganza en el mismo tono susurrante.

—¿Es mi imaginación, o el príncipe de los creyentes es ya más creyente que príncipe?

Los otros prebostes lo miraron con extrañeza. Nadie contestó.

Pero el Calderero sonrió indiferente. Su padre se lo había enseñado: «Si quieres sobrevivir en la corte almohade, averigua qué quiere oír el califa. Cuando lo sepas, ve y díselo.»

Él no iba a limitarse a sobrevivir. A ser un visir de última fila, siempre con su apodo a cuestas.

Velasco miró a su espalda. Casi había caído en la desesperación cuando los tres jinetes sarracenos cruzaron el Guadiana, pero luego vio con alivio que giraban hacia el sur y aceleraban la marcha. Tal vez habían descubierto a algún fugado y se disponían a darle caza. Velasco no lo sabía, casi ni le importaba. Daba gracias a Dios. No habían reparado en él, eso era lo que contaba en realidad. Tal vez pudiera escapar.

Buscó el abrigo de las pequeñas lomas que seguían el curso del río hacia el norte. Tenía que alejarse todo lo posible. Corrió a pesar de que las piernas le pesaban como sillares. Notaba el sabor metálico en la garganta, casi no podía respirar. Lanzaba continuas miradas a su derecha cuando rebasaba una colina y antes de alcanzar la siguiente, sobre todo para comprobar si alguien lo veía desde el otro lado del río. Ahí estaba la llanura, sembrada de cadáveres. Los musulmanes la recorrían, remataban a los heridos y despojaban los cadáveres. Grupos de jinetes iban de acá para allá. Fugazmente vislumbró a otros fugitivos que se arrastraban, pero ni pensó en unirse a ellos.

Oyó cascos cercanos. Se lanzó tras una roca y rezó para que no lo vieran. Para que no oyeran los quejidos de su pecho. Para que no advirtieran sus huellas húmedas. Tres jinetes pasaron a diez varas, lanzados a toda marcha. Velasco levantó la cara una pulgada y vio que uno aprestaba una azagaya para lanzarla. Por un momento pensó que lo habían visto, pero el guerrero disparó hacia un montón de arbustos a poniente. Se oyó un grito apagado. Risas entre los infieles. Desmontaron, y un sarraceno desenvainó un sable. Los chasquidos resonaron en el atardecer. Los otros dos animaban al tipo que cortaba la cabeza del herido. Luego colgaron el pingajo sanguinolento de una de las sillas y se alejaron.

Velasco rompió a llorar, y lo primero que se le ocurrió fue maldecir a su padre. Él tenía la culpa de todo. «Te harás freire —le había ordenado—. Es una buena forma de vida. Y muy honrosa. Te ganarás el cielo.»

Y su padre no aceptaba discusiones.

Eso había sido tiempo atrás en su villa natal, Medinaceli. Velasco era el segundo hijo de un hombre de mente despierta y buenos amigos que, en su día, había conseguido arrendar la explotación de las salinas reales. El hermano mayor de Velasco, aplicado en el negocio, era además el sucesor del salinero y su futuro estaba arreglado. Pero Velasco había encontrado afición en otros menesteres que, al principio, no eran del agrado de la familia. En realidad, todos en Medinaceli miraban como un bicho raro a Velasco, que desde bien joven había aprendido a leer y, cosa de mucho maravillarse, a escribir. El padre de Velasco, tras harto hablar con los clérigos de la villa y de los monasterios a los que servía la sal, había llegado a la convicción de que su segundón pretendía seguir la carrera eclesiástica. Bien estaba después de todo. Eso significaba una boca menos que alimentar y una influencia más a aprovechar. Cuál sería su disgusto cuando Velasco le explicó que, aunque no veía nada malo en dedicar su vida a Dios, lo que él quería realmente era escribir las crónicas de los grandes hombres. Las aventuras de los caballeros de fortuna, como esas que se narraban en las trovas y en los cantares que la reina Leonor había traído de allende los Pirineos. Por eso prefería viajar. Ir a la frontera, conocer a los guerreros más bravos de la cristiandad, saber de guerras, asedios y duelos. Incluso visitar Tierra Santa para plasmar su impresión en algún escrito.

Tras la consabida bronca, tanto de parte de su padre como de su hermano mayor, quedó claro que Velasco no iba a poder vivir de ese cuento. Así, tras no mucho poner a moverse a sus contactos, el salinero de Medinaceli consiguió que se aceptara a su soñador hijo en la orden de Calatrava. Y ahora estaba allí. Tras casi un año de noviciado en la torre de Guadalerzas, en plena frontera con el infiel.

Ni siquiera tenía trazas de soldado. Velasco era delgado, no muy alto. De rostro agradable a pesar de su nariz larga y ganchuda y de su mirada siempre triste.

Levantó la vista. Anochecía a toda prisa, gracias a todos los santos. Se aseguró de que no había jinetes cercanos y emprendió de nuevo la marcha. Siempre hacia el norte, en paralelo con el Guadiana. Tropezó un par de veces con los peñascos y las raíces que asomaban, pero no se detuvo. Río arriba, un poco más allá, el monte bajo daba paso a algunos chopos. Tenía que llegar a ellos, y luego ya pensaría adónde ir.

Volvería a Guadalerzas, claro. Allí estaban los otros novicios de Calatrava, y los freires que le habían educado en la regla de la orden. Aunque, bien pensado, todos ellos habían combatido con él ese día. Seguramente yacían muertos. Muertos, como muchísimos otros calatravos. Eso le hizo recordar de nuevo. Los vio caer uno tras otro. Erizados de flechas, atravesados por lanzas, mutilados por las espadas. Él había intentado luchar, ¿no?

No. Ahora lo veía claro. Él no había luchado. Se había limitado a refugiarse tras su escudo y a rezar. A gritar. A llorar. Maldecía a su padre mientras sus hermanos de orden morían en derredor. Nada más caer su caballo y ponerse Velasco en pie, tardó siglos en atreverse a desenfundar la espada. Y cuando lo hizo, un relincho de furia le hizo volverse y ver cómo un caballo sin jinete se lanzaba en su dirección. La bestia debió de embestirle, pero eso ya no lo recordaba.

Bien distinto era eso del par de algaras en las que había participado antes al sur de la Sierra Morena, y en las que se había limitado a observar cómo sus compañeros masacraban a algunos campesinos andalusíes y les robaban el grano y el ganado. Incendiar aldeúchas y arrasar cosechas formaba parte de la guerra, desde luego, pero una batalla era asunto muy distinto. Nada que ver tampoco con sus lecturas de juventud. Caballeros de fortuna, ¿eh? Suficiente fortuna era que tus intestinos no se desparramaran por el suelo y tú no tropezaras con ellos.

Velasco llegó a la línea arbolada y se refugió tras un tronco. Eso le permitió oír la algarabía. La noche desplegaba su manto, pero podía ver el resplandor del fuego al sudeste. Alarcos. A su alrededor, los infieles debían de pulular como las moscas que, ese día, acosaban a los muertos en la batalla. Recordó que las murallas de la ciudad estaban sin terminar, así que no habría resultado difícil incendiar las casas, los graneros, los corrales. ¿Habrían tomado ya el castillo? Si no, tampoco faltaría mucho. El ejército enemigo era interminable, y la matanza de cristianos había dejado Alarcos sin defensores. No solo Alarcos. Velasco se sentó y reposó la espalda contra el tronco.

—Qué desastre, Virgen santa. Qué desastre.

Sin parangón, que él supiera. Había que retroceder siglos para llegar a la batalla en la que, según las crónicas, la Península había quedado a merced de los infieles. Junto a otro río llamado Guadalete, los guerreros de la cruz habían caído aniquilados, como ahora. Y las ciudades se habían sometido una tras otra hasta que la Península se convirtió en un dominio más del islam. Esta vez, en Alarcos, se había reunido lo mejor de las órdenes. No solo Calatrava. También Santiago, San Juan, el Temple... Y las mesnadas de los obispos y de los nobles. Y los concejos de muchas ciudades castellanas. Si todos esos hombres habían caído, ¿quién defendería ahora la frontera?

El castillo de Calatrava. Ese era el punto fuerte. La casa madre, que daba nombre a toda la orden. El lugar desde el que se dirigían sus esfuerzos en todo aquel territorio. Los demás castillos dependían de Calatrava, así que allí se habrían acogido los supervivientes para plantear una última defensa. Si Calatrava caía, el camino hacia Toledo quedaría expedito. Incluso el propio rey Alfonso, si hubiera conseguido escapar de la matanza, se habría refugiado en Calatrava. Los infieles pensarían lo mismo, claro, pero ahora estaban ocupados en Alarcos. Velasco se incorporó. Las piernas casi no le respondían, pero tenía que hacerlo. No podía seguir remontando el curso del Guadiana porque, aunque el río pasaba por Calatrava, describía una amplísima curva. Millas de camino que alargarían su viaje. Así que tocaba girar al nordeste, cruzar de nuevo el cauce y arriesgarse a que los destacamentos almohades lo interceptasen en medio de una llanura despoblada, sin alturas ni árboles para ocultarse. Y se llevasen su cabeza de recuerdo. Incluso muerto de miedo, Velasco pensó que tal vez eso fuera lo mejor. Pero otro pensamiento vino a relevar a ese. Había que moverse. Había que alejarse de allí. Había que sobrevivir.

Muhammad observó cómo su padre sujetaba la mano de Abd al-Wahid. El hermano de Abú Yahyá, jefe ahora de su familia y de toda la cabila hintata, ignoraba el dolor mientras los médicos examinaban por enésima vez su herida. Volvieron a cubrir su ojo derecho con paños limpios. Abd al-Wahid, hijo del legendario Umar Intí, era enjuto, fibroso, como los auténticos guerreros del Atlas. De cincuenta años, pelo escaso y blanqueante sobre la piel oscura, la barba frondosa y larga típica de los militares. El califa había ordenado traerlo a su gran pabellón rojo para tenerlo cerca. Era lo único que ahora mismo podía calmar su dolor tras la muerte de Abú Yahyá.

—Se curará —aseguró uno de los médicos.

—Y si no me curo —respondió el propio Abd al-Wahid—, será porque el Único me requiere a su lado y junto a mi hermano. De Dios somos y a Él retornaremos.

Eso hizo que Yaqub apretara aún más su mano. El joven Muhammad volvió a sentir envidia. Cuánto le gustaría estar en el lugar del hintata. Incluso con aquella herida en el rostro. Cualquier cosa por recibir una brizna de amor de su padre. En ese momento, un guardia negro anunció el regreso de Pedro de Castro junto con el arráez andalusí Ibn Sanadid. El califa y los jeques dejaron de prestar atención al ilustre herido y se volvieron.

—Que entren.

El Renegado posó una rodilla en tierra. Traía el yelmo bajo el brazo y su cara no anunciaba buenas noticias. El andalusí permaneció detrás.

—Príncipe de los creyentes, vengo de entrevistarme con el alférez de Castilla, Diego de Haro. Me jura que el rey Alfonso no está en Alarcos. Que huyó hacia Toledo cuando vio que la batalla estaba perdida.

Ibn Sanadid tradujo. Yaqub gruñó.

—Una treta. Iblís es mentiroso por naturaleza, y vosotros también, cristianos.

—Yo no te mentiría, mi señor. —Pedro de Castro se incorporó—. Nada me agradaría más que ver al rey Alfonso de Castilla cautivo en tus mazmorras. Pagaría así todo el desprecio que mi estirpe ha sufrido a sus manos y a las de sus perros, los Lara.

El califa estudió el gesto fiero del señor de Castro.

—En eso te creo. Es muy propio que os odiéis unos a otros. Pero ¿cómo sabemos que el alférez de Castilla no te ha mentido?

—Me ha ofrecido que entre a registrar Alarcos. Está demasiado seguro.

Yaqub apretó los puños. Había soñado con apresar a su mayor enemigo. Con ver su cabeza colgada de una de las puertas de Marrakech. Seguro que eso aplacaba el dolor por la pérdida de su mentor y mejor amigo.

—¿De qué más habéis hablado?

—Diego de Haro conoce vuestras costumbres y solicita el amán.

Los jeques se miraron entre sí.

—¿Pide la paz? —preguntó el califa.

—Ofrece el castillo de Alarcos a cambio de la vida y la libertad de los que aún quedan dentro. Si no, está dispuesto a resistir hasta que lleguen refuerzos o la plaza caiga.

Un jeque harga se adelantó:

—Humm. Los que quedan dentro, dices. ¿Cuántos son esos? ¿Se trata de guerreros? ¿Campesinos? Tal vez podríamos reducirlos por hambre, y entonces los tendríamos a ellos y el castillo.

Detrás, Abd al-Wahid hizo un esfuerzo que le hizo gemir. Todos se volvieron para ver cómo se incorporaba del catre de campaña. El joven Muhammad se sintió impresionado por la fuerza de aquel hombre.

—Príncipe de los creyentes, Alarcos es solo una plaza más de las muchas que dominarás —dijo el hintata, y se puso en pie. De no ser por el vendaje, nadie habría dicho que acababa de sufrir una fea herida—. Y no pueden ser numerosos los cristianos que han sobrevivido. Se rinde mejor por hambre una plaza atestada que otra con pocas bocas que alimentar. Mi señor, no te dejes ofuscar por tu justa ira. Perderías meses aquí para rendir un montón de piedras y capturar a ese alférez, solo para que las demás plazas aprendan a resistir hasta el final y su rey disponga de tiempo para reponerse. Permite que marchen vivos los de Alarcos, y las fortalezas desde aquí hasta el Tajo se te ofrecerán como novias en la noche de bodas. Los devastaremos entonces a placer. Les obligaremos a encerrarse en sus casas. El rey de Castilla te tendrá a las puertas de Toledo, y será él mismo el que venga a pedirte el amán.

Yaqub miró al jeque hintata a su ojo sano. Dejó de clavarse las uñas en las palmas de las manos y respiró despacio. Esas habrían sido también las palabras del difunto Abú Yahyá.

—Sea. —Se dirigió de nuevo a Pedro de Castro—. Por la mañana aceptaré el amán del alférez de Castilla. Respetaré la vida y la libertad de quienes se encuentren en Alarcos. Pero antes entrarás y comprobarás que el rey Alfonso no está dentro.

—Sí, mi señor.

Muhammad, ansioso por significarse, dio un paso.

—P-p-padre, déjame ir a mí t-t-también.

Fue como si hubiera pasado una mosca ante la cara del califa. En lugar de contestar a su hijo, se dirigió a los jeques:

—Nada se ha dicho de los cristianos que alcancemos en campo

abierto antes de la rendición. Quiero a todos los jinetes en busca de fugitivos. El que me traiga más cabezas será recompensado. Dejad a los hombres necesarios en el cerco de Alarcos y que los demás se dediquen a limpiar esta llanura. Todos los musulmanes que se han ofrecido en martirio recibirán un enterramiento digno. Amontonad a los infieles y quemad sus cuerpos. Que las piras puedan verse desde Alarcos. Fuera. —Ahora sí dirigió su vista al joven Muhammad—. Todos.

La luna apenas iluminaba la granja, pero tampoco hacía falta. Para eso estaba el fuego.

Velasco había visto el incendio tarde. Caminaba todo lo rápido que le permitía su fatiga, impelido por la angustia, por el miedo a que el amanecer lo dejara al descubierto en medio de aquel páramo. Por eso estuvo a punto de meterse en la boca del lobo.

Ahora se acurrucaba tras una bala de paja, atento a su alrededor y procurando que el jinete del enorme mostacho no lo viera.

Era uno de esos malditos arqueros, vestido con ropas multicolores y con una larga trenza. Un sarraceno muy distinto de los almohades de piel oscura o de los andalusíes de barba cuidada. A saber de dónde había sacado a semejantes demonios el califa de los infieles, ese tirano al que llamaban miramamolín.

El jinete arquero esperaba y sostenía las riendas de otros dos caballos. Animales ligeros, no muy grandes, que habían servido para rodear y masacrar a los cristianos mientras estos montaban sus pesados destreros en la llanura de Alarcos. Las llamas subían con violencia ahora. Hacían un ruido siniestro, como si un gigante avivara el fuego a bramidos desde el interior de la tierra.

Tres personas salieron a trompicones de la cabaña. Una mujer, un niño y una niña. Ninguno de los chicos tendría más de doce años. Los otros dos jinetes arqueros aparecieron detrás, propinando empujones y patadas a los cautivos. Ambos empuñaban espadas cortas, y uno de ellos sujetaba un fardo que entregó a su compañero montado. ¿Qué era eso? Velasco forzó la vista y distinguió la cabeza humana, aún chorreante.

La mujer cayó de rodillas, entrelazó los dedos e imploró. Uno de los infieles pareció prestarle atención, y eso tal vez alimentó la esperanza de la pobre madre. Pero el súbito tajo de través le rebanó el cuello a ella y dejó a Velasco sin respiración. Incapaz de reaccionar, el niño recibió dos estocadas rápidas y certeras en la barriga. Cayó entre gritos de su hermana, que intentó huir. No pudo. El otro jinete la derribó y la inmovilizó en el suelo mientras las llamas crecían para iluminar la escena con un halo irreal.

Velasco se mordió los labios. Algo en su interior le gritaba que debía salir. Cargar por sorpresa contra los sarracenos. Evitar lo que iba a ocurrir, porque era su obligación aun a costa de la propia vida. Si era rápido, quizá consiguiera derribar a uno de ellos por sorpresa y arrebatarle el arma. Ahora estaban ocupados, así que existía una oportunidad.

Pero no pudo. El temblor lo paralizaba. Velasco clavaba los dedos en la bala de paja y deseaba que todo ocurriera con rapidez. Que se acabara. Se maldijo, pero no fue capaz de apartar la vista.

El infiel que había matado a la madre fue el primero en violar a la chica. El otro reía, afanado en evitar que la pobre desgraciada escapara. El tercer sarraceno se aburría sobre su caballo. El niño agonizaba con las tripas al aire. Y Velasco miraba.

Llegó el turno del segundo arquero, la niña ya no se resistió. El tipo acabó pronto, entre jadeos y vítores de sus compañeros. Después desmontó el tercero, pasó las riendas a los otros y terminó el trabajo. Para entonces, Velasco hacía sangrar su lengua y el niño acuchillado aflojaba en sus estertores. La chica también fue ejecutada, y lo peor fue que ocurrió con suma naturalidad. Un trámite más. Los tres jinetes se ajustaron las calzas y salieron al galope. Solo entonces pudo fijarse Velasco en las ristras de cabezas que colgaban de las sillas. Era una patrulla de exterminio que recolectaba trofeos. El cristiano vomitó los últimos restos de dignidad y salió de su escondite. Contempló los ojos sin vida de la niña muerta y le pidió perdón en silencio, pero un ruido a sus espaldas le hizo acuclillarse.

«Cobarde. Maldito cobarde —se dijo—. No merezco vivir.»

Pero le aterrorizaba morir. Por eso se aplastó contra el suelo cuando el ruido se repitió. Una sombra se acercaba al halo luminoso del incendio. ¿Más jinetes arqueros? Forzó la vista. Un caballo se perfilaba poco a poco. «Dios padre, no permitas que sea un infiel.»

No lo era. El destrero color canela cojeaba sin jinete. Arrastraba las riendas y tenía un par de aquellas flechas malditas clavadas en la grupa. Velasco se separó dos pulgadas de tierra y miró alrededor. La silla era el arzón alto, sí. Como todas las de los cristianos. Y no se veía a nadie más. La mente se le iluminó. Muchos caballos habían perdido a sus jinetes ese día y habían seguido su loca carrera hacia las líneas enemigas. Otros, desbocados, se habían dado a la fuga. Aquel animal no lucía arreos lujosos, así que quizás hubiera pertenecido a un freire o a un caballero villano. Velasco se incorporó y se acercó despacio al animal, que no hizo ademán de huir.

«Gracias, Señor.»

Aquella podía ser la diferencia entre su supervivencia y que su cabeza se convirtiera en un adorno más en la silla de un jinete sarraceno. Cogió las riendas, tranquilizó al destrero con un par de caricias y montó.

—A Calatrava, amigo —le dijo mientras lo guiaba ante la casa en llamas. Apenas miró por última vez los tres cadáveres cristianos. Eso le ahorraba pensar en su cobardía. Al frente, el horizonte se abría y terminaba una noche de horror. Quizás el cielo fuera lo único claro del día que se avecinaba.

Diego López de Haro se clavó las uñas en las palmas de las manos. Le dolía todo el cuerpo y no había podido dormir, pero lo peor era la culpa. La culpa por haber tirado de las riendas para dar la espalda al enemigo cuando supo que todo estaba perdido. La culpa por cada uno de los muertos que dejó atrás mientras huía rumbo a la salvación de las murallas. La culpa por la enseña de Castilla que arrojó a tierra para escapar más ligero y evitar las flechas enemigas.

El alférez real era alto, mucho más que la mayoría de los hombres que conocía. Y fuerte como un toro. De rasgos duros, propios de un hombre de guerra y política que estaba llamado a gobernar una de las casas más poderosas de Castilla. Durante sus cuarenta y tres años de vida había aceptado como natural que su nobleza estaba a la altura de la de un rey. Pero ese día, Diego de Haro se sentía pequeño y débil.

—Mi señor, el Renegado está de vuelta.

El alférez asintió a las palabras del escudero. El Renegado. En otro tiempo había admirado a ese hombre, un noble castellano como él, convencido de que su destino había de ser escrito por propia mano. En otras ocasiones se había convertido en su mayor enemigo. Un rebelde contra el rey de Castilla. Un traidor que merecía todos los tormentos del infierno. Pedro de Castro.

—¿Ha venido solo?

—No. Lo acompañan dos infieles. Un andalusí que habla nuestra lengua y uno de esos africanos de piel sucia.

Diego de Haro bajaba de la torre con paso cansino. No iba vestido para la batalla porque habría sido cómico hacerlo y porque no se sentía capaz de aguantar el peso de la loriga. Al llegar al patio, su pizca de ánimo desapareció.

Los heridos agonizaban bajo los cuidados de sirvientes y dueñas, y varios cadáveres yacían cubiertos. Había charcos de sangre seca, pozales y paños empapados por todas partes. En los rincones, arremolinados como corderos a la espera de la matanza, los pobladores de Alarcos que habían podido acogerse al castillo se daban ánimos y rezaban junto a los guerreros supervivientes. Los ojos muy abiertos, los dedos entrelazados. El alférez real bajó la mirada. Ahora debía pensar en toda esa gente y tragar la última humillación.

Cuando el portón se abrió, Diego de Haro se enfrentó a la mirada burlona de Pedro de Castro. Tanto él como sus dos acompañantes musulmanes venían desarmados.

—Renegado, te felicito. Tu traición ha contribuido a nuestra derrota.

—Gracias, don Diego. Pero el mérito es de este hombre. —Señaló a Ibn Sanadid—. Él planteó la estrategia que os ha puesto de rodillas.

El alférez estudió al andalusí. Un tipo de frontera, no cabía duda. De esos que los musulmanes llamaban *tagríes*. De su misma edad más o menos, pero más bajo. Nervudo, de tez tostada y mirada inteligente.

—No me atribuiré méritos que no me pertenecen —dijo el andalusí en un perfecto romance—. Fue el señor de Castro quien urgió al califa a apresurarse para que el rey Alfonso se encontrara solo en el campo de batalla. Y lo logró.

Diego de Haro miró fijamente a Ibn Sanadid. Sin saber por qué, le cayó simpático aquel enemigo al que habría podido matar el día anterior. Carraspeó antes de dirigirse de nuevo a Pedro de Castro:

—Bien, basta de charla. Os doy mi palabra de que el rey no se encuentra en Alarcos, pero entiendo que no me creáis, así que he dispuesto que todas las estancias del castillo queden abiertas para que lo comprobéis.

Ibn Sanadid tradujo al árabe para el tercer componente de la delegación almohade.

—Yo te creo, don Diego —dijo el señor de Castro—. Pero estos infieles no. Así que vamos allá.

Los gestos de vergüenza se repitieron por todo lugar que recorrieron. Registraron adarves, torres, estancias, despensas y hasta la iglesia del castillo. Y los cristianos miraban al suelo para no ver cómo dos infieles y un católico traidor deshonraban Alarcos con sus pisadas inmundas. Los tres enviados pudieron comprobar que la gente se hacinaba, que no había víveres y que los hombres en condición de luchar escaseaban. Cuando faltaba poco para completar el recorrido, Pedro de Castro volvió a hablar:

—¿Y los Lara? No vi sus colores en el campo de batalla.

—No llegaron a tiempo. Al igual que los reyes de León y Navarra. Como ha dicho este hombre, Ibn Sanadid, es algo que se debe a tu diligencia, don Pedro.

—Pues sabe, don Diego, que me apena. Nada me habría gustado más que hallarlos cara a cara en la lid. O aquí, derrotados y a mi merced.

—A la merced del califa —le corrigió Ibn Sanadid.

—Bien. —El alférez real se detuvo tras la inspección de la última torre—. Ya habéis visto que no mentía. Ahora rendiré Alarcos y todos podremos irnos en paz. Tu traición, don Pedro, se habrá completado.

El señor de Castro se sacudió las mangas, como si le repugnara el polvo de aquel lugar.

—Lo que tú llamas traición es en realidad justicia. Y no se ha completado, te lo aseguro. Las humillaciones que mi casa sufrió a manos del rey Alfonso y de esos Lara no estarán satisfechas hasta que la bandera del miramamolín ondee en el alcázar de Toledo. También tengo cuentas pendientes contigo y con tu familia... Pero ya veremos qué nos depara el futuro.

El alférez resopló como un buey.

—Quiera Dios que nos encontremos con las armas en las manos, Renegado.

—Que lo quiera Dios es lo de menos. Lo que importa, don Diego, es que no te des la vuelta y huyas como ayer.

Ibn Sanadid se interpuso entre los dos hombres.

—Esto es una negociación de paz. Nada ganamos con estas pullas. Mi señor don Diego, ¿pides el amán según la ley musulmana?

El alférez apretaba los dientes. Descubrió que había testigos
alrededor. Villanos sobrecogidos, guerreros desarmados, heridos que se morían de hambre y de sed tanto o más que por los
desgarros y cortes que sufrían. La rendición a cambio de la libertad era la mejor jugada posible, porque Alarcos podría resistir
uno, cinco o diez asaltos, pero estaba condenada a muerte si no
capitulaba.

—Humildemente pido el amán al miramamolín. Rindo Alarcos a cambio de nuestras vidas y de que podamos marchar en paz.

—Perfecto —remató Ibn Sanadid, y miró a Pedro de Castro—.
Estás aquí como enviado del príncipe de los creyentes, y tienes sus
instrucciones. Acepta el amán.

—Ya. —El Renegado tomó aire despacio. Disfrutó del mo-
mento. Ah, si solo hubiera podido encadenar al rey de Castilla...—.
Sea pues. Se te concede la paz, don Diego López de Haro. Huye a
Toledo junto a tu rey y lleva contigo a este rebaño de vencidos.
Nos veremos más al norte.

El califa se enjugó las lágrimas cuando la tapa selló el gran odre.

Dentro quedaba el cadáver de su amado Abú Yahyá, conserva-
do en miel hasta que regresaran a Sevilla. Allí lo enterraría, cubierto con la tierra africana que todos los almohades llevaban consigo
para esa eventualidad. Mientras los esclavos encajaban el cierre, los
visires y jeques permanecían en silencio, respetuosos con el dolor
del califa. Hasta que uno de ellos se le acercó con sigilo y se situó a
su lado, ligeramente retrasado.

—En verdad hemos de aceptar los designios de Dios, no hay
nada más cierto —dijo el Calderero—. El difunto Abú Yahyá merece que todos examinemos nuestras faltas y las corrijamos.

Yaqub se volvió a medias. Sorbió los mocos y se restregó las
lágrimas.

—Recuérdame tu nombre —ordenó.

El Calderero se encorvó en una reverencia que mantuvo mientras se presentaba.

—Abú Said ibn Yami, príncipe de los creyentes. Tu fiel visir

Abú Yahyá, de quien Dios guarde la memoria, me encargó la manutención del ejército.

—Ah, sí. Te llaman el Calderero.

—Y a ti el Vencedor, príncipe de los creyentes. Al-Mansur. ¿Existe mejor apodo? Nada más apropiado, pues tu camino se mide por victorias. Si grandes fueron tus antepasados, más lo eres tú. Es la voluntad de Dios, sin duda. Dios hizo que Abú Yahyá y tú os conocierais, y tus súbditos damos gracias cada día. Dios quiso que tú vencieras allá donde luchaste y, a pesar de las muchas veces que arriesgaste tu vida, te ha permitido regresar vivo para liderarnos en cada nueva batalla. A todos nos resulta doloroso ver que Abú Yahyá ha caído. —Su barbilla tembló como si estuviera a punto de sollozar—. ¿Qué hemos hecho mal, príncipe de los creyentes? ¿Qué nueva enseñanza estamos recibiendo de Dios? Ahora que lloramos a Abú Yahyá, más que nunca necesitamos saberlo. Yo necesito saberlo. ¿Tú no, mi señor?

El califa se dio la vuelta por entero. Tras él, los guardias negros se llevaban la gran tina de miel para vigilarla con un destacamento de honor.

—Desde luego.

El Calderero negó despacio.

—Tal vez hemos sido débiles. Pero no me lo explico. Tú pusiste orden en tu imperio, enderezaste las leyes. Obligaste a los judíos conversos a llevar esa marca amarilla para que no pudieran ofendernos con facilidad. Fuiste más firme que nadie con los vicios de la música, el vino y la danza. Aplastaste las rebeliones con la fuerza de la fe y la espada. Diste su merecido a los amotinados en Ifriqiyya y ahora has humillado a los adoradores de la cruz.

—¿Por qué me recuerdas mis méritos, Calderero? Lo que buscamos es una falta.

—Es que temo tu dolor, príncipe de los creyentes. Sé que me arriesgo a que descargues tu furia sobre mí, pero he de ser sincero. Creo que en cierto asunto no escuchaste lo suficiente a tu difunto y leal Abú Yahyá.

Al-Mansur arrugó el entrecejo.

—Siempre seguí sus consejos.

—¿Siempre? Permíteme recordarte cómo el difunto Abú Yahyá abominaba de ese médico tuyo cordobés, Ibn Rushd.

—Ibn Rushd... Sí, no era de su agrado.

—Claro que no, mi señor. Ibn Rushd es andalusí. Y yo, que

desciendo de esa raza imperfecta, sé mejor que nadie los muchos defectos que tienen los andalusíes. Ibn Rushd envenenó tus oídos con adulación y mentiras. Se ha aprovechado de tu misericordia, y ha irritado a todos los alfaquíes y ulemas con sus escritos sobre esa aberración, la filosofía. Has tenido que oír sus quejas en Córdoba. Incluso en Sevilla y hasta en Marrakech.

Al-Mansur suspiró. Miró al cielo.

—¿Crees que Dios me ha castigado por permitir a Ibn Rushd...?

—Nadie conoce Su voluntad, mi señor. Pero tantos fieles creyentes no pueden equivocarse al mismo tiempo. Ni el buen Abú Yahyá, que siempre te dio buenos consejos. Enumero una y otra vez tus méritos ante Dios y nada oscuro encuentro, salvo a ese filósofo andalusí. Los libros de Ibn Rushd son manchas en la blanca pureza de la bandera almohade. Escucha mis palabras, porque las digo en honor del difunto. Castiga a Ibn Rushd. Quema sus libros. Abú Yahyá, desde el paraíso de leche y miel, sonreirá al saber que haces justicia.

Al-Mansur miró a su alrededor. Los demás visires, a distancia de respeto, asistían a la conversación sin ocultar su desprecio hacia el Calderero. Como si no tuviera derecho a hablar tanto rato con el califa mientras ellos se limitaban a observar.

—Dime, Calderero: ¿por qué ninguno de estos se ha atrevido a señalar mi falta?

El visir casi sonrió. Habían llegado al borde del precipicio. A partir de ese momento, el odio de los demás funcionarios almohades estaba asegurado. Por eso, porque ya no tenía nada que perder pero sí mucho que ganar, dijo lo siguiente en voz alta, para que todos lo oyeran:

—Tal vez tienen miedo, mi señor. A ellos les falta el coraje de Abú Yahyá.

Al-Mansur los volvió a mirar. Y después al Calderero. Con unos ojos que unos días atrás eran capaces de derretir el metal, pero ahora se veían cansados, casi enfermos tras el velo de lágrimas y tristeza.

—Tú tienes ese coraje que les falta a ellos, por lo que veo. Eres un loco o un sabio. Quédate a mi lado, Abú Said ibn Yami. Pensaré si sigo tu consejo sobre Ibn Rushd, y averiguaremos si tu caldera está llena de locura o de sabiduría.

La gente escapaba de Calatrava a toda prisa. Algunos tiraban de acémilas en cuyas alforjas habían hecho acopio de lo más necesario. Las mujeres preñadas y aquellas con bebés a su cargo viajarían en mulas, pero las demás salían a pie con los hatos a cuestas. Una inmensa riada de villanos que hasta ese día se habían ganado la vida con los negocios de frontera o con el servicio a la orden de Calatrava, más los refugiados que llegaban de las encomiendas, aldeas y granjas de toda la contornada. Incluso había incautos que habían acudido desde Malagón, al norte, confiados en las mejores murallas de Calatrava y en que allí prestaba servicio la mayor guarnición de freires. Ahora tendrían que volver sobre sus pasos y huir hacia Toledo. Toledo era la única garantía.

Calatrava se erguía sobre una meseta baja y dominaba el camino de Toledo a Sevilla. Una ciudad bien amurallada en forma de rombo, con los vértices más agudos apuntando a oriente y a occidente. El Guadiana la protegía además por el norte, y un foso inundado cumplía la misma misión por el sur. El abastecimiento de agua estaba asegurado por las corachas que comunicaban la muralla septentrional con el lecho del río. Y en el extremo de levante se levantaba el soberbio alcázar triangular, con su propia coracha y murallas aún mejores que las de la villa.

Nadie había detenido a Velasco en la puerta de la ciudad. Solo había un muchacho de guardia, y le bastó con que el recién llegado se identificara como cristiano. Según le explicó el centinela, los refugiados afluían desde la tarde anterior, durante toda la noche y sin tregua, pero no tardaban en darse cuenta de la situación y decidían seguir hasta Toledo. Muchos de los recién llegados eran supervivientes de la batalla, y algunos habían visto en la distancia a las patrullas almohades que recorrían las llanuras. Velasco se dirigió al alcázar, comunicado con la ciudad a través de una puerta que se defendía desde dos torreones. Dentro fue bien recibido al ser tomado por hombre de armas.

—Hay lanzas y ballestas de sobra. Incluso caballos de batalla —le informó un calatravo mientras acomodaban el destrero en las caballerizas—. Lo que nos falta es gente dispuesta a luchar.

Aquello hizo que Velasco se olvidara del hambre y la sed. El miedo mandaba.

—En realidad no soy luchador —dijo, y no mintió del todo—. He encontrado este animal por el camino. Supongo que venía de Alarcos. Habría que curarle esos flechazos, creo. Mira, son los emplumados de colores de esos sarracenos arqueros.

El calatravo le observó con detenimiento.

—Bien se diría que luchaste en Alarcos. ¿Quién eres pues? ¿De dónde vienes?

Velasco tragó saliva. Si lo descubrían, le harían empuñar un arma y defender Calatrava.

—Ya te he dicho que no soy luchador, sino... mercader. Eeeh... Pero sí, estaba en el castillo de Alarcos. Vendía grano para el ejército.

El calatravo se encogió de hombros.

—De todos modos, el maestre ha dicho que todos los hombres en disposición de luchar han de presentarse a él. Aunque permite marchar a quienes lo desean. ¿Es tu caso?

«¿Salir otra vez a la inseguridad del llano? —pensó—. ¿Entre los jinetes arqueros que cortan cabezas y violan a niñas?» Recordó algo relacionado con lo que acababa de decir el hombre de armas.

—Un momento... —Velasco entornó los párpados—. ¿El maestre, dices? ¿Nuño de Quiñones? Pensaba que había muerto ayer.

—Pues no. Le empotraron dos flechas esos malditos arqueros de Satanás, pero consiguió llegar hasta aquí. Nunca vi a nadie más terco. Ven conmigo.

Entraron en el alcázar, donde el caos no era tan evidente como en el resto de la ciudad. Allí solo había freires y caballeros. Pocos, aunque mantenían la compostura. Algunos estaban heridos, pero aun así vestían lorigas y llevaban las espadas al cinto. En el angosto patio tenía lugar una animada discusión. Velasco recibió un par de miradas curiosas. Un freire lo observó extrañado.

—¿Te conozco, hermano? ¿No estabas tú en Guadalerzas?

—¿Yo? Te equivocas.

—Juraría que eras novicio allí. Venías de Sigüenza, ¿no?

—Te digo que no. Ni siquiera pertenezco a la orden. ¿Qué se discute?

—Ah. —El freire olvidó sus sospechas y señaló al corro—. Hay que decidir si nos vamos o nos quedamos.

Velasco tragó saliva de nuevo. Había mentido dos veces, pero estaba entre sus hermanos de hábito. Era cuestión de tiempo que la verdad saliera a la luz. Le habría gustado escabullirse, pero resultaba imposible sin llamar la atención. Por otra parte, era de vital importancia enterarse de lo que ocurría. Decidió mantener gacha la cabeza y prestar oídos.

—No somos suficientes para defender la plaza durante mucho tiempo —decía uno de los calatravos.

—Tampoco podemos abandonarla —repuso otro—. Si lo hacemos, caerá en poder del miramamolín. Ahora mismo, Calatrava es lo único que se interpone entre el ejército infiel y Toledo. Irnos sería poco menos que traición.

Nuño de Quiñones, el maestre de la orden, mandó silencio con un gesto de la mano diestra. La izquierda la tenía vendada y en cabestrillo. En su rostro se apreciaba todavía la crispación de la batalla, del dolor y de la huida.

—Calatrava fue un día de los freires templarios, y ellos también la abandonaron cuando la cercanía de los infieles se volvió insoportable. Así nació nuestra orden. No sería vergonzoso dejar atrás la casa madre si es para luchar mañana. Pensadlo, hermanos. Hemos sido masacrados. Si caemos nosotros, la orden desaparecerá. Y no podemos dejar sin protección a toda esta gente que huye hacia Toledo. Somos su única esperanza.

—Huir sería un deshonor —insistió uno de los freires más viejos—. Pero entiendo que algunos tengáis apego a la vida. Yo me quedo hasta el final.

Varios apoyaron la decisión y se acercaron al anciano. Otros, dubitativos, observaban la reacción de Nuño de Quiñones.

—No es apego a la vida, hermanos —se defendió el maestre—. La mayoría de vosotros no estuvo ayer allí. No visteis la enormidad del ejército que ese puerco del miramamolín ha traído. Calatrava no aguantará ni la primera embestida, así que todo sacrificio será inútil. Hemos sido la defensa de Castilla desde que yo recuerdo. Necesitamos retirarnos, curar nuestras heridas y prepararnos para regresar.

—¡Ja! —El viejo se envalentonaba por momentos a pesar de la obediencia que debía a su maestre—. ¿Regresar? Alarcos debe de haber caído ya, y lo mismo pasará con el resto de las plazas. Caracuel, Miraflores, Piedrabuena, Malagón... Sus guarniciones se han reunido aquí. Pero si os marcháis, Calatrava también caerá. ¿Adónde regresarás, gran maestre? Mejor harías en quedarte y, aunque no puedas luchar, nos dirigirás al resto. La ciudad es indefendible, pero el alcázar puede resistir con pocos hombres hasta que el rey

Alfonso nos mande refuerzos. Si por el contrario salís y dejáis atrás las murallas, quedaréis a merced del ejército infiel.

Velasco no pudo resistirse a intervenir.

—Escuchad al viejo, que habla con sabiduría. Los destacamentos de jinetes sarracenos se han adueñado de la Trasierra. Saquean y matan a placer. Aquí estaremos seguros. Fuera tendréis que luchar.

Nuño de Quiñones fijó su vista en él. Velasco enrojeció.

—Soy el gran maestre de la orden de Calatrava, y mando que todos aquellos en disposición de combatir me acompañen. Respetaré el deseo de los ancianos y de los heridos si desean permanecer aquí, pero todo aquel que esté bajo mi autoridad vendrá conmigo. —Señaló a Velasco—. Tú eres de los nuestros, ¿verdad? ¿Acaso no estuviste ayer en la batalla?

Aquello era demasiado. Había negado ya en dos ocasiones su pertenencia a la orden, y ahora debería hacerlo una tercera. ¿Es que ya no tenía dignidad? Velasco notó todas las miradas clavadas en él. «¿*Tu vida vas a darla por mí?* —le retaba el propio Jesucristo—. *En verdad te aseguro: ciertamente no cantará el gallo antes de que me niegues tres veces.*»

—Eeeh... No, mi señor... Te juro que no soy calatravo. No soy guerrero. Y no estuve ayer en Alarcos. No quiero salir de aquí.

El maestre inclinó la comisura del labio en un amago de sonrisa. Al fin y al cabo, él también se había retirado de la lid mientras otros freires morían. Eso pensó Velasco.

—Sea. Todos los demás, tomad monturas, provisiones y armamento y reuníos conmigo a la hora tercia. Escoltaremos a esta pobre gente hasta Toledo. A los que os quedáis, que Dios os asista.

Día siguiente

Ibn Qadish acababa de cumplir los dieciocho años, así que nada podía recordar de los buenos tiempos en los que andalusíes y cristianos congeniaban, eran aliados e incluso les unían relaciones de amistad.

Todo eso había quedado atrás. Cuando él vio la luz en Cuenca, los ejércitos de la cruz sitiaban la ciudad como ahora sitiaba Calatrava la vanguardia andalusí del imperio almohade. Ibn Qadish había sido lo último que vio su débil madre, que tuvo que dar a luz en una villa sometida al hambre y las privaciones. Su padre no era soldado, sino poeta. Un rescoldo de años más dulces y menos sangrientos. El pobre hombre, destrozado por la muerte de su esposa, sacó al pequeño Ibn Qadish de Cuenca cuando se pactó la rendición, y juntos se trasladaron a Requena. En cuanto tuvo fuerza para sostener una azagaya, el joven se unió a los algareadores y vengó cien veces la muerte de su madre y la desesperación de su padre. Pronto destacó como buen incursor. Silencioso, astuto y letal. Consiguió un hermoso caballo antes de cumplir los dieciséis, y ya era un consumado jinete cuando Ibn Sanadid, el arráez de los andalusíes, lo reclutó para la gran campaña almohade.

Ibn Qadish era fibroso, como todos los *tagríes*. De buena estatura y espalda ancha, mandíbula cuadrada y cejas rectas, pelo oscuro que le caía con suavidad sobre los hombros. Consciente de que la sangre noble no corría por sus venas, como ocurría con Ibn Sanadid, pero convencido de que, por méritos propios, sería el primero de un linaje eterno.

Ahora Ibn Qadish aguardaba, a cubierto tras la albarrada y con las armas prestas. El día anterior, el califa había mandado a los andalusíes como vanguardia para fijar el asedio de Calatrava. Nada mejor que los nativos de aquella tierra para moverse con seguridad. Pero el arráez Ibn Sanadid no se conformaba con llegar, ver e informar. Nada más plantarse ante la ciudad, había comprobado que estaba desguarnecida y que los defensores se concentraban en el alcázar. Los exploradores le dijeron que una larga columna había abandonado la plaza y que en esos momentos se dirigía a Toledo, pero eso no le importó. Hoy le tocaba a Calatrava. Mañana sería el turno de Toledo.

Así que Ibn Sanadid había dado la orden de asaltar la medina, que cayó enseguida. Los andalusíes se desperdigaron entre las casas y pronto vieron que los cristianos del alcázar eran pocos y torpes, así que ¿por qué no recibir al califa con la fortaleza rendida?

Los encargados de las escalas se acercaron a la carrera, todos a la vez, cuando Ibn Sanadid gritó la orden de ataque. Varios virotes de ballesta volaron tímidos desde las almenas del alcázar. Dos de ellos acertaron en carne. Demasiado poco. Con la segunda orden, el propio arráez se lanzó a toda prisa hacia el foso seco, donde ya empezaban a apoyarse las primeras escalas. Ibn Qadish y el resto de andalusíes hicieron lo propio entre gritos de ánimo e insultos a los comedores de cerdo.

Ibn Qadish admiraba al arráez Ibn Sanadid. Había oído lo que se decía de él. Que salvó la vida del califa cuando este no era más que un niño. Un príncipe mimado que no sabía nada de la guerra. Después, el andalusí destacó en las algaras contra los portugueses y los castellanos. Incluso había quien afirmaba que Ibn Sanadid dirigió la defensa de la Cuenca asediada, y que estuvo a punto de acabar con la vida del rey de Castilla en una salida casi suicida... Pero no eran más que rumores.

Aun así, Ibn Sanadid era todo un modelo, y no solo para el joven Ibn Qadish.

Allí estaba el arráez, con sus cuarenta bien cumplidos, dejándose caer en el foso y subiendo el primero por una escala. El escudo alto, los pasos firmes. Los defensores del alcázar arrojaban ahora piedras y disparaban sus ballestas a corta distancia. Empezaron a caer andalusíes.

Ibn Qadish corrió antes de trepar. Levantó su rodela y se impulsó con fuerza. Uno, dos, tres peldaños. Los chillidos de dolor arreciaron. Había que darse prisa. Subir con más decisión. Cinco, siete, nueve escalones. La punta de un virote brotó con un sonido opaco por el revés del escudo. Once, trece, quince. Asomó la cabeza y vio que el andalusí que lo precedía intentaba llegar a las almenas, pero algo se lo impidió. Ibn Qadish se desplazó de lado, apenas sujeto a la madera para esquivar al compañero que caía. Por pulgadas no lo arrastró abajo. Mejor no pensarlo. Había perdido la cuenta de los peldaños cuando sintió que intentaban separar la escala de la muralla para derribarla. Echó atrás el brazo derecho y pinchó por encima de la rodela. Justo al borde de piedra. Un grito de sorpresa y dolor le indicó que su hierro había encontrado el blanco.

Se plantó de un bote en el adarve, encogido tras el escudo y resoplando. Se volvió y vio a Ibn Sanadid a diez codos, con dos cristianos fuera de combate a sus pies, y un tercero defendiéndose con desesperación de sus estocadas. Lo despachó pronto y señaló abajo, a las puertas del alcázar.

—¡Hay que abrir para que entren los nuestros!

Y predicó con el ejemplo. Ibn Sanadid se lanzó a la escalera más próxima y descendió a saltos. Derribó a dos calatravos de barbas entrecanas antes de llegar a tierra, y allí se le opuso media docena más de freires.

Ibn Qadish acudió en su ayuda. Conforme se acercaba, pudo comprobar que los defensores del alcázar eran en realidad ancianos y heridos. Eso era lo que la orden de Calatrava había dejado atrás como última resistencia. Se plantó junto a su arráez, hombro con hombro. Los tajos fueron precisos, las estocadas, cortas. Se movieron lo justo para no descubrirse y para herir. No fue difícil acabar con tan débil oposición. Y aun así, Ibn Sanadid miró con agradecimiento al joven que le había ayudado.

—Muchacho, cúbreme mientras abro.

Ibn Qadish obedeció, satisfecho de hallarse junto al gran arráez de al-Ándalus. Se volvió hacia el interior del alcázar. A su izquierda, los establos. A su derecha, los edificios de la guarnición y la iglesia. Frente a él...

Entornó los ojos y afirmó los pies. Allí había un hombre, medio agazapado tras la esquina. Ni siquiera había intentado atacarlos cuando Ibn Sanadid y él se hallaban de espaldas, batiéndose dos contra seis. ¿Por qué?

Lo observó mejor. Delgado, cara demacrada. La espada que empuñaba con la diestra temblaba, y sujetaba el escudo demasiado bajo para un auténtico freire. De hecho, ni siquiera parecía calatravo. En cuanto Ibn Sanadid logró abrir el portón, la corriente de andalusíes invadió el alcázar y el cristiano soltó las armas. Cayó de rodillas, unió ambas manos en gesto de súplica.

Ibn Qadish no supo por qué, pero se apresuró a proteger a aquel tipo. Le recordaba a alguien tal vez. A un ser superado por el horror de la guerra. A un hombre que lo había perdido todo y cuya existencia apenas valía un dírhem. Se puso ante él y evitó que los nuevos dueños de Calatrava lo dañaran mientras se desperdigaban por el alcázar. Ibn Sanadid, desde la puerta, gritaba órdenes cortas y precisas. Sobre el adarve, los últimos defensores vendían su vida a no muy alto precio. Pronto, la bandera blanca del califa Yaqub al-Mansur ondearía sobre la casa madre de la orden de Calatrava, y el camino a Toledo estaría abierto. Ibn Qadish se volvió hacia el cristiano. Como buen *tagrí*, dominaba la lengua romance:

—¿Tu nombre?

—Velasco, mi señor... Por la santa Virgen... Por tu profeta te lo ruego. Misericordia.

Ibn Qadish fue incapaz de sentir desprecio. Ya sabía a quién le recordaba aquel tipo de cara alargada y mirada triste. A su padre. A un hombre que fue más poeta que soldado.

—¿Por qué no has huido con los demás? ¿Por qué sigues aquí?

El cristiano se postró y posó las manos sobre los pies del andalusí. Era casi imposible humillarse más.

—Por miedo, mi señor. Porque soy un cobarde.

A Ibn Qadish se le pasó por la cabeza acabar con su agonía. «Con la muerte se pone fin al miedo», pensó. ¿Acaso no era misericordioso? El destino de aquel hombre no podía ser otro que la tumba. Como mucho, se las arreglaría para retrasar el momento huyendo de una plaza a otra, siempre con el poder del califa proyectando su sombra sobre él. Pero al final caería.

O tal vez no. Solo Dios sabe qué palabras ha escrito en el libro de cada vida. Obligó al cristiano a levantarse y lo acompañó hasta la puerta de la medina. Al sur, una gran polvareda anunciaba que el ejército califal se aproximaba. Ellos no tendrían tanta piedad.

—Vete, Velasco. Hoy vivirás.

2

El perro flaco

Dos días después, verano de 1195. Toledo

Alfonso, rey de Castilla, subió los últimos escalones con precipitación a pesar de la fatiga. Tras él, con los pies a rastras y la sensación de que Dios había abandonado a sus hijos, llegaba el arzobispo de Toledo, Martín de Pisuerga. Leonor Plantagenet asomó al portal palaciego, ahogó un gemido de angustia y se arrojó en brazos de su esposo.

—Mi rey. Por fin.

—Mi reina. Mi amor.

Ella respondió a sus besos. Poco le importaban el polvo de sus ropas y el olor a sudor rancio y a sangre.

—Temí por tu vida, mi rey. No sabían decirme si habías conseguido huir.

Huir. Alfonso de Castilla encajó el hecho como una puñalada. Ni siquiera el dulce acento normando de su esposa facilitaba el trago. Se separó de ella y la miró a los ojos de color incierto. Días atrás había pensado que jamás volvería a observar su rostro pecoso, ni el cabello claro recogido bajo la toca. Ni a sentir el tacto de sus dedos largos y suaves. A sus treinta y cinco años, la reina no había dejado atrás su apacible y pálida belleza. Alfonso la volvió a abrazar y la colmó de nuevos besos. A un lado vio al pequeño Fernando, su sucesor. Soltó a Leonor y alzó al niño a lo alto.

—Mi heredero...

¿Qué futuro esperaba ahora al príncipe de Castilla? Este lo ignoraba, claro. A sus seis años, todo eran juegos, mimos y seguridad. Lejos estaba de conocer qué tremenda amenaza se cernía sobre el reino. Sobre la cristiandad toda. Lo abrazó también, pero Fernando arrugó la nariz. Alfonso de Castilla rio con desgana.

—He de lavarme. Necesito descansar.

—No aún. —La reina se restregó los ojos llorosos y se hizo cargo del pequeño Fernando. Un hijo que había llegado tras una serie terrible de abortos y muertes prematuras—. Tu primo leonés está aquí.

Alfonso de Castilla dejó caer los hombros. A quien menos deseaba ver en ese momento era a su pariente y tocayo, el rey de León. Alguien que debería haber compartido su esfuerzo en Alarcos pero que, al igual que Sancho de Navarra, no había comparecido. El arzobispo de Toledo subió los escalones ahora que la bienvenida real se enfriaba. Tan derrengado como el monarca pero más templado ante el sufrimiento. Se dirigió a Leonor Plantagenet.

—Dime, mi reina, ¿cuánto lleva aquí Alfonso de León?

—Dos días. Se presentó como ave de mal agüero, casi al mismo tiempo que las noticias de Alarcos. Yo misma le dije que habíamos sufrido una gran derrota... —Se volvió hacia su esposo—. Y juraría que se alegró.

Alfonso de Castilla torció el gesto. No era de extrañar esa alegría después de todas las rivalidades entre los dos reinos hermanos. Solo la presión de un legado papal había conseguido que fingieran la reconciliación y firmaran un tratado de alianza... que no había servido de nada. Tomó aire despacio.

—¿Y el ejército leonés? No lo hemos visto al llegar.

—Acampado en el camino de Talavera. —Leonor señaló al interior del palacio—. Tu primo espera, mi rey. Se aloja aquí, por supuesto. Está con su mayordomo.

Alfonso de Castilla entró murmurando que por lo menos el leonés daba la cara en Toledo, no como Sancho de Navarra. Anduvo con el peso no solo de la derrota, sino de una extraña frustración. Por primera vez en su vida iba a dirigirse a su primo desde la inferioridad de quien ha perdido todo el poder militar. Y eso tras haberlo sometido a sus designios políticos y a una paz obligada precisamente por ese poder. Martín de Pisuerga, alto y fuerte como un caballero pero austero como el arzobispo cisterciense que era, seguía de cerca al soberano. Los monteros reales se inclinaban al paso de ambos, jalonando el recorrido que llevaba al salón del trono. Cuando asomaron, Alfonso de León pateaba el suelo con impaciencia desde el centro de la estancia. Contempló al rey y al arzobispo con el rostro crispado. Detrás, su mayordomo aguardaba con gesto circunspecto.

—Aquí estoy, primo, en auxilio de Castilla. Tal como exigió ese legado pequeño y arrugado que me mandó el santo padre.

—Hace cuatro días necesitaba ese auxilio. No ahora.

El rey de León cesó en su repiqueteo. Se deleitó en el aspecto sucio y derrotado de su primo.

—Hace cuatro días debiste retirarte de Alarcos. Retroceder hasta encontrarte conmigo y con Sancho de Navarra. Juntos habríamos derrotado al miramamolín.

Ninguno de los dos lo creía, pero el monarca leonés necesitaba cimentar su reproche.

—Bien. No ocurrió así —se lamentó el rey de Castilla—. No podía permitir que los infieles se pasearan a placer por mis tierras. Mi deber era defender Alarcos.

—Y ahora no tienes Alarcos. Ni Calatrava, según los últimos informes. El miramamolín ha tardado dos días en dominar tus tierras desde la sierra hasta el Guadiana, y en otros dos días manda en la franja que va del Guadiana al Tajo. ¿Dónde está tu ejército, primo?

La burla no estaba disimulada en esa pregunta. Fue el arzobispo de Toledo quien la contestó:

—Si tienes tan buenos informes, sabrás que no hay tal ejército. Y algo me dice que no te has quedado aquí, esperando a tu primo, para defender Toledo con tus huestes.

Alfonso de León se permitió una corta carcajada.

—Siempre tan directo, arzobispo. Como en Carrión, ¿eh? Cuando planeaste mi humillación ante los nobles y prelados de los dos reinos. A ti te odio casi más que a este pelele.

Había dicho lo último señalando a Alfonso de Castilla. El arzobispo, que había matado a no pocos sarracenos en la batalla, se adelantó un paso.

—Eso es, víbora. Desenróscate por fin.

—Ten tu lengua, cura —le amenazó el monarca leonés con el índice—. Aunque debería ser comprensivo, supongo. Ambos habéis gozado tanto tiempo de vuestra soberbia que no sabéis nadar en la hiel. Ahora aprenderéis a respetarme.

Alfonso de Castilla, hastiado, caminó como si no hubiera nadie más en el salón. Pasó junto a su primo y al mayordomo real de León, subió a la tarima y se dejó caer sobre el trono, decorado con el blasón de un castillo. Enterró la cabeza entre las manos, así que su voz sonó amortiguada.

—Di ya para qué has esperado a mi llegada.

Alfonso de León ladeó la cabeza.

—Por tu culpa he movilizado a las mesnadas de todo León, Galicia y Asturias. Incluso los señores de la Extremadura me han acompañado hasta aquí. Muchos de mis hombres hicieron testamento y se despidieron de sus esposas porque pensaban que quizá no volverían a verlas. Eso cuesta dinero.

—¿Quieres dinero?

—Quiero que tengas en cuenta también, primo, que llegué dispuesto a estrellarme contra ese ejército bestial que, según cuentan, ha traído el miramamolín. A defender tus tierras de su invasión. A proteger a los castellanos del exterminio.

—Lo que buscas, pues, es agradecimiento.

—Y no te olvides de que, en pos de nuestra alianza, olvidé la justa reivindicación de tiempo de nuestros padres. Mis posesiones en el Infantazgo, que aún retienes. Renuncié a ellas por la paz y por las amenazas de ese agobiante legado papal.

—O sea, que pretendes una compensación.

—Ah. Dinero, agradecimiento, compensación... No es ni una décima parte de lo que Castilla debe a León. Pero me conformaré con mucho menos.

Los dos Alfonsos se observaron fijamente durante largo rato. Fue el arzobispo quien rompió el incómodo silencio.

—Dios es testigo de esta ruindad, mis reyes. El miramamolín asola tierras cristianas, pero aquí se comercia como en casa de hebreos.

El soberano leonés no prestó atención al primado.

—Quiero el Infantazgo. Lo tendré en paz o lo tomaré por las armas.

Alfonso de Castilla dejó caer la cabeza sobre el respaldo de madera.

—Lo sabía. Lo supe cuando vi los buitres revolotear sobre la Trasierra durante todo el viaje. —Volvió a mirar a su primo—. No tienes honor, es eso. Ahora, cuando estoy vencido. Cuando Castilla ha perdido a quienes la defendían... Ahora es cuando vendrás a sacar tajada.

—El tiempo pone a cada uno en su sitio. Esto no es más que justicia. Dime ahora, primo, si te avienes a mi exigencia. ¿Podré licenciar a mis hombres o tendré que mantenerlos en pie de guerra?

—Lo que tengo lo tengo con la bendición de Cristo y de su vicario en la tierra. No puedo ir contra la voluntad divina. No te entregaré nada.

Aquello pareció satisfacer al rey de León.

—Sea pues. No descanses mucho, primo. Y deja de vigilar el sur solamente. Ahora tus enemigos están también al oeste.

Con un revoloteo de su manto, Alfonso de León se volvió y anduvo en compañía de su mayordomo hasta que abandonó el salón. Se inclinó sobre la marcha para despedirse de la reina Leonor, que aguardaba en el portal, y sus pasos se alejaron por el corredor.

—Maldito hijo de Satanás... —rezongó el arzobispo.

La reina, que había presenciado la escena desde el umbral del salón, entró despacio, estrujándose los dedos en busca de una solución. El pequeño Fernando anduvo tras su madre con los ojos muy abiertos.

—Hay que librar mensajeros al papa. Ha de enterarse de esto.

—Se enterará. —Martín de Pisuerga hacía rechinar los dientes—. Vaya si se enterará.

El rey se removió en el trono.

—Para cuando se entere, el Infantazgo habrá caído. Y aún hemos de esperar la reacción del navarro. Es tan taimado o más que este cuervo leonés. —Volvió a apoyar la cara en sus manos—. Pero eso no será nada al lado del ejército infiel... León y Navarra serán simples molestias comparadas con el asedio que nos plantará el miramamolín. Hay que prepararlo todo. Evacuaremos las alquerías y las aldeas al sur. ¿Están aquí los Lara? No, claro. Supongo que habrán acudido a defender sus tierras en cuanto se enteraron del desastre. Mandaremos que se haga acopio de bastimentos... Por Dios, mi alférez no está y mi mayordomo ha muerto... Necesito a mis barones cerca. Oh, Cristo...

Su cabeza se estremeció y las lágrimas asomaron.

—Dios nos protegerá, esposo mío. —Leonor corrió a consolarlo justo cuando las palabras que el rey había evitado durante años asomaron a sus labios:

—Pediré tregua al miramamolín.

El arzobispo Martín se sobresaltó.

—¿Suplicar al infiel? ¿Harías eso?

—¿Y qué si no?

—Pues... hay que tener fe, mi rey. Escucha a tu esposa. Dios no nos abandonará a nuestra desaparición. Pronto su mano tocará Castilla de nuevo. Fe es lo que necesitamos, no treguas con ese adorador de Pilatos.

El rey apartó con suavidad a Leonor. El rey lloraba de nuevo. El príncipe Fernando se acercó muy despacio, sorprendido por el llanto silencioso de su padre. Este se restregó la cara y dedicó una sonrisa amarga a Martín de Pisuerga.

—Ni siquiera tú crees que vaya a bajar Dios para salvarnos. Si así lo quisiera, habría comparecido en Alarcos. Pero yo no lo vi allí. ¿Y tú, don Martín? Bah, eres el arzobispo. El hombre de Dios. Así que harás bien en ordenar preces por el reino. Tampoco descuidaremos la defensa de Toledo porque, si cae hoy, mañana se derrumbará todo como un tablado de juguete. Aunque... ¿qué más da? Nuestro destino quedó sellado en Alarcos. Ya es hora de que hagamos algo que no hemos hecho hasta ahora. Hay que hablar con esos africanos. Necesito a alguien capaz de entenderse con el miramamolín.

—Hazme la merced, mi rey: no me ordenes tal cosa. Antes arrojaré mi báculo al Tajo.

—Sabes bien que allí es donde acabará de todas formas. Y tú, hombre de Dios, crucificado junto al resto de clérigos, frailes, obispos... ¿Crees que te darán la oportunidad de someterte a su fe?

—¡Nunca! No viviré para ver cómo nuestras iglesias se convierten en mezquitas. Y cómo arden nuestras Sagradas Escrituras en piras mientras esos adoradores de Satán se postran hacia La Meca. Mi pescuezo estará listo para el degüello cuando lleguen, mi rey.

Mecánicamente, Alfonso se frotó la garganta.

—Feliz destino el de ser degollado. Muchos acabarán así sus días. O sus cabezas adornarán las murallas de Toledo. Pero es mi responsabilidad cuidar de ellos, como un padre ha de velar por sus hijos. Llegará el momento en el que debamos renunciar a la cruz o morir, pero lo retrasaré todo lo posible.

Leonor, con la boca abierta, miró a su esposo como si no lo conociera.

—No puedo creer lo que oigo. El rey de Castilla y el arzobispo de Toledo se dan por vencidos. ¿Ya está? ¿De esto han servido siglos de sacrificio?

Alfonso negaba despacio.

—Tú no estuviste allí, mujer. Tú no viste toda la potencia del infierno.

Leonor se mordió los labios.

«Derrotados —pensó—. Están todos derrotados. Los hombres de armas y los de la cruz.»

Miró a su hijo, el heredero del reino de Castilla. Lo imaginó arrodillado sobre una almozala, con la frente tocando el suelo y los brazos estirados hacia el este. Rezando al dios y al profeta de los musulmanes. Sometido al poder almohade y avergonzado de su pasado cristiano.

—No lo consentiré —afirmó con su acento normando—. Si vosotros, hombres de hoy, no sois capaces de rehaceros, habrá que poner la confianza en los hombres del mañana. —Tomó a su hijo de la mano y tiró de él—. Vamos, Fernando. Queda mucho por hacer.

Alfonso los vio alejarse. De todos los problemas del mundo, el que menos podía importarle ahora era que la reina se negara a aceptar la realidad.

—Te lo repito, mi señor arzobispo: hay que pedir treguas al miramamolín.

—Y yo te repito, mi rey, que no cuentes conmigo para eso.

—No te obligaré. Encontraré a alguien que me sirva. —De todas formas, Martín de Pisuerga no podría jamás ser un buen negociador con los musulmanes. Para eso necesitaba otra clase de hombre—. Alguien dispuesto a apartarse de la rivalidad entre Cristo y Mahoma. Mandaré a un judío.

Al mismo tiempo. Calatrava

El califa se paseaba ufano por las dependencias del alcázar. Miraba con desprecio cada muestra de adoración cristiana y pasaba al siguiente aposento. Llegó así hasta lo alto de una de las torres de defensa, seguido por el conquistador de la plaza, Ibn Sanadid, por su séquito de funcionarios y por el primogénito Muhammad. El pequeño vio cómo su padre dirigía la vista al interior del recinto, donde los calatravos tenían su iglesia.

—Quiero que reciba la purificación antes del viernes. Que los fieles puedan escuchar la *jutbá* en la mezquita del alcázar. A Dios le agradará.

Recibió varios asentimientos firmes. Los secretarios tomaban buena nota de cada uno de los deseos del califa. Hasta el momento, había ordenado también que aquella plaza se convirtiera en el principal bastión musulmán en el avance hacia Toledo. Un poco retirado, el joven Muhammad fijaba la atención en cada gesto de su padre. En cada reacción de los funcionarios. En cada muestra de adulación. Lo que más despertaba su curiosidad era la tristeza inconsolable del califa. Parecía que la muerte de Abú Yahyá lo hundía cada vez más en la desesperanza.

—P-p-padre... ¿Atacaremos Toledo este v-v-verano?

Yaqub enarcó las cejas en ese gesto que siempre revestía de desprecio cuando hablaba con su primogénito.

—Nada me gustaría más que devolver Toledo a Dios. Ah, si mi buen visir omnipotente estuviera aquí...

Y otra vez ese aire de ensoñación. Tal vez rememoraba los tiempos en los que Abú Yahyá había sido su mentor en las montañas del Atlas, o sus combates codo con codo para aplastar las rebeliones sanhayas. Muhammad, en su inocencia, volvió a preguntar:

—¿N-n-no vas a nombrar a un nuevo visir omnip-p-potente?

—En realidad no voy a nombrar a uno. He madurado la decisión, he rezado para que Dios me inspire. Voy a nombrar a dos: al hintata Abd al-Wahid y al visir Ibn Yami, el que llaman Calderero.

Algunos funcionarios respingaron. Todos esperaban que el tuerto Abd al-Wahid, hermano del difunto Abú Yahyá, ocupara ahora un puesto de importancia. Pero el Calderero era un funcionario casi desconocido. Poco más que un contable dedicado a rellenar listas de suministros. A Muhammad también le sorprendió:

—¿El C-C-Calderero, p-p-padre?

—Sí. Y dejaremos de llamarlo así. Un visir omnipotente del imperio almohade merece respeto. —Se volvió hacia uno de los asistentes—. Haz que ambos suban. Este es un momento tan bueno como cualquier otro para que lo sepan.

El secretario bajó a la carrera del torreón. Ibn Sanadid intervino:

—Príncipe de los creyentes, en nada puedo compararme yo al difunto Abú Yahyá, y tampoco a sus dos sucesores. Pero me honrarías si me ordenaras dirigirme a Toledo. Dame tu vanguardia y estableceré el asedio.

Yaqub venció el natural desdén de todo almohade hacia los andalusíes y posó su diestra en el hombro del arráez.

—Puede que lo haga, Ibn Sanadid. Puede que lo haga. Buscaré la inspiración en Dios. Por de pronto, voy a honrarte de otra manera.

»Tuyo es el mérito de que Calatrava haya vuelto al seno del islam, así que es el momento de que cumpla la promesa que te hice antes de la gran batalla. Bajo tu mando pongo la ciudad y su alcázar. Te confirmo como arráez de todas las fuerzas andalusíes, y a ti te corresponderá la responsabilidad de acosar a los cristianos cuando yo me retire a Sevilla.

Ibn Sanadid apretó los labios.

—Príncipe de los creyentes, yo... te agradezco esta confianza. Pero soy un guerrero, no un político. Estoy seguro de que cuentas entre tus allegados con alguien más capaz...

El joven Muhammad se adelantó un paso y levantó la mano.

—P-p-padre, déjame a mí C-C-Calatrava.

Yaqub abrió los ojos como si ante ellos hubiera un abismo y toda la tierra se precipitara dentro.

—¿A ti?

—S-s-sí, padre. Q-q-quisiera hacer algo yo t-t-también. S-s-soy el heredero de tu imperio. He de aprender. Q-q-que me acompañe alguno de tus visires y yo gobernaré C-C-Calatrava en tu nombre.

—Calla, Muhammad —ordenó el califa—. Eres un crío, y no muy aventajado. Ni siquiera yo ostentaba una responsabilidad así a tu edad. Me duele reconocerlo pero, en este caso, un andalusí es mejor que un almohade para el puesto. Y si eres tú el candidato, con más razón. —Se dirigió a Ibn Sanadid—. Tu negativa te honra, pero no es modestia lo que Dios necesita ahora, sino compromiso. Serás el caíd de Calatrava y dirigirás a los andalusíes. Es la decisión del Único.

Ibn Sanadid posó la rodilla en tierra y humilló la cabeza.

—Gracias, príncipe de los creyentes.

Muhammad, con los colores subidos a las mejillas, apretó los dientes y los puños. Retrocedió varios pasos, aunque su padre ya no le prestaba atención.

—La frontera es larga, Ibn Sanadid —continuó el califa—, así que contarás con amplia hueste andalusí. Nadie mejor que tus paisanos para luchar a tus órdenes. Entre otras cosas porque no sería decoroso que un almohade sirviera bajo mando de alguien de tu raza, seguro que lo comprendes. No obstante, te reclamaré a mi lado si emprendo alguna campaña directa contra Castilla. Que tu naturaleza andalusí no se acostumbre al lujo y la tranquilidad.

El asistente enviado reapareció en lo alto de la torre.

—Mi señor, los nobles Abd al-Wahid e Ibn Yami están aquí.

Se apartó a un lado, y todos los presentes se volvieron hacia el acceso. El primero en aparecer fue el hermano del difunto Abú Yahyá. Abd al-Wahid. Todavía no calculaba bien las distancias, aunque se reponía con asombrosa rapidez de su herida. El califa lo celebró con apatía, y aseguró que su recuperación era posible gracias a la sangre de su estirpe hintata, tocada por Dios. Le informó de su nombramiento, y le aconsejó que no cubriera con un parche el hueco del ojo derecho. Aquella herida a medio curar era un mérito de guerra. Un tributo a Dios que había ofrecido al mismo tiempo que recibía la jefatura de su cabila y de su casa. No debía avergonzarse de ella. Y, de hecho, todos debían conocerlo desde ese momento como el Tuerto.

Abd al-Wahid, que por lo demás se parecía mucho a su difunto hermano y hasta compartía su timbre viril y seco, puso la rodilla en tierra para besar la mano del califa.

—Príncipe de los creyentes, te serviré con lealtad. Y jamás taparé mi herida.

A continuación apareció el Calderero, diferente en casi todo al jeque Abd al-Wahid. Recibió la noticia con alegría mal disimulada, aunque una sombra cruzó su rostro al enterarse de que el primer visirato sería compartido.

—Vital es nuestro nombre —sentenció el califa—. Habla de nuestros méritos, y por eso me llamáis al-Mansur. Por eso también contáis ahora con el Tuerto. Pero no quiero oíros más nombrar a Ibn Yami como el Calderero. Es un apodo vergonzoso, impropio de un gran visir.

Eso satisfizo al Calderero, que se inclinó en muestra de agradecimiento:

—Será un honor servirte junto al valiente Abd al... Junto al Tuerto.

El califa los observó a ambos con triste complacencia. Dio dos pasos hacia Muhammad.

—Míralos, hijo. A partir de hoy, estos dos hombres son los musulmanes más poderosos del imperio. Solo yo los supero, ¿entiendes? De ellos debes aprender, y no aventurarte en empresas que tu debilidad no te permitiría afrontar.

»Y ahora, mis fieles visires, sabed los dos que acabo de nombrar a Ibn Sanadid como caíd de Calatrava. Y lo confirmo como arráez de todos los andalusíes.

—Sabia decisión —asintió el Tuerto.

El Calderero carraspeó antes de incorporarse. Hasta el joven Muhammad, aún ofuscado por el rudo comportamiento de su padre, adivinó que el nombramiento del andalusí no satisfacía a Ibn Yami. Eso le ocasionó una instantánea corriente de simpatía hacia él. El califa no se dio por enterado de matiz alguno.

—Vuestra primera misión será aconsejarme sobre el ataque a Toledo. ¿Entra en la voluntad de Dios que la ciudad vuelva ya a su seno?

Los dos nuevos visires omnipotentes se miraron un momento. Todos aguardaron su consejo. El Calderero, prudente, se cuidó de hablar hasta que interviniera su compañero. El hintata lo hizo con voz firme y decidida:

—Toledo es una gran ciudad, príncipe de los creyentes. He oído que sus murallas son altas y gruesas, con multitud de torres. Un río ancho y profundo circunda casi por completo la colina en la que la construyeron. Para tomarla haría falta un gran ejército, fresco y bien provisto, y muchas máquinas.

»Has conseguido un triunfo que figurará en lugar de honor en las crónicas. Dentro de unos años, cuando todo el mundo siga la verdadera religión, se sabrá que Yaqub al-Mansur es realmente el victorioso por deseo de Dios. Pero tu ejército ha pagado un precio por ello. Son muchos y muy nobles los que dejaron su vida en el campo de batalla, y también cargamos con heridos que retrasan nuestra marcha y mantienen ocupados a nuestros médicos. Además, bajo tu poder caen cada día las fortalezas que pertenecieron a esos infieles comedores de cerdo, y has de instalar guarniciones que las aseguren. No hemos traído tren de asedio, ni tu intención era someter grandes ciudades. Mi consejo, salva tu decisión, es que apures tu marcha hacia el norte para ocupar las plazas que quedan hasta Toledo, pero no te dirijas contra esa ciudad. Regresa a Sevilla, desmoviliza a las tropas y procura que tus fieles se vean satisfechos por su sacrificio. Deja que transcurra la estación fría y después, con las heridas ya restañadas y las fuerzas frescas, reúne de nuevo al ejército y vuelve al ataque para seguir apretando el cerco en torno a Toledo. Tiempo tendremos para planear la campaña y escoger nuestros objetivos.

Yaqub movió la cabeza afirmativamente.

—¿Qué dices tú, Ibn Yami?

—Me parece sensato el consejo del Tuerto. Solo añadiré que ahora, con la desgracia, los enemigos de Castilla se multiplicarán. Conozco a los habitantes de esta península y, o mucho me equivoco, o en unas semanas el rey de Castilla estará acosado por sus hermanos de fe. ¿Acaso no cuentas, oh, mi señor, con la sumisión de ese cristiano, Pedro de Castro?

—El Maldito. Así es.

—También es fiel del rey de León, enemigo ancestral de Castilla. Propón una alianza con él para atenazar a nuestros enemigos. Poco será mi juicio si a nosotros no se une también el reyezuelo navarro, que de siempre ha tenido pleitos con los castellanos y ahora goza de una oportunidad única para sacar partido. Incluso el de Aragón querrá participar en el banquete si Dios oye mis plegarias.

Yaqub pareció olvidar por un momento la pena y sonrió. Se dirigió a Muhammad de nuevo, ahora de mejor humor.

—Aprende, hijo mío. El valor militar y la prudencia política. Se aproximan tiempos fecundos. Vayamos abajo, donde se encuentra el Maldito. Le hablaremos de ese pacto con los leoneses.

El califa, el heredero y los secretarios almohades abandonaron la altura entre comentarios de elogio para los nuevos visires. Solo una persona permaneció en lo alto, atisbando el norte como si desde allí pudiera verse la corte castellana. Ibn Sanadid, arráez de los andalusíes y nuevo caíd de Calatrava. La punta de la lanza musulmana que amenazaba Toledo.

Toledo. Pronto caerían Malagón y Guadalerzas, las últimas plazas antes del Tajo. Las más próximas a esa ciudad que tanto significaba. Toledo, la antigua capital imperial de los cristianos que moraban en la Península, justo antes de que las huestes del islam tomaran posesión de ella. Las crónicas contaban que, poco a poco, los adoradores del Mesías habían recobrado lo ganado por los musulmanes. Con timidez primero, con valor y jactancia después, hasta que consiguieron abandonar sus montañas del norte y formar reinos, juntar mesnadas, tomar ciudades. Generación tras generación de luchadores que empujaban la frontera de la cruz siempre hacia el sur. Pero eso había sido hasta ahora.

Hasta la llegada del califa victorioso, al-Mansur. Lo que a los cristianos les había llevado años conquistar, al-Mansur se lo había quitado en una semana. Y a él, Ibn Sanadid, le correspondía defender todo ese nuevo territorio. La decisión del califa le había dejado un sabor agridulce. Ningún andalusí había recibido jamás tal confianza de parte de un almohade aunque, por otra parte, él estaba deseando dejar atrás aquella vida. La frontera era dura. Desgastaba el ánimo y el cuerpo, y a él lo esperaban en Sevilla su esposa Rayhana y su hija Ramla. Aunque aún tendrían que esperar más.

—Me he enterado de tu nombramiento como caíd. Enhorabuena.

Ibn Sanadid se volvió y vio al joven Ibn Qadish. Sonrió.

—No todo el mundo se congratula por ello. Al nuevo visir Ibn Yami no le ha sentado bien. Por no hablar del heredero Muhammad. Me temo que, además del cadiazgo, hoy he ganado algún que otro enemigo. Pero gracias por tu felicitación, Ibn Qadish. Aunque parte del mérito es tuyo.

—¿Mío?

—Te batiste bien y, de no ser por tu ayuda, no habría superado a los seis cristianos que protegían la puerta. Luchas con cabeza. Eso es bueno.

»También vi lo que hiciste con ese tipo que se rindió. El que te pedía clemencia de rodillas.

—Te suplico perdón por eso, Ibn Sanadid. La decisión de aceptar su amán te correspondía a ti, pero... no sé. Lo vi tan desvalido... Además, me recordó a alguien que conocí hace tiempo.

—Oh, no es mi intención reprenderte. Ese hombre no era ni será jamás un peligro. Se olía a una milla su cobardía. Lo que me interesa es que no eres un loco sediento de sangre. Muchos de los guerreros más arrojados en la batalla son también los más descerebrados. Cosa del valor ciego, que muchas veces se confunde con el auténtico coraje del *tagrí*. Ah, repartir firmeza y misericordia no es habitual en estos tiempos. Mucho menos si a una buena espada se le suma la inteligencia.

Ibn Sanadid se volvió de nuevo hacia el norte y llenó los pulmones de aire. Ibn Qadish se puso a su lado. Adivinó los desvelos del nuevo caíd de Calatrava.

—Nos espera más lucha, ¿eh? Quisiera pedirte que me conservaras a tu lado aquí.

—Hecho. Es más, ya lo había pensado.

Eso sorprendió a Ibn Qadish. El joven estudió la pose tranquila del arráez andalusí.

—¿Habías pensado en mí, dices?

—Tú también me recuerdas a alguien. A un joven *tagrí* con ganas de prosperar, capaz de obedecer o de tomar decisiones según fuera necesario; tan presto a quitar la vida como a perdonarla si se terciaba. Quiero a hombres así a mis órdenes, Ibn Qadish. Quiero adalides como tú para dirigir a nuestros guerreros.

El joven se separó un paso.

—¿Adalid yo? Solo tengo dieciocho...

—Yo no era mucho mayor cuando dirigí la primera algara. No temas, el ejército castellano no existe. Aprenderás a guiar a nuestros jinetes contra fuerzas que se batirán en retirada una y otra vez. Tiempo habrá para medirse con caballeros de verdad. Porque no te quepa duda de algo, Ibn Qadish: los cristianos no están acabados.

Al mismo tiempo. Inmediaciones de Madrid, reino de Castilla

A lo lejos, los dos jinetes levantaban una nube de polvo que el viento arrastraba hacia el sur. Cabalgaban sin enseñas, a toda espuela, y a su espalda dejaban la cadena de cerros sobre la que se aposentaba la ciudad, rodeada de vides y trigales.

—Vendrán a darnos la bienvenida y a indicarnos un lugar para pernoctar.

El que había hablado era Gome de Agoncillo, uno de los nobles más poderosos de Navarra y amigo personal del rey. Este, que también observaba a los dos hombres que se acercaban a caballo, asintió con un gruñido, volvió su enorme corpachón sobre la silla de montar y gritó a la columna:

—¡Aguardamos aquí!

El ejército expedicionario se detuvo sobre el camino y los caballeros aprovecharon para requerir agua tras una nueva jornada de calor. Sancho, rey de Navarra, se acomodó entre los arzones como mejor pudo. El destrero que montaba era un animal enorme, de gran alzada y patas recias como columnas, pero aun así parecía un potro con la figura del monarca sobre él. Se decía que el alférez de Castilla era alto, y que el príncipe de Aragón, Pedro, aún lo era más. Se rumoreaba que el difunto paladín gallego Álvar Rodríguez, al que apodaban el Calvo, había sido un titán de estatura desconocida. Pues bien, todos ellos quedarían por debajo del rey Sancho. Su cuerpo era el adecuado para sostener semejante peso. Macizo y algo redondeado. Sancho, de treinta y ocho años cumplidos, no usaba nunca espada. Las que le habían fundido a medida se quebraban cuando las golpeaba con su fuerza sobrehumana. Por eso llevaba siempre una espectacular maza de guerra que solo él podía manejar. Se retiró la cofia y restregó el pelo, corto y negro, del que salió salpicada una lluvia de sudor. Su rostro era tan bravío como su cuerpo. Barba tenaz, cejas pobladas y mirada furibunda. Si era cierto que los dioses paganos habían exterminado a los gigantes que les hicieron frente, se había olvidado de acabar con uno.

Los jinetes llegaron por fin hasta donde se había detenido la columna Navarra. Ambos desmontaron y enseguida reconocieron al rey Sancho, tanto por su legendario tamaño como por el escudo con el águila negra de su casa. Rodilla en tierra, uno de ellos se dirigió al monarca:

—Mi señor, nos envía el concejo de Madrid para darte la noticia.

—¿Qué noticia?

—El rey Alfonso se encuentra en Toledo, de regreso ya de la batalla.

Sancho de Navarra y Gome de Agoncillo se miraron un instante.

—No nos han esperado.

El madrileño que había hablado volvió a hacerlo:

—Fue hace cuatro días, mi señor. En un lugar llamado Alarcos.

Sancho resopló como una bestia mitológica.

—¿Para esto hemos hecho el viaje? ¿Para esto he movilizado a mis barones y a media Navarra?

Los madrileños observaron la columna detenida sobre el camino. Apenas habría cien caballeros y medio millar de hombres a pie. Si aquello era media Navarra, Navarra era mucho más pequeña de lo que habían imaginado. Naturalmente, ninguno de los dos se atrevió a decirlo.

—En fin —intervino Gome de Agoncillo, de mirada sagaz y de la misma edad que el rey—, nos hemos quedado sin diversión. Los castellanos habrán saqueado a placer. Bueno, y los leoneses, supongo.

—Los leoneses no llegaron a tiempo tampoco, mi señor —aclaró el de Madrid—. Los mensajes de las palomas dicen que nuestro rey tuvo que medirse solo con el miramamolín. Pero me temo que estáis equivocados. Los infieles nos han derrotado.

Los navarros afilaron la mirada.

—No le está mal empleado —siseó Sancho—. Por la sangre de Judas que me alegro.

Agoncillo siguió interrogando al madrileño:

—Cuando dices que os han derrotado, ¿de qué hablas exactamente? ¿Tu rey tuvo que retirarse? ¿Fue una lucha larga? Cuéntanos algo más.

—Perdóname, mi señor, pero las noticias son parcas y no han llegado muchas. Hay algo de confusión también. Parece que muchos de los nuestros murieron y que el miramamolín está conquistando todas las plazas de la sierra a Toledo. Un desastre que nadie se esperaba. Nosotros hemos recibido órdenes de doblar la vigilancia y reparar los lienzos y torres que no estén en buen estado.

El rey Sancho arrugó el ceño entre sus grandes cejas. Si Madrid, una ciudad al norte de Toledo, se veía vulnerable, era porque el infiel avanzaba con ímpetu inusitado. La mirada astuta de Gome de Agoncillo le confirmó que aquello era mucho más grande de lo que podían imaginar, así que dejó de preocuparse por el gasto de la expedición y empezó a calcular el provecho que podía sacar de las nuevas circunstancias:

—Bien. Gracias por informarme. Decid al concejo de Madrid que no requerimos su hospitalidad. Volvemos a Navarra. —El rey se volvió hacia Agoncillo, pero se abstuvo de hablarle hasta que los dos madrileños cabalgaban de vuelta a su ciudad—. Esta es la nuestra.

—No te precipites, mi rey. Lo que sabemos es casi nada.

—Cierto. Por eso necesito más noticias. Las de Castilla llegarán en buena cantidad dentro de poco, seguro. Pero quiero conocerlas también de parte de León. Y del miramamolín.

—Si lo deseas, puedo escoger a algunos hombres y cruzar Castilla. Hablaré con Alfonso de León y...

—No. Eso puede hacerlo cualquier otro. A ti te necesito para el otro trabajo.

Gome de Agoncillo entornó su mirada de gato.

—¿El miramamolín?

Sancho de Navarra estiró los labios en una sonrisa lobuna. Levantó su manaza y gritó la orden de dar media vuelta a toda la columna. El ejército navarro regresaba a casa, aunque no por mucho tiempo.

Una semana después. Marquesado de Lérida,
dominio de la casa de Aragón

El rey Alfonso de Aragón sufrió otro ataque de tos. Los sirvientes atravesaron los corredores del castillo de Torres con jarras de agua y paños para secar el sudor. Conseguirían aliviarle una vez más, pero ahora pasaría menos tiempo hasta el próximo achaque. Nada de importancia, decían los físicos. Normal a los casi cuarenta años del rey, sobre todo después de tanto cruzar los Pirineos de un lado a otro, en invierno y en verano, para ocuparse de sus asuntos ultramontanos. Seguro que le vendría bien la humedad del Segre, que trepaba por los muros del castillo y se colaba en cada aposento. El dueño de la fortaleza, Ramón de Cervera, había cedido con mucho gusto los aposentos a su rey y señor. Pero a los dos días, harto de aguantar accesos de tos y juramentos al Altísimo, había decidido ausentarse. Todo tenía un límite.

Sancha, la reina, aguardó con paciencia a que las toses remitieran. De vez en cuando cruzaba la mirada con su hijo, el príncipe Pedro. Ambos se parecían en cierto modo: esbeltos, morenos y de facciones agradables. Aunque ahí acababan las semejanzas. Sancha, dos años mayor que su esposo, era castellana, hija del emperador y tía del rey de Castilla, y gustaba del recato, la oración y la tranquilidad. El príncipe Pedro, por el contrario, era amante de la caza, del buen vino y, sobre todo, de las mujeres. A pesar de que solo contaba dieciocho años, su nómina de amantes se alargaba más de lo que su casta madre hubiera deseado. La culpa de su éxito la tenía su noble origen, cierto, pero mucho ayudaban su melena negra y desordenada, su buena planta y una generosidad que en ocasiones rayaba en el derroche.

Cuando el rey se libró de las toses, retomó el quehacer que mantenía expectantes a la reina y al príncipe. Y esto no era otra cosa que atender a una misiva recién llegada desde el monasterio de Piedra, casi en la linde con Castilla. Alfonso de Aragón rompió el sello, extendió el rollo, entornó los ojos. Movió en silencio unos labios que, a medida que avanzaba la lectura, se curvaban en una sonrisa de satisfacción. Levantó la vista. Durante un corto instante pareció que dedicaba una mirada burlona a su esposa. Habló en voz alta:

—El abad Gaufredo es diligente. Le pedí que pusiera ojos y oídos en todo lo que atañera a Castilla y a esa campaña loca de su rey. Y aquí está la respuesta. Ha habido una gran batalla, ¿sabes, mi reina? Miles y miles de hombres. Tu sobrino se ha enfrentado al miramamolín.

—Espero que le haya cortado las pelotas a ese infiel y se las haya hecho tragar —dijo el joven Pedro. Sancha se removió en su escabel.

—Hijo, por Cristo, no hables así. Además, algo me dice que las cosas no han salido bien. Demasiado alegre veo a tu padre.

—Eres sagaz, mujer. —Alfonso de Aragón enrolló la carta y la miró como si fuera un regalo largamente esperado—. Tu sobrino ha sufrido una derrota total. Su ejército está prácticamente exterminado y pierde plazas a tal velocidad que, de seguir así, Navarra será en un mes más grande que Castilla.

Remató la comparación con una carcajada que hizo regresar la tos. Nuevo ir y venir de sirvientes. La reina se volvió hacia su hijo.

—Jamás te alegres tú de las desgracias de Castilla, Pedro. En esto sé que lo harás mejor que tu señor padre.

El príncipe apretaba los labios. A través de su madre había aprendido a amar a su familia castellana y, sobre todo, a admirar la vocación militar de su primo Alfonso. Cuánto le habría gustado que su padre se pareciera a él en algo más que el nombre. El rey de Aragón, aparte de conquistar durante su juventud algunas plazas casi desiertas en las tierras del rey Lobo, no había hecho más que pactar, recibir vasallajes y cambiar feudos por tierras, tierras por feudos, tierras por tierras...

—No has de temer, madre. Yo me alegraré también, pero será por la escabechina de morisma que pienso hacer en cuanto ciña corona.

El rey, atribulado por la tos, no oía la conversación entre reina y príncipe. Bebió, escupió el agua y volvió a beber. Alejó con aspavientos a los sirvientes y se retrepó en la silla de alto respaldo para tomar aire.

—Aaaah. Malditos achaques. No le dejan a uno disfrutar de las buenas noticias.

—No sé por qué insistes en odiar a mi sobrino, esposo mío. En lugar de eso, a su lado tendrías que haber estado, como requirió el legado Santángelo en su momento.

—Bah. Tengo cosas mejores que hacer que ayudar a tu sobrino a engrandecer sus tierras. No me gusta su altanería, mujer. Te lo he dicho muchas veces. No me cabe duda de que esta derrota la habrá sufrido por eso: por vanidoso. Pero Dios castiga sin palo, ya sabes.

—No metas a Dios en esto, Alfonso. O si lo haces, que sea para rogarle perdón. El cardenal Santángelo ya te reprendió por mal cristiano. ¿Qué quieres? ¿Condenarte? Mira que nunca se sabe lo cerca que tenemos la tumba.

El rey de Aragón manoteó como si espantara una mosca.

—Tú eres castellana. Nunca supiste dejar atrás esa fidelidad tuya y sustituirla por la de una buena esposa. Aragón es lo que ha de importarte. ¡Aragón! Y los aragoneses no dormiremos tranquilos mientras tu sobrino goce de poder y del favor papal. Ahora veremos qué pasa. A ver si el santo padre vuelve a mandar a Santángelo para que abronque al miramamolín.

Nueva risotada. Nuevo ataque de tos. Sancha no pudo más, se levantó con lentitud y gran dignidad, se alisó los pliegues del brial e hizo un gesto discreto a su hijo. Ambos se alejaron por el corredor, cruzándose con sirvientes azorados que perdían los contenidos de las jarras por el camino.

—Dios sabe que no deseo ningún mal a nadie, mucho menos a mi marido. Pero cómo me gustaría que se le abrieran esos ojos que solo usa para mirar al norte.

—Madre, quisiera ayudar a mi primo. Deseo viajar a Castilla.

Sancha, orgullosa del príncipe, apoyó una mano en su hombro y se aupó sobre las puntas de los pies para darle un beso en la mejilla.

—Eso no es posible, Pedro. Pero has de permanecer atento y aprender. Deja de lado tus flirteos, observa lo que va a ocurrir en la corte de tu padre, en la de Sancho de Navarra, en la de mis sobrinos en Castilla y en León... Vamos a vivir tiempos difíciles, ya lo verás. Aunque siempre se puede sacar una enseñanza de eso. Ahora cada uno mostrará su verdadero rostro. Y, a no mucho tardar, llegará tu momento de dar la cara, Pedro. Rezo por ello día y noche.

3

Embajada a Sevilla

Cuatro meses después, finales de verano de 1195.
Escalona, reino de Castilla

La villa presentaba un aspecto imponente. Sobre un cerro en forma de mesa, rodeada por murallas y con el río Alberche a sus pies. Escalona era una plaza al norte de las dos ciudades más poderosas de la Trasierra: Toledo y Talavera. Resultaba impensable que los invasores se dirigieran allí sin rendirlas o sin tomar antes las posiciones que se interponían entre el Tajo y Escalona, como Santa Olalla y Maqueda.

Esas habían sido las razones que habían convencido a Velasco para instalarse en la ciudad tras huir de Calatrava. Aunque había otras con el mismo peso. El fuero de Escalona obligaba a un solo fonsado por año, que ya estaba más que cumplido y sus buenas muertes había costado en Alarcos. Y además los villanos no tenían obligación de *anubda*, ni estaban sometidos a señor alguno más que al propio rey y a las disposiciones del concejo. Velasco no era poblador de la villa, pero no pensaba que nadie viniera a buscarle allí. Se prestó a colaborar en los trabajos para reforzar la muralla a cambio de alojamiento y comida, y a vigilar los campos de trigo y cebada que se extendían al sur del alfoz, o las sendas del ganado que venía desde Segovia y Ávila para invernar en tierras de Plasencia. El concejo precisaba de sangre nueva para reponer la derramada en Alarcos. No contó a nadie lo de su noviciado en Calatrava ni que había estado en la gran derrota. Simplemente se hizo pasar por un refugiado de la Trasierra, de esos que ahora llegaban por cientos a las ciudades amuralladas para buscar protección frente a los sarracenos.

Aquel día, Velasco apuraba un vaso de vino caliente en una taberna cercana a la iglesia de Santa María. Junto a él renovaban fuerzas otros obreros, y aprovechaban el momento para charlar con los viajeros que hacían el camino hacia o desde las fronteras. Uno de ellos se daba importancia mientras untaba el pan con grasa. Cuando hablaba, las migas salpicaban a los demás comensales, pero a nadie le importaba porque las noticias eran de fuste.

—El Renegado está en León, sí —decía—. Por lo visto, se presentó por su cuenta cuando los infieles se retiraron a sus cuarteles de invierno. Aunque también he oído rumores de que el propio rey lo llamó a su lado. Le ha concedido el puesto de mayordomo.

—Traidores... —masculló uno de los albañiles.

—Bueno, depende. Traidor ha sido el señor de Castro mientras estaba junto al miramamolín. Ahora ha vuelto a la senda recta.

Uno de los villanos largó una carcajada seca.

—Pocas luces tienes si crees eso. Se sabe que León atacará Castilla en cuanto llegue el buen tiempo. Y daremos gracias a Dios si los leoneses no se alían con los mazamutes y nos entran a la vez por todos lados como plaga de langosta.

Se oyeron comentarios apagados. Unos pocos veían imposible tal cosa, pero los más viejos callaban. No era un secreto lo que todos, hasta los más optimistas, creían: Castilla tardaría un año, dos, cinco o diez, pero al final sería musulmana. Una parte más del imperio almohade, con minaretes en lugar de campanarios. Con las banderas blancas del califa africano en lugar de la torre dorada en los estandartes rojos. Velasco, que se había mantenido en silencio, lanzó una moneda al tabernero y salió a la calle. Oír de guerras, alianzas y traiciones le aceleraba el pulso. Anduvo hasta la plaza, donde los mercaderes estaban a punto de recoger sus puestos. Las dueñas más remolonas todavía negociaban la compra de cacharrería o esperaban para conseguir de baratillo lo que no se hubiera vendido en toda la mañana. Apenas se veían hombres aparte de los comerciantes. Muchos se habían quedado para siempre en la llanura de Alarcos, y otros habían regresado heridos o mutilados, inútiles para el trabajo o para volver a luchar. Escalona, como muchas otras villas castellanas, era ahora un lugar de mujeres, ancianos y críos. Velasco buscó entre los puestos al pergaminero que, muy de vez en cuando, montaba su tenderete en la plaza. No podía comprarle nada, pero le gustaba pararse delante y observar las láminas de cuero extendidas. A veces incluso le permitía pasar las yemas sobre su superficie. Velasco echaba de menos escribir, aunque solo fuera inventarios de cebada, trigo y aceite, como hacía en Guadalerzas.

Ahora no había tiempo para distracciones inútiles. Cruzó la plaza y se dirigió a su puesto de trabajo en el lienzo sur. Había que reforzar algunos tramos antes de que la campaña se reanudara. Porque se reanudaría, de eso no cabía duda. Los alcaldes elegidos por el concejo también lo sabían, y por eso habían impuesto como prioridad el arreglo de unas defensas que en decenios no habían tenido que cumplir su misión. Lo mismo ocurría en lo que quedaba de Trasierra e incluso en algunos lugares de la Extremadura castellana. Llegaba el tiempo de la resistencia. De acogerse a las murallas, apretar el oído contra las puertas y esperar. De retrasar lo que todos temían y se negaban a reconocer en voz alta. Algunos niños pasaron corriendo frente a Velasco. Llevaban palos y los blandían como si fueran espadas. Pobrecillos. Jugaban a ser caballeros. Héroes que se batían contra los enemigos musulmanes y salvaban sus hogares. No sabían lo poco que había de heroico en morirse de miedo, ahogado entre sangre y excrementos en el campo de batalla. Uno de los chicos, el más pequeño, huía de los otros. Se revolvió palo en mano cuando se vio acorralado.

—Ríndete, cristiano —gritó en falsete uno de los perseguidores.

«Acabáramos —pensó Velasco—. Juegan a ser almohades.»

—¡No me hagáis daño!

—Tranquilo, solo vamos a cortarte la cabeza.

El pequeño se escabulló gracias a su menor tamaño. Esquivó a los falsos sarracenos y siguió con su fuga. Hubo algarabía que imitaba la lengua infiel, y la turba de críos corrió hacia otro punto de la villa. Velasco suspiró. Así que esos eran los que, si Dios lo permitía, tendrían que recuperar lo que se perdiera ahora a manos del miramamolín. Quién sabía cuántos de aquellos zagales eran ya huérfanos de padre. Y cuántos no llegarían a adultos. Recordó su propia niñez, cuando no era muy distinto de cualquier otro muchacho. Se detuvo en una esquina y volvió la vista atrás. El grupo se alejaba vociferante, insultando al pequeño cristiano y prometiéndole tormentos sin fin para mayor gloria del Profeta. Mucho había cambiado la historia desde que él jugara de ese modo.

«Cuando yo era niño, los cristianos ganábamos siempre. Y los infieles huían.»

Reanudó la marcha. Nueva historia, nuevos héroes. Como

aquel sarraceno que le había perdonado en Calatrava. El signo de los tiempos, pues, era ese: quedaba claro quién ostentaba poder sobre la vida y la muerte. El señor de Castro y tal vez el rey de León aprendían la lección y se aliaban con los enemigos de Cristo. ¿Era ese el porvenir? ¿La lección que debían aprender los futuros hombres de Castilla?

Sí, sin duda lo era. Él lo sabía: imposible oponerse a la terrible potencia del miramamolín. La nueva generación crecería convencida de que la derrota era la única opción, y nada podría henchir el corazón de esos niños e impulsarlos a imitar a los guerreros de antaño.

Dos días más tarde. Calatrava

Ibn Qadish entregó las riendas a uno de los sirvientes y caminó con paso firme hacia las dependencias del caíd. Los soldados lo saludaban con breves inclinaciones de cabeza, y él respondía del mismo modo.

No le había costado mucho ganarse el respeto de la guarnición. Al principio se resistieron a asumir que un muchacho de menos de veinte años iba a ser adalid de la caballería andalusí, pero en un par de salidas demostró que su arrojo y su viveza superaban a las de guerreros con el doble de su experiencia. Eso había sido en verano, cuando en los caminos aún podían encontrarse partidas de aventureros y buscadores de despojos. Ibn Qadish pensó que tal vez tendría que vérselas con cabalgadas procedentes de Toledo, aunque lo cierto era que los hombres del rey Alfonso no se atrevían a abandonar la seguridad de las murallas. Y lo más importante: tras la conquista de las plazas calatravas no se habían vuelto a ver freires. De ninguna orden.

Los guardias abrieron los portones bajo el arco de acceso al alcázar. Nada más entrar, adosada a la muralla sur, estaba la residencia del caíd, precedida de un descuidado patio y de una tapia. Un criado que arrancaba la mala hierba lo vio llegar. A la izquierda, casi tanto como las torres de defensa, se alzaba el palomar, imprescindible para una plaza militar de frontera. A la derecha se abría la que había sido residencia del maestre calatravo.

—Avisaré al caíd de que has llegado, noble señor. Está despachando con la gente de Caracuel, pero no creo que tarde mucho —dijo el criado antes de desaparecer dentro del edificio.

Ibn Qadish asintió. Desde su nombramiento por el califa, Ibn Sanadid recibía novedades de todas las fortalezas conquistadas en la Trasierra, y Caracuel era una de ellas. Tocaba esperar, así que se entretuvo paseando entre las zarzas. El nuevo caíd había renunciado a usar aquel espacio como establo privado. Sus monturas se encontraban con las demás, en las caballerizas comunales del alcázar. Esos pequeños detalles engrandecían a un líder a los ojos de la tropa, así que el joven andalusí tomó buena nota.

Fuera, al otro lado de la tapia, un martillo golpeaba el metal contra un yunque. Sin quererlo, los pasos de Ibn Qadish se adaptaron al ritmo regular del herrero. Pero entonces llegó otro sonido que también aprovechaba los martillazos. Una voz, suave y aguda que venía de la vivienda, tarareaba una tonadilla y la salpicaba con frases dispersas.

¿Qué será de mí contigo?
Mi corazón te quiere y estoy de ti prendada,
pero temo tu injusticia y el ataque de tus ojos.

La muchacha salió al patio con una canasta de mimbre. No vio a Ibn Qadish, que ahora se hallaba en pie en el rincón entre la tapia y la vivienda. El arráez la observó con detenimiento, sin avisar de su presencia. Era la hija de Ibn Sanadid, no cabía duda. Compartía con su padre rasgos y gestos. Llevaba un simple pañuelo anudado en la cabeza, pero el pelo negro y largo escapaba de él como una cascada. No era de una gran hermosura en realidad, aunque tenía ojos grandes, negros y alegres, boca pequeña y mejillas sonrosadas. Ibn Qadish calculó que no pasaría de los dieciséis.

—Sabía que la familia del caíd iba a venir, pero os esperaba más tarde.

Ella dejó de tararear y descubrió al joven. Dejó la canasta en el suelo. De su interior escapó un aleteo.

—¿Quién eres?

—Ibn Qadish, arráez de la caballería andalusí. —No pudo evitar que el orgullo tiznara sus palabras al presentarse. La chica lo notó.

—Ah, eres tú...

«Así que le ha hablado de mí», pensó el muchacho. Entonces sobrevino el silencio. Ni uno ni otro supieron qué decir mientras el martillo continuaba con su soniquete en la forja. La sonrisa les subió a los labios a la vez, y ella tiró de la manga de su *gilala* para cubrirse el rostro. Ibn Qadish notó el cosquilleo en el estómago. Miró a otro lado, como si hubiera algo más capaz de llamar su atención en aquel patio vacío. La chica lo observó divertida, con media cara tapada y los rizos flotando ante los ojos de pestañas largas y curvadas.

—Eeeh... Cantas muy bien —balbució él.

—Por favor, no se lo digas a nadie.

Ibn Qadish volvió a mirarla por fin. La tela le ocultaba la boca, pero vio que sus ojos ya no sonreían. Era normal. Los almohades tenían por pecaminoso el canto, y aquella chica venía de Sevilla, donde los *talaba* y los delatores recorrían las calles atentos a cualquier falta a la moral.

—Soy andalusí, a mí me gusta la música —la tranquilizó él.

Los ecos de una conversación entre hombres llegaban hasta el patio. La chica recogió la canasta y, a toda prisa, se dirigió a la portezuela del palomar.

Ibn Sanadid salió de la vivienda. Tras él lo hicieron varios hombres, la mayoría con espadas al cinto. El caíd interrumpió la charla en cuanto vio a Ibn Qadish. Extendió el brazo hacia él.

—Este es el hombre del que os hablaba, amigos. Os agradeceré que, cuando pase por Caracuel, lo recibáis como si fuera yo mismo.

La comitiva dedicó un saludo respetuoso al joven adalid.

—Es un honor, señores.

Ibn Sanadid despidió a los de Caracuel en la puerta del patio. Al volverse reparó en la presencia de su hija, que curioseaba asomada a la portilla. Llegar a una conclusión le costó un par de miradas inquisitivas que repartió entre ella e Ibn Qadish.

—Vaya, ya has conocido a Ramla. Llegó ayer con su madre y un montón de criados. Espero que os llevéis bien.

—¿Que me lleve bien con tu hija, Ibn Sanadid?

El caíd guiñó un ojo a Ramla e indicó al arráez la entrada.

—Pasa. Supongo que querrás contarme cómo te ha ido.

—Así es.

Ella se volvió a meter en el palomar. Los dos hombres avanzaron por un corredor oscuro, muy propio del ambiente religioso de los antiguos inquilinos.

—Ramla se ha empeñado en encargarse de las palomas. No creo que eche de menos Sevilla, pero sí los pájaros cantores de allí. Y las flores, los arriates y las balaustradas. Al menos estará entretenida.

Ibn Qadish no contestó. Las comodidades de la ciudad, ciertamente, no cuadraban en aquel enclave de frontera. Y pese a ello, el aroma que inundaba la casa de Ibn Sanadid no era el propio de un cuartel. En un solo día, la llegada de las dos mujeres había operado maravillas.

Llegaron a la estancia principal del edificio. Un par de sirvientes retiraban las copas y platos de la reunión anterior. Sobre la mesa baja que dominaba la estancia principal, una gran bandeja de dulces esperaba a Ibn Qadish.

—Siéntate y descansa, mi joven adalid.

El joven obedeció. Uno de los criados le trajo agua perfumada en una jofaina, y el otro, vino con una copa de jarabe de limón.

—Vaya, Ibn Sanadid. Veo que tu familia ha venido bien surtida desde Sevilla.

—Así es. —El caíd cogió un pastel de pistacho y lo saboreó con fruición—. Doy gracias a Dios. Pero dame ya tu informe. ¿Qué tal todo en la frontera?

—Mal. Tres días y tres noches aburridas, sin encontrar a un solo hombre o mujer al norte de Malagón. Los cristianos no se atreven a cruzar el Tajo. Ni siquiera los buhoneros.

—Pero eso no está mal, Ibn Qadish. Todo lo contrario.

El joven se lavó las manos, apuró la copa y tomó uno de los pastelillos.

—Claro... Ahora que tu familia está aquí, mejor que reine la tranquilidad.

—Exacto.

—Perdóname, Ibn Sanadid, pero no lo entiendo. Si querías asegurarte su tranquilidad, tu mujer y tu hija deberían haberse quedado en Sevilla.

El caíd rio antes de hacerse con un segundo dulce.

—Tú no conoces a mi mujer, Ibn Qadish. Cualquiera le niega nada. Es una andalusí de las de antes, y mi hija lleva el mismo camino. Lo prefiero así. Ya que no puedo volver a Sevilla, como era mi deseo, Sevilla ha venido a mí. O al menos dos de las sevillanas.

El joven sonrió y fingió interesarse por los desvelos de paz y seguridad del caíd durante un rato más, como ordenaba la decencia. Pero tras el tercer pastelillo, abordó el tema que había ido a tratar:

—Supongo que junto con tu familia han llegado noticias de Sevilla. Llevamos sin saber nada del califa desde que volvió.

—Y eso también es bueno, Ibn Qadish. Significa que al-Mansur confía en mí. Has de darte cuenta del enorme privilegio que supone eso. Estoy seguro de que los *talaba* de su corte rabian con la decisión de dejar la frontera bajo mando de un andalusí, y también por poner a tanta tropa a mis órdenes. No ha quedado aquí ni un solo africano, ¿te das cuenta? Hasta nuestro imán es paisano. En fin, no podemos decepcionar a al-Mansur.

»Pero tienes razón: hay noticias. El califa desmovilizó al ejército en cuanto llegó a Sevilla, aunque al mismo tiempo ordenó que se prepararan para la primavera y llamó a más tropas de África. Todavía no sabemos qué planes hay, así que podemos esperar cualquier cosa. Es posible que el año próximo, para estas fechas, estemos asediando Toledo.

»También se habla de las nuevas alianzas. Por lo visto, al-Mansur se ha avenido otra vez con el rey de León. Están negociando a través de Pedro de Castro. Y lo más importante, que seguramente es lo que esperabas: nos uniremos al ejército califal en cuanto comience la campaña. Dejaremos aquí la guarnición mínima, ya que has hecho tan buen trabajo en la limpieza de nuestras tierras, y marcharemos hacia donde Dios y el príncipe de los creyentes dispongan.

Aquello satisfizo a Ibn Qadish. Y por cómo lo había dicho, pareció que también a Ibn Sanadid. Eso extrañó al joven.

—Has dicho antes, caíd, que tu primera intención era regresar a Sevilla. Pensaba que estabas harto de la guerra.

—Más de lo que supones, Ibn Qadish. He visto demasiado, y la mayor parte no por placer... —Su mirada se perdió un momento, pero la recuperó enseguida—. Mi alegría es por ti en realidad. Si acompañamos al califa, tendremos la oportunidad de hacernos valer ante él. En especial tú, que estás en la edad. Conozco a al-Mansur y sé que premia a quien se distingue.

—Me halagas, Ibn Sanadid.

—Oh, no. En realidad soy un egoísta, amigo mío. Lo que busco es a alguien que pueda sustituirme en un tiempo. Tal vez tú...

El canto femenino se oyó de fondo. Ramla volvía con su tonadilla en el palomar. Ibn Qadish se dejó mecer por la voz dulce de la muchacha y solo reaccionó ante el carraspeo del caíd.

—Aaah... Disculpa, Ibn Sanadid. Agradezco tu hospitalidad, pero... En fin, seguro que quieres disfrutar de tu familia. Necesito un baño, así que me voy.

—Claro. Perdona que no te acompañe hasta la puerta, amigo mío. Voy a quedarme aquí sentado un rato.

El joven adalid se retiró. Al salir al patio, vio a Ramla entretenida con la fachada del palomar. Rascaba con una pequeña segur para eliminar los hierbajos que habían enraizado.

—¿No dispones de criados para esa labor?

Ella se volvió. Esta vez no ocultó el rostro.

—Sí, pero temo que me aburriré mucho aquí. Algunos soldados se han traído a sus familias, aunque viven en la medina. Si al menos tuviera una amiga...

—O un amigo.

Ibn Qadish lo había dicho sin pensar. Se arrepintió de inmediato, aunque le vinieron a la mente las palabras del caíd. «Espero que os llevéis bien.» ¿Era una especie de permiso?

Se sorprendió enganchado de nuevo a la mirada de Ramla. Carraspeó y se inclinó en una reverencia antes de marcharse.

✠

Tres meses después, finales de otoño de 1195. Burgos

El príncipe Fernando apretaba los labios, consciente de lo serio de la reunión. Sentía que algo denso pesaba sobre los adultos en aquel salón del palacio de La Llana. Y quien mayor carga soportaba era el alférez de Castilla, Diego López de Haro. Su semblante rígido, su mirada baja y su pose inmóvil no indicaban que el riojano pasara por su mejor momento.

El niño no soltaba la mano de su madre, la reina Leonor, que permanecía sentada en su trono mientras el rey paseaba de un lado al otro de la estancia. Alfonso de Castilla había mandado salir al escribano y a la guardia, y solo había permitido quedarse a su alférez y al arzobispo de Toledo. Este, con los brazos cruzados y la vista fija en Diego de Haro, fue quien lo interpeló con dureza.

—No es momento para irse. Castilla te necesita, necesita tus huestes y tus armas.

—Casi todas mis huestes fueron masacradas en Alarcos. Y los

moros tienen mis armas... y mi honor. —Levantó la mirada hacia Martín de Pisuerga—. Castilla caerá, con o sin mí. Es a Tierra Santa adonde quiero ir. A luchar por Dios. No debería molestarte eso, mi señor arzobispo.

—A mí sí me molesta, Diego —intervino por fin el rey.

Fernando sintió que su madre le apretaba la mano. Se fijó en ella. Leonor Plantagenet entrecerraba los ojos como si aguantara un chaparrón a la intemperie. En la mente infantil del príncipe quedó claro que aquellos tres hombres eran el tejado que la reina necesitaba para no mojarse. Solo que las goteras eran de espanto.

—Mi rey —el alférez dejó caer los hombros—, de nada te valgo aquí. Y yo necesito alejarme. Reflexionar. Hay algo que no funciona bien. Como si la espada fuera demasiado ancha para entrar en la vaina. Tienes a los Lara, así que puedes nombrar alférez a uno de ellos. Al conde Fernando, por ejemplo.

—Mi alférez eres tú.

—Un alférez que arrojó tu enseña y huyó. Ese soy yo. Mi voto está hecho ante la cruz, mi rey. Iré a Tierra Santa a expiar mis pecados.

El arzobispo Martín se adelantó un paso.

—Lo que vayas a hacer a Tierra Santa puedes hacerlo aquí. Para ser exactos, aquí lo harás mucho mejor. Jerusalén cayó en manos de Saladino, pero él mismo ordenó antes de morir que se permitiera peregrinar allí a los cristianos. Incluso firmó un tratado de paz con el difunto hermano de nuestra reina, Ricardo. —Señaló al alférez con dedo acusador—. Los infieles de Tierra Santa son mujerzuelas complacientes comparados con los almohades. ¿Te ves batiéndote con ellos como puedes batirte aquí?

Diego de Haro no pudo rebatir al arzobispo, así que buscó otro camino.

—Al menos allí no me conoce nadie. En Castilla todos saben que di la espalda al miramamolín.

El acento normando de la reina resonó por fin en el salón:

—Así que es por vergüenza.

Diego de Haro no tuvo más remedio que asentir.

—Eres mi amigo además de mi alférez —la voz del rey sonó conciliadora—, y no considero que hicieras nada deshonroso. Yo también tuve que volver riendas y refugiarme en Alarcos. Y huí de la ciudad antes que tú. Todos huimos —hizo un gesto hacia Martín de Pisuerga—, y ninguno nos enorgullecemos de ello. Vergüenza pasamos, y seguro que merecida. Pero si corremos a escondernos para que nuestros vecinos no nos señalen, estaremos regalando Castilla a los sarracenos. No será tan fácil. Veré nuestras iglesias convertidas en mezquitas, pero no se deberá a la tibieza.

—Mi esposo dice bien —añadió la reina—, nadie queda con vida que pueda reprobarnos. Quien no se avergüenza es porque murió en Alarcos. Y además, para volver la cara al enemigo hay que haberle dado el frente antes. ¿Qué fue de los concejos que no acudieron porque pagaron fonsadera o porque se acogieron a fuero? ¿Y de los señores que comparecieron con huestes menguadas? ¿Y de los que llegaron tarde con cualquier excusa? Este verano, antes de salir de Toledo, pude ver las caravanas de gente que escapaba rumbo al norte. ¿Por qué? ¿Creen que los almohades se conformarán con cruzar el Tajo, o que se detendrán en el Duero?

»Cuando era una jovencita, antes de abandonar mi tierra, mi madre me explicó que me dirigía a un reino de guerreros. Que Castilla se había forjado con la espada y que la guerra con el islam era parte de la vida. Llegué y no me costó mucho comprobar que era verdad. He vivido largos años convencida de que no conocería la paz. Ahora parece que sí la conoceré, al precio de renunciar a mi fe o de volver a Inglaterra. Decidme, mis señores: ¿qué le ha pasado a Castilla?

Nadie contestó inmediatamente. Hasta el joven príncipe Fernando se removió inquieto, como si una avispa le hubiera clavado el aguijón. Igual que se clavaban todas aquellas alusiones a los sarracenos, los moros, los almohades... Gente extraña que ponía en peligro a su familia, su casa, su vida. Todo lo que conocía. El alférez se mordió el labio inferior; y el rey Alfonso volvió al trono, sobre el que se dejó caer fatigado. Solo el arzobispo de Toledo, tras pellizcarse la barbilla por largo rato, tomó la palabra:

—La reina tiene razón. Y no es de ahora. El pueblo ha perdido la esperanza. Es como si no se sintiera parte de esto. Fonsadera... Usar ese derecho como excusa cuando la cristiandad está en juego resulta pecaminoso, estoy seguro. Nadie que haya recibido bautismo debería conformarse con pagar para no acudir a defender a Cristo.

—Es la ley —adujo el alférez—. Ahora no se puede arrebatar a los concejos lo que se les garantizó con sello real. Además, nada sacamos de esta discusión. La chusma es chusma y no se ha de esperar que sus corazones se vuelvan nobles.

—No estoy de acuerdo. —Leonor habló con tono didáctico.

Como si le estuviera dando una lección al príncipe en lugar de a aquellos tres hombres—. Solo es que no tienen a quién admirar. Si ven que los altos barones del reino se retiran, se excusan o pactan con los sarracenos, es normal que ellos mismos pierdan el poco valor que tienen.

Diego de Haro bajó la mirada. El rey también se dio por aludido.

—Mi señora, cuando la carga de caballería se agota, es lícito volver atrás para tomar nuevo impulso y cargar por segunda vez.

—No nos estamos reagrupando, mi rey —Martín de Pisuerga habló entre dientes—. Estamos pactando con el enemigo de Cristo. Y, según me cuentan, has enviado para ello a un judío. ¿Cabe mayor escarnio?

—Señores —la reina Leonor se puso en pie sin soltar la mano del príncipe—, todos sabemos que el miramamolín no aceptará esas treguas. Ni yo lo haría. No hay que dejar que el enemigo vencido se reponga. Pero si ese infiel, por alguna locura incitada por Satanás, decide darnos tiempo, espero que lo aprovechéis para reponernos y volver a la senda recta. Vamos a necesitar ese valor que decís que se ha perdido. —Miró con fijeza al alférez—. Diego, has hecho votos para peregrinar a los santos lugares, pero tenemos aquí a un siervo de Dios que convencerá al papa para que te libere de cumplir. Te necesitamos en Castilla. Es tu reina quien te lo pide: quédate. ¿Desampararás a una dama?

El alférez apretó los dientes antes de negar con la cabeza.

—Bien —dijo el arzobispo—. Escribiré al santo padre enseguida. Y buscaré la forma de que los castellanos vuelvan a sentirse orgullosos de serlo, al menos hasta que se les obligue a convertirse al islam. Hasta entonces, lamento decir que nuestro destino está en manos de un judío.

Al mismo tiempo. Sevilla

Abraham ibn al-Fayyar miraba alrededor con aprensión.

Había llegado a la capital almohade en al-Ándalus una semana antes, acompañado por otros dos ilustres hebreos de la comunidad toledana y de media docena de sirvientes. Avanzaban escoltados por un destacamento de Ábid al-Majzén, lo que les garantizaba la seguridad. Pero todo el mundo sabía que eran judíos. Los de piel más oscura, cubiertos con turbante y vestidos con *burnús*, eran quienes mostraban su desprecio de forma más notoria. Escupían al suelo a su paso y los llamaban monos. En cuanto a los andalusíes, apenas si levantaban la vista mientras recorrían las calles.

Se detuvieron en la puerta del recinto palatino. Uno de los enormes guardias negros se adelantó mientras el resto esperaba. A la derecha, varios africanos rodeaban una montonera de libros que empezaba a arder por su base. Las llamas lamieron las cubiertas de cuero y se alzaron enseguida. Los almohades prorrumpieron en loas a Dios y maldiciones a los infieles. Algunos andalusíes se unieron a la algarabía con pocas ganas.

Abraham torció el gesto. A sus cuarenta y seis años se sorprendía de pocas cosas, pero nunca era plato de gusto ver una pira de sabiduría. Se dirigió en voz baja a uno de sus acompañantes:

—Dios es único, y también su libro. Fanáticos.

No recibió contestación. El guardia negro que se había ausentado ya regresaba. Venía acompañado de un tipo con barba recortada y mirada altiva que los examinó con detenimiento.

—Soy Abú Said ibn Yami, primer visir del príncipe de los creyentes. ¿Eres tú el judío?

Abraham se inclinó con humildad. Respondió en un árabe perfecto:

—Soy el gran rabino de Toledo, mi señor. Embajador con poderes del rey Alfonso de Castilla, que envía saludos y deseos de paz.

—Paz. Ya. ¿No traes nada para demostrar tus buenas intenciones?

—Ah... Pues no.

—Mal hecho. Te explicaré algo de nuestras costumbres: cuando un embajador extranjero pretende entrevistarse con el príncipe de los creyentes, siempre ofrece algo. Oro, joyas, seda... No es para lucirlo: nosotros estamos libres de vanidad. Pero sirve para alzar más mezquitas, para fundir más hierro y construir más armas. Tampoco es malo agasajar a quien está próximo al corazón del califa. Personalmente prefiero a las esclavas. Sobre todo si están bien formadas y son jóvenes. Pero no has traído nada, judío. Desde luego, no esperes mi intercesión.

Abraham se lamentó con un gesto histriónico.

—Cuánto siento mi torpeza, gran visir. La próxima vez tendré en cuenta... tus preferencias.

—Eso espero. Tus amigos quedan fuera. Solo puedes entrar tú.

—Así será, mi señor. Aunque te ruego que les dejes la escolta. Veo que hacéis justicia con libros sin duda pecaminosos —señaló la pira—, y los ánimos están exaltados.

El Calderero rio.

—Haces bien en temer, judío. Los infieles estáis destinados a morir a nuestras manos. Pero no hoy. —El visir pareció reconocer a uno de los exaltados—. ¡Abú Abbás! ¿Eres tú?

El interpelado se volvió y, al ver quién le llamaba, corrió a postrarse ante él.

—Ilustre visir omnipotente, siempre es un honor.

El Calderero hizo un gesto condescendiente y se dirigió a Abraham.

—Este es uno de mis *talaba* más aplicados. Busca cucarachas y las extermina. Cucarachas como tú, judío. Abú Abbás, levanta y dime qué quemáis. Si el viento cambia y el humo molesta al califa, tendrás problemas.

—Oh, son los libros de Ibn Rushd, mi señor, y algunos otros que hemos encontrado en las casas de sus alumnos. Los dueños ya han sido apresados, por supuesto.

El Calderero asintió e indicó a Abraham que lo siguiera. Dos de los Ábid al-Majzén los escoltaron mientras el resto quedaba fuera, sirviendo de protección para la comitiva toledana. Avanzaron por el complejo palatino, sembrado de arriates y plagado de austeros edificios, algunos todavía en construcción. El enorme minarete de la nueva gran mezquita proyectaba su sombra sobre ellos. Un par de sirvientas se cruzaron en su camino con bandejas y paños, a buen seguro con destino en un *hammam*. Abraham observó la larga y lasciva mirada que el primer visir dedicaba a las muchachas a pesar de que iban cubiertas de arriba abajo y sus rostros estaban velados. No les perdió vista hasta que desaparecieron tras un recodo.

—Perdona mi atrevimiento, visir. ¿Quién es ese Ibn Rushd?

—Un cadí cordobés. Medio médico, medio hereje. Sirvió como consejero al anterior califa, e incluso el actual lo mantuvo a su lado durante un tiempo. Pero las ínfulas lo cegaron y se puso a escribir obscenidades filosóficas y mentiras de Iblís. Aconsejé al príncipe de los creyentes que hiciera justicia con él. Es una incongruencia matar a los enemigos que viven lejos y, al mismo tiempo, respetar a los que viven a tu lado, ¿no crees?

—Sin duda tienes razón, visir.

—Claro. Vosotros, los judíos, siempre aduladores. Esto te va a gustar: Ibn Rushd fue juzgado y encarcelado, pero nuestro amado califa es misericordioso, por lo que ha conmutado la pena de prisión por la de destierro. Han ayudado un poco los servicios que en el pasado prestó. Si por mí fuera, los despojos de ese filósofo se pudrirían ahora en una cruz. Pero había que buscar un término medio entre la clemencia y el castigo, así que Ibn Rushd tendrá que vivir entre ratas. Lo mandamos a Lucena. ¿No te parece gracioso?

—Me temo que no entiendo, visir.

El Calderero se detuvo ante una escalinata. Miró con gesto burlón a Abraham.

—Lucena es una comunidad de judíos islamizados. Ese pedazo de mierda se pudrirá en un montón de estiércol. Ahora aguarda aquí. El príncipe de los creyentes tiene una visita que está a punto de acabar. Enseguida te recibirá.

El visir subió los escalones y se perdió entre las columnas que daban acceso a uno de los palacios. Abraham ibn al-Fayyar observó el lugar. Aparte de los martillazos y las voces de los obreros, no se oía nada. Ni cantos, ni música...

«Así que es cierto —pensó—. Se trata de un nuevo orden. Un nuevo mundo.»

Abraham recordaba su infancia en Granada como una época feliz. En el tiempo en el que los almorávides perdían su poder y aflojaban las ataduras sobre al-Ándalus. Su familia, una de las más nobles entre los linajes hebreos de la ciudad, prosperaba en armonía con la población andalusí, y él, a pesar de su juventud, destacaba como estudiante de los textos sagrados de Israel. Mientras, al norte, los cristianos intentaban tímidamente someter el valle del Alto Guadalquivir, y al oeste, algunas ciudades como la misma Sevilla habían caído en poder de una secta africana. Unos fanáticos que se hacían llamar almohades y de los que se hablaba como algo lejano, casi inofensivo. Una mañana, la madre de Abraham lo despertó y, sin escuchar sus protestas, lo montó en una mula. Antes de que el sol calentara, toda la familia se había unido a la larga caravana de judíos que huían de la ciudad. Entre susurros apagados pudo oír que Málaga había caído y que Granada era el próximo objetivo almohade.

Viajaron a Murcia, a las tierras del rey Lobo, donde se recibía a los refugiados con los brazos abiertos. Pero muchos otros habían tenido la misma idea y cientos de hebreos buscaban su sustento en los arrabales de la ciudad o seguían camino hacia Denia, Alcira o Valencia. El padre de Abraham no vio claro su destino, y mucho menos cuando le dijeron que el rey Lobo se había negado a rendir pleitesía al califa almohade. Todo lo contrario: aliado con los cristianos, estaba dispuesto a plantar batalla. Así que, para huir de la inminente guerra, se fueron a Toledo. Allí, instalados por parientes que hicieron gala de la consabida hospitalidad con los de la propia sangre, fijaron su nueva residencia y Abraham pudo continuar con sus estudios. Poco después llegaron noticias del sur. Los almohades obligaban a convertirse al islam a todo judío que hubiera decidido permanecer en Granada, y cuando hallaban a alguno practicando furtivamente sus antiguos ritos, lo ejecutaban sin compasión. Lo mismo había sucedido en Málaga, Córdoba o Sevilla. Y así ocurriría después en Jaén, Murcia y Valencia, cuando la ola africana arrasó todo al-Ándalus y lo convirtió en un arenal de sumisión a su credo.

Así que el gran rabino de Toledo tuvo claro desde muy joven que vivir en el nuevo al-Ándalus no era una opción. Ni tampoco lo era quedarse de brazos cruzados mientras los almohades intentaban someter los reinos cristianos. No es que los adoradores del Mesías trataran a los judíos como a iguales, pero siempre era mejor vivir como villanos de segunda que no vivir en absoluto. O hacerlo sometidos a una fe ajena.

El Calderero asomó desde la columnata acompañado por un cristiano. Un noble, a juzgar por sus caros ropajes y su hechura de guerrero. Ambos se despidieron con corrección, pero sin muestras de afecto. Abraham siguió con la vista al católico, que no le dedicó ni una simple mirada cuando se alejaba escoltado por dos guardias negros.

—Sube, judío. El príncipe de los creyentes te recibirá ahora.

Obedeció. Caminaron bajo techos altos y adornados con yeserías. Líneas entrecruzadas y hojas, versículos cúficos que se repetían hasta el infinito.

—Perdona mi atrevimiento, visir. ¿Quién era ese cristiano? ¿Acaso Pedro de Castro, al que llaman Renegado?

El Calderero siguió caminando sin contestar. Solo volvió la cabeza con gesto divertido. Desembocaron en un patio formidable, formado por dos corredores elevados que se cruzaban en el centro. Cuatro pequeños jardines surgían en las cuatro esquinas desde el nivel inferior, de forma que las copas de los árboles flanqueaban los caminos. En el crucero, un hombre aguardaba sentado sobre una montaña de almohadones. Abraham tragó saliva. Así que ese era Yaqub al-Mansur. El hombre que tenía en sus manos el destino de toda la Península. El califa almohade habló con voz recia:

—¡Acercaos!

—Escúchame bien, judío —dijo en voz baja el Calderero mientras recorrían el pasillo elevado—. ¿Querías saber quién era ese cristiano? No era el señor de Castro. Era Gome de Agoncillo, lugarteniente de Sancho de Navarra. Acabamos de llegar a un acuerdo con él.

Abraham siguió caminando, aunque no pudo evitar el sobresalto.

—¿Un acuerdo de paz?

—Una alianza. Al igual que ya hicimos con León. —El visir dejó de susurrar. Se inclinó largamente ante el califa, y el hebreo lo imitó—. Príncipe de los creyentes, este hombre es el gran rabino de Toledo, embajador del rey de Castilla.

—La paz contigo —saludó Abraham.

Al-Mansur lo observó con mirada inquisitiva.

—Gran rabino, ¿eh? Alfonso de Castilla me envía a un judío. ¿Por qué?

—Para que veas que nuestras diferencias de fe no tienen por qué evitar el buen entendimiento y la armonía, mi señor.

—En eso estoy de acuerdo. En mis dominios, las diferencias de fe nunca son causa de disputa. Visir Ibn Yami, dile por qué a este judío.

—Porque no hay diferencias de fe.

Abraham tragó saliva.

—Príncipe de los creyentes, el rey de Castilla te envía sus saludos y desea que podáis llegar a un acuerdo. Te felicita por tu valiente liderazgo y por el triunfo que en buena lid lograste en Alarcos. Y te da garantías de que no intentará recuperar las plazas que has ganado al sur del Tajo.

—¿A cambio de?

—De un pacto. Un tratado de paz por diez años. El rey Alfonso empeña su palabra de no perjudicarte si aceptas. Y los musulmanes de Castilla serán respetados al igual que lo somos los hebreos.

—Esos que viven entre vosotros y se hacen llamar musulmanes no lo son en realidad. Nuestra ley no permite que vivamos sometidos a infieles. Cuando entremos en vuestras ciudades, se examinará su pasado y muchos recibirán su merecido. Pero ese es otro tema. —Al-Mansur se dirigió al Calderero—. Visir Ibn Yami, ¿qué te parece lo que dice el judío?

—Insuficiente, mi señor. No estamos de acuerdo.

El califa se encogió de hombros, como si no estuviera en su mano cambiar nada.

—Judío, propones un interesante tratado de paz, aunque no estoy de acuerdo con las condiciones.

Abraham se obligó a sonreír.

—Entonces podremos negociar. El rey de Castilla me ha dado poderes, príncipe de los creyentes. ¿Exiges alguna prenda? ¿Aceptarías la entrega de cautivos como muestra de buena fe?

—La verdad es que me gusta Toledo. Me han hablado muy bien de ella.

La sonrisa se congeló en la cara del embajador.

—Toledo.

—Sí. El año que viene me dirigiré a Toledo y la conquistaré. Para eso necesito tropas que pronto cruzarán el Estrecho. Y también tengo a mis aliados. Ibn Yami, ¿le has hablado a este judío de mis aliados?

—Sí, príncipe de los creyentes. Los leoneses y los navarros. Esos de momento. Hay buenas perspectivas para que más perros cristianos se unan a nuestra causa.

—Perfecto —continuó el califa—. Mis aliados y mis tropas no me salen gratis, ¿sabes, judío? Cuestan dinero. Mucho. Y me gustaría ahorrármelo. Di a tu rey que me entregue Toledo ahora y conseguirá un año de paz. Cumplido el plazo, que te envíe de nuevo a verme y volveremos a hablar.

Abraham ibn al-Fayyar miró consecutivamente al califa y al Calderero.

—No puedo daros Toledo. Mis poderes no llegan a...

—Claro que no, judío —lo interrumpió Yaqub al-Mansur—. Ahora mismo, nadie tiene poder para detener la guerra contra Castilla. Salvo Dios, claro.

—Alabado sea —añadió el Calderero.

El hebreo suspiró.

—Entonces...

El califa se levantó, con lo que Abraham ibn al-Fayyar calló.

—Regresa a Castilla y dile a tu rey que está rodeado. Que los que antes se decían sus amigos son ahora sus adversarios. Que no hallará refugio ni entre los de su sangre. Y si eres inteligente, haz profesión de fe, di que Dios es grande. O huye al norte de Toledo y espera a que volvamos a vernos.

4

El príncipe valiente

Tres meses más tarde, finales de invierno de 1196.
Frontera entre los reinos de Aragón y Castilla

Alfonso de Aragón tenía muchos, tal vez demasiados intereses al norte de los Pirineos. Eso, sumado a sus suspicacias hacia Castilla, hacía que no se sintiera muy inclinado a gastar tiempo y recursos en enfrentarse a los almohades. Cosa muy diferente era desguarnecer la frontera sur de sus estados. Los sarracenos estaban crecidos y, aunque de momento solo se ensañaban con el reino vecino, muy bien podían acordarse de que la casa de Aragón era también su enemiga. Por eso, con la excusa de que la situación se había vuelto muy delicada, el Alfonso aragonés propuso al castellano una reunión entre Ágreda y Tarazona. Después pensó que podía aprovecharse el momento y, aduciendo que se quería erigir en garante de la paz, invitó a las vistas al rey de Navarra, Sancho.

El rocío clareaba los campos aquella mañana. La comitiva castellana había sido la última en presentarse la tarde anterior, así que se había fijado la reunión a tres coronas para la hora tercia. Sería en un enorme pabellón equidistante de los tres campamentos, con las enseñas clavadas en astiles semejantes, sin conceder preeminencia a ninguna. El águila negra, la torre dorada y las barras escarlatas. Dentro, entre copas de vino caliente y dulces, los tres monarcas con un único acompañante cada uno: Diego de Haro por parte castellana, Gome de Agoncillo por parte Navarra, el príncipe Pedro por parte aragonesa. Los seis disponían de sillas colocadas en círculo, pero solo el rey de Aragón estaba sentado. Sus ataques de tos eran cada vez más frecuentes y se fatigaba al menor esfuerzo. Aprovechó uno de sus pocos respiros para dar por abiertas las vistas:

—Mi esposa Sancha se cartea con asiduidad con el santo padre. En la última misiva, el papa le contaba que Diego de Haro se ha comprometido a marchar en peregrinación a Tierra Santa. —Sonrió al alférez castellano—. ¿No vas a cumplir tu promesa?

Fue el rey de Castilla quien respondió, ignorando el tono burlón del aragonés.

—El arzobispo de Toledo pidió al santo padre que liberara a don Diego de su compromiso. Lo necesito a mi lado, sobre todo ahora.

Un corto silencio siguió a la noticia. Ni el rey de Aragón ni el de Navarra parecieron alegrarse.

—Bien —intervino el aludido, incómodo por ser el centro de atención—, agradezco vuestro interés, mis reyes, aunque seguro que otras cuitas motivan la reunión.

—Así es... —quiso continuar el aragonés, pero un repentino achaque se lo impidió. El príncipe Pedro, algo avergonzado, quiso hacerse oír sobre las toses:

—Mi padre desea formar frente común contra los sarracenos para el caso de que ataquen nuestras fronteras.

—Gracias al Altísimo —contestó Alfonso de Castilla—. Entonces cerremos ya este acuerdo y venid con vuestras huestes a auxiliarme, pues el sur de mi reino está emponzoñado de musulmanes. ¿Hay alguna condición?

—Un momento. —Sancho de Navarra se adelantó un paso. Su vozarrón sí fue capaz de dejar en segundo plano el ataque de tos—. Yo no tengo frontera con los mazamutes. ¿Qué gana Navarra con esto?

El joven Pedro calló. Al fin y al cabo, la idea de aquella reunión había sido de su padre y el gigantón estaba en lo cierto. Todos miraron interrogantes al rey aragonés, que por fin conseguía dominarse. Se restregó los ojos llorosos.

—Sabemos lo que ha ocurrido entre el Guadiana y el Tajo, algo que hace un año resultaba impensable. Lo mismo podría suceder aquí entre el Turia y el Ebro. —Lanzó una mirada de inteligencia a su homónimo navarro—. Una alianza contra comunes enemigos nunca es una desventaja.

El príncipe Pedro, que de tonto no tenía un pelo, volvió a inmiscuirse:

—Contra enemigos comunes a las tres casas, ¿no es eso? —Ante el asentimiento general, el joven prosiguió—. Entonces está claro, porque los almohades son enemigos de todos los reinos cristianos. Nadie aquí ha firmado pactos con ellos. ¿Estoy en lo cierto?

Su padre carraspeó. Ya se arrepentía de haber traído consigo al díscolo príncipe. Sancho de Navarra y Gome de Agoncillo estaban congelados.

—Reconozco que mandé embajadores a Sevilla —dijo cabizbajo el rey de Castilla—. No con ánimo de pactar, sino de pedir treguas. Estoy arrinconado por esos hijos de Satanás y el rey de León me amenaza, así que he de buscar la forma de salvaguardar a mis súbditos. Pero siempre he sabido quién era mi enemigo natural. De todas formas, el miramamolín es soberbio como su diabólico profeta, y no acepta sino la entrega de Toledo a cambio de un año de tregua. ¡Un año! Inviable. —Levantó la mirada hacia el príncipe aragonés—. Pero el joven Pedro da en el clavo. Aquí hay personas que sí han firmado pactos con los sarracenos. ¿A cambio de qué? ¿Y por cuánto tiempo?

—He hecho lo mismo que tú, primo —se defendió Sancho de Navarra—. Parlamentar con quien considero una amenaza. No sé qué te han contado y qué te has creído, pero no eres quién para juzgarme por un pecado que compartimos.

El príncipe Pedro, a pesar de que el severo gesto de su padre le ordenaba silencio, insistió:

—No te comprendo, rey Sancho. Hace un momento no tenías fronteras con ese infiel tragador de arena, ni problemas con él. Ahora dices que parlamentas con quien consideras una amenaza.

La voz del navarro tronó en el pabellón:

—¿Pero qué es esto? ¿Una encerrona?

Alfonso de Aragón, que aguantaba a duras penas un nuevo acceso, golpeó los brazos de su sillón y fulminó a su hijo con la mirada.

—¡Yo hablo por mi reino! Hijo mío, en mala hora quise conformar a tu madre y te traje aquí. Ahora guarda silencio y deja que hablen quienes ciñen corona.

El príncipe se dobló en una reverencia.

—Como digas, padre. Me ha podido mi desprecio por nuestro enemigo real: el miramamolín. Pero ya me callo.

Alfonso de Castilla no pudo evitar la sonrisa. Le caía bien aquel mozalbete alto y desdeñoso. Lástima que, después de todo, no fuera él quien detentaba el poder en Aragón.

—Bien. —Sancho de Navarra simuló apaciguarse, aunque sus puños apretados desmentían la pose—. Ahora vayamos a lo que importa. Hablabais de una alianza para defendernos en común. Comprenderéis todos que movilizar a mis barones y sus huestes cuesta dinero, y que no veo compensación inmediata a no ser que, como dice el señor rey de Aragón, los sarracenos entren a hierro hasta el Ebro. Si voy a empeñarme en la protección ajena, quiero algo a cambio.

El rey de Castilla bufó. Con palabras parecidas se había expresado Alfonso de León antes de romper con él y amenazarle. Fue el monarca aragonés quien animó al navarro a seguir:

—¿Cuáles son tus justas peticiones, Sancho?

—Quiero las plazas que Castilla se arroga injustamente desde tiempos de mi padre. No pido nada que no me pertenezca, así que, en verdad, mi oferta de ayuda sale gratis.

El príncipe Pedro fue a protestar, pero el gesto enérgico de su padre lo impidió. Todos miraron al rey de Castilla.

—Ni hablar. Esas plazas me fueron arrebatadas cuando niño. Al retomarlas hacía justicia.

—Entonces —Sancho de Navarra se encogió de hombros— no esperes que vaya a defender Toledo.

—Señores, señores —el rey de Aragón se levantó del sitial. Su cara congestionada indicaba que hacía ímprobos esfuerzos por retrasar el siguiente ataque de tos—. Tampoco hemos de llevar esto más allá. Dado que la inmediata amenaza para Sancho vendría de que yo perdiera mi Extremadura, nos conformaremos con que Navarra y Aragón actúen unidos este verano. Podemos entrar juntos hasta tierra de Valencia y conseguir botín que cubrirá los gastos de las mesnadas, y de paso daremos al miramamolín un motivo de preocupación. Eso aflojará la presión sobre Toledo.

El parlamento había sido demasiado largo. Alfonso de Aragón rompió a toser como si fuera a quebrarse allí mismo.

—Me parece bien —admitió por fin el rey de Castilla. Alzó un poco la voz para hacerse oír—. Yo, por mi parte, procuraré mantener ocupados a los almohades en el Tajo. Eso os dará tiempo para algarear a placer en tierras de levante.

Dado que Alfonso de Aragón no podía hablar, fue su hijo quien volvió a sustituirle:

—Que así sea.

—Pues así será —añadió Sancho de Navarra.

El soberano aragonés se sirvió un poco de vino con mano temblorosa. Al beber, el líquido le resbaló por la barba. Su pecho chillaba al tomar aire. Se dejó caer de nuevo en el sillón y se disculpó con un gesto. No podía hablar más.

—Queda algo. —El rey de Castilla se situó en el centro del pabellón—. Mi primo, Alfonso de León, prometió atacar mis tierras. Si vamos a aliarnos contra nuestros enemigos, solicito ayuda en caso de que los leoneses invadan el Infantazgo.

—Ya conoces mis condiciones —gruñó el rey navarro.

El de Castilla se volvió hacia el príncipe Pedro.

—¿Y Aragón? ¿Me ayudaría a defenderme de León?

—Con gusto lucharía codo con codo con Castilla —dijo el joven, y el rey castellano supo que decía la verdad—. Pero la decisión no es mía.

El achacoso monarca aragonés hizo un último esfuerzo. Su voz salió apagada:

—Es demasiado... Mandar nuestras tropas al otro extremo de Castilla... No. Eso impediría nuestra cabalgada hacia tierras de Valencia... Lo siento... Pero no temas si has de dirigirte al oeste... Tu retaguardia quedará protegida... Confía en nosotros.

El rey de Castilla y su alférez cambiaron una mirada. Aquel terminó por asentir.

—Bien. Quedo satisfecho de nuestras vistas. Perdonad los cuatro que no nos quedemos, pero asuntos de mucha urgencia nos reclaman en mi reino. Hay plazas por fortificar y órdenes que repartir. Sobre todo, ánimos que dar a quienes se saben arrinconados por los enemigos de Cristo. Señores...

Se despidieron los castellanos con inclinaciones de cabeza. En cuanto sus pasos se perdieron, Sancho de Navarra se dirigió al rey de Aragón:

—¿De verdad vas a provocar al miramamolín con una cabalgada hacia Valencia? ¿Ahora que está borracho de triunfo y cuenta con fuerzas inacabables?

El aragonés se tomó su tiempo.

—Eso rompería tu pacto con él, ¿eh?

Los dos monarcas sonrieron.

—¿Cuál es tu verdadera intención, Alfonso?

—Ya te lo he dicho: cruzar la frontera y recoger botín. Solo que tienes razón. No pienso provocar al diablo. La frontera que cruzaremos será la castellana en cuanto León ataque desde el oeste y el miramamolín se presente a las puertas de Toledo. Hay que darse prisa en tomar una parte de Castilla. No vamos a dejar que esos sarracenos se la queden toda, ¿eh?

El príncipe Pedro abrió unos ojos como rodelas.

—¿Qué estoy oyendo? ¡Esto es repugnante! ¡Es traición!

Su padre volvió a levantarse y su rostro recobró la congestión.

—¿De qué parte estás tú?

—¡De la única justa, por supuesto! ¿Pero es que no lo veis claro? ¡Si no lo hacéis por vuestro honor, hacedlo por vuestras posesiones y por vuestra fe! ¿Pensáis que los moros se detendrán cuando hayan tomado Castilla? ¡Os he de ver a todos con la frente en el suelo y el culo en pompa, adorando al profeta ese del desierto!

—Baja la voz, muchacho —rechinó Sancho de Navarra—, o ese gallito castellano te oirá. Más te vale callar y aprender política. Algún día serás rey.

—¡No como los dos que tengo delante, espero!

Eso terminó de enfadar al navarro. El monarca aragonés tampoco pudo más y se retorció en un enésimo ataque de tos.

—¡Basta, chico! —intervino por fin Gome de Agoncillo—. Serás el heredero de Aragón pero, hasta que tu padre falte, le debes obediencia. La traición la cometerás tú si sigues enfrentándote a él. Algún día aprenderás que los reyes han de tomar decisiones difíciles. Eso los diferencia de la chusma.

—Bien dicho, Gome —siseó el monarca navarro.

Pedro negó con la cabeza. Se dio la vuelta y salió con malos modos del pabellón. Una vez fuera, con el sol despejando el relente, se asqueó de lo que acababa de presenciar. Miró a las dos figuras castellanas que se alejaban hacia su pequeño campamento, ajenas a la trampa que se había fraguado cuando las palabras de amistad aún dejaban caer su almíbar sobre la reunión. Todavía sentía la tentación de correr, alcanzar a Alfonso de Castilla y decirle la verdad. Pero se obligó a no hacerlo. El navarro Agoncillo tenía razón después de todo. No podía desobedecer ni traicionar la política de Aragón. Ah, si él fuera el rey... Se concentró en las toses de su padre, pero la voz de su madre se coló en su memoria. «Ahora cada uno mostrará su verdadero rostro», había dicho en Lérida. «Y a no mucho tardar, llegará tu momento.»

—A no mucho tardar. Llegará mi momento.

Dos meses después. Zaragoza

El momento del príncipe Pedro no tardó mucho en llegar. Pero antes, la primavera se presentó y el rey de León cumplió su amenaza. Se adentró en el Infantazgo con sus tropas y, según se rumoreaba, con apoyo de sarracenos. El atrevimiento del monarca leonés lo llevó a tomar Carrión, donde había sufrido la que consideraba mayor humillación infligida por Castilla. Su primo, el atribulado rey castellano, no se atrevió a responder de inmediato, temeroso de que los almohades aprovecharan su movimiento para atraparlo contra el ejército leonés.

Y mientras, los muchos achaques de Alfonso de Aragón se alargaron y sus pocos respiros se acortaron. Pronto los días y noches se redujeron a largos padecimientos que apenas permitían a sus pulmones disfrutar de aire. Murió en Perpiñán, tras empeñarse en viajar una vez más a sus posesiones ultrapirenaicas. En cuanto el cadáver llegó a Zaragoza y se celebró el funeral, el príncipe heredero juró los fueros aragoneses ante la nobleza del reino y los obispos de Tarazona, Lérida, Huesca y la misma Zaragoza. De esa forma se hacía con el gobierno nominal, aunque un consejo de regencia encabezado por su madre controlaría sus decisiones. Casi no hubo tiempo para plañir ni lamentarse. Pedro, rey de Aragón y conde de Barcelona, dejó a sus hermanos en la iglesia de San Salvador, alargando las exequias por el difunto monarca. Según el testamento, el segundo varón, Alfonso, heredaba el condado de Provenza, y tanto él como Pedro quedaban sujetos a tutela por su juventud. Ese detalle incomodaba al nuevo rey, y por eso corrió a reunirse con su madre Sancha en el salón del trono de la Aljafería. La hija del viejo emperador lo recibió enlutada de pies a cabeza, con una cruz de madera comprimida entre los dedos. Su semblante mostraba más preocupación que pena.

—Hijo mío, tengo algo que contarte. Algo que no puede...

—Aguarda, madre. Esta mañana desperté como príncipe, pero ahora soy el rey. Las congojas entre viuda y huérfano han de esperar, necesito consejo y auxilio. Según el testamento de mi padre, tú gobiernas en mi nombre hasta que cumpla veinte años. Quiero saber qué piensas de eso. Hasta dónde va a llegar tu tutela.

Sancha observó a su hijo. La dignidad real parecía haberle añadido medio codo de altura, y eso que antes ya parecía un titán. El recién estrenado monarca aguardaba la respuesta con los brazos en jarras. La capa forrada en piel cayendo desde sus anchos hombros y el pomo de la espada asomando a la izquierda.

—Eres joven aún, Pedro. Y mi deber, es cierto, consiste en guiarte por el laberinto en el que estás a punto de precipitarte. Déjate aconsejar.

—Es lo que pensaba hacer. Pero no me has contestado. Quiero tomar algunas decisiones ahora mismo, y necesito saber si me apoyarás.

Sancha entrecerró los ojos. Sabía cuáles eran los planes del difunto Alfonso para el verano. Y había visto cómo su primogénito callaba ante los preparativos y se comportaba como un obediente príncipe heredero. Por un momento la asaltó la duda. ¿Y si el soñador joven, amante de los hechos de caballería, había madurado para mal? ¿Y si la muerte del padre lo había hecho cambiar? Ella podría sujetar sus riendas hasta que alcanzara la mayoría de edad decretada en testamento... ¿O no? Pedro era impetuoso como un caballo salvaje. Suspiró. También era igual de noble.

—Te apoyaré, y seré tu guía con arreglo a tu deber como rey y al dictado de la santa madre Iglesia.

—Cauta respuesta, madre. Yo no voy a ser cauto. —Apretó la zurda en torno al pomo de su espada ceremonial—. Rompo el trato secreto con Navarra. En cuanto ate lo que mi padre dejó suelto, acudiré a auxiliar a Alfonso de Castilla. Me da igual eso que dicen de que no hay salvación para los castellanos. Cabalgaré contra los almohades, contra León o contra quien se atreva a hacer leña del árbol caído.

Una ancha sonrisa iluminó el rostro de la viuda. Se lanzó a los brazos de su hijo.

—Bien. Por fin el rey de Aragón que merece la historia.

Pedro respondió al gesto de cariño, pero pronto separó a su madre con suavidad.

—Tú has observado la corte de mi padre durante años. Tú sabes con quién podré contar y a quién he de mantener alejado. Quién me será fiel. Quién se mostrará tibio.

Sancha se alisó el brial negro y tomó aire.

—No cuentes con los barones de confianza de tu padre. La mayoría se hicieron hombres con él y les aquejan los mismos vicios.

Yo he seleccionado a los pocos que se salvan, los más piadosos, para el consejo de regencia. Fernando de Azagra el primero. Pero tú necesitas savia nueva para el futuro. Rodéate de jóvenes como tú, con el alma pura. Conviértelos en tus compañeros. Que en su rey puedan encontrar también a un amigo. Necesitamos una mesnada regia a medida de su soberano. —Se volvió y llamó con un gesto a uno de los criados que permanecían atentos bajo los arcos del salón. Se dirigió a él con la voz firme de quien está habituado a mandar—. Busca al joven hijo de los Luesia, Jimeno. Y a su hermano Miguel. Y a Aznar Pardo. También al más pequeño de los de Blasco Romeu, ¿cómo se llamaba? Ah, sí: García. Ya me acordaré de más. ¡Vamos, que se presenten ante mí!

El sirviente salió corriendo. Sancha contuvo su emoción, pero contempló al nuevo rey de Aragón como si pudiera ver el futuro a través de él. Tal vez había llegado el momento de que el postrero deseo del emperador se cumpliera. De que los reinos cristianos pudieran actuar unidos.

—Tenías algo que contarme, madre. ¿Qué era?

La seriedad regresó al rostro de Sancha.

—Han llegado noticias. No he querido turbar tu ceremonia ni el duelo por el rey, pero ahora ya no hay excusa. Es más: tus propósitos se precipitan hacia su cumplimiento.

»Hace dos días, tres a lo sumo, Sancho de Navarra rompió la frontera con Castilla. Por lo visto se ha dado cuenta de que, con la muerte de tu padre, el apoyo aragonés tendría que esperar. Eso no lo ha detenido, sino todo lo contrario. Salió desde el castillo de Corvo y algarea cerca de Soria. Casi a la vez, Gome de Agoncillo dirigió una cabalgada por Almazán. Ahora mismo, los enemigos de Castilla la aprietan desde todas direcciones. Navarra por el este y León por el oeste. Y se espera que el miramamolín emprenda su nueva campaña por el sur en poco tiempo. Jamás, desde que yo recuerdo, la tierra que me vio nacer ha corrido tanto peligro.

La sonrisa fiera de Pedro casi asustó a Sancha.

—Por san Jorge que pronto me pone a prueba el Creador.

—No te precipites, hijo. No hay momento más débil para un reino que cuando queda huérfano de rey y el heredero estrena corona. No actúes solo. Es mejor que mandes recado a mi sobrino Alfonso y le cuentes tus intenciones.

—Eso requiere paciencia...

—Y paciencia tendrás. La garantía de la victoria es la unidad.

Siempre lo ha sido, desde que mi señor padre tomó el camino de toda carne en la Sierra Morena. Bien lo supo ver antes de mirar cara a cara a Nuestro Señor Jesucristo. Solo unidos, dijo. Y así, unidos, lograréis Alfonso de Castilla y tú vuestros fines. Unidos seréis capaces de cualquier cosa.

Dos meses más tarde. Inmediaciones de Escalona, reino de Castilla

El río Alberche limitaba los campos de trigo al sudeste, y un par de arroyos casi secos los cerraban por el sur y el oeste. Al norte, las cercanas murallas de la ciudad se disponían a recibir a los vigilantes.

Velasco, al igual que los otros catorce hombres de armas, regresaba de una patrulla por el alfoz. Las sombras de los enebros se alargaban tras una jornada agotadora, no tanto por lo largo del recorrido como por la tensión que crispaba los nervios. No era un destacamento temible. Ninguno llevaba loriga, y los jumentos que montaban necesitaban reposo a poco que los pusieran a cabalgar un corto trecho. Se armaban con hachas, lanzas y rodelas, y solo la mitad disponía de cascos de hierro. Pero eran lo mejor que el concejo de Escalona podía poner en el campo para vigilar los sembrados. Normalmente se dividían en grupos de cuatro o cinco, pero, desde el comienzo de la campaña almohade, preferían patrullar juntos por si aparecía el enemigo.

El terror había regresado con el estío. El miramamolín, con su ejército de nuevo en armas y con refuerzos llegados de África, había salido de Sevilla con rumbo al señorío de Trujillo. Al igual que en el año anterior, el califa almohade enviaba por delante a su vanguardia andalusí, la que mejor conocía el terreno. Se decía que el nuevo caíd de Calatrava, Ibn Sanadid, comandaba las avanzadas, pero a quien más se temía en la frontera era a su lugarteniente, un jovenzuelo llamado Ibn Qadish que caía por sorpresa sobre las ciudades castellanas y sobre los cristianos que no se habían acogido a murallas.

El primer trofeo de la nueva campaña musulmana fue la ciudad de Montánchez. Las vanguardias andalusíes se abatieron sobre ella una mañana y la sometieron a asaltos continuos hasta el anochecer. Cuando al día siguiente se levantó el sol, los villanos pudieron contemplar la llegada del grueso del ejército almohade. Toda esperanza se evaporó, hubo unanimidad en la decisión de suplicar la paz. Aunque los cristianos esperaban ser esclavizados y trasladados a África, el califa los sorprendió con una orden que algunos tomaron por compasiva y otros por arrogante. Les otorgaba la libertad, y les ordenaba viajar por Castilla para difundir las nuevas: que las huestes del islam eran numerosas como las arenas del desierto y que nada podía oponerse a ellas.

El siguiente objetivo fue Trujillo, la que fuera capital del señorío de la casa de Castro y ahora pertenecía a Alfonso de Castilla. La guarnición y los pobladores, en cuanto supieron lo que se les venía encima, abandonaron la ciudad y la fortaleza. En esta ocasión, como movido por sus caprichos y sus cambios de humor, el miramamolín mandó darles caza y exterminarlos allí donde fueran alcanzados. Lo mismo ocurrió en Santa Cruz, así que los almohades, envalentonados y casi sin bajas, dieron un paso más en la carrera hacia la victoria total: cruzaron el río Tajo.

La noticia aterrorizó a todo el reino. Los campesinos renunciaron a sus cabañas y los pastores se desentendieron de sus ganados. Todos corrieron a acogerse a Plasencia, la ciudad que Alfonso de Castilla había fundado unos años atrás como baluarte ante el reino de León. La villa fue devastada y, tras una corta resistencia, la guarnición del castillo se rindió. Cargados de cadenas, los cautivos fueron enviados en reata hacia el sur, destinados a cruzar el Estrecho y a trabajar como esclavos en la construcción de la nueva mezquita aljama que al-Mansur deseaba para Rabat.

El ejército del miramamolín, sin oposición alguna, siguió su paseo al norte del Tajo. Quemó cosechas, taló bosques, derruyó aldeas. A su paso solo quedaron destrucción y muerte. Y a su llegada, los castellanos corrían a esconderse como si el propio Satanás se hubiera escapado del infierno y campara por la Tierra a placer, para despecho de Dios y de todos los santos. Nadie podía hacer nada frente al invasor africano porque, con las ofensivas simultáneas leonesa y navarra, cada uno tenía sus propios problemas. Castilla hacía aguas por doquier, no tardaría mucho en hundirse.

—Hace un par de días vieron jinetes cerca de Maqueda —dijo uno de los hombres de armas. Los demás miraron hacia el sur con aprensión. La ciudad de Maqueda se hallaba a poco más de dos leguas de Escalona—. Y desde allí divisaban columnas de humo que subían por Santa Olalla. Nadie sabe nada de seguro porque no se atreven a salir a descubierto.

—No seas agorero, hombre —se quejó Velasco—. Los jinetes que vieron bien pudimos ser nosotros. Y lo del humo es normal. Sería alguien quemando rastrojos. Si los infieles estuvieran cerca, ya se habrían librado palomas para avisar.

En realidad lo decía más para darse seguridad que por convicción. Lo último que habían sabido era que el ejército sarraceno marchó hasta Talavera para someterla a asedio. Los africanos se entretuvieron arrasando sus alrededores y procurando que los campos quedaran marchitos como el tártaro. Después abandonaron el cerco y tomaron el camino de Toledo. Ahí se les había perdido la pista.

—¿Y si no van a Toledo? —preguntó otro de los vigilantes—. ¿Y si deciden desviarse y dejarse caer por aquí?

Esta vez Velasco no respondió. Pero su mente funcionaba ligera, y se daba cuenta de que si los almohades no habían insistido en Talavera, que era la segunda plaza más importante de la Trasierra, era porque no venían preparados para largos asedios. Su intención, pues, era otra. Así que Toledo tampoco podía ser objetivo principal. Por lo visto, el plan era sembrar el caos y aterrorizar a los castellanos, y eso se conseguía mejor picoteando aquí y allá. Apareciendo donde no se les esperaba, cayendo sobre presas accesibles e inundando de cadáveres Castilla, incluso leguas y leguas al norte de Toledo. En sitios como Santa Olalla o Maqueda. O como Escalona, cuyos muros se recortaban delante.

Sin proponérselo, Velasco clavó las espuelas en los ijares de su jumento para que apresurara su trote.

Ibn Qadish levantó el brazo de la lanza. A esa orden silenciosa, sus hombres frenaron los caballos.

La tarde cedía el paso a la noche. Era el momento que más gustaba al adalid andalusí para eliminar los perímetros de vigilancia. Así lo había hecho en las demás villas arrasadas. Montánchez, Trujillo, Santa Cruz, Plasencia, El Olivar, Olmos, Santa Olalla... Ahora le tocaba a Escalona.

—De diez a quince jinetes ligeros —desgranó su informe uno de los exploradores adelantados. Se dirigía a Ibn Qadish con una mezcla de confianza y respeto—. Van tranquilos hacia la ciudad. No nos esperan.

—Bien. Toma a la mitad de los hombres y ve por la izquierda. Cuando llegues a la altura de los cristianos, carga contra el río. Yo avanzaré y los sorprenderé por la derecha. Que no escape nadie.

El andalusí asintió con un firme movimiento, tiró de las riendas y susurró órdenes a una decena de jinetes. Otros diez quedaron con Ibn Qadish. Este giró el cuello para desentumecerlo, inspiró hondo y marchó al frente de sus hombres. Guio a su montura a través de las encinas, bajando la cabeza para esquivar las ramas. La silueta de Escalona se distinguía delante. Pronto empezó a escuchar los sonidos de los cristianos. Ruidos de cascos, charlas contenidas, alguna risa suelta. Entonces se desató el ataque.

—¡Vamos! —ordenó Ibn Qadish—. ¡Por Dios y por el califa!

Arrearon a las bestias y bajaron las lanzas. En la media luz, pudieron ver que los castellanos no aguardaban la acometida andalusí que les caía desde el oeste. Algunos daban la vuelta a sus animales, penosos garañones que se movían con torpeza, y se lanzaban hacia el Alberche. Otros arrancaban en un intento por alcanzar Escalona.

No hubo choque. Los andalusíes alancearon a casi todos los cristianos al galope, sin vencer resistencia alguna. Solo con la llegada de Ibn Qadish, un par de castellanos se supieron acorralados e intentaron plantar cara, pero la superioridad musulmana era aplastante. Fueron barridos sin piedad.

—¡Ahí va uno!

El arráez tardó en localizar al fugitivo. La orilla del Alberche se oscurecía con las copas de los fresnos y varias monturas sin jinete cruzaban el prado enloquecidas. Por fin lo vio. Un instante antes de colarse entre la enramada y desaparecer.

—¡Que no escape o dará la alarma!

Media docena de andalusíes se lanzaron en persecución del huido. Ibn Qadish, mientras tanto, descabalgó. Tomó su caballo por las riendas y se acercó a uno de los caídos, que agonizaba en tierra. Un charco negruzco se formaba a su alrededor. Alanceado por la espalda. Una herida ignominiosa.

—¿Sois la única patrulla o hay más?

El castellano se mordió la lengua. Lloraba.

—Pi... Piedad.

—Responde a mi pregunta y recibirás piedad. ¿Qué guarnición hay en Escalona?

—Veinte hombres de armas... Pero los villanos tienen puestos asignados en la mu... muralla.

Ibn Qadish chascó la lengua. Conforme se alejaban del Tajo, las villas estaban más pobladas. Habían sabido por los cautivos que eran numerosos los refugiados que preferían instalarse al norte. No encontraban a muchos soldados auténticos, pero defender una buena muralla no era problema para la chusma. Descartó el asalto sorpresa.

—¡Decid a los nuestros que abandonen la persecución! ¡Da igual si ese perro huye! —Se volvió de nuevo hacia el herido. El pobre desgraciado se arqueaba con cada latigazo de dolor. Decidió ahorrarle sufrimientos, así que apuntó su lanza al pecho y la clavó con un movimiento rápido y certero.

Montó de nuevo. No intentaría tomar Escalona, pero había que preparar la llegada del ejército. Al día siguiente, como de costumbre, el príncipe de los creyentes plantaría su pabellón rojo enfrente de la ciudad cristiana y ordenaría sembrar la destrucción en su alfoz.

Velasco jadeaba.

Y maldecía el momento en el que se había ofrecido para el servicio de armas. Cierto que lo había hecho convencido de que no tendría que usarlas. De que nadie llegaría a descubrir que él no era capaz de enfrentarse a enemigo alguno.

Chapoteaba en las aguas del Alberche contra corriente, con el cuerpo encogido y lanzando continuas miradas a las orillas. Sabía que lo habían visto huir, y hasta le parecía oír los caballos de los sarracenos avanzando en paralelo. En su persecución. A la caza.

«Esta vez no lo conseguiré», se dijo.

Había arrojado su única arma, un hacha de batalla, nada más saltar del rocín. La rodela aguantó unos pasos más, pero cuando el castellano se hundió hasta la cintura en un hueco del fondo, se deshizo de ella. Por fortuna, la ribera estaba muy arbolada y los márgenes del Alberche se extendían en un lecho medio pantanoso. Impracticable para los caballos.

Vislumbró una sombra. Un borrón fugaz. Velasco se congeló. Después, muy despacio, posó las rodillas en el lecho pedregoso del río. Ignoró los cantos que se clavaban en su piel, y apoyó las palmas en ellos. Casi se aplastó contra el fondo. El agua fresca se estrellaba contra su barbilla y lo atería. Se colaba bajo el gambesón, le añadía peso. Delante, un andalusí brotó de la espesura y se metió en la corriente. Con la lanza al frente y un escudo de lágrima a la espalda. Caminaba despacio, tanteando la profundidad. Las anillas de su loriga tintineaban. Miró hacia Velasco.

Una humedad distinta, más caliente, se escurrió entre los muslos del castellano. Aunque duró poco.

«Dios padre, que no me vea. Que no me vea, por favor.»

El sarraceno se movió hacia él. Inclinaba la cabeza, como buscando un mejor ángulo. El Alberche estaba plagado de rocas que sobresalían de la corriente, de ramas de chopo que colgaban sobre el agua. De caprichosos serpenteos de tierra en las orillas, de bancos de arena. Velasco cerró los ojos. Notó que el corazón tañía como todas las campanas de una catedral tocando a rezo de completas. El andalusí se detuvo con la lanza apuntada hacia Velasco. Bien sujeta con ambas manos. Solo tenía que adelantarse unos pasos y picar. Todo se acabaría.

«Sálvame, Señor, y yo te prometo que jamás volveré a empuñar un arma.»

Como si Velasco fuera más peligroso con armas que sin ellas.

Un grito llamó la atención del musulmán. Este se volvió y contestó en su lengua. Velasco había aprendido algunas palabras en árabe andalusí mientras estaba en Guadalerzas. Incluso se había interesado por escribirlas, lo que resultaba harto difícil. Entendió que alguien preguntaba al soldado, y que este no sabía qué había sido del fugitivo. El cristiano habría suspirado de alivio, pero temía hacer ruido incluso con su parpadeo. Hubo algo más de conversación en lengua infiel. Se marchaban. Había que montar el recibimiento para..., para... ¿Qué había dicho?

«Al amir al muminín.»

El miramamolín. El califa almohade. Así que no se trataba de una simple algara. Aquella era la avanzada del enorme ejército africano. El andalusí salió del Alberche y se alejó de la ribera. Solo cuando ya no distinguía su silueta entre los chopos, Velasco se incorporó. Tenía que huir de allí. Ir más al norte. A algún lugar bien poblado, claro. O mejor aún, podía volver a casa.

Se atrevió a avanzar. Cada chapoteo se le antojó un trueno en tarde de verano. Pero había que alejarse. Apenas reparó en el temblor que le sacudía el cuerpo y hacía castañetear sus dientes. Regresar a casa sería vergonzoso. ¿Qué diría su padre al saber que no estaba muerto y que se había ocultado todo este tiempo desde el desastre de Alarcos?

Ahora no importaba mucho. Lo primordial era alejarse de Escalona. Poner leguas por medio. Y evitar Toledo, que atraía como un imán el hierro de las lanzas, las flechas y las espadas almohades.

5

Raquel

Dos semanas después, verano de 1196

Al norte del Alberche se elevaban las Parameras de Ávila. Una sierra de recovecos desconocidos para los almohades y también para los andalusíes.

En ese lugar se había refugiado el rey Alfonso de Castilla desde el principio de la invasión. Y desde allí mandaba exploradores tanto hacia Toledo como hacia el Infantazgo. Durante semanas, las noticias con las que regresaban le hacían hervir la sangre. El monarca leonés se había dedicado a algarear a placer, sin oposición y con soberbia. A su lado cabalgaban jinetes sarracenos, lo que además de pavor causó indignación. Por toda la Tierra de Campos se sucedieron hechos singulares, muestras de que a Dios le repugnaba la actitud del leonés. Hubo engendros que vieron la luz, como ovejas de dos cabezas o cabras con seis patas. Imágenes de la santísima Virgen lloraban sangre desde Asturias de Santillana hasta el alfoz de Segovia, e incluso el sol llegó a apagarse en pleno día para dar paso a una oscuridad infernal que hizo aullar a los perros. Los niños nacían y los ancianos morían antes de tiempo.

Y Alfonso de Castilla aguardaba en las montañas.

Allí recibió a su primo Pedro, rey de Aragón. El joven se presentó asistido por Fernando de Azagra, señor de Albarracín y cabeza del consejo de regencia. Y con el monarca venía su nueva mesnada regia, compuesta por muchachos de su edad. Con las huestes de cada noble, sumaban mil caballeros dispuestos a ayudar a Castilla contra quien fuese. Los dos primos se fundieron en un abrazo y examinaron sus posibilidades. Con todo, la cristiandad no disponía de fuerzas para enfrentarse al islam. Así que esperaron.

Durante esa espera, Alfonso de Castilla relató a Pedro de Aragón todos los destrozos que el miramamolín había causado en su avance por el señorío de Trujillo, Plasencia, Talavera y la vega del Tajo; y cómo, tras devastar los alrededores de Escalona y Maqueda, volvió la cara hacia el sur. Entonces ocurrió lo que todos temían: después de un siglo en poder cristiano y sin ver fuerzas musulmanas desde sus murallas, Toledo era atacada. Fue como un hachazo en la moral cristiana. El miramamolín Yaqub al-Mansur se dedicó a devastar las huertas y no dejó árbol sin talar. Todo de día y con gran parafernalia de banderas, chirimías, timbales y mazazos del gran tambor almohade.

Tras una semana de escarnio sin intentar el asalto, montar máquinas ni ofrecer negociación, el ejército africano se retiró. En cuanto se supo en las Parameras, los dos reyes enviaron por delante a Fernando de Azagra con una hueste aragonesa para cazar a Alfonso de León. Y a continuación, el ejército combinado descendió de la sierra.

Inmediaciones de León

Pedro de Aragón no vacilaba en luchar en primera línea.

Lo hacía a pie, en medio de los jóvenes de su edad. Todos con los escudos trabados y a golpe de lanza. La mesnada regia aragonesa avanzaba por el arrabal del Castro de los Judíos, sobre el Torío, barriendo la última resistencia.

Habían llegado a caballo, pero aquel no era sitio para cargas. Además, los leoneses peleaban en callejas, o saliendo por sorpresa de las casuchas. Los pocos caballeros y hombres de armas sí se midieron según las normas, pero no duraron mucho bajo el empuje combinado de castellanos y aragoneses. Ahora, tras el corto y accidentado asedio, se tomaban las últimas varas antes de llegar a las murallas del Castro.

El rey alanceó a uno de los defensores, un hebreo cubierto por un peto de cuero que manejaba una maza. Los aragoneses se movían al unísono, salpicando la matanza con loas a san Jorge. A la diestra del monarca se encontraba Miguel de Luesia, con quien mejor se llevaba. Los demás mozos, hijos todos de la nobleza aragonesa, competían por hacerse valer y contaban cada baja como suya.

Los hombres comandados por Azagra aparecieron por la derecha, con lo que los últimos defensores arrojaron las armas y suplicaron clemencia. El rey Pedro entregó la lanza ensangrentada a un sirviente antes de desenlazarse el yelmo. Miguel de Luesia hizo lo propio y se echó atrás el almófar, con lo que su pelambrera rojiza quedó al aire. Todos los miembros de la mesnada regia habían acordado imitar la imagen de su rey. Cabellera al viento y barba vellida. Eso, decían, les daba un aspecto más aguerrido. Pedro y Miguel, ambos sonrientes y borrachos de combate, se dieron la mano.

—He matado a cinco o seis más que tú, mi rey. A ver si espabilas.

El joven monarca aragonés rio con ganas.

—Te he dejado ganar para que pagues el vino, Miguel. ¿Habéis oído todos? ¡Toca borrachera a cuenta de la casa de Luesia!

Los demás se unieron al regocijo sin reparar en los hombres que agonizaban a sus pies, con las tripas abiertas o los miembros mutilados. Aznar Pardo, el más bajo de todos y también el más prudente, señaló a las murallas del Castro.

—La enseña de Castilla ya ondea. ¡La plaza es nuestra!

Caminaron hacia las puertas abiertas, por donde soldados castellanos y aragoneses sacaban a empellones a los últimos defensores. Aquel era un lugar muy poblado por judíos, de ahí su nombre. Se hallaba a la vista de la capital leonesa y, en cierta forma, constituía el último baluarte antes de llegar a ella. Por eso, a modo de amenaza, las torres se poblaron de estandartes con la torre dorada de Castilla.

—El rey de León tuvo tiempo para refugiarse, pero así sabrá que hay que jugar limpio —decía el rey de Aragón mientras penetraba en el reducto defensivo. Los hombres de armas desalojaban los edificios y alineaban a los judíos contra las paredes. El lugar estaba muy poblado. Ancianos, mujeres y niños se apelotonaban temblorosos. Familias enteras de pellejeros y alfareros tenían allí sus talleres, y otras muchas vivían en el arrabal que había crecido al amparo del Castro. No tardó en elevarse el fuego desde la sinagoga, y pronto se extendió a las demás casas judías. Pedro arreó un codazo cómplice a Miguel de Luesia.

—Fíjate en esas.

—Son putas, mi rey.

Llevaban harapos de colores cosidos en las sayas, y las había de todas las edades y gustos. Desde jovencitas con rostros inocentes hasta viejas desdentadas y de pechos vacíos.

—Lo bueno es que esta gente es hebrea. —García Romeu, otro de los miembros de la mesnada regia, se quitaba las manoplas junto al rey—. Así que acaban de convertirse en esclavos. A esas chicas las veo compradas por algún rufián, arrastrándose en Toledo por una hogaza de pan.

—Algunas nos podremos llevar nosotros también, digo yo —intervino Miguel de Luesia—. Tanto tiempo en las montañas y luego con las correrías tras el rey de León... Quiero catar hembra, por Cristo.

Pedro de Aragón aceptó un odre de vino de un escudero. Bebió un largo trago y se lo pasó a Aznar Pardo. Hubo algo que llamó su atención. Era uno de los nobles aragoneses que pertenecía al consejo de regencia, Jimeno Cornel. Venía a zancadas y con el ceño arrugado.

—¿Qué cara es esa, don Jimeno?

—Malas nuevas, mi rey. Fernando de Azagra ha recibido un virotazo a poco de empezar la refriega. Está mal.

Callaron. No es lo mismo cuando los muertos son de tu bando.

—El rey de Castilla tiene buenos físicos... —Pedro se interrumpió un instante. Paradójicamente, esos físicos eran judíos, como los pobres desgraciados que acababan de perder la vida o la libertad allí mismo—. Llevadlo con él y sea lo que Dios quiera.

Jimeno Cornel hizo una reverencia.

—Así se hará, mi rey. Pero el ballestero hizo su trabajo a conciencia. La cosa no pinta bien.

El rey ahogó una maldición y pidió más vino. Mientras bebía, los mesnaderos cerraban dogales en torno a los cuellos cautivos. Las prostitutas fueron encadenadas juntas y recibieron toda clase de insultos y groserías. Las arrastraron fuera del arrabal humeante y las hicieron caminar sobre los cadáveres. Algunos soldados se dedicaban a rematar y despojar a los vencidos.

Entre las meretrices, una de ellas se dejaba llevar con una mueca de espanto. No era más que una adolescente, aunque los rigores de la calle la habían hecho madurar de golpe. Tenía la cara tiznada de polvo y las lágrimas habían abierto surcos en él. Su cabello, castaño y ensortijado, estaba apelmazado y lleno de briznas de paja. Pero lo más penoso era el crío de apenas dos años que la muchacha arrastraba de la mano. El niño berreaba, aunque no se resistía a avanzar a pasos vacilantes en la reata de meretrices prisioneras.

—Chsss. Calla, Yehudah, por favor.

Pero Yehudah no obedecía. Y por eso llamó la atención de uno de los mesnaderos aragoneses. Aunque este enseguida perdió interés en el niño escandaloso y se fijó en la joven prostituta.

—¡Tú! ¡Espera ahí!

—Perdón, señor. Es que está asustado...

—¡Calla, puta! —Pidió que la sacaran de la hilera y la apartó. Y con ella, al mocoso que no dejaba de gimotear. Desató el dogal y empujó al crío a un lado. Este cayó sentado junto al cadáver atravesado de uno de los defensores, y redobló su llanto. A ella, el mesnadero la arrastró hasta una de las casuchas del arrabal. La chica no dijo nada. Se limitó a apretar los labios y a fingir inocencia, como siempre. Si eso le había servido para abrirse camino en las esquinas del Castro, ¿por qué no para salir de ese trago?

—¿Cómo te llamas, zorrita?

—Raquel —contestó en tono sumiso—. Por favor, mi hijo...

El mesnadero puso cara de sorpresa.

—¿El crío llorón es tu hijo?

—Sí, mi señor. Por favor...

La bofetada le cruzó la cara y la hizo callar.

—Silencio. A ese pedacito de mierda no le va a pasar nada. A ti sí: que vas a probar a un auténtico hombre. No como esos puercos judíos que tenéis por aquí.

La chica calló. Siguió callada cuando el soldado le arrancó los harapos de colores y también cuando la penetró sin trámites entre dos chozas de madera podrida. No se resistió. Incluso agradeció al Señor seguir viva. Aunque solo Él sabía qué era lo que la aguardaba ahora.

Diez días más tarde

Era el mes de ramadán, así que, en cuanto caía la noche, los habitantes de Calatrava se reunían para reponer fuerzas, compartir el agua y la comida, charlar y enorgullecerse de la campaña triunfal de ese año. Después acudirían a la mezquita para escuchar las lecturas y recitar las oraciones. Lo hacían incluso los que residían en el alcázar a pesar de contar con su propio templo. Tras el ayuno del día, que se hacía doblemente pesado por el intenso calor que azotaba la llanura, todos ansiaban disfrutar del frescor.

El caíd de Calatrava había invitado a su joven adalid a la cena de aquella noche. Los almohades habían acompañado al califa de vuelta a Sevilla, de modo que la frontera volvía a ser patrimonio andalusí. La primera consecuencia era que las costumbres se relajaban y las mujeres podían abandonar sus encierros. Sobre la mesa se repartían las bandejas de carne de conejo regada con salsa de vinagre, pinchos de cordero, *mirqas* y almojábanas. Los criados de la casa se llevaron los aguamaniles y repartieron jarabes frescos en jarras de cerámica. Ibn Sanadid presidía el banquete, sentado enfrente de su esposa. Los dos jóvenes, Ibn Qadish y Ramla, ocupaban los otros dos sitios, también cara a cara. Las miradas furtivas y las sonrisas tardaron en empezar menos de lo que esperaba el caíd, así que este se vio obligado a distraer al adalid con conversación política.

—Es extraño lo que ocurre con al-Mansur. Sus cambios de humor me pillan siempre desprevenido.

—A ver si va a ser verdad que no es el mismo desde que murió Abú Yahyá. Ya sabes lo que se decía de ellos —apuntó Rayhana, la esposa de Ibn Sanadid.

—Mujer, no vayas por ahí.

—¿Por dónde? —se interesó Ramla.

—Habladurías. —El caíd espantó el rumor con un manotazo—. Aunque, sea como sea, cuando vivía Abú Yahyá se le notaba más templado. Ahora está... No sé. Disperso. Este verano lo he visto eufórico tantas veces como abatido.

Ibn Qadish tomó una de las *mirqas* y la mordisqueó con lentitud. Tras todo el día de ayuno no resultaba conveniente empacharse.

—¿Crees que por eso unas veces liberaba a los cristianos y otras ordenaba exterminarlos?

—Puede. Aunque más bien lo achacaría a la influencia de sus dos visires omnipotentes. Fíjate, muchacho. Cuando es el Tuerto el que está junto al califa, sus decisiones son más corajudas, pero también clementes. Derrama sangre, aunque nunca más de la necesaria. Sin embargo, cuando es el Calderero quien le aconseja...

—Me he dado cuenta. La matanza de Trujillo fue cosa suya, seguro.

Ramla no disimuló el escalofrío.

—Me estáis quitando el hambre.

—No seas chiquilla, hija —la reprendió con cariño su madre—. Ahora vivimos en la frontera. Acostúmbrate a este tipo de conversaciones.

—No me gusta la guerra. —Lo dijo mirando fijamente a Ibn Qadish—. No me gustará nunca.

El muchacho tomó buena nota. Decidió no nombrar el derramamiento de sangre.

—De cualquier forma, los consejos de uno y otro han dado resultado. Pero decías, Ibn Sanadid, que el califa no está bien.

—No lo está, no. Yo lo conocí cuando era más joven que tú, casi lo he visto crecer. No se ganó su apodo sin motivo. Al-Mansur. Yaqub no solo ha sido victorioso en batalla. Su forma de actuar siempre fue la de un triunfador. Ahora no. Envejece en una semana lo que parecen meses, ha adelgazado, ya no entra en combate como hacía antes... ¿Te he contado que una vez, hace siglos, le salvé el cuello en Ciudad Rodrigo porque se negaba a retirarse cuando los cristianos nos iban a aplastar? Casi no nos había crecido ni barba.

—¿Y todo eso es un problema para nosotros? —preguntó Ramla.

—Podría serlo si al-Mansur deja el gobierno en manos de sus visires. El Tuerto me parece prudente, pero el Calderero... no me gusta nada.

—Ni a mí —añadió el joven adalid.

—Son los cristianos los que deberían preocuparse —dijo con desdén la muchacha—, no nosotros.

—Te equivocas, hija. El Calderero es uno de esos andalusíes que necesitan sentirse almohades. Reniega de su raza, así que hace todo lo que puede para humillarnos. Según me han dicho, fue él el que insistió para que Ibn Rushd cayera en total desgracia. Y su destierro a Lucena no le pareció suficiente, así que pidió a al-Mansur que lo mandara a Marrakech para alejarlo de los demás andalusíes.

Ramla devoró un par de almojábanas y, cuando se disponía a coger la tercera, sus dedos se toparon por accidente con los de Ibn Qadish. Los dos se sonrojaron y apartaron las manos a toda prisa.

—Perdona.

—No, perdona tú.

Ibn Sanadid y su esposa cruzaron una mirada, aunque el caíd fingió no advertir las chispas que saltaban entre los jóvenes.

—Lo que me quita el sueño es la salud del califa. Si sigue a este ritmo, podría pensar en volver a África. Eso nos debilitaría frente a los cristianos.

—¿Debilitarnos? No ocurrirá —aseguró Ibn Qadish—. Tenemos tropas de sobra en la frontera durante todo el año. Y con otra campaña como la de este verano, los castellanos caerán de rodillas. En un par de años más seremos capaces de tomar Toledo. Incluso aunque el califa regrese a África y nuestra frontera no avance, los cristianos están tan tocados que pasará mucho tiempo antes de que se aventuren a cruzar el Tajo.

—Dios te oiga, muchacho. De ser así, mi retiro está más cerca que nunca.

Aquello satisfizo a Rayhana, que se limpió las manos con un paño antes de levantarse.

—¿Qué te parece, esposo mío, si acudimos a la mezquita de la medina para oír las lecturas? Necesito estirar las piernas. Dejemos a los chicos para que acaben con los pastelitos de queso, que parece que les han gustado.

Ibn Sanadid no se hizo de rogar. Y como si todo estuviera largamente pensado, el caíd ordenó a los criados de la casa que los acompañaran. Ibn Qadish y Ramla quedaron solos, separados por la mesa aún bien surtida y por un tupido silencio que ninguno de los dos se atrevía a romper. Cuando las almojábanas se terminaron y la excusa de la boca llena dejó de serlo, el arráez buscó un tema de conversación.

—He visto que el palomar está muy adelantado. Y he oído movimiento.

—Sí. Gracias. Hay varios pichones.

—Pero creo que ya no cantas. He pasado un par de veces y no se oye nada desde el otro lado del muro.

—Pues claro que no. Los almohades se acaban de marchar, y ellos no permiten la música. ¿Quieres que mi padre tenga problemas?

Ibn Qadish carraspeó.

—Claro. A veces olvido... Perdona. Aunque es una pena. Tu voz es bonita. O sea... No solo tu voz...

Ramla enrojeció. Hizo ademán de levantarse.

—Recogeré esto. Se hace tarde.

Él alargó la mano sobre las bandejas vacías, aunque no llegó a tocar a la chica.

—Espera, por favor.

—Estás compinchado con mi padre, ¿verdad?

—¿Qué?

—No disimules, Ibn Qadish. Mi padre quiere casarme contigo. Y por lo que acabo de ver, mi madre también está metida en el ajo. Ahora me cortejarás, supongo. Lo teníais todo bien planeado.

Esta vez fue la cara del adalid la que subió varios tonos de rojo.

—No hay nada planeado, créeme. Tienes razón en que tu padre se hace notar, y mentiría si te dijera que no he pensado en...

—Sé que debo obediencia a mi padre, pero me gustaría que al menos me hubiera preguntado antes.

Él apretó los labios. Se levantó y dio un paso atrás.

—Siento incomodarte, Ramla. No era mi intención. No deberían dejarnos solos. Me voy.

El adalid se alejó hacia la puerta.

—Espera, Ibn Qadish. En caso de que mi padre me hubiera preguntado, ¿no te interesa saber cuál habría sido mi respuesta?

El muchacho se detuvo antes de salir. Reflexionó unos instantes. Sonrió.

—No quiero saberlo aún. Hablaré con tu padre y le pediré que te pregunte. No te ocultaré nada: me gustaría que fueras mi esposa. Pero no aceptaré la boda sin tu parecer, y mucho menos si tú no me correspondes. No, no digas nada ahora. Deja que hable yo.

»Por lo poco que sé de ti, odias la guerra. Tampoco te gustan las prohibiciones de los africanos. En Sevilla estabas bajo su amenaza, pero aquí vives bajo la de los cristianos, así que en ninguno de los dos sitios estarás a gusto del todo. Cuando tu padre te pregunte sobre nuestro matrimonio y hayas de tomar una decisión, ten en cuenta no solo tus deseos: piensa también que mi propósito no es retirarme a un lugar seguro. Quiero seguir aquí, batiéndome contra el enemigo. Pasar días, incluso semanas fuera de casa. Con la incertidumbre de que tal vez no regrese. Con la sombra de la derrota tan acechante como la esperanza del triunfo.

»Hay algo más que quiero: oír tu voz. Me gustaría regresar de las cabalgadas y escuchar tus canciones. Ayudarte en el palomar. Comer y cenar contigo. Tener un buen motivo para sobrevivir y volver al hogar.

Ibn Qadish se inclinó en una reverencia, como hacían los cristianos ante sus damas. Después se fue.

Un mes después. Toledo

Abraham ibn al-Fayyar observó los daños en la pared de la sinagoga. Nada que no pudiera arreglarse, desde luego. Algún resentido se había acercado de noche para pintar el típico insulto. «Matadores de Cristo.» El material estaba seco, pero Abraham podría apostar a que se trataba de sangre de cerdo.

Se volvió hacia los ancianos que le asistían en el gobierno de los judíos toledanos. Mercaderes de éxito y buenos artesanos con talleres boyantes. Los rodeaba una pequeña escolta de jóvenes hebreos.

—Que lo limpien y ya está. No demos importancia a lo que no la tiene.

—La tiene, rabino —intervino uno de los comerciantes—. Y no es la primera vez que te lo digo: necesitamos una cerca para protegernos. Los cristianos rumorean que las arcas de Castilla se vacían porque nosotros reclamamos los pagos y los intereses de los préstamos para la campaña de Alarcos. Ya sabes lo que pasa con las mentiras y el populacho. Una vez que se extienden las habladurías, ni el propio rey puede acallarlas. Tú eres muy privado suyo. Pídele que nos resguarde con un muro.

Abraham negó despacio.

—No lo veo factible. Estas cosas no pasan cuando todo va bien, sino ahora, cuando la reputación del rey se hunde y nos amenaza la ruina. El tesoro de la corona apenas da abasto para fortificar Toledo y reparar los daños que provocan los africanos. No puedo pedirle un gasto extra solo porque los judíos nos sentimos en peligro. Todos lo estamos, seamos creyentes o no. Además, muchas familias quedarían fuera del cercado.

—Pues que se vengan a vivir junto a las sinagogas. Casas vacías es lo que sobra desde el desastre de Alarcos y la desbandada hacia el norte. Los ánimos están caldeados, gran rabino. Los cristianos tienen mucha rabia agarrada a las tripas y acabarán sacándola contra nosotros.

Abraham suspiró. Le hastiaba discutir con los ancianos. Al fin y al cabo, lo mismo daría ser judío o cristiano cuando los almohades tomaran la ciudad. Y una cerca de barrio no iba a detener lo que no podían parar las murallas de Toledo.

—Está bien, se lo comentaré al rey Alfonso. Y ahora haced que limpien eso, por favor.

Con un gesto de pesar y otro de despedida, el gran rabino se separó del grupo. Lo acompañó su escolta, un trío de buenos mozos hebreos armados con estacas. Recorrió las callejas distraído, acostumbrado a ignorar las miradas de desprecio que le lanzaban los cristianos. El temor de los ancianos daba vueltas y revueltas en su mente. Solía ocurrir, cuando las cosechas no eran buenas o alguna plaga azotaba Toledo, que los sermones de los clérigos más exaltados acababan por dirigirse contra la comunidad hebrea. Los ánimos se aplacaban tras un par de encontronazos nocturnos entre jóvenes de las dos religiones, o con uno o dos chavales judíos apaleados en un rincón. Lo peor que podía ocurrir era que estos ataques de odio se juntaran con la Pascua, lo que unos años atrás acostumbraba a terminar con la muerte de algún hebreo despistado. Ahora no. Desde que Abraham había llegado al puesto de gran rabino, no existía un judío en la ciudad que no se mantuviera en casa mientras los cristianos conmemoraban la muerte del Mesías. Además, los servicios de los hebreos satisfacían al rey, así que la sangre no llegaba nunca al Tajo. Todo el mundo sabía que Alfonso de Castilla mediaba por los hebreos, y que era muy capaz de sacar a sus propios monteros a las calles para calmar los ánimos por las bravas.

«En fin, ya pasará», pensó Abraham.

Aunque ¿qué importancia tenía si pasaba o no? Aquel verano, los almohades habían demostrado que mandaban en la Trasierra. Eran capaces de pasearse a placer desde el señorío de Trujillo hasta las propias puertas de Toledo, plantar sus enormes banderas al otro lado del río y recordarles a los toledanos que estaban allí, y que tal vez al año siguiente no se conformarían con dejarse ver desde las murallas.

«No deben entrar.»

Nada de eso, desde luego. Esto no era como en los tiempos pasados, cuando católicos y musulmanes luchaban entre sí, conquistaban y reconquistaban plazas, y siempre sometían a los hebreos pero respetaban sus vidas, sus haciendas e incluso su religión. Ahora no. Miles de judíos emigrados desde el sur o clavados en cruces habían dado crédito de que el Tawhid no era doctrina benévola. Y lo que el propio Abraham había visto en su embajada a Sevilla lo confirmaba. Los almohades no podían ganar bajo concepto alguno, o el viejo poema hebreo cobraría gran razón:

Ese día sacaron a las doncellas de sus palacios,
y a las madres privadas de sus hijos,
desnudas, despojadas por sus depredadores.
Día de gran duelo por ellas,
pues portaban yugo en lugar de joyas,
apresadas por espada de sus guardianes.

La escolta se apretó en torno al gran rabino. Atravesaban una calle concurrida, con rufianes acodados en las ventanas, un corro de bebedores junto a la puerta de una taberna y un par de putas que exhibían el género a pocas varas. Abraham ignoró al gentío, absorto como estaba en sus pesares, pero se volvió cuando oyó que lo insultaban.

—¡Puerco judío! ¡Deshonras este noble lugar con tu presencia!

Las voces venían de una ventana que se cerró antes de que pudieran ver a su autor.

—Vamos, rabino.

Abraham obedeció al joven de su escolta. Apretaron el paso ante la mirada burlona del público. Dos años antes, aquel lugar era tan limpio y respetable como cualquier otro de Toledo. Ahora, con la marcha de los villanos, los precios habían bajado y las mancebías extendían el negocio. Ya no se limitaban a ocupar tugurios en los arrabales. Se metían intramuros y se aprovechaban de la miseria de más de una desgraciada. Alarcos había dejado mucha viuda, mucha huérfana, mucha hambre y mucho miedo. Pasaron junto a un portalón en el que se apilaba la chusma. Requebraban a una muchacha que se exhibía bajo el dintel, hacían sonar sus bolsas y babeaban. Pero ella, que había reparado en el grupo hebreo, se empinó sobre las puntas de los pies y se dirigió a Abraham:

—Noble señor, ¿no pararás a regalarte con un buen rato?

El gran rabino no pudo evitarlo. Refrenó la marcha ante la provocación de la jovencita que, apoyada en el quicio de un portalón, ladeaba la cabeza. Varios hombres protestaron.

—Yo estoy antes, muchacha.

—Deja a esos, que tienen a sus propias putas en casa.

Uno de los judíos empujó para salir de aquel lugar.

—No te detengas, rabino.

—Para vosotros hay precio especial —insistió la meretriz—. Pagad por tres y entráis los cuatro.

Abraham se fijó en ella lo poco que pudo, pues su escolta lo sacaba de la calle sin miramiento alguno. La chica, muy joven, iba tiznada con el habitual exceso de bermellón en las mejillas y lucía las prendas multicolores de las prostitutas, pero se veía a millas que era muy hermosa.

—Qué raro —dijo uno de los muchachos judíos—. Si hasta las rameras tienen prohibido ayuntarse con nosotros.

—Esa no —contestó otro llamado Benjamín—. Esa es de las nuestras.

Abraham paró. Se habían alejado ya del peligro, así que esta vez no recibió empujones de su escolta.

—¿Cómo dices, joven? ¿De las nuestras? ¿Qué sabes tú de eso?

El chico torció la boca al darse cuenta de que había hablado de más.

—Es una de las esclavas que trajeron de León. Del Castro de los Judíos. A las más lozanas las compraron las mancebías y las tienen put... Perdón. Están vendiéndose en los lupanares. Lo sé porque me lo contó un amigo, yo no voy de put... Perdón otra vez, rabino. Yo no frecuento esos lugares.

Abraham se volvió. La calle de los lupanares había quedado atrás, pero miraba como si todavía viera a la jovencita.

—Apenas era una cría...

—Pues ha tardado muy poco en ganar fama. ¿No has visto cuántos la pretenden? Dicen que no la hay mejor en la Trasierra.

El tono enojado de Abraham cortó a Benjamín:

—No tiene sentido. Los curas cristianos aconsejan a los suyos que no yazcan con hebreas. ¿Ya no se respeta nada?

—Huy, rabino... Eso sube el precio nada más. Y nada menos, porque parece que lo vedado azuza la potencia. Y aunque no hubiera morbo, ya se sabe: más tiran nalgas en lecho que bueyes en barbecho. Además, como esta ramera es tan conocida, no le faltan pretendientes. La Leona, la llaman, por eso de que la trajeron de León. Y porque muerde y araña como ninguna, por lo visto. Eso sí, el hombre que la doma, goza el doble o hasta el triple. Así es de cara y así se la demanda. Se dice que algún que otro clérigo...

—¡Basta! La Leona... ¿Cómo se llama en verdad? Dime eso y nada más.

—Perdón, rabino. Raquel. Se llama Raquel.

Abraham se entretuvo un rato más, encerrado en sus reflexiones. Desde su viaje a Sevilla, una idea rondaba su cabeza. Su puesto como gran rabino y la confianza del rey se debían, entre otras cosas, a su habilidad para observar y conocer a los hombres. Y él había conocido al gran visir Ibn Yami, a quien según sabía llamaban el Calderero a sus espaldas. Recordó su recibimiento en Sevilla. Su forma de mirar a las mujeres aun cubiertas con aquellos austeros ropajes. El Calderero. Ibn al-Fayyar había tomado buena nota de su debilidad. Se volvió hacia Benjamín.

—¿Dices que hay más esclavas hebreas en los lupanares?

—Sí, rabino. Buenas piezas se trajeron de la campaña. Aunque ninguna tan hermosa como la Leona.

Abraham asintió. Se le estaba ocurriendo un medio para aligerar Toledo de prostitutas y, de paso, volverse más convincente ante los almohades.

Al mismo tiempo. Tudela, reino de Navarra

A veces, Gome de Agoncillo se preguntaba si el perpetuo mal humor de su rey no se debería a lo poco que se ayuntaba. Porque ya el anterior monarca había padecido los mismos acosos por parte de Castilla, pero él al menos gozaba de una reina cumplida, prieta y bien dispuesta, así que la cólera del día la apaciguaba por la noche.

Pero este Sancho no. Este se había casado, por aquello de la política, con una cría de ultrapuertos. Constanza, se llamaba, y andaba más en jugar con muñecas que en otra cosa. Gome sabía que el rey pensaba en anular esa boda, y esperaba que el objetivo fuera ese: buscarse una hembra de verdad y tener con quién calmar los malos humos.

Aunque habría que esperar para tal cosa, si es que al final llegaba. Ahora el rey de Navarra andaba tan colérico como siempre. Se notaba en la forma en que apretaba los dientes cuando remataba su última fundación, una villa en la frontera alavesa para protegerse de la amenaza castellana. Porque lo que urgía ahora era la defensa, y parecía mentira cuando solo unos meses antes se hablaba de atacar, arrasar, talar y saquear a la débil Castilla. ¿Por qué ahora, precisamente ahora, había tenido que morirse el rey de Aragón? ¿Y por qué su heredero tenía que andar soñando con hechos de trovas y estupideces semejantes? Sancho releyó el largo texto que daba cuerpo a la nueva plaza fronteriza, San Cristóbal de Labraza. Lo devolvió al escribano y golpeó sobre la última línea. El azorado funcionario se dispuso a cumplimentar el párrafo final.

—Y si alguien incumple lo que mando —dictó el rey—, sea maldito por Dios padre, Hijo y Espíritu Santo, y por la madre de Nuestro Señor Jesucristo, por los ángeles, arcángeles... —Sancho apretó los puños mientras rebuscaba autoridades celestiales en su memoria—, patriarcas, profetas, apóstoles, evangelistas, mártires... —Golpeó la mesa con la palma abierta—. Y dañado sea como el traidor Judas en el más profundo infierno, y perezca como perecieron Sodoma y Gomorra, y sea su mujer viuda, y sus hijos huérfanos.

Sancho de Navarra inspiró con fuerza. El escriba, aterrado, se apresuró a dejar la pluma sobre la mesa, como un ruego para que a su rey no se le ocurrieran más maldiciones salvajes.

—Está hecho —quiso ayudar Gome de Agoncillo—. San Cristóbal de Labraza ayudará a guardar la frontera. Daré orden para que se sepa y se pueble. Ahora descansa, mi señor.

Sancho de Navarra asintió, congestionado como si acabara de medirse con Goliat ante todo el ejército filisteo. Solo que Goliat era él. Arrastró su corpachón hasta el trono, la única silla que podía sostener su peso en todo el castillo, y se dejó caer sobre él. Tardó un rato en recuperar el resuello por semejante esfuerzo. Los nobles presentes, todos ellos señores navarros, guardaban silencio. Lo mismo que el obispo García. Ya se guardarían de molestar al rey cuando se alteraba.

—Gome —gruñó el gigante—, piensa también en alguien de confianza para ponerlo al frente de Labraza.

El de Agoncillo cambió miradas con el obispo y los señores navarros.

—Pues de eso queríamos hablarte, mi rey. ¿Qué tal si ponemos a un alavés?

Cien mosquitos picaron al mismo tiempo a Sancho de Navarra. Habría saltado del trono si pesara diez arrobas menos.

—Nada de eso. Mi padre lo dejó bien claro. «Pon a navarros para dirigir a esa gente», me dijo. Los alaveses y los guipuzcoanos no me respetan. —Apretó los dientes—. Y para mí que mi primo Alfonso lo barrunta. Labraza no guardará mis tierras solo de los castellanos. Lo mismo que Vitoria, Treviño o Bernedo. ¿Estamos?

El obispo de Pamplona fue el primero en plegarse.

—Estamos, mi rey.

Pero Gome de Agoncillo tenía suficiente confianza con el monarca.

—Mi señor, a lo mejor es por eso mismo que no te puedes fiar. Pon a señores alaveses al frente de los suyos. Y haz tal con los guipuzcoanos. Así, ninguna razón tendrán para presentar poco brío en caso de que nos venga Castilla.

—¡He dicho que no! ¿Por qué todos os empeñáis en enseñarme cómo reinar? Desde el más andrajoso pastor de la Burunda hasta el mismo papa. Solo falta que Dios baje y me aconseje sobre mis tenentes.

El obispo bajó la cabeza. No hacía ni un mes que se había recibido carta de Roma. En ella, el anciano santo padre exhortaba al rey Sancho a romper su amistad con los almohades y a aliarse con los demás reyes hispanos. «Especialmente los de Castilla y Aragón», decía la misiva. Así, con toda tranquilidad. Pero Sancho de Navarra sabía que el monarca castellano no olvidaría fácilmente la afrenta de unos meses antes. Y en cuanto al nuevo rey de Aragón...

«Que Dios nos coja confesados», pensó.

Gome de Agoncillo, que sabía de las turbulentas ideas que asaltaban a su rey, se acercó hasta el trono.

—No será tan malo, mi señor. Un par de campañas más como la de este año, y los almohades quebrarán Toledo. De ahí al Duero es cuestión de acercar el fuego a la estopa. Y los leoneses mantienen al castellano bien ocupado por poniente.

Sancho de Navarra volvió a hinchar el pecho.

—Ya se ha visto. Hasta las puertas de León han empujado Castilla y Aragón. ¿Quién crees que será el siguiente? Nosotros, Gome. Nosotros. Tan cierto como que hay cielo.

El obispo García, viendo que la ira del rey se allanaba un tanto, se atrevió a acercarse.

—Volviendo a lo que te decía el buen Gome, mi señor. Los clérigos de Álava me lo advierten: tanta villa nueva deja vacías las viejas, los pueblos de la llanada se despueblan. Los señores alaveses se quedan sin gente sobre la que mandar. Y si además metes a navarros al frente de las nuevas tenencias...

—¡Silencio! —volvió a tronar Sancho—. ¿Creéis que no lo medito? ¿Me tomáis por un toro que embiste a bulto?

»Castilla y Aragón, por muy unidos que estén, no pueden tomar todas mis villas por asalto. Han de fijar asedios, y eso requiere tiempo. Un tiempo del que no disponen porque el miramamolín está ahí, incordiando en cuanto llega la primavera. Tened por cierto que mis tenentes no han de fiarse de los alaveses, y tampoco de los guipuzcoanos. Pero pueden encerrarse en sus plazas y aguantar. Ninguno de ellos entregaría la ciudad. ¿Haría lo mismo un señor alavés si Alfonso de Castilla lo apretara por hambre y le prometiera prebendas a cambio de fidelidad?

»No puedo arriesgarme. Solo hay que esperar. —El gesto de Sancho, por fin, se relajó. Miró al vacío. Como si ante sus ojos se representara la victoria final de Yaqub al-Mansur—. Dos años, tres a lo sumo. Y Castilla desaparecerá.

Una semana más tarde. Toledo

Raquel subió las estrechas escaleras despacio, pisando fuerte y con la mirada de su cliente clavada en la grupa. Ella exageraba su contoneo, sabedora de que la excitación del tipo le serviría antes y durante el trabajo. Antes, para aflojarle la bolsa. Durante, para abreviar el trámite.

Se volvió un momento. El pagador era hombre de dineros. Hidalgo, a juzgar por las hechuras. Saya de buenos remates, capa con cordaje y limosnera abultada. Lo normal entre sus asiduos en los últimos tiempos, porque la fama de la Leona desbordaba Toledo, se extendía por la Trasierra y llegaba más allá del Duero. Un par de días antes, incluso había atendido a un cliente portugués de paso hacia Aragón. El tipo le dijo que había oído hablar de ella en Coimbra, nada menos.

Eso estaba bien, desde luego, porque aunque Raquel era esclava y su rufián no le abonaba ni medio maravedí, los clientes se daban por más que satisfechos y le hacían regalos. Bajo el lecho reservado para ella, en la habitación que todos llamaban leonera, Raquel guardaba un saco mediado de monedas.

Llegó ante la puerta, giró la pesada llave que colgaba de su ceñidor y entró. El cliente lo hizo tras ella, pero se congeló al ver al crío.

—Espera, espera. ¿Y ese?

El niño, sentado en un rincón, no hizo ni caso, lo que mostraba que estaba acostumbrado a ese tipo de visitas. Se limitó a roer un cuscurro de pan negruzco y a restregarse los mocos.

—Ese es Yehudah, mi hijo. Si te supone un problema que esté aquí, puedes marcharte.

El tipo no se lo pensó mucho. Revolcarse con la Leona era algo que no se conseguía con facilidad porque siempre había larga cola. Ese día estaba de suerte, no era cuestión de melindres.

—Está bien. Pero no quiero que nos mire.

—Yehudah, no mires. O haz lo que quieras.

El crío no se dio por aludido. Toda su atención seguía puesta en el mendrugo a medio rosigar. Raquel dirigió a su cliente una sonrisa burlona. Estaba visto que el precio incluía al espectador, aunque a Yehudah parecía importarle bien poco lo que sucedía entre su joven madre y sus clientes en aquel cuartucho. La judía se despojó del manto multicolor, cosido con retales rojos, verdes, azules y, sobre todo, amarillos. La marca de las rameras. Señaló el camastro.

—Fuera ropa —ordenó. Y el hidalgo acostumbrado a mandar obedeció como un sirviente.

Raquel lo observó. Muchos como ese pasaban por sus garras, y casi todos habrían dado buena parte de sus riquezas por tenerla a su lado de continuo. Por llevarla a su casona y convertirla en su concubina. Incluso por meterla como dueña en sustitución de alguna esposa gruñona y poco complaciente. Pero el honor era el honor, y bien pronto lo perdía el cristiano que andaba con judías, fueran estas decentes o putas. Una cosa era la reserva del lupanar, y otra muy distinta airear los malos vicios. El cliente, que ya había olvidado la presencia de Yehudah, dejó la última prenda sobre el lecho y permaneció sentado, con las piernas ligeramente abiertas y orgulloso de su tremenda erección.

—Ya está. Ahora ven y cumple tu parte, Leona.

—Claro. Pero eso que veo ahí es enorme. Me da un poco de miedo. Te cobraré el doble.

—¿El doble? Bueno, la verdad es que esto es dos veces más grande de lo normal. Aunque entonces yo también quiero doble ración.

Raquel se relamió.

—Pues tenemos un acuerdo. Deja aquí el dinero.

El hidalgo metió la mano entre los ropajes que había amontonado y vació la bolsa sobre el suelo, a sus pies.

—Aquí hay lo que cualquier puta ganaría en una semana. Espero que lo merezcas.

—No te defraudaré, hombretón. Pero antes, ahí tienes una palangana.

El tipo se puso en pie.

—¿Qué insinúas?

Raquel mostró los dientes en una sonrisa fiera. De auténtica leona. Se quitó la diadema trenzada que sujetaba el pelo ensortijado y lo desparramó sobre los hombros. Separó los labios media pulgada, se desató los lazos de la saya y tiró del cuello hacia abajo, hasta enseñar el arranque de los pechos.

—Esto insinúo. Si lo quieres, lávate.

Los ruegos no entraban en las costumbres de Raquel, aunque de todos modos el hidalgo no se hizo de rogar. Se acuclilló junto al barreño y se frotó entre sobresaltos. El verano se acababa, y a las tardes toledanas ya se agarraba el relente. La Leona casi rio al ver cómo el miembro de su cliente empequeñecía bajo el azote del agua fría. En el rincón, Yehudah seguía enfrascado en su lucha contra el mendrugo de pan. Raquel tomó un paño y se lo arrojó con desprecio al hidalgo. Mientras él se secaba, la muchacha terminó de aflojar el cordaje. Anduvo hacia el tipo y tomó aire, como hacía antes de olvidar su orgullo y convertirse en bestia. Cuando estaba a punto de sacar las garras, la puerta del aposento se abrió de golpe.

—¡Por Cristo crucificado! —El cliente se cubrió con rapidez.

Raquel se volvió. Junto a su amo y rufián se hallaba un hombre bien vestido, de casi cincuenta años, al que había visto pasar alguna que otra vez por la calle, siempre con escolta de jóvenes recios. El proxeneta se dirigió al hidalgo:

—Puedes vestirte y te acompañaré a otro aposento, noble señor. No tendrás que pagar nada. Invita la casa.

—Ni hablar. —El cliente levantó la barbilla—. Quiero a la Leona.

—Lo comprendo. Pero si no haces lo que te digo, me veré obligado a hablar con algunas personas. Me sería muy incómodo contarles que te acuestas con judías. Sé que tu familia es muy respetada en la corte. Supongo que querrás que eso continúe.

El hidalgo gruñó por lo bajo antes de empezar a vestirse. Raquel ignoró la conversación e hizo ademán de atarse los cordajes de la saya.

—¿Me tapo? ¿O tengo que acostarme con ese otro hombre?

El rufián estiró la sonrisa. Le faltaba la mayor parte de los dientes.

—Eso ya no es cosa mía, sino de él.

Ella miró al interpelado con una ceja enarcada. La voz de él sonó autoritaria:

—Coge tus cosas y ven conmigo.

—Sé quién eres: el gran rabino de Toledo. Los judíos no pueden entrar en burdel cristiano, mucho menos alguien de tu importancia. ¿Rompes la ley?

—¿No lo haces tú? Y delante de un niño, además.

—No tengo opción. Soy una esclava. Puta para más señas.

—De acuerdo con lo de esclava. Lo otro se acabó. He dicho que vengas conmigo.

Raquel consultó al rufián con la mirada. Él sopesó la bolsa que colgaba de su cinto. Las monedas tintinearon.

—Ahora eres suya. He cobrado por ti, Leona. Muy bien, además. Y también por el resto de mis putas judías. Solo me quedan las musulmanas y las rameras libres, pero ahora soy más rico que antes.

Raquel arrugó el ceño y señaló al pequeño Yehudah.

—No me separarás de él, ¿verdad, rabino?

—No. Puede venir también.

Ella lanzó un suspiro de alivio. Se acercó al niño, le quitó los restos del cuscurro y lo tomó en brazos. Se volvió de nuevo hacia Ibn al-Fayyar.

—No creo que un rabino pretenda juntar un harén. No cuadra. No serás uno de esos fantoches que pretende devolverme al camino recto, ¿verdad? Alguno que otro me ha fatigado el coño con sus discursitos, y es casi peor que estos cristianos malolientes que buscan aquí lo que sus dueñas no quieren hacerles.

El gran rabino saludó al proxeneta con una inclinación de cabeza e hizo un gesto a Raquel.

—Vámonos ya. Las otras aguardan abajo. He pagado mucho por vosotras y la ley de Castilla me ampara, así que obedecerás. Puedes rugir todo lo que quieras, pero no enseñes tus zarpas en mi casa. Si te comportas, consideraré la manumisión. Y la de tu hijo.

—No comprendo, rabino. ¿No había esclavas más baratas para el servicio doméstico?

—Desde luego. Me has costado un dineral infame. Solo espero que mi inversión resulte rentable. Ahora ven. Vas a tener oportunidad de demostrar si eres tan fiera como te pintan.

Al mismo tiempo. Daroca, reino de Aragón

El rey Pedro celebró cortes en cuanto regresó de Castilla. Actuaba así sin dar respiro a los pocos nobles que todavía se sintieran movidos por la inercia del difunto Alfonso.

El joven monarca confirmó todos los fueros y privilegios de Aragón, pero a continuación tomó los señoríos y los honores para repartirlos entre los nobles de su confianza. Su madre, que acababa de vestir los hábitos para profesar en el monasterio de Sigena, aguantó la respiración mientras aguardaba la reacción nobiliaria. La obstinación corría por las venas de los señores aragoneses y, si se empeñaban en llevar la contraria al rey, este podía tener problemas. Sin embargo, la feroz maniobra en apoyo de Castilla le había granjeado el respeto del reino. Además, tuvo el detalle de declararlo bien alto:

—Soy joven y, aunque vuestro señor y rey, me dejaré aconsejar por vosotros. Pues os tengo a todos en estima y respeto vuestros linajes.

Su voz potente rebotó contra las paredes de la iglesia de Santa María. Después sonaron las felicitaciones y las risas. Y antes de que cayera la noche, toda Daroca estaba sumida en la fiesta. Los jóvenes compañeros de la mesnada regia se emborracharon los primeros, pues siempre hacían lo que hacía el rey: luchaban a su lado, vestían como él, imitaban su melena y sus barbas, bebían hasta vaciar las cubas y arrasaban con todas las doncellas y con parte de las damas. Costó Dios y ayuda a la reina viuda que su hijo dejara a sus camaradas de juerga, pero esa noche, en la misma iglesia donde había escenificado el apoyo de todo el reino, lo reconvino como si fuera un crío.

—Bien está alegrarse y celebrarlo, pero no vayas a excederte, Pedro.

El rey, con los ojos brillantes por el buen vino de la tierra, gesticuló con desdén.

—No me agües la fiesta, madre. Todo sale como querías, ¿no? Me he librado de los viejos cuervos y ahora tengo una bandada de halcones a mis órdenes.

Sancha negó despacio, como lamentándose. Con un ademán,

ordenó a los guardias que cerraran las puertas del templo. Quedaron allí solos, a la luz de los velones. Fuera, el jolgorio continuaba, pero ahora llegaban apagados los gritos, la música y los sonidos de pendencia.

—Tus halcones y tú no sois más que polluelos. Si quieres afianzar tu posición, necesitas una esposa que te dé hijos y asegure la dinastía. Eso es lo primero.

Pedro de Aragón suspiró, resignado ya a soportar el sermón.

—Soy joven aún, madre.

—A tu edad, tu padre llevaba años casado y tenía descendencia.

—No soy mi padre.

—Claro que no. —Sancha tocó la cruz que pendía de su cuello—. Gracias a Cristo. Él no era muy dado a los hechos de armas, tú sí. Precisamente por eso debemos tener cuidado. Mira lo que le ocurrió al señor de Azagra. ¿Crees que te parí con la piel a prueba de hierro?

—No ha nacido el hombre que pueda vencerme, madre.

—Ah, la vanidad juvenil... Dios quiera que un día no riegues el campo de batalla con tu sangre. Pero hasta que el Altísimo me oiga, más nos vale cerrar la sucesión.

Pedro resopló. No había nada que le gustara más que las mujeres, pero ¿atarse a una? ¿Qué loco gustaría de tal cosa?

—Supongo, madre, que ya habrás pensado en alguien.

—Ah, no... y sí. Hay varias doncellas casaderas, pero dudo entre este y el otro lado de los Pirineos. He de pedir consejo al santo padre. Y rezar para que ilumine nuestra inteligencia. Y para que te vuelva más prudente, desde luego.

El rey, aburrido, acarició uno de los estandartes colgados para dignificar la celebración. Perpetuar la dinastía, claro. Esa era la primera función de todo rey. Sonrió al pensar que tal vez tuviera ya varios bastardos repartidos por el reino. Y fuera de él. Eso le llevó a sus planes para el año siguiente:

—Está bien, madre. Búscame partido según convenga, que ya montaré yo las jacas que considere, antes y después. Ah, y tampoco voy a privarme de cabalgar contra mis enemigos por miedos dinásticos. —Llevó la mano hasta el rostro de Sancha, que acarició con ternura—. Reza por mi vida. Y que Dios te oiga y me proteja, porque si los sarracenos pueden con nosotros, poco importarán los desvelos por el reino. La casa de Aragón se extinguirá y esta iglesia será mezquita. Y ahora me voy a beber.

Día siguiente. Toledo

La casa del gran rabino Ibn al-Fayyar era casi palacio. El trajín de ancianos y de otros miembros de la judería toledana así lo exigía. Despacho para los asuntos del Altísimo, despacho para los asuntos mundanos. Un fresco y frondoso patio y un ejército de criados y esclavos. El gran sótano, dedicado a bodega, albergaba extraños secretos hebreos según las malas lenguas cristianas.

A las putas redimidas las había reunido en su biblioteca, lugar que el gran rabino usaba para aislarse de sus obligaciones. Muchos de los volúmenes eran patrimonio familiar, pasados de padres a hijos hasta que los Banú al-Fayyar tuvieron que abandonar Granada para huir de los almohades. Otros textos los había adquirido de viajantes, o los habían copiado los propios judíos toledanos consagrados a tales menesteres. Sobre todo había tomos escritos en árabe, lengua que el gran rabino dominaba casi por encima del romance. Pero los libros en hebreo ocupaban un anaquel especial. Allí relucían el *Meqor Hayyim* de Ibn Gabirol, el *Libro de la disertación* de Ibn Ezra, el *Kuzari* de Ha-Leví... También había obras cristianas, musulmanas y hasta paganas. Macrobio, Prisciano, Ibn Hazm, Horacio, Adelmo de Malmesbury, Cicerón, Isidoro de Sevilla, Ibn Bassam, Esopo, Beda *el Venerable*...

La servidumbre masculina estaba alterada. Cada poco, algún criado se asomaba a la biblioteca para examinar la reunión de mujeres. Al principio, el gran rabino lo dejó pasar, pero luego se hartó y ordenó cerrar la puerta. Las rameras, labios exageradamente pintados y andrajos de colores, cuchicheaban, lo que creaba una especie de zumbido uniforme que hacía vibrar el salón. Ibn al-Fayyar buscó con la mirada a Raquel, que no era de las que susurraba. Se había apretado en un rincón, aislada del resto y con Yehudah dormido en brazos. Era la única madre allí, aunque también, con mucho, la más joven y hermosa.

—¡Silencio! —ordenó el rabino. Pero no le hicieron caso, así que repitió la orden y la acompañó de unas cuantas palmadas. Por fin algunas prostitutas, las más cercanas, se dignaron dirigirle la vista. Otras se limitaron a mirarse las puntas de los pies. Ibn al-Fayyar no tomó asiento tras la ancha mesa repleta de rollos y ocupada por un atril. Se quedó de pie, con los ojos entornados, repasando una a una sus últimas adquisiciones.

—¿Tendrás fuerzas para joder con todas, rabino? —preguntó una muchacha de pelo encrespado. Un par de compañeras rieron. Ibn al-Fayyar siguió circunspecto hasta que se disolvieron las carcajadas. Poco a poco, la curiosidad hizo que el silencio reinara sobre la biblioteca. Solo entonces empezó su discurso Ibn al-Fayyar:

—Por el momento, nadie joderá con nadie. Y si lo hace, no se valdrá de tal improperio para contarlo. No en mi casa. No mientras me pertenezcáis. Porque os recuerdo que he pagado por vosotras, así que soy vuestro dueño. Y lo mismo puedo devolveros al charco de lodo que arreglaros la vida.

»No sois cristianas, y por eso os han ceñido el yugo de la esclavitud. Los cristianos lo tienen fácil: su Mesías cargó con los pecados de todos y murió por ellos. Eso dicen. Nosotros somos responsables de nuestros actos. Vosotras también. Como judías, tenéis vuestra parte en todo esto. Os debéis al pueblo de Israel. Todos nos debemos a él, desde el gran rabino hasta la ramera más miserable.

»Los criados os mostrarán vuestros alojamientos. A partir de hoy, yo mismo os enseñaré, con esto —señaló tras él, a los volúmenes acumulados—, la lengua de los sarracenos. Y aprenderéis a portaros con dignidad, porque aun en el destino más aciago, pertenecéis al pueblo más orgulloso, el escogido por Dios. ¿Entendido?

»Aprovechad vuestro tiempo aquí, entre estas paredes. Y aceptad la misión que se os encomienda desde lo más alto porque vuestras vidas, desde ahora, tienen por fin un propósito.

»Marchaos.

Obedecieron como ovejas. Cabizbajas y confusas, pues no sabían si aquello iba a ser para bien o para mal. Salieron despacio del salón, pero Raquel no se movió de su rincón. Se quedó allí, plantada, acariciando el pelo de Yehudah y con la mirada fija en el gran rabino, los ojos verdes medio ocultos por los bucles.

—Nos vas a vender a los moros —dijo cuando se quedaron solos.

Ibn al-Fayyar puso los brazos en jarras. Irguió la barbilla, dispuesto a enfrentarse a la fiera, como el profeta Daniel.

—He pagado por vosotras y haré lo que me plazca.

—¿Por qué, rabino? ¿Por qué joder con sarraceno es mejor que joder con cristiano?

—Modera tu lenguaje. Insultas a Dios cada vez que hablas.

—¿Y qué ganas tú con todo esto? ¿Solo el dinero de la reventa? Pues mantener a todas estas no te va a salir gratis. —Sonrió lascivamente—. Venga, di la verdad. Nos la meterás por turnos hasta que encuentres comprador.

El gran rabino fue a replicar con autoridad, pero se contuvo. Porfiar por ese camino no iba a llevarlo a buen puerto. Guardó silencio un instante, buscando la calma en su interior. Habló en tono didáctico. El mismo que usaba en la sinagoga:

—Sé que te capturaron en León, como a casi todas tus compañeras. ¿Vive tu familia allí?

Ella hizo un gesto con la barbilla hacia su hijo.

—Él es mi única familia. Me quedé huérfana de cría y corrían malos tiempos. Las campañas de los moros habían mandado mucho judío hacia el norte, así que abundaban los menesterosos y escaseaba la compasión. Por eso me eché a la calle. Un año más tarde nació él.

—Comprendo. Yo tampoco soy toledano. Nací y me educaron en Granada. O en esas estaba mi padre cuando llegaron los almohades. A poco que lo pienses, ambos nos hallamos aquí por su culpa. Nos parecemos mucho.

—Muchísimo, no cabe duda. Por eso tú has vivido rodeado de lujos, y yo hundida en el estiércol. Soy puta, rabino. No imbécil.

—Ya. ¿Y sabes por qué nuestras familias huyeron de ellos? Es decir... ¿Sabes lo que hacen los almohades con la gente como tú?

La Leona fingió reflexionar.

—A la gente como yo, me parece, los almohades nos meten la natura en la boca y empujan hasta secarse. ¿O es que no son hombres, como todos?

Nuevo respiro del gran rabino para no reprenderla. Trató de mantener la calma.

—Te pasas de zafia, pero estás en lo cierto. A las judías jóvenes, los almohades las venden en sus mercados y las toman como concubinas.

—Si procuras asustarme, rabino, te das de cabeza. Yo pagaría para meterme siempre en la boca la misma natura, aunque fuera de moro. Así como estoy, me meto diez o quince al día. Y seguro que se vive mejor en un harén almohade que en un lupanar toledano.

El gran rabino lució una sonrisa de triunfo. Eso desconcertó a Raquel.

—De nuevo aciertas, mujer, aunque has olvidado a tu hijo. En caso de que los almohades lo prendieran, tendría suerte si lo ataran a una yunta de cabestros o lo pusieran a picar en una mina hasta que muriera derrengado a la edad que tú tienes ahora. ¿Y qué supones que pasará con el resto de los judíos de Toledo? ¿Y con las madres, padres y hermanos de estas muchachas que han venido contigo? Y con los judíos de León, y de Tudela, y de Zaragoza... Con todos los hijos de Israel que se crucen en su camino.

»No contestas. Ni preguntas. Tal vez porque ya sabes la respuesta.

»Sé que no eres la única cuya estirpe llegó a León huyendo de los almohades. Ni fue mi familia sola la que huyó de Granada. Con nosotros vinieron a Toledo otros muchos judíos. De Granada, y también de Málaga. Y antes se habían presentado aquí desde Sevilla, Carmona, Córdoba, Jaén, Úbeda... Ah, y no solo Toledo acogió a los refugiados. Burgos, Zaragoza, Barcelona, León... Después, cuando Murcia y Valencia cayeron en manos almohades, también se vaciaron sus juderías. Lo que quizá no sepas es que bastantes familias se quedaron en sus hogares. Hicieron oídos sordos a los que les advertían. O supusieron que no les pasaría nada porque, al fin y al cabo, sus antepasados hasta que se perdía la memoria habían vivido entre musulmanes. Los hubo que tenían mucho que perder y fingieron convertirse al islam para conservar sus casas.

»¿Sabes a cuántos de esos judíos, desde críos a ancianos, clavaron en la cruz los almohades? ¿Y a cuántos degollaron, decapitaron o atravesaron? ¿Sabes a cuántas madres, hermanas, esposas e hijas cargaron de cadenas? Los que sobrevivieron y se quedaron allá tras cambiar su credo son obligados a llevar una marca para distinguirlos. Todo el mundo ha de saber que se trata de infieles convertidos. Así, cada hombre, mujer y niño los puede someter a vigilancia y denunciarlos si es necesario. Y a la menor sospecha, se les arresta y ejecuta.

»Si hay algo en lo que cristianos y judíos somos iguales, es en el destino que nos espera cuando los almohades alcancen la victoria final. Por primera vez en mucho tiempo, los triunfos católicos aprovechan al pueblo de Israel. Y nuestros triunfos les aprovechan a ellos.

Raquel observó al gran rabino desde su rincón, mientras Yehudah, sumergido en un sueño, movía los ojos bajo los párpados cerrados y mascullaba algo confuso.

—¿Por qué me cuentas todo eso? Los almohades están lejos,

yo no he visto ninguno. Más me interesa el futuro que le aguarda a mi hijo en esta casa. Y también quiero saber si seguirá conmigo.

Abraham ibn al-Fayyar metió los dedos entre su barba.

—Así que no tienes miedo a los almohades, ¿eh? Tranquila, que ya solucionaremos eso. En cuanto al crío, contigo o sin ti, no le faltará de nada. Yo mismo lo educaré. Y como te dije en el lupanar, financiaré su manumisión si demuestra que lo vale.

Raquel observó a Yehudah, inocente en su sueño. Bastante difícil había sido convencer al proxeneta de mantenerlo a su lado en el prostíbulo, y tampoco había sido plato de gusto tenerlo ahí día tras día, de espectador mientras ella cumplía con su función de leona. Ahora se presentaba una oportunidad nueva y con la que no había soñado.

—Digamos que te creo, rabino. Que esto es mejor para mi hijo. Aún no me alcanza qué ganas tú con el trajín de vulgares putas.

—Un tiempo precioso es lo que espero ganar, si es que logro que dejes de ser eso: una vulgar puta.

»Dios os había previsto la más baja ocupación, pero ahora se apiada de vosotras. Os ha encontrado una utilidad: trabajar para vuestro pueblo. Escucha esto: *Israel, aunque haya pecado, sigue siendo Israel.* Tú, mujer, no puedes dejar de ser judía, por muy ramera, muy vulgar y muy esclava que figures. Y tu hijo, con tan mala fortuna que ha padecido en su corta vida, también es judío. Por eso, lo que hagas contra los judíos lo haces contra ti misma y contra él. Y lo que hagas por ellos, lo haces por ti. —Señaló a Yehudah—. Y sobre todo lo haces por él.

»Por el momento has de confiar en mí. Como confían casi mil personas, y eso solo en Toledo. Fuera de la ciudad siguen mi consejo muchos más, todos ellos hijos de Israel. Pero es que, además, el propio rey Alfonso se sirve de mí para mantener al moro alejado. Cuanto más os apliquéis tú y tus compañeras, menos riesgos correrán nuestras vidas. —Volvió a hacer un gesto hacia el crío dormido—. Menos riesgo correrá él.

6

El dilema de Yaqub al-Mansur

*Medio año más tarde, primavera de 1197. Alfoz de
Talavera, reino de Castilla*

El enorme pabellón rojo de al-Mansur se alzaba en un lugar privilegiado, junto al Tajo y a salvo de intromisiones. Los guardias negros del Ábid al-Majzén se repartían para vigilar la orilla río arriba, pues nadie podía mancillar el agua destinada al califa y a sus más allegados.

La noche había caído sobre Castilla, con el ejército invasor detenido a la espera de un nuevo día. Como el año anterior, los almohades habían penetrado sin oposición en tierra cristiana y, tras someter a devastación los alrededores de Talavera, se disponían a girar al este para atacar Toledo y las demás ciudades de la Trasierra. Un paso más en la estrategia de desgaste. Un clavo más en el torturado cuerpo de un reino que ya colgaba de la cruz y que apenas podía defenderse de sus muchos enemigos. Poco importaba a Yaqub al-Mansur que el rey de Aragón se hubiera unido ahora a Alfonso de Castilla. Con León y Navarra sirviendo al poder almohade, y con el enorme ejército califal fresco y reforzado, los dos reyes aliados no podían sino esconderse en las montañas, como el verano anterior. Ya que, como Dios advertía en su libro, formaban el partido de Satán.

Y el partido de Satán es el partido perdedor.

Pero algo había venido a distraer el propósito del califa. O mejor dicho del Calderero, su visir más influyente. Un emisario recién llegado de Córdoba se había presentado a media tarde con un mensaje preocupante. Al-Mansur había reunido a sus visires y jeques en consejo de guerra, y el joven Muhammad asistía al cónclave desde la derecha de su padre, con su habitual pose apocada. Los demás prebostes almohades y el arráez de los andalusíes, Ibn Sanadid, se sentaban en círculo y rodeaban al mensajero, que permanecía inclinado ante el príncipe de los creyentes.

—Repite ante estos hombres lo que me has dicho a mí —ordenó al-Mansur.

El muchacho, un andalusí que no había tenido tiempo ni de sacudirse el polvo, se enderezó y alzó la voz.

—Los Banú Ganiyya resurgen. Eso dicen las misivas que se enviaron al principio de la primavera y que llegaron hace poco a Marrakech. Los correos han cabalgado de posta en posta hasta que su mensaje cruzó el Estrecho. Lo que os digo ahora en alto es lo mismo que escriben los súbditos del príncipe de los creyentes en Ifriqiyya:

»De todo el orbe es conocido que Yaqub es llamado al-Mansur por sus bien merecidos triunfos. Con el brío de su brazo, el filo de su espada y la voluntad de Dios, consiguió aplastar a los rebeldes mallorquines que habían levantado en rebelión las ciudades del este y cometido innumerables crímenes contra los auténticos creyentes. Los restos derrotados del ejército enemigo se refugiaron en el desierto del Yarid, y los hombres de buena fe confiaron en que el mal había desaparecido.

»Pero hace tres años, los mallorquines Banú Ganiyya reaparecieron. Desembarcaron en Ifriqiyya, unieron a sus execrables huestes de las traidoras tribus árabes y se ganaron el consejo militar del impío Qaraqush. Juntos tomaron la ciudad de Trípoli.

»El príncipe de los creyentes, en su sabiduría, decidió ignorar la plaga de los Banú Ganiyya. Acuciado por sus enemigos cristianos, desvió su atención al norte y cruzó el Estrecho. Sin duda Dios lo guiaba, y muchos motivos de orgullo ha dado a todos los musulmanes con la victoria que logró sobre el perro Alfonso de Castilla.

»Sin embargo, en estos tres años, los Banú Ganiyya y el impío Qaraqush no han estado ociosos. Toman pueblos y esclavizan a los súbditos del califa. Sus desmanes se extienden desde la Tripolitania y amenazan ya las ciudades de Constantina y Túnez. Mucho temen sus gobernadores que se repitan las matanzas de hace unos años y, por eso, incapaces de soportar la desvergüenza de los mallorquines, ruegan al príncipe de los creyentes que se acuerde de sus súbditos de Ifriqiyya.

El califa se puso en pie. Con un leve movimiento de su diestra, ordenó al mensajero que abandonara la tienda. Después, él mismo ocupó el centro del círculo.

—Hace dos años, mi fiel amigo, el ahora difunto Abú Yahyá, me aconsejó dirigir mi ejército a Ifriqiyya en lugar de venir aquí, a batirme contra Alfonso de Castilla. No lo escuché y, ciertamente, logré una gran victoria. Pero Abú Yahyá murió por ello. Si pudiera cambiar el destino, una y mil veces volvería atrás y obedecería a mi amado visir omnipotente.

»Esta vez prestaré oídos a mis dos devotos consejeros. Decidme pues qué debo hacer.

Muhammad se fijó en su padre, en sus hombros vencidos y en su rostro triste. Vio con qué desgana arrastraba los pies de vuelta hasta su sitial de cojines y cómo se derrumbaba sobre él. Observó que todos los presentes advertían la inmensa pena del califa. Los dos grandes visires del imperio obedecieron la orden y, uno al lado del otro, ocuparon el centro del pabellón de frente al príncipe de los creyentes. El Tuerto fue el primero en hablar:

—Mi señor, traes aquí la memoria de mi hermano mayor, Abú Yahyá, y yo te ruego que dejes de afligirte por su pérdida, pues era un guerrero hintata y no hay muerte más querida para mi linaje que la que ocurre en combate, luchando por Dios y por ti.

»Ahora bien, soy de la misma opinión que mi difunto hermano. El gran peligro para tu imperio no está aquí, en esos comedores de cerdo incapaces de unirse. Puedes dormir tranquilo sabiendo que León se enfrentará a Castilla o a Portugal, y Navarra, a Castilla o a Aragón. Y cuando terminen sus pleitos, se morderán entre sí los que antes eran amigos. —Abd al-Wahid se volvió y buscó con la mirada de su único ojo a Ibn Sanadid—. Dime, andalusí. Tú que conoces bien a los cristianos. ¿Acaso no estoy en lo cierto?

El caíd de Calatrava se puso en pie.

—El gran visir dice la verdad. Está en el sino de esos hombres el matarse entre sí, con más saña cuanta más sangre comparten.

El Tuerto agradeció la intervención con una sonrisa y miró al califa.

—Puedes abandonar esta tierra sin temor, pues pasarán años antes de que cualquiera de los reyezuelos cristianos esté en disposición de molestarnos. Pero el peligro de Ifriqiyya sigue tan real como cuando Abú Yahyá vivía. Peor aún, pues los Banú Ganiyya han tenido tres años para reorganizarse, conseguir adhesiones y ganar confianza.

»Regresemos, príncipe de los creyentes. Deja una gran hueste a las órdenes de Ibn Sanadid para quedar tranquilo, pero crucemos de regreso el Bahr az-Zaqqaq y marchemos al este para derrotar de una vez por todas a tus enemigos. Pensemos en arrancarlos de la tierra y en acabar con la dinastía de los Banú Ganiyya.

Un gran número de jeques y visires, casi la mayoría, demostró su acuerdo con murmullos y movimientos afirmativos. El Calderero carraspeó antes de ponerse en pie. Se acarició la barbita perfectamente recortada.

—Las razones del Tuerto son convincentes. Su espíritu, noble, pues renuncia a vengar a su hermano Abú Yahyá y prefiere volver atrás. Dejar en paz a los comedores de cerdo cuyas tierras ocupamos ahora, como ocuparemos en el futuro sus capitales. Estamos a esto —levantó la mano y acercó el índice al pulgar— de vencer su resistencia. De que Toledo caiga en nuestras manos. Tras eso, dominaremos las tierras hasta el río Duero como si paseáramos de Sevilla a Córdoba. No solo conquistaremos el suelo que pisan. Esclavos, concubinas, oro, armas, caballos... ¿Tengo que enumerar el botín que merecemos por estos dos años de campaña y al que todavía no hemos accedido más que en parte? Riquezas suficientes no solo para pagar las barakas de nuestros soldados, sino para comprar a los mismísimos árabes rebeldes de Ifriqiyya, que solo se unen a los Banú Ganiyya por codicia. Y para financiar la campaña de limpieza que devuelva el este, Trípoli incluida, al imperio.

»Pero no te pediré, príncipe de los creyentes, que te quedes aquí por ese botín. Yo no lo necesito, ni tus hombres. Somos miles los que te seguimos, y solo porque te amamos. Como te amaban los miles que cayeron en Alarcos. ¿Recuerdas? —Ahora miró al Tuerto—. ¿Recuerdas tú a tu hermano, querido amigo? ¿Vas a decirme que su sangre se derramó solo para que nosotros pudiéramos tomar unas pocas fortalezas y arrasar algunos campos de cebada? —Se volvió de nuevo hacia el califa—. No es juicioso avanzar, enfrentarnos al enemigo, derrotarlo a costa de la vida de los almohades y luego retroceder para ir al encuentro de otro enemigo sin explotar triunfo alguno. ¿Sabes, príncipe de los creyentes, por qué los Banú Ganiyya resurgen una y otra vez? Porque nadie los ha rematado cuando estaban vencidos. Vuelve ahora la espalda, permite sobrevivir a los cristianos..., y se recuperarán. Seducirán de nuevo a los andalusíes, volubles y amantes de la traición. Reconquistarán Calatrava y avanzarán hacia el sur. Y pisarán la tierra que tu fiel Abú Yahyá regó con su sangre.

Esta vez no hubo rumores de adhesión. Todos habían visto cómo las referencias al difunto Abú Yahyá hacían mella en el ya mermado ánimo del califa. Lo cierto era que percibían a los rebeldes de Ifriqiyya como enemigos peligrosos, capaces, como en el pasado, de conquistar ciudades y de vencer a los destacamentos almohades. Y que, por el contrario, los cristianos estaban desunidos y eran débiles. Y aun así el príncipe de los creyentes había tomado una decisión. Se levantó de nuevo. Despacio. Ante las miradas expectantes de todos. Su heredero lo observó mordiéndose el labio.

—Me habéis aconsejado bien. Mi voluntad ahora es permanecer aquí, pues las palabras de Ibn Yami me parecen certeras. Mañana saldremos hacia Toledo y la someteremos a cerco. Quemaremos todo lo que no ardió el año pasado, y desafiaremos a los infieles. Se lo debo a Abú Yahyá: no me detendré hasta que el perro Alfonso se atreva a enfrentarse a mí de nuevo, cara a cara, en el campo de batalla.

Al mismo tiempo. Toledo

El gran rabino Ibn al-Fayyar se masajeó las sienes. Abrió los ojos y los volvió a cerrar al sentirlos heridos por la luz mortecina. Las llamas de las velas bajaban, la cera se acumulaba antes de estirarse en goterones amarillentos. Fijó la fatigada vista en sus alumnas, sentadas frente a él en filas. Luego se dirigió a la única que estaba en pie ante el atril, con el volumen abierto bajo uno de los velones.

—Lee otra vez.

La muchacha asintió. Estaba tan cansada como él. Como el resto de las aprendizas clandestinas, esclavas que habían dejado de prostituirse ocho meses atrás. Ocho meses de lecciones, primero para enseñarles a leer y a hablar la lengua árabe. Luego para comportarse algo mejor que como rameras de arrabal. La muchacha recitó despacio, con los ojos entrecerrados sobre las ojeras:

Besa a tu amado y cumple su anhelo;
si deseas dar vida, dame vida,
pero si quieres dar muerte, mátame.

El gran rabino asintió. La hebrea había leído a Mosheh ibn
Ezra con torpeza, pero al menos se la había entendido.

—No comprendo —se quejó ella—. ¿Por qué quiere él que su
amada lo mate?

—No quiere —intervino Raquel desde la última fila—. Se sirve
de esas palabras bonitas para embaucarla, nada más.

Ibn al-Fayyar se removió en su asiento. La observó largo rato.
Raquel había demostrado desde el principio una gran sagacidad.
Tomar la delantera a las demás había sido cuestión de días, y en
semanas ya era capaz de leer y hasta de comprender lo que leía.
Traducía del romance al árabe como si su padre fuera un almocrí
de Fez y su madre una abadesa riojana; buscaba palabras que susti-
tuyeran a las que no conocía y hasta había empezado a memorizar
los versos que el gran rabino usaba para dar sus lecciones. Poco
quedaba de aquellos modales de lupanar. Ahora hablaba como una
cortesana. Casi como una noble de Castilla. Tal vez ella, como madre, tuviera mejores motivos para aprender, y eso la motivaba. O
simplemente era más perspicaz. O Dios realmente ayudaba en la
extraña empresa del gran rabino. Quizá fuera una mezcla de las
tres cosas.

—Sigo sin entender —insistió la muchacha que había declama-
do—. ¿Cómo la embauca? Yo no gano nada matando a quien me ame.

—Es un juego de poder —contestó el rabino—. Tu amante se
somete a tu dominio por amor. Puedes hacer de él lo que gustes.
Los cristianos recitan gracias parecidas.

—Mentiras parecidas —corrigió Raquel—. ¿Sabes de algún
hombre que se haya quitado la vida a órdenes de su amada?

La chica no respondió. Lo hizo Ibn al-Fayyar, súbitamente
despejado.

—No. Pero sí he visto a hombres matándose unos a otros por
una mujer.

—Esos hombres se mataron por su orgullo, rabino. No es lo
mismo. —Raquel se dirigió a las demás chicas, que volvieron la
cabeza hacia la última fila—. Esclavas, putas y judías, ¿se os ocurre
mayor suma de bajezas? ¿Y cómo vamos a jugar con el poder nosotras, que somos lo peor?

Un par de ellas rieron por lo bajo. Las demás no terminaban de comprender aquellos rifirrafes dialécticos. El gran rabino siguió observando a Raquel. Ella no era como las otras, desde luego. En lugar de seguir hablándole en romance, Ibn al-Fayyar lo hizo en árabe:

—Cuando llegue el verano, viajaremos a tierra de sarracenos. Y tal vez quedes sorprendida del poder que puede llegar a tener una esclava, puta y judía.

La Leona fue la única en entender las palabras. Aunque no su significado oculto.

—Me hago una idea —respondió, también en árabe. Uno delicado, de suave acento—. Calentaré la cama de algún visir, supongo. Y tendré el mismo poder que un maravedí. O que media cuarta de vino.

Ibn al-Fayyar estiró la boca en una sonrisa enigmática.

—Eres astuta, muchacha, pero aún te queda mucho que aprender. —Dio un par de palmadas—. ¡A dormir! ¡Mañana leeremos a Ibn Gabirol!

Se levantaron entre quejidos y bostezos. Abandonaron el salón en fila, arrastrando los pies. Raquel esperó hasta el final, y solo entonces dejó de clavar su mirada sardónica en Ibn al-Fayyar.

—Que duermas bien, rabino.

—Espera, muchacha. —Se asomó para asegurarse de que las demás se alejaban y de que no hubiera criados cerca. Tomó asiento frente a ella—. Quiero que me lo cuentes.

—¿Que te cuente qué? Lo sabes todo sobre mí.

Él casi se echó a reír.

—Lo sé todo sobre las demás. Son transparentes, igual que agua remansada. Pero tú... —Entornó los ojos, como si pudiera penetrar en su mente. Negó despacio—. Tú eres opaca. Incluso detrás de ese gesto de burla. Y tiene que haber algo más. Casi se ve cuando acaricias el pelo de Yehudah, o cuando lo observas mientras duerme. Es una especie de brillo fugaz. Aunque desaparece enseguida. Pero está ahí, seguro.

—Te equivocas, rabino. —Se puso en pie y se dirigió a la puerta—. No hay nada.

—¿Cómo te convertiste en leona?

Raquel se detuvo bajo el dintel, aunque no se volvió. Apretó la jamba con la diestra. Si en verdad hubiera sido una fiera, sus garras habrían astillado la madera.

—Ya te lo conté.

—Oh, sí. Guerra, malos tiempos, necesidad... Quiero saber cómo fue. ¿Te lo propuso algún rufián? ¿O lo decidiste tú? ¿Te forzaron?

—Nadie me forzó. Todos lo hicisteis.

El rabino sonrió.

—Me temo que no tuve nada que ver, muchacha. Nunca he estado en León.

—Sí estabas. O alguien como tú. Muchos en realidad. Estabais allí y pasabais a mi lado. —Hizo una pausa. Bajó la cabeza y tomó aire mientras Ibn al-Fayyar esperaba—. Solía sentarme a un lado del camino, entre la ciudad y el Castro, porque cerca de la muralla ya había muchos menesterosos. Algunos me arrojaban los restos de una hogaza. Las sobras de una empanada. Con suerte, una moneda roñosa. Cristianos, judíos, pastores, mercaderes, señores... Tú podrías haber sido uno de ellos, rabino. A veces aquellos hombres se quedaban a mirar cómo recogía las migas sucias del suelo, y hasta parecía que les daba pena. «Pobrecita», murmuraban. Y al día siguiente ya no se acordaban. No podían, porque yo no significaba nada para ellos. Tenían una vida, una familia. A veces una hija parecida a mí, aunque más limpia, con el cabello cepillado, la barriga llena.

»Las veía pasar. A las hijas de esos hombres. Camino de San Pedro de los Huertos o de San Marcelo, donde me apostaba para pedir limosna los domingos. Alguna vez me acerqué a ellas cuando salían a jugar a orillas de la Presa Vieja. Me miraban con desprecio y, en ocasiones, me escupían, ¿sabes? Incluso me corrían a pedradas. Los guardias del Castro no me dejaban entrar, y los de León menos aún. Me echaban también de los arrabales, porque ya había demasiados pobres cristianos como para aguantar también a los pobres judíos. Y cada vez llegaban más desde el sur, huyendo de los rumores de invasión africana.

Llegó un otoño muy duro, yo tendría trece años. Algunas judías algo mayores se vendían en las afueras del Castro, así que la gente olvidó la caridad: se guardaban el dinero para gastarlo en putas. Yo los veía magrearlas antes de entrar en aquellas barracas adosadas a la cerca. Y oía las risas, y los ruidos. Es curioso: me daban mucho asco. Tanto ellos como ellas. Cuando terminaban, las chicas eran las primeras en salir de las barracas y corrían al Castro. Sobornaban con media paga a los guardias para que las dejaran pasar. Babeaba de hambre mientras las imaginaba dentro, gastando el resto del dinero en pan reseco o carne rancia. Luego esos tipos asquerosos también salían de las barracas, con las caras coloradas y las ropas mal puestas. Volvían a paso vivo a sus casas tras las murallas de León, o en San Lázaro, o en Santo Sepulcro. Pero antes, al pasar a mi lado, me miraban con desprecio.

Intenté colarme en el Castro cuando el frío se volvió insoportable, pero los guardias me lo impidieron. Yo no tenía nada para comprarlos. Habría muerto congelada si el viejo Yusef no me hubiera dado refugio. Tenía un chamizo en su huerto inculto, en la orilla del Torío, y me dejaba calentarme con él. Al principio no me hablaba mucho. Solo me observaba con mucha pena. Yo le estaba agradecida. No por la comida o por el calor sino porque, al contrario que los otros, no me miraba con desprecio. Para mí era la mejor persona del mundo.

—Yusef, ¿eh? —dijo el rabino.

Raquel desclavó las uñas de la jamba y se volvió por fin.

—Yusef era un judío leonés, hijo y nieto de judíos leoneses. No una boca extranjera que alimentar, como yo. Yusef salía del Castro, donde tenía su casa, venía al chamizo y me traía una corteza de queso de vez en cuando. Lo justo para abrirme el apetito. Si estaba generoso, me daba una tajada fría o una rebanada dura untada en sebo. Empezó a contarme historias a la luz de la lumbre. Así me enteré de que había enviudado muchos años atrás. Su esposa no le había dado hijos, y tampoco le quedaban parientes. Él también pasaba hambre, como yo. Eso me decía. A veces se quedaba allí hasta bien entrada la noche, contándome viejos cuentos de antes de nacer él. Cosas de moros que quemaron la ciudad o pasaron por allí con las campanas de Compostela.

»Una de esas noches, mientras hablaba, insistió en taparme con su manto. Nevaba fuera y el fuego casi no bastaba para calentarnos. Me abrazó. Yo me moría de hambre, pero estaba a gusto. No recordaba cómo era tener unos padres, supongo que eso era lo más parecido. Yusef me acariciaba el pelo, repetía mi nombre. Me besó en la boca.

Raquel se detuvo. El rabino la miraba con fijeza, atento a sus palabras.

—No te resististe.

—No. Ni cuando metió las manos por debajo de mi saya. Podría haber escapado, pero no me moví. Me quedé mirando el techo. «Él no me desprecia», pensaba mientras aguantaba las arcadas. «Él me quiere.» No lloré, lo juro.

»Yusef sacó un pedazo de carne fría y me lo dio como premio. "Has sido muy buena, Raquel. Te lo mereces." Eso me dijo. Nunca antes me había traído nada así de tierno o de sabroso. Yo me comí la carne y él se fue.

»La noche siguiente regresó, encendió el fuego, me tapó con el manto y volvió a tocarme. Me pidió que yo lo tocara también, pero no lo hice. No me forzó. Ni siquiera se enfadó. Cuando terminó, se comió la carne sin compartirla conmigo. Y así fue también la noche siguiente. Y la siguiente. Hasta que la necesidad pudo más que yo. Porque la necesidad siempre puede más que una, rabino. Entonces comprendí cómo funcionaba. Con Yusef y con todos los demás que venían desde León, o desde San Lázaro, o desde Santo Sepulcro. Y un sábado, meses después y con Yehudah creciendo en mi vientre, conseguí que me dieran algo más que un pedazo de carne fría a cambio de ser buena. Pagué a los guardias para entrar al Castro y pasé junto a la puerta de la sinagoga. Y vi al pobre viudo Yusef con esa esposa que se le había muerto; y a los hijos que no le había dado. Y a las esposas de sus hijos, y a sus nietos. Con ropas limpias, mejillas sonrosadas, risas de felicidad. Él disimuló. Su esposa, sus hijos, sus nueras y sus nietos me miraron con desprecio, porque yo era una puta sucia y preñada, y ellos comían carne tierna y sabrosa. Y eso es todo.

—¿Qué pasó con Yusef?

—No lo sé. No me importa. No le dije nada aquel día en la puerta de la sinagoga; ni después, en las muchas ocasiones en que vino a verme por un precio más alto que un simple trozo de carne fría. Tal vez huyó a León el día en que me capturaron. O tal vez lo mataron, como a muchos otros. No odio a Yusef, si es eso lo que quieres saber. Ni a los demás que me dieron de comer a partir de ese invierno, cuando yo tendría trece años. Ni a aquellos hombres ni a aquellas niñas que me habían mirado con desprecio. No los odio. Ni te odio a ti, rabino. ¿Estás satisfecho?

Ibn al-Fayyar no se movió un ápice.

—Así que Yehudah....

—Yehudah es mi hijo. Nadie lo despreciará, ni le hará pasar hambre, ni frío, ni miedo. Esté yo o no esté. ¿Entendido, rabino?

—Entendido, Raquel.

7

Tribulación en Madrid

Una semana después. Ávila, reino de Castilla

El palacio estaba junto a la iglesia de San Salvador, donde ahora las campanas marcaban la hora sexta. Los olores del cabrito asado llenaban el salón en el que se hallaba sentada la corte castellana, con su rey a la cabeza.

Se disponían a agasajar al legado del papa recién venido de Roma. El cardenal Gregorio de Santángelo visitaba la Península por segunda vez, decidido a corregir a los reyes cristianos que se enfrentaban a sus hermanos de fe. Su primera gestión había sido la excomunión fulminante del rey de León y de su mayordomo, Pedro de Castro. Al mismo tiempo había enviado una misiva al monarca portugués: se le concedía bula de guerra santa si atacaba al pecador Alfonso de León para reconducirlo a la paz entre cristianos.

El legado papal, pues, empezaba con fuerza su legación; pero una mala noticia lo había alcanzado a poco de llegar a Ávila. Su tío, el santo padre Celestino, había caído enfermo y se temía por su vida.

—Mi tío pasa de los noventa años —explicaba el cardenal, un hombre pequeño, enjuto y encorvado que también había dejado atrás la juventud, aunque no el brío por la defensa de la cristiandad. Estaba sentado a la izquierda del rey, justo enfrente de Leonor Plantagenet—. A nadie le extrañaría que Dios lo llamase a su lado y le permitiera descansar. Es mucho lo que ha de padecer en su solio por culpa de los reyes cristianos.

Alfonso de Castilla recibió la acusación sin inmutarse. En su anterior visita, antes de Alarcos, el cardenal había sido implacable con todos los monarcas peninsulares. Los había amenazado de excomunión, los había acusado de descuidar la lucha contra el infiel y los había obligado a firmar pactos de alianza que ahora no eran más que papel mojado.

—Entonces, mi señor cardenal, ¿regresas a Roma?

—Sí, para vuestra tranquilidad. El colegio cardenalicio habrá de reunirse si, como se espera, el santo padre toma el camino de la eternidad. Pero antes de partir, rey Alfonso, dejaré instrucciones a los obispos.

—¿Al de Pamplona también? Excomulgar al leonés ha sido buena jugada, pero no está todo hecho. Ya te habrás enterado: Sancho no hace más que reforzar su frontera alavesa. Construye bases desde las que atacar Castilla. Este mismo año ha vuelto a entrar a hierro en mis tierras.

—Lo sé. Y tampoco me limitaré a amenazar, como antaño. La orden de excomunión ya viaja hacia Pamplona.

La reina Leonor suspiró de alivio.

—Por fin.

El cardenal la reprendió con la mirada.

—No es cosa de alegrarse. Repugna al orden de la naturaleza que un reino se vea desamparado por la religión. Las excomuniones cesarán en cuanto Alfonso de León y Sancho de Navarra vuelvan a la senda recta, y vosotros —señaló al rey y a la reina— habréis de aplicaros en que así ocurra.

Alfonso de Castilla dejó que su vista se perdiera en el plato aún vacío.

—León no nos ha atacado este año y eso nos da un respiro. Pero hay algo que debe quedar claro, señor cardenal: fue con ayuda de Pedro de Aragón y a golpe de espada, no de excomunión, como conseguí encerrar a mi primo leonés en su capital. Este año volveré a acosar las fronteras leonesas, y luego haré lo mismo con Sancho de Navarra.

—Cuidado, Alfonso. —Gregorio de Santángelo tomó el báculo, que descansaba contra el respaldo de su silla, y apuntó con él al rey—. Eso te permitirá recuperar las cuatro aldeas que te han usurpado tus primos, pero no conseguirá aliarlos contigo para rechazar al infiel. Has de sumar amigos a la concordia que ahora tienes con Aragón. —Miró también a la reina—. No escatiméis esfuerzos.

Leonor asintió sin apartar la vista del báculo cardenalicio hasta que Santángelo lo dejó reposar de nuevo. A su lado, observando la discusión en silencio, se hallaban el heredero del reino, Fernando, y la primogénita de la familia, Berenguela. Berenguela estaba a punto de cumplir los dieciocho y, aunque no alcanzaba la gracia de la reina, poseía una belleza serena, tan discreta como ella misma. La joven advirtió que su madre la miraba fijamente.

Los criados entraron con grandes bandejas que depositaron a lo largo de la mesa montada sobre caballetes. La carne humeante, las hogazas de pan y las jarras de vino fueron atacadas por los nobles y prelados. Gregorio de Santángelo pringó salsa en un pedazo de pan y lo pasó con cortos sorbos de vino. Se fijó en la reina:

—¿No comes, Leonor?

—Enseguida. Estaba pensando... —posó la mano sobre el brazo de su esposo— en el compromiso fallido de nuestra hija con el rey de León.

Alfonso de Castilla observó a Berenguela, sentada junto a la reina.

—Quedó en nada y es uno de los motivos por los que mi tocayo me odia.

—¿Y no podríamos arreglarlo? —insistió Leonor.

El legado papal dejó una porción de hogaza sumergida en el caldo.

—¿Qué tramas?

—Tú lo has dicho, mi señor cardenal: no hemos de escatimar esfuerzos en conseguir la amistad de los que ahora son nuestros adversarios. Supongamos que Berenguela se convirtiera en reina consorte de León.

El rey Alfonso negó con la cabeza.

—Eso no implicaría el fin de nuestra enemistad. Hay muchas rencillas pendientes. Además, los nobles leoneses no aceptarán otra cosa que el dominio del Infantazgo. Ese quiste hiede desde que yo era niño.

—Y por si fuera poco —intervino el cardenal—, hay parentesco cercano. —Contó mentalmente mientras desplegaba los dedos—. Quinto grado. Por mucho que nos atraiga la idea, lo cierto es que, según el canon, no pueden casarse.

El arzobispo de Toledo, aposentado junto al cardenal, se inclinó hacia delante para intervenir. Lo hizo con humildad, como pidiendo permiso, pues ya había padecido en el pasado más de un desplante por parte del legado. Resultaba gracioso ver a Martín de Pisuerga, alto y fuerte, comportarse como un cachorrillo frente al enjuto y encogido Gregorio de Santángelo. El arzobispo habló con tono conciliador:

—Nunca he visto con buenos ojos al rey de León. No me gustaría que la primogénita de Castilla tuviera que marcharse a vivir con él. Supongamos, Dios no lo quiera, que a nuestro amado príncipe le sucediera una desgracia.

No hubo que reflexionar mucho. En ese caso, a la muerte de Alfonso de Castilla, el reino pasaría a Berenguela. Eso representaría la unión de ambos estados bajo la corona del rey de León y sus descendientes.

—Al príncipe no le ocurrirá nada —aclaró con vehemencia la reina—. Y si le ocurriera, ¿qué mejor que ver a Castilla y León unidas bajo la prole de Berenguela?

Gregorio de Santángelo asentía despacio.

—Por otra parte, mi tío escucha con atención mis consejos. Si llego a tiempo a Roma... Quiero decir, si el santo padre aguanta vivo hasta mi llegada, le propondría la dispensa para ese matrimonio.

La adolescente Berenguela, que no se atrevía a hablar, escuchaba a unos y otros con la boca abierta. Alfonso de Castilla dejó el muslo de pollo sobre el borde de su plato.

—Un momento. Entonces estáis hablando en serio... Ya os lo he dicho: los leoneses no aceptarán ese matrimonio sin más.

—No sin más. —Leonor, consciente de que todos la escuchaban con atención, subió un poco la voz—. La novia necesitará una dote. ¿Qué tal las plazas del Infantazgo que León lleva años reclamando? De este modo cesaría la rivalidad por ellas, aunque nominalmente seguirían en la casa de Castilla. Incluso Berenguela, como señora de esas plazas, podría encomendarlas a nobles de los nuestros. Por supuesto, el matrimonio significaría el fin de la excomunión.

El cardenal sonrió.

—Muy hábil. Me place.

Alfonso de Castilla suspiró. Lo pensó unos instantes.

—La verdad es que no es mala idea. Dejaríamos de preocuparnos por ese problema. —Miró a su alrededor. Los nobles castellanos mostraban su conformidad con asentimientos. Solo el arzobispo Martín de Pisuerga se mantuvo en desacuerdo:

—El rey de León tuvo que separarse de Teresa de Portugal por mandato del santo padre Celestino, y la razón fue precisamente su parentesco. Entonces ya se le amenazó con la excomunión si persistía en ese matrimonio. Ahora dices, mi señor cardenal, que el mismo papa permitirá una boda entre primos segundos que, esto es lo más gracioso, servirá para salir de otra excomunión. No sé si el leonés tragará esa piedra. Por otra parte él ya tiene un hijo, un príncipe heredero nacido de la portuguesa y que se llama como el nuestro: Fernando. Decís que si al nuestro le ocurriera algo, la descendencia de Berenguela gobernaría en ambos reinos. Yo digo que será ese otro Fernando, ajeno a la casa de Castilla, quien los reuniría bajo su corona. La debilidad de este plan...

—Tonterías, arzobispo —le cortó el legado papal—. El hijo primogénito del rey de León es ilegítimo, pues su matrimonio, como bien dices, fue anulado.

—Sin duda, mi señor cardenal. Pero recordad que el propio rey de León es hijo ilegítimo de un matrimonio anulado. Y ciñe la corona sin que nadie se la dispute.

Un silencio tenso se extendió sobre la larga mesa. El rey se levantó para que todos pudieran oírlo bien:

—Toda esta controversia se basa en una posibilidad funesta: que mi hijo Fernando no llegue a heredar el trono de Castilla. Pero ahí lo tenéis, sano y pendiente de nuestra conversación acerca de su sepulcro. Dejemos estos cálculos absurdos. En unos días, el rey de Aragón llegará a Ávila y, como el año pasado, uniremos nuestras huestes en las Parameras para observar los pasos del miramamolín. Después concertaré una cita con Alfonso de León y le ofreceré la mano de Berenguela con las condiciones que ha propuesto mi esposa y con la promesa de una dispensa papal. Y por último, tomaremos las armas contra Navarra. Es mi decisión.

Mes y medio más tarde. Madrid, reino de Castilla

Velasco subió a trompicones la escalera de madera, fija a la cara interna de la muralla con clavos que se hundían en la argamasa, entre sillar y sillar. La estructura crujía y temblaba bajo el peso de los soldados, y se combaba tanto que parecía a punto de partirse. Los gritos arreciaban desde el adarve, donde la guarnición pedía ayuda y avisaba del asalto almohade.

Cuando llegó arriba, alguien le dio una ballesta. Velasco la miró como si nunca hubiera visto una.

—¿Qué haces parado, idiota? —escupió un hombre de armas

antes de empujarlo para que siguiera por el adarve—. ¡Defiende la puerta!

Avanzó encogido, sin atreverse a mirar entre los merlones, hasta que llegó a una aglomeración de villanos como él. Un caballero intentaba poner orden entre ellos, repartir a los ballesteros e intercalar a los que, provistos de pértigas, debían evitar que los asaltantes apoyaran sus escalas en las almenas.

—¡Tú ahí! ¡Dispara solo cuando tengas a alguien a tiro! ¡Turnaos, desgraciados! ¡Mientras uno tira, otro recarga!

El caballero daba más instrucciones y repartía puñados de virotes. Velasco recogió los suyos, apenas media docena, sin quitar ojo de aquel hombre. Lo conocía de los días previos al desastre de Alarcos. Y lo había divisado también en lo más recio del combate. Diego López de Haro, alférez de Castilla.

El señor de Haro había quedado a cargo de la defensa de Madrid. En la ciudad, hasta hacía menos de una semana, se habían alojado los dos reyes aliados, Alfonso y Pedro. Habían llegado con sus huestes tras acompañar en la distancia, a este lado de las montañas, la marcha del ejército almohade. Los sarracenos, después de devastar el alfoz de Talavera, se dedicaron a visitar otras ciudades castellanas. Acampaban a la vista de las murallas, como el año anterior. Sembraban el terror en el corazón de los castellanos que todavía guardaban una pizca de coraje. Y quemaban los campos, talaban los bosques, envenenaban las fuentes, derruían las aldeas... Así lo hicieron en Maqueda antes de seguir hacia el este y llegar a Toledo. El califa no se molestaba en erigir máquinas de guerra ni en formalizar asedios totales. Si acaso, lanzaba algún asalto limitado contra un punto cualquiera de la muralla. Entonces los defensores se morían de miedo. Corrían todos a defender las almenas y demostraban de lo que eran capaces. Y resultaba bien poco.

Tras Toledo, el ejército almohade avanzó por la orilla norte del Tajo hasta Oreja. Y mientras, Alfonso de Castilla y Pedro de Aragón llevaban a sus tropas en paralelo, vigilantes pero sin atreverse a intervenir. Así llegaron hasta Madrid. Y el miramamolín debió de enterarse de que los dos reyes estaban allí, porque no aguardó ni dos días en Oreja. Levantó el campamento y se dirigió a marchas forzadas hacia el norte. Para garantizar agua al ejército, avanzó por la ribera del Jarama, y luego del Wadi ar-Ramla, al que los cristianos llamaban Manzanares. Cuando los reyes supieron que decenas de miles de africanos se disponían a sitiarles en Madrid, dejaron al alférez castellano para defenderla y se volvieron a la sierra. Nadie tomó aquello como cobardía, pues era de todos sabido que no había opción alguna a resistir. Y no podía imaginarse mayor catástrofe que el miramamolín consiguiera capturar a los monarcas de Castilla y Aragón.

Velasco consiguió dominar su temblor, o más bien acertó por casualidad a acomodar el virote en la guía de la ballesta. Entonces se dio cuenta de que no la había tensado y retiró el proyectil. A su lado, el resto de los defensores conseguía disparar algunos cuadrillos entre los merlones. Asomó la cara sobre el borde superior del muro. El ataque era limitado. Apenas medio centenar de africanos que subían la cuesta con escalas y cubiertos por sus enormes escudos de piel de antílope. Algunos arqueros de rostro velado lanzaban flechas en parábola, pero muy pocas llegaban hasta el adarve.

Venían desde el Manzanares, tentando la Puerta de la Vega. El resto del ejército, inacabable, acampaba al otro lado del río. Destacaba la gran tienda roja y otras casi igual de aparatosas que se erguían a su alrededor, y las numerosas banderas blancas que crujían al viento. Los campamentos almohades eran como ciudades, con calles, plazas, herrerías, caballerizas... Las fuerzas africanas se habían desparramado alrededor de Madrid y se veían varios incendios a lo lejos. Al nordeste, el arrabal de San Martín ardía por los cuatro costados, aunque sus pobladores habían tenido tiempo de sobra para ponerse a salvo dentro de Madrid. Los viñedos también caían por doquier, cercenados por las hachas almohades.

Velasco terminó de aprestar la ballesta. A su lado, los demás llevaban dos o tres proyectiles disparados. Abajo, los almohades los insultaban y reían. Ni una sola baja.

«Hijos de mala madre.»

Asomó el arma entre dos merlones y quiso apuntar, pero no era capaz de alinear el fuste. Detrás, Diego de Haro seguía dando órdenes. Al menos, los africanos no intentaban apoyar las escalas sobre el muro.

—Cada vez llegan más al norte —dijo alguien a su lado. Era un villano. Quizás un labriego, un tabernero o un pellejero. Se había roto una uña al cargar su ballesta y sacudía la mano—. Y nadie les hace frente.

Velasco presionó el disparador y el virote voló sobre la cabeza de los asaltantes. Lo perdió de vista a media pendiente, cuando descendía inofensivo hacia el Manzanares. Se agazapó.

—Ya no hay ciudad segura. Nos lo dejan bien claro. ¿Te has fijado en que no construyen almajaneques? Ni intentan cegar los fosos, ni derribar las puertas. Simplemente se pasean ante nuestras murallas y nos muestran que son invencibles.

—Ya —contestó el villano tras chuparse el dedo para cortar la pequeña hemorragia—. Ahora pasará aquí como en Trujillo, Toledo, Talavera... Yo huí de Santa Olalla el año pasado. Me traje aquí a la familia, a casa de mi cuñado. Y ahora fíjate. No sé qué hacer.

Velasco resopló al tensar la ballesta. Encajó el cuadrillo, pero, cuando se disponía a asomar la cabeza, una flecha africana rebotó contra el merlón y voló dando bandazos hasta un tejado.

—Yo vengo de Escalona. —Se dejó caer y apoyó la espalda contra el muro—. Y antes, de Calatrava. Llevo dos años huyendo.

—Y lo que te queda —remató el villano. Se levantó con la ballesta armada y disparó sin siquiera apuntar para agazaparse de inmediato—. La Trasierra es un gran campo de batalla. Quien quiera vivir sin guerras, ha de cruzar las montañas. Sí, eso es. En cuanto estos infieles se vayan, haré el petate y me llevaré a la familia a Ávila. O a Segovia. No tengo familia allí, pero algo encontraré.

Velasco se mordió el labio. ¿A quién podía encontrar él? Su oficio, en teoría, era el de soldado. Pero estaba bien claro que carecía del más mínimo valor para enfrentarse al enemigo. Ni siquiera ahora, con un grueso muro entre ellos, era capaz de disparar sus virotes sin morirse de miedo.

Pero aquel villano estaba en lo cierto. Había que irse de allí para huir de la guerra. Al norte, como los miles de refugiados que cada mes abandonaban la Trasierra y se amontonaban en los arrabales de Valladolid, Burgos o Soria. Imaginó a su eventual compañero de armas con los hatos al hombro, tirando de su esposa y de varios chiquillos lloriqueantes. Acabaría trabajando por una miseria para cualquier burgués de Extremadura o de la Castilla Vieja. O pidiendo limosna en la puerta de Cuenca, San Esteban o Logroño.

«¿Y yo? ¿Cómo sobreviviré?»

Lo único que se le había dado bien a Velasco era garabatear letras sobre pergaminos. Eso y esconderse. Miró al interior de la ciudad. Las mujeres y los ancianos corrían por las calles confluyendo en la cercana iglesia de Santa María. Sus campanas tocaban a rebato, como las demás de Madrid. Buen momento para buscar el refugio en Dios. Observó a una monja que se arremangaba los hábitos para unirse al gentío. Había varias de ellas en Madrid. Religiosas de

San Antolín, junto a Talavera, que habían visto arder su monasterio y que habían huido Tajo arriba, con los almohades pisándoles los talones, hasta refugiarse en Toledo o más al norte. Velasco les había aparejado una rueda nueva para un carro a media docena de ellas que pretendían viajar a alguna casa del Císter recién fundada, como Las Huelgas o Cañas. Allí podrían seguir con sus quehaceres. Oración, trabajo y tranquilidad entre reliquias de santos y antiguos manuscritos. Manuscritos. Manuscritos.

Soltó la ballesta. Un estallido de luz acababa de iluminar su mente.

8

Las flaquezas del visir

Dos meses después. Sevilla

El paseo militar de los almohades no se limitó al acoso de Madrid. Tras aterrorizar a su población y devastar sus alrededores, al-Mansur continuó más al norte, hasta Alcalá e incluso Guadalajara. Después volvió riendas y condujo su ejército hacia Huete, Uclés, Cuenca y Alarcón. Su rastro de destrucción se medía por campos incendiados, cosechas arruinadas, bosques talados y, sobre todo, la certeza de que el califa podría llegar sin oposición hasta donde quisiera. La resistencia castellana se debilitaba a ritmo creciente. Las aldeas de la Trasierra se abandonaban, los villanos huían de las ciudades amuralladas y las guarniciones veían menguadas sus fuentes de suministro. Con una o dos campañas más, Toledo quedaría aislada e incapaz de recibir apoyo. Entonces caería, y la frontera de Castilla se retiraría hasta la sierra. El Duero se convertiría en el próximo objetivo almohade.

En cuanto la retaguardia sarracena salió de aquellas tierras a las que quedaba muy poco de ser cristianas, el rey de Castilla y el de Aragón se reunieron de nuevo en las Parameras de Ávila. Organizaron una segunda incursión en León, que ahora, bajo la lacra de la excomunión, también recibía ataques portugueses. El monarca leonés había logrado recuperar el Castro de los Judíos, pero ante el ataque combinado se encerró en su capital y se limitó a observar cómo sus hermanos de fe devastaban Tuy, Pontevedra, Alba de Liste o Paradinas de San Juan.

Aunque Alfonso de Castilla no se limitó a cobrar venganza de su primo leonés. Soltar mazazos no era incompatible con rogar a Dios, así que, siguiendo el plan ideado por su esposa, mandó correos al rey de León para proponerle la paz y, sobre todo, para que aceptara a la infanta Berenguela como esposa. Y como el año anterior, también envió a Sevilla a su embajador judío, Abraham ibn al-Fayyar. Su misión: insistir en la súplica de una tregua.

El gran rabino de Toledo no se presentó esta vez acompañado de otros notables de la judería toledana, sino con un séquito particular y un cargamento humano como regalo para el Calderero. En lugar de plantarse a las puertas de la capital, se quedó al otro lado del Guadalquivir, junto al arrabal de Triana. Montó un llamativo pabellón central y media docena de tiendas más pequeñas pero no menos vistosas, y rogó algunos soldados almohades para defenderlo, pues traía presentes de gran valor para el excelso gobierno almohade. Con esa misma petición envió una invitación al gran visir Ibn Yami para cenar con él. El Calderero se hizo esperar, claro. Y como el gran rabino sabía que tardaría en ser recibido en audiencia, pidió a Raquel que lo acompañara a la ciudad. Quería mostrarle algo que había visto en su anterior embajada. Algo que ella debía saber.

Ambos cruzaron el puente de barcas. Él vestido según la costumbre almohade, con *burnús* y turbante. Ella, cubierta con un *yilbab* largo y holgado, cabello y rostro ocultos por un *niqab* que solo dejaba al descubierto los ojos, y eso a través de una estrecha rendija.

—Camina tras de mí, mujer. Y deja algo de distancia. Si alguien se dirige a ti, muéstrate humilde. Yo hablaré.

Ella obedeció. El tráfico era denso. Mulas cargadas con aceite del Aljarafe se cruzaban con andalusíes de Triana que regresaban del zoco. Y pese a todo aquel gentío y a la evidente riqueza, un ambiente denso y cargado flotaba sobre el Guadalquivir. Raquel observó por la abertura del *niqab*. Las pocas mujeres iban tan tapadas como ella, siempre por la orilla del puente y cediendo el paso a los hombres. Estos marchaban en grupo, aunque hablaban en susurros y miraban continuamente a su alrededor. Raquel apretó el paso. Cuando llegaban a la orilla oeste, habló a Ibn al-Fayyar a través de la tela.

—Rabino, ¿qué es eso? Creía que los almohades odiaban las cruces.

—Silencio. Sígueme.

Dejaron atrás el puente de barcas. El camino que entraba por la Bab Taryana estaba flanqueado por terreno pantanoso, producto de las avenidas del Guadalquivir. Pero junto a la muralla, tanto hacia las atarazanas almohades como hacia el norte, había cruces a intervalos regulares. Altas, ennegrecidas y ocupadas por despojos. Algo se movía sobre ellas.

—Mira eso, Raquel. Hazlo con disimulo.

Lo hizo. En la cruz más cercana, un cadáver se pudría. Un cuervo levantó el vuelo, dio un par de vueltas en el aire y desapareció sobre las almenas. A la judía le sobrevino una arcada.

—¿En todas las cruces hay...?

—Traté de explicártelo en Toledo, mujer. Fíjate en ese de ahí arriba. Debe de llevar meses, pero verás la marca amarilla en la ropa.

Raquel se aseguró de que nadie los observaba y tiró del borde del *niqab*. Le costó ver otra cosa diferente a aquella piel apergaminada, los huesos que asomaban y los jirones de carne putrefacta. Se sintió incapaz de asegurar el color de su ropa, pero al final vislumbró el parche amarillo cosido a la altura del pecho.

—¿Es un prisionero cristiano, rabino?

—No. Calla y ven.

Pasaron bajo los arcos en recodo de la Bab Taryana. Los centinelas almohades apenas repararon en ellos. Dentro, la actividad era mayor. El ejército almohade seguía estacionado en las afueras y había mucho botín para gastar, así que los puestecillos rebosaban. Raquel se fijó en que apenas había mujeres. Las pocas que vio, todas enfundadas en aquellos hornos de tela, se desplazaban pegadas a las paredes o escogían los callejones. Al cruzarse con un grupo de hombres, estos la miraron como si fuera una rata que acabara de colarse en el granero. Comprendió y se fue al borde para ceder el paso. Agachó la cabeza mientras caminaba a pasos cortos.

—Espera, rabino.

Ibn al-Fayyar, que parecía buscar algo, apuntó a una calleja que salía a la izquierda.

—Mira a esos.

Eran tres jóvenes. Como todos los demás, vestían aquella prenda listada y larga hasta los pies, el *burnús*. Abultados turbantes rodeaban sus cabezas. Pero había algo diferente.

—Llevan el parche amarillo.

—Es por aquí —indicó Ibn al-Fayyar. Anduvieron hasta que la calle dio paso a una pequeña aglomeración. Había más hombres con parches amarillos allí. Parecían pasear, o entraban en un gran edificio rematado por un minarete.

—¿Vamos a una mezquita, rabino?

Él se puso de espaldas a una pared e hizo un gesto a la mujer para que lo imitara. Desde allí podían ver la plaza repleta de gente. Los de los parches amarillos charlaban en corros, o caminaban de un lado a otro como si no tuvieran otra cosa que hacer. También había sujetos con varas y escoltados por parejas de soldados. Estos parecían vigilar a los demás, que se retiraban a su paso y los saludaban con respetuosas inclinaciones. El gran rabino habló en voz muy baja.

—Los de los parches amarillos son judíos islamizados, Raquel. Nadie en el imperio puede practicar otra religión que el islam, y solo según el rito del Tawhid. Tawhid o muerte, eso dicen ellos. Los judíos que no huyeron al llegar los almohades tuvieron que convertirse bajo pena de crucifixión. Pero los califas no se han fiado de ellos jamás. Cuando alcanzó el poder, al-Mansur ordenó que todos los judíos islamizados llevaran ese signo bien visible para que resultara fácil vigilarlos. De vez en cuando, alguien denuncia a uno de ellos por practicar un rito hebreo, o por negarse a cualquiera de las oraciones diarias, o por blasfemar, o por incumplir la ley almohade. Las denuncias suelen ser falsas, pero los *talaba* recompensan a los delatores.

—¿Los *talaba*?

—Son los de las varas. Se ocupan de que la gente siga al pie de la letra los dictados del credo, de que no haya música, de que no se juegue al ajedrez, de que no se beba vino... Todos los *talaba* son de pura sangre almohade, por eso van con escolta. Si ven que alguien se desvía, lo arrestan y lo arrojan a las mazmorras. Los castigos son duros. Sobre todo para los judíos que consideran falsamente convertidos. Para ellos reservan las cruces que has visto fuera.

Se oyó un grito en medio de la plaza. Uno de aquellos tipos con parche se dirigía a la puerta de la mezquita cuando una patrulla le dio el alto. Los dos soldados bajaron las lanzas mientras el almohade de la vara se dirigía al judío islamizado. La conversación fue en el árabe tosco que hablaban los bereberes, pero Raquel la entendió por entero:

—¿Es ese tu hijo, puerco?

El hombre llevaba a un niño de la mano. El turbante del chico tenía tantas vueltas que abultaba casi como el resto del cuerpo. Asintió.

—Sí, noble señor.

—¿Y su *shakla*? No la veo.

La gente se apresuró a apartarse. Ni siquiera se atrevían a mirar. El padre, pálido como nieve recién caída, abrió la boca.

—Alabado sea Dios. Se le ha soltado. —Se acuclilló frente a su hijo y lo sacudió por los hombros—. ¡Ahmed, mira lo que has hecho! —Le soltó una bofetada que desbarató el turbante y dio con el crío en tierra. El padre se puso en pie y entrecruzó los dedos—. Perdón, noble señor. El crío ha estado jugando, tal vez se enganchó...

Ahmed, que no reaccionaba, seguía sentado en el suelo, con los ojos muy abiertos y el turbante medio deshecho. A Raquel se le redoblaron las náuseas cuando vio cómo los demás judíos islamizados continuaban paseando por la plaza, como si aquello no fuera con ellos. El hombre de la vara empujó al padre.

—Vigila mejor al pequeño puerco. La próxima vez os azotaré a ambos. Si no es algo peor.

Siguieron su camino. El padre se echó a llorar, y solo entonces el hijo lo imitó.

—Dios mío... —susurró Raquel, asqueada.

—Han tenido suerte. —El gran rabino hablaba sin apenas abrir la boca—. Otras veces no es así. Los nuestros no tienen más remedio que dejarse ver. Vienen a la mezquita y se pasean a la vista de los *talaba* y de los demás sevillanos, así pueden refutar las acusaciones de apostasía o de seguir con los ritos judíos. Esta es la mezquita de Ibn Adabbás. La Aljama es mayor, pero a los almohades no les gusta ver por allí a gente con *shakla*.

Raquel observó que el padre abrazaba a Ahmed, aunque este intentaba librarse entre gimoteos. Nadie se paró junto a ellos. De hecho, los evitaban. En diversos puntos de la plaza, los *talaba* sonreían mientras mecían sus varas.

—¿Por qué me enseñas esto, rabino?

—Porque es lo que ha sucedido en Málaga, en Granada, en Córdoba, en Valencia... Esto es lo que nos espera, Raquel. —Señaló con la barbilla al centro de la plaza, donde el pequeño Ahmed berreaba en brazos de su padre—. Eso es lo que le espera a tu hijo.

Solo los ojos de la judía quedaban al descubierto, pero a Ibn al-Fayyar le bastó mirarlos para saber qué efecto tenía aquella revelación. Raquel tardó en volver a hablar.

—Haré lo que sea necesario, rabino.

—Bien. Entonces regresemos ya al campamento y te contaré cómo es el tipo con el que hemos de tratar. El visir Ibn Yami, al que llaman el Calderero.

El Calderero había calculado que haría esperar una semana a la embajada castellana. Pero no pudo resistirse y acudió esa misma tarde, movido por una curiosidad que también se había extendido por el arrabal de Triana y por la propia Sevilla. Los pobladores observaban extrañados el campamento extranjero, más propio de un emir de la vieja al-Ándalus que de un rabino hebreo, protegido por un destacamento de Ábid al-Majzén. El gran visir anduvo altivo hasta la entrada del pabellón grande, donde esperaba hallar al embajador castellano con el espinazo doblado y una sonrisa servil en los labios. En lugar de eso, se vio frente a una mujer.

El Calderero debería haber reaccionado. Montar en cólera porque aquella insolente iba con la cara descubierta, el cabello suelto y una saya encordada que se ceñía a la cintura. Pero no pudo articular palabra. Se quedó mirando el rostro felino como si no existiera nada más. Y cuando ella habló, sus sentidos cedieron ante la voz grave y baja. Casi un ronroneo:

—Ilustre visir omnipotente, la paz contigo. Ruego tu perdón, pero el embajador Abraham ibn al-Fayyar ha caído enfermo. Su edad y el largo viaje desde Toledo no perdonan. Soy su hija, Raquel. A tu servicio.

La joven se había expresado en árabe andalusí con fuerte acento. Despacio y sin dejar de mirar a los ojos del Calderero.

—Pero...

—Te pido perdón de nuevo. Acompañé a mi padre para cuidarlo porque no se encontraba muy bien. Pero no esperábamos tan súbito empeoramiento, así que no ha venido ningún varón. No que no sea un sirviente o un esclavo. Perdona también mi aspecto: no venía dispuesta a recibir a todo un gran visir. Aunque, gracias a Dios, estoy al corriente de todo y mi padre me ha aleccionado. Si no fuera porque ahora mismo delira en su camastro, a dos tiendas de aquí, ten por seguro que no te recibiría una insulsa mujer. Perdón, perdón, perdón. —Señaló una mesita baja rodeada de cojines—. Toma asiento, por favor.

Al Calderero le había venido bien el largo y pausado parlamento femenino. Permanecía obnubilado por la hermosura de aquella joven, y por esa voz que flotaba hasta él y se enroscaba en su cuello.

—Esto no está bien, que conste.

Se acomodó sin apartar la mirada de la tal Raquel. Esta se puso a dar órdenes en romance, y una pequeña legión de sirvientes entró en acción. Bandejas humeantes y jarras de refrescos volaron hasta la mesita entre la recargada colección de tapices, alfombras, pebeteros y arcones. La pompa era tan contraria a la austeridad almohade como la presencia de una mujer desvelada en un encuentro diplomático, pero el hecho de hallarse en la otra orilla del Guadalquivir, ocultos del resto de la corte almohade, obró a modo de bálsamo. El propio Calderero notó cómo su autoimpuesta rigidez se relajaba, algo que solo le ocurría en su harén particular. A la vista de la beldad judía, el anquilosado instinto andalusí afloraba. Aceptó el aguamanil que le alargó un joven efebo.

—Si esperas impresionarme con esto, judía, te equivocas. El poder almohade ha sometido a reinos lujosos hasta el pecado y pobres hasta la extenuación. Vives en un mundo muy pequeño.

—Bien dicho, gran visir. —Raquel se permitió tomar asiento frente a su invitado—. La intención de mi padre, sin embargo, no es impresionarte. Ni la mía, por supuesto. Bien sabemos que, bajo el príncipe de los creyentes, gobiernas el imperio más poderoso del orbe. Precisamente esa renuncia al lujo os hace más meritorios, puesto que podríais disponer de todas las comodidades.

—Hablas bien. Y dices lo que quiero oír. La adulación tampoco es buen método, judía.

Raquel sonrió y dio un par de palmadas, con lo que los criados acercaron las primeras bandejas para recibir la aquiescencia del Calderero. Este sintió que su boca se aguaba ante los capones medio sumergidos en salsa aceitosa.

—Visir omnipotente, de nuevo tienes razón. Pero ahora no me excuso, pues adular a los grandes es el sino de los serviles. No es mi intención engañar tu inteligencia, ni gozo yo de seso tan vivo para semejante empresa. Pretendo deleitar tus sentidos, es cierto. Por eso te ofrezco esta humilde pitanza. Mi padre me ha contado lo que pasó la última vez que os visteis. Le advertiste, además, de que no era decoroso comparecer en audiencia del califa sin presentes para su gran visir. Como alumno que quiere honrar a su maestro, mi padre ha seguido tus enseñanzas.

Raquel calló. Observaba que el Calderero aguardaba sin probar bocado. Comprendió lo que ocurría y se apresuró a mojar salsa con un pedazo de pan que masticó con fruición. El visir asintió casi imperceptiblemente y la imitó. Emitió un gruñido de satisfacción.

—No está mal, judía. Aunque, como regalo, quizá se quede corto.

—Oh, no, mi señor. Los regalos que te traigo aguardan en una de esas tiendas que nos hemos permitido levantar. Te los mostraré enseguida. Aunque antes quisiera que calmaras tu hambre con estas menudencias. —Extendió la mano y los sirvientes saturaron la mesa con *mirqas*, pastelillos de queso y porciones de cordero espetadas en largos alfileres—. Y si me lo permites, me gustaría hablarte del motivo de nuestra visita.

—Ya sé el motivo, judía. —El gran visir escupió migajas—. Venís a suplicar la paz, como hizo tu padre el año pasado.

—Así es, mi señor. El rey de Castilla ruega la misericordia del príncipe de los creyentes. Ha sido testigo de su poder y de que nadie puede enfrentarse a él. Lo de Alarcos fue una torpeza castellana. Un atentado al orden natural de las cosas.

—El orden natural, judía, es aquel en el que el califa manda y los demás obedecen. En el orden natural no se concibe otra fe que el Tawhid. —El Calderero se ayudó de un largo trago de jarabe para pasar la carne—. Di a tu rey que venga a arrodillarse ante el príncipe de los creyentes. Que entregue Toledo, acepte el islam y sustituya las iglesias castellanas por mezquitas.

—Hablas como un guerrero de Dios, desde luego. —Raquel, con un gesto, ordenó que rellenaran la copa del visir—. Pero el califa es conocido por su ecuanimidad. Ha consentido treguas con Portugal y León, que en otro tiempo se enfrentaron por las armas al islam. ¿Acaso Castilla no puede ver una esperanza en ese gesto?

El Calderero no ocultó su sorpresa ante las palabras de la judía. ¿Cuántas mujeres en el imperio almohade sabrían que Portugal y León estaban atados por tregua al califa? Y muchas menos serían capaces de hablar como auténticos embajadores. Tomó una *mirqa* y la mordisqueó sin dejar de mirar fijamente a su insólita interlocutora.

—Te concedo que tienes razón, judía.

Raquel llamó a uno de los criados e hizo que se inclinara. Tras hablarle al oído, el sirviente salió del pabellón a toda prisa. La improvisada embajadora se volvió hacia el visir.

—Ya que hablas de Toledo, te presentaré uno de los regalos. Es de allí precisamente. Por mi padre, Alfonso de Castilla sabe de la demanda del califa, pero no le parece adecuado entregar la ciudad que tantos desvelos costó a su linaje. Seré desvergonzada, mi señor, pero no puedo evitar la pregunta: ¿acaso los leoneses entregaron Salamanca a cambio de la paz? ¿Rindieron Lisboa los portugueses? Apelo de nuevo a la ecuanimidad del califa.

—Reconozco que me sorprendes, judía. Y también lo acertado de tu argumento. Pero ni León ni Portugal estaban aquel día en Alarcos. Sabes a qué me refiero, ¿verdad?

—Claro que sí, ilustre visir. Castilla pecó contra Dios y merece castigo. Pero cuanto mayor la ofensa, más grande la misericordia de quien perdona.

—Y la misericordia del califa, ciertamente, no conoce límites. Otra cosa es el interés del imperio, del que yo debo cuidar por mi posición. Lo que tu rey pide es que el príncipe de los creyentes deje de hostigar a los comedores de cerdo. Si lo hiciera, ¿cuánto tardaría Castilla en reclutar nuevas levas y en forjar más armas para desafiar al islam?

—Pero, mi señor, hablamos de un acuerdo. El rey Alfonso no lo rompería, porque habría jurado por su honor.

El Calderero torció el morro en un gesto de aceptación displicente. En ese momento volvió el criado, que sostuvo la solapa de la entrada para que entrara el primer regalo toledano del visir. Este arrugó el ceño cuando una mujer, convenientemente velada, caminó a pasos cortos hasta el centro del pabellón, junto a la mesa.

—¿Una esclava? ¿Eso me regalas, judía?

—Así es. ¡Muchacha, deja que tu nuevo amo te vea!

La chica se despojó de la *miqná* con un movimiento grácil y rápido. Una larga trenza rojiza quedó al descubierto. El kohl resaltaba los ojos enormes y verdes, que miraron al visir con una mezcla de sumisión y miedo. A un gesto de Raquel, el criado aflojó la *gilala*, que se deslizó hasta los pies y mostró la desnudez pálida y generosa. El Calderero dejó caer el espetón. Su boca se abrió casi hasta el babeo. El corazón de Raquel se aceleró. Aquel era el momento clave de la negociación. El gran rabino la había aleccionado sobre sus observaciones en la anterior visita a la corte almohade, y ahora se vería si había acertado con el punto débil del gran visir Ibn

Yami. El mismo punto débil que ahora intentaba atacar con la imposición de Raquel como negociadora: la lujuria. La Leona, que podía oler el deseo masculino a millas de distancia, sonrió de forma casi imperceptible. Faltaba poco. Notaba al Calderero desorientado. Poseído por el encanto de la muchacha desnuda. Por el lujo de la tienda. Por la presencia turbadora de Raquel. Si quedaba algo de sangre andalusí en aquellas venas constreñidas, la partida estaba medio ganada. Él habló con la voz enronquecida por la avidez:

—Hermosa mujer, sin duda. Sé que los hebreos no podéis tener esclavos cristianos, así que esta ha de pertenecer a tu secta.

—Qué gran inteligencia la tuya, visir. La escogí yo misma. Mi padre me encomendó buscar entre las mejores y más educadas. Ser la hija del gran rabino de Toledo me ha permitido contactar con juderías de toda la Península, desde Oporto hasta Barcelona. Costó dinero, pero espero que esta muchacha sirva a mi propósito y a tu... A tu placer, si me lo permites.

El Calderero se levantó. No podía apartar los ojos de los pechos de su regalo.

—Te lo permito, te lo permito. Date la vuelta, esclava.

Ella obedeció con calculada inocencia. El gran visir se relamió.

—Me gusta. Y entiende mi lengua, por lo que veo.

—Hasta la habla. Pero solo lo necesario para complacerte. —Raquel sonrió. Si había alguien que dominara varias lenguas para un mismo menester, esas eran las putas—. No ha sido educada para las tareas del hogar, ni las del campo. No creo que sepa cocinar. Sus virtudes son otras. ¿Nos entendemos, noble señor?

—Desde luego.

Raquel dio un par de palmadas.

—Tapad a esa mujer y llevadla con las otras.

Ibn Yami resplandeció:

—¿Las otras?

—Claro. No pensarás que te hemos traído a una sola. Pero sigue comiendo, gran visir Ibn Yami. Prueba el cordero. Está sazonado con la mejor miel de Castilla.

El Calderero obedeció mientras el sirviente vestía a la muchacha. Al marcharse, dejó tras de sí un tenue aroma a violetas. El visir necesitó dos copas colmadas para bajar la calentura.

—¿De qué hablábamos, Raquel?

«Bien —pensó ella—. Ya no me llamas "judía".»

—Hablábamos de la posibilidad de una tregua. Como te he dicho, mi padre goza de buenos contactos con otros hebreos de Castilla y de los demás reinos de la Península. Incluso mantiene correspondencia con parientes que dejaron de lado la fe de Israel. ¿Entiendes lo que quiero decir?

La mirada del Calderero se dirigía demasiado hacia la entrada del pabellón, como si esperara que su regalo apareciera de nuevo. Y cuando se volvía hacia Raquel, quedaba prendado por su belleza. Y siempre con esa voz serpenteando, con el veneno a punto. No era la disposición adecuada para entender nada.

—La verdad es que no sé adónde quieres ir a parar.

—Lo que te digo, noble señor, es que dispongo de buena información. Sé de lo que se habla en las calles de León, de Oporto o de Barcelona. Y de Valencia, Almería o Sevilla.

El Calderero regresó al mundo.

—Ya veo. Los judíos islamizados no son de fiar, esto me lo confirma.

—No pienses, por favor, que hablo de espías o de conspiraciones. Yo misma tengo familia en Granada, que es donde nació mi padre. Y aunque mis tíos y primos hayan aceptado el islam, no por ello han perdido el cariño o el apego de nuestra sangre. No se trata de secretos de estado, sino de chismes que cruzan el Estrecho como los cruzaría un comerciante de marfil.

»Por eso se sabe que en el país lejano que llamáis Ifriqiyya, una caterva de rebeldes incordia al legítimo gobierno almohade. Los deseos del príncipe de los creyentes fluctúan. O permanece aquí y hace la guerra a Castilla, o vuelve a tierras africanas y aplasta a los insurrectos.

»También se dice que los dos visires omnipotentes aconsejan al califa en sentidos diferentes. El gran Abd al-Wahid, *el Tuerto*, preferiría marchar hacia Ifriqiyya, pero tú no.

El Calderero entornó los ojos.

—Ya entiendo. —Dejó en el plato el cordero, al que no había llegado a hincar el diente—. Se trata de que yo cambie de parecer a cambio de una reata de esclavas, ¿no, Raquel?

La muchacha supo que había que destensar cuerda.

—En absoluto, noble señor. Las esclavas son regalos que ya te pertenecen, haya tregua o no. Te he ofendido. Qué estúpida soy. ¿Qué podías esperar de una mujer? Dejemos este asunto. Ven, por favor. Acompáñame a la jaima donde aguardan tus presentes. Llévatelos y visítame cuando lo desees para seguir hablando de política. Con un poco de suerte, mi padre habrá mejorado y no te verás obligado a soportar mi inmunda presencia.

El Calderero aceptó la sugerencia, más por el afán de ver a las esclavas que por el presunto agravio. Aunque no se despojó del gesto ofendido cuando salió del gran pabellón y siguió a Raquel hasta una de las tiendas menores. Al caminar tras ella, se dejó hipnotizar por el contoneo. Aunque el visir no había bebido alcohol en la vida, aquello debía de ser lo más parecido a una borrachera. Se plantaron ante la entrada, la hebrea retiró la tela y le cedió el paso.

Tres muchachas aguardaban allí, postradas sobre lechos de almohadones y envueltas en telas. Una era la pelirroja que ya se había exhibido ante el Calderero, y las otras dos no resultaban menos voluptuosas. La puesta en escena, calculada hasta la última pulgada por la Leona, surtió efecto. Casi pudo oírse el corazón del Calderero cuando se aceleró como un redoble. Las prostitutas, lejos de abandonar su languidez, se incorporaron despacio.

—¡Queridas amigas! —Raquel se situó en el centro de la jaima, junto al poste que la sujetaba—. ¡Este es el visir omnipotente Ibn Yami, a quien pertenecéis desde ahora! Alegraos, porque en su casa no os ha de faltar de nada. Sed complacientes y piadosas, que todo irá bien. —Se volvió—. Sé que serán de tu agrado, noble señor. A Dina ya la has conocido, estas otras son Orovica y Rebeca. ¿Deseas verlas con más detenimiento?

—Desde luego.

Raquel se hizo entender por las esclavas con una palmada. Los velos flotaron hasta las alfombras, la seda resbaló, la fragancia asaltó los sentidos del visir. La Leona retrocedió mientras el Calderero se mordía los labios para apaciguar su lascivia. Las esclavas, conscientes de que ya no necesitarían venderse de la mañana a la noche en arrabales enfangados, se aplicaron en impresionar a su nuevo dueño. A partir de ese día, si todo iba bien, vivirían en el palacio con el harén más poblado y surtido de los territorios almohades a ambos lados del Estrecho. Disfrutarían de los mejores cuidados y no volverían a pasar hambre. A cambio, su deber se limitaría a cumplir una o dos veces al mes.

—¿Son de tu agrado, noble señor?

—Lo son, Raquel.

La Leona aguardó un poco más. Había hecho una selección concienzuda entre sus antiguas compañeras de oficio. Meretrices de lupanares toledanos y no muy caras en realidad, pero de gran experiencia y bien maquilladas. No había nada más fácil que engañar a un hombre cuando la sangre se le iba de la cabeza y se acumulaba en otro sitio, y eso Raquel lo sabía mejor que nadie. Las rameras, en ejecución del papel que cada una había recibido, se pusieron en marcha para flanquear al visir. El Calderero, abrumado por la expectativa, dejó que las cabelleras le acariciaran los hombros. Los dedos ágiles rozaban su torso, recibía sonrisas de complicidad y hasta cuchicheos obscenos al oído. No tardó en sentirse incómodo, con una incontenible erección apretando sus zaragüelles. Se dirigió a Raquel con la cara enrojecida.

—¿Puedo llevármelas ya?

—Son tuyas, noble señor. Ordenaré que preparen sus equipajes. Y ahora que estás de mejor humor..., ¿qué me dices de mi propuesta?

—Ah. —El Calderero carraspeó. Le costó apartar la vista de las curvas desnudas y reunir la templanza necesaria—. Verás, Raquel... Te agradezco el detalle. Y puedes estar segura de que mi disposición hacia ti... Hacia tu padre, quiero decir... En fin: que ahora es mejor. Pero has de tener en cuenta que soy visir omnipotente del mayor poder sobre la tierra. Conseguir mujeres como estas no resultaría problema para mí si...

—Perdona que te interrumpa, noble visir. A tu lado, mi padre no es nadie; pero el gran rabino de Toledo, como antes te he explicado, puede acceder a lo mejor de su pueblo. Estoy segura de que tú, con tu enorme poder, podrías tomar al asalto cada ciudad y encadenar a cientos de mujeres para tu solaz. Pero antes de juzgar, llévate a tus tres nuevas esclavas a casa y goza de ellas esta noche. Mañana, con el nuevo día, sabrás si son comparables en encantos y habilidad a las que conociste antes de hoy. Si Rebeca, Dina y Orovica las superan, te ruego que consideres mi petición y también esta promesa: cada año, por estas mismas fechas, me encargaré de mandarte tres nuevos... presentes. Un detalle personal que yo escogeré con todo cariño y que te entregaré por tu noble carácter. Y también por nuestro... —le posó el índice en el pecho— entendimiento.

El Calderero mantenía una ceja levantada. Tuvo que tomar aire varias veces, y aun así no pudo reaccionar hasta que la Leona apartó el dedo.

—¿Tres al año?

—Las haré llegar aquí con recado de que te las envíen a donde estés. A Marrakech, a Ceuta, a Rabat..., a Ifriqiyya. Me haría muy feliz tener que mandártelas a Ifriqiyya.

Dina se agarró de Ibn Yami y apretó los senos contra su brazo. Este se humedeció los labios.

—Está bien, Raquel. Las pondré a prueba y mañana recibirás tu respuesta. Tal vez haya cambiado de idea. Pero tú no lo harás. Mantendrás tu compromiso.

—De poco te serviría la palabra de una mujer, ilustre visir. Pero espero que te sirva la del gran rabino de Toledo, que habla por mi boca. Si se incumple lo prometido, no tienes más que volver a tu decisión inicial y nosotros, pobres desgraciados, veremos el inmenso poder almohade caer sobre Toledo y el resto de Castilla.

El Calderero asintió satisfecho. El poder almohade caería sobre Castilla de todas formas en unos años. Y sobre Portugal, León, Aragón y Navarra. Pero no había nada malo en disfrutar de aquellos placeres hasta que la ineluctable sentencia se cumpliera. Y lo mejor era que nadie tenía por qué enterarse. Dedicó una larga y desvergonzada mirada a Raquel antes de emprender el camino de vuelta a Sevilla, con sus tres nuevas concubinas y la escolta.

Cuando la judía regresó al pabellón, encontró a Abraham ibn al-Fayyar pegado a la entrada.

—Bravo, muchacha. Mil veces. Hice bien en confiar en ti, y es poco el dinero que me costaste.

Raquel hizo un gesto desdeñoso.

—Ha sido fácil. Ese Calderero es un crápula, se le ve a leguas. Fuiste tú quien lo supo ver cuando viniste por primera vez, así que el mérito no es solo mío.

—Ah, es evidente que esta piel arrugada y este cuerpo retorcido no obraron en el Calderero el mismo efecto que has obrado tú. Creo que accederá a nuestra petición.

—¿Piensas cumplir, rabino? ¿Mandarás tres mujeres al año a ese vicioso?

—Desde luego. Diez mandaría si con eso pudiera mantener a los almohades alejados. Pero esto no ha de saberlo el rey, ¿entiendes? Nadie aparte de nosotros, de hecho.

—¿Por qué? ¿Crees que el rey o los suyos se preocuparían por algunas rameras judías regaladas a los sarracenos? Si algo sobra ahora mismo en Castilla son putas muertas de hambre.

—No parece que compadezcas a tus antiguas compañeras.

—Pues lo hago. Aunque la pena se me pasará pronto. En los arrabales de León o Castilla se pueden recibir las mismas patadas y los mismos latigazos que ese moro les dará en África, pero en los lupanares cristianos no te perfuman ni te hacen dormir entre sedas. Y ahora, en lugar de meterse cualquier cosa en la boca, tendrán que padecer a un solo hombre. Además, todo sea por el reino, ¿no?

—Sí, desde luego. Pero tú no pasarás más necesidad. Al menos si sigues sirviéndome tan bien como hoy.

Raquel fijó su mirada de leona en el gran rabino:

—Ni yo ni Yehudah.

—Ah. Por supuesto. Ni tú ni tu hijo.

9

Las bodas de Berenguela

Un mes más tarde. Malagón, cerca de Calatrava

Ibn Sanadid, como representante del poder almohade, era también el encargado de recaudar los tributos en las nuevas plazas cobradas a los cristianos. Desde la Sierra Morena a los montes que bordeaban el Tajo, las antiguas posesiones de la orden de Calatrava eran poco a poco repobladas con las familias de las guarniciones, sus criados y los pocos villanos que habían preferido convertirse al islam. La buena noticia era que ningún almohade se había instalado en Alarcos, Caracuel, Benavente, Guadalerzas... Así, todo quedaba en casa, e Ibn Sanadid se veía libre para ajustar las tasas. Libraba hacia Sevilla reatas de acémilas con trigo y cebada, pero no tantas como para que los nuevos habitantes de sus dominios pasaran necesidad.

Además, para congraciarse en todo momento con sus hombres, el caíd de Calatrava acudía a cada festejo acompañado de su familia. Ese había sido el caso cuando, una semana después de pisadas las primeras uvas, Ibn Sanadid, su esposa Rayhana y su hija Ramla se presentaron en Malagón. La villa crecía poco a poco y había recuperado una tradición anterior a la conquista cristiana, consistente en fabricar lo que llamaban *mayba*, o vino de membrillo. Naturalmente, sin vino real. O esas eran las órdenes oficiales. Porque en realidad, los de Malagón llevaban a cabo el viejo truco andalusí de disimular el vino con arrope y, el primer viernes tras el comienzo de la vendimia, se reunían junto al río para probar la *mayba* y desearse suerte.

Ibn Qadish regresaba de una patrulla en las cercanías del Tajo. Bajaba con una docena de jinetes cuando descubrió el festejo. Había carros cubiertos con lonas donde se amontonaban las seras, y los hombres habían encendido fogatas para asar carne y acompañarla con tortas de trigo. Los guerreros andalusíes se relamieron cuando la brisa les trajo el olor de los pinchos goteando sobre el fuego. El adalid iba a dar la orden de continuar cuando vio a Ramla conversando con otras muchachas. Como el ejército almohade llevaba ya unas semanas lejos, las costumbres se relajaban y las caras se destapaban, así que no le costó ver que reía. Todas reían. Ibn Qadish miró a sus hombres. Otra vez a la fiesta. A sus hombres de nuevo.

—Seguid hasta Calatrava y descansad. He visto a la familia del caíd y les voy a ofrecer mi escolta.

Sus hombres se sonrieron, pero ninguno protestó. Ya organizarían su propia fiesta tras dejar los caballos en los establos de Calatrava. Ibn Qadish condujo su montura hasta las zarzas de la ribera. Ramla lo vio enseguida, pero se limitó a mirarlo de reojo mientras seguía charlando y riendo con las jóvenes de Malagón. Rayhana, su madre, se había mezclado con otras mujeres para asar los pequeños espetones de carne y repartir la *mayba*. Sin guardianes. Sin recelos. Solo la presencia de Ibn Qadish, con la espada al cinto y la cota de malla puesta, recordaba a la gente que se hallaban en la frontera. A tiro de piedra de un enemigo que, aunque casi vencido, podía revolverse en cualquier momento. Y sin embargo, qué poco miedo flotaba sobre la fiesta. Las chicas observaban al guerrero con coquetería. Incluso con admiración. Aquello trajo a la mente de Ibn Qadish un viejo poema judío que algunos veteranos andalusíes conocían, aunque no se atrevían a recitarlo porque era contrario al Tawhid:

> *Al principio la guerra se parece a una hermosa joven*
> *con la que desean entretenerse todos los hombres,*
> *pero acaba siendo una vieja repulsiva*
> *y cuantos la tratan, lloran y sienten dolor.*

El sol cayó mientras el vino de membrillo hacía de las suyas. Ibn Qadish se arrimó a una fogata cuando unos jovenzuelos le invitaron a contarles alguna historieta de guerra. El adalid comió tortitas y probó la *mayba* mientras exageraba la última algarada a la vista de Toledo. Como solía ocurrir en toda fiesta, los más mayores fueron los primeros en tomar el camino de la cercana muralla de Malagón, mientras los jóvenes apuraban el tiempo junto a las hogueras ya a punto de apagarse. Separarse de sus respectivos grupos y hacerse los encontradizos fue cosa de un par de miradas.

—Ibn Qadish, qué sorpresa. No te había visto.

—Ni yo a ti, Ramla. Que la paz sea contigo. ¿Y tu padre?

—En Guadalerzas. Allí también hacen su propia fiesta del mosto, así que nos hemos repartido.

—Estupendo. ¿Te diviertes?

Ramla se volvió a medias. Las muchachas seguían a lo suyo, bebiendo cortos sorbos de *mayba* y riéndose con estruendo cada vez mayor.

—Sí. Todas somos hijas de soldados. Esa de ahí era vecina mía en Sevilla. Y la de la nariz grande vivía en Córdoba.

—¿Y todas quieren volver a casa, como tú?

—Yo no quiero volver. ¿Quién te lo ha dicho?

—Nadie. Pero tu padre está deseando dejar las armas y retirarse a Sevilla con tu madre. Cuando eso pase, te irás con ellos.

—Tal vez.

Pasearon hasta el río. Las acémilas estaban atadas allí, cerca del agua, con lo que los carros se alineaban en la ribera. Se sentaron en el borde de uno de ellos, mediado de serones, del que escapaba el aroma de uvas recién cortadas.

—¿Has pensado en lo que te dije, Ramla?

Ella hurtó la mirada.

—No.

—¿No? Pero hace un año que...

—No me hacía falta pensarlo, Ibn Qadish.

Él no supo cómo tomárselo. Se quedó en silencio, rumiando el siguiente paso. La oscuridad se cernía sobre Malagón, los corros se volvían más murmurantes en torno a las hogueras.

—Quería preguntarle a tu padre, pero ya te dije que solo lo haría con tu aprobación.

Ella arrancó una uva joven y se puso a juguetear con ella entre los dedos.

—Ibn Qadish, a caballo serás rápido como un rayo, pero para otras cosas vas demasiado lento. Supongo que conquistar Toledo no es lo mismo que conquistar a una chica.

—¿Eh?

—Mi padre lleva meses esperando que te decidas. Los mismos que hace que le di mi respuesta.

Sonrieron. Ibn Qadish, un poco achispado por la *mayba*, no pudo contenerse. Ramla también había bebido, así que la única barrera eran las cestas. Las uvas se desparramaron. Aplastaron varias, que estallaron bajo la espalda de ella. Rieron, pero sus bocas callaron al unirse. La respiración de Ramla se agitó cuando Ibn Qadish hundió la cabeza en su cuello y tiró del *yilbab* para descubrir sus piernas. La chica intentó ayudar, pero el licor y el ansia la entorpecían tanto como los racimos de uva temprana. Volvió a reír, y él la acompañó.

Todo se volvió más serio cuando, por fin, Ibn Qadish consiguió despojar del *yilbab* a Ramla. Recibir el aire fresco sobre los pechos descubiertos la despejó de la dulce embriaguez de la *mayba*. Lo miró fijamente mientras él deslizaba sus manos temblorosas por los hombros, por la cintura y por los muslos. Se agarró a las cestas de los lados cuando el que iba a ser su esposo se acomodó entre sus piernas, y echó la cabeza atrás al sentirlo dentro. A través del vapor de la *mayba*, vislumbró el resplandor de la fogata. Con las muchachas que bailaban a su alrededor. La silueta de Malagón, recortada contra el anochecer, se agitó al ritmo de Ibn Qadish. Las uvas estallaban bajo su espalda. A poca distancia volvieron a sonar las risas de las muchachas. Como si ellas fueran en ese instante tan felices como ella.

«Ojalá todas riamos mucho, mucho tiempo», pensó.

Tres meses después

La nobleza de León y Castilla abarrotaba el pórtico norte de la iglesia de Santa María. Y la gente de Valladolid aguardaba en la calle, dispuesta a vitorear a la princesa que acababa de convertirse en reina. Berenguela, a ratos asustada, a ratos pletórica, caminaba del brazo de su flamante esposo, Alfonso de León. Ella con largo brial de ciclatón, él con capa forrada de armiño. Venían desde el altar, ocupando el centro de la nave y repartiendo breves reverencias a diestra y siniestra. A ambos lados, largas banderolas alternaban los blasones de ambos reinos. La pareja se detuvo ante los reyes de Castilla.

—Está hecho —sentenció Leonor, y besó a su hija en la frente.

Después se dirigió a su recién estrenado yerno—. Ahora tenemos una razón más para avenirnos.

El leonés cumplió con su deber de caballero y se inclinó ante la reina. Luego llegó uno de los momentos más esperados de la mañana: los dos reyes tocayos, Alfonso de Castilla y Alfonso de León, se miraron cara a cara. Nobles, prelados y caballeros guardaron silencio. Hasta las campanas, que un momento antes repicaban por toda la villa, silenciaron sus tañidos. El leonés señaló a los estandartes que daban colorido al templo.

—Cualquiera diría que hace apenas unos meses nos matábamos en el Infantazgo.

El rey castellano carraspeó. Desvió la vista hacia su hija.

—Mi corazón se alegra por ti, Berenguela. —Tomó su cara entre las manos—. Ahora eres reina. Reina de León.

Ella asintió. Radiante a sus diecisiete años. Se aferraba al brazo de su marido con fuerza. Como si fuera una serpiente que, de soltarla, pudiera revolverse para clavar sus colmillos e inyectar su veneno. El rey de León palmeó esa mano de dedos tensos.

—Mi reina —siseó, y volvió la mirada hacia Alfonso de Castilla—. Mi suegro. Y mi primo.

—Tu amigo —remató el rey castellano. Los dos hombres sonrieron con los dientes apretados. Ni uno ni otro se movió un ápice.

—Poco a poco —dijo el leonés—. Por lo pronto, no hemos recibido la dispensa papal.

Leonor se apresuró a intervenir:

—Ya te dijimos que eso no es problema.

—Oh, ¿no es un problema? —Alfonso de León sonrió, aunque su mirada continuó helada—. Hazme caso, mi señora: lo es. Te lo dice alguien que ya vio anulado su matrimonio por una cuestión de sangres demasiado próximas.

La reina castellana quitó importancia al riesgo con un ademán grácil.

—El cardenal Santángelo nos aseguró que el santo padre no pondrá reparo alguno. Tal vez en estos mismos momentos el papa Celestino redacta el permiso que confirmará esta boda. —Con gran suavidad, puso su mano junto a la de su hija, sobre el brazo del rey de León—. En Roma se sabe que un detalle canónico no puede enturbiar la paz. Sois esposos ya, y lo sois por el bien de los dos reinos y por el futuro de la cristiandad.

Resultaba extraño que el acento normando de Leonor resonara

en la nave de Santa María cuando esta contenía a decenas y decenas de personas. Pero nadie se atrevía siquiera a suspirar. En aquella conversación se resolvía el destino. Eso querían creer todos. Alfonso de León apaciguó el gesto.

—Lo cierto, mi señora, es que el papa yace enfermo. Y ya no es un muchacho precisamente. ¿Y si la dispensa no recibe su sello antes de...?

—En ese caso —le cortó el rey castellano—, el siguiente papa le tomará el relevo en nuestro favor. No nos amarguemos con malos agüeros. —Levantó las manos y se dirigió a la expectante nobleza de los dos reinos—. ¡Es día de felicidad!

Todos prorrumpieron en aplausos, más por romper la tensión que porque realmente se sintieran alegres. El alboroto permitió que los monarcas pudieran hablar con mayor reserva.

—Resta por cumplir lo pactado. —El leonés había vuelto a endurecer la mirada.

—Ya. El Infantazgo. —El rey de Castilla sonrió con disimulo para responder a las reverencias de quienes pasaban cerca—. Esa es la dote de Berenguela, y ella es ahora reina de León. Nos comprometimos y así será. El error de nuestro abuelo queda zanjado.

—Claro. Aunque supongo que las guarniciones de esos castillos serán castellanas.

Leonor, con una jovialidad que parecía sincera, iluminó el templo con su sonrisa.

—Soldados castellanos para defender castillos leoneses. El signo de los nuevos tiempos. ¿No creéis, mis señores?

—Desde luego —convino su esposo—. Ahora que somos más familia que nunca, nuestros reinos se defenderán el uno al otro. Estoy ansioso por firmar un pacto de alianza y...

—Un momento, un momento. —El rey leonés se desembarazó de su esposa y se frotó las sienes—. Lo he dicho antes: poco a poco.

—Pero hemos de hacer frente común. La verdadera amenaza viene del sur.

Alfonso de León pidió tregua con un gesto.

—He perdido hombres y dinero, primo. Los ataques de Castilla y Aragón me han dejado en mala situación. No estoy en condiciones de hacer frente a nadie. —Su vista se posó en una de las banderolas rojas con la torre dorada—. A nadie. Ahora he de volver a mi corte, presentar a mi nueva esposa a los barones del reino y convencerlos de que Castilla ha dejado de ser una amenaza. Y de que

Pedro de Aragón no volverá a entrar a hierro y fuego en mis tierras. Después habrá que trabajar a dolor, y solo para recuperar lo que se ha perdido estos dos años. Pasará mucho, mucho tiempo antes de que pueda plantearme una acción de guerra contra el moro. ¿Tú tienes tus problemas, primo? Bien. Yo tengo unos cuantos también. Y ahora, como suegros míos que sois y soberanos de estas tierras, os pido permiso para salir y dejar que la plebe vea a su princesa castellana convertida en reina de León.

No esperó la aquiescencia. Tomó a Berenguela de la mano y se dirigió a la salida. Los nobles de uno y otro reino abrieron pasillo y vitorearon a la pareja. Mientras la algarabía se trasladaba afuera, Diego López de Haro se acercó a los reyes de Castilla. Se dedicó a examinar la masa nobiliaria que se desplazaba como una ola desde el interior de Santa María hasta las calles de Valladolid.

—No he visto a Pedro de Castro.

—Y eso es bueno —completó Leonor.

—Nunca se sabe —siseó el alférez real—. Odio a ese asqueroso como a nadie que conozca, aunque preferiría que estuviera aquí, tan avenido como su rey. —Diego era alto, pero aún se puso de puntillas para atisbar la multitud—. No hay nadie de los suyos. Cuando se levantó la excomunión a Alfonso de León, también se levantó la suya; pero me he enterado de que ya no es mayordomo real. Tal vez haya regresado con los almohades.

Leonor, empeñada en mostrarse optimista, se alisó el brial.

—Pues no me parece mal, don Diego, que nuestros enemigos se queden sin opciones. Prefiero a Pedro de Castro bajo banderas moras que bajo estandartes leoneses. Y sobre todo lo quiero lejos de mi hija.

El alférez miró a la reina. Hizo una inclinación de despedida y tomó el camino de la calle. Alfonso de Castilla seguía ensimismado, rumiando las palabras de su primo y ahora también yerno.

—Nada, Leonor. No hemos conseguido nada.

—Sabes que no es cierto, mi rey. —Ella miró alrededor para asegurarse de que nadie reparaba en las cuitas reales—. Al menos ahora no tienes que preocuparte de que Castilla sufra algaras desde el oeste. Es un frente que se cierra. Puedes dedicar tus esfuerzos a defendernos de los almohades y a buscar la amistad de Navarra.

Alfonso de Castilla negó despacio. Su vista se dirigió al altar. Al gran cáliz cubierto en cuyo interior se había obrado un milagro que no consistía en convertir el vino en sangre, sino la guerra en paz.

—Mis esfuerzos, dices. ¿Qué esfuerzos? Los castellanos huyen para refugiarse al norte, Las guarniciones menguan, las atalayas quedan sin vigilancia. Cada nuevo ataque expone más Toledo. La única fuerza de mi reino reside en las piedras de las murallas, pero eso es como oponer una pared de cañas al río desbordado. Mi pueblo ha perdido la voluntad de resistir. Ve cómo esos africanos avanzan y nos arrinconan. Y cuanto más ganan un día nuestros enemigos, más pueden ganar al día siguiente. Cualquier día se presentará de regreso el gran rabino Ibn al-Fayyar y nos confirmará que los mazamutes no aceptan la tregua. Y vuelta a empezar. El verano que viene, el miramamolín prenderá fuego a la Trasierra de nuevo. ¿Qué villas caerán esta vez? ¿Madrid? ¿Ávila? ¿O acaso se decidirá a asaltar Toledo? Y si Toledo claudica, todo lo demás se derrumbará poco a poco. —Se apoyó en una de las columnas que sostenían la nave—. Mi serpentino primo tiene razón: pasará mucho tiempo antes de que estemos en situación de enfrentarnos a ese maldito al-Mansur. Vaya. —Miró a Leonor—. Hasta eso es una fantasía. Para recuperarnos necesitamos un largo respiro del que no disponemos. Uno o dos años más de presión y se acabó, Leonor. Se acabó.

10

El caíd de Calatrava

Tres meses y medio más tarde,
finales de invierno de 1198. Sevilla

Muhammad se aburría.

Llevaba toda la mañana en pie, a la diestra y un poco atrasado con respecto a su padre, en uno de los salones del alcázar. Al califa le gustaba tenerlo así. Le obligaba a asistir a aquellas aburridas recepciones, o cuando impartía justicia, o si tenía que corregir a algún jeque indisciplinado. Decía que así aprendería. Pero Muhammad no aprendía nada.

Bostezó cuando la delegación de Almería abandonó el salón. El califa les había aleccionado igual que a los de Málaga, Córdoba, Granada, Murcia... «Preservad la fe», les había dicho, sentado en su habitual montaña de cojines. Que fueran intransigentes con los pecadores y que defendieran cada mota de polvo musulmán contra los infieles. Los valientes y piadosos ganarían el martirio o los parabienes del califa. Los negligentes serían castigados con todo rigor. Yaqub al-Mansur lo repetía sin sentimiento alguno. Con esa apatía en la que llevaba tres años hundido. Los dos visires omnipotentes permanecían hieráticos a un lado del salón, complementando los discursos del califa con instrucciones concretas. El Tuerto prometía ascensos hacia la cúpula almohade, pero el Calderero prefería las amenazas veladas.

—¿Hemos terminado con las delegaciones andalusíes? —preguntó al-Mansur.

El Calderero se adelantó.

—Sí, príncipe de los creyentes. Solo queda que recibas a Ibn Sanadid.

—Ah.

Muhammad sintió cómo el tedio volaba. Apretó los puños y se le dilataron las aletas de la nariz. Ibn Sanadid. El hombre que le había arrebatado el mando de Calatrava.

Un par de palmadas indicaron a los guardias negros que debían dar entrada al arráez de las fuerzas andalusíes. Este se apresuró a arrodillarse ante el califa, tomó su mano y la besó.

—Aquí estoy, mi señor. Manda.

—Ibn Sanadid. —El califa se permitió una de sus poquísimas muestras de emoción. Se volvió hacia Muhammad para hablarle con ese aire didáctico que el muchacho había acabado por aborrecer—. He aquí un soldado al que respeto a pesar de su origen inferior. —Se dirigió de nuevo al arráez—. ¿Sabes por qué te he mandado llamar?

—Oí los rumores en cuanto crucé la Sierra Morena, príncipe de los creyentes. Te vas de al-Ándalus.

—Así es. Mi fiel visir Ibn Yami me había convencido para quedarme y seguir combatiendo a los cristianos. Y sus razones eran buenas. Pero hace poco cambió de idea y me aconsejó aceptar la tregua con Castilla. Reconozco que eso me sorprendió. Aún me sorprende.

El aludido intervino.

—Me he dado cuenta de que la amenaza de Ifriqiyya merece tu atención, mi señor.

—Tal como yo sostenía —remató el Tuerto.

Muhammad sonrió. Si había algo que le entretenía, era la rivalidad entre los dos visires omnipotentes. Sus cruces de miradas. El contraste entre el tono reflexivo y lacónico del Tuerto y la palabrería agresiva del Calderero. Pero el califa no parecía darse cuenta de esa pugna constante.

—Ahora da igual. No me siento con fuerzas para mirar al futuro, así que preciso el consejo de mis fieles visires. Y también te necesito a ti, Ibn Sanadid. Siempre me has servido bien.

—Me haces feliz, mi señor.

—Claro, claro... En fin: en mi ausencia, tu deber no cambia. Sabemos que la tregua con los reyes cristianos no afecta a esos fanáticos freires, soldados de la cruz. Ellos, demonios entregados al caos, no guardan fidelidad hacia trono alguno salvo el de Roma, así que habrás de salvaguardar las tierras que hemos recuperado en al-Ándalus.

El andalusí, que seguía de rodillas, se atrevió a mirar al califa a los ojos.

—Precisamente quería hablarte de eso, príncipe de los creyentes. Jamás te he pedido nada porque servirte es para mí suficiente premio, pero ahora te ruego un favor.

El Calderero resopló, lo que no pasó inadvertido al joven Muhammad. Había algo que le daba miedo en aquel hombre, pero lo cierto era que ambos compartían el desprecio por Ibn Sanadid.

El califa, que en otro tiempo habría reaccionado con suspicacia ante el ruego de un andalusí, ahora asintió con lentitud.

—Pide, Ibn Sanadid. Es bueno pagar las deudas, y yo tengo alguna que otra contigo.

Sonó como si fuera una última voluntad. Tanto que los dos visires e incluso Muhammad observaron a al-Mansur. No parecía un califa victorioso, tal como cantaba su apodo. Más bien era un hombre derrotado, a punto de caer rendido.

—Mi señor —siguió Ibn Sanadid—, tengo casi cincuenta años, y la mayor parte de ellos los he pasado con el escudo y la espada a cuestas. Recuerdo cuando ambos éramos jóvenes. ¿Lo recuerdas tú?

—Desde luego. Recuerdo el pasado y lo añoro.

—El escudo y la espada pesan ahora mucho más que entonces. Estoy cansado.

El califa suspiró.

—Cansado, sí. Te comprendo. Continúa.

—Lo peor es que temo no estar a la altura del puesto que me otorgaste. Por eso te pido que me releves del cadiazgo en Calatrava.

—Pereza —murmuró el Calderero—. Desidia. Tibieza. Cobardía...

El califa levantó la mano para detener las acusaciones. Pero no dejó de mirar a Ibn Sanadid.

—Sé que no eres perezoso ni tibio. Y mucho menos cobarde. Por eso confié en tu juicio en Alarcos y te puse al frente de mi vanguardia en Calatrava. Sabes de la importancia de esa plaza.

—Desde luego, mi señor. Y no te rogaría esto si no pudiera dejar en mi lugar a alguien aún más capacitado que yo.

Esta vez fue el Tuerto quien intervino:

—Te refieres al joven Ibn Qadish, ¿verdad?

El andalusí se volvió sorprendido.

—Así es.

—No te extrañe que sepa de él —dijo el hintata, su único ojo clavado en el andalusí—. Los asuntos militares son de mi incumbencia, y los informes que me llegan hablan muy bien de ese muchacho.

Ibn Sanadid suspiró aliviado. Entonces Muhammad se adelantó. Lo hizo con tal vehemencia que el andalusí tuvo que apartarse. El hijo se plantó delante del padre con los brazos en jarras.

—P-p-padre, yo también quiero p-p-pedirte algo.

Al-Mansur, visiblemente contrariado, apretó los labios.

—Muhammad, Muhammad... ¿Tiene que ser ahora?

—S-s-sí. Mándame a mí a C-C-Calatrava.

—¿Qué? ¿A ti?

El Calderero se acercó al joven Muhammad y le puso una mano en el hombro. Se dirigió al califa:

—No es mala idea, príncipe de los creyentes. Tu hijo ya tiene diecisiete años. Corrígeme si me equivoco: tú, con catorce, te batías con los leoneses en Ciudad Rodrigo. Muhammad te sucederá algún día, espero que dentro de mucho tiempo. ¿No sería un buen aprendizaje quedarse en al-Ándalus y defender la frontera en tu nombre?

Muhammad, envalentonado, sostuvo la mirada de su padre. Antes de Alarcos habría sido incapaz de hacerlo, pero ahora el califa carecía de aquella fuerza irresistible.

—S-s-soy almohade, p-p-padre. —Sin volverse, señaló a Ibn Sanadid—. Él es andalusí.

Al-Mansur bajó la cabeza. Habló sin levantarla:

—En Ciudad Rodrigo, cuando tenía catorce años, me enfrenté al rey de León, sí. Era un crío valiente, pero presuntuoso. Y ese hombre —señaló a Ibn Sanadid— fue quien evitó mi muerte. Aprendí una lección. Y aprendí otra cuando volví a nuestra tierra y me sometí a las enseñanzas de mi buen Abú Yahyá. —Ahora sí que alzó la mirada hacia el tuerto Abd al-Wahid—. Tu hermano ignoró mi soberbia y me convirtió en un auténtico guerrero de Dios.

—P-p-padre, es la s-s-segunda vez que te p-p-pido...

—¡Silencio! —Esta vez al-Mansur clavó la mirada en su hijo. Y por un momento pareció que había vuelto la fiereza de los viejos tiempos. La convicción del califa que aplastaba rebeliones en el desierto o derrotaba ejércitos en las llanuras—. Más te valdría aprender de este andalusí. Vuelve a tu lugar ahora. Detrás de mí.

Muhammad, rojo como un cadalso a pleno rendimiento, obedeció. El Calderero también se deslizó a un lado, aunque hizo un último intento:

—Príncipe de los creyentes, escucha...

—Ya os he escuchado a todos. —Se volvió hacia el Tuerto—. Abd al-Wahid, ¿dices que ese tal Ibn Qadish es de confianza?

—Eso parece, mi señor. Y conoce el terreno. Te repito ahora lo que ya te he dicho en más de una ocasión: los cristianos no son una amenaza. Y menos ahora. Su papa ha muerto y, aunque se han apresurado a escoger a otro, andan sumidos en la desesperación del huérfano. Solo hay dos precauciones a guardar: una frontera guarnecida con gran hueste y alguien capacitado a su mando.

—Bien, pues no se hable más. Ibn Sanadid, ven aquí.

El andalusí se postró de nuevo ante el califa.

—Dime, príncipe de los creyentes.

—Te concedo lo que pides. Retírate a donde te plazca y traslada tu cargo a ese Ibn Qadish. Pongo en él la confianza que tengo en ti.

—Oh, mi señor. No sabes cómo te agradezco...

—Espera. Quiero que todos recordéis algo. Tú, Ibn Yami. Abd al-Wahid. —Giró la cabeza a medias—. Incluso tú, Muhammad. Porque la confianza de un califa almohade no es gratuita, te advierto, Ibn Sanadid. Calatrava no caerá bajo ningún concepto en manos cristianas. Otorgas a ese Ibn Qadish un gran honor, pero también una gran carga. Si el imperio pierde Calatrava, Ibn Qadish perderá la vida.

El andalusí asintió despacio. Incluso sonrió. Los almohades siempre ejecutaban a los caídes que perdían plazas. Había ocurrido desde tiempos del primer califa, Abd al-Mumín. Se fijó en el rostro del joven Muhammad. Leyó en él el odio y supo que aquella orden se grababa a fuego en su memoria. Y que, si llegaba el momento, la cumpliría.

—Tu palabra es ley, príncipe de los creyentes.

Un mes después. Burgos

—Deja que hable yo, muchacha. Tú quédate dos pasos por detrás. Y muéstrate humilde. ¿Has entendido?

Raquel asentía a cada orden de Ibn al-Fayyar. Lo hacía mecánicamente, aunque había dejado de escuchar su vocecilla al entrar en el palacio de La Llana. Su atención estaba puesta en los tapices, en los arcones, en las vidrieras. Los guardias no pudieron evitarlo: se fijaron en ella y se miraron de reojo. Dijeron algo por lo bajo antes de abrir el doble portón y gritar el anuncio hacia el interior.

—¡Mi rey, el gran rabino de Toledo!

Los dos judíos entraron. Raquel se demoró para cumplir las instrucciones de su mentor. Un par de pasos atrás. No quería perder detalle, pero su vista se posó enseguida en la reina Leonor. Hermosa y frágil, una con su trono. Un rayo de sol descendía en oblicuo y arrancaba destellos de su cabello trigueño. Las manos de dedos largos sobre los reposabrazos. Y a su diestra, en pie, el jovencísimo príncipe Fernando. Los ojos claros del niño estaban posados en los de Raquel. Parecía sorprendido. Tanto, que la Leona no pudo evitar una sonrisa.

—Mis reyes, os saludan vuestros siervos... —El gran rabino Ibn al-Fayyar se volvió a medias y vio que Raquel seguía erguida. Le hizo un gesto perentorio—. Muchacha, humíllate.

Ella lo miró con desdén y se inclinó unas pulgadas. Después se fijó en el hombre de iglesia que empuñaba el báculo como una lanza. Estaba tras el trono del rey y junto a un enorme caballero. A Raquel le costó poco adivinar quiénes eran: el arzobispo de Toledo y el alférez real.

—Judíos —deslizó entre dientes Martín de Pisuerga—. Mi rey, siento cierto... ahogo. ¿Me das licencia para retirarme?

Alfonso de Castilla disimuló:

—Sí, claro, señor arzobispo. Descansa un poco y seguro que mejoras.

Martín de Pisuerga pasó entre el gran rabino y Raquel. Lo hizo con una mueca de asco, como si atravesara una pocilga.

—Os aguardábamos hace meses —dijo la reina—. Llegamos incluso a pensar que os habían prendido. Gracias al Creador, aquí estáis. ¿Qué noticias traes, gran rabino?

—Las mejores, mi señora. —Ibn al-Fayyar se incorporó con lentitud. Tomó aire para revestir el momento de solemnidad—. Nos hicieron esperar mucho para redactar las condiciones, y yo mismo preferí no pinchar con las prisas al lentísimo consejo almohade. Gracias al Todopoderoso, el miramamolín ha decidido conceder treguas a Castilla.

El suspiro del rey rebotó por las paredes del salón. Sus hombros se vencieron como si llevara años soportando el peso de toda la cristiandad. Diego de Haro se adelantó un paso.

—¿Qué le has prometido a cambio, judío?

—Nada, mi señor. —Durante un breve instante, miró de reojo a Raquel. Pero enseguida devolvió la vista al alférez—. El mérito es de mi... ahijada, que ha sabido convencer a uno de los visires más allegados de ese sarraceno.

—Ah. —La alegría de la reina fue evidente. Y no solo por las treguas—. Así que debemos este cambio a una mujer. Acércate, muchacha.

La hebrea obedeció. Puso un pie sobre el primer escalón que elevaba el estrado real y dedicó una dulce sonrisa al príncipe Fernando.

—¿Cómo te llamas? —preguntó el niño.

—Raquel.

—Raquel —repitió la reina, que contempló sus facciones. Sus ojos grandes y verdes, sus labios generosos, los rizos castaños cayendo desde las sienes. Se fijó en la saya humilde, sin vuelo ni cuerdas, que aun así remarcaba su cintura y le daba aspecto de condesa—. Muy agraciada. No sabía que el gran rabino hubiera ahijado a una joven tan... hermosa.

La judía devolvió a Leonor la mirada. Y lo hizo de forma que incluso resultó desafiante. Con la barbilla subida, los párpados un poco caídos.

—Yo tampoco lo sabía —dijo Diego de Haro, que entornaba los ojos mientras examinaba a la judía—. Hermosa, sí. Y también un poco desvergonzada, ¿no?

Ibn al-Fayyar se apresuró a intervenir:

—Más bien audaz, mi señor. Hay que serlo para negociar cara a cara con los visires almohades, te lo aseguro.

La reina Leonor, tan obnubilada como su hijo por el porte de Raquel, alargó la mano para acariciar uno de los mechones ensortijados.

—Audaz, ¿eh? Eso está bien. Raquel... —Se volvió hacia el rey—. ¿No te parece extraordinaria, esposo?

Alfonso de Castilla, que seguía anclado en la noticia de la tregua, pareció salir de su estupefacción. Miró a la judía. Sonrió primero, y asintió mientras su alegría le impulsaba a reír. Se puso en pie y, ante la mirada de disgusto de su alférez, descendió del estrado y abrazó a Ibn al-Fayyar.

—Magnífico. Tregua. ¡Tregua! ¡Por fin!

El gran rabino, indeciso, mantenía las manos suspendidas, sin atreverse a responder al gesto de agradecimiento de su rey.

—¿Por cuánto tiempo? —preguntó Diego de Haro.

El rey se separó del judío, aunque mantuvo las manos sobre sus hombros. Ibn al-Fayyar, azorado, contestó:

—Diez años. Las algaras de las órdenes militares no nos comprometen. Me costó un poco hacerles entender que actúan por libre, pero el gran visir Ibn Yami estaba receptivo y creo que no tendremos que preocuparnos. Entre unos y otros retrasos, el plazo empezó a contar hace un par de semanas. Hay algo más: cuando salimos de Sevilla, la corte almohade se preparaba para partir a África. Es posible que tardemos mucho, mucho tiempo en ver al miramamolín a este lado del Estrecho. Más incluso que esos diez años.

Alfonso de Castilla volvió al trono. Se dejó caer y miró al techo del salón de La Llana. Su rostro irradiaba una felicidad desconocida desde antes del desastre de Alarcos.

—Un respiro por fin. Ahora podré atender a mis otros problemas.

—Desde luego. —Leonor se inclinó para posar su mano sobre el brazo del rey—. Hay que volver a sembrar. Y asegurar las rutas y las aldeas. También has de convocar a Sancho de Navarra para que entre en razón y se alíe con nosotros contra el infiel. Ahora que estamos en paz con León, solo falta...

—No, no —le interrumpió Alfonso, que seguía absorto en las alturas—. He empeñado mi palabra con el miramamolín. Si conspiro contra él, tal vez vuelva atrás y cruce de nuevo a este lado. Es más: hablaré con los maestres y priores de las órdenes militares. Los freires han de sumarse a la tregua.

Diego de Haro se escandalizó.

—Jamás lo harán, mi rey. Ellos no piden ni dan tregua. Y nosotros deberíamos imitarlos: los tratos con infieles son como el papel mojado.

Pero el monarca de Castilla no escuchaba.

—Y ahora, por fin, mis tropas quedan libres. Iré a por Navarra. Esa bestia de Sancho pagará por su perfidia.

Leonor se sintió obligada a intervenir:

—Esposo, piénsalo. Lo necesitarás cuando llegue el momento.

—Sí, sí. Claro. Pero ya lo viste en Alarcos. O mejor dicho: nadie lo vio allí. Lo que Sancho de Navarra necesita es una buena azotaina, como los críos díscolos. Y yo se la voy a dar. —Se volvió a incorporar. En su cabeza bullían las ideas con tanta rapidez que ya había olvidado al gran rabino y a su bella acompañante—. Diego, ven conmigo. Vamos a prepararlo todo. Me reuniré con Pedro de Aragón para hablarlo. Dentro de poco, haremos caer a los que se aprovecharon de nuestra desgracia.

Los dos hombres abandonaron el salón. Leonor los vio alejarse y negó despacio. Miró al gran rabino. Y a su hijo, el príncipe. Y a Raquel. Audaz, sí. Se notaba en su mirada. En las uñas largas, más de felina que de mujer.

—Así que convenciste a los visires almohades...

—Sí, mi reina.

—Claro. Serías capaz de convencer a cualquiera, ¿eh?

—No lo sé, mi reina.

Leonor se permitió una sonrisa.

—Yo sí lo sé.

Al mismo tiempo. Inmediaciones de Sigüenza, reino de Castilla

Velasco se detuvo a un lado del camino. Miró alrededor y se dijo que era un buen momento para engañar a las tripas con un poco de pan duro. Lo haría pasar con algunos tragos del Henares y luego echaría la siesta bajo un chopo. Se descolgó el zurrón, tan zurcido que no reventaba porque apenas contenía peso. Cuando se disponía a remover las migas de dentro, un chirrido llamó su atención. Era una pequeña carreta de bueyes, y venía en su dirección.

Velasco se había acostumbrado a evitar a la gente. Desde su salida de Madrid lo habían desvalijado tres veces, una de ellas tras una espantosa paliza a garrotazos de la que tuvo que huir dejando atrás hasta la manta que usaba para dormir. A partir de ese momento, se había convertido en un mendigo. Uno más de los muchos que habían huido de la invasión almohade. Las aldeas, los monasterios y las granjas estaban repletas de refugiados que dormían en los aledaños, en grupos para defenderse o en solitario para esconder su pasado reciente. Estos últimos eran los que peor parte llevaban.

Velasco entornó los ojos. Los de la carreta eran tres. Con hábitos blancos y escapularios negros.

—Cistercienses. Por fin.

Se quedó en el camino, escuálido y magullado. Tan patético que era imposible no sentir pena. Los monjes, tal como esperaba, se detuvieron. Ellos, a diferencia de Velasco, parecían sanos y bien alimentados. Lo mismo que los bueyes. Sobre el carro llevaban bultos cubiertos con una lona.

—A la paz de Dios —dijo uno.

—Eso quisiéramos todos, hermanos —respondió Velasco, y señaló con el pulgar hacia el sur—. Pero no es paz lo que el Creador nos trae, por desgracia.

—¿Adónde te diriges, buen hombre?

—Hacia Medinaceli, hermano. Soy de allí.

—Pues tus parientes se alegrarán de verte de nuevo. Parece que llevas un siglo fuera, y no se diría que te haya ido muy bien.

Velasco torció la boca. No. Desde luego que no le había ido bien. Huyendo y huyendo, sin atreverse a regresar a casa por vergüenza. Ni siquiera cuando el hambre había quebrado su orgullo. Desde luego, su objetivo no era plantarse ante su padre y contarle que era un cobarde. Que había salido corriendo de Alarcos y de todos los otros lugares donde se había refugiado. Que no había sido capaz de herir siquiera a un sarraceno, por más cristianos que hubieran muerto ante sus ojos.

—Lo cierto, hermanos, es que no pretendo regresar a casa. Mis pasos me llevan en esa dirección, pero es otro el lugar en el que me gustaría acabar. Aunque antes dejad que os pregunte: ¿compartiríais un poco de vuestra ración con este desgraciado?

Los monjes destaparon los bultos del carro. Trigo, queso, aceite, vino... Velasco comió como no lo hacía desde meses atrás, con las aguas del Henares saltando cantarinas y mientras los religiosos le explicaban que, como de costumbre, recorrían los caminos precisamente para ayudar a los necesitados y abastecer de víveres a Sigüenza. ¿Qué otra cosa podían hacer en tiempos de tribulación ellos, que tantas dádivas recibían de las buenas gentes? Pues así lo había advertido Dios: *Porque no faltarán menesterosos de en medio de la tierra; por eso yo te mando diciendo: abrirás tu mano a tu hermano.*

—El Señor os pague vuestra bondad, hermanos. Así pues, el hambre no ha caído sobre vuestro monasterio —farfulló Velasco con la boca llena.

—Ni hablar. Vivimos en Santa María de Huerta, y no creo que haya lugar al que más regalos lleguen en los últimos tiempos. La gente ve venir el fin y pretende congraciarse con Dios. —El monje se santiguó—. Hace ya un año que llevamos las sobras a Sigüenza. La ciudad está llena de gentes huidas del sur. Carecen de todo, los pobres. Y nosotros tenemos mucho más de lo que merecemos.

La conversación iba bien para Velasco. Dejó que los monjes le contaran cómo aliviaban las penas de los más necesitados. Algo admirable, por supuesto. Aunque lo que a él le interesaba era otra cosa.

—Acabo de recordar algo. Mi padre, que servía sal a toda la contornada, me contó una vez que en Santa María de Huerta tenéis una hermosa biblioteca.

—Hermosísima y bien sustentada.

—Y con *scriptorium*, según decía.

—Así es. A cargo de todo un obispo.

Los monjes rieron. Velasco puso cara de no entender nada.

—¿Un obispo en una abadía?

—Sí —contestó uno de ellos—. Seguramente Santa María de Huerta es el único lugar donde gozamos de tal rareza. Don Martín de Hinojosa, que se retiró del episcopado para volver a sus orígenes. Y no como abad, que era el cargo que ostentaba antes de tomar el báculo, sino como simple monje.

—¿Y a cargo de vuestro *scriptorium*?

—Se puede decir que es la obra de fray Martín. Todos sospechamos que renunció al cargo de obispo para dedicarse a lo que más le gusta: los libros.

Velasco se levantó. Se colocó ante los cistercienses, que seguían sentados a la sombra de la carreta. Adquirió una pose digna.

—Siempre he querido profesar. En ningún sitio sería tan feliz como rodeado de silencio, oración, trabajo y amor a Dios. Llevadme con vosotros a Santa María de Huerta, hermanos. Aceptadme en vuestra comunidad.

Los monjes se miraron. Uno de ellos parecía decepcionado. También se puso en pie.

—¿Sabes cuánta gente lo pide?

Velasco, por primera vez en mucho tiempo, se permitió una sonrisa triunfal.

—Supongo que mucha, hermano. Pero hay algo que me distingue de todos esos desgraciados que huyen del hambre y la guerra. Yo sé escribir.

Mes y medio más tarde, primavera de 1198. Calatayud

Inés era la hija de Juan de Berax, notario real de Aragón. Contaba veinticinco años y llevaba la trigueña mata de pelo atada en una larga trenza. La misma a la que se agarraba Pedro de Aragón mientras, a su retaguardia, la embestía sin contemplaciones.

Ella mordía una de las pieles sobre las que el rey la había tumbado. Boca abajo, con las rodillas y los codos resbalando con cada golpe de caderas. El fogoso Pedro, algo más joven que la mujer pero aventajado en experiencia, entraba y salía a velocidad creciente. Tiraba de la trenza como si montara a un destrero, e Inés obedecía encabritándose mientras se colmaba de la recia carne del rey aragonés.

—¡Ayyyy, mi señor! ¡Ayyyyy!

Él no se había quitado la ropa siquiera. Tampoco había planeado aquel encuentro. Simplemente se había cruzado con la hija de su notario en el patio de armas del Castillo Mayor, mientras los escribanos y sirvientes de la corte preparaban una reunión del más alto nivel. Pedro no se había fijado nunca en Inés. Grupas demasiado anchas quizás. O Labios muy finos para su gusto. Pero una simple mirada provocativa de la chica había bastado para despertar la libido del rey. Una libido que llevaba a maltraer a padres, hermanos y maridos desde Teruel hasta Toulouse. Pedro difícilmente podía pasar una noche solo, y, aunque las chicas difíciles eran las que más placer le deparaban, no le hacía ascos a un buen lance a espuela picada. Arrinconar a la hija de su notario contra la muralla, besuquear su cuello y arrastrarla al torreón fue todo uno. Y ella colaboró, desde luego. En menos de un avemaría, capa, sayas y demás trapos femeninos yacían repartidos.

Pedro se enrolló otra vuelta de trenza en la mano y arreció los envites.

—¿Cómo... Cómo dices que te llamas, muchacha?

—¡Ayyyy! ¡Inés, mi señor!

Inés doblaba la espalda y se apretaba contra el rey. Si aquello duraba un poco más, la pobre mujer se partiría el espinazo.

—Deja de decir «mi señor», Inés.

—¡Sí, mi señor! ¡Ayyyy, mi señor!

—¡Mi señor —tronó la voz de Miguel de Luesia al otro lado de la puerta—, el rey de Castilla ha llegado!

Pedro no contestó. Apretó los dientes y jaló de la trenza rubia hasta que se vació como un toro, a punto incluso de mugir en el trance. Jadeó un par de veces. Lo justo para recuperar el resuello. Soltó las riendas, se echó atrás y palmeó una nalga a Inés.

—Tienes que irte, querida. Luego nos vemos.

La muchacha se incorporó. Con dificultad. Como si acabara de trepar el Moncayo. El rey Pedro ya se había desentendido de ella y se apresuraba a recomponer su ropaje.

—¿De verdad, mi señor? ¿Nos veremos luego?

—Sí, mujer. Ya te haré llamar. Vamos, fuera.

Inés se echó la capa por encima, apretó la ropa contra los pechos y corrió descalza. Al abrir la puerta del torreón se encontró con la delegación castellana al pie de la escala, encabezada por su rey. Se detuvo un instante, indecisa, y acabó por bajar a toda prisa y echarse de nuevo a la carrera. Pedro de Aragón descendió a continuación y no dio tiempo a elucubrar sobre el incidente.

—¡Mi querido amigo Alfonso!

Los dos reyes se fundieron en un abrazo. Los hombres de la mesnada real aragonesa abrieron camino hacia la otra torre del Castillo Mayor, donde se había preparado una mesa con viandas. Diego de Haro se adelantó e intercambió bromas con Miguel de Luesia. Alfonso observó al rey de Aragón, aún sudoroso y con el color subido a las mejillas.

—Veo que no has cambiado, Pedro.

—Oh, di mejor que no quiero cambiar, Alfonso. Pero el mundo cambia a mi alrededor y no puedo resistirme. Voy camino de acabar como tú: casado y servido por una sola hembra.

Rieron. Inés, azorada, se había escabullido en las construcciones de madera de la guarnición. La comitiva alcanzó la torre, ascendió la escala de madera y entró por el acceso a media altura. Se distribuyeron ante la mesa dispuesta a lo largo. Los documentos, listos para firmar, ocupaban el centro, entre las jarras de vino y agua. También estaban allí los notarios reales de Castilla y de Aragón. Uno de ellos, el padre de Inés, apretaba los labios. La congestión de su rostro indicaba que no era ajeno a los desliz es de su hija con el rey aragonés.

—Así pues, Pedro, te han encontrado esposa, ¿eh? —dijo el de Castilla.

—Cosas de mi madre, que me quiere amargar la vida. Acaba de hallar a una dama que vale una ciudad bien rica: Montpellier. Pero aún no está claro que nos casemos; ni es que yo ande sobrado de ganas. De hecho, ella ya tiene esposo y habría que anular ese matrimonio. Y hablando de matrimonios, ¿es cierto lo que se dice sobre el de tu hija con el leonés?

Alfonso rodeó la mesa para tomar su puesto. El gesto alegre se acababa de trocar por otro preocupado.

—El nuevo papa no parece hombre dado a transigir, ni aunque sea por el bien de la cristiandad. ¿Sabes que ha mandado a un nuevo legado? No a uno anciano, como Santángelo. Uno joven y aún más duro. Rainiero se llama.

—Más duro que Santángelo... Vaya.

—El caso es que el cardenal Rainiero me ha traído un recado amargo: la orden papal de disolver lo que él llama «matrimonio incestuoso» entre mi hija Berenguela y el rey de León.

El aragonés Miguel de Luesia, siempre a la diestra de Pedro de Aragón, intervino:

—Eso significaría una nueva guerra con León, ¿no?

—Muy posiblemente. De momento hacemos oídos sordos, tanto en Castilla como en León. He mandado a mis mejores clérigos a suplicar a Roma, pero la cosa pinta mal. —El rey de Castilla tomó aire y se obligó a componer otra sonrisa—. Dejemos eso ahora. La buena noticia es que el cardenal legado comprobará que se ha cumplido la excomunión de Sancho de Navarra y el interdicto de sus posesiones. Y que obligará a todo cristiano, a nosotros los primeros, a pelear contra ese pecador hasta que encontremos satisfacción por sus desmanes.

—Lo que nos lleva al motivo de esta reunión, mis reyes —sentenció Diego de Haro, y puso la mano sobre los documentos redactados por los notarios—. Guerra contra Navarra y reparto de su reino. Aparte de nuestra alianza, contamos con la complicidad secreta de los señores alaveses, los guipuzcoanos y los del Duranguesado. El navarro los trata a patadas, así que están deseando librarse de su yugo.

Pedro de Aragón se retiró la larga melena de la cara, tomó una de las copias y la leyó con atención.

—Veamos. Sí, sí, sí... Hmmm. Reparto por igual de Pamplona para Castilla y Aragón... Tudela para mí. Y Olite. Ah, y Artajona. Me place. —Dejó caer el documento sobre la mesa—. Pero hemos de darnos prisa en acabar este trabajo.

—Hemos de esperar a mis gestiones con los alaveses y los guipuzcoanos —advirtió el señor de Haro.

—Vaya. —Una sombra cruzó el rostro del rey aragonés—. Que no sea mucho. El nuevo papa Inocencio también me acosa a mí en otros frentes. Tengo un pequeño contratiempo al otro lado de los Pirineos. Mis tierras se plagan de herejes, amigos. Y el santo padre exige su vuelta al redil o... su exterminio.

Alfonso de Castilla arrugó el entrecejo.

—¿Herejes en tus tierras? ¿Te causan problemas?

—Ah, no. —Pedro de Aragón hizo un ademán de desprecio—. Son valdenses, cátaros y no sé qué tonterías más. Necios inofensivos. Pero preocupan tanto al papa como los musulmanes.

—Eso no nos conviene.

—Desde luego que no. El apoyo de Roma es fundamental. Aunque no me apetece enemistarme con mis propios súbditos, por muy herejes que sean. Ni quiero distraer mi atención de lo que en verdad importa. Y lo que importa ahora es esto. —Descargó su puño sobre los documentos—. Acabemos con el papeleo, amigos. Bebamos y comamos. ¡Una buena juerga para esta noche! Y lo antes que podamos, prepararemos los caballos y las espadas. ¡Navarra, qué poquito te queda!

Al mismo tiempo. Toledo

Raquel observaba a los hombres desde la galería de la sinagoga, junto al resto de las mujeres.

Localizó al gran rabino abajo, entre el gentío que convergía hacia los grandes portones. Llevaba de la mano a Yehudah mientras charlaba con otros miembros del consejo y saludaba a los fieles. Ahora, según lo habitual, los ancianos discutirían sobre las novedades. Ellas tenían que esperar a que el templo se vaciara para no coincidir con los hombres en el patio, así que Raquel seguía absorta en sus pensamientos, tal y como había estado durante la oración. Tal y como llevaba las últimas semanas.

—¿Qué te pasa? —preguntó una de sus compañeras—. Pareces ida.

La miró. Las miró a todas. Muchas vivían, como ella, en casa de Ibn al-Fayyar. Para la gente eran simples acogidas por la misericordia del gran rabino. Solo ella sabía cuál era el fin para el que se las iba a dedicar. Eso la hizo sentirse culpable.

—Pensaba en los almohades.

Las mujeres la observaron extrañadas.

—Deja de preocuparte por eso. Van a ser años de paz, ¿no te has enterado?

«Y tanto que me he enterado», pensó.

Y también se había enterado de otras cosas. Cosas que, a pesar de la tregua, empeñaban su futuro y el de Yehudah.

—No es la paz lo que me quita el sueño. Es la guerra que vendrá.

Un par de ellas rieron.

—Mírala. Guarda las garras, Leona. La guerra no es de nuestra incumbencia.

—Te equivocas, Judith. A todas nos incumbe. La guerra volverá tarde o temprano, y más valdrá que ganen los nuestros.

La mujer de un herrero, una mujerona de gran papada comprimida por la toca, escuchaba la conversación. Se entrometió:

—¿Quiénes son los nuestros, muchacha? Yo te lo digo: esos de ahí abajo. No pienses que el rey te quiere por otra cosa que por los impuestos que puedes pagarle. Por mí, musulmanes y cristianos pueden quemar su tregua y volver a matarse.

—Qué equivocadas estáis —insistió Raquel—. En León los nuestros pensaban igual. No les importaba lo que ocurriera lejos, en lugares que nunca habían oído nombrar. Sobre todo, les daba igual la guerra. Y a los hijos de los que habían huido de ella nos cerraban las puertas en las narices. Y nos maldecían. Se quejaban porque, por culpa nuestra, vivían peor.

—Normal —dijo la mujer del herrero—. Bastantes problemas tengo yo como para inquietarme por los de gente desconocida. Mirad. Ya podemos salir.

Raquel se abrió paso a empujones. Detestaba esa actitud. El desinterés causado por la ignorancia. Muchos de aquellos despreocupados del Castro de los Judíos estaban muertos ahora. O eran esclavos. Sintió el ahogo. La irritación de ver que la miraban como si fuera un bicho raro. Oyó risas a sus espaldas.

«Si vosotras, estúpidas, supierais lo que yo sé... Si hubierais visto las cruces y los parches amarillos...»

Alcanzó al gran rabino en la calle. Tomó en brazos a Yehudah y anduvo tras la comitiva de hombres, con el rostro aún cubierto y sin dejar de repetirlo en su mente. Todos estaban obligados a hacer algo. Todos, fueran cristianos o judíos. Incluso los moros de paz que vivían en Toledo. De nada servía confiar en que a ellos no les ocurriría nada.

Delante, los ancianos discutían otra vez sobre la cerca para proteger la judería. Tenían miedo de los arrebatos de los católicos. Uno de ellos porfiaba mientras repetía gestos de enojo con los puños cerrados. Habían vuelto a aparecer pintadas. Sangre de cerdo, amenazas a la comunidad. Lo de siempre. Ibn al-Fayyar asentía de mala gana, pero no contestaba.

Raquel acariciaba los carrillos de su hijo. Lo veía risueño, con aquellos sanos coloretes. Yehudah ganaba peso, se divertía, era feliz. Algún día se convertiría en un hombre, y entonces quizá las treguas ya no existieran. Y los almohades volverían a estar bajo las murallas de Toledo, dispuestos a degollar, esclavizar y crucificar.

—A ti no te harán nada, Yehudah. A ti no.

El pequeño no comprendía. Se abrazó a su madre y no tardó en quedarse dormido. Cuando llegaron a casa del gran rabino, Raquel esperó a que los ancianos se despidieran. Ibn al-Fayyar suspiró aliviado cuando los perdió de vista. Rozó la *mezuzah* y entró. Raquel lo llamó.

—¿Qué ocurre, muchacha?

—Tenemos que hablar, rabino.

Fueron al despacho. Ella depositó a su hijo con gran cuidado sobre una silla de alto respaldo mientras el rabino se despojaba del manto. Encendió uno de los cirios y la observó con los ojos entornados bajo las pobladas cejas.

—Me preocupas, Raquel. Algo te consume.

Ella bajó la mirada. Tomó asiento en uno de los pupitres sobre los que el rabino las obligaba a memorizar versos y pasajes de antiguos hombres de letras.

—Es que veo a aquel crío, Ahmed. ¿Te acuerdas? Lo veo en tierra, desconcertado después de que su padre lo abofeteara. Lo veo atemorizado por aquel hombre de la vara. Lo veo clavado en una cruz, a orillas del gran río. Lo veo descompuesto, con los cuervos alimentándose de sus ojos.

Pero lo que Raquel veía era a su hijo. El gran rabino se fijó en Yehudah. Su pecho se movía despacio mientras dormitaba.

—No quieres que le cosan un parche amarillo, ¿eh?

—Eso es.

—Claro que no. Nadie quiere llevarlo. Pero hemos trabajado bien. Gracias a ti, la tregua...

—¡No es suficiente, rabino!

Ibn al-Fayyar pidió silencio con un gesto. Yehudah se removió en la silla.

—¿Te das cuenta, muchacha? Hace poco, apenas sabías hablar. Ahora te muestras más cabal que la mayor parte de los ancianos de la comunidad. Ahí los tienes, turbados por un insulto pintado en la pared. Ignorantes del auténtico peligro. Pero tampoco es bueno que te dejes llevar por el temor. No estamos solos en esto, muchacha. Confía en el rey Alfonso.

—¿Confiar en el rey Alfonso? Ni la reina lo hace. Y no hay que fijarse mucho para ver que el arzobispo nos desprecia.

—Ah, también tienes razón en eso. Sí, la reina Leonor comprende lo que sucede mucho mejor que su esposo y que Pisuerga. Uno no llega y el otro se excede, ¿verdad? Pero hemos de ser pacientes: el tiempo pasará y el rey recuperará el brío. A cada uno nos corresponde una tarea, y la nuestra está cumplida. Al menos por el momento.

Ella movía la cabeza a los lados. Como una fiera encerrada en una jaula.

—Sé que puedo hacer más, rabino. Necesito hacer más.

—Raquel, si temes que te envíe como tributo al Calderero, estás equivocada.

—Estoy dispuesta a eso y a cualquier otra cosa, créeme. Lo que sea por él. —Apuntó hacia Yehudah—. Tú lo has dicho: a cada uno nos corresponde una tarea. Yo sé que la mía aún no ha terminado.

Esta vez fue Ibn al-Fayyar quien buscó descanso. Se sentó de lado y observó a la Leona. Y al pequeño Yehudah. Se mordió el labio.

—No estamos ociosos aunque lo parezca, muchacha. Los rabinos de todas las juderías me tienen al corriente de cualquier novedad. Lo mismo en las villas castellanas que en las aragonesas, las leonesas, las portuguesas... Los reyes cristianos pueden traicionarse entre sí, ocultarse la verdad, incluso engañarse. Pero nosotros somos hermanos aunque unos y otros vivamos a meses de distancia.

»Y nuestra mayor ventaja es lo que podemos averiguar del verdadero enemigo. No hay semana en la que no llegue algún mensaje de la gente que nos queda en Sevilla, Córdoba o Jaén. Gente con ese parche amarillo, que quiere liberarse del dominio almohade. Comparto con la corte la información que interesa, me guardo lo demás. Aprende esto, muchacha: has de saber más que el resto, pero te las tienes que arreglar para que el resto piense que sabes menos que ellos.

A Raquel le brillaron los ojos.

—Rabino, yo sé atender y callar. Sé hacer de leona o de gata, según convenga. Podría viajar. Escuchar aquí o hablar allá. Incluso entre los almohades.

Ibn al-Fayyar la siguió mirando. Se pasó la mano por la barba. Despacio.

—Claro que sabes hacer todo eso. Lo vi en Sevilla. Y seguro que estás tan dispuesta como aseguras. Pero hablas de sacrificios, Raquel. ¿Qué pasará si te envío fuera y descubres que añoras demasiado a tu hijo?

Ella se fijó en Yehudah. Feliz mientras sus ojos se movían a toda prisa bajo los párpados.

—Daría por bueno no volver a verlo si con ello lo libro de ese parche amarillo.

Ibn al-Fayyar asintió. Se puso en pie y caminó hacia ella. La miró con fijeza, como para asegurarse de que toda esa decisión era real. No simple rugido felino.

—A tu hijo no le faltará de nada. Eso déjalo de mi cuenta. Y a ti te encontraré algo, no lo dudes. O mejor, será la reina quien lo hará. Mañana mismo hablaré con ella.

—Gracias, rabino. De todo corazón.

Él sonrió con amargura.

—No, muchacha. No me des las gracias. Confío en ti, pero no creo que sepas lo que me pides. Puede que en el futuro recuerdes esta conversación, y tal vez no lo hagas con agradecimiento.

11

La huérfana y los huérfanos

Verano de 1198. Marrakech

Muhammad, rodeado por doce Ábid al-Majzén, paseaba distraído.

Había salido de buena mañana para cumplir con los mandatos de su padre, y estaba cansado de las obras piadosas. Le repugnaba el olor de los pobres, y no le gustaba que intentaran besarle la mano. Por eso ordenaba a los guardias negros que mantuvieran alejados a aquellos mugrientos. También se había pasado a supervisar las obras del nuevo *maristán* para los enfermos que no pudieran pagarse los servicios de un médico. Aunque Muhammad no tenía mucha idea de las artes constructivas, y tampoco encontraba gozo alguno en observar los trabajos de los canteros. Le diría a su padre que todo iba bien, desde luego. Era lo que el califa esperaba oír.

Yaqub al-Mansur había ampliado la alcazaba hacia el sur, en el lugar llamado as-Saliha; y allí, entre frondosas huertas vigiladas por un ejército de Ábid al-Majzén, pasaba los días postrado desde su llegada a Marrakech. Muhammad se dirigía a rendirle novedades cuando se topó, como por casualidad, con el visir omnipotente Ibn Yami. El Calderero lo recibió con una inclinación.

—Príncipe Muhammad, la paz contigo. ¿Qué tal tus quehaceres?

—B-b-bien. T-t-todo muy bien.

El Calderero, sin oposición alguna por parte de los guardias negros, se puso a caminar junto al heredero del imperio.

—Los médicos han vuelto a ver a tu padre, pero ninguno sabe lo que le pasa. Permitiría que Ibn Rushd lo visitara si no fuera un andalusí, un pecador y un hereje.

—Mi p-p-padre mejorará s-s-solo.

—Sin duda, príncipe. Y ojalá Dios, alabado sea, le permitiera vivir para siempre. Pero no puede ser así. ¿Lo has pensado?

Muhammad intentó adivinar adónde quería ir a parar el visir, pero le faltaba viveza.

—No. No lo he p-p-pensado.

El Calderero no dijo más de momento. Permitió que el príncipe madurara la reflexión mientras atravesaban las avenidas pobladas de palmeras hasta el pequeño palacio construido a orillas de una alberca. La escolta se quedó fuera mientras el visir abría camino. Este se volvió una sola vez antes de entrar en los aposentos privados del califa.

—Es posible, príncipe, que tu momento llegue antes de lo que esperas. Si es así, recuerda quién ha estado de tu parte.

Entraron y, en silencio, caminaron hasta las estancias centrales. Encontraron al otro visir omnipotente, el tuerto Abd al-Wahid, convertido en una estatua. Firme a un lado de la cama, con el ojo sano clavado en el califa. Yaqub, apoyado sobre los almohadones que lo mantenían sentado, sostenía una copa a medio beber. El líquido humeaba en su interior. Se la tendió al Calderero, que la recogió solícito. El califa miró a su hijo con la sempiterna mueca de decepción.

—¿Vienes de la calle?

—Sí, p-p-padre.

—¿Has visto judíos?

—Sí, p-p-padre.

—Todos los que se convirtieron juran que ya no lo son, príncipe de los creyentes —intervino el Calderero, que deseaba ahorrar el tartamudeo a Muhammad—. Pero llevan cosida la *shakla*, tal como decretaste.

—Oh, sí. —El califa estiró los labios macilentos en lo que parecía una sonrisa—. Seguro que muchos de ellos siguen adorando a Iblís en cuanto cierran las puertas de sus casas. —Se dirigió a Muhammad—. Aprende eso. Aprende que también tenemos enemigos cerca, escondidos. Y que son más ladinos que los que se rebelan contra nosotros al otro lado del imperio.

El Calderero, servicial, se adelantó un paso.

—Permíteme que tome medidas drásticas, príncipe de los creyentes. Aumentaré la recompensa para los buenos musulmanes que denuncien a los judíos falsamente convertidos. Y ordenaré investigaciones al azar. Hemos de mantener limpia nuestra casa.

—Nuestra casa ya está limpia —adujo el Tuerto—. Hemos cruzado el Estrecho para aplastar a los rebeldes de Ifriqiyya, no para masacrar a unos pobres desgraciados que no suponen peligro alguno.

Muhammad se relamió. Ya había un nuevo duelo de voluntades entre los dos visires omnipotentes. Al-Mansur, como siempre, ignoró la lucha de poder que se desataba a su alrededor:

—Nos ocuparemos de todos nuestros enemigos, no temáis. En cuanto me recupere. Pero si no me recupero...

El Calderero, tan histriónico como siempre, cayó de rodillas junto al lecho. Tomó la mano del califa y la besó con devoción.

—Te recuperarás, príncipe de los creyentes. Rezo en todo momento por ello.

—Reza mejor por los buenos musulmanes que sufrieron por mi causa. Reza por el hermano del Tuerto, que alcanzó el martirio en Alarcos. Reza por los parientes que tuve que sacrificar por el bien del imperio y la gloria de Dios. Reza por la huérfana y por los huérfanos.

Abd al-Wahid entornó su único ojo.

—¿Qué huérfana, mi señor? ¿Qué huérfanos?

El califa fijó la vista en su heredero.

—Al-Ándalus y los andalusíes. Si yo falto, vigílalos, Muhammad. Porque los cristianos están vencidos ahora, pero intentarán levantarse. Escucha bien lo que te voy a decir. Escuchad vosotros dos también, mis amados visires. Estas son mis instrucciones por si Dios quisiera llevarme por fin al paraíso de leche y miel:

»El triunfo, hijo mío, está reservado para los fuertes. Mírame a mí. Pero no como estoy ahora, postrado y sin energía. Observa el pasado que dejo. Si me llaman al-Mansur es porque siempre vencí a mis enemigos. Y conforme dejaba atrás miríadas de cadáveres, los adversarios del futuro se angustiaban, huían y allanaban mi camino hacia un nuevo triunfo. Tú has de hacer igual. Vence al precio que sea, y que todos admiren tu decisión. No falles en esto. Sé fuerte. Si eres débil, te derrotarán. Y si te derrotan, te harás aún más débil.

»Solo tienes diecisiete años y te cuesta aprender, pero no pierdo la fe. Eso sí: hay que empezar cuanto antes con tu educación como nuevo califa. Desde este mismo momento, mis dos fieles visires toman las riendas del califato. A ambos debes escuchar y obedecer. Ahora y también cuando yo muera y tú recibas tu herencia. Te guiarán en tanto obtengas tu propia fama y tu propio sobrenombre. Tu poder, hijo, ha de residir en ese sobrenombre. Merécelo.

»Aparta de tu casa a quienes puedan traicionarte. Aleja a tu hermano Idríss, que lleva la sangre de ese pecador andalusí al que llamaban rey Lobo. Que tus otros hermanos lo adelanten en la prelación del califato.

»Cuando yo falte, se te hará entrega de la capa negra de mi abuelo, Abd al-Mumín. Tomarás también mi adarga y mi espada. A esas tres cosas unirás siempre un ejemplar del Corán, que llevarás a todas partes. Con tal bagaje y con la ayuda de mis dos visires, tu futuro está asegurado. Ahora di que lo cumplirás.

Muhammad, con los ojos enrojecidos por el miedo más que por la tristeza. Asintió.

—Lo c-c-cumpliré, p-p-padre.

El califa suspiró. Observó a los dos hombres que debían guiar al inexperto Muhammad. El Calderero, aún de rodillas y también emocionado, y el Tuerto, impertérrito como un roble frente al embate del viento.

—Entre vosotros reparto las dos tareas más importantes que habrá de acometer mi heredero. Tú, Abd al-Wahid ibn Umar Intí, *el Tuerto*, siempre has mostrado tu preocupación por el asunto de Ifriqiyya. Te encomiendo acabar con los Banú Ganiyya y devolver a la sumisión a los rebeldes del este. Para esto cuentas con la máxima autoridad desde este mismo momento.

El Tuerto, apabullado por la responsabilidad de mandar incluso mientras el califa seguía vivo, asintió.

—Así se hará, príncipe de los creyentes.

—Y tú, Ibn Yami, que tanto te afanas por el dominio de al-Ándalus y los reinos cristianos, quedas a cargo de esa importante misión. Tuyo es el mando sobre todo lo que atañe a esa península maldita. También desde ahora.

El Calderero, como siempre, cayó de rodillas. Su frente se pegó al suelo.

—Gracias, mi señor. Gracias, gracias.

Yaqub al-Mansur resopló. Acababa de descargarse de dos piedras tan pesadas como montañas del Atlas.

—Jurad ahora que cuidaréis de mi legado, el uno en Ifriqiyya y el otro en al-Ándalus. Y que conseguiréis que Muhammad lo extienda. O al menos, que no lo pierda.

El Calderero volvió a besar la mano del califa.

—El imperio sobrepasará los reinos del norte, príncipe de los creyentes. Lo juro. Algún día se os nombrará a ti y a Muhammad en la *jutbá* de los viernes. Y se hará en la mezquita que tu hijo elevará en Roma, sobre la maldita iglesia en la que hoy peca el papa de los cristianos.

El Tuerto, por su parte, tocó el pomo de su espada.

—Lucharemos siempre, mi señor. Y venceremos. Lo juro.

Al-Mansur suspiró.

—Bien. Ahora dejadme todos. Quiero descansar.

Al mismo tiempo. Calatrava

Ramla repasó los correajes, tensó el tahalí y deslizó dos dedos por la barba de su esposo.

—Todo bien. Tranquilízate.

—Estoy tranquilo. —Ibn Qadish tomó el yelmo y lo colocó bajo el brazo izquierdo. Después recibió el beso de la mujer.

—Espera, voy a ver.

La mujer salió al jardín, ahora repleto de flores que habían crecido gracias al estiércol de paloma. Se oía zurear a las aves, y algunas se alejaban del alcázar para sobrevolar el Guadiana y regresar. Ramla asomó al patio del alcázar y cambió algunas palabras con un centinela. Volvió corriendo.

—¿Ya ha llegado tu padre? —preguntó él.

—Sí. Están todos. Dice la guardia que se ven los estandartes desplegados al otro lado de la medina.

—¿Ibn Farach también habrá venido?

Ramla sonrió. Ibn Farach era el *tagrí* más veterano de la zona. Caíd del castillo de Alcaraz y a quien todos habían augurado la sucesión en el liderazgo andalusí tras Ibn Sanadid. A Ibn Farach lo respetaban todos, y eso generaba inseguridad en el joven Ibn Qadish.

—Seguro que Ibn Farach está, esposo, y te rendirá obediencia igual que se la rindió a mi padre. Ve ya.

Tras un segundo beso, Ibn Qadish carraspeó. Tomó aire y anduvo a paso lento, marcial, hacia la salida. Recorrió el patio del alcázar bajo la mirada vigilante de los centinelas, y desembocó en la medina. Los andalusíes lo contemplaron desde las puertas de sus casas. Siguieron su solitario desfile hasta el despoblado extremo oeste.

La caballería andalusí formaba desmontada, cada guerrero a un lado de su animal. Entre ellos destacaba Ibn Farach, a quien los demás habían cedido el primer puesto. Tras los jinetes, los infantes se habían distribuido en dos mitades: lanceros y arqueros. El caíd de Calatrava, Ibn Sanadid, estaba en el centro, acompañado por el imán. Ibn Qadish miró al cielo. El sol inclemente de la frontera le obligó a cerrar los ojos. Aspiró el olor a retama que traía la brisa. Sonrió. Con veintiún años era ya un hombre casado con la mujer que había escogido, y además estaba a punto de convertirse en el líder de todas las fuerzas andalusíes, incluso por delante de hombres con carreras militares más largas.

«Aunque cualquier gobernador almohade podrá darte órdenes», le dijo una vocecita.

La sonrisa se borró de su cara. Allí, en la frontera, los gobernadores almohades brillaban por su ausencia. Y él no tenía intención de pasearse por los palacios de Sevilla, Málaga o Valencia. Abrió los ojos y observó a Ibn Sanadid. El caíd saliente se mostraba orgulloso de él como si fuera su hijo. Avanzó hasta que estuvieron cara a cara.

—Ha llegado el momento, yerno. Por fin. Para ti y también para mí.

—Te lo has ganado, suegro.

Ibn Sanadid giró sobre sí mismo. Lentamente. Se dejó ver por los soldados andalusíes, e intentó mirar a los ojos a cada uno de ellos, aunque fuera de lejos. Cuando estuvo de nuevo frente a Ibn Qadish, levantó la voz.

—¡Por orden expresa del príncipe de los creyentes, Yaqub ibn Yusuf ibn Abd al-Mumín, al que llamamos al-Mansur; y bajo la inspiración de Dios, para Él todas las alabanzas, sabed que dejo en este día mi cargo de caíd de Calatrava y arráez de las fuerzas de al-Ándalus. Y sabed también que mi yerno, aquí presente, recibe de mí esta espada, testigo de mi mando y símbolo de la obediencia que él debe al califa y que vosotros le debéis a él!

Ibn Sanadid desenfundó el arma. Dejó reposar la hoja sobre la palma zurda y la tendió a su sucesor. Ibn Qadish la tomó con delicadeza. Dio un paso atrás y la esgrimió en alto. La medina de Calatrava se llenó con el clamor de los soldados.

Regresaron al alcázar entre la algarabía, que ahora se contagiaba a los campesinos, mercaderes y artesanos. Por el camino, los compañeros de armas felicitaban al nuevo líder andalusí y despedían con respeto al antiguo. El último en dirigirse a Ibn Qadish fue el veterano Ibn Farach, y lo hizo justo en la puerta del alcázar. Con un respeto que parecía sincero y falto de envidias o resentimiento. El nuevo arráez aseguró al veterano que escucharía su consejo y respetaría su experiencia, lo que satisfizo tanto al caíd de Alcaraz como a Ibn Sanadid.

—Muy prudente, yerno. Y ahora vamos a celebrarlo.

Dejaron atrás a los guerreros y entraron en el alcázar. Ya en casa, fueron recibidos por una mesa llena de golosinas y jarabes. Rayhana se abrazó al caíd saliente, y Ramla hizo lo propio con el entrante. Por unos momentos, la alegría andalusí, apagada bajo la rigidez almohade, salió a la luz y boqueó en busca de aire fresco.

—Está hecho —dijo Ibn Sanadid mientras tomaba una almojábana—. Es como si me hubiera liberado de un enorme peso.

Ramla no podía apartar la vista de su esposo.

—El nuevo caíd de Calatrava...

—Ahora, si cabe, el puesto entraña más responsabilidad —advirtió Ibn Sanadid—. Con el califa lejos, resistir los ataques cristianos corre de tu cuenta.

Rayhana negó con la cabeza.

—Pierde cuidado, esposo. Estamos en tregua. Y aunque no lo estuviéramos, los cristianos no se atreverían ni a toser de lejos.

Ibn Sanadid se puso la mano en los riñones. Acabó por tomar asiento. De pronto era como si hubiera envejecido. Casi cincuenta años de edad, y más de la mitad comandando partidas, destacamentos y alas enteras de ejércitos en combate. Diseñando estrategias, incluso aconsejando al propio califa.

—Por fin podremos descansar, mujer. El bullicio de Sevilla, paseos junto al Guadalquivir, lecturas en el patio... Iremos a Jaén, a visitar a mis primos. ¿Quieres?

—¿Estáis seguros de que queréis volver a Sevilla? —Ibn Qadish puso la mano sobre el hombro de su suegro—. Podríais quedaros aquí. O vivir en Malagón, o en Alarcos...

—No, no, no. Hasta que no me aleje y esos hombres dejen de verme, no te tendrán por su líder. Además, me muero de ganas por recorrer un mercado de verdad, o de entrar en la nueva mezquita. Dicen que el *yamur* de su minarete brilla como el sol, y que se ve a millas de distancia. Compréndeme, yerno. Y tú, hija mía: estoy cansado de la vida de frontera.

»Además, os seré de más utilidad en Sevilla que aquí. Los rumores de corte llegarán a mis oídos y podré advertiros de las noticias africanas.

Siguieron comiendo. Todos menos Ramla, que no probaba bocado. Su orgullo de esposa se evaporaba conforme tomaba conciencia de la responsabilidad.

—No te preocupes, hija —dijo Rayhana, atenta a cada detalle—. Estás en el lado vencedor.

—¿Sí, madre? Pues pese a todo, me dan miedo los cristianos.

Ibn Sanadid se retrepó en la silla.

—Debéis manteneros alerta, como si el peligro fuera el mismo. Olvidad ahora la tregua. Algún día pasará, o tal vez alguien la rompa antes de que termine el plazo. Oh, ya sé que ahora estás pensando en los freires calatravos. O en los freires de Santiago, o en los del Temple, o en los hospitalarios. Yo te digo que el peligro puede acechar en cualquier parte. Los cristianos intentarán siempre recuperar lo que les quitamos, claro. Y puede que lo logren o puede que no, pero con ellos se puede llegar a acuerdos. Con los almohades no.

—¿Qué quieres decir, suegro?

Ibn Sanadid miró fijamente al nuevo caíd de Calatrava.

—No le queda mucho a al-Mansur. Aunque la victoria de Alarcos fue casi total, ese día empezó a morir. Más pronto que tarde, su hijo Muhammad heredará el trono.

»Muhammad nos odia. Su propio padre lo ha humillado ante nosotros, y he visto cómo eso alimentaba su rabia. Cómo crecía el resentimiento en sus ojos. Además, el Calderero estará a su lado cuando gobierne. Es como si dos víboras se entrelazaran para acosarnos con su veneno.

»Escúchame bien, Ibn Qadish: teme al joven Muhammad y al Calderero. Témeles más que a los cristianos, porque ellos sí que son peligrosos.

El nuevo caíd escuchaba con gran respeto. Pero cuando su suegro dejó de hablar, se permitió una sonrisa:

—Todo irá bien. Confía en mí.

Ibn Sanadid no sonrió. Se puso en pie y, ante la mirada de todos, se acercó a su hija. Le besó la mejilla y dedicó a su yerno la mirada más grave hasta la fecha.

—Precisamente porque confío en ti, Ibn Qadish, te he dado lo que más quiero. Pero me jurarás algo ahora. No importa Calatrava, no importa al-Ándalus ni importa toda la tierra que cubre la fe de Dios desde aquí a Persia. Nada importa, salvo mi hija. Júrame que Ramla estará siempre a salvo, venga de donde venga el peligro. Júralo.

El joven caíd sintió un escalofrío. Como si un repentino y fugaz soplo de aire helado atravesara la ardiente llanura de Calatrava para desaparecer al instante.

—Lo juro, Ibn Sanadid, por mi vida. Protegeré a Ramla de los cristianos, y también de los almohades.

12

Santa María de Huerta

Verano de 1198.
Frontera entre los reinos de Aragón y Navarra

El rey Pedro se cubría del sol con la mano. Frente a él, las dos figuras oscilaban, difuminadas por el vapor que escapaba de la tierra.

—Casi no puede andar de tanto como pesa.

Lo había dicho Miguel de Luesia, que sostenía su espada por la hoja, con el arriaz en lo alto.

—Dicen que su padre era pequeño —añadió Pedro de Aragón—. Hasta enclenque. No sé de dónde ha salido semejante bestia.

Los dos hombres rieron por lo bajo, pero compusieron un gesto grave cuando el par de figuras se plantó por fin ante ellos. El gigantesco Sancho, rey de Navarra, resopló como un buey. Chorreaba sudor a pesar de que era el único de los cuatro que no vestía loriga. A su lado, Gome de Agoncillo sostenía la espada del mismo modo que Miguel de Luesia, en son de paz. O de tregua.

—Tregua es lo que venimos a pedir —tronó el rey navarro; aunque más que pedir, parecía que exigiese. Pedro de Aragón, que no solía mirar al prójimo desde abajo, estaba muy lejos de achantarse.

—¿Por qué tendría que dártela? Mis hombres han tomado ya medio norte de tu reino, y yo tomaré el sur si me place. Mañana mismo puedo plantar asedio a Tudela. Y tú tendrás que decidir si me haces frente a mí o a Alfonso de Castilla.

Hubo un lapso silencioso mientras una chicharra cantaba a lo lejos. Habían aceptado reunirse en la raya entre los dos reinos, mientras las mesnadas de unos y otros quedaban atrás, expectantes. Sin despojarse de las armas por si acaso. Sancho de Navarra consultó con la mirada a Gome de Agoncillo, y leyó la urgencia en sus ojos. Lo que decía el rey de Aragón tenía mucho de fanfarronada, pero también algo de verdad: no podía hacerse frente a un ataque combinado y convergente sin perder mucho.

—Entonces dime, Pedro: ¿qué quieres a cambio de la tregua?

Esta vez fue el monarca aragonés quien miró a su acompañante, Miguel de Luesia. Este tiró de su brazo para hacer un aparte.

—Pensémoslo bien, mi rey —susurró—. Puedes pedirle la entrega de alguna plaza a cambio de que paremos la ofensiva. Ya hemos ganado Roncal, Aybar y algún castillo más al norte. Nuestra parte estaría cumplida de sobra.

Pedro de Aragón miró de reojo al titán navarro, que retorcía el morro con ese gesto suyo tan habitual.

—No me importaría, la verdad. No me cae bien Sancho de Navarra. Le tengo manía desde que conspiró con mi padre para traicionar a Alfonso de Castilla. Pero, por otra parte...

—Por otra parte están los herejes del Languedoc —completó Miguel de Luesia—. Siempre te quejas de lo pesada que se pone tu madre con eso. Y de las cartas del papa. Si dejas lo de aquí arreglado, podrías cruzar los Pirineos y poner algo de orden allí.

Pedro de Aragón se acarició la barba.

—Tengo que pensarlo.

Se echó las manos atrás y anduvo despacio. Mientras lo hacía, el rey de Navarra se impacientaba. Pateaba el suelo y se secaba el sudor de la frente con la manga. Gome de Agoncillo, atento a los gestos de los aragoneses, también hablaba por lo bajo.

—Exigirán algo. Dinero tal vez. ¿Se lo daremos?

—De ninguna manera —dijo entre dientes el titán navarro—. Acabo de pedir prestados setenta mil sueldos al obispo de Pamplona, y aún no le he dado nada a cambio. Esta maldita guerra me deja la bolsa temblando, Gome. Piensa otra cosa.

El caballero se mordió el labio. Se fijó en el rey aragonés. Veinte años más joven que el de Navarra y mucho más vital.

«¿Qué sé de él?», se preguntó.

Casi nada, tuvo que reconocer. Pedro de Aragón llevaba poco tiempo en el trono y era buen amigo de Castilla. Dado a las juergas, eso se decía. Bebedor y...

—Mujeriego —dijo en alto.

—¿Qué?

—Mujeriego, digo. Al rey de Aragón lo vuelven loco matronas, damas y jovencitas. Eso es.

Sancho de Navarra volvió a bufar.

—Habla claro, por Cristo.

Gome de Agoncillo se aupó para susurrar al oído de su monarca. Este escuchó con atención, asintiendo con breves golpes de cabeza. Luego, decidido a terminar con aquel tormento bajo el sol de julio, se acercó al monarca aragonés.

—Escucha lo que tengo que ofrecerte, Pedro.

El aludido y su amigo se volvieron a la par.

—Di, Sancho.

—¿Sabes que mi hermana Blanca es una de las mayores beldades de Navarra?

Aquello pilló desprevenido al rey de Aragón.

—¿Qué?

Gome de Agoncillo se adelantó.

—La infanta es muy agraciada, cierto. —Señaló a Pedro—. Y tiene tu misma edad. Piernas largas, pecho generoso, ánimo alegre...

—Basta, Gome —atajó el rey navarro, y mostró los dientes en una sonrisa fiera hacia el aragonés—. Creo que ya te haces una idea, ¿eh? Blanca, ante todo, está soltera. Ando en conversaciones para maridarla con el conde de Champaña, pero yo preferiría como cuñado a un rey.

—Ah. —Pedro arqueó las cejas—. ¿Me estás proponiendo que me case con tu hermana? Te pareces a mi madre, Sancho.

El rey navarro ignoró la mofa, que por otra parte no entendía.

—Dotaría a Blanca con largueza.

Miguel de Luesia se adelantó un paso. Cansado de llevar la espada por la hoja, la enfundó. Puso los brazos en jarras.

—Una princesa navarra para un rey aragonés. Qué bonito. ¿Y de qué dote estamos hablando?

Sancho de Navarra fulminó al de Luesia con la mirada.

—¿Es que todo se reduce a dinero?

—Ay, mi señor: la guerra es cara. Para todos. Pero como unos y otros andamos mal de oro, ¿qué tal una buena dote en villas y derechos?

El titán apretó los dientes. El aire escapaba de su nariz con un zumbido siniestro. Un toro a punto de arrancarse habría parecido más sereno.

—Estoy ofreciendo al rey de Aragón que empariente conmigo. Ninguno de mis hermanos y hermanas tiene hijos. Yo tampoco. Ni es previsible que vengan, ya que mi esposa es una cría insoportable que pronto devolveré a su corte tolosana. Ahora imaginemos que muero sin descendencia.

Pedro abrió mucho los ojos. También abrió la boca para decir algo, pero Miguel de Luesia lo agarró del brazo y bajó la voz.

—Pide algo tangible, mi rey. Lo que insinúa es como la niebla. Un nacimiento, y todo se disipará para dejar paso a los rayos del sol.

El monarca aragonés asintió. Bien. Tendría a una buena jaca navarra en su lecho e incluso la posibilidad de unir un nuevo reino a Aragón. Y tendría algo más.

—Quiero una dote generosa, Sancho. Ya que no en dinero, al menos sí en ciudades y derechos. Todo lo que no quieras que conquiste a sangre y hierro si recibo una negativa. Decide aquí y ahora, y detendré mi campaña.

El rey navarro apretó los puños. Echó la cabeza atrás y tuvo que cerrar los ojos cuando el sol le cegó. Casi no podía pensar. Lo que necesitaba era destrozar a sus enemigos a golpes. Apresarlos entre sus enormes manazas y aplastar sus cráneos. Lo haría algún día. Algún día se vengaría de todas las humillaciones. Aunque tuviera que pedir ayuda al mismo miramamolín.

—Está bien, Pedro. Tú ganas.

Unos días después

Guadiana arriba, a un par de millas de Calatrava, la corriente se remansaba en un cercado de chopos. El sitio lo había descubierto Ibn Qadish en una de sus salidas, y le había llamado la atención porque, en medio de la llanura tostada por el sol, la hilera arbolada de la vega se transformaba en una especie de oasis.

Ramla se había encargado de las viandas. Nada aparatoso: galletas de sésamo y buñuelos de berenjena. Una *qerba* africana llena de jarabe de dátiles se enfriaba entre los juncos, medio sumergida en la mansedumbre del cauce. Y los esposos, tendidos en la orilla, observaban el paso lento de las nubes. Ibn Qadish intentó liberarse de la única preocupación que lo atosigaba: una semana antes había llegado una orden de Marrakech vía Sevilla. La corte almohade ordenaba que cada guarnición andalusí al norte de Sierra Morena mandara la mitad de su hueste a Sevilla. Un cambio de destino imprevisto y de inmediato cumplimiento.

Los guerreros a órdenes del nuevo arráez, contrariados, no tenían más remedio que obedecer, así que cargaron sus fardos en mulas y una larga caravana confluyó desde Malagón, Guadalerzas, Caracuel, Calatrava... La frontera perdía una buena parte de su fuerza. Justo tras la marcha de Ibn Sanadid. La primera consecuencia había sido reducir las patrullas de vigilancia.

Ramla, que adivinaba los desvelos de su esposo, habló con voz lánguida:

—Mis padres ya estarán en Sevilla. Por fin descansarán.

Ibn Qadish se desperezó. A pesar del contratiempo llegado desde Marrakech, en ese momento no envidiaba a nadie. Por muy plácidamente que pudiera vivir en Sevilla, Málaga, Marrakech o Rabat. Su sitio estaba en la frontera y junto a Ramla. La observó. Su perfil suave. Sus mejillas coloreadas. Su melena negra extendida por la ribera. Sus labios, que empezaron a moverse para tararear una coplilla andalusí.

> *Mientras vivan la música y el vino,*
> *jamás vencerán la pena y la muerte.*

—¿De qué vino hablas, mujer?

Ella volvió la cara hacia él.

—El califa se ha ido. ¿Crees que podremos traer un poco? Sin que nadie se entere.

Ibn Qadish sonrió. Estaría bien, sí. Compartir un cuenco a escondidas. Dejarse llevar por el dulce sopor. Caer en el lecho a su lado. Rodó hasta colocarse sobre Ramla, que se quejó con poca convicción.

—¿Y si viene alguien?

Daba igual. Que los vieran. Ahora, con sus amos almohades lejos, nadie había para prohibirles que regresaran al pasado. Al momento en el que amarse no era un pecado merecedor del degüello.

Se abandonaron a los besos. Las ropas se esparcieron en el carrizo. A pesar del tiempo y de las hojas afiladas, a Ramla le pareció que hasta ella llegaban los suspiros de un al-Ándalus lejano, cuando los poetas se reunían de noche, en *munyas* rodeadas de cipreses. Y la música amenizaba debates, y los coperos repartían el vino.

Las manos de Ibn Qadish vagaban por su piel. Y sus labios repasaban la curva del cuello. Sus pechos, su vientre, sus muslos. Ramla lo apretó contra sí, como si cada pulgada de piel libre significara una oportunidad perdida. Y él ya no respondió como al principio, cuando su propia esposa era un ídolo pagano que otros no le permitían adorar. Ahora, con los oscuros *talaba* pendientes de África, era el momento de ser audaces. De ser andalusíes. Por eso complacer a Ramla era llover sobre la tierra agrietada por el sol, o anochecer sobre el desierto ardiente. Y por eso era tan delirante quebrantar la ley de Dios, deleitarse en aquel collado de sombra placentera. Ella tembló, desbocado ya su aliento, y pareció que todo al-Ándalus se acercaba al éxtasis. Incluso el río aceleró su curso, y las hojas de los chopos crecieron en su siseo. Los latidos del mundo, cada vez más rápidos, imprimían urgencia a la lengua de Ibn Qadish.

«En verdad se agita la tierra cuando estoy con ella», pensó.

Y levantó la cabeza, las pupilas dilatadas, el eco de una orden cristiana en la lejanía. Salió de entre los muslos de Ramla y tapó su boca. El estremecimiento aquel seguía allí, pese a todo. Nacía bajo la capa de juncos aplastados. Trepaba por la piel y retumbaba dentro. El caíd de Calatrava se llevó un dedo a los labios para indicar silencio. Ramla abrió mucho los ojos. El terror se dibujó en su rostro mientras el clamor crecía poco a poco.

—Cascos de caballos.

Ibn Qadish se movió como el gato en la noche. Recogió la ropa y arrastró a su esposa hacia el agua, donde los juncos se tornaban más espesos. Apenas sintieron el frío de la corriente contra sus cuerpos desnudos y acalorados. Ni siquiera cuando él la obligó a sumergirse hasta la barbilla.

El primer caballo apareció río arriba. Saltó desde la línea de chopos y salpicó cerca de la orilla. Ramla no se atrevía a mirar. Ibn Qadish sí.

El jinete azuzó a su montura para que no se arredrara por el agua. El animal, con la corriente por los corvejones, avanzó hasta el centro del cauce. Ramla gimió.

Era un calatravo. Ibn Qadish reconoció enseguida el escapulario sobre la cota de malla. Y la cruz pintada en el escudo que colgaba del arzón. La lanza en la mano, el pendón sin extender. Se trataba de un muchacho que no pasaría de la veintena. Terminó de cruzar el Guadiana y espoleó a su caballo para que trepara al otro lado. Allí frenó antes de mirar atrás.

El segundo y el tercer calatravo llegaron a la vez. Y detrás, los diez siguientes. En un momento, el río era un surtidor, resoplar de destreros y órdenes en romance. Ramla, incapaz hasta de temblar, tenía el agua por la boca. Lloraba. A Ibn Qadish se le atravesó el terror en la garganta. Si los cristianos los veían, él podía darse por muerto y ella por esclava.

Pero los Calatravos estaban demasiado preocupados por cruzar deprisa, y los juncos ocultaban a la pareja. El primer freire hacía gestos perentorios desde la orilla, vigilando que el paso del Guadiana se completara deprisa. Si algún caballo se quedaba trabado en el lodo, su jinete le clavaba las espuelas en los ijares hasta que lo despegaba del fondo. Ibn Qadish se dio cuenta de que algunos eran muy jóvenes, y otros demasiado viejos. Los restos de la orden sumados a los nuevos postulantes. Entonces llegaron los peones. Entre estos los había de todas las edades, y muchos de ellos eran ballesteros.

—Por favor, esposo... Vámonos.

—Chsss.

Los cristianos siguieron cruzando el Guadiana, que ahora, con el fondo revuelto por centenares de pisadas, bajaba turbio. Ibn Qadish, con media cara fuera del agua, se esforzó en contarlos. Cien, ciento cincuenta, doscientos jinetes. Ellos pasaban deprisa, pero la columna de hombres a pie era más ancha. Peones con lanzas, hachas, ballestas, mazas. Los servidores tiraban de los asnos con los fardos de bastimento. Gente al servicio de la orden, claro. Así que no se habían rendido los calatravos. Perder la mayor parte de sus miembros en Alarcos solo había servido para enardecer más corazones jóvenes. Trescientos caballos ya. Y tal vez quinientos de a pie. Ibn Qadish miró a Ramla. Ella seguía aterrorizada, con el agua por la barbilla y la vista baja. Como si eso pudiera hacer que aquellos cristianos no estuvieran allí. Cuatrocientos jinetes. Tal vez setecientos peones. Todos ellos fanáticos servidores de la cruz, que no respetan treguas ni obedecían a reyes terrenales. La retaguardia atravesó el lecho pisoteado del río y subió a la orilla sur. Los pasos y las voces se alejaron.

Solo entonces el caíd se incorporó. Desnudo, medio aterido, con un sabor de boca muy distinto al dulce licor que unos momentos antes bebía de su amada. El corazón le martilleaba fuerte. Lo primero que le vino a la cabeza es que había pecado de ingenuo. Tal vez alguien más veterano, como Ibn Farach, habría puesto medios para que aquello no ocurriera.

«¿Y qué importa eso ahora?», se preguntó. Más de mil enemigos acababan de entrar en las tierras que él debía defender. Incursión con destino incierto pero de consecuencias claras: muerte y miseria.

Precisamente ahora, cuando acababan de dejarle con la mitad de la hueste en toda la frontera.

—Qué mala suerte. Qué malísima suerte.

Observó a Ramla, aún encogida dentro del agua. Salieron a la orilla y la ayudó a vestirse con las ropas mojadas. Olvidaron en el carrizo la *qerba* con licor de dátiles. Y la pasión andalusí.

Todo había sido un espejismo.

Al mismo tiempo

La regla de san Benito era bien conocida por Velasco desde sus tiempos de novicio en la orden de Calatrava. Aunque este último episodio de su vida se cuidó muy mucho de ocultarlo en Santa María de Huerta.

Había sentido el impulso de solicitar su inclusión como seglar, al igual que los varios segundones, hijos de refugiados con posibles de la contornada, que aprendían oficio en los talleres del monasterio. Los muchachos ayudaban en el trabajo de tejer y curtir, y un par de ellos incluso cumplía recados en el *scriptorium*. Pero Velasco quería una vinculación fuerte con el Císter. Así pues, rogó que se le acogiera como religioso, que se tuviera por bien concederle el noviciado a pesar de su nula dote y que se aceptaran, como compensación, su perseverancia y destreza con el cálamo.

Salía caro ingresar en la orden cisterciense. Las ventajas para el monje eran disfrutar de cama y comida, protección contra captura, rapiña, herida o muerte. Y eso, con la violencia desatada tras Alarcos, era mucho ganar. La consecuencia: no había semana en la que un postulante no llamara a las puertas del monasterio con una buena bolsa como carta de presentación. La mayor parte eran rechazados, claro. Que los cielos podían ser infinitos, pero las camas de

Santa María de Huerta se acababan pronto. De modo tal que cuando el abad supo de la raquítica oferta de Velasco, casi se tronchó de risa. Quiso despachar el asunto de igual modo que ahuyentaría a un mosquito, pero Velasco hizo valer sus habilidades con la pluma y rogó ponerse al servicio del *scriptorium*. El abad, que nada tenía que perder, mandó a Velasco que fuera a ver a fray Martín de Hinojosa, y este accedió a someterlo a una prueba que el neófito superó con holgura. Ese día empezó una nueva vida para él, porque la inmunidad debida a los monjes evitaría que en el futuro se le pidieran cuentas por su actuación en Alarcos, en Calatrava, en Madrid o en cualquiera otra de las plazas que había abandonado mientras, cobarde como era, huía de los almohades.

Eso sí: desde el primer día, Martín de Hinojosa puso a Velasco a trabajar en el *scriptorium*. Ni siquiera el hermano maestro de novicios, que era su teórico superior inmediato, se atrevía a distraerlo de su recién estrenada labor de copista.

Y así, por primera vez en tres años, alcanzó algo parecido al sosiego.

El *scriptorium* de Santa María de Huerta se hallaba en la esquina nororiental del monasterio, entre el pabellón de monjes y el refectorio. Estos, como la mayor parte de los edificios del complejo, eran aún estructuras provisionales de madera. Solo la iglesia, el claustro y la cilla eran de piedra. Los canteros trabajaban duro para proveer de material a los trabajadores, y ni los golpes del martillo ni los gritos de los capataces distraían al feliz Velasco de su nueva misión. Fray Martín le había entregado un puñado de páginas con una representación dramática sobre los Reyes Magos. Se trataba de un préstamo del arzobispo de Toledo que Hinojosa quería devolver cuanto antes.

—Pisuerga está más pendiente de la guerra que de la paz, así que suele olvidarse de estas cosas —le había dicho fray Martín a Velasco—. Tienes buena letra, copiarás el texto entero. En cuanto acabes, lo mandaré de vuelta a Toledo.

De modo que Velasco se puso a ello. Verso tras verso. Aspirando el olor de la tinta y del papel, que tanto repugnaban a muchos pero que a él lo embriagaban. Trazaba las líneas con soltura y, a la vez, con un cuidado infinito. Absorbido por su oficio. Casi volcado sobre las palabras que, poco a poco, tomaban forma de personajes. Gaspar, Melchor, Baltasar, Herodes, los rabinos...

Oro, mirra e incienso le ofreceremos;
si fuere rey terrenal, el oro querrá;
si fuere hombre mortal, la mirra tomará;
si rey celestial, estos dos dejará
y tomará el incienso, que le pertenecerá.

Un día, tras la hora nona, los monjes se dirigieron a sus puestos de trabajo. Velasco sorprendió a Martín de Hinojosa junto a su mesa del *scriptorium*. Encorvado, con la sonrisa en los labios y observando con detenimiento el auto a medio acabar. El monje tiraba distraído de su barba encanecida y asentía. El carraspeo le hizo volverse. Estaba prohibido conversar fuera del locutorio o de las reuniones capitulares; pero las normas, a veces, parecían resbalar sobre el hábito de Hinojosa.

—Esto va muy bien, Velasco.

—Gracias, fray Martín. Aunque no hay gran mérito en copiar.

Hinojosa entornó aquellos ojos claros que casi habían visto pasar seis décadas. El viejo monje jamás gritaba, ni reñía a los novicios o a los hermanos conversos. Su gesto era afable incluso cuando, como ahora, apretaba los labios hacia un lado para mostrar su disconformidad.

—Si no copiáramos estos textos, Velasco, se perderían. ¿No te lo ha enseñado el maestro de novicios? Tenemos un deber para con los que nos sucedan.

—Si es que nos sucede alguien. En diez o quince años, tal vez el único libro que se copie sea el Corán.

Los monjes y los muchachos que se disponían a ocupar sus puestos se detuvieron. El comentario de Velasco se había oído a la perfección en el silencio del *scriptorium*. Fray Martín inclinó la cabeza y habló en susurros.

—De aquí no saldría nadie vivo si nos quisieran obligar a eso. Todos pondríamos el cuello con gusto. ¿No lo harías tú?

Velasco tragó saliva. La mirada de Hinojosa no era severa. Nunca lo era. Pero parecía capaz de penetrar las apariencias y descubrir cualquier disimulo. ¿Podría fray Martín ver la verdad que se escondía tras el hábito del novicio?

—Ojalá tuviera valor. Pero Dios no me ha concedido ese don.

Hinojosa palmeó el hombro de Velasco.

—Me gusta esa humildad. ¿Quién sabe? Tal vez ese sea el don de Dios para contigo.

—Se me antoja que Dios se olvidó de mí cuando repartía dones, fray Martín.

—Oh. —Estuvo a punto de reír, pero no era procedente. Reír no solía serlo—. ¿Ves? Humildad. Aunque estoy seguro de que Dios te encomendó una misión. Algún día descubrirás cuál es. Y también, tal vez, que eres la mejor persona para llevarla a cabo. Pero es hora de guardar silencio y copiar.

Y Velasco copió. Durante días que eran iguales que los días anteriores. E iguales que los días que habían de venir. Al auto de los Reyes Magos siguió una colección jurídica de concesiones papales al Císter, privilegios reales, donaciones de barones castellanos y aragoneses. Hasta los leccionarios tuvo que duplicar Velasco, cuidando de agrandar la letra porque los monjes más viejos no daban con ella en el coro.

Una tarde, poco antes de vísperas, alcanzó a Hinojosa en el claustro. Miró alrededor para asegurarse de que no había oídos indiscretos antes de romper el voto de silencio.

—Se rumorean cosas en el *scriptorium*, fray Martín.

El aludido se volvió.

—Pues muy mal hecho. El *scriptorium* es para escribir, no para parlotear.

—El caso es —la voz de Velasco apenas subía del siseo— que los aprendices no se sienten tan obligados a callar, y hoy comentaban no sé qué de ciertas excomuniones.

Hinojosa apretó los labios, pero no pudo evitar la sonrisa.

—Conozco esa sensación. Está uno aquí, apartado del mundo, decidido a aislarse para entrar en comunión con Dios..., y resulta que echa de menos el bullicio de fuera. Rumores, habladurías, noticias.

Se llevó el índice a los labios. Los monjes desembocaban al claustro tras los quehaceres de la tarde. Hizo un gesto a Velasco para que le siguiera y, en compañía de los demás, recorrieron la panda norte hacia la iglesia. Hinojosa buscó a propósito el refugio de una columna entre las naves. Aguardaron hasta que dio comienzo el oficio.

—*Deus, in adiutorium meum intende* —cantó la primera voz.

—*Domine, ad adiuvandum me festina* —respondieron las demás. Salvo las de Velasco y fray Martín de Hinojosa.

—El papa Inocencio —murmuró este— ha excomulgado al rey de León. Y a su esposa Berenguela.

Velasco se llevó la mano a la boca.

—Por Jesucristo Nuestro Señor. La pobre muchacha...

—Y no solo a ellos. Cuatro obispos también. El reino en interdicto. Ni misa se puede decir. Un desastre.

—¿Pero por qué?

—Porque este santo padre no se parece nada al anterior. A ninguno que yo haya conocido, en realidad. Inocencio es recto como un rayo de luz. Berenguela de Castilla se ha casado con el primo de su padre, y eso no lo permite la santa madre Iglesia. En nada quedaron las esperanzas de dispensa papal.

Velasco cerró los ojos. El canto de vísperas rebotaba contra las piedras mientras el sol caía fuera. La luz oblicua entraba a sus espaldas, atravesaba el nártex y alargaba sus sombras hacia la cabecera del templo.

—Eso no es bueno.

—Claro que no —dijo Hinojosa—. Tarde o temprano, Alfonso de León tendrá que renunciar a su esposa y, lo que es peor, a la dote del Infantazgo. Otra vez ladridos de perro, Velasco. Tal vez guerra de nuevo. Y los sarracenos ahí, a las puertas. Frotándose las manos. No, no es bueno. Es nefasto, que Dios me perdone.

El novicio observó al viejo monje. Alguien que había sido obispo y que ahora mostraba su disconformidad con una bula del mismísimo papa.

—Pero tú lo has dicho, fray Martín: el santo padre es recto. ¿Se le puede reprochar?

—No, claro. No se puede. «Lo que ates en la tierra quedará atado en el cielo, y lo que desates en la tierra quedará desatado en el cielo.» Eso le dijo Cristo a Pedro. Los sucesores de Pedro lo cumplen y este Inocencio parece haberlo adoptado como lema. Nosotros, Velasco, solo asentimos y obedecemos.

Velasco asintió.

—Dios ha sellado nuestro destino.

—Hace mucho tiempo, sí. Es cuestión de buscar hasta encontrarlo. El destino que nos ha tocado en suerte, digo. Y ahora canta, Velasco.

Un mes más tarde

Al Calderero se le hacía la boca agua.

Ya estaba en Marrakech la entrega anual procedente de Castilla, tras un agradable viaje veraniego desde Sevilla y junto a los informes de los gobernadores andalusíes. Los comerciantes habían recibido su pago por el transporte, y un eunuco acababa de presentar la mercancía al visir omnipotente para someterla a su aprobación. En una pequeña sala de altos ventanales desde los que se colaba la brisa fresca del Atlas, el enorme castrado cruzaba los brazos tras el regalo viviente. Tres mujeres espléndidas, bien formadas y sanas.

—Desnudaos —ordenó el Calderero.

No tuvo que repetirlo, lo que evidenció que entendían su idioma, como las anteriores. Había que reconocer que los embajadores judíos de Castilla hacían bien su trabajo. Incluso adiestraban a las concubinas para complacer en todo a su nuevo señor. Las muchachas eran preciosas. Hasta al eunuco se le fue la vista a las grupas bien puestas, a las estrechas cinturas y a las cascadas de cabello.

—¿Somos de tu agrado, mi señor? —preguntó una de ellas.

—Desde luego. Daos la vuelta.

El examen fue satisfactorio. El eunuco babeaba y maldecía su suerte, y las chicas enredaban los rizos en sus dedos mientras se volvían a medias, provocativas. Tres descaradas beldades que añadir al harén que el visir mantenía en las viejas dependencias del Dar al-Hayyar. Las tres de fe judía, como siempre. A la vista estaba que eran dóciles, igual que las otras. Y diestras. Muy diestras. Tanto, que el Calderero se felicitaba cada noche por el buen trato que había firmado con el gran rabino Ibn al-Fayyar. O mejor dicho, con su hija. Ah, aquella sí que era una buena hembra. Incluso con las tres nuevas concubinas exhibiéndose frente a él, el visir no pudo evitarlo. Soñaba despierto con Raquel. Con tenerla desnuda sobre el lecho. Besar cada pulgada de su piel. La erección levantó la tela del *burnús* e hizo reír a sus nuevas esclavas de cama.

—Tranquilas, muchachas. Esta noche arreglaréis esto.

Volvieron a reír. Una de ellas incluso se permitió acercarse.

—Mi señor, te complaceremos ahora si lo deseas.

La chica miraba con avidez el bulto que destacaba bajo la tela listada. Ese gesto lascivo, nada propio de alguien que llegaba para someterse a la esclavitud, aún arreció más el deseo del visir. Pero había otros asuntos que atender.

—He dicho que será esta noche. Ahora retiraos. Mi fiel eunuco os llevará al Dar al-Hayyar, vuestro nuevo hogar.

Obedecieron, con lo que el Calderero quedó solo. Así que pudo levantarse y examinar las cartas que habían llegado de Sevilla, Málaga y Almería junto con los nuevos juguetes judíos. Escogió la misiva sevillana y la desenrolló. Bajo la fórmula ritual y el texto destacaba la firma del gobernador de la capital almohade en al-Ándalus, el *sayyid* Abú Ishaq ibn Yusuf, hermano de al-Mansur. Como todos los demás mandatarios africanos en la Península, debía rendir cuentas directamente al Calderero, sin necesidad de que los informes pasaran por manos del califa.

Leyó. Y conforme sus ojos recorrían las líneas, la sonrisa se le ensanchaba. A la llegada de las tres hermosas hebreas había que añadir ahora una noticia temprana y hasta cómica. Repasó las líneas más importantes de la carta. La única razón, en realidad, por la que le había escrito el *sayyid* de Sevilla:

Has de saber que al principio del verano, una nutrida hueste cristiana cruzó el Tajo y penetró por entre nuestras fortalezas. Llegó hasta el castillo que llaman Salvatierra, en la boca de la Sierra Morena, donde la guarnición andalusí se vio sorprendida. Los enemigos ganaron la fortaleza al asalto y sin apenas resistencia. La fuerza cristiana está compuesta por monjes calatravos, auténticos demonios impíos que no respetan las leyes ni los pactos. En Salvatierra se han hecho fuertes y la bandera con la cruz ondea para nuestra vergüenza. A ti te encomendó nuestro califa la defensa de al-Ándalus y la lucha contra los cristianos. A ti te pido yo ahora que acabes con esta ignominia. Expulsa a los comedores de cerdo de nuestras tierras.

El visir levantó la vista al techo, cruzado de vigas de noble madera. Negó despacio, sin dejar de sonreír. Y pensó en voz alta:

—Habrá que expulsarlos, desde luego. De lo contrario, al-Ándalus se convertiría en un serio problema. Más serio aún que Ifriqiyya.

13

Una nueva esperanza

Principios de 1199. Marrakech

Era viernes. El día sagrado tocaba a su fin y la quietud alcanzaba toda as-Saliha. Fuera, en las calles de la capital almohade, la voz de los muecines rivalizaba con el viento que bajaba desde el Yábal Darán.

—Tal vez... fui débil. Liberé a muchos cristianos para ganar ciudades, castillos... ¿Será eso del agrado de Dios?

La voz del califa apenas era audible más allá de sus labios. Los párpados a medio cerrar. La piel agarrada a los huesos. Su nariz se había afilado como las flechas de los *agzaz*. En los rincones, los pebeteros humeaban para aliviar el denso ambiente de la alcoba, rancio a fuerza de meses de encierro.

—No has sido débil, príncipe de los creyentes —dijo el Calderero—. Bajo tu espada han caído tantos comedores de cerdo como estrellas pueblan el cielo. Tu fama se extiende por lo más ancho del mundo. —Se adelantó un paso, con lo que dejó tras de sí al heredero Muhammad y al otro gran visir, el Tuerto. El Calderero apretó los labios mientras buscaba las palabras. Se atrevió a tomar la mano de al-Mansur. Una mano fría, huesuda y sin fuerza—. Alzaste los estandartes de la yihad y trajiste el triunfo al islam. Contigo se ha equilibrado la balanza de la justicia.

Se hizo el silencio. Fuera, los últimos ecos del muecín se desvanecían. Toda Marrakech. Todo el Magreb. Todo el imperio almohade rezaba. ¿Qué mejor momento para acudir a la llamada del Único? Yaqub al-Mansur, el califa victorioso, hizo un esfuerzo sobrehumano para alzar la cabeza una pulgada. Fijó la vista acuosa en su hijo.

—Muhammad..., acércate.

El joven obedeció. El Calderero, respetuoso, soltó la mano de al-Mansur y volvió junto a su colega y rival en el gobierno, el Tuerto.

—D-d-dime, p-p-padre.

—Tuyo será el poder ahora, Muhammad. Pero no estás preparado. Ni ahora ni en mucho tiempo. Tal vez... nunca.

El joven enrojeció. No pudo evitar una mirada rabiosa a su agonizante padre. ¿Acaso ni con sus últimas palabras iba a dejar de humillarlo?

—P-p-padre, yo...

—No me importunes ahora con tus balbuceos, hijo. Y recuerda: aunque te sientes en mi lugar, confiarás tus decisiones a mis dos queridos visires. Ellos te guiarán con sabiduría. Te animarán cuando desfallezcas y te refrenarán cuando te desboques. Tuerto, acércate.

El fibroso hintata se movió hasta el borde de la cama. Su único ojo fijo, impasible. El puño bien cerrado en torno al puño de su acero, como correspondía a un guerrero por naturaleza.

—Manda, príncipe de los creyentes.

—Pronto me reuniré con tu hermano, con tu padre..., también con el mío. No tuve un buen padre, Abd al-Wahid. Y yo tampoco lo he sido para Muhammad. No he logrado que el ímpetu de la guerra santa lo poseyera. Me he pasado la vida luchando en primera línea, pero aquí me tienes: postrado y rendido mientras espero la muerte. Lo último que Muhammad recordará de mí es esto. —Movió la cabeza despacio y miró alrededor, a la austera sala, muda, viscosa, oscura—. En tus manos, Abd al-Wahid, *el Tuerto*, queda la dirección de los ejércitos almohades, herramientas de Dios. Que mi trabajo no concluya aquí. Quiero que la sangre de nuestros enemigos siga manando hasta que toda la tierra esté poblada por creyentes. Renueva tu juramento. Pacificarás Ifriqiyya para mi hijo. Que el sudario no envuelva tu cadáver hasta que los mallorquines Banú Ganiyya sean cuerpos sin cabeza.

—Lo juro, príncipe de los creyentes.

Yaqub al-Mansur se tomó un descanso. El simple esfuerzo de hablar le fatigaba. A él, que había trepado el Yábal Khal y recorrido los desiertos del Yarid. Que había combatido al frente de las filas en tantas batallas... Tosió un par de veces, y solo eso pareció que le arrebataba dos semanas de vida.

—Ibn Yami, acércate otra vez.

El Calderero no se hizo esperar. Su labio inferior tembló y, aunque sus ojos estaban secos, su voz sonó llorosa:

—Tú eres al-Mansur. Vencerás también a la muerte y gobernarás el imperio muchos años más.

—Está escrito: *el imperio de los cielos y de la tierra pertenece a Dios; Él da la vida y la muerte; fuera de Él no hay patrón ni protector*. Me enterraréis junto a mi padre y mi abuelo, en Tinmallal. A Muhammad lo aclamaréis como califa enseguida, y obligarás a todos los visires y jeques a jurarle obediencia.

Ibn Yami se restregó los ojos como si en verdad hubiera brotado alguna lágrima de ellos.

—Por supuesto, príncipe de los creyentes.

—Así como el Tuerto mandará sobre los ejércitos almohades, tú tomarás las riendas del gobierno. Envía a mis *talaba* a todos los rincones del imperio y asegúrate de que mi marcha no desata los vicios escondidos. Sin piedad, castigarás cualquier desliz. Que los débiles de espíritu sirvan de ejemplo para el resto y... —un nuevo ataque de tos interrumpió al califa. El Calderero miró sobre el hombro. El joven Muhammad fulminaba con la vista a su padre. El Tuerto intervino:

—Es mejor que descanses, príncipe de los creyentes.

Pero al-Mansur levantó la mano. Al inspirar, sus pulmones chirriaron como un almajaneque con demasiada carga. Su tez enrojeció y pareció que la tos iba a impedirle respirar, aunque consiguió reponerse.

—Descansaré enseguida. Pero no quiero irme... sin repetir que los andalusíes están huérfanos, como pronto lo estará Muhammad... Ibn Yami, sé para al-Ándalus el padre severo que lo guiará por el camino recto... No descuides esta misión... Al-Ándalus... Al-Ándalus...

—Al-Ándalus, sí —repitió el Calderero—. Descuida. Y descansa, mi señor.

—Sí, p-p-padre. Descansa.

Los dos visires observaron extrañados al príncipe. Ambos habrían jurado que sus labios se curvaban en una sonrisa de burla.

Y sí: el heredero del imperio almohade sonreía. Sus ojos, azules como los de su madre cristiana, se habían convertido en hielo. Congelar el momento, eso querría Muhammad. Detener el tiempo mientras aquel hombre todopoderoso, presto a humillar a quienes no consideraba tan fuertes como él, se convertía en nada.

«¿Qué eres ahora, padre? —pensó el joven—. ¿Qué, comparado con lo que has sido?»

Su pecho se infló. El heredero se acercó a la cama. Se inclinó sobre su padre e intentó asegurarse de que el victorioso caía derrotado. Vencido por el implacable tiempo, que derribaba a todos los orgullosos sin importar su condición, su crueldad o su fama.

El califa Yaqub al-Mansur, en aquel postrero momento, pareció darse cuenta. Él, que también había mirado a los ojos de su padre mientras expiraba en al-Ándalus. Dios cobraba sus deudas, no importaba cuánto tardara. Dejó caer los párpados. El aire escapó poco a poco entre sus labios y la sábana descendió sobre su pecho. Ya no volvió a subir.

—Adiós, padre. Ya no me humillarás jamás.

El Tuerto y el Calderero se estremecieron. Era la primera vez que oían hablar a Muhammad sin un solo tartamudeo.

Un mes después. Plasencia, reino de Castilla

La reina Leonor, con ojos entrecerrados, observaba al heredero Fernando. Lo veía divertirse. Porque aunque se estuviera ejercitando para matar, adiestrarse en la esgrima era un juego para él. Y el niño de diez años no jugaba mal. Evitaba con agilidad infantil los ataques de su maestro de armas, y acometía con estocadas rápidas, aunque demasiado tímidas.

Hacía frío en Plasencia y, además, las nubes se empeñaban en ocultar el sol. Así, los contendientes exhalaban vaharadas mientras se batían junto a las obras de la muralla. Leonor miró al enorme pabellón rodeado de ballesteros, en cuyo interior se hallaba su esposo dictando donaciones, confirmando derechos, repartiendo honores. Cualquier cosa menos enfrentar el problema para el que el rey seguía ciego: la amenaza sarracena. Y eso a pesar de hallarse en una ciudad que un par de años antes había caído bajo el yugo de los infieles, que había padecido su crueldad y luego su abandono, como si fuera un erial cualquiera. Mucho costaría que la gente volviera a confiar en la seguridad de aquellos muros a medio levantar. Y más si supieran que no había miedo más atroz que el que Alfonso de Castilla sentía por los almohades. Por si fuera poco, Plasencia quedaba a tiro de piedra de la frontera leonesa, y con la bula papal que condenaba el matrimonio entre Alfonso de León y Berenguela de Castilla, la paz fantasma entre los reinos empezaba a apestar a hostilidad. ¿Por qué tenía que ser todo tan difícil?

«Al menos nos quedan los freires», pensó. En toda Castilla había sentado como un bálsamo la noticia de que un destacamento calatravo había tomado por sorpresa una fortaleza sarracena en pleno corazón del territorio conquistado tras Alarcos. Salvatierra, la llamaban. Como si fuera un presagio. Lástima que el ardor de los freires no anidara en todos los corazones cristianos.

La madre quiso olvidar las cuitas y contempló al príncipe:

—¡Valor, Fernando!

El crío se mordió la lengua y encadenó tres golpes rápidos que su mentor atajó sin dificultad. Pero todo esfuerzo precisa recompensa, así que el maestro se dejó alcanzar con el cuarto espadazo.

—¡Tocado! —reconoció.

El príncipe Fernando aulló de satisfacción. Arrojó la espada a un lado y corrió hacia su madre. Leonor, que estaba a punto de cumplir los cuarenta, se vio en dificultades para alzar al joven e impetuoso heredero de Castilla. Lo llenó de besos y halagos.

—Tú acabarás con ellos, Fernando. Tú vencerás a los infieles.

El crío compuso un mohín y dejó que la euforia se desvaneciera. Leonor lo posó en tierra y él le clavó los ojos claros.

—Los judíos también son infieles, ¿no, madre?

La reina apretó los labios. A veces, el amor la hacía olvidarse de la prudencia. Y la prudencia, en la corte, siempre era necesaria. Aunque mediara entre madre e hijo.

—Bueno, sí...

Fernando llegó rápido a donde quería. Como siempre.

—¿Raquel también?

—Ah, pues...

—Raquel es judía, así que es infiel.

No tuvo más remedio que claudicar:

—Sí, es una infiel... Pero nos es fiel, Fernando.

El príncipe arrugó la nariz.

—¿Es fiel o infiel?

El maestro de armas, que veía venir un dilema en el que no podía injerirse, se deslizó por entre el cordón de guardias ateridos. Una carcajada resonó en el pabellón real, y Leonor aprovechó para escapar de la infantil insistencia de Fernando.

—Tu padre se ríe de algo, príncipe. Vamos a ver.

Leonor cogió a Fernando de la mano y tiró. Bajo las solapas de la entrada se cruzó con el arzobispo de Toledo, que salía con los dientes apretados y las manos crispadas sobre el manto. Su mirada se cruzó con la de la reina. No hicieron falta palabras. En los últimos tiempos, cuando algo molestaba a Martín de Pisuerga y alegraba al rey de Castilla, era porque la cosa iba de moros o de judíos. Madre e hijo recorrieron las alfombras bajo el entramado de cuerdas, lonas y listones. Al fondo, la curia acompañaba en la alegría al monarca. O fingía hacerlo. Al ver llegar a su reina y al heredero, Alfonso de Castilla agitó dos pliegos, uno con cada mano.

—¿Qué quieres antes, mi señora? ¿Las noticias buenas o las mejores noticias?

Leonor Plantagenet se detuvo. Contempló uno por uno a los barones que auxiliaban al rey. Hombres de las mejores casas del reino. Guerreros desde la cuna; aunque sacudidos, como toda su generación, por la derrota más ignominiosa. A la reina le entraron ganas de zaherir.

—Las noticias buenas han de llevar a estos amigos a empuñar sus espadas. Esas quiero escuchar de tu boca, mi rey.

Alfonso dejó en alto la zurda. Blandió el rollo como un estandarte.

—Pues mira lo que me envía el obispo de Calahorra. El santo padre Inocencio ha anulado el arreglo matrimonial que hicieron Sancho de Navarra y Pedro de Aragón. Considera que las promesas bajo coacción valen menos que nada. El papa lo ha hecho saber mediante bula. Nada menos.

—Ah. ¿Y?

El rey sonrió hacia sus nobles. «Mujeres. Poco entienden de política», parecía decirles. Devolvió la vista a su esposa.

—Ese pacto, Leonor, suponía un matrimonio entre el rey de Aragón y una princesa con aspiraciones a heredar la corona del gigantesco Sancho. Algo que me ponía las cosas difíciles para seguir entrando en tierras del navarro a sangre y hacerle pagar sus malas artes. Ahora ya no hay pacto, no hay matrimonio: puertas abiertas y a la carga contra Pamplona.

—No creo que esa fuera la intención del papa —respondió ella.

—El papa vive en Roma. Desde allí le cuesta poco anular matrimonios, como el de nuestra hija, o inutilizar pactos como el de Navarra y Aragón. Y de lo que dicen las bulas a lo que hacen los hombres va mucho, mi señora. Tú lo sabes. Todos aquí lo sabemos.

—O sea, esposo, que obedeces las bulas en lo que te conviene. En lo que no, ni caso.

—Síiii, mi reina. Me ha costado aprenderlo, pero ahora ya sé cómo funciona toda esta farsa. La carroña que se comieron los cuervos en Alarcos también lo sabe. Pues bien te acordarás de cómo los ruegos de Roma cayeron entonces en saco roto, y esa jornada de bilis se la tragó entera Castilla.

Leonor se sonrojó. Alfonso no solía dirigirse a ella con ese resentimiento a flor de piel. Sin darse cuenta, apretaba la mano de Fernando, cada vez más fuerte. Solo relajó la tensión cuando el niño gimió entre dientes. Cerró los ojos y se obligó a guardar la compostura.

—Y bien, mi rey, ¿cuáles eran las otras noticias?

—Las mejores. —Entregó la carta de Calahorra a Diego de Haro y anduvo despacio, mientras desplegaba la otra misiva—. Es de Toledo, la manda mi fiel Ibn al-Fayyar. Habla del miramamolín, mi señora. Del califa Yaqub, al que en la lengua del demonio llaman al-Mansur. El victorioso.

—Victorioso, sí —repitió ella—. Porque nos venció a todos.

Alfonso se detuvo. El gesto congelado. Tomó aire despacio. Tras él, los nobles del reino aguardaban. Leonor se arrepintió enseguida de su tono, que más que reprochar, lo que hacía era retorcer el puñal en la herida.

—Pues ya no nos vencerá más, mi señora. El califa Yaqub ha muerto.

El coro de sonrisas rubricó el anuncio, que ya conocían todos los barones de Castilla. Leonor no se privó del alivio. Al-Mansur había sido el azote más horrible del siglo. Quizá de todos los siglos. Cerró los ojos. Tal vez ahora dejarían de asaltarla esas pesadillas en las que las iglesias ardían, los hombres caían degollados y las cadenas rodeaban las gargantas de las mujeres cristianas. Entonces recordó el semblante del arzobispo de Toledo al cruzarse con ella.

—¿Y qué paso daremos ahora?

—Más que paso, pisotón —aclaró el rey. Se dio la vuelta y anduvo hasta colocarse entre sus nobles. Como si tomara posición entre su mesnada antes de la carga—. El heredero del califato almohade, según me informa Ibn al-Fayyar, es un niño que no goza de gran renombre. Creo que los sarracenos nos dejarán en paz por largo tiempo. Con la ayuda de Dios, quizá para siempre.

—La ayuda que podemos esperar de Dios, y que Él me perdone, no será muy distinta de la que te dio en Alarcos, mi rey. Pero te prometo que rezaré para que se cumplan tus deseos. Dime: ¿no puedo convencerte de que con ese pisotón no aplastes a Sancho de Navarra?

—No puedes, mi reina. Cortaré ese gran roble a hachazos. —Se volvió hacia sus hombres—. Y cuando caiga, el estruendo se oirá mucho más allá de Pamplona.

—¡A por Navarra! —le secundó Diego de Haro.

—¡¡A por Navarra!! —corearon los demás.

Leonor volvió a arrastrar al príncipe. Esta vez hacia fuera. Ahora entendía el gesto del arzobispo.

—Los navarros no son nuestros enemigos, Fernando —dijo en cuanto salieron al relente de fuera.

—Pero mi padre... —balbuceaba el niño—. El rey dice...

Leonor seguía alejándose del pabellón. Esquivó los montones de pedregal para el sillarejo hasta que consideró que estaban suficientemente lejos. Se agachó para tomar a su hijo por los hombros y le acercó mucho la cara. Tanto como para que el crío se dejara mecer por el color cambiante que siempre habían tenido los ojos de la reina.

—Tu padre no es él mismo. Dejó de serlo el día de Alarcos. Pero volverá por el camino recto, aunque todavía no sé cómo. Y si él insiste y se pierde, recuerda esto, Fernando: tú serás quien se tome el desquite por aquella vergüenza. Tú devolverás golpe por golpe, tajo por tajo. ¿Me oyes?

—Sí, madre.

—El rey lo ha olvidado. Ha olvidado lo que su abuelo dijo en Sierra Morena. Tú lo recordarás. Solo unidos. Repítelo, Fernando. Solo unidos.

El crío, algo asustado, obedeció.

—Solo unidos, madre.

—Eso es. El emperador lo dijo antes de morir, y nadie miente cuando está a punto de mirar a nuestro creador a los ojos. Igual que tú me miras ahora, Fernando. No mentirías a tu madre, ¿eh?

—No.

—Navarra no es la enemiga de Castilla. León tampoco. Ni Portugal, ni Aragón. El califa al-Mansur lo era. Su hijo lo es ahora. Los infieles africanos. Contra esos lucharás. Y contra los que sirvan al miramamolín. Jura eso, Fernando.

—Sí, madre. Lo juro. De verdad que lo juro.

Leonor lo abrazó. Y el crío, confuso, devolvió el abrazo a su madre.

«Qué frágil», pensó la reina. Y en realidad lo era. El propio príncipe. El reino. La esperanza. Se sintió culpable y lloró en silencio. Sin separarse de Fernando. ¿Cómo podía depositar sobre esos pequeños hombros una carga tan pesada? Pero si apenas era capaz de otra cosa que jugar con espadas de madera.

—Perdóname, hijo.

—No te preocupes, madre. Yo lucharé contra el miraloma... miralamo...

Leonor rio al tiempo que lloraba.

—Ya lo sé. Algún día lo harás. Lucharás contra el miramamolín. Y nos salvarás a todos.

Pero hasta entonces había que hacer algo. Y con un rey convertido en un ingenuo, una caterva de nobles decididos a seguirle la corriente y un príncipe niño, necesitaba a alguien que se ocupara de adelantar el trabajo.

Lo bueno era que el gran rabino Ibn al-Fayyar le había insinuado quién podía ser ese alguien.

SEGUNDA PARTE

(1199-1206)

Después de esto miré, y vi una puerta abierta en el cielo; y la primera voz que oí era como de trompeta, y hablaba conmigo diciendo: sube aquí, y te mostraré las cosas que han de suceder.

Apocalipsis del apóstol san Juan, V: 6

14

Gestas del pasado

Unos días después. Invierno de 1199.
Talavera, reino de Castilla

«Sé moderada. Serena. Y busca siempre la forma de dar buenos consejos. Sobre todo a tu rey.»

Eso era lo que Leonor Plantagenet había aprendido de su madre, también reina, también Leonor. Cuando pensaba en ella, lo hacía en su lengua. Hacía tanto que no la veía...

—¿Dónde tiene la mente mi señora?

La reina de Castilla se vio arrancada de sus reflexiones. Alfonso acababa de aparecer bajo el quicio con un rollo de pergamino en la mano. De él colgaba una cinta listada en oro y grana.

—Pensaba, mi rey, en que ya solo hablamos cuando recibes carta.

Él se encogió de hombros. Cerró tras de sí, con lo que quedaron solos, aislados de guardias, escribas y sirvientes. Alfonso arrastró el manto sobre las antiguas piedras que los moros habían colocado siglos atrás. Rodeó la mesa y tomó asiento sobre un escabel. A su izquierda, en el hogar, ardía un fuego generoso.

—Tengo poca excusa, mi señora. Salvo que siempre te veo ocupada con nuestro príncipe. ¿Dónde está, por cierto?

—El señor de Haro se lo ha llevado a cabalgar. No es bueno que el futuro paladín de Castilla pase tanto tiempo tirando de mis faldas.

El rey acusó el golpe. Porque aunque fuera sin intención, las palabras de la reina eran, últimamente, puñetazos a la mandíbula.

—¿Es que Castilla necesita más paladines?

—Eso parece.

—Ya. Habrá que esperar a que Fernando madure.

—Poca niñez le queda, al paso que vamos. Castilla necesita hombres ya.

El rey se mordió el labio. Miró a un lado, como si buscara en algún rincón de la vieja alcazaba lo que había perdido en Alarcos. Al no encontrar nada, sus labios se curvaron en una sonrisa y puso la carta sobre la mesa.

—Dejemos ahora eso. He recibido correo de Aragón.

—Ah —fingió interesarse Leonor. Aunque se llevó la mano a la boca para ocultar el bostezo.

—El rey Pedro me confirma lo que yo temía: a pesar de romperse el pacto de matrimonio, su madre le presiona para que no reanude la guerra contra Navarra. Mujeres, ya sabes.

—Sí. Ya sé —dijo. «Gracias a Dios», pensó.

—Pero los sarracenos son otra cosa. Quiere ir a por ellos.

Leonor Plantagenet se envaró. Y pudo apreciar la punzada de envidia que coloreaba el rostro de su esposo.

—Son buenas noticias, mi rey. Parece que alguien desea vengarnos de las afrentas africanas. ¿Le dejaremos hacer, o mandamos a Ibn al-Fayyar para disuadirlo?

El rey de Castilla ignoró la pulla. Negó despacio.

—Los sarracenos contra los que quiere ir Pedro de Aragón no son los almohades, mi señora. Esta carta la ha escrito él de su puño y letra. Sin escribano. No hay firma de testigos. Me pide que la destruya. ¿Dejarás que te la lea?

Ahora sí que la curiosidad había clavado su aguijón a Leonor.

—Lee si te place, mi rey.

El pergamino crujió al desplegarse. Alfonso lo aplanó con el puño y retiró la banda barrada.

—«De Pedro, rey de Aragón, etcétera. Te saludo, Alfonso, rey de Castilla...»

—¿Y si vamos a lo que importa?

El monarca castellano levantó la vista un fugaz instante. Asintió y la devolvió a las líneas irregulares y oblicuas de quien no estaba acostumbrado a escribir.

—«... y pasé las fiestas de la Natividad de Nuestro Señor en Tortosa, donde aguardan al buen tiempo mis naves de carga para hacer la ruta hasta Mallorca. Y me vino a la cabeza que el comercio con los infieles mallorquines viene bien a mis estados, pero mejor me vendría que Mallorca, voto a Cristo, fuera también mía.

»Como bien sabrás, apreciado Alfonso, no ando mal avenido

con el emir musulmán Ibn Ganiyya, al que llaman Cabeza de Serpiente. Cabeza de Serpiente reina en las islas y desciende de un noble linaje almorávide. En el pasado, su casa y la mía tuvieron diferencias, entre otras cosas porque, como todo marino sabe, los mallorquines son piratas declarados y no pocas veces han asaltado naves de mi muy preciada Barcelona. Pero el Creador, en su sabiduría, ha hecho que almohades y almorávides sean enemigos encarnizados. Es decir, que Cabeza de Serpiente y yo compartimos adversario en ese hijo de la gran puta que se hacía llamar miramamolín y que ya se comen los gusanos, a Dios doy gracias.

»La cuestión es que el emir Ibn Ganiyya, deseoso de estrechar nuestros lazos, me escribe y me pide un tratado de alianza en toda regla. Que unamos nuestras fuerzas para defender el mar, pues que las naves almohades acosan sus costas desde hace tiempo. Ay, Alfonso, si supieras cómo se disgustó mi madre cuando supuso que aceptaría la propuesta. Amenazó con escribir al papa, que a ver qué era eso de que un rey católico se aliara con un infiel. Que, como todo creyente sabe, no hay peor enemigo para Dios que la serpiente, bestia propia de Satanás. Me aconsejó, en fin, que en lugar de hacer migas con sarracenos, viera de mover la guerra para fortalecer mis estados.

»Pero mira en qué zarzas se me enreda la barba: de treguas con Sancho de Navarra, que tengo a mi madre señalándome con el dedo para que no se me ocurra faltar a mi palabra de cristiano. Con el miramamolín recién muerto y la frontera sur asegurada. Con tu primo, el leonés, convertido en tu yerno, desobediente al papa y encamado en su palacio. Con un jaleo de todos los demonios al otro lado de los Pirineos, donde los asuntos de los herejes me aburren como tardes de chaparrón. ¿Qué queda para los hombres de espada como yo?

»Pues no otra cosa que demorar mi respuesta al emir de Mallorca y prestar oídos a mi santa madre. Y aprestar mi flota mientras tú preparas tus mesnadas. Y juntos los dos, hermanos en Cristo que somos, reunámonos en Tortosa para primavera, y naveguemos hasta las islas para, como buenos súbditos de la Virgen María, pisar la cabeza de la serpiente. ¿Imaginas el botín que nos espera en los palacios sarracenos? Castilla vería sus arcas repuestas, y no menos quedarían las de Aragón. Las rutas hasta Italia limpias, sin carroña mahometana entre el papa y nosotros.»

Alfonso, con gran parsimonia, posó la carta en la mesa. Interrogó a su esposa con la mirada.

—Imprevista jugada de Aragón, lo reconozco —respondió ella—. ¿Eso es todo?

—Sigue diciendo Pedro que solo Miguel de Luesia, su amigo personal, conoce estos planes. Es discreto porque los muros tienen oídos y pronto se sabría en Barcelona, de donde hasta con mal tiempo parten naves hasta las islas. Pedro quiere que queme esta carta por la misma razón. Y que le guarde el secreto, claro.

Los ojos de Leonor fluctuaron del verde a la miel, fijos sobre su esposo. Solo ella era capaz de cautivarlo o intimidarlo así. Con la misma mirada.

—¿Y qué harás, Alfonso?

El rey jugueteó con el sello aragonés y con la bandita roja y amarilla.

—Quemar la carta.

—Deja eso de mi cuenta si te place. —La reina alargó la mano y sus dedos tiraron de la misiva. Se entretuvo estudiando la irregular letra de Pedro de Aragón. Aunque era consciente de que, al otro lado de la carta, Alfonso de Castilla se debatía entre una y otra aventura. Leonor también calculaba pros y contras. No deseaba de ninguna forma la guerra contra Navarra, pero acosar a los mallorquines, enemigos jurados de los almohades, era lance con consecuencias necesarias. Ahora mismo, el nuevo miramamolín tenía problemas en África, eso era bien sabido. Y tales problemas podían agravarse si los Banú Ganiyya viajaban desde Mallorca para ayudar a los rebeldes, como habían hecho en el pasado. Pensó en Fernando. Lo imaginó creciendo. Haciéndose un hombre mientras la espada de madera se convertía en un arma de hierro. La túnica del crío se disolvía en múltiples anillos de acero que se entrelazaban hasta formar una cota impenetrable. Y su cabello rubio desaparecía bajo el yelmo pintado de rojo.

«Necesito tiempo.»

Tiempo para que Castilla se recuperara y la siguiente generación se abriera paso entre las tumbas de la anterior. Y para que los cristianos arreglaran sus diferencias, por las buenas o por las malas. Para que el príncipe Fernando se convirtiera en ese paladín con el que ella soñaba. Por eso había que retrasar el cumplimiento de la sentencia que se había dictado en Alarcos.

—¿Y bien, mi reina? Mi intención era cruzar a Navarra, pero el nuevo negocio que propone Pedro de Aragón brilla bastante. Mucho, diría yo.

Ella levantó la vista de los garabatos escritos en mal latín. De pronto, atacar Navarra aparecía como un mal menor. Leonor no podía creerlo. Siempre quejosa por que los cristianos pelearan entre sí en lugar de contra el moro, y ahora ella misma vacilaba.

Aunque no es adecuado vacilar cuando la supervivencia pende de un cabello.

—Sé que no precisas consejo, mi rey. —«Aunque mi madre me educó para lo contrario»—. Pero déjame decirte que acabar con los Banú Ganiyya, más que pisar la cabeza de la serpiente, sería como arrancar la espina que no deja cabalgar al caballo de tu enemigo. Nuestros mayores cometieron el gran error de desamparar a los andalusíes cuando ellos eran el escudo contra los almohades, y ahora tenemos enfrente a sus hijos resentidos. ¿Qué no pasará si apuñalamos la espalda de los musulmanes mallorquines? ¿A cuántas naciones más vamos a llamar en nuestra contra?

No hizo falta más. Alfonso de Castilla se puso en pie y carraspeó.

—Seguimos viaje hasta Toledo, donde el príncipe y tú os quedaréis. Yo partiré con mis huestes a Navarra en cuanto llegue la primavera. Escribiré enseguida a Pedro de Aragón para decirle que no...

—Mi rey, deja que me encargue yo. La negativa de una mujer puede ser muy amarga, pero nuestra ventaja es que sabemos hacerlo con palabras dulces. Confía en mi cautela.

El monarca dio su consentimiento con un solo golpe de cabeza. Se acercó a su esposa y dejó un frío beso en su frente.

—Gracias, mi señora. No te he visitado en balde.

Leonor no se volvió para ver cómo el rey castellano se marchaba. Se acarició el rostro con la carta. Incluso la olió. Imaginó el olor a sal que la brisa marina habría traído a Pedro de Aragón cuando la redactaba. Se levantó despacio y se acercó al hogar. Sus pupilas cambiaron del castaño al dorado mientras las llamas lamían la tinta y el pergamino se retorcía. Sonrió. Su mente trazaba ya las letras con las que escribiría la respuesta al rey aragonés. Y otra carta más. Una que cruzaría el mar.

Al mismo tiempo. Calatrava

Ramla, como siempre, repasaba que el tahalí colgara sin arrugar la *zihara*. Aplastó un par de mechones rebeldes y acarició la barba de su esposo.

—Ya está. Ve y háblales. ¿Recuerdas cómo lo hacía mi padre?

—Sí. —Ibn Qadish se pasó la lengua por los labios—. Pero estos no son soldados antes de una escaramuza. Son caídes, adalides, líderes veteranos... Alguno hay que conoció al rey Lobo... Ahí está también Ibn Farach.

—Chsss. —Ramla puso un dedo sobre sus labios—. Te respetan todos, incluido Ibn Farach, porque tienes la confianza de mi padre y la del califa. Pero sobre todo porque eres andalusí, como ellos.

Ibn Qadish asintió. Aferró el puño de la espada con la zurda y carraspeó. Ramla se apartó a un lado.

Aguardaban cerca de su casa, en el patio del alcázar. Doce hombres formados al pie de sus caballos. Rostros tostados y miradas graves. Los jefes andalusíes de las principales ciudades de frontera, desde el Garb hasta el Sharq, habían acudido con las mejores ropas que podían llevar sin atentar contra la rigidez y la austeridad almohade. Cuando Ibn Qadish salió ante ellos, les devolvió la simultánea y general inclinación de cabeza. Con algunos de ellos había compartido lucha en Alarcos y también las dos campañas posteriores de acoso a los cristianos. Los llamó por sus nombres y les preguntó por sus hijos. Las respuestas querían ser distendidas, pero sobre la reunión flotaba la incertidumbre. Saludó en último lugar a Ibn Farach, a quien dedicó más tiempo que al resto. El caíd de Alcaraz se mostró serio, pero afable. Ibn Qadish decidió dar por terminadas las formalidades.

—Amigos, antes de pasar a mi casa, donde os ofreceré mi hospitalidad, dejad que os agradezca el gesto. Es un viaje largo el que algunos habéis hecho. Tavira o Valencia no quedan cerca precisamente.

Hubo asentimiento. Aunque un par de adalides de cara tostada y ojos penetrantes observaban a Ibn Qadish con displicencia. Fue uno de ellos quien preguntó:

—¿Tiene que ver esto con la muerte del califa?

El caíd de Calatrava tomó aire. Miró alrededor. Los soldados más cercanos montaban guardia a distancia suficiente como para no enterarse de la conversación. Aun así, habló sin alzar la voz:

—Sí, es por la muerte de al-Mansur. Pero también hay otros asuntos. Tengo entendido que todos recibisteis la orden de mandar tropas a Sevilla. ¿Es cierto?

El asentimiento fue unánime. Casi la mitad de las fuerzas andalusíes de cada ciudad había sido destinada a la capital almohade en la Península.

—No hay nada seguro —dijo Ibn Farach—, pero yo diría que están acantonando un pequeño ejército allí.

Ibn Qadish se preguntaba para qué querían los almohades un ejército en retaguardia cuando el auténtico peligro estaba en la frontera.

—Desde que el difunto al-Mansur regresó a África, se han sucedido órdenes extrañas. Os he hecho venir para hablar del nuevo califa y del asunto de Salvatierra. Antes de nada informadme: ¿alguno de vosotros ha tenido dificultad para venir? Quiero saber si los *talaba* de vuestras ciudades os han puesto impedimentos. O si habéis notado su recelo.

Algunos negaron sin más. Otros se encogieron de hombros. Ibn Farach hizo un gesto de desprecio.

—Los africanos están demasiado preocupados mirando a su lado del Estrecho. Y se sienten seguros desde Alarcos.

—Hace meses que no veo un almohade —dijo el caíd de Badajoz, y se permitió una sonrisa burlona—. Es como si al fin se fiaran de nosotros.

—No hemos dado razones para que desconfíen —aclaró Ibn Qadish—. La única mancha es Salvatierra.

—Salvatierra —repitió Ibn Farach—. ¿Cómo es posible que haya ocurrido? Se suponía que esos freires de Calatrava habían muerto todos en Alarcos. O casi todos.

Ibn Qadish recibió el embate de la duda. El más veterano y experto de los guerreros andalusíes de frontera hacía la pregunta clave. Y él debía responder sin perder autoridad. Tragó saliva.

—Cayeron muchos calatravos en Alarcos, sí. Su orden quedó casi extinta. Aunque haríamos mal en subestimar la fe cristiana. Puede estar inspirada por Iblís, pero es casi tan fuerte como la de nuestros voluntarios. Solo que los calatravos montan sobre fuertes destreros y empuñan acero de calidad. Ved. —Ibn Qadish abarcó con un gesto las construcciones y los muros del alcázar—. Esta es su casa madre, la que les dio el nombre. Perder Calatrava fue una ofensa que jamás olvidarán, y tomar Salvatierra es tal vez su forma de cobrar venganza. O quizá pretendan usarla como base para atacarme aquí. Sea como sea, no podemos permitirnos una plaza cristiana clavada en pleno corazón.

»Si no me hubieran quitado tropas desde Sevilla, lo de Salvatierra no habría ocurrido. Ahora resulta muy difícil... Mejor dicho, resulta imposible vigilar el Tajo. La frontera es larga y las caravanas la cruzan cada vez por un sitio distinto para abastecer a esos malditos calatravos. La guarnición de que dispongo aquí y en los castillos cercanos es suficiente para proteger las plazas, pero no para bloquear a los freires ni arreglar lo de Salvatierra. Una de las razones de mi llamada es pediros gente. Quiero retomar la iniciativa y acosar a esos calatravos encastillados en nuestras narices. Veo difícil recuperar lo que nos han quitado, pero al menos los mantendremos débiles hasta que el califa venga para acabar lo que su padre empezó en Alarcos. Necesito hombres con los que hostigar a los calatravos, cerrar la frontera y cortar sus líneas de suministros. ¿Puedo contar con vuestra ayuda?

Se oyó algún que otro gruñido, pero todos accedieron a enviar refuerzos. Aunque quedó claro que el caíd de Calatrava se ocuparía de los gastos.

—¿Y si pedimos auxilio a Sevilla? —propuso Ibn Farach—. Las fuerzas acantonadas allí serían más que capaces de reducir Salvatierra.

—Están bajo mando del gobernador almohade. —Ibn Qadish negó con la cabeza—. Preferiría que esto quedara como asunto andalusí.

—¿Por qué?

Llegaba el momento de desvelar el auténtico motivo de aquella reunión. El caíd de Calatrava volvió a tomar aire. Miró fijamente al veterano Ibn Farach.

—Esos freires se han atrevido a cruzar el Tajo y a plantarse tras nuestras líneas, ¿no? Quizás eso sea una temeridad más propia de locos que de valientes, pero ahora todos los cristianos tienen su vista puesta en Salvatierra. Si no reaccionamos, podrían tomar ejemplo. Saben que al-Mansur, el califa que nunca fue derrotado, ha muerto. Y tal vez sepan también que el heredero es poco más que un crío. —Bajó la voz hasta el susurro—. Y no muy capaz, que Dios me perdone.

»No es algo que afecte solo a la frontera con Castilla. Los portugueses podrían envalentonarse y atacar Tavira. O los leoneses ir sobre Badajoz, o los aragoneses contra Valencia. Y sin el ejército almohade, lo tendríamos difícil para resistir.

Ibn Farach dio un paso al frente. Ladeó la cabeza.

—Tal como lo dices, Ibn Qadish, parece que las tornas han cambiado. Hace un par de años, los almohades dominaban por el miedo y obligaban a los infieles a encerrarse tras sus murallas o a huir al norte. Ahora son los cristianos los atrevidos, y nosotros los temerosos.

—Nosotros no somos almohades —corrigió alguien. Se hizo una pausa.

—No. No lo somos —aceptó al fin el caíd de Alcaraz—. De hecho, cuando yo era algo más joven que nuestro líder, aquí presente, mi padre luchó junto a los cristianos bajo los estandartes del rey Lobo. Contra los almohades.

Ibn Qadish se mordió el labio. Intentó penetrar con la mirada las de los hombres que ahora estaban bajo su mando. Algunos bajaron la cabeza, pero otros sostuvieron el callado examen. Deseó que fuera su suegro el que estuviera allí, y no él. Ibn Sanadid era más listo, había que reconocerlo.

«Y siempre tuvo claro cuál era el bando ganador», se dijo.

—No somos almohades, pero mi lealtad está fuera de toda duda. —Endureció el gesto—. ¿Y la vuestra?

Se apresuraron a asentir. Solo Ibn Farach tardó un poco más, aunque habló con determinación:

—El nuevo califa es débil, lo sabemos de sobra. Y sus consejeros lo empujan hacia los desiertos remotos del imperio. Pasarán años antes de que los asuntos de al-Ándalus inquieten a nuestros amos almohades. Años durante los que no recibiremos su ayuda contra los cristianos. Será difícil, pero si Ibn Sanadid confió en ti y convenció al califa para entregarte el mando de Calatrava y ponerte a la cabeza de todos nosotros, yo también confío. Confío en que no dejarás que nuestros hogares sufran daño, ni las argollas rodeen el cuello de nuestros hijos y nuestras mujeres. ¿Preguntas por la lealtad, Ibn Qadish? Pues bien: nuestra lealtad es para contigo. La decisión que tomes será buena. Sea la que sea. Sea contra quien sea.

Nuevo silencio. Ibn Qadish acabó por sonreír, se hizo a un lado y extendió la mano hacia su hogar.

—Pasad ahora, amigos. Comed y bebed lo que os ofrezco.

Los jefes andalusíes desfilaron hacia el edificio. Ramla apareció en la puerta, con el *litam* bien apretado en torno al rostro. Miró al suelo mientras los guerreros pasaban ante ella y eran recibidos por la servidumbre. Cuando el último hubo entrado, la mujer se acercó a Ibn Qadish.

—¿Lo has oído? —preguntó este.

—Sí.

—Me son leales. Eso dicen.

—Y yo los creo. Conocen tu fama.

—Esperan que los guíe contra los cristianos si es necesario. ¿No han dicho eso?

—Sí, bueno... —Ramla dejó caer el velo a un lado—. Contra quien sea.

—Contra quien sea —repitió él.

La mujer apoyó la mano en su hombro:

—Contra Salvatierra, esposo. En eso debes pensar nada más. Saca a esos freires de ahí antes de que los almohades vuelvan. Porque pueden tardar, pero volverán.

Finales de invierno de 1199. Toledo

La reina Leonor, deseosa de que el príncipe Fernando aprendiera pronto su oficio, insistía en llevarlo consigo a cada viaje real. El pequeño debía acostumbrarse a vivir en el camino, y entender que la corte no era un palacio donde se disfrutaba de viandas, de mantas, música de cítara y fuegos de hogar. No siempre, al menos.

Distinta era la cosa con el resto de su prole. Fernando solo tenía hermanas y, salvo Berenguela, todas vivían sujetas a sus ayas y tutores. Que la madre y la chiquillería se reunieran en Toledo era siempre causa de alegría. La pequeña Constanza, de seis años, no soltaba las manos de las dos gemelas, Mafalda y Leonor. Y las mayores, Blanca y Urraca, corrían de un lado a otro jugando al gato y al ratón. En esos momentos, la reina echaba de menos a Berenguela. Pero, ah, el deber estaba por encima de las cuitas maternales. Miró una vez más los pliegos que sostenía con la diestra. La banda con el rojo de Castilla pendiente desde el sello. Dirigió una mirada cariñosa al príncipe, que hacía de guardián de sus hermanas.

—Cuídalas, Fernando. Y vigila a Blanca. Que no tire del pelo a las gemelas.

—Sí, madre.

La reina abandonó el salón ante las inclinaciones de las ayas. Recorrió el pasillo con el vuelo del brial tras ella. Los sirvientes se inclinaban a su paso, y los ballesteros abrían las puertas. Cuando se dejó caer sobre el trono adornado con los leopardos ingleses, señaló a las dos figuras que se postraban en su presencia.

—Ibn al-Fayyar, Raquel. Alzaos.

Los judíos obedecieron. Los cincuenta años de él le hicieron crujir las rodillas, pero compuso una mueca afable.

—A tus órdenes, mi reina. —El gran rabino señaló al trono del rey—. ¿Tu señor esposo no viene?

—No. Y aunque os he mandado llamar a ambos, esto es cosa de mujeres. Así que, gran rabino, tienes mi permiso para retirarte.

Raquel, impertérrita, sostenía la mirada cambiante de Leonor Plantagenet. Ibn al-Fayyar sonrió.

—Como mandes, mi señora.

Amplia reverencia y retrocedió, sin darse la vuelta, hasta medio camino. Después anduvo hacia la puerta. La reina llevó la vista a los escribientes y criados, todos hombres.

—¿No me habéis oído? He dicho que esto es cosa de mujeres.

El eco de esas palabras aún flotaba en el salón cuando ya solo quedaban la reina y la hebrea. Esta sostuvo la mirada de aquella.

—¿Y bien, mi señora?

Leonor la contempló. Se recreó en ella sin ocultar ni la admiración ni el punto de envidia.

—El gran rabino me dijo que eres una súbdita leal y dispuesta. Que quieres trabajar por la paz, aunque eso signifique caminar por un sendero de guerra.

La judía apretó los labios. Así que el momento había llegado.

—El gran rabino dijo bien.

—Entonces tengo una misión para ti, Raquel.

—Te sirvo, mi reina. Manda.

Leonor movió una pizca la cabeza y entornó los ojos. Agitó el rollo que sostenía con la diestra.

—Una carta para el rey de Aragón. Viajarás con escolta de ballesteros y te presentarás en su corte. Según sé, ahora mismo ha de hallarse por Huesca, aunque tiene pensado acudir a Barcelona antes del verano.

Raquel se acercó al trono para tomar la misiva, aunque Leonor la retiró.

—¿Es que hay algo más, mi reina?

—Mucho más. El rey de Aragón nos ha pedido aliarnos para atacar por sorpresa a los sarracenos mallorquines. En esta carta figura la negativa de Castilla.

—Gracias por informarme, mi reina. ¿Necesitaba saberlo?

—Desde luego. Pedro de Aragón es un hombre grande y fuerte, tanto de cuerpo como de carácter. ¿Alguna vez has dicho que no a alguien así?

«Solo si no pagaba suficiente», pensó la judía.

—No, mi reina.

—Bien. —Leonor sonrió y le entregó la carta—. Porque para enviar una misiva ya tengo a los mandaderos. No te quiero como un simple correo. Me interesa más lo que fuiste antes de convertirte en... la ahijada de Ibn al-Fayyar.

Raquel disimuló de forma aceptable, aunque parpadeó un par de veces más de la cuenta.

—Mi reina, yo...

—Tú eres lo que necesito. No pienses que en Toledo ocurre algo sin que llegue a mis oídos. Entregarás esta carta al rey de Aragón de la forma más dulce que se te ocurra. Que las noticias castellanas le causen más gozo que frustración. ¿Nos entendemos?

—No estoy segura, mi reina. No guardo un grato recuerdo de lo que hacía antes de convertirme en... la ahijada del gran rabino.

Leonor se recostó sobre el reposabrazos. Le fascinaba el rostro de Raquel. Los bucles abundantes y castaños. Y el verde de esos ojos grandes rodeados de kohl andalusí.

—A veces me enfado conmigo misma, Raquel. Me pasó cuando trajisteis la noticia de la tregua con el miramamolín. Por un lado me irrité, pues sé que esto no acabará hasta que la victoria y la derrota sean definitivas para vencedor y vencido. Por otro lado me causó alivio, porque necesitamos tiempo para reponernos. La tregua alarga la agonía, pero también retrasa el exterminio.

»Antes de eso, cuando me dijeron que el gran rabino había recorrido los lupanares para comprar a la mayor parte de las esclavas judías, también padecí sentimientos encontrados. Me parecía loable que os sacara del barro pero, por otra parte, ¿por qué Ibn al-Fayyar se rodeaba de mujeres expertas y complacientes a las que recluía en su casona?

»Él mismo me confesó lo del extraño tributo. Solo en las antiguas historias paganas había oído algo parecido: tres mujeres al año. Son tres, ¿no, Raquel?

La hebrea aguantó impertérrita ante los ojos tornasolados de la reina.

—Son tres, mi señora. Pero no sufren ningún daño.

—Claro. Y si lo sufrieran, sería por el bien de Castilla, ¿verdad? Ese daño estaría justificado.

Raquel no se privó de lanzar una mirada desafiante a Leonor Plantagenet.

—Por el bien de Castilla lo hacemos todo, mi reina. Tú también, estoy segura. Y a veces hasta obramos el mal para conseguir un bien.

—Sí. Estoy de acuerdo. A los hombres les resulta más difícil de entender. Creerás que es porque disponen de menos seso. En realidad es porque nosotras somos madres. Porque tú eres madre, como yo. Se llama Yehudah, ¿verdad?

La reina era una fuente inacabable de sorpresas.

—También sabes eso, mi señora.

—Claro. Y lo explica todo. Explica que colabores en esa entrega anual de tres hermanas de fe y de oficio a los mazamutes. Oh, no te lo reprocho. Porque resulta muy cierto: ¿qué es Castilla, sino nuestros hijos? Sin ellos, no hay futuro. Por ellos más que por nadie vale la pena hacer cualquier cosa. Cualquier cosa.

—Sí, mi señora. Cualquier cosa.

La reina y la esclava quedaron en silencio un rato. Con las miradas fijas.

—¿Qué le cuentas a Yehudah, Raquel? ¿Qué cree que haces?

—Le cuento mentiras, mi señora. Es mejor para él.

—Ya. Las madres también hacemos eso. Contamos mentiras para protegerlos, ¿eh? Eso me recuerda una mentira que me contaba mi madre. Me separaron de ella cuando yo no era más que una cría, pero me acuerdo de esas historias. De la historia de Salomé. ¿Has oído hablar de Salomé, Raquel? Era judía, como tú.

—Sí.

—Siempre me ha atraído. La malvada princesa oriental, dotada de gran hermosura, capaz de volver locos a los hombres... Mi madre volvió locos a unos cuantos, quizá por eso le gustaba Salomé. Dime, Raquel, ¿será verdad que Herodes ofreció a Salomé la mitad de su reino solo porque lo hipnotizó con su danza?

—Todo en ese cuento es muy difícil de creer. También dicen que en lugar de eso, ella pidió la cabeza del Bautista. Pero ¿qué mujer cambiaría medio reino por un despojo sangrante?

Leonor no dejaba de sonreír.

—Ahora no estoy segura de compartir tu opinión, Raquel. Yo daría medio reino por recibir la cabeza del miramamolín. Aunque no soy Salomé, claro.

—Claro. Y yo no soy muy letrada en escritos cristianos, mi

reina, aunque tengo entendido que Salomé pidió la cabeza del Bautista porque su madre se lo ordenó. ¿Es eso cierto?

—Cierto, Raquel. Y ahora te propongo un juego. Tú serás Salomé.

La judía sonrió, aunque solo con la mirada.

—¿Y tú, mi reina? ¿Quién serás en el juego? ¿Mi madre?

Leonor se puso en pie. Despacio, sin alterarse. Estiró la mano y pasó el dorso de los dedos por el cabello ensortijado de la judía.

—Eres tan bella, Raquel... Tu belleza te arrastró al lodo, lo sé. Pero ahora tal vez nos traiga la fortuna a todos. Casi puedo verte bailando, ¿sabes? Los hombres se desmayarían con cada giro tuyo. No podrían apartar la mirada, la sangre les calentaría el rostro, dejarían que su razón colgara del borde, a punto de precipitarse. De hundirse. Perderían la cabeza, igual que la perdió el Bautista. Harían cualquier cosa. Dime, ¿es verdad que te llamaban la Leona?

—Es verdad, mi reina.

—Pues ahora, Leona, necesito que claves tus garras en el corazón de los hombres. Quiero que Pedro de Aragón olvide sus planes de luchar contra los mallorquines, porque eso no nos traería más que complicaciones y devolvería a los almohades a las puertas de Castilla. Y nosotras, como madres que somos, no queremos que nuestros hijos vean a los almohades tan cerca, ¿verdad?

—Verdad, mi señora.

—Por eso el rey de Aragón no recibirá ayuda castellana y tendrá que renunciar a atacar Mallorca. Pero que renuncie sin guardarnos rencor alguno, porque es el aliado más fiel que hemos tenido y que jamás tendremos. Si lo haces bien, y sé que así será, no solo estarás cumpliendo el mandato de tu reina. Puede que de ti dependan nuestras vidas y las de nuestros hijos.

Raquel contempló el rollo lacrado y sellado con los colores de Castilla.

—¿Accederá el rey de Aragón a aceptar los favores de una judía?

—Cuando te vea, poco le importará tu credo. Ah, y no temas. Se dice que es un hombre gallardo y arrojado, y que la mitad de las damas y todas las doncellas de la corte aragonesa se arañan por acostarse con él. Que Cristo y su santa madre me perdonen si te deseo que todos los malos tragos de tu vida sean como este.

—Estoy segura de que los he pasado peores, mi reina.

Leonor volvió a su trono. Se preguntó qué pasaba por la cabeza de aquella judía. Si en verdad compartía con ella la certeza de que todo sacrificio era poco para evitar que el horror almohade se cerniera sobre ellos. Y si la odiaría por usarla así. Ah, usar a las personas. Usar a las mujeres. Usar a los hombres. Usar el amor por los hijos y hacer el mal para conseguir el bien. La reina introdujo la mano en la manga de su brial y sacó otra misiva.

—Hablando de malos tragos, Raquel: desde Barcelona continuarás viaje. Esta carta también debes entregarla, aunque no al rey de Aragón. Y junto a ella entregarás mis palabras, que no pueden figurar por escrito. Aplícate ahora en escucharme, amiga mía, como te aplicarás después para doblegar la voluntad de los hombres.

Dos semanas después. Primavera de 1199

El hermano de Leonor Plantagenet, el rey de Inglaterra, se moría.

Eso se oía, y así se justificaba que la reina anduviera con la mirada perdida, del brazo de su regio esposo, por el claustro de Santa María de Huerta.

Velasco observaba a la pareja real desde la entrada de la iglesia. Al rey, a la reina y al enjambre de nobles y prelados que los acompañaban. Habían llegado de buena mañana para confirmar todas las posesiones del monasterio y para hacer una nueva donación a cuenta de unas salinas. Más posibles para que se rezara por las almas de quienes, por razón de política, cometían más pecados de la cuenta.

—La reina parece triste de verdad —murmuró.

—Cierto —convino fray Martín de Hinojosa—. De todos sus hermanos varones, solo le va a quedar vivo uno. El pequeño Juan.

—Entonces es verdad que el rey Ricardo se muere.

—Un virote mal clavado durante un asedio. Se le pudre la carne. Eso he oído.

Velasco asintió. La carne se pudría siempre, con o sin virotazos mal dados. Se deshacía en jirones y acababa por desaparecer. Y con ella, todo rastro de su poseedor. Salvo el alma, claro.

«Y las obras», pensó.

—Hace un tiempo, fray Martín, me hablaste de los dones que Dios otorga a los hombres. Pensaste que en el reparto me había tocado la humildad.

El cambio de tema pilló desprevenido al antiguo obispo. Dejó de observar el paseo de los reyes de Castilla.

—¿A qué viene eso, Velasco?

—Yo no soy humilde, fray Martín. Todo lo contrario. Me puede la vanidad.

—Ya. —Hinojosa no retuvo la sonrisa socarrona—. Te has empeñado en alcanzar la santidad cargando con pecados que no son tuyos, ¿eh?

—No, en serio. Recuerdo bien lo que dijiste: «Dios te encomendó una misión. Algún día descubrirás cuál.» También que era cuestión de buscar hasta encontrar nuestro destino, sellado por Dios. Y yo no puedo evitarlo. Deseo que esa misión, ese don, ese destino... me permitan vivir más allá de la sepultura. Como a ellos. —Señaló a los reyes—. ¿Quién los olvidará, aunque pasen siglos? O al hermano moribundo de la reina Leonor. El gran Ricardo, que luchó contra los sarracenos en Tierra Santa. Corazón de León lo llaman, seguramente se lo llamarán siempre. Incluso ese infiel del miramamolín será recordado. Dios me perdone, porque los envidio a todos. ¿Ves, fray Martín, como me puede la vanidad?

Hinojosa lo observó largo rato. De forma inquisitiva.

—No me lo cuentas todo, Velasco.

—Sí por ahora. Ni yo mismo sé adónde voy, te digo la verdad. Sé que no quiero limitarme a cantar, rezar y copiar. Me esfuerzo en resignarme, igual que se resigna el campesino cuando saca el fruto de la tierra. Pero incluso ese campesino, fray Martín, obtiene un resultado.

—Cantar, rezar y copiar no son tareas inútiles, Velasco. Los reyes gobiernan y luchan, los campesinos arrancan el fruto de la tierra. Nosotros glorificamos a Dios. Le pedimos por reyes y campesinos. Incluso cuando copiamos, lo hacemos por el Creador. Casiodoro nos enseña la importancia de la letra escrita para luchar contra Satanás. La ignorancia es el mal, Velasco. Mira pues si tu labor es inútil o carente de resultado, o siquiera comparable a sacar cebollas de la tierra o a reventar cabezas de moro. Y en cuanto a vivir más allá de la tumba, no temas: todos lo haremos. —Martín de Hijonosa señaló al interior del templo—. Si no, ¿qué estamos haciendo aquí? ¿Arrojar nuestras vidas a un vertedero?

El novicio, avergonzado, bajó la mirada.

—Te pido perdón, fray Martín. Tú, que fuiste obispo, renunciaste a la mitra para regresar al frío y a la oscuridad del monasterio. Tú eres humilde. Más aún que eso. Pero yo no soy tú, me temo.

Los reyes se les acercaron en ese momento. Velasco retrocedió un paso mientras Alfonso de Castilla tomaba por los hombros a fray Martín.

—Mi buen amigo Hinojosa.

—Mi señor rey. —Martín miró a la reina Leonor e hizo una inclinación cortés—. Mi señora.

—Se te echa de menos —continuó Alfonso—. Tu auxilio y tus consejos. Pero me alegra ver lo bien que progresa Santa María de Huerta tras tu decisión. ¿Rezarás por mí para que Dios me proteja en la campaña que se avecina?

—Rezaré, mi señor. Aunque no es del agrado de Dios que los cristianos luchen entre sí, de modo que también rezaré por tu primo Sancho de Navarra. Así entre en razón. Mi reina, mis oraciones también recordarán a tu hermano Ricardo.

Leonor amagó una sonrisa tímida.

—Gracias, fray Martín. Falta le hace. A él y a todos nosotros.

Alfonso de Castilla forzó otra sonrisa. Apenas se fijó en Velasco mientras su mano se alargaba hasta el arco cercano para tocar la sencilla lápida.

—La que reposa aquí también era navarra, ¿sabes, Leonor? La difunta Sancha, esposa de nuestro querido señor de Molina. En vida, Sancha favoreció mucho al monasterio.

La reina fingió interés.

—Oh.

—Sancha fue biznieta de Rodrigo de Vivar —aclaró fray Martín—. Tal vez te suene más su apodo, mi reina: el Cid.

Eso sí llamó la atención de Leonor Plantagenet. Se aproximó al arco.

—El Cid. Unos cuantos como él nos vendrían bien ahora.

Alfonso de Castilla apretó los labios. Velasco, intrigado, entornó los ojos. Casi podía oler la tensión entre los esposos. Él también se fijó en la piedra sepulcral. Hasta ese momento no había reparado en que allí, casi en la esquina del claustro con la pared de la iglesia, descansaban los restos de una descendiente del Cid Campeador.

—Es curioso —dijo el rey—. Por mis venas también corre la sangre de Rodrigo el de Vivar. Pero aquí estamos, recordando a un hombre que vivió hace un siglo, venerando los restos muertos de su biznieta y, en fin, ignorando a los vivos. ¡Admiremos las gestas del pasado! —Dirigió una mirada neutra a su esposa. Luego tomó aire y volvió a dirigirse con afabilidad a Hinojosa—. Acuérdate de rezar, amigo mío. —Y a Velasco—. Hacedlo todos. Y ahora, adiós.

Alfonso de Castilla se dio la vuelta y caminó sin esperar a la reina. Esta se sonrojó, lo que aún fue más evidente contra la palidez de su piel normanda. Miró azorada a fray Martín y a Velasco mientras su esposo se reunía con el corro de condes, caballeros y obispos de su curia.

—Sí, rezad —murmuró con su particular acento—. Rezad por las gestas del pasado. Rezad para que el espíritu del Cid nos posea a todos. Por Dios que no sé cómo se logrará eso, pero...

—Rezaremos, mi reina —remató Martín de Hinojosa.

Leonor se fue a pasos rápidos en algo que era más una huída que una retirada regia. Lo hizo sin acudir junto a su esposo, sino dando toda la vuelta al claustro para salir por un lado de la cilla. Por fin Velasco recobró el habla.

—Había oído decir que los reyes de Castilla se amaban como dos adolescentes. Ahora veo que es mentira.

—De mentira, nada —corrigió Hinojosa—. Es esta maldición que nos cayó encima en Alarcos. Desde entonces, nada funciona como debiera. Pero cumplamos las órdenes que nos han dado, Velasco. Recemos.

Fray Martín entró en la oscuridad del templo. Sus pasos se alejaron entre ecos, pero Velasco se quedó en la esquina del claustro. Ajeno a la charla entre barones de Castilla que se desarrollaba un poco más allá. Él también acarició la piedra sepulcral de Sancha, hija del difunto rey García de Pamplona, biznieta del Cid Campeador. Nombres y apodos todos ellos que perdurarían para siempre, aunque cenizas fueran todo lo que quedaba de sus poseedores.

El Cid Campeador.

«Que el espíritu del Cid nos posea a todos», había dicho la reina con aquel deje normando. Ojalá el espíritu del Cid pudiera poseer a Velasco. Eso pensaba. Y transfigurarse en un héroe capaz de proyectar su memoria durante los siglos. Que sus hazañas se recordaran como gestas del pasado.

Pero los cobardes no eran capaces de gesta alguna. Ni el espíritu del Cid podía flotar sobre la cristiandad para evitar lo que era inevitable.

15

An-Nasir

Dos semanas más tarde. Primavera de 1199

La embajada se había presentado en Huesca a tiempo. El rey Pedro se disponía a partir hacia Barcelona pero, como aguardaba con avidez las noticias de Castilla, hizo un alto en los preparativos y recibió a los recién llegados. Le anunciaron una legación reducida: seis ballesteros de escolta y un par de sirvientes. Aparte del embajador, claro. El asombro del rey fue parejo a su satisfacción cuando vio que en lugar del emisario oficial, el gran rabino de Toledo, se presentaba su hija, o su ahijada, o su sobrin... Pedro de Aragón olvidó al momento el parentesco que unía a la mujer con Abraham ibn al-Fayyar. Lo que interesaba era que la embajadora disponía de salvoconducto real y que, por lo tanto, tendría que tratar estrechamente con el rey. La mujer entregó la misiva sellada mientras le lanzaba miradas inequívocas. Pedro de Aragón, fiel a la reputación que él mismo se labraba, dio un desvergonzado repaso a la figura de la embajadora. Raquel se había presentado con la castaña melena suelta sobre los hombros, y vestida con un brial de mangas acampanadas que el encordado ajustaba hasta lo lascivo. No hubo quien no se preguntara allí si aquella mujer llevaba algo más bajo el lino verde.

Pedro hizo salir a todos salvo a la enviada castellana y a Miguel de Luesia. Y leyó. La negativa de Castilla a prestar ayuda a Aragón para la invasión de Mallorca le sentó como un rosario de patadas, como era de esperar. La embajadora se deshizo en excusas, perdones y argumentos. Todo con mucho aleteo de pestañas, sonrisas seductoras y retoques en las ensortijadas guedejas. En menos de un credo, el soberano estaba tan hechizado que había olvidado que en el Mediterráneo había islas. «Otra vez será», pensó el rey. Y también pensó que, tal vez, sería bueno que la embajada castellana acompañara a la corte aragonesa en el viaje que se avecinaba. Por aquello de olvidar el desencuentro y reforzar los lazos fraternales que unían a los dos reinos.

Raquel aceptó, por supuesto.

Enseguida circularon rumores acerca de la joven que acompañaba al rey desde Huesca hasta Barcelona. Porque lo normal era que Pedro de Aragón se solazara con damas de toda condición en cada parada que la corte hacía. Así, resultaba extraño que el lecho itinerante del monarca fuera ocupado tantas noches seguidas por la misma mujer, aquella embajadora castellana de extraordinaria belleza que, según se decía, debía de ser muy hábil o medio bruja, pues de todos era sabido que la única hembra a la que Pedro aguantaba más de un día seguido era también la única a la que no metía en su cama. Es decir, a su madre.

Llegar a Barcelona y aposentarse en el palacio real fue todo aflojar correas, tirar de faldones y arrancar camisas. Miguel de Luesia cerró deprisa la puerta de la cámara real, pero varios nobles y un par de clérigos de la ciudad tuvieron tiempo de ver la violenta erección del rey.

Una vez solos, Raquel se las arregló para caer boca abajo sobre el lecho. En el viaje de Huesca a Barcelona había aprendido que eso era lo que más le gustaba al monarca aragonés, y aquel iba a ser su último lance. O el penúltimo si había fuerzas. Así que, dispuesta a dejarlo con un más que buen recuerdo, guio la enorme virilidad de Pedro, y el ímpetu animal de este hizo el resto. La embajadora castellana gritó cuando él empujó con golpes rítmicos que hicieron estremecerse el aposento entero. Ella también había aprendido que al rey le encantaban los gritos. Le excitaban casi tanto como lo demás. Así que arqueó la espalda y aulló como si la estuvieran traspasando. Y Pedro redobló sus acometidas. Más rápido, más a fondo. Raquel estrujaba las sábanas a puñados, porque con aquel hombre no tenía que esforzarse ni hacer teatro. Además de los gritos acompasados de ambos, el martilleo de la sangre ensordecía a la Leona desde sus propias arterias. Así que chilló más y más fuerte. Los bramidos escandalizaron a la curia y a los prelados barceloneses, que corrían por los pasillos del palacio con las manos puestas en los oídos. Miguel de Luesia reía a carcajadas. Se volvía a medias y gritaba a través de la puerta:

—¡Mi rey, tente! ¡Que la vas a matar!

Pedro de Aragón acabó con un rugido y, casi sin detenerse a respirar, salió de Raquel y se dirigió a donde los sirvientes le habían dejado listo el vino. El rey, con la ropa a medio quitar, sudaba de cada pulgada de piel que quedaba a la vista. Bebió con la misma avidez con la que lo hacía todo, dejando que el líquido goteara desde su barba y mojara su pecho. Raquel había caído desmadejada sobre la cama.

—Ay, mi rey. Cuánto te voy a echar de menos.

Oía los jadeos de Pedro, que solo se interrumpían cuando se largaba otro trago de vino. Raquel sonrió. Ya casi estaba. A un lado, el mediodía barcelonés se filtraba por los ventanales del palacio y teñía de luz el aposento. Rodó sobre el lecho como una gata. Despacio. El rey la contemplaba. Absorto y sofocado.

—¿Seguro que no quieres quedarte aquí, mujer? No te ha de faltar de nada.

—Claro que quiero quedarme. —Y fijó su vista en el miembro de Pedro con el mayor descaro de que fue capaz—. Toda la vida.

Pedro soltó una carcajada. Arrojó la copa vacía y terminó de quitarse las prendas que aún le quedaban.

—Pues hazlo. ¿Qué te lo impide?

—El deber, mi señor. He de seguir viaje.

—Eso me entristece.

—Y a mí, mi rey. Casi más que haber portado malas noticias para Aragón. ¿De verdad era tan importante hacerse con Mallorca?

Él, ya libre de ropa, levantó una ceja.

—¿Y de verdad a ti te interesa eso?

—Qué pregunta tan incómoda —se hizo la ofendida, aunque con poca convicción—. Soy embajadora de Castilla. Me interesa todo lo que atañe a Aragón. Reinos hermanos, ya sabes.

—Oh, claro. Pues verás: conquistar Mallorca es una vieja ambición por parte del linaje de mi abuelo. Lo mismo que tomar Valencia lo es por parte de mi abuela. Una y otra caerán tarde o temprano. Bueno —chascó la lengua—, ahora más tarde que temprano. Nada se me resiste. Nada.

—Me gusta tu... —se relamió sin dejar de mirarle el miembro— optimismo, mi señor. Pero háblame del emir de Mallorca.

—Vaya, eso sí que me sorprende. ¿También te interesa por ser embajadora de Castilla?

—No. Simple curiosidad.

Pedro de Aragón asintió. Recuperó la copa y volvió a servirse vino. Sin molestarse en cubrir su desnudez.

—Ar-Ras az-Zubán, así lo llaman los sarracenos. Cabeza de Serpiente. Abd Allah de nombre, de la estirpe de los Banú Ganiyya.

»Los Banú Ganiyya ya 'eran una noble familia almorávide cuando nadie había oído hablar de los almohades. En los últimos tiempos de los almorávides, los Banú Ganiyya gobernaban a los andalusíes, tanto en la Península como en las islas. Uno de ellos incluso venció a mi antecesor Alfonso, el que llamaban Batallador. Murió por su culpa, ¿sabes?

»Entonces llegaron los almohades y las cosas se pusieron feas. Los últimos Banú Ganiyya se refugiaron en Mallorca. Uno de ellos se ciñó la corona y empezó a reinar. Sin amigos, aunque con muchos socios. Cabeza de Serpiente es el último de la dinastía. Hasta ahora, al menos. No fue mal negocio, porque casi dominan el mar. Piratean aquí, comercian allá y, sobre todo, muerden los pies a los perros almohades siempre que pueden. Eso ha hecho que Mallorca sea rica. Muy, muy rica.

»Pero dejémonos de almohades, almorávides, perros y serpientes. —Se bebió de un trago el contenido de la copa y, como solía, la arrojó lo más lejos posible—, y vamos a lo que de verdad importa.

El rey se le acercó de nuevo. Desnudo, fuerte y majestuoso. Hasta a ella, que había conocido a hombres de todas las hechuras, la impresionaba aquel físico de dios pagano. No necesitó fingir mucho para mostrarse ávida. Se sentó y sacudió la cabeza para que el cabello no le ocultara los pechos. Otra de las cosas aprendidas en esos días era que al rey aragonés le gustaban los juegos. Cerró los ojos cuando le pellizcó los pezones endurecidos.

—Ay. ¿Por qué me haces daño, mi señor?

—Porque tu visita no me ha traído más que desvelos, mujer. —La voz enronquecía por el vino y el deseo pujante—. He de renunciar a Mallorca, que como ves no es poca cosa. Creo que merezco compensación.

—Te la estoy dando, mi señor... Ay. Desde Huesca.

Sonaron golpes en la puerta. La voz de Miguel de Luesia se oyó a continuación.

—¡Mi rey, el obispo de Barcelona solicita audiencia!

Raquel reaccionó deprisa. Su mano agarró el miembro del rey y consiguió que recuperara enseguida el estado de combate. Pedro sentía ganas de rugir. Y lo hizo:

—¡Que espere el obispo!

Raquel se volvió a lamer los labios. Y separó los muslos.

—Me voy, mi señor. —Se echó atrás hasta apoyar los codos en el lecho—. Hazme pagar mis malas noticias y despidámonos hasta la próxima. Ojalá no pase mucho tiempo.

Al mismo tiempo. Marrakech

En el complejo de as-Saliha, Muhammad observaba a su visir Ibn Yami desde la galería palaciega. Al Calderero acababan de traer un regalo desde al-Ándalus. Tres esclavas que, desde la distancia, se adivinaban hermosas, incluso bajo el abundante ropaje. El joven califa ladeó la cabeza. Sabía que al Calderero le encantaban las mujeres hasta un punto casi pecaminoso, así que no le sorprendía que acreciera su ya enorme harén con tres nuevas concubinas. Tal vez él debería buscar esposa ya. Aunque le daba mucha vergüenza solo pensarlo. Imaginarse solo con una mujer. Seguramente tartamudearía al ordenarla desvestirse. Tal vez ella no pudiera aguantar la risa y se burlara.

Lo del pavor ya le había ocurrido el día de su proclamación como califa. Cuando los vio a todos arrodillados, con la cara vuelta contra el suelo como si estuvieran orando. Miles de súbditos escondiendo sus rostros. ¿Y si solo fingían humillarse ante el nuevo príncipe de los creyentes? ¿Y si en realidad se estaban mofando de él? Sin querer, había enrojecido sobre el púlpito. Y eso que declinó inaugurar su califato con un discurso. No. El Calderero era su boca. Por eso, por lo mucho que lo necesitaba, ¿qué más daba si al gran visir le podía la lujuria?

Otra figura llamó su atención. Por un extremo del jardín acababa de aparecer el Tuerto. Caminar marcial, mirada al frente. Seguido por media docena de guerreros hintatas que morirían a su orden. Lanzó una reojada de desprecio al Calderero, que a su vez lo ignoró, e ingresó al palacio. Arriba, Muhammad carraspeó. No tardaron en anunciarle la presencia de su otro visir omnipotente.

—La paz contigo, príncipe de los creyentes —dijo el guerrero tuerto en cuanto pasó a la cámara. Muhammad le invitó a acercarse a los ventanales.

—Mejor aq-q-q-quí, c-c-con luz.

El hintata obedeció. Siguió la mirada del califa hacia la zona ajardinada.

—Ah, sí. La nueva remesa de esclavas judías ha llegado, mi señor. Ibn Yami estará ocupado unos cuantos días.

Habría sonado a sorna si el Tuerto no lo dijera todo con el mismo tono neutro.

—¿J-j-judías?

El visir miró al joven califa unos instantes. ¿Había sido demasiado indiscreto para un soldado? En cualquier caso, era demasiado tarde para echarse atrás.

—Todos los años, entre la primavera y el verano, el visir Ibn Yami recibe un... regalo. Tres esclavas judías. Pensaba que lo sabías, príncipe de los creyentes.

Muhammad negó. Se encogió de hombros. Los judíos que vivían en su imperio tenían que ser esclavos. Los demás, simplemente, no vivían.

—No hay p-p-problema en ello. ¿O s-s-sí?

—No, claro. —El Tuerto carraspeó—. Salvo que estos... regalos empezaron justo en cuanto cambió de opinión acerca de empeñar nuestras fuerzas en al-Ándalus. Según supe, Ibn Yami se encargó de negociar la tregua con Castilla cuando llegó su embajador. Un judío de Toledo, por lo visto.

Muhammad se restregó los ojos. Le irritaba pensar en esas cuestiones. Embajadas, treguas, consejos de visires...

—¿Y q-q-qué? ¿Ibn Yami se encargaba de los asuntos and-d-dalusíes en vida de mi p-p-padre. Y s-s-seguirá haciéndolo.

El Tuerto no podía mostrar impaciencia, pero su único ojo se entornó una pulgada.

—Por supuesto. En fin, la razón de mi visita no es hablar de mi ilustre colega, sino de los rebeldes de Ifriqiyya.

»Lo cierto, mi señor, es que había una fuerte razón para marcharnos de al-Ándalus y dejar a medias el trabajo que comenzó tu padre. Yo mismo apoyé esta causa: dirigir nuestras tropas al este y acabar de una vez por todas con los motines que agitan los límites de tu imperio.

»Todos seguimos apenados por la muerte de tu padre. —En este punto, el Tuerto calló. Esperó un asentimiento. Una muestra de confirmación por parte del huérfano. Pero esta no se produjo. Continuó—. Es normal que el traspaso de poder lleve su tiempo, desde luego. Sin embargo, aquí estamos ahora, no diría que ociosos pero... Bueno, mi señor: Ifriqiyya espera. Los focos de rebelión se extienden, eso dicen nuestros informantes.

Muhammad se volvió a medias. En tiempos de su abuelo Abd al-Mumín, según se decía, nadie era tan valiente como para llevarle la contraria. Mucho menos insinuar que era tibio o perezoso. El propio al-Mansur, en esa situación, habría fulminado a su visir con los ojos. Pero el nuevo califa no era capaz de sostener la mirada de nadie. Incluso cuando daba una orden a un esclavo, bajaba la vista. Ahora también lo hizo.

—March-ch-charemos hacia el este c-c-cuando estemos listos.

El hintata bajó la voz. Era la única forma que conocía de mostrar humildad.

—Ya estamos listos, príncipe de los creyentes. Llevamos meses listos.

Eso incomodó a Muhammad. Por muchas precauciones que hubiera tomado el Tuerto. Apretó los puños y reunió todo su valor para alzar la barbilla. Por un momento se vio capaz de replicar con autoridad. De asentar su poder incluso ante quien manejaba los ejércitos almohades. Su labio inferior tembló. Tomó aire... y se vino abajo. Su vista se posó de nuevo en las baldosas del salón.

—Yo t-t-también conseguiré victorias. Más q-q-que mi p-p-p...

—¡Por supuesto que sí, príncipe de los creyentes!

Era la voz del Calderero. Muhammad y el Tuerto se volvieron hacia la puerta. Poco había tardado Ibn Yami en subir desde los jardines. Sin duda había detectado que su rival en el poder estaba reunido a solas con el califa, y eso había que arreglarlo.

—Nadie niega que agrandarás el imperio, mi señor —se defendió el hintata.

El Calderero actuó como si el Tuerto no estuviera presente. Se apresuró a hincar la rodilla en el suelo y besó la mano de Muhammad. Habló desde abajo, acentuando su humillación.

—No hemos de esperar, príncipe de los creyentes, a que ganes la primera de las muchas batallas que has de dar a Iblís. La magnificencia de tu persona precisa de un sobrenombre tan glorioso como el que ganó tu noble padre. Ahora. Ya. No dentro de uno, cinco o diez años.

—Eso no puede ser —lo cortó de inmediato el Tuerto—. El sobrenombre de un califa se gana en el campo de batalla. Al-Mansur no habría estado de acuerdo con...

—Al-Mansur no está —escupió el Calderero—. Y nadie por aquí duda de que nuestro califa se haga merecedor de triunfos en la lucha. ¿O sí?

El Tuerto bajó la cabeza.

—Yo no dudo.

—Bien, veamos... —El Calderero se rascó la barbilla, pero fue como si ya tuviera pensado el apodo que Muhammad necesitaba—. ¡An-Nasir! ¡Eso es! ¡El defensor de la fe en Dios, alabado sea! ¡An-Nasir! —Se puso en pie y lo repitió como si arengara a miles de creyentes—. ¡An-Nasir!

Muhammad dejó que su mirada resbalara hacia el techo. Paladeó las palabras sin tartamudear:

—An-Nasir.

El Calderero fijó su vista rapaz en el ojo sano de Abd al-Wahid.

—¿No te gusta, oh, gran amigo? Dilo. An-Nasir. Dilo, vamos.

El hintata apretó los dientes bajo la mandíbula rocosa. Sintió que la atención del califa también se posaba en él.

—An-Nasir —aceptó—. Muhammad an-Nasir, defensor de la fe. Confiemos en que la victoria definitiva será el premio divino a tanta... fe.

—¿Nuevas dudas? —preguntó el Calderero—. Oh, vamos, ilustre colega. Más entusiasmo.

El Tuerto hizo lo que siempre acababa haciendo en presencia del otro visir omnipotente. Apretó el puño de su espada.

—Muéstrame las filas armadas del enemigo, Ibn Yami, y comprobarás mi entusiasmo. Estas comodidades no sacan lo mejor de mí. No son propias de mi estirpe, ni de la estirpe del califa. Tú eres andalusí. No lo comprendes.

El Calderero enrojeció como si lo hubieran puesto a hervir. Él jamás llevaba armas al cinto, así que se conformó con clavarse las uñas en las palmas.

—B-b-basta. No sé a q-q-q viene esto, T-T-Tuerto.

El hintata alejó la mano de la espada para contestar al califa.

—Viene a que nuestros enemigos nos observan. Yo confío en ti, mi señor. Sé que eres capaz de grandes hazañas, eso está en tu sangre. Pero los mallorquines, los rebeldes de Ifriqiyya y los cristianos no lo saben. Pueden ver la muerte de tu padre y tu advenimiento como una oportunidad para recuperarse. Por eso hemos de dirigirnos con premura al este y abortar el problema antes de que crezca y nos enfanguemos con él, tal como le ocurrió a tu abuelo y después a tu padre. De ese modo dejaremos nuestra retaguardia cubierta. Y haremos tal cosa sin perder de vista el que ha de ser tu único y obstinado objetivo: regresar un día a al-Ándalus y aplastar a los comedores de cerdo. Permíteme que ponga en práctica mi plan para reclutar y adiestrar tropas regulares, forjar armas, domar caballos y planificar viajes. Tardaremos años, lo sé, pero acabaremos por reunir un ejército que dejará pequeño al que tu padre comandó en Alarcos. Y entonces volveremos a cruzar el Estrecho y nos enfrentaremos en la batalla definitiva contra los cristianos. ¿Quieres ser el defensor de la fe? Pues bien, prepárate para la yihad, que es la obligación de cualquier musulmán. ¿Cuánto más la de aquel que dirige los destinos del islam?

Muhammad, al que siempre impresionaban los cortos y tajantes parlamentos de Abd al-Wahid, se sintió empequeñecer ante la avalancha de ardor guerrero. Buscó la confirmación del Calderero, que no tardó en contestar, aunque dirigiéndose al califa:

—Nadie más que yo ansía acabar el trabajo en esa península maldita. Pero la orden del difunto al-Mansur fue bien clara. Yo y solo yo prepararé la expedición definitiva a al-Ándalus. Mi señor, que tu fiel Tuerto ponga su vista de halcón —y sonrió al decir esto— en Ifriqiyya. Y no te dejes intimidar. Una y otra campaña tendrán lugar solo cuando tú lo decidas.

El hintata se rebeló:

—El difunto califa dejó claro que tú, Calderero, manejas los asuntos de la paz. Yo, los de la guerra. Aquí se ha de cumplir...

—S-s-silencio —se atrevió a atajar Muhammad, aunque seguía mirando al suelo—. Mi p-p-padre ya no está. Así que se c-c-cumplirá lo que a mí me p-p-plazca. Y me p-p-place la idea de Ibn Yami.

El Calderero ensanchó su sonrisa. El Tuerto se tragó las ganas de rugir, hizo una larga reverencia y se retiró.

Cuatro meses después, verano de 1199. Pamplona

El palacio real retumbaba. Sus muros de piedra se habían convertido en la guarida de una bestia. Un dragón que lanzaba vaharadas de fuego y cuyos rugidos amenazaban con derrumbarlo todo. Criados y esclavos huían despavoridos, escarmentados de la ira del rey.

La enorme figura de Sancho de Navarra apareció en el salón del trono. Los dos guardias de servicio se hicieron atrás, y uno de ellos hasta interpuso su escudo.

—¡Así arda mil veces en el infierno! ¡Hijo de una perra sarnosa! ¡Impotente, cobarde, mugriento!

El obispo de Pamplona, García, caminaba tras el rey. A pasos rápidos, pues aunque Sancho se moviera con dificultad, sus pasos eran de titán.

—Lo conozco bien de mi época en Calahorra, mi señor. Alfonso de Castilla no parará hasta que te arrebate medio reino. Y el otro medio se lo dará a ese borracho aragonés.

El gran amigo y consejero del rey, Gome de Agoncillo, irrumpió en tercer lugar en la sala larga y oscura. Su rostro estaba casi tan congestionado como el del monarca.

—¡Déjame ir contra él, mi señor! ¡Dame a todos tus hombres y guiaré una espolonada! Quiera Dios que pueda alcanzar a Alfonso y enterrarle dos palmos de lanza en las tripas.

Sancho de Navarra, tan agotado por la caminata por los corredores como por la retahíla de gritos y juramentos, se derrumbó sobre el trono. El sillón crujió y pareció a punto de reventar pese al anormal grosor y a los refuerzos de forja. Se pasó la mano por el pelo y miró asqueado su propia palma, brillante de sudor.

—¿Por qué hace tanto calor aquí?

Se hizo el silencio mientras el eco se repetía por todo el palacio. El obispo García y el noble Agoncillo callaron, la vista fija en el rey. Los guardias temblaban junto al portón abierto.

—Te lo repito, mi señor. —Gome de Agoncillo sacó pecho—. Si me das tus tropas, caeré sobre el castellano por sorpresa.

Sancho no escuchaba. O eso parecía. Frotaba la mano contra la pierna mientras sus labios se movían, ahora sin emitir sonido. Había entrado en ese estado, que alternaba la ira incontrolable con el encierro en sí mismo, en el momento de recibir la noticia: Alfonso de Castilla, tras entrar en las posesiones del navarro a hierro, asediaba Vitoria con gran mesnada. Y si esa ciudad caía, el resto de Álava se desmoronaría después.

El obispo intervino:

—Mantengamos esperanza en las murallas de Vitoria. Y en su fidelidad. Afortunadamente, la gente de allí es ahora de fiar.

Eso mereció una mirada colérica del rey. Gome de Agoncillo pidió silencio al obispo con un gesto discreto. En el último año,

Sancho de Navarra había terminado de ganarse la desconfianza —cuando no la pura antipatía— de los señores alaveses y guipuzcoanos. Y lo mismo podía decirse de la plebe de aquellos lugares. Y todo por sacar de las tenencias a los nativos del lugar para colocar a sus nobles navarros. ¿La excusa? La de siempre: tanto alaveses como guipuzcoanos flirteaban demasiado con Castilla, y al rey Sancho no le apetecía ver su flanco occidental debilitado contra su mayor enemigo. Una solución torpe, porque había logrado el efecto contrario. El gigante cerró los ojos y se esforzó en acompasar su respiración. Sus dedos se agarrotaban sobre la madera del trono.

—Mandad palomas al tenente que puse el año pasado en Vitoria... ¿Quién era?

—Martín Chipia, mi rey.

—Ah, sí. A veces se me va la cabeza... Que resista sea como sea. Que rechace negociaciones con mi maldito primo castellano. Tengo que solucionar esto. Tengo que solucionarlo.

Se rascaba la cabeza como si un millar de piojos hubieran hecho presa en ella. Gome de Agoncillo alargó la mano para posarla sobre el brazo del monarca, pero no se atrevió a acabar el movimiento.

—¿Y qué hay de mi idea? Puedo llegarme hasta Vitoria en nada. Un poco de suerte y...

—¡No! —El obispo y el noble respingaron ante el grito del rey—. No me arriesgaré a perder mi ejército en una maniobra así. Me dicen que la hueste castellana es grande. Diego de Haro está allí también. Y los Lara, a buen seguro. Esta vez va en serio.

—Siempre es en serio. La iglesia de Roma nos ha expulsado de su seno —intervino el obispo García. Recibió una torva mirada del rey. El año anterior, las deudas habían obligado a Sancho a hipotecar el palacio, así que ese mismo edificio lo compartía con el jefe de la iglesia navarra.

—Bien parece que Dios me esté castigando —masculló el monarca—. Otras veces, mi primo ha visto sus fronteras acosadas por León. O por los sarracenos. Pero ahora está en paz con todos ellos. ¡Sangre de Cristo!

El obispo se santiguó. Gome de Agoncillo bajó la vista. Habló en un susurro.

—De poco sirvió mi viaje a Sevilla. Si esperábamos que el califa Yaqub acabara con Castilla, tuvo que ponerse por medio la parca.

—¡Callad! ¡Necesito silencio! —tronó el rey.

Volvió a cerrar los ojos. La pérdida de Vitoria no era asumible, pero tampoco podía hacer gran cosa por sí solo para evitarla. Golpeó el reposabrazos hasta hacerse daño. ¿Por qué? ¿Por qué Navarra se había quedado encerrada entre Castilla y Aragón, sin frontera infiel que romper, sin tierras que ganar? Una cierva herida a merced de dos grandes buitres hambrientos. Nadie podía reprocharle nada por actuar en pro de su reino. Nadie, ni siquiera el papa. Y si en el pasado había pactado con los almohades, la razón era su supervivencia. Si tuviera que hacerlo de nuevo...

Abrió los ojos. Claro. Ahí estaba la solución. Gome de Agoncillo se animó al ver la sonrisa de su rey.

—¿Has pensado algo, mi señor?

—Sí. Sí, sí, sí. Al fin y al cabo ya estoy excomulgado. Esta vez no me detendrá ni el santo padre. Lo juro.

El obispo volvió a santiguarse.

—¿Qué tramas, mi rey?

—Me voy. —Con un crujido de rodillas y gran esfuerzo, se levantó del trono—. Que lo preparen todo. Poca impedimenta y hueste ligera. Salgo hacia el sur.

—¿Qué? —Gome de Agoncillo cambió una mirada de extrañeza con el clérigo—. ¿En pleno ataque castellano?

—Acordaos de mandar esas palomas. Varias, para que los ballesteros castellanos no las maten a todas y el mensaje llegue a Chipia. Vitoria resistirá mientras yo viajo a Sevilla. Y tú, Gome, te cuidarás mucho de llevar mis huestes hasta allí. De ninguna forma te has de enfrentar a los castellanos. Yo lo arreglaré. Haré lo que ningún otro rey cristiano ha hecho. Si es preciso, cruzaré el Estrecho y me entrevistaré con el crío ese, el nuevo miramamolín...

—Muhammad —aclaró el obispo.

—Ese. Muy originales son con los nombres estos infieles, por Cristo. De cada dos, tres se llaman como su profeta. Ah. Tengo confianza en esta idea. Saldrá bien, ya lo veréis. He de volver con escuadrones inacabables de sarracenos. Con un poco de suerte, hasta a esos titanes negros me prestará el califa. Gome, da orden ya de que me preparen el viaje.

Sancho ya se dirigía a la salida. Gome de Agoncillo trotó tras él.

—No lo hagas, mi rey. Si te apresan, imagina el desastre. Mucho peor que perder Vitoria.

—Pocas opciones tengo. Es cuestión de pactar, sea con quien sea. Y adore al dios que adore.

Al mismo tiempo. Medina de Mallorca

El alcázar se erguía como un águila vigilante. Sus alas se abrían para proteger el puerto, fuente de riqueza y base de una actividad pirática que había escogido como blanco favorito a las naves almohades.

El emir de las Islas Orientales, Abd Allah ibn Ganiyya, gozaba sobre todo cuando subía a la torre más alta de su alcázar, donde había hecho abrir un amplio ventanal. Gustaba de ponerse ante él y dejar que lo acariciara la brisa marina. A sus pies se abría el acantilado y, en lo más profundo, el puerto y las atarazanas bullían de galeras. Las naves mercantes pisanas, genovesas y catalanas desembarcaban tesoros para almacenar en los *fondacos*. Los caminos se llenaban de carretas repletas de mercancía, y los zocos de la medina no daban abasto.

Ahora el emir Ibn Ganiyya, al que todos conocían como Cabeza de Serpiente, había descubierto un nuevo e irrepetible placer gracias a la embajadora castellana. Sus uñas se clavaban en los marcos del ventanal mientras ella, de rodillas, absorbía su voluntad. El miembro del emir palpitaba contra la lengua judía.

Raquel trabajaba por Castilla, como le había ordenado la reina Leonor. Minuciosa, lenta, sabia. Aplicaba los conocimientos que había aprendido en el leonés Castro de los Judíos y que había perfeccionado en los lupanares toledanos. Al ritmo del mar que, mansamente, se deslizaba abajo entre las quillas y sobre la playa, así las oleadas de placer se rompían contra el falo de la serpiente. El emir transformó su aliento entrecortado en jadeo, y luego en gemidos cada vez más altos y más guturales. Hasta que estalló. Su cuerpo se dobló mientras Raquel exprimía hasta el límite del dolor.

Cabeza de Serpiente se dejó caer contra el dintel. Los ojos cerrados, el sudor goteando desde su pecho. Raquel, desde abajo, liberó por fin el miembro exhausto. Se levantó y, con parsimonia, atravesó la estancia para servirse una buena medida de jarabe de limón. Después volvió junto al emir que había convertido en su esclavo, como describían los poemas aprendidos en Toledo. También contempló ahora, desde el ventanal, la próspera capital mallorquina.

—Me gusta esta ciudad.

Tal vez porque era como ella. Una perla única y pecaminosa surgida a pesar de quienes la despreciaban. La Medina de Mallorca tenía voz propia. Hablaba, gritaba, suspiraba. Había mucho de crepuscular en ella. De chispa efímera que alumbraba un instante para desaparecer enseguida. Pensó en cuánto le gustaría a Yehudah ver aquello. Él, que no sabía lo que era el mar. Yehudah.

«Cualquier cosa por nuestros hijos», resonó en su mente la voz de la reina Leonor.

Se dio la vuelta y contempló el gran lecho del emir. Hacía dos meses que se había metido por primera vez en él. Y había provocado en la serpiente una pasión que jamás podrían despertar todas sus esposas y concubinas juntas. La Leona había dosificado sus zarpazos. Lo había sometido al deseo no satisfecho. Minado su voluntad hasta que el musulmán no pudo pensar en nada que no fuera hacerle el amor, apartando cualquier otra idea, de modo que Raquel se había convertido en dueña y señora de sus sueños por la noche, de sus fantasías durante el día. A partir de ese momento, el emir no fue capaz de controlar su ansia, y ahora las cortinas de seda que decoraban el lecho yacían a medio caer, arrancadas del dosel. Las sábanas de seda estaban revueltas con los ropajes de uno y otra. Almohadones repartidos por el suelo, copas tiradas sobre las alfombras, vino derramado. Llevaban casi tres días allí encerrados, solo interrumpidos por los esclavos que les servían manjares y les traían de beber. Raquel se había aplicado con Ibn Ganiyya incluso más que con Pedro de Aragón. Y a uno y otro los había puesto a sus pies. Del rey aragonés había conseguido lo que quería. Ahora era el momento de ver si su arte daba resultado con el emir isleño.

—A Pedro de Aragón, por lo visto, también le gusta Mallorca —pudo hablar al fin Cabeza de Serpiente.

Raquel sonrió. Se lo había contado todo, incluso exagerando. Para el emir mallorquín, el rey aragonés deseaba conquistar las islas por avaricia y por tradición familiar. Y también por su fuerte fe católica, claro. Se oyó el repicar de una campana. La judía señaló al origen del sonido.

—Eso también ha puesto en tu contra al rey de Aragón —mintió—. Tus tratos con Génova, su preferencia comercial. Que incluso hayas construido una iglesia para los genoveses.

El emir apuntó con la barba recortada abajo.

—Ahí puedes ver naves con el estandarte de la casa de Aragón.

Ambos nos beneficiamos del entendimiento, por eso me cuesta tanto creer que... —cerró los puños— el rey de Aragón haya pensado en atacarme y quedarse con las islas.

—En verdad es rastrero, mi señor. A él deberían llamar serpiente, y no a ti. Pero es lógico si piensas en cómo ahogan las deudas al rey de Aragón. Ese problema se resolvería al tomar las islas. Sobre todo esta ciudad. Todas las ventajas que ahora tienes tú y que compartes con los genoveses pasarían a él. Pero te lo repito: nada debes temer mientras tengas a Castilla de tu parte. La palabra de mi reina es sagrada.

Cabeza de Serpiente se separó del dintel. La brisa le enfriaba la piel acalorada por el último asalto, así que se cubrió con un manto. Raquel, por el contrario, siguió desnuda. Tal vez fuera por la diferencia entre la sangre caliente de la leona y la fría del ofidio.

—Sin embargo, mujer, hay algo que no entiendo muy bien. La carta de tu reina está clara, pero ¿qué ventaja saca Castilla de no aliarse con Aragón para tomar mis islas?

La embajadora se aplicó en colocarse de forma que la luz mediterránea la alcanzara desde el ventanal e hiciera brillar su piel. La Leona observó a su presa, derrengada tras una gozosa batalla de tres días. Sí. Era el momento de la dentellada final.

—Lo que Castilla te pide en secreto, mi señor, no figura escrito en carta alguna. Mi reina me encomendó que te lo confiara así, de palabra. Cara a cara.

—Habla, mujer.

—Hablo, pues, mi señor emir. Estas son las palabras de Leonor, reina de Castilla. Te ruega que hagas lo que has hecho hasta ahora. Con más ahínco si puede ser. Que los Banú Ganiyya acosen a los almohades. Hostígalos sin cesar, como un enjambre de abejas haría con un crío imprudente que sacude la colmena. Que el nuevo califa no goce de un momento de descanso.

Cabeza de Serpiente dejó que su vista se perdiera en el azul del mar. Asintió un par de veces en silencio. Raquel adivinó qué pasaba por su mente. Primero, la clara comprensión. El musulmán entrecerró los ojos. Ahora llegaba la desconfianza. Acertó.

—¿Qué garantías tengo de que Castilla respetará el pacto? Entiéndeme: puedo enviar lo que resta de la flota y del ejército a Ifriqiyya, sí. Ponerlo todo a las órdenes de mi hermano Yahyá, que sigue allí, dispuesto a apoyar a las tribus rebeldes y dar la batalla a los almohades. —Se volvió hacia ella—. Y tal vez, cuando más débil esté yo, vea aparecer en lontananza las barras rojas y amarillas de las naves enemigas. Y sobre sus cubiertas, las tropas castellanas junto a las aragonesas.

Raquel se acercó de nuevo al emir. Se apretó contra él y se dejó envolver, como si en lugar de una leona fuera un conejillo atrapado por la serpiente. La virilidad de Ibn Ganiyya no tardó mucho en volver a despertar.

—Considera, mi señor, lo que te digo. Castilla ha sido derrotada por los almohades. Y tras perder en el campo de batalla a sus mejores tropas, durante dos años ha soportado las mayores humillaciones sin atreverse a alzar la voz. Cuando el califa al-Mansur estaba a punto de tomar Toledo, decidió regresar a África, y eso salvó la vida a todos los cristianos; no solo a los de Castilla, también a los de Aragón, Navarra, León... La única causa de que el califa les diera ese respiro fue la rebelión que late en Ifriqiyya. Puedes creer que todas las madres y esposas cristianas bendijeron la causa de esos rebeldes, porque alejaba de sus puertas el horror del degüello y la esclavitud. —Lo miró a los ojos y recordó lo que el rey aragonés le había contado sobre la estirpe almorávide de la serpiente—. Mientras tu dinastía muerda los pies de los perros almohades, nuestras vidas están a salvo.

»Se dice también en Castilla que el nuevo califa es un muchacho débil y asustadizo, dominado por visires que disienten en su forma de gobernarlo. Sabemos que su difunto padre, al-Mansur, ganó gloria militar cuando no era más que un príncipe; pero parece que este chico no es igual. ¿Acaso no tienes razones sobradas para tomar venganza de los almohades?

Cabeza de Serpiente endureció el gesto. Su dinastía, encerrada en las islas levantinas, era todo lo que quedaba del poderoso reino que había dominado al-Ándalus y el norte de África desde antes de que los almohades existieran. Pero esos malditos pastores de cabras habían salido de sus cuevas en las montañas para arrebatarles poco a poco la gloria y empujarlos hasta aquel reducto isleño. Esa y no otra era la causa de que, uno tras otro, los hijos de los Banú Ganiyya se hubieran empecinado en soliviantar a las tribus rebeldes de Ifriqiyya; y se habían convertido en el peor tormento de los almohades en los límites orientales de su imperio. Acarició los mechones ondulados que caían sobre los hombros desnudos de Raquel.

—Dime, mujer. Si yo no aceptara la propuesta de tu reina... Si me negara a mandar mis naves y a mis guerreros a Ifriqiyya, ¿qué pasaría?

La Leona ronroneó como una gata. Volvió a ponerse de rodillas y tomó entre ambas manos el miembro del emir, de nuevo erguido y duro como los muros que elevaban el alcázar sobre el puerto mallorquín. Acercó sus labios y derramó su aliento. La lengua asomó entre los dientes. Pero antes de llenar su boca, Raquel miró arriba, a los ojos enfebrecidos de la serpiente.

—He de regresar a Castilla, mi señor, para llevar tu respuesta a la demanda de mi reina. Y de esa respuesta dependerá que vuelva a Mallorca. Porque si no aceptas, me verás de nuevo. Y llegaré junto a cientos de naves y miles de guerreros que, te lo juro, hollarán tus islas con sus pies y exterminarán hasta al último de tus súbditos.

Finales de 1199. Calatrava

Ibn Qadish pasó revista a sus lanceros, tiesos como cañas a ambos lados del portón. El alcázar estaba abierto para recibir al extraño e ilustre visitante, pero nadie en su interior sabía cómo debía comportarse.

La comitiva era corta. Una veintena de jinetes cristianos y otros tantos andalusíes. Todos ellos se detuvieron en la medina, junto a la cumplida caravana de mulos y carretas. Solo el viajero principal entró en el alcázar a lomos de un enorme animal con largas crines. Nadie reprimió la sorpresa. Ibn Qadish tuvo que reconocer que jamás, ni siquiera entre los titánicos Ábid al-Majzén, había visto a un gigante similar.

Sancho de Navarra agotó sus fuerzas para desmontar. Su rebosante humanidad tembló y una nube de polvo lo rodeó al saltar a tierra. Miró alrededor, no muy seguro de quién era el jefe de la plaza. Un sirviente andalusí corrió a su lado y se presentó como intérprete. Eso complació al caíd de Calatrava, que entendía perfectamente el romance, como buen guerrero de frontera. Pero siempre era mejor que los cristianos no lo supieran. Así, confiados, hablaban con más libertad entre sí.

—Bienvenido, mi señor —saludó en árabe—. La paz de Dios sea contigo. Nos avisaron de tu llegada, así que tienes lista una cámara en mi propia casa. Soy Ibn Qadish, caíd de Calatrava y arráez de las fuerzas andalusíes en la frontera.

Sancho resopló mientras el sirviente pasaba las palabras al romance.

—Bien. Da orden de que traigan mi carga. No quisiera perderla.

Ibn Qadish obedeció tras vacilar un instante. Varios criados tiraron de las riendas para que las mulas se adentraran en el reducto más protegido. Los cofres que cargaban en sus lomos parecían pesar bastante, y todos suponían cuál era el contenido. Se sabía que el rey de Navarra se había presentado en Sevilla unos meses antes para reclamar una entrevista con el nuevo califa. Pero Muhammad an-Nasir andaba ocupado en África, así que le dio largas. Sancho se impacientó y hasta exigió que le cruzaran el Estrecho. Nada.

—Mi señor —Ibn Qadish le invitó con un gesto a entrar en su casa—, puedes descansar del viaje si lo deseas. Además, necesito hablar contigo. Si no tienes inconveniente.

El gigante asintió en cuanto el traductor hizo su trabajo. Pese al relente invernal, su frente estaba perlada de sudor. Anduvo a cortas zancadas, seguido por el intérprete, e ignoró la reverencia de Ramla. Maldijo al ver que no había silla capaz de soportar su peso en la casa, así que acabó medio tumbado sobre los almohadones. Los criados se apresuraron con agua y pasteles de almendra. No tardó mucho en empezar con sus demandas.

—Caíd, he recorrido el Guadalquivir cobrando las rentas que me regaló el gobernador de Sevilla a órdenes de vuestro califa en África. Y aguardando que me trajeran las de la parte de Granada y Málaga. Espero que lo sepas: Calatrava también me debe tributo.

Ibn Qadish apretó los labios. Lo que Calatrava necesitaba era dinero y, sobre todo, hombres dispuestos a defender la frontera. Regalar dinares a un rey decrépito no era la mejor forma de asegurar el dominio andalusí al sur del Tajo.

—Por supuesto, mi señor. Hemos preparado la cantidad que el príncipe de los creyentes tuvo a bien prometerte para mejorar tu lamentable estado.

Sancho de Navarra, que apenas había reparado en el caíd, levantó la vista. Fulminó a Ibn Qadish con aquella mirada de búfalo. Pero se abstuvo de decir lo que pensaba.

—¿Qué es eso que querías contarme, moro?

El caíd de Calatrava sonrió.

—Termina de comer primero, mi señor. Se ve que lo necesitas.

El cristiano gruñó una maldición, pero lo hizo con la boca ya llena, así que no se entendió muy bien y el intérprete ni siquiera se molestó en traducirla. Devoró la pitanza en media docena de bocados, pero luego no supo qué hacer. Se sentía incómodo en cualquier posición. Acabó arqueado, con las lorzas presionando sus ropajes y las piernas a medio doblar bajo aquel enorme trasero.

—Ya está, moro. Habla de una vez.

—Verás, mi señor: hace unos días, mis hombres interceptaron un destacamento cristiano en la parte de Consuegra. Venían en son de paz, así que les dieron escolta hasta Guadalerzas. Allí me entrevisté con su jefe. Un obispo nada menos.

Sancho de Navarra atendía sin mucho interés.

—¿Y qué tiene eso que ver conmigo? Consuegra está en manos de sanjuanistas, ¿no? Será algún cura castellano que quiere redimir cautivos. Yo no estoy aquí para eso. —Arrugó el gesto. Por un momento, Ibn Qadish incluso temió que fuera a escupir—. Vine a conseguir ayuda militar. Y en lugar de eso, tu jodido príncipe de los creyentes me ha despachado como a un mendigo. Con limosnas.

—Que tú no te privas de recoger, perro —respondió como un relámpago Ibn Qadish, aunque enseguida hizo un gesto al intérprete—. No traduzcas eso. Dile mejor que el obispo que cruzó desde Consuegra no viene de Castilla, sino de Navarra. García se llama.

La sorpresa fue mayúscula. El obispo de Pamplona en tierra de infieles. ¿Por qué?

—Quiero verlo de inmediato.

—Lo suponía. —Ibn Qadish disfrutaba—. Por eso, cuando supe que venías hacia aquí, mandé a buscarlo.

El rey navarro se congeló cuando Ramla apareció desde una de las cámaras con el obispo de Pamplona tras ella. El matrimonio de andalusíes se retiró a un rincón junto al intérprete, aunque los tres permanecieron en la estancia.

—García, ¿qué haces aquí?

El obispo, con las ropas tan polvorientas como las del monarca, entrelazó los dedos.

—Mi rey, quería ir a Sevilla para buscarte, pero estos sarracenos me explicaron que ya no estabas allí. Me obligaron a quedarme en este yermo plagado de infieles. Sin una mísera capilla para rezar.

—Hicieron bien. Me tuvieron semanas en Sevilla, aguardando respuesta de su miramamolín, pero no ha hecho sino darme largas desde el otro lado del Estrecho. Que tiene sus propios problemas, dice. Que respeta nuestro acuerdo, pero que también ha firmado treguas con Castilla. Al final decidió asignarme rentas de una buena ristra de villas andalusíes. Llevo semanas recorriendo los campos de los moros para cobrarlas. Eso es lo que he conseguido: dinero. —Sancho de Navarra soltó una carcajada ronca—. Dinero... No está mal, pero ¿voy a comprar el triunfo de Navarra o voy a ganármelo como hacen los reyes de verdad? Caballería, peones, ballesteros, armas... Eso era lo que necesitaba. Con dinero almohade, poco voy a poder defenderme de mi maldito primo castellano.

—De eso quería hablarte con urgencia, mi rey.

Los peores presagios se cernieron sobre el monarca navarro como una de aquellas tormentas que azotaban las costas guipuzcoanas.

—¿Qué? ¿Qué nueva maldad me envía Satanás?

—La misma que había a tu marcha. Pero mientras tú andabas lejos, tus tierras quedaban desamparadas. Vitoria llegó al límite de su aguante hace tiempo.

Sancho dejó caer la cabeza, aunque la doble papada amortiguó el golpe contra el pecho.

—No puede ser. Chipia me era fiel. Tenía que resistir.

—Y resistió. Pero se acabaron las provisiones. Empezó a morir la gente, y los demás enfermaron. Pese a todo cumplieron los de dentro, muchos a desgana. Me pidieron por mensaje que me entrevistara contigo, así que pedí permiso a los castellanos. A un hombre de Dios no habían de negar el favor, de modo que pude entrar y verlo todo. Un infierno, mi rey. Un estercolero lleno de cadáveres que se pudren, porque los castellanos no les dejan ni echarlos fuera de las murallas, y dentro no queda sitio para enterrarlos. Martín Chipia me dio este mensaje: que acudas en su auxilio con nutrida hueste para salvarles la vida y mantener Vitoria o, de lo contrario, solicita tu permiso para rendirse a Castilla. Para Epifanía he de llevarle respuesta o, de todos modos, rendirá la plaza.

Sancho de Navarra se llevó las manos a la cabeza. Por un momento pareció que iba a echarse a llorar.

—Vitoria está perdida. ¿Eso me estás diciendo?

El obispo García suspiró. Miró con lástima a su rey.

—Vitoria está perdida, sí. —El clérigo levantó la mano y empezó a contar dedos—. También se han entregado Arlucea, Fuenterrabía, Záitegui, Marañón, San Sebastián... Toda Guipuzcoa y el

Duranguesado se han pasado en bloque a Castilla. Y cuando se rinda Vitoria, también habrás perdido Álava.

Ahora sí brotaron las lágrimas de los ojos hundidos en la caraza del rey. Sus hombros de buey se vencieron antes de agitarse como los de un crío. El obispo de Pamplona, avergonzado, le dio la espalda. Ibn Qadish tiró de su esposa y ambos salieron afuera. Solo el traductor se quedó junto a los cristianos.

—Te has enterado de todo, ¿verdad? —dijo Ramla.

El caíd sonrió. Las aves montaban escándalo en el palomar, y aun así habló en voz baja mientras, dentro, el rey Sancho gimoteaba.

—Un auténtico coloso. Pero o bien le puede la desesperación, o bien es el hombre más estúpido sobre la tierra. Ha abandonado su reino cuando más lo necesitaba. Por lo que han dicho, creo que Navarra ha perdido la mitad de sus tierras.

Ramla se estremeció cuando el gigantesco Sancho lanzó un gruñido. Toda la casa tembló.

—Parece muy fiero. A pesar de las lágrimas.

—Cierto. —Ibn Qadish anduvo entre las matas del jardín que Ramla cuidaba con esmero—. No me gustaría encontrármelo enfrente en plena lucha. Pero no debe de ser muy buen rey. Por lo que he entendido, solo una de sus ciudades se resistió al enemigo. Las demás se entregaron de buen grado.

Ramla observó a su esposo. El caíd de Calatrava acariciaba las paredes del palomar. Pero su mente viajaba lejos, podría jurarlo. Dentro, Sancho de Navarra volvió a rugir.

—¿En qué piensas?

—En eso. En malos reyes que no miran por su pueblo. Que lo dejan a su suerte cuando acecha el peligro. ¿Acaso no hicieron bien esas plazas en abandonar su fidelidad? Si el que manda te desampara, ¿por qué seguir bajo su obediencia?

16

El espíritu del héroe

Principios de 1200. Santa María de Huerta

Velasco comprobaba la textura de los nuevos pergaminos. El comerciante lo observaba con media sonrisa mientras él pasaba los dedos por encima, escuchaba su crujido al doblarlos, acercaba la nariz y aspiraba.

—No está mal. ¿De León?

—Sí, señor monje. Este de cuero es de Pedro Juánez. Más caro, pero bien adobado. En el de paño te haré un descuento, pero solo si te quedas con toda la carga. Yo no lo pensaría mucho. Mira que si se tuerce la amistad entre castellanos y leoneses, podrías verte escribiendo en teja.

Velasco no se molestó en regatear. Las cosas marchaban bien en Santa María de Huerta, sobre todo después de la última visita real. Resultaba, además, que no pocos nobles habían optado por imitar a Alfonso de Castilla, y se pasaban por el monasterio para dejar sus donaciones, si podía ser con muchos testigos. Hasta el rey de Aragón, que no andaba sobrado de dineros precisamente, había contribuido a la prosperidad cisterciense.

El pergaminero cobró de largo y se fue con el carro vacío. Comprar material era trabajo del hermano *vestiario*, pero Velasco había demostrado soltura con todo lo relacionado con la escritura, así que, desde que lo habían ordenado el otoño anterior, era él quien hacía y deshacía en el *scriptorium*. Bajo la mirada atenta de fray Martín de Hinojosa, por supuesto.

A sus órdenes, los dos jovenzuelos que servían a los copistas entraron en la cilla con el nuevo cargamento. Velasco se desentendió de ellos y pasó al claustro. Los monjes despertarían pronto de la siesta para comer un bocado ligero y darse al trabajo hasta vísperas, pero él prefería seguir despierto. Lo mismo que Hinojosa.

—¿Buen material, hermano?

—Muy bueno, fray Martín. De León. Y como ya tenemos repuesto, puedes pasarme cuando quieras ese *Comentario del Apocalipsis* que trajiste de Cardeña. Lo copiaré sobre cuero.

El ex obispo sonrió con un punto enigmático.

—La verdad es que fui a San Pedro de Cardeña a propósito para tomar prestada esa obra, pero, cuando estaba allí, me acordé de lo que dijo la reina Leonor. ¿Te acuerdas tú, fray Velasco?

—¿Sobre el espíritu del Cid?

—Eso mismo. Ven conmigo.

Hinojosa recorrió la panda oeste y entró en el *scriptorium*, vacío a aquellas alturas de la tarde. Se agachó tras su pupitre y sacó un cuaderno que abrió con gran cuidado. En el códice, torpemente iluminado, se amontonaban los versos en latín. Velasco se inclinó sobre él e intentó traducir sobre la marcha:

—*Podríamos cantar las... gestas célebres de Paris y Pirro, y las de Eneas, que ya escribieron con... con gran alabanza muchos poetas.* —Levantó la vista—. ¿Un himno pagano, fray Martín?

—Podría ser. Ellos ensalzaban a sus héroes, ¿verdad? Pero sigue leyendo y dime a quién se ensalza aquí.

Velasco se aplicó. Sus labios se fueron estirando en una sonrisa mientras recorría las líneas irregulares.

—*Con alegría oíd, oh, muchedumbre del pueblo, del Campeador la gesta.*

—El Cid, fray Velasco. Ese cuyo espíritu debe poseernos a todos.

El recién ordenado monje separó la cabeza del códice. Alzó las cejas.

—¿De verdad quieres que lo copie, fray Martín? ¿De dónde lo sacaron los de Cardeña?

—Se lo dio un peregrino que venía de Aragón, creo. No muy habilidoso, por lo que parece. Si es que fue él quien lo copió.

—Bastante torpe, de hecho. No sé por qué ha llamado tanto tu atención. —No disimuló el gesto de desprecio—. Esto lo puede copiar cualquiera de esos críos.

Martín de Hinojosa ladeó la cabeza mientras examinaba el códice. Asintió muy despacio.

—No lo he traído por eso. El abad Miguel no lo espera de vuelta en Cardeña, así que podemos quedárnoslo. Pero mi idea no era simplemente tenerlo aquí, guardado en la biblioteca para que otros monjes lo consulten, lo copien y se lo lleven a sus monasterios. —Tomó asiento sobre su escaño y señaló el pupitre más cercano a Velasco. Este también se acomodó—. Lo que quiero es que pienses en esto: los paganos tenían a sus héroes nacidos de diosas, capaces de luchar con los ríos o de matar a miríadas, de fundar imperios, de destruir ciudades. Imagina que nosotros tuviéramos algo así. Y no hablo de mentiras antiguas sobre un semidiós imbatible o de un héroe listo para exterminar bestias encerradas en laberintos. Hablo de personas corrientes. Tan expuestas a la muerte como nosotros.

—Pues valiente tipo de héroe, fray Martín. Las personas corrientes no causan admiración.

—¿Seguro, hermano Velasco? Yo creo que depende. —Señaló al códice—. Depende, sobre todo, de cómo se cuente su historia.

»Verás: durante el tiempo en el que fui obispo me alejé, aunque nunca de corazón, del sentir de nuestra orden. Dios me perdone, pero a veces añoro esa forma de rendir adoración que tienen las gentes simples que viven fuera. La belleza, Velasco, les atrae. A ellos no puede decirles gran cosa la sencillez del Císter, ni siquiera cuando la comparten. Pero en la iglesia de Sigüenza los vi, ¿sabes? Leían, aunque no sabían leer, en las figuras de los capiteles. Y en las pinturas de los muros. Así aprendían las Santas Escrituras. Eso es mucho mejor que los latinajos de los sermones, que casi nadie entiende. Y para qué hablar de estos códices, que jamás alcanzarán a las gentes llanas que pueblan la cristiandad. ¿Acaso lo que hacemos lo hacemos para almacenarlo, clasificarlo y admirarlo así, sin atrevernos a pasar nuestros dedos sobre la tinta seca?

»Dime, fray Velasco: ¿cómo podría el villano dejarse poseer por el espíritu de un héroe? Más aún: ¿cómo van a hacerlo hombres de armas, nobles o reyes? —Golpeó con el dorso de los dedos el códice de Cardeña—. ¿Con esto?

Velasco se mordió el labio. Él también acarició los cuadernillos de pergamino.

—Una vez, cuando era crío, un bardo pasó por Medinaceli. Lo recuerdo bien. Fortún Carabella se llamaba. —Contuvo la risa—. Lo corrieron a palos porque se benefició a la hija del herrero... —Se llevó la mano a la boca—. Oh, perdona, fray Martín.

Hinojosa sonrió.

—Bueno, no es el mejor ejemplo para un cristiano.

—No, claro. Lo que importa no es eso, sino que Carabella sabía cómo hacerse escuchar. Cuando llegó a Medinaceli, llamó a la gente con gran alharaca y no paró hasta reunir a media villa junto al mercado. El rufián empezó a contarnos una historia mientras rasgaba su viola. Algo sobre amores y guerras de caballeros remotos. Las mujeres atendían con gusto a sus requiebros, y a los hombres también les gustaban aquellos cuentos de guerreros, burladores y doncellas pícaras. Los críos teníamos cosas mejores que hacer, claro. Cazar lagartijas y diabluras semejantes. Pero recuerdo bien las caras que se les quedaban a los mayores cuando el juglar acababa con lo suyo.

—¿Y bien?

Velasco se lo pensó. Como si estuviera a punto de decir una estupidez.

—Tal vez así, contado de una forma... distinta, la gente lo escucharía. Y comprendería. Lo sentiría dentro. —Su mirada volvió a perderse en algún punto del techo—. Sería como leer en esos capiteles de Sigüenza. ¿No sirven las Santas Escrituras para salvar las almas? ¿Y si nuestras escrituras también fueran útiles? Tal vez el alma quede lejos de nuestro alcance, pero podríamos cambiar tantas cosas...

—Cambiar, sí. Aunque te diré la verdad —Hinojosa golpeó el códice con los nudillos—: si un juglar me recitara esta retahíla de versos apretujados, escaparía más rápido que ese Carabella perseguido por el herrero.

Velasco se palmeó las piernas a través del hábito. Se puso en pie.

—La siesta acabará enseguida y esto se llenará, fray Martín. ¿Quieres que copie el códice o no?

—Haz lo que gustes con él. Cópialo o... úsalo para lo que se te ocurra. Y piensa en lo que hemos hablado. Se trata de cambiar. —También se levantó, aunque con bastante más esfuerzo. Puso la mano sobre el hombro de Velasco—. De que todos cambien. El letrado y el ignorante. El amo y el siervo.

Hinojosa salió del *scriptorium*. Y Velasco retuvo en la memoria aquella loca idea: cambiar a la gente a través de la escritura.

—¿Por qué no?

Al mismo tiempo. Burgos

Fuera, palmo y medio de nieve cubría la ciudad y jalonaba de crespones blancos cada merlón. Pero en la sala principal del palacio de La Llana era verano. El pino ardía entre chisporroteos y extendía un suave olor a resina. El príncipe Fernando, tendido sobre una tupida alfombra frente al fuego, acariciaba uno de los cachorros cazadores de su padre. Y al fondo, lo suficientemente lejos como para no estorbar las conversaciones, cantaba un juglar:

> *Bien muerto está el que no siente*
> *en el corazón algún dulce sabor;*
> *y ¿de qué vale vivir sin amor*
> *sino para molestar a la gente?*

Fernando se volvió hacia su derecha, donde holgazaneaban las doncellas de su madre. Entre ellas, todas cristianas, destacaba Raquel como un rubí entre pedruscos. Sentada en el otro extremo de la alfombra, la judía leía un texto en árabe. Cuando sintió la vista del muchacho sobre ella, dejó de prestar atención y le devolvió la mirada. Sonrió.

—A tu hijo le gusta mucho la judía.

La anciana lo había dicho en voz baja. Aunque no era necesario disimular. Había hablado en lengua normanda y, además, el canto del juglar encubría todo rumor. Leonor Plantagenet observó de reojo a su madre, la mujer que había llevado a maltraer a media Europa y había enamorado a la otra media. Aunque la belleza de Leonor de Aquitania se había marchitado tiempo atrás. Ahora, con casi ocho décadas de vida a las espaldas, solo le quedaba la astucia. Además de una incomparable veteranía, claro.

—Fernando es un hombre aunque solo tenga once años —respondió en su lengua materna la reina de Castilla—. Y a Raquel le sobra belleza.

La vieja mostró sus encías desnudas. Alargó una mano temblorosa y de dedos huesudos para acariciar el brazo de su hija. Lo hizo con ternura, porque de cinco hembras que había parido, Leonor Plantagenet era la única que aún viva. La última en morir, Juana, lo había hecho apenas unos meses antes, así que el dolor le escocía a Leonor de Aquitania como solo puede escocer a una madre obligada a enterrar a sus hijas.

—Vigila a esa mujer de todas formas. Tus demás doncellas la envidian, no sé si lo habrás notado. Y de cualquier modo, escucha mi consejo: no confíes jamás en una judía.

La reina de Castilla devolvió la carantoña a su madre. La suspicacia de la anciana resultaba lógica tras haber vivido tantas traiciones y desengaños.

Había llegado a Burgos unos días antes. Madre e hija se reunían después de treinta años sin verse. La razón era que la infanta Blanca se había prometido con el rey de Francia, y la abuela venía a llevársela. Por eso el corazón de Leonor Plantagenet se dividía. Una parte de él añoraba los abrazos de la madre que ella recordaba, aún hermosa y enérgica. La otra parte la odiaba porque la separaba de una de sus hijas, convertida ahora en instrumento para forzar la paz entre Francia e Inglaterra. Pero la reina de Castilla tenía que morderse la lengua. ¿O acaso ella no se había servido también de instrumentos semejantes? Y, sobre todo, ¿acaso no mantenía a Raquel separada de su hijo Yehudah?

—La judía se ha ganado mi confianza, madre. Tiene razones para trabajar por Castilla con tanto ímpetu como yo misma. Y se lleva bien con el príncipe. Dejemos que Fernando sea feliz ahora, cuando una mirada o una sonrisa pueden hacer que sueñe por las noches. Tiempo habrá para la tristeza y el insomnio.

—No tenemos derecho a ser felices, hija. Dios nos lo arrebató cuando decidió adornarnos con una corona.

Bien lo sabía Leonor de Aquitania, que había dado a luz a tres reyes, dos reinas, un duque, un conde y dos condesas. ¿Habría sido feliz alguno de ellos a pesar de todos los títulos?

—¿No querías que habláramos de mi dote, madre?

La anciana devolvió la mano al regazo.

—Tu dote, sí. A tu hermano Ricardo ya le resultó duro imponer su autoridad en Gascuña. Y cuando murió, las cosas se pusieron aún más difíciles. Los señores gascones están ensoberbecidos, y tu esposo acaba de adelantar sus fronteras hasta allí. Debes convencerlo para que entre en las tierras con las que te dotamos antes de casarte. Que las reclame para sí.

En teoría, Alfonso de Castilla estaba en su derecho. Pero Gascuña era algo que jamás le había quitado el sueño. Demasiadas preocupaciones tenían en casa.

—Madre, toda la cristiandad está amenazada por los sarracenos. Ahora no podemos desviar nuestra atención. Sé que para ti es difícil de entender, pero Castilla no es Inglaterra. Nosotros luchamos por nuestra supervivencia.

Leonor de Aquitania observó a su hija con ojos acuosos.

—Ya me sé esa historia. Aunque tu esposo parece haberla olvidado. ¿Por qué lucha contra los navarros en lugar de atacar a los infieles?

—Un contratiempo que se solucionará. Que yo solucionaré. —Señaló a Raquel con la barbilla—. Con su ayuda.

La anciana negó con la cabeza.

—Has pasado demasiado tiempo en estas tierras, hija. Deberías cuidar la herencia de ese niño.

—Es lo que hago. —Ahora fue ella la que posó su mano sobre el brazo de su madre—. Si no vigilo lo suficiente, todo lo que heredará será un dogal de hierro en torno a la garganta.

La puerta se abrió en ese momento. Los monteros se hicieron a ambos lados y el rey de Castilla entró con una amplia sonrisa. Tras él se coló en la estancia una pequeña legión de sirvientes. El príncipe Fernando se desentendió del cachorro.

—¡Padre!

Su abuela rio al ver cómo el crío se arrojaba en brazos de Alfonso. Luego miró de reojo. La judía, como las demás doncellas, se puso en pie para hacer una profunda reverencia. Leonor dio un par de palmadas, a las que acudieron solícitos varios criados.

—¡Vino para el rey! ¡Y traed algo de comer! ¿Mucho trabajo, esposo?

El rey depositó al príncipe de vuelta en el suelo mientras los criados pasaban raudos junto a él. Otros se aplicaron a recoger la espada ceremonial que llevaba al cinto, a despojarle del manto y a preparar el sitial junto a la reina.

—Mucho trabajo, sí —dijo el monarca—. Me dejo los ojos en el papel, pero los fueros de las villas marítimas son importantes. Sobre todo para que el comercio con Inglaterra vaya como la seda, ¿verdad, mi señora?

Leonor tradujo para su madre. La anciana mostró su conformidad.

—Ahora, esposo, descansa y disfruta de la música. —El juglar, que había detenido su canción al entrar el monarca, obedeció el gesto de la reina y siguió con sus versos. Alfonso de Castilla reparó entonces en Raquel, que permanecía inclinada.

—Continúa con lo tuyo, muchacha. Y las demás, claro.

Pero solo ella respondió:

—Gracias, mi señor.

Leonor Plantagenet reparó en la mirada del rey. En el rato de más que este la sostuvo sobre la judía. Y después se fijó en el príncipe, que tampoco le quitaba ojo. Pero lo peor fue que los sirvientes y las demás doncellas también se habían dado cuenta. Una de ellas incluso dio un golpecito a otra con el codo. La reina de Castilla carraspeó.

—Esposo, mi madre me hablaba de la cuestión gascona.

—Ah. Sí, tendremos que considerarlo... En fin, ahora me gustaría descansar.

Cuando Alfonso tomó asiento junto a la reina, esta se inclinó hacia su oído.

—Muy guapa, ¿verdad?

El rey enrojeció.

—¿Quién?

—Ella. La judía.

—Ah. Sí, claro... No está mal. Pero deberías procurar que no esté cuando venga el arzobispo.

—El arzobispo ha hecho menos por Castilla que ella. —Leonor Plantagenet fingió enojo—. Aunque, por lo visto, unos y otros os habéis propuesto contradecirme. A mi madre no le gusta Raquel, al arzobispo no le gusta Raquel, a ti no te gusta Raquel...

—¡No, no! —Sonrió el rey—. A mí sí que me gusta. —Volvió a observar a la judía, absorta de nuevo en la lectura—. Me gusta mucho.

Leonor Plantagenet sintió esa pequeña punzada. Como si un alfiler le raspara el corazón. También notó la mirada de su anciana madre puesta en ella. No necesitó saber qué pensaba. Ni la edad pasaba en balde ni el deseo era tan efímero como la belleza. Por primera vez en su vida se planteó si la fidelidad de Alfonso estaba fuera de duda. Más ahora, cuando el lazo que los había unido se tensaba hasta un punto antes de la ruptura. Tal vez debería dejar de zaherirlo. De provocarlo con el recuerdo de Alarcos. De repetirle que Castilla carecía de paladines.

—Quizá Castilla no sea Inglaterra —susurró en normando la anciana Leonor de Aquitania—. Pero a los hombres les cuelga lo mismo entre las piernas aquí y allí.

Dos meses más tarde. Al sur del Yábal Khal

Las llamaban así, Montañas Negras, porque al mirarlas desde el sur, con la cegadora claridad de fondo, su silueta oscurecía como nubarrones de tormenta.

Y una tormenta era lo que se había desatado cuando la tribu gazzula, alentada por un visionario radical, había decidido no prestar juramento al nuevo califa. La muerte de al-Mansur y la fama de debilidad del heredero lo habían envalentonado. ¿Quién es ese tal Muhammad que se hace llamar an-Nasir?, se preguntaban los gazzulas. ¿Un crío tartamudo que apenas puede sostener una espada? La tribu al completo había abandonado sus tierras, al sur de Rabat, para atravesar las montañas y presentarse en el límite con el desierto. Su objetivo era evidente: soliviantar a las tribus sanhayas para que se unieran a su rebelión. Y así todos ellos, tenidos por razas inferiores según la doctrina almohade, recuperarían la dignidad. Eso pensaban.

La revuelta había pillado por sorpresa al Calderero. Tenía a su cargo la red de *talaba* con todos sus delatores, pero alguien se había mostrado tibio ante los conatos de desobediencia. Había que reaccionar rápido y de forma ejemplar. Por eso practicó una pequeña purga entre sus funcionarios para dar ejemplo y, a continuación, escogió un contingente mixto: medio millar de jinetes *agzaz* y otros quinientos lanceros masmudas. Solo que Muhammad, que ahora vivía encantado con su apodo de an-Nasir, se enteró y le entró la euforia. Ahora podía hacer aquello que su padre le había evitado en vida. Y tendría la oportunidad de desquitarse. De demostrar que podía ser tan victorioso como Yaqub al-Mansur. O más. Al principio, el Tuerto había decidido quedar al margen, pues prefería concentrarse en el problema de Ifriqiyya antes de que se agravara. Pero ahora, con el califa implicado, no le quedaba más remedio que unirse a la expedición y velar por su vida. ¿O acaso podía fiarse del intrigante Calderero?

An-Nasir no quiso perder tiempo, así que trasladó a sus hombres a marchas forzadas a través de los Montes Atlas. Y al descender el Yábal Khal, localizó a los rebeldes gazzulas. Se habían hecho fuertes en un oasis de la llanura costera. El último reducto con agua antes de internarse en el océano de arena por el que transitaban las caravanas de oro y esclavos.

—Hay que barrerlos. Si las rutas se ven amenazadas, el tesoro se resentirá —sentenció el Calderero. Como si aquello no fuera evidente.

Los observaban desde las lomas del norte, con el Yábal Khal a las espaldas. Los gazzulas se parapetaban tras una barricada de palmeras que habían cortado a hachazos y a la que acababan de añadir sus propios bártulos y montones de pedruscos.

—No me preocupa que corten la ruta —intervino el Tuerto—. Sino el agua. Ellos tienen toda la que se puede conseguir por aquí.

—P-p-palabras y palabras. —An-Nasir se abrió paso por entre sus dos visires. Resultaba un poco ridículo, y no porque fuera el más bajo de los tres, sino porque la cota de malla le quedaba demasiado grande y el yelmo, calado hasta las cejas, le hacía sudar copiosamente—. D-d-da igual la razón. Hay q-q-que atacar ya.

El Tuerto se separó un poco y se hizo sombra con la mano. La suave pendiente descendía hasta el oasis sin obstáculos, pero dos bruscas elevaciones del terreno lo protegían a ambos lados. Eran los súbitos pliegues del valle del Draa, que parecían surcos en un sembrado gigantesco.

—La parte sur estará igual de fortificada, así que solo podemos acercarnos de frente. Pero ellos tienen la posición ventajosa, príncipe de los creyentes. Deja que piense algo y...

—¡No! Ibn Yami, p-p-prepara a los hombres. C-c-carga frontal.

El Tuerto no se atrevió a insistir. El califa ya caminaba hacia su caballo, con el yelmo bamboleándose. La docena de Ábid al-Majzén que habían venido como escolta aprestaron sus gruesas lanzas. La piel negra les brillaba bajo los correajes cruzados. Montaron para tomar posiciones alrededor de an-Nasir.

—¡Atención! —gritó el Calderero—. ¡En línea para cargar!

Los caballos relincharon. Los *agzaz* se adelantaron, sus enormes mostachos chorreantes de sudor. El contingente almohade se tornó vivaz cuando los colores chillones de los jinetes asiáticos cerraron filas. Si hubiera sido una expedición normal, el gran tambor habría sonado desde algún cerro. Pero aquello parecía más un paseo. Al Tuerto le dio muy mala espina. Se acercó al Calderero y habló en voz muy baja.

—No lances a los *agzaz* en cabeza. No sirven para luchar de cerca.

El Calderero observó a su homólogo con desprecio. Pero no era tonto.

—¡Jinetes, a los flancos! ¡Lanceros, avanzad!

Los quinientos masmudas obedecieron. Sus líneas se compactaron nada más rebasar a los ligeros y pequeños caballos de los *agzaz*. Estos se miraron entre sí. ¿Desde cuándo la infantería atacaba la primera? Tiraron de las riendas para dirigirse a las alas. El Tuerto suspiró aliviado. Si el joven califa se empeñaba en equivocarse, que al menos no les costase la vida a todos.

El corazón palpita fuerte en el pecho de Muhammad an-Nasir. Es su primer intento. Su prueba de fuego. Ahora no contempla el combate desde lejos, ajeno a las órdenes. Esos hombres que caminan hacia la batalla lo hacen porque él lo ha decidido.

Extraña sensación la de disponer sobre la vida y la muerte. Causa un regocijo que choca con ese nudo en el estómago. Poco a poco, los soldados dejan de ser personas con pasado, con familia, con sueños. Se convierten en borrones que forman filas y empuñan lanzas. Ellos también sienten ese desapego, seguro, porque poco a poco armonizan sus pasos, como si en lugar de medio millar, fuera un solo masmuda el que avanza contra el enemigo.

Se oye un zumbido. An-Nasir localiza su origen en el oasis arrasado. Tras los troncos de las palmeras, los rebeldes gazzulas hacen girar sus hondas. Decenas de pequeños proyectiles rasgan el aire, y la infantería masmuda sube sus escudos de piel de antílope. La piel del joven califa se eriza cuando le llega el repiqueteo. Se producen sonidos de metal cuando alguna piedra acierta en el yelmo de un almohade. Pocas bajas. Nuevo zumbido. Segunda andanada. Impactos. An-Nasir mira al Calderero.

—¡Q-q-que vayan más dep-p-prisa!

Ibn Yami espolea a su caballo con gesto de aprensión. No le gusta acercarse al fregado. Lo refrena a distancia prudente para transmitir la orden del califa, y los masmudas arrancan a correr. Se eleva un griterío sobre la tierra rojiza que precede al desierto sin fin.

Aún da tiempo a dos granizadas más que, con lo corto del espacio, resultan más certeras. Varios almohades caen y otros tropiezan. Se produce un pequeño caos que los soldados, veteranos de las campañas en al-Ándalus y Castilla, arreglan enseguida.

Pero surge un problema. Cuando los lanceros llegan hasta la barricada, deben escalarla. Trepar por la maraña de troncos les obliga a ayudarse con las manos, así que se descubren, rompen las filas, se exponen al enemigo. Los gazzulas lo aprovechan. Desde sus posiciones seguras, las rocas del tamaño de puños aplastan rostros. Las flechas disparadas a un par de codos atraviesan cotas, y las picas perforan pechos, cuellos, muslos. Los heridos resbalan desde la barrera de hojas y madera, obstaculizan a los compañeros que los suceden.

An-Nasir está demasiado lejos para saber qué está fallando. Solo ve que sus líneas se apilan contra la burda barrera enemiga. Hasta él llegan gritos de angustia, pero es incapaz de reconocer si son de los almohades de pura raza o de los rebeldes gazzulas.

—¿Q-q-qué pasa?

El Calderero, desconcertado, no sabe qué contestar. El Tuerto sí.

—No se puede asaltar una posición fortificada con esa alegría, príncipe de los creyentes. Es lo que intentaba decirte.

An-Nasir enrojece. Su piel, mucho más clara que la del hintata tuerto, se enciende de forma notoria. Aprieta los dientes y se dirige al Calderero.

—¡V-v-ve hasta allí! —Señala la lejana matanza—. ¡Q-q-que rebasen la barric-c-cada o lo p-p-pagarán con la vida!

«Ya lo están pagando con la vida», piensa el Tuerto. Y mientras, el Calderero vence su terror y arranca al galope.

El visir Abd al-Wahid, cauto, tira de las riendas con suavidad. Su caballo se acerca al del califa. Habla en voz baja. Conciliadora.

—Mi señor, ordena que se retiren o los perderás a todos. Yo sé cómo vencer la resistencia de los gazzulas.

An-Nasir siente el calor que se acumula en su cara. A pesar de los buenos modos del hintata, le parece escuchar los reproches de su padre. Como si le hablara desde su sepulcro en Tinmallal:

«Inútil. Estúpido. No sirves. No lo conseguirás.»

Mira al Tuerto con ira, pero el único ojo del jeque y visir omnipotente refulge como un tizón en la hoguera. Los chillidos continúan a lo lejos. An-Nasir intenta concentrarse. Aprieta con fuerza los párpados. Ve a su odiado padre, siempre flanqueado por Abú Yahyá. Ahora debería cumplir el mandato que le dio cuando agonizaba. Dejarse guiar por sus visires. Tragar esa piedra le cuesta un mundo. Su voz, como siempre que le posee la cólera visceral, brota de su garganta sin tartamudeos.

—Ordena retirada y dirige un nuevo ataque.

El hintata lanza un rugido que espanta al propio califa. Su caballo de batalla se lanza hacia la polvareda mientras se desgañita a gritos. A lo lejos, el Calderero se priva de su afición favorita: llevar la contraria al otro visir omnipotente. Repite su orden de retroceder, que los supervivientes cumplen con gran ahínco. Ante la barricada dejan casi doscientos compañeros, muchos de ellos muertos. Los heridos son rematados en cuanto los lanceros se retiran. Sin contemplaciones y ante sus ojos, para que vean lo que les espera.

Lo siguiente que hace el Tuerto es reunirse con los jinetes *agzaz*. El parlamento es corto, instrucciones precisas que no requerirán aclaración. Después cabalga de vuelta hacia el califa, pero lo rebasa sin dirigirle una sola mirada. An-Nasir observa con expectación. El jeque hintata llega hasta la caravana y da nuevas órdenes, esta vez a la servidumbre.

Pozales de brea y antorchas aún apagadas. Eso acarrean los criados, a la carrera tras el Tuerto. El califa atiende. Ve cómo los jinetes *agzaz*, uno por uno, se acercan y pringan sus flechas con el fluido negro y viscoso. Unos pocos enfundan sus arcos y toman las antorchas.

An-Nasir contempla con admiración cómo el Tuerto organiza su plan. El orden con el que los *agzaz* preparan sus proyectiles destaca con el lamentable cuadro de la infantería almohade, que regresa exhausta. El Calderero, con el rostro desencajado, no dice nada. Se encienden las antorchas. En la muralla de palmeras, los gazzulas esperan.

Todo se sucede con una lógica que ahora parece simple a ojos de an-Nasir. La ira se ha marchado. La vergüenza la sustituye. Los *agzaz* cabalgan sin alharacas, con la frialdad de un oficio que ha pasado de generación en generación desde sus antepasados turcomanos. Se aproximan lo justo para no fallar, pero no tanto como para ponerse al alcance de las hondas gazzulas. Los hombres de las antorchas recorren las filas. Las puntas herradas prenden. Un ligero olor a resina llega hasta el califa. Los gritos firmes y secos del Tuerto se oyen bien. Andanada de fuego que deja estelas en el cielo africano. Algunas flechas se clavan en los cadáveres almohades. Otras rebasan la barricada. Pero la mayoría encuentra su objetivo.

Los gazzulas no dan abasto. Los troncos arden. Una humareda oscura crece en la posición rebelde. El Tuerto, por si acaso, ordena repetir la jugada. Más flechas.

Luego llega la espera. Nadie se atreve a hablar mientras la nube negra asciende. Los criados regresan a la caravana de bastimento con los cubos de brea, y la infantería almohade se lame las heridas. El Tuerto aguarda lo que estima conveniente y pone su montura al trote. Frente a los *agzaz*.

—¡En estos momentos los gazzulas abandonan su refugio ardiente. En su desesperación, pensarán que solo el desierto puede salvarlos! ¡Cabalgad y cazad a esos perros!

El Calderero, que ya ha superado el mal trago, no puede dejarlo así.

—Príncipe de los creyentes, ordena que te traigan vivos a los rebeldes. Así podrás darles un escarmiento ejemplar.

El Tuerto lo ha oído. Su único ojo centellea.

—No podemos cargar con tantos prisioneros en la vuelta a Marrakech, mi señor.

An-Nasir se lo piensa. No cometerá de nuevo el error de desoír los consejos del Tuerto pero, por otra parte, le atrae la idea de una ejecución pública. Tal vez pueda marcar el camino de regreso con unas cuantas cruces. U organizar un degüello masivo ante una de las puertas de su capital. O una cadena de decapitaciones sobre las almenas. Con las cabezas cayendo a plomo desde lo alto. Esos espectáculos asientan lealtades mucho mejor que los discursos y el reparto de limosnas. Y ni él es bueno hablando ni le agrada desprenderse de dinero.

—Q-q-que cada jinete ap-p-prese a un gazzula. Matad a los d-d-demás.

17

Viejos placeres

Dos meses más tarde, primavera de 1200. Calatrava

Ni siquiera había sido preciso sobornar al vigilante del *hammam*. Todos allí eran andalusíes, y a nadie le importaba que, poco a poco, la rigidez almohade se convirtiera en un recuerdo. Por eso se hacía la vista gorda, y por eso ahora Ibn Qadish y su esposa compartían turno en los baños. Por eso, también, se oía el rasgar de una cítara en el cuarto contiguo, tras las cortinas.

El hipocausto no despedía demasiado calor, así que eran pocas las nubes de vapor. El cuerpo desnudo de Ramla yacía desnudo sobre el banco, recrecidas sus formas por el embarazo. Habían conocido la noticia un par de semanas antes, y la alegría se había extendido por el alcázar y la medina. Casi por toda la frontera. Ibn Qadish la miraba, absorto por la canción que ella susurraba, tal vez aún temerosa de las prohibiciones almohades. Pero allí no les alcanzaba ya el fanatismo. La belleza resurgía. Y la música. El canto. Al-Ándalus.

> *Así fueron los días deliciosos que ya pasaron,*
> *cuando, aprovechando el sueño del destino,*
> *fuimos ladrones de placer.*

Y de nuevo robaban ese placer a sus amos almohades. Primero furtivamente, sin dejar de mirar atrás. Como si los cuervos que sobrevolaban Calatrava fueran a delatarlos. Después, poco a poco, la precaución se convirtió en rutina. Y la rutina es la enemiga del centinela. Por eso ahora los andalusíes se entregaban a lo que su sangre les demandaba. Y sin embargo, qué fácil era recaer en el temor.

Solo había que levantar la vista y contemplar, a través del vapor perezoso, las inscripciones labradas en el yeso del *hammam*. Un recuerdo para los tibios: *Predicad lo permitido. Condenad lo prohibido.*

Ibn Qadish se levantó, también desnudo, y se acercó a su esposa. Acarició la suave curva del vientre donde crecía su futuro. Ella puso su mano sobre la de él para que la mantuviera.

—¿Y si no vuelven? ¿Y si nuestro hijo no llega a conocerlos?

El caíd no quiso contestar la verdad. No quiso decirle que, si los almohades no regresaban, ellos tampoco podrían sostener mucho tiempo aquella mentira de lujo y tranquilidad. Al-Ándalus era como el náufrago que, a punto de desfallecer, consume sus esfuerzos nadando en un mar tumultuoso y llega frente al acantilado. Entonces solo queda escoger la forma en que todo acabe: ahogado en el fondo o estrellado contra las rocas.

—Vuelvan o no, él será feliz. Ya lo verás.

No podía engañarla, lo sabía. Pero ella fingía también. Y para no obligarse a mirar a la verdad a los ojos, Ramla decidió cambiar de tema.

—¿Has encontrado acomodo para los nuevos?

—Sí. Hay sitio de sobra. Mañana mismo me los llevaré a recorrer el camino hasta el Tajo. Quiero reservarme unos pocos para patrullar las rutas de suministro de los calatravos. Una caída aquí, otra allí...

—Llévate un par de mis palomas y mándalas de vuelta para que sepa que estás bien. ¿Vas a cruzar al lado cristiano?

—No creo que pueda sin romper la tregua. Pero si no nos dejamos ver, podrían pensar que nos volvemos débiles. —La mirada afable del caíd se volvió hosca—. Y he de arreglármelas para dificultar el abastecimiento de Salvatierra. Es lo único que me quita el sueño.

Ramla asintió. Salvatierra. Siempre Salvatierra. Su esposo despertaba y caía rendido con aquella palabra en la boca. Su única mancha. La razón que podía meter prisa a los almohades para regresar a al-Ándalus.

—Odio ese castillo. Y no lo entiendo. ¿Para qué se han metido allí los cristianos? ¿Qué ganan?

—No son cristianos normales, Ramla. Son calatravos. Fanáticos de su credo. A veces creo que no se diferencian mucho de los almohades. Supongo que es una forma de tomarse la revancha. No podemos descuidar la vigilancia, porque cualquier día podrían sorprendernos. Antes de Alarcos, esos freires del demonio cruzaban la Sierra Morena y devastaban por sorpresa. La mitad de los esclavos de Castilla salían de sus algaradas.

Ramla apretó la mano de Ibn Qadish sobre el vientre. Acababa de traspasarle un escalofrío. ¿Y si un día aquellos freires se sentían con suficiente fuerza como para abandonar su refugio de Salvatierra? ¿Y si empezaban a recorrer de noche los campos de Calatrava para degollar campesinos, robar ganado y cazar esclavos?

—No quiero que nuestro hijo...

—A nuestro hijo no le pasará nada, mujer. Aquí estoy yo para cuidar de él. Y de ti.

Sonrió antes de separarse de ella. Al volverse, su rostro se crispó de nuevo. De pequeño, cuando jugaba a la guerra con espadas de madera, le gustaba escuchar los cuentos que los mayores recitaban a la puerta de la mezquita, después de cada *jutbá*. Decían que eras atrás, mucho antes de que el Profeta naciera, el patriarca Ibrahim se había enfrentado en solitario al impío rey Nemrod. Este, poseedor de un inacabable ejército, se burló de Ibrahim al ver que no tenía tropas a sus órdenes. Entonces Dios envió contra el malvado un solo mosquito. Pequeño, insignificante. Nemrod estalló en carcajadas. «¿Con esa minucia espera derrotarme tu dios?», le preguntó. Y siguió burlándose mientras el minúsculo insecto revoloteaba sobre él. Intentó espantarlo, pero las carcajadas no le permitían acertarle. Cuando dejó de verle la gracia, Nemrod se aplicó a cazar al mosquito al vuelo, aunque este era tan diminuto que apenas se veía. Giraba, subía, bajaba. Pasaba junto a sus orejas, se posaba en su nariz. El rey manoteó desesperado. Se apartó de Ibrahim, y el bichito lo siguió. Nemrod echó a correr con el mosquito tras él. Cuando se detuvo fatigado, llegaron los picotazos. Pequeñas agujas que se clavaron en su frente, en su cuello. El rey se palmeaba con esperanza de aplastar a su atacante. Siempre demasiado tarde. Nemrod gritó. Suplicó a Ibrahim que lo librara de aquel tormento. Pero el insecto siguió allí, empeñado por la misión que Dios le había encomendado. Zumbó alrededor de Nemrod hasta que lo volvió loco. Lo había dicho un poeta de Denia:

Cuídate de tu enemigo, incluso cuando su debilidad
es del todo despreciable.
Fue el mosquito quien causó la muerte de Nemrod.

Casi sin darse cuenta, Ibn Qadish espantó un inexistente insecto de un manotazo. En silencio, maldijo el nombre de aquel peñasco amurallado. El mosquito que los cristianos le habían mandado para someterlo a martirio. Salvatierra.

Al mismo tiempo. San Sebastián, reino de Castilla

Las casas de madera salpicaban las marismas desde el antiguo monasterio hasta el río Urumea y la falda del monte Urgull, casi un islote unido a la playa por un brazo de arena. Los peregrinos que entraban desde Gascuña, camino de Compostela, observaban con curiosidad el séquito real detenido en el camino. Mientras, Alfonso de Castilla se reunía en suelo sacro con el nuevo señor del lugar, su alférez Diego de Haro.

No era la charla de amigos que todos esperaban. La conversación se tensaba tanto que el rey, nervioso, había salido del monasterio. Ahora miraba, puños apretados, la galerna que se cernía desde el océano. *Mare tenebrosum*, lo habían llamado los antiguos. Y tenebroso se volvía todo para Castilla.

—¿Por qué ahora, Diego? Con lo bien que nos iba...

El alférez real, en la puerta del monasterio, no daba su brazo a torcer.

—San Sebastián no es suficiente. Son mis tropas las que han ganado toda Guipúzcoa. Y el Duranguesado. Y hasta vizcaínos míos te dejé en Vitoria para cerrar el asedio. No hablamos de un asunto barato ni falto de mérito. Es de justicia que me des las villas nuevas. Además, estas tierras las tuvo ya mi bisabuelo cuando sirvió tu tatarabuelo. Ambos seguiríamos la tradición familiar.

Alfonso de Castilla miró al suelo. La arena, arrastrada por el viento, se dividía al llegar a sus pies y se estiraba tierra adentro. Cerró los ojos. Había que razonar.

—Los guipuzcoanos y los alaveses se nos entregaron precisamente para huir de eso, Diego. El rey Sancho había colocado demasiados señores navarros, y mis promesas antes de entrar en cada villa fueron las mismas: nadie de fuera vendría a enseñorearse de ellos. Concejos, Diego. Eso necesitamos aquí. Y fueros, como los del resto de la costa y el camino. ¿No lo entiendes? Mira. —Señaló a las embarcaciones que, difuminadas por la galerna, se veían faenar al otro lado de la bahía en forma de concha—. Y ahí detrás, en la ruta hasta Compostela. Riqueza, amigo mío. Mucha, para esta gente y para toda Castilla. Si te impongo como señor de las villas nuevas, no habrá cambiado nada para ellos. «¿De qué nos valió mudar de rey?», se preguntarán. Y a lo mejor les vuelve la afición por Navarra. Si es que alguna vez la tuvieron.

Diego de Haro, ceño arrugado y mirada fija, también apretaba los puños.

—No voy a esquilmarlos, mi rey. No lo he hecho en ninguno de mis señoríos. Y creo que merezco algo más que esto. —Levantó la barbilla—. Te recuerdo que soy tu alférez. No un vulgar buscafortunas.

Aquello empezaba a hastiar a Alfonso. Desde Alarcos, Diego de Haro no era el mismo. Demasiado se inclinaba hacia los largos silencios para explotar luego en cóleras de oscura causa. Al principio era de entender. Ante sus ojos, el ejército castellano se había hundido. Y arrojar el estandarte para darse a la fuga era carga muy pesada, aunque el rey hubiera prohibido que nadie recordara ese episodio en sus dominios.

—Toda La Rioja es ya tuya. Y Soria. Y Marañón. Ahora San Sebastián. No hay señor con más prestigio que tú en Castilla, Diego. Ni siquiera el arzobispo de Toledo. A veces pienso que yo tampoco te alcanzo en honores. ¿Qué buscas? Te lo confieso: ahora mismo me recuerdas a Pedro de Castro.

Alfonso se arrepintió de decirlo al instante, pero ya era tarde. El alférez enrojeció.

—Sí, tal vez debería actuar como ese renegado, ¿verdad? Retirarme de tu obediencia y buscar el amparo de otro señor. ¿Eso te agradaría, mi rey?

—¡No me amenaces, Diego!

Los ballesteros del séquito, sorprendidos por el grito, avanzaron un paso desde el camino. Pero no se atrevieron a más. El de Haro se dio la vuelta, furioso como un jabalí. La galerna parecía traer la discordia, que se deshacía en minúsculas gotitas sobre la villa que crecía al pie del Urgull.

—Yo no amenazo, mi rey —dijo el alférez, aún dando la espalda a Alfonso de Castilla—. Yo te ofrezco mi auxilio y mi consejo. ¿O no es ese mi deber? Lo era cuando te rogué que nos retiráramos de Alarcos y aguardáramos la llegada de León y Navarra. ¿Y me hiciste caso? No. Así nos vemos ahora.

—¡Diego!

El alférez real de Castilla volvió a dar la cara ante su rey.

—Quiero Guipúzcoa, Álava y el Duranguesado. Los tendré por ti y te serviré fielmente, como hasta ahora. Si no, aquí y ahora renuncio a obedecerte.

—No harías tal cosa. Llevamos juntos desde...

—Desde que éramos unos muchachos, sí. Pero te juro que ya mismo, si no obtengo lo que en justicia me corresponde, montaré en mi caballo, cruzaré el Urumea y cabalgaré hacia el este hasta entrar en Navarra. Tal vez allí aprecien mis servicios.

Alfonso de Castilla no podía creerlo.

—Hay algo más. ¿Verdad, Diego? No puede ser solo por codicia.

—Algo más... Sí, tal vez haya algo más. Tal vez sea que junto a ti no tengo oportunidad de hacer penitencia. De regresar a ese campo para buscar el honor que arrojé a tierra, junto con el estandarte de Castilla. Ahora te dedicas solo a luchar contra otros cristianos y a regalar lisonjas al miramamolín, a meter judíos en tu casa y a enviar tus lágrimas al papa.

»Tu esposa, a quien Dios ha dado más luces que a ti, me prometió que nos repondríamos y volveríamos a la senda recta. ¿O acaso no recuerdas que renuncié a viajar a Tierra Santa por eso? Y aquí estamos, ganando títulos que añadirás a los que ya tienes. ¿Para qué? Cuando los sarracenos arreglen sus problemas africanos y vuelvan a cruzar a este lado, de nada te servirán las victorias en escaramuzas entre hermanos.

El calor que se agolpaba en las mejillas del rey habría convertido la fina llovizna en vapor. Sus mandíbulas se marcaban bajo la barba. Sus ojos chispeaban.

—Vete, Diego. Vete a Navarra. Y cuídate de mi ira.

Dos días después. Santa María de Huerta

Martín de Hinojosa observaba a Velasco desde la puerta del *scriptorium*.

Llevaba así desde después de la hora tercia. Tras la misa, el monje había dispuesto todo sobre el pupitre. El pergamino bien aplanado, la tinta, las plumas... Los rayos del sol habían dejado de alumbrar la pared que lindaba con el refectorio, y ahora creaban charcos de luz en el suelo, alrededor de Velasco. Este miraba fijamente la superficie clara, con la punta ennegrecida a unas pulgadas, a punto de convertir sus pensamientos en trazos negros. En palabras. Pero era silencio lo que se leía sobre aquel pellejo virgen. Pronto sonaría el aviso de sexta y, poco después, los cistercienses almorzarían. Mañana perdida.

Hinojosa se decidió a entrar. Velasco lo oyó, pero no separó la vista del pergamino.

—¿Qué es?

—Es... Es... miedo, fray Martín. Creo que es miedo.

El anciano rodeó a Velasco, le quitó la pluma con suavidad y la depositó sobre la madera. El pupitre, grande para dar cabida a los dos textos necesarios para cualquier copia, parecía ahora desangelado, con un solitario pergamino en blanco convertido en protagonista de la extraña escena.

—Es normal, supongo. Hasta ahora solo tenías que preocuparte por escribir lo que leías.

Velasco no asintió. Apoyó los codos en el pupitre y se aplastó el cabello alrededor de la tonsura.

—Llevo así días. Se me ocurren cosas pero... No sé. ¿Y si no estoy a la altura? ¿Y si resulto ridículo o vulgar?

—Ya. ¿Y si nunca lo sabemos?

Velasco levantó una ceja.

—¿Cómo?

—Para fallar hay que intentarlo. Como para acertar.

—No, no, fray Martín —acompañó la negativa con un movimiento firme de cabeza—. Tú no lo comprendes. Hay algo que no me permite intentarlo siquiera. Lo supe aquel día en... En Alarcos.

Volvió a hundirse entre sus manos. Fuera, las chicharras ponían música al lento discurrir monacal. Hinojosa aguardó hasta que el copista levantó la mirada. Había cosas que ni siquiera podían salir en confesión. Cosas que solo uno mismo podía perdonarse.

—Cuéntamelo, Velasco. Cuéntame lo de Alarcos.

El monje de treinta años observó al de sesenta. Lo que Hinojosa le ofrecía era la oportunidad de arrojar toda la miseria atorada. El vergonzoso secreto de la cobardía.

Habló durante mucho rato. E Hinojosa escuchó en silencio. Cuando llegó al episodio de la granja y la familia masacrada, Velasco rompió a llorar. Hipó mientras relataba la violación de la niña por los jinetes *agzaz*. Sus ojos se cerraban porque lo veía de nuevo. Revivía aquello, y revivía también la sensación de terror que no le permitía mover un músculo.

Se restregó los ojos y sorbió ruidosamente.

—Y ahora, fray Martín, pienso en lo que dijiste acerca del destino que Dios ha reservado a cada uno. Tal vez esto —puso la mano sobre el pergamino vacío— sea mi don. Pero ya ves. Un simple pedazo de cuero es capaz de causarme tanto terror como aquellos sarracenos del infierno. No quise perder mi vida entonces. Y ahora, no sé... No quiero perder lo único que tengo. —Se puso en pie—. Será mejor que siga copiando. Eso se me da bien.

Iba a emprender la marcha cuando sonaron las campanas. La hora sexta.

—Aguarda, Velasco. —Posó la mano sobre su hombro, lo que le obligó a tomar asiento de nuevo—. Y escucha.

»Es el apego a la vida lo que te impidió actuar mientras aquellos infieles forzaban a la chiquilla. Y lo que no te permitió luchar en Alarcos. Lo que te ha hecho huir de cada villa asediada y lo que te ha traído hasta aquí, si no me equivoco. En todas aquellas ocasiones, a pesar del miedo, tú tenías la opción de ayudar a la niña. De matar a nuestros enemigos. O de quedarte a defender Castilla. Pero no lo hiciste, y ahora esas decisiones se han convertido en losas que se acumulan sobre tu espalda. En realidad, Velasco, tú no quieres cargar con ese peso que te convierte en un esclavo. Porque el apego es lo contrario del verdadero deseo: nos esclaviza a las cosas y a las personas. Nuestro Señor en persona fue quien lo advirtió:

»*El que salve su vida, la perderá. Y el que la pierda por mí, la salvará.*

»Ahora, el mejor trabajo por Cristo es que renuncies a ti mismo. Que sufras y reconozcas ese miedo cuando te enfrentes a este pergamino en blanco, y que lo superes. Porque carece de mérito alguno quien no conoce el miedo, Velasco. El auténtico héroe es el que, paralizado por el terror, consigue sobreponerse y cumple su misión.

»Y aquí, Velasco —palmeó el pergamino— saldrás de tu escondite y salvarás a la niña. Acabarás con esos jinetes, vencerás en Alarcos, defenderás Calatrava. Tus enemigos huirán ante ti conforme las letras se extiendan. Se convertirán en palabras, ejércitos de ideas que desde tu mente cargarán contra el propio miedo y llenarán de valor los corazones. El tuyo, el mío y el de todo aquel que vea de qué eres capaz.

»Escribe. Renuncia a ti mismo —apoyó el índice en su pecho— y conviértete en el héroe que necesitamos aquí. —Su dedo se movió hasta la superficie limpia de tinta—. Este será tu campo de batalla.

Dos semanas más tarde. Pamplona

El rey Sancho, con la tez congestionada, observaba los antiguos botines dispuestos en las paredes. Armas viejas, melladas y hasta rotas. Escudos astillados, estandartes a medio rasgar. Viejas glorias de cuando su reino era más pamplonés que navarro. Entre los paños descoloridos colgaban pieles de oso y de lobo, colmillos de verraco y cornamentas de ciervo. Un enorme tapiz dorado, el más grande de todos, mostraba orgulloso al águila negra de su estirpe.

Desde que se había avenido al pacto con Alfonso de Castilla, todos aquellos laureles se le venían encima como rocas en un alud. ¿Dónde quedaba el orgullo de su viejo tocayo, Sancho el Mayor, cuya sangre corría ahora por las venas de todos los reyes ibéricos?

Además de los trofeos de guerra y caza, y de los dos enormes mastines que dormitaban junto al apagado hogar, el salón principal del palacio estaba ocupado por dos largas filas de planchas montadas sobre caballetes. Pero en ellas no había nada. Solo, en el lugar de honor reservado al monarca, un plato contenía la cena de la noche anterior. Sin tocar. En otro tiempo, los señores pamploneses se apretujaban en bancos alrededor. Corría el vino, y la carne humeante desaparecía entre las fauces de guerreros que no temían a nada ni a nadie. Se hablaba de hazañas que llevaban el nombre de la ciudad desde Palencia a la Ribagorza y más allá, a las marcas musulmanas y a la propia Córdoba.

Dos siglos atrás, Pamplona había sido la capital que contemplaban con admiración todos los cristianos de la Península. En un tiempo en el que Castilla y Aragón eran simples condados y su destino se decidía en aquel mismo palacio. Y ahora... ¿Qué quedaba ahora? Un rincón que menguaba con los años, bajo el cetro de un rey que se quedaba sin súbditos. Ni siquiera el palacio real era del todo suyo. Sancho resopló y, con gran esfuerzo, se levantó de la amplia silla de roble. Uno de los mastines abrió un ojo para cerrarlo enseguida. El otro ni siquiera despertó. Los perrazos, adiestrados desde cachorros como diestros cazadores, habían engordado al mismo tiempo que el rey. Salir a la montaña navarra en busca de bestias para abatir era costumbre de la dinastía que Sancho no había seguido. Entre otras cosas, porque no podía dar diez pasos sin ahogarse. Mucho menos seguir el ritmo de los batidores entre breña y riscos. Ahora, con los tobillos hinchados como odres, renqueó hasta el muro norte del salón y se asomó al ventanal.

Abajo, el río Arga era una cinta gris verdosa que reflejaba las nubes vespertinas. En la ribera, plagada de carrizo, jugaban unos críos de San Sernín con mucho griterío. Al otro lado, más allá de las choperas, las bandadas de estorninos levantaban el vuelo desde la llanada de Berrio.

Se oyeron golpes recios en la puerta, pero el rey no se volvió.

«Dejadme en paz», se dijo.

Más estruendo. Quien fuera, abrió y se coló en el salón.

—¡Mi señor, tienes visita!

Era Gome de Agoncillo. Sancho de Navarra siguió mirando al exterior.

—Que vuelva más tarde.

El noble navarro caminó hasta el ventanal y simuló unirse al rey en la contemplación del atardecer. Carraspeó antes de insistir:

—Mi señor, es el alférez de Castilla.

Ni caso.

—Cuando era crío, Gome, mi padre me llevaba de caza. Con bichos tan grandes como esos dos que duermen ahí. Yo también era grande. Con ocho o nueve años, ya abultaba lo que un hombre adulto.

»Una madrugada, mi padre, una decena de batidores a caballo y yo salimos hacia allá. Cruzamos el río, atravesamos Berrio y seguimos el rastro de un puerco que hocicaba las huertas del vulgo. Los perros se volvieron locos cuando captaron el olor. El jabalí bajaba a eso del despuntar el sol, así que o mi padre lo calculó bien o tuvimos suerte.

»Los batidores rodearon al bicharraco para empujarlo hacia nosotros. Entonces mi padre me hizo desmontar y me obligó a darle la lanza. Yo no quería, claro, pero él insistió. Que un día iba a ser rey, decía. Que tenía que ganarme el respeto de mis súbditos.

»Me dejó en un claro con una manta enrollada al brazo y el cuchillo en la mano. Menos mal que por lo menos se quedaron los perros. Él se retiró a distancia segura, y apareció el puerco. Menuda bestia. Unos colmillos como espadas. Un pelo tan negro como mi conciencia.

»Me meé en las calzas, Gome. De repente no era a jabalí a lo que olía, sino a mis orines. Pero me quedé allí, plantado como un imbécil. Una manta, un cuchillo y una entrepierna mojada. Los batidores aparecieron tras el bicho, azuzándolo a chillidos y tirándole piedras. Los mastines le saltaron cuando llegaba y lo sujetaron por las orejas, tal como les habían enseñado. Pero aquel hijo de puta con colmillos no se detuvo. Siguió avanzando, a la carga con los perros colgando a los lados.

»No recuerdo cómo lo hice. Solo sé que cuando los batidores llegaron hasta donde estábamos, el puerco había muerto. Descansaba sobre mí, y yo tenía el cuchillo hundido en su cuello hasta la empuñadura. A patada limpia tuvieron que arrancar a los mastines para que no se confundieran y me mataran a dentelladas.

»Ese día me pusieron el apodo. El Fuerte. La piel de la bestia está colgada ahí. Mírala, Gome. Y mírame a mí después. Peso tanto como tres jabalíes y tal vez parezca igual de bruto. Pero no lo soy. Soy un rey que casi no tiene reino. Que no puede cazar, ni luchar sin que lo derroten. A veces dudo de que siga siendo un hombre. Solo he estado casado con una cría a la que jamás toqué un pelo y a la que repudié sin que hubiera llegado a mujer. Y te diré la verdad, Gome: no deseo más matrimonios. Ah, ya ni siquiera soy capaz de defender mis ciudades. Este maldito dolor no me deja pensar, salvo en capar al sangrador que me raja los tobillos con la lanceta. Hace tiempo que no concilio el sueño. Lo único que me queda es envidiar desde aquí a los críos que se bañan en el Arga. De noche también me asomo. Y me quedo fijo, mirando la negrura, dándole vueltas y más vueltas a todo lo que me queda por hacer.

Gome de Agoncillo, abrumado por la retahíla de quejas, miró de reojo al gigante para comprobar que lloraba. Solo habló cuando el rey se sorbió los mocos.

—Mi señor, Diego de Haro solicita audiencia.

Sancho miró a su privado como si no lo conociera. Las cejas hirsutas ceñidas sobre los ojos.

—Ese rufián me ha causado más males que nadie.

—¿Alfonso de Castilla?

—No. Diego de Haro. Él era el principal interesado en quitarme Álava y Guipúzcoa para unirlas a su señorío vizcaíno. ¿A qué ha venido aquí?

—A acogerse. Dice que ya no sirve a Alfonso de Castilla. Está dispuesto a rendirte vasallaje.

Sancho de Navarra seguía escamado. Acabó por sonreír.

—¿Es como cuando una doncella enamorada flirtea con otro para dar celos a su amado? Es eso, ¿verdad, Gome?

—Tal vez, mi rey. Pero la mesnada de la casa de Haro es de las más grandes. Casi iguala todas nuestras huestes. Y lo que ganemos nosotros, Castilla lo habrá perdido.

El monarca apretó los dientes. La voz enronquecida por el súbito regreso del dolor a la espalda, las rodillas y los tobillos.

—Gome, de fuerte no tengo más que el mote. Mi reino, ni eso. »He oído hablar de lo que hizo Diego de Haro en Alarcos. Tomó el estandarte del rey al que había jurado lealtad hasta la muerte y, ¿sabes lo que hizo? Lo dejó caer. Huyó como un conejo. ¿De qué sirven las promesas de ese tipo de gente?

»No desafiaré a Alfonso de Castilla. He pactado con él y cumpliré lo pactado. Dile a Diego de Haro que puede quedarse en Navarra, pero no recibiré su pleitesía ni le daré honor alguno. Durante estos años de rapiña habrá atesorado buen cofre. Que lo use. Si se le pasa por la cabeza atacar a su antiguo señor, que lo haga por su cuenta. Y cuando regrese a besar los pies de mi primo Alfonso, que no se le ocurra venir a despedirse, porque colgaré su piel ahí, junto a las de los osos, los lobos y esa mala bestia que me hizo mearme en los calzones.

18

La estrategia del visir

Principios de 1201. Marrakech

Muhammad an-Nasir, a instancias del Calderero, había decidido esperar al segundo aniversario de la muerte de su padre. Por eso había mantenido con vida a los prisioneros gazzulas en las mazmorras de la alcazaba. Y el mismo día en el que se cumplían dos años desde que el gran Yaqub al-Mansur fuera llamado por el Único, hubo celebración.

Los rebeldes cautivos, arrastrados desde los confines del desierto a través del Atlas hasta la capital del imperio, habían sobrevivido con pan, agua y palizas. Y aquel viernes, tras la oración del mediodía, fueron escoltados por los imponentes Ábid al-Majzén hasta las afueras de la ciudad. El Calderero había mandado que se erigiera una plataforma de madera frente a la Puerta de Dukkala. Un lugar que todos los almohades de Marrakech tenían muy presente, pues era donde el primer califa y bisabuelo del actual, Abd al-Mumín, había alcanzado la victoria definitiva sobre los almorávides. Y donde al-Mansur llevaba a cabo sus crueles alardes de poder. Aquellas arenas las había regado sangre de todo credo y origen.

El enorme estrado estaba rodeado de banderas blancas, y an-Nasir ocupaba un trono sobreelevado. Enjuto, menudo, superado por el escandaloso atrezo, observaba las evoluciones de los guardias negros cuando traían a los cautivos gazzulas. A ambos lados, como siempre, se encontraban sus dos visires omnipotentes. Y tras él, los jeques y visires del imperio. Todos los Ábid al-Majzén que no se dedicaban a escoltar a los reos formaban un amplio círculo alrededor del estrado, con las gruesas lanzas verticales y los pechos desnudos bajo el suave invierno de Marrakech. El pueblo aguardaba, ávido de espectáculo.

—¡Almohades! —Abrió la sesión el Calderero—. ¡Larga vida al príncipe de los creyentes!

El murmullo se extendió por la explanada. Los cautivos, atados de manos a la espalda y con los tobillos unidos por cortas cadenas, encogieron la cabeza entre los hombros.

An-Nasir no se levantó, claro. Hacerlo habría supuesto que él tomaría la palabra y se dirigiría a los miles de súbditos. Fue el propio Calderero quien aguardó a que el zumbido, similar al de una colmena en ebullición, se calmara. Elevó el índice hacia el cielo.

—¡Dios, alabado sea, dictó sentencia contra estos rebeldes hace meses, pero hemos aguardado hasta hoy porque vuestro califa, en su misericordia, quería ofrecerles la oportunidad de ponerse a bien con el Único!

»¡También ha querido el príncipe de los creyentes que compartierais con él su triunfo en los confines del imperio! ¡Allí demostró su valor, su decisión y su viva inteligencia al aplastar la rebelión gazzula! —El Calderero señaló a an-Nasir, hierático en su sitial como una estatua de mármol—. ¡Él es el que guía nuestros pasos, creyentes! ¡El que acabará con los enemigos y someterá a los infieles! ¡Yo os digo que veremos el día en el que nuestro califa abrevará su caballo en la pila bautismal del perro que gobierna en Roma!

»¡Llega el tiempo de la justicia! ¡Sed todos testigos de la recompensa que acarrea la infidelidad! ¡Porque no es a nosotros a quienes más han ofendido los sediciosos gazzulas! ¡Ni siquiera a nuestro amado califa! ¡¡Han insultado a Dios!!

El rumor creció de nuevo y se agrandó hasta el otro lado de la Bab Dukkala, dentro de la ciudad. Sobre los adarves, cientos de guardias y paisanos contemplaban el espectáculo. Y lo narraban a gritos a los que, abajo, no podían verlo.

El Calderero hizo una seña. De entre las filas se adelantaron varios *talaba*. Los funcionarios almohades encargados de mantener la pureza de costumbres y la adhesión total de la población iban a gozar de especial protagonismo en el acto. An-Nasir, que no quería perder detalle, sí se levantó ahora. Se aupó sobre las puntas de los pies y contempló. El Calderero, risueño, se inclinó para acercar la boca al oído del califa.

—¿No tiene gracia, príncipe de los creyentes? Desde que existe tu dinastía, los auténticos almohades nos hemos servido de los cuchillos que esos perros gazzulas forjan en sus herrerías. Buenas armas, ¿verdad?

An-Nasir se encogió de hombros.

—Eso d-d-dicen.

—Sí. —El propio Calderero extrajo su cuchillo gazzula. Un arma de hoja curva que lo mismo servía para despellejar conejos, sacar punta a las estacas o rematar enemigos caídos—. Al principio, cuando tu bisabuelo era poco más que un pastor de cabras en lo alto de las montañas, se servía de esto para abrirse camino e imponer la verdadera fe. Poco a poco, los cuchillos dieron paso a las lanzas y las espadas, y los pastores se convirtieron en guerreros y califas. Pero no es malo regresar a los orígenes. Al principio de todo. El hierro contra la piel.

An-Nasir se fijó en la expresión del Calderero. Sus ojos brillaban al verse reflejado en la hoja del cuchillo. Un escalofrío recorrió la espalda del califa.

—Q-q-que acaben ya.

El visir salió de su ensoñación lunática. Se movió hasta el borde del estrado y levantó el arma.

—¡¡Haced justicia!!

Los *talaba* acercaron los cuchillos curvos a las gargantas de los gazzulas. A los lados de cada cautivo, los Ábid al-Majzén se aplicaron en inmovilizarlos y en tirar de los cabellos hacia atrás. La chusma calló mientras los chillidos de terror se elevaban sobre la planicie. Luego llegaron los gorgoteos, cuando las hojas empezaron a cortar la piel, los músculos y los cartílagos.

Hubo una especie de alarido exaltado entre la multitud, pero no se produjo el contagio que el Calderero esperaba. Los *talaba*, más acostumbrados a denunciar que a luchar, dejaban mucho que desear manejando los cuchillos. La sangre inundó pronto las vestimentas y salpicó el suelo. Las órdenes del visir eran claras: no quería degüellos, sino decapitaciones. Y cortar cabezas con aquellas armas era tarea difícil.

Uno de los guardias negros soltó a su preso y vomitó violentamente hacia un lado. Aquello supuso una conmoción. El propio califa, asqueado, retiró la mirada.

—¿Q-q-qué es esto? ¡Que ac-c-caben ya!

El Calderero enrojeció. Lo que él había imaginado como un acto de sólida violencia grupal se estaba convirtiendo en una torpe carnicería. Uno de los ajusticiados, todavía vivo, llegó a zafarse de los guardias y gateó sobre la tierra empapada en sangre hasta que resbaló. Su ejecutor lo remató con varias puñaladas en la espalda. Otros *talaba*, avergonzados, fueron capaces de completar el trabajo y alzaron las cabezas cortadas como trofeos.

El espectáculo siguió y siguió. Muchos villanos se volvieron para no mirar. Hubo algunos que, apiadándose de los *talaba*, se adelantaron para ayudarles a acabar. Un par de Ábid al-Majzén desenfundaron sus afilados sables para rematar a reos agonizantes.

✠

An-Nasir entró a grandes zancadas en el salón de la alcazaba nueva. Se arrancó el turbante y lo arrojó al suelo. Grandes goterones se le escurrían desde el pelo rubio, y su tez, demasiado blanca para un almohade, palidecía por momentos hasta superar en claridad a las nieves del Yábal Darán.

Los dos visires omnipotentes pasaron tras él. Atrás habían quedado los guardias negros del Ábid al-Majzén. Cruzar Marrakech desde la Bab Dukkala había sido visto y no visto. Y quien más prisa había demostrado era el propio califa.

—¡No q-q-quiero volver a ver nada c-c-como eso!

El Tuerto cerró los portones para que los tres hombres más poderosos del imperio quedaran a solas. El Calderero, con la espalda medio doblada, se justificaba:

—Estas demostraciones son necesarias, príncipe de los creyentes. Tus antepasados se sirvieron del miedo cuando fue preciso, y siempre les dio buen resultado. ¿Cómo lograrás que las tribus díscolas se mantengan en tu fidelidad si no temen tu ira?

An-Nasir se dejó caer sobre la montaña de cojines. Todavía sufría arcadas.

—C-c-corta las c-c-abezas que haga falta. ¡P-p-pero yo no q-q-quiero verlo!

El Calderero suspiró de alivio. Por un momento había confundido el asco a la muerte con la piedad.

—Intentaré solucionar esos problemas sin molestarte, príncipe de los creyentes.

El Tuerto pasó junto al Calderero. Al hacerlo, le clavó su único ojo durante un instante. Después se dirigió al califa:

—Mi señor, podemos dar por cerrado el asunto de los gazzulas y el... ejemplo que se ha dado con su muerte. Ahora tendríamos que centrarnos en los auténticos problemas del imperio.

»Llegan constantes cartas desde el este. Se ha visto desembarcar nuevas fuerzas en Ifriqiyya para unirse a los rebeldes, y lo que se está formando allí pasa ya de simple conato de rebelión. Poco a poco crece un ejército, y ese ejército es obra de los mallorquines Banú Ganiyya.

An-Nasir respiró hondo. Se retiró los mechones rubios del rostro mientras el Calderero se colocaba a su diestra. Fue este el que habló al Tuerto:

—Es tu labor devolver Ifriqiyya a la total obediencia. Una misión en la que hasta ahora no has avanzado gran cosa, por cierto. ¿Por qué no vas allí antes de que todos los mallorquines pisen tierras almohades? Aniquila a los enemigos del imperio.

El Tuerto ignoró el comentario. Su ojo siguió fijo en el califa.

—Ifriqiyya y los mallorquines han sido un problema desde siempre, príncipe de los creyentes. Un roto que se hace cada vez más grande y que hasta ahora se ha solucionado con zurcidos de mala gana. Desde tiempos de tu abuelo Yusuf, nos hemos dedicado a mover grandes ejércitos hasta allí, azotar las nalgas de esos rebeldes y hacerles esconderse en el Yarid o huir a vela desplegada de vuelta a Mallorca. Pero en cuanto damos el asunto por zanjado, la rebelión renace, los Banú Ganiyya regresan y vuelta a empezar.

An-Nasir volvió la vista hacia su otro visir. Eso incomodó al Tuerto. Pero al Calderero no le quedó más remedio que dar la razón a su rival:

—Lo cierto es que, de no ser por la maldita Ifriqiyya, ahora seguiríamos en al-Ándalus —se interrumpió un instante mientras pensaba en el tributo femenino anual que le reportaba el haberse alejado de aquella península—, completando el trabajo que tu padre no logró terminar.

—¿Q-q-qué podemos hacer?

El Tuerto aferró el puño de su espada, como hacía siempre para reforzar sus palabras.

—Dejar de insistir en nuestros errores. Nada de marchar sobre Ifriqiyya.

An-Nasir frunció el ceño. El Calderero saltó como un resorte.

—¿Dices que el príncipe de los creyentes ha errado? ¿Que lo

hicieron su padre o su abuelo? ¿Y no quieres aplastar la rebelión de Ifriqiyya? ¿Qué traición es esta?

Mala ocurrencia. La espada del Tuerto salió medio palmo de su funda.

—¿Me llamas traidor?

De forma instintiva, el Calderero dio dos pasos: uno hacia atrás y otro lateral. Quedó así protegido de la ira del hintata por el cuerpo del califa. Este, por un instante, tuvo la impresión de que el gesto amenazante del Tuerto, cuerpo de lado, arma a punto de desenvainar y gesto fiero, iba dirigido a él.

—Q-q-quieto —balbuceó, casi sin voz. El propio Tuerto cobró conciencia de lo que aquello parecía, así que dejó caer la espada en la funda hasta que la cruz golpeó con los refuerzos metálicos. El Calderero, encogido tras su escudo humano, también habló con miedo:

—Deberías reservar tus iras para los mallorquines. Para los enemigos del califa. No para él.

—Calderero, rata de acequia. —El Tuerto lo señaló, aunque desde su posición, bien parecía que su índice se dirigía hacia an-Nasir—. Yo me jugaba la vida por Yaqub al-Mansur mientras tú te arrastrabas por los pasillos entre *talaba*, hafices y escribanos. No perdí este ojo por espiar a través de celosías, sino luchando en primera línea contra esos enemigos de los que hablas. Infieles a los que jamás te has acercado si no estaban bien encadenados y con el cuello presto a recibir el acero.

»Príncipe de los creyentes, lo que propongo es cambiar de estrategia. No malgastar nuestras fuerzas sobre el efecto de la rebelión, sino contra su causa. En lugar de marchar sobre Ifriqiyya una vez más, vayamos a Mallorca, reduzcámosla a nuestra obediencia total y hagamos así que los rebeldes queden aislados. Luego podremos dirigirnos a Ifriqiyya. Sin posibilidad de refuerzos, acabará vencida y en paz.

»No hablo de expediciones de represalia ni intentos de cortar las rutas desde esas malditas islas. Hablo de armar una gran flota, embarcar un ejército completo y conquistarlas. Extender tu imperio. Con eso no solo ahogarás el problema de Ifriqiyya: también cortarás en dos el Mediterráneo y estorbarás a los aragoneses, que se lucran con el comercio con la propia Mallorca y con las ciudades cristianas del otro lado del mar. Aplastar a los Banú Ganiyya te aprovechará para pacificar Ifriqiyya y para debilitar a los cristianos que amenazan al-Ándalus.

An-Nasir miró al suelo. Digirió las palabras de su visir, que en una corta parrafada había sintetizado una estrategia tan simple como aplastante. Asintió despacio, pero aún tuvo que mirar sobre su hombro para consultar con la mirada al Calderero. Este apretaba los labios en un inútil intento de no dar la razón al Tuerto.

—Yo... creo que... sí, tal vez sea lo correcto. —Resopló. Su voz había dejado de lado el tono ofendido. No se atrevió a levantar la vista—. ¿Seríamos capaces de invadir Mallorca el próximo verano?

El Tuerto rehusó contestar al Calderero. An-Nasir notó que el hintata pretendía así despreciar a su rival, de modo que insistió en la pregunta:

—¿P-p-podríamos?

—No tan pronto, mi señor —respondió el Tuerto—. Tu otro visir no alcanza a comprender la magnitud de lo que te propongo. No se trata de una expedición de ida y vuelta en la temporada de navegación.

»No. Lo que haremos será pasar todo este año preparando la armada e instalando una base de suministros en una costa leal a nosotros y cercana a las islas de los Banú Ganiyya. Denia, en al-Ándalus, es el lugar perfecto. También hay que reclutar todo un ejército para embarcarlo y tenerlo fuera de casa durante al menos dos años. No podremos evitar que los mallorquines se den cuenta de estos preparativos, así que tratarán de aprestar la defensa. Sobre todo en verano, cuando el mar sea propicio para navegar; pero nosotros nos serviremos de la sorpresa. Yo mismo tomaré el mando de esta campaña y me lanzaré al ataque no cuando todos lo esperen, sino antes: en pleno invierno. Dentro de un año justamente. Y no desembarcaré en Mallorca en el primer asalto, sino en Menorca, que habrá de capitular por completo antes de que remate la jugada con todo el poder del imperio.

An-Nasir, impresionado por un plan que le superaba en términos logísticos, asintió como un bobo.

—Sí. Se hará c-c-omo dices. Ve y empieza a p-p-prepararlo todo.

El Tuerto hizo una reverencia y abandonó la estancia a paso marcial. Solo cuando se hubo ido, se atrevió el Calderero a abandonar su escondrijo humano.

—Príncipe de los creyentes, lo que el Tuerto propone es tomar el mando de tu flota y de tu ejército y llevárselo a un lugar que no es al-Ándalus ni Ifriqiyya. Durante mucho tiempo. Eso no es lo que tu padre dejó ordenado.

An-Nasir, que aún rumiaba la estrategia del Tuerto, tardó un poco en contestar.

—Mi p-p-padre me tomó por un inútil t-t-toda su vida. —Clavó su mirada azul en el Calderero—. P-p-pero no soy un inútil.

El Calderero aceptó la respuesta, entre otras cosas porque no quedaba más remedio y porque, después de todo, el plan del Tuerto era genial. Pidió permiso para retirarse y, mientras caminaba por los largos y luminosos corredores de as-Saliha, pensó en el enorme poder que esa expedición marítima iba a dar a su rival. Y pensó también en la posibilidad de que resultara en un clamoroso éxito.

«No me gusta —se dijo, aunque en su interior hablaba con su rival en el visirato. Un Tuerto que allí, en su cabeza, no podía desenfundar espadas—. No te saldrás con la tuya.»

Al mismo tiempo. Santa María de Huerta

Un par de novicios acompañaban a fray Martín de Hinojosa cuando entró en el *scriptorium*. Tanto él como los muchachos llegaban cargados con volúmenes en los que se amontonaban las capas de polvo, tanto de sus bibliotecas de origen como del camino que cada uno había recorrido. Hinojosa dirigió la tarea de depositar los códices con cuidado en los pupitres que, formando semicírculo, se habían añadido al de Velasco.

Aquello no era ya cuestión de copiar. De mantener un texto frente al monje para trasladar su contenido al pergamino virgen. De golpearse con la plomada, tropezar con los cordeles, arañarse con el rascador o derramar el tintero. El nuevo proyecto contemplaba soportes adicionales para rodear a Velasco, y sobre ellos se apilaban ahora las obras recopiladas por la influencia del antiguo obispo de Sigüenza. La primera de ellas, el *Carmen Campidoctoris*, el poema que ya habían examinado juntos. Pero había otras.

—La *Gesta Roderici Campidocti*. —Hinojosa palmeó uno de los pliegos, que soltó una nube de polvo—. Acaba de llegar desde Nájera. Y esa de ahí —señaló otro texto— es la *Crónica del emperador Alfonso*. Esta otra es la *Dajira* de Ibn Bassam, escrita en la lengua de los sarracenos y traída directamente de Toledo. Te ayudaré con ella, y también con esos pergaminos copiados de Ibn Al-qama que tenían en la judería de Calatayud. Y esos pergaminos sueltos de ahí te ayudarán a saber qué reyes moros gobernaban en tiempos del Campeador.

»Hay una más con la que te ayudaré y que habremos de tratar con especial cuidado. —Hinojosa rodeó el semicírculo de pupitres y tomó un volumen que abrió lentamente. Sus folios, en blanco, apretaban entre sí fragmentos de pergamino con los bordes ennegrecidos—. Es la crónica de otro infiel, Ibn Waqqashí, que estuvo al servicio del Cid. Ignoro en qué circunstancias quedó tan dañada, pero me atrevo a pensar que lo salvaron del fuego, quizás en la propia Valencia, cuando la señora Jimena huía de los almorávides con los restos del difunto Campeador. Me hablaron de esta obra hace tiempo y he acudido a buscarla a Cardeña, donde la cuidan como oro en paño. Quiero que tomes conciencia de la enorme confianza que están depositando en ti muchos hermanos de fe.

Velasco examinó los pedazos irregulares escritos en árabe.

—Piezas a medio quemar. Inconexas seguramente. Mira. —Apuntó con el índice, sin atreverse a tocar. Un triángulo medio carbonizado manchaba de negro los folios que servían para prensarlo—. Sería difícil de leer aunque estuviera escrito en latín. No creo que...

—Nadie dijo que iba a ser fácil, fray Velasco. De hecho, las grandes gestas jamás lo son.

—Es verdad. No va a ser fácil. —Lo dijo pensando no en el trabajo que tenía por delante, sino en su verdadera utilidad para el fin con el que ambos soñaban. Contempló admirado al viejo fray Martín—. En verdad crees que lo lograremos, ¿verdad?

—Dios nos libre de fracasar, fray Velasco. He empeñado mi palabra y hasta rentas del monasterio para conseguir todo esto.

»Pero lo primordial no es acumular viejos papeles y pergaminos. Lo que realmente importa —gesticuló con la barbilla hacia él— es lo que se cuece ahí dentro.

»En estos volúmenes reposa la verdad, pero también la fábula que creció como mala hierba desde la muerte del Campeador.

—Habrá que desbrozar entonces.

Hinojosa se permitió una enigmática sonrisa.

—Todo lo contrario. Lo que has de conseguir es que siga creciendo, pero de forma que despierte fervor en quien la conozca. Apóyate en todo lo que hemos reunido, porque es sabiduría, pero añade y borra según tu juicio. Crea un Cid distinto a este —acarició los pliegos de la *Gesta Roderici Campidocti*—. Uno que se comprometa aún más que el auténtico en la defensa de la cristiandad. Crea un vasallo leal, un señor justo. Un guerrero invencible, un esposo, padre, hijo sin tacha. Que se enfrente con entereza a las desgracias y que, cuando todo se vuelva contra él y lo postre de rodillas, sepa ponerse en pie, recuperar su espada y vengar las afrentas del enemigo. Crea un héroe en el que pueda mirarse nuestro rey. Y el rey de Aragón, y el de León, y el de Navarra, y el de Portugal. Todos los reyes. Todos los condes, señores y hombres de armas. Cada campesino. Incluso cada esclavo.

Velasco asintió. Las palabras de fray Martín lo habían trasladado a otro lugar. Uno infestado de muerte, alaridos de dolor y gemidos de agonía.

—Nos levantaremos, sí. Por muy amarga y abundante que sea la derrota que nos hicieron tragar. Recogeremos el estandarte que dejamos caer y volverá a ondear al viento. Y cabalgaremos todos como el Campeador.

Martín de Hinojosa asintió. Mientras hablaba, Velasco había tomado la pluma y observaba el pergamino virgen como un caballero haría con el enemigo un momento antes de cargar contra él.

19

Paladines de frontera

Entrada de la primavera de 1201

El caíd de Calatrava estaba eufórico. Su primer hijo, nacido tres meses atrás, era un bebé saludable y rebelde que berreaba cuando requería a su nodriza. Todos lo habían recibido como un buen augurio, aunque el nombre que le habían puesto, Isa, despertó cierto recelo entre la guarnición. Isa era el nombre en lengua árabe del Mesías de los cristianos, Jesús. Y aunque muchos musulmanes se llamaban así, la tendencia actual en al-Ándalus era dar al primer hijo el nombre del califa, que además era el del Profeta: Muhammad. Se veía como un signo de lealtad. Un guiño hacia la administración almohade. Pero Ibn Qadish hizo caso omiso de las advertencias, y Ramla estuvo con él en esa porfía. Isa sería un buen andalusí y un buen *tagrí*. Un guerrero de frontera que se conduciría con honor, fuera cual fuese su nombre.

Isa, pues, crecía sano y mimado, tanto por las criadas de Ramla como por ella misma. E Ibn Qadish añadía, aparte de la alegría por su paternidad, una preocupación más a su nómina. Su hijo debería crecer en una tierra libre de peligros, aunque con Salvatierra en poder de los calatravos, no era paz lo que se respiraba entre el Tajo y la Sierra Morena. Así que había que terminar con ese problema.

Caracuel, cruce de caminos, se hallaba en la ruta natural que los calatravos seguían para abastecer Salvatierra. Los informes de los exploradores andalusíes lo confirmaban: de forma irregular, aparecían cerca de Caracuel las huellas de caballos, mulas y hasta algún que otro carruaje que cruzaban la zona de frontera controlada por Ibn Qadish. Incluso algún pastor había visto las caravanas de suministro en ruta junto al Jabalón.

El caíd de Calatrava lo había hablado con sus hombres. Los calatravos eran listos, así que espaciaban las entradas sin orden y no recorrían dos veces el mismo camino. Sin embargo, todas las rutas, por muy agrestes que fueran, acababan en el mismo sitio. El único enclave que, para vergüenza de Ibn Qadish, hacía ondear todavía el estandarte de la cruz.

Por eso el andalusí había dispuesto un contingente de vigilancia con base en Caracuel, cercano a Salvatierra. Desde allí se repartían pequeños destacamentos que cubrirían el área de paso. No podrían interceptar a los calatravos cuando venían cargados de bastimento, pero sí dar aviso para esperarlos cuando regresaran. La orden era enviar palomas mensajeras a todas las guarniciones. Estas debían mandar a sus fuerzas a Caracuel. Desde allí se pensaba interceptar a los calatravos cuando salieran de vuelta al norte y, para evitar rodeos, no había más remedio que acercarse todo lo posible a Salvatierra.

Eran treinta jinetes andalusíes. Lo máximo que Ibn Qadish podía distraer de las guarniciones tras los generosos esfuerzos de los demás caídes andalusíes. Sin criados ni carga alguna aparte de su armamento. Los informes de vigilancia hablaban de una veintena de caballeros calatravos y otros tantos sirvientes que habían entrado en Salvatierra el día anterior, pero nadie sabía si la caravana de vuelta sería la misma.

Ibn Qadish, que había sido el último en llegar con una docena de hombres, se detuvo en Caracuel el tiempo justo para cambiar de montura. A continuación ordenó marchar al sur. Con un poco de suerte, quizá pudiera enviar una buena noticia a Sevilla. Y sin embargo no era capaz de apartar de su mente aquella sensación extraña. Esa que casi situaba a la misma distancia a sus amos almohades y a los enemigos cristianos.

Las primeras estribaciones de la Sierra Morena subían desde los campos frente a ellos. Un poco más adelante, el camino torcía a la derecha para internarse en las todavía suaves gargantas y pasar justo entre los castillos de Salvatierra y el pequeño puesto fortificado de Dueñas, también ocupado por los calatravos. Los chaparros y el tomillo cedían a las encinas, y las pequeñas flores del lentisco lo inundaban todo de un aroma engañosamente apacible.

Los calatravos aparecieron a mediodía. Un par de ellos primero, como avanzada. Trotaban confiados, y por eso no vieron a los andalusíes hasta que fue demasiado tarde. La persecución los llevó a todos a la vista de Salvatierra, empinada en su cerro, con la orgullosa cruz negra de la orden flameando sobre la tela blanca.

El combate tuvo lugar en medio del camino, con las colinas a la derecha de los andalusíes. Una quincena de freires formó línea para cargar, pero los hombres de Ibn Qadish siguieron sus órdenes y se dividieron. Mientras unos les hacían frente, los otros tomaron el flanco izquierdo de los cristianos. Los sirvientes huían en todas direcciones, algunos montados en las mulas. Otros —pocos— decidieron venderse caros y aprestaron garrotes para defenderse.

La carga calatrava fue respondida con una falsa retirada de los andalusíes. Aunque la celada estaba tan clara que hasta los cristianos debían de ser conscientes de cómo iban a caer. Los dos grupos musulmanes cerraron la tenaza sobre ellos y trabaron combate cercano. De nada servían ya la fortaleza de los destreros ni la disciplina norteña. Aquellos freires eran poco más que novicios, la sabia nueva de la orden tras el desastre de Alarcos. Muchachos con poca experiencia para tanta responsabilidad. La lucha se disolvió en pequeños duelos de dos contra uno y, conforme avanzaba la trifulca, tres o cuatro contra uno.

El desigual encuentro fue contemplado desde las almenas de Salvatierra. Ibn Qadish se dio cuenta cuando acababa de despachar a un jovencísimo calatravo. Miró hacia el enclave enemigo y vio movimiento nervioso entre los merlones. Si la guarnición salía en ayuda de la caravana, los andalusíes podían verse en problemas.

—¡Rápido! —urgió a sus hombres—. ¡Acabad ya!

Los andalusíes, mejor adiestrados y con el coraje de hallarse ante su arráez, redoblaron el brío. Media docena de freires, dirigidos por uno que apenas pasaría de los veinte años, descabalgaron y cerraron círculo para resistir el último asalto. Los destreros agarrados por las riendas e interpuestos a modo de palpitante escudo. Tal vez fue la expresión de espanto. O los ojos desorbitados que miraban cara a cara a la muerte. Quizá, simplemente, Ibn Qadish vio que cada uno de aquellos freires había sido un día un niño tan feliz y sonrosado como su Isa. El caso fue que el caíd de Calatrava levantó la lanza en horizontal e hizo que su caballo caracoleara.

—¡Basta! ¡Alto!

Los andalusíes, asombrados, obedecieron. Se miraron entre sí, y uno incluso se adelantó dos pasos para seguir con el acoso.

—¡Quietos, he dicho!

Los freires tampoco lo entendían. Hasta Ibn Qadish se preguntó qué estaba haciendo. Miró una vez más hacia las escarpadas murallas de Salvatierra. Y luego a los jóvenes cristianos que aguardaban la muerte. El círculo que habían formado rodeaba a tres o cuatro de ellos, heridos, que se agarraban las tripas para no perderlas por el suelo.

Ibn Qadish desmontó. Clavó la lanza en tierra y caminó despacio, con la diestra desnuda y en alto. Los calatravos, con los rostros cubiertos de polvo y sudor, lo esperaron en guardia. El andalusí habló en romance:

—Recoged a los heridos y llevadlos a Salvatierra.

La voz en árabe sonó tras él:

—No, caíd. Son soldados de su dios. Ya ves cómo respetan las treguas. Además, ellos no tendrían piedad.

«Lo sé —se dijo Ibn Qadish—. Igual que los almohades. Pero yo no soy así. Yo soy andalusí.»

—He dicho que podéis iros.

Los calatravos tardaron en reaccionar. Tal vez por miedo a que fuera una trampa. Uno de ellos se dedicó a ayudar a los caídos mientras los demás seguían atentos. Para que se confiaran, Ibn Qadish mandó a los suyos que trotaran al norte, de modo que el camino a Salvatierra quedara expedito para los cristianos. Después dio orden de marcha. Los andalusíes volvían grupas cuando uno de los freires, el más joven de todos, le preguntó:

—¿Quién eres?

El arráez apretó los dientes. Se iba a arrepentir de aquello, seguro. Aunque, de no haberlo hecho, es posible que también se arrepintiera.

—Soy Ibn Qadish, caíd de Calatrava y líder de las fuerzas andalusíes al sur del Tajo.

Un mes después. Toledo

Cuando el arzobispo de Toledo anunciaba que iba a visitar a la reina, Raquel pedía permiso para irse del alcázar y aprovechaba para visitar a Yehudah. Pero cuando Martín de Pisuerga se presentaba sin avisar, la judía solía camuflarse en un rincón. Sabía cuánto odiaba Martín de Pisuerga a los de su raza, así que prefería evitar sus miradas de desprecio y las continuas alusiones al olor a pocilga y otras lindezas. Lo cierto es que Raquel habría contestado muy a gusto al primado, pero desde su llegada a la corte había decidido adaptarse. Al fin y al cabo, no hacerse notar era siempre mejor para conseguir información. Y la información era la clave.

Martín de Pisuerga había llegado hacía poco. Leonor bordaba una almohada para su hija Berenguela, rodeada por doncellas de compañía que alababan lo precioso de la seda roja o la perfección de la labor. Solo Raquel se había apartado, y ahora simulaba zurcir unos paños. Las otras muchachas hicieron como que escuchaban a Pisuerga y hasta fingieron entenderlo, las pobres.

—Tu señor esposo anda por Almazán, creo —decía el arzobispo—. Ha pasado por Valladolid y San Esteban, y de los tres sitios me llega lo mismo: el rey de Castilla anda como alma en pena, preguntando a unos y a otros qué ha de hacer con el desnaturado.

La reina, que no había dejado de bordar mientras el arzobispo iniciaba su charla, se detuvo por fin. Miró al suelo.

—Diego de Haro. Diego de Haro. ¿Quién lo habría dicho? El más leal. El más arrojado. Y ahora mira. A partir un piñón con Sancho de Navarra.

Raquel, que de manipular sabía algo, observó que el arzobispo sacaba pecho. Otra cosa que también se sabía era que Pisuerga, en el pasado, había tenido sus diferencias con el ya ex alférez de Castilla.

—Nunca fue santo de mi devoción —dijo el arzobispo entre dientes—. Conozco a la casa de Haro, mi reina. La conozco muy bien. —Su vista se desvió un momento. Raquel creyó detectar que por su rostro siempre tenso cruzaba una sombra de ensoñación. Pero solo duró un parpadeo—. Les puede la codicia. Y mientras uno de ellos alcanza lo que desea, todo es júbilo. Pero cuando llega ante un obstáculo demasiado alto...

—¿Y qué le dicen sus consejeros al rey, mi señor arzobispo?

Martín de Pisuerga carraspeó. Fue la señal para que las doncellas y la reina se inclinaran un ápice. La conversación tomó un tono confidencial que no impidió a Raquel captar cada matiz.

—Unos le meten prisa para que convenza al señor de Haro. Que le entregue las plazas guipuzcoanas y alavesas que le exigía. Las huestes de esa casa son poderosas, y con esta tontería las ha perdido Castilla para ganarlas Navarra. Mal negocio.

»Otros le hablan de Alarcos. Le recuerdan que el alférez real hizo lo que nunca había hecho uno de su clase con la enseña de Castilla: arrojarla a tierra antes de salir a galope tendido.

Leonor de Castilla pasaba los dedos sobre el relieve de seda roja.

—Cuidado con unos y otros. Los hay que podrían sacar tajada si el rey cede ante Diego de Haro. Y mucho más los que salen ganando con la plaza de alférez libre. Porque entre estos, dime la verdad, están los Lara.

El arzobispo asintió. Nada más quedar vacante la alferecía de Castilla, el rey la había concedido a uno de los hermanos Lara, Álvaro. Y el partido de los Lara era, con mucho, el más nutrido del reino. Según creía Raquel, Martín de Pisuerga se llevaba mejor con los Lara que con los Haro.

—La verdad, mi reina, es que no les falta razón. Yo estuve en Alarcos y vi regresar a Diego de Haro no solo derrotado, sino humillado. Que el encargado de portar el estandarte sobreviva mientras miles mueren ante él...

«Valiente hijo de puta —pensó Raquel—. Se dice que los Lara ni siquiera lucharon en Alarcos. No sé qué será mejor, si cobarde descubierto o valiente por descubrir.»

La reina Leonor, a la que tampoco le gustaba el cariz que tomaba la conversación, alzó la mano:

—Basta, señor arzobispo. En lo de Alarcos hay mucho culpable y poco penitente. En lugar de remover los fracasos pasados, más valdría buscar triunfos futuros. Y hablando del futuro...

Los ojos de Leonor se iluminaban. El príncipe Fernando, ardor puro a sus doce años, acababa de entrar en el salón. Y su atención no había ido, no, hacia su madre. Ni hacia el arzobispo de Toledo ni para el corro de doncellas. Allí estaba, pasmarote rubio mirando a Raquel. Y ella, como siempre, le correspondió con un guiño cariñoso, haciendo realidad los versos de un viejo hebreo:

> *¡Oh, tú, beldad que robas los corazones!*
> *Sal y envía a través de tu velo*
> *el brillo de la luz,*
> *como el sol ilumina a través de las nubes.*

—¡Mi príncipe! —intervino enseguida Martín de Pisuerga—. ¡Ven! ¡Ven aquí, que tengo algo que contarte! —Sonrió él solo como toda una manada de hienas, también a la reina y a sus doncellas. Menos a una, por supuesto—. A vosotras, mis señoras, os encantará.

El crío se acercó, aunque dejó la vista atrás, sobre la jovial y arrinconada Raquel. Esta introdujo los paños en un cofre y caminó como por descuido para acercarse al grupo. El príncipe ya formaba parte de él y las muchachas hacían corro a su alrededor. Pisuerga bajó la voz.

—Sabéis que no hay nadie que odie a los infieles más que yo. —Y se irguió un instante para fulminar a la judía con un relámpago de su mirada cisterciense—. Pero he oído hablar de uno al que bien podría haber inspirado el dios verdadero, aunque el pobre desgraciado no lo sepa.

»Veréis: hará tres o cuatro semanas, los caballeros calatravos prepararon una nueva caravana para abastecer el castillo de Salvatierra. Ya sabéis que un puñado de freires resiste allí, con coraje de leones en el corazón de las tierras enemigas, como venganza por haber perdido a manos infieles la plaza que da nombre a su orden. Una vez al mes, dos a lo sumo, los calatravos cruzan el Tajo y se infiltran entre las fortalezas que ahora dominan esos demonios. Hasta ahora habían recibido la ayuda divina, pues jamás los moros los habían detectado, así que una vez tras otra llegaban sanos a Salvatierra. Y luego volvían más ligeros, claro. Más rápidos y silenciosos.

»Esta vez la providencia divina se dictó de forma inesperada. Cuando los freires ya habían cumplido su misión y arrancaban desde Salvatierra para regresar a Toledo, una fuerza superior los interceptó en el camino. Cientos, tal vez mil sarracenos. Pero quiso el Señor que no se tratara de mazamutes, esos moros africanos de piel como el tizón, sino de andalusíes. Perros igualmente, pero menos de temer. Hubo lucha desigual y, como es natural, cada cristiano valió por cinco musulmanes. Aunque mucha era la diferencia por número, así que los nuestros fueron cayendo. Alcanzando el martirio, que tampoco es mala cosa y ahora mismo nos observan a la diestra de Dios Padre. —Aquí el arzobispo unió las manos y miró al techo. Hizo una conmovedora pausa que tensó los nervios del auditorio.

»Entonces, cuando solo quedaba un puñado de calatravos vendiendo sus vidas a precio de oro, el adalid de los moros mandó detenerse a los suyos. Perdonó las vidas de los que aún no estaban vencidos, pues un freire muere, pero no se rinde. Y les dio permiso para acogerse en Salvatierra y hasta para recoger a los heridos.

El príncipe Fernando, con los ojos entornados, casi podía ver la lucha desigual entre el ejército infiel y el puñado de valientes cristianos. Su voz, que perdía el tono infantil por semanas, se levantó sobre el silencio reverente de las doncellas.

—¿Por qué hizo eso el moro?

Martín de Pisuerga señaló arriba.

—Dios dispone, mi príncipe. Y a veces hasta interviene, mete un pescozón a Satanás y aprovecha para engañar con la verdad a las almas descarriadas e incluso a los que no tienen ni alma. No sería la primera vez que un infiel andalusí ve la luz y nos ayuda. ¿No has oído hablar del rey Lobo?

—Me suena.

—Tus padres eran jóvenes en aquella época. El rey Lobo era un sarraceno que favorecía a los cristianos y permitía iglesias en sus ciudades. Se le metió en su infiel testa que los almohades eran enemigos suyos, y se enfrentó a ellos hasta que no pudo más. Los andalusíes, príncipe, no son como los africanos. Uno puede aprovecharse de ellos, porque son más tibios con su falsa fe y les cuadra más vivir bien que morir mal.

Leonor, tan atenta como su hijo, asentía despacio.

—Es verdad. A veces nos olvidamos de ellos.

El príncipe Fernando seguía a lo suyo:

—¿Y cómo se llama ese moro caballeroso?

—Ibn Qadish. El miramamolín al-Mansur lo nombró caíd de Calatrava antes de morir, así que a sus órdenes están todos los infieles entre el Tajo y la Sierra Morena.

Leonor miró a su alrededor, como buscando una confirmación a quien no podía dársela. Su vista se cruzó con la de Raquel, y ambas mujeres compartieron un momento de callada inteligencia que nadie allí, ni siquiera el arzobispo de Toledo, podía comprender. Dijo en voz alta lo que pensaba.

—Un paladín para su pueblo. Cuánto necesitamos nosotros uno de esos.

—Me gustaría conocerlo —soltó el príncipe. Algunas doncellas se taparon la boca. Otras rieron por lo bajo. Una revolvió el cabello claro del crío.

—Oyes demasiadas trovas, Fernando. Dios quiera que lo conozcas, sí. —Martín de Pisuerga miró severamente al heredero de Castilla—. Y que lo mates en buena lid. Eso te dará gloria.

El niño se mordió el labio. Raquel adivinó qué ensoñaciones

pasaban por la mente infantil. Duelos singulares a la vista de los ejércitos, bajo un cielo tormentoso y con las banderas flameantes. Lucha noble, brío desatado, heridas sin sangre. Una muerte de fantasía y un héroe de fábula.

—A mí también me gustaría conocerlo —se oyó la voz normanda de la reina. Y Raquel vio cómo la miraba de nuevo—. Ibn Qadish. Caíd de Calatrava.

20

La judía de Toledo

Tres meses más tarde. Verano de 1201

Esta vez era la reina de Castilla la que, a petición del arzobispo de Toledo, lo visitaba en su palacio de la Alcaná. Y tal como había rogado Pisuerga, Leonor Plantagenet llegaba con la escolta justa. Una docena de ballesteros, dos damas de compañía y, siguiendo la súplica del arzobispo, «sin esa perra judía a la que permites ensuciar tu alcázar».

El rey Alfonso seguía recorriendo Castilla. Por Segovia andaba ahora, en busca de apoyos y prometiendo honores para suplir la pérdida de Diego de Haro y su amplia mesnada. Baladí afán, pues bastante tenían los castellanos con dejar que los hijos crecieran. Y a quien había que suplir en cada villa era a los caídos seis años antes.

La reina se desató los cordajes de la capa, se despojó de ella y pidió a su séquito que aguardara. Leonor arrastró los faldones de su larguísimo brial de jamete escarlata, y se vio inmersa en un barullo de burocracia, ir y venir de secretarios y generoso dispendio de regalos. Pisuerga la recibió en el gran salón de tapices en el que se despachaban los asuntos del arzobispado. Que eran los de toda la Península, puesto que, para Roma, Toledo gozaba de primacía. Con esos méritos empezó Martín de Pisuerga su discurso a la reina.

—Por eso, mi señora, el papa me insiste a mí más que a nadie en un asunto que, aunque leonés, nos incumbe a todos. Y a ti más que muchos.

Leonor, que había tomado asiento y se refrescaba con vino aguado, se dio aire con la mano. Pesaba el sol en Toledo y a ella, normanda y con 41 años, se le hacía cada vez más cuesta arriba aguantar los inmisericordes veranos de Castilla, sobre todo con aquel alto capiello de muselina con armazón forrado y la toca de seda que le rodeaba la barbilla.

—Ahórrame los preludios, señor arzobispo, que quiero volver y descansar. Porque soy la reina de Castilla, que si no, bien ibas a ver cómo me daba un chapuzón en la Cava.

El arzobispo de Toledo sonrió como si acabase de aparecer la Virgen ante sus ojos, rodeada de un coro celestial y con un documento firmado por el mismo Dios para garantizarle la salvación eterna y un puesto de responsabilidad como supervisor de san Pedro.

—Mi reina, mi reina. Tú, que viniste de tierras lejanas, no sabrás por qué conocemos así a ese sitio al que van los muchachos a refrescarse, ¿verdad? La Cava.

—Oh, don Martín. Me habrás llamado para algo mejor que contarme fábulas, ¿eh?

El arzobispo fingió sordera.

—¿Sabes cómo llaman los sarracenos a las putas?

Leonor se removió incómoda.

—A cada una por su nombre, supongo.

—*Qahba*. Esa palabra usan.

—Ah. —La reina decidió que, si le seguía la corriente, el arzobispo se cansaría y la dejaría marchar—. Así que los jóvenes toledanos se bañan en un recodo del Tajo dedicado a una meretriz. ¿Ya está? Saludable lección. —Hizo ademán de levantarse, pero Pisuerga le rogó lo contrario con un gesto.

—Esa puta, esa en concreto, hizo que nuestros antepasados lo perdieran todo a manos de los infieles.

La reina se rindió. Estaba claro que el arzobispo iba a largarle toda la crónica.

—Qué interesante. Cuenta, cuenta.

Y se lo contó. Porque había una vez, en tiempo de los godos, una linda muchacha llamada Florinda. Florinda era hija del conde Olián, que guardaba la ciudad de Ceuta y, con ella, la frontera sur del reino. El conde Olián había enviado a su amada hija a Toledo para que se educara con lo mejorcito y buscara partido. Cuando llegó el verano, a Florinda, bella pero ligera por aquello de que venía de tierras africanas, no se le ocurrió otra cosa que bañarse desnuda en un recodo el Tajo, ese al que había aludido Leonor. Y quiso el diablo que el rey de los godos la viera por casualidad, toda húmeda y hermosa, y se encaprichó de ella. A Florinda, que no le amargaba un dulce y ya se veía coronada, no se le ocurrió resistirse cuando el rey godo la pretendió, así que folgaron. El problema vino cuando el rey no quiso saber más de ella. La chica pensó que, sin honra ni virgo, la única salida digna era acusar al rey de violarla, y así lo hizo. Cuando el conde Olián se enteró de la humillación sufrida por su hija, juró venganza y se vendió a los musulmanes que pretendían cruzar el Estrecho. Con Ceuta a su disposición, los infieles desembarcaron y aquello fue el origen de muchas desgracias.

—¿Nunca te has preguntado, mi reina, cómo es que aquellos zarrapastrosos pudieron vencer a nuestros antepasados a pesar de que a estos los tenía Dios en alta estima? Pues has de saber que el pecado del rey con Florinda no pasó inadvertido a la población. Y esta, considerando lo indigno de que un violador ciñera corona, lo abandonó a su suerte. Mira tú lo lejos que llegó la mentira de Florinda, que por puta merece su apodo de Cava.

Leonor Plantagenet, que no había variado postura ni gesto, suspiró.

—Señor arzobispo, qué bien se te dan las historias. Pero, aunque normanda, llevo viviendo tanto tiempo en Castilla que, al contrario de lo que supones, ya conocía el cuento. Y mucho me extraña que los godos perdieran su reino por una pelandusca empapada. Más bien sería por lo de siempre: las rivalidades y las envidias de unos y otros, que les impidieron unirse para rechazar a esos africanos.

—Qué seso tienes, mi reina. Seguro que es así. Pero ve tú y convence al pueblo de que el rey godo no perdió lo suyo y lo nuestro por ir de putas, aunque estas fueran de sangre noble. La prueba la tenemos en que los toledanos no se remojan en el baño de Florinda, sino en el de la Cava.

Leonor resopló.

—Sea, don Martín. ¿Y a qué venía recordarlo?

—Ay, mi reina. —El arzobispo se contristó—. Pues a que ahora, lo mismo que entonces, los cristianos de esta dichosa península andamos peleados y pensamos más en pelanduscas empapadas, como tú dices, que en el negocio de Cristo. Y si no lo ves, yo te lo muestro:

»He aquí —el arzobispo esgrimió un rollo con el sello colgando del cordel. Leonor reconoció el águila ajedrezada en negro y dorado de Inocencio III— la orden del santo padre. El motivo de mi llamada. Una copia ha ido a parar al arzobispo de Compostela, y dos más a los obispos de Zamora y Palencia. Confirma que el matrimonio entre Alfonso de León y tu hija Berenguela es incestuoso. Tu real yerno está, con todas las de Dios, excomulgado.

Leonor echó la cabeza atrás, hasta reposar el capiello sobre el alto respaldo de madera, y cerró los ojos. Entonces pareció recordar algo y los abrió de golpe.

—¿La comparación de esa tal Florinda con Berenguela era necesaria?

—Oh, no es por ella, mi señora. Aquí la puta es otra. Pero mira de reflexionar sobre los muchos males que nos agobian y considera la forma de aliviarlos, aunque sea un poco. Y ahora no hablo de que las casas castellanas dejen mucho que desear en cuanto a nobleza. Que los Castro son más de ayudar a infieles y a leoneses que a su señor natural. Los Lara, por mucho que yo los aprecie, cuidan más de llenar su olla que de compartirla; y así nos fue en Alarcos, por donde no se les vio el pelo. Para colmo los Haro, con el alférez a la cabeza, van y se desnaturan para irse a servir a Navarra. Y espera, mi reina, espera. Que a continuación llega la nómina de cabezas coronadas:

»Pedro de Aragón, que iba para paladín de esos que tú reclamas y que el príncipe Fernando admira, nos ha salido más garañón que destrero. Según parece, se anda encamando con toda mujer desde Teruel a Carcasona; y entre condesa y condesa, no le hace ascos al primer pendón que se cruce en su camino. Con Sancho de Navarra pasa todo lo contrario, y no he de decirte que va contra natura que un rey cristiano no engendre heredero. Si aquel no se cansa de catar hembras, este no quiere ni verlas. Ahora mira a tu yerno leonés, que vive en pecado mal que nos pese, también por razones maritales. ¿Y el rey de Portugal? Otro que tal calza. No se acaba de morir su esposa y ya mantiene en palacio a una barragana a la que llaman Ribeiriña.

Leonor miró fijamente al arzobispo cuando este guardó un silencio más largo de lo normal.

—En esa lista de reyes falta uno.

Martín de Pisuerga carraspeó. Movió la cabeza a los lados, como si le molestara un dogal que no llevaba.

—Verás, mi señora: los clérigos de Toledo y el resto de mis sufragáneos me cuentan cosas... Hay rumores que incomodan a los villanos. Tanto, tanto, que se sienten sucios al difundirlos, así que acaban todos en el confesionario. Deber de confesor es mantener el secreto, pero pienso que esto es mejor saberlo que ignorarlo.

—Habla ya, por Dios.

—La gente habla de la judía que guardas en el palacio. ¿Acaso sabías, mi señora, que la tal Raquel no es hija ni ahijada de Abraham ibn al-Fayyar? Ah, ¿qué podía esperarse de un rabino, sino mentiras?

—Continúa, don Martín.

—La Leona la llamaban en el lupanar. Porque he aquí otra puta, mi reina, como la tal Florinda. Solo que aquella no vio el pago a su puterío por parte alguna, mientras que Raquel es de las caras y, por lo que me dicen, de las buenas. La mejor.

Leonor apretó los labios, fingió sorpresa y se hizo la indignada. Pero no mucho.

—¿Y bien?

—Pues... —El arzobispo bajó la voz hasta que fue casi inaudible—. Se rumorea que está metida en la cama de tu esposo. Que los dos se burlan de ti. Y hasta que el rey se está dando a los ritos indecentes de los judíos. —Dicho esto, Martín de Pisuerga se santiguó.

—Señor arzobispo, no puedes creerlo. Y no porque el rey apenas conozca a Raquel, sino porque debes a mi esposo fidelidad y confianza.

—¡No, no, no, mi reina! ¡Yo no creo esas memeces! —Miró alrededor, como si no estuvieran solos en la estancia—. Pero lo que importa no es lo que yo crea, sino lo que cree la chusma. En Toledo se extiende la insidia y ya se desparrama por el resto de Castilla. Y como la plebe, tan simple como es, sabe de los excesos y defectos de los demás reyes cristianos, no tarda mucho en dar por cierto lo que oyen del nuestro. De todas formas, es notorio que la judía vive contigo, y piensa en esto: las demás doncellas de compañía son todas hijas de lo más granado de Castilla. Pero ella... ¿De dónde sale ella?

»Esto tienes que pararlo, mi reina. Los castellanos han de fiarse ciegamente de tu esposo.

Leonor se puso en pie.

—He oído casi suficiente.

—¿Casi, mi señora?

—Solo quiero saber qué me aconsejas, don Martín. Porque tu deber como arzobispo es ese, ¿no? Auxiliar y aconsejar.

La sonrisa de Pisuerga demostraba que no tenía que pensarlo mucho.

—Esa puta te engañó, mi señora. Se hizo pasar por quien no

era y te ocultó su verdadero origen. ¿Cómo sabes que no te engaña en lo demás? Deshazte de la judía, mi reina. No sea que pase
como con Florinda y nos vuelva a arruinar para cuatro o cinco
siglos.

Raquel aguardó frente a los batientes abiertos hasta que las
doncellas salieron. Todas ellas la miraron como se miraría a un perro atado a la puerta. En fin, ya estaba acostumbrada. En realidad,
las únicas personas que no hacían gestos de asco al cruzarse con
ella eran la reina Leonor y el príncipe Fernando. Y si calidad valía
más que cantidad, Raquel no tenía por qué quejarse.

Pasó al salón, y los ballesteros de guardia cerraron. Ahora,
Leonor Plantagenet y ella estaban a solas. La reina sentada en
aquel sillón alto con los leopardos ingleses a la espalda, oro sobre
grana.

—Acércate, Raquel.

Obedeció. Pensó que tal vez se trataba de una nueva misión.
Lástima, porque se encontraba a gusto en Toledo aunque no viera
más que desprecios alrededor. Además, la reina le permitía ir a casa
del gran rabino siempre que quería, y hasta pasaba días enteros allí,
observando a Yehudah sin importunarlo mucho en sus juegos y
lecciones. El crío crecía bien, fuerte y tranquilo. Un destino que
ella jamás hubiera imaginado cuando se vendía por media hogaza
en el Castro de los Judíos. Por eso, por la sensación de que nada
malo podría ocurrirle a su hijo, sentía tanto agradecimiento hacia
Ibn al-Fayyar y hacia la reina Leonor. Siempre con aquella sensación de que era un instrumento, claro. Porque, paradojas del destino hebreo, las dos únicas personas que parecían respetarla eran
quienes más se habían aprovechado de sus destrezas. Aunque bien
visto, y por mucho que lo ignoraran, todos los castellanos, hasta el
último e incluidos los que odiaban a muerte a los judíos, estaban en
deuda con ella.

—Manda, mi señora.

—¿Te has enterado de lo que te encargué?

—Un poco, mi señora. Resulta que el tal Ibn Qadish es andalusí, joven y arrojado. Yerno del anterior caíd de Calatrava, Ibn Sanadid. Ibn Sanadid fue el que, junto con Pedro de Castro, negoció

la entrega de Alarcos con el señor de Haro; pero se retiró y ahora vive en Sevilla. En fin, los andalusíes respetan a Ibn Qadish casi más que al califa africano.

—Así que ese es el paladín de nuestros enemigos. ¿Alguna debilidad?

—Seguro. Pero aún no la conozco. ¿Y esa cara, mi señora? ¿No era lo que querías saber?

—Sí. —Leonor la invitó a acercarse con un ademán. Miró a los portones como si no confiara en que alguien escuchara tras ellos—. Y ahora quiero saber si te has enterado de algo más. De... esos rumores.

—Esos rumores. —Raquel casi sonrió—. Lo mío con el rey Alfonso, supongo.

Leonor Plantagenet enrojeció, lo que en su rostro pálido resultaba bastante llamativo. Miró al suelo.

—No es que yo lo crea...

—Pero dudas, mi reina. Es normal. Dudar, digo. Total, ya me he acostado con un par de reyes, así que...

—Basta, Raquel. Entonces es cierto que el pueblo lo sabe.

La judía se rebeló.

—El pueblo no sabe nada porque es mentira. El pueblo es simple y no da por mala ninguna ocasión de escarnecer al prójimo. Te lo digo yo, que he tenido que tragar mucha calumnia de morralla con la lengua suelta. Al pueblo le llenan más las mentiras entretenidas que las verdades aburridas.

»¿Sabes qué cuentan? Cuentan que tu esposo y yo nos acostábamos antes de Alarcos. Y por eso Dios lo castigó allí. Figúrate, mi reina. Yo tenía quince años cuando lo de Alarcos, y me vendía por cuatro dineros en el Castro de los Judíos para alimentar a un crío desdentado. Además, no es mi intención avergonzarte, pero sabes que hay rumores para todos los gustos. Y algunos dicen que tú consientes el adulterio y hasta te metes en el lecho con el rey y conmigo. —Raquel se dejó caer de rodillas y miró al suelo—. Lo siento, mi reina.

Leonor Plantagenet alargó la mano, pero la detuvo antes de acariciar la cabellera ensortijada. Se levantó y pasó junto a Raquel. Caminó de un lado a otro mientras la judía, aún de rodillas, aguardaba.

—Te equivocas, muchacha. Yo no he dudado de mi esposo jamás. Pero tienes razón en que la chusma prefiere las mentiras entretenidas. Por eso es mejor quitarle la diversión perniciosa y buscarle otra más... inofensiva.

—Ha sido el arzobispo, ¿verdad?

—¿Qué?

Raquel se puso en pie. Se volvió con un punto de desafío, aunque no era a su reina a la que desafiaba.

—No sé si es mayor el asco o el odio que ese hombre siente hacia mí. Y hacia los míos, supongo. Es él el que te ha advertido de los rumores.

—Sí. Es él.

—Y te habrá aconsejado que me vaya de la corte.

Leonor rio por lo bajo, aunque no eran risas lo que le apetecía.

—Eres tan viva que te mantendría conmigo aunque realmente te acostaras con mi esposo. Pero lo que cuenta, ya sabes, es lo que piensa el pueblo. Es al pueblo al que necesitamos fiel. Sólido como una roca. No podemos permitirnos fisuras, ¿comprendes? No ha de haber desconfianza. Demasiada existe ya entre los reyes cristianos y entre los nobles que nos rodean.

»Por de pronto, hay que acallar esos rumores. Te irás de inmediato de Castilla, y te reunirás conmigo cuando te reclame, pero no será aquí, en Toledo. Aquí la gente te conoce.

—Y aquí está mi hijo.

Eso pareció afectar a Leonor. Tal vez no lo había pensado. La reina regresó al trono y, de repente, dio la impresión de envejecer.

—En nada aprovechará a Yehudah que te tomen por la amante del rey. Y ambas seguimos decididas a hacer cualquier cosa por nuestros hijos. ¿Es así, Raquel?

La judía suspiró.

—Sí, mi señora. Perdóname. Dime: ¿adónde he de ir esta vez?

—Pues... Verás: me preocupa algo que también me contó el arzobispo. Pedro de Aragón va como perdido, pensando más en quebrar virgos que cabezas sarracenas. Quiero que vuelvas a verlo y que te asegures de que estará a nuestro lado cuando llegue el momento.

—¿Qué momento, mi reina?

Leonor Plantagenet volvió a levantarse y se acercó a Raquel. La tomó por los hombros como una madre haría con su hija. Y sonrió con la misma ternura. Aunque la voz del arzobispo resonaba aún en su mente: «Deshazte de la judía.»

Pero no podía deshacerse de ella sin más. No, porque el arzobispo tenía su báculo. El rey tenía su corona. Y los barones tenían sus espadas.

Ella tenía a Raquel.

—El momento para el que trabajamos, muchacha. Para el que tú y yo hemos nacido.

Al mismo tiempo. Santa María de Huerta

Aquello no se parecía nada a copiar. Era como si en lugar de repetir una vez tras otra las oraciones en el templo, uno pudiera hablar con Dios cara a cara.

Y alrededor de esa conversación divina, las palabras manuscritas revoloteaban como ángeles. Y las hojas sobre las que extendía la tinta eran cortes celestiales. Los manojos de pergamino, paraísos al completo. Ejércitos celestiales venían a rescatar a Velasco de sus miedos. La pluma era su espada, y con su hoja abría heridas mortales en la piel de los enemigos. Sobre ese campo de batalla virgen, Velasco ya no era un cobarde.

Cada palabra era un desafío. Usar la lengua que le habían enseñado sus padres tenía algo de prodigioso porque, al caer desde su mente a la superficie en blanco, adquiría un brillo único. Y al enlazar unas palabras con otras, experimentaba. Cambiaba su orden, jugaba con nuevos términos, retorcía el ritmo, escondía su significado. Las frases revelaban paradojas de una armonía tal que era imposible disfrutarlas cuando salían de la boca, en una conversación normal. Parecía mentira que aquel romance pudiera compararse en belleza con el latín o con el árabe de las crónicas que lo rodeaban. Era como descubrir a una muchacha lozana, joven, hermosa, que acabara de llegar a la aldea y concitara las miradas de todos los hombres. Velasco, por momentos, se enamoraba de la lengua en la que escribía, de las imágenes que brotaban donde antes no había nada:

> *Mío Cid se encogió de hombros y sacudió la cabeza:*
> *«¡Albricias, Álvar Fáñez, nos echan de nuestra tierra!»*

Velasco levantó la vista. Aunque sus ojos no veían los anaqueles del *scriptorium*, sino el camino de Vivar a Burgos, por el que el

Cid marchaba dispuesto para el destierro. Eso era lo mejor. Que él mismo era el Cid, lloroso por la injusticia que había recibido de los barones castellanos. La honra por lo suelos, el ánimo traspasado y el futuro incierto.

—¿Me dejas verlo, fray Velasco?

Se volvió y allí estaba Hinojosa. Aupado para apreciar los versos bien alineados sobre las líneas de guía que había marcado el *plumbum*.

—Claro, fray Martín. Dios me perdone, pero me gusta cómo suena.

El antiguo obispo leyó en silencio, moviendo los labios a medida que avanzaba por el principio de aquella aventura.

—Así que lo traicionan, ¿eh?

—Sí. —Velasco se puso en pie y contempló su obra desde un par de pasos. Como si aquello le diera más perspectiva—. Los nobles felones, más acostumbrados a la corte que al polvo del camino, lo difaman ante el rey.

Hinojosa, entusiasmado, asintió.

—Muy bien pensado. Ahora el Cid está solo.

—Solo no. Lo acompañan unos pocos de sus fieles. Gente brava y dispuesta a dejarse la piel.

Hinojosa dejó de observar el nuevo manuscrito y miró a Velasco.

—Fue así, ¿verdad? En Alarcos.

—Fue así. Abandonados frente al peligro. —Calló. En cierto modo era lo que los reyes de León y Navarra habían hecho. Tal vez no al comparecer tarde, pero sí al aprovechar la desgracia castellana. Y a eso había que añadir la tibieza con la que muchas villas y señores de Castilla habían afrontado la llamada de auxilio del rey Alfonso cuando el miramamolín se disponía a quebrar la frontera—. Aunque no todos estuvimos a la altura.

—Ya. Pero recuerda, fray Velasco, que no es solo el rey quien ha de recuperar la confianza. Cada cristiano, hasta el más menudo, ha de saber que Dios sigue amándolo, y que reclama su sacrificio para otorgarle a cambio la recompensa. —Señaló a las palabras trazadas sobre el pergamino—. Sé que la sangre del Cid corre por las venas de nuestro rey, pero tú ahora has de lograr que corra por las venas de todos nosotros. Hemos de vernos reflejados en él. Compartir sus penas y creernos capaces de afrontar el destino con entereza, también con esperanza. Que el Cid sea arrojado, pero no furibundo.

Pese a que la injusticia haya hecho presa en él. Su lealtad ha de estar por encima de todo.

—Será un buen vasallo, fray Martín. Aunque su señor no lo merezca.

A Hinojosa se le iluminaron los ojos.

—A eso me refiero, sí. Úsalo, amigo mío. Ahora, antes de que se nos olvide.

No aguardó a que el anciano acabara de decirlo. Velasco recuperó la pluma y se apresuró a convertir los sonidos en palabras escritas. Sintió un escalofrío al pensar que, tal vez, cincuenta o cien años después de su muerte alguien pudiera leer aquello.

> *Llorando de sus ojos, tanto dolor sentían;*
> *y de sus bocas, esta razón salía:*
> *«¡Dios, qué buen vasallo, si tuviera buen señor!»*

21

El sembrador de cizaña

Un mes más tarde. Principios de otoño de 1201. Bagnères, condado de Cominges

Bernart, cuarto conde de Cominges, tiró de su sobrecota nueva. Una obra de arte, suave como cendal y con la cruz roja de su casa bordada sobre blanco níveo. Elevó la barbilla, y no por orgullo, sino para mirar a su nuevo señor a los ojos.

Tras el conde se hallaban sus vasallos, hombres de armas del norte de los Pirineos. Y a su diestra, la esposa, María de Montpellier. Una mujer poco agraciada pero muy importante en el enjambre territorial occitano.

—Yo, Pedro, por la gracia de Dios rey de Aragón y conde de Barcelona, te doy a ti, Bernart, y a tus herederos, todo el Valle de Arán con sus personas y derechos.

—Y yo, Bernart, te recibo a ti como señor, y así mismo lo harán mis herederos. Y prometo que te daré mi auxilio y mi consejo cuando lo necesitares, siempre de buena fe.

El conde se arrodilló y tomó la mano del rey, que besó casi sin poner los labios sobre la piel. Raquel observó cómo María de Montpellier dedicaba una mirada de desprecio a su marido.

—Cristo, qué fea es —dijo en un susurro Miguel de Luesia.

Raquel casi asintió. Estaba a un lado del salón largo y oscuro, junto al mejor amigo del rey. Frente a ellos, un sol mortecino no acertaba a atravesar las vidrieras. Habían llegado dos días antes a aquella aldea perdida en un valle y rodeada de montañas. Uno de los muchos feudos que el rey de Aragón dominaba en un territorio que ya casi igualaba en extensión a los que tenía al sur de los Pirineos.

—¿Seguro que Pedro se quiere casar con ella? —preguntó la judía con voz casi inaudible.

—Seguro que no —se burló Luesia—. Pero con ella se pone al alcance de su mano Montpellier, uno de los señoríos más potentes de esta tierra. No ha sido idea del rey, sino de su madre.

Raquel arrugó la nariz.

—¿Y María accede a que se anule su matrimonio con ese conde?

—Por supuesto. Mejor reina que condesa, ¿no crees?

Tenía lógica. De ahí la farsa. El rey Pedro de Aragón concedía Arán a Bernart de Cominges, y este a cambio accedía a separarse de su poderosa consorte para que se la quedara el rey. Además, existía cierto litigio sobre los derechos en el Valle de Arán, y esta concordia venía a solucionarlos y fortalecía la posición de los dos nobles. Parecía que Bernart perdía con el cambio al renunciar al riquísimo señorío de Montpellier, pero no era así. Con Pedro de Aragón como valedor, nadie al norte de los Pirineos se atrevería a cuestionarlo. Y, por lo visto, cuestionar territorios y derechos era el pan nuestro de cada día en aquellos lares.

Raquel se había unido al séquito real aragonés en Barbastro, medio mes antes. Y el rey Pedro la había recibido con alegría inusitada y un largo, larguísimo revolcón. Después habían viajado juntos para cumplimentar el homenaje que, según la madre del rey, aseguraría la posición aragonesa frente a la codiciosa casa de Francia. Las tierras al norte de los Pirineos eran un laberinto de vasallajes, derechos y ambiciones que Raquel no alcanzaba a entender. Y la cosa se complicaba al añadir esa extraña herejía que se extendía y contagiaba incluso a los nobles del lugar. Era como si toda la cristiandad, incluido el propio papa, se vieran atraídos hacia aquella colección de valles y cordilleras.

Y eso no era del agrado de Raquel. Porque la atención del rey de Aragón debía volver hacia la Península. Hacia el auténtico peligro, que no eran esos herejes a los que llamaban cátaros y tampoco el rey de Francia o sus vasallos.

—¿Y ahora qué pasará?

Miguel de Luesia dedicó una mirada burlona a la judía.

—Ahora negociaremos el verdadero acuerdo, que incluirá la promesa del conde de renunciar a su esposa y a Montpellier. Para eso hemos venido, y no en busca de doncella casadera. Si sabré yo el tipo de hembras que gustan a mi rey.

Raquel asintió y volvió a fijarse en María. De baja estatura, hombros estrechos y caderas demasiado anchas, pero no tan fea en realidad. Además, a sus veinte años tenía la piel tersa y pálida, tal y como les gustaba a aquellos nobles norteños. El problema de la señora de Montpellier eran sus dientes. Casi no tenía, y eso hacía que sus labios se curvaran hacia dentro y se movieran de continuo, tal vez rellenando los huecos entre muela y muela. El ruido que hacía se clavaba en los oídos y crispaba los nervios. El mismo rey cerraba los ojos cuando uno de esos chasquidos rompía la solemnidad del homenaje.

—¡Está hecho! —masculló Pedro de Aragón, y se dirigió a Miguel de Luesia—. Ultima los detalles. Y tú —señaló a Raquel sin reparo alguno—, acompáñame.

El efecto que María de Montpellier había causado en Pedro de Aragón era fuerte. Y desagradable. El rey intentó quitárselo como uno se quitaría un recado de paloma que le hubiera caído en plena cara.

Raquel se aplicó a fondo, y eso era algo inusual. Lo normal era que los hombres se excitaran ante su sola presencia, pero ahora el rey de Aragón, semental reconocido, tenía dificultades.

—No se me va de la cabeza. Déjalo, muchacha.

La judía obedeció. Emergió de debajo de las sábanas.

—¿Qué te ocurre, mi rey?

Pedro rodó hasta darle la espalda.

—Es esa... Esa... Oh, por san Jorge, qué fea es.

A Raquel le dieron cierto asco esas palabras. A ella, que había tenido que hacer de tripas corazón con mil y uno.

—Es por el bien de tus estados, ¿no?

—Bah. Hablas como mi madre. Por el bien de mis estados... ¿Y qué hay de mí? Voy a tener que acostarme con ese bicho, Dios sabe cuánto hasta que la preñe. Y si hay mala fortuna y el resultado es una hembra, habrá que repetir hasta que le engendre un heredero. Prefiero cien veces batirme con los moros sin escudo ni lanza.

»¿Sabes que el conde de Cominges no es su primer esposo? María se casó cuando tenía doce años con un vizconde de Provenza. Tal vez de niña no fuera tan horrible. Pero debió de ser por aquel entonces cuando su fealdad maduró, o quizá se le pudrieron los dientes y el vizconde no lo pudo resistir, porque el tipo duró un lustro antes de morir.

Raquel se levantó y, desnuda, caminó hasta la entrada del pabellón, cuyas solapas flameaban por causa del viento. No tardó en echarse el manto forrado de nutria por encima. Los prebostes de cada aldea solían prestar sus caserones a la comitiva real, pero esta vez el rey había preferido su tienda. Todo lo que fuera con tal de no compartir techo con María de Montpellier.

—Tengo frío, mi señor.

—Ya. Pronto volveremos. No quiero pasar mucho tiempo aquí.

—Pues no se nota. Últimamente pareces más interesado por el norte que por el sur de los Pirineos.

El rey tardó un rato en contestar.

—No tengo problemas al sur. Mis vasallos son fieles y saben tratar al pueblo. Mi madre me lo dejó claro: respeta los fueros de unos y las costumbres de otros, y todo irá bien. Eso hago. Por aquí es distinto. Si tardan mucho en ver a su rey, acaban por creer que no lo tienen y se pelean por una torre, una aldea o un castillo. Y luego está ese dichoso asunto de los herejes...

Raquel se dejó llevar por su vena hebrea:

—¿Y si los dejas estar?

Pedro de Aragón soltó una de sus estentóreas carcajadas. Con la manta como capa, se incorporó y alargó la mano para alcanzar un gran copón de vino.

—Dejarlos estar, ¿eh? Díselo al papa. Y a mi madre. Además, el problema no son ellos, sino el rey de Francia y sus lameculos. —Bebió un largo trago y se restregó los restos de vino antes de volverse hacia ella—. Llevo años tratando de solucionarlo. Dicté órdenes de confiscar los bienes de los cátaros, de echarlos de mis estados. Incluso de quemarlos en la hoguera si persisten.

—¿Quemarlos, mi rey?

—Ah, no me mires así, muchacha. No pensaba cumplir las amenazas. Porque eran eso: amenazas. Y nada más. Quería que les entrara el miedo y disimularan. Pero no: esos idiotas insisten. Y lo malo es que no se trata solo de chusma. Más de un noble y más de dos reniegan de la santa madre Iglesia y adoptan esos ritos ridículos.

»Pero los franceses no se limitan a amenazar, ¿sabes? El año pasado, el rey Felipe chamuscó a varios en una hoguera y se quedó con todo lo suyo. Si esa herejía se extiende por mis estados y el papa anima a que se les desposea para limpiarlos, ¿sabes quién se lanzará sobre ellos? Y lo peor: ¿sabes quién tendría que defenderlos?

Esta vez fue Raquel quien tomó la copa y se aclaró la garganta.

—¿Defenderías a unos herejes, mi rey?

—No con gusto. Pero si no lo hiciera, los franceses irían ganando terreno. No quiero enfrentarme a Francia. No soy estúpido, sé que no podría ganar. Por eso necesito contar con apoyos en esta tierra, y María de Montpellier es uno de ellos. —Suspiró e hizo un gesto de fatiga. Como si explicar todo aquello no sirviera de nada. Pese a todo, lo hizo—: Mi hermano ya posee la Provenza. En cuanto se reciba la dispensa papal, María dejará de ser la esposa del conde de Cominges y nos casaremos. Para esa misma fecha, que yo no deseo pero necesito, entregaré a mi hermana Leonor al conde de Toulouse. ¿Te das cuenta? Por vasallaje o por parentesco, mi fuerza será tanta que no me hará falta imponerla.

La judía se sentó junto al rey.

—Entiendo. ¿Y qué pasa con los almohades?

—¿Qué? ¿Qué tienen que ver...?

—Ellos volverán, todo el mundo lo dice. En Castilla se te tiene por fiel aliado, y todo el mundo asegura que lucharás codo con codo con nuestro rey Alfonso. Creyeron aquellas promesas que hiciste nada más ceñirte la corona. Entiéndelo: no puede volver a confiar en León y en Navarra.

Pedro de Aragón sonrió.

—A veces olvido de dónde vienes. Y adónde volverás. Y cuando vuelvas, muchacha, dirás a tu rey, y sobre todo a tu reina, que la casa de Aragón está ocupada al norte. Entre otras cosas, trabajando para tener un sucesor. ¿Imaginas que muriera sin heredero? A mi madre se la lleva una legión de demonios cuando lo piensa. Pero hice una promesa, es cierto. Y yo cumplo. Tardaré uno, cinco o diez años, pero cumpliré. Cuando solucione este feo asunto de los cátaros, y el todavía más feo asunto de preñar a ese espantajo, volveré a mirar al sur, a esos almohades que tanto te preocupan a ti y a tus paisanos. Tu rey no se encontrará solo en el campo de batalla.

Dos meses después. Marrakech

El Calderero se postró cuan largo era. Mantuvo la frente pegada al suelo para ocultar la sonrisa de triunfo. Por fin, desde la llegada de Muhammad an-Nasir al trono, se quedaba a solas con él. Sin la molesta presencia del Tuerto.

—P-p-puedes levantarte.

El visir obedeció. El príncipe de los creyentes se sentaba sobre la habitual montaña de cojines, un poco caído hacia la derecha. A ese lado quedaba el viejo mapa sobre el que el difunto al-Mansur le había enseñado los límites de su imperio y las tierras que, más allá, quedaban por conquistar para mayor gloria de Dios. El Calderero lo señaló.

—Tú extenderás el credo. Superarás a tus antepasados.

—C-c-claro —contestó an-Nasir, ya acostumbrado a los prólogos adulatorios de Ibn Yami.

—Y de eso precisamente quería hablarte, príncipe de los creyentes.

—¿P-p-por q-q-qué?

—Porque has confiado tal labor a un hombre del que no puedes fiarte.

El califa casi sonrió, como siempre que se avecinaba un nuevo episodio de rivalidad entre sus visires. Solo que ahora faltaba uno de los duelistas.

—P-p-podías haberlo dicho antes de que el T-T-Tuerto partiera.

—No es tarde. El Tuerto permanecerá en Ceuta un tiempo, mientras se reúnen las naves y embarcan las tropas para pasar a Denia. Si tomas alguna decisión, podemos hacérsela llegar antes de que abandone suelo africano.

—Habla.

El Calderero carraspeó antes de soltar la parrafada que llevaba días preparando.

—Verás, mi señor: me asusta el Tuerto. A veces, cuando estamos los tres solos, temo por ti. Siempre con su espada al cinto. Siempre presto a desenfundarla...

—Nunca la usaría c-c-contra mí.

—Eso pensaba hasta que vi lo que realmente pretende, príncipe de los creyentes. ¿Acaso no lo ves tú también?

—No. P-p-pero supongo que t-t-tú me lo vas a d-d-decir.

—Te diré lo que pienso, sí. Aunque solo tú serás capaz de ver la verdad, pues estás iluminado por Dios, alabado sea.

»Tu padre dejó bien claras nuestras misiones antes de morir. Y la del Tuerto era, aparte de acabar con el problema de Ifriqiyya, aconsejarte en lo tocante al ejército y a la guerra. Santa misión que ha llevado al imperio donde está, según ese mapa que guardas ahí.

»Ahora bien, el gran al-Mansur jamás encomendó al Tuerto que liderara las huestes de los creyentes y te dejara a ti atrás. Tú eres consciente de la forma en que tu padre ganó su apodo. No lo llamaban Victorioso por quedarse aquí, leyendo la palabra de Dios mientras sus jeques ganaban batallas.

Eso casi ofendió a an-Nasir, que se puso recto sobre los almohadones.

—Yo dirigí las t-t-tropas que aplastaron a los g-g-gazzulas.

—¡Qué cierto es, mi señor! Yo estuve presente y vi cómo tu inteligencia y arrojo nos condujeron al triunfo. Estimación que hemos de reconocer también al Tuerto, pues él te aconsejó quemar la barricada rebelde y eso te permitió vencer. Sin embargo, fíjate bien en cómo los vítores te los llevaste tú cuando regresamos a Marrakech con los cautivos dispuestos al degüello.

»Tal vez lo que resulta insufrible al Tuerto es eso: que los méritos que él considera suyos los disfrutes tú. Lo vi el día en que decapitamos a los rebeldes. Tus súbditos te miraban con orgullo. Te aclamaban. A ti. No a él. Sé reconocer la envidia y la ambición, mi señor.

»He meditado sobre todo esto y sobre su plan para atacar Menorca. No le resultará muy difícil, puesto que está reuniendo un ejército digno de un califa. Digno de ti. Y los Banú Ganiyya tienen la mayor parte de sus tropas en Ifriqiyya, no en las islas. Con Menorca conquistada, lo siguiente será Mallorca, con toda la flota enemiga, sus muchos tesoros ganados en sus comercios con los cristianos y la rapiña de nuestros barcos. Y entonces el Tuerto habrá completado la campaña más gloriosa desde tiempos de tu bisabuelo. Porque con un esfuerzo mucho menor que el que empleó tu padre, habrá ganado más tierras y riquezas que él.

»Dime, príncipe de los creyentes: cuando el Tuerto regrese con las naves rebosantes de oro y las cabezas de los Banú Ganiyya, ¿quién será acreedor de admiración? ¿A quién llamarán victorioso? ¿A ti, que sofocaste una revuelta de pastores, o a él, que va a solucionar nuestro mayor problema?

An-Nasir bajó la mirada. Se removió sobre los cojines, incapaz de hallar acomodo. Miró al mapa desplegado, con aquellas islas clavadas en el centro de todas las rutas.

—T-t-tienes razón.

—Pues claro. Pero eso no es todo. Ahora imagina, mi señor, que el Tuerto se embriagara de triunfo, igual que hacen los infieles con el vino. Dicen que, en ese estado, la mente ve lo que no existe e ignora lo real. Así él podría ignorar la obediencia que te debe y considerar que su derecho al trono es mayor que el tuyo. Piensa que a un tuerto solo le queda la mitad de camino para quedar ciego.

An-Nasir lo pensó, sí. Pero negó despacio.

—No. No c-c-creo que lo hiciera.

—Ah, tu bondad excede a tu precaución, príncipe de los creyentes. Pero te daré otra prueba.

»¿Recuerdas cómo tu padre te humilló ante todos para favorecer a los andalusíes?

An-Nasir enrojeció.

—¿D-d-de verdad es necesario rec-c-cordarlo?

—¡Sí, mi señor! Y castígame por ello, que me someteré a la pena que me impongas. Cualquier cosa con tal de descubrirte los males que se ocultan ante ti.

»Al-Mansur confió en Ibn Sanadid, le regaló el cargo que tú debías ocupar por linaje y para formarte como su sucesor. Y después, cuando ese puerco andalusí decidió renunciar al honor que le habían concedido, tu padre no solo no lo castigó, sino que siguió sus consejos y transfirió el puesto a su yerno, Ibn Qadish. Y recuérdalo, príncipe de los creyentes: lo hizo con el consejo y el visto bueno del Tuerto. Yo me opuse, pero al-Mansur no me escuchó. Ah, qué dolor sentí en el corazón al ver cómo tu padre te reconvenía por insistir. Ese día me dije que tales injusticias habrían de arreglarse en el futuro. Y ese futuro ha llegado.

Conforme el Calderero hablaba, an-Nasir apretaba los puños. Recordaba, sí. Como si hubiera ocurrido el día anterior. Recordaba la vergüenza. Y el odio que sintió hacia Ibn Sanadid y toda su familia.

—De nuevo t-t-tienes razón.

—Y por tanto, mi señor, he aquí dos sujetos en los que resulta arriesgado confiar: el Tuerto, que tiene a sus órdenes el ejército y la flota almohade, e Ibn Qadish, que manda sobre la frontera andalusí con los cristianos. Y reflexiona sobre esto otro: Ibn Qadish está donde está gracias al Tuerto. Dime, príncipe de los creyentes, ¿es adecuado que quedes al margen de todo esto?

An-Nasir no podía más. Se puso en pie y anduvo hasta las celosías más cercanas. Boqueó en busca de aire mientras sus dedos se curvaban como garfios sobre los listones de madera. Abajo, en los jardines de as-Saliha, se adivinaban las figuras negras de su guardia personal. Aparte de aquellos paladines dispuestos a dar la vida por el califa, el ejército almohade se hallaba lejos y bajo el mando de alguien que, con un solo chasquido de los dedos, podía arrebatarle el trono. Se volvió congestionado.

—¿Q-q-qué hacemos?

El Calderero se acercó al califa. Miró a los lados, como si no se hallaran solos en la estancia más protegida del imperio.

—No temas, mi señor, pues *Dios no conduce a buen fin las maquinaciones de los traidores.* Vayamos con ellos. Que sientan nuestra sombra acechante. Y sobre todo, evitemos que acaparen los méritos que no les corresponden. Partamos enseguida hacia Ceuta y reunámonos con el Tuerto. Vigilemos sus movimientos y hagamos que todos lo sepan: no será él quien dirija la flota y el ejército, sino tú. Pasaremos juntos a Denia, y yo me separaré de vosotros para viajar hasta Calatrava, donde exigiré la presencia de Ibn Qadish. Ese andalusí rendirá cuentas de sus avances y, sobre todo, tendrá que explicar por qué los comedores de cerdo siguen enseñoreados de Salvatierra. Mientras tengamos a esos dos bien vigilados, tus intereses estarán a salvo. Dime que harás lo que te pido, mi señor.

An-Nasir calculó los riesgos. Embarcarse en una nave de guerra, surcar el mar que dominaban los Banú Ganiyya y saltar a tierra en Menorca. Habría lucha, seguro. Sangre y muerte. Empezó a sudar.

—¿Y si nos d-d-derrotan?

El Calderero sonrió.

—El Tuerto es un hintata. Luchador desde el vientre de la madre hasta el frío de la tumba. Ponlo al frente de las tropas. Que ocupe el mismo lugar que ocupó su hermano en Alarcos a órdenes de tu padre. Y mándale batirse hasta la victoria o la muerte. Si vence, a ti te deberá el triunfo. Si cae, jamás tendrás que volver a preocuparte de él.

22

Cría cuervos

Dos meses más tarde. Principios de 1202

El conde de Molina, principal benefactor de Santa María de Huerta, murió a poco de entrado el invierno. Y, tal como había dispuesto en vida, sus huesos fueron a reposar junto a los de su primera esposa, la biznieta del Cid.

Con él desaparecía uno de los principales señores castellanos y cabeza de los Lara. Y ahora que Diego de Haro estaba desnaturado, los jóvenes de la nobleza optaban a las altas dignidades. Eso hizo que en el monasterio se reuniera lo más granado de la aristocracia de Castilla entre pretendientes a señoríos y a cargos de corte, aduladores varios y partidarios de unos y otros. Aparte, claro está, del rey Alfonso y su esposa. Tantos eran que no cabían en las pandas del claustro, así que se repartían también al otro lado de las arcadas, por todo el patio. Y en la puerta del *scriptorium* y en el corredor de conversos, los monjes se amontonaban, ansiosos por oír el sermón del abad. Tras él tomó la palabra el arzobispo de Toledo, que enumeró los muchos servicios que el conde había prestado al reino. Especial énfasis puso en la fidelidad de los Lara, familia que siempre se había mantenido junto al rey Alfonso.

—No como otros, que a poco que no consiguen lo que quieren, mudan de señor y se desnaturan. Así hubiera querido Cristo que un Castro o un Haro fallecieran, y no un Lara.

Eran palabras duras, pero se conocía la fama de Martín de Pisuerga y lo mucho que había odiado siempre a los Castro. También que, de más joven, había pasado lo suyo con los Haro. Especialmente con la hermana de Diego, Urraca. Aunque esa era otra historia.

—Bien está —cortó el rey—. Muy caro a mi corazón, así como lo era al del ya difunto conde, es fray Martín de Hinojosa, aquí presente. En sus tiempos de abad, si no me equivoco, fue cuando recibió el monasterio sus principales dones de parte de la casa de Lara. ¿Unas palabras, fray Martín?

El aludido abandonó el grupo de monjes. Se puso frente a la lápida sepulcral que casi hacía esquina entre la panda oriental y la iglesia, donde desde ese día reposarían los restos del conde. Entrelazó los dedos y miró al suelo con rigor cisterciense:

—En su testamento, hermanos, nuestro muy admirado conde nos deja cuatrocientas ovejas, cuarenta vacas, diez yeguas y varios terrenos en Arandilla. Justo es que su cuerpo repose aquí, entre las piedras que tanto amó y junto a los huesos de su querida Sancha. Rezaremos todos los días por ambos. —Levantó la vista a un lado, hacia el rey—. Rezaremos también por Castilla y para que acabe el tiempo de tribulación. —Volvió la cabeza hacia el arzobispo de Toledo—. Y rezaremos por las ovejas descarriadas, como Diego de Haro. Dios quiera que recupere la cordura y torne al redil.

Rechinaron los dientes de Alfonso de Castilla, se oyó en todo el monasterio. Fray Martín de Hinojosa dio por terminada su intervención y se retiró, con la humildad habitual, hasta quedar fuera de la vista. Eso marcaba el fin de la ceremonia.

Velasco vio cómo Hinojosa se acercaba al *scriptorium*. Se apartó para dejarlo pasar y fue tras él, mientras el silencio respetuoso del sepelio era sustituido en el claustro por murmullos de contrición y lamento. Se hizo fila para rendir pésames al heredero del conde en el señorío de Molina, Gonzalo. Otro de los Lara que recibía cortesías era Fernando, el nuevo alférez real sustituto de Diego de Haro.

—Fray Martín —dijo Velasco cuando ambos quedaron a solas en el *scriptorium*, ajenos a las formalidades de fuera—, ¿a qué ha venido eso?

Hinojosa se frotó los dedos de la mano derecha. Los de sujetar la pluma. Cuando hacía frío, le dolían a rabiar, aunque él soportaba el sufrimiento con el estoicismo propio de la orden.

—¿Lo de rezar por Diego de Haro? Tú también has notado la reacción del rey, ¿eh? Pero yo me he fijado más en la reina. Creo que a ella le ha gustado. Es muy lista, fray Velasco. Te lo digo yo.

—No comprendo.

—Por lo visto, ella es la única que entiende cuál es el único camino de salvación. No para nuestras almas en esta ocasión. Para nuestros cuerpos. Diego de Haro ha de regresar a la fidelidad de Castilla, aunque ahora el rey parece más empeñado en hacerle pagar sus desaires. Fíjate: lo primero que ha hecho es despojarlo de sus señoríos y repartirlos entre los Lara. El conde Fernando, por ejemplo: ahora, aparte de alférez de Castilla, es el señor de la Bureba. Qué cosas. Hasta hace nada, el rey y Diego de Haro eran inseparables.

Velasco hizo un gesto de desdén.

—Todo se arreglará. También el Cid se vio desterrado por su rey, y al final las aguas volvieron al cauce. Precisamente ayer estuve escribiendo sobre eso.

—¿Sí? Bien. Asegúrate de no culpar de nada al rey en tu fábula. Que sean los demás nobles, ansiosos por alcanzar honores y señoríos, los envidiosos de la bondad del Cid y quienes más ganan al calumniarlo. Que me temo que así es también aquí y ahora. El arzobispo de Toledo se tambalea como una balanza vencida de un lado. Pesa más su ansia guerrera que su temple. Y lo malo es que cada vez mira menos para los sarracenos que para los navarros, los leoneses o los propios castellanos desnaturados. Hablaría con él para intentar que cambiara de opinión. Al fin y al cabo somos de la misma edad y hermanos de orden. Pero me temo que la soberbia se ha adueñado de su hábito. A veces pasa con los viejos como nosotros.

—¿Y los Lara? ¿También malmeten al rey?

—Los que más, seguro. Piensa en los beneficios inmediatos.

Velasco asintió y señaló sus labores, con lo más reciente puesto a secar sobre el pupitre.

—¿Quieres ver lo último, fray Martín?

La respuesta era sabida. Hinojosa estaba casi tan entusiasmado con la obra de Velasco como él mismo. Se acercó y entornó los ojos castigados de leer salmodias.

¡A ti te lo agradezco, Dios mío, que el cielo y la tierra guías!
¡Válenme tus virtudes, gloriosa santa María!
Desde ahora abandono Castilla, pues a mi rey tengo airado,
no sé si podré volver en lo que me resta de vida.

Fray Martín sonrió con media boca. Velasco se encogió de hombros.

—Lo sé. Se parece demasiado a la realidad. Mejor que el rey no lo lea.

—Mejor, sí —asintió Hinojosa—. Al menos por el momento.

Tres meses después. Calatrava

Las construcciones de Calatrava estaban pensadas para albergar a religiosos, así que a nadie le había dado por aislar estancias. Por eso Ramla, con Isa dormido en sus brazos, podía oír la conversación desde la alcoba sin apenas acercar la oreja a la puerta. Por eso y porque el visir omnipotente, Ibn Yami, hablaba con voz firme y altanera, y nadie se atrevía a interrumpirlo. Ni los ratones a arrastrarse por los agujeros. No fuera a ser que el hombre más poderoso del imperio almohade tras el mismísimo califa se enojara, lo cual no solía acarrear consecuencias agradables.

El Calderero había llegado esa misma mañana tras pasar entre Salvatierra y Dueñas, y la experiencia no le había resultado agradable. Para colmo, justo cuando entraba en la vivienda del caíd, una de las palomas de Ramla lo había obsequiado con una generosa gacha blanca en lo alto del turbante. Pero no era eso lo que más preocupaba al gran visir.

—¡A Dios, alabado sea, agradezco que el príncipe de los creyentes no haya de ser testigo de semejante vergüenza! ¡A tierra se me caía el corazón cuando he visto esa cruz negra ondeando en lo más alto de Salvatierra! ¿Qué es esto, Ibn Qadish? ¿Cómo has permitido que los monjes guerreros, los más fanáticos de nuestros enemigos, coman puerco en el corazón del terreno que guardas para el califa?

El caíd de Calatrava aguantaba el chaparrón con la vista fija en el suelo. Cerraba los ojos y pensaba dos veces antes de cada respuesta. En la segunda, el futuro de Ramla e Isa pesaba más que su cólera, así que callaba. Eso daba pie a que el Calderero hiciera una nueva y humillante pregunta. Se decidió a cortar la andanada de reproches con el mayor tacto posible:

—Ilustre visir, los calatravos no se enfrentaron a nosotros. Nos rehuyeron para llegar hasta Salvatierra y lo han hecho después, cada vez que hemos intentado que se batieran.

El Calderero, con las cejas alzadas y los brazos en jarras, se permitió un instante de burlón silencio antes de contestar.

—Ah, que pretendías que esos infieles se condujeran como gente de honor, ¿no? ¿A quién quieres engañar? Nada hay más parecido a un cristiano que un andalusí, así que ya los conoces. Siempre atacarán por la espalda y nada les importarán las treguas o los acuerdos. Son gentuza, Ibn Qadish. Como vosotros. Como tú.

El caíd volvió a cerrar los ojos. El Calderero había llegado con una escolta de esclavos negros, que en teoría solo actuaban para proteger al califa. Los enormes Ábid al-Majzén estaban por todas partes, montando guardia en la entrada y repartidos por el salón, con sus gruesas lanzas terciadas y aquella mirada cuyo blanco resaltaba contra la piel tan oscura como el tizón.

—Ilustre visir, no disponemos de fuerzas suficientes para...

—¡No puedes usar esa excusa, andalusí! ¡Los almohades eran pocos cuando bajaron de sus montañas y batieron a los almorávides, que por el contrario eran numerosos como las arenas del desierto! ¡Solo los inútiles se justifican así! Ah, ¿qué podía esperarse? Yo me negué a tu nombramiento, pero el príncipe de los creyentes no quiso escucharme. Mal aconsejado estaba, claro, porque él no habría caído por sí mismo en tan obtuso error.

—Sin duda estás en lo cierto, ilustre visir. Pero también es cierto que, hace ahora cuatro años, la mitad de mis hombres tuvieron que marchar...

—¡No sigas! ¡Te he dicho que no puedes usar esa excusa! ¿Cómo eres tan incompetente? Quiero un informe serio, Ibn Qadish. Imagina que no eres escoria andalusí y habla como si fueras almohade. ¿Qué acciones has llevado a cabo para recuperar Salvatierra?

—Ah... Pues hice venir tropas del Garb y del Sharq para reforzar las guarniciones de Guadalerzas, Malagón, Benavente, Alarcos, Caracuel...

—¿Qué? ¿Me estás diciendo que acumulas a inútiles andalusíes como tú y aun así no sois capaces de recuperar Salvatierra?

—Mi señor, Salvatierra es un castillo difícil. Sin ingenios ni suficientes hombres para intentar un asalto, la única forma es cerrar un asedio. Eso nos obligaría a desguarnecer plazas y la frontera quedaría indefensa durante... ¿Dos meses? ¿Tres? ¿Todo lo que queda de primavera y el verano entero? Somos pocos, es lo que intento...

—¡Ibn Qadish! ¡La próxima vez que te quejes de que sois pocos, mandaré que te crucifiquen! ¡Ahí mismo, en la puerta del alcázar! ¡Frente a tus hombres!

El andalusí tragó saliva. Casi podía oír los temblores de Ramla al otro lado de la pared. Tomó aire antes de seguir:

—Ilustre visir, los calatravos no son estúpidos por mucho cerdo que coman. Si, por ejemplo, sospecharan que Malagón se vacía de soldados, caerían sobre ella como la peste; entonces padeceríamos dos vergüenzas en lugar de una. ¿Entiendes lo que te digo, ilustre visir?

El Calderero cerró los puños.

—No insultes mi inteligencia, Ibn Qadish. Claro que entiendo. Entiendo que eres muy rápido con las excusas y muy lento con tu deber. El que no entiende, por lo visto, eres tú. No entiendes que jamás, desde que el nuevo orden almohade se instauró sobre la tierra, se ha sufrido una humillación semejante a esta. Y llega precisamente cuando se confía una responsabilidad a alguien de sangre impura. Un andalusí.

Todo tenía un límite. Incluso la precaución:

—Mi señor, a veces pareces olvidar que tú también eres de linaje andalusí.

La bofetada resonó en el salón y sobresaltó a Ramla, que interpretó enseguida lo que acababa de ocurrir. Isa se removió entre sus brazos, aunque amagó un puchero y siguió dormido. La mujer temió oír a continuación la orden a los guardias negros. Hizo de tripas corazón para no salir y rogar perdón al visir. Para no caer de rodillas, elevar a su hijo para enternecer a Ibn Yami y suplicar. Casi veía la cruz plantada en el patio. Aguzó el oído para escuchar la voz del Calderero, que ahora brotaba sibilante de entre sus labios.

—Creo que debería prenderte, Ibn Qadish. Arrastrarte encadenado tras mi caballo hasta Sevilla y arrojarte en una mazmorra para esperar el tormento y la muerte. Pero los asuntos militares, para desgracia del imperio, recaen sobre el Tuerto. Aunque deberías temer tu futuro, pues se avecina una gran campaña en las Islas Orientales a la que seguirá otra en Ifriqiyya, y el Tuerto irá al frente de esas tropas. Es el sino de los soldados caer en el combate, más tarde o más temprano. Entonces te quedarás sin valedor, y adivina cuál será mi primera orden para contigo. Jamás vuelvas a hablar de mi linaje. Yo soy quien lo inicia, y no tengo nada que ver con al-Ándalus y la escoria que la habita. ¿Comprendido?

Ibn Qadish, con la tez roja a causa de la afrenta y del bofetón, dejó de apretar los dientes para responder.

—Sí, visir omnipotente.

—Ahora me voy, porque no quiero ensuciarme con el polvo de este lugar inmundo y con más miseria de esas dichosas palomas. Pero ya sabes que mi vista está puesta en ti. Recuérdalo cada mañana al desperezarte, y que sea lo último que piensas todas las noches. Y fija estas palabras en tu débil memoria, andalusí: si tengo que volver a esta península maldita para recuperar Salvatierra, haré que tu cabeza adorne la punta de una lanza hintata. Eso será un detalle como recuerdo para el Tuerto, que accedió a ponerte en un puesto que te supera.

Ramla suspiró de alivio en la alcoba. Escuchó los pasos ligeros del Calderero, seguidos de los más pesados de los guardias negros y del portazo. Desde el exterior llegaron ahogadas las órdenes a los Ábid al-Majzén. Depositó despacio a Isa sobre la cama y, de puntillas, salió, casi sin atreverse a mirar a su esposo. Ibn Qadish seguía en el sitio, frotándose la mejilla izquierda. Adivinó la presencia de la mujer, pero no quiso volverse.

—Me ha pegado. Aquí, en mi casa.

—Eres afortunado, marido. Ahora podrías estar preso o muerto.

Entonces sí se volvió Ibn Qadish. Los ojos brillantes como brasas en la lumbre.

—¿Afortunado? ¿Has oído su última amenaza?

—La he oído. ¿Cómo se te ocurre recordarle su origen? Todo el mundo sabe que el Calderero reniega de su sangre andalusí. Y no hay nada peor, porque el renegado se esfuerza el doble para que lo acepten quienes antes lo despreciaban. ¿O acaso no sabes que no hay cristiano más intransigente que el que antes fue musulmán? Cubre de dinero a un mendigo y lo convertirás en el peor tirano para los demás pobres.

—Hablas de los almohades como si fueran nuestros enemigos. ¿No has escuchado lo que ha dicho el visir? El Tuerto, un hintata puro, confía en mí y por él desempeño este cargo. Y si el Calderero no se atreve a tocarme, es por miedo a su reacción.

—Así será hasta que el Tuerto falte, esposo. El propio Calderero lo ha dicho: en las guerras muere gente. ¿Y acaso no son los hintatas los que luchan en primera línea?

Ibn Qadish llenó su pecho de aire. Varias veces, hasta que se tranquilizó lo suficiente.

—Tienes razón, mujer. Debí callar y jurar al visir que retomaré Salvatierra.

—Bah. El Calderero porfió hasta que te hizo hablar, de eso también me he dado cuenta. Y algo está claro: dará igual si retomas Salvatierra. Sería lo mismo si conquistaras Toledo. Te odia y te odiará con o sin Salvatierra, con o sin el otro visir. Solo se detendrá cuando se libre de ti.

El caíd anduvo hasta la mesa, se sentó frente a ella y se llenó un cuenco con el agua que el visir había despreciado a su llegada. Cuando se disponía a beber, descubrió que su mano temblaba. Hasta vio caer un par de gotas.

—No me importa luchar contra los cristianos. Pero esto... Esto...

—Esto es peor. Temo por nosotros, esposo. Y sobre todo temo por Isa. Odio a los almohades. Los odio, los odio, los odio. Ahora no me parece tan descabellado... —se interrumpió y se tapó la boca.

Ibn Qadish la miró.

—¿Qué?

—Nada. No he dicho nada.

Ramla se volvió y desapareció de nuevo en la puerta que comunicaba el salón con los aposentos. Ibn Qadish volvió a observar su mano temblorosa. Depositó el cuenco en la mesa sin haber probado el agua.

Cuatro meses más tarde. Reino de Navarra

El día de Jueves Santo se había desatado un pavoroso incendio en Vitoria. La ciudad, ahora bajo poder castellano, vio arder la parte más antigua de la villa, la que se había levantado con adobe y madera. Hubo muertos además, lo que despertó curiosidad por las causas de semejante desastre. En un principio, algún zagal dijo haber visto a gente de Abendaño, la aldea vecina, pululando por allí con trazas de desatar pendencia. Había rivalidad entre las dos plazas, y no eran pocas las barrabasadas que se gastaban unos a otros.

Era juntarse cuatro salvajes en alguna taberna, darse al vino de la tierra y ya estaba: a alumbrar un desmán.

Pero los de Abendaño salieron con bien esta vez. De forma sincera o por meter mal, corrió la voz de que había sido Diego de Haro y su hueste quien había metido fuego a la castellana Vitoria. El noble desnaturado se refugiaba en Estella, cuya tenencia le había cedido a regañadientes el rey Sancho, aconsejado por Gome de Agoncillo. Desde allí, el antes alférez castellano cruzaba la frontera entre Navarra y Castilla y algareaba las tierras que unos meses antes había ganado para Castilla.

Eso decidió al rey Alfonso a plantarse ante las murallas de Estella sin previo aviso. Poco le importó lo que el enorme Sancho opinara de aquella intrusión. Si le parecía mal, pues allá él.

A Diego de Haro lo avisaron en el castillo de que mesnadas enemigas habían plantado asedio a Estella. Los peones talaban arboladas enteras para construir ingenios, y los pabellones se habían coronado con dos tipos de estandarte. Uno rojo con una torre dorada, y otro blanco con un león púrpura.

—¿El rey de León aquí? Eso quiero verlo con mis propios ojos.

Diego de Haro bajó hasta las murallas y se asomó entre los merlones. Rechinó los dientes cuando vio los colores de los Lara por todas partes, con su ridícula olla negra como blasón. La guarnición navarra, más asustada que un rebaño de ovejas perdidas en un monte lobero, le consultó. ¿Debían disparar sus ballestas contra los castellanos?

—¡No disparéis nada! —rugió el de Haro. Recorrió el adarve hasta colocarse frente al pabellón real castellano, ahuecó las manos en torno a la boca y llamó a gritos a Alfonso. El rey no tardó en aparecer. Se plantó con las piernas abiertas y los brazos cruzados cuando reconoció a su antiguo amigo y alférez en lo alto de la muralla.

—¡Diego, aquí estoy para hacer justicia! ¡Estella arderá por los cuatro costados si no te entregas y me prometes reparación por lo de Vitoria!

El de Haro clavó los dedos en la piedra de las almenas.

—¡Lo de Vitoria no ha sido cosa mía! ¡Lo juro!

Alfonso de Castilla, roja la tez, se adelantaba mientras seguía con sus reproches. Los ballesteros castellanos corrieron a rodearlo.

—¿Un juramento tuyo? ¡El último que recuerdo fue de lealtad hacia mí! ¡Y mírate!

—¡Siempre te he sido leal! ¡¡Siempre!! —Diego de Haro señaló por entre los merlones al pabellón leonés—. ¡Ese de ahí no puede decir lo mismo! ¿No será que tratas mejor a los que te ofenden que a los que te servimos de corazón?

El rey de Castilla se detuvo junto a las albarradas de fuste que los ingenieros habían levantado a medio tiro de ballesta de los muros estelleses.

—¡No hables así de mi yerno, Diego!

—¡¡Mi reyyy!! —El de Haro rugió con desesperación—. ¡Ese que ahora es tu yerno se pisaba las criadillas para llegar tarde a Alarcos! ¡Y los mezquinos de los Lara ni siquiera salieron de sus casas! ¡¡Yo estuve allí, contigo!!

—¡Y dejaste caer mi estandarte, Diego!

El eco del reproche se repitió con claridad, porque los dos dejaron de gritar. Uno por la herida en el honor, el otro porque se daba cuenta de que, por primera vez desde la gran derrota, echaba en cara a su amigo que hubiera vuelto la espalda a al-Mansur. Al rey de Castilla le pareció, desde abajo, que el de Haro se restregaba los ojos. El nuevo alférez, el conde Fernando de Lara, se acercó a Alfonso.

—Cerco completo, mi rey, aunque varios han tenido tiempo de salir de Estella. Las murallas son fuertes y Pamplona no queda muy lejos. A Sancho de Navarra le puede costar... —el de Lara hizo un cálculo rápido— dos o tres días plantarse aquí con lo que reclute. Lo que nosotros tenemos es San Miguel, San Juan y el Arenal a nuestro alcance. La hueste pide permiso para saquear y quemarlo todo antes de que llegue ese seboso coronado.

Alfonso seguía con la mirada fija en Diego de Haro. Lloraba allí arriba, ahora estaba seguro. No era negarle el señorío de Guipuzcoa o Álava lo que le dolía en verdad. Ni la ira regia castellana ni la desposesión de sus señoríos, ahora repartidos entre sus rivales políticos. Era el recuerdo de Alarcos. Su vergüenza. Su pecado sin penitencia.

—Nada de saquear ni quemar. Respetad la vida de los navarros. No estamos aquí por ellos.

El Lara se impacientó. También miraba al adarve. En vista de que su rey callaba, se decidió a echar un poco más de leña al fuego:

—Deberías decirle, mi señor, que el rey de León ha retomado Monteagudo y Aguilar.

Alfonso de Castilla miró de reojo a su alférez. Asintió despacio. Los dos castillos habían sido propiedad de Urraca, la hermana de Diego de Haro, desde su matrimonio con el difunto rey leonés, Fernando. Mala madrastra había sido para el actual monarca de León, y por eso este ansiaba recuperar las plazas que la castellana retenía en sus tierras. El rey se lo comunicó a Diego.

—¡Bravo, mi señor! —contestó desde arriba el de Haro—. ¡Tu yerno jamás se habría atrevido sin contar con tu visto bueno, así que lo asumo: lo autorizaste a conquistar esa carroña!

La ira se reavivó en el corazón del rey.

—¡Así fue!

—¡Y también supongo que ahora se las cederá en tenencia a un Lara, como el resto de lo que yo me voy dejando por ahí!

El conde y alférez intervino:

—¡Baja, perro, y serás tú quien se convierta en carroña!

Alfonso alargó la mano para retener a Fernando de Lara, que hacía ademán de abandonar la defensa de madera para acercarse a la muralla.

—Basta de mamarrachadas. —Se dirigió de nuevo al de Haro—: ¡Diego, te creo! ¡Lo de Vitoria no es cosa tuya!

—Mi señor... —quiso meter baza Fernando de Lara. Pero el rey no le dejó.

—¡Diego, baja aquí, hinca la rodilla en tierra y besa mi mano como señor! ¡Hazlo ahora y olvidaré tus ofensas!

El de Haro apretó los labios bajo la barba bien crecida. Pareció pensarlo un largo momento.

—¡No!

Alfonso de Castilla propinó un puñetazo al fuste del parapeto. Se dio la vuelta y dios cuatro pasos largos, aunque enseguida volvió a girar y desanduvo lo andado.

—¡Diego, soy capaz de sitiar Estella y de enfrentarme con Sancho de Navarra otra vez! ¡Soy capaz de devastar todo lo que ves y de matar a quien te acoja! ¡Diego, baja y ríndeme obediencia!

Arriba, el de Haro miró atrás. Los soldados navarros y sus propios mesnaderos esperaban su respuesta definitiva. Los primeros, acostumbrados a las derrotas de los últimos años, no se las prometían muy felices. Los segundos, sin embargo, parecían dispuestos a aguantar.

«Será duro —pensó Diego—. Peor que eso, porque unos y otros somos castellanos.»

Recordó lo que le habían contado de la guerra civil que había desangrado Castilla en su juventud, entre los Lara y los Castro. Y los muchos desmanes que se habían cometido. Aquello sumió al reino en la desgracia y lo puso a merced de navarros y leoneses. Y lo que era peor: lo dejó demasiado débil para enfrentarse con garantías al auténtico enemigo.

«El auténtico enemigo.»

A eso había que recurrir, como siempre. Se inclinó de nuevo entre los merlones:

—¡Mi rey, no libres una nueva guerra por inquina! ¡Yo bajaré ahora y me batiré con quien escojas! —Señaló a Fernando de Lara—. ¡Con tu flamante alférez, si lo deseas! ¡Pero no conviertas esto en algo que nos perjudicará a todos nosotros, a nuestros hijos y a nuestros nietos! ¡Tú sabes bien en qué corazón hemos de clavar nuestras espadas! ¡No es en el de Sancho de Navarra, ni en el de ningún otro cristiano!

—¿Qué sandeces dices, Diego?

—¡Que juzgue Dios, mi rey! ¡Si gano, me restituirás mis señoríos y me darás Guipúzcoa, Álava y el Duranguesado. Y en cuanto a mi cargo, como habré matado al anterior alférez, te pido que me lo devuelvas! ¡Para que veas que mi voluntad es buena, admito que el rey de León se quede con lo que fue de mi hermana!

Alfonso de Castilla no pudo evitarlo y miró de reojo al conde Fernando. Este había palidecido.

—No irás a aceptar, mi rey... Es un truco barato. Está en inferioridad, no en condiciones para imponer un juicio de Dios ni para negociar traspasos de señoríos o alferecías.

El rey lo encaró. Toda la ira que gastaba no fue suficiente para evitar la sonrisa burlona.

—¿Me vas a decir, amigo mío, que no te batirías por Castilla?

El de Lara, que no era cobarde precisamente, retrocedió un paso:

—Mi rey... Sabes que sí. Pero esto no te conviene. Diego de Haro es mucho mejor que yo con la espada, con la lanza, con la maza... No tengo oportunidad alguna. No es por mí: es porque perderías la jugada.

El conde no mentía. Y el rey era consciente. Lo peor era que nadie en el ejército era tan bueno como para batirse en combate singular contra Diego de Haro. Alfonso se volvió de nuevo hacia las almenas estellesas:

—¡Esta vez ganas tú! ¡O mejor dicho: esta vez perdemos los dos! ¡Porque esto no te conviene, Diego, ni me conviene a mí!

Alfonso de Castilla regresó a zancadas a su pabellón, seguido de cerca por su alférez. Diego de Haro resopló en lo alto, lo mismo que los jovenzuelos navarros de la guarnición.

«Lo que a ambos nos conviene, mi rey —se dijo— es luchar juntos, no enfrentados. Algún día recordarás contra quién.»

23

Menorca

Unos días después. Finales de verano de 1202

Sin darse cuenta, Muhammad an-Nasir ha puesto la diestra sobre su corazón. Y se sobresalta, porque a través de la coraza de láminas no puede sentir los latidos. Abre mucho los ojos y se mira el pecho; espera ver un asta de flecha, bien emplumada y clavada en todo el centro. Pero no hay nada. No sangra.

Ha sido solo un momento. La sensación de la muerte inminente. ¿Acaso sentía lo mismo su padre cuando se ponía al frente de sus filas en el desierto de sal? ¿O cuando lo hirieron de un virotazo mientras luchaba contra los portugueses?

An-Nasir no lucha. Él observa el combate desde lugar seguro, la popa de una de las naves almohades varadas en la arena. Sus Ábid al-Majzén lo rodean por centenares, repartidos en la cubierta y la orilla. Incluso metidos hasta las rodillas en el agua. Impertérritos ante la matanza que se desata entre la boca del puerto y las murallas. Brillantes por el sudor y la sal, con el torso desnudo y cruzado por sus correas, la lanza terciada, la mirada del depredador. Dispuesto cada uno de ellos a cumplir la misión que da sentido a su vida: morir por el califa. Así que no: an-Nasir no corre peligro. A pesar de esos cándidos arqueros menorquines que disparan desde lo alto del alcázar con nula puntería y estorbados por el suave viento del norte.

Ese mismo viento es el que arrastra la densa humareda negra hacia el sur, sobre los combatientes de uno y otro bando.

La batalla se desarrolla en la playa al oeste de la medina, en una franja batida por los arqueros menorquines que tiran desde las murallas. La ría que forma el puerto cierra el campo por el norte; y la ciudad, dominada por su alcázar, lo hace por el este. Un rectángulo de muerte donde cada vez hay más cadáveres que soldados.

Los menorquines vieron llegar a la armada almohade así que, de buena mañana, se propusieron enfrentarse a ella. Primero salieron de la ciudad, dispuestos a embarcarse en sus propias naves. Pero el horizonte se llenaba de barcos africanos. Más y más. Pronto resultó evidente que no podrían enfrentarse a los invasores en el mar, así que optaron por la defensa a ultranza. Encallaron sus naves en el puerto y en la playa y les prendieron fuego. Y lo mismo hicieron con todo edificio fuera del abrigo de los muros.

Los africanos han desembarcado por turnos debido a que apenas hay sitio entre las naves quemadas. Y lo han hecho en un infierno ardiente. Cabañas a medio derruir, fondacos repletos de mercancía que jamás se venderá en el mercado ni cruzará el mar con destinos lejanos, desperdicios amontonados por los menorquines a modo de barricada, cascos de barcos que se consumen entre llamas. La brea del calafateado tarda mucho en arder, de modo que las llamas suben altas y desprenden ese humo abundante y denso. En pleno desembarco, los menorquines han hecho una salida. De ahí la masacre que ahora tiene lugar bajo el techo de humo.

An-Nasir observa los restos a medio carbonizar a su alrededor. Le resulta irritante porque supone una gran pérdida en botín. Pero los zambombazos del gran tambor, a sus espaldas, le devuelven una pizca de sosiego. Ha sido un acierto disponerlo sobre la nave del almirante Abú-l Ulá y dejarlo a retaguardia, de modo que el viento norteño trae los golpes rítmicos y cadenciosos que se imponen a los gritos de guerra y los chillidos agónicos de los que mueren. Bum, bum, bum. Quince codos de circunferencia, madera sobredorada, piel de hipopótamo. Las mazas para golpearlo solo pueden manejarlas los titánicos guardias negros del Ábid al-Majzén. Un arma que no mata pero causa miles de muertos. El símbolo más célebre del poder almohade, dispuesto para tronar. La voz de Dios, lo llaman algunos irreverentes.

Al otro lado de los incendios, y debido al empuje almohade, la lucha más cruenta se desarrolla a los pies de las murallas. Los hombres de los Banú Ganiyya han perdido fuelle desde su salida fulgurante. Los navegantes isleños, hechos al comercio y la piratería, nada pueden contra el número aplastante de los africanos. Los jóvenes lanceros hintatas, hijos de los mártires que cayeron en Alarcos, están ansiosos por hacerse valer ante su califa, así que luchan con denuedo casi suicida. Avanzan al ritmo que les marca el gran tambor. Bum. Bum. Bum. Cada golpe es una herida mortal. Un paso más. Un latido del corazón del Único. Barren a los menorquines, les pasan por encima. Ni siquiera paran a rematarlos, tarea que dejan para los soldados hargas que van tras ellos. Hay degollina, y los regueros de sangre se escurren entre brasas, ceniza y arena, hasta el entrante de mar que conforma el puerto de la Medina Menorca.

Es en ese momento, cuando más clara parece la derrota menorquina, el que aprovechan los más aguerridos isleños para salir por el sur, rodear el combate e intentar un ataque a la retaguardia almohade. Apenas dos docenas de viejos almorávides, tal vez capitanes de los barcos piratas que han dominado el comercio mediterráneo occidental. Llevan lorigas, adargas y espadas; y los rostros tapados con velos, al estilo de sus antecesores, los que un día lejano dominaron al-Ándalus. An-Nasir lo ve a través del humo y busca con la mirada a su visir omnipotente, Abd al-Wahid. Pero el Tuerto, eficaz como un halcón a la caza de una tórtola, ve la maniobra enemiga y reacciona. Él mismo dirige al grupo hintata al que ordena formar una muralla humana. Los escudos de piel de antílope posados sobre ese barro asqueroso y negruzco que forman el agua salada, la sangre, la ceniza y la arena. Las lanzas asomando al frente. Los guerreros de uno y otro bando están teñidos de hollín, y eso les hace parecer engendros infernales. An-Nasir siente un escalofrío cuando presencia el choque entre unos y otros. Se reproduce la antigua lucha entre los dos poderes que se jugaron la hegemonía en el norte de África y más allá. Almohades contra almorávides. La verdad contra la mentira. Dios contra Iblís.

Ya no se puede distinguir a los propios de los enemigos. El califa se aferra a la borda, con la garganta irritada y los ojos enrojecidos por el hollín de brea que ahora llueve desde el cielo menorquín. La línea del Tuerto, encajada la carga isleña, reacciona con la típica energía almohade. Una fuerza que nace de los lazos tribales que unen a cada guerrero con el que lucha a su lado y, sobre todo, de la inmensa fe en Dios y en su elegido en la tierra, el príncipe de los creyentes. La convicción de que el credo del islam se impondrá sobre la tierra al final de los tiempos. Y eso es algo que solo se logrará con sangre. Mucha sangre. Dios lo rubrica desde el mar con cada golpe de maza en el gran tambor. Bum. Bum. Bum.

El tímido contraataque menorquín se derrumba por fin ante el

Tuerto. Los hintatas se los tragan, y ahora todo se reduce a acabar con la última resistencia en las murallas, donde unos se esfuerzan por cerrar la puerta que comunica la medina con la playa, y los otros luchan para entrar y acabar de una vez por todas. An-Nasir ve cómo su visir abandona las filas y corre hacia su nave. Es un enigma, piensa el califa, de dónde saca la energía ese hombre cuya edad se acerca a los sesenta.

Los esclavos negros se separan para dejar paso al Tuerto, que sube por la escala y se presenta ante su califa. Lleva la loriga manchada de sangre, lo mismo que las manos, la larga barba canosa y la hoja de su espada. El escudo, descantillado, está cruzado de tajos.

—Príncipe de los creyentes, un poco más y los derrotaremos. Pero se defienden bien en la entrada de la medina. Permíteme detener el ataque y negociar la entrega a cambio de sus vidas.

An-Nasir observa a su visir más aguerrido. Su ojo sano, lloroso por el humo, no lo mira desafiante. Se pregunta si otro visir tiene razón cuando sospecha que el Tuerto pretende arrebatarle la gloria y, con ella, el poder. No lo parece. Aunque los más peligrosos conspiradores, desde luego, son aquellos de los que nadie sospecharía.

—No v-v-vamos a negociar. No he v-v-venido hasta aquí p-p-para eso.

El Tuerto parece dispuesto a insistir, pero baja la cabeza. Aspira ese aire asfixiante con profundidad, un par de veces. No es un crío que se deje llevar por los impulsos.

An-Nasir tampoco piensa de sí mismo que sea un crío. Ya: le faltan las cicatrices, y solo tiene veintiún años. Pero a esa edad su padre ya destacaba como luchador. Bueno, su padre y la mayoría de los almohades. Se consuela pensando que él es de otra pasta. Más dado a la reflexión que agrandará el imperio hasta límites insospechados por sus antecesores. No: no es la lucha el destino que Dios ha escrito para él. Que otros se batan en vanguardia. Él gobierna. De momento aquí está, a punto de caer, el principal problema que ha incordiado a los almohades durante generaciones. Primero fue Ibiza, la islita más occidental, la que se añadió a la lista de territorios del imperio. Y ahora es la isla oriental, Menorca. Ya solo quedará la rica capital de los piratas Banú Ganiyya, y lo más duro se habrá cumplido. Un tanto que ni su bisabuelo, el gran Abd al-Mumín, ni su padre, el califa victorioso, se pudieron apuntar. Él, Muhammad an-Nasir, será quien lo haga.

Y lo mejor es que mientras estaba en Denia, dirigiendo la reunión de naves para cruzar hasta las islas, llegó la noticia de que acababa de convertirse en padre. Una de sus esclavas cristianas capturadas tras Alarcos acababa de dar a luz a su primogénito. De nombre, Yusuf, como su abuelo. La sucesión estaba asegurada y todo iba como el viento que los había arrastrado hasta Menorca.

—Entonces voy a dar la orden de redoblar esfuerzos hasta la victoria —sentencia el Tuerto—. ¿Qué hacemos en caso de que se rindan y pidan el amán?

An-Nasir cierra los ojos para decidirlo. El golpeteo del gran tambor le ayuda a aislarse de la matanza. Recuerda lo que su padre hacía tras Alarcos, en cada plaza que conquistaba. A unas las trataba con compasión, en otras se ensañaba. Que el enemigo no supiera jamás qué iba a ser de él; esa era la consigna que aconsejaba el Calderero. Resistir es inútil, porque nadie puede mantenerse ante el empuje almohade. Pero tampoco ha de dejarse sin castigo a los isleños si se rinden ahora, tras tantos años de pirateo marítimo y de desembarcos para alzar Ifriqiyya en rebeliones interminables. Abre los ojos.

—Matad a t-t-todos los combatientes y a los v-v-varones libres. Que no q-q-quede nadie en Menorca c-c-capaz de empuñar un arma mañana o d-d-dentro de diez años. Instalaremos aq-q-quí a colonos almohades.

Lo ha dicho sin inmutarse. Tartamudeando al ritmo del tambor. El Tuerto calcula las consecuencias de la orden, y también lo que no ha dicho el califa.

—¿Y las mujeres y los esclavos?

—Q-q-que vivan. Alguien t-t-tiene que t-t-trabajar y p-p-parir.

El visir asiente y se da la vuelta. Será duro para los hombres aceptar que no pueden desfogarse con las menorquinas viudas y huérfanas, ni llevárselas a África como botín de guerra; pero se calmarán degollando a los enemigos rendidos. En ese momento, un par de jóvenes hintantas traen a rastras a un hombre ensangrentado y con la cara llena de hollín. Los esclavos negros del califa, tras un momento de vacilación, les ceden el paso. Uno de los guerreros africanos, con el orgullo exacerbado por el inminente triunfo, se dirige al Tuerto.

—Este es Ibn Nachach, el *walí* que Cabeza de Serpiente puso al frente de Menorca. Ha caído de rodillas implorando piedad, pero un harga lo ha alanceado en el vientre.

An-Nasir sonríe y llena el pecho de aire. Hay mucho humo, y acaba por toser. A través de la cortina negruzca ve cómo sus hombres terminan con los últimos focos de resistencia y se abren camino por la puerta que comunica el puerto con la medina. En muy poco tiempo, la bandera blanca del imperio almohade ondeará en la torre más alta del alcázar. El califa observa al tal Ibn Nachach. Este, ojos muy abiertos y mandíbula desencajada, intenta tapar la brecha de la que sobresale un bulto grisáceo. Pero los hintantas lo agarran fuerte de los brazos y no le dejan evitar que se desparramen los intestinos. An-Nasir aguanta una mueca de aprensión.

—Va a morir —advierte el Tuerto, que ya ha visto muchas heridas como esa.

—D-d-de eso nada. Q-q-que lo atiendan mis médicos. Rápido.

Abd al-Wahid transmite la orden y los hintatas la cumplen.

—Y ahora, príncipe de los creyentes, iré a dar la orden para que se ejecute la matanza.

—Ve, sí. P-p-pero procura que ese *walí* viva. Lo llevaremos a c-c-casa, como hicimos con los gazzulas.

El Tuerto ya sabe para qué quiere trasladarlo hasta allí, por supuesto. Es una forma de diferir el triunfo. La batalla por la toma de Menorca no se habrá librado en la isla. Ni importará nada lo que cueste ahora tomar los dos fuertes castillos menorquines de Sent Agaiz y Magún. La victoria oficial, la buena, tendrá lugar en Marrakech, ante todos los visires y jeques almohades, cuando un guardia negro degüelle a Ibn Nachach en público, ante las banderas de los Banú Ganiyya desgarradas y extendidas por tierra. Así el propio califa —que no ha llegado a desenfundar la espada— y su amado visir Ibn Yami podrán atribuirse el mérito. El Tuerto, no obstante, obedece. Aún queda mucho para la celebración definitiva. Mallorca será el siguiente paso. Y aun después de eso, si todo va bien, restará la pacificación de Ifriqiyya. Mucha sangre debe correr todavía. Tal vez demasiada para ese crío caprichoso y tartamudo que se cree elegido por Dios.

Alabado sea.

Dos meses más tarde. Montpellier

El puerto de Montpellier estaba en la cercana villa de Lattes, y era uno de los más concurridos de aquellas costas, a la altura de Marsella o Barcelona. Había cierta inquietud entre los navegantes, pues se sabía que los almohades habían conquistado Menorca. Pero también que hasta que la mayor isla de aquel archipiélago, Mallorca, se mantuviera en manos de los Banú Ganiyya, el comercio marítimo no sufriría estragos.

Por eso hasta Lattes seguían llegando sin dificultad las especias de Oriente. Y con ellas, los villanos elaboraban un vino blando y dulce al que el rey Pedro de Aragón se había aficionado. Raquel también lo degustaba, y se servía de él y de sí misma para mantener al rey en una disposición u otra, según interesara a sus planes.

Con el otoño avanzado, la corte aragonesa se hallaba en la capital del señorío, en un momento delicado para las negociaciones que acabarían por inclinar el poder del lado del rey Pedro. En esos días, el señor titular de Montpellier, Guillem, había caído gravemente enfermo y se temía por su vida. Si moría, se abriría la sucesión, lo que estaba esperando como agua de mayo el rey de Aragón. Este, invitado por su prometida María, se alojaba en el castillo de la ciudad, en su enorme torreón. Y cada día acudía a rezar por el enfermo —o a fingir que lo hacía— a la capilla aneja, en la que se guardaban reliquias de la Vera Cruz y de las espinas que un día hollaron la piel de Cristo. María de Montpellier había destinado a Pedro de Aragón una enorme cámara cercana a la suya, pero la señora se negaba a visitarlo o a dejarse ver.

—Lo cual me agrada y por ello doy gracias a Dios —dijo el rey, tumbado junto a Raquel en el enorme tálamo cubierto con dosel que, en un alarde de hospitalidad, María de Montpellier había hecho tejer con las barras grana y oro de la casa de Aragón.

En murmullos, por los rincones del castillo y del resto de la ciudad, la fealdad de María era tema común. Corrían chascarrillos entre las muchachas solteras, que no debían perder la esperanza de casarse porque su señora, todo un adefesio, llevaba ya dos matrimonios e iba en camino del tercero.

—Aun así, creo, mi rey —apuntó la judía—, que esa necia está deseando encamarse contigo. Las mujeres notamos esas cosas.

Pedro de Aragón se carcajeó. Llevaba metido entre pecho y espada medio odre de aquel vino especiado, y eso lo ponía de un humor excelente.

—¿Necia? No llames así a mi futura esposa, te lo ruego.

Raquel le siguió el juego. Rodó sobre las sábanas hasta darle la espalda.

—No quiero que la nombres. Me pueden los celos.

Al rey se le fue la vista a las nalgas desnudas de su amante. Se apretó contra ella hasta que su virilidad respondió. Rápido y fuerte, como siempre. Le susurró al oído.

—No tienes nada que temer. Pienso en meterme en la cama con ella y me muero de náuseas.

—Odio estos acuerdos de lecho, lo juro —continuó con la farsa Raquel. Lo cierto era que, en los últimos tiempos, a eso se limitaba la actividad aragonesa. Pacto matrimonial tras pacto matrimonial. El último había tenido lugar en Perpiñán, al prometer el rey a su hermana con el poderoso conde de Toulouse.

—Ya sabes cómo funciona. No es cuestión de ganar todo esto por las armas, y tampoco puedo comprarlo.

De eso también se había empapado Raquel desde que seguía al rey y a su corte. La casa de Aragón estaba tan endeudada que cualquier menesteroso era más rico. Descubrir los problemas monetarios había abierto los ojos de la judía. De hecho en Zaragoza, el verano anterior, había sido testigo de cómo el rey hipotecaba las rentas de la ciudad sobre una deuda de mil maravedíes a los freires templarios. Además, para asegurarse la fidelidad de la orden, Pedro de Aragón les había confirmado la donación de Tortosa. Podía decirse que reinaba sobre estados que en realidad no eran suyos.

—No lo veo claro. Me he enterado de cosas, mi rey.

Pedro, que acariciaba la piel de la judía, resopló.

—Ya. Sé que recorres la ciudad mientras yo me consumo en aburridas reuniones con la comuna, los burgueses y esos estirados prebostes. Pero no tienes nada que temer, insisto.

—Me han dicho que tu futura y feísima esposa tiene un hermano varón, y que él debería heredar el señorío.

El rey soltó otra carcajada y se apartó de Raquel. Tomó el odre que descansaba sobre una mesita, llenó un enorme copón de plata con aquel estupendo vino especiado y bebió. Se restregó los labios con la muñeca antes de hablar con voz algo pastosa.

—Es un crío de doce años habido en un matrimonio más que dudoso. Lo tomaré bajo mi custodia en cuanto muera el padre, y lo siguiente será instar su bastardía ante el papa para que no signifique un obstáculo. El señorío de Montpellier ha de ser para María, y María es para mí. Aunque te enfades.

Raquel volvió a rodar, con lo que se mostró en toda su esplendorosa desnudez. El gesto travieso. Un dedo juagueteando con la marca que el cuerpo del rey había dejado sobre la sábana.

—Será entretenido de ver, mi señor, cuando quieras engendrar un heredero en esa horrible María. Con el asco que te da, ¿cómo harás para preñarla?

Pedro de Aragón, enorme erección apuntando hacia su amante, vació el vino dulce.

—Ahora te explico cómo lo haré, muchacha.

Alargó el brazo y cogió el tobillo diestro de la judía. Tiró de ella sin apenas esfuerzo, igual que un lobo haría con un gazapillo para sacarlo de la madriguera. La situó en el borde del lecho, a su alcance y de forma que la vista pudiera deleitarse antes de lanzarse sobre ella. Pero el vino dulce no daba respiro, así que el cuerpo grande y fibroso del rey de Aragón cubrió por entero a Raquel contra el lecho. Ella se aferró a sus hombros mientras reía y elevaba las caderas para recibirlo.

Pedro no se hizo esperar. La tomó como solía cuando estaba borracho: sin trámite, ternura ni preliminar alguno. Separó sus muslos mientras le mordía el cuello, se agarró a las caderas y la penetró como un ariete haría con el portón de un castillo díscolo.

Ella cimbró la espalda, los talones clavados en la cama para facilitar el trabajo del rey. Sus gritos, como siempre, resonaron en la cámara y en el patio central del castillo. Raquel se agarró al dosel, porque las embestidas de Pedro de Aragón arreciaron hasta conducirlos a ambos al momento culminante. Sus pechos rebotaban, la voz se entrecortaba y la madera noble del lecho crujía. El gazapillo recuperó la condición de leona casi al final. Soltó el dosel, clavó las garras en la espalda del rey, mordió su hombro y abrió mucho los ojos un momento antes de aflojar la tensión. El último chillido de Raquel fue largo, y tan agudo que ensordeció a Pedro.

—Así, muchacha... Así preñaré a María de Montpellier.

Ahora fueron los dos los que rieron, las voces entrecortadas por el cansancio. Pero las carcajadas frenaron al resonar tres golpes en la puerta de la cámara. El aviso de Miguel de Luesia se oyó al otro lado:

—¡Mi rey! ¡Es urgente, mi rey! ¡Guillem de Montpellier ha muerto!

Pedro de Aragón, exhausto, salió de Raquel. Adornó su rostro con una larga sonrisa.

—Guillem de Montpellier, muerto por fin. ¡Adelante, Miguel!

El noble obedeció. Dio un par de pasos en la cámara, eufórico y ansioso por felicitar al rey tras una muerte que llevaban tiempo esperando. Pero se detuvo al observar a su soberano, desnudo y de pie junto al lecho, y a Raquel echada a su lado, con las sábanas esparcidas alrededor y enredadas con el dosel en grana y oro. Ella, en lugar de cubrirse, alzó la barbilla para mirar con orgullo al de Luesia. Este pasó del asombro al gesto de chanza en medio latido.

—¿De verdad queréis que entre? Parecéis ocupados. —Señaló el enorme miembro del rey, que poco a poco perdía la verticalidad.

El rey sacó la lengua en gesto burlón.

—Ya hemos terminado. ¿Cuándo ha muerto Guillem?

—Esta noche, mi señor. Lo han encontrado en la cama, tieso como pan de una semana. Parece que por aquí es lo que hace todo el mundo. Meterse en la cama. Unos para morir, otros...

—Basta, Miguel —cortó Pedro de Aragón, sonriente mientras se vestía a toda prisa—. Y no la mires así, por san Jorge. Parece que no hayas visto jamás a una hembra sin ropa.

—No como esta, mi rey —se le escapó al de Luesia. Los dos hombres se unieron en una risotada. Raquel, silenciosa y altiva, mantuvo la pose hasta que ambos salieron. Solo entonces se echó una sábana por encima, se levantó y tomó el copón de plata. Bebió los restos del vino blanco y dulce de aquellas tierras. Se oyeron tres nuevos golpes en la puerta.

—¿Qué se te ha olvidado ahora, Miguel? ¿Quieres verme las tetas de nuevo?

El gran batiente se abrió, pero no apareció el de Luesia. En su lugar se hallaba María de Montpellier. Raquel palideció.

—¿Qué tetas? —preguntó aquella en el azucarado romance del Languedoc—. ¿Qué haces aquí tú?

La judía no supo cómo salir del trance. Lo último que esperaba era ver a la prometida del rey en su cámara. Se suponía que era una beata insufrible, virtuosa hasta la arcada; así que, ¿qué hacía ella allí el día en el que acababa de morir su padre? Daba igual. Había que salir del trance. A Raquel solo se le vino a la mente una excusa:

—Yo... Mi señora, tengo que limpiar la cámara...

—Ya. —María de Montpellier avanzó, bamboleando el gran trasero que, en contraste con sus estrechos hombros, le daba un aspecto deforme a pesar del costoso brial. Observó la cama deshecha, las telas embrolladas, la copa vacía. Señaló a Raquel—. ¿Sueles desnudarte para cambiar orinales?

La judía se apretó la sábana en torno del cuerpo. Bajó la mirada.

—Mi señora... —por fin se le ocurrió algo—: siento mucho la muerte de tu padre. Que Dios lo acoja en su seno.

—Mi padre fue un pecador que irá de cabeza a saborear el azufre entre la multitud de los condenados. Y, por lo que veo, tú te reunirás con él algún día a pesar de toda esa belleza. Mi futuro esposo también arderá en las llamas del infierno si yo no lo arreglo.

Raquel levantó la vista. Se fijó en los rasgos de María y hasta la compadeció. Ah, aquellas encías desnudas...

—Dime, mi señora, si puedo ayudarte en algo.

La noble la miró de arriba abajo. Se notaba que, de tener más dientes, ya se habría lanzado a desgarrarle el cuello a dentelladas. La noble se demoraba mucho en contestar. Raquel empezó a sentirse incómoda. Su tiempo en el negocio de las meretrices le había enseñado que la envidia podía resultar muy peligrosa. Sobre todo si la envidiosa era de las que usaban la cabeza.

—Quiero que te vayas. Que dejes de envenenar la virtud del rey.

—Mi señora, ha sido la primera vez. No volverá a repetirse.

—Calla, mala puta. ¿Crees que no me doy cuenta? En la iglesia también corren chismes, aunque a mí no me guste ni a Dios tampoco. Siempre vas con mi prometido. Y esas miradas que os echáis... No te has ocultado mucho en tus idas y venidas. Hasta los criados saben que te metes en su cama día sí, día también. Ah, y te aclaro que, aunque los muros de este castillo son anchos, tus gritos de pecadora irredenta se escuchan de maravilla. ¿Dónde has aprendido a decir todas esas guarradas? ¿De verdad al rey le gusta que chilles así?

Raquel no sabía dónde meterse.

—No quiero resultar un estorbo, mi señora.

—Pues lo eres, zorra. He decidido informarme a fondo y ya sé que no eres una simple criada, sino una especie de... embajadora castellana. Me sorprende que la reina Leonor, tan piadosa ella, tenga putas a su servicio. Di: ¿lo de acostarte con mi prometido forma parte de tu misión diplomática o lo haces solo por vicio de golfa? No contestes, da igual. Sea como sea, no te habrá resultado difícil. He oído hablar mucho de Pedro de Aragón y de sus aficiones, pero hasta aquí ha llegado todo eso. Conmigo se curará su alma, es misión que me he encomendado en promesa al Creador. Así que te vas.

Raquel arrugó el ceño.

—¿Qué?

—Lo que oyes. Mandaría que te metieran en un saco con cien libras de piedras, que lo cerraran con un buen nudo y que te arrojaran al Lech. Pero no deseo mal alguno a la reina de Castilla. Esta misma tarde te escoltarán hasta que cruces los Pirineos. A partir de ahí es cosa tuya.

La judía dejó de apretar la sábana contra su cuerpo. De nuevo subió la barbilla.

—Esto tendrá que saberlo el rey Pedro.

—Claro que lo sabrá. Y estará de acuerdo, o la promesa de nuestro matrimonio quedará en nada. Mi padre acaba de morir y mi hermanastro es un niño, así que ahora, ante todos, yo soy quien manda aquí. ¿Quieres oponerte y ver cómo la casa de Aragón pierde su principal baza en estas tierras? Se lo podrás explicar así a la reina Leonor.

Raquel dejó caer la mandíbula. Increíble. Tal vez fuera la única mujer a la que habían expulsado de dos cortes reales, la castellana y la aragonesa. Y en ambos casos por la misma razón: acostarse con el rey. Lo de menos era si en un caso resultaba falso y cierto en el otro. Lo peor, en realidad, era que aquello perjudicaba a su cometido. Pensó deprisa. Intentando apartar a Yehudah de la mente. Maldita María de Montpellier, a la que había subestimado. Tan desdentada como astuta. ¿Sería posible que aquella mujercita de gran trasero ganara la partida? Lo cierto era que a Castilla no le interesaba una casa de Aragón que perdiera avances. Lo que necesitaba más bien era que aquellos malditos pactos terminaran de forma tan rápida como exitosa. Que se acabara de una vez con vasallajes, compras y permutas de derechos, esponsales y requiebros políticos occitanos. Así, el rey de Aragón podría mirar de nuevo al sur. Al verdadero enemigo.

—Está bien, mi señora. Me voy.

Un mes después. Santa María de Huerta

Velasco se levantó del pupitre poseído por uno de aquellos arrebatos. Cerró los ojos y recitó en la soledad del *scriptorium*, reservado para él mientras los demás copistas dormían la siesta tras el almuerzo:

> *El buen Campeador su cara volvió,*
> *y el gran trecho hasta el castillo vio.*
> *Mandó desplegar la enseña y deprisa espolear.*
> *«¡Heridlos, caballeros, sin vacilar.*
> *Con merced del Creador, aquí hemos de ganar!*
> *Y caen sobre ellos por toda la llanada.*
> *¡Dios, qué bueno es el gozo de esta alborada!*

Se sentó de nuevo. Lo repitió al tiempo que trazaba los signos sobre la superficie virgen. Ladeaba la cabeza, aprehendía el eco. Imaginaba al bardo recitando los versos en la plaza del mercado, en cualquier pueblo de Castilla. O en el salón del trono, ante el rey y su corte. Repetía las estrofas, cambiaba de orden las palabras. Y cuando dejaban de tener sentido, las veía flotar hasta las vigas del techo. Sonaban como galope de destreros y gritos de guerra. Arengas, aullidos, juramentos, chocar de hierro. En ese trance, el miedo se evaporaba. Todo era valor, convicción y afán de entregar la vida. Por Dios, por Castilla, por el rey, por los caídos en Alarcos. Por aquella niña de la granja, violada ante sus ojos. Ya jamás se limitaría a mirar y a morirse de terror. Ahora él lideraba los escuadrones cubiertos de hierro. A su orden se desenrollaban los pendones, se bajaban las lanzas, se cargaba a tumba abierta. Velasco se volcó sobre el pergamino y siguió escribiendo:

> *Mío Cid y Álvar Fáñez a vanguardia cabalgan.*
> *Sabed que a su guisa aguijan los caballos,*
> *y entre ellos y el castillo entran los vasallos*
> *de Mío Cid, que sin piedad atacan.*
> *En un momento, trescientos moros matan.*

Eran sus imágenes, las de Velasco, las que cobraban vida. Las que caían sobre las filas enemigas con lanza enristrada, encogida la cabeza entre los hombros, tensos los estribos. Arriba el escudo, prestos los corazones. El *scriptorium* desaparecía, el páramo nevado se convertía en el castillo de Alcocer. La pluma tornaba en espada; el pupitre, en *Babieca*. Ya no era Velasco quien se dejaba la vista a la llama de un velón en Santa María de Huerta. Era Rodrigo Díaz, el de Vivar, que en buena hora ciñó espada. Y era Álvar Fáñez, y cualquier mesnadero castellano hecho a ganar el botín a sangre y hierro. Capaz de cabalgar hacia la muerte con la sonrisa en los labios.

—Suena muy, muy bien.

Fue como despertar de un sueño. Velasco, desorientado, miró alrededor y hasta tuvo que acostumbrar la vista a la penumbra del *scriptorium*. Volvió la cabeza hacia la entrada y allí estaba, como siempre.

—Fray Martín, me has asustado.

—Tú a mí me has emocionado. —Hinojosa caminó hasta el conjunto de pupitres con legajos y pergaminos desechados. Comprobó que lo último que había escrito Velasco se correspondía con las estrofas que, de forma casi inconsciente, recitaba a voz en grito—. Una maravilla. No sé cómo explicarlo... Es algo nuevo.

Velasco, sonriente, trató de aplacar el ataque de orgullo. Carraspeó.

—Cualquiera podría hacerlo. He descubierto que solo hay que dejarse llevar. Después, lo demás llega solo.

—Sí. Sí, claro. En verdad parecía que estabas en esos versos, hermano. Pero lo mejor es que hasta yo he estado allí hace un momento. Lo he visto. Los caballos, los vasallos a la carga, el Cid en cabeza... —A Martín de Hinojosa le brillaban los ojos—. Lo que estás haciendo es grande, y no puede quedarse aquí.

—Esa era la idea, ¿no?

El viejo monje puso cara de contrición.

—Te confieso, hermano, que nunca lo vi tan claro como ahora. Y eso es bueno porque, igual que me ha sorprendido a mí, ha de sorprender a los demás.

»Ya no serán simples cuentos de pastores al calor de la hoguera, ni trovas del otro lado de los Pirineos para gente principal. Esto es nuestro, ¿entiendes? De todos. Lo mismo valdrá para el infanzón que para el campesino. Para el clérigo y para el conde. Es... un espejo en el que podrá mirarse cualquiera. No, mejor: como una ventana por la que saltar y que dará a otro mundo. Cualquiera que sea el peso que nos oprime, o los abusos que suframos, o las heridas que nos inflijan... Todos seremos capaces de convertirnos en el Campeador.

Velasco tragó saliva. Ahora se parecía más al novicio que temblaba en Alarcos que al Cid de sus estrofas.

—Vuelves a asustarme, fray Martín. Todavía queda mucho por escribir, y no sé si estaré a la altura.

—¡Claro que lo estarás! ¿No lo ves? Tú lo has dicho: solo has de dejarte llevar. ¿Qué necesitas para darte cuenta de que aquí eres tú quien dirige las mesnadas? Y te siguen, fray Velasco. Como podrían seguirte aunque no te conocieran jamás, con solo compartir esta... Esta historia con quien quiera caer en ella.

»Sigue. Hazlo como hasta ahora. Yo cogeré lo que llevas escrito y se lo llevaré a quien puede hacer que abandone la soledad de este *scriptorium* y llegue a todos los rincones de Castilla. Y de Aragón, y de Navarra, y de León... A todo el mundo. Eso también puedo verlo ahora. Veo los manuscritos viajando de monasterio en monasterio, y los monjes dedicados a copiarlo. Veo decenas... Cientos de legajos. Veo a los juglares cantándolo por las aldeas y las ciudades. Veo a la gente reunida, a los niños entusiasmados, a las mujeres enamoradas. Veo a todos empeñados en revivir las glorias que perdimos en Alarcos.

—¿De quién hablas, hermano? ¿Quién hay capaz de difundir así lo que yo invento?

—Martín de Pisuerga, fray Velasco. El arzobispo de Toledo.

24

Omnis sapientia Timor Dei

Medio año más tarde. Verano de 1203

Ibn Qadish revistaba el estado de las tropas andalusíes, de la albarrada, del almacenaje de suministro, de la disposición de pabellones, de los puestos de guardia, de las patrullas de forrajeo... Lo hacía cada mañana, cuando el sol acababa de despuntar. Y repetía el examen al anochecer. Siempre encontraba las mismas caras expectantes. Hombres que ya llevaban tres semanas allí, circundando el castillo de Salvatierra y la cercana construcción de Dueñas. Pocos para intentar un asalto. Incluso para resistir una espolonada si al enemigo se le ocurría salir del castillo por sorpresa. Pero había que estar allí.

Había tomado la decisión tras la visita del Calderero. Sus amenazas no podían caer en saco roto, tanto porque eran peligrosas en sí mismas como porque todavía era más peligroso que el visir se sintiera despreciado. Ibn Qadish debía mostrar terror. Era lo menos que podía hacer.

No había gran esperanza en tomar Salvatierra sin ayuda, así que, derribados los obstáculos del orgullo andalusí, el arráez fronterizo había mandado a Sevilla al caíd más veterano y respetado a sus órdenes: Ibn Farach. Su misión: recabar ayuda de ingenieros almohades para derribar las murallas de Salvatierra o machacarlas sin descanso hasta que los freires de dentro se rindieran. O lanzaran la dichosa espolonada para terminar de una vez.

En realidad, la acción de Ibn Qadish iba encaminada también a reforzar la adhesión de los andalusíes a sus órdenes. Enviando a Ibn Farach a Sevilla, demostraba que confiaba en su veteranía para aportar la solución definitiva. Si el Calderero volvía con afán de castigo, mejor encontrarse de frente a todas las tropas peninsulares que a su arráez aislado. A tales términos habían llegado los temores.

Ibn Qadish miró al norte, por donde se extendía el inmenso llano que precedía a la Trasierra. Las tierras bajo su responsabilidad, sobre las que tarde o temprano avanzarían los ejércitos almohades para asestar el golpe de gracia a Castilla. Todo aquello había sido cristiano hasta ocho años antes. Hacia el sur, Salvatierra dominaba la primera altura que precedía a la sierra. Un castillo construido sobre los farallones rocosos que sobresalían de la colina. Casi inexpugnable. Arriba, los freires calatravos observaban desde las almenas. Con el pendón grande y bien visible. La cruz negra sobre la tela blanca, agitada por el viento suave y caliente. Un desafío y una burla al débil intento andalusí de recobrar la plaza que controlaba el acceso a la Sierra Morena.

—Lo bueno —decía uno de los algareadores andalusíes— es que al menos no les entran suministros.

Ibn Qadish asentía para no quebrar la esperanza, pero resultaba imposible saber cuánta comida y agua habían acumulado los calatravos en sus despensas y aljibes dentro de Salvatierra. Los freires destacaban por su fe ciega y suicida, pero también —y en esto se diferenciaban de los voluntarios musulmanes— por su previsión y astucia. Al menos, él tampoco tenía gran problema en alimentar al exiguo contingente de asedio. Lo peor, desde luego, era que las guarniciones de toda la frontera habían quedado bajo mínimos. Toda una jugada de dados con Satanás.

La polvareda se levantó al sur. Primero se dio la voz de alarma desde la albarrada que había entre Salvatierra y Dueñas, y luego llegó la identificación del visitante. Un solo hombre a caballo, con el estandarte blanco de los califas almohades desplegado en la lanza.

—¡Es Ibn Farach! ¡Ibn Farach está de vuelta!

Tal como se había ido. Sin escuderos ni criados. Todo un *tagrí*. Refrenó su montura junto al pabellón de Ibn Qadish y saltó a tierra. Se entrevistaron a solas para que nadie más los oyera, aunque antes, el veterano calmó su sed. Se restregó la barba entrecana y observó al caíd de Calatrava a través de aquellos ojos pequeños.

—Estuve dos días en Sevilla. El primero solicité audiencia con el *sayyid* Abú Ishaq ibn Yusuf. Sus secretarios estuvieron a punto de escupirme a la cara. Me preguntaron por qué un roñoso andalusí quería ver al tío del califa. Cuando les conté que estábamos sitiando Salvatierra y necesitábamos un tren de asedio, se rieron. Al final, el *sayyid* no quiso recibirme. Al día siguiente visité a tu suegro para ver si él podía hacer algo.

—Ah. ¿Qué tal está?

—Bien. Tu suegra también. Les conté que intentábamos expugnar Salvatierra y echar a los freires. También que el visir Ibn Yami habló contigo hace poco y que... Bueno, yo no sé lo que te dijo, pero casi puedo imaginarlo. Espero que no te ofenda mi iniciativa.

Ibn Qadish apretó los labios.

—Hubiera preferido que me pidieras permiso, Ibn Farach.

El veterano no desvió la vista. Solo metió la mano en el morral que llevaba en bandolera y sacó un rollo.

—Ten. Es de tu suegro.

Ibn Qadish tomó la carta y la desplegó. Reconoció enseguida la letra irregular.

En el nombre de Dios, el clemente, el misericordioso.

Querido yerno, sabe ante todo que habrás de quemar esta carta en cuanto la hayas leído. Sabe también que Ibn Farach, por ser de mi total confianza, queda enterado de su contenido. Has hecho bien en enviarlo a él a Sevilla, pero no vuelvas a fiar en nadie que no seas tú mismo. Te juegas la vida y las de los seres que nos son más queridos a ambos.

El visir omnipotente Abú Said ibn Yami, al que todos conocemos como el Calderero, pasó por Sevilla hace un año y dejó instrucciones para el gobernador. Yo pensaba que su intención era reunirse con las fuerzas que se concentraban en Denia para el asalto a Menorca, pero Ibn Farach me ha sacado de mi error. Lo que el Calderero hizo fue visitarte en Calatrava. Debiste contármelo, yerno. Imagino que su presencia en tu casa no sería un acontecimiento feliz.

Algo importante pasó mucho antes de eso. Como ambos sabemos, hace cinco años que menguaron las fuerzas a tus órdenes. Todos esos guerreros vinieron aquí. En ese momento empezó el almacenaje de armas y suministro y el acuartelamiento de hombres para formar un ejército entero en Sevilla. Esto no fue ningún secreto, y al principio lo achaqué a los preparativos para la próxima expedición contra los cristianos, que solo llegará cuando las Islas Orientales e Ifriqiyya estén pacificadas. Ahora mismo hay acantonados en Sevilla y fuera de ella unos cuatro mil jinetes y otros tantos peones. Son fuerzas africanas sacadas de Córdoba, Jaén, Málaga, Granada, Badajoz, Murcia y Valencia principalmente, pero también hay andalusíes venidos de pequeñas guarniciones sureñas, además de los que te quitaron a ti. Son tropas regulares, así que lo único que ha tenido que hacer el Calderero es desviar algunas partidas para las pagas. A los gobernadores no les sentó bien, pero nadie se atrevió a contradecirlo porque el Calderero es la máxima autoridad en todo lo que atañe a al-Ándalus.

Nuestra ventaja es que en un cuartel resulta difícil guardar secretos. Entre esos andalusíes acantonados hay hombres que lucharon a mi lado cuando Yaqub al-Mansur vivía. Gracias a ellos, hace apenas unos días me enteré de otra orden que el Calderero dio al *sayyid* de Sevilla: está prohibido mover un solo soldado, una espada o un grano de trigo del nuevo ejército. Por eso no te han prestado máquinas ni refuerzos para expugnar Salvatierra.

Esto trasciende la simple envidia que pueda nacer en el corazón negro de un andalusí renegado como el Calderero. Alguien ha cerrado la puerta de casa para que el ladrón no entre de noche, pero antes ha dejado fuera una cabra, atada a la cancela y ofrecida para el sacrificio. Si el ejército de Castilla, con o sin aliados, te atacara ahora, te encontrarías solo.

Para conocer las causas de todo esto deberíamos llegar hasta el mismo centro del poder almohade. No podemos esperar que los africanos nos revelen sus auténticos planes, pero allí hay andalusíes capaces de aclarar estas turbias aguas. Como te he dicho antes, no has de confiar en nadie. Eres una vez más, Ibn Qadish, el indicado para este cometido. El momento propicio llegará cuando Mallorca caiga y las Islas Orientales queden dentro del imperio. Entonces, el califa y sus visires se trasladarán a Ifriqiyya para pacificar el mayor foco de rebeliones durante el último medio siglo. Mientras ellos luchan en el este, tú podrás llegar hasta el mismo nido de nuestros amos.

Hace dieciocho años, una de las esposas de Yaqub al-Mansur dio a luz a un varón en Málaga. Ella era la princesa andalusí Safiyya bint Mardánish, hija del rey Lobo. Llamó Idríss al niño, y sé que juró educarlo en el odio a todo lo almohade. Al-Mansur jamás quiso a Safiyya. Su casamiento había sido una maniobra política para que al-Ándalus se sometiera por completo tras la resistencia del rey Lobo. La princesa Safiyya murió cuando Idríss era un crío. Tal vez algún día te cuente cómo, ahora no importa. Lo que importa es que su muerte fue todo un alivio para al-Mansur. Al-Mansur, como era de esperar, tampoco amó jamás al pequeño Idríss. Aconsejó a Muhammad que apartara a su hermano de la línea de sucesión porque temía que su sangre andalusí fuera más fuerte que la semilla africana. Así que en cuanto Muhammad heredó el califato, envió a su hermano Idríss a África, donde podía controlarlo mejor que en Málaga. Vive en Marrakech, en el alcázar viejo que llaman Dar al-Hayyar, apartado de donde se toman las decisiones pero lo suficiente cerca como para conocer por qué y por quién se toman.

No espero que Idríss, un jovenzuelo todavía, sea quien aclare las aguas turbias. Pero junto a él encontrarás a alguien que podrá hacerlo. Tú llega hasta Idríss e invoca la pervivencia de al-Ándalus. Habrás dado gran paso hacia la verdad.

Ibn Qadish levantó la vista. La mirada del veterano Ibn Farach era distinta ahora. Una mezcla de complicidad y compasión. Viajar a Marrakech, foco del poder almohade, era algo que atemorizaba con solo pensarlo. Y si había que colarse en la corte para atisbar sus oscuros secretos, el temor se convertía en espanto. El caíd de Calatrava anduvo hasta el extremo del pabellón y acercó la misiva a las brasas del pebetero donde se consumía el áloe. No tardó en prender, y las palabras de Ibn Sanadid se convirtieron en espirales que se deshacían contra el techo de lona.

—Ibn Farach, sin máquinas no podemos reducir Salvatierra. No nos queda más remedio que levantar el asedio y regresar a nuestros hogares. Tú volverás a Alcaraz, pero permanece atento. Te llamaré para que tomes el mando de la frontera cuando yo viaje a África para internarme en la guarida de la bestia.

Día siguiente. Toledo

Siempre que iba a Toledo, Martín de Hinojosa sostenía una lucha consigo mismo. Contra un remordimiento que era hijo del orgullo. Porque él, tiempo atrás, estaba destinado a ser arzobispo de aquella ciudad. La principal jerarquía católica de la Península. Pero renunció a su carrera y escogió el regreso a la humildad del monasterio.

«¿Qué arzobispo habría sido? —se preguntaba—. ¿Qué podría haber hecho para mayor gloria de Dios?»

Ya no importaba, porque el tiempo corría en una sola dirección y eso era un alivio para él. Renunciar al obispado de Sigüenza y a las posibilidades que le abría su sincera amistad con el rey Alfonso le había proporcionado paz de espíritu. En eso debía centrarse. En eso, y en el excéntrico e ilusionante proyecto que habían fraguado el hermano Velasco y él.

Se alisó la cogulla blanca y recompuso el escapulario negro antes de golpear con el llamadero de argolla en los grandes portones de la Alcaná. Su único equipaje era un legajo con tapas de madera forrada de cuero. Salió a abrir un criado que no lo reconoció, y que incluso lo trató con desdén hasta que alguien de dentro lo reconvino. Que no se hablaba así a alguien que había sido abad y obispo, oyó.

Recorrieron los pasillos del palacio archiepiscopal. Un complejo en el que trabajaba un pequeño ejército de esclavos, criados, arcedianos, canónigos, racioneros, capellanes, sacristanes... El arzobispo, después de todo, era uno de los nobles más poderosos de Castilla. Poseedor de villas, castillos, campos. A sus arcas acudían regularmente diezmos, tercias, montantes enteros de tasas como las de pontazgo o montazgo a lo ancho del reino. Y, de poco en poco, la rica donación de alguna hacienda que un noble entregaba para salvación de su alma. Por fin, Hinojosa se vio esperando en una antesala, con el legajo sobre las rodillas; junto con otros feligreses que habían solicitado audiencia con el arzobispo.

—Se rumorea que no se encuentra bien —decía uno a su compañero de banco. Lo hacía en voz baja, aunque no tanto como para que los demás no pudieran oírlo.

—No es de extrañar —intervino otro—. Tiene ya una edad. Y con lo que ha pasado...

Hinojosa los observó. Se trataba de burgueses toledanos. Sayas de calidad, zapatos con lazo, anillos y cadenas doradas, panzas orondas. Esos no estaban allí por beneficios espirituales, sino por todo lo que el arzobispo de Toledo no podía administrar por sí mismo. Derechos de pasto, alcabalas, tercias, ofrendas para difuntos... Eso le hizo sentirse incómodo. También se hallaba allí para pedir. Se obligó a recordar por qué había abandonado el episcopado de Sigüenza, cansado de oír hablar de rentas y derechos en un lugar donde la paz y el amor deberían protagonizar los coloquios. Sonrió. Su lugar estaba en Santa María de Huerta, desde luego. Alejado de todas aquellas tentaciones.

Un criado asomó a la sala y señaló a Hinojosa.

—Pasa, hermano. El señor arzobispo te recibirá ahora. Los demás debéis esperar un poco más.

Gestos de enfado entre los burgueses. Fray Martín encogió los hombros y prometió ser breve.

Un último corredor, largo y luminoso. Alfombras de buena factura, oro, ébano y marfil. Hinojosa, mientras caminaba, negaba con la cabeza. Valoraba la necesidad de que la Iglesia fuera poderosa, porque muchos hilos no se movían sino con dinero, pero todo tenía un límite. Y además, el arzobispo era cisterciense, como él. ¿Dónde quedaba la austeridad necesaria para acercarse a Dios?

Martín de Pisuerga aguardaba sentado tras una enorme mesa repleta de pliegos y rollos con sellos de cera reventados. Velas consumidas, una caja con plumas y un gran tintero. El arzobispo redactaba sus cartas él mismo, tanto era su recelo.

—Querido tocayo, acomódate.

Hinojosa tomó asiento en uno de los dos escabeles bajos, frente al recio y alto sillón del arzobispo y al otro lado de la mesa. Esto le obligó a mirarlo desde abajo y con el sólido obstáculo en medio. Hizo un rápido análisis de su hermano de orden: Martín de Pisuerga parecía consumido. Su constitución de guerrero había menguado bastante, y se comentaba que la razón era Alarcos. Enormes bolsas amoratadas colgaban bajo sus ojos, y el poco cabello que respetaba la tonsura era blanco. Sobre su escapulario, una recia cruz de madera oscura colgaba del cuello.

—Mi señor arzobispo, vengo a traerte esto.

Hinojosa dejó el legajo sobre la pila de documentos. Pisuerga enarcó las cejas.

—No recuerdo haberte pedido ningún manuscrito. Suponía que habías venido a solicitar algo para Santa María de Huerta. Por eso he ordenado que te pasaran antes.

—Gran detalle por tu parte. Pero mi intención es seguir la palabra de Dios: *no esté tu mano extendida para recibir y encogida para dar.* —Y miró con toda intención alrededor. A los tapices de fina factura, a las armas del arzobispo, que se habían teñido de sangre más de una vez, a los armarios taraceados para guardar los libros y las vestiduras talares.

El arzobispo ladeó la cabeza.

—Bueno es, hermano, que sigas las Santas Escrituras. A mí me gusta mucho este otro versículo: *no pretendas ser juez si no tienes valor para entrar con fuerza por entre las iniquidades, no sea que temas la cara del poderoso.* —El arzobispo se retrepó en el respaldo de cuero—. ¿Sabes lo que se dice por ahí? Que no me queda mucho. Y es cierto, creo. Los físicos del rey se afanan, pero me pueden los achaques. Oh, no es que tenga miedo de reunirme con mi Creador, pero me pregunto quién me sustituirá. Podrías haber sido tú, ¿eh? Aunque preferiste el tranquilo retiro. Hay que estar hecho de cierta... pasta para sentarse aquí.

—Mi señor arzobispo, de corazón deseo que tu vida se alargue mucho aún, pues en verdad se precisa fuerza para dirigir el negocio de Dios. Pero te pido perdón por mi vanidad. Estoy tan acostumbrado a la simpleza del monasterio...

El arzobispo rezongó algo antes de alargar el brazo y tomar el legajo. Lo abrió y exploró el contenido con el entrecejo fruncido. Echó la cabeza atrás en signo de extrañeza.

—¿Qué es esto?

—Es... algo nuevo. Pero lee, por favor.

El arzobispo forzó los cansados ojos. Sin cambiar la mueca de descontento. Sus labios se movían en silencio conforme los ojos recorrían las líneas. Hasta que, en un punto, cambió a leer en voz alta:

—*Dios, qué buen vasallo si tuviese buen señor.* —Levantó la vista y la volvió a clavar en Hinojosa—. Dime, hermano, ¿qué tipo de vasallo es mejor que su señor en Castilla?

—No, no es Castilla. Quiero decir... —Fray Martín también se removió en el incómodo escabel—. Es una Castilla que sale de la imaginación. Aunque sea real. En fin, es difícil de explicar.

—Ya veo. Así que el Cid Campeador, ¿eh?

—Si sigues leyendo, verás que ama a su señor y que es leal a Castilla pese a todo. Fíjate bien: es el vasallo que se ha quedado sin nada, pero luchará contra los infieles para recuperar todo lo suyo e incluso más. Contéstame, mi señor arzobispo: ¿quién hizo grande esta tierra, sino los castellanos aguerridos como el Cid, que tomaron las armas para participar de esa grandeza?

—Esta tierra la hizo Dios, hermano. Y a Él le corresponde la grandeza.

—¡Por supuesto! No lo tomes al pie de la letra. Ni mis palabras ni el manuscrito. Lo que importa es que la gente sencilla, cuando oiga esas historias, se sienta capaz de emularlas, ¿comprendes? De engrandecer Castilla para engrandecerse ellos y también al revés. Esto despertará en cada uno la ambición de ser mejor, y eso mismo mejorará el reino.

—¿Por eso no está escrito en latín?

—¡Exacto! Es como los capiteles de las iglesias que...

El arzobispo levantó el índice para ordenar silencio. Fray Martín obedeció.

—¿Y qué será lo siguiente? ¿Decir la misa en romance? ¿Quién ha escrito esto?

—Ah... Eh... Un monje, claro.

—Con tu permiso, adivino.

—Y con mi ánimo, mi señor arzobispo.

Martín de Pisuerga se levantó. En verdad impresionaban sus hechuras de guerrero a pesar de la edad y de que los hombros se vencían hacia delante. Apoyó los puños en la mesa y miró a Hinojosa como un juez miraría a un acusado antes de condenarlo.

—Tu prestigio es mucho, fray Martín. Has sido abad y obispo, por Cristo. Podrías haber llegado a más. Y mírate: promoviendo entretenimientos fatuos para... ¿la chusma? La gente sencilla, como tú dices, bastante tiene con sembrar la tierra y apacentar los rebaños. Acepto que, de vez en cuando, se copien las obras profanas que nos legan los antepasados, pero ¿esto? Esto es baldío. Hasta pecaminoso si piensas en lo que persigues con ello, hermano. Es Dios el que enciende los corazones, no un monigote imaginado por un monje perezoso.

—Espera, espera. Es verdad: los pastores pastorean, los labradores labran. Todo muy necesario. Pero entonces, ¿de qué sirve preservar el saber en el *scriptorium*? ¿Copiamos libros para almacenarlos en armarios? ¿Para que otros monjes los copien y haya más legajos en más armarios y en más monasterios? Por sí mismos no sirven de nada. Son inútiles si no aprovechan a los hombres. —Señaló el manuscrito—. Solo te pido que sigas leyendo, mi señor arzobispo. Falta bastante para terminarlo, pero te aseguro que lo que hay ahí tiene... fuerza. Recuerda cuando eras joven. ¿Acaso no soñabas con imitar a los que se distinguieron antes que tú?

—Mis modelos son san Bernardo y los padres de la Iglesia. Los santos, los apóstoles...

—¡A eso me refiero!

—Me resisto a creer que dices lo que dices, fray Martín. Tú, un monje del Císter. ¿Vas a comparar al Cid, siquiera al real, con san Juan o san Mateo? ¿O acaso sugieres que las Santas Escrituras son, como esto, el producto de la imaginación de un haragán?

—¡No! No comparo a unos y otros, mi señor arzobispo. Solo me valgo de los mismos medios que usamos para fortalecer la fe. Igual que un clérigo infunde el camino recto en la iglesia, así un bardo podría excitar el ánimo de lucha en las plazas, en las calles, en los caminos. Así como el vulgo renuncia a los bienes terrenales para preservar su alma, así podría un villano librarse de excusas: olvidar el miedo, despreciar la fonsadera y desenmascarar esta falsa paz que algún día acabará. Todo eso para unirse al ejército de Castilla, porque habrá crecido en él el deseo de batirse por Dios y por el rey. ¡Cada joven campesino convertido en un soldado, mi señor arzobispo! Soñando con repetir las hazañas que narran estas hojas. Para eso necesito que el manuscrito, cuando esté acabado, se copie en todas partes, y se reparta, y se lea por las cortes y en los castillos. Que se pague a los juglares por cantar los versos. Por Castilla e incluso por León, por Aragón, por Portugal... Solo tú tienes poder para conseguirlo, y a ti apelo. Pero has de creer en esto como creo yo. Léelo, mi señor arzobispo. Te lo suplico. Y si no te emociona, ni siquiera un ápice, aceptaré todo eso que dices.

Martín de Pisuerga negó lentamente.

—Aceptarás mis palabras ahora y aquí, sin condiciones. ¿O has olvidado quién eres? Toma. —Empujó con los nudillos el manuscrito—. Obediencia. Eso es lo que precisáis todos, desde los labradores a los monjes. Obediencia a las leyes de Dios y a los dictados del rey. Sabes qué libros debes escribir, y sabes en qué lengua has de hacerlo. Todo lo demás es basura que, a lo más, puede servir como divertimento a la chusma. Qué asco, por Dios. Llévate esto y úsalo para calentar el *scriptorium* de Santa María de Huerta, que sé que es frío en invierno. Olvidaremos esta conversación. Lo que no olvidarás jamás, y te va mucho en ello, es lo que dice el único libro que debería quitarte el sueño: *toda sabiduría está en el temor de Dios.*

Tres meses más tarde. Ibiza

El tramo entre la mezquita y el castillo estaba aislado por una densa barrera de Ábid al-Majzén. Contra ellos se agolpaban cientos de fieles que consideraban un signo divino la presencia del califa aquel viernes.

Pero Muhammad an-Nasir no compartía ese contento. Caminaba con la vista baja, ajeno a los gritos de sus súbditos desde el otro lado de los guardias negros. Se tiró del cuello del *burnús*, que lo ahogaba, en cuanto traspasó las murallas que lo aislaban de la chusma. Se encontró de frente al Tuerto, en su típica pose de respeto. Firme y con la zurda en la empuñadura de la espada.

—Príncipe de los creyentes, ya tenemos las cifras definitivas. Las tropas te esperan para que repartas la *baraka* y les entregues las banderas.

—No t-t-te he visto en la *j-j-jutbá*.

—He bajado a un oratorio del arrabal, príncipe de los creyentes. Necesitaba tranquilidad.

An-Nasir resopló. Ojalá pudiera él permitírsela. Sobre todo después de las malísimas noticias que habían llegado la tarde anterior.

—¿Y si reg-g-gresamos?

El Tuerto entornó su único ojo.

—¿Qué?

—Ifriq-q-qiyya es más import-t-tante.

—Príncipe de los creyentes, es momento de ser fuerte. La única baza de los Banú Ganiyya era esa: invadir Ifriqiyya con todo lo que tuvieran para desviar nuestra atención y librarse así de la derrota. Si ahora regresáramos para marchar sobre Ifriqiyya, la liberaríamos. Todas las ciudades que esos puercos han tomado serían reconquistadas, y durante seis u ocho meses reinaría la tranquilidad hasta más allá de Trípoli. Tomarías tus represalias, cortarías algunos cuellos, colocarías nuevos gobernadores. Después regresarías a Marrakech y todo volvería a empezar. Ha sido así desde hace casi cincuenta años, cuando tu bisabuelo arrebató Ifriqiyya a los sicilianos. Tu abuelo tuvo que luchar allí y tu padre estuvo incluso a punto de morir en el desierto del Yarid. Ifriqiyya se ha tragado más vidas almohades que ningún otro frente, y solo para mantener las conquistas de nuestro primer califa. ¿Sabías eso? Está en tu mano romper la racha. Ataca a la serpiente en su nido, córtale la cabeza y no tendrás que cazar a sus crías de una en una.

An-Nasir intentó templar su ánimo. Esta vez, los mallorquines habían ido demasiado lejos. Un desembarco masivo, seguido de una expedición relámpago, había acabado con un nuevo alzamiento de las tribus árabes y la pérdida de Gabes, Sfax, Qayrawán, Tebesa, Bona... Y lo peor era que la capital almohade de Ifriqiyya, Túnez, era la siguiente. Si ocurría, aquel sería con toda seguridad el peor descalabro en la corta historia del imperio almohade. Y an-Nasir no quería ser recordado como el califa que perdió territorios. Apretó los puños.

—¿P-p-por qué? ¿Por qué no p-p-pueden someterse sin más, c-c-como todos?

—Porque son los últimos de los almorávides, mi señor. Los restos de un gobierno que, cuando nuestros antepasados no eran más que pastores de cabras en el Yábal Darán, se extendía hasta la tierra de los negros y humillaba a los ejércitos cristianos. Por venganza, ya que les arrebatamos lo que tenían y los redujimos a la servidumbre. Los Banú Ganiyya son una enfermedad mal curada, príncipe de los creyentes. Tú has de ser el remedio definitivo.

An-Nasir se relajó. Aunque sus ojos azules miraron de reojo a su visir más guerrero. Con una suspicacia que no pasó desapercibida al Tuerto.

—Está b-b-bien. Dame tu informe.

Echaron a andar hacia las dependencias en las que se alojaba el califa, y donde los tesoreros tenían preparada la baraka para repartirla entre las tropas.

—Trescientas naves, mi señor. Mil doscientos de a caballo y casi quince mil infantes, además de setecientos arqueros. Salva tu guardia personal, claro.

—Es p-p-poco.

—Es suficiente, mi señor. Piensa en los problemas de suministro si no logramos expugnar la ciudad nada más llegar. Además, la mayor parte de los soldados mallorquines está en Ifriqiyya. Zarparemos mañana, al amanecer, si tú lo consientes. Las naves de caza reducirán a lo que quede de su flota y luego llenaremos el horizonte con nuestra armada. Permite que desembarque yo en primer lugar para cortar todo intento de resistencia. Después, con la playa asegurada, bajarás tú y dirigirás a nuestras tropas en el cierre del asedio.

An-Nasir volvió a dirigir a su lugarteniente aquella mirada desconfiada.

—No. Yo desembarc-c-caré primero. C-c-con la bandera más grande. T-t-odos han de verme. Los nuestros y los Banú G-G-Ganiyya.

Acababan de llegar a la sala donde aguardaban las banderas, atadas y reunidas. La mayor de ellas, blanca como todas las de la dinastía almohade, llevaba bordado un lema cúfico con letras doradas: *Alabanzas al dios único.*

—Príncipe de los creyentes, los Banú Ganiyya descienden de chusma del desierto. Es la razón de que se les dé tan bien el pirateo. Iblís infundió el nomadismo en sus sucias almas, y por eso es posible que no se resignen a refugiarse tras sus murallas. Podrían salir a atacarnos en la playa para impedir nuestro desembarco.

Nada más salir las palabras de boca del visir, an-Nasir encogió los labios. Pero luego cambió a una mueca de disgusto. ¿Por qué insistía tanto el Tuerto en asumir el protagonismo? ¿Por qué todo lo que hacía parecía confirmar las sospechas del Calderero?

—T-t-tonterías. Yo p-p-pisaré el primero las arenas de Mallorca. Y en c-c-cuanto sea mío el t-t-triunfo, zarparemos hacia Ifriqiyya. Q-q-quiero acabar con esto de una vez.

25

Cabeza de la Serpiente

Al mismo tiempo, finales de verano de 1203. Campillo de Susano, frontera entre los reinos de Castilla y Aragón

Pedro de Aragón llevaba meses sin hablar con su madre. Esta, metida a monja en su calidad de reina viuda pero más activa que todas las religiosas juntas, insistía en no soltar del todo las riendas de su desbocado hijo; y así, andaba en fluida correspondencia con unos y otros, sobre todo con el papa. Trabajando por lo menudo lo que muchas veces destrozaba su hijo a lo bárbaro.

Ahora la anciana señora, castellana por nacimiento y aragonesa por matrimonio, aguardaba a su real hijo. Lo hacía sentada en un escabel, saya y toca negras, con la pierna derecha pataleando nerviosa. La vista fija en la entrada del pabellón decorado con las barras de sangre y oro. Habían montado el pequeño campamento de buena mañana, a medio camino entre Ágreda y Tarazona, para una reunión entre los monarcas de los dos reinos.

«Si fuera un crío, lo pondría sobre mis rodillas y le caerían azotes hasta que se me despellejara la mano», pensaba Sancha. Y miraba de reojo a la mesita baja sobre la que permanecía desplegada la carta de María de Montpellier, su recién estrenada nuera.

La algarabía anunció la llegada del rey. Risas, cascos de caballos y ruidos metálicos. A Sancha le pudo la irritación y el baile de su pierna arreció. ¿Es que aquel muchacho no se tomaba nada en serio? Empezaron a entreverse sombras que pasaban rápidamente ante el pabellón. Pasos cortos, de criados, y otros más lentos y pesados. La silueta se perfiló ante las solapas a medio desplegar. Pedro las apartó de un manotazo y entornó los ojos para acomodarlos al cambio de luz. Sonrió.

—Mi señora madre, bien hallada.

Fue directo a la mesa e hizo un mohín al no encontrar la acostumbrada copa de vino. Observó a Sancha. El movimiento continuo de la pierna. El gesto crispado. La cabeza baja, pero la mirada alta.

—Hijo, mira esto.

Señalaba la misiva. Pedro la observó de pasada.

—¿Del papa?

—De tu esposa.

—Oh, por san Jorge...

Sancha cerró los ojos. Su labio inferior sobresalió mientras contaba hasta diez. Cuando terminó, puso la mano sobre la carta.

—María, dueña de un señorío que necesitas como el comer, está a punto de pedir la anulación de vuestro matrimonio. Y eso nada más casaros. Que no lo habéis consumado, dice. Pedro, hijo mío, ¿en qué estás pensando?

—En que voy a mandar que flagelen a estos malditos sirvientes. ¿Se supone que tengo que ir a buscar vino después de veinte millas de trote?

Sancha se exasperaba.

—Hijo, si Tarazona está aquí, al lado. Podrías haber venido a pie.

El rey estuvo a punto de carcajearse.

—No he dormido en Tarazona, madre. Luesia y yo nos fuimos tras la cena. Conozco un sitio en Ejea donde... Bueno, déjalo. ¡Que alguien traiga vino, por Dios!

La exigencia surtió efecto fuera. Se oyeron carreras y traslado de la orden desde lo más noble a lo más villano.

—A esto me refería, hijo. Hoy te reúnes con el rey de Castilla, y luego los dos tenéis que ver al de Navarra. Una cita crucial para tus estados, y tú pasas la noche de antes... ¿dónde? ¿En un lupanar? ¿Emborrachándote con tu mesnada?

Al fin entró un muchacho con el vino. El rey le arrebató el odre de malos modos y bebió sin más trámite, pero lo escupió enseguida. Su faz enrojeció y tosió un par de veces.

—¿Qué porquería es esta? —Se lo devolvió al chaval, que retrocedió sin atreverse a contestar—. Con el buen vino que se da aquí, ¿me traes vinagre rancio? ¡Fuera! —Se volvió hacia su madre—. ¿Ves lo que consigues? Yo venía contento, ¿sabes?

Aquello colmó el vaso de Sancha. Tomó la misiva de Montpellier y se puso en pie. Agitó el pergamino ante su hijo.

—¿Lo que yo consigo? Lo que tú consigues, Pedro, es poner en tu contra a quien debería estar de tu lado. ¿Quién era la puta que te calentaba la cama junto al aposento de tu prometida? ¿Por qué cumples con toda hembra con la que te cruzas pero no te acercas a tu esposa?

Pedro cerró la boca con fuerza. Quitó la carta que sostenía su madre y la leyó con vista ávida. No pudo evitar la sonrisa burlona mientras recorría las líneas.

—Además de fea, envidiosa —murmuró entre dientes—. Buen partido me he buscado, por Cristo. Solo de pensar que tengo que hacerle un hijo, se me arruga la... —Levantó la vista—. Madre, soy rey y conozco mis deberes. Entre ellos no está vivir como un capón. Que María de Montpellier pierda cuidado, que ya cumpliré con ella hasta donde me es obligado. Lo que haga el resto del tiempo es cosa mía.

—Te equivocas, hijo. No puedes humillar a todo el mundo con tu desdén. Igual que me escribe a mí, María de Montpellier puede escribir al santo padre, con quien por cierto la une sincero aprecio.

»Mientras tú te encamas con meretrices desde el Ebro hasta el Garona, yo he cuidado de tus intereses. ¿Sabes que los sarracenos mazamutes han tomado ya Menorca y están a punto de hacerse con Mallorca? ¿Calculas qué pérdidas supondrá eso para tus arcas? Olvida la mitad de las riquezas que llegan a Barcelona desde Italia o desde Tierra Santa. A partir de ahora, las naves almohades las saquearán y se quedarán con el oro que tú necesitas para mantenerte. Porque necesitas, hijo, y mucho más del que piensas. Peor aún: estás arruinado.

»Hace una semana escribí al santo padre. Le pedí que creara un obispado en Mallorca. Eso facilitará las cosas para declarar una guerra santa en el futuro y liberar las islas del dominio mazamute. Deja de pensar en el vino y en el fornicio. Atiende: si tienes al papa en tu contra porque humillas a tu muy católica esposa, ¿cómo va a acceder a mi ruego? ¿Cómo se va a sentir inclinado a favorecerte? Dime, ¿qué medidas has tomado para arrancar la herejía de tus tierras norteñas? Roma me insiste mucho en eso.

Pedro de Aragón pareció calmarse. Bajó la mirada hasta la punta de sus pies.

—Buscaré la forma de estar a bien con Roma, madre. No temas. Y arreglaré lo de los cátaros también. En cuanto al dinero, encontraré forma de solucionarlo.

—Harás muchas cosas, dices. Muchas cosas has dicho siempre que ibas a hacer, y míranos. En un momento te reunirás con mi sobrino, que sigue sin reaccionar desde que Diego de Haro se desnaturó. La fijación de la frontera es la excusa para esta entrevista, pero lo que interesa, métetelo en la cabeza, es avenirnos. Todos con todos. El papa, los reyes, los nobles, los villanos... Cuando llegue el momento, no podrás estar ocupado en reconciliaciones con María de Montpellier, ni pidiendo dinero a prestamistas judíos. Ni mi sobrino Alfonso podrá estar riñendo con su alférez por tenencias y fueros. Ni el rey de Navarra podrá seguir regocijándose en sus miserias. Es el santo padre quien quiere que estas rencillas y distracciones terminen.

—Pues a veces no lo parece —sonó una nueva voz desde la entrada del pabellón.

Sancha y su hijo vieron al rey de Castilla allí plantado, con su séquito detrás. Pedro corrió a abrazarlo, y resonaron palmadas en las espaldas. La señora, mientras, se apresuró a guardar la carta de Montpellier.

Los dos reyes se acomodaron en escabeles de campaña en torno a la mesita. Entraron también nobles de uno y otro reino. Los Lara y el mayordomo castellano Rodrigo Girón, que se situaron tras Alfonso; los miembros de la mesnada regia aragonesa que flanquearon a Pedro fueron su amigo Miguel de Luesia, mayordomo, y García Romeu, alférez. La reina viuda Sancha se sentó entre su sobrino y su hijo. Por fin el joven criado regresó con vino de mejor calidad. Alfonso de Castilla aguardó hasta que todos estuvieron acomodados.

—Tía Sancha, si te decía que el papa no siempre parece ayudar, es por su empecinamiento en disolver el matrimonio de mi hija.

—Lo que está bien, bien está, sobrino. Es ley de Dios y a los demás nos toca cumplirla.

—Pues no me parece gran negocio retornar a la vieja enemistad con León, que es a lo que nos aboca la separación. Berenguela tendrá que recuperar su dote, que es el maldito Infantazgo. La fuente de toda discordia entre Castilla y León desde que murió tu padre.

Sancha calló. Lo cierto era que el papa Inocencio no se bajaba de la burra de la rectitud. A poco que se pensara, era el hombre más cumplidor e imparcial que había ocupado el solio romano en generaciones. Y el rey de León era pariente demasiado cercano de Berenguela. Ante esas menudencias, Roma se ponía una venda en los ojos. Pedro de Aragón, que por fin pudo calmar su sed en condiciones, intervino:

—¿Seguro que volverás a entrar en guerra con León?

—Como que Cristo murió crucificado y resucitó al tercer día. Por eso quiero zanjar de una vez mis diferencias con Sancho de Navarra. Se me reabre el frente del oeste, y demasiado bien sé lo que significa tener a mis enemigos repartidos.

—¿Y qué pasa con Diego de Haro? —preguntó Miguel de Luesia—. A decir verdad, debes contarlo a él también como a uno de esos enemigos.

Aquello dolió al rey castellano. Se notó en cómo arrugaba la nariz.

—Es así, lo reconozco. Pero los demás habéis de reconocer que he amarrado mi justa ira. Según sé, Sancho de Navarra le ha quitado la tenencia de Estella y se niega a acogerlo en otras villas, así que se queda sin opciones. Eso es lo que quiero. Que no tenga más remedio que volver conmigo.

Pedro de Aragón insistió con lo suyo:

—Si entras en guerra con León, me temo que no podré ayudarte como la última vez. Me reclaman mis asuntos al otro lado de los Pirineos.

—Ah, lo sé —contestó Alfonso de Castilla—. Sí me agradaría, amigo Pedro, que te comprometieras a no acoger a Diego de Haro si pide asilo en tus tierras.

El rey aragonés no tuvo que pensárselo mucho.

—Haré como gustas. —Y añadió el toque picajoso—. Sabes que puedes contar conmigo para lo que sea, amigo Alfonso. Por eso, por la amistad que nos une, me decepcionó un poco tu negativa a ayudarme con lo de Mallorca. Ahora caerá en manos almohades.

El rey de Castilla acusó el golpe con un nuevo gesto de amargura. Agradeció que aquella fuera una reunión previa y sin escribanos. Así se podía hablar sin ataduras.

—Míralo por este lado, Pedro: la tregua ha desviado la presión mazamute fuera de al-Ándalus. Así has podido descuidar tu espalda para pasar los Pirineos una y otra vez. ¿Que van a tomar esas islas? Bueno, es cambiar a unos sarracenos por otros a fin de cuentas. Pero si Mallorca fuera tuya, estarías ahora enfangado en esa guerra. Al acuerdo que yo firmé le restan años de paz. Contigo es diferente. ¿Sabes lo que es que entren en tus tierras y te arrebaten lo que tus antepasados ganaron con sangre? Supón que te toman

Teruel y Daroca, y que te instalan guarniciones a lo largo del Ebro hasta obligarte a firmar una paz vergonzosa.

—Habría que ver tal cosa —masculló Pedro de Aragón.

Sancha, que no se fiaba del genio de su hijo, intervino para amansar las aguas:

—El pasado está escrito en un libro que todos podemos leer. Es el del futuro el que interesa escribir. Con ambos comparto sangre, y a ambos os amonesto por igual: recordad que un día deberéis juntaros para vengar lo de Alarcos. Arreglad antes vuestros problemas y unid a vuestra causa a cuantos más cristianos, mejor. Eso, o ni el Tajo ni el Ebro detendrán a los mazamutes. Y el libro del futuro se escribirá con letras sarracenas.

Día siguiente. Medina de Mallorca

Cabeza de Serpiente reza postrado hacia el amanecer. A su espalda, más allá del ventanal y por todas las dependencias del alcázar, oye los gritos de alarma. Un rumor apagado que comenzó en cuanto los muecines terminaron la llamada a la oración, y que ha crecido poco a poco hasta convertirse en un griterío insoportable. El emir se pone en pie sobre la almozala y acerca las manos con las palmas hacia su rostro.

—Dios, concédenos lo bueno de este mundo y del otro mundo. Y aléjanos del sacrificio del fuego. La bendición y la paz sobre el Profeta...

No puede seguir. Alguien aporrea la puerta de la alcoba. El emir de Mallorca se tapa la cara. Sus hombros sufren convulsiones. Más golpes en la madera claveteada.

—¡Mi señor, nos atacan! ¡Cientos de barcos, mi señor! ¡¡Mi señor!!

Cabeza de Serpiente sabía que este momento iba a llegar, y se ha preparado para él. O no, porque nadie quiere en realidad prepararse para el final. Con la oración del alba ya arruinada, se vuelve para asomarse al ventanal. La brisa marina se puso ruda y hasta fría hace un par de semanas, como un anuncio de lo que había de venir. Observa la línea del horizonte. El mar que de gris pasará pronto a azul y luego a rojo. Todo está lleno de siluetas oscuras que se abalanzan hacia la isla. La mayor parte de ellas parecen confluir al sur de la Medina de Mallorca. Entonces, por encima del fragor del miedo y del aporreo persistente en la puerta de la cámara, el emir oye algo. Un trueno que brota de la lejanía limpia de nubes. Bum. Ladea la cabeza, entorna los ojos.

—¿Qué es eso?

Bum. Otra vez. Como si un gigante hubiera despertado y caminara hacia Mallorca desde occidente, hundiendo los pies en el mar hasta hacer temblar la superficie. Bum.

Entonces recuerda.

«El gran tambor.»

Un artilugio destinado a sembrar el pánico en el corazón de los enemigos. El instrumento que siempre ha acompañado a los califas almohades en sus campañas militares. Oír ese redoble lento, cadencioso y sordo significa la derrota si no estás del lado correcto. Bum.

Otros golpes, estos más rápidos y angustiosos, continúan contra la puerta. Se da la vuelta y mira a la izquierda, al soporte de madera sobre el que descansan su coraza, su yelmo, su tahalí con la espada. Por fin se acerca al portón y abre. Encuentra caras desencajadas. Ojos muy abiertos, labios temblorosos. Sus visires, gordos de holgazanear entre lujo, jamás pensaron que mirarían al horror a los ojos. Hoy lo harán.

—Mis criados. Quiero vestirme. Reunid las tropas junto a la Bab Gumara.

Uno de los funcionarios se queda plantado mientras los demás obedecen. Recibe codazos y empujones, pero es incapaz de moverse.

—Mi señor... ¿Vas a salir? Hemos de aguantar tras las murallas.

Pero Cabeza de Serpiente no escucha. Él decidió hace mucho tiempo cuál sería el legado que los Banú Ganiyya dejarían al mundo.

«Somos los últimos de un poderoso linaje. Nuestros antepasados dominaron el Magreb, el desierto y al-Ándalus. Y no fue por quedarnos encerrados tras muros de piedra, sino por recorrer caminos que la arena borraba cada día.»

Bum.

Extiende los brazos en cuanto entran los criados. Lo despojan de la *zihara* y lo visten con el velmez de seda, botas y espuelas. Cabeza de Serpiente permanece inmóvil, ajeno a los ruegos del visir que prefiere soportar un asedio de fácil vaticinio. La loriga ya descansa sobre los hombros, y los sirvientes la ciñen con una correa de cuero. Pasan el tahalí por el hombro y la cabeza, y enfundan la espada con el arriaz adornado por versículos a medio borrar. Cofia de cuero, almófar arriba y yelmo emplumado. El ventalle abrochado y barboquejo prieto. El criado más viejo enrolla el velo en torno al aro del casco, con cuidado de no estorbar la vista a ambos lados del nasal. Luego lo envuelve alrededor del cuello y finalmente cubre nariz y boca del emir. Así lucharon los almorávides desde que abandonaron el desierto, y así se ganaron su fama de hombres velados. Por eso se reían de ellos los primeros almohades.

«Hoy no se reirán», promete Cabeza de Serpiente.

Bum.

Sale de la alcoba y por los escalones de piedra, desgastados por su dinastía. Tras él, por el estrecho pasillo que caracolea hasta abajo, desciende un criado con el escudo redondo y adornado con cintas. El emir intenta evitar que su recuerdo se ahogue de nuevo en la obsesión que lo ha martirizado durante los últimos cuatro años.

«Solo fueron dos meses. Solo dos meses —se repite—. Y se despidió con una amenaza.»

Pero desde que Raquel se fue, nada más existe para Cabeza de Serpiente. Cada noche sueña con la suavidad de sus labios, con la humedad de su lengua. Con la brisa del Mediterráneo que erizaba su piel desnuda mientras ella le proporcionaba el mayor placer imaginado.

—Cumplí lo que tu reina pidió —reprocha al aire el emir mientras emerge de la mole de piedra. De nuevo está ahí el griterío. Ahora lo que más suena son los chillidos de angustia de las mujeres. Desde los minaretes, los muecines dan órdenes de cerrar portillos y apartarse de las murallas. Los arqueros suben a los adarves.

A la salida del alcázar, la nobleza almorávide mallorquina se une al emir. Todos, como él, se han cubierto el rostro con sus velos. Cabeza de Serpiente toma el escudo de mano del sirviente, que le enfunda el tiracol en bandolera. Camina en silencio, a la cabeza de los suyos, mientras alrededor estalla el pánico. La medina se viene abajo solo con el miedo. Terror a los almohades, bajo cuyo capricho quedarán todos. Para el emir, la muerte es un hecho. Solo queda averiguar de qué modo llegará. Ya se acercan a la Bab Gumara. Las callejas se vuelven densas, porque aquí se acumulan las tropas. Llegan de toda la ciudad. Lo mismo soldados enlorigados y armados hasta arriba que villanos con túnicas y aperos de labranza. El bullicio es tan intenso que ni siquiera se oye el golpeteo del gran tambor almohade. Los jeques intentan organizar a la gente. Lanceros delante, arqueros a las almenas, estandartes a la vista. Cabeza de Serpiente sonríe. ¿Qué más da si avanzan en filas contra el invasor o si simplemente se arrojan sobre las puntas de sus lanzas?

Hoy es día de morir.

El agua se desplaza en suaves cabrillas hasta romper contra los bajíos, aunque la mayor parte de las pequeñas olas resbalan sobre la playa, al sur de la Medina de Mallorca. La nave del califa, en la segunda línea, se aproxima a su destino a buen ritmo, flanqueada por galeras y seguida por las taridas con los caballos y los suministros. Más al norte, otras galeras alcanzan ya los barcos mallorquines, la mayor parte fondeados y vacíos. Los primeros abordajes se suceden al ritmo del gran tambor, y se adivina un tempranero incendio a media milla, donde buques almohades avanzados cumplen su misión de flanquear y proteger el desembarco principal.

An-Nasir, que apenas puede disimular el temblor, fuerza la vista. La playa de delante es un lugar paradisíaco. Vacía, y con las huertas al fondo tras el terraplén de arena. Antes de que el sol caliente, el ejército estará en tierra, dirigiéndose a la medina a toques de timbal. Pero por el momento, la única música que marca el avance es la del gran tambor que, desde retaguardia, lanza hacia la isla su trueno bronco y penetrante.

La cubierta de la nave bulle. Los Ábid al-Majzén, nerviosos por su proverbial miedo al mar, se agarran a las bordas y al mástil, o vomitan sobre los pies del compañero más cercano. Los marinos almohades, que ultiman las tareas de aproximación, no se atreven a gritarles, pero lo cierto es que los guardias negros estorban, da igual dónde se pongan. Se oyen sus arcadas. Sus respiraciones entrecortadas. Las oraciones a media voz. Ahora parecen frágiles, pero en cuanto sientan la arena bajo sus pies se convertirán en las máquinas implacables que siempre han sido. Entrenadas desde la cuna para matar y morir por el califa.

An-Nasir nota una punzada en la boca del estómago. Le vienen las palabras del Tuerto a la cabeza. Su desacuerdo con que el príncipe de los creyentes desembarque en la primera oleada. Demasiado peligro para nada.

—P-p-pero la gloria ha de s-s-ser mía —se dice el califa. Y comprueba por vigésima vez que las correas están apretadas y en su sitio. La espada sale bien de la funda de madera y cuero. Sí, le duele la espalda porque no está acostumbrado al peso de la cota, pero nadie puede notarlo. Un soplo de brisa agita su capa negra, la única de ese color que puede llevarse en el imperio. La misma que lucía su bisabuelo Abd al-Mumín, el primer califa almohade. Se golpea el cuero cubierto de escamas metálicas. Algo se le olvida. ¿Qué es? Ah, sí.

—¡Mi c-c-casco!

El guardia negro más cercano le alarga el yelmo con antifaz que heredó de su padre. Un modelo con cortinilla de malla que cuelga sobre la nuca y los hombros. Se supone que, al ponérselo, el guerrero se vuelve un ser de rostro insondable, tan terrible que el enemigo vacila a su vista y se piensa si es buen negocio enfrentarse a eso en lugar de dar la vuelta para correr hasta que se acabe el aliento. Y en verdad, cuando el difunto califa al-Mansur se calaba ese casco, parecía un genio destructor brotado de una sima del desierto. A an-Nasir, sin embargo, le otorga un aspecto ridículo. Le queda demasiado grande y se descoloca de continuo.

Los primeros Ábid al-Majzén saltan de las naves de vanguardia. Corren con pesadez, con el agua hasta la cintura, para ganar la orilla. Mas allá de las huertas que limitan con la playa, an-Nasir alcanza a ver movimiento en las almenas de la Medina de Mallorca, recortadas contra la claridad del sol.

Un crujido conmueve el barco cuando la quilla roza el lecho. An-Nasir se agarra al guardia negro más cercano, que le sobrepasa en más de un palmo. Es como aferrarse a una roca, y eso le da seguridad.

«No me va a ocurrir nada. Dios me protege. No me va a ocurrir nada.»

Sin orden, porque el califa es incapaz de darla, los Ábid al-Majzén de su nave empiezan a saltar sobre las bordas. Dos de ellos ayudan a an-Nasir, que pasa las piernas sobra la barandilla de madera y se descuelga. Cae de pie y el frío del agua le corta la respiración. Desde arriba, alguien le alcanza el escudo. El temblor le sacude las tripas. Los dientes castañetearían si no fuera porque el barboquejo le aprieta fuerte las mandíbulas. Se vuelve hacia la orilla y, envuelto en una nube de guardias negros, avanza hasta poner el pie en la isla.

Cabeza de Serpiente dirige a la masa atemorizada que ha salido de la medina. Caminan desbordando la senda que transcurre entre las huertas. Árboles frutales que estarán talados o ardiendo antes de que el sol alcance su cénit. Andan en silencio, con el sonido del gran tambor machacando sus esperanzas. Bum, bum, bum. Los jeques intentan mantener juntas a las escuadras, pero los hombres se detienen cada poco para vomitar lo poco que les queda en el estómago o para dar salida como pueden a su miedo. A la izquierda y un poco atrás se elevan ya las llamas. Fuego que devora las naves fondeadas, los muelles y el mercado por el que, durante décadas, han pasado las riquezas pirateadas por todo el Mediterráneo. La sensación es que la ciudad arde, y eso abate aún más el ánimo de los soldados mallorquines.

A un grito del emir, la hueste hace una irregular variación. Los guerreros apartan los arbustos. Eso les abre la visión de la playa.

—Oh, Dios, que nos alcance tu misericordia —dice alguien.

—¡Silencio! —ordena Cabeza de Serpiente.

La mitad de la flota almohade viene hacia ellos. Media docena de naves han varado ya y los hombres se dispersan por la playa. Todos negros, gigantescos. Con los torsos desnudos, cruzados por dos correas. No llevan escudos, sino enormes lanzas que empuñan con ambas manos. De sus cintos penden sables de acero indio.

—La guardia negra del califa —susurra un jeque, con el corazón encogido.

Cabeza de Serpiente traga saliva. La mejor unidad del ejército almohade se despliega a los pies del terraplén. Cierra los ojos. «Hay que reaccionar», se dice. Entonces recuerda algo.

—¡La guardia negra del califa! —repite—. ¿No lo entendéis? ¡La guardia negra del califa! Si ellos están ahí..., ¡el califa también!

Los jeques se dan cuenta. Se afanan en transmitir la noticia, que de tan mala es buena. Si logran acabar con el califa almohade, estarán salvados. Las órdenes recorren la línea mallorquina. Los soldados se colocan en vanguardia, con las lanzas prestas. Los villanos y campesinos detrás, con sus armas improvisadas o rescatadas de las alhanías.

«Solo tendremos una oportunidad», piensa el emir. El sol calienta sus nucas y da de frente contra el enemigo que desembarca.

Busca con avidez a lo largo de la arena, donde los temibles Ábid al-Majzén aprietan sus filas. Sonríe. Enseguida ha localizado al único rostro blanco entre tanto titán negro. Ahí está. La barba rubia asomando bajo el facial de un yelmo normando.

—El califa.

Señala con la espada. Destaca an-Nasir, qué curioso, porque es el más pequeño y débil de cuantos ocupan la playa. La consigna vuela sobre la hueste mallorquina. Hay que matar a ese tipo enclenque y paliducho. El del casco que le oculta la cara.

—¡Olvidad todo lo demás! —advierten los jeques—. ¡Matad al califa y salvaréis a vuestras familias!

Los lanceros se conjuran. Caerán uno tras otro si es preciso. Los campesinos no lo tienen tan claro. Esos guardias negros de delante parecen bestias. Cada uno tan grande como dos hombres normales, y seguro que con cuatro veces más fuerza. Y eso no son lanzas. Son troncos de pino con punta de hierro. El miedo se vuelve denso. Su olor se extiende por la hueste mallorquina. Cabeza de Serpiente sabe que no pueden esperar más. Sube la espada hacia el cielo que ha visto prosperar a su linaje.

—¡¡Atacaaaaaaad!!

Vienen gritando. An-Nasir no puede evitarlo y da un paso atrás. Solo que choca con los guardias negros que le cubren la espalda. Eso debería darle seguridad. O no. «Que no griten», se dice. Aprieta el escudo contra el pecho para que no se note el temblor. Es inútil. Los Ábid al-Majzén que lo rodean abaten lanzas. Se murmuran consignas en su gutural lengua del otro lado del desierto. «¿Qué hago aquí? —se pregunta angustiado el califa. Y recuerda la razón—: Soy el príncipe de los creyentes. He venido a ganar gloria.»

«Maldita sea la gloria», le ataja otra voz interior. Es más fácil augurar victorias épicas desde la comodidad del palacio. Incluso el día anterior, en Ibiza, la gesta era cosa hecha.

—¡Mat-t-tadlos! —ordena. Un par de guardias negros lo miran con extrañeza. Por supuesto que van a matarlos. No han ido allí a hacer amigos. Los gritos de los mallorquines crecen. Sus lanceros cargan con cierto orden, y tras ellos llega una masa indecisa.

Se ven horcas, porras y hachas. La chusma en armas. An-Nasir siente que su campo de visión se reduce. Ahora solo ve lo que hay ante él. La respiración se le entrecorta, y si el corazón se le acelera más, romperá el pecho y la cota y saldrá botando hacia las líneas enemigas. Recuerda algo y se vuelve.

Las naves almohades que han desembarcado hueste cían para dejar sitio a las siguientes, pero la maniobra es lenta. Se ve a la gente en las cubiertas. Más Ábid al-Majzén y tropas regulares. Otros barcos aguardan su turno, e incluso algunos deciden virar al sur para buscar una franja de orilla libre. Solo que eso los retrasará. An-Nasir cobra conciencia de que dirige —o hace como si dirige— un contingente demasiado exiguo para asegurar la playa. Mira de nuevo hacia delante. Los lanceros mallorquines llegan. Ahora puede ver sus rostros velados, sus escudos de mimbre y piel de antílope. El duelo de almohades y almorávides se repite una vez más. Un baile que los primeros llevan décadas ganando. El califa cierra los ojos. Intenta concentrarse en algo que lo aleje de ese lugar inseguro y arenoso. Algo que suene por encima de las consignas africanas y de los alaridos de guerra de los mallorquines. Lo encuentra en el sordo retumbar. Bum. Bum. Bum. El sonido que siempre ha acompañado a los califas almohades y que ha sellado sus triunfos. Eso debería calmarlo. Nada.

El impacto llega precedido por un diminuto instante de silencio. Un aguantar la respiración que comparten cientos de guerreros. Se dice que el lancero, cuando choca contra el enemigo, cierra los ojos y esconde la cabeza tras el escudo. Los Ábid al-Majzén no llevan escudos, así que no se ocultan. Aguardan firmes, con el pie izquierdo adelantado. La vanguardia mallorquina se clava en sus lanzas o choca contra ellas, pero la segunda fila de guardias negros está presta a ayudar. Sus astiles se mueven sobre los hombros de sus compañeros de delante. Pinchan desde arriba, buscando la cara y el cuello de los enemigos. An-Nasir no ve nada de eso. Su vista está puesta en el suelo. Ve resbalar los pies negros entre la arena. Y percibe el esfuerzo contenido de su guardia negra, que ha recibido la carga mallorquina sin retroceder. Los gritos de guerra disminuyen y los sustituyen los quejidos. El ruido siniestro del metal abriéndose paso entre el cuero, la ropa, las anillas de hierro y la carne. Ahora se oye mejor el gran tambor. Bum. Bum. Bum. El esclavo de delante, sudoroso, deja de empujar y da un paso atrás. Casi pisa a an-Nasir. El de su derecha también retrocede. El califa, demasiado bajo para mirar sobre los hombros de sus escoltas, no ve qué sucede delante. El guardia de la izquierda mira atrás. Calcula cuánto puede moverse.

«No —le dice esa voz temerosa a an-Nasir—. Los Ábid al-Majzén no retroceden jamás.

Pero ocurre. Un nuevo paso hacia el mar. El califa se siente atrapado entre los guerreros enormes y sudorosos. Gime. Alguien cae delante, y otros tropiezan al pisarlo. Un clamor de triunfo brota de las gargantas mallorquinas. Durante un breve momento, an-Nasir alcanza a ver entre dos de sus guerreros que la masa enemiga es demasiado grande. Esa masa se eleva un instante para luego bajar, porque pasa sobre los mallorquines caídos. Pero la pura fuerza del número se está imponiendo.

—¡P-p-proteged al c-c-califa! —grita el propio an-Nasir. Entonces el esclavo de delante se le viene encima y no puede mantener el equilibrio. Cae sobre otros hombres. Su mano derecha, que aún no ha desenfundado la espada, se hunde en la arena. Algo le oprime con gran fuerza en el pecho. No puede respirar. Abre los ojos y no ve nada. El facial del yelmo se le ha movido. Angustiado, acierta a tirar del barboquejo. Chilla de rabia.

—¡Quitadme esto!

No tartamudea, pero tampoco es consciente de ello. Consigue pasar la correa bajo la barbilla y recupera la visión. Piernas, cuerpos, lanzas. De nuevo ese peso insoportable sobre el torso. Lo están pisando. Una vez. Y otra. Consigue aullar de dolor y la mole inmensa y oscura de un guardia se le viene encima.

El Tuerto clava los dedos sobre la balaustrada de madera. Su nave cae a babor para corregir el rumbo, ya que fue una de las que se desvió al sur. Se desespera.

La navegación desde Ibiza ha sido fácil y rápida. Viento favorable y mar tranquila. Ni un avistamiento. Un poco antes de atisbar la Medina de Mallorca, la flota viró al norte para ocultarse con el cabo y luego lo rodeó, de forma que apareció por sorpresa en el horizonte.

Pero ahora todo se precipita. An-Nasir, empeñado en diseñar la estrategia, ha ordenado que las naves se alineen de cuatro en cuatro para desembarcar. Cambiar la formación de columna a línea suponía perder tiempo. Eso pensaba el califa. Así, todo resulta más rápido. Más sorpresivo. «Los B-B-Banú Ganiyya no t-t-tendrán tiempo de reac-c-cionar», dijo.

Solo que al aproximarse a la costa se ha producido un atasco. El Tuerto ha reaccionado bien, y con él los barcos próximos. Pero rodear al contingente de vanguardia requiere tiempo. Un tiempo en el que las fuerzas de Ábid al-Majzén recién desembarcadas se han visto solas. La cabeza de playa no está asentada, ni mucho menos. De hecho, la guardia negra del califa retrocede ostensiblemente. Algunos de esos enormes guerreros están ya medio metidos en el agua.

—Y él se ha empeñado en bajar de los primeros —se lamenta el visir omnipotente. Se abstiene de llamarlo estúpido en voz alta, aunque esté hablando solo. Todos los califas almohades han llevado a cabo purgas durante sus mandatos, y no es cuestión de dar razones a ningún delator.

El Tuerto se vuelve. Tal vez así pueda calmar el miedo a que an-Nasir muera cuando apenas lleva cuatro años en el trono. Repasa los rostros de sus hombres, hintatas jóvenes. Los hijos de quienes cayeron en Alarcos. El enemigo no es el mismo, pero cada batalla es una oportunidad de venganza.

—¡En cuanto piséis tierra, corred! ¡Entrad de lado contra el enemigo!

Asienten. Desde allí se oye más cercano el bombeo del gran tambor. El Tuerto vuelve a mirar a la playa. Se protege del sol con una mano. Inútilmente, porque el astro está aún muy bajo y hiere de frente la vista de los invasores. El contingente de Ábid al-Majzén está casi rodeado por la parte de tierra. Por el mar, las cuatro naves de la segunda fila se ven con dificultades para soltar su carga porque la orilla está abarrotada. Más al norte de las taridas y su escolta de galeras, los incendios de los muelles crecen. Allí tiene lugar un segundo desembarco, seguramente batido por los arqueros mallorquines. En esa parte, la fuerza de vanguardia está compuesta por voluntarios de la fe. *Ghuzat*. Los más fanáticos musulmanes bajo el credo almohade, dispuestos al martirio. Usados siempre como primera oleada para detener el hierro enemigo. Un rugido lejano vuela sobre el manso oleaje y permite adivinar que muchos abnegados creyentes despertarán hoy en el paraíso de leche y miel, rodeados de huríes con ojos negros. Pero lo que importa al Tuerto es lo que siga ocurriendo aquí abajo. Mientras las flechas acribillan a los voluntarios, las cabilas harga y yadmiwa buscarán posiciones para intentar el asalto o cerrar el asedio.

El fondo se restriega contra la quilla, la madera cruje. La nave se detiene con un brusco golpe y los guerreros se ven lanzados hacia delante.

—¡¡Abajo!! —ordena el Tuerto.

Los hintatas saltan al agua poco profunda. El segundo barco encalla en ese momento y más guerreros invaden la playa. Corren en paralelo a la orilla. El visir el primero, respirando acompasadamente. Bracea con la carga de escudo y espada y, a pesar de su edad, mantiene la cabecera mientras chapotea. Solo cuando está cerca de la escaramuza, los más jóvenes lo adelantan. Él tuerce la carrera tierra adentro, hacia el terraplén plagado de arbustos. Los hintatas, dispuestos a todo, lo imitan. Ante su vista pasan los lanceros de rostro velado, que acosan a los guardias negros y los empujan hacia el mar. Tras la vanguardia mallorquina están los heridos, retirándose de la lucha con horribles heridas causadas por las gruesas lanzas. Un pedazo de playa libre y el segundo cuerpo enemigo. Hacia allí corre el Tuerto. A eliminar la retaguardia de los Banú Ganiyya. Los mallorquines más cercanos no llevan lorigas ni escudos. Son campesinos. Al ver la tropa que les entra de flanco, se retiran con un aullido colectivo. Arrojan a tierra hachas y estacas y corren por la playa, por el terraplén, por las huertas. El visir almohade también aúlla, pero de triunfo. Ahora está a la espalda de los lanceros velados.

Cabeza de Serpiente jadea. Ha matado a tres de esos gigantes negros, y eso no es hazaña que pueda contarse todos los días. A su lado, los lanceros mallorquines también han derribado a varios Ábid al-Majzén, aunque a precio caro. Carísimo. Cada titán muerto cuesta entre tres y cinco isleños. Una cuenta fría, pero la victoria y la derrota parecen, en ese momento, cuestión matemática. Igual que el atasco que se ha formado en el mar, donde unas naves almohades cían mientras otras intentan ganar la orilla, y todo en la misma franja. Maniobra propia de un imbécil. Eso es algo evidente sobre todo para alguien de una estirpe que se ha enriquecido con el corso marítimo.

—¡Avanzad! ¡Seguid avanzando!

Queda poco. Los guardias negros que resisten pierden terreno. En un orden envidiable, pero cada vez quedan menos en la arena y más con el agua por las rodillas. Cabeza de Serpiente sabe que la suerte no durará siempre. Por eso se afana por llegar hasta el califa. Pero no lo ve. Es como si la masa de piel negra y brillante se lo hubiera tragado. Por su mente pasa la posibilidad de que yazca aplastado o atravesado.

«Hay que asegurarse.»

Lucha en vanguardia. Él es el último emir almorávide de las Islas Orientales. La dinastía de los Banú Ganiyya perderá hoy tal vez, pero no lo hará sin honor.

—¡Avanzad! —repite. Es pedir demasiado a sus hombres. Los campesinos no los apoyan desde la retaguardia, y mucho menos les toman el relevo. No puede volverse para comprobar si siguen ahí, porque tiene asuntos importantes de que ocuparse al frente. Un guardia negro lo acosa con ese árbol que tiene por lanza. Le manda recados que Cabeza de Serpiente esquiva como el ofidio del que tomó su apodo. Bajo el borde del yelmo y por encima del velo almorávide, su piel oscura enmarca los ojos de fuego. Hurta el cuerpo bajo el siguiente lanzazo y casi se arrastra por la arena. Corta a la altura de los muslos. Esos titanes no embrazan escudo, y tal bravata se paga cara. El guardia lanza un gruñido y un torrente de sangre escapa con fuerza de su entrepierna. Cae de rodillas, y un lancero le mete la punta por la boca.

Entonces lo ve.

Es el califa. Está ahí, medio postrado. Dos o tres esclavos negros intentan ponerlo en pie, pero resulta complicado entre tanta gente.

—¡Es él! —grita—. ¡Matadlo! ¡Matad a ese perro!

Suelta tajos a diestra y siniestra. Golpea con el escudo y hasta embiste contra el vientre de un guardia. Sus hombres, envalentonados por el empuje de su emir, gastan sus últimas fuerzas. Un paso. Dos. Tajo vertical y soldado negro a tierra. Tres pasos. Los Ábid al-Majzén se aprietan tanto que no pueden clavar sus propias lanzas. Cuatro pasos, y el escudo del emir choca contra el pecho de uno de ellos. Mete la espada por debajo, en la barriga. Corta hacia fuera y las entrañas caen a plomo. Mira tras el negro, que consigue mantenerse en pie, y ve al califa. Sus ojos son pozos tras el facial metálico de su yelmo. Boquea y da manotazos. Un poco más. Solo un poco más.

Los lanceros mallorquines son conscientes. Cierran su formación en el punto donde se encuentra el emir. Se compactan. Se convierten ellos mismos en una punta de hierro que penetra en la masa de Ábid al-Majzén. Algunos astiles se rompen al caer los guardias atravesados por ellos. Un escudo se parte en dos junto a Cabeza de Serpiente, y su portador resulta empalado. Chilla como esos cerdos que sacrifican los cristianos para alimentarse con su carne impura. El califa también grita. Cabeza de Serpiente lo oye con claridad. Es un alarido de terror supremo. Casi ve los ojos fuera de las órbitas en esos huecos oscuros del facial. Ya casi está.

Cabeza de Serpiente ha participado en muchos asaltos. Él, como sus hermanos, aprendió el oficio de los Banú Ganiyya desde abajo, porque un emir no puede limitarse a vivir entre placeres mientras sus súbditos sufren. Por eso sabe en qué momento se quiebra la resistencia del enemigo. Está acostumbrado a leerlo en los ojos de decenas de mercachifles italianos, bereberes, catalanes y provenzales. Ese instante en el que todo estalla y se produce la desbandada. Cabeza de Serpiente brama, ya sin articular palabra. Es un rugido de entusiasmo, de fatiga extrema y de avidez por la carnicería. La sangre le salpica en la cara. Encharca la arena y se mezcla con la espuma del mar. El califa queda a su alcance. Echa el brazo atrás, la espada a punto. Toma aire.

El rumor, semejante a una tormenta que cayera sobre los navíos al pairo, llega desde la retaguardia. Es un viento. Un temblor de tierra. El infierno desatado. Cabeza de Serpiente no puede evitarlo y vuelve la cara. Descuida a su objetivo, que aguarda ahí, medio tirado, con un brazo por encima para protegerse del tajo inminente.

Los lanceros mallorquines caen. Aplastados bajo el peso irresistible de una ola humana. Son almohades que atacan por su espalda. Cabeza de Serpiente no puede creerlo. Ahora, cuando lo tenía al alcance de la mano. Todavía lo asalta un relámpago de lucidez.

—¡Muere, puerco! —grita, y sube medio palmo la espada.

Pero es demasiado tarde. El acero entra en el punto medio de su nuca. Revienta anillas metálicas, corta músculos y tendones, tropieza con el espinazo. El grito de guerra se apaga en la garganta de Cabeza de Serpiente. Un nuevo pinchazo en la espalda, junto al omoplato, se atasca en la loriga. Pero otro cercano consigue entrar. La punta de la lanza destroza su clavícula antes de asomar sobre el pecho. El tercer picotazo se cuela entre las costillas y revienta su corazón.

Mientras se derrumba sobre la arena, el emir de Mallorca intenta recordar cómo se ha presentado a las puertas de la muerte. Recibe dos lanzazos más antes de ver, entre las tinieblas, el rostro de Raquel, la mujer que lo embaucó. Alguien jala del yelmo y le arranca el velo. Vomita sangre que salpica al califa, tan cerca que podría agarrarlo. Una hoja fría le rebana el cuello. Ya está. Cae de lado, los ojos aún abiertos. La película de agua salada se estrella mansamente contra su cara.

26

Mallorca

Al mismo tiempo, finales de verano de 1203.
Ávila, reino de Castilla

Raquel caminaba con la cabeza alta y por el centro de la calle, la
capa recogida en un brazo para que se viera bien cómo el brial de
lino azul se ceñía a sus curvas. Los rizos castaños escapando del
velo, el kohl abundante alrededor de los ojos verdes. Pisaba fuerte,
precedida por un sirviente y seguida por otros dos. Expuesta a
propósito a la atención de los abulenses. Con un contoneo de caderas al que añadía media pizca de exageración. Como si coquetea-
ra con el aire. Las mujeres la observaban de reojo cuando la veían
venir, y cuchicheaban en corro una vez que había pasado. Los hombres, por el contrario, se avisaban unos a otros si la detectaban, y
contemplaban extasiados cómo se alejaba. Que amancebarse con
judía sería pecado funesto, pero a ver quién no se prendaba de semejante hembra. Pocos eran, eso sí, quienes la miraban con el desprecio acostumbrado para con la raza que había condenado a Cristo. Y no porque en Ávila hubiera buena relación entre ambas
comunidades, sino porque nadie quería arriesgarse a enemistarse
con ella. La joven, de quien se decía que era viuda, había llegado
desde la judería toledana para instalarse en el barrio de Santo Domingo, junto al resto de los hebreos abulenses. En una de las mejores casas, por cierto. Y sostenida con rentas reales, cosa que no ig-
noraban sus vecinos. Lo que también sabían, tanto cristianos como
judíos y moros de paz, era que la viuda Raquel prestaba a usura, y
con intereses más bajos que sus colegas varones. Y con tanta miseria por todo el reino, ¿quién podía aventurar que no necesitaría
mañana una ayuda financiera? Para comer sin ir más lejos. Por eso

era mejor disimular la envidia, el desprecio y la lujuria con admiración, conformismo y respeto.

A Raquel lo de la usura no le ocasionaba excesivos remordimientos a pesar de las enseñanzas de Abraham ibn al-Fayyar. Ella misma había traducido el adagio en más de una ocasión, cuando recibía las lecciones del gran rabino:

Con razón dicen los sabios que no se debe aceptar
ni el arrepentimiento de los ladrones ni el de los usureros.

Pero el gran rabino de Toledo no estaba allí, y el consejo de ancianos abulenses no abría la boca ante una protegida de la corona. En cuanto a los cristianos, resultaba muy apropiado que la presunta viuda hebrea pudiera ganarse la vida —una buena vida— con aquel negocio que los judíos de toda Castilla estaban adoptando con el permiso de la Iglesia.

«Mejor —pensaba Raquel—. Así nos traspasen todos los pecados rentables, que nosotros nos sacrificaremos con gusto para salvaguardar las almas católicas.»

Llevaba poco tiempo en Ávila, pero se había hecho famosa enseguida. Raquel, la bella, la llamaban varios. Raquel, la lagarta, decían otras. Nadie hacía referencia a leona alguna, y eso estaba bien.

El toque de las campanas la acompañó a su cruce por la collación de San Juan. Atravesaba la parte acomodada de Ávila, enriquecida en las décadas anteriores a Alarcos con las algaras que los abulenses llevaban al otro lado de la frontera. Un buen negocio también, pero que se había puesto difícil con la llegada de los almohades y había terminado con el gran desastre. Y gracias podían dar en Ávila a que se hubiera firmado la tregua. Si no, igual ahora Toledo sería musulmana y tendrían al enemigo a las puertas.

La tregua. Raquel pensaba a veces en eso. En el tributo humano que el Calderero cobraba por ella.

«Eso también es un préstamo a usura, moro —se decía la judía—. Ya me cobraré los intereses.»

Caminaron por la travesía que separaba la catedral del palacio episcopal. Antes de llegar a la muralla, Raquel se detuvo.

—Esperad aquí —ordenó a sus escoltas. Los muchachos, jóvenes hebreos, se apretaron contra el palacio del obispo, lo más lejos posible del gran templo adosado a la muralla. Nada más golpear las puertas, apareció un viejo chaparro y tonsurado.

—¿Eres la judía?

—Para servirte.

—Pasa —invitó con cierto desdén.

Raquel obedeció, y se sometió en silencio a la mirada lasciva con que la examinó el portero. Aquello la puso nerviosa. Le recordó demasiado al desprecio de Martín de Pisuerga, el arzobispo de Toledo. Apeló a la autoridad:

—He recibido orden de la reina. Tengo que...

—Lo sé, judía. Espera aquí.

Desapareció por el corredor. Raquel se entretuvo en admirar las muchas riquezas que la gente, principal y humilde, donaba a la diócesis abulense. El propio palacio episcopal era un enorme edificio construido con las aportaciones de los cristianos, y levantado con sus propias manos para gloria de Dios. Observó un tapiz de austeros matices, aunque parecía recién tejido. Uno más de los muchos que abarrotaban las paredes. En él, un campo de batalla aparecía sembrado de muertos, armas, caballos y cruces. A lo lejos se adivinaban banderas con burdas imitaciones de versículos musulmanes. Pero la imagen que destacaba era la de un guerrero tocado con mitra. Levitaba sobre los cadáveres, con la vista puesta en el cielo hacia el que ascendía, los brazos extendidos a los lados, la espada en una mano y el báculo en la otra.

—Es el difunto obispo Juan —oyó la voz del portero a su espalda—. Cayó luchando en Alarcos. Por Castilla y por Dios. Por el verdadero, claro. No por el tuyo.

Raquel ignoró la pulla. «Alarcos —se dijo—. Una vez más.» Todo venía de allí. Se volvió.

—Ya sabía que el obispo Juan murió en la batalla. Y que su sucesor también ha muerto y la sede está vacante. Parece que muere mucho la gente por aquí, ¿no? Y a ti te quedan dos maitines, por lo que parece. Tienes el color de las hojas en otoño. —Raquel gesticuló ante su cara, como si le lanzara un hechizo—. Los judíos vemos esas cosas. A veces las provocamos.

El portero palideció antes de retroceder dos pasos. Se santiguó.

—Por... Por ese pasillo. Segunda puerta a la derecha.

Raquel aguantó la risa mientras el viejo se lanzaba fuera a la carrera. Supuso que se dirigía a la catedral, a rogar por su salud. O tal vez a buscar a una ensalmera para liberarse del mal de ojo. Anduvo hacia el lugar indicado y se detuvo un instante ante el portón abierto. Alisó el brial, colocó bien el velo y entró.

El salón era alargado, con las paredes curvadas hasta unirse en el techo en un arco de piedra labrada. En el extremo más alejado, un solitario tapiz representaba el juicio al Mesías, con Barrabás aclamado por los judíos mientras Cristo se resignaba a su suerte. Muy apropiado.

—Bienvenida, amiga mía.

La reina de Castilla ocupaba un sillón de alto respaldo en la cabecera de la larga mesa. Vestía de oscuro y con uno de esos capiellos altos cuya toca envolvía la cara. A su diestra, en ángulo recto, se sentaba el príncipe Fernando. El resto de las sillas, hasta veinte, estaban vacías, a pesar de que ante cada una de ellas había material de escritura y pequeños crucifijos de peana. Lo demás era austero, aunque no pobre.

Raquel avanzó por un lateral de la mesa, posó la rodilla en tierra y tomó la mano de Leonor. La miró mientras dejaba los labios sobre el dorso de su mano.

—Siempre a tu servicio, mi señora.

—Siéntate, Raquel —le ofreció la silla a su izquierda. La judía se despojó de la capa, que dejó con fingido descuido sobre la mesa. Cuando se quitó el velo, dedicó una sonrisa al príncipe. Fernando se había estirado. Su pelo rubio caía en cortina sobre los ojos claros y le daba un aspecto inocente.

—Mi señor, me robas el corazón.

El muchacho enrojeció. Su timidez lo llevó a bajar la vista. Leonor, con aire maternal, puso su mano sobre la de su hijo.

—No lo apabulles, amiga mía. Solo tiene catorce años.

El muchacho reaccionó.

—No me apabulla, madre. —Consiguió sostener la mirada de Raquel—. Tú me robaste el mío hace tiempo. Estamos en paz.

Eso pilló por sorpresa a ambas mujeres. Raquel se sintió extraña. Como desnuda. Desvió la mirada, y la reina se dio cuenta.

—Bien está. Espero que no te resulte incómodo que te haya citado aquí. Desde esas... habladurías de Toledo, prefiero que no se nos relacione mucho. El cabildo ha tenido a bien cederme el palacio y me fío de su discreción. Ocupamos las estancias del obispo, que en paz descanse. Pocos son los que saben que estamos aquí, y así ha de seguir.

—Por supuesto, mi reina.

—Pero dime, amiga mía, si vives a gusto en Ávila.

—Sí, mi señora. Gracias por tu generosidad. Hace dos años

que no veo a mi hijo, pero ¿qué es eso comparado con la satisfacción de servirte?

Leonor carraspeó.

—Sacrificio que te honra, Raquel. Y que será recompensado. Pero veo que las cosas te marchan bien.

—Eso parece. En Ávila me respetan. O por lo menos disimulan su desprecio.

—Lógico. Solo por ese brial que llevas, pareces más reina que yo.

Otra vez ese tono que Raquel no sabía cómo definir. Quizá como la aprensión natural de una cristiana ante una judía. Quizás el resquemor que había nacido en Toledo ante los rumores de que Raquel era amante del rey Alfonso.

—Oh, disculpa si peco de exceso, mi señora. Para otra vez ajustaré el aspecto a mi condición. O me arrodillaré en algún charco antes de presentarme ante ti. Espero que tú también estés bien.

Leonor se congeló un momento, pero luego se echó atrás. Así pudo apreciar Raquel su abultado vientre, que la reina acarició.

—Pues ya ves, amiga mía.

Embarazada. Leonor Plantagenet estaba embarazada, once años después de su último parto. Raquel no ocultó el gesto de preocupación. Las preñeces de la reina eran conocidas por mal, y ahora, con más de cuarenta años...

—Qué bien, mi reina. Cuánto me alegro.

—¿Seguro? Por la cara que pones, parece que te extraña. Algún día me contarás cómo lo has hecho tú. Saltando de cama en cama, y ahí estás: un solo hijo y con el vientre más liso que una tabla. Algún brebaje de judía, supongo. ¿O tomas plantas abortivas? ¿Pinillo bastardo? ¿Tréboles desleídos en vino? ¿Pasta de ruda?

El príncipe miró a Raquel con los ojos muy abiertos. Ella tardó un poco en reaccionar, avergonzada y colérica a un tiempo.

—Mi reina, por favor. El príncipe está aquí y yo...

—Ah, perdona. Supongo que hay cosas que los judíos preferís mantener en secreto. Pero contestando a tu pregunta: sí, me encuentro bien. Fea e hinchada, aunque nada grave para una vieja que casi te dobla la edad. Al fin y al cabo he parido nueve veces. Si fuera puta en lugar de reina, no podría tenerme en pie.

Raquel enrojeció. Había cosas de las que no quería hablar delante del príncipe, pero también había diferencias entre las gatas y las leonas.

—No te subestimes, mi reina. Seguro que a mis años también fuiste bella.

La sonrisa fiera de Leonor asustó hasta al joven Fernando.

—Eso dicen. Sí que ha pasado tiempo, ¿eh, amiga mía? Claro, ya sé lo que piensas. ¿Qué hace este vejestorio con un nuevo principito en la barriga? Pero mi madre parió a mi hermano Juan a los cuarenta y cuatro. Y míralo. Ahora es rey de Inglaterra. O a lo mejor te extraña que, después de todo, mi esposo me encuentre deseable. Será eso. Justo tras irte tú a Aragón, se volvió algo más fogoso que en los últimos tiempos. Bien lo recibí, y ojalá esté tan presto a desenfundar en el campo de batalla como lo ha hecho en la cama. —Exageró una carcajada—. Aunque ¿quién soy ya para enseñarte a ti cuitas de cama?

Raquel exhaló el aire por la nariz, como un toro a punto de embestir.

—Mi reina, ¿por qué me has hecho llamar?

—Porque tus cartas, aunque bien escritas, no me lo dicen todo. Quiero oírlo de tu boca, amiga mía. Quiero que me asegures que Pedro de Aragón acudirá a nuestra llamada cuando llegue el momento. Y no te calles nada aunque esté aquí Fernando. Él reinará un día, y le conviene saberlo todo. —Se inclinó sobre la mesa—. Todo.

—Pedro de Aragón cumplirá, mi señora.

—¿Cómo lo sabes? Si estoy aquí es porque viajo para reunirme con mi esposo en Carrión. Él viene desde la frontera aragonesa, donde se ha entrevistado con el rey Pedro. Ayer recibí correo sobre esa entrevista y, ¿sabes qué? Aragón no podrá ayudarnos si entramos en guerra con León.

—Es que es mal momento para el rey Pedro. Sus vasallos del otro lado de los Pirineos lo tienen ocupado. Cosas de herejes, mi señora. Ya conoces la maldad de todo el que no es cristiano.

—Algo sé, sí. Pero quiero saber más. Si Pedro considera más peligrosos a los infieles del norte que a los del sur, es que algo falla en el seso de ese hombre. Tú lo conoces bien. Mejor que nadie, si no me equivoco. ¿Nos decepcionará el rey de Aragón?

Raquel miró una vez más al príncipe. Apretó los dientes.

—Si es verdad lo que dices, mi reina, de que un hombre fogoso en el lecho también lo es en la guerra, puedes estar segura de que Pedro de Aragón no te decepcionará. Supongo que el emir de Mallorca tampoco te ha decepcionado en eso.

—A mí no. —Leonor volvió a poner su mano sobre la de Fernando, aunque siguió dirigiéndose a Raquel—. Y el emir también sería cumplidor, adivino. Un cotilleo entre amigas: ¿por qué lo llaman Cabeza de Serpiente? ¿Es por lo que pienso?

La judía cerró los puños sobre la mesa, bien a la vista de la reina.

—Mi señora, ¿de verdad es necesario que hablemos de esto ante el príncipe?

Ancha sonrisa de Leonor.

—Ya te lo he dicho: será rey un día. Mejor que aprenda su oficio. Contesta a mi pregunta, amiga mía.

Raquel apretó un poco más los puños. Cada vez que la reina decía eso de «amiga mía», era como si le arrancaran un diente. Sus nudillos se fueron poniendo blancos.

—A estas alturas, Cabeza de Serpiente será una serpiente sin cabeza.

—Sí, es muy posible, según me cuentan. Hemos ganado un tiempo precioso con el asunto de Mallorca, y aún quedan serpientes mordiendo a los mazamutes en los confines de su imperio. Trabajas muy bien, Raquel. Por eso no me cuesta nada recompensarte. —Se volvió hacia el príncipe—. ¿Ves, Fernando? Has de pagar todos los servicios. Nadie hace nada por nada.

Raquel se preguntó si aquella entrevista resultaría igual de hiriente si no estuviera desarrollándose en presencia del joven Fernando. Sintió la necesidad de justificarse.

—Mi príncipe, lo que hago lo hago por mi hijo, igual que tu madre haría cualquier cosa por ti. Cualquier cosa, como yo. ¿Verdad, mi reina?

Leonor enrojeció.

—Sin duda. Y pensándolo bien, Fernando: déjanos solas.

El muchacho, confuso, se puso en pie. Vaciló un momento antes de rodear la mesa por detrás de su madre. Tomó la mano de Raquel y la besó.

—Adiós, mi señora.

—Adiós, mi señor —respondió Raquel, y pintó su cara con un gesto de rabia triunfal.

En cuanto el príncipe cerró tras de sí, la reina se echó sobre el respaldo y entrelazó los dedos sobre la barriga.

—Será un gran caballero, ¿no crees, Raquel?

—Ya lo es.

—Hace cuatro meses partió una embajada hacia Dinamarca

para pactar su matrimonio. ¿Y tú? ¿De verdad no sabes nada de tu hijo?

—Yehudah está bien, pero sabes que no lo veo desde que me fui a Aragón. El gran rabino me escribe y me cuenta de sus progresos.

—¿Quieres que te lo traigan? Solo tienes que...

—No, mi reina. Prefiero que se críe en Toledo, entre libros. No junto a una puta usurera como yo.

Leonor Plantagenet cerró la boca. Acarició con dos dedos el crucifijo de plata más cercano. Dejó fijos en él sus ojos mientras cambiaban del caqui al azafrán.

—Basta de zaherirnos, Raquel. Nos necesitamos la una a la otra.

—Gran verdad, mi señora. Somos Herodías y Salomé. Y ya podemos hablar claro. ¿De quién es la cabeza que deseas ahora?

—Oh, nada de sangre, amiga mía. Es posible que corra suficiente entre la guerra que se avecina con mi yerno. En cuanto deje de serlo y mi hija regrese con su dote del Infantazgo.

—No querrás que me encame con el rey de León, ¿verdad?

Eso pareció enfadar a la reina, que retiró la mano de la cruz y se aferró a los reposabrazos.

—Es el padre de mis nietos, judía.

—Perdón, mi señora.

La tormenta pasó tan rápidamente como había llegado. O tal vez seguía allí, y unos rayos caían más cerca que otros. Leonor recobró la sonrisa.

—Lo de León lo podremos arreglar sin ayuda, creo. Sancho de Navarra ha perdido las ganas de guerra, aparte de un montón de villas y tierras. Diego de Haro no tiene adónde ir porque nadie le da abrigo. El miramamolín, gracias a ti, está ocupado muy lejos, lo que mantiene viva la tregua que nos conseguiste. No te mentiré: la negativa de Aragón me ha molestado un poco.

—Yo tampoco te he mentido sobre él, mi señora. El rey de Aragón puede tener muchos defectos. Es impulsivo, bebedor y mujeriego. Dilapida lo que tiene y se empeña por lo que no tiene, y le gusta tanto gobernar como tragar cardos. Pero está cansado de las componendas de su madre, de las intrigas de sus vasallos, de la intransigencia de Roma y del acecho de Francia. ¿Sabes de qué más está harto? De que tu esposo no haga nada por vengar lo de Alarcos. Es más: lo que debería preocuparte es que se colme su paciencia, porque él está deseando batirse con los mazamutes.

»Pedro de Aragón no es de los que se queda atrás, mi reina. Puede que le guste mucho la cama, pero te aseguro que no morirá metido en una.

Leonor asentía con lentitud. Miró al lugar que había ocupado su hijo hasta un momento antes.

—Ojalá mi esposo no hubiera perdido su arrojo. Pero hace tiempo que desistí de la salvación que de su mano pueda llegar. Mis esperanzas están puestas en el príncipe Fernando. Solo que aún es tan joven...

Raquel suspiró. Cuando se cansó de ver a la reina sumida en la ensoñación, lo preguntó:

—¿Me vas a decir qué nueva misión me aguarda, mi señora?

—Sí, claro. El momento se acerca, Raquel. Y no quiero dejar ningún agujero sin mirar. Ahora responde: ¿te acuerdas de esas historias que se cuentan sobre el tal Ibn Qadish?

—¿El sarraceno que manda al otro lado del Tajo?

—Ese. Es andalusí, lo mismo que sus hombres, y vive en Calatrava. Los freires de Salvatierra nos mantienen informados sobre él. Dime otra cosa. Supongo que el tributo anual por la tregua se sigue mandando a Marrakech. Vía Sevilla, si no me equivoco.

—Esa labor quedó a cargo del gran rabino, así que sí: seguro que se está cumpliendo.

—Bien, porque el año que viene acompañarás a esa comitiva. Tus tres pobres hermanas de fe continuarán hasta su destino, pero tú no harás el viaje completo. Solo has de ir hasta Calatrava.

Una semana después. Mallorca

An-Nasir seguía ido. Sentado sobre la almozala, con la espada de su padre a un lado, la adarga al otro y el Corán de su bisabuelo enfrente. *Burnús*, capa y turbante negros, privilegio del califa. Su vista, clavada en las murallas de la medina a través de las filas de Ábid al-Majzén. Los esclavos de su guardia se hallaban allí, en turnos que cubrían día y noche desde la victoria de una semana atrás. Esas eran las únicas palabras que había logrado articular an-Nasir. Con un esfuerzo mayor que su habitual tartamudeo.

—Q-q-quiero a m... Q-q-quiero a m... Mi g-g-g... Mi g-g-guardia alred-d-dedor. Sin d-d-desc-c-c... ¡Sin Desc-c-canso!

Eso había dicho ante el bochorno del Tuerto, testigo de cómo el príncipe de los creyentes cedía al miedo. Los triunfantes lanceros hintatas, así como los demás guerreros de las cabilas masmudas, los *ghuzat* supervivientes y las tripulaciones de las naves habían bajado las cabezas, también avergonzados. Solo los Ábid al-Majzén continuaron impertérritos y se limitaron a cumplir la orden. Para eso vivían.

Al tercer día de aislamiento en su enorme tienda roja, con la guardia negra rodeándola, le llegaron rumores al Tuerto. El califa apenas conciliaba el sueño. Se levantaba seis, siete u ocho veces por noche, salía a la oscuridad y comprobaba que sus Ábid al-Majzén seguían en sus puestos. Forzaba la vista a su través, como si temiera que los asediados mallorquines fueran a salir de repente para derrotar a las muy superiores fuerzas almohades y a arrollarlo allí. Los sirvientes también decían que, en los pocos ratos en los que el califa dormía, hablaba en voz alta —y sin tartamudear, añadían—. Gritaba pidiendo ayuda porque no quería morir. O rogaba a Cabeza de Serpiente que tuviera piedad.

El Tuerto reaccionó llevándole esa misma cabeza, la del emir mallorquín. La habían clavado en una pica entre el mar y los muros de la ciudad, a plena vista del alcázar. Con un ejército de moscas zumbando a su alrededor, se la mostró al califa.

—Mira, príncipe de los creyentes. La auténtica cabeza de la serpiente. Lo matamos en la batalla y sigue muerto. Seguirá muerto cuando la Medina de Mallorca se rinda. No tienes nada que temer.

Pero eso no calmó a an-Nasir. El emir de Mallorca había muerto, sí. Pero aún quedaban Banú Ganiyya en pie. En Ifriqiyya, azuzando a las tribus rebeldes. Enseñoreándose de los límites imperiales. Solo pensar en que todavía había que reducirlos causaba retortijones en el castigado estómago del califa.

El cuarto día, en vista de que an-Nasir seguía aterrorizado, el Tuerto mandó reforzar a los Ábid al-Majzén. Con los restos de la flota mallorquina, que había ardido durante el desembarco, se erigió una especie de muralla. Un palenque que rodeaba al círculo de esclavos negros. Con una sola entrada bien protegida a espaldas del gran pabellón rojo. An-Nasir aprobó en silencio la idea de su visir, pero luego se retiró a su tienda y siguió temblando.

El día antes de que la Medina de Mallorca capitulara, el Tuerto encontró la solución al problema.

El visir mandó forjar cadenas. Las fraguas de campaña, en lugar de reparar espadas y lanzas, se dedicaron a fabricar eslabones y argollas. Con todo eso, el Tuerto ordenó unir a unos guardias negros con otros por los tobillos. Cada esclavo con el de al lado, y así hasta cerrar un círculo de varias filas de profundidad. Impenetrable. Si uno de aquellos titanes pretendiera retroceder, no podría.

Esta vez sí se mostró conforme el califa. Incluso acertó a mirar a su visir omnipotente cuando este le avisó:

—En cuanto los mallorquines se rindan, podremos aprovechar las cadenas para arrastrarlos hasta las naves.

Tras un ímprobo esfuerzo, an-Nasir contestó:

—Si p-p-piden el amán, les p-p-perdonaré la vida. Y p-p-podrán seguir libres si q-q-quieren unirse a nosotros.

El Tuerto lo achacó al miedo. Tal vez an-Nasir quisiera congraciarse con los restos almorávides de los Banú Ganiyya. Evitar que se les metiera la venganza en la cabeza.

Daba igual. Los guardias negros no protestaron al verse encadenados. Siguieron allí, firmes con sus enormes lanzas en vertical y los sables indios al cinto. Cuando se producían los relevos, el chirrido de hierro apaciguaba los temores del califa.

Al séptimo día, varios imanes salieron desarmados de la ciudad y cayeron de rodillas ante el visir.

—Pedimos humildemente el amán. La medina queda abierta y a vuestra disposición. Pero por favor, respetad nuestras vidas.

El Tuerto, con los brazos en jarras, los miró desde arriba.

—Que salgan todas las mallorquinas. Solo las mujeres. Con las lanzas, hachas, espadas y arcos que tengáis. Si entramos y descubrimos una sola arma, os espera el tormento y la muerte.

—Así se hará, mi señor.

—Los hombres permanecerán en sus casas mientras el ejército almohade entra en la ciudad. Voy a decretar dos días de saqueo, y ordenaré que se mate a todo aquel que presente resistencia. Si cumplís vuestra parte y juráis obediencia al príncipe de los creyentes, se os garantiza vuestra libertad. Conservaréis a vuestras mujeres e hijos también. La única condición es que paséis a formar parte de nuestra tropa. Aceptad esta generosa oferta ahora o morid todos.

Aceptaron, claro.

Solo el alcázar mallorquín se libró del saqueo. Los guerreros almohades recorrieron las tortuosas calles de la medina reventando puertas y amontonando enseres. Con la cabeza del derrotado emir clavada en una pica. Carros llenos de oro, plata, monedas y joyas confluyeron en el campamento. Décadas de actividad pirática, más las ganancias del aventajado comercio con las costas cristianas del Mediterráneo. Los restos de la flota mallorquina, desperdigados alrededor de la isla, se reunieron en el puerto, donde cambiaron sus banderas almorávides por las blancas del califato almohade. Sus bodegas se llenaron con las riquezas de la isla. También de las plazas y aldeas que se rindieron a continuación y sin resistencia. Los habitantes de Bullansa, Qalbyán, el Hisn Santueri, Yartán, Inqán, Manaqur... Con todos se procedió como con la capital de la isla.

An-Nasir recuperó el habla, al menos hasta su estado previo al desembarco. Pero ordenó que el palenque ideado por el Tuerto se convirtiera en norma habitual en los desplazamientos del califa. Y en caso de guerra, los Ábid al-Majzén llevarían consigo aquellas cadenas que los habían aprisionado durante la semana de asedio en la isla. Si caían en combate, los eslabones los mantendrían unidos a sus compañeros, y así el califa estaría siempre protegido por una hermética muralla de carne. Viva o muerta.

—Un d-d-día llevaré esas c-c-cadenas a al-Ándalus. Y c-c-cuando matemos a los reyes c-c-cristianos, ataremos a sus súbditos c-c-con ellas.

El Tuerto, que no imaginaba al califa matando a nadie. Asintió. Las carretas subían por pasarelas a las naves almohades, cargadas con el expolio de Mallorca. Sobre la torre más alta del alcázar, aquella en la que había gozado Cabeza de Serpiente, ondeaba la bandera blanca de an-Nasir, con los versos bordados en oro. Miró al sur, hacia la remota e invisible costa de Ifriqiyya. Todavía les quedaba una tarea que no se prometía fácil: recuperar las ciudades usurpadas por los rebeldes y exterminar los últimos focos de los Banú Ganiyya en el continente. Solo después podrían volver la vista a al-Ándalus. Y entonces sí. Entonces, a buen seguro, se cumpliría aquella bravuconada del califa. El Tuerto llenó los pulmones con el aire salobre de la playa mallorquina e imaginó a los reyes cristianos humillados, con sus coloridos estandartes rotos ante ellos. Cubiertos de hierros que aprisionaban sus muñecas, sus tobillos, sus cuellos.

«Os espera un destino de cadenas.»

27

El eslabón débil

Seis meses más tarde, invierno de 1204.
Calatrava

Tras desmontar, Ibn Qadish aceptó el manto que le extendía el sirviente. Se lo echó por encima antes de caminar con paso firme hasta su casa. Los otros andalusíes del destacamento hicieron lo propio, ansiosos por echarse en cama y dormir todo el día. Los criados se aplicaron con los caballos, que expedían largas vaharadas mientras se dejaban arrastrar a las caballerizas. Desde fuera, el caíd escuchó el canto de su esposa:

> *¡Deleite de las almas*
> *y del sediento afán!*
> *Al que de amor se muere*
> *tu boca dale a probar.*

Ibn Qadish sonrió: estaba de vuelta en casa. Ramla lo recibió con vino aromatizado con jengibre y pastas, aunque antes le dio calor con un largo abrazo.

—¿Mucho frío?

—Como nunca. Y no podemos hacer fuego para no alertar a las caravanas calatravas, así que se nos congelan los dedos. Y la nariz. Lo peor es la nariz.

Ramla sonrió. Se sentó frente a su esposo, que rodeaba el cuenco tibio para templar las manos.

—Tengo noticias, esposo: ayer llegó un grupo. Tres o cuatro carretas y una reata de mulas. Iban hacia Sevilla, pero también traían una embajada.

Ibn Qadish no le dio mayor importancia. Bebió un trago y cerró los ojos mientras el licor prohibido le calentaba la garganta.

—Así que una embajada. ¿Sancho de Navarra otra vez?

—No. Una mujer castellana.

Eso sí resultaba curioso.

—¿Una mujer? Los almohades se la comerán en Sevilla. Cruda tal vez.

—No, no. La mujer no ha seguido ruta a Sevilla. Dejó que la caravana lo hiciera, pero ella se ha alojado en la posada de la medina. Quiere hablar contigo.

Ibn Qadish dejó el cuenco en la mesa.

—¿Qué está pasando aquí?

Ramla lo observó con una sonrisa misteriosa.

—Baja y que ella te cuente. Aunque una mujer en su sano juicio no animaría jamás a su marido a hacerlo. La embajadora es muy hermosa.

—Eso me trae sin cuidado. No soy nadie para tratar con embajadas cristianas. Si se enteran en Sevilla... Peor aún: si se entera el Calderero, vendrá y llenará el camino hasta Malagón con cruces.

—Nadie sabe que es una embajadora salvo yo. Y ahora tú. Por lo demás, seguimos en tregua, así que no hacemos mal en hospedar a una viajera. Sobre todo si se trata de una débil mujercita.

Eso había sonado irónico. Ibn Qadish se puso en pie. De repente tenía calor. Se quitó el manto forrado de piel y miró a su esposa como si pudiera penetrar hasta su mente.

—Habéis hablado —adivinó.

—Mucho. Nací en Sevilla, recuerda. Y en aquel tiempo ya no quedaban auténticos judíos vivos. Lo más parecido eran los restos de pellejo que adornaban las murallas. La embajadora viene de Castilla, se llama Raquel.

—Judía.

—Sí. De seso vivo.

—¿Cómo sabes que es en verdad una embajadora? Quiero decir: ¿y si no se trata más que de una loca o una tunanta?

—Es lo que dice ser, precisamente porque su embajada es de gran importancia pero no tiene forma de probarlo. Una tunanta habría falsificado el sello real de Castilla o algo así, supongo. Y de loca no tiene nada. Lo que dice es muy juicioso. Lo más juicioso que he oído en años. Conoce al Calderero en persona, ¿sabes? Lo describió al detalle. Y también me describió Triana, y las atараzanas, y los paseos de *shaklas* frente a la mezquita de Ibn Adabbás. Ha estado allí, esposo. ¿Cómo ha de ser esa mujer para mojar el pan en platos tan distintos? Metida en la corte castellana un día, y al otro tratando con quien maneja las riendas del imperio.

—Esto me gusta cada vez menos, mujer. ¿Por qué ha hablado contigo? Eso te pone en peligro.

Ahora fue Ramla la que se levantó.

—Ah, peligro, peligro. Llevo en peligro desde que vine a Calatrava. El peligro se hizo más cierto cuando mi padre se fue y te recortaron la hueste. Y cada día que pasa, el peligro crece. Sobre todo después de la visita del Calderero. No es difícil saber cómo acabará esto, esposo. Lo que la embajadora propone...

—¿Cómo que propone? ¿A ti? Ni siquiera debería proponerme nada a mí. A Sevilla es adonde tiene que ir. —Recuperó el manto y se envolvió en él. Caminó hacia la puerta—. La voy a echar. Si alguien le va con el cuento al Calderero, estamos perdidos.

Ramla corrió hasta interponerse entre el caíd y la entrada.

—Escucha, mentecato. Me lo ha propuesto a mí por esto mismo. Porque sabía que te negarías a escucharle una sola palabra, pero a mí sí me prestarías oídos. Así que atiende: en realidad, lo que plantea no implica que hayamos de negociar con ella. De hecho, la idea podría haber sido nuestra. Es más: ha sido nuestra.

—No lo digas, mujer. Y déjame pasar.

—Ahora no lo negarás, Ibn Qadish. Puede que no lo reconozcas abiertamente, pero lo piensas. Yo lo pienso, desde luego. Y muchos de tus hombres, y sus familias. Ibn Farach. Sé que lo piensa. Pregúntale y verás.

El caíd hizo ademán de apartar a su mujer, pero ella se resistió.

—Que me dejes pasar. Arreglaré esto enseguida.

—Dime que aceptarás. Dime que lo pensarás al menos.

Ibn Qadish consiguió abrirse camino, pero se volvió antes de abrir la puerta.

—No consentiré que te miren por encima del hombro, ¿entiendes? O que los niños cristianos escupan a Isa cuando lo vean pasar por sus calles. No oleremos a cerdo ni escucharemos el tañido de las campanas. ¿De verdad quieres ser una mora de paz en un arrabal de Toledo?

—¿Y tú? ¿De verdad quieres que sea una viuda avergonzada cuando el Calderero cuelgue tu cabeza en una puerta de Sevilla? ¿O prefieres que esos calatravos nos asalten un día y se lleven a tu hijo en reata de esclavos al otro lado del Tajo? No saldremos con bien de esta, esposo. Gane quien gane.

—No sabes nada. Tú no estuviste en Alarcos; ni después, en el avance hacia el norte. Siempre ha sido muy claro quién ganará, y nosotros hemos de estar de su lado.

—¡No estamos de su lado! Estamos en medio. Somos carroña para ambos. Solo que unos no dudarán en degollarte, y los otros...

—Los otros son nuestros enemigos y seguirán siéndolo.

La posada se apoyaba en el lienzo sur de la muralla, cerca de la puerta de salida hacia la Sierra Morena. No era un negocio pujante en invierno, así que el posadero había entregado a Raquel la cámara más grande. El tipo, rechoncho y de tez rojiza, arrugó el poblado entrecejo cuando Ibn Qadish preguntó si se encontraba allí la huésped.

—Sí, caíd. Pero es una mujer sola. ¿Qué interés tienes...?

—Ninguno. Y tú tampoco has de mostrarlo. Ella jamás ha estado aquí, ¿entiendes? Se irá enseguida y no hay más que hablar.

—Ah. Sí, claro. Como tú digas. Es arriba. La segunda puerta a la derecha.

Ibn Qadish subió por la estrecha escalinata, dispuesto a imponerse con rigor casi almohade. No la dejaría hablar. La amenazaría si era preciso. No llamó. Empujó el batiente e irrumpió como un zorro en el gallinero.

Raquel se hallaba sentada, escribiendo una carta sobre la mesa. Junto a ella, la tarima que servía como lecho estaba deshecha. Se puso en pie despacio, con los dedos curvados como si fueran garras.

—El caíd Ibn Qadish, espero.

Él no pudo articular palabra. Ramla se lo había advertido, ahora lo recordaba. Llamar hermosa a aquella judía era ver una sola gota de agua en el mar entero. Superaba con mucho a cualquier mujer de Calatrava o a ninguna otra que el andalusí hubiera visto entre el Tajo y la sierra. Y llevaba años allí, así que la belleza de Raquel aún lo impresionó más. El pelo ensortijado, libre sobre los hombros. La *gilala* blanca y traslúcida como única prenda, la tela amenazada por los pezones que el frío mantenía tiesos como lanzas. El kohl generoso, el gesto altivo.

Ibn Qadish miró al suelo. Señaló la puerta.

—No eres bienvenida aquí. Vístete y toma el camino del norte. Mis hombres te escoltarán hasta el Tajo.

Raquel observó al andalusí. Sonrió. Un buen mozo, desde luego. Lo imaginó a caballo, con el escudo a la espalda y el estandarte al viento. Durante toda la tarde anterior y toda esa mañana se había dedicado a recorrer la medina y a preguntar por él. Nadie, ni una sola persona hablaba mal del caíd. Ni un reproche. Ni una falta. Los hombres lo admiraban y algunas mujeres suspiraban al nombrarlo, como vírgenes la víspera de su boda.

—Soy embajadora de Castilla. No está bien que me eches.

—No traes credenciales, por lo que sé. Tú, una mujer. —Al decirlo levantó la vista, pero la volvió a bajar enseguida—. Además, es al *sayyid* de Sevilla a quien debes visitar, no a mí. Yo no tengo autoridad para tratar con Castilla.

—¿Acaso no eres el arráez Ibn Qadish, caíd de Calatrava y líder de las fuerzas andalusíes desde la frontera hasta las montañas?

—Ya sabes que sí.

—Pues bien: con quien quiere tratar Castilla no es con los almohades. La idea es que ellos no se enteren del trato.

—No lo hay ni lo habrá. No soy ningún traidor.

Raquel anduvo hacia él, lo que lo puso en guardia. Pero pasó a su lado y cerró la puerta. Apoyó la espalda en ella.

—Ah, Ibn Qadish, hablas de traición. Tuve un buen maestro en Toledo. Un rabino. Me enseñó a leer y hablar en tu lengua. Por eso sé que los almohades se rebelaron contra sus amos almorávides y bajaron de las montañas para arrebatarles el poder. Supongo que eso los convierte en traidores.

Él, que ahora tenía a la espalda a Raquel, se resistía a volverse. Pero Raquel lo vio hinchar sus pulmones. Aspirar el perfume. «No te resistirás mucho más», pensó.

—Mujer, no voy a discutir contigo sobre qué es traición y qué no lo es. Hice un juramento.

—Y morirás por él, como buen caballero.

—Puedes estar segura.

Raquel se separó de la puerta. Se detuvo a escasas pulgadas de Ibn Qadish. Su aliento le acarició la nuca.

—Entonces no tengas miedo de que hablemos. Si eres tan leal, nada hará que rompas tu juramento.

—No me interesa, ya te lo he dicho.

—No se trata de lo que tú digas, Ibn Qadish, sino de lo que diga yo. Y yo te digo que ambos podemos ganar. Castilla no te quiere como enemigo, sino como aliado. La gente habla maravillas de ti al norte, ¿lo sabías? Hasta el príncipe Fernando, que un día sucederá al rey, te admira. Ocuparías un lugar de honor si volvieras tus estandartes contra esos extraños africanos, que nada tienen que ver con nosotros. Recuerda las viejas historias. ¿No te contaron lo del rey Lobo? Alfonso de Castilla era un niño, pero él sí se acuerda. Compartió su mesa y su amistad. Aún guarda sus cartas.

Ahora sí se volvió Ibn Qadish. Miró fijamente a los ojos verdes de la judía.

—Y lo abandonó, mujer. El rey Lobo tuvo que luchar solo hasta que lo perdió todo. Claro que recuerdo esas historias. Por aquí se cuenta que incluso en su lecho de muerte, el pobre desgraciado esperaba que llegara Castilla para ayudarle. De nada sirvieron esas cartas que conserva tu rey Alfonso, porque jamás les hizo caso.

—Ahora sería diferente. —Raquel se le acercó un poco más. Eso la obligó a mirarlo por debajo de sus cejas, y sabía qué efecto causaba eso en los hombres—. El rey de Castilla te necesita de verdad. Si le prestas tu ayuda en un momento tan delicado, sabrá agradecértelo.

Ibn Qadish tragó saliva. Estar así, tan pegado a la judía, mareaba. Sentía las arterias bombeando fuerte en el cuello y en las sienes. La luz que reflejaban sus labios lo cegaba, y esos pezones punteando la *gilala* no ayudaban a resistir.

—Mira, mujer: igual que sabéis de mí al otro lado del Tajo, yo sé lo que sucede allí. Pronto entraréis en guerra con León, tal como antes estuvisteis con Navarra. Supongamos que sí, que os ayudo. Supongamos incluso que los africanos caen derrotados. Cuando todo termine, cuando Castilla alcance la paz con sus vecinos cristianos, cuando tu rey sea el más grande y el más poderoso de esta península..., dejaré de serle necesario. No me tomes por estúpido. ¿Cómo agradecería tu rey mi ayuda? ¿Dejaría que viviéramos libres en nuestras tierras? ¿Sin tomarlas para clavar su pendón? ¿Sin obligarnos a pagar parias? No eres la única que conoce el pasado.

—Todo eso temes, ¿eh? Entonces hay una oportunidad. —Ahora Raquel salvó la pulgada de distancia que los separaba. Los pezones presionaron contra el pecho del andalusí. Subió la cabeza para mirarlo directamente—. Si no traicionas a los almohades es por miedo a lo que ocurra después.

Ibn Qadish apretó los dientes. Quería echarse atrás, pero no podía. Algún *yinn* maldito le obligaba a acercar sus labios a los de la judía. Poco a poco.

—Es... cierto. Tengo miedo, sí. Por eso no los traicionaré... jamás.

Raquel cerró los ojos, entreabrió la boca. Y entonces Ibn Qadish gruñó mientras vencía la tentación. Retrocedió dos pasos. Sorprendido, advirtió que Raquel se había bajado la *gilala* hasta la cintura. Él ni siquiera se había dado cuenta de que lo había hecho. Ahora los pechos desnudos le apuntaban directos al corazón. La erección le hizo daño bajo los zaragüelles. Se dio la vuelta y apoyó las manos sobre la mesa. Jadeaba como si acabara de correr una parasanga.

—Es la primera vez que me pasa —reconoció Raquel. Y se alegró. Tiró de la prenda para cubrirse. Primero un hombro, luego el otro. Después se acercó al lecho, donde reposaba su manto forrado de nutria. Se lo echó por encima.

—No estás acostumbrada a fracasar, ¿eh? Pero yo no soy como los demás. Tampoco traicionaría a mi esposa. ¿Ves? No tienes la menor oportunidad.

—Te equivocas, Ibn Qadish. No he fracasado. Esa lealtad a tu esposa es la prueba. Dices que no traicionarás a tus amos porque tienes miedo, pero en realidad es al contrario. Los traicionarás, claro que sí. Y será por miedo.

El caíd se volvió. La mirada encendida en sangre, tanto por la lujuria contenida como por la rabia.

—¿Qué dices?

Raquel estiraba la sonrisa de triunfo. Se apretó el manto y miró al techo. Jamás se había sentido tan victoriosa como ahora. Ahora. Precisamente ahora, cuando por primera vez en su vida la habían rechazado. Contempló una vez más a Ibn Qadish. Enérgico, fiero, hermoso. De hombros anchos, manos endurecidas por el tacto de las armas, piel curtida por el sol y por la nieve. Un guerrero de frontera. Cuánto le gustaba aquel hombre. Y cuánta pena le daba.

«No, Ibn Qadish. No eres fuerte. En realidad eres el eslabón débil. Por aquí romperemos la cadena.»

Al mismo tiempo. Rabat

El viento soplaba fuerte desde el Atlántico. Arrastraba nubes grises que pasaban a toda velocidad sobre la ciudad fundada por el primer califa almohade, Abd al-Mumín. Su biznieto an-Nasir, vestido de negro y enaltecido sobre la gran tarima, acababa de acomodarse en el trono de madera y miraba hacia arriba. Al cielo oscuro que casi podía tocar. Los dedos aferrados como garfios al Corán. Su labio inferior temblaba. Lo hacía a menudo desde Mallorca.

El Calderero observaba al califa. Había notado lo frecuente de ese temblor, que aparecía de súbito cuando salía a campo abierto. En esas ocasiones, an-Nasir intentaba enfocar su atención en cualquier nimiedad para olvidar el pánico. El visir lo había notado. Pero el truco no surtía efecto casi nunca. El temblor continuaba e incluso se volvía más fuerte. Y si el califa era torpe en su hablar habitual, cuando le asaltaban aquellos ataques resultaba imposible captar más que balbuceos.

El Calderero se inclinó para acercar la boca a su oído.

—Príncipe de los creyentes, es el momento.

An-Nasir tragó saliva y, muy poco a poco, bajó la vista. Casi como si temiera regresar al mundo real. No dijo nada. Solo entregó el Corán a su visir, apoyó las manos en las rodillas y se puso en pie con torpeza. En lugar de un joven que aún no había cumplido los veinticinco, parecía un anciano. O más bien un enfermo. Un murmullo creció cuando el gentío, agolpado en los bordes del camino, vio al califa puesto en pie. Este abrió los brazos, lo que hizo que los vítores arreciaran. Su temblor también lo hizo.

—Hab... Hab... —Tomó aire y lo soltó un par de veces—. Habla t-t-tú, Ibn Yami.

El Calderero lo esperaba. Se había quedado un paso atrás, a la altura del otro visir omnipotente. El Tuerto, como de costumbre, se mantenía hierático. La mirada en la nada, el puño en la espada, el casco bajo el brazo. Abajo, la chusma formaba dos masas bien contenidas por las líneas de Ábid al-Majzén. Con el camino de Méquinez limpio entre ellos, dispuesto para acoger el alarde de despedida. Dos filas interminables de banderas azotadas por el viento marcaban la ruta del ejército. Hacia oriente marcharían, en jornadas marcadas por el gran tambor. Por Fez, Tahert, Ashir y más allá del Magreb hasta las ciudades de Ifriqiyya, envenenadas por la rebelión, usurpadas por los restos malditos de los Banú Ganiyya.

Constantina, Mahdiyya, Qairouán, Gabes, Trípoli, Túnez... La segunda gran campaña de an-Nasir, de un calibre incluso mayor que la conquista de las Islas Orientales.

El Calderero se adelantó hasta alcanzar el borde de la tarima. Su voz sonó potente sobre el zumbido del temporal que se acercaba:

—*Allahu rabbu-na, Muhammad rasulu-na, al-Mahdi imamu-na!!*

Los fieles lo repitieron a un tiempo, aunque eran tantos y ocupaban un espacio tan grande que la respuesta llegó como un murmullo ininteligible. Dios es nuestro señor, Mahoma es nuestro profeta, el Mahdi es nuestro imán.

El visir aguardó a que el viento se llevara el eco de miles de voces.

—¡Creyentes! ¡Hoy es un día que los cronistas plasmarán con grandes letras para que los musulmanes del futuro nos admiren! ¡Ellos, que disfrutarán de su dominio sobre el mundo entero, mucho tendrán que agradecer a nuestro califa, Muhammad an-Nasir! ¡¡An-Nasir!!

La chusma entendió que debía corearlo. Para eso estaban los *talaba* allá abajo, azuzando el entusiasmo a golpe de vara.

—¡An-Nasir! ¡An-Nasir! ¡An-Nasir!

—¡Porque no hay otro dios que Dios —continuó el Calderero—, y todo el poder es de Dios! ¡Y no hay victoria sino bajo su mano! ¡Pero aquí tenéis a su instrumento! ¡A su arma afilada, dispuesta a degollar a los infieles! ¡¡An-Nasir!!

Nuevo repaso de los *talaba*, que animaron al público con algunos verdugazos.

—¡An-Nasir! ¡An-Nasir! ¡An-Nasir!

El Calderero señaló al califa, que seguía junto a él, congelado. La boca bien cerrada para dominar el temblor.

—¡El príncipe de los creyentes, aquí donde lo veis, se cubrió de gloria en la conquista de las Islas Orientales! ¡Suyo es el mérito! ¡Suyo el valor! ¡Suyo el triunfo!

El visir miró al Tuerto tras decir eso, pero el hintata no movió ni una pestaña. Aunque eran muchos los guerreros que habían visto cómo se había desarrollado en realidad la batalla en la playa mallorquina. Cómo el califa no había sido capaz de herir ni a un solo enemigo. Cómo su decisión de desembarcar junto a su guardia negra había atraído al grueso de la fuerza enemiga. Imprudencia, estupidez, incompetencia, cobardía. Palabras en las que nadie se atrevía casi a pensar, no fuera a caerles encima la ira de ese dios que usaba al muchacho tartamudo como arma afilada.

—¡Y ahora, nuestro califa dirigirá de nuevo los escuadrones del Único para recuperar lo que nos han robado los últimos de los Banú Ganiyya!

El Calderero remató el vaticinio con un gesto de su diestra. La señal para que comenzara el desfile. El aire se quebró con el potente zambombazo del gran tambor, y miles de cabezas se volvieron hacia la ciudad. Se hizo un respetuoso silencio. El único sonido, mientras el toque del tambor se diluía, era el crujido de las banderas.

—Q-q-quiero b-b-bajar ya.

Los dos visires miraron a un tiempo al califa. Vieron su rostro pálido. El gesto suplicante. El Tuerto rompió su inmovilidad para acercarse.

—Has de aguantar, mi señor. El pueblo no debe verte así o sabrán...

—¿Qué? —se inmiscuyó el Calderero—. ¿Qué sabrán?

El Tuerto se mordió la lengua. Su único ojo refulgió al clavarse en su rival político.

—Q-q-quiero... Q-q-q...

—Pero el hintata tiene razón, mi señor —reconoció el Calderero—. Eres el guía de estos hombres. Ellos deben saber que te elevas por encima de todos. De todos, incluido tú, Abd al-Wahid.

—Jamás me atrevería a pensar lo contrario —escupió el Tuerto.

Pero el Calderero negó con la cabeza. Él había escuchado las conversaciones de los guerreros al regreso de Mallorca. Las loas al Tuerto. Lo seguros que se sentían bajo su mando. El arrojo que demostraba el hintata a pesar de sus casi sesenta años. Lo acertado de sus decisiones. Ni uno solo de esos comentarios incluía al califa. Observó de nuevo a su rival. Su aspecto de veterano de cien guerras. ¿Hasta qué punto acumulaba poder aquel hombre incluso sin proponérselo?

Los varazos de los *talaba* aumentaron abajo. Miles de creyentes, desde jeques y visires hasta esclavos, cayeron de rodillas. Y sus frentes, cubiertas con turbantes, bajaron para tocar tierra.

La camella sagrada salió de Rabat por la Bab Chellah. Un animal blanco, tal como el que había montado el Profeta a su regreso a La Meca. Sin jinete, ya que nadie podía mancillarla, pero guiada por un jeque que, de ser preciso, se quitaría el turbante para limpiar el suelo por donde había de pisar. Sobre las jorobas, la litera abierta sustentaba cuatro banderas rojas; y entre estas, la caja forrada de oro, rubíes, esmeraldas y perlas en cuyo interior se guardaba uno de los libros sagrados del islam, legado a través de los siglos por la mismísima progenie del Profeta. Eso se decía, y quien lo contradijera pagaría con una muerte lentísima.

Mientras la camella se paseaba ante los creyentes arrodillados, el Calderero siguió sumido en sus cálculos. Para acabar de una vez por todas con el problema de Ifriqiyya, el imperio había reunido en Rabat a un ejército califal entero. Y también una buena columna de mulas para abastecer de oro las ciudades orientales conforme se las devolviera al seno almohade. Teniendo en cuenta que los rebeldes ya no podían recibir refuerzos desde Mallorca, se esperaba que la campaña fuera un paseo triunfal. Al menos hasta que los restos de los Banú Ganiyya se revolvieran para dar la última batalla. Ese sería el momento crucial, impredecible. El propio Yaqub al-Mansur, en juventud, había estado a punto de morir en Ifriqiyya. ¿Y si ahora caía allí an-Nasir? De suceder tal cosa, nadie regresaría con vida. Ni siquiera el Tuerto. El Calderero fantaseó con aquella posibilidad un instante. Él, solo en Marrakech, sería el encargado de llevar las riendas del imperio hasta que el jovencísimo hijo del califa llegara a la mayoría de edad.

«Pero... ¿y si la campaña acaba en una gran victoria?», se preguntó.

Si eso ocurría, a nadie le cabía duda de a quién se consideraría el autor del triunfo. Quién se alzaría con el mérito de diseñar la estrategia y dirigir a las tropas. Quién entraría el primero en lo más duro del combate. Quién se alzaría superviviente con la espada teñida de sangre rebelde.

Abd al-Wahid ibn Umar Intí. El Tuerto.

«Y entonces su fama se extenderá desde el desierto de sal al de arena, y desde la tierra de los negros hasta al-Ándalus. Hará tanta sombra sobre el califa que no se le verá. Y tampoco se me verá a mí.»

Abajo, los prebostes del imperio seguían a la camella blanca. Con la chusma ya en pie de nuevo, los grandes jeques de las cabilas desfilaban orgullosos. Tras ellos, como escolta, avanzaba un destacamento de Ábid al-Majzén. Siempre con el poderoso pecho al aire, cruzado por sus correas. Las formidables lanzas en vertical, como pinos en un bosque. A continuación, las banderas de las cabilas, recién atadas en la mezquita aljama. Y cien muchachos montados en mulas, con juegos dobles de atabales para marcar los avances de la infantería en la batalla. Por fin, el carruaje con el gran tambor almohade. Madera dorada en sus más de quince codos de contorno. Un ingenio que había demostrado su eficacia con cuatro califas distintos. Capaz de proyectar su sonido a media jornada de distancia, y de aterrar al enemigo de tal forma que se habían ganado batallas solo con tocarlo a su alcance.

El Calderero observó fijamente al califa. Ahora an-Nasir tenía la vista puesta en el gran tambor, y pequeños estremecimientos lo sacudían de forma rítmica. El visir comprendió.

«Lo oye. Oye en su mente los golpes. Ve a sus guardias negros caer atravesados. Se ve sobre la arena de la playa, a punto de morir. Revive una y otra vez el momento, y el terror inmenso gira a su alrededor, alimentándose a sí mismo.»

Agarró su brazo con suavidad y discreción.

—¿Te encuentras bien, príncipe de los creyentes?

An-Nasir lo miró con expresión de infinita angustia. A través del *burnús* negro, el temblor se transmitía a los dedos del Calderero.

El carruaje con el tambor gigante y los atabaleros se alejaban. Llegaba el turno de la caballería árabe. Escuadras incorporadas al ejército almohade tras cada campaña en Ifriqiyya. Jinetes indisciplinados, incapaces de guardar las líneas y columnas en el alarde. Pero eficaces, rápidos y valientes. Y sobre todo, carentes de misericordia alguna.

Al fin, el califa lo reconoció. En voz baja, con la voz más temblorosa que nunca, pero lo hizo:

—T-t-tengo m... m... miedo.

Abajo era el turno de los demás Ábid al-Majzén. La guardia negra del califa. Sus filas, diezmadas tras el imprudente desembarco en Mallorca, pronto volverían al número original, pues eran muchos los esclavos que, desde niños, se adiestraban en as-Saliha para acometer su sagrada misión. El Calderero supuso qué pasaba ahora por la atormentada mente de su señor.

—Príncipe de los creyentes, me cuentan que por cada uno de tus guardias negros murieron diez mallorquines. No puedes desconfiar de ellos. Y ahora, con las cadenas, se convertirán en muros que siempre detendrán al enemigo.

Allí estaban, sí. Transportadas en carruajes tras cada escuadrón de Ábid al-Majzén, saliendo por la Bab Chellah. Las cadenas que, a partir de ahora, servirían para unir a los esclavos y mantenerlos en su posición aun después de muertos. El califa pareció tranquilizarse. Los guerreros negros, altos, musculosos, armados con sus gruesas lanzas y sables indios, desfilaban con la mirada al frente; al pasar frente a la tarima entonaron su himno tribal. Sus voces roncas se acompasaron al ritmo de sus propios pasos. Una oleada de temor recorrió a los espectadores al verlos de cerca. Sabían que aquellos hombres estaban juramentados para luchar hasta el fin, que consideraban cada día como el último de sus vidas y que toda su existencia estaba dedicada a un adiestramiento máximo cuyo único objetivo era abastecer el infierno de infieles antes de sucumbir.

El Calderero resopló. Veinte mil hombres desfilaban ante el califa. Un ejército califal al completo. Y a este, para la campaña de al-Ándalus, podría sumar los guerreros que se estaban acantonando en Sevilla, y también otras mareas de voluntarios de la fe. Más de treinta mil almas dispuestas para matar y morir por Dios. Abd al-Mumín habría dado un brazo por semejante poder. Y el propio Yaqub al-Mansur desearía volver a la vida para comandar tan gran hueste.

Eso devolvió al Calderero a sus cavilaciones. Observó de reojo a su visir rival. En realidad, los ejércitos almohades del presente y el futuro no obedecerían a an-Nasir. Y menos ahora, con su voluntad tronzada. Sobre el terror del califa y el poder militar del imperio, un solo hombre se alzaría. Y ese era el Tuerto. Había que neutralizar su amenaza. Había que apartarlo del horizonte. Pero, eso sí, sin renunciar a sus valiosos servicios. Entonces lo vio claro. Sonrió conforme trazaba el plan que allanaría su camino. Un plan claro, cristalino, impecable. Fantaseó con la posibilidad de poner el mecanismo en marcha allí, en Rabat. Pero no. Aquello tendría que hacerlo por sí mismo, sobre el terreno.

«He de ir a Ifriqiyya», pensó.

La única contrariedad era que esta vez no estaría en Marrakech para recibir su tributo anual. Las tres beldades judías tendrían que esperar a su vuelta. Pero se las arreglaría para que el sacrificio valiera la pena.

—Mi señor, está decidido —dijo de sopetón—. Yo también marcho al este.

El califa y el Tuerto se volvieron al unísono. El primero con un punto de alivio en la mirada. El segundo, con el ceño fruncido.

—¿P-p-p... P-p-por q-q-qué?

—Estaré a tu lado en la batalla, príncipe de los creyentes —respondió el Calderero con una convicción que para sí querrían muchos voluntarios de la fe—. Rodeado por tu guardia y por esas cadenas que, si Dios quiere, están unidas a nuestro destino. Lo que a ti te ocurra, me ocurrirá a mí. Y yo no soy un guerrero, así que figúrate cuánto confío en la victoria final.

El Tuerto movió la cabeza a los lados. Despacio. Con un amago de media sonrisa. Abajo, las cabilas bereberes desfilaban, cada una con su atuendo y armamento propios. Primero las cabilas masmudas, las superiores por raza y fe, fundamento del imperio: harga, tinmallal, hintata, yadmiwa, yanfisa... A continuación, las tribus inferiores. Las que habían tardado demasiado en aceptar la fe. Tras ellos, los temibles arqueros montados *agzaz*, con sus grandes mostachos, largas trenzas y vestimentas coloridas. Los hombres que habían marcado la diferencia en Alarcos.

Los penúltimos en pasar eran la escoria del imperio: los andalusíes acuartelados en Marrakech. Infantería ligera armada con azagayas y espadas cortas, y jinetes que montaban con estribo largo y escudos de lágrima, como los cristianos. Al final, los vociferantes y desastrados *ghuzat*, voluntarios de la fe. Los primeros en caer siempre, vestidos con túnicas blancas sobre las que escribían versículos sagrados. A veces se lanzaban contra el enemigo desarmados, gritando que Dios era grande.

Cuando el último hombre se alejaba por el camino de oriente, varios criados trajeron caballos enjaezados al pie de la tarima. Un pequeño destacamento de guardias negros a caballo formó el círculo de seguridad. Arriba, el Tuerto se volvió con aire marcial.

—Es el momento. Hemos de partir.

28

El universitario

Dos meses después, primavera de 1204.
Alcázar de Valladolid

El canto de las abubillas, pertinaz hasta irritar, marcaba el paso del tiempo. Las malnacidas parecían turnarse, o eso le parecía a la reina Leonor. Por eso recibía el rumor del Esgueva, entre serenata y serenata, como bendición de Dios.

—No se callarán, no.

Berenguela ni siquiera levantó la vista. La mantuvo fija en su dormido hermano, de apenas quince días. Pequeñito, regordete y encogido en la cuna. Con los labios contrayéndose mientras, seguramente, soñaba con grandes pechos rebosantes de leche.

La muchacha había regresado de León una semana antes. Con sus tres hijos de la mano y un cuarto creciendo en su vientre. La anulación de su matrimonio con el rey leonés era ya un hecho, y nada podía impedir que las viejas rencillas recobraran vida. Berenguela volvía a ser infanta de Castilla, sus retoños habidos con Alfonso de León se convertían en pequeños bastardos, y su dote, el disputado Infantazgo, se convertía de nuevo en razón de discordia entre castellanos y leoneses.

Y como las desgracias jamás vienen solas, la madre de Leonor y abuela de Berenguela, Leonor de Aquitania, acababa de morir en Poitiers. La noticia había caído como un hachazo sobre la reina de Castilla, y casi igual de malo había sido el remate: el rey de Francia, al conocer el óbito, se había lanzado sobre Gascuña, que por ley pertenecía a Leonor de Castilla como dote. Se abría así un conflicto que afectaba al menos a tres reinos europeos. Como tres eran las abubillas que se unieron esta vez para atormentar el ya castigado ánimo de Leonor.

—Si no se callan, despertarán a Enrique.

Así habían llamado al infante. Enrique. El segundo varón que daba a luz la reina de Castilla llegaba tardío, pero al menos estaba sano. De eso también se ocupaba su nodriza, que ahora dormitaba en un rincón.

Las tres mujeres se hallaban allí desde la comida. Aburridas de tejer, de leer el libro de horas y de hablar de menudencias. Llevaban demasiado en Valladolid, villa cercana a la frontera con León, mientras el rey reunía a sus nobles y daba instrucciones ante la más que posible guerra con los vecinos leoneses. Y el ánimo que más decaía, con diferencia, era el de la reina.

—¿Se sabe algo de mi esposo? —preguntó Berenguela, ansiosa por sacar a su madre de la postración.

—No es tu esposo, niña —la reconvino sin mirarla—. Ya no. Por culpa de ese necio de Roma y los estúpidos lazos de sangre... —Se interrumpió. Cerró los ojos y movió los dedos con rapidez de la frente al pecho y de allí a los hombros—. Señor, señor, perdóname.

En otras circunstancias habría resultado gracioso. Eso pensaba Leonor. Por culpa de dos dotes diferentes, se avivaban las diferencias entre reyes de aquí y allá. Y por lo visto al papa le preocupaba más que no se rompieran los dictados eclesiásticos que conservar intacta la cristiandad.

La joven, que todavía no se daba mucho mal por aquellas cuitas, insistió:

—¿Pero se sabe algo de mi esposo o no?

Por fin la reina levantó la vista hacia su hija.

—Que ya no es tu esposo, niña. Y no: no da señales de vida. Si acaso, barrunto que anda atareado porque se están reuniendo tropas leonesas en la frontera. Tu padre hace lo mismo a este lado, así que pronto sabremos algo más preciso.

Berenguela compuso un mohín. No había vivido mal en León. Hasta se había sentido querida por su real esposo y respetada por sus súbditos. No soportaba la idea de que castellanos y leoneses se mataran otra vez por una franja de tierra. Entre otras cosas porque se consideraba un poco culpable.

—Mi esposo no nos atacará. Sus hijos viven aquí ahora, jamás les haría daño.

—No es eso, Berenguela. A tus hijos no les va a pasar nada. Con un poco de suerte, habrá un par de escaramuzas y algún asedio sin acabar antes de que los dos primos lleguen a un acuerdo.

No. Castilla se ha recobrado lo suficiente desde Alarcos, tenemos aliados, estamos en tregua con los infieles y tranquilos con Navarra. A tu espos... Al rey de León no le interesa una guerra de tú a tú con un reino que lo supera. Lo que me preocupa es que ahora se sentirá menos obligado a prestarnos ayuda. Eso sí que es malo.

»De modo que, mientras los hombres se matan un poco para calmar los ánimos, he pensado en otra jugada. No es tan buena como tu matrimonio con el rey de León, pero valdrá para comprometerlo con nuestra empresa.

Berenguela, por instinto, se protegió el hinchado vientre con ambas manos. Había aprendido dos cosas acerca de los planes que tejía su madre: que sus fines eran loables y que siempre alguien sufría por el camino.

—¿Qué tramas?

—Tramado lleva un tiempo, y acordado, aunque tu padre y yo hemos preferido guardarlo en secreto. Pero ya podemos hacerlo público. Se trata de un nuevo matrimonio, claro. Uno que pueda esquivar los cánones de Roma.

»La cuestión es que el rey de León se ha casado dos veces. Cuando su matrimonio con Teresa de Portugal se anuló, sus hijos se convirtieron en bastardos. Ahora ha pasado lo mismo contigo: tu primogénito ha pasado de príncipe y heredero legítimo a bastardo, para desgracia nuestra. Bien, todos los infantes de León son bastardos ahora. Y a igualdad de bastardías, ¿qué bastardo es el heredero del reino?

Berenguela no tuvo que pensarlo mucho.

—El primer hijo que tuvo con Teresa de Portugal. Fernando.

—Exacto. Tal vez sea una señal divina que el rey de Castilla y el de León se llamen igual: Alfonso. Y que sus herederos también sean tocayos. No podemos desoír los mandatos del Creador aunque nos los diga en voz baja: las dos casas reales han de unirse como sea. El grado de parentesco es menor así, creo que Roma no nos chafará este plan. He pensado en tu hermana Mafalda. Ya tiene trece años y es lista. Quizá no tanto como tú, pero se arreglará.

—¿Vas a entregar a Mafalda como esposa del príncipe Fernando de León?

—Es algo que empezó a hablarse en cuanto tú regresaste. De hecho, lo he preparado todo para que salga de Valladolid mañana mismo. Lleva unos días enferma pero, si esperamos demasiado, podría verse obligada a cruzar una frontera en armas.

Berenguela negó con la cabeza.

—Entonces mi espos... El rey de León está al corriente.

—Por supuesto. Aunque todavía no hemos llegado a ningún acuerdo acerca del Infantazgo. Es decir: de la paz. Por eso es mejor que Mafalda se traslade ya a la corte leonesa. Considerémoslo una forma de presión.

La joven se tapó la boca. Hasta se le humedecieron los ojos.

—Pobre Mafalda. Y enfermita que está. ¿Es necesario que padezca ella por nuestra causa?

Era lo último que necesitaba la reina. Sus iris cambiaron del color miel al pardo oscuro. Se puso en pie y palmeó dos veces. La nodriza respingó en el rincón y el pequeño Enrique se crispó en la cuna.

—¡Llévate a Enrique de aquí! —ordenó Leonor de Castilla. La mujerona, a medio despertar, corrió a por el crío, que se removió en la cuna antes de arrancarse a llorar. Si las abubillas seguían con su serenata, nadie las oía ya. Berenguela también se puso en pie. Se restregó dos lagrimones.

—Iré a ver a mis hijos.

—¡No vas a ningún sitio, niña! —La reina señaló la puerta y repitió la orden a la nodriza—. ¡Tú sí. Vamos, fuera!

En cuanto la mujer salió con el bebé en brazos, Leonor volvió a sentarse. Indicó a Berenguela que la imitara.

—Perdona, madre. —La muchacha volvió a frotarse los ojos—. No quise molestarte.

Leonor se masajeó las sienes. Tomó aire y estiró la mano hacia su hija. Berenguela la tomó.

—No. Perdóname tú, niña. Es que esto parece no tener fin. A veces pienso que habría sido mejor que después de Alarcos... Pero no, no podemos rendirnos.

»Tú aún eres joven y no has tenido que sufrir lo que sufro yo. Y no hablo solo de la muerte de mi madre. ¿Crees que fue trago de gusto casarte con Alfonso de León cuando tenías diecisiete años? A tu hermana Blanca, con solo doce, la tuve que entregar al heredero de Francia. Mis planes eran prometer a Urraca con el heredero de Portugal, y a Mafalda con el príncipe de Aragón. Si es que este nace algún día, claro. Ahora, con la nulidad de tu casamiento, todo se ha trastocado. Tengo que deshacerme antes de tiempo de Mafalda y tejer un tapiz nuevo. Y con cada puntada, pierdo a una hija y gano preocupaciones.

Berenguela, avergonzada, sorbió los mocos antes de apretar la mano de su madre.

—Tienes razón cuando dices que soy una niña.

Sonaron tres golpes en la puerta. Antes de que madre e hija, faltas de asistentes, pudieran levantarse, el rey ya había entrado en la estancia. Y no con cara de fiesta. La reina se volvió hacia su hija.

—Berenguela, ve a buscar a Mafalda, anda. Explícale lo del viaje y lo de su... matrimonio. Háblale de León. De lo bueno nada más. Lo malo ya lo descubrirá sola.

La muchacha obedeció. Ni siquiera se detuvo a saludar a su padre. Este, colérico, se dedicó a caminar a lo largo de la estancia.

—Se lo has dicho, ¿eh? Lo de Mafalda.

—Ya no tenía sentido ocultarlo. ¿Qué ocurre ahora?

El rey se detuvo frente a uno de los estrechos ventanales. Dejó que una abubilla lanzara su cántico.

—Ya sé dónde está Diego de Haro. Debí haberlo imaginado.

—Déjame adivinar. En León.

Alfonso de Castilla se volvió.

—¿Cómo lo sabes, mujer?

—Es lógico. Con la anulación del matrimonio, todo el mundo sabe lo inminente que es la guerra. Diego de Haro no es como los Castro: jamás se uniría a los sarracenos. Pero ya estuvo en la corte leonesa en el pasado, recuérdalo.

—Como enviado mío. No como traidor.

Leonor caminó hacia su esposo. La luz primaveral la iluminó desde la rendija vertical que daba a la ribera. Y a las malditas abubillas.

—Diego de Haro no es un traidor. Ahora no te debe lealtad, así que puede ofrecérsela al señor que escoja. No te dejes llevar por la ira, ya que lo necesitarás en el futuro. Y él volverá a ti. Solo es cuestión de tiempo.

El rey apretó los labios. Sus mandíbulas se marcaron bajo la barba, ya encanecida. Asintió con lentitud.

—Sea como sea, no podré acudir a Gascuña para reclamar tu dote. Lo sabes, ¿verdad?

—Mi dote es lo de menos, esposo; esto importa mucho más. Consigue la paz con León.

Alfonso de Castilla ya se había dejado llevar por la calma que le proporcionaba su esposa.

—Es lo que quiero por encima de todo, Leonor. La paz.

Ella lo observó. Buscó en su mirada un ápice de la fiereza que había guiado su vida antes de Alarcos. Tal vez estuviera allí, agitándose entre el miedo y la vergüenza. Se acercó un poco más. Entornó los párpados.

—¿Solo eso quieres, esposo? ¿La paz?

El rey de Castilla también entrecerró los ojos. Tardó dos cantos de abubilla en comprender qué clase de pregunta era aquella. Volvió a apretar los dientes.

—Sí, mi reina. Es lo único que quiero.

Tres meses más tarde. Santa María de Huerta

La pobre infanta Mafalda de Castilla cruzó al reino de León. Su enfermedad se agravó por el camino, mientras atravesaba el Infantazgo y sin que nadie pudiera explicarse el mal que la aquejaba. Empeoró justo cuando se rompían las hostilidades, y su muerte impactó tanto en el rey leonés que, compungido ante el cadáver infantil, decidió cesar en la recién iniciada guerra.

En aquellos días llegó a Santa María de Huerta un sobrino de Hinojosa. Un diácono que no llegaba a los treinta años. De amplia tonsura, cara redonda y ojos alegres. Acababa de regresar de Francia. Fray Martín lo recibió con grandes muestras de cariño y, tras la comida, se lo presentó a Velasco.

—Se llama Rodrigo, creo que os llevaréis bien.

Los dos hombres se estrecharon la mano. Rodrigo era navarro porque la hermana de fray Martín, Eva, se había casado con un noble de aquellas tierras, Jimeno de Rada.

—Aunque, si me paro a pensarlo, ya no sé lo que soy —bromeó Rodrigo—. Llevo seis años fuera, primero en la universidad de Bolonia, luego en la de París.

Hinojosa palmeaba su espalda y no dejaba de sonreír. No tardó en pedirle que retrasara la siesta para acompañarlos al *scriptorium*.

—¿Te vas a quedar en el monasterio, Rodrigo? —preguntó Velasco.

—No. Mi padre insiste en que entre en la corte navarra. Dice que el rey Sancho necesita consejeros letrados y, por lo que me ha contado, coincido. Demasiada carne, mucha pena y malos acuerdos lo han cegado. Hay que arreglarlo.

Caminaban por el claustro mientras los demás hermanos se dirigían a sus camastros. Durante el almuerzo, Rodrigo había compartido la mesa del abad, privilegio de todo huésped. Unas pocas berzas y pan negro mojado en salsa fría. El recién llegado había comido poco y parloteado mucho, lo que chocaba con la habitual circunspección del Císter. Velasco comprobó que, ciertamente, Rodrigo encontraba placer en hablar. Lo hacía bien, con seso y entusiasmo. Y de alguna manera conseguía concitar la atención. Era algo en su forma de entonar, en sus gestos, en sus silencios.

—En París, cuando no se habla mal de los ingleses, somos nosotros el centro de atención. Me refiero a la Península. Los problemas de Tierra Santa quedan demasiado lejos tal vez. O simplemente es que aceptan la pérdida de Jerusalén. Pero en la universidad no se explican lo nuestro. Eso de que las distintas naciones sean capaces de unirse para luchar en Oriente mientras que aquí nos matamos entre cristianos.

—Un problema que muchos conocemos —apuntó fray Martín mientras guiaba a Rodrigo hacia los pupitres de Velasco. Este seguía a tío y sobrino, callado por el momento—. Pero pocos se atreven a hacer algo por solucionarlo. Y ahora fíjate en esto, porque no creo que hayas visto nada igual.

El universitario adoptó aires de doctor. Echó el labio inferior hacia delante mientras rozaba el pergamino con las yemas.

—Ah. No está en latín... Y esto es... Esto es... —Levantó la vista—. Tío, ¿qué es esto?

—La obra de Velasco. O mejor dicho, el proyecto de Velasco.

—Lo es de ambos, fray Martín —intervino el aludido.

Rodrigo de Rada se volvió sonriente.

—¿Sabes lo que se dice de la plebe en la universidad, fray Velasco?

—No. Jamás he pisado una.

—Se habla de ellos con desprecio. Rústicos, los llamábamos. Se entiende su utilidad, pero no se los tiene en alta estima. Y no porque sean pobres, o sucios, o necios. Incluso importa poco si son malos creyentes. La causa es la lengua que usan. La misma parla vulgar que estamos usando nosotros ahora.

Velasco arrugó el entrecejo. Las palabras de Rodrigo parecían altivas, pero su gesto no.

—No sé adónde quieres ir a parar.

—Verás, fray Velasco. ¿Cuál es la lengua de Roma?

—El latín.

—¡Sí! Jamás tuve problema para entenderme con nadie, ni en Bolonia ni en París. Ni con los estudiantes que llegaban de otros reinos. Todos hablábamos la lengua de Roma. Una ventaja, sin duda. Pero el latín es algo más, ¿sabéis? —Se dirigió a Hinojosa—. Tú lo sabes, tío. El latín es la lengua de la verdad. Las palabras en romance vuelan con el viento porque no valen nada. *Nescit vox missa reverti.* Lo que digo en el habla del populacho durará lo que dure vuestra memoria, y tal vez no será mucho más allá de la hora nona. Todo lo que no está dicho en latín no permanece. No merece permanecer. Es nuestra ventaja, ¿eh? No solo hablamos la lengua de la verdad, sino que poseemos esto —golpeó con el índice sobre el manuscrito de Velasco—. La escritura.

Martín de Hinojosa seguía muy serio el parlamento de su sobrino.

—Esas podrían ser palabras del arzobispo de Toledo. ¿En verdad las crees?

—No soy un necio, tío. Pero habéis escogido un camino difícil con esto. El latín es la lengua de Roma y *multa sunt viae* que llevan a ella. En Francia tuve en mis manos un cantar en su lengua vulgar. Una historia acerca de un viejo héroe, Rolando. Nada más que divertimento para nobles aburridos. Espera. —Rodrigo de Rada volvió a inclinarse sobre el texto—. *Los que fueron de a pie, ahora son caballeros; el oro y la plata, ¿quién los puede contar? Todos se han hecho ricos, sin ninguno a faltar; Mío Cid don Rodrigo, el quinto manda tomar...*

Quedó en silencio, como si intentara recordar algo. Su atención se desplazó a los pupitres laterales, donde reposaban los antiguos pliegos. Sonrió al descubrir las crónicas de Ibn Bassam e Ibn Waqqashí. Martín de Hinojosa puso la mano sobre el hombro de su sobrino.

—¿Aún te parece un pasatiempo para condes ociosos?

—No lo sé... No. Es verdad que tiene algo... Pero de todas formas, los rústicos no leen. Ni en romance, ni en latín, ni...

—No se trata de eso —le cortó Hinojosa—. No está hecho para leerlo, sino para recitarlo. Incluso para cantarlo. Solo imagina, sobrino. Las plazas de las aldeas y las ciudades. Los cruces de caminos, las puertas de las iglesias, los mercados.

Rodrigo de Rada ensanchó su sonrisa. Miró a su tío. Y luego a Velasco.

—Gente sencilla que se hace rica. Que gana honor luchando de corazón. El Cid y sus bravos como modelo, ¿verdad?

Hinojosa contuvo el entusiasmo.

—Así es. Nada de campesinos que acuden de mala gana a órdenes de un tenente, un obispo o un rey. Fue idea de Velasco.

—*Exempla docent*. Ahora lo entiendo. Bravo.

—Gracias —contestó Velasco—. Aunque de poco servirá, salvo para acumular polvo aquí. El arzobispo de Toledo no lo ve con buenos ojos.

Rodrigo de Rada dejó de sonreír.

—Si yo fuera arzobispo de Toledo...

Martín de Hinojosa dio una palmada.

—Tengo casi sesenta y cinco años, estoy seguro de que el Señor no tardará mucho en llamarme a su lado. Aunque nada me alegraría más que vivir un poco más para verte convertido en un buen prior, o en obispo incluso. Pero ahora, sobrino, recuerda tu deber de humildad. Te espera un arduo camino si vas a dar consejo y auxilio a Sancho de Navarra. Ese hombre necesita a su alrededor hombres cabales, que le recuerden a cada momento quiénes son sus enemigos y quiénes sus hermanos de fe.

Cuatro meses después, otoño de 1204

La reina madre aguardaba junto al trono, en el palacio real de Barcelona. Hasta que no oyó el vozarrón de su hijo resonando en los corredores, no fue capaz de respirar tranquila. Siempre era peligroso navegar fuera de temporada, pero al parecer todo había ido bien.

O no, porque Pedro de Aragón rugía de rabia. Tan alto, que no sería raro que se escucharan sus maldiciones en toda la ciudad.

Las puertas se abrieron de golpe y el rey entró en tromba, seguido por su inseparable Miguel de Luesia y por la comitiva de bienvenida. Prelados y nobles correteaban, porque resultaba difícil seguir la marcha del monarca. Aunque de nada les sirvió cuando este vio que su madre estaba allí.

—¡Fuera todos de aquí!

Miguel de Luesia ayudó a que se cumpliera la orden. No dejó que se quedara ni un criado, y él mismo cerró los portones y dejó solos a madre e hijo.

—Pedro, por san Jorge. Si sigues despreciando así a tus vasallos, quedarás más solo que Judas en la higuera.

El rey pasó junto a doña Sancha y se dejó caer sobre el trono, sin molestarse en apartar el manto. Apretó el puño y maldijo en silencio: al expulsar a los sirvientes, no tenía a quién pedir vino. Estiró las piernas y puso las huesas forradas de piel sobre un escabel alfombrado.

—De Judas deberían aprender algunos. Por lo menos él tenía claro lo que quería.

La madre se santiguó.

—Hijo, hijo, hijo. Llegas desde Roma nada menos. ¿No tendría que hallarse en paz tu alma? ¿Por qué caes en la cólera con tanta facilidad? ¿Qué te ha pasado ahora?

—Qué no me ha pasado, eso deberías preguntar. He gastado lo que tenía y también lo que no tengo para hacer este viaje y verme coronado por el santo padre, ¿y sabes lo que he conseguido con ello? Nada. Bueno, sí: la ruina.

»Tu gran amigo Inocencio es el cristiano más cerril que existe. He hecho todo lo que me ordenó. Y por cierto que esas órdenes venían bien refrendadas por ti, madre. Lo de febrero en Carcasona fue toda una farsa, pero me presté a ello porque tú me lo pediste. Bien, he condenado públicamente a valdenses y cátaros. He jurado que me ocuparía de extirpar la herejía de mis tierras. ¿Y sabes cómo responde el papa? Pues como si yo no existiera. Ha ordenado a sus legados que pongan en marcha medidas drásticas. ¡Medidas drásticas, madre! ¿Sabes lo que eso significa? Que dentro de poco, abades y obispos a lo largo de Francia declararán el deber católico de todo hombre de armas de llegar hasta mis tierras para limpiarlas. No quiero tener extranjeros en mis bosques, en mis villas, en mis castillos. Mis vasallos tampoco lo aceptarán de grado, así que es muy, muy posible que se desate una guerra. Una sucia y de difícil arreglo.

»¿Quieres saber más, madre? Pues te lo diré. He cruzado el mar afrontando tempestades y el peligro de esos andrajosos mazamutes que ahora controlan Mallorca. He financiado los festejos de mi coronación por el papa, he inundado Roma de regalos y le he prometido a ese hombre un censo anual. Le he entregado Aragón,

Barcelona y Montpellier en feudo, y lo he convertido en patrón de todas las iglesias desde Teruel hasta Provenza. Tuve que poner dos condados sobre la mesa para sacar el dinero y, si quiero hacer frente a mis deudas, me veo obligado a subir impuestos y empeñar castillos. A cambio, lo único que pedí al santo padre es que impulsara una coalición para tomar Mallorca a sus nuevos dueños. ¿Su respuesta? Paciencia. Virtud que Dios recompensará, no nos quepa duda. Eso dijo el muy... ¿Sabes por qué me pide paciencia el vicario de Cristo, madre? Pues porque Pisa y Génova tienen tratados comerciales con el miramamolín, y sus embajadores presionan para no estorbar el mercadeo con ellos.

»Es decir: nuestro amado papa es más severo con los cristianos que con los infieles. Y yo, por el camino, me veo obligado a hacer teatro, a perder dinero, a ponerme a mis súbditos en contra y a morderme los puños de la rabia.

Pedro de Aragón, más fatigado de su ira que del largo y apurado viaje, resopló. Su madre dejó que el enfado se aplacara. Lo miró con fijeza, notando cómo su hijo se relajaba poco a poco sobre el trono. Su tono de voz fue suave. Su volumen, bajo:

—No pretendas saber más que el papa. Nadie hay más cerca del Creador, y Él sí que lo conoce todo.

Pedro no respondió enseguida. Arrugó la nariz y aguantó una carcajada.

—Pues es cierto que sus designios son insondables, madre; y sus caminos, inescrutables. Tendré que prestarte oídos. De todas formas, ¿qué razones hay para llevar la contraria al papa? Él, que siempre nos reconviene porque los cristianos no estamos unidos, pero es capaz de romper el arreglo entre Castilla y León con solo estampar su sello en una bula de excomunión. Él, que no hace más que abroncarnos porque no nos lanzamos sobre el miramamolín, pero luego distrae toda mi atención con unos pocos chalados albigenses que se niegan a comulgar. ¡Lo único que quiero es defender la cruz, madre! ¡Convocar el ejército, unirlo al de mi primo Alfonso y exterminar a los almohades!

—Basta, Pedro. Eres el rey de Aragón.

—Enseguida me callo, madre. Al fin y al cabo no tengo derecho a quejarme de las contradicciones papales. Llevo media vida acostándome con las mujeres más hermosas para acabar casado con el engendro de Satanás que me buscaste. ¿Imaginas mayor estupidez?

—¡He dicho que basta, Pedro! Lo que has de hacer es ir a Montpellier y preñar a María. Necesitas un heredero ya. Te recuerdo, hijo, que no eres uno de esos jóvenes de tu mesnada. Miguel de Luesia o los demás pueden permitirse fornicios y borracheras, pero tú... ¡Tú eres el rey de Aragón!

—¿Otra vez? Bah, el rey de Aragón... Cualquier pastor de cabras es más rey que yo. Al fin y al cabo, las cabras obedecen sin rechistar al pastor. Pero yo, ¿sabes cuándo me siento un rey, madre? Cuando estoy en la cama con una mujer a la que deseo. Ella y yo solos, sin coronas, ni cruces, ni sellos. Y cuando lucho en el campo de batalla, cara a cara con otro hombre al que, en ese momento, le trae sin cuidado si alguno de los dos es rey o pastor. Ya ves, madre. Joder y matar. Eso es lo que me gusta. ¡Y eso es lo que tu amadísimo santo padre no puede darme!

—¡Por última vez, Pedro! ¡Eres el rey! ¡El rey de Aragón!

El rey recogió las piernas, se apoyó con ambas manos en el trono y saltó hacia delante. Corrió hasta las puertas, que abrió de par en par.

—¡Vino! ¡Una barrica entera! ¡¡Os lo ordena el rey de Aragón!! —Se volvió—. ¿Así, madre?

Sancha, muy digna, se negó a contestar. En lugar de eso, se retiró a zancadas impropias de alguien de su edad. Pedro la vio alejarse, pero su mente volaba lejos. A algún lugar ignoto de Castilla, donde la dulce y sabia Raquel estaría tejiendo un tapiz, o cumpliendo sus ritos judíos, o dando placer a otro hombre. Los sirvientes llegaron al momento con una bandeja, una gran jarra rebosante de tinto y un cuenco.

«Rey de Aragón —pensó—. ¿Para qué sirve eso, si solo tengo poder sobre mis camareros?»

29

Carnaza

Medio año después, primavera de 1205.
Olite, reino de Navarra

Rodrigo de Rada se había integrado en la corte navarra como azagaya cazadora en jabato. Al principio, los nobles más viejos lo recibieron con escepticismo. Por muy miembro que fuera de la casa de Rada y a pesar de sus treinta años, aquel recién llegado apenas sabía empuñar una espada. En cuanto a los prelados, tampoco veían con buenos ojos que alguien que ni siquiera era obispo se colocara en semejante posición de consejo y auxilio al rey.

Solo que, en muy poco tiempo, Rodrigo demostró su sagacidad. Nada más llegar, se las compuso para que se firmara un ventajoso acuerdo comercial entre el rey Sancho y los burgueses de Bayona. Como Navarra había visto todas sus costas tomadas por Castilla, este arreglo supuso un gran respiro. Y por unos meses, hasta pareció que el mal humor del rey se suavizaba.

Aquella mañana incluso expresó su deseo de salir a caballo. Solo. Cabalgar hasta la vega hizo que su palafrén se extenuara, así que Sancho de Navarra tuvo que volver a pie, tirando de la brida y maldiciendo a toda la estirpe equina del bicho. Cuando se acercaba a las murallas, observó al nuevo miembro de su corte enfrascado en la lectura, como siempre. Rodrigo de Rada estaba sentado bajo un sauce, no lejos de los campesinos que trabajaban los huertos ribereños. Cuando vio que el gigantesco monarca se le acercaba con aquel andar pesado, casi le entró la risa.

—Mi rey, necesitas otra montura.

—Sin bromas, te lo advierto.

Rada se tapó la boca. Carraspeó antes de dejar el libro a un lado y ponerse en pie.

—Mi padre compró hace poco un caballo enorme a un mercader de Bearne. Aún es joven, pero seguro que se acostumbraría a un hombre de tu... envergadura, mi señor.

—¿Lo quiere vender tu padre?

—A ti te lo regalaría. Ya hablaré con él.

Eso pareció aposentar el enfado de Sancho, que ató las riendas a una rama baja y se derrumbó sobre la base del sauce. El suelo casi tembló al recibir el golpe, lo que de nuevo hizo que Rada se aguantara la carcajada.

—Siempre leyendo. —El rey tomó el libro—. ¿No tuviste bastante en la universidad?

—Ah, mi señor, uno nunca lee lo bastante.

Sancho observó el volumen como si viera un perro con dos cabezas.

—¿Vegecio?

—Un antiguo experto en el arte de la guerra, mi señor.

—De la guerra se aprende en la guerra, Rodrigo. Sobre todo cuando la pierdes.

El deje amargo era más que evidente. Rada lo aprovechó:

—Entonces, tal vez perder alguna que otra nos venga bien para ganar la importante.

Sancho de Navarra forzó una risotada.

—No sabes lo que dices. Lo que yo he aprendido de mis derrotas es que no conviene hacer la guerra. —Golpeó su manaza contra la tapa del libro—. Eso no lo encontrarás aquí.

—Es verdad, mi señor. Vegecio era romano, y ya sabes lo que hicieron los romanos: forjar un imperio que a nada puede compararse. Y lo hicieron sirviéndose de la guerra. ¿Cómo esperas que uno de ellos la desprecie?

—La guerra no trae más que desdichas, Rodrigo. Te expone a perderlo todo. Aprende de mi experiencia en lugar de hacerlo de este... romano.

Rada asintió. Contempló las ramas del sauce, levemente azotadas por la brisa, hasta que encontró en su memoria lo que buscaba:

—*Boni duces publico certamine nunquam nisi ex occasione aut nimia necesitate confligunt.* Los buenos líderes no van a la batalla salvo que se les presente la oportunidad o los obligue la necesidad.

Sancho de Navarra encogió sus recios hombros.

—¿Eso lo pone aquí?

—Sí, mi señor.

—Bueno. Tal vez ese romano no fuera tan necio después de todo. Por lo que a mí respecta, mi oportunidad quedó atrás. Y si alguna vez me veo necesitado, arreglaré mis problemas sin dejarme atravesar por una docena de flechas de colores.

—Hablando de eso, mi rey... Tienes razón en que hay mucha sabiduría fuera de los libros. No sabes cuánto me gustaría disponer de algún testimonio de Alarcos. Algo de primera mano, ya me entiendes. He pensado que, con tu mediación, tal vez el señor de Haro podría recibirme para contármelo. Si tú me firmas un salvoconducto...

—Olvídalo.

Rada abrió las manos a los lados.

—Mi rey...

—El señor de Haro no me ha traído más que problemas. Ahora, por fortuna, se los ha llevado a León. Allá unos y otros. Toma. —Le entregó el libro—. Aprende aquí lo que necesitas y olvida a los que perdieron en Alarcos. O fíjate en esos. —Señaló a los hortelanos—. La mejor sabiduría que existe la tienen ellos. Y no creo que hayan leído gran cosa.

Se puso en pie trabajosamente. Destrabó las riendas y tiró del palafrén hacia las puertas de Olite. Rada lo observó. Tan grande que parecía mentira que prefiriese la tranquilidad de un buen fuego al campo de batalla.

«Pero eres rey de Navarra —pensó el universitario—. Por tus venas no corre sangre de hortelanos, sino la de temibles guerreros que forjaron reinos de la nada. Y aun así, no acudirás a la batalla.»

Rodrigo de Rada volvió a sentarse. Abrió el libro y buscó el párrafo que había recitado ante su monarca. Allí estaba, sí. Sonrió. Buena memoria tenía. Levantó la vista y vio cómo Sancho desaparecía bajo el arco de la muralla.

—No acudirás a la batalla, no. Salvo que te obligue la necesidad.

Al mismo tiempo. Marrakech

Ibn Qadish recorría el pavimento. Se acercaba a un puesto y tomaba un Corán. Fingía examinarlo, volvía a dejarlo. Cruzaba la calle. Otro Corán. Su vista se perdía entre las casas bajas, hacia la muralla de piedra y arcilla roja. A veces, por disimular, preguntaba:

—¿Cuánto por este?

—Medio dírhem por ser para ti.

—Enfrente me dan dos por ese precio.

—No es cosa mía si la palabra de Dios, alabado sea, vale la mitad allí que aquí.

No había trato. Ni Ibn Qadish lo buscaba, así que anduvo un poco más entre las tiendas que flanqueaban la gran mezquita Kutubiyya. Cuando el sol empezó a apretar, buscó la sombra alargada del gran minarete, gemelo del sevillano. El *yamur* de cobre dorado lanzaba destellos allá arriba. Un par de *talaba*, vara en mano y con escolta masmuda, desfilaron ante él. Uno a cada lado, vigilantes de que todo transcurriera conforme al Tawhid.

El mercado que rodeaba a la mezquita aljama era el de los libreros, y no había menos de un centenar de puestos. En todos ellos se vendía un solo libro. Mayor o menor, más o menos adornado, viejo o nuevo. Se decía que algunos mercaderes, a escondidas, sacaban volúmenes de poesía a los viajeros, pero tal vez fuera todo un rumor. Incumplir la ley equivalía a blasfemar, y semejante pecado se pagaba muy, muy caro en el corazón del imperio almohade.

Ibn Qadish se restregó el sudor. Llevaba un mes alojado en una posada al norte de Marrakech, a dos tiros de flecha de la Bab Dukkala. Y había tenido tiempo de comprobar por qué el imperio era lo que era. A pesar de que un ejército califal completo se hallaba lejos, Marrakech rebosaba. Las caravanas se seguían unas a otras rumbo a Rabat, a Fez o al Estrecho a través de las colinas Ybilet. Más de esas misiones comerciales saldrían hacia el sur y, cruzando el poderoso Atlas, se internarían en el desierto para dirigirse al país de los negros, o virarían para recalar en la riquísima Siyilmasa. Casi cien mil almas habitaban en la capital, y en sus arrabales se apiñaban cientos de familias que acudían desde los rincones del imperio en busca de seguridad. Los *talaba* eran inflexibles con ellos. Cualquier recién llegado representaba una amenaza, así que había que investigarlo y, si era necesario, proceder a su reeducación. Una buena forma de demostrar la adhesión al Tawhid era hacer donaciones a la Aljama, delatar a los pecadores o entrar en el ejército regular. Las faltas se castigaban de forma ejemplar. En todos los caminos había cruces, y de ellas colgaban cadáveres frescos o despojos irreconocibles. Todo el mundo debía saber que había una sola forma de cumplir la fe: sin fisuras.

Cada mañana, Ibn Qadish se vestía con aquel caluroso *burnús* de franjas grises, al estilo bereber. Se enrollaba el turbante y se internaba en Marrakech. Había hablado con mendigos, con veteranos mutilados, con esclavos. Visitaba las tiendas, regateaba con unos y otros para ganarse su confianza. Una semana antes había logrado conocer a un cocinero del Dar al-Hayyar, el antiguo alcázar almorávide intramuros de la medina. Tiempo atrás, ese había sido también el centro de poder almohade, pero el difunto califa al-Mansur se había trasladado al nuevo y lujoso complejo del sur, as-Saliha, rodeado de jardines y albercas. En el viejo alcázar solo quedaban ya los familiares lejanos de la dinastía y los visires de segunda. Y, según sus informaciones, también la persona a la que había venido a visitar.

Ibn Qadish había visto pocas mujeres en Marrakech. Sabía que estaban allí, tras las celosías, o enclaustradas en los harenes. De vez en cuando, algunas recorrían un callejón pegadas a la pared. Siempre en parejas, porque ellas no podían salir solas de casa; cada una envuelta en su ancho *yilbab* y con la cara escondida tras la urdimbre de hilo del *niqab*. Si los *talaba* se las cruzaban en sus patrullas, las seguían para comprobar que no frecuentaran las calles principales ni hablaran con nadie. O bien las interceptaban para preguntarles qué hacían fuera del hogar. Solo se mostraban así de inflexibles con ellas, y también con los judíos islamizados, fácilmente reconocibles por esos escandalosos parches amarillos. A veces, sin más, los rígidos *talaba* la emprendían a varazos con uno, solo para recordarle que estaban allí, al acecho. Nadie intervenía si veía una de esas palizas. La gente prefería darse la vuelta y buscar otra ruta, o bien bajar la vista y pasar con rapidez.

También había predicadores. Muchos. Congregaban a los ociosos en las puertas de las innumerables mezquitas mientras desgranaban sus panegíricos del Mahdi, del primer califa o del difunto al-Mansur. O bien repetían sin cesar los versículos sagrados hasta que perdían sentido. Entonces entraban en algo parecido a un trance y, a veces, caían a tierra entre convulsiones.

Aquel ambiente opresivo contrastaba con la belleza de la gran ciudad, con el esplendor de los minaretes y con los destellos de los azulejos en la Kutubiyya. Eso ponía nervioso al caíd de Calatrava, así que estaba deseoso de acabar su enigmática misión para volver a al-Ándalus.

—¿Eres Ibn Qadish?

Se volvió sobresaltado. Por un momento temió que se tratara de los *talaba*. Que lo hubieran descubierto. Entonces tendría que dar muchas explicaciones y, tal como funcionaban las cosas allí, lo más probable era que lo recluyeran hasta el regreso del califa. Durante meses y meses. Tal vez más. Tal vez uno o dos años abandonado en una mazmorra.

Pero quien le había hablado no era uno de esos férreos defensores del Tawhid. De hecho se había dirigido a él en árabe andalusí, y no en la jerga bereber o en el árabe áspero que se usaba en Marrakech. Se trataba de un hombre joven, casi un muchacho. Resultaba difícil asegurar que no lo fuera, pues tenía cara de niño. Barba castaña bien recortada en lugar de la larga cortina de pelo negro que los almohades dejaban crecer hasta tapar el pecho. Aunque vestía *burnús* y turbante, como los demás bereberes. Ibn Qadish miró a un lado y a otro. Los africanos pululaban a su aire por el mercado de los libros, o se dirigían a la Aljama ante la inminente llamada a la oración. El extraño insistió:

—¿Eres Ibn Qadish o no?

—Tal vez.

La sonrisa del joven fue más bien burlona.

—Estúpida respuesta. Si se la das a los *talaba*, te verás cargado de cadenas antes del mediodía. Sígueme.

El caíd de Calatrava dudó, pero el extraño marchó a buen paso, con lo que pronto desaparecería entre el gentío.

—¡Espera!

El muchacho no se volvió. Anduvo con seguridad, esquivando los corrillos. Recorrió el lado oeste de la Kutubiyya y se dirigió al Dar al-Hayyar. Ibn Qadish lo seguía a dos pasos, ojo avizor. Iba desarmado, pero no se dejaría prender con facilidad. Mucho era lo que le iba en ello.

El viejo palacio almorávide acusaba el paso del tiempo y, sobre todo, el humillante descuido al que lo sometían los prebostes del imperio. Parte de él había sido derribado para dejar sitio a la Kutubiyya, y el contraste entre uno y otra era evidente. El joven entró por un arco que, en otro tiempo, había sido la envidia del resto de las ciudades del Magreb. Pasó entre dos guardias masmudas que vigilaban aburridos, las lanzas apoyadas en los hombros. No le saludaron, pero tampoco le impidieron el paso. Sin embargo, sí se interpusieron ante Ibn Qadish.

—Viene conmigo —dijo en bereber el joven castaño. Los soldados se retiraron.

Los corredores estaban vacíos. Las estancias que se abrían a los lados, también. La huella almohade se notaba en la austera decoración, pero lo cierto era que faltaban azulejos en todas las paredes.

—Antes lo llamaban Dar al-Majzén porque aquí se tomaban las decisiones —explicó el joven sin volverse—. Entre estos muros se daban órdenes que se cumplían en al-Ándalus, el Sus o Ifriqiyya. Después recuperó su nombre almorávide y, poco a poco, se vació.

—Todavía no sé quién eres.

El muchacho no hizo caso. Subió al piso superior por una escalera estrecha, de peldaños desgastados y resbaladizos.

—Desde este palacio se controlaba toda la ciudad. Los confidentes venían aquí a contar sus secretos. Los aduladores traían regalos para conseguir prebendas. Los soplones dejaban listas de judíos falsamente islamizados. A veces se las inventaban, aunque cobraban igualmente la recompensa. Cuando alguien quería suplicar piedad por un familiar preso, se sentaba a la puerta y dejaba pasar los días sin comer ni beber.

—¿Por qué me cuentas todo eso? —insistió Ibn Qadish—. Ni siquiera sé tu nombre.

El muchacho accedió al corredor de la planta alta. Los versos coránicos se repetían sin fin en las cenefas de loseta verde. El muro interior, enrejado, daba a un patio central en el que crecían palmeras y malas hierbas. Ibn Qadish vio gente en las estancias laterales. Ancianos, los más. Y se oían voces femeninas. El extraño siguió ejerciendo de guía:

—Los visires y los *sayyides* tenían aquí sus harenes. El del califa también. Abuelas, madres y hermanas envejecieron sin abandonar estas cámaras. Algunas siguen vivas.

Ibn Qadish se cansó de preguntar sin obtener respuesta. Corrió hasta adelantar al muchacho y se paró ante él.

—Basta. Di quién eres o me iré por donde he venido.

El joven, que no había borrado su sonrisa socarrona, se desenrolló el turbante. El pelo castaño, casi rubio, cayó en una larga trenza sobre el hombro derecho. Se acentuó su cara de niño. Un niño apuesto, de ojos marrones y agudos.

—Soy Idríss ibn Yaqub ibn Yusuf ibn Abd al-Mumín. Hermano del califa an-Nasir.

Ibn Qadish dio un paso atrás. Tardó varios parpadeos en reaccionar. La trenza masculina era un viejo símbolo andalusí. Una moda de tiempos más libres. Menos opresivos. Nadie se peinaba así ya en al-Ándalus, porque lo correcto era imitar las largas barbas bereberes. Sus cabellos rasurados bien cubiertos por turbantes. Y aquel muchacho descendía de tres califas almohades y era hermano del cuarto. Nada menos. El caíd de Calatrava clavó la rodilla en las baldosas.

—Mi señor...

—Levanta, Ibn Qadish. También soy el hijo de Safiyya bint Mardánish y nieto del rey Lobo. Llevas un mes preguntando por mí en todos los tugurios de Marrakech. Tras llamar tanto la atención, me parece extraño que los *talaba* no te hayan prendido. Además, deberías estar en Calatrava, vigilando la frontera. ¿Te has vuelto loco?

Ibn Qadish, que seguía rodilla en tierra, asintió.

—Creo que sí, mi señor.

Fuera se oyó el canto del muecín. La oración del mediodía. Dios es grande.

Ibn Qadish, confuso, aguardó la reacción del joven. Nadie en Marrakech, en aquel momento, podía dedicarse a otra cosa que extender su almozala y disponerse para rezar. Lo contrario era pecado. Y delito. Idríss señaló la puerta más cercana.

—Entra. Ahí está la persona que buscas. Cuando acabes, vete. De Marrakech, digo. Busca una caravana que viaje hacia el norte y vuelve a al-Ándalus lo antes posible. Aquí hay gente que te vendería por la sombra de un dírhem.

La cámara era alargada, rematada en ambos extremos con alhanías cubiertas por cortinas. Sobre los cofres, pegados a las paredes, había libros antiguos, algunos de ellos con las tapas de cuero raídas. Frasquitos vacíos y extraños objetos de colores. Alguien había adherido pedazos de azulejo a uno de los muros. Las piezas rajadas componían un rectángulo de hermosa caligrafía azul. Ibn Qadish se acercó para descifrar las palabras recompuestas: *Al-yumn wa-l-iqbal*. La felicidad y la prosperidad. En lo alto, pendiente de una alcándara, una cadenita sostenía una estrella plateada de ocho puntas. Un blasón que todos conocían en al-Ándalus.

Una de las cortinas se desplazó con lentitud. Fuera, el muecín concluía la llamada. Todos los habitantes del imperio estarían de rodillas pronto, con la frente pegada al suelo. Pero el caíd de Calatrava no. Y tampoco la anciana que ahora asomaba desde la alhanía.

—¿Me buscabas? —preguntó. La voz débil. Casi cavernosa.

Ibn Qadish la contempló. La *gilala* hasta los pies y de un blanco sucio. El cabello largo, lacio, cano todo él, sin velo que lo ocultara. La piel arrugada. Los iris oscuros. Los surcos más marcados a los lados de la boca y los ojos. Como si aquella mujer hubiera reído mucho. Pero ¿cómo era posible la risa tras vivir toda una vida allí, aislada del mundo, en una ciudad en la que se pecaba tan solo con imaginar?

—No lo sé, señora —respondió por fin Ibn Qadish—. Alguien a quien quiero como un padre me aconsejó que buscara respuestas aquí. —Señaló fuera—. Me dijo que el *sayyid* Idríss me llevaría hasta... ¿Hasta ti?

La anciana se dejó caer sobre el montón de viejos almohadones bordados. Algunos, de tan desgastados, no eran más que forro de seda.

—Has sido imprudente, joven. Has hecho demasiadas preguntas, y nadie es de fiar aquí. Yo tampoco tengo por qué confiar en ti.

—Señora, soy el caíd de Calatrava. La máxima autoridad andalusí al norte de la Sierra Morena y al sur del Tajo. El califa Yaqub confió en mí para proteger al-Ándalus de algaradas y para mantener a los cristianos tras su frontera hasta el momento en que los remate.

La vieja alzó una mano.

—Estoy al corriente de todo. Sé quién eres y qué se espera de ti. Nada escapa a mi conocimiento aquí, en Marrakech. Y esto es el centro de nuestro mundo.

Ibn Qadish seguía sin comprender. ¿Cómo podía ayudarle aquella anciana desde una cámara desvencijada y polvorienta? Metió la diestra en la manga izquierda del *burnús* y sacó la misiva que su suegro le había mandado desde Sevilla dos años antes.

—¿Puedes leer, señora?

—No. Esos libros que ves ahí son recuerdos de algo que ya no existe, como todo lo demás. Mis ojos no son los que fueron. Nada de mí es lo que fue. Lee tú.

Ibn Qadish obedeció. Las palabras de Ibn Sanadid resonaron contra los muros de piedra que los almorávides habían levantado en la esperanza de que nadie los conquistara. El caíd repitió las confidencias que hablaban de Safiyya, la hija del rey Lobo. De su hijo Idríss, al que el califa había despreciado por su sangre. De las extrañas maniobras del Calderero y del peligro que se corría en la frontera. De Salvatierra, del ejército que se estaba formando en Sevilla. Y remató con el consejo de su suegro:

—*No espero que Idríss, un jovenzuelo todavía, sea quien aclare las aguas turbias. Pero junto a él encontrarás a alguien que podrá hacerlo. Tú llega hasta Idríss e invoca la pervivencia de al-Ándalus. Habrás dado gran paso hacia la verdad.*

La anciana se mantuvo un rato en silencio. Con los ojos negros cerrados. Ibn Qadish llegó a pensar que se había dormido, pero entonces lo sorprendió su voz.

—¿Sabes, joven caíd, cuál es el peor defecto de los almohades?

—No, señora.

—La soberbia. Eso es lo que los perderá. En verdad creen que Dios los ha elegido y que están destinados a extender el islam por todo el mundo. Por eso desprecian a sus enemigos y también a quienes, sin serlo, tampoco pertenecen a su raza de cabreros montañeses.

»Así que esos soberbios se consideran mejores que tú y que yo. Una ventaja para nosotros. Mírame, anda. Mira esta piel cruzada de arrugas. ¿Cómo lo diría la vieja cantora...? Ah, sí: *¿qué se puede esperar de una mujer de setenta y cuatro años, tan frágil como la tela de una araña, que gatea como el niño buscando el bastón y camina como el cautivo cargado de cadenas?*

»Esa soy yo. Una vieja débil que a nadie preocupa. Un pellejo vacío, insignificante si me comparas con todo el poder del imperio. Con sus inmensos ejércitos, sus *talaba*, sus visires, sus jeques, sus cabilas, sus barcos, sus caballos, sus espadas...

»Pero no significo tan poco como ellos creen. —Levantó la barbilla, y hasta sus ojos parecieron un poco más negros—. Yo soy Zobeyda bint Hamusk, y un día fui reina.

Ibn Qadish abrió la boca. No supo muy bien cómo reaccionar. Zobeyda. La legendaria Loba, de la que se contaban fábulas tan obscenas que solo podían rumorearse cuando no hubiera cerca oídos indiscretos. Aquella mujer había sido la favorita del rey Lobo. Las historias decían que por ella había perdido la cabeza el soberano del Sharq al-Ándalus. Que para protegerla se había enfrentado a los almohades con una fiereza que jamás alcanzaron los cristianos. Y que había muerto solo, enloquecido, cuando ella lo abandonó.

—Mi señora...

—No hables, joven caíd. Solo escucha.

»Eres carnaza. Un cebo enorme, lanzado al mar para que la bestia cristiana te muerda y se quede enganchada. Los almohades han decidido sacrificarte, igual que los cristianos decidieron sacrificar a mi esposo hace mucho tiempo, cuando yo gozaba de hermosura y al-Ándalus era un paraíso.

»El califa an-Nasir es el más pusilánime de su dinastía. Más incluso que su abuelo Yusuf, con quien tuve que emparentar para vergüenza de mi estirpe. Entre estas paredes se sabe lo que solo se sospecha fuera. Nadie se atrevería a repetirlo, pero yo puedo hacerlo:

»Es el visir Ibn Yami, *el Calderero*, quien realmente gobierna el imperio. Aunque la sangre que corre por las venas del Calderero, para su pesar, es andalusí, como la nuestra. Por eso en su naturaleza, al igual que en la tuya y en la mía, reside la traición. Ese es el sino de todos los andalusíes, incluso de todos los habitantes de nuestra península, cristianos y judíos, hombres y mujeres. La leche que bebí de los pechos de mi madre sabía a traición, y con ella alimenté también a mis hijas, y ellas a sus hijos. Mi nieto Idríss lleva la traición en su corazón, y tú también.

»Al otro lado del patio, en este mismo palacio, el Calderero tiene su harén. ¿No resulta sorprendente que no guarde a sus concubinas en as-Saliha, como todos los grandes visires? ¿No es curioso que ellas vivan aquí, donde no se dignan aparecer el califa o sus parientes? Conozco personalmente a esas mujeres. Cada año se añaden tres. Siempre son esclavas judías, criadas en tierra cristiana. Bellas y bien dispuestas. Incluso adiestradas para su cometido, que no tiene nada de inocente. No son botín de guerra. No son simples doncellas, ni campesinas, ni las ha raptado nadie en una algara. Créeme, sé qué diferencia a unas mujeres de otras, y a estas el Calderero no las compra en el zoco. Alguien empezó a enviárselas justo cuando se firmó la tregua entre el imperio y Castilla.

Ibn Qadish entornó los párpados.

—¿Quieres decir que el Calderero accedió a la tregua por...?

—Tengo amigas entre esas concubinas. El tiempo pasa despacio en Dar al-Hayyar, y yo dispongo de mucho. El acuerdo entre el Calderero y Castilla lo arregló una embajadora judía... muy especial. Una tal Raquel. Hermosa y astuta dicen que es. La Leona la llaman. Me gustaría conocerla. ¿Crees que una vieja loba y una joven leona podrían llevarse bien?

El andalusí retrocedió dos pasos. Aquello empezaba a marear.

—Pero... ¿qué tiene eso que ver conmigo?

—Todo, caíd. Hace muy poco, el propio Calderero ha dispuesto un cambio de gobernador en Sevilla. El tío del califa, Abú Ishaq, ha sido trasladado. En su lugar ha puesto a un hombre de su confianza, Abú Musa. Esto no es ningún secreto, pues se comenta por todo Marrakech. Y ahora, tras conocer la carta de tu suegro, cobra mayor sentido. Es un paso más del Calderero para controlar lo que se está formando en al-Ándalus. Un segundo ejército.

»Tal vez lo sepas: ante la ineptitud de an-Nasir, su padre al-Mansur repartió el trabajo delicado entre sus dos grandes visires. El Calderero recibió el encargo de ocuparse de al-Ándalus, mientras que el otro gran visir, el tuerto Abd al-Wahid, está a cargo de Ifriqiyya. El Tuerto es el gran rival del Calderero, esto también se sabe. Su prestigio es mucho porque viene de una pura familia almohade y ha hecho sobrados méritos. Gracias a él se conquistaron las Islas Orientales, y ahora era el turno de arreglar el problema del este. Sin embargo, ambos visires han acompañado al califa a Ifriqiyya para pacificarla. Apostaría todo lo que me queda, lo que hay en esta cámara, a que el Calderero se librará del Tuerto antes de regresar. Y así ese inepto de an-Nasir quedará por completo en sus manos. Entonces estará a un paso de la gloria. Lo único que le restará al Calderero es conseguir su gran triunfo.

—¡Salvatierra! —comprendió Ibn Qadish—. ¡Ese será su triunfo! ¡Por eso no quiere que yo la reconquiste!

La anciana Zobeyda habría roto a reír, pero solo pudo emitir una carcajada ronca.

—Ah, joven caíd. Eres tan iluso... En su momento, el Calderero recuperará Salvatierra, sí. Pero ese no es su fin, sino su herramienta. Al igual que lo eres tú, el gran cebo al que mantendrá débil para atraer a la bestia cristiana. Castilla caerá sobre ti, y no podrás defenderte, sino retroceder y suplicar ayuda. Entonces aparecerá él. El gran visir, tutor en solitario del califa, líder de un fabuloso ejército que doblará lo visto hasta ahora. Salvatierra desaparecerá entre sus fauces, igual que tú y los tuyos seréis tragados por los cristianos. Y se luchará la batalla definitiva, Ibn Qadish. Y el Calderero se alzará triunfante y reclamará su puesto. Uno que no soportará la sombra de nadie. Ni siquiera la de ese inútil de an-Nasir.

30

Ras-Tagra

Cuando un ejército califal al completo avanzaba, su rastro se medía por arroyos secos y graneros vacíos. Y eso a pesar de que los secretarios almohades calculaban cada jornada de marcha y, con una antelación de semanas, repartían depósitos de víveres y agua. Eso en territorio propio. En territorio ajeno, los soldados vivían del enemigo, porque enemigo era todo aquel que no rindiera pleitesía al Tawhid y al califa. Todo estaba medido. Cuántos sacos de cebada y trigo se necesitaban; cuánta agua, cuánta carne, cuánta leña consumirían los veinte mil hombres. Y además estaban las necesidades de los caballos, acémilas y hasta las pulgas que seguían a semejante marea humana. Para esta expedición, el gran visir Abd al-Wahid estaba demostrando su gran competencia en logística. El Tuerto no era solo un estupendo guerrero y un líder militar nato. Era, además, un planificador destacado. Por eso la marcha hacia el este cumplía todos los objetivos. Por eso y porque, para evitar sorpresas, el gran visir había mandado por delante a la flota, costeando el norte de África con orden de bloquear los puertos rebeldes y evitar huidas por mar. Lo que quedara de los Banú Ganiyya, aislados y superados, sería empujado hacia el este hasta la llegada de una decisión drástica.

La noticia de la campaña no tardó en extenderse por todo el imperio y sobrepasar las fronteras. Por tierra, el ejército almohade era una bestia gigante pero de patas cortas. Con tres toques que se escuchaban a jornada y media de distancia, el gran tambor marcaba el inicio de cada marcha al amanecer. Los escuadrones y cabilas se movían siempre en el mismo orden, marcado por la preeminencia y por la superioridad de raza. Se avanzaba hasta mediodía, cuando se establecía de nuevo el campamento. Se disponían las tiendas en círculos, con el gran pabellón rojo del califa en el centro y, alrededor, el estado mayor, la mezquita de campaña, el harén califal... La guardia negra separaba el núcleo de poder de las tribus, más lejos las más impuras. Así hasta el exterior de la gran ciudad móvil, ocupada por la escoria del imperio: los andalusíes. Toda la tarde descansaba el ejército, mientras el califa y sus visires recibían a las autoridades locales y se examinaban las noticias de Ifriqiyya.

Esas noticias eran claras. Al saber que todo un ejército califal cruzaba el Magreb en dirección a levante, los últimos rescoldos de los Banú Ganiyya se habían puesto en pie de guerra. Se sucedían los correos a sus adeptos, las tribus de antiguos almorávides sometidos que se extendían desde el Yarid hasta Trípoli, y a los díscolos clanes árabes que no perdían la oportunidad de pescar en río revuelto. La maniobra de resistencia final sería dirigida por el último de los Banú Ganiyya, de nombre Yahyá. El hermano pequeño de Cabeza de Serpiente. En los meses recientes, Yahyá había llevado a cabo una eficaz campaña de reclutamiento entre los nómadas árabes de las llanuras, a los que había otorgado poder sobre las ciudades de Ifriqiyya. Los desmanes cometidos fueron muchos, pero la pequeña serpiente consiguió ganarse su fidelidad. Desde luego, no soñaba con vengar a su hermano mayor, y tampoco con recuperar Mallorca o cualquiera de las otras islas. Sin embargo, pensaba que podría, poco a poco, arrancar Ifriqiyya de la soberanía almohade. Al fin y al cabo, todas las campañas del imperio durante décadas habían sido tan costosas como inútiles. ¿Acaso no podía cansarse en Marrakech de las carísimas e insistentes rebeliones orientales?

Pues al parecer, no. Cuando la pequeña serpiente supo que un ejército califal al completo marchaba hacia él, sus esperanzas se desvanecieron. Para colmo, la noticia alcanzó los confines del imperio y Trípoli, que también había caído bajo los Banú Ganiyya, se amotinó y volvió a alzar en sus torres la bandera blanca de an-Nasir. La pequeña serpiente montó en cólera. No podía permitirse un bastión tan importante a sus espaldas cuando un ejército califal le venía de frente, así que recorrió las sierras que discurrían en paralelo a la costa desde el desierto salado del Yarid hasta la Tripolitania. El Yábal Matmata, el Yábal Dammar y el Yábal Nafusa. Cordilleras pobladas por pastores huraños, salvajes que habían sobrevivido incluso a las depredaciones de los árabes. Prometió a esas tribus montaraces que, si se unían a él, podrían sacudirse el yugo almohade y ocupar un lugar de honor en su nuevo reino. Aunque lo que convenció en verdad a aquellos serranos fue el botín que les ofreció. Podrían entrar en Trípoli y hacer lo que les viniera en gana con ella. Y con sus habitantes. Los montaraces tardaron tan poco en aceptar como en lanzarse sobre la ciudad. El saqueo fue bestial. Durante días, las mujeres fueron violadas hasta reventarlas, y a los críos los arrastraron a las montañas para convertirlos en eunucos y usarlos como esclavos. En cuanto a los hombres de Trípoli, solo los que se escondieron evitaron el degüello. El propio Yahyá ibn Ganiyya se horrorizó, pero regresó con cierta tranquilidad a Túnez. Lo que importaba era que los montañeses habían adquirido una deuda que deberían pagar en su momento.

Entonces aparecieron los almohades. Cuando la flota de an-Nasir se dejó ver, la pequeña serpiente ordenó que se abandonara Túnez. No quería quedar acorralado por mar y tierra, así que optó por trasladarse al sur, a la ciudad costera de al-Mahdiyya, donde puso a buen recaudo los tesoros acumulados durante años de pillaje.

Túnez regresó al seno almohade sin esfuerzo. Se purgó a los sospechosos de haber colaborado con los rebeldes, se practicaron las correspondientes crucifixiones y el ejército califal continuó su camino. Pero antes de que llegara a al-Mahdiyya, la pequeña serpiente dejó una guarnición, abandonó la plaza con la mayor parte de sus tropas y marchó todavía más al sur. Se internó en el corredor natural entre el mar y la cadena montañosa del Yábal Matmata, con lo que evitaba que an-Nasir le cortara el paso o le rodeara, y estableció su campamento cerca de Gabes. En campo abierto, con la ancha planicie como escenario, mandó aviso urgente a los montañeses, y estos acudieron a su lado, fieles al compromiso.

Cuando los almohades llegaron ante la rebelde al-Mahdiyya, supieron que el ejército rebelde aguardaba al sudeste. El Tuerto, que tampoco quería dejar ciudades rebeldes a retaguardia, mandó construir almajaneques y estableció un cerco total, por mar y tierra. Y a continuación se lanzó a encontrarse con el último de los Banú Ganiyya.

Principios de otoño de 1205. Ifriqiyya

Los lugareños llamaban a aquel sitio Ras-Tagra.

Se trataba de un compacto y pequeño grupo de colinas en medio de la llanura costera, cuarenta millas al sudeste de Gabes. Tierra dura y seca, sin apenas vegetación. Los rebeldes, que habían llegado antes, estaban acampados al sur, con el único río de las inmediaciones a su espalda.

El Tuerto no se anduvo con dilaciones. Sin agua y aislados en aquel paraje, la superioridad numérica de los almohades no serviría de nada si no actuaban enseguida. De modo que ni siquiera pidió permiso al califa. Se limitó a ordenar que montaran su pabellón rojo en lo alto, de forma que quedara a su vista el que iba a ser el campo de batalla. Junto a él se dispuso el gran tambor, y la mañana se dedicó a vigilar la posición enemiga y a planear el orden de combate almohade. An-Nasir, que había dominado su pánico durante el largo viaje de meses a través de su imperio, cayó de nuevo en la desesperación. Túnez se había entregado sin lucha, y en al-Mahdiyya los enemigos no se habían atrevido a salir. Pero allí, en Ras-Tagra, había todo un ejército de rebeldes en disposición de acabar con él. Y había oído lo que se contaba sobre el saqueo de Trípoli. Lo de los hombres descuartizados y los testículos de los críos amontonados para alimento de perros.

Por eso an-Nasir suplicó entre balbuceos que todos los Ábid al-Majzén se quedaran con él. Alrededor de su magnífica tienda roja, encadenados y dispuestos a dejar sus vidas para proteger la suya.

—Q-q-quiero una barr... Una barr... Una barricada ahí.

A mediodía, acumularon los carros, amontonaron sacos de cebada y los apuntalaron con piedras. Todo un palenque por delante de los guardias negros encadenados, formado sobre las laderas de la colina, de forma que no estorbara a la vista; con una sola vía de salida a retaguardia. Cuando el Tuerto supo que habían construido aquella especie de empalizada, advirtió al califa de que no podría informarle del desarrollo de la batalla, pues no convenía perder tiempo en rodear el amasijo de maderas cada vez que quisiera hablar con él. A an-Nasir le dio igual. Ya vería el combate desde arriba. Si se atrevía a mirar, claro. El Calderero, que se quedaría junto al amado príncipe de los creyentes, estuvo de acuerdo.

—Es tarea tuya, Abd al-Wahid, dirigir esta lucha. Toma las decisiones oportunas. Tu califa mirará y examinará tu actuación. Te atendrás a las consecuencias.

El Tuerto ignoró la amenaza. Se aseguró de que la vía de escape para el califa estaba limpia, aunque no le auguraba una larga vida si aquello terminaba en derrota almohade. Lo de Ras-Tagra iba a ser el todo por el todo, tanto para el vencedor como para el derrotado. Dirigió la vista al oeste. Era otoño y el sol descendía pronto. Pero no pensaba emplear toda la tarde en la batalla. Acabaría antes, mucho antes del anochecer.

—Casi doblamos en número a los rebeldes, príncipe de los creyentes —dijo. Las placas de su cota cegaban al reflejar el sol. Su único ojo fijo. Su piel seca, sin una sola gota de sudor. Como una efigie tallada en roca del Atlas. Enfrente de él, el califa parecía una caña azotada por el vendaval. An-Nasir no vestía equipo militar, sino turbante, *burnús* y capa. Todo negro, como correspondía a su dignidad. Tenía su sitio dispuesto a la entrada de su pabellón, con la almozala extendida. El Calderero le había colocado a ambos lados la espada y la adarga de su padre, y el consabido Corán delante. Alrededor, los Ábid al-Majzén permanecían encadenados frente al palenque, con las lanzas en vertical.

—S-s-somos más. B-b-bien. Ent... Ent... Entonces ac-c-caba p-p-pronto c-c-con ellos.

El Tuerto hizo un solo y firme movimiento de cabeza. Dedicó una mirada de desprecio al Calderero y se ajustó el casco. Luego montó en su caballo y lo condujo hacia la parte trasera del pabellón para salir de aquel indigno corral.

—No te preocupes, príncipe de los creyentes. —El Calderero, que sí vestía con cota de malla y llevaba una reluciente y nueva espada al cinto, observó las evoluciones de los distintos cuerpos almohades. Cada cabila corría ya a ocupar su puesto—. El Tuerto tiene razón. Somos más. Y mejores. Además, Dios está de nuestro lado.

An-Nasir no contestó. Aunque el castañeteo de sus dientes lo decía todo. Se acomodó sobre la almozala. Tomó el Corán con manos temblorosas y lo abrió al azar. Intentó leer en voz alta:

—*Si no m... Si no m...* —Tomó aire—. *Si no march-ch-cháis al c-c-combate, Dios os somet-t-terá a un c-c-castigo doloroso...* —inspiró de nuevo—, *os reemp-p-plazará por otro p-p-pueblo y...* —Cerró el libro de golpe al darse cuenta de lo que decía.

«Estupenda señal», pensó el Calderero. Se volvió a medias. Allí estaba, el único califa almohade que no acompañaba al ejército al combate. Después miró de nuevo a las formaciones que evolucionaban en la llanura. Vio su visir rival cruzando el campo a caballo, desde las colinas hasta su posición en la zaga. Observó cómo escuadrones enteros levantaban las lanzas y las espadas y lo vitoreaban. Tuerto. Tuerto.

Había que reconocerlo: el Tuerto sí se comportaba como un verdadero líder. Y sus hombres se lo premiaban. Alguien le alargó la gran bandera blanca del imperio, que enarboló con seguridad. Para la ocasión usarían la misma que había presidido la victoria en Alarcos. En letras doradas, bordadas con ribete negro: «No hay más dios que Dios. Mahoma es el enviado de Dios. No hay más vencedor que Dios.» Entre esas letras, la vieja mancha de sangre seca. La que el propio al-Mansur había enjugado del rostro de Abú Yahyá, el hermano del Tuerto. El Calderero, que no había observado el detalle hasta ese momento, pensó que tal vez sería mejor limpiarla.

—Muchas cosas hay que limpiar —se dijo.

En ese momento, el Tuerto se volvió hacia la colina y agitó la bandera de lado a lado. Los servidores del tambor reaccionaron con un solo toque. Bum.

Era la señal. Las filas se compactaron, los distintos cuerpos ocuparon sus lugares. Un movimiento unánime, maquinal, que espantaba por su precisión. El Calderero tuvo que reconocerlo:

—Es bueno. Es muy bueno.

Sus ojos, fijos y ávidos de un conocimiento que pudiera aprovechar en el futuro, se fijaron en cómo el Tuerto se reservaba el mando directo de la caballería almohade. Los jinetes nobles del imperio, hijos de *sayyides*, visires y jeques. Ellos serían la reserva, dispuesta a actuar donde fuera preciso. Por delante, los jóvenes atabaleros alinearon sus mulas, dispuestas para avanzar junto al resto del ejército mientras marcaban el ritmo. Con un tamborileo que quedaba reservado para el ejército almohade, mientras que los rebeldes oirían sobre todo los toques sordos y espaciados del gran tambor.

En la medianera formó el grueso del ejército: la infantería almohade. Las cabilas masmudas, con lanzas y escudos, precedidas de los arqueros *rumat*. Como estos eran de origen almorávide y su fidelidad estaba comprometida al luchar contra hermanos de raza, los ballesteros andalusíes estaban colocados entre ellos. En los flancos de aquel cuerpo central, el Tuerto había dispuesto dos alas de caballería de al-Ándalus, con sus pesadas lorigas y lanzas largas, al modo cristiano.

En cuanto a la vanguardia, su centro lo componía la masa desordenada de fanáticos *ghuzat*, con sus túnicas blancas adornadas de versículos y sus armas sin afilar, viejas, oxidadas y hasta rotas. A ambos lados, la caballería árabe y los jinetes arqueros *agzaz*, tan coloridos como siempre.

A lo lejos, hacia el sur, también había movimiento. El ejército rebelde adoptaba su orden de combate, tal como habían hecho los almohades. Aunque era difícil distinguirlo desde la colina, el Calderero supuso que la pequeña serpiente lucharía al antiguo modo almorávide. En un cuadro sólido de lanceros en cuyo interior situaría a los arqueros y honderos. Los más peligrosos sin duda serían los árabes rebeldes, Aquellos clanes, compuestos por jinetes, eran imprevisibles. Luchaban por su cuenta y podían caer desde cualquier sitio, o fingir retiradas para atraer a escuadrones enteros que después, aislados, sufrirían el exterminio. No se les veía evolucionar, por lo que el Calderero supuso que se encontrarían a cubierto, detrás de sus compañeros de a pie, dispuestos para lanzar sus ataques repentinos.

Un nuevo toque del gran tambor marcó el comienzo de la masacre. Bum. Los atabaleros empezaron con sus redobles y los *ghuzat* los acompañaron con el vocerío habitual. *Allahu akbar* y adelante.

Al mismo tiempo, los *agzaz* arrancaron. En Alarcos, su constante ir y venir había diezmado la carga cristiana, y hasta habían conseguido colocarse a su espalda para acribillarlos a flechazos. Los *agzaz* eran los mejores arqueros a caballo. Cada uno de ellos emplumaba sus dardos con una combinación de color única, similar a la que lucía en su estrambótica vestimenta. Así, tras la batalla, podía recuperar sus flechas y alardear de cuántos enemigos había derribado. Ahora, en Ras-Tagra, pusieron en marcha su táctica. Sus caballos, pequeños y ligeros, se adelantaron hasta las filas enemigas y empezaron a hostigarlas. Tiraban al avanzar, y también mientras volvían riendas y desfilaban ante los escudos de mimbre de los Banú Ganiyya. Incluso al alejarse, vueltos hacia atrás sobre sus sillas. Desde la colina, aquello parecía un infinito ir y venir de abejas furiosas entre el polvo en suspensión.

«Los jinetes enemigos no salen a repelerlos», observó para sí el Calderero. Lógico, desde luego. Emplear la única caballería rebelde en perseguir fantasmas no era astuto precisamente.

Mientras los *agzaz* castigaban la vanguardia enemiga, la primera oleada almohade se acercaba al choque. En su carrera, los *ghuzat* se habían desmandado. Los más jóvenes se adelantaban, con lo que llegarían derrengados a las líneas rebeldes. Los más viejos, jadeantes, se quedaban atrás. No se podía pedir más a aquellos chiflados ávidos por clavarse en las lanzas enemigas. A ambos lados de los fanáticos voluntarios, los jinetes árabes avanzaban en espera de que los *agzaz* agotaran sus flechas. Entonces entrarían ellos en acción, acosando nuevamente a los rebeldes con sus jabalinas. Fijándolos en el sitio, sin posibilidad de moverse. Aguardando la llegada de la auténtica infantería almohade.

Un nuevo movimiento de la bandera blanca y los atabaleros respondieron con un redoble más rápido. La medianera arrancó en orden, proyectiles delante, lanceros detrás. Las cinco grandes cabilas masmudas patearon la tierra seca, y el temblor se extendió hacia el mar y las montañas. Los jinetes andalusíes los acompañaron al paso, protegiendo los flancos, y los muchachos de los atabales también avanzaron tras la enorme masa armada.

«Todo medido», pensó el Calderero. Hasta sentía las punzadas de admiración por su gran rival. Se volvió. El califa lloraba. Se restregaba la cara, cogía el Corán, lo abría. Movía los labios en silencio, pero no daba con ningún versículo de su agrado. Eso debía ser. El gran visir devolvió la vista al avance del ejército almohade. Los *ghuzat* más alocados se disponían a chocar contra el mimbre rebelde mientras los jinetes arqueros seguían lanzando sus proyectiles en parábola, para mantener agachadas las cabezas enemigas.

El sonido del impacto tardó en llegar dos latidos de corazón. Fue en forma de griterío, aunque casi pasó inadvertido bajo el ritmo de los atabales. Ahora la nube de polvo era más densa. Las dos alas de caballería andalusí siguieron al paso, aunque se abrieron ligeramente para tomar un rumbo divergente.

«Los flanquearemos», adivinó el Calderero. Grababa cada movimiento en su mente. Porque podía odiar al Tuerto, pero también sería capaz de aprender de él. Era necesario para cumplir el plan cuyas aristas pulía noche tras noche.

La masa de *ghuzat* había desaparecido, tragada por la niebla de la guerra. Ahora los jinetes arqueros disparaban casi a ciegas, aunque el ejército rebelde estaba tan apelotonado que no había problema. Poco a poco, la infantería pesada almohade fue penetrando en la cortina de polvo y los árabes se unieron a la matanza.

Entonces algo llamó la atención del Calderero. Fue apenas un destello al oeste, lejos de la batalla. Hacia las faldas del Yábal Matmata. El visir se movió tras los guardias negros y alcanzó el borde occidental de la colina. El sol, bajo y rojizo, casi tocaba las cúspides de las montañas más altas. Entornó los ojos y vislumbró otra nube de polvo. Una que parecía resbalar hacia las laderas, empujada por la suave brisa del mar.

—Hijos de perra —susurró. Anduvo deprisa. Pasó junto a an-Nasir, que ni siquiera lo miró, y se introdujo en el gran pabellón rojo. Levantó la voz—. ¡Mubassir!

El chambelán del califa, un eunuco de gran altura y piel muy blanca, salió de detrás de uno de los bastidores.

—¿Sí, ilustre visir?

—¡Corre abajo! ¡Di al Tuerto que los rebeldes nos rodean desde las montañas!

El eunuco abrió mucho la boca. Él era personal de servicio, acostumbrado a servir entre tapices y almohadones. Parpadeó un par de veces.

—¿Yo, mi señor?

—¡Tú! ¡Si no te veo hablando con él antes del próximo toque de tambor, te prometo que te cortaré las manos y los pies!

Se oyó un gemido en la entrada. An-Nasir había oído la orden, y ahora perdía el control de sus manos. Se le había caído el Corán, una mancha húmeda se ensanchaba en la almozala.

—¡No q-q-quiero morir!

El Calderero, contrariado, palmeó con fuerza.

—¡Llevad al califa dentro!

Los sirvientes obedecieron mientras Mubassir bamboleaba su gran trasero hacia la trasera del pabellón. Abajo, los redobles de los atabales se oían cada vez más débiles.

El Tuerto observa satisfecho el movimiento de las tropas.

La medianera se ha alejado hasta el punto de no retorno. Aquel en el que tardarían menos en alcanzar al enemigo que en regresar a su posición original. A los lados, las dos alas de caballería andalusí se separan para adelantarse, rodear por los flancos el cuadro enemigo y encerrarlo en una media luna. Y por delante, los arqueros *agzaz* y árabes ya habrán agotado sus proyectiles mientras los rebeldes se esfuerzan en resistir el choque de los voluntarios.

El cálculo ha sido sencillo. Los rebeldes disponen de unos cuatro o cinco mil hombres de a pie entre súbditos de los Banú Ganiyya y tribus montañesas. Los jinetes árabes enemigos no llegan al millar. Fijar a la infantería rebelde y machacarla hasta el exterminio será cuestión de insistencia. Los almohades tienen de su lado el mayor número y la posibilidad de diezmar las filas enemigas con los arqueros *agzaz*. El remate será la carga de caballería andalusí, que penetrará por los flancos y barrerá los restos de la rebelión para siempre.

La única preocupación del Tuerto, pues, son los clanes árabes enemigos. Esos malnacidos, según sabe, han dejado a sus mujeres e hijos en su campamento, un par de millas al sur. Una extraña costumbre que los enardece, porque perder supone mucho más que morir. Así que el único ojo del visir se mueve de derecha a izquierda, vigilando los alrededores. El secreto si aparecen los árabes es no morder su cebo, por supuesto. No cargar contra ellos ni salir en su persecución. El problema es que aún no los ha visto. No sabe dónde están. Y están, maldita sea.

Pica los ijares de su caballo con suavidad, hasta llevarlo por delante de la caballería noble almohade. Con el astil de la gran bandera en vertical, ondeando con suavidad hacia la derecha. Trota un poco hacia el este. Mira a lo lejos. Nada. Al volverse hacia el oeste, los oblicuos rayos del sol lo deslumbran. Lo asalta una punzada de temor.

—¿Dónde están sus clanes árabes?

Los jinetes lo miran sin responder. Ellos, simplemente, aguardan la orden para acudir a reforzar las filas propias si flaquean. Y no es probable que ocurra.

El Tuerto se restriega el hueco del ojo. En momentos como ese maldice la herida de Alarcos. «Ver la mitad no es de ayuda para un líder», piensa. Observa la colina a su espalda, con el gran pabellón rojo. Él debería hallarse allí, con una panorámica total del campo de batalla. Pero ese es privilegio del califa. «Aunque, bien pensado, el califa tendría que ser el líder.»

Y es que por vez primera desde el nacimiento del imperio, el califa no es el mismo que lidera el ejército. Ni tiene trazas de poder hacerlo en mucho tiempo. Al Tuerto le cuesta imaginar a an-Nasir allí, en su puesto. Sosteniendo la gran bandera blanca, presto a enviar a cientos a la muerte o de acudir a la lucha sin dudar. No. Imposible.

«Tal vez sea otro quien merece ser califa.»

Ahuyenta ese pensamiento. Ni siquiera se detiene a considerar que constituye una traición. Lleva su atención al frente, donde la infantería pesada almohade ha desaparecido bajo la nube de polvo. Los jinetes *agzaz* regresan con las aljabas vacías, y la caballería andalusí completa su parábola previa a la carga a lo cristiano. Antes de que el sol toque las cimas del Yábal Matmata, la rebelión será historia.

—Mi señor, el chambelán rueda colina abajo.

El Tuerto se vuelve. Es uno de los jinetes almohades el que ha avisado. El eunuco Mubassir, grande y obeso tras años de tranquilo servicio en los harenes califales, yace despatarrado a media ladera, con su propia nubecilla blanca disolviéndose sobre él. El visir guía a su montura hacia el chambelán. Llega cuando, con gran esfuerzo, consigue ponerse en pie. La cara tiznada de polvo, la respiración entrecortada.

—Atacan... Mi señor... Atacan...

—Respira, Mubassir. ¿Qué quieres decir?

El eunuco señala a las montañas del oeste. Al sol.

—Los rebeldes... atacan... al califa.

El Calderero recorre las filas de Ábid al-Majzén. Lo hace congestionado, con el terror a punto de salir disparado de su garganta.

—¡Que no pasen! ¡Aguantad!

Como si fuera preciso ordenarlo. Esos hombres grandes y fuertes, tan negros como las grutas mineras de Bambuk, llevan casi toda su vida dedicados a eso. Esperando un momento semejante. Desde que, apenas unos bebés, fueron capturados en alguna frondosa selva, o durante una incursión nocturna en su poblado, en el país de los negros o en el lejano reino de Kanem. Y después vendidos en los mercados de Aoudaghost, Tombuctú, Oualata o Kaouar; llevados a través del océano de arena a los enormes zocos de Agmat, Ouargla o Siyilmasa; seleccionados por los secretarios almohades para formar parte de la guardia califal. Durante todos sus años de lujos en el Dar al-Majzén, bien alimentados, surtidos de las más hermosas esclavas de su raza, adiestrados solo para sacrificarse por el príncipe de los creyentes.

Se preparan. Algo estorbados por las cadenas que los unen, adelantan el pie izquierdo y empuñan sus gruesas lanzas con ambas manos. Erizan de púas la línea de esclavos. Al otro lado del palenque, los jinetes árabes enemigos trepan la ladera. Sus caballos se encabritan, resbalan, caracolean para esquivar rocas, huecos y fisuras. Algunos lanzan sus jabalinas sobre la barricada de madera y sacos. Los guardias negros no llevan escudos. Tienen a gala prescindir de armas defensivas. Solo se cubren la cabeza con un capacete de cuero, y oponen al enemigo su poderoso torso cruzado de correas. Algunos resultan alcanzados, pero resisten como titanes, con las azagayas clavadas en el torso o en los brazos. El Calderero se desgañita.

—¡Aguantad! ¡¡Aguantad!!

A su espalda, an-Nasir sale de la tienda. Pisa la almozala, húmeda de orines. Ni siquiera recoge la espada de su padre o el Corán de su bisabuelo. Mira a ambos lados. El Calderero teme que, poseído por el pánico, el califa abandone la protección del palenque.

—¡Vuelve dentro, mi señor!

An-Nasir no sabe qué hacer. Tropieza con uno de los vientos y va a darse de narices contra el suelo. Llora como un crío.

—¡Soc... Soc... Socorroooooo!

El Calderero desenfunda su arma. Le tiembla en las manos, pero él no huye. Mira a su izquierda. Maldice en voz baja. Mantener a los guardias negros encadenados alrededor de la tienda impide que puedan reagruparse frente a la ladera oeste, que es por donde suben los jinetes árabes rebeldes. En la llanura, la batalla sigue envuelta en una densa nube de color blanquecino. Ve evoluciones de caballería a ambos lados, en líneas densas y ordenadas, así que deben de ser los andalusíes. El Tuerto está a punto de vencer allá abajo, sí. Pero si el califa cae aquí arriba, la victoria será de los Banú Ganiyya.

Un jinete rebelde salta desde su caballo y se encarama al palenque. Consigue ponerse de pie. Los negros carecen también de armas arrojadizas, así que nadie lo derriba. El enemigo grita en lo alto, y más de sus hermanos de clan lo imitan. Se acumulan hombres, como si fueran lobos que han de derribar a un gran jabalí y, sabedores de que uno o dos no serán suficientes, esperan a más y más miembros de la manada. El Calderero retrocede unos pasos y se asoma al pabellón califal.

—¡Coged armas y salid! ¡Defended al príncipe de los creyentes!

Pero los de dentro no son guerreros. Nadie obedece la orden. El gran visir vuelve a maldecir. Su jugada, que él creía perfecta, se agrieta y amenaza con pulverizarse. Ya casi hay cien rebeldes encaramados al palenque. Armados con esas mazas finas que usan los árabes, con sus escudos redondos y los turbantes blancos con paños que se estiran hasta envolver todo el rostro. Uno de ellos se atreve a saltar en la parte de dentro. Varios negros apuntan sus lanzas hacia él. Más árabes se cuelan. Rebeldes y Ábid al-Majzén se miran. Un golpe del gran tambor resuena y hace estremecerse a amigos y enemigos. El Calderero recuerda ahora que envió en busca de auxilio al eunuco Mubassir. ¿Habrá llegado, o yacerá muerto en la ladera, atravesado por una jabalina árabe?

Uno de los rebeldes finta con acercarse. Los negros pican, aunque no alcanzan su objetivo. Por fuera del palenque siguen llegando jinetes que disparan sus azagayas. Uno de los negros cae con un arma clavada en la cara. Los dos que tiene a los lados lo sostienen por las cadenas. A la mente del Calderero vienen historias de tiempo atrás. De cuando Yusuf, el abuelo de an-Nasir, era califa. De cómo se refugió en su pabellón rojo, igual a este, y se hizo rodear por un pequeño destacamento de su guardia negra. Fue en una campaña contra el reino de Portugal, en al-Ándalus. Los ballesteros enemigos atacaron de noche y consiguieron barrer a los esclavos. Todo el mundo sabe que allí resultó herido el califa Yusuf, y que poco después murió. El Calderero se pregunta si es ese el destino que espera a an-Nasir.

«¿Es ese el destino que me espera a mí?»

Un ulular le enfría la sangre en las venas. Los árabes rebeldes gritan mientras mueven la lengua y levantan las mazas. Arremeten a un tiempo contra los guardias del califa.

El Tuerto clava los talones. Agita las riendas. Grita como si un *yinn* se le hubiera metido en la cabeza.

—¡Adelante! ¡Adelante!

Trepa la ladera en diagonal, rodeando la colina de sur a oeste. El sol, que hace un momento lo cegaba, se oculta ya tras las cimas azuladas del Yábal Matmata. Tras el Tuerto cabalga toda la reserva del ejército almohade. Los hijos de las familias nobles del imperio. Salta un reguero seco y ve al primer rebelde. Es un árabe que, como él, se esfuerza en llevar a su caballo monte arriba. Al verlo, el enemigo abre mucho los ojos. Da la alarma, pero su grito se pierde entre los muchos otros que inundan la cúspide de la colina. Los cascos de los animales levantan nubecillas de polvo, arrancan guijarros que ruedan ladera abajo. El Tuerto levanta la bandera, blanca y grande.

Toda la zaga almohade carga de lado contra la caballería árabe. Los sediciosos no tienen margen para la maniobra. Ellos, acostumbrados a su maniobra de *tornafuye*, necesitan espacio abierto y llano, no ese maldito lecho terroso cuajado de espolones rocosos y barrancos. Algunos árabes caen cuando sus animales meten los cascos en las grietas del terreno. Los caballos almohades no son tan ágiles, pero sí más pesados y fuertes. El Tuerto tira de las riendas a la derecha, hacia la cima de la colina. Ve monturas amontonadas a este lado del palenque, y algunos hombres en lo alto, blandiendo mazas. Inclina hacia allí la bandera blanca.

—¡¡Defended al califa!!

La irregular columna almohade efectúa una conversión ladera arriba. Los animales se lanzan a un último esfuerzo. El Tuerto arroja al suelo la bandera. Un sacrilegio justificado cuando se impone matar. Desenfunda su espada y reparte tajos a ambos lados. Sus hombres lo imitan mientras, penosamente, se acercan a la barricada. Decenas de caballos huyen espantados, algunos árabes se dan la vuelta y ven lo que les viene por la espalda. Poco a poco, la caballería almohade llega al palenque. El Tuerto desmonta. No parece un hombre de sesenta años, sino un muchacho de veinte. Trepa por la barricada. Mientras se agarra con las uñas a los listones de madera o los sacos de rafia, recuerda que él no estaba de acuerdo con esa tontería del palenque. Aunque ahora tal vez haya frenado lo suficiente el ataque enemigo. O tal vez no. Tal vez alguno de esos árabes insurrectos lleve la cabeza de an-Nasir atada al cinto.

Cuando llega a lo alto, ve a los rebeldes abriéndose hueco. Han concentrado su ataque sobre un punto de la línea encadenada, y una docena de guardias negros están muertos. Los demás, impedidos para acudir a la brecha, observan horrorizados cómo sus compañeros caen. Varios árabes están a punto de cruzar. Las propias cadenas lo impiden. Y al otro lado, el Calderero los espera solo. Espada en mano. Eso sorprende al Tuerto. Más almohades llegan a la cima del palenque.

—¡Aquí arriba!

Los árabes rebeldes se vuelven. Ante sus ojos, el gran visir Abd al-Wahid, general de los ejércitos almohades, se muestra como una aparición del infierno. Con el ojo vacío, la espada ensangrentada en la mano, el resplandor rojizo a su espalda. Un par de árabes se las arreglan para sortear por fin las cadenas y los cadáveres negros, azuzados ahora por la presencia almohade a su espalda. A uno lo ensarta el Calderero, pero el otro corre hacia el pabellón califal.

An-Nasir retrocede hasta chocar con la última columna de madera. Dos concubinas, un secretario del Majzén, diez esclavos y un eunuco se apiñan a su lado.

Fuera no hay más que gritos. Dios es grande, dicen. Pero eso es algo que por esas tierras dicen tanto los almohades como los insurrectos. El califa cierra fuerte los ojos.

«Quiero estar en casa. Quiero estar en casa. Quiero estar en casa.»

En sus pensamientos, an-Nasir no tartamudea. En sus sueños tampoco. Claro que, en sus sueños, es un valiente guerrero capaz de guiar a sus tropas. De batirse en primera fila, espada en mano, decapitando salvajes, insurrectos e infieles. En sus sueños, an-Nasir es un gobernante sabio que castiga lo prohibido y lleva la gloria de Dios a todos los rincones de su imperio. En sus sueños, an-Nasir es mejor que su padre.

Resbala por la superficie pulida y bien barnizada de resina. Queda sentado sobre el suelo cubierto de alfombras y cojines. A su alrededor, los chillidos de horror no cesan. Se cubre la cara con ambas manos. Él también grita. Le duele la garganta de hacerlo. Moquea, y si no se vacía otra vez en los zaragüelles es porque ya no le queda nada dentro. Uno de los bastidores cae y arrastra la tela. Desbarajuste de cacharrería y metal. Un esclavo desorientado sale corriendo.

—¡P-p-por fav... Por fav...!

Se le viene gente encima. Hay dedos que se aferran a él. Uñas que se le clavan. Le hacen daño. Alguien levanta una alfombra para escarbar. An-Nasir abre los ojos y ve al esclavo que intentaba huir. La cara le chorrea sangre, y su cabello es un batiburrillo de pelo negro, sesos y hueso. Cae de rodillas antes de derrumbarse. Eso desata el pánico en los que aún mantenían una pizca de calma.

El árabe rebelde irrumpe en el aposento de tela. La maza chorreante. Mira atrás un momento, luego de nuevo a la montonera de gente. Sonríe al localizar al único que viste ropas negras. El color prohibido en el imperio a quien no sea el príncipe de los creyentes. An-Nasir grita por última vez. Las concubinas y los esclavos se separan de él. El eunuco intenta permanecer inmóvil entre la alfombra y la tierra. El califa está solo. Sus piernas no responden. Entrelaza las manos. Ladea la cabeza, aunque no aparta la mirada del que va a ser su verdugo. Intenta decirlo de nuevo:

—¡P-p-por fav... Por fav...!

Los guardias negros rugen de impotencia, pero están encadenados. Imposibilitados para entrar en la tienda y defender a su amo. El rebelde avanza despacio. Se recrea en el momento. Matar a un califa. Pocos pueden decir que han hecho tal cosa. Vale la pena morir por esto. Eso dicen sus ojos oscuros. Levanta la maza. Sonríe. Nadie intenta proteger a an-Nasir. Nadie suplica clemencia, salvo él.

—¡P-p-por favor!

La hoja de hierro asoma por el vientre del árabe. Un chorro de sangre salpica la cara de an-Nasir. El tiempo se detiene en el gran pabellón rojo. Los chillidos cesan. El pánico deja paso al estupor. El Tuerto desclava con lentitud. El arma brota escarlata de la espalda del rebelde, que suelta la maza. Se mira el cuero ensangrentado de la cota. Intenta agarrarse la herida, pero sus dedos resbalan. Aún sigue en pie cuando el Tuerto lo rodea y, sin hacerle ya caso, ayuda al califa a levantarse.

—Arriba, mi señor.

An-Nasir se agarra al hombro de su visir. Su vista aterrorizada sigue puesta en el rebelde. Este también lo mira. Incluso balbucea:

—Estaba... tan cerca.

El califa brama. Arrebata la espada al Tuerto y mete un tajo torpe en el cuello del árabe. Ahora sí cae. La alfombra se encharca enseguida, mientras se desangra el que iba a convertirse en el asesino más célebre de Ifriqiyya, el Magreb, el Sus y al-Ándalus. Fuera, los Ábid al-Majzén entonan un cántico triunfal.

31

A un paso de la gloria

Dos meses después, finales de otoño. Toledo

Raquel sostuvo el velo en torno al rostro. Se alzó de puntillas para contemplar la salida de la sinagoga. Algunas otras mujeres aguardaban, aunque más a la vista que ella. Saludaban a padres, esposos e hijos, y tomaban el camino de regreso al hogar. Sin vergüenza. Sin motivos para ocultarse.

Los hebreos de Toledo estrenaban Janucá, así que tocaba reunión familiar. Habría regalos en casa del gran rabino, y esa noche alguien encendería la primera vela del candelabro.

Raquel se separó un poco de la esquina. Era una tarde fría. Por la humedad que subía desde el Tajo, o tal vez fuera el hielo que se le agarraba al corazón.

Entonces lo vio.

Salía tras el gran rabino. Sonriente cada vez que alguien le frotaba el pelo. Devolviendo saludos y feliz de ser el centro de atención.

—Qué guapo estás, Yehudah —susurró la Leona.

Nadie la oyó. Había demasiada alegría para que su pena destacara. Raquel tampoco había querido llamar la atención con ropas lujosas, y tanto su cabello como su rostro seguían a buen recaudo. Se volvió a apoyar en el ladrillo de la sinagoga y, con la mano libre, se tapó los ojos. El nudo se demoraba en la garganta. Volvió a mirarlo. Su hijo tenía ya once años y, por lo que veía, no le faltaba de nada. Almejía de calidad, manto con fíbula al hombro, buen aspecto, compañía. Había otros críos que, como él, seguían al gran rabino rumbo a su mansión. Raquel vio cómo se alejaba.

«¿Preguntará por mí alguna vez?», pensó.

Tragó saliva. La cabeza gacha mientras varios de los judíos pasaban a su lado. No debían reconocerla, ella no tenía que estar allí. Se perdió por el callejón más cercano. Anduvo rápido, con el velo bien sujeto. No pudo evitarlo y se fijó en que Toledo cambiaba deprisa. Moros de paz por las calles, puestos surtidos, joyas en las gargantas, risas en las tabernas... Los buenos tiempos regresaban, o eso parecía. Al menos se respiraba cierta esperanza, como si la ciudad no se hubiera visto amenazada por los ejércitos almohades apenas una década antes. Pero no ver a los sarracenos desde las murallas no significaba que no existieran.

«Existen. Y volverán.»

Llegó a las inmediaciones del alcázar. Ahora era cuando la cosa se ponía complicada porque Raquel, para casi todo el resto del mundo, seguía en Ávila. Observó al guardia más cercano, un ballestero somnoliento que perdía la mirada en un charco. Se preguntaba cómo entraría cuando oyó la voz a su espalda.

—¿Eres tú, Raquel?

Se volvió. Parpadeó un par de veces para asegurarse, pero sí. Era él.

—¿Príncipe Fernando?

El muchacho había pegado el estirón. Ahora había que mirarlo desde abajo. Sin saber por qué, la judía se sintió orgullosa. Fernando había heredado la belleza de su madre. Los ojos de un color difícil, la tez clara y algunas pecas. El flequillo rubio le daba el mismo aspecto inocente que a Leonor Plantagenet. Quedaba por saber si debajo se ocultaba una astucia similar. El príncipe tomó la mano de Raquel y se inclinó para besarla. A ella le dio un escalofrío.

—No te descubras la cara. Ven conmigo.

Ella obedeció. El muchacho le había dado la orden sin alharacas ni altanería. Con naturalidad. Al caminar tras él, Raquel observó que sus espaldas se habían ensanchado. Entonces reparó en la espada al cinto. En la forma de sujetar su puño para que no se balanceara. ¿Cuándo se había convertido en un hombre?

En realidad no lo era. Fernando se volvió a medias antes de alcanzar las puertas de la fortaleza.

—Estoy deseando que me hables de Ibn Qadish. ¿Me contarás cosas de él?

Lo había dicho como el crío que pide un cuento antes de dormir. Raquel asintió.

—Claro, mi señor.

El príncipe le cedió el paso en todas las puertas. Incluso se adelantó a un par de monteros para abrirle dos de ellas. Y cada vez que ella lo miraba, Fernando respondía con una sonrisa franca. Llegaron al ala del alcázar ocupado por la reina. Fernando se las arregló para esquivar a las doncellas y acabaron en una de las cámaras con telares. La invitó a tomar asiento en un escabel. Ni siquiera se quitó el manto. Raquel sí se libró del velo y dejó que el cabello le cayera sobre los hombros. Fernando se demoró en contemplarla un poco más de lo aconsejable, pero pronto se dio cuenta y carraspeó.

—Cuéntame. ¿Es tan alto como dicen?

Raquel sonrió. Digno hijo de Leonor Plantagenet, acostumbrado a escuchar gestas de caballeros fuertes como toros, valientes como águilas.

—Es bastante normal. En realidad, diría que es más bajo que tú... Pero ¿cómo sabes que lo conozco?

—Mi madre me lo dijo. Ella llegará enseguida.

Eso le amargó el dulce a Raquel. La reina se lo había dicho de todas las formas posibles: todo lo que hacían, lo hacían por sus hijos. Solo que Leonor tenía al suyo allí. Raquel tenía que conformarse con mirarlo desde lejos.

—Ibn Qadish es un adalid querido por sus hombres. Jamás abandona a ninguno, por eso cuenta con su lealtad. Nunca se queda atrás, pero sabe ser compasivo. ¿Recuerdas esa historia de los calatravos rodeados a los que perdonó la vida? No es la única vez que lo ha hecho. Eso sí: si te enfrentas a él, debes estar dispuesto a morir. O a matarlo.

Al príncipe se le fue la mirada al techo.

—Yo lo mataría.

—Y aun así lo admiras, príncipe.

—Sí. ¿No se puede admirar a tu enemigo?

Nueva sonrisa de Raquel.

—Todavía eres muy joven. Ojalá lo fueras siempre.

—Ya tengo dieciséis años. A mi edad, mi padre era rey.

—No tenía más remedio. Perdió tan pronto a sus padres que no los recuerda. Tú tienes suerte. Está bien que admires a Ibn Qadish, pero no quieras adelantarte en ir a matarlo.

—Entonces tú también lo admiras, ¿no?

Raquel no se lo había planteado así. Tal vez sí. Tal vez lo admirara. ¿Y qué? También admiraba a la reina Leonor. Y aun así la odiaba.

—Sí, lo admiro. Y lo mataría, igual que tú. Estamos locos, ¿eh, príncipe?

Rieron. Al otro lado de la puerta se oyeron pasos, crujir de tela cara, vibrar de hierros. Raquel se puso en pie. Los ballesteros abrieron las puertas y cedieron paso a la reina de Castilla, que examinó la escena con sorpresa. El príncipe y Raquel cara a cara, muy cerca el uno de la otra. Poses relajadas. Confianza. ¿Algo más?

—Mi señora. —La judía tiró de los faldones para arrodillarse. Fernando corrió a besar la mano de su madre.

—Hijo, déjanos solas. Cosas de mujeres.

El príncipe se volvió un instante y dedicó a la judía una sonrisa que ella le devolvió. Reina y súbdita aguardaron a que los hombres se alejaran. Leonor dejó que Raquel siguiera arrodillada. Avanzó despacio, recreándose en el momento. Acarició sus rizos castaños con el mismo fingido cariño que siempre.

—Ya puedes levantarte.

—Gracias, mi señora.

Pero no la invitó a sentarse. La reina sí lo hizo.

—Cómo crecen, ¿eh? —Leonor miró hacia la puerta recién cerrada—. No hay mayor felicidad que comprobarlo día a día.

Raquel apretó los dientes.

—Hasta que uno de esos días nos abandonan. Y cuanto más los hemos disfrutado, más profunda es la puñalada. —La judía pareció recordar algo y se tapó la boca—. Oh, mi reina, te ruego perdón. Acabas de enterrar a una hija y has enviado otra a esperar su matrimonio con el príncipe de Portugal. Qué falta de tacto el mío.

Leonor le clavó los ojos, que se oscurecieron bajo la sombra de las rubias cejas.

—Dejemos a los hijos. Te he hecho venir porque el rey está fuera. Aunque espero que hayas sido discreta de todos modos.

—Lo he sido, mi reina. Nadie sabe que estoy aquí salvo tú y el príncipe.

—Bien. La gente casi ni se acuerda de esas mentiras repulsivas sobre el rey y tú, pero cuesta mucho devolver su brillo a la virtud. Y una sola mota de polvo puede echarlo todo a perder. —Leonor cruzó los dedos en el regazo—. Mi esposo está en el norte, defendiendo mi dote. Se ha ido dispuesto a hacerlo por las armas, pero yo no guardo gran esperanza en recuperar Gascuña. Bah, qué tontería. Si nunca fue mía. Esa tierra estará siempre en disputa entre Francia e Inglaterra. Nada tenemos nosotros que hacer allí. El rey lo sabe, pero ha de fingir que el asunto es importante porque Sancho de Navarra también quiere sacar tajada. Asquerosa que es la política, amiga mía. ¿No estás de acuerdo?

—Nadie mejor que yo lo sabe, mi reina. Asquerosa de verdad.

—Claro. El caso es que nuestro negocio sigue aquí. El santo padre escribe carta tras carta a los arzobispos, y estos ponen a trabajar a los obispos. El final de la tregua con el miramamolín se acerca, eso es lo que debería preocuparnos. Y ahí está la causa por la que te he hecho venir a Toledo.

—Manda, mi reina.

—Mando que me des cuenta de tu viaje a Calatrava. ¿Qué pudiste sacar de ese infiel de Ibn Qadish?

Raquel se regaló un momento para recordarlo.

—Es uno de los hombres más virtuosos que he conocido. No: el que más.

—¿Qué? ¿Un sarraceno?

—Sí. Pero no me lo tengas en cuenta, mi reina. Tampoco he conocido a muchos hombres por sus virtudes. Yo no me preocuparía por él. En su momento servirá a nuestros intereses, aunque no lo hará de buen grado.

Leonor asintió.

—Confío en ti, amiga mía. Y ahora atiende a tu siguiente mandado, porque de poco servirá un tratado de paz entre Castilla y León, por muy cerca que lo tengamos, si Diego de Haro no vuelve al redil.

Raquel estuvo a punto de poner los ojos en blanco. Diego de Haro. La verdad era que lo esperaba hacía tiempo.

—Diego de Haro no es un cordero, mi reina.

—Lo veremos. Porque tú sigues siendo una leona, ¿no?

La habría estrangulado. Tal vez algún día lo hiciera.

—Claro que sí, mi reina. Una leona.

—Pues te toca salir de caza. Dentro de poco habrá una reunión. La más importante entre los reyes de la cristiandad que ambas podamos recordar. Nunca se negocia mejor que desde una posición de fuerza, y todos los apoyos son pocos. Diego de Haro debe estar con Castilla.

La judía suspiró. Cerró los ojos y se frotó las sienes. Fue solo un momento.

—Entonces he de ir a León.

—Así es. A recordar viejos tiempos. No te costará mucho, mi fiel y querida amiga.

Dos semanas más tarde, principios de 1206.
Asedio de al-Mahdiyya, Ifriqiyya

El Tuerto anduvo entre los Ábid al-Majzén, que lo observaban sin disimular su admiración. Habían pasado tres meses desde aquella tarde en Ras-Tagra, pero el gran visir parecía diez años más viejo. Y a pesar de todo, seguía con su porte marcial. La barbilla alta, bien aferrado el puño de la espada, fulgurante el único ojo.

Terminó de rodear el pabellón califal y se presentó en la entrada. Los dos guardias negros retiraron sus lanzas, el hintata se asomó.

Allí estaba, cómo no, el Calderero. Repartiendo órdenes entre los secretarios, despachando misivas entre los correos que habían de salir hacia el oeste. El eunuco Mubassir, que se había ganado su confianza en Ras-Tagra tras rodar colina abajo para avisar del ataque rebelde, le dio un par de toques en el hombro. El Calderero levantó la cabeza.

—Aquí tenemos al héroe —deslizó un gesto de asco entre el halago y la sonrisa. Se puso en pie y estiró el brazo hacia las mamparas del fondo, donde se hallaban los aposentos del califa en la gran tienda roja—. ¿Quieres presentarte ante él?

—Así es. Noticias importantes.

El Calderero chascó los dedos. Fue suficiente para que un par de esclavos corrieran a anunciar al príncipe de los creyentes que sus dos grandes visires querían verlo.

An-Nasir había recuperado parte del color. En Ras-Tagra lo había dado todo por perdido. Durante un momento que se le antojó eterno, había mirado a la muerte a los ojos. El resto era ya historia oficial, repartida a todos los rincones del imperio en comunicados de cancillería: la victoria almohade era total. El exterminio de las tropas rebeldes, casi completo. Los restos maltrechos de los Banú Ganiyya habían huido hasta perderse en el inhóspito desierto de sal del Yarid.

—¿Q-q-qué ocurre?

El Tuerto clavó la rodilla en tierra y besó la mano del califa. Este apenas se canteó sobre su montaña de cojines.

—Mi señor, al-Mahdiyya suplica el amán. Te ofrecen todas sus riquezas y sus personas si les perdonas la vida.

An-Nasir suspiró, y fue como si se arrugara. Con la rendición de aquella ciudad, la sumisión de Ifriqiyya se completaba por fin. Por primera vez en muchos meses, el califa fue capaz de curvar sus labios en lo que podría tomarse por una sonrisa.

—P-p-purgaremos la ciud-d-dad.

El Calderero dio un paso al frente.

—Príncipe de los creyentes, permíteme que sea el primero en felicitarte y en dar gracias a Dios, alabado por siempre sea. Has conseguido lo que no logró tu bisabuelo Abd al-Mumín. Ni siquiera tu padre, el gran al-Mansur, fue capaz de...

—No nos precipitemos —le atajó el Tuerto—. Otras veces se han aplastado rebeliones en Ifriqiyya. Pero los insurrectos resurgen siempre.

El rostro del Calderero se iluminó. Incluso palmeó la espalda de su rival, lo que no sentó muy bien a este.

—Además de un héroe del imperio, Tuerto, eres un ilustre estadista. —Se volvió hacia el califa—. Mi señor, tengo la solución definitiva al problema.

An-Nasir, que se había desentendido de las operaciones militares desde Ras-Tagra, observó a su visir más joven con curiosidad.

—Habla.

El Calderero exageró sus gestos. Metió las manos en las mangas del *burnús* y ocupó el lugar central de aquella estancia de tela y madera. Su voz se alzó solemne:

—El primer paso será limpiar Ifriqiyya, naturalmente. Príncipe de los creyentes, tu fiel Tuerto debería viajar hasta los confines del imperio y exterminar raza tras raza. A todos los traidores y a aquellos de quien no quede asegurada la lealtad. Desde los muchachos hasta los ancianos. Degollados. O mejor aún, decapitados para amontonar sus cabezas en las plazas, en los cruces de caminos, en las puertas de las mezquitas.

»Habrá que recorrer el Yábal Matmata y borrar todo rastro viviente. Caer sobre las familias de los montañeses Banú Dammar, recorrer las sierras con la ira de Dios por bandera, y derramar la sangre de los tibios hasta el Yábal Nafusa. Más allá de Trípoli, una ancha franja ha de quedar yerma de vida para que no vuelva a florecer el embrión de la rebeldía. No queda más remedio que condenar al olvido los clanes de los Suwaqqa y los Banú Maqqud.

»Pero la medida más importante que has de aprobar, príncipe de los creyentes, servirá para que el dominio almohade de estas tierras no se tope con más interrupciones. En lugar de regresar cada diez o quince años con un ejército califal para aplastar las rebeliones, hay que evitar que ocurran. Yo te imploro que des máximos poderes a nuestro gran héroe tuerto, Abd al-Wahid ibn Umar Intí. Que se quede en Túnez como tu representante, incluso como si fueras tú mismo, aunque sujeto a tu poder. Que retenga consigo el tesoro que esquilmaron los Banú Ganiyya y que se provea de tropas suficientes para mantener su autoridad.

El único ojo del Tuerto pestañeó repetidas veces. Miró al Calderero como si no lo conociera. El propio an-Nasir abandonó por fin su estupor y, como si fuera un anciano de ochenta años, consiguió incorporarse.

—¿D-d-dices que le dé un p-p-poder que c-c-casi igualaría al mío? ¿T-t-tú?

Por un breve instante, el Calderero vaciló. La mente del califa había sufrido tantos golpes que cualquier reacción podía esperarse de él. Sin embargo, se había metido en un pantano del que solo se podía salir avanzando.

—Sí, príncipe de los creyentes. La fidelidad del Tuerto, que te salvó la vida, está fuera de toda duda. Nunca tendrás que regresar aquí si no es para esparcirte y visitar tus posesiones. Otros asuntos han de ocupar tu voluntad, y para eso necesitas despreocuparte de Ifriqiyya.

El Tuerto entornó su ojo. La comprensión iluminó su mirada. Habló en aquel tono ronco que detenía el torrente de sangre en las venas:

—Y así, Calderero, tú quedarás como único consejero de nuestro califa.

An-Nasir no lo oyó. O fingió no hacerlo. Poco a poco, su tez pálida recobraba la vida. Sonrió por segunda vez. Se volvió hacia el Tuerto y puso ambas manos sobre sus hombros. Casi no temblaba.

—Sea. T-t-te nombro señor d-d-de t-t-toda Ifriqiyya. C-c-con plenos p-p-poderes. Ibn Yami, c-c-corre a anunciarlo a los j-j-jeques.

El Calderero llenó sus pulmones de aire. Cerró los ojos. Y vio su obra en el futuro. Dos enormes ejércitos califales marchando por la ribera del Guadalquivir, cruzando las montañas y cayendo como ángeles exterminadores sobre los reinos cristianos. Con él al frente. Durante generaciones, las crónicas hablarían del gran visir Ibn Yami. Del descendiente de un humilde calderero andalusí que se alzó sobre todos los jeques, visires y *sayyides* almohades. Que llevó al imperio de Dios hasta el apogeo. Que superó a todos cuantos lo habían precedido y que no podría ser igualado por nadie. Jamás. Cuando abrió los ojos, el Tuerto seguía mirándole con esa mezcla de burla y desafío.

—Por esto viniste, Calderero.

—Solo Dios conoce sus designios, amigo mío. Te felicito. Ahora eres el segundo hombre más poderoso del imperio. —Dirigió una reojada al califa y ensanchó la sonrisa de triunfo.

32

Un libro más

Principios de primavera de 1206. Santa María de Huerta

Fray Martín de Hinojosa cerró el legajo. Acarició las guardas de madera reforzadas con tiras de cuero y observó el gesto taciturno de Velasco. No intentó consolarlo. No había forma de hacerlo. Tomó el libro, se acercó a uno de los armarios libreros y lo posó con cuidado sobre una pila de antifonarios. Al retroceder dos pasos, la silueta de la obra se volvió vulgar. Igual que todas las demás que se amontonaban en el *scriptorium*.

—No es justo —dijo.

Sus palabras se disolvieron en el silencio que cubría el monasterio mientras los monjes se hallaban fuera, trabajando la tierra. Eso era lo malo de las palabras, desde luego.

«Que no viven más que un instante.»

Sin embargo, lo escrito permanecía. Sin eso, sin la escritura, ¿cómo podrían ellos disfrutar de la palabra divina?

Volvió a observar a Velasco, sentado frente a su pupitre, con las viejas crónicas extendidas. Ya habían perdido su utilidad. Al menos para el *Cantar*.

Lo habían llamado así, *Cantar*, porque cantada debería reproducirse la aventura de Mío Cid. Sin embargo no habían grabado el título, y tampoco el nombre del autor.

Vanidad de vanidades. Eso no era lo que convenía a un hijo de Dios. «Los muros de la Iglesia están cubiertos de oro, pero sus hijos siguen desnudos», había dicho san Bernardo al renegar del lujo, de los relicarios de oro y piedras preciosas, de las sedas y de los grandes banquetes eclesiásticos. Aunque la escritura no era un lujo. Ni siquiera la profana.

—No es un lujo —repitió Hinojosa, esta vez en voz alta—. Es una necesidad.

Velasco no reaccionó. Seguía inmóvil, vacío. Aplastado ahora que lo sabía. Su trabajo languidecería en el monasterio. El arzobispo de Toledo lo había dejado bien claro cuando fray Martín le escribió para pedir una nueva audiencia e insistir sobre la difusión del *Cantar*.

«No quiero oír hablar más de esa estupidez.» Esa había sido su respuesta.

¿Cuántos libros? ¿Cuántos habían envejecido hasta deshacerse, hasta convertirse en polvo junto con la sabiduría, incluso con las estupideces que contenían?

—¿Cómo preservar la sabiduría? ¿Cómo llevar nuestros anhelos hasta los hombres que están por venir? ¿Cómo salvar el salto de los años, los siglos, los milenios?

Martín de Hinojosa descargó el puño sobre el pupitre más cercano a pesar de que la cólera no era buena consejera. Hacía mucho, mucho tiempo que no se sentía así. Él, que había triunfado sobre la soberbia, sobre la ira, sobre la envidia... Para eso había seguido la vía del Císter. Para ahogar en el temor de Dios las flechas inflamadas del Enemigo. Sin otra razón que la fe y la obediencia. Porque no se podía usar la razón para explicar lo que está por encima de ella. Ni había conducta más errada que desobedecer a los doctores de la Iglesia.

—Pues esta vez desobedeceré.

Velasco levantó por fin la vista. Hinojosa recuperó el libro. Y, por un momento, pareció recobrar también los ánimos juveniles.

—¿Qué haces, fray Martín?

—Evitar que muera. Vivirá. No porque tú lo hayas escrito, sino porque otros lo leerán. Y sabrán quiénes fueron nuestros padres y qué hicieron para preservar el mundo.

Velasco se puso en pie. Habría jurado que a Fray Martín lo poseía un hálito extraño.

—No te entiendo.

—No importa. Todo el mundo debería saber esto. —Hinojosa blandió el legajo como una espada—. Y lo sabrán. A pesar del arzobispo de Toledo y hasta por encima del papa si es necesario.

»Sé qué hacer. Es más: nadie lo sabe mejor que yo. Llevo la vida entera de monasterio en monasterio. Conozco a todos los abades de Castilla, y también a muchos de fuera.

Se detuvo un instante. El genio que lo embargaba lo llevó a sentarse y a tomar la pluma. Ni siquiera se detuvo a considerar que escribía sobre el trabajo de otro monje. Mojó en los posos del cuerno que colgaba del pupitre y trazó las líneas con rapidez, los ojos entornados y la cabeza muy cerca del pergamino.

—¿Qué haces, fray Martín?

—Escribo. No hay nada más sagrado.

Velasco se santiguó. Aquel hombre se había vuelto loco.

—No me perdonaría que esto te causara problemas. No es tan importante. Déjalo, fray Martín. Te lo ruego.

—Pagaremos por nuestras culpas, que eso no te quite el sueño. Lo que menos me preocupa ahora es el arzobispo de Toledo... —Dejó de escribir. Miró su propia letra como si viera algo desconocido. Se levantó, tomó el pergamino y lo arrugó antes de arrojarlo contra un rincón—. Nada de esto. He de ir yo mismo y contarlo de viva voz. Solo así me aseguraré de que se cumpla.

Hinojosa avanzó a grandes pasos hacia la salida del *scriptorium*.

—¿Me puedes explicar a qué viene todo esto, fray Martín?

Fuera sonó la campana. La llamada a vísperas. El anciano pareció regresar al mundo.

—Es tarde. Mañana saldré de madrugada. —Le extendió el *Cantar*—. Toma, envuélvelo bien y átalo. Hazlo junto a otros libros, así resultará menos sospechoso. Tráemelos a la hora prima, antes del capítulo.

—¿Adónde irás? ¿Quieres que te acompañe?

—No. Nadie debe relacionarte con el *Cantar* o podrías tener problemas. Pero a mí no me importa ya.

»Iré a Santa María de Óvila. El monasterio es de nuestra orden y me tienen en estima. Los favorecí bastante cuando fui obispo. Mira tú por dónde, al final me habrá servido de algo el tiempo perdido con aquel dichoso báculo.

—Aún hace frío, fray Martín. Un viaje así a tu edad...

Son setenta millas, pero vale la pena. Tengo un buen amigo en Óvila. Estuvo a mi servicio en Sigüenza. Era escribiente para el cabildo y le encantaba iluminar manuscritos, así que le enseñé todo lo que sabía. Lo nombraron abad el verano pasado, ¿quién lo habría dicho cuando era un zagal escandaloso? Pedro se llama. Discreto y leal. Y sobre todo, muy hábil con la pluma. Nos servirá.

—¿Nos servirá? ¿Para qué, fray Martín?

—Para copiar el *Cantar*. Una copia de alta calidad, digna de un rey.

Velasco arrugó el ceño.

—Entonces será ese abad Pedro al que meterás en un lío.

—De eso nada. No diré al abad Pedro que Pisuerga detesta el *Cantar*. Así, si lo acusa, podrá decir que lo engañé para copiarlo. Y en cuanto a mí... ¿Qué puede pasarme? Da igual. Pase lo que pase, el *Cantar* no será un libro más.

Fray Martín salió del *scriptorium* riendo por lo bajo. Fuera, en el claustro, los monjes regresaban de sus labores con los aperos al hombro. Velasco se rascó la tonsura.

«Una copia digna de un rey», repitió para sí. Eso había dicho Hinojosa. Digna de un rey.

—Que Dios nos ayude.

Al mismo tiempo. Cabreros, reino de Castilla

El tratado lo habían firmado en el castillo, pero las dos delegaciones, la castellana y la leonesa, se alojaban en campamentos equidistantes, una a la vista de la otra. El estandarte con el león ondeaba sobre un pabellón del que salió andando Diego de Haro. Antes de alejarse, estrechó la mano del rey leonés. No se iba de vacío, desde luego. Se notaba en su amplia sonrisa. Un sirviente le acercó el caballo bien enjaezado y le alargó un astil con el estandarte de su casa, el lobo negro sobre tela blanca.

La nobleza y los prelados se habían reunido para presenciar aquel paseo, aunque el regreso del señor de Haro a los brazos de Castilla no era más que una consecuencia del tratado.

—Buen trabajo, como siempre.

Raquel, que de nuevo ocultaba el rostro tras el velo. Miró de reojo a la reina Leonor. Esta ocupaba un escabel a la entrada del pabellón, bajo el gran pendón rojo con el castillo dorado. Un poco más allá, el rey Alfonso aguardaba en pie, pateando nervioso la tierra húmeda.

—Gracias, mi señora.

Leonor sonreía. Y no era una sonrisa amable.

—¿Fue desagradable, amiga mía?

Lo de «amiga mía» era peor que un pellizco con tenazas al rojo. Raquel le clavó la vista. De frente y sin disimulos.

—El señor de Haro pasa de los cincuenta, mi señora. Pero es fogoso y, sobre todo, fuerte. —Bajó la voz y se inclinó a un lado—. Y aunque no lo fuera, ya sabes lo puta que soy. Cuando hay ansia de yacer, poca flauta es menester. Tal vez deberías probar.

Leonor de Castilla se volvió furibunda. Por fortuna, su esposo no lo notó. La reina recompuso el gesto y observó de nuevo la lejanía. Diego de Haro ya cabalgaba hacia el campamento castellano. Pasó junto a los artífices del texto, los arzobispos de Toledo y Compostela, más otros nueve obispos y una buena retahíla de clérigos menores de los dos reinos.

—Amiga mía, ¿sabes lo que esos sacerdotes han escrito en el tratado? —preguntó la reina.

—Claro que no, mi señora. Mientras ellos escribían, yo me dejaba joder por el señor de Haro.

Esta vez, las palabras de Raquel llegaron a oídos de una sirvienta que pasaba con un balde lleno. Quedó paralizada, pero una mirada furibunda de la reina sirvió para que diera aire a sus pasos, lo que le hizo perder la mitad del agua por el camino.

—No corras, muchacha —se burló la judía—. Si solo estamos rimando. Escucha: *Cual palmera soy por mi talle, como el sol por mi hermosura. A mi señor se la pongo dura ¡y así logra que me calle!*

Raquel tuvo que gritar la última parte porque la criada corría con el pozal ya vacío. Leonor no pudo evitarlo: recuperó la sonrisa.

—Pues, amiga mía, mientras tú se la ponías... dura a don Diego, nuestros prelados redactaban las condiciones de la paz en romance, no en latín. Lo han hecho así porque se reconoce el derecho de mi nieto Fernando, el hijo de Berenguela, a heredar la corona leonesa. Es lo mismo que prohibió el papa hace poco. ¿Crees que el santo padre no lo va a saber solo porque no esté escrito en la lengua de Roma? Sí, lo sabrá. Pero hará como si no, igual que solo oye lo que quiere oír. Y yo, por mucho que sepa, no quiero enterarme de cómo te... joden el señor de Haro, el rey de Aragón o el emir de Mallorca.

—Has preguntado tú, mi señora. Pero sea como quieres.

Diego de Haro rebasó a los clérigos y, con la colina en la que se elevaba el castillo de Cabreros al fondo, apretó el paso hasta plantarse ante el rey de Castilla. Desmontó sin soltar su estandarte, puso una rodilla en tierra. Humilló la cabeza.

—¡Vuelvo junto a ti, mi rey, y te reconozco como señor natural! ¡Tuya es mi fidelidad!

—Y yo te recibo, don Diego, como a buen vasallo hace un señor.

Los vítores se alzaron en el campamento castellano. Leonor suspiró.

—Por fin lo hemos conseguido.

—Enhorabuena, mi señora. Buen trabajo.

De nuevo se volvió la reina hacia la judía.

—Diego de Haro recibe todas las posesiones que tenía antes de desnaturarse. Recupera el cargo de alférez de Castilla. Y el rey de León ha otorgado a su hijo Lope la tenencia de la Extremadura. Reconozco tu ayuda, amiga mía, pero los demás hemos puesto de nuestra parte.

Raquel se sacudió el brial con la mano libre. Con la otra aseguraba el velo en torno al mentón.

—Bien, mi reina. Entonces está conseguido, ¿no? Los reinos cristianos han alcanzado la concordia.

—Sí, amiga mía. Después de tantos años. Todos los castillos que Berenguela llevaba en dote pasan a mi nieto en señorío. Nosotros le damos otros tantos, y el leonés también. Sobre ellos ondeará el estandarte leonés, pero la mitad recibirán tenencia y guarnición castellanas.

»No podemos aspirar a más con León, y ni con esto podemos asegurar que acudiremos unidos a donde nos llama el destino. Diego de Haro vuelve al redil, con Portugal vamos servidos, y no habrá mejor aliado que el rey de Aragón en cuanto se libre de sus cuitas con los herejes.

—Pues solo falta Navarra.

—Así es. Navarra.

La judía examinó el gesto de la reina. De repente se notó cansada. Hasta los hombros se le vencieron.

—El rey Sancho. ¿Mi próxima presa?

—Sí y no. —Leonor se levantó del escabel. Desde la parte leonesa, la inmensa hueste de la casa de Haro seguía los pasos de su señor. La reina se acercó mucho a la súbdita—. Tu... padrino Abraham me ha hablado de las noticias que llegan de África. Por lo visto, el miramamolín lo ha conseguido. Los insurrectos que lo mantenían ocupado en los confines de sus tierras han caído, así que ahora tiene las manos libres. Su vista se volverá hacia aquí, como ocurrió con su padre. Se nos acaba el tiempo, Raquel. Ayer mismo, cuando el arzobispo de Toledo lo supo, estuvo a punto de caer redondo al suelo. Empezó a soltar malos agüeros, a hablar del fin del mundo. —La miró a los ojos. Los de la reina acumulaban una fatiga que sobrepasaba sus años. Los de la judía, verdes y aún jóvenes, se dilataron—. No podemos permitirnos ni un solo fallo, o ambas veremos cómo corre la sangre de nuestros hijos.

»Irás a Navarra, sí. Pero no esperes encontrar en su rey Sancho a nadie tan fogoso como Diego de Haro, tan vicioso como el rey de Aragón o tan virtuoso como tu sarraceno de Calatrava. Puede que este sea el hueso más correoso, amiga mía. Pero si tú no consigues averiguar por dónde romperlo, nada lo hará.

»Todo depende de ti.

TERCERA PARTE

(1207-1212)

Y cuando abrió el segundo sello, oí al segundo animal, que decía: ven y verás. Y salió un caballo color de fuego, y al que iba sentado sobre él se le concedió quitar la paz de la Tierra, y que se matasen los unos a los otros, y le fue dada una gran espada.

Apocalipsis del apóstol san Juan, VI: 3 Y 4

33

La paz imposible

Principios de 1207. Tudela, reino de Navarra

La embajada castellana se había retrasado hasta el invierno porque el tratado de Cabreros, aunque bien cosido, soltaba mucho hilo. El rey de León se había entrevistado con Berenguela con una mesa de por medio. Sin mirarse a los ojos, los que habían sido marido y mujer ultimaron detalles acerca de rentas en Coyanza, Castroverde y Benavente. El leonés Alfonso cedió yantares y portazgos a la madre de sus hijos y le regaló, con gran cortesía, aldeas que no figuraban en el acuerdo. Berenguela, al final, levantó la vista y soltó un par de lágrimas. Eso sí: antes de separarse, el monarca le advirtió que sería cosa bien distinta que los estandartes de León y Castilla marcharan juntos a esa guerra que, según barruntaban los prelados, no tardaría mucho en llegar.

Con la frontera leonesa aquietada, Raquel acompañó a los delegados castellanos a Navarra. Había que preparar otro tratado para asentar más paces, así que dignatarios de uno y otro reino iniciaron conversaciones de preparación en Tudela, donde el rey Sancho invernaba. El más activo de los navarros, de hecho el artífice de aquellas conversaciones, era un tal Rodrigo de Rada, consejero de Sancho el Fuerte.

La judía se dejó ver por el castillo, y lo hizo de forma que los nobles navarros hablaran mucho de ella. Y que lo que dijeran despertara la curiosidad del monarca. Sin embargo, el gran Sancho no parecía impresionado por lo que se contaba y, de hecho, ni siquiera apareció por los debates. La nieve se acumulaba fuera y el enorme monarca era cada vez más reacio al frío. Mejor pasar los días frente al hogar, en compañía de sus mastines y de su resentimiento. Y como en el coto no había cazador, el noble navarro Gome de Agoncillo llegó a arrinconar a Raquel una tarde, cuando las delegaciones se tomaban un descanso de los coloquios. La judía había salido a tomar el fresco al adarve y, como el camino de ronda era estrecho, no pudo evitar el asalto del noble. Claro que ella tampoco se defendió mucho, así que acabó aplastada entre la virilidad del navarro y la piedra de las almenas. El manto de la mujer se deslizó hasta el suelo y las telas de la saya se levantaron cuando Gome de Agoncillo tiró de ellas. Fue Rodrigo de Rada quien la sacó del apuro.

—Mi señor don Gome, ¿qué andas buscando por ahí abajo?

El caballero retiró la mano y los faldones cayeron a plomo. Raquel se cubrió el rostro para que no se notara la falta de arrobo. Agoncillo apretó los labios mientras buscaba excusas. A falta de alguna buena, salió como pudo.

—Ah, yo... Nada, ayudaba a esta dama a encontrar algo que ha perdido. Pero ya me iba. —Dirigió una sonrisa nerviosa a la judía—. Luego seguimos si quieres, mi señora.

El noble y el clérigo evitaron mirarse cuando aquel se cruzó con este en la angostura. Agoncillo se metió en la torre más cercana mientras el último rayo de sol se apagaba tras la nevada sierra de Alcarama. Rada no se acercó a Raquel. Permaneció allí, fija la vista en el atardecer entre dos merlones.

—Dura la negociación, ¿eh, mi señora?

—Sí que la he notado dura, sí.

El joven Rodrigo sí la miró ahora. El gesto de severidad se trocó por otro de simpatía.

—¿Hablamos de lo mismo?

—Sin duda, mi señor. Los navarros no cedéis con facilidad. —Golpeó la piedra de las almenas con los nudillos—. Sois como rocas.

—No sufras, mujer. Alcanzaremos un acuerdo y reinará la paz.

—Seguro. Al rey Sancho se le nota mucho cuánto la anhela.

Rada se volvió a medias. La miró de arriba abajo.

—Te he observado, mi señora. Te veo ahí, tras los embajadores castellanos, sin participar en los debates. No bisbiseas con ellos, ni pareces su criada. Dime, ¿qué haces aquí en verdad?

—Ya lo sabes: soy doncella de compañía de la reina Leonor y tendré que contarle a nuestra vuelta todo lo que se habla, lo que se acepta y lo que se deniega. ¿Sabes que el rey Alfonso tiene muy en cuenta la opinión de su esposa?

—Sí, eso he oído. Y también he oído los comentarios de mi padre, y de los demás hombres de armas de por aquí y hasta de los criados. Déjame que te ahorre el trabajo: el rey Sancho no hará caso. Ni aunque te presentes desnuda a los pies de su cama.

Ahora sí: Raquel enrojeció. Se inclinó para recoger el manto forrado de piel de ardilla. Sacudió un poco de nieve y se arrebujó en él. El viento arrastraba la humedad desde el Ebro y el anochecer se ponía rasposo.

—No sé de qué hablas.

—Yo tampoco mucho, no creas. Soy un hombre de Dios y jamás he catado hembra.

—Pues entonces sería mejor callar, ¿no?

Raquel hizo ademán de irse, pero eso la obligaba a pasar junto a Rodrigo de Rada y seguir los pasos de Gome de Agoncillo. El diácono se interpuso.

—Aguarda, mi señora. No te vayas a ofender, que imagino lo que pretendes. Yo también deseo la paz entre Castilla y Navarra y, aunque confieso que mis métodos no son tan... dulces como los tuyos, no pienso cerrarme a propuesta alguna.

La judía observó al clérigo. Con el frío, los carrillos de Rada enrojecían.

—Dicen, mi señor, que el rey Sancho tiene en cuenta tu palabra. Que estás bien considerado por eso de que estudiaste fuera. —Alargó la mano y posó el índice sobre su pecho—. Dime: si te convenzo a ti, ¿tú podrías convencerlo a él?

Rodrigo de Rada no borró la sonrisa, pero apartó la mano de Raquel con suavidad.

—No necesito convicción, mi señora. Ya te lo he dicho: yo soy el primero que quiere a nuestros reyes unidos. Y rezo cada día para que así se vean ante el miramamolín, valiéndose el uno al otro. Ojalá que junto a los reyes de Portugal, León y Aragón.

Ella dio un paso atrás.

—Ah. Bien, entonces no hemos de gastar más saliva.

Rada negó despacio.

—No es tan fácil, mi señora. No todos los barones navarros comparten estos deseos. Y el que menos piensa enfrentarse al miramamolín es el propio rey Sancho. Al fin y al cabo son casi amigos.

Ella miró atrás. Y abajo, por si había oídos indiscretos.

—¿Y qué hacemos entonces? Tal vez si me dejas probar... Lo

de presentarme desnuda a los pies de su cama podría funcionar mejor de lo que crees.

Rodrigo de Rada soltó una risita. Señaló al oeste, justo por donde se había escondido el sol.

—Mira allí. Es el camino de Castilla. Los mayores problemas para Navarra vienen siempre por él. El rey Sancho sueña un día sí, otro no, que a su reino se lo tragan las hordas castellanas. Tiene mucho más miedo a eso que a los ejércitos almohades, de tal modo que firmará ese tratado en el que trabajamos, no te quepa duda. Ahora, lo de luchar en una coalición cristiana contra quien se ha mostrado amistoso, por muy infiel que sea..., no lo veo, mi señora. Y sí, claro que las mesnadas navarras son de lo mejor. Aguerridas a fuerza de defender el reino de todas esas invasiones castellanas, por cierto. Y tú eres muy bella, lo reconozco. Seguro que convincente como pocas. Pero digamos que el rey Sancho, a pesar de lo grande que es..., se queda pequeño a veces. No sé si me entiendes.

—¿Seguro? Hay cosas a las que un hombre no puede resistirse.

Rada volvió a negar.

—Perder su reino, mi señora. Eso es lo único que enturbia el ánimo de Sancho. Ni mujeres ni sarracenos. Y si no lo crees, fíjate en el pasado. Solo la amenaza de otros reinos cristianos o la excomunión lo han convencido. Nada. Castilla tendrá que presentarse sola en el campo de batalla. Junto a Aragón como mucho. Y Dios sabe lo que me entristece eso. Cuánto me gustaría a mí estar también frente al enemigo cuando llegue el momento.

Raquel lo miró fijamente.

—Castilla no puede luchar sola otra vez, mi señor. Si lo hace, se repetirá Alarcos. Y esta vez el miramamolín no se detendrá en el Tajo. Cruzará, y fluirá sangre en lugar de agua por ese río, y por el Duero. —Señaló por encima de la muralla—. Y en el Ebro, por mucho que tu rey se sienta a salvo y respetado por su amigo moro.

—Mujer, a gran honra mía y de mi casa cabalgaría junto a Alfonso de Castilla para vengar lo de Alarcos y para expulsar a los infieles, ya te he dicho que a mí no tienes que convencerme. Y no puedes convencer a mi rey. ¿Y al papa? ¿Puedes convencerlo a él? Consigue una bula de excomunión, y verás a Sancho de Navarra enfundado en hierro y con el estandarte del águila negra en alto. Y ahora, si te apetece, podemos volver al trabajo. Hace frío aquí.

Raquel asintió. Rodrigo de Rada la precedió por el adarve, y también al descender por la escalera de madera. Mientras atravesaban el patio de vuelta a los salones donde se discutían los términos del tratado, la judía observó al clérigo. Él era quien más empeño ponía en que se firmara el tratado de paz entre Castilla y Navarra. Quien incidía con mayor entusiasmo en todo lo que unía a ambos reinos. Se servía de razones cabales, y sabía mezclarlas con la fe y con el servicio a Dios solo lo justo para no resultar tan repetitivo y poco convincente como los demás dignatarios del clero. Le había caído bien Rada, y no era habitual que un prelado se le hiciera simpático. Además, él se mostraba afable con todos. Hasta con ella. Supuso que era porque ignoraba su condición de hebrea. Cuando entraron de nuevo bajo techo, un sirviente los interceptó. Se dirigió a Raquel:

—¿La doncella de la reina Leonor?

—Sí.

—Acaba de llegar esto. —El criado le tendió un rollo envuelto en cinta, con el sello rojo del leopardo Plantagenet bien visible. La judía separó la cinta de la cera sólida y desplegó el pergamino, aunque levantó la cara antes de empezar a leer. Rada comprendió.

—Nos vamos. No tardes, mi señora.

Raquel esperó a quedarse a solas. Se acercó a uno de los hachones para que la cuidada caligrafía de la reina brotara de la oscuridad. En aquella misiva no había participado escriba alguno. Es decir, se trataba de una nueva confidencia.

De Leonor, hija de Enrique de Inglaterra y reina de Castilla, a Raquel.

En el nombre de nuestro padre y creador, y de su hijo Jesucristo y del Espíritu Santo, que son tres personas y un dios, y como servidora que soy de santa María, su madre. Albricias te deseo, amiga y súbdita. Sabe que rezo noche y día para que las conversaciones en Tudela lleguen a buen fin y podamos acordar alianzas duraderas entre los reinos de Castilla y Navarra, que para eso somos todos hijos del mismo dios y luchamos contra el mismo demonio.

Sirva esta misiva, pues, para desear éxito a la delegación de la que formas parte, y para que así se lo hagas saber a los nuestros; y para encarecerles en el ánimo la necesidad de que Sancho, rey de Navarra, olvide desencuentros y diferencias y se nos una en la empresa sagrada. Mi esposo me requiere que te ordene comunicar esta propuesta a los embajadores: ha fijado la villa de Guadalajara como lugar de reunión para la firma definitiva del tratado, y desea que ocurra tan venturoso acontecimiento a finales del próximo mes de octubre. Habrás de asegurarte de que el rey Sancho lo considere y de comunicar su respuesta afirmativa. Si Dios quiere.

Un ruego último te hago, noble Raquel; y este no es de reina a súbdita, sino de amiga a amiga: En cuanto se llegue al acuerdo previo y la embajada castellana parta de regreso, dirígete tú por otro camino a la Judería Vieja de Tudela, pues te aguardan en la casa de Samuel ibn Pesat. Hasta allí hemos mandado, a través del buen Abraham ibn al-Fayyar y sus mandaderos, provisión de caudal para que continúes viaje hacia Montpellier, donde mi buena amiga y hermana en Cristo, la reina María, me ha suplicado tu presencia por carta que me llegó no hará ni dos días. Obedécela en todo lo que te ordene y guarda para con ella el mismo respeto y amor que me guardas a mí. Cuando termines ese mandado, quedarás libre para obrar como gustes hasta mi próxima súplica. Mientras tanto, confía en que velo por tus intereses y tus parientes aquí, en Toledo, con la misma diligencia con la que una madre cuidaría de su hija. O de su hijo.

De esto te mando entregar mi carta lacrada con mi sello de cera, hecha en Toledo, a diez días andados de enero de mil y doscientos y siete años de la encarnación de Nuestro Señor Jesucristo.

Raquel levantó la vista. Dedicó una maldición a Leonor por aludir de nuevo a Yehudah; pero el chantaje formaba parte inseparable de la reina, estaba claro. Otro punto de la carta llamaba su atención ahora.

—María de Montpellier... —se dijo— ¿me quiere a su lado?

Miró a un lado y a otro. En la planta superior se oían ya las voces de los delegados, que reanudaban los debates para alcanzar el acuerdo. Releyó la última parte, la que se suponía que Leonor había escrito «de amiga a amiga». Allí estaba lo primordial, desde luego. No en el absurdo recado sobre la reunión regia en Guadalajara. ¿Qué tramaba la reina de Castilla? Y lo más inquietante: ¿qué tramaba la reina de Aragón? La misma que la había expulsado de su casa cinco años antes, entre insultos y amenazas, ahora suplicaba su presencia. Un escalofrío le recorrió la espina dorsal. Era el peor momento para que una judía se plantara al norte de los Pirineos, con obispos, legados papales y curas de todo pelaje a punto de ponerse en pie de guerra contra la herejía cátara y para quemar en una hoguera todo lo que no fuera católico.

Acercó la misiva a la llama del hachón. Aguantó hasta que la llama hubo prendido y dejó caer al suelo el pergamino. Los bordes ennegrecieron y se plegaron sobre sí mismos. Al alcanzar el sello rojo partido en dos, el leopardo Plantagenet se derritió bajo la mirada fija de la judía. Hasta que la cera formó un pequeño charco demasiado parecido a la sangre.

Dos meses después. Calatrava

Ramla, dos pasos por detrás de Ibn Qadish y con el pequeño Isa de la mano, vio cómo su esposo abrazaba al caíd de Alcaraz. Ibn Farach correspondió antes de dirigir una breve inclinación a la mujer y de guiñar un ojo al crío.

—Bienvenido, Ibn Farach. —Ramla señaló la loriga polvorienta del andalusí—. Mandaré que te traigan algo de beber.

—Gracias. Y mis felicitaciones a ambos. Veo que estás de nuevo embarazada.

Ramla posó una mano sobre el vientre. Isa la imitó antes de hablar con su vocecilla de seis años:

—Va a ser niño. Yo le enseñaré a cabalgar. Si es niña, la defenderé de los calatravos.

Rieron la gracia del pequeño, pero Ramla no tardó en llevárselo para dejar solos a los dos hombres. Por el camino susurraba una coplilla que habría erizado el vello a los *talaba*:

> *Alma de mi fulgor,*
> *alma de mi alegría:*
> *ya que no está el espía,*
> *esta noche quiero amor.*

Ibn Qadish, un poco apurado por el desparpajo de su mujer, ofreció asiento a Ibn Farach. Este posó el casco a un lado y acomodó la espada.

—Así de armado me veo obligado a cabalgar porque los caminos no son seguros.

Ibn Qadish entornó la mirada. Los criados entraron en ese momento con bandejas y una jarra que depositaron en la mesa baja, entre los dos guerreros.

—No será para tanto.

—Ya. —El veterano hizo caso omiso de la bebida—. Por eso estás dando altura al muro del alcázar.

Ibn Qadish bajó la mirada. Era la primera orden que había dado a su vuelta de África: reforzar las defensas.

—Así la gente se mantiene ocupada —mintió—. Pero no sé por qué dudas de la seguridad de los caminos. No sabía que los calatravos llegaran hasta Alcaraz.

—No han sido ellos, Ibn Qadish. Me temo que traigo malas noticias.

»Hace algo más de un mes, el rey de Castilla pasó por Alarcón. No sé qué cuitas lo llevaron hasta allí ni me importan. En Alarcón, los cristianos cuentan con freires de su apóstol Santiago, aunque nunca se habían atrevido a cruzar la frontera para algarear nuestras tierras. Sin embargo, tras esa visita de Alfonso de Castilla, no han parado de hacerlo.

Ibn Qadish sirvió el vino caliente. Una ración generosa para el caíd de Alcaraz, que la apuró de un trago. El de Calatrava también terminó su copa.

—Falta un año para que termine la tregua. Sabemos que los freires de las órdenes no se dan por obligados a guardarla, pero también sabemos que Alfonso de Castilla sí. Me cuesta creer que él sea el promotor de esas cabalgadas. Y además, ¿por qué ahora? Los santiaguistas podrían haber hecho como los calatravos, pero siempre se han mantenido a distancia. ¿Está cambiando su política el rey de Castilla?

—No lo sé. La verdad es que no lo creo. —Ibn Farach tomó una almojábana y la miró sin verla—. Mientras Alfonso de Castilla estuvo en Alarcón, no pasó nada. Todo empezó cuando se marchó de allí. De pronto, bandas de santiaguistas recorrían las tierras de Alcaraz, atacaban a los campesinos, robaban ganado... Han quemado algunas granjas y han hecho cautivos.

»Cuando me enteré, salí con mis hombres a patrullar las tierras algareadas y me entrevisté con un par de pastores que habían logrado escapar. Me confirmaron lo de los freires de Santiago, pero añadieron algo extraño: el guerrero que los dirige no es uno de ellos. Se trata de un joven rubio, no llegará a los veinte años. Las bridas de su caballo son doradas, y la mantilla y el pendón de su lanza van blasonados con los colores de Castilla. Uno de los pastores oyó cómo los santiaguistas lo llamaban a gritos en plena algara.

»Príncipe Fernando. Eso dijeron.

Ibn Qadish dejó de masticar su pastelillo. Necesitó más vino para hacerlo pasar.

—Fernando, el heredero de Castilla...

—Hace una semana tuve noticia de la última cabalgada —continuó Ibn Farach—. Tomé a los jinetes disponibles y salí de Alcaraz en persecución de los cristianos. Pero ellos se dividieron, así que yo hice lo mismo. Cabalgué con media docena de hombres hasta Munera, donde alcanzamos a un contingente calatravo con reses y una cuerda corta de cautivos. Lo dejaron todo atrás y se dieron a la fuga. No vi el estandarte de Castilla, sino la cruz de Santiago que llevan los freires.

»El resto de mis jinetes, los que habían ido hacia el este en persecución del otro grupo, llegó hasta cerca del castillo de Roda. Allí los calatravos volvieron riendas para plantar cara. Los cristianos eran más, pero los míos lucharon hasta que el tal Fernando me mató a un hombre e hirió a otro. Los demás se vinieron en retirada y pudieron contármelo. Aclararon que el muchacho cristiano les permitió recoger al herido y llevárselo.

Ibn Qadish asintió.

—Un freire no lo habría hecho. Eso es lo que te extraña, ¿no?

—Un freire habría hecho varias cosas, y entre ellas no está dar tregua. Ellos no son vasallos del rey Alfonso, así que no tienen por qué respetar el pacto. Pero el príncipe Fernando no es un freire, Ibn Qadish. Y si la casa de Castilla rompe la paz, es que estamos en guerra.

Se oyó un gemido apagado. El caíd de Calatrava supo que su esposa escuchaba, como siempre.

—Guerra.

—Ibn Qadish, eres quien manda aquí en nombre del califa. —Ibn Farach tomó el casco y se puso en pie—. Hace ocho años, tu suegro confió en ti. Lo mismo hizo el difunto al-Mansur y, de alguna manera, lo hace también an-Nasir. Desde luego, todos los demás estamos bajo tu amparo. Sé que tu convicción ha flaqueado en los últimos tiempos. No diré que no me haya pasado igual. Una vez nos preguntaste para quién era nuestra lealtad, ¿recuerdas? Y te dijimos que te éramos leales a ti, porque no ibas a dejar que nuestros hogares ardieran ni cargaran a nuestros hijos de cadenas.

Ibn Qadish también se levantó. Sabía que Ramla estaba pendiente de sus palabras.

—No permitiré que os ocurra nada malo, Ibn Farach. Pero si escribo a Sevilla y repito lo que tú me has contado, en verdad volveremos a estar en guerra con Castilla. Y a un año de que expire la tregua, eso nos perjudica. El califa sigue en Ifriqiyya, ocupado con los restos de las rebeliones. Y sabes que estamos solos al norte de la Sierra Morena. Nadie nos ayudará.

El caíd de Alcaraz rodeó la mesa y se puso frente al de Calatrava. Lo miró con afabilidad, como un maestro miraría a un alumno que, aunque aplicado, ha cometido un fallo.

—Ibn Qadish, ¿sabes lo que habría ocurrido si, en lugar de perseguir a las reses, yo hubiera cabalgado tras el príncipe Fernando y me hubiera enfrentado a él? Ahora el heredero de Castilla estaría muerto. O bien el heredero de Castilla habría matado a un caíd andalusí. En plena tregua. Nadie podría ocultar eso. Nadie podrá ocultarlo si ese jovenzuelo vuelve a algarear las tierras de Alcaraz y yo tengo que salir a defender a mi gente. He de evitar que los cristianos siembren el terror entre aquellos a los que me debo, Ibn Qadish. Si no quieres la guerra, ve a hablar con el rey de Castilla y díselo, a ver qué alternativa te ofrece.

—Sí, esposo. Ve a hablar con el rey de Castilla.

Los dos hombres se volvieron. Allí estaba Ramla. Ya no tenía a Isa con ella, pero ambas manos se posaban sobre su vientre hinchado. La mirada de súplica. Los ojos brillantes. El futuro sobre la mesa.

—Mujer, guarda silencio —ordenó Ibn Qadish.

—¿Igual que lo vas a guardar tú? Ibn Farach tiene razón. No podrás mantener esto en secreto. Tendrás que tomar una decisión.

El veterano caíd de Alcaraz movió afirmativamente la cabeza.

—Ella está en lo cierto, Ibn Qadish. Marrakech o Toledo.

—No lo entendéis. —El caíd de Calatrava dio la espalda al de Alcaraz. Miró al suelo. En su cabeza rebotaba la oferta de la embajadora castellana. Miedo, traición, promesas—. Abandonar el imperio almohade no nos lleva a la paz.

—Eres tú quien no entiende —insistió Ramla—. La guerra es inevitable.

—¡Hice un juramento! —Ibn Qadish se encaró con su esposa, aunque enseguida volvió la vista hacia Ibn Farach—. Tú lo entenderás mejor que ella. Tenemos un deber que cumplir.

—Claro que sí —dijo el caíd de Alcaraz entre dientes—. El deber de defender a los nuestros. De los calatravos, de los santiaguistas o del príncipe Fernando. También de los almohades, si es que...

—Si es que los traicionamos —completó Ibn Qadish—. Vuelve a Alcaraz, Ibn Farach. Pide a los tuyos que aguanten y, sobre todo, que sean discretos. Arreglaré esto. Te lo prometo. —Se volvió hacia Ramla—. Os lo prometo a los dos.

34

La hora de la guerra

Primavera de 1207. Montpellier

Raquel no salía de su asombro mientras avanzaba por los corredores del castillo. Los tapices se habían reducido a cenizas, la mayor parte de las paredes y columnas estaban teñidas de negro. Todavía olía a humo, salvo en las estancias en las que había ardido el techo de madera y se apreciaba el discurrir perezoso de las nubes. Solo un ala del complejo parecía haberse librado del fuego, y allí se amontonaban los sirvientes y la nobleza cortesana. Una criada muy entrada en años precedía a la judía por entre los restos carbonizados, y también cuando pasaron al único aposento del castillo. Una larga mesa de caballetes lo recorría de lado a lado. A su cabecera, un trono elevado sobre tarima de dos escalones, con las barras de Aragón labradas en el respaldo. Pero María de Montpellier no lo ocupaba. Ella estaba sentada a un lado de la mesa, con la mirada puesta en su copa de vino especiado. Levantó la vista hasta Raquel y le dedicó una sonrisa falsa y desdentada.

—Déjanos, Cecilia. Que no nos molesten.

A la criada le crujieron los huesos al hacer la reverencia. Ante el gesto de invitación de la reina, la judía tomó asiento enfrente de ella. Un nuevo ademán para ofrecerle vino.

—No, gracias, mi señora.

María se encogió de hombros y bebió un sorbo corto que removió en la boca antes de tragar. Con la copa aún en la mano, señaló hacia la puerta.

—Cecilia ya era criada de mi madre. Me ha visto crecer y, a este paso, me verá morir.

Raquel se removió en el asiento. No tenía muchas ganas de aguantar uno de esos discursos llenos de miseria y autocompasión.

—¿Qué ha pasado, mi señora? ¿Un incendio?

La reina miró al techo. Como si no se hubiera dado cuenta de que habitaba un castillo en ruinas.

—Sí. Los burgueses lo quemaron. Mandaré que lo derriben y me construiré otro. O alguien lo hará después de que yo muera. —Ahora movió la copa hacia el trono vacío—. No será el rey Pedro, desde luego. Él no puede entrar en Montpellier.

Repicaron campanas al otro lado de los muros calcinados mientras la reina María apuraba el vino especiado. Volteó la copa y se quedó mirando cómo la última gota se desprendía del borde. A Raquel se le antojó más rara que nunca.

—Mi señora, ¿por qué me has hecho venir?

María de Montpellier pareció ignorarla. Sacudió la copa y, de repente, la estrelló contra el trono vacío. Raquel sintió el deseo urgente de salir corriendo, pero se contuvo. Las manos agarradas a los bordes de la silla. Las uñas clavadas en la madera.

—Lo hice construir para él —murmuró la reina con voz ronca—. Para que tomara asiento aquí, en el señorío que ahora era suyo. Para sentarme yo a su lado. La reina con su rey. Juntos reinaríamos, y nuestro hijo heredaría todos sus estados. Rey de Aragón, conde de Barcelona, señor de Montpellier. ¿Quién sabe qué más?

»Fue el año de nuestro matrimonio, un poco antes de entrado el verano. Con las capitulaciones firmadas y tras dos días de banquete. Él no podía ni andar y aún pedía vino. ¿Sabes eso de que los borrachos descubren los secretos y dicen las verdades? Pedro dijo por qué no quería acostarse conmigo. A gritos. Lo oí desde mi cámara, mientras lo esperaba. Oí cómo hablaba de ti, por cierto. Alabó tus... destrezas, y mucho se lamentó de haberte perdido por mi culpa. Luego llegaron las burlas hacia mí. También las carcajadas de sus nobles.

»Se quedó dormido antes de llegar a mi alcoba. Esa noche y las siguientes. En octubre se fue a Marsella, y hasta ese momento no recuerdo haberlo visto sobrio un solo día. Sus barones intentaban convencerlo: por el bien de la corona, debía engendrar a un niño en mi vientre. Un sucesor. Pedro se negaba.

»Regresó de Provenza y preparó su viaje a Roma. Mi criada Cecilia, que sabe de cuitas mujeriles, me descubrió qué noche era la apropiada. Tuve que ponerme de rodillas y suplicar al rey, ¿sabes? Besé sus pies, y hasta eso parece que le daba asco.

»Volvió a negarse.

Raquel carraspeó. Más que la conversación, le resultaba violenta la mirada perdida de la reina. De no ser por eso, la compasión la habría embargado. Seguro.

—¿Por qué me cuentas esto, mi señora?

—Calla y escucha. Hice todo lo posible. Escribí a mi suegra y amenacé con rogar la nulidad al papa. En invierno, Pedro volvió a Montpellier y consiguió sacar setenta y cinco mil sueldos a los cónsules de la ciudad. Lo celebró con una fiesta de una semana. La séptima noche de juerga, mi fiel Cecilia me avisó de que mi vientre estaba favorable, así que vencí al asco y me presenté en este salón. Había tanto vino por el suelo que los pedazos de carne flotaban sobre él. Expulsé a las meretrices que habían contratado, hice callar a los hombres y maldije a unos y otras, que Dios me perdone. Juré al rey que pediría la anulación porque no habíamos consumado el matrimonio. Que la casa de Aragón lo perdería todo, incluido el dinero de Montpellier. El rey sabe de la sincera amistad que me une con el papa Inocencio, así que sus carcajadas se cortaron de golpe.

«Me arrastró hasta el lecho. Dando tumbos por los pasillos y arrancándome la ropa. No me resistí, claro. Y si lo hubiera hecho, el rey habría mandado que me ataran, de eso no me cabe duda. Para mí tampoco fue agradable, quiero que lo sepas. La luz de la luna entraba por el ventanuco y pude ver su gesto de aversión. Y después, cuando todo acabó, escuché sus arcadas. Quedé encinta, tal y como había previsto Cecilia. No sabes el alivio que eso me causó. Y a él.

»En primavera, tras dejar vacías mis arcas y empeñar mis derechos, Pedro se fue. Y en octubre di a luz a Sancha.

Raquel se congeló sobre el asiento.

—Una niña.

—Eso es. El rey se enteró en Perpiñán y mandó a buscarme. Viajé recién parida al Rosellón, donde debíamos reunirnos. Por un corto tiempo pensé que se alegraba. Que aquello sería como una reconciliación. Soy una estúpida.

»Me obligó a firmar consentimiento para que nuestra hijita, de solo unos días de edad, fuera prometida al hijo del conde de Toulouse. La dote era Montpellier. Como no tenía bastante con eso, empeñó mis tierras y dominios por cien mil sueldos y, con ese dinero en su poder, ¿sabes lo que hizo el hijo de Satanás? Pidió al papa la anulación de nuestro matrimonio porque, según él, seguía vigente el mío con el conde de Cominges. Tuve que pasar la vergüenza de que me visitara Castelnau, el legado papal. El encargado de acabar con la herejía cátara se dedicaba ahora a examinar la licitud de mi casamiento con un rey ungido por Roma. He intentado detener ese proceso pero, aunque el santo padre me es favorable, también es muy recto con los cánones. Lo mismo que a su propio pesar anuló el matrimonio entre Alfonso de León y Berenguela de Castilla, podría anular el mío. Eso me mataría.

»Y hablando de muertes: Sancha murió. Ni un año vivió la hija que Pedro de Aragón me había hecho antes de vomitar. El rey se hallaba en Provenza, en ayuda de su hermano por las querellas de Forcalquier. Cuando se enteró de la muerte de la cría, dejó a su mesnada regia y vino a Montpellier con poca escolta. ¿A consolarme? Oh, no. A rebuscar en las arcas el dinero que quedara. En los funerales de Sancha, entre lloros, pedí ayuda a mis súbditos. A los cónsules, a la comuna, a la milicia. Hasta a los criados y esclavos que viven en Montpellier. El rey estaba medio borracho, como siempre. Los burgueses intentaron matarlo. Lo persiguieron con palos, hachas y antorchas encendidas, así que Pedro tuvo que encerrarse aquí.

—No puedo creerlo. —Raquel se tapó la boca con ambas manos—. ¿Por eso ardió el castillo?

—Así es. El rey escapó vivo por poco, pero mi gente lo acosó hasta que se refugió en Lattes. Allí también hubo gran fogata. —La reina mostró las encías en una sonrisa triste—. Yo no intenté detenerlos. Vi cómo subían las llamas hasta el cielo y, por un momento, deseé que Pedro se quemara dentro.

»Consiguió escapar de nuevo. Se abrió camino a espadazos, como un coloso... —A María se le pusieron ojos de adolescente enamorada, aunque el embeleso duró poco—. Hicieron falta cinco obispos y el legado papal para alcanzar una concordia sin represalias. Eso sí: a Pedro de Aragón le quedó prohibido entrar en el señorío de Montpellier. Su siguiente paso fue insistir con el santo padre en el asunto de nuestra anulación, y mandar emisarios para concertar su boda con la heredera del reino de Jerusalén, María de Montferrat.

La reina se echó contra el respaldo y dejó que la cabeza le colgara como si fuera de trapo. Raquel observó que no había lágrimas en sus ojos. Tal vez se le habían acabado hacía tiempo, en cualquier episodio de toda esa retahíla de desgracias.

—Mi señora, no sabes cuánto lo siento.

—Lo dudo mucho.

La judía tragó saliva. ¿Y si la ira de aquella mujer estallaba contra ella? Se movió despacio al apoyar las manos sobre la mesa. Trató de imaginar las orgías organizadas allí por Pedro de Aragón. Las rameras, el vino especiado, las trovas y los muslos de capón. Las risotadas de Miguel de Luesia y los demás nobles. ¿Acaso no había contribuido ella a las miserias de María de Montpellier?

—Leonor de Castilla me ordenó que te sirviera, pero aún no me has dicho en qué, mi señora.

La reina la miró. Con aquellos ojos inyectados en demencia. ¿O simplemente mezclaba cólera y desesperación? Tal vez todo fuera lo mismo.

—Pedro de Aragón pasará por aquí dentro de poco. En dos semanas empieza una gran reunión en Provenza. El rey, el conde de Toulouse, los demás nobles, los legados del papa, los obispos... Van a debatir en coloquio con los cátaros en Montréal. Intentarán convencerlos para abandonar el camino errado por las buenas. A mí no me cabe la menor duda de que todos esos albigenses, adoradores de Pilatos y amigos de los judíos, deberían arder en grandes piras; pero el santo padre insiste en hacer las cosas despacio. Es la última oportunidad antes de que se desate su caza, ¿entiendes?

—Creo que sí, mi señora. —Raquel volvió a engullir con dificultad. Y pensar que un momento antes había estado a punto de compadecerla... ¿Qué haría si supiera que estaba hablando con una judía?

—Aunque la herejía es ahora lo de menos. Lo que cuenta es lo del embarazo. Mi buena Cecilia ha examinado con detenimiento las posibilidades, tal como hizo cuando engendramos a la pobre Sancha. Esta vez el momento propicio llegará en diez días. El rey estará de camino, recién pasado por Toulouse. Como tiene prohibido entrar en Montpellier, esa noche se alojará en mi castillo de Mireval, a dos leguas de aquí. Para asegurarnos de que no falle a la cita, un buen amigo ha preparado una de esas fiestas que tanto le gustan.

Raquel se inclinó sobre la mesa y ladeó la cabeza.

—Me temo que no te sigo, mi señora.

María se desesperó como una mala maestra con una alumna poco aplicada.

—No puedo permitir que mi matrimonio con Pedro de Aragón se anule. ¿No te das cuenta? Necesito concebir de nuevo, y rezo para que esta vez sea un varón sano y fuerte que pueda heredar la corona.

«Está loca. Ahora es seguro», pensó la judía. Se puso en pie con gran lentitud. Como si temiera despertar a una jauría de perros rabiosos tras dos semanas sin probar bocado.

—Mi señora, te deseo suerte. Ahora veo que mi presencia aquí es inútil, así que, con tu permiso...

—Tú eres la única que puede meterme en la cama del rey.

Raquel, más que volver a sentarse, cayó en la silla.

—¿Qué?

—Está todo pensado. Solo tendrás que comportarte como es natural en ti. Pedro de Aragón se volverá loco de deseo en cuanto te vea, así que el camino es ancho y de bajada. Llegado el momento, será cuestión de hacer un pequeño... cambio.

La judía descolgó la mandíbula. Durante un largo instante, las dos mujeres se miraron a los ojos. María de Montpellier podía descender en caída libre hacia un pozo de locura, pero de tonta no tenía un pelo. Raquel tomó aliento. Ella estaba allí por algo. Por algo que podía ofrecer y por algo que podía obtener.

—Mi señora, lo que puedo perder en este negocio es más de lo que imaginas.

—Nada te ocurrirá. Yo te lo garantizo.

—Y nada ganaré, salvo la enemistad del rey.

—Ah. —María de Montpellier apretó las encías—. Naturalmente. Todas las rameras tienen su precio. Tú dirás.

Raquel sonrió con dulzura. Casi prefería eso. Le gustaba que las cosas estuvieran en su sitio, sobre todo cuando trataba con reinas.

—Bien, mi señora. Eres gran amiga del papa, lo has repetido varias veces.

—Así es. ¿Qué querrías de él?

—Oh, nada para mí. Solo, llegado el momento, desearía que amenazara a un rey con la excomunión. Con la posibilidad de perder su reino.

✠

Al mismo tiempo. Ifriqiyya

La bandera blanca del Tawhid presidía la enorme tienda califal. El pabellón rojo era lo primero que se erigía cuando el ejército acampaba, y ahora, mientras los demás miles de hombres trabajaban a su alrededor, los Ábid al-Majzén montaban guardia.

Habían llegado a las inmediaciones de Beja, la primera parada importante en el viaje de vuelta a Marrakech. El Tuerto los había acompañado hasta allí y se había despedido para regresar a Túnez, desde donde gobernaría toda Ifriqiyya. La separación había sido fría. El Calderero y él no habían cruzado palabra, y el califa le había dirigido un agradecimiento protocolario antes de encargarle que acabara con los últimos restos de los Banú Ganiyya y los rebeldes sin compasión alguna.

Los visires de Beja aguardaban a distancia para rendir pleitesía al califa, aunque an-Nasir no tenía ganas de protocolos. Se había derrumbado sobre su montaña de cojines en cuanto los esclavos se los amontonaron a su gusto. El Calderero, como de costumbre, era quien repartía órdenes. Algo ya tan habitual que nadie preguntaba al califa, sino a su ahora único visir omnipotente.

—Comprad buena provisión de pan. Por aquí andan sobrados de trigo, así que nos harán buen precio. Salvo que quieran indisponerse con el príncipe de los creyentes, claro.

Los sirvientes hicieron una inclinación y corrieron entre el ir y venir de soldados, caballerías y esclavos. El Calderero se desperezó. Se volvió hacia la entrada del gran pabellón rojo. Tomó aire. Se sentía henchido. Eufórico casi. Entró como si lo hiciera en su propia casa y mandó preparar la comida para el califa. Y para él. No pidió permiso para tomar asiento ante an-Nasir.

—¿Qué te preocupa, príncipe de los creyentes?

—El T... El T... —A veces, cuando se enganchaba, sacudía la cabeza. Así desatascaba lo atascado, al menos en su mente. Esta vez lo hizo—. El T-T-Tuerto. ¿Y si dec-c-cide romper conmigo?

El Calderero lució su más amplia sonrisa.

—Su lealtad está asegurada. Reconozco que yo también dudé de él, pero piensa en Ras-Tagra. Allí tuvo la oportunidad de dejarte en manos de tus enemigos. Solo tenía que retrasar su paso y tú

— 492 —

ahora estarías muerto. En lugar de eso te salvó, mi señor. Te será siempre fiel. Y con él aquí, el problema de Ifriqiyya queda definitivamente resuelto.

An-Nasir, sin dejar de mirar al suelo cubierto de alfombras, asintió.

—Y ahora..., ¿q-q-qué?

—Sabes muy bien qué viene ahora, príncipe de los creyentes. Lo que querían tu padre, tu abuelo y tu bisabuelo.

—Más g-g-guerra.

El Calderero abrió mucho los ojos.

—No más guerra, mi señor. La guerra. La única. Esto de Ifriqiyya ha sido aplastar una rebelión, como aquello de los gazzulas en el Sus. Desde el principio de tu dinastía, los califas almohades han sabido quién era el auténtico enemigo. Aquel para el que Dios, alabado sea, ha dispuesto el filo de nuestras espadas.

—P-p-pero hay q-q-que volver. Licenciar al ej-j-jército... Y la t-t-tregua c-c-c...

El Calderero, harto de esperar a que el califa acabara sus balbuceantes frases, se atrevió a levantar la mano. Hasta él mismo se dio cuenta, en ese preciso instante, de que un gesto así habría significado la ejecución bajo el califato de al-Mansur. O bajo el de Yusuf o el de Abd al-Mumín.

—La tregua termina en un año y Dios no nos permite romperla, pero tregua no es lo mismo que paz, sino un paréntesis en la guerra. He redactado las cartas para exigir el cobro inmediato de los tributos atrasados en todas las ciudades por las que vamos a pasar de regreso a Marrakech. Esta tarde podrás firmarlas, si así lo deseas. También ordenarás que se recluten levas desde Tremecén hasta Rabat. Con eso supliremos las tropas que se han quedado con el Tuerto.

—P-p-pero...

—He averiguado que, además, algunos gobernadores han estado enriqueciéndose a tu costa, príncipe de los creyentes. Antes de venir ordené un examen a conciencia para descubrir a los malversadores, de modo que, aparte de apresarlos y ejecutarlos como ejemplo para todos, podremos recuperar lo defraudado. Cuando lleguemos a Fez, arrestaremos a su gobernador, Abú-l Hassán, que ha distraído dinero de tu tesoro. Y en Mequínez haremos lo mismo con Abú-l Rabí y mandaremos fundir las joyas que ha comprado a sus concubinas. Tengo a tus fieles *talaba* vigilando a los demás, atentos para informar del más mínimo indicio de desfalco.

An-Nasir parpadeó incrédulo. ¿Todo eso había ocurrido en su cara y no se había dado cuenta?

—¿Hay p-p-pruebas?

—Sí, claro. Esos hombres son familiares tuyos, mi señor. No me atrevería a hacer tales acusaciones sin respaldo. Porque tengo tu respaldo, ¿verdad?

—Si hay p-p-pruebas...

—Hay que examinar las arcas de los judíos islamizados. Si alguno se opone o descubrimos que atesora demasiado, será porque su conversión es falsa. Confiscaremos los bienes de los tibios, claro está. Hemos de acelerar los trabajos en las minas, forjar puntas para las lanzas y las flechas; y espadas, yelmos, cotas. Todavía no hemos estudiado las ganancias de tus nuevas posesiones en Mallorca y las demás islas. Las naves a tus órdenes, tanto las que se limitan a pescar como las que acosan a los barcos cristianos, son otra fuente de riqueza. Llegado el momento, mandarás que recorran las costas de Barcelona para saquearlas y debilitar al enemigo.

»Voy a escribir más cartas. Cuando lleguemos a Tremecén, las libraremos a al-Ándalus, a los gobernadores de Almería, Murcia, Córdoba, Granada... Hay que dar orden de que congreguen armas y hombres y se preparen para el gran momento. Nadie permanecerá ajeno al esfuerzo. Si no es en la lucha, los creyentes trabajarán en las forjas o conducirán mulas. También se ha de redoblar la predicación para que todo musulmán sepa cuál es su obligación. La energía entera del imperio se dedicará a partir de este momento a un único objetivo. Es hora de que lo sepas: en Sevilla, el segundo ejército califal que ordené formar está casi completo.

—¿P-p-pero c-c-cuándo ord-d-denaste...?

—Mientras tu mente sufría por tus súbditos en Ifriqiyya, príncipe de los creyentes. Recuerda la misión que me encomendó tu padre. Te sirvo con toda mi industria y lealtad, y por eso he preparado lo necesario para que te conviertas en el más grande. El gran Yaqub al-Mansur será una sombra a tu lado cuando venzas de una vez por todas a los cristianos.

An-Nasir escuchaba con estupor. Lo sabía. Sabía que aquello llegaría. Pero se había negado a verlo. Empezó a sudar.

—¿Y si p-p-perdemos?

El Calderero habría roto a reír, pero su desvergüenza aún tenía un límite.

—Imposible. Dios lo ha dispuesto todo. Nuestra misión es extender su palabra por el mundo entero, y Él nos allanará el camino. Lo vamos a hacer bien, sin precipitarnos. Aguardaremos agazapados como leones en el Atlas. Acechando, con las garras afiladas y el estómago vacío. Mientras nuestros enemigos, descreídos y débiles, piensen que nos hemos olvidado de ellos, acapararemos más y más poder. Más ira. Mayor ansia de matar al infiel. Un poder sustentado en la fe y en el hierro de las espadas. Entre los dos ejércitos a ambos lados del Estrecho sumaremos treinta mil hombres.

»Entonces, cuando más confiado esté nuestro enemigo, declararás la yihad. Daremos tiempo a que los mártires acudan desde estas tierras, desde el Sus, las Islas Orientales y de todo el Magreb. Incluso invitaremos a los fieles verdaderos que viven más allá, y también a los andalusíes que quieran renegar de su indigencia en la fe. Esos treinta mil crecerán, solo Dios pondrá un límite. ¿Treinta y cinco mil soldados? ¿Cuarenta mil?

An-Nasir se mareaba. Las quimeras del Calderero superaban lo visto hasta entonces. Negó con timidez.

—No p-p-puede hacerse. Es demas... Demas...

—No es demasiado, porque nada excede a la potencia del Único y Él es el que lo ordena. Se hará. Yo lo haré. Tú lo verás, príncipe de los creyentes. En tres años. Cuatro a lo sumo, estaremos listos para cruzar el Estrecho. La devastación se extenderá más allá de al-Ándalus y, por fin, podrás cabalgar hasta Roma y abrevar tu caballo en la pila donde el imán de los cristianos bautiza a sus acólitos. —El Calderero se puso en pie. Tomó aire mientras abría los brazos a los lados. Miró al techo de tela del pabellón, como si a su través pudiera ver la inmensidad de la gloria que Dios había dispuesto para él—. Es la hora de la guerra, príncipe de los creyentes. ¡La hora de la guerra!

35

Una noche en Mireval

Diez días más tarde. Primavera de 1207.
Castillo de Mireval

La jugada estuvo a punto de salir mal.

Pedro de Aragón, deseoso de dejar atrás el señorío que tantos quebraderos de cabeza le había dado, declaró que prefería seguir camino hasta Lattes en lugar de trasnochar en Mireval. Así al día siguiente, de buena mañana, podría cabalgar a toda espuela para abandonar las tierras de su en mala hora esposa. Cuando María de Montpellier, escondida en la alcoba, recibió la noticia, rogó a su confidente en la corte, Guillermo de Alcalá, que convenciera al rey. Este le dijo que no había nada que hacer. Que el odio que Pedro sentía por ella era mayor que cualquier otra cosa. Además, el rey ya había pasado de largo y ni miraba atrás.

—Pues dile que Raquel, la embajadora castellana, lo espera en Mireval. A mí ni me nombres.

Guillermo de Alcalá cabalgó en paralelo a la pantanosa orilla del mar y alcanzó a su rey a medio camino. El rey Pedro volvió riendas en cuanto se enteró de que Raquel le había preparado una sorpresa en Mireval, y que su fea y desdentada esposa no estaba allí ni se la esperaba. Media expedición, con el conde de Toulouse y el conde de Foix, siguió camino hacia Lattes, pero los más allegados de la mesnada regia, prometiéndose una solemne borrachera, acompañaron a su rey.

Mireval se alzaba cerca del mar, junto a una extensa marisma. El sol había calentado de día, así que los criados encendieron hogueras y el ágape comenzó al aire libre, junto al torreón de ancha base coronado por el estandarte de Aragón.

María de Montpellier no había reparado en gastos. Un juglar amenizó el banquete y varios escanciadores recorrieron las tablas montadas sobre caballetes. La estrella de la noche fue el moscatel blanco de Mireval, un licor extraído de las pequeñas uvas de la región. Era tan dulce y liviano que, antes de atacar las tajadas humeantes, todos los comensales estaban borrachos. Había rameras de la cercana Lattes, así como algunas campesinas del contorno a las que se había prometido pingüe estipendio a cambio de dejarse meter mano. Bandejas de plata, cabritos recién matados y pan de trigo.

Pedro de Aragón se dejó llevar por la euforia en cuanto vio a Raquel. La colmó de besos y la sentó a su lado, deseoso de olvidar el negocio que lo había llevado a aquellas tierras. Porque el coloquio de Montréal era, en realidad, una farsa diseñada por los legados papales. Y el desenlace estaba escrito desde mucho tiempo antes de citar a los cátaros para discutir la forma de avenirse. En unos días, al santo padre no le quedaría más remedio que confirmar la excomunión de Raimundo, cuñado del rey Pedro y conde de Toulouse, por acoger a los herejes. Después condenaría a todos los cátaros y haría una amplia llamada para que los caballeros de la cristiandad acudieran a extirpar el pecado. Y Pedro de Aragón, coronado en Roma, no podría hacer nada, salvo mirar. Soportar que nobles extranjeros, seguramente franceses, arrasaran las tierras de sus vasallos y confiscaran sus bienes, de acuerdo con la bula papal.

—Bebe, mi señor.

El rey aceptó la copa que Raquel acercaba a sus labios. Dejó que el líquido refrescara su gaznate y la volvió a besar. Ella se apretó fuerte. Acarició su nuca, sus anchos hombros, el pecho amplio. Incluso gimió un poquito mientras saboreaba el moscatel en la lengua del monarca. Allí no hacía falta hoguera, porque el rey calentaba como un paseo por el infierno.

—Cuánto te añoraba, querida. La culpa fue de esa bruja de María —decía Pedro con voz algo pastosa—. Celosa, estúpida, mellada, frígida, cardo... —Y regresaba al asalto mientras deslizaba la mano tras las caderas de la judía.

Miguel de Luesia se había embriagado antes que nadie. Arrastraba a una prostituta hacia las construcciones de madera adosadas a la muralla de Mireval, donde había visto montones de paja seca. Aznar Pardo, que gustaba de comer mucho más que de beber, aún no había sucumbido a las dos jovencitas que lo agasajaban por los flancos. Artal de Alagón, Jimeno Cornel, García Romeu... Toda la mesnada regia recibía atenciones femeninas y libaba moscatel occitano. Solo Guillermo de Alcalá, artífice de la trampa, se cuidaba de mantenerse sobrio.

Y Raquel, claro.

La judía se dejaba manosear. Ella misma había convertido sus manos en serpientes que acariciaban la piel del rey bajo las vestiduras. Mordía su cuello, reía en su oído y se restregaba contra él como gata en celo.

—Un poquito más, mi señor. Apaga tu sed. —Agarró el miembro del rey a través de la ropa—. Yo apagaré la mía contigo.

Y Pedro de Aragón bebía. Los criados traían más barricas y, en un extremo de la mesa, el bardo rasgaba la viola.

> *Mensajero, ve, así Dios te guarde,*
> *y procura con mi señora cumplir,*
> *porque aquí no mucho he de vivir*
> *ni allí sanar,*
> *sin poderla besar,*
> *y sin tenerla desnuda a mi lado*
> *en cámara cortinada.*

La melodía flotaba entre el humo de las hogueras y los cantos festivos de Artal de Alagón. Resbalaba torreón arriba, por las viejas piedras, y se colaba por un ventanuco alargado. Desde la alcoba, en la planta más alta del torreón, María de Montpellier escuchaba la trova. Sentada en la oscuridad, con los ojos fijos en el resplandor anaranjado que subía desde las fogatas y palpitaba a través de la estrecha hendidura. El olor del cabrito asado le daba arcadas. O tal vez la culpa la tuviera la inminencia de aquella locura.

«¿Pero cómo se me ha ocurrido semejante sandez?», se decía.

Se puso en pie. Caminó de un lado a otro de la estancia. Comprobó que las cortinas del dosel colgaran de forma elegante. Que la blandura del lecho fuera la adecuada. Junto a la cabecera, siguiendo los consejos de Raquel, había preparado una jarra de aquel licor blanco de Mireval. La reina, casi sin pensarlo, se sirvió un poco en la única copa y bebió. El dulzor fresco la reconfortó. Tomó aire y se apoyó en la pared.

«Tiene que ser esta noche, mi señora —le había insistido Cecilia por la mañana—. Es hoy o nunca.»

—Hoy o nunca —repetía ahora la reina en voz alta.

Se oyó ruido fuera. Alguien subía por las escaleras. María, como una niña sorprendida en plena travesura, corrió hacia la esquina más oscura del aposento. La respiración entrecortada, el estómago encogido. La situación era tan absurda que la confundía. Tenía miedo de que algo saliera mal. De que el rey descubriera la treta. Por otro lado, aquello resultaba tan extraño. Tan nuevo. Tan... excitante. Hasta sentía palpitar el deseo entre las piernas. El resonar contra piedras de una risita femenina llegó hasta el aposento. María cerró los ojos y deseó ser ella. Raquel. No una de las nobles más poderosas del continente, sino una vulgar meretriz metida a diplomática de camastro. Se humedeció los labios y esperó a que la puerta se abriera. Alguien tropezó fuera y hubo un golpe sordo. Sonaron carcajadas.

—Pedro —susurró María—. Mi Pedro. —Y se tocó el vientre. Se puso a rezar solo porque no sabía qué otra cosa hacer. Pidió a Dios que todo fuera rápido. O no. Mejor que el rey se tomara su tiempo. Y que la semilla germinara. Prometió al Creador que, si quedaba preñada esa noche, dejaría que Él, desde el cielo, escogiera el nombre del crío. Ya se las arreglaría ella para averiguar su elección.

La puerta se abrió de golpe. Las llamas de una tea apartada pintaron un rectángulo de claridad en el suelo del aposento. La silueta grande del rey se materializó. Lo que la reina quería ver, lo vio. Al valiente caballero surgido de la floresta, capaz de tajar de un solo espadazo a varios enemigos montados en sus caballos. El defensor de la cristiandad, amante esposo, justo gobernante. Y entonces apareció ella a su lado. Raquel, bucles sueltos, la saya bajada hasta la cintura y los pechos húmedos de moscatel occitano. Agarrada a Pedro como si fuera ella quien sostenía a aquel titán de larga melena. El rey la besó allí mismo. Entraron en la cámara sin separar los labios. Pedro cerró de una patada antes de tambalearse hacia el lecho. Con las manos extendidas, palpando el aire. María apretó las encías. Abajo, el juglar siguió las instrucciones de Guillermo de Alcalá y redobló su canto, de modo que llegó hasta la alcoba con claridad insultante:

El buen Dios,
que absolvió los pecados del ciego Longinos,
permita, si quiere, que mi señora y yo yazcamos

en la cámara que convengamos,
un rico encuentro del que tanto gozo espero,
que besando y riendo descubra su bello cuerpo
y lo pueda contemplar a la luz de la lámpara.

—Sí —jadeó el rey—. Enciende una luz. Quiero verte desnuda.

María aguantó el aliento. Maldito bardo. ¿Es que no había otra trova en el repertorio?

—Enseguida, mi señor —contestó Raquel. Pero no le dio tiempo a pensarlo. Entre penumbras, María de Montpellier pudo ver cómo la judía se arrodillaba y movía sus manos con rapidez bajo los faldones de la sobrecota real. En un suspiro, la embajadora castellana tenía la hombría del rey en la boca.

—Oh, mi dulce amiga —suspiró Pedro—, y hundió los dedos entre los rizos. Nadie lo hace como... Ay... Así, sí, sí, sí. Tú eres... Ah. Eres única.

Una punzada de rabia hirió el corazón de María, pero se quedó allí, apretada contra el rincón. Sin poder apartar la vista. Hipnotizada por aquella maniobra que no concebía sin que la siguiera un milenio de tormentos en los dominios de Belcebú. María no respiraba para no estorbar los sonidos húmedos que ahora llegaban hasta ella. Por algún siniestro motivo que no se atrevía a cuestionar, su corazón se aceleraba y encontraba un placer insano en mirar las dos siluetas oscuras contra el fondo aún más oscuro. En ver cómo la cabeza de Raquel se movía atrás y adelante. En la forma en que los rizos se mecían y las manos del rey acompañaban el vaivén. En los espasmos. En los ruidos húmedos, y en esos extraños chasquidos que hacían envararse a Pedro. Deseó hallarse en el lugar de ella, sí. Saborear aquel pecado infame. Y que fuera su cabello el que Pedro de Aragón agarrara a manos llenas, como ahora hacía con los bucles castaños de la judía. María cerró los ojos y, sin pensarlo, se santiguó tres veces. Tiró despacio de la camisa hasta sacársela por la cabeza. El frío que entraba por el ventanuco alargado le endureció los pezones. Y le gustó.

«Perdóname, Señor. Perdóname por esto. Perdónala a ella. A él no. A él no lo perdones.»

Mientras María de Montpellier se desvestía, Raquel se aplicaba con más afán que nunca. Sometía a Pedro a un asalto rápido para dejarlo a continuación. Lo empujó sobre el lecho, él se dejó caer. Su risa pareció más el rugido del león.

—Ven aquí.

—Sí, mi señor. —Rodeó la cama a tientas. Todo estaba donde se suponía. O casi. Raquel adivinó que la reina había bebido para darse fuerzas. O tal vez para apagar el fuego de su pecho—. Ten, bebe un poco más.

El rey obedeció. Habría hecho cualquier cosa. Apuró la copa mientras la judía se inclinaba sobre él y continuaba con su misión. La copa rodó por el suelo de madera.

—Nos quedaremos aquí, mi dulce amiga... Ah, sí, eso es... Que Satanás se lleve al santo padre. Y... Ah, sí, eso es.

El tiempo y el espacio se estiraban. Derechos, vasallajes, pactos y conquistas se hundían, burbujeaban en la pasión salvaje del rey y salían a flote para volver a desaparecer, tragados por la garganta sin fin de Raquel. Las prendas volaron sobre la cama hasta que el rey de Aragón quedó tan desnudo como el día de su nacimiento en Huesca. Casi había llegado el momento. La judía agitó la mano en el aire.

Apretada en un rincón de la alcoba, María seguía inmóvil entre el ventanuco y un tapiz. Sus ojos, habituados a la oscuridad, detectaron el gesto perentorio de Raquel, así que terminó de quitarse la ropa. Se acercó descalza, con la lentitud de un gato al acecho de la presa. Puso una rodilla sobre el lecho. La otra. Se apoyó con ambas manos. Raquel liberó el falo de Pedro y, sin levantar la cabeza, se apartó con la misma suavidad con la que llegaba la reina. Pulgada a pulgada.

María montó a horcajadas y agarró los soportes del dosel. La madera crujió por el peso de los tres. Raquel, a un lado, se las arregló para dar un último lametón al miembro real y se incorporó. Las dos mujeres sintieron sus respectivos alientos. El calor subido de sus cuerpos. Los pezones de María la rozaron. Duros y calientes. Notó las dificultades de la reina para encajarse en Pedro, así que perdió la zurda entre sus muslos. Se aplicó unos instantes. Los justos para dejarla a punto. María no se atrevía a respirar. Ni a pensar siquiera, para no recordar cuántos pecados cometía con cada soplo de aquel placer diabólico.

—Vamos ya... Vamos —exigió el rey.

Fue también Raquel quien guio el miembro hasta las entrañas de María, que se mordió los labios para no gemir. Pedro alargó las manos, aunque la reina fue lo bastante hábil y las retuvo antes de que llegaran hasta sus pechos. Se las arregló para entrelazar los dedos y movió las caderas. La punta de su lengua asomó entre los labios, pero se la mordió para no gritar.

Raquel notó cómo a María se le erizaba el vello. Cómo cerraba los ojos mientras echaba atrás la cabeza y su escasa cabellera colgaba sobre la espalda. Supo que la desdichada reina se dejaba llevar por una dulzura que solo existía en su imaginación. Casi oía latir su corazón. La pena que la embargó por ella fue tan inmensa que sus ojos se humedecieron. Tapó su boca cuando percibió que iba a gritar. Se movió despacio hasta ponerse a la espalda de María.

—Un poco más, mi rey —ayudó con un tono de fingido éxtasis—. Un poco más.

Pedro de Aragón se vació con un mugido de res brava. La pobre María se vio elevada cuando el rey arqueó la espalda sobre el lecho, y Raquel aprovechó para saltar. Corrió hacia la puerta, tal y como dictaba el plan. Al abrirla, un torrente de luz inundó la alcoba.

—¡Eh! ¿Qué es esto? ¡Mi espada!

Los hombres de la mesnada regia pasaron entre empujones. Guillermo de Alcalá el primero, con el hachón encendido en la mano.

—¿Veis lo que os decía, amigos míos?

Miguel de Luesia fue el siguiente en entrar. Los ojos llorosos por la borrachera. Se quedó embobado mirando a su rey, con María de Montpellier desnuda todavía sobre él. La reina se cubrió los pechos con ambas manos. Entonces fue cuando Pedro se dio cuenta.

—¡Tú! —Se restregó los párpados con fuerza—. ¡No!

Al fondo, Raquel se echó un manto por encima. Los caballeros aragoneses le abrieron paso entre risas.

—¡Mi señor! —Aznar Pardo se palmeó las piernas—. ¡No tienes remedio! ¡Pero quiero ser como tú, lo juro!

Hubo muchas carcajadas. Artal de Alagón se derrumbó y pataleó en el suelo. En la entrada, algunas rameras se agolpaban, ansiosas por descubrir qué era lo que despertaba tanto alboroto. Miguel de Luesia, eufórico por el licor de Mireval, por la ridícula escena de cama y por lo que todos consideraban una proeza varonil de Pedro de Aragón, aplaudía sin parar. María desmontó despacio, recreándose. El odio sordo había regresado para reemplazar a la pasión una vez alcanzado el objetivo. Guillermo de Alcalá la ayudó a tapar su desnudez.

—Me has engañado, bruja —escupió el rey. Miró hacia la puerta, pero Raquel había desaparecido. A saber por dónde trotaba ya—. Me habéis engañado las dos. Furcias miserables. Mujeres, herramientas de Satanás.

—Que Dios ilumine tus pasos, mi señor —siseó la reina—. Y ahora vístete y sal de mis tierras, putero beodo, defensor de los herejes. Ya tendrás noticias mías.

Cinco meses después. Santa María de Huerta

La expedición navarra hacia Guadalajara salió desde Tudela y pasó por Tarazona, Soria y Sigüenza. En la columna diplomática, aparte del propio rey Sancho, viajaban los nobles y prelados más importantes del reino, incluido el universitario Rodrigo de Rada, ya integrado en la curia navarra como consejero principal. Rodrigo pidió permiso al rey para desviarse al monasterio de Huerta y visitar a su tío Martín de Hinojosa. No le llevaría más de un día. Sancho de Navarra accedió.

Rada llegó pasada la hora sexta, así que el abad lo invitó a su mesa para compartir el almuerzo. Rodrigo lo engulló sin dejar de hacer gestos cómplices a Velasco, impaciente a pesar de la obligación de silencio. En cuanto terminaron con la comida, los monjes se desperdigaron por los alrededores del monasterio para aprovechar el único momento de asueto del día. Rodrigo de Rada no. Él corrió a reunirse con Velasco.

—¿Lo acabaste? ¿Dónde está? Enséñamelo, por favor.

Velasco, dueño de una sonrisa agridulce, lo guio hasta el *scriptorium*. Fray Martín se les unió por el camino.

—Sabía que querrías verlo, sobrino. Parecías un volatinero durante el almuerzo. Asustado tenías al abad, que el pobre no hacía más que mirarte de reojo. Pero vamos ya. Has tenido suerte con el manuscrito: lo devolvieron desde Óvila la semana pasada.

Martín de Hinojosa y Rodrigo de Rada siguieron charlando entre los pupitres con copias a medio acabar. Velasco, ajeno a ellos, sorteó los puestos de trabajo de los demás monjes. Ahora las estanterías estaban abarrotadas. Nada que ver con los espacios vacíos y los tomos aislados de casi una década atrás. Aunque, a pesar de lo saturado de los anaqueles, Velasco sabía de memoria dónde estaba el *Cantar*. «Mi obra», pensó. Lástima que fuera una de tantas. No más llamativa, ni más gruesa, ni mejor colocada que las otras. Apartó un salterio y una *Biblia Sacra* de san Jerónimo para llegar hasta su *Cantar*. Acarició la tapa. Fuera, al otro lado de los vidrios laminados, los demás monjes contaban chistes en voz baja, y Rodrigo, entusiasmado, explicaba a su tío cuál era el objetivo en la reunión de Guadalajara:

—No se trata solo de la paz: la paz es un medio para la guerra. Una barca con la que cruzas el río antes de seguir camino por tierra. La barca la dejas atrás, ¿verdad? No cargas con ella porque te estorbaría. Con esta paz haremos lo mismo. Lo de Alarcos es la prueba.

Velasco se volvió con el *Cantar* a medio sacar. Alarcos. Ahora casi podía pensar en ese día sin que la vergüenza le cortara la respiración.

—¿Qué tiene que ver Alarcos con la paz? —preguntó. Rodrigo enarcó las cejas. Como si la respuesta fuera evidente.

—El desastre de Alarcos fue consecuencia de la paz, hermano Velasco. Una paz hipócrita, de grandes intenciones ladradas más que dichas. De mucho enojarse con el débil pero de ocultarse cuando aparecía el fuerte. De poco compromiso cuando llegó el momento de la verdad. He oído decir que la culpa fue de Alfonso de Castilla. He oído que se precipitó por soberbia, o que su alférez se comportó como un cobarde. He oído otras cosas. Auténticas sandeces, las más. Que Dios castigó al rey Alfonso por sus pecados. Y bueno, algo de cierto hay. —Rodrigo se acercó a las estanterías y se puso frente al monje. Afable, como siempre—. Pero los pecados no fueron solo del rey de Castilla. Los pecados son de todos. Nos persiguen desde antes de que los infieles nos usurparan la tierra. Es más: la propia llegada de los infieles fue un castigo de Dios. ¿No estás de acuerdo, hermano?

Velasco se encogió de hombros.

—Supongo que sí. Aunque aquí —dio un par de golpecitos sobre su obra— he escrito sobre musulmanes bien avenidos. Y sobre cristianos pérfidos.

—Sí, bueno... Sabemos de andalusíes, como el rey Lobo, que odiaban a los mazamutes; y de católicos como los Castro que los ayudaron. En fin, el lobo aúlla y el cordero lo teme, cada uno según su naturaleza, que es obra del Altísimo. Ahora nada podemos hacer, salvo rezar y defendernos. A no ser que empecemos a balar, claro. Y dejemos que nos encierren en un corral hasta que nos esquilen o nos sirvan en una bandeja.

Velasco miró al suelo. Siempre que recordaba Alarcos, le venían a la mente los jinetes arqueros. Aquella noche en la granja en llamas. La niña violada, el padre decapitado. Dios es grande.

—Alguien tiene que defendernos, sí.

—¿Alguien? —Rada inclinó la cabeza, como si no hubiera oído bien—. Otros, claro. No nosotros. —Señaló el *Cantar*—. ¿Para eso lo has escrito?

—Yo... —Velasco negó despacio—. A veces no lo sé. Quizá lo escribí solo porque necesitaba hacerlo. ¿Tú lo recuerdas, fray Martín?

El anciano se adelantó, siempre apacible.

—Da igual si lo recuerdo o no. O por qué lo escribiste tú. Lo que cuenta es que aquí está. Lo que cuenta es que nuestros enemigos tienen también un libro, y da igual si lo escribió su profeta hace siglos o anteayer. Lo que cuenta, Velasco, no es por qué, cuándo o cómo escribiste tu *Cantar*. Lo que cuenta es cómo lo vería nuestra gente si lo leyera. Lo que cuenta es cómo reaccionan los mazamutes africanos tras leer su libro. Y lo que cuenta también, como dice mi sobrino, es que los lobos bajan de la montaña. Las noticias son inequívocas: el miramamolín ha pacificado su gran imperio y sus manos están libres. La doctrina de los mazamutes no les permite estar así, en paz. Su satánico deber es convertir al resto del mundo a su fe o regar la tierra con nuestra sangre. Tendremos guerra, la queramos o no.

—Guerra, sí —remató Rodrigo de Rada—. Guerra. Eso debería haber guiado los deseos de mi rey antes de Alarcos. Y los de los reyes de León, Portugal y Aragón. Alarcos habría acabado de forma muy diferente y entonces sí: tendríamos derecho a disfrutar de la paz. Tal vez aún podamos arreglarlo, y por eso es importante la reunión de Guadalajara.

Martín de Hinojosa observó el gesto serio de Velasco. Sabía el dolor que el recuerdo de Alarcos le causaba, así que devolvió el interés hacia el libro.

—Se lo llevé al abad de Óvila —explicó a su sobrino—. Ya terminó su copia y nos lo devolvió. Ahora mismo estará trabajando en la iluminación, o a lo mejor en unas tapas dignas de su destinatario. El ejemplar que prepara será para el rey Alfonso.

Rodrigo tomó el *Cantar*. Lo apoyó sobre el escritorio más cercano y pasó las hojas con lentitud.

—¿Para el rey Alfonso nada menos? Pero me dijiste que el arzobispo de Toledo estaba en contra de...

—Él no sabe nada —le cortó fray Martín—. Y ha de seguir ignorándolo.

El universitario asintió. De forma mecánica, se acomodó en el asiento y levantó los brazos para que las mangas resbalaran hacia los codos. Se humedeció el índice derecho y pasó hojas hasta donde ya conocía. No dijo nada. Simplemente, se hundió en la lectura. Martín de Hinojosa hizo un gesto a Velasco y ambos salieron en silencio del *scriptorium*.

—Es un buen hombre tu sobrino —reconoció el monje—. Tal vez algo impulsivo, aunque tenías razón: me cae bien.

—Y llegará lejos, ya lo verás. No espero vivir mucho más, pero me gustaría verlo en el puesto que se merece. Tal vez como obispo de Pamplona. No estaría mal, ¿eh?

»Y hablando de la hora que ha de llegar a toda carne... ¿Sabes que el arzobispo de Toledo está muy enfermo?

Velasco observó la sonrisa de su mentor. Un hombre que dejaba una estela de santidad a su paso por las pandas del claustro. No podía creer que, de alguna forma, la muerte de un cristiano pudiera alegrarlo; salvo porque esa muerte era el paso obligado para reunirse con el Creador.

—¿Qué insinúas, fray Martín?

—Que Dios me perdone, no es que me regocije. Es más: rezo a diario por su curación. Pero Satanás se acerca siempre sin avisar y pincha. Yo lo maldigo. Me voy a hacer penitencia.

El anciano se alejó a pasos lentos. ¿Qué había pretendido Hinojosa con aquello? Velasco se volvió hacia la puerta abierta del *scriptorium*. A su través, pudo ver a Rodrigo de Rada absorto en la lectura. Con las comisuras de los labios arrugadas en una leve sonrisa.

Una semana más tarde. Guadalajara

Los debates se habían vuelto aburridos en el viejo alcázar andalusí. De la antigua inquina del navarro Sancho apenas quedaba un débil resquemor. El hartazgo de perder aldea tras aldea lo había disuadido de enfrentarse con Castilla. Lo malo era que, al mismo tiempo, la edad y su delicada salud lo abocaban a la pereza y al extremo deseo de seguridad. El gigantesco rey no quería ni oír hablar de una coalición de reinos cristianos para avanzar sobre territorio almohade. La razón oficial era lógica: ¿qué podía ganar con eso Navarra, que ni siquiera tenía frontera directa con el islam? Aunque existía otra causa relacionada con las buenas relaciones que Sancho había tenido con los prebostes almohades tras Alarcos. Pero de eso era mejor no hablar.

Alfonso de Castilla, por su parte, había dado por cerrada la aventura de ultrapuertos. La dote gascona de Leonor Plantagenet se había convertido en una telaraña que crecía y crecía, se llenaba de polvo y deslucía el futuro. Las relaciones entre Francia e Inglaterra lo complicaban todo, y las ambiciones de los pequeños señores en Gascuña habían terminado de empantanar el asunto. En fin, existían preocupaciones mayores en el ánimo del rey Alfonso. Y la reina Leonor, presente durante las conversaciones en el alcázar, no intervino para afear la decisión de su esposo, ni pareció entristecerse por perder de facto unas tierras que solo había poseído sobre el papel.

Firmar la paz no fue, pues, tarea difícil. Cinco años de amistad acordaron Sancho y Alfonso. Libre paso de castellanos por el reino navarro y viceversa, con un máximo de cien caballeros por contingente y a condición de no coincidir unos en tierras de otros y otros en tierras de unos, que ya se sabía cómo de rápido se caldeaba la sangre. Otros puntos de larga discusión, aunque de fácil acuerdo, fueron los castillos que cada reino cedía en garantía de cumplir la palabra dada, y qué señores se encargaban de sus tenencias. Al final fueron tres de uno por tres de otro, y todos quedaron contentos. Bueno, tal vez un poco menos Sancho de Navarra, que no quiso reconocer las posesiones castellanas en Guipúzcoa, el Duranguesado y Álava, pero tampoco se atrevió a protestarlas.

Entonces llegó el momento de las largas exposiciones. Prelados castellanos y navarros se turnaron en largas diatribas sobre la necesidad real de una alianza con miras a defenderse del miramamolín, si es que al final este se decidía a acabar lo empezado en Alarcos. Las alusiones a las embajadas de paz, a las treguas y a las herejías que ensombrecían el horizonte norteño iban y venían, y los bostezos marcaban el ritmo de cada obispo en el atrio. La reina Leonor, los dos reyes, sus alféreces y mayordomos habían dejado de escuchar hacía tiempo cuando el joven Rada, último en intervenir, tomó la palabra:

—Mis señores, cuánto he aprendido —empezó el universitario, y a continuación hizo una pausa. Larga. Tanto, que el silencio consiguió lo que no había conseguido la charla. Los nobles navarros y castellanos salieron de su sopor para observar extrañados a aquel hombre tonsurado que los miraba con gesto divertido. Cuando se aseguró de que todos prestaban atención, Rada continuó—. Habéis hablado de amistad y defensa mutua. Yo os digo que eso no vale nada. ¡Nada!

Hubo revuelo. Los prelados se vencieron a los lados para cuchichearse en el oído. Sancho de Navarra y Alfonso de Castilla, en un gesto simultáneo hasta la comicidad, enarcaron las cejas como si lo hubieran ensayado largo tiempo.

—¿Qué dices? —Se oyó la voz de la reina Leonor. Y era la primera vez que intervenía en público desde su llegada a Guadalajara—. Llevamos aquí días empantanados para firmar una tregua, ¿y ahora sales tú con que no vale nada?

Los muchos hombres se volvieron para contemplar admirados a la única mujer.

—De nada valdrá, mi señora, cuando los mazamutes lleguen y amontonen nuestras cabezas a las puertas de las ciudades. ¿O crees que el rey de Aragón cabalgará a espuela picada si el miramamolín planta sus reales para asediar León? ¿Consideras, acaso, que los portugueses desbocarán sus monturas para acudir a liberar Pamplona? Mira atrás, mi señora. Mira al pasado y dime si lo ves posible.

Leonor entornó los ojos e hizo un gesto elegante con la diestra.

—¿Y qué propones?

—Propongo olvidar la defensa. Propongo que esta paz se extienda entre Navarra y Aragón sin tardanza, y que se acuerde con los demás reyes cristianos un plan para avanzar. Porque esta es la única forma posible de vencer al enemigo y prevalecer. Solo unidos lo lograremos.

Ahora fue Alfonso de Castilla el que reaccionó. Aquellas palabras le trajeron a la mente las últimas que había dicho su abuelo, el emperador, en la Sierra Morena.

—Solo unidos —repitió.

—¡Dios lo quiere! —se animó Rada—. Ese era el grito. Con él los papas reunían a los monarcas cristianos para recuperar los Santos Lugares. Y si ahora están perdidos no es porque Dios dejó de quererlo, sino porque se rompió esa unión. Decidid si aceptáis que Toledo o Pamplona corran la misma suerte que Jerusalén. —El joven se dirigió al rey de Castilla. Incluso lo señaló con el índice—. Hubo un tiempo en el que tú eras el paladín de esta idea. ¿Qué ocurrió para que la olvidaras?

Alfonso apartó la vista. A su espalda, la reina Leonor sonrió. Una sonrisa de admiración que no pasó inadvertida a su destinatario: Rodrigo de Rada.

—Muchos murieron por esa idea —se justificó el rey de Castilla—. Tal vez tú no hayas vivido tanto como algunos de los que estamos aquí. No has asistido a batalla alguna, ¿verdad? Yo sí, y vi a los que me siguieron espada en mano. A unos cuantos los sostuve en brazos mientras les cerraba los ojos.

—Es lo que pasa en las guerras —siguió Rada—. Porque podemos cerrar los ojos, igual que aquellos a los que viste morir, pero eso no evitará que lo que ha de suceder, suceda.

»No está en nuestra mano evitarlo. De todos es sabido que las treguas del miramamolín expiran el año que viene. Las noticias que llegan de África hablan de grandes preparativos. Los motines de los rebeldes han sido sofocados en el mar y en la tierra, y las hordas de los infieles se levantan para rematar su empresa más anhelada: someternos. Extender sus mezquitas por nuestra tierra. Un minarete por cada campanario, un cadáver por cada hombre y una esclava por cada mujer. Es igual que queramos la guerra o no: la guerra nos quiere a nosotros.

»No aceptarlo es como suicidarnos, y Dios no ama a los suicidas. Cristo dio un consejo a sus discípulos cuando sus verdugos estaban a punto de prenderlo: *quien tenga un manto, véndalo y cómprese una espada.* —Abarcó a toda la audiencia con un movimiento de ambos brazos—. ¿Pensáis que al Creador le agrada que estemos aquí, cómodos, calientes, seguros mientras se cierne sobre sus hijos la destrucción? Algo más dijo el Señor aquella noche: *aún es menester que se cumpla en mí aquello que está escrito.*

»Ahora bien, ¿ha escrito Dios que nuestro destino sea el exterminio? Si hay alguien aquí que lo sepa, que se ponga en pie y lo manifieste.

Hubo un nuevo silencio mientras Rodrigo de Rada fingía esperar.

—Nadie conoce los designios de Dios —intervino con malos humos el arzobispo de Toledo—. No sé a qué viene esto, navarro.

—¡Exacto! ¡Nadie sabe qué escribió el Creador acerca de nuestro fin! Tal vez hayamos de padecer la muerte y el olvido, tal vez no. Salgamos al campo de batalla y plantemos cara a Satanás. Si está escrito que caigamos derrotados, cúmplase la voluntad de Dios. Cúmplase también si su mandato es el contrario. En caso de que nos neguemos a luchar, no nos hace falta conocer los designios divinos, porque nosotros mismos habremos firmado la aniquilación.

Leonor Plantagenet mantenía muy abiertos sus ojos irisados. Sonriente el pálido rostro, enlazados los largos dedos sobre el regazo. Vio cómo su esposo se volvía de nuevo desde la primera fila y la observaba con una sombra de vergüenza.

36

Cantos de guerra

Verano de 1208. Santa María de Huerta

Durante el invierno que siguió al tratado de Guadalajara, los hechos se precipitaron.

Diego de Acebes, obispo de Osma, llevaba tiempo fuera de su diócesis. El piadoso clérigo había tomado de la mano a su *subprior*, Domingo de Guzmán, y juntos habían ido a recorrer las tierras occitanas para llevar la palabra de Dios a los herejes cátaros. Para convencerlos de su error y, mediante el amor cristiano, devolverlos al redil de Roma. Pero tras los últimos acontecimientos, la predicación perdía fuelle. Lo que se avecinaba en los condados y señoríos de ultrapuertos era toda una guerra santa decretada por el papa. Aunque las piras no ardían aún, podía olerse el humo de la purificación. Así pues, el obispo de Osma regresó al nido. Solo que, fatigado de recorrer caminos y chocar contra los muros de piedra albigenses, cayó enfermo y murió.

Leonor Plantagenet se apresuró a hablar con su esposo. Sabía de la persona perfecta para sustituir al interfecto. Un poco conocido clérigo navarro, muy letrado, de indudable empuje y gran viveza. Alfonso de Castilla, que se sentía culpable por haber renunciado a pleitear por la dote gascona de su mujer, no pudo negarse. Rodrigo de Rada recibió la propuesta con gran alegría, lo dejó todo listo y prometió a su monarca natural, el gigante Sancho, que trabajaría en lo posible por Navarra desde su sede episcopal castellana. Siempre sin faltar a la lealtad a Dios y al rey Alfonso, claro. Una vez que cerró todos los asuntos que lo retenían en Pamplona, Rada viajó entusiasmado hacia su nuevo hogar. El cabildo de Osma en pleno se plantó a las puertas de su catedral, aguantando el sol de mediodía para dispensar una bienvenida de lujo a Rodrigo de Rada y entregarle el báculo del difunto Diego de Acebes. Solo que cayó la tarde, y adonde llegó el navarro con su séquito de mulas y sirvientes no fue a Osma, sino al monasterio de Santa María de Huerta.

—¡Sobrino! —Fray Martín de Hinojosa abrazó a Rada en el claustro. A su alrededor, los demás monjes observaban con admiración al navarro de sonrisa franca y cara redonda. A todos les caía bien, y además se las prometían felices: Rodrigo de Rada había hecho público su deseo de reposar en Santa María de Huerta a su muerte. Eso significaba que en vida dotaría al monasterio siempre que pudiera. Y ahora, convertido en obispo, las expectativas adquirían el brillo del oro—. Pero... ¿qué haces aquí? ¿Ya has tomado posesión de tu sede? Ah, ni siquiera te he dado la enhorabuena. No sabes cuánto me alegra. Tu madre estará orgullosa, ¿eh?

—Desde luego. Gracias, tío. Tú sabes lo que significa esto. Aunque a mí me faltaría la humildad que demostraste al renunciar a tu puesto. Oye, ¿dónde está Velasco?

Hinojosa señaló la puerta cerrada del *scriptorium*.

—¿Dónde va a estar? Aprovecha el descansito de antes de vísperas para adelantar el trabajo.

Rada tomó a su tío del brazo. Hinojosa, muy renqueante a sus casi setenta años. Cruzaban el patio cuando el nuevo obispo de Osma se detuvo. El abad, fray Bernardo, acababa de salir de la sacristía.

—¡Mi buen abad!

Fray Bernardo corrió a felicitar a Rada.

—Mi señor obispo. Bienvenido a Huerta.

—Ah, ya es hora de que os lo diga: no recibiré la consagración por el episcopado de Osma. Venid conmigo. —El navarro, que casi no podía contenerse, los arrastró a ambos hacia el *scriptorium*.

—Pero, sobrino... ¿Acabas de decir que...? —Hinojosa se rascó la tonsura—. No lo entiendo. No entiendo nada.

—Enseguida lo entenderás.

Entraron en la larga pieza repleta de estanterías pegadas al muro oeste. Velasco interrumpió su labor cuando vio quién llegaba a visitarlo. Pero Rada apenas dejó que el escribiente lo felicitara por su nombramiento. Señaló el pergamino a medio preparar del pupitre.

—¿En qué trabajas, hermano?

—En un *De Coelesti Ierarchia*. Y ya tengo a la espera una *Me-*

tamorphoseos. Faena no me falta, como ves. Pero ¿qué pasa? ¿A qué vienen esas caras?

Rada los miró uno a uno.

—Amigos, hay algo muy grave que he de deciros. Sentaos.

Los monjes también lo observaron a él. Extrañados. Velasco y el abad ayudaron a acomodarse al anciano Hinojosa, y ellos mismos hicieron lo propio entre manuscritos y olor de tinta. Los tres hombres formaban un extraño triángulo en el *scriptorium* mientras Rada, siempre tan efectista, cargaba el aire de dramatismo.

—Habla ya, sobrino —rogó fray Martín.

—Sí, allá va. El arzobispo de Toledo ha muerto.

Fue como si la puerta se abriera de golpe y el aire caliente fuera barrido por un viento gélido. El abad y fray Martín se santiguaron a un tiempo.

—Dios lo acoja en su seno —murmuró Velasco—. Y que nos proteja a todos.

—La salud de Pisuerga no era buena —añadió Hinojosa. Su vista se volvió hacia los anaqueles y enseguida localizó el lomo pardo del *Cantar*—. Rezaremos por él.

—Hay algo más. —Rodrigo de Rada tomó aliento. Mantuvo en vilo un poco más al exiguo auditorio—. Hace tres días, al pasar por Soria, me interceptó un montero del rey. Venía a toda espuela desde Toledo con un mensaje de la corte. —Cerró los ojos, como si en ese momento adquiriera conciencia de algo muy, muy grande—. Él me anunció la muerte de Pisuerga y... Amigos, tenéis ante vosotros al nuevo arzobispo de Toledo.

Velasco y Martín de Hinojosa quedaron congelados y boquiabiertos. El abad Bernardo fue el único en reaccionar como era debido. Sus posaderas no se habían separado del asiento cuando su rodilla se clavaba en el suelo. Su mano tomó la de Rodrigo de Rada.

—Mi señor arzobispo... —Los ojos del abad, de no haberse cerrado, destellarían de felicidad. Aquello implicaba donaciones y derechos sin medida para el monasterio. Besó el dorso de la mano una, dos, tres veces.

Martín de Hinojosa pudo al fin levantarse. Miró a su sobrino con orgullo mal disimulado.

—Dios, en su sabiduría, ha marcado el camino. —Se dirigió a Velasco—. Te das cuenta de lo que esto significa, ¿no?

—Sí... No. No lo sé. El monje no se atrevía a ponerse en pie.

Sentía una especie de mareo. Todavía sentado, se agarró al borde del pupitre más cercano. Rada, que ahora parecía haber crecido, recuperó su mano, que aún recibía besos del abad. Se acercó a Velasco.

—El rey Alfonso ha tomado la decisión como si fuera algo meditado muy de antemano. Y el cabildo de Toledo se ha plegado de inmediato. Creo ver el seso de la reina Leonor detrás de todo esto. —Agarró con suavidad el hombro de Velasco—. Hermano, pienso que mi tío está en lo cierto. Dios allana nuestro camino. Porque a partir de ahora es eso: *nuestro*.

»Abad Bernardo —Rada se volvió—, arriba. Sé que no me negarás esta humilde súplica. Y sé también que mi tío me apoyará en ella. Quiero que fray Velasco abandone Santa María de Huerta. Quiero que venga conmigo a Toledo.

—¿Qué? —El aludido observó al nuevo arzobispo de Toledo como si fuera la primera vez que lo veía.

—Mi primera orden se la di al montero que me ha comunicado la decisión real. Esta mañana nos hemos separado en Medinaceli y ahora se dirige hacia el monasterio de Óvila, de donde recogerá la copia que el abad Pedro hizo del *Cantar*.

Velasco hizo un esfuerzo y consiguió ponerse en pie. Aunque, por si acaso, siguió apoyado en el pupitre.

—Pero, yo...

—Tu momento ha llegado, hermano —insistió Rada—. El rey de Castilla ha de saber lo que has hecho. Tu nombre se conocerá en todo el reino y fuera de él. Lo que mereces es...

Velasco alzó la mano libre. Cerró los ojos con fuerza, como si acabara de despertar de una borrachera.

—No, yo no deseo... Yo... Rodrigo, es decir... Mi señor arzobispo...

Martín de Hinojosa acudió en su ayuda.

—Me temo que Velasco no pretende esa notoriedad, sobrino. Y no sé si podrá salir del monasterio. No después de tanto tiempo. No después de...

«De la cobardía», completó en su mente Velasco. Miró a Hinojosa y supo que, en realidad, el buen fray Martín deseaba que se marchara de Huerta. Que se presentara en Toledo y fuera testigo de cómo el rey recibía su obra. Pero ¿y si no era de su agrado? ¿Y si reaccionaba como lo había hecho el ahora difunto Pisuerga? ¿Y si todo quedaba en nada, o si la gente se reía de él? «Cobarde», se dijo una vez más. Eso era, ¿no? Por su cobardía llevaba diez años en aquel rincón apartado del mundo, a salvo de los demonios que cada noche visitaban sus pesadillas.

—Entonces ocultaremos que eres el autor —decidió Rada—. Y aun así es tu obra, Velasco. Quiero que seas tú quien la acompañe de villa en villa. Que expliques a los bardos cómo deben recitarla, y que observes a la gente menuda cuando la escuche. Eso puedes hacerlo. Dime que sí, amigo. Di que me ayudarás a cumplir mi misión. Nuestra misión.

Velasco dejó de apoyarse en el pupitre. Tomó aire e irguió la cabeza. Su vista se clavó en la de Rodrigo de Rada. Tragó saliva.

—Iré contigo, Rodr... Mi señor arzobispo. —Volvió la cabeza hacia el que había sido su mentor. Martín de Hinojosa le pareció más viejo que nunca. El hombre casi santo, libre de vanidad, que había renunciado a la mitra y, tal vez, a toda la gloria que ahora iba a alcanzar su sobrino—. Iré con él, fray Martín. Y que nuestra obra llegue hasta donde Dios quiera.

Hinojosa asintió. Sus piernas se movieron muy despacio para salvar la distancia que los separaba y se unieron en un largo abrazo.

Al mismo tiempo. Zaragoza

Pedro miró al cielo al salir de la capilla de san Martín. Allí, en el patio pequeño de su palacio de la Aljafería, se sintió como en una prisión. Aunque el motivo no tenía que ver con murallas de piedra. En momentos como ese era cuando el rey de Aragón se daba cuenta del bien que le hacía el vino. Con él corriendo por sus venas, las amarguras se suavizaban. Decidió que esa tarde se emborracharía antes que de costumbre.

—Mi señor...

El rey se volvió. Su mejor amigo, Miguel de Luesia, salía del macizo central del complejo palatino, donde se hallaban los lujosos salones andalusíes conquistados por el viejo rey Batallador. Allí, apartados del resto de la curia y de los súbditos, los dos hombres se permitían más confianza. La que tenían desde que, siendo muchachos, habían sangrado juntos, aliados a Castilla contra León.

—¿Qué es ahora, Miguel? ¿Qué otra desgracia me ha caído encima?

Luesia carraspeó. Mala señal.

—Eh... Bueno, no quise decirte nada cuando ocurrió porque mandé gente a confirmarlo. Se trata de un asunto delicado, así que era mejor asegurarme. En fin, no creo que sea tan grave. De hecho, tal vez puedas sacar partido a...

—Por san Jorge, Miguel, que lo estás empeorando y aún no sé de qué hablas. ¿Es mi madre?

—No, no. Ella sigue empeñada en que se muere mañana, como ayer y como anteayer. Pero a este paso nos enterrará a todos.

—Por Cristo crucificado, no me digas que tiene que ver con mis malditos súbditos herejes.

Luesia tomó aire. Aquel estaba resultando un año nefasto, desde luego. A la enfermedad de la reina madre, que la mantenía postrada y redactando cláusulas testamentarias, la había seguido el suceso más luctuoso desde que comenzaran los problemas en tierras occitanas: el legado papal Castelnau, encargado de reducir a los cátaros a la obediencia de Roma, había caído asesinado a orillas del Ródano. Y nadie acusaba a otro que al conde Raimundo de Toulouse, el cuñado del rey. Aquello había sido la gota que colmaba la copa de la hiel, y el santo padre Inocencio ya había tragado mucha. Decretó la inmediata excomunión de todos los tolosanos y provenzales y proclamó que la cristiandad estaba en guerra contra los herejes. Pidió ayuda al rey de Francia y a todos sus nobles y prelados. Ordenó que se detuviera el enfrentamiento entre ingleses y franceses, y sustituyó a Castelnau por un monje siniestro llamado Arnaldo Amalarico. Todos esperaban que, de un momento a otro, la sangre corriera a ríos por Occitania.

—La gente huye de las ciudades al campo, mi señor. Y los trovadores componen canciones para pedirte ayuda. Pero aún no ha pasado nada de gravedad con los herejes.

—¿Entonces qué ocurre, Miguel? Vamos, somos amigos. Puedes decirme lo que sea. ¿El arzobispo de Tarragona reclama su deuda? Que espere. Once mil sueldos no se reúnen así como así.

—Tampoco se trata de dinero. Es tu esposa, mi señor.

Pedro de Aragón cerró los puños. María de Montpellier de nuevo. ¿Qué habría pensado ahora aquella arpía desdentada y embaucadora?

—No lo digas, Miguel. No la llames mi esposa. Por mucho que

el papa se negara a la anulación, esa tina de sebo no es mi mujer. No lo es. ¡No lo es!

—Ya. Bien, me temo que lo que vengo a contarte tiene que ver precisamente con el... engaño de Mireval.

»Verás, tu esp... María dio a luz en invierno.

Pedro miró fijamente a Luesia.

—No puede ser.

—Bueno, todos vimos cómo... En fin, mi señor, hay testigos y me temo que no podrás negar...

—¡Basta! ¡Digo que no soy el padre! ¡Meteré un palmo de hierro en las tripas a quien me lleve la contraria!

El rey caminó deprisa. Lo hizo hacia la puerta más cercana, la que comunicaba con la gran explanada que, antaño, usaban los musulmanes para sus alardes militares. Pero Luesia lo detuvo con una sola frase:

—Ha sido un varón.

Pedro de Aragón se volvió despacio. Un varón. Un heredero legítimo de todo el reino de Aragón, el condado de Barcelona, el señorío de Montpellier y el resto de las tierras que pudiera conquistar hasta su muerte.

—Un varón —repitió.

—Quise asegurarme, por eso mandé a gente de mi confianza. El niño está sano y tu esp... María le ha puesto el nombre de Jaime.

El rey negó con firmeza.

—No es nombre para un hijo mío. Jaime. Qué absurdo.

Miguel de Luesia se encogió de hombros.

—Dicen que la reina encendió varias velas, cada una con el nombre de un apóstol del Señor, y la última que se apagó...

—¡No quiero saberlo! ¡No me importa! ¡Ese zagal no es hijo mío y no heredará! ¡Jamás será rey de Aragón! ¿Has oído?

—Sí, mi señor —se rindió Luesia.

—No. Júralo. Jura que, mientras vivas, impedirás por todos los medios que ese bastardo se siente en mi trono.

Miguel no se atrevió a tanto. Aquella cuestión no estaba en su mano, y no quería jurar en falso. Menos aún si se trataba de un deber al que el honor obligaba.

—Puedes contar conmigo para lo que quieras, mi rey. Moriré por ti si me lo pides. Moriré por ti incluso aunque no me lo pidas. Pero no me mandes que falte a mi obligación como aragonés. Eso no.

Pedro de Aragón lanzó una docena de maldiciones en la lengua montañesa de sus antepasados, luego se dio la vuelta y pateó todas las piedras del patio hasta que salió de la Aljafería. No tardó en oírse el trote de su caballo alejándose hacia el Ebro.

Cuatro meses después. Cuenca

El interés que había despertado la representación reunía en el alcázar a toda la curia. A la reina Leonor, que había crecido entre trovadores, le hacían gracia aquella rima torpe y las dificultades del bardo para armonizar estrofas y melodía. Alfonso de Castilla escuchaba atento, intentando buscar una relación entre lo que se cantaba y lo que él sabía de sus antepasados. Y los nobles castellanos, confusos y sorprendidos, se miraban cuando creían reconocerse en los protagonistas de la obra.

El nuevo arzobispo de Toledo, Rodrigo de Rada, se encontraba de pie, a la izquierda del rey. Flamante con su alta mitra, el báculo empuñado. De vez en cuando dirigía miradas de complicidad a Velasco, que se había apretado en un rincón del lujoso salón, justo tras las damas de compañía de la reina.

> *¡Verías tantas lanzas abatir y alzar,*
> *tanta adarga romper y traspasar,*
> *tanta loriga desmallar y atravesar,*
> *tanto pendón blanco de sangre manchar,*
> *tanto buen caballo, sin jinete cabalgar!*
> *Los moros llaman a Mahoma, los cristianos a Santiago.*

Velasco observaba los semblantes de aquellos hombres de armas. A Diego de Haro se le estiraba una comisura. Y cuando su hijo Lope fue a susurrarle algo al oído, le mandó callar con un ademán.

Rodrigo de Rada había entregado la copia de Óvila al rey Alfonso. Encuadernación preciosa en tabla forrada de piel y apliques metálicos; las letras bien perfiladas, con un negro uniforme y bien medido. *Cantar de mío Cid.* En su interior, la delicadeza de los trazos casaba con lo encuadrado de cada estrofa. Las des y las tes se desplegaban como varas, unas hacia atrás, otras hacia arriba; las zetas se estiraban con elegancia, las mayúsculas se engrosaban solo allí donde debían. Ni una mancha de tinta. Ni un trazo fuera de lugar.

—¿Quién lo ha escrito? —había preguntado el rey. Velasco, que se hallaba presente, enrojeció. Pero Rada hizo bien su parte.

—Como podrás leer al final, mi señor, esta copia es obra del abad Pedro. La traigo del monasterio de Óvila.

Alfonso de Castilla no preguntó más. De admirar la delicada obra había pasado a la sorpresa al ver que estaba escrita en lengua romance.

Ahora el rey no se preocupaba por eso. A los textos en latín siempre les pesaba el tedioso aire sacro, pero el recital de aquella tarde estaba resultando divertido. Rodrigo de Rada se deslizó, casi sobre las puntas de los pies, y rodeó la tarima de los tronos. Nadie se dio cuenta de su movimiento, tan absortos estaban en el *Cantar*. Se despojó de la mitra y se acercó a Velasco.

—Un éxito, amigo mío. Esto es un éxito.

Velasco contestó en el mismo tono susurrante:

—No estoy tan seguro. Creo que les choca.

—Eso no es malo. Y en cuanto los juglares se acostumbren a cantarlo sin titubeos, no habrá nadie que pueda resistirse. Mira. Mira la cara del alférez real.

Velasco obedeció. Diego de Haro ni siquiera parpadeaba. Advirtió el puño apretado en el puño de la espada. Los ligeros movimientos de afirmación. Los casi imperceptibles golpes de cabeza cada vez que la acción se ponía matadora.

> *A Minaya Álvar Fáñez, bien que le anda el caballo,*
> *de aquestos moros, a treinta y cuatro matando.*
> *Espada cortante en mano, todo empapado el brazo,*
> *por el codo y hacia el puño, la sangre va destellando.*
> *Dice Minaya: «Ahora sí que me place,*
> *que en Castilla será sabido,*
> *pues Mío Cid Ruy Díaz,*
> *la campal batalla ha vencido.»*
>
> *Tantos moros yacen muertos,*
> *y los pocos vivos dejados,*
> *al alcance los van cazando.*
> *Regresan los del que nació en buena hora.*
> *Anda Mío Cid sobre buen caballo,*

la cofia fruncida, ¡Dios, qué bien barbado!
Almófar a cuestas, espada en la mano,
vio a los suyos que van llegando:
«Gracias a Dios, aquel que está en lo alto,
que tal batalla hemos ganado.»

Hasta la reina parecía absorta, y por eso tardó en darse cuenta de que el portón de la gran sala se abría. En ella apareció un guapo joven de largo cabello rubio, cara aniñada y barba escasa. Y tal como acababa de recitar el juglar, el recién llegado traía el almófar echado para atrás, la cara tiznada de polvo, con chorretones de sudor abriendo surcos. Los nobles se fueron pasando el aviso, todos acabaron con la atención puesta en él. El bardo dejó de tocar y calló.

—¡Hijo mío! —reaccionó Leonor Plantagenet.

—Así que tenéis fiesta y no me habéis avisado. Y eso que sabéis lo que me gustan las trovas.

Siguió un incómodo silencio. El príncipe heredero, espigado y cubierto por la cota de malla, parecía recién salido de aquella extraña obra escrita en romance. Diecinueve años de ímpetu castellano.

—¿De dónde vienes así, Fernando? —El rey Alfonso se puso en pie—. Dime que has estado jugando. Cambiando estocadas con tus pares. Dime que te has caído en un charco. Dime lo que sea, menos que has vuelto a salir en algara.

Fernando avanzó ante las miradas cómplices de las damas más jóvenes. Tomó la copa que le ofrecía un criado y bebió. Al restregarse la barba con la manga de la loriga, todos pudieron ver la sangre seca y apelmazada entre las anillas metálicas. Eso también les recordó el *Cantar*. Al Cid con el brazo chorreante desde el codo hasta la mano. El príncipe se detuvo junto al bardo.

—Me ha parecido que cantabas en nuestra lengua, no en el habla del Languedoc.

El artista, algo incómodo, asintió.

—Así es, mi señor.

—¡Te he hecho una pregunta, Fernando! —insistió el rey Alfonso.

—Ah, padre, ya sabes la respuesta. —Se permitió mirar a los presentes con aire desafiante—. Por mucho que me agraden los cantares, no hay nada como salir a caballo y dar un paseo entre moros.

Alfonso de Castilla se volvió hacia su alférez.

—¿Tú sabías algo, don Diego?

—Por supuesto que no, mi rey.

—No busques culpables —intervino de nuevo el príncipe—, salvo a mí. Algunos santiaguistas pasaban desde Uclés a tierras de Requena, y me he unido a ellos. Eso es, nada más.

El monarca descendió del sitial. Los nobles se apartaron, el bardo salió corriendo. Padre e hijo quedaron cara a cara. Congestionado de ira el primero, burlón el segundo.

—Te lo he dicho cien veces: no puedes hacerlo. Estamos en tregua y tú no eres freire. Eres mi hijo, eres castellano; me debes obediencia.

—Y aceptaré el castigo por mi rebeldía. —Fernando alzó la barbilla—. Mejor será que la vergüenza de quedarme aquí, acomodado en esta paz vergonzosa mientras nuestros enemigos se preparan para acabar lo de Alarcos.

Se acallaron hasta las respiraciones. A nadie se le ocurrió aletear las pestañas. El rey de Castilla estuvo a punto de doblarse por aquella puñalada directa al corazón. Mientras la curia entera aguantaba el aliento, el alférez se adelantó.

—Príncipe, tú no estuviste allí. Modérate.

El joven Fernando miró a Diego de Haro. Y al resto de nobles. Luego, la punta de sus pies.

—Solo digo que no es decente que hagamos como si nada. —Volvió a fijar la vista en la de su padre—. Ya tenemos lo que querías, ¿no? Paz entre los cristianos. ¿Y ahora?

—Ahora hay que vivir, hijo. No puedes dar excusa al miramamolín para que caiga sobre nosotros con todo su poder.

—Pero la tregua con él acaba este año.

—Eso no quiere decir que tengamos que matarnos. Mandaré de nuevo a Ibn al-Fayyar a Sevilla para que...

—¡No! —se atrevió a interrumpir el príncipe—. Lo juro cada noche en silencio, pero no me duelen prendas en jurarlo aquí, ahora y delante de toda tu corte. Juro que combatiré a los sarracenos, con tu permiso o sin él. ¿Has oído? ¡Lo juro! —Se volvió hacia el alférez real—. Pero esto es algo que no puedo hacer solo. ¿Tú también piensas como mi padre, don Diego? ¿Hay que rogar de rodillas a ese africano para que nos deje vivir?

—Yo... soy el alférez del rey. Te repito, mi príncipe, que tú no estuviste en Alarcos. No viste lo que ocurrió allí.

—¡Qué lástima, hombres de Castilla! —Ahora fue la voz de la

reina Leonor la que se oyó. La que hizo que la atención de todos convergiera sobre ella. Se había puesto en pie y allí, aún sobre el estrado, su cabeza se elevaba sobre la de los demás—. Que haya de venir aquí mi hijo, casi un niño, a mostraros cómo deberíais comportaros si tuvierais honor. Fernando, no sabes lo orgullosa que estoy de ti. Ojalá los demás castellanos te imitaran. —Miró despacio a su alrededor, cuidando de cruzar su mirada con cada uno de los presentes. Al hacerlo con el arzobispo de Toledo, este la animó a seguir con un gesto de simpatía—. Yo albergaba esperanzas vanas, lo reconozco, cuando mi esposo renunció a defender mi dote gascona porque había asuntos más importantes al sur que al norte; y cuando tanto empeño puso en acabar con las guerras entre hermanos de fe y en firmar paces, me dije que sería para unir fuerzas, como quería su abuelo el emperador. Pero el príncipe Fernando tiene razón. Si a lo único que aspiramos es a regodearnos en esta paz vergonzosa, ¿por qué no recitamos la algarabía de los mahometanos y nos convertimos a su fe? Derribemos nosotros mismos los campanarios y construyamos minaretes. Olvidémonos del domingo y consagremos el viernes. ¡Dios es grande! ¿No es eso lo que dicen? Arrodillaos, amigos míos. Pegad vuestra frente al suelo, elevad las posaderas y rezad al profeta de los sarracenos.

Hubo murmullos de indignación, aunque la reina no se arredró.

—Mi señora —dijo Diego de Haro—, obediencia y adoración guardo para ti, pero eres injusta. Sabes que jamás nos dejaremos someter. Antes moriremos.

Leonor se recogió el manto en un brazo y, con un fascinante despliegue de dignidad, bajó los tres escalones del estrado. Ella sabía cuál era el sentimiento real del alférez. Solo había que hurgar un poco para sacarlo a la luz.

—Valientes palabras, don Diego. Jamás te llamaría mentiroso, pero dudo de que los castellanos hagan algo distinto de lo que hicieron en Alarcos. Es decir, darse la vuelta, arrojar el estandarte y huir.

El alférez enrojeció. Alfonso de Castilla, que ya había padecido los arranques de ira del señor de Haro, temió lo peor. Todos, incluido el joven Fernando, quedaron atentos a su reacción.

—Mi reina... —Diego de Haro afiló la voz—, mejor callaré lo que pasaría si fueras un hombre. Pero eres una mujer, y además mi soberana.

—No sufras por eso —lo retó Leonor—. Maneras hay de que

me trague mis palabras. Jura, como ha jurado mi hijo, que te portarás como el caballero que eres. Jura, para que todos vean que no tengo razón.

El alférez hinchó el pecho. Cerró los ojos antes de soltar el aire con lentitud. Desenfundó la espada y la tomó por la hoja, de modo que la cruz quedara ante su rostro.

—Yo te juro, mi señora, por el Creador, por Cristo y por su santa madre, que estaré presto a luchar por tu esposo, y también haré todo lo que esté en mi mano para que Castilla entera empuñe las armas si es preciso.

Leonor entrecerró los ojos antes de asentir.

—Te tomo la palabra, don Diego. Harás todo lo que esté en tu mano, eso has dicho. —Se dirigió al portón, abierto desde la llegada del príncipe. Antes de salir, hizo un gesto a una de las damas de compañía, que se reunió con ella. La orden fue en voz baja y al oído.

—Búscame a Raquel. En Ávila o dondequiera que esté. Dile que la necesito otra vez. Y que la espero en Toledo.

37

Juego de damas

Finales de invierno de 1209. Peñafiel, reino de Castilla

El rey comía solo. Ni sirvientes había permitido que permanecieran en el salón mientras saciaba su apetito, porque no quería testigos de que apenas probaba bocado. La carne había dejado de humear y la salsa se espesaba. Apenas unas migajas de pan se esparcían por la mesa, y la jarra de vino estaba por empezar. Los ojos de Alfonso de Castilla estaban fijos en un tapiz descolorido que colgaba del muro opuesto. En él se adivinaba la silueta difusa del castillo en el que ahora se encontraba, alargado y orgulloso sobre el cerro. Y a sus pies, hombres de armas que luchaban por conquistarlo a los moros cuando Castilla ni siquiera era un reino.

«¿Qué tapices tejerán por mí?», se preguntaba el rey.

Tal vez ninguno, habría debido contestarse. Porque los almohades no permitían que las figuras humanas adornaran sus tapices, ni sus alfombras, ni sus azulejos, ni sus arquetas, ni sus copas, ni sus escritos.

Sí, quizá Peñafiel, en dos o tres años, fuera un castillo musulmán. O puede que tardara un poco más, mientras el miramamolín asediaba Toledo y la reducía a un cementerio junto al Tajo. Era posible, mucho, que Dios le ahorrara ese sufrimiento a Alfonso. Con cincuenta y tres años y tanto disgusto a las espaldas, no podía quedarle mucho para acudir al sepulcro. Se dijo que su hijo Fernando había tenido mala suerte. Nacer justo cuando todo desaparecía...

—Debería morirme ya, y así Fernando reinará el poco tiempo que resta para el fin.

El príncipe Fernando. Ahora mismo, su mayor fuente de preocupación. No solo no le obedecía: es que excitaba a más jóvenes a imitarlo. Todavía no se había extendido ese fuego rebelde pero, ¿cuánto tardaría la milicia de alguna villa fronteriza en cruzar la frontera y provocar a los infieles? Ah, cómo se notaba que todos aquellos muchachos no habían vivido Alarcos. Si hubieran visto lo mismo que el rey... Los caballos acribillados a flechazos, muertos sobre sus jinetes. Las cabezas cortadas, los miembros amputados. Los cuellos abiertos, las entrañas alfombrando la llanura. Y después el humo de los incendios, las caravanas de refugiados, el terror.

—El terror —se dijo en voz alta. Un mensaje que llegaba desde África, tal vez sin que los propios almohades se esforzaran en mandarlo. Era algo que vivía en la memoria reciente. La visión de los ejércitos de Yaqub al-Mansur acampados frente a las ciudades castellanas. Sus inacabables huestes de guerreros extraños, con pieles oscuras o vestiduras coloridas. Bestias surgidas de tierras tan lejanas que no las alcanzarían ni en una vida de viajes. A veces, él mismo recordaba cuando la sangre le corría rauda por las arterias. Cuando, más joven e inocente, buscaba la pelea con los enemigos. Él había sido el que llevó a su gente a Alarcos. El que desoyó los consejos de retroceder y aguardar. El que mandó formar en líneas desde el cerro del Despeñadero. El que ordenó la carga contra el muro humano de los mazamutes.

Pugnó por deshacer el nudo de la garganta. ¿Por qué no había caído él ese día? Mucho más honroso sería, no cabía duda. Así, las pesadillas no lo visitarían noche tras noche.

Los golpes repetidos en la madera lo sobresaltaron. La puerta se entreabrió y un ballestero de la guardia asomó la cabeza.

—Mi rey, ya está aquí el arzobispo.

Alfonso se limitó a asentir. El soldado cedió el paso a Rodrigo de Rada, que traía los mofletes colorados y el manto a los hombros. El navarro, como era habitual en él, no perdió el tiempo en fórmulas ni en trivialidades:

—Traigo las palabras de Roma.

—Y me juego la Trasierra a que esas palabras no me van a agradar.

—Ah, mi señor, demos un voto de confianza al santo padre Inocencio.

Al rey no le pasó por alto el tono entusiasta del arzobispo de Toledo. A veces se arrepentía de haber escuchado a Leonor. A Rodrigo de Rada le faltaba madurez para un puesto tan importante, y carecía de experiencia diplomática. Además, la mayor parte de su vida la había pasado entre libros. ¿La universidad? Bah, donde estuviera un buen campo de batalla...

«Aunque, por otro lado —pensó el rey—, se le ve tan dispuesto...»

Rada sacó de la manga el rollo de pergamino atado con cordel rojo y gualda, y lo arrojó sobre la mesa, junto a la comida sin probar.

—*Quaecumque alligaveritis super terram, erunt ligata et in caelis.* Esas son las palabras del santo pontífice. *Plenitudo potestas*, mi rey. El vicario del Señor ordena.

—¿Qué ordena? —preguntó Alfonso sin ocultar su fatiga.

—A mí, que predique la guerra santa contra los musulmanes. A ti, que me prestes oídos y te revistas de la coraza de la fe. Al papa le agrada la predisposición de Pedro de Aragón para luchar contra los sarracenos y dice que, si tú no quieres imitarlo, al menos des permiso a tus súbditos para acompañar a los aragoneses.

El rey soltó un bufido.

—Muy bonito todo. Y muy glorioso. Muy vacío también. Pedro de Aragón no tiene más remedio que fingirse un paladín de la cruz. Ha de ganarse la simpatía del papa y desviar su atención de la herejía que azota sus estados norteños y que él no se ha molestado en extirpar. ¿Qué clase de farsa es esta?

—No hay farsa, mi señor. Lo que el santo padre dice, esa es la verdad. Y si es mentira, su poder la convierte en lo cierto. Has de saber que los ángeles tocaron sus trompetas, los infiernos han abierto sus puertas y el fin se acerca. Ese cíngulo aprieta el corazón del papa. No se trata solo de la amenaza sarracena y de la herejía cátara. El rey de Inglaterra, tu cuñado, acaba de sufrir excomunión por intervenir en los asuntos de la Iglesia y apoyar a ese demonio del emperador germánico. Se dice que el hermano de tu esposa pretende convertirse a la fe de Mahoma y aliarse con los almohades.

—¡Qué estupidez!

—Tal vez, mi señor, pero ¿qué nos indica esto? Ningún papa ha estado tan dispuesto a apoyar nuestra causa desde que, hace siglos, los ismaelitas usurparon la tierra que pisamos. ¿No te das cuenta?

—Ya. —Alfonso empujó con los nudillos la bula papal hasta alejarla de su plato—. Palabras, palabras, palabras. ¿Dónde están las mesnadas que sangrarán en el campo de batalla? ¿Dentro de ese rollo de papel? Tal vez el papa debería mandar otra carta al mira-mamolín y convencerlo de que ha perdido.

Rodrigo de Rada se permitió una sonrisa.

—Dime, mi rey: si recibes compromiso de los demás reyes de acudir a valerte o de mandarte tropas..., ¿obedecerás el mandato de Roma?

Alfonso de Castilla se puso en pie y se frotó los riñones.

—Se acerca la primavera. El hielo dará paso al calor y tal vez el miramamolín cruce desde su orilla. Si no lo hace, caerá de nuevo el invierno y a lo mejor es el año que viene cuando veamos venir el inmenso ejército africano. O dentro de tres veranos. O de cuatro. ¿Y si ese momento no llega jamás? ¿Voy a arriesgarme a despertar a la bestia por unas palabras llegadas de Roma? Las palabras, aunque las diga el papa, no libran batallas. Las lanzas y las espadas lo hacen.

Rada asintió para no desairar al rey. Aunque él sabía que la guerra era como un río embalsado contra una presa que se resque-brajaba. Por eso ahora, mientras las tablas crujían y el agua subía a punto de desbordarse, los juglares pagados por el arzobispado de Toledo recorrían las villas y ciudades con copias del *Cantar*. Dis-puestos a recitarlo en las plazas y en los cruces de caminos. Tal vez las palabras no significaran nada para el rey de Castilla, pero sí conmoverían el corazón de sus súbditos.

Al mismo tiempo. Toledo

La pequeña iglesia de Santa Eulalia está separada del convento de Santo Domingo el Viejo por una callecita, de modo que la reina solo tuvo que arrebujarse en el manto forrado de marta al cruzarla a paso rápido. Y de todas formas, no había un alma por Toledo. Había nevado por la tarde. No mucho, solo lo suficiente para dejar una fina capa blanca que ahora se deshacía bajo la lluvia. Anoche-cía, y el humo se levantaba perezoso desde las chimeneas.

Santa Eulalia estaba casi vacía también. Un par de feligreses oraban cerca del altar, arrodillados sobre la fría piedra. Normal. Aquella era una de las pocas iglesias a las que, según las leyes im-puestas tras la conquista de Toledo, se permitía seguir con el viejo rito mozárabe. Y cada vez quedaba menos gente que lo respetara. Por eso había escogido la reina aquel lugar para la cita. Y por eso le resultó fácil detectar la silueta oscura en la nave lateral opuesta. Cabello y rostro tapados por una larga toca de lino transparente, cabeza gacha y manos perdidas en las anchas mangas del pellizón. Leonor, con el manto aún subido para no ser reconocida, rodeó el templo por el extremo más alejado del altar; avanzó sigilosa, respirando el incienso, hasta aproximarse a la figura por la espalda.

—¿Has visto a tu hijo, amiga mía?

Raquel, que no había oído llegar a Leonor Plantagenet, se sobresaltó.

—No. He esperado largo rato cerca de la sinagoga, pero no ha servido de nada. Habrá cambiado sus costumbres. Tal vez haya ido a visitar a un amigo o se haya citado con una chica. Mi propio hijo es alguien extraño para mí, ¿sabes, mi reina? Es posible que algún día me cruce con él y no lo reconozca.

—Tal cosa no puede ocurrir. Pero, suponiendo que llevaras razón, ¿acaso no prefieres que sea feliz?

—Oh, qué hermoso. Eso te quita el sueño, ¿no? La felicidad de Yehudah.

Hablaban en susurros. Y aun así, sus voces resonaban contra las viejas piedras. Leonor las miró. Ennegrecidas por siglos de humedad y hollín.

—Dejemos entonces a tu hijo y vayamos a la razón de esta cita. ¿Qué te parece el lugar? Siempre me ha gustado esta iglesia.

—Yo no sé de iglesias, mi señora. Aunque reconozco tu astucia. Nadie esperará ver aquí a una reina y a una judía. ¿Podrías darte prisa? No me gusta este sitio. —Señaló la talla pintada en rojo y azul que presidía el templo—. Me pone los pelos de punta.

Leonor contempló el sencillo conjunto en madera. Una pequeña figura femenina, de rasgos irreconocibles, sostenía una palma. A su espalda, una gran aspa marcaba el instrumento final de su martirio.

—La mataron siendo una cría, ¿lo sabías? La atormentaron una y otra vez solo por ser cristiana. Eso fue hace mucho, antes de que existiera la secta de Mahoma. Tú tienes que saberlo: el abuelo del actual miramamolín, cuando era joven, se entretenía crucificando judíos en las afueras de Sevilla. Dicen que sus familias iban a verlos día tras día. Se quedaban al pie de la cruz mientras agonizaban. Tal vez conserven esa costumbre.

—Por favor, mi reina.

—Está bien. El momento se acerca, Raquel. Cada día que pasa, queda un día menos. Los clérigos hablan del apocalipsis, hay monjes que se han vuelto locos y se lanzan a predicar por las calles, y otros se alejan de las ciudades para vivir en cuevas hasta que mueren de frío o se los come un oso. Ayer me contaron que en Arévalo ha nacido un lechón con tres cabezas y una sola pata. Y en Nájera una mañana, el mes pasado, amanecieron con el agua de los pozos convertida en sangre. Los herejes se reproducen al norte de los Pirineos y, en sus orgías, queman vivos a los bebés.

—No puedes creer todo eso. No tú.

—Claro que no. El problema es que la gente sencilla sí lo cree. Dentro de poco, hasta esta iglesia se llenará de fieles que pondrán sus esperanzas en que algún prodigio del cielo los salve, pero tú y yo sabemos que ese prodigio no llegará nunca. Y de nada sirven buenos o malos reyes, o muchos hombres de armas que defiendan las murallas. Los mazamutes tienen medio trabajo hecho porque, desde Alarcos, consideramos que ya hemos sido derrotados.

»Para eso hemos trabajado, y es hora de cobrar nuestro salario.

Raquel la observó con una ceja levantada. ¿Ella había trabajado? ¿La reina de Castilla?

—Hay poco más que yo pueda hacer, mi señora. El rey de Aragón me odia gracias al servicio que, bajo tus órdenes, presté a María de Montpellier. Aunque hay algo de lo que estoy convencida: ese hombre está tan harto de su esposa y tan asqueado de súbditos herejes que acudirá encantado a cualquier sitio que lo aleje de sus estados norteños. Además, ha gastado todo lo que le dejó su padre y aún más. Las deudas se lo comen vivo, y aun así no deja de empeñarse. Debe a los templarios, a los monasterios, a sus obispos, a sus barones, a sus concejos, al papa... Necesita botín, y tampoco le viene mal convertirse en un héroe de la cristiandad. Eso le ahorraría la fama de protector de herejes.

—Bien. ¿Y sus señores? ¿Lo seguirán?

Raquel se lo pensó un rato.

—Su mesnada regia sin duda, y cada uno de esos vale por diez. Sus nobles son muy obstinados, pero ninguno se quedará atrás, aunque solo sea por vergüenza. Además, Pedro es muy generoso. Hasta con lo que no tiene. Más me preocuparía por los barones castellanos.

—He arreglado eso. Hablé con Diego de Haro sin que mi esposo lo supiera y lo he convencido para... renunciar a la alferecía.

La judía sonrió a medias.

—Mi señora, ¿qué has hecho para conseguirlo?

—Ni se te ocurra pensarlo. Las putas tenéis vuestro estilo, las reinas el nuestro.

Raquel tomó aliento. Se recolocó el extremo de la toca en torno a la cara.

—Deberías hablar más con María de Montpellier.

Leonor no comprendió el comentario. ¿Y qué más daba?

—Diego de Haro estuvo en Alarcos y sabe qué resortes obligan a los nobles a servir a su rey. Hubo señores que no se presentaron aquel día porque estaban de camino. Eso dijeron después. Otros se disculparon con causas más peregrinas. El nuevo alférez de Castilla es el conde Álvaro de Lara. De esta forma, toda su casa y sus partidarios acudirán en cuanto mi esposo lo pida. Y al señor de Haro lo tendremos allí de todas formas. Él lo ha comprendido, y eso lo honra.

La sonrisa burlona regresó a la cara cubierta de la judía.

—¿Te das cuenta, mi reina? Tuve que acostarme con él para que recapacitara sobre su regreso desde León. Lo que yo hago envilece a los hombres. Lo que tú haces los vuelve más nobles.

Leonor también sonrió. Señaló de nuevo la talla de la niña martirizada.

—Se cuenta que no la atormentaron por cristiana, sino por deslenguada. ¿Sabes que Eulalia es un nombre griego? Significa bienhablada. Nadie la avisó de que tenía que mantener la lengua quieta, así que se fue a protestar porque los paganos prohibieron la fe de Cristo.

—Mi reina, no seas injusta. Mi lengua siempre te ha servido bien. Todo mi cuerpo en realidad. ¿Sabes el frío que he pasado al venir desde Ávila en plena nevada? Espero que no haya sido para nada.

—Oh, qué poca consideración la mía. Tienes razón, Raquel. Amontonas años de servicio sin mancha, y eso es más de lo que pueden decir los súbditos cristianos de Castilla. —Estiró la mano hasta tocar la cara de la judía a través del velo—. Mi Salomé. Capaz de conseguir en bandeja de plata las cabezas que yo le proponga.

—Se demoró un poco así. Recreándose en el calor que despedía Raquel en medio de aquel frío. De pronto pareció darse cuenta de lo inconveniente de aquello. Recuperó el brazo y se alejó un paso—. Sé, pues, que podemos contar con Aragón. Sé también que no pasa lo mismo con León. El apoyo portugués está asegurado por la boda de mi hija con su rey. Te he mandado llamar para que me informes de tu viaje a Navarra. ¿Qué sacaste del rey Sancho?

—Nada. Pero tengo la llave que abre esa puerta. Solo dime cuándo y haré que se abra.

Raquel lo había dicho con una seguridad que ya desearía Leonor en las decisiones de su esposo. A pesar de que a veces deseaba clavarla en un aspa, como los paganos habían hecho con la pequeña Eulalia, la reina reconoció lo mucho que aquella ramera había servido a los intereses de Castilla. Y también reconoció que, pese a todo, confiaba en ella. Hasta el punto de dejar el futuro en sus manos.

—Entonces solo nos queda el asuntillo andalusí.

Raquel bajó la mirada. Sus manos, que hasta el momento permanecían ocultas en las mangas del pellizón, salieron a relucir para retorcerse los dedos. El asuntillo andalusí. Ibn Qadish.

—Sí, mi reina. Ya te dije que sé cómo hacerlo.

Leonor no detectó ahora la misma confianza, y eso la asustó.

—Necesito estar segura, amiga mía. Cualquier paso en falso nos precipitaría al abismo, eso es algo que no ignoras.

—No lo ignoro.

—Pues dime que está arreglado. —La reina volvió a acercarse, ahora de frente—. Quiero que me mires a los ojos y me lo digas. Vamos.

Raquel obedeció en lo de mirarla.

—Conozco la forma de arreglarlo, mi reina.

Leonor la tomó por las muñecas.

—¿Y en qué consiste? ¿Podrás atraer a ese andalusí a nuestro bando? Prométele riquezas. Incluso señoríos. Paz y tranquilidad para su familia. Toda la ventura que imagine.

Raquel tiró hasta soltarse. Volvió a bajar la vista.

—Soy Salomé, mi reina. Lo mío es traer desgracia a los hombres, no ventura. —Avanzó hacia la salida. De espaldas ya a Leonor, giró la cabeza a medias—. Siempre me has mandado y yo he obedecido. ¿Es así?

—Sí.

—Pues esta vez tú harás lo que yo te diga. Aplícate, mi señora, con toda tu industria, para convencer a tu esposo de algo: Ibn Qadish no debe morir. De ninguna manera, bajo ningún concepto, debéis matarlo. No lo cautivéis, no perdáis el tiempo con presiones ni regalos para que acepte vuestro bando, porque no lo hará. Solo combatidlo hasta que no le quede más remedio que rendirse, y entonces respetad su vida y su libertad. Es poco lo que te pido. ¿Podrás hacerlo, mi reina?

—No me gusta esa forma de hablar, judía. Y tampoco que me des instrucciones. Yo soy...

Raquel la cortó con un firme ademán.

—Ya sé quién eres, y también qué soy yo. No me ordenes acudir más a tu presencia. No vengas a visitarme. No deseo verte en lo que me queda de vida. Y quizá no sea mucha, aunque puedes estar segura de que te maldeciré con mi último aliento.

—¿Qué? ¿Cómo te atreves?

Los dos feligreses, desde la nave central, desviaron su atención hacia la pareja femenina en la sombra. Raquel terminó de volverse. Con la mirada más furibunda que nadie había dedicado en su vida a Leonor Plantagenet.

—No, mi reina —escupió sin ocultar su desprecio—. ¿Cómo te atreves tú? ¿Cómo te atreves a humillarme una y otra vez? ¿Y a pedirme más y más? Yo he cumplido, ¿o no te das cuenta? He renunciado a mi propio hijo para servirte. Me he metido entre las fauces de la bestia. He visitado lechos de esposos ajenos, y he añadido reyes, nobles y mesnadas a las filas de tu ejército. Pero mírate. En una sola cama habías de yacer tú, y he aquí el resultado: el soldado más importante sigue rehuyendo la pelea. Con la cabeza escondida, incapaz de tomar la espada, como es su deber. Tal vez todos muramos o padezcamos esclavitud solo porque Castilla no tendrá quien la dirija en la lucha. Tú no has dejado atrás a tu hermoso príncipe Fernando, ni has tenido que revolcarte en el estiércol. ¿Cuál ha sido tu sacrificio, oh, mi queridísima amiga, mi señora, mi reina..., comparado con el mío?

Leonor tuvo que apoyarse en una de las antiquísimas columnas del templo. Se llevó la otra mano al pecho. Podía tomar cien decisiones, y casi todas ellas incluían arrojar a aquella judía a una mazmorra y hacerle pasar un infierno antes de decretar su muerte. Pero lo único que hizo fue aceptar cada palabra, una por una. Y contestar con un hilo de voz:

—Sea como tú quieres.

—Bien, mi reina. Solo mándame aviso a Ávila cuando no haya vuelta atrás, y yo haré que te sirvan la última cabeza en bandeja de plata. Y ahora adiós. Para siempre.

Primavera de 1209. Madrid

Fue durante la anterior visita de Velasco a aquella ciudad, doce años antes, cuando había visto por última vez a un almohade. Todavía era capaz de paladear el terror que había sentido en el adarve, con la cabeza encogida entre los hombros mientras las flechas barrían las almenas.

Aunque, si se imponía la sinceridad con uno mismo, el monje tenía que reconocerlo: había visto a aquellos tipos en muchas más ocasiones. En sus pesadillas. Avanzando siempre, dejando tras de sí un rastro de desolación, cosechas quemadas, bosques talados, aldeas arrasadas, cadáveres reventados. Era más que probable que los madrileños tuvieran también aquellos sueños, aunque ahora parecían bastante complacidos.

Velasco observaba la actuación desde las últimas filas, atento a la reacción de la multitud que crecía en la plaza. Como era día de mercado, el lugar estaba abarrotado, no solo de madrileños, sino de comerciantes que habían llegado de madrugada con los carros repletos, y de campesinos de la contornada que acudían para proveer sus granjas. Esa misma era la táctica que estaban siguiendo los demás bardos contratados por el arzobispado de Toledo, y de momento daba resultado. Además, las copias se multiplicaban por los monasterios, y algunos nobles, que se sentían retratados en la figura del Cid, también pagaban a escribientes para tener su propio *Cantar* en casa.

Porque era fácil verse en aquel espejo. Sentir cómo los castellanos, al igual que Ruy Díaz en su destierro, habían padecido el deshonor de Alarcos. Y cómo después era posible rehabilitarse, al igual que había merecido el Cid con la conquista de Valencia y la llegada del indulto real. Pero lo más fascinante, lo que hacía que a Velasco se le erizara el vello, era la forma en la que cada oyente se emocionaba. Cómo se iluminaban sus ojos y se estiraban sus labios. Aquellos hombres eran hijos y nietos de hombres curtidos en las algaras. Todo lo que poseían lo habían ganado a los infieles, arañando cada palmo de terreno. Algunos de ellos, tras salir del arroyo con lo puesto, llamados por los fueros a lo largo de las décadas. Motivados por las ofertas de cada rey de que, en tierras de frontera, un futuro próspero era posible a cambio del peligro. Velasco la sentía. La oleada de optimismo que recorría al público congregado en torno al juglar.

> *Grande es ya la alegría que corre por el lugar,*
> *se ha ganado Valencia, Mío Cid acaba de entrar.*
> *Los que antes a pie marchaban, caballeros se ven tornar.*
> *Aquí el oro y allí la plata, ¿quién los podrá contar?*
> *Todos se vuelven ricos de cuantos por allí van.*

Después, cuando el bardo se detenía para saciar su sed, las dueñas se acercaban para ofrecerle pan negro. Y los críos canturreaban los versos, añadiendo aquí y cortando allá según la memoria que tuvieran.

> *Quien a buen señor sirve,*
> *alcanza buen galardón.*

Eso se repetían. Y tomaban palos con los que simulaban lanzas, y corrían como si trotaran y cargaban contra los enemigos.

> *Embrazan bien los escudos delante del corazón,*
> *bajando están ya las lanzas, cada una con su pendón,*
> *inclinan severo el rostro, muy fijo sobre el arzón,*
> *que tienen para el ataque la mejor disposición.*

En Segovia, unas semanas antes, había visto a los hombres llevarse al bardo e invitarlo a vino hasta que cayó borracho. Y después, entre copa y copa, competían para ver quién recordaba mejor cada verso o quién lo declamaba más alto.

> *Las armas voy a tomar, que menos no voy a ser,*
> *pues han de verme lidiar mis hijas y mi mujer.*
> *En estas tierras ajenas, de qué se vive sabrán,*
> *de sobra verán sus ojos, cómo me gano el pan.*

En Palencia se había topado con un juglar que se hacía montar un estrado con barandillas de madera a ambos lados. Se subía a él con ayuda de una jovencita y recitaba a voz en grito, sin valerse de instrumento alguno para acompañar las estrofas. A veces incluso se dirigía a los lugareños. Los señalaba con el dedo, y hasta recibía respuestas ingeniosas. En el cénit de su actuación, la muchacha le alcanzaba una espada oxidada y el juglar la empuñaba como si fuera un hombre de armas. Se encaramaba a horcajadas a una de las barandillas, blandía el arma por encima de la cabeza:

¡Ved esta espada sangrienta,
y del caballo el sudor!
¡Así es como venzo a los moros
en el campo del honor!

Y los palentinos prorrumpían en gritos. Aplaudían y sacaban al bardo de la plaza a hombros. Y a Velasco le costaba reconocer aquellos versos. Era como si los escuchara por primera vez. Se lo había dicho al arzobispo en una de sus escalas, cuando iba de Talavera a Cuenca.

—Hasta a mí me emocionan. Lo más curioso es que no recuerdo haberlos escrito. Casi es como un sueño.

—Pues todo ha salido de ti, Velasco —le contestaba Rodrigo de Rada—. Lo llevabas escondido muy dentro, y está ayudando a que otros lo encuentren también.

»Al rey le encanta aunque no lo diga. Se llevó la copia del abad Pedro a su cámara y de allí no sale. Me dicen las camareras que cada día la encuentran abierta por una página distinta. ¿Qué te parece si le decimos ya que eres el autor?

Y Velasco se apabullaba. Movía las manos como si apartara un enjambre de mosquitos.

—No, no. Ni hablar.

—Pero me lo ha preguntado varias veces. Y don Diego de Haro también. Todo el mundo quiere saberlo.

Velasco negaba con firmeza. Porque si a los bardos los vitoreaban así, ¿qué no harían con él? Lo invitarían a las cortes, le ofrecerían regalos y pedirían que recitara sus propios versos. Y alguna dama curiosa se le acercaría para preguntarle. «¿Y tú, Velasco? ¿Has tomado la espada tú también?»

Y tal vez podría mentir, aunque luego se arrepintiera. Pero no evitaría que aquel recuerdo regresara a su mente y surgiera el auténtico Velasco. No uno subido al caballo, inclinado sobre el arzón, el pendón de la lanza chorreante. No así.

Porque él seguía siendo lo que siempre había sido.

Un cobarde.

✠

Al mismo tiempo. Orilla sur del Tajo

El valle estaba cerrado por lomas bajas que se estrechaban hasta una antigua granja a medio quemar. El tejado había cedido y mostraba su esqueleto de madera ennegrecida. Restos de las campañas de al-Mansur. Incluso podían distinguirse los huesos de un par de reses a poca distancia.

—Han acampado aquí —dijo uno de los andalusíes, acuclillado mientras frotaba las yemas de los dedos, manchadas de hollín. Ibn Qadish asintió mientras observaba los restos de la fogata.

—¿Hace mucho?

—No. Los calatravos no encienden fuegos de noche, así que es de esta misma mañana.

El caíd se hizo sombra con la mano. Tras meses y meses de búsqueda, por fin se acercaba a una de aquellas partidas cristianas. Se había lanzado tras su rastro dos días antes, al recibir aviso en Calatrava, y lo estaba consiguiendo. La distancia se acortaba. Se volvió hacia su destacamento, una decena de hombres que había reclutado a toda prisa en Guadalerzas.

—Estamos cerca. Pero hemos de alcanzarlos antes de que crucen el Tajo. Eso, o volveremos de vacío.

No fue necesario nada más. El rastreador saltó a su caballo y se pusieron en marcha. A un trote ligero, buscando lo más alto de los cerros.

Fue un poco antes de atisbar las choperas del gran río. Seguían el lecho seco de un arroyo. Una rambla de apenas dos palmos de profundidad, pedregosa y salpicada de espinos. El rastreador abría la marcha a buen trecho, algo escorado a la derecha para aprovechar la elevación del terreno, cuando se tambaleó sobre su montura. Al derrumbarse, pudieron ver las plumas del cuadrillo que le había atravesado el cuello.

Después, enfrente, apareció el estandarte. Aquella odiosa cruz negra sobre la tela blanca. Seis hombres a caballo. Grandes destreros y lanzas. El sol, todavía bajo, destelló sobre una de las lorigas. Solo una.

—Los freires calatravos no sacan brillo a sus cotas de malla —observó Ibn Qadish. Retuvo a sus hombres con un gesto—.

Cuidado. Esos quieren que vayamos hacia ellos, pero aún no hemos visto al ballestero. Si es que solo hay uno. —Miró a su alrededor. Sobre la colina de la derecha, el caballo del andalusí muerto se mantenía quieto, con el cadáver a sus pies. Enfrente no había sitio donde ocultarse. El de la ballesta tenía que estar al otro lado. —Tres de vosotros, rodead la loma.

Los andalusíes obedecieron. El caíd se descolgó el escudo de la espalda y lo embrazó con tranquilidad. Incluso se entretuvo en ajustar las correas. Lo subió para cubrirse del sol y comprobó que la rambla zigzagueaba un poco más adelante. Hizo un cálculo rápido. A ambos lados, sus hombres se ponían nerviosos.

—Parece que vienen hacia aquí —dijo uno.

—Es lo que quería. Moveos hasta dejar la rambla en medio de nosotros.

Lo hicieron. El propio caíd ocupó el lecho seco mientras sus hombres se repartían entre los flancos. Delante, los cristianos se acercaban despacio y en una línea regular. Al paso, estribo con estribo. Las lanzas en vertical. El sol volvió a arrancar un chispeo del jinete que ocupaba el centro. Corrigieron la dirección sobre la marcha para encarar la línea andalusí. Ibn Qadish sonrió.

—Atentos a mis órdenes. Preparados para cargar.

Los andalusíes retuvieron a sus caballos, nerviosos al barruntar la sangría. Enfrente, el paso de los destreros se convirtió en trote. Nubes de polvo flotaron tras ellos. Ibn Qadish entornó los ojos y distinguió los colores rojos y dorados en el caballo del centro. Levantó la lanza.

—¡Aguantad un poco más!

Hasta ellos llegaba ya el retumbar de la tierra. Ese temblor que trepaba por las patas de los animales y se transmitía a través de las sillas. Entonces, los cristianos se toparon con el lecho seco. Y para mantener la dirección de carga, tuvieron que dividir su línea. Era el momento que aguardaba Ibn Qadish.

—¡Pasad al lado izquierdo y a la carga! ¡Dios es grande!

Los andalusíes repitieron el grito al tiempo que tiraban de las riendas. Les resultó fácil colocarse del mismo lado de la rambla y, solo cuando los seis estuvieron juntos, picaron espuelas. Delante, los calatravos apretaron la marcha. Pronto, todo fue resonar de cascos y polvo en suspensión.

Conforme las dos fuerzas se aproximaban, los calatravos se dieron cuenta de que estaban divididos por el arroyo seco. Y en el lado donde se concentraban los andalusíes solo había dos cristianos. Uno de los cristianos trató de corregir el sentido de su galope, pero no era lo mismo hacerlo a toda velocidad, así que su animal hundió los cascos en la arena suelta del lecho, se venció de manos y el jinete voló por encima. Hubo gritos en romance. Por un momento, Ibn Qadish pensó que los enemigos se detendrían para buscar una segunda oportunidad, pero aquellos freires eran demasiado obstinados y valientes para renunciar al choque. Justo antes de que el impacto lo volviera todo gris, se miraron de cerca. Ojos enrojecidos, desencajados, determinados a matar o morir —quizás ambas cosas— entre polvo y anillas de hierro. Ibn Qadish echó el peso del cuerpo sobre el arzón, apretó fuerte el astil, estiró los pies contra los estribos.

El escudo pareció estallar. Crujió como una cesta de mimbre aplastada por una roca, y una de las correas se soltó de golpe. Su lanza había alcanzado algo, pero no pudo mantenerla bajo el brazo. Fue consciente de que el guerrero de su derecha salía despedido. Intentó mantener el equilibrio sobre la silla mientras su mano buscaba el puño de la espada. Hubo gritos de guerra, y también chillidos de dolor. En la desesperación del combate a muerte, recordó que debía buscar la armadura brillante. De repente estaba pie a tierra, con medio escudo astillado y colgando de la mano izquierda. Repartió tajos con la diestra hasta que se le encajó la espada entre anillas de hierro oxidadas. Un chorro de sangre le salpicó los ojos.

Alguien lo derribó. Se agarró a él. A través del velo rojo vio a un calatravo, también desarmado, que lo atacaba hasta con las uñas. Intentó morderle, pero pudo quitárselo de encima de un codazo y se puso en pie. Notó el líquido viscoso que le chorreaba desde la nariz, se le metía por la boca y le humedecía el cuello bajo el almófar.

Dio dos pasos atrás. Aturdido. Del escudo ya no le quedaba nada, así que bajó el ventalle con la zurda. Tomó aire y oyó las voces ante él:

—¡Ibn Qadish! ¡Dime que eres Ibn Qadish!

El que le hablaba en romance era el cristiano resplandeciente. Ahora lo veía de cerca. Impoluta la loriga, brillantes las espuelas y la hebilla del talabarte. A pie, como él. Joven, con mechones rubios escapando bajo el yelmo tintado en escarlata. Sostenía una maza pringosa de sangre y restos de carne. Su escudo estaba pintado en rojo, con una gran torre amarilla en el centro.

El caíd andalusí afirmó los pies.

—Fernando de Castilla, ¿eh?

—¡Síii! —respondió con rabia el muchacho.

Ibn Qadish se aseguró de que nadie más lo amenazaba. Tras el príncipe castellano, un par de andalusíes seguían luchando contra otros tantos calatravos. Había caballos y hombres caídos, arrastrándose o gimiendo entre convulsiones. Una de las monturas, despanzurrada, lucía gualdrapa con las armas de Castilla mientras los cuartos traseros se le enredaban en las tripas.

«Tenía que llegar este momento», se dijo Ibn Qadish. Se le pasó por la mente apremiar al muchacho a marcharse. Razonar con él. Decirle que el resto de sus hombres volvería enseguida, y su momentánea igualdad desaparecería. Pero el cristiano ya se le venía volteando la maza, así que tuvo que saltar a un lado.

—¡Estúpido crío! —masculló, y se movió en círculos a su alrededor. Fernando lo intentó de nuevo. Una, dos, tres veces.

—¡Lucha! ¡Si eres Ibn Qadish, lucha!

El andalusí bufó. Le habría gustado arrear una buena azotaina a aquel muchacho, pero los mazazos que le tiraba no eran pastelillos de almendra precisamente. Tuvo que emplearse a fondo para evitar los ataques hasta que, en uno de ellos, Fernando perdió pie en el arroyo seco. Cayó sobre su escudo con un ruido sordo y una maldición.

Ibn Qadish aprovechó para volverse. Los tres hombres que había enviado a rodear las lomas volvían a todo galope. Los dos calatravos supervivientes, fieles a su costumbre, siguieron peleando a pesar de que también se habían dado cuenta. En la rambla, Fernando se incorporaba con dificultad. Tanteó el suelo a su alrededor, pero no dio con la maza. Con una rodilla en tierra, desenvainó la espada. El príncipe podía ser poco más que un crío, pero el sonido de la espada resbalando sobre el cuero heló la sangre en las venas del andalusí.

Fernando se lanzó contra él como un basilisco. Con una mezcla de ímpetu criminal e imprudencia juvenil. Ibn Qadish pudo ensartarle hasta en tres ocasiones, pero no lo hizo. Prefirió retroceder. Dejar que el príncipe terminara de extenuarse. Cuando los dos calatravos supervivientes cayeron bajo el mayor número andalusí, el heredero del trono castellano se vio rodeado.

—¡Alto! —gritó el caíd—. ¡Atrás!

Fernando se dio cuenta de lo que ocurría. Se volvió amenazante, sin soltar ni espada ni escudo. Jadeaba, y el yelmo se le había ladeado de forma que le tapaba un ojo. Extendió la punta de su hierro adelante.

—¡Vamos, infieles! ¡Venid! ¡Sed hombres!

Ibn Qadish se le acercó con sigilo por un lado. Solo necesitó un golpe en la hoja para desarmarlo. Cuando el chico quiso recuperar su arma, el andalusí la pisó. Acercó la punta de su propia espada al cuello y la apoyó en las anillas del almófar.

—Ya está, príncipe —le dijo en romance—. Déjalo.

Fernando, exhausto, cayó de rodillas. Sus hombros subían y bajaban a tal velocidad que parecía que iba a ahogarse allí mismo. Se desenlazó el ventalle y levantó la vista.

—Vamos... Acaba ya.

—Hemos acabado. —De un puntapié, Ibn Qadish apartó la espada cristiana—. Arriba.

El muchacho obedeció. Los hombros vencidos, el escudo inerte en la zurda. Miró a su oponente con tanto odio como miedo.

—¿Qué vas a hacer? ¿Pedir rescate por mí? ¿O colgar mi cabeza de los muros de Sevilla?

Los demás andalusíes se acercaron despacio. Tanto los montados como los que habían perdido a sus caballos. Con las armas prestas, rodeando al príncipe castellano. Ibn Qadish comprobó el resultado de la lid. Solo un calatravo había sobrevivido: el que se había caído al intentar el cruce de la rambla. Se movía débilmente.

—Príncipe Fernando... —El caíd lo miró con severidad. Igual que miraría a Isa tras sorprenderlo en plena travesura—. Eres un necio. ¿Quieres provocar una guerra?

Aquello casi hizo reír al castellano.

—Ya estamos en guerra, infiel.

Ibn Qadish volvió a acercar la punta de su espada al cuello del príncipe.

—Bien. Entonces te mataré ahora.

Fernando no echó la cabeza atrás. Mantuvo los ojos abiertos. Tozudo y valeroso.

—Adelante.

El andalusí no podía creerlo.

—¿Eso quieres? ¿Que te mate? ¿Que tu madre llore por ti y que tu padre maldiga su suerte?

—Somos guerreros.

Ibn Qadish descolgó la mandíbula. Retiró el arma del cuello principesco.

—Guerreros, ¿eh? Tú eres un niño estúpido, y yo soy más estúpido todavía. —Señaló al calatravo medio inconsciente de la rambla—. Ayuda a ese desgraciado, alcanzad alguno de vuestros caballos y regresad a casa.

Fernando miró extrañado al caíd andalusí. Se sacó el escudo de las embrazaduras y lo echó a su espalda, suspendido del tiracol. Anduvo despacio hacia el calatravo accidentado. El caíd negó con la cabeza. Hizo un gesto a sus hombres, que se aplicaron a asistir a sus heridos.

—¿Por qué haces esto, Ibn Qadish? —preguntó el príncipe, que ya atendía al freire accidentado.

—Porque no tengo el menor interés en morir. —Restregó la hoja ensangrentada en la veste de un calatravo muerto y la devolvió a su funda—. Aunque me temo que no he hecho más que retrasar el momento. Moriré pronto. O tú lo harás. Quizá muramos ambos. Ahora vete. No mires atrás hasta cruzar el Tajo y, por favor, ni se te ocurra regresar a este lado.

38

Una pedrada a Goliat

Invierno de 1210. Barcelona

Elvira de Lara se había quedado viuda a los treinta y cinco años, y no parecía mujer dada a los monasterios. Eso podía explicar la facilidad con la que se había metido en la cama de Pedro de Aragón. Pero era mejor contemplar el resto de las circunstancias.

La primera era que Elvira no había enviudado de cualquiera. Su difunto esposo era el conde de Urgel, muerto cuatro meses antes de un atracón. Qué distinto de su padre, el anterior conde, caído en lucha contra los sarracenos y casi tan mujeriego como el propio rey de Aragón. El conde no había engendrado más que una hija a Elvira: Aurembiaix.

La segunda: aparte de a una condesa viuda e insatisfecha y a una jovencita como única heredera, el desgraciado conde había dejado sus pertenencias desamparadas. El condado de Urgel era plato de gusto para el vizconde Gerardo de Cabrera, pariente político de Elvira. Por si fuera poco, el vizconde Gerardo estaba casado con la hija de Pedro de Castro, y de todos era conocida la inquina entre las dos casas castellanas, Castro y Lara. Incluso aunque quienes llevaran esos apellidos se encontraran en tierras tan lejanas de Castilla.

La tercera: Aurembiaix, la heredera del condado, no había llegado a edad casadera, así que había que prometerla pronto. Y con un noble de fuste.

Mientras tanto, la condesa Elvira tenía que arreglárselas para que alguien protegiera sus derechos y su vida. Y este era el propio rey de Aragón. En sus manos se había puesto, y a él había rendido homenaje. La ceremonia se celebró como era costumbre en tierras catalanas, y luego se repartió vino, hubo trovas, risas, una cosa llevó a la otra...

Elvira, que como buena castellana desafiaba al frío, dormitaba desnuda sobre las sábanas revueltas. Pedro tenía más problemas para conciliar el sueño, así que se había levantado y, con un manto forrado como única vestidura, repasaba la carta que había escrito al papa el día anterior. En la mesa, aparte de un velón, el sello y la cera, había otra carta recién llegada de Castilla. Y una jarra. Solo que estaba vacía.

Pensó en pedir más vino a gritos, pero no lo hizo. Ahora necesitaba la mente limpia. Se volvió sobre la silla y, por encima del respaldo, observó a la exuberante viuda. Roncaba un poco, pero eso no le quitaba encanto. De hecho, al rey le gustaba ver cómo subían y bajaban aquellos pechos generosos y pálidos. Lo malo es que eso le traía recuerdos.

«Raquel...»

Imposible quitársela de la cabeza. Daba igual si se llevaba al lecho a una reina, a una condesa o a una campesina.

Volvió a sumergirse en la misiva para Roma. En ella hacía oficial su maniobra de diversión.

—Como si el cabrón de Inocencio no lo supiera —se dijo en voz alta.

Elvira se removió en la cama. Abrió un ojo. Luego otro.

—¿Qué dices, mi rey? —preguntó con voz pastosa—. ¿Qué cabrón es ese?

—Ninguno, mujer. Vuelve a dormir.

Pedro sonrió. Si su madre supiera que llamaba cabrón al santo padre...

Pero la pobre Sancha había muerto de sus dolencias hacía poco más de un año, y ahora sus huesos descansaban en el aragonés monasterio de Sigena. Tal vez él debería haber prestado más atención a sus palabras en vida. Así se habría ahorrado mucho quebradero de cabeza. Como, por ejemplo, el insufrible pantanal occitano.

Suspiró. Ahora no había remedio fácil para eso. El año anterior, los piadosos nobles del norte, casi todos franceses, habían llegado a los señoríos de sus vasallos, atraídos por la bula papal y dispuestos a extirpar la herejía cátara. Y el legado Arnaldo Amalarico se había erigido en su líder espiritual.

«Menos mal que tú moriste antes de verlo, madre.»

Porque ni la muy católica Sancha habría aprobado lo que ocurrió ese verano. Toda una ciudad, Béziers, arrasada tras el asalto fulgurante de las tropas de Cristo. Los habitantes degollados sin faltar uno a pesar de que muchos, postrados de rodillas, habían jurado que no tenían nada que ver con los cátaros. El problema era que los soldados de Cristo no se veían capaces de distinguir a los católicos de los herejes, así que el legado Amalarico les había dado la solución:

«Matadlos a todos, que Dios escogerá a los suyos.» Y a continuación se desató la degollina.

Cuando Pedro se enteró, organizó un viaje urgente para mediar entre los hombres de Amalarico y sus súbditos. Solo que, para cuando llegó, la ciudad de Carcasona estaba ya bajo asedio. Allí, tras la rendición, no se cometió la misma masacre; pero hubo gran lucha previa y mucho derramamiento de sangre. La intervención del rey de Aragón no sirvió de nada, pero al menos pudo conocer al guerrero que se destacaba como adalid de la causa católica. Un tipo curtido, con la mirada más fanática que Pedro había visto jamás.

Simón de Montfort. Noble normando venido a menos. Hábil con la espada y parco en palabras. El instrumento de matar perfecto que necesitaba el legado Amalarico.

—¿Dónde tienes la cabeza, mi rey?

Pedro miró de reojo a Elvira.

—En el matrimonio entre nuestros hijos.

Porque, a fin de conjurar los miedos de la condesa viuda, el rey de Aragón se había avenido a comprometer a su vástago Jaime con la niña Aurembiaix. Al final, aquel mocoso al que aún no había visto servía para algo. Asintió ensimismado. No tenía la menor intención de reconocer al hijo de María de Montpellier, pero tal vez pudiera usarlo para esas componendas.

—Vuelve a la cama, mi rey. Todavía no somos consuegros.

—Enseguida.

Antes, Pedro volvió la vista a la carta que esa misma tarde saldría hacia Roma. En ella comunicaba al papa Inocencio su intención de marchar contra los almohades. Y le pedía lo que ya había concedido en Occitania para luchar contra los cátaros: bula de guerra santa. Y que exhortara a los demás reyes a ayudarle.

Estaba claro: en cuanto el santo padre comprobara su católica disposición, dejaría de pensar en él como en un defensor de los herejes. Incluso perdería interés por la inconveniente campaña contra los cátaros y mandaría a todos aquellos nobles ávidos de sangre al sur, a luchar contra los sarracenos. Y de paso él no vería peligrar sus posesiones ultramontanas. Enrolló la misiva y la ató con el cordel rojo y dorado. Ojalá diera resultado. Porque si no lo daba, algún día tendría que cruzar los Pirineos y poner solución a todos esos problemas. Pero no con negociaciones y compromisos matrimoniales. Puso la cera sobre la llama del velón y derramó un poco sobre el cordel bicolor. Después, mientras presionaba con el sello, observó otra carta.

Esa había llegado de Castilla y la enviaba el príncipe heredero, Fernando.

«Jodido chico», sonrió. Le recordaba a él mismo cuando tenía su edad. Impulsivo, valiente y deseoso de batirse a espadazos con los sarracenos. El crío, que estaba harto de esperar a que su padre tomara las riendas del asunto, había decidido iniciar la guerra por su cuenta. En la misiva le pedía hombres de armas, de a pie y de a caballo, para una expedición que quería encabezar en verano hacia tierras de Jaén. Sin permiso de su padre, nada menos. El muchacho los tenía bien puestos, desde luego.

—Estás demasiado pensativo, mi rey. Yo sé lo que necesitas.

Pedro de Aragón sonrió. Dejó el rollo de pergamino sobre la mesa, aunque no se levantó todavía. Desde luego que mandaría ayuda al joven Fernando de Castilla. Eso le vendría bien en su empeño de complacer a Roma. De hecho enviaría a su mejor hombre, Miguel de Luesia, para ponerse a las órdenes del príncipe. Con cincuenta caballeros nada más, eso sí. No podía prescindir de mucha hueste porque él también pensaba atacar tierras infieles en cuanto llegara el buen tiempo. Para eso había empeñado castillos a Sancho de Navarra, que al parecer disponía de fondos sin fin. Ya había despachado las órdenes para preparar la campaña en Monzón. Haría llamamiento a los templarios, a los hospitalarios y a la orden de San Jorge. Y a las milicias de Teruel, claro. Allí, en Teruel, se reunirían todos en verano, antes de cruzar la frontera hacia Ademuz. Ojalá todo fuera tan fácil como eso. Cabalgar, matar enemigos, quemar sus ciudades, arrasar sus tierras. A decir verdad, lo excitaba imaginarse a caballo, lanza en mano y con el viento de cara. Eso, además, sería una buena distracción de sus problemas norteños. Casi por instinto, tomó la jarra. La sacudió con fastidio.

—Vacía.

—¿Qué dices, mi rey?

—No queda vino. Y es una de las dos cosas que me calman los ánimos.

—Pues me gustaría saber cuál es la otra.

Pedro se puso en pie y, conforme se daba la vuelta, dejó caer el manto al suelo. Lo que vio la viuda Elvira la ayudó a adivinar.

Cinco meses más tarde

El príncipe Fernando refrenó su montura en lo alto de la loma. Miguel de Luesia no tardó en reunirse con él.

—Por allí. —El castellano señaló a lo lejos, a una garganta entre cerros que azuleaban en la distancia—. Ese parece buen paso. Saldremos al llano que los sarracenos llaman al-Basit. Esas tierras las controla el caíd de Alcaraz.

Luesia, aupado sobre los estribos, observaba con ojo experto el camino que proponía el joven.

—¿Tiene muchos hombres?

—No tantos como para preocuparnos.

Quedaron de acuerdo y volvieron a la senda. Hacerlo fue meterse en la larga caravana que zigzagueaba entre montañas para salir de la Sierra de Segura, en el que fuera señorío del Mochico, suegro traidor del rey Lobo.

La columna era densa. Doscientos jinetes, cincuenta de ellos aragoneses, bien pertrechados y con caballos de refresco, y más de mil peones de ambos reinos. A rastras traían tantas reses que aún no habían podido contarlas, y una cuerda de cautivos que superaba el centenar.

Habían entrado en tromba de noche desde tierras santiaguistas, pasando sin detenerse entre los territorios que dominaban los caídes de Alcaraz y Calatrava. Fernando no podía quitarse de la cabeza a este último. Incluso sentía cierta culpa por no haber seguido su orden, casi una súplica, tras el encuentro a orillas del Tajo. No le había dicho nada al adalid aragonés, por supuesto, aunque prefería no toparse de nuevo con Ibn Qadish. Con semejante hueste no había peligro, pero no entraba en su ánimo matarlo. No después de que él le perdonara la vida y la libertad.

—Ha sido muy buena algara, príncipe. Y tú, un digno guía.

Fernando agradeció el cumplido con una breve inclinación. Ambos abrían la marcha a cierta distancia, un poco por detrás de la avanzada en descubierta.

—Ahora toca esperar la reacción.

Luesia estuvo de acuerdo. Un contingente de millar y medio de hombres no podía ocultarse, y menos si a su paso dejaba aldeas carbonizadas, cosechas esquilmadas y cadáveres atravesados. Nadie les había hecho frente a pesar de exhibirse por las tierras dependientes del gobernador almohade de Jaén. Si acaso, se habían topado con la resistencia desesperada de algún campesino que pretendía evitar el robo de cabras. Un paseo de dos semanas con los estandartes de las dos casas reales bien a la vista.

—A estas alturas —dijo el caballero aragonés—, mi rey habrá avanzado desde Teruel. Me dijo que pretendía llegar hasta Requena e incluso, si todo iba bien, torcer rumbo a Valencia.

—El miramamolín montará en cólera.

—Sin duda. Y tu padre también.

El príncipe se encogió de hombros.

—Grité bien alto el juramento cuando me nombró caballero. En el fondo lo sabe y no ha hecho nada por evitarlo. A veces pienso que...

Se interrumpió. Miguel de Luesia, que guiaba el caballo al paso por el estrecho camino de montaña, intentó completar la frase:

—¿Que en realidad te apoya?

—No... y sí. Yo era un crío en el tiempo de Alarcos, pero mi madre me lo ha contado muchas veces. Antes del desastre no podías encontrar en la cristiandad a nadie con más deseos de enfrentarse con los infieles que mi padre. Hasta se avergonzaba de no haber ayudado al rey Lobo cuando niño, y eso que nadie puede culparlo. Bastantes problemas tenía Castilla entonces.

»Mi padre sabe que solo luchando podremos sobrevivir. Pero también sabe que las opciones son pocas, y por eso retrasa el momento todo lo que puede. Creo que incluso piensa que morirá antes de que ocurra.

—La gran batalla.

—Sí. Una como Alarcos, o tal vez mayor. Aunque esta vez no se tratará de detener al ejército infiel para que deje de usurpar nuestras tierras. Hemos nacido para esto, don Miguel, ¿no lo sientes así? Un encuentro definitivo. Una batalla a muerte. La pedrada de David que mató a Goliat.

—¿Eres tú ese David, príncipe?

—Sí, lo soy. Por eso no temo a la muerte. Siempre que me enfrento a ella sé que no me alcanzará, y es porque el Creador me destina otro fin. He de estar en esa batalla. Mi padre no lo hará, así que seré yo quien dirija las huestes de Castilla.

Miguel de Luesia detuvo su caballo. Fernando tuvo que imitarlo.

—Me parece que te equivocas, príncipe. Tú eres joven y no conoces el miedo. —Agarrado al arzón delantero, el aragonés se inclinó para bajar la voz a pesar de que el resto de la hueste aún iba retrasada—. Pero escucha esto: el miedo es un buen consejero para el luchador; y el que no teme, lucha en desventaja. De vez en cuando Dios, no sé si por capricho o por desgana, despoja de miedo a alguno de sus hijos. Con mi rey lo hizo así. No he conocido nunca a nadie tan valeroso, y tampoco tan imprudente. ¿Te parece un don? Yo lo considero una desgracia. La gente sin miedo suele morir joven, príncipe. Uno de esos —señaló por encima del hombro con el pulgar— puede permitírselo. Vivir sin miedo, digo. Incluso yo. Pero no tú, y tampoco tu padre. Un rey valiente y muerto no sirve de nada. Es mucho más útil vivo y aterrado.

Luesia picó con suavidad los ijares, y su animal siguió avanzando. Fernando, desde atrás, sonrió.

—¿Sabes algo? Da igual. Cuando los mazamutes se enteren de esto, vendrán. Y dará lo mismo si somos valientes o cobardes, reyes o campesinos. No quedará más remedio que luchar, y unos y otros acabaremos más o menos igual.

Miguel de Luesia no se volvió. También esbozó una sonrisa. El príncipe tenía razón.

39

No hay vuelta atrás

Finales de verano de 1210. Burgos

—¡Agresión traicionera, dice! —El rey Alfonso levantó la vista de la misiva escrita en delicado papel xativí. Se había acercado a una de las antorchas para leer porque a su alrededor no había más que penumbra—. ¡El gobernador de Jaén me acusa de traidor! ¡A mí!

Leonor, sentada en su trono decorado con los leopardos ingleses, apenas se volvió para contestar:

—No eres un traidor, esposo. Ni siquiera aunque hubieras dirigido tú el ataque.

—¿Qué más da eso? Aquí lo dice. En exquisito romance, por cierto. —Buscó la línea exacta—: «Los jinetes ondeaban estandartes de la casa de Castilla, y también de la casa de Aragón.» —Blandió la misiva—. Son mis colores. Es mi casa. ¡Soy yo!

La reina desvió la mirada al frente. Tras ella, otra antorcha proyectaba la sombra del trono sobre el suelo del salón. Al fondo se adivinaban las figuras de los monteros reales.

«Antes, al menos, los hacía salir —pensó—. Ahora no le importa despotricar ante quien sea.»

—Sabías que tu hijo lo haría —le dijo con aire conciliador—. No puedes negarlo, esposo.

—Tenía que haberlo encerrado. Puede que aún lo haga.

Leonor resopló, aunque se cuidó de que Alfonso no lo notara.

—¿Qué más dice el almohade?

—Que he... Que Fernando ha saqueado castillos dependientes de Jaén, y que ha apresado a pastores musulmanes. Dice que ha saqueado la tierra. Habla de gran número de hombres armados, de

caballeros y peones, y de que esto no es una algarada de freires, sino una ruptura intolerable de la tregua.

Leonor soltó una carcajada.

—¡Tregua! ¿Qué tregua? La que había caducó, y no hemos firmado más. —Se puso en pie, pero el respaldo del trono le hacía
sombra, de modo que la voz que hablaba a Alfonso parecía surgir
de la nada—. Unos y otros os habéis acostumbrado a esta falsa paz
y ahora estáis convencidos de que no vivimos en guerra.

—¡Yo soy el rey! ¡Yo hago la guerra, no mi hijo! —Arrojó la
carta al suelo y la pisó, removiendo el pie con saña—. Las milicias
de los concejos no pueden salir de mano de otro que no sea yo,
salvo su tenente. ¡Yo no he ordenado esto! ¿Por qué obedecen a
Fernando?

Leonor salió de la penumbra. Se acercó despacio a su marido.

—Lo dicen las costumbres de Castilla; el caudillo es a la hueste
lo que el rey al reino. Parece que lo has olvidado. O tal vez es el
pequeño detalle que todavía no adviertes, esposo mío: tú reinas en
Castilla, pero la gente prefiere obedecer a Fernando. Entérate ya:
estamos en guerra. Negarlo es como vendarse los ojos para avanzar de frente al abismo y esperar que te salgan alas.

Alfonso gruñó una maldición. Pasó junto a Leonor a zancadas
y se paró junto a la larga mesa de caballetes. Se sirvió vino en una
copa.

—¿Por qué os empeñáis todos en llevarme la contraria?

—Porque todos estamos equivocados, esposo. Tú eres el único
que acierta.

Alfonso bebió. Miró al techo. Cerró los ojos. Negó. Primero
despacio, más deprisa después. Dejó la copa en la mesa.

—El gobernador de Jaén pregunta en la carta si ha de avisar a su
califa de que le hemos declarado la guerra.

—Cinismo infiel —escupió ella—. Seguro que la carta para el
miramamolín ya ha cruzado el Estrecho.

El rey apoyó ambas manos en la madera. Los hombros vencidos, la cabeza baja, el rostro en penumbras. Parecía casi tan derrotado como al regresar de Alarcos.

—Leonor, ¿recuerdas a aquella muchacha judía que tuviste como doncella? La que acompañó al gran rabino a Sevilla.

La reina aguantó la respiración. Se apartó del haz de luz.

—Raquel.

—Esa. Fue ella la que consiguió la tregua de diez años cuando parecía imposible. —Alfonso se volvió hacia su mujer—. ¿Dónde está?

Leonor enrojeció. Por fortuna, la oscuridad lo camuflaba todo.

—No lo sé. Creo que se fue... —Cortó la frase. Lo peor que podía pasar era que Alfonso intentara hallarla por su cuenta—. O espera. Ah, ya recuerdo. Sí, creo que sé dónde encontrarla.

—Bien. Haz que venga. Abraham está ya muy anciano y no me atrevo a enviarlo a Marrakech. La necesitamos a ella. Si lo logró una vez...

La reina dio un paso. Tal vez podía decírselo. Contarle a Alfonso todo lo que había ocurrido a sus espaldas durante esos años. Tal vez incluso le hicieran gracia aquellos rumores, ya apagados, sobre sus amoríos furtivos con la judía. Pero las mentiras, pensó Leonor, son como las camadas de lobos.

«Si no los matas cuando son cachorros y duermen juntos, tendrás que recorrer las montañas para encontrarlos uno a uno.»

—Mi rey, sabes que no estoy de acuerdo contigo. Yo me felicito por haber parido a un hijo capaz de desobedecerte y de llevar los colores de tu casa hasta la puerta de nuestro enemigo. Sin embargo, haré como dices. Mandaré a Raquel que se presente ante ti. Solo tengo una condición, y quiero seguridad de que la cumplirás.

Alfonso puso cara de hastío.

—Oh, estoy cansado, de verdad. Cansado de luchar contra todos, los de este lado y los del otro. Cansado de tu mirada de desprecio. Dime qué quieres ya.

—Se trata de Ibn Qadish.

—¿Quién?

—El caíd de Calatrava. El andalusí que manda en las plazas de frontera para los almohades.

—Ah, sí. Ese al que admira tu hijo.

—Ese. Quiero que me prometas que, pase lo que pase, Ibn Qadish seguirá vivo y libre. Evitarás por todos los medios que ese hombre sufra daño.

Alfonso entornó los ojos.

—No lo entiendo. Explícate.

—Tal vez lo entiendas un día. Tal vez no. Promete lo que te pido y avisaré a la judía.

—¡Oh, por Cristo! ¡Está bien! ¡Prometido por mi sangre!

Leonor tiró del brial y anduvo deprisa. Los monteros le abrieron los portones, y ella recorrió los pasillos de la Llana. En las noches de calor como aquella, la orden era que hubiera pocos hachones. Mejor, pues se cruzó con varios sirvientes y no quería que la vieran llorar.

Porque lloraba a pesar de todo. ¿Y cómo no va a llorar una madre cuando se dispone a mandar a su hijo a la peor guerra posible? ¿Cómo no iban a llorar todas las madres de Castilla?

Cuando llegó a su cámara, la servidumbre ya había encendido las velas. Tomó una de ellas, se acercó al atril y derramó algo de cera sobre el cirial metálico para fijarla. Sorbió por la nariz, se restregó las lágrimas.

—Santa madre de Dios, ilumíname.

Escogió la mejor pluma y alisó las barbas con dos dedos. Destapó el tintero de cuerno encajado en la tabla. Mientras desplegaba con mucho cuidado el pergamino, notó cómo el corazón se le aceleraba. Llevaba años esperando ese momento. O tal vez deseando que jamás llegara. Mojó la punta y la acercó con cuidado a la superficie. La dejó allí, a media pulgada. ¿Sería así como se había sentido su esposo en Alarcos, justo antes de ordenar la carga sobre las inmensas hordas almohades?

La pluma resbaló sobre el pergamino. Su rastro negro dibujó el destino de miles de hombres y mujeres. De generaciones enteras. Tras el encabezamiento, con sus títulos y la encomienda a Dios, a su hijo y a la santísima Virgen María, escribió el nombre de la destinataria en el barrio judío de Ávila. Lo que vino después fue una sola frase. De cuatro palabras:

«No hay vuelta atrás.»

Unos días después. Marrakech

De Abú Zayd Abd al-Rahmán ibn Abú Hafs, *sayyid* de Jaén, al califa, príncipe de los creyentes. Que la gracia de Dios te fortalezca y te inspire lo que a Él le dé satisfacción.

Pongo en tu conocimiento lo acaecido este verano, así como la gravedad de los daños que se han causado y el dolor de tus súbditos en al-Ándalus, que suplican tu protección y rezan para que se haga justicia. Un gran grupo de caballería cristiana con sus hombres ha salido de sus tierras y ha atacado los distritos de Segura y otros castillos dependientes de Jaén; se han llevado a gran número de prisioneros musulmanes con sus monturas, y han saqueado infinidad de vacas y corderos, y después se han retirado por la orilla de estas regiones mientras provocaban otras hostilidades y extendían el fuego de la guerra. No se escondían para quemar las cosechas, como si no temieran ningún juez que los condenara, y así han sobrepasado los límites impuestos por la tregua, desobedeciendo y traicionando el pacto con los almohades. Los infieles que los encabezaban lucían las banderas de Castilla y Aragón, que Dios maldiga.

También he tenido noticia de lo ocurrido en los distritos del Sharq dependientes de Valencia, por aviso que me ha enviado mi hermano, el *sayyid* Abú Abd Allah. Por allí ha entrado a fuego otra enorme hueste infiel, mandada por el propio rey de los aragoneses —así arda en el infierno— y acompañada por los fanáticos acólitos de la execrable cruz. Se han desatado con violencia los nudos de la paz, y se han usurpado los lugares que llaman del Cuervo, Castielfabib, Ademuz y Serreilla. El rey de Aragón se ha hecho con innumerables pertrechos y riquezas. A los que capitularon los han conducido como siervos, y otros muchos yacen muertos o han huido de la devastación.

Príncipe de los creyentes, tus súbditos te ruegan que, con la ayuda de Dios, hagas pagar a los infieles su traición, y que sufran tu cólera allí donde los encuentres.

—Y lleva su firma, los consabidos deseos de salud y todo lo demás —dijo el Calderero—. En resumen, príncipe de los creyentes: los cristianos nos atacan.

—A v-v-ver...

An-Nasir estiró la mano para que su visir omnipotente le entregara la carta. Quería leerla por sí mismo. Pero el Calderero lo ignoró. Paseó adelante y atrás con la misiva en la diestra. Como hablando solo.

—Los aragoneses han demostrado mucho más empuje y eso me pilla por sorpresa, lo reconozco. —Señaló a uno de los secretarios del Majzén, de espaldas a la pared como el resto de los subalternos—. Tú, recado de escribir. ¡Rápido!

El funcionario se dio tanta prisa que tropezó y dio con todo el material en el suelo. An-Nasir rompió a reír.

—Est-t-túpido...

—Vamos, recoge eso —instó el Calderero con mal genio—. Qué torpe. Mira cómo has puesto el suelo de tinta. ¿Quieres que te mande cortar las piernas? Así no volverán a traicionarte.

El hombre, que estaba de rodillas mientras arreglaba el entuerto, miró con gesto de horror al visir.

—No, mi señor. Por favor. Enseguida estoy.

El Calderero se acercó al ventanal más cercano. As-Saliha parecía un zoco. Puestos con escribientes se repartían hasta por los jardines. Se anotaban pagos de soldadas, inventarios de armas y gastos en provisiones. Los jeques de las cabilas y las demás tribus bereberes pasaban con las listas de reclutamiento y las peticiones. Todo aquello costaba mucho, mucho dinero.

Al principio había parecido suficiente con ponerse firme al cobrar los tributos, pero pronto quedó claro que hacía falta más. Entonces llegaron las investigaciones. El Calderero hizo circular una orden por todo el imperio. Cualquier denuncia de malversación se mantendría en secreto, y el denunciante podría optar al puesto del denunciado. Eso multiplicó las delaciones. Los funcionarios de confianza se encargaron de decidir quién era culpable y quién inocente. A los primeros, aparte de encarcelarlos, se les expropió de todos sus bienes. Y cuando se hallaba una denuncia «falsa», el mentiroso sufría la misma suerte. Además, los gobernadores establecieron una rápida relación: quienes más eficientes eran en el cobro de impuestos, menos posibilidades tenían de ser condenados. En un par de meses, las arcas rebosaban.

Al mismo tiempo se recrudeció el ambiente para los judíos islamizados. Casi todos tuvieron que abrir las puertas de sus casuchas para que los *talaba*, protegidos por la guardia negra, las registraran en busca de indicios que apuntaran a una falsa conversión. Cualquier objeto extraño se consideraba propio de su anterior fe, por lo que se llevaba a cabo el arresto y la confiscación de bienes. Los que más posibles tenían evitaron el trago pagando por adelantado. Los otros, como siempre pasaba con los pobres, dieron con sus huesos en las mazmorras de Rabat, Fez, Mequínez, Tremecén, Ceuta, Siyilmasa, Orán...

El Calderero, además, había reclamado a las Islas Orientales el inmediato envío de todos los excedentes, y había mandado para allá a la mayor parte de la armada almohade para aplicarse en las labores de corso. Raro el día en el que no se arrastraba a Mallorca una nave catalana, provenzal, siciliana o genovesa. Mientras tanto, el comercio con Pisa y Venecia se aprovechaba de la exclusividad en el ahora tan peligroso Mediterráneo.

Ahí iba a estar la clave, en el mar.

—Escribe, necio —ordenó el visir omnipotente al funcionario torpe—. Para el gobernador de Mallorca, Ibn Abú-l Hassán. Ya sabes, pon todas esas tonterías: de tu califa, el príncipe de los creyentes, Dios te guarde y lo demás. Ordénale que prepare hueste y la reparta por la armada. Todas las naves han de recorrer las costas del rey de Aragón y desembarcar a los guerreros. Que prendan fuego hasta que el humo se vea desde aquí, que saqueen a placer y que vuelvan a subir a las naves. Quiero que en Barcelona se encierren en sus casas, que tengan miedo de salir. Que hundan los barcos de los cristianos, que sacrifiquen al ganado. Que degüellen a los hombres y se lleven a los niños para ahogarlos en el mar. A las mujeres que les respeten la vida. Sobre todo a las rubias, que se están cotizando al alza en Agmat. Ah, dile que escoja a las más bellas de entre las jóvenes y que me las envíe. —Se volvió hacia el califa—. No te importará, ¿eh, mi señor? —No aguardó respuesta, sino que prosiguió con su dictado—. Dile también al gobernador de Mallorca que esta es la represalia por la campaña aragonesa en el Sharq. Explica que, aparte de los andalusíes, muchos buenos creyentes de sangre africana han muerto allí.

El Calderero, con las manos a la espalda, anduvo alrededor del escribiente. Este, sudoroso, se aplicaba en escribirlo todo. Cuando terminó, tuvo que tragar saliva tres veces antes de preguntarlo:

—¿La firmas tú, visir omnipotente?

—Pues claro que no, necio. Son las palabras del califa.

An-Nasir no dijo nada cuando el funcionario lo consultó con la mirada. Como si aquello no fuera con él. Entonces recordó algo.

—¿P-p-por q-q-qué habla de t-t-treguas el gobernador de J-J-Jaén?

—Porque se ha acomodado, príncipe de los creyentes. —El Calderero se repasó la línea de la bien recortada barba con el índice—. Han sido demasiados años de paz, y eso engaña a la mente. Lleva a la comodidad. A la pereza. Pero lo vamos a arreglar. En cuanto el escribiente acabe con esta carta, escribirá otra de la que haremos cientos de copias. En ella declararás la yihad obligatoria para todo el imperio. Salvo para Ifriqiyya, claro.

An-Nasir asintió.

—Yihad.

—Sí. Ha llegado el momento. Los aragoneses padecerán enseguida nuestra represalia, pero Castilla va a quedar sin respuesta de momento. Eso no es bueno. Se podría pensar que desamparas a tus súbditos, ¿no crees?

—C-c-claro.

—Está decidido. Voy a ordenar que se aceleren los preparativos y que se dispongan los puntos de avituallamiento para cada jornada de marcha. El verano que viene cruzaremos el Estrecho.

An-Nasir no ocultó el estremecimiento. Como si hasta ese momento no hubiera relacionado la palabra «yihad» con la obligación de acudir a la guerra.

—P-p-pero... ¿Y si esc-c-cribo al T-T-Tuerto? Él p-p-puede aconsej...

—No temas, príncipe de los creyentes. Todo está más que pensado, y el Tuerto tiene sus propios asuntos para preocuparse. Por fin voy a cumplir el mandato que me encomendó tu padre. Un ejército califal se reunirá en Sevilla con otro. La mayor tropa que ha visto la historia desde que el Mahdi bajó de las montañas, ya te lo dije. El miedo se va a extender por esa península maldita. El pórtico de su apóstol Pedro se convertirá en cuadra para tus caballos, y la bandera blanca del Tawhid ondeará en lo alto cuando derribemos su cruz y aplastemos con ella al imán Inocencio. Ya no hay vuelta atrás, mi señor.

An-Nasir miró con ojos desorbitados a su visir. Tragó saliva antes de reunir fuerzas para repetirlo:

—No hay v-v-vuelta atrás.

40

Azote de herejes

Primavera de 1211. Sharq al-Ándalus

El campamento, tendido en la ladera de un monte, era un barrizal. Casi una semana de lluvias torrenciales mantenían a los hombres acurrucados en las tiendas. La leña seca se había acabado días atrás y los establos de campaña estaban inservibles. Los torrentes se abrían entre las rocas, se colaban bajo las telas de los pabellones y los inundaban. Los hombres chapoteaban, agotado ya el repertorio de maldiciones; renunciaban a la comida caliente e incluso se resignaban a pasar día y noche empapados.

—Está decidido: regresamos a casa.

El rey Alfonso de Castilla querría haberlo dicho mucho antes, pero había que disimular. Sobre todo ante su propio hijo. Pese a todo, resultaba evidente que la pequeña campaña de acoso había llegado a su fin.

—Como tú digas, padre —aceptó el príncipe Fernando.

Se hallaban en la jaima real, sobre una cubierta de alfombras mojadas. El chaparrón tamborileando sobre la lona que hacía de techo. Las patas de la mesa clavadas casi en el barro. Y sobre la superficie de madera, algo vencida, un mapa pintado sobre piel. Apenas burdos trazos que marcaban los sitios algareados en el levante andalusí, más allá de la frontera marcada por Alarcón.

El rey había accedido a acompañar al príncipe en aquella aventura primaveral. Una cabalgada de largo alcance, había dicho Fernando, para que los sarracenos supieran que la cruz podía plantarse en cualquier lugar y en cualquier momento. La única condición impuesta por Alfonso de Castilla fue que no hubiera excesivo derramamiento de sangre y que los cautivos quedaran bajo su amparo. Incluso renunció a su quinta parte del botín, la que le correspondía por ley. Así, una considerable muchedumbre se apiñaba en un cercado a la intemperie, vigilada de cerca por huraños guardias cristianos.

—Pues da orden de levantar el campamento, Fernando. Organiza tú el orden de marcha y procura que los cautivos no se fatiguen. Y que los alimenten bien.

—Sí, padre. —El príncipe retiró las solapas de la entrada, aunque se volvió un instante antes de salir al diluvio—. Pero no sé por qué te preocupas tanto por ellos. Son infieles al fin y al cabo.

El rey quedó a solas en su pabellón. Se desperezó sin quitar la vista del mapa.

«Porque no puedo negociar con prisioneros muertos», pensó.

Jamás lo diría en voz alta, y menos ante su hijo. Pero las intenciones de Alfonso de Castilla en aquella cabalgada diferían bastante de las del príncipe. Lo que él pretendía no era aterrorizar a los musulmanes, ni dar rienda suelta a su afán bélico, ni provocar al miramamolín. Porque no había perdido la esperanza. Dentro de poco, su esposa daría con aquella judía sagaz, Raquel. Y la mandaría a negociar con el miramamolín, y le ofrecería, a cambio de otra larga tregua, la entrega de todos esos cautivos musulmanes y la devolución de las pequeñas plazas conquistadas en el lado andalusí.

Paseó el dedo por el mapa. La algara estaba compuesta por huestes reales, más las milicias de Cuenca, Uclés, Huete, Madrid y Guadalajara. Una tropa imparable, sedienta de un botín que llevaba años sin catar. Muchos de aquellos hombres eran hijos de los que habían muerto en Alarcos, y tuvieron que contenerse para no liar una gran degollina con los infieles capturados.

Habían partido de Alarcón y, escaramuza tras escaramuza, se habían dedicado a la quema, saqueo y presa hasta la villa andalusí de Játiva, cerca de donde se encontraban ahora. Antes de salir de Castilla, el príncipe había rogado a otros nobles que lo imitaran desde bases castellanas. El rey calculaba que en esos mismos momentos, las mesnadas de los Meneses y los Girón algareaban con los toledanos hacia el sur, con la intención de retomar Guadalerzas. Y para mantener a los andalusíes encerrados en sus plazas, los calatravos de Salvatierra habrían salido también en diversas cabalgadas. Y no solo eso. El príncipe Fernando, que ya había obtenido colaboración aragonesa el año anterior, se las había arreglado para convencer al rey Pedro de que atacase por su cuenta desde tierras turolenses.

Fuera sonaron órdenes. Los hombres se gritaban para empezar cuanto antes a desmantelar el campamento. Se oyeron relinchos y alguna que otra maldición. El príncipe regresó. Al verlo allí, chorreante, a su padre le pareció frágil. Como aquel chiquillo al que había encontrado a la vuelta de Alarcos. Lloroso, confundido, agarrado al brial de su madre.

—Ya está, padre. Los hombres prefieren volver a convertirse en ranas, así que no tardaremos mucho en arrancar.

—Bien, Fernando. Quiero estar en Toledo cuanto antes y enterarme de cómo van las cosas en Portugal.

El príncipe chasqueó la lengua, aunque no añadió nada. Aun así, Alfonso advirtió que aquello también contrariaba a su hijo. Y es que por mucho que el papa, el arzobispo de Toledo y todas las cortes cristianas se empeñaran en que era el momento de la tan buscada unión, podía llegar Dios y, como ahora, cruzar un árbol en el camino. El rey de Portugal acababa de morir, y lo último que había sabido Alfonso de Castilla antes de salir de algara era que los hijos del monarca fallecido andaban a la greña por la herencia.

—Padre.

El monarca se volvió. Con la misma cara de circunstancias que llevaba poniendo toda la cabalgada.

—¿Sí, Fernando?

—Quiero pedirte perdón.

Aquello lo pilló desprevenido. Miró a su hijo, cabizbajo y empapado. Con el flequillo rubio cayendo como una cortina sobre la cara. Casi podía oír la voz de Leonor. Lejana e inquietante:

«Eres tú, Alfonso, quien debería disculparse con él.»

—¿Perdón por qué, Fernando?

—Por mi comportamiento de estos últimos años. Sé que te he causado muchos dolores de cabeza. Sé que la vida no es como ese *Cantar* que recitan los bardos por todas partes. Sé que no estamos jugando. Sé que no eres un cobarde.

La última palabra resonó como el eco dentro del cráneo del rey. Cobarde. Cobarde. Cobarde. Se esforzó por buscar otro término que la sustituyera. Algo que justificara su renuncia a armarse y a provocar al verdadero enemigo. Intentó que todos aquellos cadáveres de Alarcos desaparecieran de la memoria. Pero no podía. No podía. Había otra pulsión más fuerte, que subía desde las tripas y pugnaba por abrirse camino. Casi quería gritarlo. Reconocer que tal vez sí. Que tal vez era eso. Cobardía.

—No hay nada que perdonar, Fernando.

Al mismo tiempo. Qasr Masmuda

Encaramado a las murallas, a través del intenso chaparrón, el Calderero observaba el oleaje.

El mar parecía reírse de él. Como si todo el Bahr az-Zaqqaq se hubiera conjurado para que ninguna nave lo cruzara. Las naves fondeadas se mecían como ramitas en un torrente. Y las que estaban varadas en la playa y en la desembocadura del río, abarloadas y bien sujetas con maromas, servían de rompeolas. Los sacos con impedimenta se amontonaban en los cobertizos, y los miles de guerreros observaban impotentes cómo Dios les cerraba el Estrecho.

El visir se apretó la capucha del *burnús* antes de bajar por la escala de madera. Sus pies se hundieron en el barro al saltar los dos últimos peldaños. Apretaba fuerte los puños cuando caminó hacia el patíbulo, y cada dos pasos se restregaba la cara en un inútil intento de secársela. Llegó frente al califa, que aguantaba el temporal bajo un palio rojo sostenido por cuatro Ábid al-Majzén.

—No podemos embarcar aún.

An-Nasir, tiritando por la humedad que se colaba bajo el manto negro de su bisabuelo, miró a su visir omnipotente como un conejillo.

—¿Y c-c-cuándo...?

—¡No lo sé, príncipe de los creyentes!

El Calderero anduvo frente al estrado chorreante. Lo había mandado construir aquella misma mañana, y antes del mediodía estaba ordenando la muerte de dos operarios porque, en lugar de trabajar, se habían refugiado de la lluvia en los establos cercanos. Subió los escalones y se detuvo junto a la docena larga de prisioneros. Estaban de rodillas, con las manos atadas a la espalda. Alrededor, y además del califa y de su guardia, se apiñaban los prebostes y altos funcionarios almohades, y los jeques de los *agzaz*, de las cabilas y de las tribus bereberes y árabes.

El visir paseó nervioso de un lado a otro. Los presos lo seguían con la mirada. Pestañeaban con cada goterón de agua y con el cabello aplastado que se les metía en los ojos. Ojos llorosos, hinchados tras pasar toda una noche bajo el temporal.

El Calderero miró al cielo. Todo él era un denso nubarrón gris. El mismo que los había acompañado desde Rabat. Mes y medio de tormentas intermitentes, de caminos cortados por las crecidas, de barrizales en los que no podía montarse el campamento. El carro con el gran tambor se atascaba entre diez y quince veces al día. El grano se pudría, las mulas se rompían las patas, los guerreros se desesperaban.

Llevaban una semana en Qasr Masmuda. Una semana atrapados en aquel puerto, con Tarifa tan cerca que, de no ser por la borrasca, podrían verla. Lo normal habría sido aceptar la voluntad de Dios, pero el Calderero estaba demasiado impaciente por cruzar. Y lo que no pensaba hacer era reconocer su imprevisión.

—¡Vuestro deber era sencillo! —gritó. No estaba seguro de que el público lo oyera bien, porque la lluvia repiqueteaba sobre la madera y el principal interés de todos era no mojarse mucho—. ¡Solo teníais que almacenar suficientes provisiones para que el ejército no pasara necesidad!

—Y así lo hicimos, ilustre visir...

El puntapié arrancó dos dientes del funcionario. A nadie le extrañó. El Calderero se había prodigado con sus palizas desde la salida de Marrakech. Y cuando el pobre desgraciado al que culpaba del retraso era demasiado grande o fuerte, mandaba a la guardia negra a darle un repaso.

—¡Si lo hubierais hecho, estúpido, no tendríamos problemas ahora! —El tipo había caído de lado, así que recibió la siguiente patada de pleno. La sangre se diluyó pronto en la madera mojada—. ¡Y yo no tendría que hacer esto!

Volvió a darse otro paseo. Las manos a la espalda, los dientes tan apretados que su mandíbula parecía a punto de reventar.

Habían llegado noticias del otro lado. Las había traído un pescador antes de que el temporal cerrase el Bahr az-Zaqqaq. Los cristianos, al parecer, habían arreciado sus ataques desde Toledo y por el Sharq al-Ándalus. Para eso había servido el acoso naval almohade a las costas de Barcelona. Para nada.

—Quiero hablar con el califa —dijo uno de los cautivos que no mostraba el gesto humillado del resto. Mantenía la cabeza alta y, aunque sus labios temblaban de frío y cansancio, conseguía componer una figura digna. El Calderero se le acercó.

—A ti debería avergonzarte más que a nadie. Mírate. Abd al-Haqq ibn Abí Dawud. Tus ancestros se arrancarían los cabellos si pudieran ver su traición.

El hombre arrugó la nariz.

—Calderero, no te atrevas a nombrarlos. Yo soy almohade. Masmuda de pura cepa. Tú eres un puerco andalusí.

Para este no hubo patada. El visir omnipotente desenfundó el cuchillo gazzula, se puso tras él y empezó a cortar. Los gritos sí que se oyeron esta vez. A pesar de la lluvia. Y aunque hubieran caído mil rayos seguidos de sus truenos. Pronto se convirtieron en un gorgoteo, pero el Calderero siguió serrando a su víctima. El pelo bien agarrado con la zurda para descubrir la garganta. Lo dejó caer antes de separar la cabeza del cuerpo. Aquello cansaba.

—¡Aquí lo tenéis! ¡El gobernador de Fez ha pagado por su tibieza! ¿Veis lo que pasa por no aplicarse para lograr la victoria?

El Calderero, jadeante por el esfuerzo, dejó que la lluvia limpiara su cuchillo. Otro de los cautivos empezó a gimotear.

—Piedad... Por favor, piedad.

El visir se volvió. Estuvo a punto de echarse a reír.

—¡Suplica piedad! —Lo señaló con el cuchillo aún manchado—. ¡El recaudador de Ceuta suplica piedad! —Se le acercó y empujó con la punta del arma bajo la mandíbula—. ¡Piedad debiste tener de quienes hoy pasan hambre porque no fuiste diligente al cobrar los tributos! ¡O tal vez lo fuiste y todo ese dinero está a buen recaudo ahora! Dinos, Ibn Tagakt, dónde lo guardas. ¿Quizá tengo que prender a tu esposa y a tus hijos para que lo confieses?

—Por favor... Por favor, ilustre visir... A ellos no los dañes. Por favor...

El Calderero retiró el cuchillo. Anduvo hasta el borde de la tarima y se fijó en el palio rojo. An-Nasir no se atrevía a levantar la mirada.

—¡Hace un momento, mientras escuchaba la *jutbá* en la mezquita aljama, pensaba en nuestro califa! Ahí lo tenéis, silencioso. Él está por encima de todo esto. Por eso no me importa pringarme las manos. —Levantó el cuchillo contra el chaparrón—. ¡Porque alguien tiene que hacer el trabajo sucio!

»Ese hombre —hizo un gesto de desprecio hacia el gobernador degollado— me ha insultado. Y me gustaría que si alguien aquí está de acuerdo con él, lo grite ahora. ¡Bien alto, para que lo oiga el califa! ¡Vamos! ¿Cuántos de vosotros sois mejores que yo?

Nadie se atrevió a replicar, claro. Nadie miró al estrado. Nadie cruzó la vista con el visir omnipotente del imperio.

—¡Bien! —continuó—. Puesto que nadie, salvo el califa, está por encima de mí, quiero que alguien suba a terminar esto. ¿O he de mancharme las manos de nuevo?

Al principio no hubo reacción. Los jeques y funcionarios se miraron entre sí, sin entender. Cuando cayeron en la cuenta, se pusieron a la faena. No convenía que el Calderero necesitara nuevas víctimas. Hubo casi una avalancha y, mientras los horrorizados prisioneros se debatían, los altos cuadros del imperio procedieron al caótico degüello. El visir omnipotente descendió lento de la tarima. Bajo ella, la sangre se colaba a chorros entre las tablas y salpicaba en el lodo. An-Nasir lo vio venir. Acongojado.

El Calderero se metió bajo el palio. El califa se hizo a un lado para dejarle sitio y el hombro derecho le quedó a merced del chaparrón. Qué más daba.

—B-b-bien hech-ch-ch...

—En cuanto podamos embarcar, cruzaremos el Estrecho. Y conforme lleguemos a Tarifa, marcharemos a ritmo forzado hasta Sevilla. Si te parece bien, príncipe de los creyentes, tú te quedarás allí con este ejército mientras yo tomo al otro que he preparado durante estos años. Me dirigiré a Salvatierra y tú podrás unirte a mí más tarde. Cuando hayas ultimado las recepciones, ya sabes.

—P-p-pero...

—Tienes razón, mi señor. Es una vergüenza que Salvatierra siga en poder de los comedores de cerdo. Tu súbdito Ibn Qadish no ha hecho nada, ¡nada!, para recuperarla. Cayó en las redes de los adoradores de la cruz cuando tu padre se fue de al-Ándalus, y la recobrarás tú por mi mano. Desde allí parten las algaras de los freires. La presencia de campanas en la cima de su iglesia es una afrenta para ti y para todo el islam.

An-Nasir habría querido replicar. Decir que él era el califa. Que lo mejor era reunir a los dos ejércitos en Sevilla y avanzar hacia el norte, dejando atrás Salvatierra si era preciso. Atrapar al rey de Castilla en Toledo y asaltarlo con los miles de guerreros de Dios. Después podrían repartirse a los cuatro vientos y arrasar toda la Península. Y él sería aclamado como el salvador del islam. Superior incluso a su padre, al-Mansur.

Pero no dijo nada. Y aunque hablar no le costara un mundo, tampoco habría protestado. Miró con temor reverencial a su visir.

—D-d-de ac-c-cuerdo.

El Calderero tomó aire un par de veces, y entonces se dio cuenta de que aún empuñaba el cuchillo gazzula. Lo miró con asco antes de arrojarlo al charco más cercano. «Llevo demasiado tiempo planeándolo —pensó—. No puedo fallar. No debo fallar.»

Enfrente, la tarima seguía manando sangre. Sobre ella, los improvisados verdugos esperaban nuevas órdenes bajo la lluvia. Muy juntos unos a otros, y con los cadáveres sacrificados a sus pies. El visir omnipotente sonrió satisfecho. En eso los convertía el miedo a todos, tanto a los vivos como a los muertos. En corderos.

Un mes después. Montpellier

El caserón de los Tornamira era un palacete cercano a la muralla, propiedad de una de las familias más nobles de la ciudad. Entre aquel lugar y el monasterio de Aniane era donde la reina María repartía sus estancias, entre otras cosas porque, tras los incendios de los castillos por la rebelión comunal contra Pedro de Aragón, no le había quedado más remedio que ordenar su demolición.

Allí, en la casa de los Tornamira, había nacido el pequeño Jaime. En realidad, y aparte de aquel bebé rubio y grande, el matrimonio con el rey aragonés no le había traído más que desgracia. Desgracia. Esa era la palabra que con mayor frecuencia salía de la boca sin dientes de María. Y de sus criadas y hasta de los miembros de la casa de Tornamira.

—¡Qué desgracia, mi señora!

María salió de uno de sus cada vez más frecuentes estadios de postración. Sin sobresaltarse, porque a todo se acostumbra el cuerpo.

—¿Qué pasa ahora, Cecilia?

La criada, encorvada ese día más por el terror que por la edad, pasó a la cámara reservada a la reina. Ancha y de techo alto, con una cama adoselada que a María se le antojaba inconmensurable. Ella había insistido en retirar los lujos y en adornar el aposento como si fuera una celda monástica, pero los Tornamira no lo consentían. No siempre se tiene como huésped a una mujer que es reina, condesa y señora.

—Ay, mi señora. La desgracia nos ha caído encima, esta vez sí. —Cecilia se retorcía los dedos de huesos deformados—. Sé valiente. Que no te pueda el miedo.

—¡Cecilia, por Cristo! ¿Qué pasa?

Un índice retorcido señaló la puerta.

—El legado del papa, mi señora. Arnaldo Amalarico.

A María de Montpellier se le cortó la respiración. Si hubiera tenido dientes, estos habrían castañeteado como una escuadra de tambores.

Arnaldo Amalarico. El abad del Císter que el santo padre había enviado para sustituir al asesinado Castelnau. Con su llegada, la lucha contra la herejía había dejado de ser asunto de debates, bulas y amenazas. Aquel hombre era el que había ordenado el exterminio de toda la población de Béziers. Un gesto suyo bastaba para que cientos de desgraciados ardieran en hogueras. Se decía que el brutal Simón de Montfort era quien mataba en batalla, y que Arnaldo Amalarico lo hacía tras ella. El azote de herejes, así lo habían apodado. El hombre que estaba limpiando aquellas tierras de cátaros y también de sus protectores. Porque no se amilanaba por tener delante a un noble, como había demostrado con la captura y muerte del vizconde de Carcasona, el ahorcamiento del señor de Montréal o la lapidación de su hermana. Ese fantasma era el que sobrevolaba ahora la casa de los Tornamira. Y la vieja Cecilia se encargó de avivarlo.

—Mi reina, recuerda lo que hizo con la señora Geralda cuando conquistó Lavaur. Ordenó arrojarla a un pozo y la sepultaron con piedras. La pobre estaba preñada y...

—Calla, por favor. —María reunió valor para hacer un gesto—. Que pase el legado, y tú márchate.

La sirvienta obedeció. La reina cerró los ojos mientras aguardaba. Jamás había visto a Arnaldo Amalarico. No era necesario porque Montpellier se mantenía fiel a Roma. Así pues, ¿a qué venía aquella visita?

—Así que tú eres la reina de Aragón, condesa de Barcelona, señora de Montpellier.

Un olor rancio, mezcla de sudor viejo e incienso, llegó hasta María, que por fin separó los párpados. Arnaldo Amalarico. Parado en la entrada, el hábito blanco remendado y con lamparones; el escapulario negruzco mil veces zurcido, un bastón contraído como apoyo. Más bajo de lo que ella imaginaba. Y delgado, muy delgado. Los pómulos parecían a punto de cortar la piel. Ojos hundidos, pelo apelmazado alrededor de la tonsura. La voz era un murmullo muy agudo. Casi femenino.

—Adelante, legado.

Amalarico pasó. La mueca de desagrado fue evidente.

—Qué lujo. Nada propio de una piadosa católica. *Totum est vanitas, totum stultitia, totum dementia.*

A María se le agrandó el nudo de la garganta.

—Tampoco es de mi gusto, legado, pero soy huésped en casa ajena. Por desgracia, mis castillos ardieron.

Amalarico paseó por la cámara. Observaba con aire de censura los tapices, las lamparitas y las joyas sobre los arcones.

—Arder no es ninguna desgracia, hija mía. El fuego purifica.

Aquello iba de mal en peor. La reina, que no se había levantado de su silla de respaldo alto, siguió al pequeño cisterciense con la vista hasta que se detuvo ante el lecho. Fue como rechinar de uñas contra la piedra.

—Legado, ¿en qué puedo ayudarte?

Amalarico iba a lo suyo. Señaló la cama.

—¿Aquí fue donde nació el príncipe de Aragón?

Así que, antes de nada, había que hurgar en las heridas abiertas. María se atrapó el labio con las encías.

—Mi hijo Jaime, sí. Vinieron a llevárselo por orden de su padre. Aunque eso ya lo sabes.

—Claro que lo sé. De hecho fue idea mía. —El legado reanudó su paseo. Obligando a María a girar la cabeza. Se paró junto a un atril en el que había una carta a medio escribir. Leyó sin miramientos, aunque no debió de interesarle el contenido, porque lo dejó enseguida—. Compréndelo: la forma de que tu esposo reconociera a Simón de Montfort como señor de las ciudades que conquistamos era admitirlo como vasallo. Un poderoso vasallo. Y además, consuegro dentro de poco. Sí, Pedro tuvo que romper la promesa que había hecho para casar al pequeño Jaime con la heredera del condado de Urgel pero, ¿cuántas promesas habrá roto ese hombre por placer? Solo tú lo sabes, hija mía. Ah, lo que has tenido que sufrir. Dicen, por cierto, que no hay mayor desgracia para una madre que perder a su hijo. ¿Duele tanto?

Si aquel hombre no fuera el que ordenaba piras multitudinarias sin inmutarse, María habría saltado sobre él.

—Claro que duele.

—¡Más le dolió a la santísima Virgen María cuando vio a Cristo agonizante en la cruz!

La reina se apretó contra el respaldo. Increíble que un ser tan pequeño pudiera gritar así.

—Perdón, legado.

—Sí, mujer —su voz había vuelto al susurro escalofriante—. Pide perdón. Y haz penitencia, que no te vendrá mal. Jaime de Aragón, gracias a mí, goza del amparo papal y, además, está en manos del mejor maestro posible: Simón de Montfort. Él lo educará en la verdadera fe. Sin fisuras. Has de comprenderlo: por las venas de tu hijo corre la sangre de un protector de los herejes. Hay que cortar esa influencia.

—No seré yo quien defienda a mi esposo, legado. Pero mi fe está fuera de toda duda.

—Ya, claro. Tu hijo es un instrumento de Dios, lo mismo que tú y que yo. Y Dios ha querido que sea la moneda de cambio para que Montfort preste homenaje a tu marido. Así, todos avenidos. Aunque algunos sean más hipócritas que otros. Deberías alegrarte: Jaime se convertirá en un defensor de la fe. Aragón necesita a un rey que sea católico no solo de apodo. Si estás de acuerdo con esto, es que tus sentimientos son puros y buenos. Si no, no. Recuerda lo que dijo san Bernardo: «Nadie merece tanto nuestro enojo como el enemigo que se finge amigo.» —La pausa fue mortal—. Dime, hija mía: ¿tú eres mi amiga o solo finges serlo?

Le habría sacado los ojos. Se los habría hecho tragar antes de meterlo bajo la piedra de un molino.

—Tu amiga, legado. Soy tu amiga.

—Bien. —El azote de los herejes seguía junto al atril, lo que obligaba a María a mantener la cabeza ladeada—. Pues no es bueno que entre amigos haya secretos, así que te desvelaré la causa de mi visita.

»El santo padre Inocencio reclamará tu presencia en Roma dentro de poco. Has de tener listos los asuntos de tu señorío para antes del verano del año próximo.

Resultó un alivio. Eso significaba que la carne de María no iba a chamuscarse en una hoguera. No había razones para ello, pero todos sabían, desde el Ródano hasta el Garona, que Arnaldo Amalarico no las necesitaba.

—Empezaré a prepararlo enseguida, legado. ¿Qué quiere de mí el papa?

—Hay dos razones que lo llevarán a requerirte oficialmente. La primera será el pleito sobre tu señorío, que tan a su antojo ha traído y llevado Pedro de Aragón. El santo padre te ordenará que, de momento, lo restituyas a tu hermanastro. También tendrá que ir a Roma, aunque a él lo avisaremos con menos tiempo. —Se permitió una sonrisa aviesa—. Los dos os someteréis al arbitraje papal y aceptaréis su sentencia. La segunda razón que motiva tu viaje es la obsesión de tu esposo por anular vuestro matrimonio.

»Como hemos dicho que somos amigos y que no tenemos secretos, te adelantaré el resultado de ambos juicios: el señorío de Montpellier te será adjudicado definitivamente porque el santo padre considera un bastardo a tu hermanastro. Y tu matrimonio es tan legal como los diez mandamientos. El rey Pedro tendrá que tragarse su orgullo y, bajo pena de excomunión, considerar a Jaime como absoluto heredero de la casa de Aragón. Naturalmente, habrás de mantener la reserva sobre todo esto hasta que el papa haga pública la llamada.

María suspiró. Sus hombros se relajaron.

—Gracias, legado, por avisarme con tiempo. No habría resistido la espera.

—Hay algo más.

Ella aguantó el aliento. Los escalofríos que le causaban la voz de Amalarico no le impidieron romper a sudar.

—¿Sí?

—Soy un servidor de Dios y velo por su interés sin preguntarme la razón ya que, como dijo san Bernardo, nada hay tan hostil a la fe como negarse a creer lo que no puede alcanzarse con esto. —Se tocó la sien—. Sin embargo el papa me ha dado otra orden, y esa no viene de arriba.

»He de unirme a la lucha que los reyes de Castilla y Aragón sostienen contra el islam. Y conmigo habré de llevar tropas que ahora pelean por la verdadera religión aquí. Los herejes descansarán, por mucho que me pese, aunque reconozco que hay prioridades. El santo padre considera que los mazamutes de ese miramamolín son más peligrosos, y yo no le llevaré la contraria. Aunque dejaré aquí a mi fiel Simón de Montfort, no sea que vayamos a perder todo el rebaño por atender a una oveja descarriada.

»El mandato del papa es tan extraño como firme: habré de pasar por el reino de Navarra y entrevistarme con su rey, Sancho. Es más, lo importante es que me sirva de mi... poder de convicción para quebrar su resistencia y mantenerlo en la campaña. Según el santo padre, esta repentina necesidad responde a un ruego tuyo. —El azote de herejes golpeó con el índice sobre la carta mediada en el atril—. Sé que mantienes una fluida correspondencia con Roma. Sé también que el papa te tiene en alta estima. Y sé que es el peor momento para que yo abandone estas tierras y me inmiscuya en los asuntos del sur. —Meneó la cabeza a los lados. Los dientes muy apretados, la ira casi humeando desde la tonsura—. Y yo me pregunto: ¿Por qué Sancho de Navarra? ¿En qué te beneficia que vaya él precisamente?

María de Montpellier, por primera vez desde la visita de aquel hombre pequeño y hediondo, sonrió. Y sonreír no era algo habitual en ella, sobre todo en los últimos tiempos.

«En fin —pensó—: en poco más de un año he de estar sana y salva en Roma, y nada menos que por orden papal. A cubierto de todos. Incluso de la leña seca de este hombre. Nadie puede hacerme daño, ni a mí ni a mi hijo. Nada puede perjudicarnos ya.»

—Sancho de Navarra ha de ir, legado, porque yo debía un favor a una... amiga. Eso es todo lo que tienes que saber.

Amalarico se congeló. Sus ojos oscurecieron dentro de sus cuencas.

—¿Qué estupidez es esa? ¿Te niegas a contestarme?

María hizo acopio de valor.

—Eso parece, legado.

—¿Cómo? —De nuevo brotó de su garganta aquel chillido estridente—. ¡Responde a mi pregunta! ¿Por qué Sancho? ¿Qué favor es ese? ¡Compláceme, sierva del demonio!

María de Montpellier se puso en pie. Se las arregló para sacudir la falda del brial, de modo que el azote de herejes no pudo apreciar el temblor de sus piernas.

—¿A ti, legado, te voy a complacer? ¿A quien planeó que arrancaran a mi pequeño Jaime de brazos de su madre? —Se le acercó despacio. Sin respirar para impedir que aquel aroma a humedad añeja se le instalase en las fosas nasales—. No. ¿Has oído? No. Te lo dice una mujer. Una a la que no puedes ahogar, ni quemar, ni matar a pedradas. Y ahora fuera, maldito cuervo. —Le indicó el camino hacia la puerta—. Fuera de aquí.

La piel blancuzca de Arnaldo Amalarico, azote de herejes, enrojeció como una tea en la hoguera. Dio un par de golpecitos con el cayado en el suelo y se movió hacia la salida. No se volvió para decirlo:

—Volverás, mujer. Y entonces serás mía.

Salió. María de Montpellier lo siguió con la mirada mientras, en el aire de la cámara, permanecía el hedor del legado. En ese momento, la desgraciada reina de Aragón supo que jamás regresaría de Roma.

41

Salvatierra

Dos meses más tarde. Asedio del castillo de Salvatierra

El Calderero era el único que esos días se movía a caballo por el campamento. Le gustaba la sensación de hacerse ver desde lejos, y la manera en la que los soldados se apartaban de su camino con aquella mirada temerosa. Casi podía oír los susurros de aviso cuando se acercaba. La gente trabajaba más deprisa, los sirvientes de las máquinas se doblaban para levantar los bolaños, los jeques arreciaban sus gritos y los fustazos cruzaban las espaldas.

—Tú, ven.

El aludido era un masmuda de la cara sur del Atlas, con la piel casi negra. Y aun así palideció. Dio cuatro pasos rápidos antes de doblar la rodilla e inclinar la cerviz.

—Manda, visir omnipotente.

El Calderero, inmenso desde lo alto del caballo, señaló al cercano almajaneque.

—¿Diriges esta catapulta?

—Sí, visir omnipotente.

—La he visto funcionar tres veces esta mañana. Las demás han disparado cinco y hasta seis piedras. ¿A qué se debe tu dejadez?

La respiración del bereber se aceleró. No se atrevió a levantar la vista.

—Visir omnipotente, no es verdad. Esta es la quinta...

—¿Me llamas mentiroso?

Las súplicas no sirvieron. El Calderero se hacía seguir por una escolta de doce Ábid al-Majzén que, a su orden, prendieron al jefe del almajaneque. El cadalso estaba levantado junto al río, en sitio bien visible tanto para el campamento almohade como para los freires del castillo. En la semana y media que llevaban allí, casi veinte hombres habían muerto sobre las tablas. El tocón, hogar ya de una colonia de moscas, se ennegrecía de sangre seca.

Los esclavos de la guardia negra arrastraron al desgraciado hasta el lugar de ejecución y, como siempre, el Calderero soltó una breve advertencia. Salvo los sirvientes de las máquinas y los soldados de guardia en los parapetos, todos estaban obligados a ver las correcciones del visir omnipotente. Porque eso era lo que hacía: corregir.

—¡Labor que Dios, alabado sea, impone al príncipe de los creyentes! ¡Y en su ausencia yo debo cumplirla! ¡Corrijo, pues, este error! —Señaló al condenado, que ya tenía el cuello apoyado en la madera marcada por los tajos de las correcciones anteriores—. ¡Si no es capaz de cumplir con su misión, lo correcto era retirarse y ceder el paso a otro más capaz! ¡Esforzaos, creyentes, para que no tenga que corregiros!

Un solo asentimiento firme fue la señal para que un gran guardia negro descargara el hacha sobre el desgraciado. La cabeza rebotó un par de veces sobre la madera antes de caer en la orilla del arroyo.

—¡Y ahora seguid expugnando esa cueva de Iblís!

Los almajaneques crujían. Sus contrapesos bajaban y las vigas describían parábolas para arrastrar las enormes bolsas de trapo. Los bolaños salían disparados con engañosa lentitud. Volaban hasta las murallas de Salvatierra y levantaban nubes de polvo y piedra pulverizada. Pero aquella enorme bandera, tejida por cierto al estilo almohade, seguía enseñoreada de la cúspide. Una orgullosa cruz negra sobre el paño blanco que hacía rechinar los dientes al Calderero.

Diez días antes, la llegada del ejército califal estacionado en Sevilla había provocado la inmediata caída del puesto fortificado de Dueñas, aupado en el cerro que quedaba enfrente de Salvatierra. Los pocos freires de su guarnición habían perecido en la defensa, decididos a no dejarse capturar por aquella horda interminable. Después, el Calderero había impuesto una disposición inusual para el campamento almohade debido a las necesidades del asedio. Así, cientos de tiendas se repartían caóticamente alrededor del risco coronado por aquella mancha en el prestigio musulmán.

Los caballeros estacionados en Calatrava habían intentado una espolonada para detener al ejército africano. Tan inútil como frenar con las manos la avenida de un río desbordado. Los freires desistieron y se encerraron en el castillo. Las construcciones de las laderas y la albacara ardieron durante aquel primer día. Después llegaron los ingenieros con el tren de asedio. Los calatravos observaron desde las almenas cómo los africanos construían las aparatosas catapultas que, de inmediato, empezaron a castigarlos desde la salida del sol hasta la anochecida. Cuarenta almajaneques hacia los que confluían los servidores cargados con los bolaños. Entonces, al cuarto día de pedregada, el Calderero ordenó que el bombardeo continuara también sin luz. Si los malditos monjes guerreros no morían aplastados por el derrumbe de su fortaleza, se volverían locos por aquel hostigamiento interminable.

Los destacamentos de caballería recorrían los alrededores, y no solo para forrajear. Llegaban hasta el Tajo en sus cabalgadas y, al regreso, informaban:

—Nadie. Los andalusíes se han encerrado en sus casas y los caminos están vacíos.

Eso complacía al Calderero, que no había contactado con Ibn Qadish ni pensaba hacerlo. Su idea era tomar Salvatierra antes de que el califa llegara desde Sevilla, donde le había sugerido tomarse un descanso tras el fatigoso viaje por el Magreb y el cruce del Estrecho.

Pero los planes fallaban. El castillo de Salvatierra resistía a las máquinas, y parecía imposible tomarlo al asalto. Demasiado enriscado, incluso para sacrificar medio ejército en la empresa. El Calderero lo contemplaba desde su caballo en sus inspecciones de las líneas de asedio. Después, cuando descansaba en su pabellón, aporreaba el mapa desplegado sobre la mesa.

—¡Malditos, malditos, malditos!

Sí, malditos freires. Él esperaba superar aquel incómodo obstáculo con rapidez, lo que le permitiría por fin erigirse en el gran líder del imperio. Y después llegaría el avance imparable del doble ejército almohade, que barrería Toledo y extendería la devastación hasta los rincones más ocultos de los reinos cristianos. No podía evitarlo: pensaba en el Tuerto. Seguro que él ya habría solucionado el problema.

Pero el Tuerto, por fortuna, ya no molestaría más. Ahora el Calderero, con todo el peso del imperio a sus espaldas, tendría que esperar a la rendición de Salvatierra, porque renunciar al asedio y dejar el castillo atrás suponía admitir el fracaso. Y él no fracasaba.

—Mi señor, tienes visita.

Era uno de los Ábid al-Majzén que se había separado del califa en Sevilla para dedicarse a su escolta. Grande como una torre, de pecho amplio cubierto de sudor bajo las correas cruzadas. Agachado para asomarse bajo las solapas de la jaima. El Calderero había escogido en Sevilla a los más fuertes de entre los guardias negros, y an-Nasir no se había atrevido a rechistar.

—¿Ya llega el príncipe de los creyentes?

—No, mi señor. Es... una mujer. Viene desde el norte.

Esto sí era inesperado. El visir salió para plantarse ante la entrada. El perímetro de Ábid al-Majzén formaba en círculo alrededor, como una muralla humana. De fondo, los bolaños rasgaban el aire antes de tamborilear Salvatierra. Por entre el caos de tiendas plantadas casi al azar, de carretas, acémilas y montones de bastimento, llegó un destacamento de caballería harga. Los jinetes escoltaban a una sola persona, montada de lado sobre una mula. Otro animal, atado al primero, cargaba con voluminosas alforjas.

—Traedla.

La obligaron a apearse. Con malos modos, a golpe de contera, la hicieron moverse. Los guardias negros abrieron camino y la extraña visitante fue a parar ante el visir. Llevaba el *mizar* apretado en torno a la cabeza, de modo que ni una sola guedeja escapaba. La nariz y la boca cubiertas, solo a la vista los ojos bien rodeados de kohl. Se dobló en larga reverencia para hablar en un árabe pausado y cuidadoso.

—Mi señor Ibn Yami, visir omnipotente del imperio, aquí tienes a tu sierva.

—Álzate, mujer. ¿Quién eres?

No contestó. En lugar de eso, con descaro suicida, se destapó el rostro. El Calderero pasó de la sorpresa a la satisfacción.

—Raquel.

A salvo de miradas, dentro del pabellón, el Calderero permitió que la judía se librara del *mizar*. Desde su salida de Marrakech no había gozado de una mujer, y el viaje se había alargado tanto que sus arterias, ahora, bombeaban con un estruendo similar al de la granizada de bolaños sobre Salvatierra. Raquel, que tardó un parpadeo en oler el deseo desbocado del visir, agitó la cabeza para que los rizos castaños se desparramaran sobre los hombros.

—Cuánto tiempo, judía.

Incluso el desprecio estaba teñido de ansia por poseerla. Raquel supo que debía medir los tiempos. Apaciguar a aquella bestia con la promesa de que sería suya de buen grado. Pero no antes de conseguir lo que había venido a buscar.

—Espero que las muchachas que escogí te hayan entretenido estos años, visir omnipotente. Puse todo mi amor en cada selección.

El Calderero tomó aire. Habría saltado encima de aquella mujer. De hecho, podía hacerlo cuando quisiera. Pero no era así como a él le gustaba.

—Elegiste bien, judía. Además de bellas, todas son complacientes y expertas. Aunque reconozco que tú las superas en belleza. ¿Qué tal tu complacencia? ¿Y tus habilidades?

Ella sonrió coqueta.

—Jamás te diría que no, visir omnipotente. Y puedes estar seguro de que lo que saben tus concubinas no es nada comparado con lo que yo... Bueno, ya me entiendes.

Eso confirmó las expectativas del Calderero. Forzar a una mujer así era un desperdicio.

—Bien. —Tomó asiento sobre un montón de cojines. Raquel permanecía en pie—. ¿Por qué vienes sola? Un embajador ha de llevar escolta.

—No estoy aquí en calidad de embajadora. En realidad, nadie sabe que he venido.

—Interesante. Sigue.

—¿Puedo sentarme?

El Calderero asintió. Ella se movió con soltura. Se reclinó sobre el mullido lecho de almohadones.

—Llevo años aguantando, visir omnipotente, pero me he cansado. Los reyes de Castilla me han obligado a recorrer millas y millas. Soy una desarraigada, casi una esclava; y he sacrificado los mejores años de mi vida por gente que me repudia. ¿Sabes para qué? Para preparar un solo momento. Uno que tú llevas años buscando. En verdad, todos lo esperamos. El final de Alarcos fue solo un respiro, ¿no es cierto? Ahora terminarás el trabajo de al-Mansur.

—Aún no sé qué buscas aquí, judía.

—Quiero descansar. Y, por supuesto, quiero vivir.

—¿Quieres? —El Calderero la recorrió con la mirada. Con descaro. Aquella túnica estaba hecha para disimular las formas de la mujer, pero así, en esa posición, la tela caía sobre la curva de la cadera y marcaban el valle de la cintura—. ¿Y qué hay de lo que yo quiero?

—Aquí está lo que quieres. —Se acarició un pecho con indolencia.

—¿Y ya está?

—Claro. ¿Qué esperabas?

El Calderero frunció el ceño. Se puso en pie. Los nervios lo atenazaban. No solo por la presencia de aquella mujer, sino por la premura de saber que el califa llegaría pronto. Y por la frustración del asedio a Salvatierra.

—Esperaba alguna condición, lo reconozco. ¿No pides nada?

—Saberme protegida por ti conlleva lo que deseo. Tú ganarás, lo sé. No quiero estar en el bando perdedor.

El visir se paseó por el pabellón. Con cadencia desesperante, las piedras machacaban los muros de Salvatierra. Miró a Raquel de reojo. Debía huir de la turbación que aquella mujer causaba. Embotaba los sentidos, y eso no era bueno. No convenía a sus fines. Otra cosa era la rigidez que empezaba a dolerle bajo los zaragüelles. Pensó en los años transcurridos desde su entrevista anterior con ella. La judía se había salido con la suya al conseguir la paz para Castilla, pero, ¿acaso no se había beneficiado él también? Como una bola lanzada a su suerte por una pendiente pronunciada, las circunstancias habían rodado para beneficiarle. Renunciar a la campaña en al-Ándalus y centrarse en Ifriqiyya le había permitido deshacerse del Tuerto y convertirse en alguien imprescindible para el califa. De alguna manera, podía agradecer el poder que ahora ostentaba a aquella mujer. Y aun así...

—No puedo confiar en ti, judía.

—Lo comprendo. Cárgame de cadenas, átame a un poste y llévame contigo de vuelta a Marrakech. Arrójame a una mazmorra y sácame solo para llevarme a la cama.

—Oh, puede que lo haga así. ¿Qué otra posibilidad cabe?

—Cabe la posibilidad, visir omnipotente, de que yo te allane el camino a la victoria.

—Ah, claro. —El Calderero chasqueó los dedos, como si aquello le hubiera pasado inadvertido—. Solo tengo que seguir tus consejos. ¿Qué mal podría esperar de alguien que acaba de traicionar a su rey?

Raquel, sin abandonar su sonrisa, también se levantó.

—Lo último que haría es insultar tu inteligencia, visir omnipotente. Sé que no has llegado hasta donde estás por nada. Hagamos algo: te desvelaré el futuro acerca de los dos grandes obstáculos que te impiden alcanzar el triunfo. Solo tendrás que aguardar y ver cómo se cumple lo que yo diga. Si miento, por favor, acaba conmigo.

Dos grandes obstáculos. Raquel lo enfatizó desplegando los dedos índice y medio.

—¿De qué hablas? ¿Qué se opone entre mi voluntad y la victoria?

—El castillo de ahí fuera, visir omnipotente, es uno de los obstáculos. No puedes dejarlo atrás con esa gran cruz negra en lo alto. Necesitas conquistarlo. Como sea.

—Estoy arreglando ese problema.

Raquel negó con firmeza.

—Los freires de Calatrava se defenderán hasta el último hombre. Solo tienes una posibilidad, y es ofrecerles un trato.

—Qué idiotez, judía. Yo no trato con infieles. Los mato.

—Los matarás, pero no ahora. Lo harás más adelante, en el campo de batalla, donde tu enorme ejército carece de rival.

El Calderero se echó las manos a la espalda. Bajó la mirada. Un trato. No, no era justo. El exterminio. Eso era lo que se merecían los demonios comedores de cerdo. No negociaría jamás. No negociaría jamás, jamás, jamás. Levantó la vista.

—¿Qué clase de trato, judía?

—Ofréceles la posibilidad de acudir a Alfonso de Castilla para pedirle ayuda. Si no se la presta, tendrán que abandonar Salvatierra. Tú se lo permitirás, y te digo que los verás partir rendidos, con los estandartes hacia abajo pero la fe intacta por la esperanza de luchar más adelante. El castillo será tuyo y podrás dar tu siguiente paso.

—¿Y si el rey de Castilla acepta? ¿Qué pasa si viene en su rescate?

—Entonces tendrás tu batalla y yo habré mentido. Tuya será la victoria, mía la muerte.

El Calderero se pellizcó la barbilla. No parecía nada peligroso. Casi era como un juego.

—¿Qué hay del segundo obstáculo?

—Ibn Qadish.

Hubo un momento de silencio. Solo lo interrumpía el machaqueo constante de los almajaneques.

—Continúa, judía.

—Tal como te ocurre a ti con Salvatierra, los cristianos no pueden consentir que Calatrava siga en manos del islam. Ordenarás a Ibn Qadish que resista hasta el fin. Le prohibirás que rinda la plaza. Así tus enemigos quedarán empantanados y, cuando estén exhaustos, caerás sobre ellos con tu ejército y los destrozarás.

—Así será, no me descubres nada.

—No, mi señor. No será así. Ibn Qadish te traicionará. Rendirá Calatrava. Se la entregará a los cristianos. Y si no ocurre así, sino tal como tú esperas, tendrás tu batalla y yo habré mentido. Tuya será la victoria, mía la muerte.

El Calderero arqueó las cejas.

—Eres muy, muy valiente. Reconozco que me desconciertas. Así que solo tengo que esperar tu error.

—Sí, visir omnipotente. Un trabajo sencillo, ¿verdad?

—Verdad. —La volvió a mirar de arriba abajo. Anduvo hasta la entrada y llamó a un par de guardias negros. Los Ábid al-Majzén se presentaron enseguida.

—Manda, mi señor —dijo uno con su voz profunda y gutural.

El Calderero señaló a Raquel.

—Lleváosla al pie del cadalso y encadenadla.

Ella abrió la boca. No era lo que esperaba. No. ¿Qué estaba saliendo mal?

—Pero, visir...

Los dos guardias la alzaron en volandas. El *mizar* quedó atrás, tirado sobre los cojines.

—Quiero creerte, judía —dijo el Calderero—. Pero tú lo has dicho: si has mentido, mía será la victoria, tuya la muerte. Espérala junto al verdugo día tras día. O búrlala si has dicho la verdad. Solo entonces tendrás lo que has venido a buscar.

Mes y medio después. Calatrava

Ibn Qadish jadeaba por el repentino esfuerzo de trepar a las almenas. Miraba al sur, por entre dos merlones. A la nube de polvo que la brisa arrastraba hacia levante.

—Son freires, caíd —le informó un centinela a su lado.

—Los de delante sí. Pero los que los siguen al paso juraría que son...

Almohades. Jinetes con loriga y rodela. Uno de ellos enarbolaba una bandera blanca con caracteres dorados. El estandarte del califa.

—No parece que los nuestros persigan a los cristianos —observó el guardián—. Más bien se diría que los escoltan.

Era cierto. Conforme se acercaban, el caíd lo vio claro. Tres calatravos, muy juntos y armados. Y los masmudas repartidos a los lados, un poco por detrás. Ibn Qadish se frotó las sienes. Desde que habían llegado las noticias de la expedición almohade, todo iba de mal en peor. La gente barruntaba guerra, así que los campesinos habían renunciado a salir a los campos y los pastores racionaban el forraje para las reses. Hasta las mujeres que lavaban en el Guadiana lo hacían sin alejarse de las murallas, con la vista puesta a norte y sur, por si llegaba un ejército. Musulmán o cristiano, daba igual.

—Se separan.

El caíd volvió a fijarse. Sí, la mitad de los jinetes masmudas volvió riendas hacia Calatrava. Mientras, los freires continuaron su marcha, que los llevaba al cercano vado un poco al oeste de la medina. Y con escolta de la otra mitad de almohades. Ibn Qadish descendió del adarve y lo dispuso todo. Ordenó que abrieran las puertas al destacamento de caballería almohade, y que sus hombres se encargaran de los caballos y de ofrecer bebida a los recién llegados. Él los esperaría en el alcázar.

Corrió. Con una sensación amarga atravesada en el pecho. En todas las fortalezas bajo su mando se sabía que un ejército califal estaba asediando Salvatierra desde hacía casi dos meses. Ibn Qadish esperaba que se hubieran puesto en contacto con él antes, pero los emisarios del califa se retrasaban mucho más de lo lógico.

—Vienen hombres de an-Nasir —anunció a Ramla en cuanto entró en casa.

—Dios nos guarde. ¡Isa, ve a por tu hermana!

El niño de diez años, que leía en un extremo de la alhanía, se puso en pie. En lugar de moverse, se quedó plantado, mirando a su padre.

—¿Va a haber guerra?

—No, hijo. —Ibn Qadish intentó sonreír, aunque la mueca que le salió no destilaba optimismo—. Los que llegan son los nuestros.

El crío corrió fuera, a buscar a la pequeña Maryam, que, como siempre, remoloneaba con los pichones, o poniendo nombres a las palomas mensajeras. Ese detalle, tan banal en semejante trance, fue lo que le pasó por la cabeza al caíd de Calatrava. Las palomas. De repente le angustiaba que todo el esfuerzo de Ramla para criar a aquellas aves no sirviera de nada. Que ya no pudiera alimentarlas con comino o habas cocidas. Que no se entretuviera limpiando los nidos, o distribuyendo la ruda para proteger los huevos. Sobre todo le apenaba que ella ya no volviera a cantar.

—No son los nuestros —dijo ella—. Son almohades.

Él soltó una risa rabiosa.

—Mujer, calla. Diez mil hombres acampan a dos días de aquí. Si te hubiera hecho caso, ahora todos caerían sobre nosotros. ¿Y crees que el rey de Castilla vendría a salvarnos?

Ramla apretó los labios. No tenía respuesta para aquello, por más que le pesara. Empezó a moverse nerviosa, recogiendo juguetes de madera y las prendas que los dos niños desordenaban. Isa entró en ese momento con su hermanita de cuatro años de la mano.

—¿Va a pasar algo?

—Id con vuestra madre —mandó con gesto serio Ibn Qadish—. Ramla, pase lo que pase, no temas. Son pocos, solo vienen a hablar. Si quisieran otra cosa...

—¿Qué otra cosa iban a querer? —le atajó ella—. ¿Has hecho algo para merecer la cólera del visir Ibn Yami? Ah, no. Que no era necesario que hicieras nada. Él te odia a muerte de todos modos.

Ibn Qadish se volvió furioso. Aguardó la llegada de los jinetes de pie, en el centro del aposento. Los ojos cerrados, imaginando qué hacer si venían a llevárselo. Aunque ¿por qué iba a ocurrir eso? ¿Por qué parecía que hubiera conspirado contra el califa cuando en realidad había hecho todo lo contrario? Oyó el galope fuera. Un largo relincho y algunas órdenes desairadas. Ahora los andalusíes de la guarnición estarían sujetando los frenos de los caballos africanos. Pasos rápidos. Resonar metálico de espuelas y de anillas de hierro. Un masmuda de rasgos duros y barba encrespada se presentó en la puerta abierta.

—¿Caíd Ibn Qadish?

—Yo soy.

El almohade pasó. Dejó un rastro de polvo tras de sí. Bajo la axila, el casco con el turbante enrollado; la rodela de cuero y madera sujeta a la espalda.

—Traigo órdenes del visir omnipotente Ibn Yami, a quien Dios guarde e ilumine. Se te ordena concentrar todas las tropas posibles en esta ciudad y pertrecharte. Se espera un ataque cristiano.

El andalusí no disimuló el suspiro de alivio. Aunque pronto se dio cuenta de lo absurdo de conformarse con aquello.

—¿Venís a ayudarnos?

—No. Hemos de regresar enseguida al cerco de Salvatierra.

—Pero necesitaré refuerzos si vienen los castellanos, yo...

—No hay refuerzos, caíd. No los necesitas. Resistiréis aquí pase lo que pase y todo el tiempo que sea necesario. El visir omnipotente te manda que jamás, bajo circunstancia alguna, cedas Calatrava a los cristianos. Antes moriréis todos. Esto último es importante, el visir dejó muy claro que debías entenderlo. He de llevarle tu respuesta afirmativa. ¿Qué dices?

Ibn Qadish miró con fijeza a aquel africano. Pero los ojos duros y oscuros no traslucían emoción alguna.

—¿Por qué vienen esas órdenes del visir Ibn Yami? ¿No está el califa con vosotros?

El almohade empezó a exasperarse.

—El príncipe de los creyentes llegó hace una semana al campamento, pero él no nos da las órdenes. Vamos, andalusí. Exijo tu respuesta.

Ibn Qadish se mordió el labio. Si esperaban un ataque cristiano, ¿a qué venía la escena que había visto desde las murallas?

—¿Y esos calatravos que escoltáis hacia el norte?

El almohade arrugó la nariz.

—Hablas demasiado, caíd, pero no dices lo que debes. Se ha alcanzado un trato con los calatravos. Esos que has visto son una embajada que viaja para pedir ayuda al infame emir de Castilla. Si rechaza prestársela, Salvatierra se rendirá. O bien el castellano puede acudir con todas sus huestes, lo que le haría pasar por aquí. Por eso has de asegurar que resistiréis hasta la muerte.

La sensación de urgencia se volvía irresistible. Aquel africano esperaba una respuesta a su demanda ya, pero decenas de preguntas se apelotonaban tras los dientes de Ibn Qadish. ¿Por qué el Calderero había ofrecido un trato a los calatravos, a quienes los musulmanes odiaban por encima de los demás cristianos? ¿Por qué precisamente ahora, tras tenerlo a él incapacitado para recuperar Salvatierra? No solo era extraño. Además, sonaba muy peligroso.

—Está bien. Resistiremos aquí pase lo que pase.

—Hasta la muerte, andalusí. Repítelo.

Ibn Qadish apretó los puños. Casi podía adivinar la respiración entrecortada de Ramla al otro lado de la pared. Los ojos asustados de sus Isa y Maryam. El miedo de las demás mujeres y niños de Calatrava en sus casas, ahora que el olor acre y penetrante de la guerra se acercaba tras años de paz y seguridad. Y, para desgracia de todos, el viento que lo traía era del sur.

—Resistiremos hasta la muerte.

Una semana más tarde

Al saberse que un ejército almohade había cruzado el Estrecho y se dirigía hacia la Sierra Morena, Alfonso de Castilla había movilizado a sus señores más cercanos. Fue cuando aún no se conocían con claridad las intenciones del miramamolín. Y, al igual que en las campañas de al-Mansur, tras el desastre de Alarcos, el rey evitó las ciudades. No convenía quedarse atrapado en Toledo, en Talavera o en Madrid.

Por ese motivo, las mesnadas reales habían acampado en las Parameras, un lugar desde el que podrían moverse según las necesidades. Hasta allí llegaban todos los días correos que informaban de los movimientos sarracenos. Y el rey Alfonso libraba también peticiones a los barones de Castilla, y apremiaba a Pedro de Aragón para que alistase sus tropas en previsión de un ataque directo a través del Tajo. La corte aragonesa le respondió enseguida. No por mensaje oficial, sino a través de emisarios: se desconocía la intención última del miramamolín. De hecho, su único ataque hasta el momento había sido naval, y dirigido a las costas de Barcelona. Por tal motivo, las huestes no podían desguarnecer la frontera de Aragón para acudir en ayuda de Castilla. Mejor esperar acontecimientos.

Entonces se supo que el ejército musulmán, tras pasar la Sierra, se había detenido en Salvatierra para asediarla en toda regla. Informes confusos hablaban de decenas de máquinas de guerra y de total inactividad en las demás plazas de frontera.

—Quieren reconquistarla —había dicho Diego de Haro—. Lógico. Es una fea espina clavada en su corazón. Cuando lo consigan, podrán avanzar sin miedo a dejar atrás una posición tan fuerte. Usarán Calatrava como base para su ataque definitivo.

Alfonso de Castilla, que se había negado a escuchar las advertencias del señor de Haro antes de Alarcos, no pensaba cometer el mismo error ahora.

—¿Y qué hacemos?

—No podemos hacer gran cosa. Sin una movilización completa y sin ayuda aragonesa, somos incapaces de medirnos con todo un ejército mazamute. Eso sí: tenemos de nuestro lado la obstinación calatrava. Mientras los freires resistan, los infieles no avanzarán hacia aquí.

A Alfonso de Castilla no le pareció buena solución. Tras la matanza de freires calatravos en Alarcos, la orden se había renovado con aquellos jovenzuelos que se atrevieron a conquistar Salvatierra.

—Si el miramamolín toma Salvatierra, masacrará a todos los freires. No quiero que eso ocurra. Otra vez.

Y por eso el rey mandó llamar a su hijo Fernando. Lo puso a las órdenes de cuantos caballeros pudo reunir y le mandó cruzar la frontera por Talavera. Debía hacer mucho ruido. ¿No era eso lo que le gustaba? Llamar la atención del ejército almohade. Si lograba que este levantara el cerco de Salvatierra, habría salvado su tierra. Ese juego de palabras, a pesar de los malos augurios, hizo gracia al príncipe.

—Salvar la tierra —repitió, y se puso en camino.

—¡No entres en combate! —le advirtió cuando el muchacho ya cabalgaba al frente de su improvisada hueste. Lo vio alejarse con el almófar a la espalda, el cabello rubio mecido por el viento. Si a Fernando le ocurría algo, Leonor se moriría. Aunque había otra razón para no desear enfrentamientos. Alfonso de Castilla aún guardaba esperanzas de negociar una nueva tregua.

«Raquel —pensaba—, ¿cuándo vas a aparecer para arreglar esto?»

Pero la judía no aparecía.

Quien sí lo hizo, con casi dos meses cumplidos de asedio a Salvatierra, fue una corta delegación de freires calatravos. Tres en concreto, tan delgados que sus huesos amenazaban con cortar la piel cetrina. El mayor de ellos, que no pasaba de los treinta, se adelantó y puso una rodilla en tierra.

—Mi señor, venimos de Salvatierra con permiso del miramamolín.

Aquello no lo esperaba Alfonso de Castilla. Los freires no daban ni esperaban cuartel, con tregua o sin ella.

—¿Os ha dejado venir? ¿Para qué?

—Llegamos a un acuerdo que propusieron ellos. Hemos pasado por Toledo, donde nos dijeron que estarías aquí, al frente de tu ejército. —El calatravo señaló las pocas tiendas del campamento—. Pero ahora veo que nuestro viaje ha sido en balde.

El heraldo explicó el acuerdo ofrecido por el miramamolín a través de su primer visir. Los almohades dejarían en paz Salvatierra solo para luchar en batalla campal contra un ejército de socorro. En caso contrario, los freires quedaban autorizados a rendir el castillo y a refugiarse en Toledo. Nadie les causaría daño por el camino.

—Dime algo, freire —intervino el señor de Haro—: ¿es muy grande el ejército del miramamolín?

—Enorme. Durante este tiempo nos hemos preocupado de calcularlo, aunque no teníamos todo el campamento enemigo a la vista. Pensamos que hay cerca de diez mil hombres. Tal vez más.

Alfonso de Castilla se dio la vuelta. Miró al suelo, mientras el freire describía las decenas de almajaneques, los miles de jinetes, peones, arqueros, mulas, carros de provisiones...

«Quieren pactar», pensaba Alfonso de Castilla. Eso era lo importante. Todavía quedaba esperanza. ¿Qué podía perderse? ¿Salvatierra? Pues adelante. Él jamás había ordenado que se tomara aquella plaza. Eso había sido idea de los freires, que actuaban por cuenta propia. Recompuso el gesto, carraspeó y dio la cara al heraldo.

—Esta es la respuesta del rey de Castilla: que los bienamados freires de la orden de Calatrava, mis amigos predilectos, abandonen sanos y salvos el castillo de Salvatierra y que se acojan a mi protección en Toledo. Ningún mal deseo al califa de los almohades, y me alegro de que podamos llegar a este acuerdo.

Los calatravos se miraron entre sí. Diego de Haro apretó los labios. El freire que hacía de heraldo se puso en pie.

—Mi señor, los infieles podrán dirigirse contra ti sin obstáculos en el momento en que caiga Salvatierra. Estamos dispuestos a sacrificarnos por Cristo.

El rey sonrió. Había preparado la respuesta que le ahorraría problemas.

—Lo sé. Pero a Cristo lo serviréis mejor vivos. De nada valdrá salvar la tierra si no salvamos a los hombres, a las mujeres, a los niños. Abandonad Salvatierra y uníos a nosotros.

—Pero, mi señor...

Una pequeña conmoción llamó la atención de todos, así que el heraldo de los calatravos dejó sus palabras en el aire. Se acercaban jinetes a todo galope desde el oeste. Con gritos desaforados. Los mesnaderos se asomaron desde los pabellones. Diego de Haro se cubrió del sol con la mano.

—Son los hombres del príncipe.

Uno de los jinetes refrenó a su montura muy cerca del rey. Desmontó tan rápido que estuvo a punto de caerse. El animal lanzaba espumarajos por la boca. Pateaba el suelo mientras el recién llegado tomaba aliento. Habló con voz ronca:

—Mi rey... Es tu hijo...

Ni una sola nube poblaba el cielo de las Parameras, pero fue como si un denso manto negro lo cubriera todo antes de descargar la tormenta. A Alfonso de Castilla se le atravesó el temor en mitad del pecho.

—¿Qué ha pasado?

—Ha sido una tontería... Yo... Nosotros no...

El rey se acercó al jinete exhausto y lo sacudió por los hombros.

—¡Habla! ¡Qué le ha pasado a mi hijo?

—El príncipe se cayó, mi señor... Fue al cruzar el Tajo. Se golpeó en la cabeza. Está muy mal, lo siento. De verdad que nadie esperaba...

—¿Dónde está? ¡Quiero verlo!

—Lo traen lo más deprisa que se puede, mi rey.

Alfonso soltó al jinete. Miró a Diego de Haro, que había palidecido. A los calatravos, que aguardaban plantados como espantapájaros. Al cielo, que se le antojaba más negro que un pozo de brea.

—A Madrid. Nos vamos a Madrid. Llevad allí al príncipe y que vengan los mejores físicos. —Empezó a andar a toda prisa, aunque se acordó de los freires—. Rendid Salvatierra, amigos. Yo no iré a ayudaros.

42

El ejército de la Trinidad

Unos días después. Madrid

Alfonso de Castilla caminaba de un lado a otro del corredor. A veces, antes de dar la vuelta y recorrer el camino en sentido contrario, descargaba un puñetazo en la pared. Si se detenía era solo para apoyarse en la piedra con ambas manos y hundir la cabeza entre los hombros. Entonces, con la mirada llorosa puesta en el suelo, rogaba.

—Dios mío, sálvalo.

Rodrigo de Rada callaba. Su presencia allí, como la de cualquier otro clérigo, no constituía una gran esperanza. Observaba el ir y venir del rey como quien mira a una bestia enjaulada.

Habían llegado dos días antes desde las Parameras, aunque los correos se habían adelantado para reclamar la presencia de físicos. En el momento de presentarse en Madrid, el príncipe seguía consciente, aunque parecía no conocer a nadie. Preguntaba en todo momento dónde estaban y por qué. No tardó en cerrar los ojos, y su respiración se volvió loca. Aspiraba profundamente a ratos, pero otros lo hacía entrecortadamente. Como nadie se atrevía a aventurar soluciones, esperaron a la llegada del principal médico de la corte, un gascón llamado Arnaldo que, avisado en Toledo, se acababa de presentar acompañado de la reina. Ahora, mientras Alfonso de Castilla maldecía y rezaba en el corredor, el equipo de expertos discutía en el aposento, alrededor del príncipe. Leonor, a quien nadie podía arrancar de su lado, se había quedado dentro.

El arzobispo se mantenía a distancia. Listo para entrar y ungir con óleos, o para servir de consuelo a los padres del muchacho. Se volvió al oír los pasos. Diego de Haro, con tremendas bolsas bajo los ojos, se le acercó por el pasillo. Al llegar junto a él, señaló al rey.

—¿Qué tal está?

—Muy mal —susurró el navarro—. Se echa la culpa.

El señor de Haro no dijo nada para confirmar ni para negar. Tiró del brazo del arzobispo para alejarlo un poco. Alfonso de Castilla ni siquiera había reparado en su presencia, y mejor continuar así.

—Sabes lo de los calatravos, ¿no?

Rada asintió.

—Perdemos Salvatierra. Es un gran golpe.

—¿Seguro? Nadie ordenó a los freires que la conquistaran. Demasiado apartada y en medio de todas esas plazas en poder del enemigo. ¿De verdad creías que podría conservarse?

—Da igual lo que yo piense. También lo que pienses tú, don Diego. Solo has de repetirlo conmigo: es un gran golpe. Lo diremos aquí y en Aragón, en Navarra, en Gascuña... Y ojalá se oiga en Roma. Salvatierra. Incluso el nombre cae del cielo. Todo un símbolo. La cruz que ondeaba en lo más alto de ese castillo era lo que salvaba nuestra tierra del infiel. Ahora quedaremos a su merced, y solo somos una piedra en el camino del miramamolín. Cuando nosotros caigamos, cargará contra los siguientes.

El señor de Haro soltó el aire por la nariz.

—Tal vez consigas que algunos te presten oídos. Pero el que más me preocupa es él. —Señaló al rey—. Se podía contar con el príncipe Fernando para liderar el ejército, pero ahora...

La puerta se abrió de golpe. Media docena de galenos cabizbajos salieron en fila y pasaron junto a Alfonso de Castilla. Ninguno se atrevió a mirarlo a la cara. Salvo el último. Era el gascón. Acercó su boca al oído del rey y le dijo algo muy, muy breve antes de santiguarse. El rey cerró los ojos y sus hombros se vencieron hacia delante. Al fondo, dentro del aposento, se veía el brial rojo de Leonor Plantagenet. Rodrigo de Rada observó el semblante ceniciento de los médicos que caminaban en fila, sigilosos como gatos. Cuando el gascón Arnaldo dejó atrás al rey, el arzobispo llamó su atención. Lo dijo muy bajito:

—Ha muerto, ¿verdad?

El galeno asintió.

—No había remedio. La caída debió de ser fuerte, porque el cráneo se le abolló como un caldero viejo. Si hubiera ocurrido en

Toledo, con tiempo, quedaba la posibilidad de trepanar. —Se encogió de hombros—. Pero ¿quién sabe? Es siempre la voluntad de Dios.

Rodrigo de Rada palmeó el hombro del gascón, que siguió a sus colegas. Después, el arzobispo y el señor de Haro contemplaron al rey. Este se enjugaba las lágrimas. Tomaba aire, sin atreverse aún a pasar a la cámara donde esperaban la madre desconsolada y el hijo muerto. El arzobispo caminó con decisión pero, al llegar a la altura del rey, este lo detuvo.

—Espera. Déjame entrar a mí primero.

Alfonso cerró tras de sí. La cama era muy ancha, sin dosel, y el príncipe estaba tumbado en medio. Parecía tan pequeño...

—Es como si durmiera —dijo la reina.

Él se acercó hasta el borde. Leonor tenía la mano del príncipe entre las suyas. Acariciaba su dorso. Con una sonrisa beatífica en el rostro, observaba a su hijo. Era cierto: parecía dormido. Incluso sonriente. Veintidós años. El rey intentó tragar, aunque sabía que era imposible. En ese momento interrogaba a Dios. Le preguntaba por qué no podía acostumbrarse uno a aquel dolor. Por qué cada nuevo hijo muerto dolía tanto como el anterior. Y se preguntaba, sobre todo, cuándo. «¿Cuándo acabarán nuestras desgracias?»

—Ahora verá a Dios, Leonor. Su sufrimiento ha terminado.

Ella negó.

—Yo lo conocía mejor que tú. Fernando se ha ido sin terminar su trabajo. Ni la presencia del Altísimo le dará descanso. No mientras no acabemos lo que él empezó.

Alfonso volvió a observar a su hijo. Desde Alarcos, ver un cadáver, cualquier cadáver, le traía siempre el mismo recuerdo. Y ahora no era distinto.

—Dios tiene un plan, no podemos escapar de él.

La mano de la reina se tensó en torno a la del muchacho muerto.

—¿El plan de Dios era darme un hijo para que muriera sin más? Me niego a creer eso. Mírame, esposo. ¡Mírame!

Alfonso obedeció. Con la piel enrojecida alrededor, los ojos de Leonor parecían mucho más viejos. Como si tampoco pertenecieran a alguien vivo.

—Te estoy mirando, mi reina.

—¿Y no ves lo cansada que estoy? Cargo con un peso que pareces ignorar. Dios me ha dado y quitado bienes y males, vida y muerte. Todavía siento caliente la piel del hijo que creció en mis entrañas. Pronto se enfriará, la tierra le caerá encima y se dirán misas por él en toda Castilla. ¿Qué habrá quedado? ¿Adónde va todo este dolor? ¿Y la alegría que me regaló? La esperanza, la ilusión, el miedo, la pena... ¿De verdad no ha servido de nada? ¿Por un plan de Dios?

—Mujer, con el tiempo...

—¡Eso es peor, Alfonso! Saber que, con el tiempo, este sufrimiento cederá. Es como traicionarlo, ¿no te das cuenta?

El rey no podía negarle nada ahora, por eso asintió. Abrió la boca para nombrarle al pequeño Enrique, que acababa de convertirse en heredero de la corona, pero no lo hizo. Porque había algo perverso en usar la alegría por los vivos para anestesiar el duelo por los muertos. Leonor tenía razón: disimular siquiera el dolor, confiar en el olvido, era traicionar a Fernando. Sonaron tres golpes sobre la madera de la puerta.

—Es Rada. Querrá despedirlo como Dios manda.

La reina dejó la mano de su hijo sobre la sábana. Lo hizo con mucho cuidado, para no despertarlo.

—Hay algo que debes saber, esposo. Aquí, ante el cadáver de tu heredero. —Le dirigió una mirada que mezclaba el amor con la rabia—. La judía no está. Se fue con nuestros enemigos. No hay tregua posible.

Alfonso se sacudió como si hubiera recibido un golpe inesperado.

—¿Qué? ¿Y qué importa eso ahora?

—Nada. O todo quizá. Como tú dices, es un plan de Dios. Dios nos dio a Fernando, esposo. Dios nos lo quita. Pero no nos lo dio por nada ni nos lo quita por nada. Recuerda esto antes de tomar una decisión. Y, sobre todo, recuérdalo si no la vas a tomar.

Leonor anduvo hasta la puerta y abrió. Al salir cruzó una mirada rápida con Rodrigo de Rada, que no encontró en ese momento palabras de consuelo. En el corredor, Diego de Haro se inclinó ante la reina. El brial rojo desapareció al fondo.

Alfonso de Castilla tomó aliento. Un plan de Dios.

—Un plan de Dios —repitió.

El arzobispo, a los pies de la cama, se persignó.

—*Homo natus de muliere, brevi vivens tempore*. Y por si fuera poco, nuestra vida está llena de miserias. Un pesado yugo nos agobia desde el día del nacimiento hasta el de la sepultura.

—¿Qué sentido tiene entonces?

Rada volvió la vista hacia el rey. Diego de Haro, que entraba en ese momento, bajó la cabeza para no mirar de frente al príncipe difunto.

—Que ¿qué sentido tiene? —repitió el arzobispo, y apuntó al techo—. Arriba lo comprenderás, mi señor. Cuando te halles entre los bienaventurados, que es donde está ahora el príncipe. Lo sabrás entonces, al contemplar el rostro del Creador para toda la eternidad. A su lado, tu conocimiento será completo. Lo será tu comprensión. Alegra tu alma, rey de Castilla, pues tu hijo nos observa reconfortado.

El rey entornó los ojos.

—Mi hijo nos observa.

—Como todos aquellos que ya no están entre nosotros, sino con Dios.

Alfonso de Castilla y Diego de Haro se miraron. No le hizo falta hablar para saber que ambos pensaban en los miles de almas que, desde el campo de Alarcos, habían ascendido para extasiarse en presencia del Creador.

—Todos nos observan, mi rey —confirmó el señor de Haro.

El arzobispo lo comprendió entonces. Dejó de prestar atención al príncipe de cuerpo presente. Observó el gesto del monarca. Y casi pudo ver la luz que aquella revelación proyectaba sobre su rostro.

—*Militia est vita hominis super terram*, mi señor. Hemos venido a luchar, y nuestra victoria es la gracia de Dios. La vida eterna.

—La verdadera vida —susurró el rey.

—Quien no lucha —remató el señor de Haro— no vive.

Alfonso de Castilla hinchó el pecho. Se acercó a Rada y agarró su brazo. Con una firmeza que no experimentaba desde quince años atrás.

—Te reunirás con Pedro de Aragón, mi señor arzobispo. Diego, corre a hablar con mis barones, con mis tenentes, con cualquiera que se cruce en tu camino. Llámalos a todos. Pedidles que corran la voz, y que junten fuerzas y recen. Que se despidan de sus mujeres y que prometan a sus hijos que nada tendrán que temer del futuro. —Se volvió hacia el cuerpo de Fernando y le dedicó una sonrisa—. En Pascua de Pentecostés, amigos míos, nos reuniremos en Toledo.

—Mi señor, ¿qué quieres decir?

—La guerra, Rodrigo. La guerra, Diego. El año que viene marchamos contra los almohades. Lucharemos. Y viviremos.

Un mes más tarde, otoño de 1211. Sevilla

La sombra se proyectaba sobre la mitad oriental del patio, que era donde el visir omnipotente aguardaba. Lo hacía con los brazos cruzados, sonriente. Observando al califa, que desayunaba bajo su ahora imprescindible palio rojo en el centro mismo del complicado jardín en dos niveles. Justo donde los paseos elevados se cruzaban en ángulo recto entre copas de árboles. Aquello hizo pensar al Calderero en lo mucho que an-Nasir se distinguía de sus antecesores, que habían llevado a cabo una obsesiva actividad arquitectónica. Una diferencia a añadir a la forma de gobernar o de guerrear. No. Era evidente que la nulidad del actual califa necesitaba un correctivo, y él se lo iba a dar.

—Quién vio a Abd al-Mumín, a Yusuf, a Yaqub al-Mansur... —reprimió una mueca de desprecio— y quién te ve a ti, Muhammad an-Nasir.

Eso infló el orgullo del Calderero. Ninguno de los poderosos califas anteriores, ni siquiera el cruel Abd al-Mumín o el belicoso al-Mansur, habían conseguido lo que él iba a lograr en poco tiempo.

«Porque lo voy a lograr yo, no tú», pensó sin apartar la vista de an-Nasir.

Y así, además, se arrancaría la espinita que el Calderero llevaba clavada en el pecho por el asunto de Salvatierra.

Se volvió hacia la galería porticada del lado norte. Allí estaba ella. La sonrisa del visir se estiró.

Raquel, ahora sí, estaba en su poder. Y junto a ella había conocido una nueva dimensión del placer. Algo que con el resto de sus concubinas judías, por muy bellas y expertas que fueran, no podría alcanzar jamás.

Le gustaba recordar el momento en el asedio de Salvatierra. Quizás el único punto de satisfacción de aquel día que, en teoría, quedaba grabado como glorioso en los anales del imperio almohade. Había sido por la tarde, casi al caer el sol. La delegación de freires calatravos regresó del norte y, con gran pesar de sus infieles corazones, se presentaron ante él rodeados de Ábid al-Majzén.

—El rey de Castilla no vendrá a liberarnos de vosotros. Os entregamos Salvatierra.

Los vítores se extendieron como ondas de una pedrada en el estanque, desde la tienda roja del califa hasta los sectores exteriores de las líneas de asedio. Cuando an-Nasir lo supo, se limitó a sonreír, que era su máxima expresión posible de alegría desde la batalla de Ras-Tagra.

Lo siguiente fue cumplir con lo acordado, mal que le pesara. Le tentó la idea de desdecirse y, una vez que todos los calatravos habían abandonado el castillo, mandar su persecución y exterminio. Habría sido lo más fácil del mundo, pues los freires salieron de Salvatierra famélicos, enfermos y hasta heridos. Se arrastraron camino de la frontera como un ejército de muertos vivientes.

Pero entonces el Calderero recordó la política que había dado frutos a al-Mansur tras Alarcos. Degüello masivo de quienes resistían hasta el final, clemencia para los que se rindieran. No es que no tuviera ganas de ver correr ríos de sangre calatrava, pero había que pensar en el futuro. Castilla era grande, y conquistar sus muchas ciudades amuralladas y sus castillos sería trabajo más fácil con que solo la mitad de las guarniciones pidieran el amán.

Esa tarde, tras la rendición de Salvatierra, el Calderero anduvo hasta el cadalso. Se quedó a unos pasos para evitar la nube inmensa de moscas, y también porque el hedor era insufrible a pesar de que se baldeaba el tablado con frecuencia. Se plantó, pues, a la vista de Raquel, encadenada a un poste, con las ropas destejidas, el cabello castaño apelmazado de polvo y sudor. Nadie podía tocarla, naturalmente. Ni acercarse ni hablar con ella. Por eso había pasado mes y medio sola al borde de un abismo de locura. Como testigo aterrorizada de cada ejecución.

—Tú tenías razón, mujer —le dijo por fin—. El rey de Castilla ha abandonado a los freires a su suerte. Hemos ganado Salvatierra por pacto.

Mandó que la soltaran. Le ofreció nuevas ropas, afeites y cuidados. Puso a su servicio a las demás concubinas y ordenó que la trataran como a la favorita de un emir. El califa, por supuesto, no puso reparo alguno.

Con Salvatierra devuelta al poder almohade, su iglesia convertida en mezquita y purificada de la inmundicia cristiana, se derribó la gran bandera de los calatravos y se alzó una blanca con palabras del libro sagrado bordadas en oro. Se instaló una fuerte guarnición musulmana y, con el otoño en puertas, el ejército califal regresó a Sevilla y se dispuso a prepararlo todo para la campaña definitiva.

Así pues, el Calderero había perdido la oportunidad de convertirse en el gran héroe del imperio. El valiente asalto a la inexpugnable fortaleza de Salvatierra y el exterminio de los monjes guerreros había quedado en un asedio correoso y en una capitulación por pacto. No parecía el mejor título para una crónica de triunfos militares. Y sin embargo, aquel movimiento le abría la puerta a la más gloriosa campaña que había iniciado jamás el ejército de Dios.

«Mi gran momento está aún por llegar», pensó. Inspiró con profundidad el aire sevillano y anduvo hacia el califa, que dejó de engullir en cuanto reparó en su presencia.

—Q-q-que la p-p-paz sea c-c-contigo, Ibn Yami.

—Come, príncipe de los creyentes. Necesitarás fuerzas para la empresa que se avecina.

Pasó a su lado y torció por el corredor de la derecha. Al ver que se le acercaba, Raquel se puso de rodillas y apoyó las manos en las baldosas. Rozó el suelo con la frente.

—Ilustre visir omnipotente. Soy tu servidora y vengo cuando me reclamas.

El Calderero no podía dejar de sonreír. Esa misma noche le había demostrado de nuevo que en verdad lo servía sin fisuras. Cumplía todas sus órdenes, incluso aquellas que casi no se atrevía a dar. El visir se dormía de pura fatiga y soñaba con ella. Desde que la había metido en su harén, las demás concubinas holgazaneaban, liberadas de su deber.

—Querida Raquel, te he hecho venir para que oigas lo que voy a decirle al califa. Dentro de poco comprobaremos si tu segunda predicción era cierta. ¿Cómo sienta saber que tu vida sigue en juego?

Ella se incorporó a medias. Como todas las mujeres del imperio, se cubría casi por entero. Solo los ojos verdes a la vista.

—Es... excitante.

El Calderero soltó una carcajada. Alargó la mano para acariciar la cabeza de la judía, pero la dejó a media pulgada.

—Viviremos en Toledo. Yo no he estado nunca allí, así que me dejaré guiar por ti. ¿Qué lugar será digno para el primer visir del imperio?

Raquel sonrió con los ojos.

—El alcázar, por supuesto.

—Claro. Lo conoces bien, supongo.

—Sí, visir omnipotente. He dedicado años a servir a la reina de Castilla.

El Calderero se acuclilló. Incluso se atrevió a bajar con un dedo el borde del velo. Dejó al descubierto la nariz, y luego los labios de Raquel.

—Ahora serás tú quien tenga servidoras. Si lo deseas, la misma reina de Castilla podría cepillarte el pelo. —Hizo un breve movimiento de cabeza hacia el califa—. Él se quedará en Marrakech o, como mucho, aquí, en Sevilla. El ejército me obedece, y los *talaba* también. Algunas cosas podrían cambiar. Quiero que tú estés a mi lado cuando eso suceda.

Raquel se fijó en los ojos oscuros de Ibn Yami. Viéndolo, oyéndolo, disfrutando de sus caricias, nadie podría decir que era uno de los seres más crueles que habían pisado la tierra.

—Eso será si tengo razón y no me matas, visir omnipotente.

El Calderero devolvió el velo a su sitio.

—Cierto.

Se puso en pie y regresó junto al califa.

—Mi señor, las cartas están escritas. Solo falta que las firmes, y mañana saldrán correos hacia Zaragoza, Pamplona, Toledo, León y Lisboa.

An-Nasir dejó de masticar y tragó con dificultad. Devolvió el pastelillo a medio comer a la bandeja.

—Sí, c-c-claro. C-c-como q-q-quieras. ¿Q-q-qué dicen?

El Calderero metió la diestra en la manga opuesta del *burnús* y sacó el rollo de fino papel. Lo desplegó con solemnidad, sin apartar la vista del califa. No lo leyó. Lo recitó de memoria:

De Abú Abd Allah Muhammad ibn Yaqub ibn Yusuf ibn Abd al-Mumín, llamado an-Nasir, príncipe de los creyentes; a todos los emires de los cristianos y, sobre todo, al rey de Aragón y conde de Barcelona: ira e indignación.

Gracias doy al Único por los muchos beneficios que ha concedido a los musulmanes y, antes que nada, por el que nos dispensó en Jerusalén, limpia ya de las inmundicias cristianas por nuestra gente y nuestras espadas; y también doy gracias por la victoria que nos ha concedido en la expugnación del castillo que llamáis Salvatierra, y desde el que con gran soberbia infligíais muchos daños a los verdaderos creyentes. De ello podréis inferir que la ley musulmana es mejor que la vuestra, y por ello os exhorto a que, si amáis vuestras tierras, a vuestros hijos y a vuestras mujeres, os sometáis a mi poder y aceptéis nuestra ley. Pero si con obstinación rehusáis, congregad a todos los que adoran el signo de la cruz y nosotros acudiremos al combate, y allí probaréis nuestras espadas.

En cuanto a ti, rey de Aragón, te digo que por tu consejo e inducción se han provocado muchos daños a los musulmanes, y que los has justificado en los mandatos de tu señor en Roma; más atención debiste prestar, pues has combatido en perjuicio de los cristianos y no en favor de Roma. Así pues, no cesaré de arrasar vuestras tierras hasta someter a vuestro papa a la humillación y a la miseria.

Dada en Sevilla, el quinto día de *yumada al-awal* del sexcentésimo octavo año de la migración del Profeta, a quien Dios bendiga y salve.

—¿P-p-por qué odio sobre t-t-todo al rey de Aragón?

El Calderero enrolló la carta antes de devolverla a la manga del *burnús*. Buscó en el azulísimo cielo de Sevilla la inspiración que precisaba, y adoptó un aire docente.

—A los reyes cristianos has de odiarlos por igual, príncipe de los creyentes, pero los debes manejar por separado según sus vicios y carencias. De esta carta hay cinco copias, y cada uno la leerá de forma distinta:

»El rey de Aragón, a quien Dios maldiga, es un borracho adúltero, parecido a las partidas de bandidos haskuras que robaban cabras en el Yabal Khal antes de que tu bisabuelo impusiera el nuevo orden. Cuando lea el desafío, le faltará tiempo para subir a su caballo y venir a todo galope a nuestro encuentro.

»Y así el rey de Castilla, que durante años ha guardado la tregua y solo se ha atrevido a romperla con apoyo aragonés, vencerá al fin su miedo a acudir aislado a la lucha, como le pasó en la gloriosa jornada de Alarcos. Con las cartas a estos dos comedores de cerdo, te aseguras de que nuestro triunfo será sobre las dos huestes más poderosas de la Península de al-Ándalus. Tras eso, cada pequeño señor cristiano sabrá que la resistencia es inútil, y tampoco tendrá a quién acudir para refugiarse de la cólera de Dios.

—P-p-por eso mismo p-p-procurarán unirse ahora, ¿no? Q-q-quiero decir... Antes de la b-b-batalla.

—Ah, príncipe de los creyentes. Examina el pasado. ¿Crees que no he escogido el mejor momento?

»El rey de Portugal leerá la carta y el terror anidará en su corazón. Acudiría sin pensarlo en ayuda de Castilla y Aragón, pero hace una semana que recibí misiva de nuestro aliado en León, Pedro de Castro. En ella dice que portugueses y leoneses entrarán pronto en guerra por disputas de herencia.

»El rey de León, que ya nos ayudó en el pasado, verá otra vez la oportunidad de rapiñar en su frontera con Castilla los despojos que nosotros le ofrezcamos tras la victoria. Al rey de Navarra le ocurre igual. Con más razón en este caso, puesto que podrá ver a quién va dirigida, más que a nadie, tu amenaza de arrasar la tierra. Y así se librará de los dos enemigos que más daño le han causado: Castilla y Aragón.

»Poco importa que nuestras intenciones sean someter a los demás cuando las cabezas de Alfonso de Castilla y Pedro de Aragón cuelguen de una muralla. Imagina un corral de ovejas enemistadas. Intenta verlas en tu mente peleando por el mísero forraje, mordiendo la de la derecha a la de la izquierda, embistiendo la de la izquierda a la de la derecha. Todo mientras el lobo rompe las tablas del cercado y se acerca a ellas con las fauces chorreantes. Incluso mientras desgarrara el cuello de su primera víctima, las demás seguirían extasiadas en sus riñas de vecinos, ignorantes de que la ira de Dios cae sobre ellas. Es tan fácil que a veces me pregunto por qué tus antepasados dejaron escapar la oportunidad una y otra vez.

»Como fue siempre y como siempre será, la división condenará a esta península a abrazar nuestra fe. Esta vez, por los siglos de los siglos.

An-Nasir, entre fascinado y sobrecogido, apartó la bandeja del desayuno.

—Ent-t-tonces, el año q-q-que viene...

—Aprestaremos nuestras fuerzas al completo. Alfonso de Castilla, comedor de cerdo e iletrado en los asuntos de Dios, piensa que se enfrentará a un ejército califal. Poco sospecha que serán dos los que le hagan frente. Abasteceremos bien las plazas a cubrir cada jornada, agruparemos a los voluntarios de la fe que cada día se suman a nuestras filas y, en cuanto veamos que el enemigo se pone en movimiento, avanzaremos con todo nuestro poder.

»Los cristianos tendrán que detenerse ante cada castillo ocupado por el islam y, sobre todo, se empantanarán ante Calatrava, que el caíd Ibn Qadish defenderá hasta el fin. —En este punto, el Calderero miró a Raquel, que seguía su discurso desde la arquería norte. Se permitió una pausa para sonreír con deleite—. Cuando las tropas enemigas lleven uno, dos meses atascadas en un asedio inútil, nuestros dos ejércitos caerán sobre ellas a los pies de Calatrava. Sin opción para huir y refugiarse, como ocurriera en Alarcos, los infames emires de Castilla y Aragón arrojarán sus estandartes y sus cruces y correrán. Nosotros les daremos alcance, y de nada servirá entonces su arrepentimiento, su llanto o su deseo de paz.

Tres semanas después. Cuenca

—Sobre todo, quisiera que llevaras mis condolencias a Alfonso y a Leonor —dijo Pedro de Aragón tras despojarse de los guantes—. A toda Castilla en realidad. Pierden a un digno príncipe. Con el tiempo, creo que Fernando habría sido un buen rey.

Rodrigo de Rada agradeció las palabras con un gesto. Invitó al rey de Aragón a tomar asiento y él mismo le acercó el vino caliente. Fuera, ocupados con los caballos, quedaban los miembros de la mesnada regia aragonesa que habían acompañado a Pedro hasta Cuenca.

—Es posible que tarde un poco en transmitir tus palabras a mi rey. Cuando acabemos aquí he de salir hacia el norte.

Pedro se terminó el cuenco y, sin esperar ofrecimiento, se sirvió una medida más. El arzobispo de Toledo puso la mano sobre la carta que, escrita en árabe sobre delicado papel de Játiva, empujó hacia él.

—Has recibido una de estas, supongo.

Pedro mostró los dientes en una sonrisa de fiera cazadora.

—Sí. Tiene gracia el hijo de puta, no me digas que no.

—¿Y bien?

—He pensado en clavarla en la punta de mi lanza y en hacérsela tragar. No será lo más duro ni lo más largo que le han metido en la boca a ese adorador de Pilatos, pero uno tiene sus limitaciones.

Rodrigo de Rada apretó los labios para no soltar la carcajada.

—Algo así esperaba de ti. Pero sabes que no será fácil llegar hasta el miramamolín.

—Lo fácil me aburre, arzobispo.

—Bien. —Rada se puso en pie. Anduvo hasta el estrecho y alargado ventanuco desde el que se observaba la muralla de Cuenca. A lo lejos, al otro lado del tajo que bajaba hasta el río, se extendía el paisaje serrano poblado de árboles desnudos—. Es importante reclutar aliados. Al contrario que tú, rey Pedro, prefiero lo fácil a lo divertido. Sobre todo si en ello nos va la vida a todos. Tengo intención de recorrer las tierras de tus vasallos ultramontanos antes de dirigirme a la corte francesa. Arnaldo, el físico de cámara de Alfonso, viajará a su tierra gascona, y también a Poitou. ¿Podrías hablar con los amigos que te queden sin excomulgar? Toda ayuda será poca.

—Vaya, es curioso que un hombre de Dios diga eso. El papa y su legado Amalarico han conseguido que todos mis vasallos del norte se vean obligados a defender sus cada vez más menguadas posesiones. Y en cuanto a los súbditos del rey de Francia, me temo que estarán muy ocupados arrebatándome lo poco que me queda entre Foix y Marsella. Demos gracias al Creador de que no me vea obligado, más temprano que tarde, a cruzar de nuevo los Pirineos para meterle dos codos de hierro de Aínsa a ese asqueroso de Simón de Montfort. ¿Sabías que le regalé a ese bastardillo que parió mi esposa? ¿Y que accedí a recibir su vasallaje como usurpador de Béziers y Carcasona? Pues le faltó tiempo, en cuanto me di la vuelta, para irse a asediar Toulouse. A veces, arzobispo, me pregunto qué sentido tiene defender la cruz cuando es esa misma cruz la que me azota la espalda.

—Calma, rey Pedro. El legado del papa se ha comprometido a venir el verano que viene, así que tendrás un respiro.

El aragonés descargó su puño sobre la mesa.

—¡Maldita sea la estampa del diablo! ¿Arnaldo Amalarico aquí? Mira, se ha helado el vino en cuanto lo has dicho.

El arzobispo de Toledo comprobaba ahora que lo que había oído era cierto: Pedro de Aragón no ataba su lengua. Ni otras partes de su cuerpo, según los rumores.

—Amalarico arrastrará tras de sí a un buen montón de ultramontanos. Y no nos vendrá mal su ardor para la empresa que se avecina. Además, podría ayudarnos a sumar aliados a este lado de los Pirineos.

Pedro de Aragón, como siempre que asistía a parlamentos políticos, empezó a aburrirse.

—A este lado estamos los que estamos, arzobispo. Como mucho, podremos contar con el nuevo rey de Portugal. He oído decir que está casi tan gordo como Sancho de Navarra pero, si hace falta, guardo en mis cuadras de Zaragoza un destrero que me regalaron en el Rosellón. Bicho importante, créelo. Sostendrá lo que le echemos encima.

—Malas noticias. El nuevo rey portugués no pesa tanto como para no poder trepar hasta su trono. Solo que en cuanto se dejó caer en él por primera vez, con la corona recién estrenada, se puso a recortar los derechos que su difunto padre había dejado para las hembras de la familia.

—¡Fíjate en el jodido gordo!

—La cuestión es que una de esas hembras, su hermana Teresa, es la madre del rey de León. Ha acudido con las otras mujeres a refugiarse en su corte, y ahora los leoneses han cruzado la frontera y han tomado algunas plazas. Lo último que se sabe es que se prepara una batalla en algún lugar entre Galicia y Portugal.

—Vamos, que no podemos contar ni con leoneses ni con portugueses.

—Sí y no. Ambos han contestado con esa excusa a la petición de auxilio, aunque aseguran que darán libertad a sus súbditos para comparecer si lo desean. Y siempre tenemos a los freires de las órdenes. En una guerra entre cristianos, poco pueden hacer.

Pedro de Aragón levantó una ceja.

—Qué optimista te veo, arzobispo. Esto es alimentar a un lobo con un ratón.

—Ah, no. Me temo que el ratón, en este caso, fue Salvatierra. Ahora la bestia se ha recogido en su guarida para reponer fuerzas y, en fin, ya sabes lo que dice la carta.

»Sea como sea, el rey Alfonso ha establecido fecha para reunirnos en Toledo. Con tiempo para que los ultramontanos lleguen en el momento oportuno. Pascua de Pentecostés.

—Humm. En verdad nos deja poco margen.

—Lo sé. ¿Será un problema?

—El problema lo tiene el miramamolín. —Pedro de Aragón se

desperezó—. Me he endeudado hasta las cejas con las órdenes, las abadías, las villas, los burgueses... He impuesto un bovaje, y hasta he empeñado castillos a Sancho de Navarra. No ha sido porque sí. Ni me he preocupado tanto de dejar arreglados mis problemas norteños para pasar el verano en Barcelona, a la brisa del mar. Dile a Alfonso de Castilla que me tendrá a su lado. Dos espadas matan siempre mejor que una.

—Bien. Al menos caeremos unidos.

El rey de Aragón observó al arzobispo. Había vuelto a dirigir su mirada al horizonte a través del ventanuco.

—¿Qué ocurre? ¿Tan negro lo ves?

Rada asintió despacio.

—¿Sabes en qué creen los mazamutes?

Pedro se encogió de hombros. Empujó la silla hacia atrás y cruzó los pies encima de la mesa.

—En su profeta pastor de camellos. En Belcebú, en Pilatos, en Radamas, en Judas y Zabulón.

El arzobispo rio.

—Creen en un único dios. Porque es único, insisten. Lo escriben en sus banderas y lo repiten en sus oraciones. Consideran que su ejército es el ejército de Dios.

—El ejército de Dios —impostó la voz el rey de Aragón—. Qué pretenciosos.

—Todo el mundo piensa que Dios está de su lado. Algunos, como es natural, se equivocan. ¿Sabes cómo nos llaman a nosotros? Politeístas. Genial, ¿eh?

La conversación se volvía teológica. Pedro de Aragón ahogó un bostezo.

—Lo de que Dios es único se lo he oído decir a los moros de paz. Pues claro. Pero es absurdo. Los judíos también tienen un único dios. Y nosotros.

—Para nosotros, rey Pedro, Dios es único, aunque también trino. De ahí lo de politeístas. Bueno, no vamos a malgastar tiempo en explicar a esos infieles lo que significa algo que ni siquiera nosotros podemos entender, ¿eh? Pero lo que importa es eso: si ellos tienen al ejército de Dios, nosotros tenemos el ejército de la Trinidad.

Pedro de Aragón, entre hastiado y burlón, chascó los dedos.

—¡Claro! Y así contamos con superioridad numérica. Oh, arzobispo, en verdad necesitábamos a un universitario entre nosotros. ¡Eres un gran estratega!

Rada volvió a reír. Lejos de ofender, aquellos comentarios le estaban alegrando el día.

—A Dios no le importan los números, ni quién tiene las mejores armas o más máquinas de guerra. De lo contrario, nada sabríamos de Sansón en su lucha contra los filisteos, ni habrían caído los muros de Jericó, ni tendríamos a Moisés por vencedor del faraón. Fe, rey Pedro. —Se dio un ligero golpe de puño en el pecho—. Fe. Lo supe cuando enterrábamos al príncipe Fernando en las Huelgas. Lo vi claro aquel día. Porque creo sin fisuras en la *sanctam Trinitatem: Patrem et Filium et Spiritum Sanctum.* —Estiró el índice—. Uno: Castilla. —El dedo medio se unió a la cuenta—. Dos: Aragón...

El rey Pedro aguardó, pero Rodrigo de Rada no seguía.

—¿Y tres?

—Navarra.

Ahora la carcajada fue del monarca aragonés.

—No, arzobispo. Navarra no vendrá. Esa mala bestia de Sancho habrá recibido la misma carta que nosotros, y ahora sabe hacia quién se dirigen las iras de su viejo amigo, el miramamolín. El año que viene, mientras nosotros dejemos atrás Toledo para internarnos en tierra de infieles, caducarán las treguas que firmasteis en Guadalajara y Sancho de Navarra se sentará a esperar. Si caemos, podrá recuperar lo que ha perdido en los años de guerra contra Castilla, y luego sumará a placer las villas que apetezca. Cuando se canse, se volverá hacia Aragón.

Rada no le llevó la contraria. Él conocía a Sancho de Navarra, y bien sabía que existían muy pocas razones para sacarlo de su reino. Y menos aún si el objetivo era combatir sin esperanza. Por mucho que le hablase de dioses únicos o trinos. Un milagro era lo que necesitaban, y a lograrlos no se enseñaba en las universidades.

—Entonces estamos perdidos.

43

El perdón de los pecados

Febrero de 1212. Toledo

Parecía increíble porque, aunque faltaban tres meses para la fecha marcada, allí estaban ya. Pululando por las calles en grupos, con sus parlas de ultramontes. Escupiendo al paso de moros de paz y de judíos, montando pendencia en las tabernas. El rey Alfonso había ordenado a sus ballesteros que patrullaran la ciudad de día, y los monteros lo hacían de noche. No se andaban con chiquitas, porque los extranjeros tampoco lo hacían. Así, cada mañana amanecían dos o tres tipos baldados a palos, casi siempre a la orilla del Tajo. Un mal necesario.

El arzobispo Rodrigo de Rada era el encargado de acomodarlos, que para eso dominaba varias lenguas y, además, era un ministro del Señor. Desde Gascuña, Poitou y el Vienesado, muchos soldados de fortuna se habían unido a la persecución de los herejes al norte de los Pirineos, y ahora atisbaban nuevos horizontes en la gran campaña que se preparaba contra los sarracenos.

Velasco, por aquel tiempo, se alojaba en el alcázar. Por mediación de Rada ocupaba una celda que había sido en tiempos del anterior arzobispo, Martín de Pisuerga, cuando era simple arcediano y consejero real. Una cámara diminuta y oscura, con un único ventanuco casi en el techo y con el menaje típico cisterciense. O sea, casi nada: camastro más duro que la roca, mesa desconchada y una silla en la que no podía uno dejarse caer de golpe. El cirial y un barreño con agua casi helada completaban el mobiliario. Clavado bajo mesa, Velasco había encontrado un cilicio endurecido por una vieja costra. A saber las aficiones penitenciales del difunto Martín de Pisuerga.

En fin: ni recado de escribir había en aquella celda, así que Velasco pasaba la mayor parte del día fuera, en la cantina cercana al palacio arzobispal. Ese lugar también lo frecuentaban los ultramontanos de Poitou, y por eso, entre algarabías de Babel, les entendía que estaban allí no por la cruz, sino por el botín. Que esperaban hallar en grandes cantidades, por cierto, en los lujosos palacios andalusíes llenos de ébano, marfil, gemas, tapices de Damasco, alfombras hechas con las pieles de inimaginables bestias africanas, cofres llenos de monedas cuadradas de oro y plata, y huríes de ojos negrísimos, garganta profunda y escasa vestimenta. Pobres desgraciados. Poco conocían ellos a los austeros almohades.

En cualquier caso, Velasco no los sacaba de su error. Aquellos tipos venían a gastos pagados por el tesoro castellano. Veinte sueldos diarios por jinete, cinco por peón. Gastaban en vino la soldada que les había caído como adelanto y, cuando se presentaba un bardo en la plaza colindante, salían en tropel para ver cómo se representaba por enésima vez algún pasaje del *Cantar*. Velasco no se inmutaba. Se quedaba allí, con las manos apretadas en torno al cuenco humeante mientras el resto de la gente chistaba para pedir silencio fuera, con los pies hundidos en un palmo de nieve, atentos a las aventuras del Cid. Oía, ya sin emocionarse, los versos que había compuesto en Santa María de Huerta. Salpicados aquí y allá por las improvisaciones de los propios bardos, que no todas estaban mal.

Enviaba sus pregones por Navarra y Aragón,
y por tierras de Castilla esto mandó decir:
«Quien quiera salir de pobre y botín sin parangón,
véngase a cabalgar a espuela de Mío Cid.»

Las forjas trabajaban sin parar. Hacían falta herraduras, lorigas, yelmos y armas. Además de venir financiados por la generosidad del rey Alfonso, a muchos ultramontanos había que equiparlos. A eso se añadía el gasto de los menesterosos que, atraídos por la que se estaba preparando en Toledo, acampaban extramuros, en la vega del Tajo. Allí menudeaban los lupanares móviles, instalados en carretas entoldadas, en los que los de ultramontes podían desfogarse a mitad de precio que en los prostíbulos toledanos. También había quincalleros, desertores del hábito, buhoneros, ceramistas, traperos, proxenetas, predicadores chiflados, cuchilleros, críos huérfanos en busca de cuscurros de pan y descuideros.

Las soflamas de Rada y los suyos tenían mucho que ver, pero gran parte de culpa de semejante Babel recaía en el papa. Inocencio se había enterado de la caída de Salvatierra cuando la noticia ya estaba adornada por todos los matices buscados por el arzobispo de Toledo. De Roma al resto de Europa, el agüero voló como empujado por el vendaval. Inminente se veía la caída de la Península en manos sarracenas. La pérdida de Jerusalén era solo el prólogo de la cadena de desgracias cuyo primer capítulo se había escrito en Alarcos. Ahora se acercaba el remate.

El santo padre Inocencio se apresuró a escribir a los arzobispos y obispos franceses y provenzales. Ordenó que en sus diócesis se predicase a favor de la santa campaña que los cristianos organizaban contra el miramamolín de los almohades. Porque santa era esta guerra, sí. Indulgencia plenaria otorgaba el papa para todo aquel que acudiese a defender la cruz. Igual daba si antes se había robado, mentido, asesinado o tomado por hereje cátaro a algún infeliz con carne no apta para la hoguera. Participar en la campaña hispana suponía el perdón de todos los pecados. Aparte de otros detalles sin importancia.

¡Gracias a Dios, Minaya, y su madre hemos de dar!
Con qué poco nos fuimos de la casa de Vivar:
ahora tenemos riqueza, más hemos aún de ganar.

Los ultramontanos de Poitou y la chavalería toledana aplaudieron fuera. El *Cantar* había sido un éxito. Se recitaba por toda Castilla, y Velasco sabía que también había cruzado las fronteras navarra, aragonesa y de León. Ah, León. Ese mismo mes, leoneses y portugueses habían batallado en un lugar llamado Portela. Ahora sí estaba claro que ni uno ni otro rey podrían ayudar en la lucha final contra el miramamolín.

Velasco, viendo que el vino perdía su calor, se lo tomó de un trago. Arrojó una moneda sobre el mostrador y se asomó a la plaza. Los críos jugaban a imitar al Cid, a Álvar Fáñez o a cualquier otro personaje del *Cantar*. Escuchar aquellos versos enardecía la sangre a cualquiera. Incluso a los cobardes. Eso recordó a Velasco la idea que, poco a poco, se formaba en jirones de pensamiento confuso. Sobre todo de noche, en el helor de la celda. Había llegado a pensar que componer el *Cantar* era su expiación. Su forma de contribuir a la empresa. Pero ahora no lo veía tan claro. Y esa necesidad de buscar algo más le daba escalofríos.

Mayo. Calatayud

El campamento se extendía desde la orilla norte del Jalón hasta el pie de Nuestra Señora de la Peña, y el rey Pedro había ordenado que su pabellón se levantara en el extremo más alejado de la ciudad.

—¡Por la sangre de san Jorge! ¿Es que no se cansan nunca?

Los gritos del monarca empezaban a media mañana. Como de costumbre, la noche anterior se había alargado hasta vaciar la última barrica. Con toda la albergada convertida en una fiesta, hogueras sobre las que humeaban los corderos y canciones llenas de obscenidades. Hasta un bardo se había presentado para recitar algunos de esos versos que se hacían famosos en Castilla. A los hombres les gustó escuchar las aventuras del viejo Cid. Sus luchas contra los moros y los tesoros que se había llevado parecían bien traídos aquella noche. Caballeros, sirvientes, mesnaderos y peones escuchaban atentos, se miraban entre sí, intercambiaban sonrisas y no pensaban en que muchos no regresarían de la aventura.

Uno de los pocos que no había visto la actuación era el rey, que se había retirado temprano con una moza bilbilitana. Moza que, además, había dado que hablar hasta bien cumplida la madrugada a cuenta de lo que gritaba. Y no de dolor precisamente.

Claro que, de buena mañana, habían comenzado las rogativas. Desde que el papa Inocencio lo ordenara, por toda la cristiandad se celebraban a diario. Ya no se despertaba uno al canto del gallo, sino al repique de campanas. Columnas de penitentes, hombres y mujeres, desfilaban descalzos o azotándose la lomera con cintas de esparto. La gente ayunaba, iba de una iglesia a otra o se congregaba para rezar en cualquier plaza. Y, por supuesto, se metían en el campamento militar y oraban por los que se iban a medir con los enemigos de Cristo. Hasta que el rey salía de su tienda medio desnudo y ordenaba que echaran a los penitentes. Qué paciencia necesitaba.

—¡Miguel, por Dios y por todos los santos! ¡Sácame a esa gente de ahí o no respondo!

Luesia, burlón, sacaba la lengua al ver a su rey con aquella estampa.

—¡Fuera, cuadrilla de grajos! —gritaba a los flagelantes—. ¿No veis que vuestro señor ha madrugado y le puede la fatiga?

Pedro de Aragón gruñó algo entre dientes. Se metió entre media docena de caballos para orinar, y luego se inclinó sobre el abrevadero hecho de tablas. Mientras se mojaba cara y pecho, vio unos cuantos pabellones montados en el exterior del campamento.

—Esas tiendas de ahí no estaban ayer. ¿Quiénes son?

Miguel de Luesia traía un pedazo de pan untado en sebo. Se lo alargó al rey.

—La milicia de Teruel. Llegaron anoche, tú no los oirías porque andabas ensordecido por la moza escandalosa. Eran los últimos, estamos todos.

Pedro observó las caballerías atadas en perfecto orden. Los pendones limpios y los atalajes relucientes. Sonrió.

—Cuanto más villano el rufián, más ínfulas de caballero.

—Estos nos vendrán bien. Tropas de frontera, ya los conoces de hace dos años. Muy curtidos. Casi prefiero a un jinete de milicia que a un conde. Tiene menos que perder y, en comparación, mucho más que ganar. Mira, ahí no anda errado el *Cantar* ese que recitan los bardos de Castilla.

El rey se llevó medio cuscurro de un bocado.

—¿Y ultramontanos? ¿Se han presentado más?

—Ayer por la tarde pasaron unos cincuenta siguiendo a un predicador andrajoso. Más cruces que espadas y muchas ganas de destripar infieles. Querían entrar en Calatayud a hacer noche, pero yo los invité amablemente a seguir camino hacia Castilla.

—Bien hecho —dijo el rey con la boca llena—. Tremenda escabechina podrían hacer en un sitio como este, con la de judíos que hay. Pero ya se las verán con los amigos del miramamolín, ya. Esos no son cátaros que suben solos a las hogueras. A ver si hay suerte y los sarracenos revientan a unos cuantos. A los que palmen aquí no los tendré que matar yo allá.

—Ya. El caso es que me confirmaron lo que ya habíamos oído: el nuevo arzobispo de Narbona es ese cabrón tonsurado.

Pedro de Aragón tosió. Tiró de mala gana lo que le quedaba de pan.

—Arnaldo Amalarico. Lo que nos faltaba. ¿Qué más contaron? ¿Algo bueno para variar?

—Todo muy feo, mi rey. Lo de Amalarico no es lo único. El obispado de Carcasona se lo han dado a un amiguete de Simón de Montfort, y los de Cominges y Conserans también los tienen ahora cistercienses. Están colocando a gente suya por todas partes. Además, el hermano de Montfort se ha unido a él con más tropas. Y otros señoritos franceses lo acompañan. Tus leales se defienden bien, pero no les auguro larga salud.

—O sea, que Montfort no vendrá a luchar contra los moros.

—Pues claro que no, mi rey. Con lo que gana usurpándote señoríos, ¿se iba a jugar la vida aquí? Ayer era un don nadie y hoy es vizconde, favorito del papa y paladín de la cristiandad.

Pedro de Aragón cerró el puño.

—A ese hijo de perra le tengo que meter la espada por el pecho con vaina y todo. Al tiempo.

Luesia calló un momento mientras se rascaba la barbilla. El monarca seguía allí, medio desnudo y junto a los caballos. Sin afeitar, desmelenado. Salvaje como uno de aquellos gigantes de las antiguas leyendas montañesas.

—Mi rey, he estado pensando.

—Bueno, todos cambiamos con la edad. Es normal.

—Je. Verás, está claro que lo de Roma con los cátaros pasa ya de guerra santa. Montfort y su gentuza está atacando villas nada sospechosas de alojar o transigir con herejes, y cada vez se le juntan más franceses. Después están todas esas maniobras diplomáticas de meter obispos a medida, colgar interdictos, despojar de títulos a tus fieles y darle un arzobispado al lamecruces de Amalarico. El papa ha ordenado al rey de Francia que ayude con lo que pueda a nuestra guerra contra los sarracenos, pero para eso no tiene ni dinero, ni chusma ni barones. Aunque para acumular estandartes en tierra de cátaros sí que va sobrado. ¿No lo ves tan claro como lo veo yo?

Pedro de Aragón resopló.

—Algo recelaba, no te diré que no. Pero no imagino al papa liándose en algo así.

—Ni yo. Sin embargo, ese Felipe de Francia es un zorro de cuidado. No me extraña que tenga tantos enemigos. Hay que reaccionar.

—El rey de Francia es un poderoso cabrón, Miguel, y nosotros ahora estamos... ocupados. Déjame machacar los ejércitos uno a uno.

Luesia negó con gesto adusto.

—Contra Francia no tenemos nada que hacer, mi rey. Por eso podemos probar a componernos. Permite que te cuente una historia:

»Felipe de Francia, metido en arreglos de trono, tuvo que casarse con una princesa de Dinamarca llamada Isambur. Se ve que los trovadores de por allí la ponían de hermosísima para arriba: pecho cumplido, aliento de rosas, melena rubia hasta la cintura y todo eso. Pero cuando el rey la vio, casi se le caen las criadillas al suelo. Isambur era fea como la plasta de una vaca de Boltaña y, además, tenía un humor de serpiente. Hubo casamiento, propósito de cumplir y noche de bodas. Se ve que el rey Felipe se encomendó a todos los santos franceses antes de entrar en la alcoba para consumar. Pero ni por esas: al pobre no se le levantaba. Ni se le levantó la noche siguiente, ni la siguiente, ni la siguiente... Las oraciones no servían de mucho, los barones daneses se impacientaban y los de Francia más o menos igual. Isambur seguía fea como todos los diablos del infierno y escupiendo fuego por la boca de pura cólera. Así que, para evitar el trago, el rey Felipe prefirió perderla de vista. ¿Te suena de algo?

—Por los clavos del Señor...

—El rey de Francia la encerró no sé dónde, y hasta se las arregló para que sus obispos decretaran nulo el matrimonio sin permiso del papa. Se buscó una novia nueva; esta sí, guapa a rabiar. Inés se llamaba. Se casó con ella y le hizo tres hijos antes de que el santo padre Inocencio lo obligara a repudiarla. Ah, y a aceptar de nuevo a Isambur en su corte. Inés se murió, sus hijos se convirtieron en bastardos y la fea allí sigue. Reina y en París. Así se comprende que el rey de Francia tenga tan mala baba.

—No diré lo que pienso de los cuernos del papa, Dios me libre. Pero conste que en esos casos nos trata igual a todos.

—Ya lo veo, mi rey. El asunto es que el rey de Francia y tú podríais simpatizar, pues el santo padre os ha pisado el mismo callo. Imagina que el pleito de tu anulación prospera y al final te ves como hombre soltero. ¿Sabes que Felipe y la guapa Inés tuvieron una hija? Dicen que salió a la madre. Te prometes con ella, conviertes al rey de Francia en tu suegro y arreglado el asunto cátaro.

A Pedro de Aragón le gustó el plan. En ese momento asomó de su pabellón la mujer que lo había hecho trasnochar, medio envuelta en una manta y con los ojos hinchados de insomnio. Miguel observó entonces que no era tan moza como parecía la tarde anterior. Por lo visto, probar a la condesa de Urgel había aficionado al rey a las maduritas. Esta de ahora pasaba de los cuarenta y no iba falta de nada. El rey también la miró, y eso le hizo pensar en la edad de la princesa de Francia.

—¿Cuántos años dices que tiene la hija de Felipe?

—Eh... Bueno, andará por los... —Luesia se tocaba las yemas con el pulgar— trece. Tal vez catorce. Pero ya sabes: os casáis ahora, tú sigues a lo tuyo —señaló a la buena señora del pabellón real—, y vendrán tiempos mejores.

Pedro de Aragón asintió.

—La verdad es que me conviene más pensar con lo que tengo sobre los hombros que con lo que hay entre mis piernas. Buena idea es, Miguel. Aunque te confieso algo: no albergo esperanzas sobre la decisión papal de lo mío con ese adefesio de Montpellier. El santo padre volverá a pisarme el callo. Así lo has dicho, ¿no? Y además, ¿para qué tanto retorcer la mollera, si vamos a morir todos en los llanos de Calatrava?

—Eso sí.

El rey se desperezó y dio dos pasos hacia el pabellón. Hizo un gesto a la madurita para que entrara de nuevo. Entonces recordó algo.

—Así que están aquí los que faltaban, ¿no? ¿Y ya has hecho números?

—Ayer llegábamos al millar y medio de jinetes. Alguno más seremos con estos de Teruel; y con los de Calatayud, que pernoctan en sus casas. Échale mil seiscientos de a caballo. Esperaba contar con tres mil de a pie, pero del Rosellón solo han venido caballeros. Lo dejamos en dos mil ochocientos.

—Bien está. No creo que ningún antepasado mío haya reunido jamás semejante hueste. Me placería mucho de no ser porque tanta boca hambrienta, tanta bestia forrajera y tanta soldada acabarán enseguida con lo que me prestó Sancho de Navarra. Que si lo sé, le pido más. Total, los muertos no pagan deudas, ¿no? En fin, ahora voy a ventilar un asunto pendiente en el pabellón. De lo poco que aún me puedo permitir gratis. En cuanto comamos, levantamos tiendas y partimos para Castilla. De esta no salimos, Miguel.

Luesia rio.

—De esta no salimos, mi señor.

Al mismo tiempo. Pamplona

Sancho de Navarra aguardaba en silencio. Nervioso. Se alisaba la sobrecota a pesar de que seguía tan vacía de arrugas como al principio de la mañana. Miraba a su lado, a Gome de Agoncillo, y revisaba su aspecto. Luego, la vista de nuevo a la puerta. Nada. Frente al rey y el alférez, un enorme tapiz dorado colgaba desde la pared. Con el águila negra de la dinastía navarra bordada en negro. Sancho quería extender las alas, como aquella ave. Mostrarse orgulloso y amenazante. Pero no podía.

—Creo que no lo pasaba tan mal desde que era crío. Me matan los pies.

—Siéntate, mi rey. No hace falta que...

—Calla. Creo que viene.

Los pasos sonaban lentos y ligeros. Como si se aproximara un niño. Dos golpes suaves y otro seco. Dos y uno. Blom, blom, toc. Blom, blom, toc. Con un rápido movimiento, el rey se secó una gota que se deslizaba desde su frente y le hacía cosquillas sobre la ceja.

La aparición de Arnaldo Amalarico habría tenido mucho de cómica de no ser por su reputación. El arzobispo llevaba su palio al cuello a pesar de que no procedía. La prenda era muy larga, o quizás Amalarico demasiado bajo. El caso era que la banda central casi rozaba el suelo. Estaba bordada con cruces negras ribeteadas de oro, y dorada era también la franja vertical de la mitra. Lo gracioso era que, bajo la lujosa estola pontifical, el legado papal llevaba su hábito del Císter. Roñoso y zurcido. Se plantó en medio de la sala, ante los dos hombretones, y golpeó por última vez el suelo con el báculo. Toc.

—Así que tú eres Sancho.

Una vaharada llegó hasta los navarros. Hedor indefinido, como de pellejo rancio y mojado. El rey, que definitivamente había roto a sudar, movió una pulgada la cabeza. Más que inclinarse, aquello era una convulsión.

—Bienvenido, Amalarico.

El báculo subió y bajó de golpe. El ruido sobresaltó a Sancho y a Gome.

—¡Legado apostólico Arnaldo Amalarico, por la gracia de Dios arzobispo de Narbona y cuatro veces abad! ¡Cuando te dirijas a mí, piensa que hablas con el vicario de Cristo, pues estoy aquí en representación del santo padre Inocencio, a quien el Altísimo ayude a sobrellevar las muchas cargas que tú y otros como tú, pecador coronado, acumuláis sobre sus espaldas!

El eco de los gritos, agudos como chillidos de puerco en matanza, se perdió por los corredores del palacio pamplonés. Sancho enrojecía por momentos, y Gome de Agoncillo no sabía dónde meterse.

—Perdón, legado... —balbuceó el rey—. Arzobispo... Mi señor.

—Mejor. —Amalarico sacó a relucir la sonrisa rapaz. Su voz había vuelto al murmullo chirriante—. Vaya, me habían dicho que el rey de Navarra era un gigante. Capaz de cortar de un espadazo al jinete y a su caballo. Veo que al menos lo primero es cierto.

—Lo segundo también, mi señor arzobispo —remató Gome de Agoncillo.

El legado no desvió la vista del rey.

—Sancho, me ha parecido oír algo. El zumbido de una mosca, quizá. No quisiera molestias mientras hablamos. Es lo mínimo cuando un legado papal se entrevista con un rey cristiano.

El monarca enrojeció un poco más. Agoncillo reaccionó al punto. Dedicó una exagerada inclinación a Amalarico que este no contestó. Cuando salió de la estancia, el arzobispo empezó a caminar alrededor de Sancho. Ayudándose del báculo. Con ese irritante golpeteo para marcar el ritmo. Blom, blom, toc.

—¿Y bien, mi señor legado?

Amalarico no contestó hasta dar la vuelta completa. Justo en el último toc.

—Voy de camino a Toledo, supongo que ya lo sabes. Por orden del santo padre Inocencio, a quien Dios ilumine. La empresa que se avecina interesa al Creador, así que todos estamos metidos en ella.

—Algunos menos que otros —repuso en voz baja el rey. Amalarico sacó a relucir aquella sonrisa de reptil.

—Cierto, Sancho. Hace unos meses, el papa envió sus amonestaciones a los arzobispos de Toledo y Compostela. Ambos tenían orden de difundirlas por los reinos de la Península, así que has de conocerlas.

—Así es, mi señor arzobispo: el santo padre amenaza de censurar a quien no guarde paz o tregua con rey cristiano o a quien se una a los enemigos de la cruz.

—¡Bravo! ¿Te has aprendido de memoria las palabras del papa?

—Leí una y otra vez, sí. Y vi que el santo padre se refería de forma directa al rey de León. En cuanto al resto, nuestra... obligación es dar auxilio a los combatientes. Yo he prestado dinero a Pedro de Aragón. Y ciertamente, ninguna intención abrigo de atacar a Alfonso de Castilla o de ayudar al califa mientras dure esta guerra. Con eso voy cumplido.

Amalarico se contuvo unos instantes. Sin borrar la sonrisa. Sancho de Navarra notaba los goterones recorriendo su espalda.

—Pues sí: el santo padre se refirió muy a propósito al rey leonés. Entre otras cosas porque, con ocasión del infausto precedente de Alarcos, el león se convirtió en hiena y atacó a Castilla, la cierva derrotada, cuando la supo incapaz de defenderse; y firmó alianzas con ese adorador de Satán a quien llamáis miramamolín. —Dio la espalda al rey navarro y apuntó con el báculo al tapiz—. Y fíjate que esta preciosa águila hizo lo mismo y, para la ocasión, se convirtió en buitre que pretendía devorar la carroña castellana. ¿Y por qué será que el papa no te nombra ahora, Sancho? —De nuevo dio la cara al rey—. ¿Por qué el león sí y el águila no?

El navarro se encogió de hombros.

—¿Cómo podría yo comprender el sentido y la holgura de los misterios divinos?

Amalarico devolvió el báculo a su reposo. Sin toc.

—Los comprenderás ahora, Sancho. Atiende:

»He hecho salir a tu alférez porque nadie más que tú ha de saberlo. —Introdujo la mano en la manga izquierda, deshilachada y mugrienta. Sacó un rollo atado con lazos rojos y gualdas. Lo exhibió en alto—. Esta conserva intacto el sello papal. ¿Lo ves?

—Lo veo.

—Solo romperé el sello en caso de que no comparezcas para auxiliar a los reyes de Castilla y Aragón. Si te presentas, la carta arderá antes de que nadie vea su contenido. Será como si el papa jamás la hubiera escrito.

Se guardó el rollo en el lugar del que lo había sacado.

—¿Qué dice la carta?

—Que estás excomulgado, Sancho. Navarra en interdicto. Está dirigida a los reyes de Castilla y Aragón, y a todos los católicos que hayan tomado la cruz por orden del papa. Ordena que, en cuanto cierren su campaña contra los almohades, se dirijan contra ti. Han de derrotarte por completo, despojarte de tu corona y repartirse tu reino. No se trata de una simple oportunidad que se les abre con tu anatema, sino de una obligación impuesta por el santo padre Inocencio.

Sancho de Navarra palideció.

—Pero... ¿por qué?

Amalarico dejó de sonreír. Eso quisiera saber él.

—El papa prestó oídos a... —No. No iba a decir que a una mujer. No le daría ese gusto a María de Montpellier—. Quiero decir que es el deseo de Dios, interpretado por su vicario en la Tierra. A ti te toca obedecer. O perder tu reino.

Sancho cerró los ojos. Ahora sí que necesitaba sentarse. Incluso se tambaleó.

—No puedo... No...

—Entonces, cuando la victoria sea ya nuestra, cuando alcemos la cruz sobre los cadáveres de los africanos, reuniré a Alfonso de Castilla y a Pedro de Aragón, a sus alféreces, barones, caballeros y milicias, y a los guerreros que acuden desde el Poitou, y desde Portugal, y desde Vienne, y desde todos los rincones de la cristiandad. Leeré en alto esta carta, y al botín musulmán se unirá otro de mal cristiano. Miles de hombres caerán sobre ti y, antes de que termine el verano, tu preciosa águila negra será solo huesos y plumas.

El rey se restregó la cara.

—Reunir mis huestes no es algo que pueda hacer de un día para otro. Aragón y Castilla llevan meses en ello, pero yo no pensaba... Mi señor arzobispo, no llegaré a tiempo de...

—La carta te obliga a ti, Sancho. Solo a ti. Ven con toda Navarra o ven solo, pero ven. Lucharás contra tu amigo sarraceno y junto a aquellos a los que te enfrentaste en el pasado. Redimirás así tu culpa, y tu reino verá garantizado su futuro.

—Dios santo... —El rey se dobló como un roble a punto de caer. Apoyó las manos en las rodillas—. ¿Y si el miramamolín nos derrota? Navarra desaparecerá igualmente.

—¡Ja! Aceptar esa gran verdad ha costado, pero aquí está. Entonces, Sancho, solo te queda escoger: perderlo todo a manos cristianas o a manos sarracenas. —Amalarico dio un golpecito en el suelo. Toc—. Y ahora parto a Toledo. Recuerda: Pascua de Pentecostés.

—Espera, espera... —La frente del rey chorreaba. Su vista se nublaba. Entornó los ojos, porque en verdad el águila negra se desdibujaba ante ellos—. Iré. Y lucharé. Pero dame algo más de tiempo.

El legado llenó su hundido pecho de aire. Los dedos se cerraban con fuerza sobre el báculo.

—Olvida Toledo y comparece el día de la batalla, Sancho. Que esa águila negra forme en filas junto a la torre de Castilla y las barras de Aragón. Solo así podrás salvarte.

44

Reunión en Toledo

Diez días después. Mayo de 1212. Toledo

—El ejército aragonés acampará en la Huerta del Rey, junto a los ultramontanos. Ayer estuve examinando el lugar para los números que nos mandó Pedro de Aragón, y creo que encajarán. Pero no me agrada la idea de tenerlos ahí mucho tiempo. Unos andan con resquemor hacia los otros por lo de los cátaros, y ya hemos visto lo pendencieros que son esos norteños.

Leonor Plantagenet asentía a las palabras de Rada.

—¿Qué números son esos, don Rodrigo?

Al arzobispo no le hacían falta sus notas para recordarlo. Soñaba con esas cifras.

—Mil seiscientos jinetes si contamos la mesnada regia. Dos mil ochocientos de a pie. Tropas de primera.

—No está mal.

La reina, que sabía cuánto se había preocupado Rada por los detalles, hizo un rápido cálculo. Añadir más de cuatro mil bocas a las necesidades alimenticias de ese gran campamento militar en el que se había convertido Toledo aceleraría el gasto. Y a eso se añadía lo que comían las bestias, más toda la turba humana que acompañaba a los soldados. Rada adivinó lo que pasaba por la mente de Leonor.

—Sigue llegando gente a diario. Ayer se presentaron doscientos peones de Portugal, que habían hecho el viaje junto a los templarios de allá. Conforme entran las carretas de suministro, se vacían y parten de nuevo. He calculado un mes como fecha tope. Cuanto más nos acerquemos a ese día, más problemas de abastecimiento padeceremos durante el viaje hasta Calatrava.

Un ballestero se asomó desde la entrada.

—Ya llega, mi reina.

Leonor tomó aire. Se aplanó una pequeña arruga en la falda del brial y juntó los pies sobre la tarima. El arzobispo de Toledo subió los tres escalones para ocupar la izquierda, al otro lado del trono vacío que correspondía al rey Alfonso. Tras ellos, los prelados del reino y las damas de compañía de la reina, más una guardia de honor de monteros y ballesteros. Dos largos tapices colgaban casi desde el techo. Uno con las armas de Castilla, el otro con las de Aragón.

Pedro se presentó sonriente. Algo acalorado, porque el sol ya caía fuerte sobre Toledo y la subida desde el puente era larga y pronunciada. Tras él llegaba un solo caballero. El rey aragonés recorrió el espacio que lo separaba de la tarima. Puso un pie sobre el primer escalón y alargó la mano para recibir la de Leonor Plantagenet, que besó antes de hablar:

—Mi reina, por fin te conozco. Se hizo a un lado y señaló a su acompañante—. Este es Miguel de Luesia, mayordomo real. —Dedicó un gesto cómplice hacia Rodrigo de Rada—. Arzobispo, me alegra verte de nuevo. —Observó el gentío de corte tras la tarima. Buscó con la mirada, y Leonor supo a quién esperaba encontrar. La reina, por algún motivo imposible de definir, también quería que Raquel estuviera allí. Ojalá no le hubiera dicho todas aquellas cosas horribles. Ojalá hubiera sido menos práctica y más generosa. Saludó a los dos aragoneses y examinó mejor a Pedro de Aragón. Comprobó que era tal y como le habían contado. No pudo evitar la imagen que se formaba en su mente: aquel hombre alto, de rostro agraciado y pícaro, melena negra, frondosa y desordenada..., desnudo sobre Raquel. Diciéndole todo lo que quería oír. Sacudió la cabeza.

—Castilla se honra en acogeros como nuestros salvadores. Rey Pedro, quiero agradecerte el auxilio que mandaste a mi hijo Fernando hace dos años. Don Miguel, sé que luchaste a su lado. Sois paladines de la cristiandad.

Miguel de Luesia bajó la mirada.

—Hay algo que me dijo el príncipe, mi señora. Que su destino era luchar en la gran batalla. Estaba tan seguro que no tenía miedo a morir. Se sentía como David antes de matar a Goliat. He pensado que te gustaría saberlo.

Rada vio que a Leonor se le humedecían los ojos. Acudió en su rescate:

—Al final, los números nos favorecerán. He estudiado todo lo que se ha dicho y escrito sobre los mazamutes. Las tribus y naciones que se reúnen en torno al miramamolín. Lo que se sabe acerca de sus titanes negros, sobre ese gran tambor que golpean para aterrorizar a los enemigos o cómo luchan los jinetes partos que visten de colores. Los sarracenos son estrictos en eso: el ejército califal lo comprenden unos veinte mil hombres, a los que se une un número confuso de voluntarios fanáticos.

»Si Castilla no hubiera sufrido el desastre de Alarcos, podríamos aportar más almas a nuestra alianza con Aragón. Pero da igual: con los portugueses y leoneses que esperamos sumar, los ultramontanos y, sobre todo, con las órdenes militares, casi alcanzaremos esos veinte mil.

—Muy optimista te veo, arzobispo —dijo Pedro—. Esas cifras de mazamutes son de antes de pacificar su imperio y de conquistar las islas. Por aquí sabemos que esta vez nos la jugamos a una. ¿Acaso no lo saben ellos también?

—Nosotros contamos con Dios. —Leonor pensó de nuevo en Raquel. En la última vez que la había visto, tres años antes. Tan segura de poseer llaves que abrían puertas. Entre ellas, las de Navarra—. ¿El rey Sancho no da señales de vida?

Los tres hombres arquearon las cejas a un tiempo.

—Sancho de Navarra no vendrá —aseguró Pedro—. No tiene por qué.

Al arzobispo se le hinchó la vena patria.

—Vendrá. No lo conocéis bien. Además, lo necesitamos; así que haríais bien en rezar para que esté a nuestro lado cuando nos sometamos al juicio divino. Da igual si somos quince mil o cien mil. *Gratia domini nostri Iesu Christi, et charitas Dei, et communicatio Sancti Spiritus.* Tenemos que luchar bajo el signo de la Trinidad, o el falso credo del miramamolín se impondrá.

—Sin duda —afirmó Pedro de Aragón con la seguridad del que niega—. ¿Y tu esposo, mi señora? ¿Tardará mucho en llegar?

—En cuanto acabe en Burgos se reunirá aquí con nosotros. Con los Lara y sus huestes al completo.

Y ella lo recibiría como se merecía. Porque por fin, después de años de duda, su marido volvía a ser aquel muchacho que le dedicaba largas miradas. El que le daba la mano mientras escuchaban trovas. El que había conseguido que Leonor se felicitara por su suerte, ya que, a diferencia de todas las demás reinas que conocía, ella amaba y era amada por su rey. El valiente guerrero que se disponía a luchar a vida o muerte por el futuro de todos.

✠

Una semana más tarde

Rodrigo de Rada, eufórico, escribía las cifras una y otra vez. Las sumaba y las dividía. Dibujaba cuadros, los marcaba con signos y anotaba una frase. *Haec in pugna publica, si sapienter disponitur, plurinum iuuat, si inperite, quamuis optimi bellatores sint, mala ordinatione franguntur.*

—En la batalla, si se sabe disponer la formación correcta, se vence; y si la formación no es adecuada, por buenas que sean las tropas, se es derrotado.

—¿Así de fácil?

Rodrigo de Rada levantó la vista de sus notas.

—¡Velasco! No me había dado cuenta. Siéntate.

—Perdón, mi señor arzobispo, la puerta estaba abierta... ¿Qué escribes?

—Enseñanzas de los antiguos. Todo conocimiento es poco.

Velasco sonrió. Qué diferencia con el anterior arzobispo, que en aquel mismo despacho insistía en algo bien distinto.

—He oído que ya ha llegado el rey Alfonso.

—Sí. Ayer.

El arzobispo, siempre afable, seguía metido en sus apuntes y dibujos. A un lado, un cuenco de vino caliente se había quedado frío. Al otro, el fajo de pergaminos desordenados mostraba listas de pagos y suministros. Uno de los miembros del cabildo toledano irrumpió y dejó caer un nuevo pliego.

—Mi señor arzobispo, las peticiones del Hospital.

Rodrigo ni levantó la cabeza.

—Gracias, Froilán. Déjalas ahí.

Froilán insistía:

—Mi señor arzobispo, los comendadores leoneses piden cotas de malla para sus sargentos. Se quejan de que el maestre portugués del Temple se llevó ayer todas las que quedaban.

—Sí, sí. Pasado mañana tendrán las suyas. Díselo.

—Y Sancho Román pide entrevistarse contigo para discutir las cuotas de botín.

—¿Quién?

—Es el montero mayor de León. Ha venido con sus dos hijos y...

—Dile que esta campaña no es para Castilla, sino para la cristiandad. El principal botín es espiritual, y ese se reparte por igual.

El tal Froilán resopló antes de marcharse. Rada sonrió sin separar la vista de sus apuntes.

—Pues así todo el día, Velasco. Por no hablar de las barrabasadas de los ultramontanos en la Huerta del Rey o los dos judíos que nos degollaron hace tres noches. Menos mal que ya solo falta el arzobispo de Narbona por llegar. Tengo unas ganas de partir...

—De eso quería hablarte. He cambiado de idea.

Rodrigo de Rada miró al monje. Lo que vio en sus ojos le obligó a dejar la pluma sobre el caos de papeles.

—¿Qué idea, Velasco? Ah, ya. Tu autoría del *Cantar*. Pues me parece bien que...

—No, no es eso. Verás, no me quejo de nada. He sido muy afortunado, gracias a Dios y a tu tío Martín, que es un santo. Pero ahora, cuando recorro Toledo y veo a toda esa gente dispuesta a dejar la vida... No sé, me siento culpable.

—¿Culpable? —Rada se echó atrás en su sillón—. Amigo mío, cada vez que salgo, me topo con algún bardo recitando tus estrofas; y a la gente alrededor, tan absorta que los ladronzuelos se hacen ricos porque descuelgan limosneras a placer. Nadie ve, oye ni siente nada, salvo lo que tú escribiste. Los soldados inventan canciones con tus versos; suenan de noche, en las puertas de las tabernas. He visto cómo se enardecen. Sueñan con imitar al Cid y a su mesnada. No digo que eso sea lo único que los ha decidido a tomar la cruz, pero... ¿Culpable te sientes? Las gracias habríamos de darte todos. Lástima que nadie sepa que eres tú el autor.

—Si es por eso, mi señor arzobispo. Los veo ahí, ignorantes de lo que se les viene encima, y me pregunto cuántos de ellos quedarán en el campo de batalla, destrozados o agonizantes. Entonces no se acordarán de mi *Cantar* salvo para maldecirlo.

Rada negó con la cabeza.

—Absurdo, Velasco. A nadie has puesto un cuchillo en el cuello para comparecer. Piensa mejor en lo que has ayudado.

—No es suficiente. Solo he escrito. Nada me jugaba en ello. Por eso quiero acompañaros.

—Acompañarnos... Ya. Verás, Velasco: mi tío me lo contó.

El monje cerró los ojos. Apoyó los codos en la mesa arzobispal y enterró la cabeza entre las manos.

—Así que lo sabes.

—Eso me temo.

—Entonces lo comprenderás. No puedo soportarlo. Los veo cada noche allí, tendidos. Inertes, con los ojos vacíos. Huelo la muerte, siento el miedo. Oigo el zumbido de las moscas. Se me cierra la garganta porque no dejo de imaginarlo. ¿Cómo es cuando el hierro corta tu piel y penetra en carne? ¿Cómo suenan tus huesos al quebrarse bajo la maza? Yo me salvé, Rodrigo. Salí de allí intacto. Hay un pensamiento que me atormenta: no fui capaz de herir a un solo sarraceno, y tal vez por eso murieron más de mis compañeros. Me doy asco, porque después pienso que, de otro modo, podría ser yo el muerto.

»Recuerdo las cabezas cortadas en las patrullas de exterminio tras la batalla. Los jinetes arqueros las colgaban de sus sillas, y los cráneos chocaban entre sí cuando cabalgaban. Yo los vi matar, y no fui capaz de salir de mi escondrijo. Siempre he sido un cobarde.

El arzobispo callaba, incapaz de argüir nada. Él tampoco había matado jamás. Ni se había visto enfrentado a un enemigo. Reunió algo de valor:

—Para mí también es nuevo, Velasco. También tengo miedo.

—Y aun así marcharás al combate.

—Más me gustaría quedarme, te lo aseguro. Cada cual cumplimos nuestro papel. El tuyo era escribir y lo has hecho bien. Yo aún no puedo decir lo mismo.

El monje levantó la mirada. Estaba llorando, aunque sin gimoteos.

—No lo entiendes. Ahora, por mi culpa, más hombres se dirigen hacia la muerte. Da igual si acaba en victoria o en derrota. Muchos morirán. Si me quedo, seguiré vivo. Soñando cada noche, escuchando los zumbidos de las moscas. Por eso debo ir y arreglar lo que estropeé. Lo entiendes, ¿verdad?

Rodrigo de Rada se puso en pie. Con las manos a la espalda, se dirigió a la ventana más próxima. Al otro lado de los vidrios de colores, las sombras se agitaban de un lado a otro. El gentío que llenaba Toledo, y que muy pronto se apelotonaría en alguna llanura del sur. Cerró los ojos y se esforzó por no imaginar lo que describía Velasco.

—Está bien, vendrás. Te nombraré mi portaestandarte y...

—No, no, Rodrigo... —Velasco se puso en pie y dio por cerrado ese momento de amistosa intimidad—. No, mi señor arzobispo. No quiero lugares de honor a retaguardia. Lucharé en vanguardia, antes de esperar demasiado para que me domine este maldito miedo. Volveré al punto donde lo dejé, porque solo así podré descansar.

Al mismo tiempo. Sevilla

El Calderero, harto de fingir que servía al califa an-Nasir, había mandado que trasladaran sus enseres al Hisn al-Farach, en las afueras. Que por otra parte, era el sitio ideal para tener a la vista el inmenso campamento almohade, tendido entre Triana y el propio castillo, y que también se extendía al otro lado del Guadalquivir, en cada pequeño espacio de orilla pantanosa al pie de las murallas o entre las casas de los arrabales, o junto al arroyo Tagarete. Incluso al este de Sevilla. Cada mañana y cada tarde, el gran visir observaba el mar de pabellones y el movimiento de las tropas acantonadas mientras recibía a los correos y secretarios. Se recreaba en el inmenso número de soldados masmudas, sanhayas, zanatas, árabes, *agzaz*, andalusíes... los dos ejércitos unidos ahora en una muchedumbre insólita en la historia del imperio. Casi cuarenta mil hombres. Desde las almenas del Hisn al-Farach, el Calderero atisbaba las caravanas de suministros que llegaban desde todo al-Ándalus, y también las barcazas que remontaban el río con almudes de cebada y trigo; y las oleadas de *ghuzat*, voluntarios de la fe que, atraídos por la llamada a la yihad, seguían acudiendo a miles con sus mejores armas. Que en casi todos los casos eran cuchillos oxidados y estacas sin lijar.

An-Nasir seguía en el complejo palatino intramuros, feliz de desentenderse de líos militares y políticos. Según sabía el Calderero, el califa se dedicaba a pasear entre los árboles, a deleitarse en los jardines y a escuchar el susurro de las fuentes.

Aquella tarde la había pasado Raquel tendida en la cama. Una grande, baja y repleta de almohadones. Según murmuraban los esclavos del Hisn al-Farach, el gran califa al-Mansur, constructor del castillo, jamás había dormido en ella.

—Un gran desperdicio —dijo en voz baja la judía cuando el

Calderero, confiado tras el asalto amoroso, se lo confirmó—. Seguro que al-Mansur tenía muchas esposas y concubinas.

—No tantas. —El visir rodó para alcanzar un dulce de la bandeja cercana—. Se dice que su padre, Yusuf, temía que lo destronara, así que le regaló una esclava muy hermosa. Zahr se llamaba, capturada en Portugal. Muy rubia y experta. Aunque supongo que no tanto como tú.

Raquel rio. Arrebató el dulce al visir y se lo comió de un bocado.

—¿Qué pasó con Zahr?

—Durante días, el joven heredero yació con ella y se olvidó del mundo. Hasta que la preñó de nuestro actual califa. Zahr engordó, claro, y eso la volvió despreciable a ojos de al-Mansur.

»Dicen las malas lenguas que desde entonces sintió asco hacia las mujeres. En fin, se casó con Safiyya bint Mardánish, la hija del rey Lobo. Y hasta le hizo un crío para quedar bien con la chusma andalusí. Después, para guardar las formas, se vio obligado a aparejarse con algunas otras concubinas que le regalaron los notables almohades. Pero, tras acostarse con ellas, las apartaba de su lado. Viven en Marrakech, en el viejo alcázar. Muy cerca, por cierto, de las muchachas que me has procurado año tras año.

Raquel asintió. Parecía increíble cómo alguien tan colérico como el Calderero se suavizaba con ella. Supuso que, igual que ocurría con al-Mansur, las mujeres obraban extraños prodigios en ciertos hombres.

—¿Y por qué, entonces, se hizo construir este lecho el califa al-Mansur?

El visir se permitió una sonrisa burlona.

—Esas malas lenguas dicen más cosas. Que el verdadero amor del califa no era una mujer precisamente.

Raquel se tapó la boca.

—Pero ese es un pecado horrible...

—Desde luego. —El Calderero seguía con su sonrisa socarrona pintada en el rostro—. Todo el mundo se pregunta por qué al-Mansur murió tan joven. Un hombre a quien nadie venció jamás, y que podía superar heridas terribles, como la que sufrió contra los portugueses... Sin embargo, cayó en un extraño aturdimiento tras Alarcos. Se apagó poco a poco, como una vela consumida por una llama demasiado fuerte.

—¿Y por qué?

El visir acercó la boca al oído de Raquel.

—Porque en Alarcos murió su primer visir, fiel mentor y consejero, Abú Yahyá. El hermano del Tuerto.

No era preciso decir más. La judía imitaba la sonrisa cómplice del Calderero cuando se oyeron gritos en el corredor.

—¡Ilustre visir omnipotente! ¿Estás ahí?

—Por el Profeta... ¡Sí, estoy aquí!

La voz insistió al otro lado de la puerta.

—¡Noticias del norte!

El Calderero bufó. No tenía ganas de abandonar el lecho, y menos con Raquel desnuda a su lado.

—¡Pasa!

La judía no se molestó en cubrirse cuando el sirviente entró. De todos modos, el hombre casi no tuvo tiempo para mirarla, pues cayó de rodillas y pegó la frente al suelo antes de iniciar su atropellado informe:

—Visir omnipotente, los reyes de Castilla y Aragón, a los que Dios confunda, se han reunido en Toledo. Con muchas huestes y monjes guerreros, y gentes pecadoras llegadas de los confines de la cristiandad.

El Calderero saltó de la cama. Anduvo hasta el criado y le dio una patadita en el hombro.

—¿Qué dices, necio?

El hombre, atemorizado, levantó la cara del suelo. Aunque solo media pulgada.

—Han llegado noticias desde Malagón y Calatrava, mi señor. Los infieles han almacenado víveres en Guadalerzas. Muchos. Como si por allí fuera a pasar una muchedumbre.

El Calderero miró al techo y abrió los brazos. Su carcajada se convirtió en un rugido de triunfo.

—¿Solo Castilla y Aragón? ¿Estás seguro de que los otros emires cristianos no están con ellos?

—Es lo que dicen los mensajes, visir omnipotente.

—Bien. ¡Bien! Y ahora fuera de aquí. Prepara mi caballo y escolta. He de ver al príncipe de los creyentes.

Cuando se volvió, Raquel se había sentado al borde de la cama, con la sábana cogida a la altura del pecho.

—Guadalerzas está en el camino de Toledo a Calatrava —dijo ella.

—Así es. Y tal como predije, los cristianos no se han unido. —Recogió la *zihara* y el *burnús*—. Dos obstáculos se cruzaban en mi camino. ¿Recuerdas, mujer?

Raquel lo observó mientras se vestía a toda prisa. Ya no sonreía.

—Sí, mi señor.

—El primero fue Salvatierra, y se superó del modo en que advertiste. Así salvaste la vida y te metiste en mi cama.

»Ibn Qadish es el segundo obstáculo. Dijiste que rendiría Calatrava para entregarla a los cristianos.

—¿Me matarás si no es así?

—Dalo por hecho —contestó con una seguridad que heló la sangre en las venas de Raquel—. ¿O acaso no recuerdas tus propias palabras?

Ella tomó aire. Si por un momento había pensado que dominaba el corazón de aquel hombre, ahora veía cuánto se equivocaba.

—Tuya será la victoria, mía la muerte.

—Sí. Tuya y mía. —Se le acercó y la besó con devoción de amante—. Voy a ver al califa y a ordenar la partida. Marchamos en busca de mi destino. Hacia la mayor batalla que conocerán los tiempos. Vístete, mujer. Has de estar conmigo cuando se cumpla tu sentencia.

45

La despedida

Junio de 1212. Toledo

El rey Alfonso había insistido en retirar los tronos, y también los largos tapices con los blasones castellano y aragonés. En su lugar, una gran cruz presidía el salón principal. Sobre la tarima había un solo escabel, bajo y sencillo, que ocupaba Leonor Plantagenet. Y a sus pies, los líderes del ejército compartían la misma altura. Los reyes de Castilla y Aragón, los arzobispos de Toledo y Narbona, condes, obispos, señores, maestres... El consejo de guerra lo había convocado el rey Alfonso a puerta cerrada, mientras el resto del alcázar toledano bullía de mayordomos, alféreces, escribanos y criados. Poco a poco, los hombres se dispusieron en círculo. Se mezclaron las estolas con las sobrecotas, las cruces de las órdenes militares con los colores nobiliarios. Solo los arzobispos se cubrían la testa, de modo que las mitras destacaban entre el gentío. Fue Arnaldo Amalarico el que tomó la palabra, provocando gestos de disgusto ante lo chirriante de su voz y el tufo que exhalaba:

—Jamás se dispensó mejor bienvenida que la que yo acabo de recibir. Gracias. En mi nombre y en el del papa, al que represento como legado. —Enfatizó esto último mientras miraba de reojo al arzobispo de Toledo—. Esta es la empresa de Cristo —señaló a la gran cruz— que ha de servir como ejemplo a generaciones venideras.

»Habéis de saber que, de camino hacia Toledo, he contemplado prodigios. —Buscó el centro del círculo humano. Se apoyó con ambas manos sobre el báculo dorado. Sus pies se movían despacio, de modo que el cuerpo pequeño y andrajoso giraba en torno al bastón para dirigirse a todos los presentes—. Dios nos favorece, no hay duda. El salvador del mundo se ha manifestado. No he dejado de escuchar alabanzas desde que abandoné Narbona. Himnos divinos en boca de la chusma. Humildad en los ojos de los soberbios, verdad en la lengua de los embusteros. ¡Conoced los signos del Creador!

»En Perpiñán pude ver, con estos ojos que los gusanos se comerán, cómo una niña ciega recuperaba la vista al besar los faldones de mi hábito.

—Por san Jorge —susurró Pedro de Aragón— que besar esa porquería, si no te mata del asco en el momento, te vuelve invulnerable, como Aquiles.

A su lado, un par de condes contuvieron la risa. Amalarico siguió:

—A poco de pasar Jaca, al cruzar un río caudaloso, una de nuestras mulas resbaló y se la llevó la corriente. Solo tuve que meterme en el agua e invocar el favor de santa María. Os admiraría ver cómo la bestia dio un salto hasta la orilla.

El rey de Aragón volvió al ataque, siempre en voz bajísima.

—Es que si se mete este puerco en el mismo río que yo, del brinco que doy llego hasta Marrakech, caigo sobre el miramamolín y no hace falta ni guerra santa ni nada.

El conde de Ampurias no pudo aguantar la risa. Amalarico interrumpió su discurso para lanzarle una mirada fulminante. Regresó el silencio.

—En las afueras de Logroño, unas gentes sencillas adoraban a la Virgen en una capillita. A mi paso me contaron que la figura había ardido sola durante el ataque de los mazamutes a Castilla, después de Alarcos. Pero cuando nos aproximábamos y ya se oían nuestras rogatorias, las plantas florecieron a su alrededor y Nuestra Señora recuperó el color y la lozanía. Todos gritaban de admiración, y algunos hasta cayeron desmayados.

—Sin duda —metió baza Pedro de Aragón, procurando no ser oído por el legado—. ¿Habéis probado el vino de esas tierras, amigos? Oh, la de burros voladores que ve uno después de trajinar media barrica riojana.

Esta vez el conde de Ampurias tuvo que morderse la lengua.

—Todos estos milagros —continuó Amalarico— no son sino muestras del favor divino. Y como podéis comprobar, la madre de Dios es quien más empeño pone en la causa.

»Otro portento sucedió en el santuario de Rocamador, al norte de las tierras azotadas por la herejía cátara. Nuestra santa madre, la

Virgen, se apareció a un clérigo y le entregó un estandarte con su pulcra figura. Lo he traído para que nos sirva de guía y nos proteja frente a las hordas del miramamolín.

El arzobispo de Narbona dio por concluido su discurso, lo que supuso un fastidio para quienes rodeaban al rey de Aragón. Rodrigo de Rada sustituyó a Amalarico en el centro del círculo.

—Gracias, mi buen Arnaldo. Ten por seguro que ese estandarte se lucirá el día de la verdad. Una pena que el concurso del rey de Navarra no figure entre esos prodigios. Con él, uno y trino sería nuestro ejército, lo mismo que el gran misterio.

Amalarico frunció el entrecejo.

—Sancho de Navarra vendrá. —Dio un golpe de báculo en el suelo. Toc—. A Dios nombro por testigo.

Sobre la tarima, Leonor Plantagenet fue la única en creerlo.

—Recemos para que así sea —siguió Rada—. Ahora dejadme informaros, mis reyes y señores, de nuestra situación.

»El buen arzobispo de Narbona se ha presentado con más de cien caballeros de ultrapuertos, a los que uniremos los fieles compañeros norteños que ya acampan en la Huerta del Rey. En total son mil jinetes, y algo más de dos millares y medio entre peones y ballesteros.

»Contamos con freires de Calatrava, Santiago, San Juan y el Temple. Casi tres mil entre luchadores de a caballo y de a pie. Siguen llegando buenos cristianos con licencia de sus reyes desde León y Portugal. Tenemos al ejército de Aragón y al de Castilla. Mesnadas no ha fallado ninguna, y milicias de los concejos están casi todas: solo faltan las de Valladolid, Medina, Palencia y Béjar, que vienen de camino.

»Sumo estas milicias, que ya nos han mandado números para calcular provisión, y me salen estas cuentas: algo más de seis mil jinetes y catorce mil de a pie. Mis reyes y señores, hermanos en Cristo todos, somos veinte mil.

El murmullo de admiración fue general. En mente de todos estaba que, con tales cifras, casi se igualaban las esperadas para los infieles.

—La victoria es nuestra —volvió a intervenir Amalarico—, pero no por la fuerza del número, sino porque solo una es la fe verdadera, y la otra perecerá.

—No os llevéis a engaño —siguió con lo suyo el arzobispo de Toledo—. El forraje para las bestias y el alimento para los hombres son un problema. Lo mismo que el agua. Hemos planeado la ruta, las jornadas y los lugares de acampada, pero nuestro objetivo es Calatrava, una ciudad bien defendida, con un alcázar fuerte en el que los sarracenos habrán concentrado guarnición suficiente para resistir. Y a mitad de camino nos toparemos con Malagón, que también nos frenará. Ahora nos sabemos aventajados porque somos muchos, pero cuando empiece a faltar de todo, nos debilitaremos. —Rada miró uno a uno a los principales líderes, empezando por los dos reyes y pasando por los maestres de las órdenes y por Amalarico—. Por eso es necesario que se siga el plan al pie de la letra. Nadie puede actuar por cuenta propia, ya que debilitaría al resto. No debemos protestar por las decisiones que tomen nuestros reyes, que para eso están ungidos por Dios y nos allanamos a su inteligencia. Cuando el miramamolín llegue con su ejército, ha de encontrarnos unidos. Confiados en que, bajo el estandarte de la Virgen y la determinación de nuestra fe, seguiremos en el campo de batalla hasta el exterminio. De unos o de otros.

»Y ahora, amigos míos, el rey de Castilla quiere hablaros.

Se había hecho el silencio. Incluso Pedro de Aragón y los que lo rodeaban habían olvidado ya sus chanzas contra Amalarico. Leonor Plantagenet se levantó del escabel y avanzó hasta el borde de la tarima. Su esposo tomó aire. Anduvo solemne, con la vista puesta en el suelo, y se detuvo en el centro mismo de la sala. Todos aguardaron sus palabras, pero él se dirigió primero hacia donde estaban los barones de su reino. Los nobles y prelados de las casas de Lara, Haro, los Cameros, Girón, Meneses, Guzmán...

—Amigos —les dijo—, entre todas estas gentes, vosotros sois mis naturales. Nadie como yo os conoce. Nadie como yo sabe de dónde viene vuestra sangre, y cuáles son vuestros hechos de armas, y cuán leales me sois. Igual que conozco al resto de los castellanos, y de entre ellos a los principales, y a los que mejor guardan su hidalguía y sus derechos.

»Venid, por vosotros o por las gentes que os son cercanas, a pedir lo que preciséis. Caballos, armas, paños, dineros o lo que sea menester. Yo os lo cumpliré en todo. Porque no consentiré que sufráis daño alguno mientras, a mi lado, lucháis como sabéis, sin desfallecer, y vencéis a los enemigos de la cruz.

Se volvió entonces el rey y anduvo hasta su amigo Pedro de Aragón. A su lado, firmes, inclinaron sus cabezas los condes de Ampurias, de Pallars y del Rosellón; los vizcondes de Vilamur, de Cardona, Cervera, de Rocabertí, de Bas, de Cabrera y de Castellnou; los obispos de Barcelona y Tarazona; y los nobles aragoneses de las casas de Lizana, Pardo, Romeu, Luesia, Alagón, Cornel, Luna, Ahonés, Foces...

—Vosotros, vasallos de mi primo Pedro. Y mis buenos amigos —miró a un lado, donde estaba el conde leonés Rodrigo Froilán, y también el comendador santiaguista Gil González, que se había ofrecido como representante de los voluntarios portugueses—, llegados desde León y Portugal. Vaya también por los fieles maestres de Calatrava y Santiago, y para los tres maestres templarios y para los priores del Hospital. A vosotros os lo agradezco más aún que a los míos, y os digo lo que ya sabéis: que todos somos españoles, y que los moros entraron en nuestra tierra por la fuerza y nos la conquistaron, hasta que unos pocos cristianos resistieron desde las montañas, y se revolvieron. Y lo mismo mataron que murieron, y empujaron a los sarracenos porque unos y otros acudían a sus llamadas, y así les ganaron la tierra hasta el día de hoy.

»También sabéis del enorme daño que me hicieron en la batalla de Alarcos, y por razón de ese desastre os he llamado en mi auxilio. Y ya sea por socorrerme o por limpiar vuestros pecados, os ruego que ayudéis a Castilla a tomar venganza y enmienda del mal que ha sufrido toda la cristiandad. Y lo mismo que ofrecí a los míos, en igualdad os lo brindo a vosotros. Caballos, armas, paños o dineros. A vuestra disposición están.

Se movió hacia el extremo del salón, donde esperaba el arzobispo de Narbona junto a los prelados de Nantes y Burdeos y el vizconde de Turena.

—Poco os puedo decir a vosotros, aliados de tierras lejanas, salvo que en la cristiandad y en la santa madre Iglesia somos todos uno. Y que, como sabéis, el daño que aquí nos alcance os hará sangrar allí del mismo modo que las cuitas que padecéis vosotros me duelen en el corazón como si mías fueran. Habéis de gozar de mi largueza más que nadie, y ojalá que esto os cumpla hasta que nos veamos saciados de botín y de gracia divina.

Alfonso de Castilla retrocedió para ocupar de nuevo el centro del círculo. Recorrió con la vista la reunión de nobles y prelados. Pensó que nunca hasta entonces se había visto semejante cónclave, y no era probable que se repitiera en los días que Dios había tenido a bien darles de plazo hasta la tumba.

—De aquí en dos semanas, amigos míos, la vanguardia del ejército partirá. Preparad vuestros cuerpos y confiad en la indulgencia que el santo padre nos ha concedido porque, como ha dicho el arzobispo Rodrigo, esta empresa terminará con el exterminio de unos o el de otros. Nos hemos de ver de vuelta aquí, o bien nos reuniremos en el cielo.

Calatrava

Ibn Qadish precedía a Ibn Farach por el adarve de la medina. Le señalaba los vados del Guadiana y los terraplenes que había ordenado pegar a la base de las murallas.

—Usa abrojos —le aconsejó el veterano caíd de Alcaraz—. Son fáciles de fabricar. Un par de clavos afilados en ambos extremos. Los tuerces, los unes por su centro y, los tires como los tires, siempre queda una punta hacia arriba. Siembra los vados con ellos, y los guerreros cristianos tendrán que limpiarlos para pasar. Aunque antes habrás dejado cojos a unos cuantos hombres y caballos.

—Eso haré.

—Y amontona rocas en los adarves. Que hagan falta las dos manos para levantarlas.

—Sí, ya lo había pensado.

Continuaron la ronda. Ibn Qadish había ordenado que se instalaran pequeños mangoneles en las torres, y junto a ellos se amontonaban los bolaños. Las máquinas estaban lastradas con rocas. A Ibn Farach no le impresionaron.

—Te costará mucho moverlos para apuntar. Lo sabes, ¿no?

—Sí. La idea es hacerlo solo para disparar hacia sus máquinas, si es que las usan. No pretendo acabar yo solo con el ejército cristiano, sino dar tiempo al califa. Retrasar la pérdida de la medina cuanto pueda.

El veterano asintió.

—Eso está bien. Ah, y creo que fue una estupenda idea sumar altura al muro del alcázar. Aunque esperemos que no tengas que refugiarte en él.

Los centinelas los saludaban a su paso. Ibn Qadish había ordenado que las guarniciones de las plazas cercanas se quedaran con lo mínimo. Así, ballesteros y arqueros de Malagón, Caracuel, Benavente, Piedrabuena y Alarcos habían acudido a reforzar Calatrava.

—No me ha quedado más remedio —le explicó a Ibn Farach—. Las intenciones parecen claras: enfrentarse aquí. Los cristianos no serán tan estúpidos como para plantar un asedio en Malagón y perder dos meses. Demasiado tiempo, esfuerzo y, sobre todo, provisiones. Sería un suicidio para ellos. Y además, ignoran que apenas queda guarnición allí. Lo importante para nosotros es no perder Calatrava. El Calderero fue muy preciso. Demasiado.

—Me lo imagino. Pero ¿qué pasará si, pese a todo, los cristianos se empeñan en tomar Malagón?

—He dejado orden de no luchar. Si hay asedio, se pactará la rendición. Prefiero que se rindan y salven la vida. Confío en que el rey de Castilla se portará como un caballero. Al fin y al cabo, nosotros lo hemos hecho.

Ibn Farach paseó la vista a lo largo de la muralla, que rodeaba la medina y se unía al alcázar, con sus muros recrecidos. Cada poca distancia se veía un puesto de tirador. Arqueros sobre los lienzos para batir en vertical y ballesteros en las torres para el flanqueo. En total, la guarnición de Calatrava se había engordado hasta los sesenta jinetes y cien peones. Suficiente para resistir. Para dar tiempo al califa.

Bajaron del adarve y caminaron en silencio. A su paso, los pobladores de Alarcos también callaban. En los rostros de todos se leía el temor. Habían acumulado víveres como para aguantar dos años sin salir, pero los rumores que llegaban del norte desbordaban toda precaución. En la medina esperaban las tropas de Alcaraz y el resto de las plazas bajo mando del veterano, que habían llegado esa misma tarde. Los hombres no habían deshecho sus fardos. Sabían que, tras un breve descanso, debían seguir camino hacia el sur.

Ramla, que aguardaba visiblemente nerviosa, recibió a los dos caídes en casa.

—¿De verdad que no puedes quedarte, Ibn Farach?

El veterano negó.

—Mis órdenes son tajantes. Presentarme en Baeza para unirme al ejército y tomar el mando de las tropas andalusíes. En ausencia de tu esposo, el Calderero necesita a alguien con autoridad.

—Pero si la batalla va a ser aquí, ¿qué importa?

—Mujer, déjalo ya —dijo Ibn Qadish—. No nos va a pasar nada.

Ramla, con los ojos acuosos, no le hacía caso. Siguió hablando a Ibn Farach:

—Has tenido que oír los rumores. Se habla del mayor ejército cristiano de la historia. Miles y miles de freires. Querrán vengarse de lo de Alarcos.

El veterano dedicó un gesto paternal a Ramla.

—Por muchos que sean, nosotros los superamos. Ahora mismo el califa estará de camino desde Sevilla. Solo tendríais que soportar una semana de asedio. Diez días a lo sumo. Tu esposo ha pertrechado bien la plaza. No temas.

—Hice un juramento a tu padre, Ramla —intervino Ibn Qadish—. Fue aquí mismo, tú estabas delante. Me dijo que Calatrava no importaba. Ni al-Ándalus, ni toda la tierra de aquí a Persia. Solo tú importas. Y te mantendré a salvo, y a Maryam, y a Isa. Venga de donde venga el peligro.

Ella se le abrazó y pegó la cara a su pecho. Sus hombros se agitaban despacio. El veterano Ibn Farach apretó los dientes. Él también había dejado a sus hijos en casa, aunque Alcaraz no corría peligro inmediato. Se acercó a la pareja.

—Esas palomas vuestras de aquí fuera... ¿Las usáis para la mensajería con Jaén?

—No —contestó Ibn Qadish—. De eso se ocupa la guarnición. Estas son de Ramla. Pero están bien alimentadas y vuelan rápido.

—Entonces dadme unas cuantas, y así podré mandaros mensajes aparte de los correos oficiales desde Jaén o Baeza. Os iré diciendo cuánto nos queda para llegar.

—Te llevarás mis mejores palomas —prometió Ramla—. ¿Y qué pasa con el Calderero?

El rostro de Ibn Qadish se ensombreció. Miró en silencio al veterano. Este puso una mano sobre el hombro de la mujer.

—El Calderero nos colmará de honores por contribuir al triunfo almohade.

—No lo creo. —Levantó la cabeza y miró a su esposo—. Él te amenazó. Dijo que clavaría tu cabeza en una lanza si tenía que venir a recobrar Salvatierra, y ahora Salvatierra es musulmana de nuevo gracias a él. Tú confiabas en que el otro visir, el Tuerto, te defendería. Pero está muy lejos, y el Calderero tiene todo el poder. Debiste escuchar a esa mujer, Ibn Qadish. Ella sabía que...

—Basta —la cortó antes de que dijera algo que no debía saberse. Tomó del brazo a Ibn Farach, que observaba confundido a Ramla. Ibn Qadish lo arrastró con amabilidad hacia la salida—. Vamos, amigo mío. Te daré esas palomas. Y también mis mejores deseos para la batalla. Dentro de poco, todo habrá acabado y la paz regresará.

Dos semanas después. Toledo

Ese día, la vanguardia había partido. El arzobispo Rodrigo de Rada imponía su planificación de cada jornada. Grupos escalonados precedidos de columnas de provisión, varios itinerarios separados para disponer de más forraje, descanso en lugares abastecidos de agua y con arboladas para leña, una inmensa columna de materiales y víveres, formada por rebaños de comida aún viva y por miles de mulas cargadas con pan, vino, cebollas, miel, tocino, carne, trigo y avena, cacharrería, material para forjas de campaña, tren de asedio, tiendas, paños, cera, brea, estopa, cuerdas... Las marchas debían ser exactas, sin retrasos ni desvíos, con campamentos prefijados en alturas dominantes. Primera noche junto al arroyo Guadaxaraz, segunda a orillas del Guadacelet, tercera en el río Algodor. En cuatro días, la delantera habría llegado a la torre de Guadalerzas y podrían prepararse para avanzar hasta Malagón.

—El quinto día, la vanguardia llegará a la vista de Calatrava —explicaba el rey Alfonso a su esposa mientras la acompañaba por los corredores del alcázar. Hablaba despreocupado, con la mano de la reina sobre la suya. Las damas de compañía detrás, en silencio. Los monteros a intervalos regulares, con las lanzas terciadas. Habían cenado ligero porque Alfonso no tenía hambre. Pero no había quedado vino en la jarra. Todo era poco para acumular valor.

—Entonces, esposo, ¿cuándo regresarás?

La miró. Supo que la pregunta, en realidad, era otra. Mucho más simple: «¿Regresarás?»

—En una semana quedará todo decidido.

Leonor asintió con ojos brillantes. Por la mañana había presenciado la partida del señor de Haro, que comandaba el cuerpo de avanzada, con el arzobispo de Narbona, los guerreros ultramontanos y los concejos de Castilla. Esa noche, en Toledo, nadie se dormiría fácilmente, porque todos sabrían que la gran expedición estaba en marcha. De amanecida, el rey de Aragón cruzaría el Tajo hacia el sur. La segunda oleada. Y a media mañana, Alfonso de Castilla encabezaría la tercera.

Llegaron frente al aposento de Leonor. Esta se volvió hacia sus damas.

—Amigas, obrad ahora como acordamos. Y despedíos de vuestro señor y rey para hacerle el trago más fácil mañana.

La voz de la reina había temblado al final. Las mujeres aguantaron las lágrimas mientras hacían reverencias y fijaban en sus memorias la imagen del único ser que podía salvarlas de la esclavitud. Cada una de ellas entregó a Alfonso un pañuelo de seda, que él aceptó con sonrisas de gratitud y besos en las manos.

—Llevaré vuestras prendas conmigo, mis señoras. Así recordaré por qué he de luchar.

Las damas se retiraron. Un par de ellas rompieron a llorar antes de desaparecer por el primer recodo. Los monteros abrieron la cámara de Leonor.

El rey inspiró hondo mientras observaba a su alrededor. En aquella alcoba habían pasado, tiempo atrás, los momentos más felices de sus vidas. Y también algunos de los más tristes. Con un ligero chasquido, la puerta se cerró tras ellos y quedaron solos. Alfonso rodeó el dosel, apartó la cortina y extendió los pañuelos de las damas sobre el lecho.

—Los ataré al arzón. A mi lanza, a mi talabarte, al puño de la espada. Por todas las castellanas cuyo destino ondea al capricho del viento.

Ella tomó la cara del rey entre las manos. Acarició la barba encanecida.

—Tus hombres te envidiarán. Serás el caballero que a más damas se deba.

—A una me debo más que a ninguna. Y de esa aún no he recibido prenda.

Leonor, sonriente, acercó los labios y dejó un beso suave y corto sobre los de Alfonso.

—Perdóname, mi rey.

—¿Por qué?

—Por todo. Por estos años de insolencias. De ofensas, de ultrajes...

—Merecidos, mi señora. Yo soy quien ha de pedir perdón.

Leonor se dejó abrazar. Apoyó la mejilla en el pecho de su esposo.

—Todo sea perdonado de uno y de otra. Eres tú de nuevo. Lo eres, ¿verdad, Alfonso?

—Lo soy, mi señora. —Acarició las hebras trigueñas. Las besó. Y cuando ella volvió la cabeza, besó sus párpados—. Soy el que siempre te ha querido. El niño que jugó contigo cuando tú también eras niña. El joven que te espiaba en tus aposentos. El padre de tus hijos. Tu rey. Tu servidor.

Se besaron de nuevo, esta vez con más ardor. Alfonso retiró la capa forrada de los hombros de Leonor. Ella desenlazó el cinto del monarca.

—¿Qué ocurre, Alfonso?

Él se había congelado. La observaba como el alma que acaba de entrar en el reino de los cielos y ve por vez primera a su creador. Con la dicha de saber que esa contemplación será ya eterna.

—Quiero que tu imagen se fije en mi memoria, Leonor. Quiero recordarte así. Tu rostro me guiará en el momento de la verdad. Tú serás el ángel que me proteja de la devastación. Será tu voz la que oiga, y no invocaciones al Señor o gritos de agonía. Tu amor será la mejor prenda.

Ella dejó que se recreara en la melena derramada sobre los hombros. En los ojos cuyo color jamás nadie se atrevió a afirmar. En los labios húmedos, en el brial desenlazado. Leonor también lo observó. Y casi vio al muchacho que décadas atrás la requebraba, le dejaba flores a los pies de la cama y la poseía con el vigor de un destrero.

Cayeron sobre los pañuelos de las damas. Se despojaron de todo, ansiosos del amor que el desastre de Alarcos había expulsado de sus vidas. Dejaron a un lado el recuerdo de los hijos muertos. El de los soldados caídos, el de las viudas desamparadas. Olvidaron incluso el miedo que encapotaba el cielo de Castilla. Ya no existían los almohades. Ni los barones, ni las damas, ni los campesinos, ni los monasterios, ni las guerras santas, ni las bulas, ni la muerte. Rodaron desnudos sobre el lecho, con una pasión que ninguno de los dos recordaba desde que eran jóvenes. Cuando todo era como un juego. O como esos lances que cantaban los juglares mientras rasgaban la viola. Se inflamaron como teas, convertidos ya en un hombre y una mujer. Nada más.

—Te veo —murmuró Leonor mientras Alfonso la colmaba,

voraz por años de apetito insatisfecho—. Te veo... cabalgar. Al frente de todos. El escudo al frente. Rojo, como la sangre de nuestros enemigos. —Cerró los ojos y arqueó la espalda—. Veo el estandarte... abriéndose paso. Mi prenda en la punta de tu lanza...

—Mi reina...

Ella afiló la voz:

—Veo al hombre... que me ama... Veo cómo encuentras la gloria. Es... tu destino, Alfonso. Cabalga, mi amor. Cabalga... hasta la victoria.

—Hasta la victoria —repitió él.

Las campanas repicaban por todo Toledo. Leonor, erguida y bella como una estatua pagana, soportaba el infierno que el sol descargaba desde lo más alto. Estaba en las puertas del Alcázar, y tras la reina se alineaban los hijos que todavía vivían y seguían junto a ella. Enrique, que a pesar de ser el menor se había convertido por sorpresa en el heredero del reino; Berenguela, de amargo mohín desde su separación del rey leonés; y las niñas Leonor y Constanza. Ellas callaban, vestidas con sencillos briales sin adornos ni colores, desprovistas de joyas y con sencillas guirnaldas en el cabello. El príncipe, algo asustado por lo solemne del momento, se ocultaba tras los faldones de su hermana Berenguela.

—Rezaremos a cada momento, esposo —prometió Leonor.

El rey aún la observaba, como la noche anterior.

—Yo te llevaré en mis pensamientos. Y en mis sueños.

Habían caído rendidos cerca de la madrugada. Y tras dormirse y despertar, habían hecho el amor de nuevo. Y después ella le había pedido perdón una y otra vez, pero él decía que no había nada que perdonar. Que cada reproche era justo, y que prefería cargar con los miles de culpas que recrearse en justificaciones. Ninguno de los dos nombró al difunto príncipe Fernando, aunque ambos lloraron por él. Y por los demás hijos perdidos. También, esta vez sí, por los cadáveres abandonados en el campo de batalla, por los huérfanos hambrientos, por las aldeas en llamas, por las tumbas sin cruces. Consumido el fuego de la pasión, llorar era todo lo que quedaba, al menos hasta que a las lágrimas las relevara una nueva pasión: la de la sangre.

—No te separes de tu mesnada, por Dios —rogó Leonor—. Y déjate aconsejar por Rodrigo.

El rey se volvió para mirar al arzobispo, que esperaba ya sobre su silla, el caballo encarado a la cuesta. Sin mitra ni báculo, podría pasar por un clérigo cualquiera. Rodrigo de Rada no era un guerrero como lo había sido Martín de Pisuerga, pero toda la empresa descansaba sobre sus hombros.

—Enrique —dijo Berenguela—, despídete.

El niño de ocho años se ocultó un poco mejor tras el brial de su hermana. Fue su madre quien lo animó:

—Despídete de tu padre, vamos. Eres el príncipe de Castilla.

El crío avanzó con timidez. Alfonso se acuclilló para revolverle el pelo.

—Cuidarás de tu madre y de tus hermanas. Serás siempre guardián de nuestra religión y mirarás por el bien de Castilla.

—Vale.

El rey casi se echó a reír. Si no lo hizo fue porque si Enrique heredaba el trono en unos días, ni la religión ni Castilla pasarían del próximo otoño. Y en cuanto a Leonor y a las infantas, su destino sería el concubinato o algo peor. En ese momento se redobló el repique en el campanario más cercano. Los toques se confundieron por toda la ciudad.

—¡Es el momento, mi rey! —avisó Rodrigo de Rada.

Pronto, todo el aire fue un tañido inmenso. Alfonso cerró los ojos y se obligó a no imaginar ese sonido sustituido por las llamadas del muecín a la oración. Se puso en pie para adelantarse y besar las mejillas de sus hijas. Después regresó a Leonor. Ella le ató las cintas de la cofia bajo la barbilla.

—Recuerda, esposo, lo que prometiste. Deja ir a Ibn Qadish.

Resultó evidente que el rey no entendía aquel empeño. Pero daba igual. Sobre todo en ese momento. Las campanas insistían. Tuvo que alzar la voz sobre el estruendo.

—¡Si no vuelvo...!

La reina tomó sus manos. La angustia trabada en la garganta. Un sabor metálico en la boca, como el día en que la despedida fue para verlo marchar hacia Alarcos. No querían pensar en ese nombre. Alarcos. Pero flotaba sobre Toledo como un nubarrón negro que el repique de campanas no podía disolver.

—¡Volverás! ¡Dios no nos ha hecho pasar por todo esto para que no vuelvas!

Alfonso sonrió. El milagro obrado la noche anterior seguía allí. La veía joven, casi una niña. Como cuando había ido a recogerla a Tarazona, más de cuarenta años antes. Ese día, como ahora, sonaron campanas. Fuera, pero también dentro. Leonor. Toda una vida a su lado, viéndose reflejado en los ojos más dulces de Normandía y de Castilla. ¿Quién quiere un reino teniendo eso? Supo en ese momento que era cierto: volvería. Porque no imaginaba otra forma de morir que a su lado. Acercó la cara despacio. Se suponía que no debía parecer débil. Que sus hombres miraban. Y también lo hacía el heredero de la corona, y las infantas, y los criados. Y la dignidad del rey era la dignidad del reino. Y llorar no era digno, ¿verdad?

O sí. O ¿qué importaba?

46

Malagón

Cinco días más tarde

—El asalto fue súbito, nada pude hacer por evitarlo. Y tampoco el señor de Haro. Se trata de guerreros de Cristo y, cuando huelen al infiel, se lanzan como halcones desde el cielo. ¡Alabado sea Dios!

Amalarico siguió con el orgulloso relato ante los asombrados oídos de Alfonso de Castilla. Lo comparó con el estallido de una tormenta. Solo que en lugar de agua, llovía fe.

El cuerpo de vanguardia había aparecido frente a Malagón según lo previsto por Rodrigo de Rada. Diego de Haro ordenó levantar el campamento para aguardar al grupo de Pedro de Aragón, y sus hombres se pusieron a la tarea mientras repartían tareas de tala y forrajeo. Pero el arzobispo de Narbona, a la vista del minarete que sobresalía tras las murallas de la medina, montó en cólera. Desmontó, cayó de rodillas y, como en trance, se sintió poseído por la ira divina. Eso decía.

—Percibí algo que brillaba allá arriba. Creo que era una columna de fuego sobre Malagón. O tal vez una cruz enorme que refulgía con la candente fe de la santa Iglesia. Los valientes que me siguieron desde el otro lado de los Pirineos, acostumbrados a estos signos que nos avisan del pecado y la herejía, también lo vieron. Ah, qué bella estampa, hijos míos. Si hubierais estado aquí...

Amalarico se relamía al evocar la acción. Las milicias castellanas y la mesnada de la casa de Haro, sorprendidas, se quedaron atrás, insistiendo en que las órdenes eran pasar de largo hacia Calatrava. Pero el asalto era ya general. Los peones corrían con escalas mientras los ballesteros batían las almenas. Algunos jinetes espolearon a sus destreros sin enfundarse la loriga ni embrazar el escudo. Gritos de guerra en varias lenguas y mucho nombre de Cristo. Así que los caballeros norteños se encargaron solos de alcanzar las murallas, matar a los pocos defensores y abrir las puertas desde dentro. El arzobispo Amalarico comparó la caída de la medina con la de la ciudad de Béziers en un ataque fulgurante que él mismo había bendecido. Los pobladores de Malagón, como los de la infausta ciudad occitana, vieron al enemigo en sus calles, aporreando las puertas, sacando a los hombres a la calle a punta de espada y arrastrando del cabello a las mujeres. Algunos consiguieron refugiarse en el pequeño alcázar, pero las hordas ultramontanas continuaron con su hostigamiento sin descanso. La defensa solo pudo mantenerse hasta el anochecer, cuando los sitiados suplicaron el amán a cambio de la rendición.

Mientras Amalarico seguía contando sus hazañas a Rodrigo de Rada, Pedro de Aragón, con los labios convertidos en una fina línea, apartó a Alfonso de Castilla para hablarle sin testigos.

—Una masacre. A algunas mujeres las destriparon nada más violarlas. A las más agraciadas se las han pasado unos a otros durante la noche. Esta mañana, al llegar nosotros, quedaban algunas vivas. Ahora ya no.

El rey Alfonso llenó el pecho de aire.

—Es la ley de la guerra —dijo sin convicción.

—Es una mierda —repuso el aragonés—. Por lo que parece, los del alcázar llegaron a un trato. Si no se hubieran entregado, aún resistirían. Ese cerdo de Amalarico fue el que aceptó respetar sus vidas si rendían las armas. Pero en cuanto los moros capitularon, dijo que las promesas a infieles eran tan válidas como escribir en el agua. Ese humo de ahí sale de la mezquita, que aún arde. Metieron en ella a todos los que no habían degollado y, bueno...

El rey de Castilla se santiguó.

—En el nombre de Dios.

—Exacto. Es lo que he tenido que aguantar en mis feudos de ultramontes los últimos años. Primo Alfonso, te lo advierto: si se enteran en las demás plazas sarracenas, se defenderán con uñas y dientes. No te rindes cuando sabes que te van a asar o a sacarte los intestinos, y que diez o doce necios que creen haber visto a Cristo en las nubes van a joder a tu mujer y a tu hija hasta reventarlas.

Alfonso se sentó sobre una piedra. A su alrededor, los sirvientes acarreaban fardos sin apartar la vista de la humeante Malagón.

—Mañana avanzaremos juntos. Nosotros daremos las órdenes. No una columna brillante en el cielo.

Pedro de Aragón asintió.

—Al menos han demostrado ser eficaces, los hijos de puta. Nosotros aún estaríamos montando el cerco. Claro que tuvieron suerte. Por lo visto, la guarnición la formaban solo cinco o seis hombres de armas.

Eso llamó la atención de Alfonso.

—Curioso. Saben que avanzamos y, aun así, desguarnecen la primera plaza de nuestra ruta. —Miró al rey de Aragón. Este gruñó.

—Se han concentrado en Calatrava.

Alfonso se puso en pie.

—Sí. Para esperar al miramamolín o para unirse a él si ha llegado ya. Será mejor que esperemos a la columna de suministros. Ya se retrasa, y sería mal asunto vernos de frente con el enemigo sin todo el material.

—Estoy de acuerdo. Y si mañana nos enfrentamos a ese hijo de Satanás, propongo colocar en vanguardia a la chusma ultramontana. Luchan bien y morirán a gusto. Y de paso me los quitaré de encima.

✠

Velasco caminaba con flojera en las rodillas. Al este, los ultramontanos estaban prendiendo fuego al resto de Malagón, así que ahora el humo flotaba negro, a ras de los tejados, y creaba siniestros juegos de sombra con el atardecer.

Se había separado de las mesnadas de la casa de Haro, donde figuraba integrado como hombre de armas junto a los voluntarios leoneses y portugueses, para entrar en la rendida villa de Malagón. Todavía le duraba la sorpresa de la tarde anterior, cuando había visto cómo los ultramontanos ganaban la medina en un abrir y cerrar de ojos. Fue algo parecido a los espectáculos en los mercados, cuando los críos se subían a las carretas para ver mejor a los bardos o a los volatineros. Habían presenciado el ataque desde una loma. Avances en haces, líneas de ballesteros, carreras con escalas a cuestas. Los caballeros de la casa de Haro comentaban con admiración los movimientos.

Luego había llegado el horror. Un denso silencio había invadido el campamento hasta la caída del sol. Y después, bajo la noche limpia y estrellada, se impusieron los gritos desgarradores de las muchachas sarracenas. Y de sus madres, sus hijas, sus abuelas... A la mañana siguiente las vieron, degolladas en la zanja que los ultramontanos habían practicado como letrina. Una densa nube de moscas se adueñó del lugar, así que los aragoneses, cuando llegaron, se negaron a acampar cerca. Solo ahora, un día después de la escabechina, se había atrevido Velasco a entrar en Malagón. En mala hora.

Pero necesitaba hacerlo. Reencontrarse con aquella niña de la granja violada por los jinetes arqueros.

Creía verla tras cada esquina. Porque a muchas las habían destripado en casa pero luego, mientras los ultramontanos lo ponían todo patas arriba en busca de botín, habían arrastrado los cuerpos moribundos a la calle. Los hombres tenían más suerte. Matarlos era algo rápido, cuestión de despachar molestias. Pese a ello, muchos habían ganado el alcázar y habían intentado una tímida defensa. Para nada. Esos, rendidas ya sus pocas armas, eran los que habían desfilado cabizbajos hasta la mezquita para servir de leña viva.

Velasco respingó, sobresaltado por algunos rapaces ultramontanos que corrían con objetos de poco valor. El saqueo había sido rápido y lo más precioso había desaparecido enseguida en manos de los nobles y caballeros de ultrapuertos. La chusma, ahora, tenía que conformarse con sacar anillos de los dedos ensangrentados o escarbar en los patios de las casas bajas. Velasco se detuvo para tomar aire. Apoyado contra una pared encalada mientras los pulmones se le llenaban de aquella mezcla de hollín y hedor a mondongo. Al otro lado de la calle, un andalusí yacía con el pecho abierto y una espada rota aún empuñada. Así que había muerto luchando.

—No voy a poder —se dijo. Luego se dobló con la violenta arcada y vomitó las cebollas de la comida.

Oyó risas. Un trío de mozalbetes pasaba por la calleja cercana con un hato que sonaba a cerámica. Hablaban en aquella lengua norteña que le costaba entender. ¿Esa era la gloria que invocaba su *Cantar*? ¿Así se convertía un labrador en hidalgo?

Miró al cielo. A través de la nube oscura, cada vez más densa, la bola mortecina se acercaba al horizonte. Al día siguiente partirían hacia Calatrava, donde tal vez se encontraran con su destino. Escupió los restos de cebolla a medio digerir y se restregó la boca. Ojalá estuviera en Santa María de Huerta. Sentado frente al pupitre, sumergido en ese frío tupido y silencioso. Casi pudo oír la voz del buen fray Martín.

«Todas las cosas tienen su tiempo, hermano Velasco —le habría dicho—. Y todo lo que hay debajo del cielo pasa en el término prescrito. Hay tiempo de nacer y tiempo de morir. Tiempo de plantar y tiempo de arrancar lo que se plantó. Tiempo de dar muerte y tiempo de dar vida.»

—Hay tiempo de amor y tiempo de odio —añadió él.

—Tiempo de guerra y tiempo de paz —dijo una voz a su lado. Se volvió para ver a Rodrigo de Rada, pálido y desencajado. Algunos hombres de la mesnada archiepiscopal se distribuían por entre las casas espada en mano.

—Mi señor arzobispo, no te he oído llegar.

El navarro contempló al muerto de la espada rota. Hizo un gesto con la barbilla.

—Así, de cerca, no resulta tan claro, ¿verdad?

—Sí es claro: no está bien. No puede estarlo. ¿En qué nos diferenciamos entonces de los malvados?

—Ah, en nada si nos sometemos al juicio de los hombres. Sobre todo si esos hombres nos miran desde lejos. Puedes hacer el bien y acabar así —señaló al cadáver—, o ser un demonio y gozar toda suerte de venturas. Vamos a necesitar mucha fuerza, hermano Velasco. Mucha fe. O qué sé yo. —Al igual que el monje, el arzobispo se apoyó en la pared—. Es más fácil cuando lo lees en un libro, lejos de una frontera. Parece hermoso escrito sobre el pergamino. Suena glorioso en boca de los juglares. Luego llegas y te encuentras esto. Entonces viene la duda. ¿Acaso no reside el bien en quienes consideramos malvados? ¿Es que nosotros mismos no padecemos la debilidad de la carne?

—Lo siento, mi señor arzobispo. Intento no dudar.

—¡No, hermano Velasco! ¡Duda, igual que dudo yo! Es bueno que dudemos ahora para no tener que dudar cuando llegue el momento de la verdad. Es más: desconfiemos de aquel que no duda. Porque *los justos y los sabios, y las obras de todos ellos no están en manos sino de Dios; y no sabe el hombre si es digno de amor o de odio, sino que todo se reserva incierto para lo venidero.*

—Pero llegará el momento de actuar. —Se aseguró de que nadie escuchaba—. Rodrigo, dime qué debo hacer entonces.

—Debes hacer lo que tú creas justo, por supuesto. Pregúntate si eres libre para renunciar al mal. Si escoges ceder a su dominio o prefieres luchar contra él. Si eliges esto último, has de recordar que, desde el principio de los tiempos, el bien y el mal se han enfrentado. Y así será siempre hasta que todo sea bueno o sea malo. La guerra, aunque indeseable, es el tributo que hemos de pagar si pretendemos que el bien prevalezca. —Volvió a señalar al andalusí muerto—. Nos queda mucha guerra por ver. Mucha muerte por causar y padecer.

Velasco intentó digerirlo.

—¿Y qué harás tú cuando llegue el momento de no dudar?

—El bien, por supuesto. Tal como lo concibo y en la medida que pueda. *Sin perder tiempo, puesto que ni obra, ni pensamiento, ni sabiduría ni ciencia han lugar en el sepulcro hacia el que me apresuro.* Y que los hombres venideros me juzguen como quieran. Ellos no están aquí, como yo no estaré allí.

Mañana siguiente

Ibn Qadish corría ligero porque iba sin loriga, casco ni escudo. Solo le había dado tiempo a coger su espada. La empuñaba con la diestra mientras sujetaba el tahalí con la funda en la mano izquierda. Mientras recorría las callejas irregulares, lanzaba continuas miradas a los adarves. El día anterior, tras divisar humo al norte, había redoblado la guardia. Y ahora temía ver a sus hombres apostados tras los merlones, disparando ya sus arcos y ballestas. Pero no era así.

Llegó al lugar. Un cruce en la medina en el que se apelotonaba la gente. Una mujer se había quitado el velo para envolver el pie de un muchacho que no dejaba de gritar. Había sangre en el suelo y, como el calor apretaba esos días, la tierra la absorbía. Parecía que la bebiera. Eso trajo funestos pensamientos al caíd de Calatrava.

—¿Qué ocurre? ¿Ya vienen?

Había un soldado en la aglomeración. Se apartó para informar a Ibn Qadish.

—Es un crío. Dice que viene de Malagón.

El caíd enfundó la espada y se abrió paso. No había andalusí que no aconsejara algo.

—No habéis lavado la herida. Mal hecho.

—Echadle vino. Es mejor.

—Calla, pecador.

Ibn Qadish se acuclilló junto al chaval. No tendría más de trece años, y las lágrimas le abrían surcos en el polvo de las mejillas. Su ropa había sido blanca algún día. Estaba mojada y había restos de fango y sangre en ella. Y seguro que no siempre había olido así.

—¿Quién eres?

El crío apretaba los labios con un rictus de dolor. Cuando la mujer cerró el vendaje con un nudo, gritó de nuevo. El soldado volvió a hablar.

—Lo hemos recogido de la orilla. Ha pisado un abrojo y se lo hemos tenido que arrancar entre tres. Y ha tenido suerte. Cuando se ha metido en el río, casi le disparamos.

Ibn Qadish se fijó mejor en el chico. Los labios agrietados, los restos de paja en el pelo húmedo.

—Traedle algo de comer. Vamos, muchacho, dime quién eres.

—Soy... Musa ibn... Musa...

—Está bien, Musa. ¿Es verdad que vienes de Malagón?

—Sí... Sí. —Alguien le acercó un mendrugo de pan, pero él lo rechazó—. Me he escapado esta noche. Me duele mucho. Por favor...

Se deshizo en gemidos. Ibn Qadish mandó buscar a un médico y, entre hipidos y lamentos, consiguió una historia inteligible.

Musa vivía en Malagón, cerca del alcázar. Cuando se dio la alarma desde el minarete, su madre lo obligó a refugiarse en el pequeño cobertizo que su familia usaba como pajar. Desde allí, a través de una rendija entre las tablas de la puerta, lo había visto todo.

El caíd de Calatrava y los demás andalusíes palidecieron. El chaval olvidó su dolor al relatar los degüellos, las violaciones y el resto de las atrocidades.

—Los oí cuando entraron en mi casa —murmuró con la vista fija en el suelo—. Mi madre gritó un poco, y luego calló. No sé dónde está. Vi que arrastraban a la gente por la calle, y más gritos. Muchos, muchos gritos.

Musa se había enterrado en la paja cuando llegaron los soldados, que perdieron el interés al ver que el chamizo no era más que un pajar. El chico se quedó escondido hasta la caída del sol, pero no se atrevió a salir porque los cristianos pululaban aún por Malagón.

—Ayer vi fuego. ¿O fue anteayer? No me acuerdo bien. Quemaban las casas. Ya no quedaba casi nadie en la ciudad. Tenía tanta sed... No aguantaba más, así que anoche me fui del cobertizo. Ishaq, el hijo del herrero, me enseñó una vez un hueco en la muralla. Salíamos por ahí muchas veces porque está cubierto de zarzas y los mayores no lo conocían.

»Fuera había mucha gente. Tiendas, caballos, hombres, y también mujeres y chicos de mi edad. Nadie se fijó en mí. Además, estaban todos ocupados. Cargaban los fardos en mulas y preparaban hatos.

—Pero... ¿Y los demás? ¿Y tus padres?

Musa rompió a llorar de nuevo.

—No lo sé. No los vi. Solo estaban los cristianos. Había hogueras por todas partes, y al otro lado del río también. Son tantos que cubren toda la tierra.

Ibn Qadish se levantó. Se dirigió al soldado.

—Desde Malagón hay una jornada. Atentos al norte. Y preparad los mangoneles.

Caminó de vuelta al alcázar. El relato del pobre Musa le había traído recuerdos de las campañas de al-Mansur. Villas masacradas que dejaban atrás envueltas en llamas. ¿Era esto la venganza? Se mordió el labio. Él había ordenado menguar la guarnición para reforzar Calatrava, y ahora Malagón era una gran tumba.

Y sin embargo, el miedo era más fuerte que la culpa. Porque ahora le tocaba a Calatrava. Apretó el paso. Su deber era resistir hasta la muerte. Y, por lo visto en Malagón, no quedaban otras opciones. Imaginó a su pequeño Isa corriendo por los campos, aterrado, tras ver cómo su familia y sus vecinos morían a manos de los cristianos.

Al entrar en el alcázar llamó a uno de los centinelas.

—Manda mensaje a Jaén. El enemigo llega hoy a Calatrava.

El soldado corrió a cumplir la orden. E Ibn Qadish rezó para que el aviso llegara a su destino tarde, porque eso significaba que el gran ejército almohade ya venía de camino.

Pedro de Aragón se había detenido a un lado de la columna, con su mesnada regia alrededor. Durante toda la jornada, al igual que el día previo, había tenido ese mal sabor de boca.

—Puercos...

El insulto a media voz llegó hasta Miguel de Luesia. Frente a ellos desfilaban las hordas ultramontanas, encabezadas por el arzobispo y legado Arnaldo Amalarico. Cantaban una salmodia. O al menos lo hacía Amalarico, porque el resto parecía tararear nada más. Habían acompasado el caminar, y muchos empuñaban cruces.

Frente a ellos, la senda descendía en suave pendiente hacia la línea arbolada del Guadiana. Y al otro lado se erguía la silueta de Calatrava. Temblorosa tras el vapor de la tierra sobrecalentada. Y por algún motivo que todavía no entendía, los sarracenos de la otra orilla le parecían menos odiosos que los aliados ultramontanos que pasaban ante él.

—Hoy tendrán que contenerse —dijo el de Luesia.

Porque los dos reyes habían impuesto el orden de marcha. Por delante, las huestes del señor de Haro y de los Lara estarían llegando al río. Allí establecerían el fin de marcha por el momento. Se obligaría a alzar campamento y a celebrar consejo de guerra. Nada de asaltos furibundos al ritmo de la oración. Nada de aquel pequeño exaltado de Amalarico con los faldones remangados y esgrimiendo una cruz al frente de sus fanáticos sedientos de sangre. En las retinas del rey de Aragón permanecían los horrores de Malagón.

—Esta vez no ocurrirá.

—¿Y qué haremos? —preguntó Miguel de Luesia.

—Propondré a mi primo que cerremos el sitio y que intentemos un asalto fuerte. Me ofreceré a lanzarlo yo por la parte del río. ¿No cantabas tú alabanzas sobre la milicia de Teruel? Pues con ellos al frente. Y tal vez con los calatravos, que para eso se trata de ganar su casa madre. Y estos hijos de perra ultramontana tendrán que quedarse atrás o, al menos, donde no molesten.

—Vamos, mi rey, mira eso. Buenas murallas, juraría que defendidas de sobra, y hasta me parece ver máquinas en las torres. Además, ayer hablé con el señor de Haro. El caíd de esa plaza es un tal Ibn Qadish, andalusí. Un tipo de cuidado.

—Yo también me he informado, Miguel. No pretendo ganar Calatrava en una tarde, y menos aún en dos meses. No tenemos tiempo ni material. Ni ganas, por cierto. Lo que quiero es mostrarle a ese Ibn Qadish lo que le espera y forzarlo a negociar. Si somos rápidos, podríamos tener Calatrava de nuestro lado antes de que llegue el miramamolín. Sería una gran ventaja.

Miguel de Luesia asintió. Tras la columna ultramontana desfilaba ahora la chusma apegada que habían traído desde el norte de los Pirineos. Entre ellos había muchas más cruces que armas.

—Si negociamos a nuestro estilo y no das a estos la oportunidad de otro Malagón, te ganarás su rabia. A lo mejor hasta nos las tenemos que ver con ellos.

Pedro de Aragón escupió. Con tanto tino que acertó a un penitente en el pelo. Aunque lo llevaba tan sucio y tupido que ni cuenta se dio.

—A estos malnacidos les daré esa oportunidad, pero no ahora. Tal vez cuando regresemos. El año que viene, o el otro. En Foix, en Narbona o en Toulouse. Porque tenlo claro, Miguel: habrá que abrirles una boca nueva en el cuello si queremos que nos dejen en paz.

Luesia volvió a asentir.

—Ya te has olvidado de que no vamos a volver, mi rey. De esta no salimos.

El rey Pedro sonrió con los dientes apretados mientras su mayordomo se alejaba con la columna.

—Es verdad. De esta no salimos.

47

En bandeja de plata

Junio de 1212. Calatrava

El mangonel más cercano disparó con un chasquido sordo. El bolaño voló sobre el Guadiana y descendió sobre los ballesteros alineados en la otra orilla. Varios cayeron, derribados por la pedrada o arrastrados al suelo por sus compañeros, y el pedrusco rodó inofensivo entre las nutridas filas cristianas. Ibn Qadish comprobó la reacción una vez más. Los soldados retiraban a los heridos y ocupaban los huecos. No hacía falta esmerarse mucho para comprender que los proyectiles de los mangoneles se acabarían mucho antes de que ese gran ejército pudiera acusar las bajas. Porque una muchedumbre rodeaba Calatrava. Un gentío como no se había visto desde que al-Mansur llegó, más de quince años atrás, para disputar la lid de Alarcos.

Ibn Qadish prefirió no pensarlo. Ni mirar a las inacabables líneas enemigas.

—¡Recargad! ¡Deprisa!

Los ingenieros no eran tales, sino los chiquillos de la medina. Los soldados les habían explicado cuatro rudimentos y ellos se afanaban por accionar una y otra vez las máquinas fijadas en las torres. Uno de ellos se había aplastado dos dedos al colocar el proyectil en el soporte, y ahora se quejaba, hecho un ovillo contra un merlón. Lloraba y hasta llamaba a su madre. Ibn Qadish corrió por el adarve. En la siguiente torre eran dos los servidores de los mangoneles que se habían retirado. Uno de ellos con un virotazo en el cuello.

Había ocurrido algo curioso al principio del ataque. Varias corachas arrancaban en perpendicular desde la muralla norte y se extendían río adentro hasta torres erigidas en medio de la corriente. Su función era abastecer de agua la medina, pero como el asalto principal llegaba a través del río, se habían convertido en puestos defensivos indispensables. Los cristianos se habían dado cuenta enseguida, así que lo primero que hicieron antes de cruzar el Guadiana fue eliminar a los arqueros de las corachas. Pero sobre una de ellas, un par de jóvenes se habían hecho fuertes con abundante munición, y durante largo rato mantuvieron a raya a los asaltantes. Eso hizo que el resto de los andalusíes los vitorearan desde las murallas. Cada enemigo derribado era una fiesta y una sucesión de burlas. Hasta que se presentaron los ballesteros catalanes, claro. Acostumbrados a defender sus galeras sobre cubierta, lanzaron con tino y por tandas, así que no tardaron en abatir a los dos valientes.

Los cristianos se dispusieron para el asalto. En la otra orilla se amontonaron los peones con escalas. Los había calatravos, y también milicianos aragoneses. El estandarte de estos llamó la atención de Ibn Qadish porque, sobre un toro negro, lucía bordada una estrella de ocho puntas, igual que la del viejo rey Lobo. No tuvo tiempo de pensar por qué. El ataque se abrió entre llamadas a san Jorge, y los abrojos de hierro sembrados en el lecho hicieron su trabajo.

Eso dio un respiro a Ibn Qadish. Mientras los sorprendidos cristianos arrastraban a sus ahora cojos compañeros hasta la orilla, corrió al otro lado de la medina.

En la parte sur reconoció los estandartes de Castilla tras la albarrada. El lobo negro de la casa de Haro, la olla de la casa de Lara, las cruces del Temple, el Hospital y Santiago, la propia torre del rey Alfonso... También vio blasones extraños, y mucha gente afanada con vigas de madera. Oyó los martillazos, y vio los manteletes que se alineaban a distancia prudencial.

«Están construyendo catapultas», pensó.

El cerco se había completado y, por la parte de la medina, los peones de las milicias castellanas, con escalas, tomaban posiciones. Se preparaba un asalto general. Pero por ese lado había un profundo foso seco, así que la preocupación estaba al norte, donde el Guadiana, aparte de los abrojos ya descubiertos, no representaba un gran obstáculo. Ibn Qadish hizo sus cálculos a toda prisa y sin permitirse márgenes. El ejército enemigo era mayor de lo que había pensado y, con la guarnición de la que disponía, conservar la medina podía ponerse muy difícil. Miró al este, hacia su alcázar.

Con muros más altos y gruesos. Menos espacio para defender y el aljibe casi lleno.

Volvió a cruzar la medina a la carrera. Lo hizo por el tramo más largo a propósito. Asomadas a las puertas, las mujeres lo observaban con la tez pálida. A todas les dijo lo mismo:

—¡Pasad la voz! ¡Al alcázar! ¡No traigáis agua, pero cargad con toda la comida que podáis llevar!

Sobre la muralla norte, los arqueros y ballesteros se aplicaban a conciencia, y algunos muchachos subían las escalas con flechas y cuadrillos de repuesto. El ataque había empezado.

Cuando Ibn Qadish se encaramó, observó la progresión cristiana. Los milicianos y los freires, protegidos por grandes escudos, vadeaban el Guadiana lentamente. Pisando con mucho cuidado. Tras cada uno se formaba una fila. Más peones con escudos y escalas. Algunos ya habían llegado a la orilla sur y se apelotonaban para formar caparazones.

—¡Disparad a los de las escalas! —ordenó el caíd.

Los andalusíes, envalentonados por los difuntos defensores de la coracha, intensificaron su lluvia de proyectiles. Algunos aragoneses fueron alcanzados por las saetas de las ballestas musulmanas, pero venían más y más. Tras los del blasón de la estrella y el toro, llegaron otros. Y otros, y otros, hasta que fueron capaces de levantar una escala y apoyarla en las almenas.

Ibn Qadish se desesperó. Mientras los andalusíes concentraban sus dardos sobre los asaltantes, los ballesteros cristianos ocupaban toda la orilla norte y batían la muralla completa. Cada vez caían más defensores. Al otro lado del Guadiana se concentraron las mesnadas. Vio las barras de Aragón y otros muchos blasones. Los jinetes descabalgaban, se ajustaban los yelmos y dejaban de lado lanzas y espadas para empuñar mazas y hachas. Pero esos todavía no eran un peligro. Volvió su atención a los que trepaban.

—¡Que no lleguen arriba!

Inútil. Los cristianos subían con los escudos en alto, en un peligroso equilibrio mientras aseguraban la mano libre en las escalas antes de ascender cada peldaño. Solo los cascos y los ojos a la vista. Disparar en vertical desde las almenas se rebeló pronto como inútil. Las ballestas no servían, porque los virotes se caían en cuanto las volcaban entre los merlones. Con los arcos resultaba muy difícil apuntar, y las flechas no llegaban con suficiente fuerza. Ibn Qadish mandó a arqueros y ballesteros que dejaran sus armas.

—¡Aplastadlos con las rocas!

Al principio pareció fácil. Los freires y milicianos más valientes recibieron los impactos sobre los escudos o en los cascos. Al caer, se llevaban por delante a los que trepaban debajo. Luego, cuando empezaron a faltar rocas en los adarves, los cristianos fueron ganando terreno. Y aunque la base de las murallas estaba llena de cuerpos rotos y magullados, los enemigos no se acababan. Llegaban más, y más. Entonces, para rematar la desesperación andalusí, los mesnaderos aragoneses cruzaron el río.

—¡No podemos pararlos! —gritó alguien.

Ibn Qadish se interpuso ante un arquero que acababa de arrojar su arma y ya corría por el adarve.

—¡Mira eso! —Le señaló el interior del recinto amurallado. Por sus calles, familias enteras convergían hacia el alcázar con hatos al hombro—. ¡Vuelve a tu puesto! ¡Aguantad solo hasta que la gente se refugie!

El andalusí obedeció de mala gana. El caíd bajó de nuevo y se apresuró. Por el camino recogió a una anciana que, demasiado cargada, se acababa de caer.

—¡Deja eso! ¡Vamos!

Los villanos se apelotonaban en la puerta. Los guardias, que no tenían orden de dejar pasar a nadie, cubrían el paso con las lanzas terciadas. Ibn Qadish les ordenó retirarse.

—¡Caíd! —gritó una mujer. Llevaba un bebé en brazos—. ¡Caíd, no dejes que nos degüellen!

El crío lloraba. Eso casi detuvo a Ibn Qadish. Apretó los labios, sin atreverse a prometer a aquella madre que sobrevivirían. Corrió hasta su casa esquivando a gente con cántaros y fardos. Ramla esperaba en la puerta, con los dedos entrelazados bajo la mueca de terror. Tras ella, Isa sostenía a su hermanita.

—¿Qué pasa, marido?

Él fingió entereza. Gesticuló con rapidez para ocultar el temblor de las manos.

—He de volver para organizar la retirada. Ve al palomar de la guarnición. Que manden mensajes a Sevilla y a Jaén. Y a Baeza, por si acaso. La medina ha caído y nos refugiamos en el alcázar. Gran ejército cristiano con máquinas. Necesitamos ayuda ya.

A la mujer se le arrasaron los ojos.

—Pero... Entonces...

—¡Haz lo que te digo!

Ramla salió de su estupor y se levantó los faldones del *yilbab* para correr más deprisa. Ibn Qadish tomó aire. Empujó a Isa y Maryam de vuelta a casa y buscó la intimidad del jardín. Cerró los ojos. Los gritos lo inundaban todo. Gritos de terror. Se lo repitió en voz baja, aunque le costaba creerlo:

—Resistiré hasta la muerte.

Tres días después. Jaén

El Calderero caminaba de uno al otro lado de la sala. Las manos escondidas en las mangas del *burnús*. Gesto áspero, ceño arrugado. Raquel, medio tumbada sobre una multicolor montonera de cojines, lo observaba con una mezcla de curiosidad y temor. Frente al visir y su nueva favorita, varios jeques del ejército aguardaban, el yelmo bajo el brazo y la posición firme.

—Tres días —dijo el gran visir—. Tres días y sigue aguantando. Aguantará tres semanas.

Uno de los jeques se atrevió a puntualizar:

—Nosotros conseguimos tomar Calatrava en mucho menos tiempo.

El Calderero lo derritió con la mirada.

—Nosotros somos almohades. Auténticos creyentes. No politeístas comedores de cerdo.

El jeque insistió:

—¿Deseas, ilustre visir omnipotente, que informemos al califa? Tal vez él quiera saber que el caíd de Calatrava sigue suplicando...

—¡No! ¿Cómo lo tengo que decir? El príncipe de los creyentes comparte mi forma de pensar, así que habla por mi boca. ¿Lo dudas?

El jeque se inclinó y dio un paso atrás.

—Claro que no, ilustre visir.

—Bien. —El Calderero se acercó a uno de los estrechos ventanales y observó la paloma blanca que descendía sobre la alcazaba jienense. Más allá, el inmenso campamento almohade, extendido extramuros a lo largo del Guadalquivir, se cocía bajo el inclemente sol. Pero él siguió el vuelo del ave. La vio posarse sobre el palomar. Y cómo un joven sirviente corría abajo para desenlazar el mensaje.

Se volvió—. Ibn Qadish tiene órdenes claras y las cumplirá. Así lo juró.

Otro jeque, un pariente del Tuerto que lideraba la cabila hintata, se humedeció los labios antes de hablar:

—Ilustre visir, hay algo más que queríamos comentarte. Me han elegido como portavoz, pero sabe que estas palabras son de todos.

El Calderero sonrió.

—Mal asunto que os dé miedo decirlo. Vigila tus palabras, no sea que mi respuesta sea cortar tu cabeza en el tablado.

El jeque tragó saliva.

—Sí, mi señor. Solo es que comprendemos tus muchos trabajos, y que es normal que... se te haya pasado un detalle.

—Sin lisonjas. Habla claro, porque empiezo a verte como un pingajo decapitado.

—Ya... Ilustre visir, los hombres se preguntan cómo es que no han recibido el estipendio. Según la costumbre, ayer fue día de cobro. Y como tampoco hubo baraka al salir de Sevilla...

—Ah, es eso. —La sonrisa rapaz del Calderero se agrió—. El dinero.

—Mi señor, los soldados dependen de él para comprar el trigo en el zoco. Si están débiles, lucharán peor.

—¡La fe en Dios, alabado sea! —El visir desnudó las manos y señaló al techo con los índices—. Ese es el mejor alimento. El que os dará fuerzas. ¿Acaso no cumplimos con la yihad? Y dime, ¿pretendes que se te pague por ello?

El jeque hintata, atemorizado, bajó la mirada.

—No, ilustre visir. La yihad es nuestro deber.

El Calderero volvió a esconder las manos.

—Y ahora vayamos a nuestro asunto, porque no os he hecho venir para que insistáis en liberar Calatrava ni para oír vuestros miserables ruegos de limosna.

»Los mensajes de Ibn Qadish hablan de un gran ejército cristiano, y eso me lleva a considerar si no habremos subestimado a esos infieles. Mi idea... La idea del califa era marchar sobre ellos mientras asedian Calatrava, pero las noticias obligan a replantear su plan.

»No cruzaremos la Sierra Morena. Mañana partiremos a Baeza, donde esperaremos noticias mientras nuestras avanzadas bloquean los pasos. Los cristianos se desgastarán en Calatrava durante semanas, bajo este calor de Iblís. Y después, la conquisten o no, tendrán que venir hasta nosotros. Si su ejército es tan grande como dicen, no tardarán en sufrir privación. Y si insisten en cruzar la sierra, pagarán un alto tributo en sangre. El ejército de Dios no tendrá más trabajo que rematarlos cuando se atrevan a formar ante nosotros.

El jeque hintata levantó la vista.

—¿Y si desisten ante la sierra y dan la vuelta?

—Entonces los perseguiremos. Caeremos sobre ellos y dejarán un reguero de muertos que se contarán por miles. Los pocos que queden avisarán a los toledanos de nuestra llegada. Y sobre la cruz se cernirá una tormenta de justicia.

—Tal vez —insistió el hintata— podríamos aguardarlos al norte de las montañas. Escoger el lugar resulta ventajoso. Buscaríamos un llano que permitiera a nuestros *agzaz*...

—Espera, espera. —El Calderero volvió a exhibir aquella sonrisa amenazante—. ¿Crees que os he convocado para discutir sobre estrategia?

—Ah... Eh... Bueno, es un consejo de guerra. El difunto al-Mansur siempre escuchaba...

—¡Al-Mansur murió! ¿Lo ves aquí? Dime. ¿Lo ves? ¿Qué quieres? ¿Que deje tu cráneo colgado de estas murallas mientras llevo a los almohades a la victoria?

El jeque no dijo una palabra más. Se oyeron pasos rápidos y, en la puerta, apareció el arráez de las fuerzas andalusíes. Ibn Farach.

—Pido humildemente perdón, ilustre visir. Sé que no tengo derecho a hallarme aquí.

El Calderero volvió a asomar las manos. Cerradas en puños cuyos nudillos se volvían blancos por momentos.

—Por el profeta... ¿Qué quieres, andalusí?

Ibn Farach mostró un billete.

—Acaba de llegar mensaje de Calatrava.

—Ya he visto a la paloma. Supongo que tu amigo Ibn Qadish vuelve a quejarse de que lo asedian interminables fuerzas. Y pedirá ayuda como una mujerzuela. ¿Es eso?

El caíd de Alcaraz, bajo cuyo mando estaban ahora los miles de jinetes e infantes de al-Ándalus, se acercó al visir. Le extendió el mensaje.

—Aquí tienes.

El Calderero calibró la posibilidad de ejecutarlo esa mañana.

Ya había mandado degollar a varios jefes destacados. ¿Por qué no a este? Tomó el billete y entornó los ojos sobre las letras pequeñas y apelotonadas.

—Varios almajaneques —leyó—. Alcázar a punto de caer. No aguantaremos mucho más. Ayuda, por favor. —Levantó los ojos para mirar fijamente a los de Ibn Farach—. ¿Ves? Lamentos y ruegos. Propio de un andalusí. —Arrugó el mensaje y lo dejó caer a sus pies—. ¿Para qué me molestas?

El caíd posó una rodilla en tierra y humilló la cabeza.

—No vengo por nada, ilustre visir. Te pido permiso para tomar a los andalusíes y acudir a Calatrava para ayudar a Ibn Qadish. Muchas mujeres y niños viven allí, y podría pasarles como a los de Malagón. Piedad. En el nombre de Dios.

El Calderero contempló al andalusí arrodillado. Se complació en aquello. Miró atrás, y recibió la sonrisa cómplice de Raquel. Después observó a los jeques del ejército. Nadie apoyaba a Ibn Farach. Aunque tampoco hablaron en su contra. Eso también agradó al visir.

—Qué vergüenza, andalusí. Recurrir a Dios para ayudar a un llorón. —Miró al jeque hintata—. Tú, baja al palomar y ordena que contesten al caíd de Calatrava. O mejor escribe tú el mensaje. Di a ese cobarde que la ayuda se pondrá en camino en poco tiempo. Que su deber es resistir.

El jeque hizo una reverencia antes de irse. Ibn Farach, por su parte, levantó la mirada y vio la burla pintada en el rostro del Calderero.

—No vamos a ir, ¿verdad, visir?

—A una zanja vas a ir tú, perro, como no te apartes de mi vista. Vuelve con tus hombres y limitaos a obedecer.

El caíd de Alcaraz se incorporó. Supo en ese instante que una palabra más lo llevaría a la tumba, así que dio media vuelta y se retiró. El Calderero mandó a los jeques que imitaran al andalusí y quedó a solas con Raquel. Fue junto a ella, se dejó caer sobre los almohadones y tomó una de las pasas. Ella lo miró mientras la mordía con suavidad. Le pasó el pulgar por la comisura del labio, donde había quedado una mancha oscura. Se lamió el dedo con lentitud.

—Sabes que Ibn Qadish no resistirá, ¿verdad?

El Calderero tragó. Miró de arriba abajo a Raquel.

—Hace tiempo que lo deseo, mujer. Quiero que tengas razón para no tener que matarte.

Esa noche

Ibn Qadish abrió los ojos. Se levantó un poco, lo justo para asomar la cabeza por entre los merlones. Por todo el adarve, sus hombres lo imitaron.

—¿Ha terminado? —preguntó uno, lo bastante joven como para confiar en que eso podía ocurrir. Nadie se atrevió a responder.

Pero parecía cierto. Tras el inicio del bombardeo al mediodía, los almajaneques no habían dejado de mandar gigantescos bolaños contra la muralla del alcázar. Y ahora, justo cuando el sol tocaba el horizonte convertido en una bola naranja, las máquinas se habían detenido.

Ibn Qadish vio los ingenios de madera. Erigidos entre las casas en tan poco tiempo que nadie lo habría creído. Eso era posible solo porque durante tres días, desde la caída de la medina, cientos de cristianos se habían aplicado en ello. Los habían observado desde los altos muros del alcázar. Cómo, en lugar de saquear las viviendas, el ejército enemigo instalaba toda una batería de almajaneques. El modo en el que los carpinteros fijaban las bases a tierra, o cómo levantaban las estructuras y encajaban las vigas. Los cálculos para llenar los contrapesos o el tamaño de las bolsas para los proyectiles. La disciplinada forma de acarrear bolaños por el laberinto de callejas, de amontonarlos junto a cada máquina. Y todo ese tiempo sin un solo ataque. La calma repentina que, con el olor de la electricidad en el aire, precede a la más furiosa tormenta. Esa tormenta había empezado a mediodía. Y la muerte llovía con perseverancia, eficacia, ritmo. Un castigo a tiro tenso que hacía temblar el alcázar con cada impacto. Una porción de muro se había desintegrado sobre las puertas, y varios merlones, simplemente, ya no existían. La buena noticia era que los cristianos no lanzaban por encima de las almenas, hacia el interior. La mala, que con esa forma de concentrar el tiro sobre la muralla que separaba alcázar y medina, no tardaría mucho en producirse un derrumbe fatal. Había grietas por toda la estructura y los bolañazos arrojaban esquirlas de roca hacia los adarves. Tres hombres habían muerto reventados por las piedras, y a diez más los habían tenido que retirar con heridas.

Aunque casi era peor el efecto del terror. En el alcázar se hacinaba toda la población, y el impacto repetido, martillo de muerte contra yunque de desesperación, los volvía locos. Eso, y también ver a los heridos que trasladaban en volandas desde el adarve hasta la mezquita, convertida en hospital por el médico de Calatrava.

A media tarde, además, los cristianos habían intentado el asalto. Uno súbito que los andalusíes no vieron venir con eso de esconder la cabeza para que no se la reventaran de una pedrada. De repente, cientos de calatravos acercaron las escalas mientras ballesteros de varios reinos acribillaban las almenas. Por suerte, los freires se habían fiado de los cálculos antiguos para la altura de las murallas, y no les quedó más remedio que desistir. Ibn Qadish se felicitó por sus reformas, que ahora les daban un respiro. Pero no albergaba esperanzas. Esa misma noche, los calatravos se aplicarían en construir escalas más altas y, al día siguiente, nada ni nadie los pararía. Ibn Qadish examinó la ahora invadida medina. Conforme se iba la luz, los servidores de los almajaneques los cubrían con pieles húmedas. Algunos ingenieros aseguraban las vigas de madera y comprobaban el aguante de las cuerdas. Aparecieron las primeras fogatas, el viento trajo el olor de la carne asada.

El caíd se volvió a recostar contra las almenas. Le dolía la cabeza. Demasiada presión. Demasiado ruido. Y aun así, se había pasado la tarde recordando a la vieja Zobeyda. Su entrevista en Marrakech. Cada una de sus palabras se había cumplido como una profecía. Y pese a todo, había algo que no terminaba de encajar. Miró a su lado y vio a un soldado. Se acurrucaba tras un merlón y movía los labios, como si hablara solo en voz baja. Había que hacer algo. Fingir que todo iba bien.

—Parece que vamos a tener una noche tranquila —dijo.

Eso tranquilizó al soldado, y también al resto de los hombres cercanos, que, como todo habitante de Calatrava, llevaban medio día crispados, esperando que la próxima cabeza que estallara de un bolañazo fuera la suya, o que los cristianos triunfaran en su ataque y se extendiera el degüello.

—¿Podemos descansar, caíd?

—Por turnos. Y sin alejaros de los puestos.

Él sí bajó. Tenía que comprobar que todo iba bien dentro. Los asustados andalusíes lo asaetearon a preguntas.

—¿Cuándo viene el califa?

—¿Aguantará la muralla?

—¿Por qué no parlamentas con los cristianos?

—¿Nos vamos a rendir?

Ibn Qadish no contestaba. Siguió hasta la mezquita, donde el médico le dio su informe. Uno de los heridos había muerto y dos más quedaban incapacitados para la lucha.

—Que los demás se incorporen a la defensa. Tal vez podamos pararlos mañana.

Mientras hablaba, una mano le tocó el hombro. Al volverse, Ramla estaba allí.

—Esposo.

La abrazó. Llevaba todo el día sin verla y deseando tenerla así, apretada contra su pecho. Sintiendo su calor. Notó cómo temblaban los hombros femeninos. Oyó sus gemidos.

—No llores. Tus hijos han de verte entera.

Ella se restregó los ojos. Aquella rojez que se adivinaba a la luz de las antorchas no era de un solo llanto. No. Como para el resto de las mujeres de Calatrava, el día había sido de lágrimas.

—Preguntan por ti. Isa quiere ir contigo.

—No puedo verlos ahora. He de volver a la muralla.

Ramla tiró de su mano para apartarlo de la gente.

—Ha llegado respuesta del califa, ¿verdad?

—Sí. Dice que pronto vendrá a ayudarnos. Tenemos que resistir.

—Claro. Hasta la muerte, ¿no?

Ibn Qadish resopló.

—Ahora no quiero discutir, mujer.

—Entonces lo dejaremos para mañana. Hablaremos de ello mientras los cristianos degüellan a nuestros hijos.

Él se masajeó las sienes. No recordaba semejante cansancio desde las campañas de al-Mansur.

—¿Qué quieres?

Ramla bajó la voz.

—Quiero que parlamentes con ellos. Aún estamos a tiempo.

—Ya sabes lo que ocurrió en Malagón. No puedo permitirlo. Nos las arreglaremos para defender el alcázar hasta que se presente el califa.

Un muchacho llegó corriendo hasta ellos. Llevaba un hachón encendido y el sudor le brillaba en la cara.

—¡Caíd, al fin te encuentro! ¡Has de venir!

—¿Qué pasa ahora? ¿Un asalto?

—No, caíd. Son los reyes cristianos. Quieren hablar contigo.

Ibn Qadish sostenía la antorcha con firmeza. Y miraba a la cara a los tres hombres que se habían reunido con él fuera del alcázar, al pie de las castigadas murallas. A distancia de respeto, varios cristianos más esperaban, también iluminados por las llamas y con una larga colección de estandartes en alto. El caíd había salido sin armas y ahora, en aquel espacio vacío entre el pie del muro y las casas más cercanas, pudo apreciar la cantidad de roca que los cristianos habían lanzado durante la tarde. Un par de días más, y el montón de escombro subiría lo suficiente como para no necesitar escalas. Solo que todo se acabaría antes de un par de días.

—Soy Ibn Qadish, caíd de Calatrava por el príncipe de los creyentes, a quien Dios guarde.

Había hablado en romance. Uno de los cristianos lo hizo en árabe:

—Este es Pedro, rey de Aragón. Y Alfonso, rey de Castilla. Mi nombre es Rodrigo de Rada y soy el imán de Toledo.

—Hablas muy bien mi lengua, imán —reconoció Ibn Qadish.

—Y comprendo tus sentimientos —añadió Rada—. Por eso quiero consolarte. Esta locura puede parar.

El andalusí se tomó su tiempo para observar a los reyes cristianos. Sobre todo al altísimo Pedro de Aragón. Un auténtico titán que lo miraba con cierto gesto burlón. Alfonso de Castilla parecía más respetuoso. Incluso triste. Por eso Ibn Qadish se dirigió a él.

—Sé lo que ocurrió en Malagón. ¿Ese es el fin que proponéis?

—No, no —contestó el mismo arzobispo—. Eso no fue culpa nuestra. Con nosotros viajan ciertos hombres del norte que no conocen nuestros usos.

Eso hizo gracia al andalusí.

—¿Nuestros usos?

—Los corrientes antes de que llegaran los africanos. —Rada señaló a Alfonso de Castilla—. Fue amigo del rey Lobo. Sabemos con quién se puede tratar y con quién no.

A Ibn Qadish lo asaltó una sensación extraña. Como de haber vivido aquello. Y tal vez así fuera, porque sus pesadillas se habían vuelto raras en los últimos tiempos. Una vez más le vino a la mente la anciana Loba. Sus palabras allá en su reclusión de Marrakech.

«Eres carnaza. Un cebo enorme, lanzado al mar para que la

bestia cristiana te muerda y se quede enganchada. Los almohades han decidido sacrificarte, igual que los cristianos decidieron sacrificar a mi esposo hace mucho tiempo.»

Se vio pequeño. Como un insecto arrastrado por un vendaval caprichoso. Miró a los ojos de sus enemigos e interlocutores, que aguardaban respuesta. La dio en lengua romance:

—Es importante saber con quién puedes tratar, sí. Y más importante aún es saber que si tratas con alguien, has de cumplir tu palabra. Con el rey Lobo hubo mucho trato, pero poco cumplimiento.

El rey de Castilla miró a tierra. Fue Pedro de Aragón quien habló:

—Nada tenemos contra ti. Nuestro fin es luchar contra tu miramamolín.

—Entonces pasad de largo. Lo encontraréis un poco más al sur. O esperad un par de días y él llegará hasta aquí con un ejército tan grande que llenará el horizonte.

Rada intervino.

—No dispones de un par de días, caíd. Y sabes que no podemos dejar una plaza tan importante a nuestras espaldas. Ríndela y conservaréis la vida.

Ibn Qadish miró con fijeza al arzobispo.

—No puedo confiar en vosotros.

—Pero confías en tu miramamolín.

—Es mi única esperanza. Sobre mis hombros pesan las vidas de muchos.

—Que morirán si mañana tomamos el alcázar por la fuerza —completó Rada—. Nuestra oferta es que os vayáis libres. Os llevaréis lo que puedan cargar treinta y cinco monturas. Os escoltaremos hasta donde apetezcáis. Pero has de rendirte ya.

El andalusí se mordió el labio. Entre los cristianos que esperaban a distancia había uno cuya cara se iluminaba a medias por una antorcha. Llevaba una cruz de madera empuñada y miraba como miraría el mismísimo Satanás en la puerta del infierno, con los ojos hundidos muy fijos. Ibn Qadish oyó pasos tras de sí y se volvió. La sorpresa le golpeó como un virote disparado a medio codo.

—Ramla... ¿Qué haces aquí?

La mujer llegaba sin velo, con el cabello descubierto. Levantó la mano.

—Ha llegado otra paloma. Es de las que se llevó Ibn Farach.

Esta vez Rodrigo de Rada no tradujo del árabe. Se limitó a contemplar el gesto de súplica de aquella mujer menuda y morena. Ibn Qadish tomó el billetito y lo acercó a la llama. Cerró los ojos nada más leer el contenido. Cuando los abrió, las lágrimas temblaban en ellos. Devolvió el mensaje a su esposa y se volvió hacia el arzobispo.

—Mañana al amanecer, imán de Toledo, saldremos con treinta y cinco monturas. Vivos y libres. Tengo tu palabra, la palabra de estos dos reyes. Y a Dios como testigo.

El caíd y su mujer se dieron la mano para regresar al alcázar. Alfonso, Pedro y Rodrigo los observaron hasta que las puertas encajaron con un golpe seco. Rada, en voz muy baja, tradujo las últimas palabras de Ibn Qadish. Pedro de Aragón reaccionó con un amago de carcajada.

—Estupendo. Se rinden.

—Sí, pero mañana tendremos que contener a los ultramontanos —advirtió el arzobispo—. Si los matan al salir, ninguna plaza de aquí a la Sierra se nos entregará sin lucha.

Alfonso de Castilla se puso una mano en el pecho.

—Me ocuparé de que no sufran daño. Prometí a alguien que ese andalusí se marcharía libre, y lo cumpliré. Lo que no sé es por qué ha cambiado de opinión tan rápidamente.

Rada sonrió.

—Solo hay una razón posible. Su mujer le ha traído un mensaje recién llegado. Alguien advierte al andalusí de que no recibirá ayuda. El miramamolín no viene.

Los dos reyes asintieron.

—Entonces iremos nosotros a buscarlo —dijo Alfonso.

Esa noche pasó como un suspiro para Ramla.

Sí, duró lo normal. Fue cálida y pegajosa. Y no durmió en absoluto. De hecho, cuando fue capaz de detener sus lágrimas, hizo el amor con Ibn Qadish hasta el amanecer. Y habría vuelto a hacerlo cuando, ya fuera de Calatrava, lo abrazó por última vez.

Los castellanos habían abierto pasillo para protegerlos en su salida de Calatrava. Sin burlas ni insultos. En un silencio que el propio arzobispo de Toledo se preocupaba de vigilar. Así habían desfilado los andalusíes al abandonar el que hasta ese día era su hogar. Con hatillos a la espalda y niños en brazos. Y treinta y cinco caballos cargados hasta doblarles el espinazo.

—Ven con nosotros —insistió Ramla con la voz enronquecida por el llanto—. Tus hijos te necesitan más que el califa.

Pero el caíd había tomado una decisión.

—Cuando tu padre te entregó a mí, tuve que jurar que te protegería. Lo he hecho, ¿verdad? He cumplido con él. Pero para eso he incumplido otro juramento. No daré la espalda a mi responsabilidad, sobre todo porque he elegido libremente. Lucharé contra estos cristianos. Y venceremos. Recobraremos Calatrava. Y nuestras vidas.

Seguían abrazados. Con los pequeños agarrados de la túnica de Ramla. A su alrededor, los soldados andalusíes se despedían también de sus esposas y de sus hijos. Sesenta hombres que acompañarían a Ibn Qadish hasta la Sierra, con sus armas y escoltados por la mesnada de la casa de Haro. Los demás pobladores de Calatrava tomarían un camino distinto, también acompañados por jinetes cristianos. Irían a Alcaraz, plaza que, por el momento, quedaba fuera de la campaña.

—Es verdad que me has protegido, como juraste a mi padre —reconoció ella—. Pero con el califa está el Calderero. Sabes qué hacen con los que rinden las plazas, ¿verdad?

Él acarició su cabello.

—No pasará nada. Me necesitan para la batalla. El príncipe de los creyentes comprenderá que no tenía sentido perder Calatrava y provocar vuestra muerte. ¿O acaso no ocurrió igual con Salvatierra? Él dejó marchar a los freires a cambio de recuperar el castillo.

—No fue él, esposo. Fue el Calderero. Y el Calderero te odia.

—No me convencerás, mujer.

Un griterío creció entre los cristianos. Algunos hombres aparecieron entre las filas castellanas. Era gente con la piel enrojecida de quien no está acostumbrado al sol castellano. Las cruces cosidas en sus ropajes eran más grandes y ajadas que las que llevaban los demás cristianos. Ramla se abrazó más fuerte a su marido.

—¡Atrás! —gritó el arzobispo de Toledo. Los soldados castellanos se opusieron a los extranjeros vociferantes. Ibn Qadish apenas les distinguió algunas palabras en un romance jamás antes escuchado.

—¡Hay que quemarlos! —le pareció entender—. ¡Ofenden a Dios!

—¡Muerte a los infieles!

El caíd temió por un momento que los cristianos no fueran a cumplir su palabra. Soltó a su mujer y la mantuvo tras él mientras Rodrigo de Rada se enzarzaba en una discusión con el otro clérigo, el de los ojos hundidos. Hubo mucho aspaviento y se gritó varias veces el nombre del Creador.

—¿Qué pasa? —preguntó Ramla.

—Creo que algunos cristianos no están de acuerdo con el trato.

La madre envolvió a Isa y a Maryam en un abrazo. Los dos lloraban. Y a su alrededor, los demás andalusíes se apretaron. En un momento se convirtieron en ovejas rodeadas por lobos. Sin embargo, Rodrigo de Rada se impuso. El clérigo de ojos hundidos ordenó a los sedientos de sangre que se retiraran. Antes de irse, dedicó una mirada llena de odio a Ibn Qadish. Rada se acercó y habló en árabe:

—Nada os pasará, lo prometo.

Ramla levantó la vista.

—¿Lo crees, esposo?

Ibn Qadish también miró al arzobispo. Asintió lentamente.

—Sí. Lo creo. —Se arrodilló para abrazar a los niños. Los besó en la frente—. Isa, tienes que cuidar de tu madre y de tu hermana. ¿Lo harás?

El crío contestó entre sollozos.

—Ven con nosotros, padre.

El caíd se puso en pie. Poco más podría aguantar, así que decidió poner fin a aquello. Tomó las manos de Ramla.

—Id ya. Tenéis un largo camino por delante.

Por fin ella obedeció. Los jinetes de escolta rodearon al rebaño de derrotados, y los más viejos se ocuparon de llevar por las riendas a las monturas cargadas. Ramla observó cómo su esposo se reunía con los soldados andalusíes supervivientes. Esperó una última mirada, pero él no se volvió. Ni siquiera cuando, en columna y junto a los caballeros de Diego de Haro, tomó el camino del sur. Las pisadas de hombres y caballos levantaron una cortina de polvo que los envolvió poco a poco. Las lágrimas de la andalusí se mezclaron con las de los críos que llamaban a su padre. Y lo mismo ocurrió con otras esposas e hijos. Todos lloraron hasta que Ibn Qadish y los suyos desaparecieron en la nube.

Desde la marcha de los andalusíes, los trabajos se encaminaron a reponer provisiones. Ibn Qadish había nutrido bien el alcázar en espera de un largo asedio, y también en las casas abandonadas de la medina quedaba grano almacenado. En la que había sido vivienda del caíd, Rodrigo de Rada había instalado una oficina provisional para recalcular necesidades. Hasta ese momento, el propósito era llegar hasta Calatrava, luchar y regresar. Pero ahora se imponía el cambio de planes. Por eso llevaba día y medio inclinado sobre las listas, tachando y añadiendo. Pensando en distancias, en ritmo de consumo de las caballerías, en lo que sabía acerca de los arroyos que cruzaban la llanura hasta la Sierra. No quería entrar en el problema que representaban los pasos de montaña. Eso ya llegaría.

Rada apartó la vista de los números y miró alrededor. Los rincones conservaban resquicios de aroma a ámbar, o a cualquier otra de esas exóticas sustancias que los andalusíes quemaban en pebeteros. En unos días, aquella pasaría a ser la estancia del gran maestre de Calatrava. La mezquita se convertiría de nuevo en iglesia y sobre las torres ondearían las cruces de la orden.

—Y entonces —se dijo—, después de que el miramamolín nos destroce en el sur, reconquistará esto y Calatrava volverá a ser musulmana. Valiente esfuerzo para nada.

Oyó voces fuera. Entre ellas, una aguda, casi histérica, que reconoció como la del arzobispo de Narbona. Rada se levantó y retiró los pergaminos plagados de listas, sumas y restas. Había encontrado un suculento vino en la casa, y también jarras, copas, bandejas. Sonrió al darse cuenta de que los andalusíes no cumplían con la famosa prohibición musulmana. Sirvió en cuatro cuencos justo cuando entraban los demás miembros del consejo previsto para esa tarde. Alfonso de Castilla, Pedro de Aragón y Arnaldo Amalarico. La llegada de este acabó con el buen olor de la sala.

—¡No puedo retenerlos! —decía—. ¡En realidad tienen razón! ¡Yo mismo los convencí de que podrían matar a los enemigos de Cristo! ¡Es como si los hubiera engañado!

El arzobispo y legado llevaba puesto su famoso hábito, pegado a la piel por la costra seca de sudor rancio. Se quitó la mitra y la dejó sobre la mesa. No esperó al ofrecimiento de Rada, sino que tomó un cuenco y lo vació de un trago. Los reyes de Castilla y Aragón, vestidos con equipo militar, se limitaban a escuchar las quejas.

—¿Qué ocurre? —preguntó Rada.

—Los ultramontanos se van —aclaró Alfonso—. Algunos quieren quedarse, pero son los menos.

—¿Por qué?

Pedro de Aragón se adelantó.

—Yo te lo explicaré. —Cogió un cuenco, olfateó su interior. Sonrió y bebió un sorbito—. Es como este vino. Muy bueno. Dulce, fresco. Llegas al hogar tras un día de fatigas y bebes. Te sabe a gloria. Al día siguiente, mientras trabajas, piensas en el vino que te aguarda y renuevas tus energías.

»Esos tipos del norte vinieron aquí diciendo que pretendían saldar sus deudas con Dios. El perdón de los pecados y todas las demás majaderías. En realidad les gusta la sangre. Es su delicioso vino, premio por padecer un calor del demonio al que no están acostumbrados. Merecida recompensa por patear esta llanura interminable en la que un árbol es como una virgen en un lupanar. Los pobres degolladores de niñas cumplen con su trabajo. Sudan, se cansan, comen porquerías, violan a las gallinas... y al final su galardón es ver cómo los andalusíes de Calatrava se van tan tranquilos. Lo que un hijo de puta asesino quiere, enteraos todos ya, es matar. ¿No hay nada que matar? Pues con Dios.

Si existía una mirada capaz de fulminar a los mortales como los rayos de Júpiter, esa era la que Amalarico lanzó sobre el rey de Aragón.

—Pedro, pecador desde la cuna. Te arrepentirás de esas palabras cuando te presentes ante el que te juzgará más temprano que tarde.

—Oh, mi señor arzobispo, no te enojes. Si por mí fuera, esos ultramontanos tuyos se quedarían. Nada me agradaría más que verlos acribillados por los jinetes arqueros sarracenos, tan famosos y tan bigotudos. No poco ganaría el Languedoc si todos tus fieles besasantos se pudrieran aquí. Ay, no me mires así. Lo que les deseo es genial. Morirían con sus pecados perdonados. Irían directos a la diestra del Creador.

—Basta, primo —rogó Alfonso de Castilla.

Pedro de Aragón se acabó el vino andalusí. Dejó el cuenco sobre la mesa con un golpe.

—Sí. Perdón, amigos míos. Los pobres ultramontanos están en lo cierto, después de todo. Han venido aquí a decapitar a moros desarmados, no a enfrentarse a los negros gigantes del miramamolín. Para eso ya estamos los de siempre.

—A ver, a ver —intervino Rodrigo de Rada—. ¿No podemos ofrecerles nada para que se queden? Se trata de miles de hombres y los necesitamos a todos.

—Exacto. —Alfonso de Castilla lanzó una mirada disgustada a su primo aragonés—. Cada lanza que perdemos nos debilita a todos.

—Me temo que es demasiado tarde. —Amalarico recuperó su tono habitual, pero no dejó de mirar al rey de Aragón como si fuera un cátaro confeso—. Lo del calor es cierto. Las raciones son escasas y esta tierra no da para un ejército tan grande. Algunos vinimos pensando en luchar la gran batalla de Dios contra Satanás. Esa batalla iba a tener lugar aquí, bajo los muros de Calatrava. Pero no hay rastro del miramamolín. Mis fieles se preguntan si no están trabajando para que el rey de Castilla gane las plazas que le quitaron los infieles por su desidia.

—¿Desidia? —se indignó Alfonso. Amalarico levantó el báculo con autoridad.

—Desidia. Si quieres saber cómo se conserva la tierra para Dios, ven a Béziers. Ven a Carcasona. Ven a Minerve. Dejar que los enemigos de Dios se marchen vivos es tender un puente sobre el Mar Rojo para que los egipcios persigan a Moisés. Es robar las trompetas a Josué y esconderlas en Jericó. Es acudir a la cena tras haber cobrado treinta monedas de plata.

—Es la guerra, cura —escupió Pedro de Aragón—. ¿Te suena la palabra? Guerra. Es cuando los que tienes enfrente no suben solos a las hogueras, desarmados y recitando himnos cátaros. Es cuando los enemigos te plantan cara y, si pueden, te matan. Los sermones no las ganan. Esto lo hace. —Apretó el pomo de la espada—. Y esto lo hace. —Se dio un golpe en la sien.

Alfonso de Castilla se interpuso entre su primo y el legado papal. Aunque el rey de Aragón le sacaba la cabeza y no dejaba de mirar desafiante a Amalarico.

—Mi señor arzobispo, lo que Pedro quiere decir es que hemos de pensar en cada paso. El pacto con Ibn Qadish nos acerca más al miramamolín. Un ejército tan grande como el nuestro, que consume mares enteros de grano cada día, no puede desgastarse en asedios.

Amalarico puso cara de asco.

—Qué poca fe en Dios. Pensáis que Él os va a desamparar cuando lucháis por la cruz. ¿Así se hace la guerra aquí? ¿Calmando a los infieles y enojando a los cristianos? Os repito el ejemplo de nuestro libro. El que, a diferencia del de los infieles, está dictado por la mano de Dios. Él vio la iniquidad en las ciudades de los pecadores, *y llovieron sobre Sodoma y Gomorra azufre y fuego de parte del Señor desde el cielo. Y destruyó estas ciudades y todo el territorio al contorno, y todos sus moradores, y todo lo verde de la tierra.*

»No soy estúpido, entiendo vuestros planes. Me parece bien pactar para que los sarracenos rindan las plazas, pero no veo por qué cumplís con la palabra dada a un infiel cuando ya se ha rendido. ¿Prometéis también prebendas a vuestros perros o a vuestras cabras? ¿Acaso no usa trampas el cazador cuando ofrece el cebo a su presa? ¿O le perdona la vida cuando la ha atrapado en el cepo? ¡No! Y eso no lo envilece.

—Pero no se trata solo de Calatrava —intervino Rodrigo de Rada—. Ahora los demás andalusíes sabrán que cumplimos los pactos. Podremos avanzar sobre el resto de las plazas que hay de aquí a la Sierra, y sus responsables se nos rendirán porque cuentan con garantías. Dejaremos la retaguardia limpia y batallaremos cara a cara con el demonio.

Amalarico bajó la vista. Gruñó algo que los demás no entendieron y luego desató de nuevo su lengua:

—Sois ilusos. Ingenuos. Incluso estúpidos. Cada infiel que dejáis vivo regresará mañana para haceros pagar ese misericordioso error. A vosotros os degollará. Degollará a vuestros hijos y a vuestros padres. Y a vuestras mujeres, a vuestras hijas y madres las arrojará en su harén. Matadlos a todos, os digo. Desde el hombre hasta la mujer...

—Sí, sí, sí —se burló Pedro de Aragón—. Con fuego y azufre llovido desde el cielo. Por san Miguel, qué asco da esta gente.

—¡Algún día, defensor de herejes! —El pequeño legado se aupó y, sobre el hombro de Alfonso, apuntó a la cara del rey aragonés con su índice de uña negruzca—. ¡Algún día te darán tu merecido!

—Sin duda. Tal vez lo haga tu cachorro Simón de Montfort, ¿eh? O tú mismo. Puedes subirte a una caja para partirme una cruz en la cabeza. Pero cuidado, que los de Huesca tenemos el cráneo casi tan duro como la...

—¡Basta, por todos los santos!

Los tres hombres se volvieron sorprendidos hacia Rodrigo de Rada. Precisamente porque jamás lo habían oído gritar, su grito consiguió el fin buscado. Amalarico recuperó su dedo y Pedro de Aragón se dio la vuelta para mirar al techo. Fue el rey de Castilla quien colaboró para terciar.

—Este ha sido siempre el error. La división. Somos aliados, hermanos en Cristo. El enemigo es otro, y es fuerte. Estas rencillas absurdas nos debilitan.

—Bien. —Rada recuperó su tono afable—. Necesito saber, querido Arnaldo, si no hay forma de retener a esos ultramontanos que quieren dejarnos.

—No, no la hay. Lo he intentado por todos los medios. Les he amenazado, y luego les he rogado. Yo me quedo, desde luego. El papa me encomendó una misión y la cumpliré, aunque tenga que enfrentarme solo al miramamolín. Creo que Teobaldo de Blazón también seguirá con nosotros. Y el vizconde de Turena.

Rodrigo de Rada removió sus papeles. Cuando encontró las listas de las mesnadas, pasó el dedo con rapidez por el margen.

—Aquí están. —Contó mentalmente mientras extendía los dedos una y otra vez—. Eso significa ochocientos cincuenta jinetes menos. Y dos mil peones. —Levantó la vista—. No nos lo podemos permitir.

Amalarico se encogió de hombros.

—Tarde. Quien ofende a Dios, lo paga. —Volvió a mirar a Pedro de Aragón—. Incluso aunque sea rey.

Rada temió que la trifulca se reanudara, pero entonces sonaron pasos rápidos en el exterior. Miguel de Luesia asomó el rostro congestionado.

—Perdón, mis señores y arzobispos. Hay noticias que os interesarán, seguro. Acaba de llegar una caravana con trigo y cebada de Toledo. Allí tuvieron noticia hace poco de que una columna de caballeros bien armados viene a nuestro encuentro desde el norte.

—¿Qué? ¿Qué caballeros?

—Los del grano no lo saben. Podría tratarse de más ultramontanos.

Los reyes y prelados se miraron. Amalarico sonrió, aunque nadie le hizo caso. Rada siguió a lo suyo:

—¿Cuántos son? ¿Se sabe cuándo llegarán?

—No han dado cifras. Estarán aquí en dos o tres días, según los de la caravana.

El arzobispo de Toledo volvió a sus papeles. Sacó uno con un torpe mapa emborronado. Golpeó sobre el punto marcado como

Calatrava. Luego lo hizo sobre algunas pequeñas torres dibujadas al sur.

—Necesitamos cualquier refuerzo, aunque no debemos demorarnos en demasía. El suministro se ha convertido en nuestro principal problema, hay que ahorrar todo lo posible. —Se rascó la tonsura—. Aquí estamos cubiertos, pero podemos aprovechar el tiempo de espera. Las tropas castellanas podrían salir ya. Tendrían que desviarse de la línea recta y caer sobre las plazas en poder almohade. Si Ibn Qadish congregó a sus hombres aquí, las guarniciones de los otros castillos serán mínimas, igual que en Malagón. Deberían rendirse a la vista del ejército, sobre todo si se les ofrecen buenas condiciones.

Amalarico miró a otro lado. Alfonso de Castilla se acercó a los garabatos de Rada.

—Humm. Podría ir a Caracuel, Benavente y Piedrabuena. Y a Alarcos. —Al decir esto último hizo una pausa. Tuvo que tomar aire para continuar—. Salvatierra es negocio distinto. Estarán sobre aviso y, sin necesidad de gran guarnición, podrían resistir durante meses. Así que no intentaré su conquista, al menos hasta estar todos juntos de nuevo. Y si el miramamolín cruza la sierra y viene hacia mí, retrocederé para presentar batalla apoyados en Calatrava.

—Eso no ocurrirá —aseguró Rada—. Cada vez lo veo más claro: ese africano nos espera a la salida de los pasos.

Pedro de Aragón también se acercó al mapa.

—Yo esperaré aquí con el resto de la tropa. Veremos quiénes son esos que llegan desde el norte. En cuanto estén aquí, saldremos directos para Salvatierra. —Consultó con la mirada al rey de Castilla—. Allí nos reuniremos y pensaremos qué hacer.

—Perfecto. —Rada se dirigió a Arnaldo Amalarico—. Legado, ¿es posible que hables con los ultramontanos una última vez? Si a alguien escucharán, es a ti.

El pequeño cisterciense asintió de mala gana. Recogió su mitra, hizo un gesto desabrido a Miguel de Luesia para que se apartara y se fue sin decir nada. El arzobispo de Toledo aguardó un tiempo prudencial. Alfonso de Castilla notó que el consejo de guerra, en realidad, no había acabado.

—¿Hay algo más?

—Lo hay. —Rada invitó a Luesia a unirse al corro—. El legado papal es un poco... tajante, lo reconozco. Pero, aunque él no lo sepa o lo achaque a causa distinta, no anda desacertado.

—Oh, no —rezongó Pedro de Aragón—. ¿Tú también?

El arzobispo levantó ambas manos.

—Creo que hemos hecho bien en respetar la vida a los andalusíes de aquí. Y me habría gustado que los de Malagón salieran vivos igualmente. Y ahora, cuando el rey Alfonso retome Caracuel, Piedrabuena y el resto de las plazas, será mejor proceder de la misma forma. No me gusta ver a nadie muerto, ni aunque se trate de un infiel. Sí, sé que gozamos de indulgencia plena. Que Dios nos perdonará todo lo que hagamos mientras llevamos su cruz para esta campaña. Y aun así os lo confieso: me repugna el derramamiento de sangre. También os confieso que estos pactos, este dejar que el enemigo salga vivo como premio por rendirse, no lo valoro por misericordia, sino por su utilidad. Es lo que de nosotros exigen estos tiempos. Este momento crucial en el que Dios nos ha colocado.

»Por eso habéis de saber que esto lo diré no por mí, ni por vosotros. Es por los que nos han de suceder, y por defensa de nuestra tierra y de nuestra fe. Nuestro enemigo se prepara para el combate definitivo. Lo hemos dicho muchas veces, pero es hora de que lo creamos. A un lado y a otro se han juntado las potencias de Cristo y Mahoma, y del resultado de este choque dependerá lo que ocurra en años venideros. Unos saldrán vencidos, condenada su estirpe. Los otros ganarán el derecho a la tierra y a la paz.

»Cuando luchemos con el miramamolín... Cuando los dos ejércitos se encuentren, sea donde sea, sea cuando sea, no deberemos esperar piedad alguna. Y nosotros tampoco deberemos mostrarla. De esa jornada penderá el futuro. Es tal como ha dicho el legado Amalarico: vais a escribir el destino. El vuestro y el de vuestros hijos, los hijos de vuestros hijos, sus nietos, toda generación venidera... No cometáis el error de pensar que nuestro objetivo es ganar esta batalla, porque no lo es.

»Lo necesario, importante —miró a los dos reyes con gran severidad—, lo imprescindible es matarlos a todos. Y a los que huyan, perseguirlos hasta darles caza. No perdonar a ninguno, ni herido ni rendido. Lo que os pido, y que el Creador me perdone por ello, es que exterminemos a nuestros enemigos. Que nadie se entretenga saqueando cadáveres. Que no recoja los enseres de los muertos, ni los caballos sin jinete. Que no ate a los cautivos, ni piense en rescates venideros, ni se explaye en negociaciones. La jornada que nos espera solo terminará cuando el último infiel yazca muerto, ya sea en el campo de batalla, ya sea donde se le alcance en la fuga.

»Recordadlo. Allí hacia donde unos y otros nos precipitamos solo nos espera una cosa: la muerte.

Día siguiente

El Calderero había decidido que la mejor forma de servir al califa era estar lo más cerca posible de él, y nadie se atrevía a dudar de sus sinceras intenciones.

Por eso se había instalado en el Hisn Salim, pequeño castillo que controlaba los pasos desde el norte. Los Ábid al-Majzén guardaban el cerro mientras los mensajeros salían con despachos o llegaban con los informes de los exploradores. Y más allá se extendía el gran campamento almohade, que no se había erigido en su tradicional esquema de círculos concéntricos, con férreas divisiones por cabilas y tribus. En lugar de eso, había tenido que adaptarse a las irregularidades del terreno. Tales innovaciones contrariaban a los masmudas de pura sangre, pero ya se sabía cómo las gastaba el Calderero.

Esa tarde, el visir omnipotente estudiaba los cierres de los puertos sobre un mapa pintado sobre piel curtida. Había mandado destacamentos masmudas apoyados por arqueros *rumat* para apostarse en las angosturas de los pasos, con orden de construir parapetos de madera y buscar las desenfiladas. El arráez de las tropas andalusíes, Ibn Farach, se había ofrecido para mandar a sus jinetes a localizar posibles rutas. A priori parecía lo más lógico, pues nadie como los andalusíes conocía su propia tierra, pero el Calderero se había negado. Desconfiaba de ellos, sobre todo tras prohibir toda ayuda a Calatrava, y no quería dejar tamaña responsabilidad en sus manos.

—Nadie puede cruzar a este lado de la sierra —decía. An-Nasir, sentado tras él, emitió uno de sus sonidos de afirmación.

—Ah.

—De esta forma cerramos los pasos y aseguramos nuestra posición. No quiero sorpresas. El sol calienta más fuerte de lo que había imaginado. Eso nos favorece. Frente a Calatrava, los cristianos se estarán derritiendo.

—Ah.

—Dos semanas, sí. Entonces avanzaremos hacia el norte.

An-Nasir se explayó:

—¿Y s-s-si los c-c-cristianos t-t-toman C-C-Calatrava?

El Calderero se volvió. Miró a su señor con desprecio. Allí estaba, tirado como siempre sobre sus cojines bordados.

—¿En dos semanas, príncipe de los creyentes? ¿Esos comedores de cerdo, bebedores de vino, incapaces de ponerse de acuerdo ni para rezar? ¿Acaso no recuerdas su torpeza en Alarcos? Si son como niños. Los señores de los castillos se oponen unos a otros, o forman partidos para enfrentarse a su vez al rey. Los reyes se odian entre sí. No hay nadie capaz de poner orden. Qué distinto de nuestro imperio, ¿verdad?

—Ah.

El Calderero se inclinó de nuevo sobre el mapa, aunque siguió hablando al califa:

—No pueden permanecer unidos, y menos si sufren carestía. Se enemistarán antes de que acaben esas dos semanas. Pero lo bueno es que, aunque no lo hagan, nuestro ejército los supera en mucho. Y está fresco. —Se irguió sonriente y se plantó la mano en el pecho—. Y, sobre todo, está bien liderado. —Se volvió a medias—. Por ti, naturalmente.

—Ah.

Sonaron voces al otro lado de la puerta. Algunas eran las guturales y cortantes de los enormes guardias negros. Otra era distinta, aunque conocida. El gran visir del imperio, contrariado, apretó los labios.

—Ibn Farach.

Uno de los Ábid al-Majzén abrió la puerta. Con aquel calor, incluso dentro del castillo, las pieles de los guardias negros brillaban como si las pulieran de continuo.

—Ilustre visir, el arráez de los andalusíes solicita...

—¡Que pase!

El Calderero enrolló el mapa. Cada vez confiaba menos en la gente de aquella península. A pesar de que él mismo había nacido en ella. Ibn Farach entró con el yelmo bajo el brazo, pasó de largo del visir y posó una rodilla en tierra ante el califa.

—Príncipe de los creyentes, graves noticias.

An-Nasir puso cara de desgana. Señaló al Calderero sin decir nada. Fue este el que habló:

—¿Cuántas veces tendré que repetirlo? No molestéis al gran an-Nasir con vuestros lamentos. ¿Qué ocurre ahora?

Ibn Farach se puso en pie y dio la espalda al califa. El miedo y la ira reflejados en su mirada. Los músculos de la mandíbula prominentes bajo la barba.

—Acaba de llegar Ibn Qadish. Con sesenta soldados.

El Calderero enrojeció. Tras el andalusí, el califa estuvo a punto de alargar media pulgada la comisura derecha.

—Ese traidor... —escupió el visir. Ibn Farach se envaró.

—Te lo advertí. Te pedí que me dejaras acudir en su ayuda.

—¡Calla, rata andalusí! —El Calderero cerró los ojos con fuerza. Se llevó el puño a la boca y lo mordió. No pudo evitarlo: pensó en el Tuerto. ¿Lo habría previsto él? ¿Él, que tanto confiaba en Ibn Qadish para guardar la frontera? No se arrepentía de haber alejado a su rival hasta Ifriqiyya, claro. Pero sí echaba de menos su eficacia estratégica. Una punzada de algo parecido al temor le provocó un estremecimiento. Aunque fue solo un momento. No, no había razón para tener miedo—. ¿Dónde está ese traidor?

—En mi tienda.

El Calderero salió a grandes zancadas y subió la escalera de tablas que conducía a los pisos superiores del torreón. En el inmediatamente superior se había instalado el aposento de an-Nasir, con media docena de concubinas al cuidado del eunuco Mubassir. Y en la planta más alta, la cámara del gran visir. Sin harén. Entró en ella y se plantó frente a Raquel, la única mujer que había llevado consigo para ocupar su lecho.

—¿Pasa algo, mi señor? —La judía se desperezó. Desnuda, con las sábanas enredadas en las piernas. Tan insultantemente bella como siempre—. He oído gritos.

El Calderero sonrió.

—Ha ocurrido todo según tu vaticinio, mujer. Ibn Qadish está aquí.

Se puso seria. Se impulsó para resbalar sobre la ancha cama y quedar sentada en su borde. Por un momento, el Calderero pensó que la noticia la entristecía. Pero entonces regresó la Raquel de siempre.

—Lo siento por ti, mi señor.

—Sí, yo también. Y por otra parte... —Se le acercó. Incluso con la ira supurando desde cada poro, aquella mujer lo volvía loco—. Debí escucharte desde el principio. Es como si supieras lo que va a ocurrir siempre. ¿Es así? ¿Lo sabes? ¿Por qué oscuro sortilegio?

Raquel se puso en pie y se restregó contra el visir. Este la tomó por la cintura.

—No hay sortilegios, mi amo y señor. Hay que estar ciego para no verlo: vencerás, y te convertirás en el salvador del imperio. En el hombre más grande que ha conocido jamás esta península. El propio califa menguará a tu sombra.

—Mataré a cualquiera que lo insinúe.

—Pero no a mí. A mí no me matarás. Teníamos un trato, ¿recuerdas?

El Calderero, ofuscado, sentía el vientre desnudo de Raquel a través de la ropa, presionando sobre su pujante erección.

—No te mataré, no. Tú estarás a mi lado cuando me aclamen como aclamaban a al-Mansur. Más aún. Cuando regrese a Marrakech con las cabezas de los reyes cristianos colgadas en la silla de mi caballo. Con miles de esclavos sujetos por esas cadenas que tanto le gustan al necio tartamudo de an-Nasir. Tú lo ves, ¿verdad? Me lo has dicho. Seré el más grande.

—El más grande —repitió ella mientras le besuqueaba el cuello—. El más grande. Y yo estaré a tu lado.

El Calderero echó la cabeza hacia atrás. La chispa de temor había desaparecido. Con cada palabra de Raquel, su seguridad crecía. En verdad se sentía capaz de cualquier cosa.

—Sí. Junto a ti lo conseguiré, lo sé. Dime qué ocurrirá ahora.

Raquel lo besó. Él la correspondió. Cuando sus labios se separaron, un hilillo de saliva colgaba entre ellos. La boca de la judía se acercó al oído del visir. Su voz brotó en un susurro.

El séquito de Ábid al-Majzén causó la expectación de costumbre. A su paso, los soldados se apartaban. Se separaban para formar un pasillo. Los fornidos guardias negros desfilaban a su ritmo doble, con las gruesas lanzas terciadas y la mirada al frente. Más de veinte hombres en cada una de las dos filas que flanqueaban al Calderero, y tras ellos, una columna con más guardias negros que rondaba el centenar.

Habían cruzado el abigarrado sector masmuda para internarse entre las tiendas de los *agzaz*, y de ahí a donde acampaban los súbditos árabes. Pasaron junto a las tribus bereberes que no pertenecían a las razas almohades y a los parapetos de tela en los que sesteaban los voluntarios de la fe llegados de todos los rincones del imperio. Y ahora estaban en el anillo exterior, el reservado para la chusma del ejército. Los andalusíes, que con todo eran numerosos, se auparon para ver al Calderero.

Ibn Farach adelantó a la comitiva a la carrera. Se detuvo junto a su tienda, donde se hallaba congregada una ruidosa muchedumbre. Soldados que saludaban a sus compañeros de fatigas, aún cansados y polvorientos por el viaje desde Calatrava. Cuando el Calderero y su escolta llegaron, Ibn Qadish ya se había adelantado para dar la cara. Los Ábid al-Majzén de cabeza tomaron posiciones en una férrea línea mientras el resto se distribuía por los alrededores. Amenazantes, con las lanzas apretadas en sus manazas. Aquellos ojos, cuya blancura crecía con el contraste de la piel negrísima, recorrieron los pasmados rostros andalusíes.

—¡Ibn Qadish, caíd de Calatrava, arráez de las fuerzas de al-Ándalus!

El aludido dio dos pasos. Miró con fijeza al Calderero.

—Aquí estoy, ilustre visir.

Los soldados y jinetes andalusíes se apelotonaron tras el líder al que rendían respeto y admiración. El veterano Ibn Farach se destacó para situarse a la diestra. Los guardias negros, por su parte, apretaron las filas. Dos de ellos se colocaron a los lados del visir omnipotente. Durante un largo instante y bajo la música de las chicharras, los hombres se desafiaron en silencio. Eso dio tiempo a que acudieran más soldados. Muchos de ellos, despierta su curiosidad, habían seguido a la comitiva de Ábid al-Majzén, de modo que pronto se reunió una mezcolanza de cabilas y tribus. El Calderero parecía disfrutar.

—Desarmadlo.

Hubo protestas, pero en voz baja. Un guardia negro se adelantó y desenfundó la espada de Ibn Qadish sin que este lo impidiera. Entregó el arma al visir, que hizo girar la hoja. Incluso se recreó en observar el filo impoluto, que le devolvía el reflejo del sol.

—Estoy esperando tu informe, andalusí.

Ibn Qadish, con el gesto cansado y los ropajes húmedos de sudor, asintió.

—Un ejército cristiano a cuya cabeza cabalgaban los reyes de Castilla y Aragón salió de Toledo. Cruzó el Tajo y avanzó sobre Malagón hace diez días. La ciudad cayó y toda la población fue pasada a cuchillo. Después, los infieles continuaron hasta Calatrava, a la que pusieron sitio.

»He calculado que ese ejército se acerca a los veinte mil soldados, visir omnipotente. Yo solo disponía de ciento sesenta hombres, y eso porque los había concentrado desde las plazas cercanas. Veinte mil contra ciento sesenta.

—Lo he oído a la primera. Sigue.

—Nos resistimos con bravura y a costa de muchas bajas, pero no pudimos evitar que nos tomaran la medina. Nos refugiamos en el alcázar, donde organicé una nueva defensa. Dado que, a pesar de mis peticiones de auxilio, nadie vino en mi ayuda, me vi obligado a pactar con los reyes cristianos, ya que resultaba imposible salvar Calatrava. Conmigo he traído a los guerreros supervivientes.

El Calderero examinó a los hombres de las primeras filas andalusíes, manchados de polvo y con ojeras. Todos llevaban sus espadas al cinto. Espadas como la que ahora empuñaba él. La subió a la altura del pecho.

—¿Los cristianos os dejaron marchar con vuestras armas?

—Sí, mi señor. El alférez castellano nos escoltó la primera jornada. También escoltaron a Alcaraz a los heridos, a las mujeres, los niños y los ancianos que abandonaron Calatrava. Hemos recibido un trato justo.

El visir arrugó la nariz.

—Dime, Ibn Qadish. ¿Acaso no recibiste mis contestaciones a tus lamentos? En ellas te aseguraba que acudiríamos en tu ayuda.

El andalusí miró un instante a Ibn Farach. Este permanecía firme, solemne, con el casco bajo el brazo. Ibn Qadish se volvió de nuevo hacia el Calderero.

—Sí, recibí esas contestaciones, mi señor. —Abrió los brazos a los lados—. Aunque no veo un ejército de socorro en marcha. Veo un gran campamento con provisiones acumuladas. Y para llegar he pasado por puertos custodiados por destacamentos masmudas cuya misión era cerrar el paso hacia el sur. No facilitar el cruce hacia el norte.

—Ya. Qué observador. Refréscame la memoria, Ibn Qadish. ¿Cuál era tu misión en Calatrava? ¿Qué te ordenaron mis emisarios? ¿Qué juraste cuando se te honró con el cadiazgo de la plaza más importante de la frontera?

El andalusí carraspeó.

—Mi misión era resistir, mi señor.

—¿Solo resistir?

Nuevo carraspeo. Ibn Qadish tomó aire. Lo soltó despacio.

—Resistir hasta la muerte.

—Pues no te veo muerto, andalusí.

Más protestas entre los guerreros peninsulares. Los Ábid al-Majzén endurecieron el gesto. Sus lanzas pasaron de estar terciadas a apuntar a los pechos de los jinetes y peones.

—Mi señor, no tenía sentido morir allí. Calatrava se habría perdido igualmente, pero ahora tenemos la oportunidad de luchar. Yo guiaré a los guerreros de al-Ándalus contra los cristianos y comprobarás nuestra lealtad.

El Calderero volvió a mirar la hoja de la espada. La hoja le devolvió su reflejo. Vio lo que Raquel le había anunciado. Un gran hombre. Uno que superaría al difunto al-Mansur, y también a sus antepasados. Uno que extendería el imperio sobre los enemigos degollados. Entornó los ojos. Bajo el rostro seguro y triunfal entrevió otro. El de un andalusí descendiente de caldereros. Un ser impuro, perteneciente a una raza inferior, cuyos antepasados, como él mismo, habían tenido que ganarse el respeto renunciando a sus impuros orígenes. El visir omnipotente dio un paso. Dos. Llegó frente a Ibn Qadish. Tan cerca que cada uno se vio en los ojos del otro. De nuevo el reflejo. El Calderero desvió la vista para no reconocerse en aquel caíd al que los andalusíes veneraban. Al que seguirían a la muerte sin dudar. Levantó la espada. A su mente volvió el contacto resbaladizo de Raquel. La humedad de sus labios, su aliento al susurrarle al oído. Su petición.

La espada entró por el pecho de Ibn Qadish y se hundió un palmo. Entre los andalusíes se extendió un gemido colectivo. Cuando acertaron a moverse, las lanzas de los Ábid al-Majzén se acercaban a ellos como una barrera de púas.

El Calderero, mientras, miró de nuevo a los ojos de Ibn Qadish. Y ya no se vio reflejado en ellos. Lo que vio fue sorpresa. Y dolor. Un dolor que provenía de aquella herida que ahora sangraba a chorros. Un dolor que hablaba de una vida incompleta. De todo lo que queda atrás cuando llega la muerte. El andalusí apoyó las manos en los hombros de su matador, y este dio un nuevo impulso al arma. La cruz de la espada chocó con el pecho al tiempo que la punta desgarraba la tela para asomar entre los omoplatos.

—¡Hasta la muerte, Ibn Qadish! —rugió el Calderero—. ¡Hasta la muerte!

Desenfundó el arma de la carne sangrante. Entonces fue cuando llegaron los gritos. Ibn Farach trató de abalanzarse sobre el gran visir, pero un guardia negro se interpuso. Los Ábid al-Majzén cerraron filas para proteger al Calderero. Uno de ellos atravesó a un andalusí que había desenfundado el arma. Los demás se contuvieron. Alrededor, los bereberes, árabes y *agzaz* se habían congregado por cientos, y también se unieron al griterío. Pronto, las inmediaciones del Hisn Salim se convirtieron en un avispero. Ibn Qadish, que había caído de rodillas, miró al Calderero como si no lo conociera. Luego se fijó en el charco de sangre que crecía por momentos. El gran visir dio un paso atrás y arrojó la espada a tierra.

—Ramla... —gimió el andalusí. Y se desplomó.

El Calderero reprimió un gesto de asco. Se fijó a medias en el tumulto que los Ábid al-Majzén reprimían a conterazos. Se dirigió a uno de ellos y señaló el cadáver de Ibn Qadish.

—Cortadle la cabeza y ponedla en una bandeja de plata. Buscadla donde podáis. Después llevádsela a mi favorita y decidle que ahí tiene lo que me ha pedido. Y quiero orden aquí, por el Profeta. Solo era un andalusí.

48

Solo unidos

Julio de 1212. Inmediaciones de Alarcos

Alfonso de Castilla se volvió sobre la silla de su caballo. Tras él, al paso, venían algunos monteros y caballeros de su mesnada. El resto de la tropa se había quedado en el campamento alrededor del Despeñadero, mientras que los nobles y prelados se alojaban en el reconquistado castillo de Alarcos.

—Dejadme solo, amigos. Solo será un momento.

Obedecieron. El rey Alfonso contempló el paisaje ante sí. El llano verdeante, la colina baja y arbolada, la línea de carrizo en la ribera del Guadiana...

La última vez que había mirado así fue diecisiete años atrás, y aquel campo era un enorme cementerio de cadáveres sin enterrar. Clavó los talones en los ijares del animal. La brisa mecía la hierba. La hacía sisear. Pero él escuchaba otro sonido. Cascos que retumbaban. Gritos de guerra y entrechocar de anillas. Allí era donde la vanguardia había iniciado su carga, acosada por el enjambre insoportable de los jinetes arqueros. Él vio esa carga desde la zaga, junto al que en ese momento era arzobispo de Toledo, Martín de Pisuerga. Recuerda que quiso unirse al ataque, y que el prelado se lo impidió.

«El rey no puede morir al principio de la batalla», le dijo.

—Solo que ese día, el rey tampoco murió al final.

Dejó que el caballo se moviera libre por la planicie. Que pisara sobre las huellas borradas de otros caballos que, como sus jinetes, habían muerto acribillados para nada. A media carga, la vanguardia cristiana se había visto frenada por los fanáticos de la fe. La chusma musulmana que ofrecía su carne al hierro. Recordaba bien el momento. Tras ellos, más arqueros y ballesteros. La batalla de Alarcos se había perdido antes siquiera de que los castellanos llegaran al cuerpo a cuerpo con los auténticos guerreros almohades.

«Pero esta vez no será así», pensó.

Siguió avanzando. Sin poderse arrancar aquel sonido de la cabeza. Había temido ese momento desde antes de tomar Alarcos. Y por fortuna la plaza, sin apenas guarnición, se había rendido a la sola vista del ejército cristiano. Al mismo tiempo que los otros castillos cercanos, Caracuel, Benavente y Piedrabuena, se entregaban a las tropas lideradas por los demás nobles castellanos. Tal y como dictaba el plan, se perdonaba la vida de los pocos andalusíes que no habían huido antes de la llegada cristiana. Ahora solo restaba Salvatierra, donde tocaba esperar a que el ahora dividido ejército se reagrupara. Y después vendría la Sierra Morena, antemuro de la hora final.

El rey vio algo delante. Un hombre solo, de pie. Cerca del río, un poco más acá del altozano tras el que al-Mansur había escondido su ingente reserva. Ese era el lugar donde había tenido lugar la última lucha aquel funesto día. La más descarnada para unos, la definitiva para otros. Allí, el alférez castellano se había dado la vuelta para escapar de la matanza.

Alfonso se acercó. Se cubrió del sol con la mano, pero no reconoció al extraño. El tipo parecía ido. Con la vista puesta en tierra, los brazos caídos a lo largo del cuerpo.

—¿Qué haces aquí?

El hombre se volvió. Fue como si reentrara en una realidad de la que llevaba tiempo ausente. Hincó la rodilla sobre el terreno blando e inclinó la cabeza.

—Mi señor, no te oí llegar.

Alfonso sonrió.

—Ah, sí... Tú eres... Eres...

—Velasco, mi rey. Ayudante del arzobispo.

—Eso es. —Alfonso lo observó. Su sonrisa desapareció—. ¿Estás llorando?

—Perdón, mi rey. Ya me iba.

—Espera. —Alfonso descendió del caballo. Tomó las riendas con una mano y se acercó a Velasco—. Ponte en pie, anda. Dime por qué lloras.

Se levantó y sorbió los mocos.

—Lo siento. No sabría explicar...

El rey lo estudió con detenimiento. Una chispa de comprensión iluminó sus ojos.

—Estuviste aquí ese día, ¿verdad?

Velasco resopló como un mozo de carga en lo alto de la última cuesta.

—Sí, mi rey. Estuve. Pero me libré, gracias a Dios.

—¿Seguro? Yo ni siquiera llegué hasta aquí y jamás me he librado de ello.

Por fin Velasco sostuvo la mirada de Alfonso.

—Tienes razón, mi señor. Los que se libraron jamás volvieron a casa.

Eso era. El rey Alfonso vio con claridad que, después de todo, tenía con los supervivientes una deuda mayor que con los muertos. Porque, ¿qué libertad era esa de la que habían disfrutado los últimos diecisiete años? ¿La de saber que Alarcos no era más que el penúltimo capítulo? Entonces vio algo más. Algo que no era fatiga por lo pasado, sino por el futuro.

—Tú tienes miedo. Lo veo con claridad, Velasco. Oh, no te avergüences. Yo también. Estoy horrorizado, paso las noches en vela. Apenas puedo comer, me tiemblan las tripas. ¿Qué te parece? ¿Lo esperabas de tu rey?

—Pues... no.

—Ya ves. No lo confesaré a nadie, claro. Pero a ti te lo he dicho, ¿sabes por qué?

—Por eso, mi rey. Porque estuve aquí ese día.

Alfonso tomó a Velasco por los hombros.

—Exacto. Porque ninguno de los dos nos libramos. No somos como esos de ahí atrás, que no saben a lo que vienen. Si lo piensas bien, para nosotros será más fácil. Como cuando debes dinero y por fin se lo devuelves a tu deudor.

Los ojos de Velasco volvieron a humedecerse.

—Tienes razón. He soportado esto durante años, y por Cristo que es una carga pesada. Yo también debí morir, mi señor. Tal vez todos debimos hacerlo.

—Oh, no sufras. Lo haremos. Eso debería consolarnos, ya que el problema no es morir, sino vivir.

»Hay una pregunta que estos últimos días me he repetido. ¿Qué pasará si sobrevivo de nuevo? Quiero decir... Más hombres morirán ahora. Ganemos o perdamos, será un nuevo Alarcos. Y Alarcos es como el cielo que nos cubre. A veces no lo vemos porque los nubarrones lo ocultan, pero sigue ahí, dispuesto a resplandecer. Yo tampoco he llevado bien esa carga de la que hablas, lo reconozco. Aunque ahora he vuelto, y me engaño diciéndome que lo hago con intención de arreglar mis errores. ¿No es grotesco? Aquí estoy, dispuesto a enviar a más miles contra esos jinetes arqueros, contra los fanáticos y el resto de los infieles. Más almas por las que llorar. Más peso para mi carga. ¿Cuántos de esos golpes puede aguantar un hijo de Dios?

»Esto no se lo he dicho a nadie. Ni siquiera al arzobispo Rodrigo. Ni a mi esposa, ni a mis hijos. Pero tú estuviste aquí, contigo puedo ser sincero. Sé que pronto acabará todo. Moriré en esta batalla, Velasco. Y si no, igualmente caminaré hacia mi tumba. Si me hubiera dado cuenta antes, no habría tardado tanto en hacer lo que debía.

»¿Y tú? ¿Has hecho lo que debías estos años, Velasco?

—Eso he intentado. Pero sigo teniendo miedo.

El rey asintió. Se dio la vuelta y se encaramó a la silla. Tiró de las riendas, aunque detuvo al caballo antes de alejarse.

—Ese día cayeron muchos, Velasco, y cada uno me desgarra el alma. Fueron valientes, estoy seguro. Pero muy pocos, de haber sobrevivido, habrían vuelto hasta aquí. Tú lo has hecho. ¿Y te preocupa el miedo? —Alfonso volvió a sonreír—. Quisiera cien hombres como tú para cuando llegue el momento. Cien solamente. Llorando de miedo.

Dos días después. Calatrava

Pedro de Aragón llevaba toda la jornada encaramado a la muralla norte, esperando que apareciera la columna de caballeros rezagados. Mientras, unos pocos calatravos seleccionados como guarnición trabajaban para devolver el alcázar a su antiguo uso, y los demás hombres registraban los graneros y rincones de la medina para acrecer la caravana de suministros.

El arzobispo de Narbona, para desgracia del rey aragonés, se había quedado en Calatrava. Sabía que Alfonso de Castilla iba a respetar las vidas de los andalusíes que se le rindieran, y no era de su gusto verlos enteros, sino en lotes separados: cabezas por un lado, cuerpo por otro. Así que Amalarico se dedicó a lanzar pullas al rey Pedro, a quien acosaba por la muralla para machacarlo con los asuntos del Languedoc.

—¿Y tú te haces llamar católico? —le zahería—. Deberías visitar a tu cuñado, el conde de Toulouse, para desposeerlo de todo. Si lo haces, olvidaré tus anteriores faltas y hablaré al santo padre en tu favor. Pero has de entregarme a los herejes que ese pecador protege. Asistirás conmigo a la pira. De hecho, tú mismo la encenderás.

Pedro de Aragón lo miraba con desprecio y se negaba a contestar. Se iba, pero Amalarico lo seguía. Y lo peor era cuando lo hacía a favor del viento y su olor llegaba hasta el rey.

—¿Por qué no rezas por nuestra victoria, cura? Pero vete lejos a hacerlo, por favor.

—¿Y qué interés tiene un defensor de herejes en que yo rece? ¿Eh, amigo de los cátaros? ¿Amante de los albigenses? ¿Hermano de los valdenses?

Y el rey se exasperaba.

—Lo importante no es que reces, arzobispo, sino que lo hagas lejos. Ya sabes lo que dicen: ni de puta buen amor, ni de estiércol buen olor.

Amalarico bajaba refunfuñando del adarve. Aunque a medio camino se volvía para rematar su acoso.

—¡En verdad no me extraña que los buenos creyentes se hayan vuelto al norte! ¡No merecéis nuestra ayuda!

Porque al final se habían ido casi todos los ultramontanos. Una pérdida de ochocientos cincuenta jinetes y dos mil peones experimentados, los que más hacienda castellana habían consumido mientras holgazaneaban en Toledo. Y precisamente porque por Toledo debía volver toda esa gente resabiada, el rey Alfonso había mandado aviso para que cerraran las puertas cuando pasaran por allí. No fueran a pagar justos por pecadores.

—Así quiera el diablo —se decía Pedro de Aragón— que los mazamutes hagan buena picadura de carne con este tiñoso de Amalarico.

Entonces vio algo. Una mota oscura al norte. Se inclinó sobre las almenas y aguzó la vista. Era más de una. Varias. Y eso que ondeaba sobre ellas...

—¡Gente a caballo! —avisó uno de los centinelas, un peón de mesnada de no más de veinte años. El rey quiso aprovechar la buena vista del zagal.

—¿Ves los blasones? ¿Los distingues?

—¡No, mi señor! ¡O espera! ¡Sí, sí! ¡El de cabeza es amarillo! ¡Lleva un águila negra!

Pedro de Aragón sonrió con media boca. Abajo volvió a oírse la desagradable voz de Arnaldo Amalarico.

—¿Un águila negra? ¡Sancho de Navarra! —Soltó una carcajada tan siniestra que, más que salir de la boca de un arzobispo, parecía proceder de las puertas que guardaba el can Cerbero—. ¡Os dije a todos que vendría! ¿No os lo dije? ¡Os lo dije! Así como de la buena siembra se recoge igual cosecha, el recto obrar da estos frutos. ¿Oyes, defensor de cátaros? Ya no sois dos reyes, que sois tres. Eso quería el listillo de Rada, ¿no? Trinidad en tierra, espejo de la del cielo.

En lo alto de la muralla, el rey de Aragón seguía con su gesto burlón.

—¡Amalarico, hieres tanto a los oídos como a la nariz! ¡Regocíjate si quieres, pero el navarro viene con poca gente! ¡Así arriesgo yo también mis reinos, mis condados y hasta los que no son míos! —Se dirigió al centinela de buena vista—. ¿Ves cuánta gente sigue al águila negra, muchacho?

—¡Un par de centenas, mi rey! ¡Montados todos!

—Doscientos —masculló Pedro entre dientes—. Doscientos jinetes. —Se dio la vuelta, puso las manos en torno a la boca y dio la orden—. ¡Abrid las puertas para el rey Sancho de Navarra! ¡Y preparad la marcha! ¡Mañana salimos hacia Salvatierra!

Tres días más tarde

El campamento cristiano ocupaba casi el doble de lo normal. Los tres reyes, en decisión conjunta, habían decidido que las tiendas más alejadas de Salvatierra se montaran bien separadas. Arriba, en las almenas del castillo enriscado, se veían las figuras de los centinelas, que se movían bajo la enorme bandera blanca con versículos coránicos. Y al otro lado del camino, la fortaleza de Dueñas también lucía colores almohades.

—Mirad. —Rodrigo de Rada señaló al cielo—. Ahí sale otra paloma. Mandan nuevos informes al miramamolín.

La vieron. El ave ganó altura desde el banderín y tomó rumbo sur, destacándose bajo las nubes blancas y perezosas que resbalaban sobre la Sierra Morena.

—Lo que tenían que decirle ya se lo han dicho —opinó Pedro de Aragón—. Eso es que piden ayuda, como hizo el caíd de Calatrava.

Estuvieron de acuerdo. Se habían reunido en el pabellón del rey castellano para discutir sobre Salvatierra precisamente. Pero el consejo de guerra se había visto empañado por una noticia inesperada: el rey de León llevaba varios días en pie de guerra, hostigando el Infantazgo con ayuda de Pedro de Castro, aquel al que llamaban Renegado y que ya en el pasado había luchado para los almohades. El resultado del traicionero golpe era, por lo pronto, la pérdida de varios castillos de la princesa Berenguela, todos ellos con guarniciones mermadas por la campaña. Al saberlo, el rey Alfonso había tenido que sentarse, y un sirviente le había traído agua. Los demás lo achacaron a un súbito acaloramiento, aunque Rodrigo de Rada los sacó de su error.

—No es simplemente por la pérdida de esas plazas. Se trata de decepción. Una puñalada en la espalda.

Sancho de Navarra, que sudaba él solo tanto como todos los demás, no dijo nada. Atacar a Castilla cuando no podía defenderse era algo que remitía a tiempos que no interesaba recordar. Fue Arnaldo Amalarico el que metió un par de hachazos al árbol caído:

—Esto es muy grave. Como legado del papa, dispongo de autoridad para tomar medidas. Las instrucciones del santo padre eran claras, precisas. Pero ese mentecato leonés ya ha probado el sabor de la excomunión y no parece que le disguste. Pues bien: se atendrá a las consecuencias.

Alfonso de Castilla, aún sofocado, golpeó su puño contra la palma de la mano.

—Que se atenga ahora. ¿Acaso no llevamos bula de guerra santa? Pues volvamos riendas hacia León y que mi primo sienta sobre sí todo el peso de la cruz.

Lo miraron sorprendidos. Al consejo también asistían los alféreces y principales consejeros de los reyes, y fue Diego de Haro quien reaccionó.

—Mi señor, lo del leonés parece más bien arrebato. Ha tomado plazas que considera suyas y ahora están en discordia. Además, sigue enfrentado a Portugal. No puede hacerte más daño del que te ha hecho. Pero si disolvemos la campaña, el desastre se cernirá sobre nosotros.

—Cierto —dijo Pedro de Aragón.

—Cierto —se le unió Sancho de Navarra.

Rodrigo de Rada se acercó a Alfonso.

—Estás ofuscado, mi rey. Tu cólera amainará y lo verás todo más claro. Nuestro problema ahora es Salvatierra, no León.

Alfonso de Castilla insistió:

—El miramamolín no ha comparecido. No vino a Calatrava, ni se le ha visto después. Esos moros de ahí arriba le mandan paloma tras paloma. ¿Qué os hace pensar que nos espera tras las montañas? A lo mejor pasamos y no hay nadie. Tal vez se ha vuelto a Sevilla. O igual quiere que lo persigamos hasta Granada, y luego es posible que nos maree y tengamos que ir tras él a Córdoba. ¿Qué sé yo?

—Eso es: no lo sabes —sentenció Amalarico—. Esta bula papal concierne a los musulmanes, y contra los musulmanes marcharemos. Si no están, yo mismo pediré al santo padre nuevas indulgencias para que León pague cara su osadía. ¿Te complace, rey Alfonso?

Pedro de Aragón puso cara de sorpresa. Habló a Miguel de Luesia en susurros, aunque no tan bajos como para que no los oyese cualquiera:

—Por san Jorge que este Amalarico va a valer para algo más que alejar a los mosquitos con su peste.

El legado fingió sordera. El de Castilla bajó la mirada y asintió.

—Tenéis razón, amigos. Me he dejado llevar. Perdonadme. Hablemos de Salvatierra. Si plantamos asedio ahora, puede caer antes de que acabe el verano.

Rodrigo de Rada, pasado el susto, se asomó a la entrada del pabellón. Levantó un poco la solapa de lona y observó las rocas que sostenían la mole pétrea allá arriba.

—Alegre pronóstico, mi rey. Pero da igual un mes que dos o tres: no disponemos de víveres para tanto tiempo.

Sancho de Navarra también contempló el enriscado castillo.

—¿Al asalto entonces?

Pedro ahogó la risotada.

—Sí, con tus doscientos caballeros.

El gigantesco monarca se volvió y sacó pecho contra el aragonés.

—¿Por qué no? Uno de Tudela vale por diez de Huesca. ¿No lo sabías?

—Mis señores, mis señores... —Rodrigo de Rada deslizó su báculo entre las dos moles reales—. Ese castillo no se puede tomar al asalto si no es por sorpresa, como hicieron los calatravos hace catorce años. La otra opción es imitar al miramamolín y buscar un trato, pero no aceptarían jamás. Yo no lo haría, porque seguro que en Salvatierra disponen de comida y agua de sobra. A nosotros nos queda sustento para una semana.

Eso trajo el silencio. Los que no habían salido para examinar el otero de Salvatierra lo hicieron ahora. Salvo Alfonso de Castilla, que siguió sentado, con los codos sobre las rodillas y la vista puesta en la alfombra. En lo alto del cerro, la bandera blanca flameaba orgullosa. Burlona. Los versículos bordados parecían decirles que habían marchado hasta allí para nada. Una semana.

—Sigamos adelante —propuso el rey de Aragón—. Crucemos las montañas y metámosle una lanza por el culo al miramamolín.

Sancho de Navarra se restregó la frente chorreante.

—En las montañas hará más fresquito, ¿no? Esto no lo aguanta nadie.

Alfonso de Castilla, por fin, se puso en pie.

—Está bien. Olvidemos Salvatierra y pasemos al otro lado. Que Dios nos ayude.

Jueves, 12 de julio de 1212

El martes, los vigías de los pasos habían detectado la presencia de las avanzadillas castellanas cerca del Muradal, una vieja parada para las mulas que cruzaban la Sierra Morena.

El Calderero, una vez informado, montó en cólera. Él había esperado que intentaran el asalto a Salvatierra. En su lugar, el ejército enemigo se lanzaba al ataque. A por la batalla campal.

—Al menos vienen por donde los esperaba. Gracias al Profeta.

Eso le obligó a anticipar las órdenes. La única diferencia, a fin de cuentas, era que todo acabaría antes de lo planeado. Envió un contingente para reforzar el camino que bajaba del Muradal, y otro a la pequeña fortaleza de al-Uqab, que los calatravos llamaban Castro Ferral. También mandó jinetes árabes hasta lo alto del puerto para hostigar a la vanguardia cristiana, pero con orden de no disuadirlos de continuar por aquella senda. Antes de cada oración, un mensajero se llegaba hasta él para informarle de las novedades. Y todo marchó según sus previsiones.

El miércoles, a eso de la media tarde, se produjo el primer enfrentamiento. Los árabes dijeron después que la caballería cristiana llevaba el estandarte del lobo negro, y que había logrado el dominio del puerto con pocas bajas. Cuando el Calderero se lo describió a Raquel, ella liberó la boca de sus menesteres de concubina y se puso en pie.

—Es Diego de Haro, el principal noble del rey castellano.

—Ah, ya sé. Salió vivo de Alarcos. Tuvo suerte.

La judía, más complaciente que nunca, se lo explicó:

—Era alférez aquel día; y más que suerte, tuvo miedo. Es rumor frecuente en Castilla.

Excelente. Eso opinó el Calderero antes de obligar a Raquel a arrodillarse de nuevo para seguir con la faena.

El jueves, todo el ejército cristiano acampó en las montañas. El Calderero bajó desde su aposento hasta la sala principal del Hisn Salim y ordenó a los visires y jeques que se presentaran. Como de costumbre, él dirigió la reunión, aunque an-Nasir se sentaba a su espalda, asintiendo a cada orden e interviniendo de vez en cuando con un decisivo «ah».

—Nos vamos —informó el visir omnipotente. Para la ocasión se había quitado el *burnús*, y ahora llevaba puesta una costosa cota de malla doble y el tahalí con la espada. Como no estaba acostumbrado al peso de las anillas, cambiaba de posición constantemente—. Me han dicho que hay un cerro en la bajada del Muradal. Allí montaremos la tienda roja del califa, con el campamento en círculos, como es habitual. Quiero el tambor sonando sin parar. Esos cristianos han de arrancarse la cabellera mientras tratan de pasar. Mantendréis a las tropas en disposición de partir en cualquier momento. Día y noche. Quiero a la gente armada, a las mulas cargadas, a los sirvientes listos. Si alguien se duerme en su turno, lo ejecutaréis sin más.

—¿Nos desplegaremos ante el camino? —quiso saber el jeque hintata.

—No. He mandado unos pocos voluntarios de la fe al Hisn al-Uqab. La fortaleza caerá, pero mantendrá ocupados a los cristianos mientras sufren la sed, el hambre y el calor. Luego, mis avanzadillas los retendrán en las angosturas. No pasarán de allí.

Los jeques se miraron entre sí.

—Pero entonces...

—Entonces esperaremos a que esos adoradores de la cruz se den cuenta y decidan que no hay más opción que retroceder. Cuando lo hagan, sea de día o de noche, cruzaremos nosotros y nos lanzaremos en su persecución. Contaremos con el apoyo de Salvatierra, mientras que ellos marcharán exhaustos, sin provisiones, cocidos por este calor y con las bajas que les hayamos causado en los pasos. Los alcanzaremos antes de que lleguen a Calatrava. Barreremos su retaguardia con los *agzaz*. —Apretó los puños, su mirada subió al techo. Verdaderamente veía ya la masacre—. Y luego los remataremos. El príncipe de los creyentes dará un dírhem por cada cabeza cristiana que presentéis.

Se volvió hacia el califa. Este dio su visto bueno:

—Ah.

—Y por cada enemigo que perdonéis, yo os daré tormento y degüello en la tarima. ¿Está claro?

—Muy claro —contestó el jeque hintata.

—Las palomas que salieron de Salvatierra describen los principales estandartes cristianos. Hay tres reyes con ellos. Alfonso de Castilla, Pedro de Aragón y el traidor Sancho de Navarra, que al parecer ha olvidado nuestros donativos. A esos los quiero vivos y enteros. Quien me traiga a cualquiera, olvidará las carencias por el resto de su vida.

Los jeques árabes sonrieron. Los almohades no. Fue el hintata quien volvió a intervenir:

—¿Tres reyes cristianos? Entonces son tres ejércitos, no uno.

—No llegan a la mitad que nosotros. Ya están derrotados, solo que lo ignoran. Pero eso lo veremos después, cuando crucemos las montañas. —El Calderero cambió el peso desde el pie derecho al izquierdo—. Ahora retiraos y preparad el traslado.

Viernes, 13 de julio de 1212

Las fogatas ardían por la senda de las mulas. Y por las laderas, en las pendientes, entre las rocas. La sierra no era el mejor sitio para acampar. Y aquel recodo, además, carecía de agua y estaba plagado de monte bajo, pinos y boñigas de cabra. Los navarros, que marchaban tras los castellanos, no habían tenido mejor suerte. Los aragoneses y ultramontanos tampoco, pero los freires de las órdenes les habían cedido un par de calveros entre los pinos. De tal modo que una constelación de hogueras iluminaba la subida a las montañas.

Pese a todo, no reinaba un mal ambiente entre los cristianos. Ese día, las mesnadas del señor de Haro habían conquistado el Castro Ferral, lo que se consideró un buen augurio. El problema había llegado después. Ruta adelante, los peñascos caían a plomo, había curvas traicioneras y formaciones rocosas. Todas ocupadas por el enemigo. Resultó imposible avanzar y, aunque los pocos ultramontanos que quedaban consiguieron acceder a un arroyo, los arqueros musulmanes los hostigaron mientras llenaban los odres. Entonces se ocultó el sol.

Además de mujerzuelas, chiquillería y mercachifles, la barahúnda que acompañaba al ejército incluía a un bardo. El tipo se había dado a conocer en Calatrava, pero reservó su número especial hasta esa noche. Se plantó con la viola entre las hogueras, reclamó la atención de la soldadesca y afiló la voz:

Puebla bien el otero, asienta firmes las tiendas,
unos junto a la sierra, los otros cerca del agua.
El buen Campeador, que en buena hora nació,
alrededor del otero, vera de la corriente,
a todos sus hombres, cavar un foso mandó.

—¡Para cavar fosos estamos! ¡Recita algo con comida, que me doblo de hambre! —exigió un mesnadero. Otros apoyaron la idea, y el juglar sostuvo en alto el arco.

Del agua tú hiciste vino; y de la piedra, pan.
Resucitaste a Lázaro, tal fue tu voluntad.

—Anda ya. —Una chinilla pasó rozando su oreja. El bardo se agachó—. ¿Pan y vino? ¡Valiente comilona!

—¡Gente equina! ¡El *Cantar* no es para alimentar el cuerpo, sino el alma!

Velasco sonrió. Estaba sentado junto a otros hombres de la mesnada arzobispal. Como no había sitio para alzar los pabellones, trasnocharían al raso, o bajo parapetos construidos con la manta y un palitroque. Rodrigo de Rada se puso en cuclillas a su lado y acercó una estaca al fuego. Había espetado un pedazo de carne de dudosa procedencia que, casi de inmediato, empezó a soltar gotas aceitosas sobre las brasas.

—Hasta aquí ha llegado el *Cantar*. Ojalá pudiera verlo su autor.

Velasco sonrió aún más. El olor que despedía el trozo de carne le hizo salivar.

—Creo que, a estas alturas, al autor le da lo mismo.

—Bah, no estamos tan altos. Una sierrecita de nada de la que bajaremos mañana o pasado. Y eso me recuerda...

Velasco observó la mirada soñadora de Rada.

—¿Algo que aprendiste en la universidad?

—No. Esto se aprende de gente como tú. Los que cuentan historias. Se trata del abuelo del rey Alfonso, el que se llamaba como él.

Velasco asintió.

—El emperador.

—Sí. Fue hace medio siglo, tal vez más. El emperador estaba enfermo y acudió a liberar de un asedio Almería, que era ciudad suya. Los que la sitiaban eran los mismos hijos de Satanás que ahora tenemos al otro lado. Desde entonces andamos con esta querella.

»La expedición fue un fracaso a pesar de que al emperador le valían los mejores caballeros de la época: Álvar el Calvo, Pedro de Azagra, el conde de Urgel... Hasta el rey Lobo luchó de su lado. Almería se perdió, y eso rompió el corazón del viejo Alfonso. De regreso cruzó estas montañas hacia el norte y, no muy lejos de aquí, se sintió morir. Entonces dijo las palabras que han marcado la vida de nuestro rey: «Solo unidos.»

Velasco movió la cabeza afirmativamente.

—Solo unidos. Es lo que siempre ha invocado el rey para olvidar las diferencias entre cristianos. Solo unidos se puede vencer a los almohades.

—Cierto. —El arzobispo señaló a los hombres sentados frente a los fuegos—. Y ahora, más de cincuenta años después, se ha conseguido.

Velasco se inclinó a un lado.

—Aún no hemos conseguido nada. He escuchado lo que contaba el hijo de Diego de Haro. Se les ha hecho de noche mientras acosaban a los infieles, y antes de retirarse les ha dado tiempo de ver cómo se encendían los fuegos en el campamento almohade.

—Yo también lo he oído.

—Hablaban de decenas de miles, mi señor arzobispo.

Rada miró a Velasco. Sus pupilas temblaban a la luz de la hoguera. Sacó la carne y se la ofreció.

—Yo puedo encender tres hogueras. Y tú otras tres. ¿Me sigues?

El monje tomó la estaca y sopló.

—También he oído decir que no se puede pasar.

Rada se llevó el índice a los labios. Habló en voz muy baja.

—Hemos celebrado consejo en el claro de la cima. Estoy preocupado por el rey Alfonso.

—¿Solo por él, mi señor arzobispo?

—Especialmente por él. Primero quiso volverse contra León, luego asaltar Salvatierra, y ahora quiere forzar el paso aunque caigamos por millares. Al rey de Aragón no le disgusta la idea. Pero es imposible, Velasco. Unos pocos mazamutes podrían defender esos desfiladeros contra toda la gente que puebla Castilla. Yo creo que el miramamolín no quiere presentar batalla. Pretende debilitarnos, como hacen las arañas con las moscas cuando las atrapan en sus telas pegajosas. Cuando no nos quede nada salvo el aliento, nos clavará su aguijón.

El monje había olvidado el cacho de carne.

—¿Y si regresamos?

—Es lo que quiere Sancho de Navarra. Pero, aparte de un fracaso que pagaríamos muy caro, la retirada podría convertirse en un desastre. Yo he cogido a Diego de Haro y al alférez aragonés y me los he llevado aparte. Este no puede ser el único paso. Como te he dicho antes, no estamos tan altos. He visto montañas en Navarra más inaccesibles. Mucho más. Y los pastores siempre encuentran sendas.

»Han mandado a varios hombres a buscar rutas de bajada hacia el sur. No digas nada, no sería bueno que la gente supiera que andamos en aprietos.

—No, claro. Aunque los hombres sospechan. Creo que disimulan para darse ánimos, pero esto es un campamento militar. Las malas noticias y las meretrices baratas las conocen todos enseguida. De todas formas, bien que tú me lo cuentas a mí. ¿Quieres que pase la noche en vela?

Rada rio.

—Puede que algún día escribas sobre esto, Velasco. Has de conocer los detalles.

El monje entornó los ojos. Escribir sobre aquello. Entonces recordó la conversación con el rey Alfonso en la campiña de Alarcos.

—No sé, no sé. Tal vez sea mejor que esto lo escribas tú, mi señor arzobispo.

Hubo movimiento en la oscuridad. Roces bajo las agujas de los pinos, santos y señas. Varios hombres se pusieron en pie, y algunos incluso desenfundaron las dagas. Rodrigo de Rada se envaró.

Era Diego de Haro. Se acercó al arzobispo y, a la luz de la fogata, su tez aparecía arrebolada, la piel cubierta de sudor. Aunque iba sin loriga ni casco. Tomó a Rada del brazo y tiró de él. Este llamó a Velasco.

—Ven tú también. Has de recordar esto.

Se alejaron de las hogueras. El señor de Haro, que andaba por los sesenta años, respiraba con fuerza y se agarraba el costado.

—Una milicia aragonesa ha dado con un pastor. —Casi no le entraba el aire, pero su rostro se iluminó al resplandor de las estrellas—. Existe otro camino, mi señor arzobispo.

—Oh. Gracias, Dios mío. Gracias.

—En realidad, Dios no ha tenido gran cosa que ver. El pastor andaba revisando las trampas para los conejos y los aragoneses lo vieron. Pensaron que era un explorador de los mazamutes e iban a pasarlo a cuchillo, pero el tipo habla un romance extraño. Es andalusí. Dice que odia a los almohades más que nosotros. Por su culpa se ha echado al monte. Conoce estos riscos como su propia casa. Entre otras cosas porque eso es lo que son.

»Asegura que el camino que hemos seguido hasta ahora es un suicidio. Desemboca en un collado que llaman de la Losa, y dice que lo podría defender él solo con apoyo de su ganado. A pedradas.

»El paso que nos ha descubierto está sin vigilar. Algo menos de una legua hacia el oeste, y luego un poco más cuesta abajo. Jura por sus antepasados que no ha visto a nadie allí. Lo malo es que discurre por las laderas del lado sur, a la vista de los infieles.

Rodrigo de Rada juntó los dedos de ambas manos. Sus labios se movían deprisa, aunque no emitía sonidos. Salvo frases sueltas:

—Una legua. Cuesta abajo. —Levantó la mirada hacia las estrellas—. Sin vigilar. Sin remedio. Nos verán. No, espera. No nos verán. Un pastor. Dios sí tiene que ver. Tiene mucho que ver.

—Mi señor arzobispo, hemos de decírselo a los reyes. —Velasco señaló a las fogatas—. Y a los hombres.

—Sí, pero no. —Agarró a Velasco por la ropa—. Tú se lo dirás a los soldados. Invéntate lo que quieras. Di que se nos ha aparecido un santo. O un ángel. O que hemos visto un mapa a la luz de una zarza ardiente, pero esto ha de ser obra de Dios, ¿entiendes?

—¿Una zarza?

—Es una guerra santa, Velasco. Dios está de nuestra parte. Eso, o está de parte del miramamolín. —Se volvió hacia Diego de Haro—. Hay que moverse ya, mientras sea de noche. Los almohades no nos verán, y mañana, con las primeras luces, podremos asegurar algún lugar donde desplegarnos. Cualquiera valdrá más que estos desfiladeros cortados a cuchillo.

49

Destino de cadenas

Sábado, 14 de julio de 1212

Raquel oyó las risas fuera y se incorporó. Hacía mucho, mucho calor. Pese a que llevaba toda la mañana desnuda y disponía de agua y jarabes, siempre frescos porque había esclavos sin otra función que esa. Las carcajadas sonaron más fuertes. Era el Calderero, claro. Los demás almohades no se dejaban llevar así por la alegría.

—¡Levantad el campamento!

Raquel se puso en pie. Las voces atravesaban con facilidad las paredes de lona. Paredes rojas, porque aquella era la gran tienda del califa. El mismo an-Nasir vivía allí en campaña, en otro aposento separado por esos bastidores rojos. A él también lo oyó, su voz amortiguada por la timidez y la tela.

—¿Q-q-qué p-p-pasará ahora?

Su tartamudeo iba en aumento. Raquel lo había oído hablar poco, y casi era mejor. Pasaba una gran vergüenza cuando aquel pobre hombre intentaba decir algo. Además, an-Nasir raramente miraba a los ojos, y dejaba que el día transcurriera desde su montaña de cojines, ajeno a los acontecimientos. De vez en cuando asentía a las decisiones del Calderero con un sucinto «ah».

Fuera arreciaron los gritos y las órdenes. Raquel recogió su *yilbab* oscuro y lo dejó caer sobre el cuerpo desde la cabeza. Aquellas prendas eran un tormento. Incómodas y feas. Y cocían a las mujeres en su interior. Pero tenían la ventaja de que, en un momento, una podía pasar de la total desnudez a estar cubierta de arriba abajo. Hasta las manos quedaban ocultas por las mangas largas y anchas; y los faldones casi arrastraban por el suelo. Tomó su *miqná* para envolver el cabello y el rostro. Lo apretó con fuerza y subió el borde superior hasta cubrir la nariz. En un momento, todo lo que se veía de la judía eran sus ojos.

Se obligó a respirar hondo mientras remetía los bucles castaños bajo el velo. Había aprendido a controlar el miedo. Para conjurarlo, se concentraba en Yehudah. Trataba de imaginar su día a día. Lo veía estudiando con el viejo Ibn al-Fayyar, o acudiendo a la sinagoga. Lo oía reír con los otros muchachos, o flirtear con las chicas. Solo se lo quitaba de la cabeza cuando se veía obligada a complacer al Calderero.

«Ya falta poco —se dijo—. Hay que aguantar.»

Se asomó. El gran pabellón califal era como un palacio de trapo rojo. Esclavos cada dos pasos, cofres, alfombras y bastidores de madera para separar las estancias. El harén de an-Nasir se instalaba en una tienda aparte, pero el Calderero había ordenado que ella se alojara allí. Y el califa no había protestado, claro. Se había limitado a asentir: «ah».

Raquel salió al mismo tiempo que él. Fue rápida y se puso de rodillas antes de pegar la frente al suelo y efectuar el saludo ritual.

—A tu servicio, príncipe de los creyentes.

An-Nasir, que tenía aspecto de niño atrapado en el cuerpo de un hombre, se acercó a ella.

—¿T-t-tú sabes q-q-qué oc-c-curre?

—Me enteraré enseguida, mi señor. —Aprovechó para levantarse y salir del pabellón. Lo primero que vio fue la empalizada de trastos que lo separaba del resto del campamento. Y a los guardias negros encadenados, que ahora un sirviente liberaba de sus grilletes. El Calderero estaba de pie, los brazos en jarras y la cabeza alta, repartiendo órdenes entre los visires masmudas.

—Asegurad el castillo de al-Uqab, y luego mandad a los árabes a tomar el alto del Muradal. Después haréis que la infantería suba, y no empezaremos a bajar al otro lado hasta que hayamos reunido una buena fuerza arriba. Recordad: precaución. Los cristianos son traicioneros y podrían intentar una emboscada.

Raquel anduvo hacia él. Al mismo tiempo, los sirvientes y los propios Ábid al-Majzén desmontaban el palenque de protección. Poco a poco, los bagajes, leños y carruajes se apartaban para dar paso a la impresionante vista de la sierra. También se desmantelaban las demás tiendas. Un zumbido de colmena inundó el campamento. Y a espaldas del pabellón rojo, el carro con el gran tambor se unció a los bueyes. Eso alivió a la judía, que se sobresaltaba cada vez que aquel engendro sonaba con el fragor del trueno.

—¿Nos vamos, mi señor?

El Calderero, exultante, apenas la miró. Todavía disimulaba en público, aunque en privado fuera incluso amable con ella.

—Sí. Salimos tras los cristianos. Se han retirado por fin.

Raquel contempló las montañas. Desde allí no distinguía con detalle la salida del camino. Todo eran laderas, pinos y rocas. Oyó su propia voz amortiguada por la *miqná*:

—¿Dices que se retiran? No puede ser.

El visir arqueó las cejas.

—Vaya, por fin pasa algo que escapa a tu entendimiento, mujer. ¿De verdad creías que pasarían? ¿Tú, que acertaste con tus augurios de Salvatierra y Calatrava?

Raquel retrocedió un paso. Sintió un ligero ahogo mientras, alrededor, la frenética actividad crecía y crecía. La disciplina almohade era tan severa como eficaz. Los fardos se reunían junto a las mulas y las cabilas formaban por separado.

—¿De verdad se han reunido tres reyes cristianos para llegar hasta aquí y retirarse? —insistió ella.

No. Eso no podía pasar. No podía haber malgastado su vida entre lechos para semejante decepción. Su respiración se aceleró, pero el Calderero no la oyó porque el fragor metálico crecía. Los Ábid al-Majzén recogían las cadenas que servían para aprisionarlos unidos en torno al pabellón rojo del califa.

—Míralas, mujer. Mira esas cadenas. Dentro de poco servirán para sujetar a los tres reyes, y a sus nobles y clérigos. Reservaré algunas para quien tú me pidas. Me has servido bien y serás recompensada. Podrás escoger esclavas de entre las muchas cristianas que pronto caerán bajo el yugo del Único. Y Leonor de Castilla será un regalo especial que te haré cuando tomemos Toledo. Por tu belleza, por tu astucia, para tu complacencia. Esa mujer te cepillará el cabello en mi harén del Dar al-Hayyar. Lavará tus pies, te aplicará afeites. Te mantendrá bella para mí. Y tú me darás un hijo. Serás mi *umm wallad*, y a él lo nombraré mi sucesor. ¿Qué te parece?

—Eres muy generoso, ilustre visir.

El Calderero sonrió más que nunca. Se volvió hacia la Sierra Morena y abrió los brazos a los lados. Por todas partes, la caballería árabe y los *agzaz* cabalgaban hacia sus posiciones. El polvo se levantaba hasta oscurecer el cielo y las tribus evolucionaban en el rígido orden de marcha. El tambor retumbó contra el farallón de piedra que separaba al imperio del triunfo definitivo.

—¡Ese será vuestro destino, reyes de la cruz! —gritó el visir omnipotente—. ¡Un destino de cadenas!

Raquel empezó a temblar. Maldijo su suerte. Maldijo a Leonor Plantagenet, y a María de Montpellier. Maldijo a Pedro de Aragón, al desgraciado de Cabeza de Serpiente. Maldijo a Alfonso de Castilla y a Rodrigo de Rada. Maldijo incluso al gran rabino de Toledo. Sintió que, por primera vez en años, perdía el control. Quería correr. Despojarse de aquellos trapos africanos e internarse en las montañas. Alcanzar al ejército cristiano, preguntar a los reyes si estaban locos. Decirles que debían dar la vuelta y enfrentarse a su destino. Aunque ese destino fueran las cadenas que los guardias negros amontonaban en carros. En ese momento, las tropas andalusíes pasaban cerca del cerro donde aún se alzaba la tienda roja. Raquel vio a Ibn Farach. Su mirada de odio al Calderero. Y cómo después se fijaba en otra cosa. Un poste clavado en tierra frente a la entrada del gran pabellón califal. Ella también se volvió, aunque había evitado aquella imagen. Allí estaba, ensartada en la punta de la estaca. La cabeza de Ibn Qadish. Untada de miel, lo que propiciaba una reunión de moscas mayor que la que habría atraído el simple despojo. Parecía mirarla con esos ojos medio cerrados. La acusaba desde su escarnio.

«No puede ser —se decía—. No ha muerto por nada. No, por favor. No lo permitas, Señor.»

Y el Señor la oyó.

Un jinete harga llegó a toda espuela y refrenó al caballo a dos codos del Calderero. Hasta los Ábid al-Majzén se sobresaltaron, y un par de ellos abatieron las lanzas hacia el hombre. Pero este saltó a tierra y cayó postrado ante el visir.

—¡Mi señor, no se han retirado!

—¿Qué dices, imbécil?

—¡Los cristianos! —Señaló tras él. A poniente, donde el paisaje descendía desde el cerro del pabellón califal para volver a subir hasta otro mayor, y más allá se deshacía en una serie de suaves ondulaciones—. ¡A algo menos de tres millas, mi señor!

El Calderero, a quien se le acababa de borrar todo rastro de euforia, aferró al harga del cuello y lo obligó a ponerse en pie. Le acercó mucho la cara. Tanto que lo salpicó con saliva:

—Explícate, necio.

—Han salido de las montañas, mi señor. Sobre un altozano. Están montando un campamento.

El visir omnipotente derribó al jinete de un empujón. Se llevó las manos a la cabeza, y se la frotó con tanta fuerza que el turbante cayó también a tierra. Se restregó la cara.

—No, no, no.

Raquel se retiró un poco más. Los ataques de ira del Calderero se saldaban con sangre. Tras ella, el califa se asomó a la entrada del pabellón. El jinete harga, sin levantarse, se arrastró para alejarse del visir, se dio la vuelta, gateó un poco y luego corrió. Subió de un salto a su caballo, tiró de las riendas y se alejó a la misma velocidad con la que había venido.

—¿Q-q-qué p-p-pasa?

—¡No, no, no!

Un poco más abajo, Ibn Farach sonreía. Se había parado para disfrutar de la escena, y lo mismo hacían sus caballeros más cercanos. Al otro lado, la infantería andalusí caminaba con desgana hacia la cola de la columna, su lugar natural de marcha. Pero los rugidos del Calderero llamaban la atención de todo el mundo. Poco a poco, la actividad del ejército se ralentizaba. Un par de jeques incluso subieron la ladera para interesarse, aunque se quedaron a distancia prudencial. Raquel, que había vuelto a respirar, calculó las consecuencias de acudir a consolarlo. Se volvió para observar al califa, más blanco que nunca.

—¿Q-q-qué pasa? ¿P-p-por q-q-qué g-g-grita?

La judía observó la aglomeración alrededor del cerro. De pronto, lo que había empezado como una jornada gloriosa se convertía en una comedia grotesca. Con el califa, el que se suponía el hombre más poderoso de aquella parte del mundo, tartamudeando, ignorante de lo que ocurría a dos codos de él. Con su principal visir tirándose de los pelos, aplastado por un ataque de cólera infantil. Con miles de guerreros, los miembros del mayor ejército que se había visto en siglos, reducidos al estupor. Solo dos personas sonreían. El andalusí Ibn Farach, al pie de la colina; y la judía Raquel, oculta su boca tras el velo de un credo que aborrecía.

Día siguiente

Para todo el mundo, lo ocurrido era un milagro.

Hubo varias versiones que, a lo largo de la marcha nocturna, fueron unificándose. Y ganando unos detalles mientras perdían otros. La opción triunfadora hablaba de un ser celestial que, bajo la forma de un pastor, se había aparecido a los clérigos cuando la campaña parecía destinada al desastre. Él les había descubierto una senda perdida entre las breñas y que nadie había usado en siglos. Naturalmente, hubo quien no lo creyó. Pero la sensación de que Dios los asistía creció al desembocar la senda en una ancha planicie elevada sobre el terreno al sur. Un gran escalón que, desde la sierra, ofrecía espacio para montar el campamento, para albergar al ejército cristiano y para defenderse con facilidad. Los primeros en llegar, aún de noche, observaron a lo lejos los múltiples puntos luminosos. Los miles de fogatas que revelaban las posiciones almohades a la salida del Muradal, en el paso de la Losa. El sigilo fue la consigna mientras la columna se alargaba. Se instalaron parapetos de madera en los bordes del altiplano, y los ballesteros de las órdenes y de los distintos reinos se apostaron con la munición a mano. Tras ellos, los peones de mesnada y de los concejos establecieron turnos y, poco a poco, diecisiete mil quinientos hombres, sus monturas y bagajes llenaron aquel milagro de Dios en forma de mesa natural.

Rodrigo de Rada pidió que se montara su pabellón cerca de las posiciones defensivas. La mañana fue tranquila, así que pudieron descansar después de tan ajetreada noche. Fue a mediodía cuando los primeros jinetes musulmanes subieron hasta distancia segura. Tipos vestidos de blanco, con caballos pequeños y ágiles, escudos redondos, azagayas y delgadas mazas. Desde arriba, los cristianos observaban. El arzobispo de Toledo, interesado en ganar tiempo, se acercaba para observar una y otra vez. Venía con pluma y pergamino, y tomaba notas. Preguntaba a los soldados, y estos le respondían, primero con timidez, luego con entusiasmo. Le hablaban de sillas sin arzón, de estribos cortos, de rodelas de madera y cuero, de sables de acero indio. Lo mezclaban todo con los cuentos que habían oído de pequeños, o con los chismes que otros guerreros compartían.

—Esos son árabes —decía un ballestero catalán—. Adoran a Pilatos y se tiñen las barbas de azul cuando se casan, lo que ocurre una vez al año. Los que llegan a viejos dejan como cuarenta viudas al morir. Cientos de hijos y miles de nietos. Son buenos con sus azagayas porque en su tierra cazan águilas gigantes de dos cabezas, y hay que matar las dos para derribarlas. De lo contrario el bicho te lleva volando a su nido para alimentar a los polluelos.

—Esos otros son los jinetes arqueros de oriente —le explicó un mesnadero del Hospital, bastante más realista—. Letales con sus arcos pequeños. Tiran en marcha, de lado e incluso cuando se retiran. Antes de que la primera flecha te atraviese el pecho, el resto de la aljaba está en el aire.

—Los partos —confirmó Rada—. Los mazamutes los llaman *agzaz*. De esos se dice que causaron el desastre de Alarcos.

Y los observaba cuando, a media tarde, se acercaron para probar suerte. Vio por primera vez sus mostachos, y sus largas trenzas encintadas. Sus vestimentas de colores, que coincidían con los remates de sus capacetes y con los emplumados de las flechas que, inofensivas, se clavaban en los parapetos. Estudió su forma de acercarse en grupo y de saturar el aire con andanadas parabólicas. Aunque lanzaban desde lejos y con la desventaja de la altura, los dardos llegaban certeros y con fuerza. Rodrigo de Rada los imaginó en el prado de Alarcos, rodeando por los flancos y la retaguardia los haces de caballería cristiana. Así era fácil entender lo ocurrido.

Mientras esas avanzadas hostigaban las posiciones cristianas, los mazamutes alzaron un gran pabellón rojo sobre un cerro lejano y de difícil acceso. Los ballesteros, que eran los que mejor vista tenían, le dijeron al arzobispo que, alrededor de la tienda, los almohades habían construido una especie de parapeto.

Rodrigo de Rada lo vio claro. El terreno entre su altozano y aquel cerro coronado con el pabellón rojo sería el campo de batalla. Descendía en una pendiente suave desde el lado cristiano pero, casi a mitad de distancia, se empinaba cuesta arriba hacia la posición enemiga. Bastante uniforme salvo varias ondulaciones, algunos pinos y un reguero seco que discurría hacia el este, casi al pie del cerro coronado por el parapeto. El arzobispo recorrió su pequeña meseta de un lado a otro y, con la mano a modo de parasol, observó que el escenario se hundía por la izquierda hacia un riachuelo, de forma que el límite del campo se volvía impracticable. Por la derecha ocurría algo parecido. En ese lado la campiña descendía de forma menos abrupta, pero un cerrete estrechaba el paso cerca ya de la tienda roja. Dos millas de largo y un poco menos de ancho.

El arzobispo se reunió con Arnaldo Amalarico y con los tres reyes. Al día siguiente sería domingo, día del Señor. El mismo que había obrado el milagro para encontrar la senda oculta. Así pues, proponía descansar y prepararse para el lunes, cuando se encomendarían a Él. Bueno, había otra causa para esperar: Rada quería diseñar un orden de combate. Calcular la disposición de las tropas para asegurar la victoria. Al oír esa palabra, victoria, los reyes de Castilla y Aragón lo miraron como si fuera un niño candoroso. Sancho de Navarra bufó y prefirió retirarse. Solo el legado Amalarico compartió su optimismo.

En la mañana siguiente, de amanecida, se dijeron las misas de campaña. Los arzobispos y obispos presentes se repartieron por el campamento mientras, desde el cerro de la tienda roja, los almohades formaban en cuerpos de batalla. El sol subió y, como en las jornadas anteriores, calentó la tierra hasta que un vapor uniforme diluyó las siluetas cercanas y las enormes formaciones enemigas. Rodrigo de Rada los contempló de nuevo mientras tomaba nota frenéticamente. Qué intervalos había entre hombres, quién ocupaba la vanguardia, cómo se alineaban en el nutrido cuerpo central, la forma de desplegarse la caballería en las costaneras... Los cristianos ignoraron la provocación musulmana. Siguieron en sus tiendas, o en sus turnos de vigilancia. Los ballesteros rechazaron de nuevo a los incursores árabes y a los *agzaz*, y los demás descansaron mientras examinaban sus pecados y recordaban a sus seres queridos.

Velasco se acercó a Rodrigo de Rada cuando el sol estaba en lo más alto. Un par de jinetes almohades, armados con lanzas y escudos redondos, se habían acercado para incitar y conseguir algún duelo, pero el arzobispo había dado orden de ignorarlos. Que se cansaran ellos si querían.

—Ahí están. Diecisiete años después —dijo el monje.

—Sí, aunque han venido muchos más que entonces, me temo. —Rada le mostró los pedazos de pergamino llenos de garabatos, pero Velasco solo podía mirar al frente. A las navas adyacentes al cerro enemigo. A los miles de guerreros que ondulaban con el terreno.

—¿Los has contado?

—Me conformo con calcular. Contarlos es imposible.

—Nos doblan en número, ¿verdad?

El arzobispo osciló la mano.

—Algo más del doble en realidad.

A Velasco se le subió el desayuno a la garganta. Tuvo que apoyar las manos en las rodillas.

—¿Tantos? —gruñó—. Eso no lo esperábamos.

Rada luchaba por disimular su temblor. Él esperaba la mitad de mazamutes. Pero ¿qué podía hacerse ahora?

—Hay que ver el lado bueno. Solo nos quedan provisiones para un día, así que, si no los derrotamos, no tendremos que preocuparnos por la comida. Y si vencemos, el botín será cuantioso. —Añadió una risita.

—Te envidio, mi señor arzobispo.

—No lo hagas, Velasco. Tú y yo correremos mañana la misma suerte. Y eso me lleva a hacerte una pregunta... Voy a reunirme con los reyes para preparar la jornada. Por última vez, ¿lucharás a mi lado?

El monje se incorporó. Llenó los pulmones de aire y volvió a mirar al frente. A las interminables hordas de guerreros ansiosos por acabar con él, con toda su familia, con todos sus conocidos, y también con los desconocidos. Con niñas que vivían en granjas, con sus madres, con sus hermanos. Con la esperanza, con el destino.

—De todas las cosas sabias que me has dicho, mi señor arzobispo, me quedo con una: he de hacer lo que considere justo.

»Por eso mañana lucharé en primera línea.

El último consejo de guerra tuvo lugar mientras en el campamento reinaba el silencio. El sol tocaba las montañas y teñía las nubes de púrpura. En las navas cercanas a la Losa, los almohades se retiraban tras todo el día en formación, asándose en aquella cuesta para nada.

La reunión contaba con la máxima reserva. La mesnada regia aragonesa y los monteros reales formanban la guardia alrededor del pabellón que los tres reyes compartirían aquella noche. Aparte del trío de monarcas, solo asistían los arzobispos de Toledo y Narbona. En pie los cinco alrededor de una mesa sobre la que reposaba un somero mapa trazado por Rada. Este había diseminado piedrecitas que representaban el ejército almohade, y había puesto un ripio arcilloso en el lugar donde estaba la tienda roja del califa.

—El miramamolín ha olvidado las enseñanzas de su padre

—inauguró el cónclave Rodrigo de Rada—. Solo eso explica el error que ha cometido hoy al someter a sus tropas al cansancio y al calor.

—Es el mismo error que cometí yo en Alarcos —reconoció Alfonso.

—Es un buen comienzo entonces. —Rada sonrió—. Nuestra gente está dispuesta de cuerpo y de alma. Podemos felicitarnos. Además, ese africano nos ha mostrado cómo usará a sus guerreros. Llevo todo el día pensándolo. Acordándome de lo que unos y otros me han contado sobre Alarcos. Y también de lo que he leído, y de lo que grandes hombres de armas me han enseñado.

Amalarico necesitaba decir algo:

—Más nos valdrá que, aparte de todo eso, Dios nos haya inspirado un poco, hermano Rodrigo.

—¡Es mi principal inspiración! Desde que comenzamos los preparativos, supe que los que aquí se iban a enfrentar no eran dos ejércitos, sino dos ideas. Una verdadera y otra falsa. Los mazamutes —posó un dedo sobre el fragmento de arcilla— se hacen llamar almohades. En su lengua árabe significa que creen en un dios único. —Rada tomó tres piedras redondas y pulidas. Las depositó con delicadeza sobre el mapa, justo ante la mesa en la que estaba el campamento cristiano—. Nosotros veneramos también a un dios que, al mismo tiempo, es trino. Padre, Hijo, Espíritu Santo.

Amalarico se santiguó.

—Excelente.

—Os confesaré algo —siguió Rada—. Hasta que el buen rey Sancho no se unió a nuestra expedición, mis esperanzas eran nulas. Pero Dios nos dicta el camino y aquí estáis, mis señores. Tres reyes para el ejército de la Trinidad.

»Por desgracia, nuestros números no encajan. Los navarros que nos valen son aguerridos como arcángeles, pero escasos. También hay menos aragoneses que castellanos. Aunque todos somos hermanos en Cristo; así que tras mucho cavilar, he pensado en una distribución que contará con nuestros aliados portugueses, leoneses y ultramontanos. Además de las órdenes militares, por supuesto.

El arzobispo guardó silencio por un momento. Su boca se estiró en una sonrisa mientras recordaba algo.

—¿En qué piensas? —preguntó Sancho de Navarra.

—En el vino. Pensaba en el vino.

Pedro de Aragón dio un codazo cómplice a Alfonso de Castilla.

—Siempre he dicho que este era de los míos.

Rada asintió sin abandonar su sonrisa.

—Os lo aclaro. Cuando era muchacho, solía visitar a mi tío García, que era tenente de Unx. Sobre todo me gustaba ir después de la vendimia. En cuanto podía, me dejaba caer en la cuba para pisar las uvas. Recuerdo que era divertido. Cuando pisas en el centro, te hundes y las uvas resbalan hacia los bordes, de modo que resulta imposible machacarlas todas.

»Años después, cuando estudiaba en París, tuve oportunidad de visitar la abadía de San Dionisio, donde había un par de prensas. Oh, qué maravilla. la Losa encajaba a la perfección en la cuba y bajaba poco a poco, de modo que las uvas no podían escapar. Todas estallaban sin remedio. Más aburrido, pero también más eficaz. Y el vino está igual de bueno.

—Me está entrando sed —confesó el rey de Aragón.

—No entiendo a qué viene esto, hermano. —Arnaldo Amalarico torció el morro—. Tal vez necesitas descansar. ¿Prensas de uvas?

Rada levantó la mano.

—Tres reyes, tres cuerpos. —Fue tocando las piedras cristianas—. Castilla en el centro, Aragón por la izquierda, Navarra por la derecha. Ocupando el espacio de esas navas de costanera a costanera hasta las quebradas de los lados. Cada cuerpo con su delantera, su medianera y su zaga. —Puso dos piedras más pequeñas por delante de cada rey—. En Alarcos, Castilla luchó sola y cargó por medio de un llano enorme. Nada más empezar la lid, los jinetes partos esquivaron a la caballería. La rodearon para someterla a su castigo. Como uvas pisadas que resbalan mientras te hundes. Mañana, el centro no avanzará solo. Cada costanera lo acompañará para anular la ventaja de los jinetes sarracenos, que siempre evitan el choque. —Movió las piedras delanteras hacia los guijarritos que representaban a los musulmanes—. Comprimiremos la vanguardia sarracena del mismo modo en que la prensa de San Dionisio comprimía las uvas. Los infieles no tendrán por dónde apartarse para rodearnos. Se verán obligados a luchar de frente. Como hombres, no como mosquitos. Los peones por delante, a la par, limpiarán el campo para la caballería. Las medianeras se unirán a la lucha solo cuando las delanteras desfallezcan. Una irrompible prensa de piedra. Cuidado, mis señores. Una vez metidos en faena, nos batiremos cuesta arriba. Y dejaremos que ellos lo empeñen todo. ¡Todo!

—Golpeó con el puño sobre la mesa. Los guijarros temblaron, y Rada consiguió que los cuatro hombres lo miraran con atención—. Las zagas serán las últimas en añadirse. Tropas frescas que deberán... Deberéis, mis reyes, llegar hasta ese cerro donde el miramamolín lidera su imperio.

Dio un paso atrás y dejó escapar un suspiro. Sudaba como si acabara de vivir toda la batalla, desde la primera carga hasta el remate de la zaga. O como si acabara de prensar él solo toda la vendimia.

—¿Cómo repartiremos las mesnadas? —preguntó el rey de Castilla.

—Lo tengo escrito hasta el detalle. Es hora de llamar a vuestros alféreces y consejeros, mis reyes. Compartamos esta carga entre ellos como Cristo compartió el vino en su última noche. Porque para muchos, quizá para todos los que estamos aquí, también es la última noche.

50

Las Navas de Tolosa

Ellos vienen a nosotros con multitud insolente, y con orgullo, para destruirnos con nuestras mujeres y con nuestros hijos, y para despojarnos.

Mas nosotros pelearemos por nuestras almas y por nuestras leyes.

El rey Alfonso abrió los ojos tras acabar su oración.

Ante él, a su espalda y a los lados, el ejército se ordenaba en filas perfectas. Se alargaba por la izquierda hasta donde el terreno cedía, y lo mismo por la derecha. Nada que ver con aquel caos precipitado de Alarcos. Miró a su diestra. Rodrigo de Rada era el artífice. Allí, con todos sus temblores, su natural rechazo a la guerra, su mitra calada sobre el almófar, el sutil movimiento de los labios al repasar el orden de cada avance.

Alfonso de Castilla volvió a cerrar los ojos. La oscuridad aún cubría la tierra cuando salieron a la pendiente y se ordenaron en cuerpos, cada cual según lo previsto. En los oídos de los nobles y prelados resonaba la arenga que les había dedicado arriba, antes de que bajaran a ocupar sus lugares. El rey se repitió a sí mismo las palabras que había madurado durante aquella noche de insomnio. Las que sus amigos, aliados y vasallos escucharon sin pestañear para repetirlas a sus mesnadas:

—La memoria —les había dicho—. Eso es lo que va a quedar de la jornada de hoy. ¿Os parece poco? Yo os digo que no lo es. Nada hay más honroso que la memoria si es buena. Nada más humillante si mala.

»Recordad, si podéis, a los miles y miles que os han precedido. Decidme sus nombres, los nombres de sus padres y sus hijos.

¿Queda memoria de todos ellos, gloriosa o no? No, claro. Solo de unos pocos la conservamos. ¿Será porque, como vosotros, fueron valientes, viriles y capaces de las proezas más difíciles? ¿Porque hicieron lo que de ellos se esperaba y porque jamás dieron la espalda al enemigo?

»Es por eso, sí, por lo que conservamos su memoria y por lo que los hombres venideros conservarán la nuestra. Porque lo grandioso de la jornada que nos espera empequeñece a toda gesta del pasado, y porque difícilmente se repetirá en el futuro. De hoy depende que renovemos y aumentemos las virtudes de quienes nos preceden. De hoy depende que la fama de nuestras tierras permanezca. Depende que los nuestros vivan, que jamás conozcan la iniquidad, la renuncia a su religión y a su libertad. De hoy depende que el nuestro no sea un destino de cadenas.

»Yo os digo que confiéis en esa memoria. En que dentro de muchos años, de siglos incluso, vuestros descendientes hablarán de este día, y se enorgullecerán tanto de él que se afanarán por jurarlo: uno de mi sangre estuvo allí. Confiad en Cristo, cuya cruz ha atraído hasta nosotros a los que nos odian, esos que desde tierras lejanas han armado sus brazos por mandato de su extraña fe. Bajo esta misma cruz, nosotros los rechazaremos; y gracias a eso, otros como ellos, en el futuro, quedarán disuadidos de profanar lo que no les pertenece, de imponernos su credo y su tiranía, de borrar nuestra memoria.

»Confiad en que Dios y el amor por los nuestros nos otorgan ventaja sobre el enemigo. Confiad, sobre todo, en que para nosotros no queda más salida que vencer. Si huís o si desfallecéis, si no unís vuestro esfuerzo al de los demás, solo os restará la fuga, mirando hacia atrás, a vuestros perseguidores. Que de todos modos os alcanzarán y se convertirán en vuestros verdugos, en los amos de vuestras esposas y en los ejecutores de vuestros hijos. Si ese destino escogéis, la memoria será para los nietos de esos que tenéis delante. Que recordarán este día como aquel en el que los cristianos cayeron derrotados, se exterminó su estirpe y se borraron sus recuerdos.

»Pero si avanzáis y herís a nuestros enemigos, si seguís el ejemplo glorioso de vuestros antecesores, si lucháis comprometidos a morir por Cristo así como Cristo murió por vosotros, si os esforzáis para vengar las injurias pasadas, ya nada temeremos. Habremos salvado la tierra y la familia. Los santuarios y el destino. Habremos salvado la memoria.

Después, en denso silencio, todos se ajustaron los yelmos, apretaron los barboquejos, subieron a sus caballos y tomaron de sus sirvientes escudos y lanzas. Ahora, la zaga castellana formaba con el rey al frente, acompañado por el arzobispo de Toledo y por los obispos de Osma, Palencia, Sigüenza, Burgos, Calahorra y Plasencia. Cada cual con sus respectivas mesnadas.

Con aquella densa zaga, toda de caballería, formaban los jinetes de varios concejos castellanos: Toledo, Béjar, Valladolid, Plasencia, Arévalo, Coca, Olmedo y Palencia; y las mesnadas de diversos nobles, entre ellos al alférez Álvaro de Lara.

Con el rey de Aragón y su mesnada regia, en el cuerpo de retaguardia a la izquierda, se hallaban los obispos de Barcelona y Tarazona, las noblezas aragonesa, catalana y rosellonesa, y los barones de Urgel, Pallars y el Ampurdán. Al igual que los castellanos, todos montaban y se hacían seguir de sus mesnaderos.

Mucho menor era la zaga derecha, donde destacaba Sancho de Navarra. El gigantesco rey había colgado el escudo a su espalda, y la enorme maza pendía del arzón de su gran destrero de Bearne. Con él formaba su nobleza a caballo.

Esa era la reserva. Las tres piedras con las que el arzobispo de Toledo había marcado al Padre, al Hijo y al Espíritu Santo. Los que deberían esperar mientras la matanza se desataba ante ellos.

Los primeros rayos del sol asomaron tras los riscos. Las figuras oscuras de enfrente, que ocupaban las navas al pie del cerro, se movían inquietas, buscando sus lugares y ocupando la cuesta. La claridad mostró una anarquía total en la vanguardia musulmana. Miles y miles de infantes vestidos de blanco, en una masa desordenada, ocupaban el espacio central, aunque muchos se adelantaban y luego volvían a la multitud. A los lados, aquellos tipos enloquecidos habían dejado huecos suficientes para lo que todos esperaban con temor.

—Ahí están —anunció el rey Alfonso, con la vista privilegiada desde lo más alto de su pendiente—. Los jinetes arqueros.

Rodrigo de Rada los vio a través del mar de estandartes castellanos. Dos enjambres que se movían en los flancos hacia la delantera almohade. Miró a la izquierda, al brillo naciente del sol. Ni una brizna de viento. Pronto, la tierra ardería.

—Enseguida empezará.

La sensación de premura se contagió a los tres cuerpos de la medianera. El del centro castellano era el más nutrido con diferencia. En él se apilaban la caballería y la infantería de las cuatro órdenes militares: Calatrava, Santiago, Temple y Hospital; junto a ellas, las mesnadas de los concejos de Soria, Maqueda, Almazán, Alarcón, Guadalajara, Atienza, San Esteban, Cuenca, Huete, Medinaceli, Berlanga y Ayllón. Los hermanos Fernando y Gonzalo de Lara dirigían esta muchedumbre, sabedores de que cargarían con el mayor peso de la batalla.

A su izquierda, Miguel de Luesia, Jimeno Cornel y Aznar Pardo dirigían la caballería de las villas aragonesas, completadas por los castellanos de Escalona, Burgos, Talavera, Cuéllar, Sepúlveda y Carrión. Por la derecha, el alférez navarro, Gome de Agoncillo, sostenía el estandarte del águila negra junto a la caballería de Ávila, Segovia y Medina.

El trueno retumbó hacia la Losa. Un toque único, grave, cuyo eco se perdió por los desfiladeros del Muradal.

—El gran tambor —Rodrigo de Rada miró fijamente a Alfonso de Castilla—. Es el momento.

El monarca asintió con un solo golpe de cabeza. El portaestandarte del arzobispo, un canónigo llamado Domingo, levantó el enorme lienzo con la Virgen de Rocamador. La orden se transmitió desde la zaga hasta la medianera, donde discurrió hacia delante y saltó a la vanguardia. Fue Arnaldo Amalarico, con su báculo como arma y vestido con su sempiterno hábito maloliente, quien se lo dijo a Diego de Haro:

—Que Dios nos ayude.

El cuerpo central de vanguardia arrancó. El señor de Haro comandaba su extensa mesnada, y también a los voluntarios de León y Portugal, al concejo de Madrid y a los guerreros ultramontanos. Infantería delante, caballería detrás.

Al verlos, la vanguardia de la izquierda, infantería concejil aragonesa y castellana dirigida por el alférez García Romeu, se puso en marcha. Y por la derecha, los infantes de Ávila, Medina y Segovia hicieron lo propio.

Delante, los locos de blanco profirieron un solo grito. Un aullido que bajó desde la cuesta, cruzó la vaguada y subió la pendiente hasta las primeras filas cristianas. *Allahu akbar!*

Había empezado.

El Calderero tenía frío. A pesar de que la mañana se prometía caldeada, y del *qamís* bajo la túnica acolchada, y de la loriga doble que se esforzaba por ajustar a la cintura. Dejaba que los esclavos envolvieran el yelmo puntiagudo con el turbante blanco. Uno de ellos le pasó el tahalí por la cabeza y el brazo derecho. El peso del arma a la izquierda no contribuyó a tranquilizar al gran visir del imperio.

—D-d-dios es g-g-grande.

El Calderero apenas escuchó al califa. An-Nasir, como siempre, se había sentado entre la espada y la adarga de su padre, y frente a su ejemplar del Corán. Vestido de negro, la vieja capa de Abd al-Mumín incluida. Uno de los pocos privilegios califales que el Calderero aún no había tomado para sí. Tras el príncipe de los creyentes, en pie y cariacontecidos, los prebostes formaban una fila rectísima. El eunuco Mubassir, varios *talaba*, el médico personal del califa, los gobernadores andalusíes... Ninguno de ellos se atrevió a hablar. Hablar se había vuelto más peligroso que nunca en presencia del Calderero. Sobre todo en los dos últimos días.

Nada había salido según sus planes. Primero había sido lo de la retirada fingida de los cristianos. Al gran visir le habían ardido las entrañas al verlos aparecer a poniente, en el lado sur de la sierra y sobre una posición privilegiada. Y peor había sido lo del domingo, cuando todo el ejército almohade formó para presentar batalla. Solo a mediodía, cuando las tropas se derretían bajo aquel sol maldito, había recordado el Calderero que aquel mismo error era el que habían cometido los castellanos en Alarcos. Solo que ahora, el estúpido era él.

«No. No soy estúpido», se decía.

Y como reconocer el error habría supuesto un menoscabo de su autoridad, mandó que las filas siguieran en su lugar hasta el ocaso. La orden no sentó bien, claro, aunque nadie se atrevió a discutirla. Pero a media tarde, un par de jeques bereberes se le habían acercado para protestar. El agua no se repartía con el ritmo adecuado y los guerreros, además de sedientos, estaban cansados. Llevaban mucho tiempo soportando el peso de las armas y tenían que aliviarse en su sitio, con lo que hasta respirar se había vuelto insoportable. Aquella, dijeron, no era forma de presentar batalla a un enemigo inferior. Dada la gran ventaja numérica del ejército almohade, le propusieron formar relevos. No les dejó terminar. Ordenó que los decapitaran por cuestionar la autoridad del califa y, sobre todo, por derrotismo.

Ese día sería distinto. Al alba, mientras el muecín de campaña llamaba a la oración, los centinelas le habían avisado de que el ejército cristiano formaba al pie de la mesa que habían ocupado con su campamento. Ahora, por fin, el destino le sonreía.

—Saldré con la zaga. Una reserva de dos mil jinetes de pura raza masmuda que no será necesario utilizar. —El Calderero hablaba sin mirar al califa, y mucho menos al resto de los dignatarios—. Os quedan aquí todos los guardias negros.

Era inútil explicarlo porque los tenían allí. La totalidad de los Ábid al-Majzén, mil esclavos criados y entrenados para morir por el califa, se hallaban alrededor, tanto dentro como fuera del palenque construido con todo tipo de bagajes hasta formar una barricada de la altura de un hombre. Los titanes negros empuñaban sus lanzas y estaban unidos por los pies con las famosas cadenas destinadas a los futuros cautivos cristianos. El Calderero levantó la vista hacia uno de los muchachos que harían de emisarios durante la jornada.

—Que toque el gran tambor.

El chico se fue corriendo. El visir omnipotente entró en el pabellón rojo y descorrió el telar de su aposento. Raquel esperaba sentada en el lecho. Lo miró sin emoción alguna. Como si viera a través de él.

—Lo he oído, mi señor. Yo aguardaré aquí, rezando.

El Calderero sonrió.

—No tendrás que rezar mucho. De todas formas, los mensajeros informarán al califa del desarrollo de la batalla, así que sabrás al momento cómo aplastamos a esos amigos tuyos.

Tomó la bandera blanca de manos de un criado. El Calderero había hecho bordar una nueva para la ocasión. Limpia de sangre de batallas anteriores. «Alabanzas al Dios Único», rezaban las letras doradas ribeteadas de negro. Salió de la tienda y la rodeó. El cerro era escarpado, así que no habían subido caballos. Por eso tuvo que dejarse resbalar hasta donde aguardaba su montura. En ese momento, con la extensión de al-Ándalus al sur, vacía y en penumbras, sintió un extraño desamparo. Dejó que un sirviente le ayudara a encaramarse a la silla y se removió para buscar la posición más cómoda. Conforme tiraba de las riendas para rodear el promontorio, el gran tambor almohade exhaló su suspiro de guerra.

Vanguardia cristiana. Cuerpo castellano

Velasco caminaba con el resto de la infantería. Peones portugueses, de León y de Madrid, mezclados con algunos ultramontanos. La primera línea era de lanceros, con grandes escudos de lágrima. Detrás llegaban los ballesteros.

—¡Mantened la formación!

A espaldas de la infantería, el señor de Haro avanzaba a caballo frente al resto de los jinetes de la vanguardia. Vigilaba constantemente a izquierda y derecha, y corregía las filas.

—¡Un poco más lento! ¡Los de la diestra se retrasan!

El monje Velasco, ahora sin hábito, miraba sobre los hombros de los soldados que lo precedían. Todavía caminaban cuesta abajo, de modo que habían visto con claridad cómo los flancos musulmanes vomitaban a miles de jinetes arqueros. Un estallido multicolor que se extendió por el frente y ocultó la masa blanquecina de los locos vociferantes. Sus gritos de *Allahu akbar* pronto quedaron ahogados por el trote de los caballos. En la vaguada, sin atreverse a venir pendiente arriba. De un lado a otro del frente, con los arcos prestos y las trenzas volando tras cada jinete.

—¡Alzad escudos!

La primera fila obedeció. El señor de Haro, muy atento y escarmentado en propia piel hacía diecisiete años, vio venir la andanada traicionera. La habían disparado los jinetes más retrasados, en parábola y por encima de sus compañeros. Las flechas parecieron demorarse en el cielo y cayeron como lluvia de astillas. La mayor parte se clavó delante.

Eso ralentizó el avance. Los ballesteros se pegaron a los compañeros que los precedían para aprovechar la cobertura del escudo, y hubo un pequeño tumulto que el señor de Haro arregló enseguida:

—¡Cuidado con la línea! ¡Nadie se adelanta! ¡Nadie se retrasa!

—Por la sangre de san Froilán —dijo alguien detrás de Velasco—. ¿Por qué no me quedé en León? A gusto estaría ahora, haciéndole hijos a mi vecina.

Diego de Haro lo oyó.

—A tu vecina la joderán esos moros si no andas listo, leonés. ¡Tú y todos! ¡Atención a la vaguada!

Llegaron al punto más bajo de las navas. El terreno dejó de descender para allanarse, y las filas de delante empezaron a subir. Velasco vigiló las costaneras. Los cuerpos aragonés y navarro seguían a la par, con dos pequeños espacios vacíos entre ambos y la vanguardia castellana.

«Bien pensado, arzobispo», pensó. Dejar los flancos libres había provocado la matanza de Alarcos. Por allí se habían colado los jinetes arqueros para acribillar la carga castellana. Y por allí habían conseguido rodearlos y completar la masacre por la espalda.

Pero hoy no. Hoy, las costaneras discurrían por los bordes naturales del escenario. Los jinetes *agzaz* se dieron cuenta de que no podrían envolver al enemigo, así que se dedicaron a dar pasadas por tierra de nadie mientras disparaban las primeras flechas a tiro tenso. Velasco oyó los impactos en los escudos de vanguardia. Fluc, fluc, fluc. Dio un respingo al notar que pisaba distinto. El terreno se inclinó hacia arriba y dejó de ver los caballos sarracenos. Hasta él llegaron los gritos de guerra en lengua extraña. Notó las venas del cuello palpitando. El estómago le tembló una, dos, tres veces antes de entrar en convulsión rápida. Su respiración se aceleró. Cerró los ojos sin dejar de subir.

«No es nada —se dijo—. Puedo hacerlo. Puedo hacerlo.»

El repiqueteo se volvió constante en la fila de los escudos. Fluc, fluc, fluflufluc. Cachoc. Un grito.

—¡Herido! —avisó alguien.

—¡Avanzad! —insistió Diego de Haro. Como si no se avecinaran muchas más heridas.

Retaguardia almohade

El Calderero buscó su sitio tras la formación de caballería masmuda. En aquel lugar, tan cerca del cerro sobre el que habían instalado el palenque, la cuesta era muy empinada, de modo que el campo de batalla quedaba a su vista como el escenario en los viejos teatros paganos que, en ruinas, aún podían verse en el Magreb, Ifriqiyya y al-Ándalus. Avanzó al paso, contemplando la línea de cien mulas con los atabales dobles, montadas por muchachos de gesto aterrado que todavía no habían empezado con sus redobles. En cuanto el Calderero ocupó su posición, con la tela blanca flácida en el asta de la bandera, un emisario se llegó hasta él montado en un ágil corcel pinto.

—Ilustre visir, los cristianos han empezado a marchar. Tal como ordenaste, los *agzaz* han salido para hostigarlos, pero no pueden entrar por los flancos.

El Calderero miró al muchacho como miraría a un loco.

—¿Me estás diciendo que diez mil jinetes no pueden envolver a un puñado de labriegos?

—Mi señor —el emisario estiró el dedo hacia el valle—, los cristianos han abierto mucho sus líneas en las costaneras. Justo hasta donde...

—¡Vale, vale! Vuelve a la vanguardia y ordena al jeque de los *agzaz* que redoble al ataque. Dile que su cabeza está en juego.

El chico tragó saliva antes de espolear a su montura. El Calderero se mordió el labio. Había seguido al pie de la letra el estilo del Tuerto en Ras-Tagra, y también recordaba el orden de combate en Alarcos. Por eso había decidido que la lucha la abrieran los *agzaz*, que diezmarían las fuerzas de choque cristianas. Solo que ahora los planes se torcían.

«¿Qué harías tú ahora, Tuerto?»

Bah, ¿qué más daba el Tuerto? No había nada que temer. Eso se dijo. Cuarenta mil hombres no podían sucumbir ante un puñado de politeístas desavenidos. Muchos de sus veteranos habían luchado en al-Hamma, Alarcos y Ras-Tagra. Habían participado en expediciones de castigo en el Magreb y en el Sus, habían acompañado al difunto al-Mansur en las campañas portuguesas y habían perseguido a los Banú Ganiyya hasta el desierto del Yarid. Ese pensamiento lo consoló. Su confianza se recuperaba. Subió la vista. El sol ascendía por su derecha y acortaba las sombras. Ese día iba a ser tan caluroso o más que los anteriores. Solo pensarlo le dio sed, así que tomó la *qerba* y bebió. Una milla por delante, vio cómo los jinetes *agzaz* cabalgaban de lado a lado, sembrando de flechas la vanguardia cristiana.

Vanguardia cristiana. Cuerpo castellano

Diego de Haro levanta la lanza en horizontal, su caballería se detiene. Si está deseando que acabe la jornada, no es por miedo a morir, sino por el recuerdo constante de otro día caluroso, de sonidos de guerra, de polvo suspendido, de garganta seca, de entrechocar de anillas y galope de caballos.

—¿Qué haces? —pregunta el arzobispo Amalarico.

—Cuidar de esta gente.

Ante él, la infantería de vanguardia avanza a pasos seguros, con los escudos arriba. Los ballesteros pegados a las espaldas de los lanceros y el resto de los peones encogidos.

Las hordas de jinetes arqueros ocupan una ancha franja de terreno, ahora más cerca. Casi resulta hermoso. Los hombres de grandes mostachos y largas trenzas se sostienen sobre sus sillas mientras, de lado, disparan otra vez sus arcos recurvos. Y son miles. Los proyectiles llueven sobre los peones. Los más se clavan en los escudos o rebotan contra las blocas. Algunos sobrevuelan las filas de la infantería y zumban entre las filas de caballería.

—¡Vigilad esas flechas! —avisa el señor de Haro.

Pero esta vez no es como en Alarcos. Los hombres solo tienen que preocuparse de lo que les lanzan desde el frente. No desde los lados ni desde la retaguardia. Hay bajas, pero escasas aún. A estas alturas, cuando lo de Alarcos, la carnicería estaba servida. Y pese a todo, Diego de Haro renuncia a deleitarse en la esperanza.

Otea el ala izquierda, donde la delantera aragonesa sufre el mismo castigo. A la derecha, los peones castellanos que refuerzan el ala navarra también aguantan muy bien las andanadas. Entonces se da cuenta de que sus hombres no lanzan gritos de guerra. Se limitan a emitir sordos gruñidos mientras encajan flechas en los escudos y vigilan sus pasos. Pasos cada vez más cortos que buscan la seguridad. Que niegan resquicios al enemigo. El ritmo se ralentiza, eso no es bueno.

—¡Sujeta! —le dice al jinete de su diestra mientras le entrega la lanza. Se echa el escudo a la espalda y desmonta. Los caballeros de su mesnada lo observan extrañados. El señor de Haro corre con la cabeza encogida entre los hombros. Nota que la pendiente es cada vez más acusada. Y sabe que la posición elevada otorga ventaja al enemigo. Salva la distancia que lo separa de los infantes y se mete entre ellos. Ve los borrones que pasan fugazmente entre los escudos, más allá de la primera línea. Estelas de colores, trazos de hierro y madera, bufar de caballos vencidos por sus bocados. El trote rápido, el giro del jinete sobre la silla, el golpe de rodilla.

—¡Seguid avanzando! ¡Los dejaremos sin terreno para cabalgar! ¡Seguid avanzando o moriremos todos!

Ahora percibe con mayor nitidez ese sonido de esfuerzo contenido. De trabajo constante, tenaz. Los hombres de a pie parecen hipnotizados. De alguna forma, han logrado conjugar su ritmo. Se mueven a un tiempo. Incluso respiran a la vez. Diego de Haro recorre las filas hacia la derecha. Lo repite: hay que avanzar. Cuanto antes se les niegue el terreno, antes se retirarán esos hijos de Satán. Antes dejarán de llover puntas de hierro. Su orden se traslada de boca en boca. Los infantes toman aire. Los de detrás apoyan los hombros en los de delante y la vanguardia se mueve en bloque.

Diego de Haro se fija en los rostros de los peones. En sus gruñidos al dar cada paso. Los únicos gritos son los de los heridos, e incluso algunos de ellos continúan en su lugar. Otros quedan atrás, alcanzados en la cara o en las piernas por las flechas emplumadas. El sonido de la granizada parece algo ajeno. El señor de Haro se siente admirado de aquella gente que mira cara a cara a la muerte. De la decisión que crispa sus rostros. De la forma de vigilar al compañero de al lado para mantener la línea. Asoma la cabeza sobre el escudo de un mesnadero y ve a los jinetes arqueros muy cerca. Más que en Alarcos. Es escalofriante comprobar cómo esos demonios escogen un objetivo. Ceño fruncido, dientes apretados. Tensan el arco y apuntan al pasar, moviendo el cuerpo sobre la cintura. Una flecha golpea el yelmo del señor de Haro antes de rebotar a un lado. Eso hace que se agache de nuevo.

Pero ya lo ha visto. Ha visto que los jinetes de los grandes bigotes se quedan sin espacio. Lanza un gruñido de satisfacción y vuelve a la carrera en busca de su caballo.

Retaguardia almohade

El Calderero no contaba con el polvo. Por eso, por lo inesperado, aprieta fuerte las riendas mientras otea la nube blanca que cubre la vaguada.

«¿Cómo no lo pensé? El Tuerto lo habría hecho», se dice.

Se dice más cosas, aunque quisiera no escuchar sus propios reproches resonando contra las paredes del cráneo. El Tuerto no habría mantenido formado al ejército todo el día anterior. O ya puestos, el Tuerto no se habría limitado a bloquear el paso de la Losa. O tal vez habría avanzado más allá de la Sierra para sorprender a los cristianos mientras asediaban Calatrava. Ahora da igual, él no es el Tuerto. El Tuerto no habría conseguido jamás reunir semejante tropa. Ni habría sabido cómo sacar dinero para sostenerla a lo largo de una campaña tan complicada. Los obstáculos de hoy, pues, no tienen tanta importancia. Importa lo de delante.

Y delante, la vaguada se convierte en un horno polvoriento. Ha hecho demasiado calor, y son miles de animales pateando la tierra seca de un lado a otro. Como no hay ni pizca de brisa, la cortina permanece ahí, suspendida mientras las figuras negras apenas se adivinan en su interior. Mas aquí sí puede ver el nerviosismo que invade al resto del ejército. Los caballos, en las alas, perciben el frenesí y empiezan a patear el suelo. Sus jinetes intentan calmarlos, aunque a ellos les sucede igual.

El muchacho de antes brota entre la masa de infantería masmuda y el flanco andalusí. Retiene a su montura mientras los jinetes almohades de reserva le hacen sitio. Llega hasta el visir omnipotente, abre la boca. Pero tarda en hablar. Como si buscara las palabras. El Calderero le dirige un gesto amenazante.

—¡Informa!

—Mi señor, yo... no he podido encontrar al jeque de los *agzaz*... Mi señor, perdón. Continuaban con su ataque cuando he desistido, pero se quedan sin espacio. Algunos regresan a los flancos.

El Calderero vuelve a observar el frente. La maldita nube. Sí. Ve jinetes que salen de ella por los lados del campo. Cambia de mano la bandera, cuyo peso empieza a resultar molesto.

—¡Ve al frente de nuevo! ¡Quiero a ese jeque de rodillas ante mí! ¡Que ataque con todas sus fuerzas!

Algunos jinetes masmudas se vuelven sobre sus sillas al escuchar las órdenes contradictorias. El emisario vacila, el gesto aterrado.

—Yo... Sí, mi señor.

Algo dice al Calderero que no volverá a ver a ese muchacho. Da un par de golpes iracundos en los costados de su caballo y se adelanta hasta la última fila de la reserva. Se dirige a un caballero yanfisa.

—Tú, cabalga hasta la vanguardia y transmite mi orden. Que carguen los *ghuzat*. ¡No, espera! —Cierra los ojos. Intenta ver en su mente el campo que ahora oculta la niebla polvorienta. Los *ghuzat* morirán, como es su deber. El Tuerto habría tenido en cuenta el mejor lugar para eso. ¿Cuál sería su opción? ¿Dejar que los voluntarios ataquen cuesta abajo o hacer que los cristianos se desgasten en la subida y queden al alcance de los arqueros *rumat*?—. Que no carguen. Que reciban al enemigo en el sitio.

El jinete hace que su caballo se alce de manos al arrancar. El visir observa el polvo que despiden los cascos, y que flota tras él en una nubecilla. Se da cuenta de que, en muy poco tiempo, el campo de batalla será invisible. Siente deseos de maldecir al estilo andalusí. Seguro que el Tuerto lo habría tenido en cuenta. ¿Qué haría él ahora? ¿Esperar? ¿Dejar que los cristianos se desgasten? Son menos, así que eso aprovecharía a los almohades. ¿Y si ordena un ataque general? No. No ha de dejarse llevar por la furia. Precipitarse es malo. Golpea el cuello de su montura, el animal cabecea molesto.

Vanguardia cristiana. Cuerpo castellano

El pecho le chilla a Velasco. Cada vez que aspira ese aire denso y caliente que raspa la garganta. Mastica polvo y le lloran los ojos. Pero hay que dar un paso más. Y otro. Y otro. Eso en realidad es bueno porque, mientras se concentra en no perder el ritmo, el miedo se abotarga.

—¡Se van! —jadea un lancero de la primera fila—. ¡Los jinetes arqueros se van!

El alivio se contagia. Algunos miran hacia atrás. Velasco también lo hace. Ve a más gente herida de la que había pensado. La vanguardia ha dejado tras de sí un rastro de soldados alcanzados por flechas, que ahora se retuercen o se arrastran. Enseguida llega la caballería que comanda el señor de Haro. Pero no se detienen para auxiliar a los peones asaeteados. Los esquivan como pueden y siguen al paso. No hay que parar. Da igual lo que pase, con qué se encuentren ahora. Hay que avanzar.

«Piensa en eso. Piensa solo en eso.»

El galope de los jinetes arqueros se disuelve en la polvareda. Los proyectiles dejan de llegar hasta los escudos. El polvo en suspensión empieza a posarse. Ellos ahora están bajo esa nube, y los rayos del sol llegan desde la izquierda filtrados, mortecinos. La sed es terrible. Un peón armado con un hacha cae de rodillas, solo porque es incapaz de dar un paso más. Otro lo agarra del hombro y lo obliga a ponerse en pie.

—Hay que seguir. No te quedes atrás.

Pero el hombre no puede ni con su arma, que deja en tierra. Velasco ve más rezagados. Y oye algo distinto de la respiración agitada de los soldados que lo rodean. Un murmullo, como una letanía. Está ahí delante, al otro lado del polvo.

—¡Cerrad líneas! —ordena alguien. Los escudos vuelven a trabarse. Esperan los nuevos impactos. Un tipo resbala junto a Velasco y, al aferrarse a él, lo hace trastabillar. Solo entonces, al recuperarse, se da cuenta de lo empinado de la cuesta.

—¿Qué es eso?

Intentan guardar silencio. Pero no hace falta, porque cada vez se oye con más fuerza. *Allahu akbar.*

—*Allahu akbar!*

Dios es grande. Eso gritan miles de gargantas enfebrecidas.

Las flechas no llegan. Algunos atrevidos asoman las cabezas por encima de los escudos. Velasco tampoco puede resistirse. Por delante de él hay un ballestero y, en primera fila, un lancero. Pero ve algo ahí delante. Una figura blanca y difusa se materializa entre el polvo. El aullido también crece. Es un infiel. Lleva una túnica clara con muchas manchas. No. No son manchas. Son letras. Palabras sarracenas escritas sobre la ropa. La barba larga y apelmazada enmarca un rostro oscuro, desencajado, cuya boca se abre en un rugido. Ojos inflamados, la mano en alto, dispuesta a apuñalar con un pedazo de hierro afilado. Viene a trompicones, cuesta abajo, parece que caerá en cualquier momento. Resulta hasta gracioso verlo. Ahí, solo, frenético.

Dos virotes lo alcanzan al mismo tiempo en el pecho. El bramido se corta de golpe y el cuerpo se vence de espaldas mientras las piernas siguen empeñadas en correr. Los ballesteros que acaban de disparar se afanan en recargar. Es una maniobra lenta, que requiere que el soldado se detenga y apoye el estribo en el suelo. Otra sombra clara sale del polvo. También vocifera. Este lleva un asta retorcida acabada en punta. Es como si hubiera cortado una rama y la hubiera afilado, sin más. Se espeta solo en la lanza de un portugués, y otro lo clava al suelo. La vanguardia lo pisotea al rebasarlo. Velasco pasa cerca y ve su rostro desencajado, la sangre que mancha su túnica escrita. ¿Qué pondrá ahí?

Surge un tercer chiflado al que sigue un cuarto. El griterío crece tras la niebla. Se vislumbra algo a su través. Un largo borrón de figuras que saltan sobre el sitio. Ahí están. Dios es grande. Alguien, por fin, lo aclara.

—¡Son esos fanáticos voluntarios! ¡Han venido a morir!

No vienen. Esperan en el sitio, al contrario de los pocos chiflados que han bajado a la carrera. Ahora, con los objetivos bien definidos, los ballesteros sacan sus armas por encima de los escudos de la primera fila. Es imposible fallar. Los disparos propios suenan como gloria. Conforme los locos musulmanes caen acribillados, el griterío asciende. Un escalofrío colectivo recorre la vanguardia castellana. Velasco recuerda. Los fanáticos musulmanes lograron detener la carga cristiana en Alarcos. Para eso están. Para morir con un fin en la tierra, aunque su objetivo está en el paraíso cruzado por ríos de leche y miel, acariciados por docenas de vírgenes eternas.

Entonces, cuando los últimos jirones de la polvareda se disipan, la vanguardia cristiana puede ver lo que espera tras los chiflados de blanco.

Velasco también lo ve y, por eso, el miedo regresa. Las filas vacilan. Algunos hombres incluso se detienen. Los jadeos se silencian por un momento, y los gritos de los musulmanes lo dominan todo. Ahora, desde la izquierda aragonesa hasta la derecha navarra, las primeras líneas cristianas contemplan lo que llena las navas, ladera arriba hacia el cerro de la tienda roja. Miles y miles de hombres en una muchedumbre compacta que cubre el centro. Y a los lados, una masa interminable de jinetes que evolucionan para formar líneas y columnas.

—¡Adelante!

Velasco casi no puede creerlo. Es él quien lo ha gritado mientras descuelga el escudo de su espalda y lo embraza. Y sus compañeros obedecen. Retoman la subida, resbalando entre los guijarros que los jinetes arqueros removieron con su galopada. Los cristianos abaten lanzas, los ballesteros recargan. En la primera línea se oyen palabras de ánimo. Pero Velasco no las distingue. Todo es *Allahu akbar*. Esa fórmula se repite incansable, se aproxima. Vuelan más virotes sobre la línea de fanáticos. Velasco arruga la nariz. Oye arcadas a su lado. Algunos peones resbalan.

—Oh, por Dios... —se queja un madrileño. Mira abajo con una mueca de aprensión.

La pestilencia estaba ahí, como una barrera invisible que ahora atraviesan aguantando la respiración. Excrementos secos que ahora aplastan los pies cristianos. Tierra reblandecida en la que se hunden los pies. El resultado pastoso de toda la jornada anterior entre las filas sarracenas. Un légamo que resbaló cuesta abajo y ha convertido las navas en una inmensa cloaca. Un ultramontano incluso se atreve a bromear:

—*Merde de bataille...*

Un trote a la espalda. Diego de Haro y sus hombres evolucionan para acabar con los infieles que pretendan colarse en los intervalos. Velasco desenfunda la espada. Siente el peso del hierro. Intenta concentrarse en eso en lugar de en el espantoso hedor o en el bombeo atronador de su corazón. La vanguardia entera aguanta el aliento y toma impulso. En el último instante, alguien lo grita:

—¡Por Alfonso y por Castilla!

Otros responden.

—¡*Deus, adiuva*!

—¡Por Cristo! ¡Portugal!

—¡Dios lo quiere!

—¡Por León!

La fila de escudos choca a un tiempo contra el gentío. Las ballestas se disparan a un palmo de distancia. Las lanzas pican por encima y por debajo. Los soldados de la fila posterior se acercan para pinchar también. Los filos de las hachas caen. Los locos de blanco no llevan lorigas, ni gambesones, ni cotas de cuero. Van casi a cuerpo descubierto. Sus túnicas sucias y llenas de versículos pasan a estar empapadas de sangre. Sus armas chocan contra los escudos cristianos, o se detienen ante las anillas de hierro, o ante la piel cocida. A la fatiga de la lenta ascensión se une ahora el cansancio de matar. Sin pausa. Un musulmán cae cuando el siguiente es atravesado, y el siguiente ocupa su puesto para morir en un parpadeo. Velasco grita, la cara salpicada de rojo. Su codo va hacia atrás y luego empuja. La espada encuentra carne siempre. La fila vuelve a avanzar. Pisan los cadáveres y a los heridos, algunos guerreros resbalan. Otros los ayudan a levantarse. Hay empujones. Algunos peones caen en la confusión. Velasco no sabe a quién tiene delante. Si antes vivía en la niebla, ahora lo hace en un mundo rojo, húmedo, tibio. Los alaridos son de dolor. Nada de *Allahu akbar*. Dios es grande solo antes de que el hierro te muerda la carne. Después, todo se vuelve más ramplón. Menos paradisiaco.

Medianera musulmana. Costanera izquierda

Ibn Farach, arráez de todas las tropas andalusíes, se encuentra junto a su caballería en el ala izquierda, justo tras una nube zumbante de *agzaz* frustrados. Los jinetes arqueros, incapaces de flanquear al enemigo, retrocedieron por las costaneras y ocuparon los espacios libres a los lados de la enorme fuerza de infantería. En el ala derecha, más *agzaz* obstruyen el paso a los jinetes árabes.

«No hay sitio para maniobrar —piensa el veterano—. Nos están encerrando.»

Lleva su destrero de un lado a otro por delante de sus filas. La caballería andalusí asiste al espectáculo de la guerra en silencio. Rostros crispados. Los más curtidos, al igual que Ibn Farach, ven lo estúpido en la estrategia del Calderero. La caballería ligera, principal arma del ejército almohade, necesita espacio. Mucho espacio. Para tomar velocidad, retirarse, envolver al enemigo, cansarlo, tenderle celadas tras otras unidades... Pero allí, en esas navas que bajan en pendiente hasta la vaguada, las fuerzas musulmanas están cada vez más apretadas. Y es verdad que no hay gato más peligroso que el arrinconado. Pero si el que arrincona al gato es un mastín, mal asunto.

Delante, el griterío desciende. Los voluntarios *ghuzat* mueren, lo cual no extraña a nadie. Pero mueren de la forma más inútil que jamás se vio. En estas condiciones no sirven para frenar la carga de caballería enemiga, que es la forma en la que todos los califas almohades los usaron desde Abd al-Mumín.

—El Calderero es un necio —dice un jinete andalusí. Ibn Farach no se vuelve para saber quién habla. Además, está de acuerdo con él.

Los últimos *ghuzat* caen. El lugar que ocupaban es ahora un terraplén de cadáveres y heridos convulsos. La infantería cristiana de vanguardia supera el sanguinolento obstáculo igual que se salta un muro. Algunos resbalan, y otros simplemente caen tras sortear la montonera. Los *agzaz* se ponen cada vez más nerviosos, pero sus jeques dudan. Los enemigos llevan por delante sus grandes escudos y los intervalos están bien cubiertos. Se acercan poco a poco. En el centro almohade, la gran masa de peones africanos se prepara. En las filas delanteras, los arqueros *rumat* y los ballesteros andalusíes se coordinan. Rodilla en tierra unos, en pie los otros. Se escuchan órdenes confusas. Los guerreros masmuda se afirman sobre el suelo, sus lanzas aún en vertical.

El tiempo parece detenerse a la vez que la vanguardia cristiana. Como un solo ser, los soldados enemigos toman aire. Los escudos se apoyan en tierra, las cabezas se encogen.

—¡Disparad!

La orden se repite por toda la medianera musulmana. Las flechas y los virotes surcan el corto espacio que separa a uno y otro ejército. Miles de puntas rasgan el aire caliente con un siniestro zumbido, y las líneas cristianas se estremecen. A tan corta distancia, un proyectil puede atravesar la madera del escudo y clavarse en el brazo que lo sostiene. Incluso a través de las anillas de hierro. Gritos de dolor. Algunos enemigos caen. De nuevo ese silencio repentino que apenas dura un suspiro, y la infantería cristiana se lanza a la carga. Cuesta arriba y tras todo el esfuerzo que han sostenido, a Ibn Farach se le antoja la mayor hazaña que ha visto. Los hombres corren. Muchos resbalan, tropiezan, se agarran a los compañeros de los lados. Caen, se levantan. Los arqueros *rumat* tienen tiempo de recargar y vuelven a disparar. Los ballesteros andalusíes ni siquiera sueñan con hacerlo. Solo retroceden entre las filas de los lanceros.

—¡Hay una segunda carga!

Ibn Farach deja de prestar atención al inminente choque y mira más allá. Los jinetes que siguen a los infantes cristianos también aceleran. Y tras ellos, la medianera cristiana avanza a toda velocidad. Los *agzaz* se ponen frenéticos. Algunos andalusíes también. El aire estalla en una sucesión de impactos metálicos. Los aullidos crecen. Las filas delanteras de los cristianos se mezclan con la masa de infantería almohade.

Vanguardia cristiana. Cuerpo castellano

Diego de Haro espolea una y otra vez a su destrero. El pobre animal hunde los cascos en tierra húmeda de sangre, y a continuación pisa las piedras desprendidas que ruedan ladera abajo.

—¡Adelante! ¡Adelante!

Abate la lanza, tal como cien veces ha oído recitar a los bardos en plazas, salones, mercados y cruces de camino.

> *Embrazan los escudos por delante del corazón,*
> *Y abaten todas las lanzas, cada una con su pendón,*
> *inclinando bien la cara por encima del arzón.*

«Ahora es el momento. Por fin», piensa. Tras diecisiete años de cargar con el baldón de la fuga. Con la vergüenza de haber abandonado a sus amigos, a sus hermanos de armas, a sus vasallos. De haberlos visto morir mientras él volvía riendas y dejaba caer el estandarte real.

Hoy no será así. Porque durante esos diecisiete años ha visto en las miradas ajenas que él, Diego de Haro, tendría que haber caído en Alarcos.

«Y así fue tal vez —se dice—. Llevo todo ese tiempo muerto. Engañado mientras respiraba, comía, amaba y dormía. Lo arreglaremos ahora.»

Aprieta los dientes el señor de Haro. A los lados, los jinetes de su mesnada, los ultramontanos, madrileños, portugueses y leoneses suben la larga cuesta hacia lo más denso de la batalla. Rezan en voz alta, o llaman a Dios, o juran por sus reyes, por sus tierras, por sus madres.

Diego de Haro esquiva a un mesnadero herido. El pobre se agarra las tripas a medio desparramar mientras trastabilla cuesta abajo. Una nueva polvareda se levanta en el lugar de la matanza. Las figuras vuelven a desdibujarse. Hasta los chillidos se amortiguan. Los caballeros madrileños se desvían por el intervalo de la derecha, entre el cuerpo central y el navarro. Allí hay menos cadáveres y la tierra está menos removida. A la izquierda, los aragoneses también suben. El ansia crece, igual que la nube. Por eso, Diego no puede ver la horrible escabechina hasta que cabalga casi por encima. Allí es donde las filas de voluntarios musulmanes han recibido el impacto de la infantería cristiana. Hay muertos abrazados, aplastados bajo la montonera de cuerpos; soldados con los cuchillos aún asidos, cabezas hundidas por garrotes. Algunos se mueven. Despacio. Como si sus miembros resbalaran sobre una marisma viscosa de sangre, sudor, orines y polvo húmedo.

Los caballos los pisan. No pueden hacer otra cosa mientras, ya hundidos en el velo de polvo, avanzan contra el enemigo. Allí el suelo está más blando, el olor es más nauseabundo. Una especie de gemido brota de la tierra y se extiende por todas partes. Es algo que tiene parte de humano, pero otra parte no lo es. Varios caballos se vencen de manos. Cuadrillos de ballesta brotan de ninguna parte y vuelan por entre los jinetes. La masa de hombres matando y muriendo surge ante el señor de Haro. Hachas que suben antes de cercenar manos, espadas que atraviesan cuerpos, mazas que aplastan cabezas. Algunos jinetes cristianos atropellan a sus compañeros de a pie, aunque otros consiguen evitarlo. El impacto de la caballería conmueve la marea de carne. Diego de Haro clava su lanza. Ve el gesto de sorpresa del africano que recibe la herida en el pecho. Y cómo se agarra al astil mientras el impulso lo lleva atrás.

El señor de Vizcaya recupera el arma y vuelve a pinchar. Su montura pisotea, muerde, bufa. Tercera lanzada y revienta la cabeza a un musulmán de larga barba. La cuarta da con un escudo de piel de antílope, pero la quinta se encaja entre las costillas de un arquero con el rostro velado. De ahí es imposible sacarla, así que la olvida y desenfunda la espada. Alrededor, decenas de guerreros mueren a cada parpadeo.

Medianera musulmana. *Costanera izquierda*

Ibn Farach aprieta mucho los labios. La cabeza ligeramente inclinada, los ojos medio ocultos por las cejas. El silencio del flanco andalusí destaca con el griterío desatado en el centro. La masa almohade de infantería se mueve muy despacio conforme las primeras filas sucumben a la matanza y las posteriores acuden al relevo. La batalla es ahora un picadero de carne oculto por una niebla blanca.

En el ala izquierda, delante de los andalusíes, los *agzaz* arrancaron por fin y ahora chocan contra la vanguardia cristiana. Esa es una lucha para la que esos tipos orientales no están preparados. Ahí se medirán cara a cara, sin posibilidad de emplear sus arcos. Los ve desenvainando sus espadas cortas mientras intentan cubrirse con esos escudos redondos y pequeños. Pronto, los grandes destreros cristianos de la medianera chocarán contra sus caballos ligeros.

Ibn Farach se vuelve hacia uno de sus hombres.

—Pasa la voz. Que todo peón andalusí acuda a este flanco. —Señala al centro, donde tiene lugar lo más cruento de la lid—. No los quiero tragados por ese engendro de muerte.

El jinete no sabe cómo lo hará, pero se apresta a obedecer. El veterano arráez andalusí ve que un emisario se dirige hacia ellos desde la retaguardia. Allí espera la fuerza de reserva almohade: su caballería de élite, compuesta por los hijos de los nobles masmudas, de sus *talaba*, jeques y visires. Allí estará también el Calderero, asistiendo a su obra.

«Así se te atragante, hijo de perra», piensa Ibn Farach.

El emisario llega. Un poco intimidado por las miradas de pocos amigos que le lanzan los jinetes andalusíes. Se acerca al arráez. Es casi un chaval. La cara plagada de granos, los ojos muy abiertos.

—¿Caíd Ibn Farach?

—Sí. Soy yo.

—El visir omnipotente ordena que te unas a la lucha. —Apunta con el índice al lugar donde los *agzaz* se baten con la delantera cristiana—. Has de cargar sin dilación.

Ibn Farach mira el lugar al que señala el muchacho. Aún es pronto para ver cómo se decide la contienda, pero él lleva años dedicado a las armas.

—Bien. Dile al visir omnipotente que arrancaremos enseguida.

El chico, aliviado, sale a todo galope. Los caballeros andalusíes observan a su líder. Algunos parecen a punto de hablar, pero se reprimen. Hasta que uno lo suelta.

—¿Vas a obedecer?

Ibn Farach lo mira con severidad. Esto le recuerda el pasado, cuando él tuvo esas mismas dudas junto a los demás caídes andalusíes de frontera. Y juntos, de la misma forma furtiva que ahora, se las plantearon a Ibn Qadish.

«Mi lealtad está fuera de toda duda», dijo entonces el difunto caíd de Calatrava.

—Y mira cómo te lo han pagado, amigo —se dice Ibn Farach. Sus hombres, que no entienden su respuesta, vuelven a inquirirle con la mirada. Y de palabra.

—¿Qué hacemos?

El veterano contempla de nuevo el frente, sobre el que flota esa enorme nube. Despacio, como si no fuera con él, se desenlaza el barboquejo y se saca el yelmo. Se queda mirando la cortina de malla que cuelga de su borde. Desde el centro, que cada vez se torna más caótico en su mezcla de cabilas y tribus, asoman algunos ballesteros andalusíes. Solo ver su gesto le hace comprender el terror que han vivido. Y lo peor: imaginar lo que aún queda.

Levanta la cabeza hacia las fuerzas que debería liderar Ibn Qadish. Más de cuatro mil jinetes, descendientes de quienes llevan siglos luchando contra los cristianos. A buen seguro, los únicos capaces de medirse cara a cara, carga a carga, con la caballería de los reinos norteños.

—¡Esta es nuestra tierra! —les dice—. ¡Nosotros la hemos regado con sangre! —Señala atrás, al escarpado cerro en el que se alza la tienda roja del califa—. ¡No es la tierra de esos africanos! ¡Aunque, por su culpa, nuestra es aún la sangre derramada! ¡Ellos mataron a Ibn Qadish! ¡Ellos! —Niega con la cabeza. Con rabia—. ¡No los cristianos! —Se cala el yelmo de nuevo. Tira de las riendas

hasta ponerse por delante de la primera línea. Desde el centro, más ballesteros llegan. Todos atienden a sus palabras—. ¡Ahora, nuestros amos almohades nos ordenan que carguemos! ¡Que muramos una vez más! ¡Que esta tierra nuestra se encharque con sangre andalusí! ¡Yo os pregunto! ¿Estáis preparados para cumplir con vuestro deber? ¿Para defender a vuestras esposas, a vuestros hijos?

La respuesta no es unánime. Solo algunos contestan, y pocos con entusiasmo.

—¡Sí!

—¡Bien! ¡Entonces seguidme, amigos míos!

Retaguardia musulmana

Es imposible. Nada se ve en las primeras filas de la medianera. El Calderero lo intenta acercándose, pero la cortina de polvo es densa. Cada vez más. Ha mandado a todos los jóvenes jinetes que actúan como emisarios para que se enteren de lo que ocurre. Y también para ordenar a las alas que se unan al ataque. Su mente se embota, y aun así intenta pensar. Tras el desgaste del choque entre vanguardias, las bajas cristianas han de ser muchas. E incluso aunque las musulmanas también lo sean, estas cuentan con un número mayor. Los números, sí, están de su parte. Se lo repite para creerlo.

—Los números están de mi parte.

Hace un rato que encomendó a un atabalero que se llevara la bandera blanca al pabellón. Sostenerla durante tanto tiempo es fastidioso e inútil. Ahora, cuando vuelve uno de los emisarios, tarda en localizarlo por ese mismo motivo. Busca con desesperación el muchacho, pregunta a unos y otros. Es el propio Calderero el que trota hacia él, ávido de información.

—¿Qué ocurre?

—Mi señor, los árabes del ala derecha se han unido a los *agzaz* para enfrentarse a los enemigos. No sé nada del centro.

El Calderero asiente. Desde hace un rato, su cerebro añade ingredientes por su cuenta a la realidad. Cinco mil árabes y la mitad de los *agzaz* suman una fuerza formidable. Ningún ejército podría sostener un choque parcial contra ellos. Casi los ve acribillando con sus arcos y azagayas los escudos cristianos.

—¡Acércate al centro! ¡Hazlo como puedas, pero hazlo! ¡Quiero saber cómo va todo por allí!

El chico palidece. Mira al inmenso caos de la medianera almohade. Una muchedumbre de soldados regulares y miembros de las cabilas que se empujan para avanzar. Se dan codazos, se gritan. El enorme río humano desciende navas abajo hacia esa catarata de muerte oculta por la nube de polvo. Una bestia que traga vidas, y cuyo rugido interminable se compone de gritos humanos, desgarros de carne y batir de metal. Nadie vuelve de ahí. Es absurdo pensar siquiera en sacar los heridos. Solo parece que la batalla absorbe a los hombres, centena tras centena. Pero al emisario no le queda más remedio que obedecer. Se va a toda prisa, y el gran visir lo ve alejarse hacia ese cataclismo sin precedentes que amenaza con agrietar la tierra.

Otro muchacho aparece a caballo. Caracolea entre los nobles jinetes masmudas y refrena al animal frente al Calderero. Este emisario no informa desde su silla. Pasa la pierna derecha sobre el pomo, cae a tierra y posa una rodilla. La cabeza baja. La mirada huidiza.

—¡Informa! —exige el gran visir del imperio almohade.

El chico vacila. Se muerde el labio.

—Mi señor... Mi señor, trasladé tu orden al caíd de Alcaraz.

—Bien. Las dos alas están cubiertas entonces, así que ahora irás...

Pero el emisario niega muy deprisa. El Calderero arruga el ceño.

—Visir... Visir omnipotente, mientras volvía, los he visto arrancar... Pero no hacia el enemigo.

—¿Qué?

—No hacia el enemigo.

—¡Estúpido! —El Calderero también desmonta. Agarra al muchacho de la pechera y lo pone en pie. Acerca mucho la cara. Tanto como para escupirle al hablar—. ¿Adónde va Ibn Farach?

El chico señala el oeste.

—Se retira, mi señor... Ibn Farach y todos sus hombres abandonan la lucha.

Retaguardia cristiana. Cuerpo navarro

Sancho de Navarra sonríe.

Casi ni le importa el dolor de riñones. El peso enorme de la loriga tras la mañana bajo el sol. El sudor que chorrea como una cas-

cada. El hormigueo de sus piernas, la rigidez de su cuello, lo costoso de su respiración.

Delante, el gran estandarte dorado con el águila negra marca el lugar que ocupa Gome de Agoncillo, alférez real de Navarra. Ese estandarte ondea a pesar de que no hay viento, así que lo hace porque su portador galopa a toda espuela.

La medianera derecha carga, desde luego. El propio Agoncillo, y la caballería de las milicias castellanas de Segovia, Ávila y Medina. Todos esos hombres se apresuran a unirse a su vanguardia, que está barriendo a los jinetes arqueros.

Pero lo mejor es que una gran fuerza de caballeros se ha retirado más allá, adonde no llega la extensa cortina de polvo. Aún pueden verse, salvando el riacho que discurre a la derecha del campo de batalla. Tras bajar con dificultad por la orilla este, lo vadean y trepan al otro lado. Algunos ya se alejan hacia poniente.

—¿Cuántos serán los que huyen? —pregunta.

Junto a Sancho de Navarra está el prior de Santa María de Tudela. Como buen clérigo de responsabilidad, tiene facilidad con los números.

—Échale cinco mil, mi rey, porque también se van muchos peones.

—No estarán rodeándonos, ¿no?

Los demás nobles navarros, que escuchan la conversación, otean la distancia. Todos son del mismo parecer.

—Se retiran de la batalla.

Además, no tiene sentido un flanqueo con peones. El rey Sancho asiente satisfecho. Aunque a continuación contempla el gran escenario del combate. Desde su lugar privilegiado, al pie de la meseta donde acampó el ejército cristiano, puede verse la atroz escabechina que se concentra a media subida hacia el cerro del miramamolín. La nube generada por la pugna entre miles de hombres consume línea tras línea en ambos ejércitos. Sancho vuelve la cabeza a su izquierda, donde esperan los otros dos cuerpos de la zaga. Y después compara con la masa almohade que aún no ha entrado en batalla.

—Aún nos superan en mucho. —Escupe a un lado. La boca le sabe a polvo—. El día lo han de decidir el coraje y la astucia. Mal rayo me parta, pero ese presuntuoso castellano va a tener razón al final.

El prior de Santa María de Tudela señala a la multitud que sigue saliendo de las navas hacia el oeste.

—Por de pronto, los que huyen son ellos, no nosotros.

Eso agrada al gigantesco monarca navarro. Bascula la cabeza a los lados para desentumecer el cuello. Toma aire. Empieza a aguijonearle la impaciencia. Tal vez los años anteriores no hayan sido muy buenos. Tal vez sus actos como rey no hayan estado a la altura de los de sus gloriosos antepasados. Tal vez haya buscado amistades donde no debía. O tal vez solo se dejó llevar por la frustración y por la debilidad. Ahora da igual. Hoy, en estas navas, la partida se juega a hoja de espada. Y en esos lances el pasado no abulta gran cosa. A Navarra, piensa, le queda mucho que decir aún.

—Preparaos para cargar en cualquier momento.

Retaguardia musulmana

El Calderero no ha vuelto a montar.

Aún mira fijamente al muchacho arrodillado a sus pies.

—Maldito Ibn Farach. Maldita gente cobarde, ruin, pecadora. Son peores que los cristianos.

—Es verdad, mi señor.

Así que los andalusíes huyen, claro. ¿Y qué otra cosa podía esperarse? Varios pensamientos cruzan la mente del Calderero, pero ninguno se queda. No tiene sentido lanzar gente en persecución de los desertores. No ahora. Ya ajustará cuentas después, cuando haya exterminado al ejército enemigo. Eso es lo que debe preocuparle ahora. Eso es lo que preocuparía al Tuerto. El emisario, más temeroso de hallarse frente al gran visir que de volver cerca del combate, pregunta azorado:

—¿Tus órdenes, mi señor?

—Mis órdenes... —El Calderero aprieta los puños. Hasta ahora, nada ha salido según lo planeado. Los cristianos no lucharon cuando él quiso. Ni donde él quiso. No han cedido a las engañifas de los *agzaz*, ni han frenado ante las líneas de voluntarios *ghuzat*. Para colmo, acaba de perder media costanera izquierda.

No será problema. Intenta convencerse de eso mientras repasa cifras y disposición de tropas. Su vista se dirige al cielo. Cierra los ojos, cegado por un sol que parece hacer la guerra por su lado y contra todos, crean en el dios que crean. Ellos, los adoradores de la cruz, no llegan a la mitad que los verdaderos creyentes. Los con-

tratiempos no son nada. La fe, el número y el terreno favorecen al islam, luego el islam vencerá.

—Vuelve a la costanera izquierda —ordena al emisario, que recibe el mandato con alivio y se incorpora—. Observa y regresa con novedades.

El muchacho obedece. Salta a la silla como si lo persiguiera un *yinn* del desierto devorador de cabezas. Su caballo vuela hacia el oeste mientras el Calderero, por fin, se decide a montar también. Nadie más viene con informes, y eso es peor que las malas noticias. Su cabeza, cocida por el calor del horno polvoriento en el que se están convirtiendo las malditas navas, se vuelve. Los atabaleros aguardan su orden sobre las mulas. Y detrás, los guardias negros que rodean el cerro siguen impertérritos, empapados, cautivos por las cadenas que han de atar muy pronto a los cristianos derrotados y condenados al degüello. Entonces, solo por un momento, se imagina a sí mismo en Toledo. Pero no es una imagen como las de los sueños precedentes, en los que él recibía los vítores y las alabanzas, y con un solo gesto ordenaba el descabezamiento de mil cristianos y la crucifixión de mil judíos. Ahora se ve de otra forma. Cargado con esas cadenas que unen a los Ábid al-Majzén. Rezando por última vez al Único. Caminando hacia el cadalso.

Vanguardia cristiana. Cuerpo castellano

Velasco está clavado en el barro de sangre y orines. Al apoyar la rodilla se hundió hasta media pantorrilla, y así lleva un rato, encogido tras el escudo astillado, con la cabeza pegada a la concavidad interior, la espada rota aún en la mano.

Hace un momento, la medianera se unió al ataque. Lo hizo justo en el momento en el que el ataque de la vanguardia no podía sostenerse. Velasco ha visto morir a muchos. Ha presenciado cómo los peones de Madrid, León, Portugal y ultramontes luchaban hasta el final. Pocos sobreviven, y los que lo hacen están como él, consumidos, agazapados tras sus escudos o en las montoneras de cadáveres. Los mazamutes pisan a sus propios heridos, o resbalan sobre ellos para caer y confundirse en el caos de miembros convulsos, carne hecha jirones y ropas ensangrentadas. Nadie sabe si clava su lanza sobre vivos o muertos.

Las órdenes militares son las que se baten ahora. Llegaron como una tormenta de cruces y barrieron el centro musulmán. Velasco casi disfrutó de la escabechina. Infantería y caballería, todos a un tiempo, se han convertido en el infierno en armas para los almohades.

Es inútil esforzarse en saber cómo discurre la batalla en las costaneras. De hecho, la línea podría vencer aquí y ser derrotada a veinte varas. Caos, esa es la palabra. Hay lanceros africanos de piel oscura que se baten con templarios, y jóvenes calatravos han roto sus armas y pugnan a mordiscos con arqueros de rostro velado. Algunos jinetes se mantienen en lo alto de sus sillas. Hace un momento, Velasco vio al señor de Haro chafando cabezas con el escudo.

—¡Lanzas atrás! —ordena un sargento de la orden de Santiago—. ¡Ballesteros!

Velasco sigue la voz. A su espalda, los santiaguistas y los calatravos se han reagrupado sobre una alfombra de cuerpos mutilados. Y al mirar al frente, ve que los almohades han hecho lo mismo. En eso se ha convertido la batalla. Los guerreros exhaustos se frenan, intentan organizarse y, en cuanto reúnen dos o tres decenas de hombres, forman una nueva línea para insistir. Velasco gruñe con el esfuerzo de ponerse en pie y retirarse a un lado. Por el camino arroja su espada y recoge una nueva. Ahora hay armas de sobra. Clavadas en los muertos o agarradas por los soldados agonizantes. Casi se arrastra para formar junto a los freires. Con ellos hay milicianos de Madrid, un par de mesnaderos de la casa de Haro y algún hospitalario despistado. Mira al frente. Los almohades también aprovechan esa pequeña tregua. Sus lanceros toman posiciones en primera fila. Los grandes escudos de mimbre recubiertos de cuero se aprietan. Alguien reparte las órdenes en la oscura lengua de las montañas africanas. Aquí, el sargento santiaguista es el que asume esa función:

—¡Disparad!

La línea de ballesteros responde a un tiempo. Sus armas escupen virotes en dirección a la muralla de escudos. Las puntas de hierro atraviesan la piel de antílope y el entramado de mimbre, rebotan contra el pedregal, se clavan en el lodo sanguinolento o se cuelan en los resquicios. Una docena de bereberes cae derribada por la andanada.

Los cristianos lo celebran con un bramido. Desde los lados de la recompuesta fila de ballestería surgen los peones armados con hachas, mazas y espadas cortas, dispuestos a rematar la andanada.

Velasco también corre. Sin reparar en que el aire no le entra en los pulmones, ni en lo blando que está todo bajo sus pies. Cuando llega a la maltrecha línea almohade, más africanos los sustituyen desde las filas posteriores. Se lanza con todo su peso, impacta con su escudo contra el musulmán más cercano y pincha a media altura. Nota el rasguido, y enseguida llega el lamento. Retuerce, desclava. Paso atrás y el enemigo cae. A su lado, la acción se repite, como se ha repetido miles de veces a lo largo de la mañana. Velasco se ahoga. Da dos pasos atrás, y un peón calatravo ocupa su lugar. Detrás, los ballesteros recargan. Y a su derecha surge un angosto haz de jinetes. Cinco santiaguistas apretados, espuela contra espuela, que trotan cuesta arriba, aplastando a los heridos del bando contrario y también del suyo. Los freires a caballo fingen indiferencia hacia la lluvia de jabalinas que vuelan desde las filas sarracenas. Pagan esa exhibición con su sangre. Solo uno llega a culminar la carga, se introduce entre las líneas enemigas y empala a un almohade. Pero varias manos lo agarran desde los lados, tiran de él hasta derribarlo. Velasco no puede ver cómo lo rematan. El zumbido de la batalla es continuo. Como millares de puercos degollados al mismo tiempo. Por debajo del crepitar de saetas se oyen los sollozos de los hombres aterrados, los gritos de los alcanzados por los virotes y los estertores de los moribundos.

Velasco levanta la mirada. Tiene los ojos llorosos por el polvo y las salpicaduras. Y por muchas más cosas, seguro. Ve la bola luminosa arriba, muy alta, difuminada a través de la polvareda. ¿Cuánto tiempo lleva en medio de la locura?

«Diecisiete años», se dice.

Diecisiete años huyendo de ese día. No huirá durante diecisiete más. Sube el escudo y se une a la masacre.

Retaguardia musulmana

El Calderero se desespera. Desea, necesita información. Y todo lo que le traen es basura.

Los dos emisarios siguen ante él, subidos a sus caballos y con el miedo pintado en la cara. Una cara en la que las lágrimas y regueros de sudor se mezclan con la costra de polvo. Uno de ellos incluso ha recibido un virotazo en el brazo izquierdo, que ahora se aprieta a la altura del codo. Es a este al que se dirige el visir:

—He dicho que quería saber lo que ocurre en el centro. Lo que me dices no ayuda, estúpido. ¿Los soldados mueren? Claro. Para eso están aquí.

El emisario frunce los labios mientras se frota la herida. Es un simple roce, aunque la punta le ha desgarrado la ropa y el corte no deja de sangrar.

—No se puede ver nada, mi señor. Hay mucho polvo, la gente se amontona... Pero los nuestros no ceden terreno.

—Ni los enemigos.

—Ah... No.

El Calderero deja de prestar atención al emisario. Mira al otro.

—Y tú... Otro inútil. ¿Cómo puedo dirigir al ejército así?

El muchacho se encoge de hombros.

—Mi señor, es imposible llegar hasta las primeras filas. Los jinetes árabes aguardan su turno porque no pueden sobrepasar a los *agzaz*. Solo eso puedo decir.

Un atasco. Eso es. La gloriosa batalla que iba a auparlo a la cima del imperio se ha convertido en un brutal atasco en el que miles de hombres se matan por ocupar cada palmo de tierra removida.

—¿Han lanzado los cristianos todas sus fuerzas?

Los emisarios se miran un momento. Responden a la vez.

—No lo sé.

El Calderero tira con rabia de las riendas. Al hacerlo, ve que el muchacho que mandó al ala izquierda regresa. Olvida a los otros dos emisarios, decidido a escarmentarlos en cuanto acabe el día. Por inútiles. Trota tras las líneas de su reserva. La caballería almohade se pone cada vez más nerviosa. El sol está en lo alto, y eso significa que pasa demasiado tiempo. Nunca, que se sepa, ha tardado tanto el imperio almohade en derrotar a un enemigo. Nunca.

Pero hoy es diferente. Tampoco se habían enfrentado jamás dos ejércitos tan numerosos.

—¡Informa! —manda el Calderero aun antes de que el chaval refrene su corcel.

—¡Mi señor, la costanera izquierda cede! ¡Todos los andalusíes han huido y los cristianos hacen retroceder a los nuestros!

Lo que faltaba. El visir escupe amenazas al aire. El emisario cierra los ojos a la espera del castigo por la mala noticia. Los jinetes de las últimas filas se vuelven. Los atabaleros murmuran. Hasta los guardias negros que protegen el exterior del palenque se lanzan miradas sorprendidas. El Calderero, casi fuera de sí, jura que descuartizará a Ibn Farach. Y que los jeques de los *agzaz* pagarán su incompetencia en la cruz.

—¡Hay que terminar! —Mira a los tres emisarios—. ¡Id hasta los servidores del gran tambor! ¡Que toquen sin descanso! ¡Me da igual que se rompan los brazos! —Se vuelve hacia los atabaleros—. ¡Vosotros también! ¡Redoblad con toda el alma! —Talonea los ijares de su caballo y se mete entre las filas de la caballería de reserva. Detrás, los muchachos de los atabales obedecen. La cuesta se convierte en un torbellino de polvo, ruidos, relinchos y chillidos. El Calderero llega a la cabeza de su reserva almohade. Antes de volverse para hablar a los jinetes nobles del imperio, ve cómo la medianera resbala navas abajo. Las últimas líneas empujan a las de delante, pero pronto quedan ocultas por la cortina de polvo. El escándalo de gritos guerreros y choques metálicos se ha convertido en una letanía con ritmo de atabal. Un sonido informe. Dirige su vista a los jinetes almohades. Los mejor equipados del imperio, poseedores de armas de calidad y de buenos caballos. La élite de las familias de pura raza masmuda—. ¡Atacamos! —Dice, aunque solo los más próximos pueden oírle—. ¡Recompensaré a quien me traiga vivo a un rey cristiano! ¡Degollaré a la familia de quien me traiga cualquier otro prisionero! ¡Matad a los enemigos de Dios! ¡¡Matadlos!!

Retaguardia cristiana. *Cuerpo castellano*

Desde lo alto de la pendiente cristiana, el rey de Castilla asiste al espectáculo sin hablar. Lleva así desde que empezó, sabedor de que cada adalid, cada sargento, cada maestre y comendador sabe cuándo y dónde atacar. De vez en cuando dirige una mirada a Rodrigo de Rada, que contempla la batalla a su lado. Ve su rostro, tan dado a mostrar las emociones. Y no le gusta lo que muestra, así que, por fin, lo dice:

—Estamos perdiendo, ¿verdad?

El arzobispo de Toledo arquea las cejas.

—Si algo he aprendido de mis lecturas sobre la guerra es que jamás se está perdiendo. Uno solo pierde o gana cuando acaba la batalla. Fíjate en eso, mi rey. —Apunta con su índice a la derecha, donde la medianera navarra se adelanta al resto del ejército cristiano—. Penetran en el campo enemigo.

—Pero el resto no. Y el día avanza, don Rodrigo. Tu famosa prensa de vino no termina de aplastar las uvas en la cuba. Y es porque no atacamos con todo. —Alfonso de Castilla toma aire—. Creo que es el momento. Unámonos a la batalla. Nada cambiará eso, salvo que moriremos antes que si nos demoramos aquí.

Rada sonríe. De repente se despierta un temblor lejano. Como si la tierra se agitara sacudida por un dios enfurecido. El eco trae el redoble desde el cerro de la tienda roja.

—Muchas ganas de morir tienes, mi rey.

—No, por Cristo, pero si a Él le conviene, sea. Vamos, arzobispo, muramos tú y yo aquí.

—Ah, mi rey. Moriremos, si place a Dios. Pero no des por sentado que es así. Tal vez sea la corona de la victoria lo que Él ha dispuesto para nosotros. El momento se acerca. Ya casi está. Solo te pido que esperes un poco más, mi rey. Un poco. Da a tus vasallos y aliados la oportunidad de terminar su trabajo.

Alfonso resopla. Delante, las filas posteriores de la medianera se pierden entre el polvo. Los gritos llegan apagados por el tamborileo, y algunos heridos se arrastran de regreso. Caballos sin jinete trotan por la vaguada o se lanzan despavoridos a las corrientes que delimitan las navas. En la zaga, la impaciencia no es exclusiva del monarca. Las mesnadas de señores y prelados desean sumarse a la lid. Se sienten extraños, mirando mientras sus paisanos ganan gloria. El rey de Castilla mira a su izquierda, donde la zaga aragonesa se muestra igual de inquieta. Los caballos piafan, se adelantan y retroceden. A la derecha, la nobleza navarra está igual. Alfonso cierra los ojos. Padre, Hijo, Espíritu Santo. Un trueno retumba en la lejanía, imponiéndose al bramido continuo de los atabales. Toda la zaga mira al cielo. Ni una nube. Otro trueno. Y otro. Cadencia rítmica. Su eco se escucha al este, entre las quebradas de la Losa.

—El gran tambor almohade.

Vanguardia cristiana. Cuerpo castellano

Los cristianos retroceden.

Acaba de ocurrir. De pronto, conforme retumba ese golpe siniestro sobre el redoble exasperante, el empuje almohade ha aumentado. Bum. Como si una fuerza superior brotara de esa percusión insoportable y los empujara cuesta abajo. Y eso justo cuando el cansancio encontraba su límite. Bum. Parece un milagro hecho a medida para los musulmanes. Bum, bum, bum. A Velasco incluso se le pasa por la cabeza:

«¿Será verdad que Dios está de su parte?»

Por fortuna, son las órdenes militares las que llevan la voz cantante en el centro castellano. La retirada ha sido parcial, solo lo justo para reagruparse. Aunque el arrebato almohade se ha llevado por delante muchas vidas.

Unos cuantos caballeros del Temple, furiosos porque su maestre yace muerto bajo los pies de los mazamutes, se deciden a cargar a través de la tierra de nadie, adelantándose a la línea. Pero en cuanto se acercan a los sarracenos, estos descargan una lluvia de azagayas. Toca ahora retroceder a los freires, que dejan atrás siete muertos y cuatro heridos. El peón de la izquierda de Velasco cae de rodillas, se tapa los oídos y rompe a llorar.

—¡No puedo soportarlo!

Tras las primeras filas almohades se ve caballería. Voces de alarma. Hay que aguantar. Recomponed la línea. Escudos delante. Que nadie se separe. Velasco retrocede. Deja solo al soldado lloriqueante, que cae abatido por las jabalinas musulmanas.

—¡No cedáis! —dice un calatravo que aún conserva su caballo. Y de fondo, restallando sobre la tempestad de los atabales, le responde el trueno del gran tambor. Bum, bum, bum.

Como si fuera fácil no ceder. Algunos hombres rebuscan armas entre los muertos. Otros prefieren tomar dos escudos. Los ballesteros han agotado su reserva y ahora arrojan piedras contra las filas enemigas. Los musulmanes también aprietan sus filas. Avanzan. Hasta se oye de nuevo esa cantinela que todos han aprendido a odiar. *Allahu akbar.*

—¡No hay vuelta atrás! —vuelve a gritar el calatravo, fuera de sí—. ¡Adelante! ¡Adelante! —Y arrea a su montura para predicar con el ejemplo. Una jabalina lo alcanza bajo el ventalle y su cabeza se proyecta bruscamente hacia atrás. La sangre salpica su rostro y, muy despacio, se desliza desde la silla hasta el suelo. Los cristianos, que han visto caer a miles, se callan ante esta muerte. Hasta los almohades parecen frenar un instante. Todos miran al freire herido, que queda entre las dos masas de hombres. Intenta levantarse. Y a pesar de que lleva el proyectil clavado en el cuello, lo consigue. Solo que entonces, una nueva jabalina lo alcanza de pleno en el torso. Y casi al mismo tiempo, otras dos lo hacen en la pierna derecha.

Velasco ve al caballero herido arrodillarse y caer de bruces. Algunos peones se adelantan con escudos y lo cubren. Un ballestero corre a socorrerlo y, junto a otros dos freires, arrastra el cuerpo de vuelta hasta las filas cristianas. Pasan junto a Velasco. El calatravo está consciente, con las cuatro astas clavadas en su cuerpo. Su cabeza ensangrentada se mueve a un lado y a otro. Un repentino estertor y la sangre burbujea en su garganta.

Velasco lo sabe. Sabe que es el momento. También lo saben los que lo rodean. Todos los cristianos miran al frente, a las filas compactas en las que ahora se mezclan jinetes y peones musulmanes. El mundo aguanta la respiración antes de derrumbarse sobre los cristianos.

—*Allahu akbar!!*

El ejército africano se convierte en un alud. Un océano de metal que barre las líneas cristianas. La carga es tan brutal que incluso los musulmanes que tropiezan y caen tienen la muerte asegurada. Es todo el imperio almohade el que cae en avalancha. Los freires con los escudos son barridos. Los jinetes caen de sus caballos, y los mismos animales desaparecen bajo la marea. Velasco los ve venir en el sitio. Levanta el escudo en un postrero intento. Alza la espada.

Se estremece. Todo su cuerpo tiembla agitado por el mordisco feroz del metal. Se queda sin aire por un momento. Incapaz de respirar y, a pesar de ello, extrañamente tranquilo y distante. La lanza lo ha golpeado con una fuerza igual a la coz de un destrero. A ambos lados, los guerreros musulmanes pasan corriendo. Sin prestarle atención. Lo rebasan mientras matan a los demás cristianos. Templarios, mesnaderos, calatravos, milicianos, caballeros... Todos mueren. Velasco no trata de pedir ayuda. Se vence hacia delante. Sus rodillas fallan. La espada cae al suelo. Se mira el pecho, atravesado por la lanza. Se agarra al astil. Mira delante. Sus ojos se nublan. Sigue sin doler. Solo tiene frío. Uno que crece mientras siente que no hay suelo. Cae de lado. El lecho húmedo lo recibe con delicadeza. A ras de tierra ve pasar los pies de los peones, los cascos de los caballos. Cierra los ojos. De fondo, oye el golpeteo rítmico como si fuera su propio corazón. Bum, bum, bum. Sonríe. Bum... Bum... Bum...

«No soy un cobarde», piensa antes de morir.

Retaguardia cristiana. *Cuerpo castellano*

Un estremecimiento colectivo agita la zaga. No solo en el centro, también en las alas.

Desde lo alto de la pendiente se ve con toda claridad cómo la medianera castellana retrocede. De hecho, algunos hombres huyen a toda carrera. Sueltan las armas y los escudos y aprovechan la cuesta abajo. El griterío llega más fuerte, aunque no puede acallar el redoble de atabales y el retumbar del gran tambor. La nube no se disipa, pero lo que ocurre está muy, muy claro.

—Mi rey —dice el arzobispo de Toledo—, es el momento.

Alfonso de Castilla toma aire.

—Por fin. Que Dios nos ayude, amigo Rodrigo.

—Eso hace aunque no lo parezca. Ten presente que su gracia suple todas nuestras carencias. Hoy se borrará el deshonor que has soportado largo tiempo, mi rey.

El monarca se adelanta lo suficiente para que lo vean desde las alas aragonesa y navarra. Golpea la contera contra el estribo y el pendón rojo se desenvuelve despacio. Sube el astil, lo agita. También alza la mirada, con la que brinda a Dios su último esfuerzo. Al tirar de las riendas, su destrero gira con elegancia. Del arzón, del cinto y de la moharra cuelgan las prendas de las damas castellanas. Se obliga a pensar en ellas. En todas las madres, hermanas, esposas e hijas cuyos destinos penden también de las armas cristianas. Baja la lanza despacio, hasta apuntarla a la vaguada. Tras él, Rada deja el báculo y toma una espada. Los obispos castellanos hacen lo mismo antes de acudir frente a sus respectivas mesnadas.

Los jinetes villanos forman con las huestes nobiliarias, y el alférez se pone junto al rey, con el estandarte de Castilla bien alto. Alfonso saborea el momento. Ahora debería pensar en Cristo. En la cruz, en la santa Iglesia, en los bienes de la patria y todo eso. Nadie lo sabrá, pero él solo ve a Leonor.

—Por ti, mi reina.

Es el primero en arrancar.

Retaguardia cristiana. *Cuerpo aragonés*

Como un solo hombre, los miembros de la mesnada regia agitan las lanzas. Con los blasones libres, al unísono, apelan a Aragón y a san

Jorge. Desde su posición, el rey Pedro observa su objetivo. El mar de muerte y polvo, entre estandartes que aún se mantienen en pie.

Cargan. Pendiente abajo, los pendones arriba. El ruido de los cascos machacando la tierra apaga el insufrible sonido de ese dichoso tambor africano. El rey cabalga al frente, negándose a que su mesnada lo proteja. Como ha hecho siempre, se adelanta, saboreando por anticipado la escabechina que va a hacer entre la morisma. Llegan la vaguada y el terreno asciende. Encuentran los primeros cadáveres. Peones cristianos abatidos por los jinetes arqueros al principio de la batalla. Son pocos, pero su número crece conforme suben. El paso de los caballos se vuelve pesado. Los hombres callan, concentrados en guiar sus monturas por el flanco izquierdo. Por delante, a través del polvo, ven el estandarte de Aragón. Es Miguel de Luesia, que conduce a su fuerza hacia el centro para socorrer las filas castellanas.

—Bien, Miguel —masculla el rey. Baja la lanza, se ciñe a la izquierda. Su mesnada lo sigue, los demás barones también.

Delante, la situación se aclara. Parte de la caballería aragonesa mantiene a raya a lo que queda de los jinetes arqueros, aunque detrás se adivina un grueso contingente. Pedro de Aragón ve volar azagayas sobre las cabezas bigotudas de esos tipos vestidos de colores. Grita para avisar a los suyos de que llegan:

—¡Por san Jorge!

Su mesnada lo corea:

—¡Aragón! ¡Aragón! ¡Aragón!

Los que luchan se aperciben. Tiran de las riendas y se separan de los jinetes arqueros. La carga de la zaga pasa entre ellos. Retumbar de suelo, crujir de dientes. La sensación de poder que proporcionan los cascos de los destreros pateando la cuesta, y la propia voz de los guerreros que invocan a los ancestros. El rey ríe cuando barre la vanguardia musulmana. Tras él, la ola de metal llega precedida de un rugido que atraviesa líneas y escuadras. El resonar se multiplica por cien, por mil, por diez mil, en un eco que rompe contra las escolleras del ejército almohade.

Retaguardia cristiana. Cuerpo navarro

La cabalgada se ha ralentizado al sobrepasar la vaguada. Aunque ahora, cuesta arriba, las líneas se mantienen.

Los caballeros de la zaga navarra rebasan a los de la medianera.

Algunos de ellos, cansados de combatir a los jinetes arqueros, se toman un tiempo antes de volver al ataque. Los otros, como el mismo Gome de Agoncillo, están enfrascados en combates singulares que duran muy poco. Los guerreros orientales de largos mostachos son letales con sus arcos recurvos, pero carecen de opción alguna ante los guerreros enfundados en hierro, con grandes escudos y lanzas largas. La llegada del rey Sancho sirve para disolver la última resistencia.

—¡Que no escapen!

Aunque no es fácil. Pese a la fatiga, los caballos de los jinetes arqueros son más rápidos y se desbandan hacia la retaguardia. Algunos de esos tipos bigotudos toman el camino por el que huyeron los andalusíes, y otros incluso desmontan para deslizarse más rápidamente hasta la vaguada.

Sancho de Navarra clava sus espuelas. Muge bajo el ventalle. Cuando se queda sin enemigos al frente, lanza un grito a su alférez:

—¡Gome, cierra hacia el centro!

Las filas pivotan. La caballería nobiliaria lo hace hermoso, mientras los jinetes que giran por el exterior aceleran y los de dentro ralentizan sus movimientos. Cada señor ordena sus haces. Los que rompieron la lanza preparan la espada. El rey desengancha la maza del arzón. Su enorme destrero norteño patea la tierra removida. Por primera vez en muchos años, Sancho de Navarra disfruta. Gome de Agoncillo cabalga por delante de las líneas. El estandarte con el águila negra chasquea con cada tirón de riendas. Cuando comprueba que cada cual está en su sitio, vuelve junto al monarca.

—¡Mi rey, tuya es la gloria!

Nuevo bramido de Sancho. Voltea la maza sobre la cabeza y cabalga de flanco contra la medianera almohade. Sus navarros lo siguen, lanza sobre el arzón, escudo al frente.

Medianera musulmana

El combate se alarga. Se ha vuelto pegajoso, denso. Los jinetes se acumulan en las filas posteriores o se abren paso a pisotones, aplastando a sus propios compañeros de a pie. Los gritos del principio ya no se oyen. Ahora, a los quejidos de dolor se une solo una especie de murmullo. Un sonido de rutina sofocante, más parecido al que puede escucharse en las minas de Zuyundar. Casi inaudible por el trabajo de los atabaleros.

El Calderero se acerca a la vanguardia, aunque no demasiado. Jinetes almohades lo rodean, cuidadosos de que el primer visir del imperio no sufra daños. Pero él quiere ver. Saber que sus esfuerzos se rematan con la gran victoria que merece. Se aúpa sobre los estribos y ve la maraña de lanzas y estandartes. Hachas que suben y bajan, jabalinas que vuelan entre el polvo.

Los hombres trabajan matando. Sin atender mucho a lo que ocurre a cada lado. Sin plantearse siquiera el triunfo o la derrota del ejército. Defenderse del enemigo de delante, acabar con él, rematarlo en el suelo. En eso se resume el anhelo de cada hombre. Pinchar, cubrirse, avanzar, replegarse. Tirar de un herido, regresar a primera línea. Cuando los brazos ya no sostienen los escudos, los peones de las filas posteriores se cuelan entre intervalos. Las *qerbas* se vacían pronto de agua.

El Calderero retrocede horrorizado. Su caballo parece a punto de enloquecer. El vapor hace vibrar el aire. Procedente del suelo requemado, de los cuerpos aún vivos, de la vida derramada. El polvo se aposenta en las bocas, se cuela en los ojos y se mezcla con la sangre que mancha los dedos. El sol calienta cada pulgada de hierro. Los yelmos y las lorigas destellan al frente, el sudor pega las ropas a la piel.

Lo peor, con todo, es la tierra. La tierra ha dejado de ser una superficie firme para convertirse en un fango oscuro y de olor penetrante. Todo se ralentiza. El Calderero quiere irse. Ojalá no lo hubiera planeado jamás. Los ecos del gran tambor se burlan de él desde las cañadas del este.

—¡Vigilad la derecha! —dice alguien. Otros lo repiten.

—¡La derecha cede!

—¡Atrás, por el Profeta! ¡Atrás!

El Calderero siente que se le atora la garganta. Los caballeros almohades más cercanos hablan sin palabras. Hay que irse.

«Pero... ¿cómo es posible?»

Ignora el peligro de la derecha. Vuelve a mirar al frente, donde el tiempo se ha detenido y el aguante de los hombres se ha agotado como un arroyo del desierto en pleno verano. Nadie se precipita ya hacia la vanguardia para cubrir las bajas. Acuden caminando, igual que irían al pozo a por agua.

—¡Pero corred, estúpidos! —les grita—. ¡Matad a los cristianos, por Dios, por el Profeta, por vuestro califa!

Apenas lo miran. No les quedan fuerzas ni para levantar la cabeza.

Se oyen más avisos, esta vez desde el oeste. El Calderero observa que las filas se comban por ese lado. Entorna los ojos. No ve mucho más allá, pero el movimiento de la masa almohade indica que algo la presiona desde el flanco izquierdo. Es ahí por donde llega la derrota. Por el lugar que dejaron vacíos los andalusíes.

«Siempre los andalusíes.»

Por ese lugar, un hueco inesperado en la que se presumía la mejor coraza del mundo, se clava ahora el hierro cristiano. El colapso se precipita. Se transmite de columna en columna. Casi puede saborearse. El Calderero gime. El ruego le llega lejano:

—Mi señor, sería mejor retirarnos.

Se vuelve. Se lo ha dicho uno de los jinetes masmudas. Mira alrededor. La sensación de urgencia flota. Por la derecha, varios árabes se dan a la fuga sobre sus caballos. Un temblor sube por las patas de su montura y se transmite a través de la silla.

—Está bien —le dice al jinete masmuda—. Tú y yo volvemos junto al califa.

Vanguardia cristiana. Cuerpo castellano

El rey Alfonso salta sobre la montonera de cadáveres. Junto a él lo hacen las mesnadas de sus nobles. La caballería de las villas se abre a los lados. A su vista, los musulmanes gritan de terror y dan la vuelta. Gatean pendiente arriba, dejando atrás sus armas y un reguero de cadáveres. Los peones castellanos que hace poco huían se dan la vuelta y avanzan de nuevo. Los freires muertos están por todas partes.

Lo de delante es atroz. La gran masa almohade intenta huir, pero son muchos y están derrengados. Los que caen son aplastados por el peso de los compañeros que suben detrás. Quien puede se agarra al que va delante y se deja arrastrar por él, pero este lo derriba. Otros, al ver que hay huida posible, deciden enfrentar su destino; muchos se encogen en el suelo, entre los cadáveres, o escarban en el fango, o intentan meterse bajo los caballos destripados.

El rey de Castilla embiste a un africano con su destrero, pero no lleva bastante velocidad y el musulmán solo trastabilla hacia atrás. Un mesnadero de Lara pasa a su lado y le siega la cabeza de un espadazo. Alfonso continúa. Alancea a otro enemigo, y la moharra queda enfundada en su pecho. Al tirar para recuperar el arma, percibe que se ha quedado atascada. La suelta y desenfunda la espada. Su caballo, más que trotar, salta monte arriba. Pasa junto a un arquero paralizado. El hombre sostiene todavía su arma, aunque la aljaba está vacía. Se ha parado entre los cadáveres, con los ojos fijos en la nada, y sus intestinos escapan por un enorme tajo que alguien le ha abierto en la ropa y en la piel del abdomen.

—¡Cuidado, mi rey!

Alfonso vuelve la cabeza a la derecha. Un lancero le viene de flanco, gritando como un poseso. El rey clava espuelas, su caballo se alza de manos. Al caer, acompaña el descenso con un tajo de arriba abajo que hiende la cabeza del sarraceno.

«Hay que seguir —se dice—. Hasta el final.»

El final está lejos. Ni siquiera se ve, pues la carga castellana sigue sumida en la niebla de la guerra. Alfonso se acerca a la aglomeración de almohades. Hay gritos de terror. Se suplica piedad en árabe. Pero todos saben lo que hay que hacer. El arzobispo lo dejó bien claro. Mesnaderos y caballeros villanos se alinean antes de rematar la carga. El rey también participa. Y los nobles, y los obispos.

Algunos enemigos caen de rodillas y entrecruzan las manos. Otros rezan a su estilo, frente contra el suelo. Da igual. Los destreros los empujan con sus pechos, los pisotean con sus cascos. Las lanzas atraviesan pechos, las mazas aplastan yelmos. La algarabía aumenta. El pánico también. El cuerpo castellano es ya una mezcla entre zaga, medianera y lo que queda de la vanguardia. Todos ellos convertidos en una manada de lobos que acaban de entrar en el cercado, con el rebaño entero a su disposición. Algunos hombres de armas vomitan, superados por la náusea. Pero no se detienen. Siguen matando. Y los vivos, a su pesar, ocupan los puestos libres para someterse a la rutina. Muchos caen solo porque ya no les importa. Reciben la última estocada con resignación insólita. Entonces cobran conciencia de que ya no se oyen los redobles.

Alfonso de Castilla baja la espada. Echa el cuerpo atrás, sobre el arzón, los ojos llorosos, la boca seca. A ambos lados, sus vasallos llevan a cabo la mayor matanza que ha visto. La más salvaje que han narrado las crónicas. Al fondo, contra el cielo del oeste y por delante con respecto a su posición, vislumbra el águila negra de Navarra, que penetra en el flanco almohade como una daga en manteca caliente.

—¡Vencemos! ¡Vencemos!

El arzobispo de Toledo pasa junto a él. Lo mira como si no lo conociera. Rada lleva la cara manchada de sangre, y también la mano derecha hasta el codo. Se dobla en una violenta arcada y vomita. Al frente, sobre la masacre, la silueta del cerro se recorta imprecisa. Una mancha roja lo remata. Alfonso de Castilla toma aire antes de seguir para completar una jornada que lleva años esperando.

Vanguardia cristiana. Cuerpo aragonés

Pedro se levanta entre trompicones. El tiracol se ha roto, y una embrazadura también. Sostiene el escudo como puede.

—¡El rey ha caído! —avisa alguien.

Él sacude la cabeza. Mira a su alrededor. A un lado, su destrero yace tumbado en tierra, pataleando sobre un charco de sangre y vísceras. La mesnada regia lo rodea.

—¿Qué hacéis? ¡No os quedéis aquí! ¡Arriba! ¡Cortadle los huevos al miramamolín!

Dudan, pero no tienen tiempo de desobedecer. Algunos jinetes mazamutes les entran desde el centro. Los caballeros aragoneses caracolean para hacerles frente y se enzarzan en un intercambio de espadazos. El rey Pedro, frenético, busca un arma. Cerca vuelan las azagayas, pero él las ignora. Ni siquiera se estremece cuando una roza su yelmo.

Ve su lanza a cuatro pasos por delante. El pendón grana y oro extendido. Maldice mientras se palpa el pecho. Ahora recuerda. Ha embestido un grupo de dos o tres lanceros, y uno de ellos le ha acertado. El golpe enemigo le ha abierto la veste y los hilachos del gambesón asoman por entre las anillas reventadas, pero no hay sangre. Solo un dolor sordo. Recoge la lanza y, al incorporarse, ve que uno de esos demonios de piel oscura corre hacia él. Lleva un sable y se protege con una adarga rota. El sarraceno parece enloquecido. Lo grita, cómo no: *Allahu akbar*. Una y otra vez. Pedro afirma los pies en tierra. El izquierdo delante, con el escudo malamente agarrado a media altura para ofrecer su cara como objetivo. El musulmán se deja engañar y blande el sable sobre su cabeza, dispuesto a descargar un tajo. Con ese movimiento descubre el pecho. Pedro ruge al tiempo que extiende el brazo y golpea. El giro de cadera y el latigazo desde el hombro proyectan el arma a fondo.

El impacto es seco. Con un crujido de huesos rotos y carne desgarrada. Aún dura el alarido del rey cuando el mazamute se tambalea y, atravesado de pecho a espalda, cae. Pedro, jadeante, intenta liberar su arma, pero la carne del musulmán parece piedra bien cerrada en torno al astil de madera. Opta por abandonar la lanza. Deja al infiel moribundo tendido en el suelo y busca otra lanza. Sin correr. Templado.

Su mesnada regia aún pelea. Hace retroceder a los jinetes almohades, a los que elimina uno a uno. Él los sigue. Trepando con dificultad, porque la pendiente se vuelve cada vez más empinada. Algunos de sus hombres también avanzan desmontados. Otros llegan arriba. Los ve parados. Clavados allí, como si no supieran qué hacer. Cuando los alcanza, comparte su estupor.

Delante, la cuesta se endereza casi hasta la vertical y se convierte en un cerro coronado por un palenque. Al otro lado del cerro hay desbandada. Hombres a pie, jinetes y también muchachos con atabales sobre mulas. Pero a los pies de ese cerro, encadenada por los pies, se ha quedado una multitud de guerreros negros. Altos, fuertes, de torso desnudo cruzado por correas de cuero. Todos empuñan gruesas lanzas, y sus miradas son tan fieras que derriten el acero.

—¿Qué demonios son estos?

—¡La guardia negra del miramamolín! —dice alguien.

Pedro de Aragón da un paso, dos. Los observa de cerca. Ve que no pueden moverse. Pero juraría que, aun sin esas cadenas, los titanes de piel oscura aguantarían a pie firme.

—¡Esperad! —ordena el rey. Sus hombres siguen llegando. Los que todavía van a caballo, bajan a tierra. Aprovechan para tomar aire. Uno de los que aparece en ese momento es Miguel de Luesia. Salta de su caballo con el estandarte aún empuñado. La tela desgarrada, hecha jirones. Ocupa su posición junto a Pedro de Aragón.

—Mi señor, vencemos en toda la línea. Los navarros han barrido desde su flanco, y los castellanos están haciendo tal matanza que el infierno desbordará de un momento a otro.

Todos lo oyen, y eso los reconforta. Delante, los guardias negros no se cantean. Siguen allí, esperando la acometida de una hueste que crece y crece conforme los guerreros alcanzan la base del cerro.

—¡Amigos, un paso más! —grita Pedro de Aragón—. ¡Por san Jorge!

Atacan. Los gigantes africanos los esperan con las lanzas en horizontal, y consiguen algunas bajas entre los aragoneses más adelantados. Pero no pueden aguantar la presión. Resulta fácil apartar sus armas con los escudos y ensartar a placer. El propio rey lo hace así. Finta a un lado, se inclina a otro para evitar la lanza africana y clava la suya con fuerza. Pedro retuerce para asegurarse de que el infiel está bien destripado, y saca la moharra de un tirón. El hombre que viene tras él clava sobre su hombro. Y de detrás se suma a la carnicería. Sujetos por sus cadenas, los defensores del cerro caen destrozados.

Pedro de Aragón retrocede y se vuelve para mirar lo que han dejado atrás. Contempla el campo, sobre el que todavía flota el velo endeble de la batalla. Un escalofrío le recorre la espalda. Esas navas, que hasta un par de días antes ignoraba que existieran, acaban de convertirse en el mayor matadero del mundo. Y a media subida, los castellanos siguen masacrando a los musulmanes que intentan huir. Vislumbra movimiento al oeste. Una hueste cruza el campo hacia el cerro. A su cabeza, alguien ondea el águila negra de Navarra.

Palenque almohade

El Calderero retira la solapa del pabellón rojo. Ha arrojado el casco y empuña su espada. A su alrededor, el eunuco Mubassir, los *talaba*, el médico del califa, los gobernadores andalusíes y los secretarios corren despavoridos. Algunos cargan con pliegos solo para que parezca que no huyen, sino que salvan los documentos. Uno de los *talaba* se va con la bandera blanca recién bordada.

An-Nasir levanta la vista. Tiembla como si estuviera desnudo en lo más alto del Atlas, y no en aquel horno despiadado. La espada y el escudo de su padre siguen donde estaban. El Corán no. Está abierto, arrojado a unos codos.

—¿G-g-ganamos? ¿Ya s-s-se ha ac-c-cabado?

El Calderero se da cuenta de que el califa está desquiciado. Sus preguntas absurdas proceden de una esperanza que se ha diluido a lo largo del día. Seguramente an-Nasir hizo caso omiso de los mensajeros que subían al palenque para explicar el desarrollo de la batalla. Allí dentro, mientras las circunstancias superan a un hombre apocado que jamás fue dueño de sí mismo, los últimos toques del tambor almohade se le antojan grotescos al Calderero. Ese sonido rendía ciudades enteras y provocaba la desbandada de ejércitos. Hasta hoy.

El visir camina hasta el califa, lo agarra por el *burnús* negro y lo pone en pie. Piensa en lo cerca que ha estado. Una victoria, y ya no lo habría necesitado más.

«Tú no lo sabes, necio —le gustaría decirle—, pero esto, para ti, sí es una victoria.»

—¿Q-q-qué p-p-podemos...?

—Calla, príncipe de los creyentes. Calla y escucha.

El califa obedece, como siempre. Nunca será capaz de algo diferente. Pero el Calderero sabe que ahora no puede regresar a Marrakech sin él. Hacerlo sería firmar su tormento y su decapitación. Si es que queda alguien para torturar y decapitar.

—He dejado mi caballo al pie del cerro, por detrás. Te espera un jinete que te acompañará hasta Baeza. Pero no te detengas allí. Sigue huyendo sin mirar atrás, ¿me oyes? A Jaén. O mejor, a Sevilla. Enciérrate allí y bloquea las puertas. ¡Hazlo!

An-Nasir tropieza con la adarga de su padre. No se molesta en recogerla. Sale fuera a todo correr. El Calderero se muerde el puño. Fuera, los gritos de guerra se acercan cada vez más. Recorre la tienda califal hasta el aposento de tela reservado para él. Descorre la cortina.

—Tú me hiciste matarlo. Me pediste su cabeza en bandeja de plata. Tú sabías que los andalusíes me lo harían pagar. Tú. Has sido tú.

Raquel sonríe. Es una sonrisa de alivio más que de triunfo. Cierra los ojos, deja caer la cabeza. Hoy acaban todos sus desvelos. Se cumple aquello por lo que tanto ha trabajado.

—Acaba ya —pide al Calderero.

Él se lo piensa. Se mira la mano, que aún empuña la espada. Una espada limpia de sangre. Vuelve a dirigir su vista a la judía. Si no fuera por el tremendo desastre que se cierne sobre el imperio, hasta sería gracioso.

—Tú —repite el Calderero—. Una mujer. Una infiel. El ser más indigno de la creación. Dilo una vez más. Tu vaticinio de victoria y muerte. Vamos.

Ella lo complació:

—Tuya será la victoria, mía la muerte.

—Así pues, Dios dijo la verdad y el diablo mintió. Mentira fue que yo me alzaría con la victoria, pero puedes estar segura de la gran verdad que nos queda por cumplir.

Raquel se echa atrás sobre el lecho. Fija sus ojos en el celaje de lona. Ve cómo la hoja de la espada aparece sobre ella.

—Yehudah.

Vanguardia cristiana. *Cuerpo navarro*

Sancho de Navarra parece feliz. Como si el flanqueo para herir de muerte la medianera almohade no hubiera sido más que un lance de caza. Y como si la cabalgada posterior, cuesta arriba y moliendo cráneos, se hubiera reducido a un paseo por las orillas del Arga, y no a una carrera desesperada por alcanzar el palenque. Su excelente destrero negro se detiene salpicado de espuma blanca. El animal mantiene tensas las orejas mientras el gigantesco rey desmonta. Cualquier otro día, Sancho habría necesitado ayuda para hacerlo; y también para moverse como se mueve ahora, maza en mano. A su alrededor, los nobles de su reino masacran a los guardias negros que protegen el pie del cerro. Gome de Agoncillo, con el estandarte del águila negra terciado, también salta a tierra y se une a su soberano.

—¿Adónde vas, mi rey?

—A terminar con lo que me pidió ese puerco de Amalarico.

Al bordear la parte sur, ven la gran desbandada almohade. El último en escapar, por lo visto, es un jinete que se distancia. Va vestido de negro por entero, su capa vuela tras de sí. Otro hombre surge de la espesura, deja caer una cota de malla y corre. Sancho piensa en perseguirlo. A fin de cuentas, se supone que no puede escapar un almohade con vida. Pero queda tiempo para el alcance y la última masacre. Ahora hay cosas más importantes. Mira a lo alto del cerro. A ese gran pabellón rojo que ha sido su meta desde la salida del sol.

Sube. Agoncillo y los demás nobles navarros lo hacen tras él. Cuando alcanzan la cima, ven la montonera de fardos, vigas, carros desmontados, piedras, estacas. Y a más de esos gigantes negros. Encadenados, como abajo. Los ojos muy blancos destacan sobre la piel oscura, y apuntan con sus lanzas a los cristianos. El rey Sancho avanza el primero. Parece que ha rejuvenecido veinte años cuando opone su escudo a la lanzada del primer titán y responde quebrándole la mandíbula de un mazazo. Hay una grita bestial cuando los demás navarros los aniquilan a placer, moviéndose a lo largo de la cadena mientras los Ábid al-Majzén, inmovilizados, solo pueden esperar su turno. Gome de Agoncillo corre hasta la entrada del pabellón, apresta el astil del estandarte navarro para usarlo como arma si es necesario. Mira con precaución. Ve que por el lado opuesto llegan más hombres. Reconoce al rey Pedro de Aragón, manchado de sangre y con la loriga a medio desmallar sobre el cinturón. Los suyos también eliminan a los guardias negros que encuentran. Agoncillo aprovecha para entrar en el pabellón.

Se asoma con cuidado. Hay una alfombra con un libro abierto sobre ella. Garabatos dorados en la lengua de los sarracenos adornan su tapa. También hay un escudo, y una bonita espada que recoge sin dudar. Avanza un poco más. Rasga las telas que separan las estancias. Todo aparece revuelto. Hay cofres, bandejas y jarras por el suelo, ropajes y muchos, muchos papeles. Fuera, los quejidos guturales de los guardias negros se debilitan. Al pasar a otra estancia, Agoncillo ve a una mujer. Está tendida sobre un lecho bajo, en medio de las sábanas revueltas y teñidas de sangre. Observa el profundo tajo de su garganta. Se inclina un poco. Es hermosa. Entorna los ojos.

—¿De qué te conozco?

El cadáver no responde. Sus ojos siguen clavados en el techo de lona. Se diría que sonríe.

Los vítores suenan a su espalda. Los caballeros aclaman a los reyes de Navarra y Aragón. Gome de Agoncillo sale para unirse a ellos. Fuera, los guardias negros del miramamolín yacen destripados. Algunos de ellos aún agonizan, tirando de las cadenas de las que no pudieron soltarse. Las que los han condenado a morir allí, protegiendo el vacío. Sancho y Pedro se abrazan ante la alegría de sus vasallos. Es el propio Agoncillo quien interrumpe la celebración.

—¡Mis señores, esto no ha acabado! ¡Recordad las palabras del arzobispo!

Un nuevo toque del tambor almohade corrobora el aviso. Pedro de Aragón echa la cabeza atrás. Desde la cuesta llegan aún los gemidos de terror de los supervivientes sarracenos. Algunos rebasan el cerro y corren hacia el sur. Tras ellos cabalgan los cristianos, decididos a darles alcance y conjurar el miedo que lleva medio siglo atenazando su península. Sancho de Navarra camina hasta el borde del cerro, desde donde goza de una vista espléndida. Cientos, tal vez miles de hombres se desparraman por los campos y las colinas. El sol aún está alto. Resta mucha sangre por derramarse.

—¡Perseguidlos! —ordena a sus hombres—. ¡No hay botín hasta que la victoria sea total!

Se lanzan cerro abajo. Los aragoneses los imitan. Otros llegan al palenque. Algunos incluso lo trepan desde el lado norte, encaramados a los cadáveres de los Ábid al-Majzén que lo defendían por fuera. Rodrigo de Rada aparece renqueante. Y tras él lo hace Arnaldo Amalarico, que lleva las manos negras de sangre seca.

—¡Honor y gloria a Nuestro Señor Jesucristo, que nos da la victoria!

El obispo de Palencia curiosea en la tienda roja. El de Osma y el de Tarazona caen de rodillas.

—¡Gracias! ¡Gracias sean dadas al Creador!

Por fin llega Alfonso de Castilla. Se agarra a uno de los mástiles que sostienen el pabellón rojo. Gime cuando Pedro de Aragón lo abarca en un gran abrazo. Estrecha la mano del rey navarro. Solo entonces parece darse cuenta. Deja caer el escudo. Camina hacia donde se desangran los Ábid al-Majzén y se sienta allí, entre los muertos. Todos lo observan en silencio. Alfonso rompe a llorar. Rodrigo de Rada da dos pasos para consolarlo, pero se detiene. Observa las cadenas que unen a todos esos guerreros negros. Se vuelve hacia los reyes, nobles y prelados de los tres reinos. En ese momento, el gran tambor almohade enmudece. Su eco se apaga poco a poco entre los riscos del Muradal. Rada solo entona cuando el silencio los sobrecoge a todos:

—*Te Deum laudamus: te Dominum confitemur.*

Sobre el cerro, los demás continúan con la oración. Pero él, Rodrigo de Rada, se sienta junto a Alfonso de Castilla. Le palmea el hombro con cariño y mueve las cadenas. El rey las mira. Se restriega las lágrimas mientras el canto de acción de gracias se alza sobre el cerro y el pabellón rojo del miramamolín. La voz que más se oye es la chillona de Arnaldo Amalarico.

—*Tu, devicto mortis aculeo, aperuisti credentibus regna cælorum.*

—Tú, rotas las cadenas de la muerte —repite el rey de Castilla—, abriste a los creyentes el reino de los cielos.

—Las cadenas —dice Rada—. Eso es lo que Dios ha roto entonces, ¿no, mi rey?

Alfonso las acaricia. Calientes, sanguinolentas. Unidas a la victoria de ese día.

—Sí. Eso ha roto hoy. Ante nosotros, amigo mío, se abre el destino. Un destino sin cadenas.

51

Un camino por andar

Tres semanas más tarde. Toledo

La matanza que siguió a la batalla fue tan sangrienta como la batalla misma. Solo los andalusíes, que habían abandonado la lucha con tiempo, pudieron alejarse lo suficiente como para evitar que la ira de la cruz los alcanzara.

Los cristianos no fueron ajenos a la mortandad. Miles dejaron la vida esa jornada, y muchos más en los días siguientes, a causa de las heridas. Aun así, la sangrienta misión continuó con el ánimo siempre puesto en alcanzar al califa. La persecución llegó hasta Baeza, de donde an-Nasir ya había escapado junto con la mayor parte de la población. Tras una nueva masacre con los rezagados, el ejército triunfante llegó a Úbeda. Dos días de asedio fueron suficientes para que los sitiados se rindieran. El miramamolín tampoco estaba allí, pero la expedición se había alargado demasiado. El saqueo fue exhaustivo, aunque resultaba imposible mantener a semejante hueste lejos de sus bases y tras una marcha tan accidentada. Además, mientras se organizaba el cerco de Úbeda, aparecieron las enfermedades.

Los tres reyes, aconsejados por Rada y Amalarico, decidieron regresar. Nada importaba ya que el califa de los almohades se hubiera refugiado en Jaén. O, como muchos apostaban, hubiera vuelto a Sevilla para seguir corriendo despavorido hasta el primer barco que lo llevara de vuelta a África.

Todo esto se sabía ya en Toledo cuando el ejército concluyó la última jornada de viaje. Por eso se recibió con albricias y vítores al séquito real. Se hablaba de alforjas rebosantes de oro y plata, de joyas, tapices y pieles, de marfil, ébano y muchas de esas monedas cuadradas del miramamolín. En realidad el botín no estaba tan bien surtido, sobre todo porque el gran visir del imperio se había ocupado de esquilmarlo todo para financiar su ejército. Pero al menos se sabía que el peligro había desaparecido. Que jamás tendrían que preocuparse porque un extraño se plantara ante sus casas y, a golpe de hacha, los redujera a su fe o esclavizara a sus familias. Lo que se avecinaba, pues, era la riqueza. La calma y la seguridad en los caminos. La confianza en el futuro y, sobre todo, la alegría. Fue como si lo ocurrido al otro lado de la Sierra Morena hubiera desterrado el mal. Y aunque algunos sabían que la euforia se disiparía, nadie quiso dejar de disfrutar el momento. No hubo anciano ni niña, ni judía ni moro de paz que no saliera a alfombrar de pétalos el camino de subida al alcázar. Las madres y las esposas abrazaban a los hijos y maridos, los clérigos bendecían a los soldados, los mercaderes se frotaban las manos al ver las alforjas abultadas. En un recodo de la cuesta, un jovencísimo bardo recitaba el cantar sobre un cajón; se las arregló para imponer sus versos a los aplausos y aclamaciones justo cuando pasaba Alfonso de Castilla.

Muy alegre está el Cid,
alegre va su compaña,
porque Dios los ayudó
y ganaron la batalla.

Rodrigo de Rada, que llevaba su caballo al paso a la par del rey, se detuvo y arrojó un puñado de monedas al bardo.

—No dejes de cantarlo, rapaz. Dondequiera que vayas.

—¡Todo el mundo habrá de conocerlo, mi señor arzobispo!

Cuando Alfonso de Castilla desmontó ante su alcázar toledano, reconoció una cara entre la multitud. Fue el rey quien se acercó a la barrera de ballesteros.

—¡Gran rabino! ¡Abraham, mi fiel amigo!

El anciano alargó la mano, al igual que hacía el monarca, y se las estrecharon a través de los brazos de los soldados que contenían a la plebe. El judío sonreía pletórico mientras buscaba apoyo en un joven a su lado.

—Mira, Yehudah —le dijo sin ocultar el orgullo—. Nuestro rey vuelve victorioso.

El muchacho, de rostro muy agraciado y vestiduras desahogadas, no podía quitar la vista del hombre que acababa de vencer la batalla más difícil de su vida.

—Cuánto le debemos, ¿verdad, gran rabino?

Alfonso retrocedió, repartiendo saludos a los toledanos que lo aclamaban. Se dio la vuelta para entrar en el alcázar, donde aguardaba la nobleza castellana. Antes de atravesar sus puertas, llenó el pecho de aire. Tuvo la impresión de que el regreso no lo era de aquellas navas en las faldas de la Sierra Morena, sino de la llanura de Alarcos.

—Estoy en casa. Por fin.

La reina Leonor lo recibió con abrazos, y se besaron sin recato a la vista de los barones y prelados. El pequeño Enrique también se apresuró a los brazos de su padre, y este lo levantó bien alto mientras reía, y le juraba que heredaría un reino en paz, donde todo sería próspero y nadie temería perder su libertad. La infanta Berenguela lloró, feliz por ver de nuevo al padre que daba por muerto en algún lejano campo de batalla. Leonor pidió a sus hijos que la dejaran a solas con el rey. Besó sus manos y las mojó con sus lágrimas.

—Perdóname, Alfonso. Perdón, perdón, perdón. Mil veces perdón.

Él tomó su rostro entre las palmas.

—Pero si todo esto es obra tuya, Leonor. Porque a nada me llevaba la ceguera que me nubló los ojos tras Alarcos.

—No. El mal está hecho, nada puede borrarlo.

La reina no dejaba de llorar. El rey la abrazó. Sintió su debilidad contra el pecho. Él también acusaba la fatiga. No la de aquella campaña sin parangón, sino la de toda una vida. La más intensa, quizá, que se podía vivir.

Tal vez fuera cierto. El mal estaba hecho. Ahora daba igual si se debía a errores o a aciertos. Miles de almas rotas, ilusiones desgarradas o acribilladas a flechazos, huérfanos, viudas y nuevas vidas que jamás verían la luz.

—Nada podíamos hacer —trató de consolarla—. Somos hojas a merced del vendaval.

Leonor miró a Alfonso a los ojos. Sin palabras, cada uno vio en el otro que en verdad había llegado el otoño y, por muy florido que hubiera sido el verano, era hora de que las hojas cayeran. Cerca, las risas de Enrique resonaban entre las paredes del alcázar. La reina se secó las lágrimas con la manga del brial.

—Ahora les toca a ellos. Ojalá no tengan que sufrir tanto.

—No sufrirán, mujer. Ni repetirán nuestros errores. Jamás abandonarán a sus amigos. Y nunca más, ¿me oyes?, nunca más dejarán que las diferencias los debiliten. —Alfonso sonrió mientras cerraba el puño—. Serán fuertes. Y estarán unidos.

—¿Cómo lo sabes, Alfonso? ¿Cómo puedes estar tan seguro de que lo harán bien?

Él acarició su cabello rubio. Cuántas veces, al volver de cada campaña, la había saludado así, pasando su mano por entre las hebras trigueñas. Acariciando sus pómulos con el dorso de la mano. Reflejándose en sus ojos.

—Porque es muy alto el precio que hemos pagado, Leonor, para romper las cadenas que pretendían cerrar en torno a nuestro destino. Y esto lo sabrán nuestros hijos, y nuestros nietos, y todo buen cristiano hasta el fin de los días. Ellos cuentan con el camino que les hemos labrado. Saben, sabrán siempre que a nada llegarán si no viven en paz entre ellos y si no se unen para defenderse de sus enemigos. Este es nuestro legado.

—Es un buen legado, mi rey.

Se tomaron de la mano y anduvieron hacia los aposentos del alcázar. Despacio y sin dejar de mirarse. Ahora había tiempo para eso. Para alejar los temores y vivir.

Nota histórica
Lo que fue y lo que no fue

Fue esta gran derrota de los musulmanes el lunes, a mediados de Ṣafar del año 609 —16 de julio de 1212—. Se marchó Alfonso de aquel lugar después de llenar sus manos y las de sus compañeros de riquezas y objetos propiedad de los musulmanes.

Estas palabras son del cronista al-Marrakushí, y se escribieron casi un siglo después de las Navas de Tolosa. Ibn Idari, otro narrador norteafricano, dijo en la misma época que esa batalla fue «causa de la ruina de al-Ándalus». En la obra *Hulal al-Mawsiyya*, su anónimo autor cuenta que an-Nasir pasó a al-Ándalus y «permaneció en ella dos años. Tomó el castillo de Salvatierra y en el mes de Ṣafar del año 609 sufrieron él y los musulmanes la derrota grande, en que pereció la gente de al-Maghrib y de al-Ándalus, famosa por el nombre de derrota de al-ʿUqāb (la Cuesta)». Los ecos que la batalla despertaron del lado cristiano nos muestran el impacto que tuvo entre las gentes de la época, y también cómo a lo largo de los siglos adquirió ese carácter de hito crucial en la memoria colectiva. Los cronistas coetáneos y testigos del hecho, como los arzobispos Rodrigo de Rada y Arnaldo Amalarico, contribuyeron ya desde el principio a ensalzar lo épico de la victoria, de modo que, al poco tiempo, la batalla de las Navas de Tolosa se había convertido en el punto de inflexión de la Reconquista. En el *Libro de los Hechos* de Jaime el Conquistador (el hijo no querido de Pedro de Aragón) se usa el episodio como referencia al decir que *«major és que la batalla d'Ubeda ni altra que anc fos en Espanya»*. Y en la Primera Crónica General, del siglo XIV, se traduce así a Rodrigo de Rada: «el noble rey don Alffonso de Castiella venció en las Nauas de Tolosa; e fueron los moros tan crebantados que nunca despues cabeça alçaron en Espanna». Existen muchos más testimonios, tendentes, como no, a amplificar el alcance de la batalla. De las Navas de Tolosa surgen leyendas y blasones que siguen en vigor, como el traído y llevado uso de las cadenas del palenque.

La historiografía posterior, acertadamente sin duda, se ha encargado de relativizar el significado de esta victoria. Es difícil decir qué habría ocurrido si las Navas hubiera terminado con derrota cristiana. En realidad, lo único fácil es ver lo que realmente ocurrió, que fue la derrota musulmana por una coalición de reinos cristianos peninsulares debidamente motivados y siguiendo una estrategia inteligente: el imperio almohade, que con an-Nasir alcanzó su máximo alcance territorial, cayó tras las Navas en un inexorable declive que lo condujo a la desaparición. Y en la Península, menos de cuarenta años después de la batalla, los reinos cristianos habían tomado la mayor parte del territorio andalusí, incluidas Cáceres (1227), Badajoz (1230), Mallorca (1229), Córdoba (1236), Valencia (1238), Murcia (1243), Jaén (1246), Sevilla (1248) y Faro (1249). Y eso que los dos reinos más potentes, Castilla y Aragón, habían pasado serios apuros internos a partir de 1213, lo que los obligó a detener su expansión hacia el sur.

Este es precisamente otro de los aspectos sorprendentes de la época en la que se dio la batalla. Como si se tratara de fatigados actores de una gran obra, destinados a un clímax digno de la mejor película, muchos de los protagonistas históricos de esta trilogía dejaron el mundo en los meses posteriores a las Navas de Tolosa. El propio an-Nasir falleció a finales de 1213. Pedro de Aragón lo había hecho en septiembre, y su aún esposa María de Montpellier había muerto ese mismo año, en abril. Alfonso VIII sucumbió en septiembre de 1214, casi al mismo tiempo que Diego de Haro y que Pedro de Castro. Unas pocas semanas lo sobrevivió Leonor Plantagenet. Hasta fray Martín de Hinojosa, que con el tiempo se convertiría en santo, murió unos días después que el rey de Aragón. Pero tal vez convenga detenerse sucintamente en cada uno de los personajes de esta novela.

Muhammad an-Nasir fue el cuarto califa almohade y último de los considerados relevantes para el imperio. A su regreso a Marrakech trató de minimizar la derrota de las Navas, pero su personalidad apocada, reconocida en las crónicas, no pudo superar semejante desastre. Dispuso la jura como heredero de su hijo Yusuf, de diez años, y se encerró en palacio. El gobierno quedó, cómo no, en manos de Ibn Yami y los demás visires y jeques. A la muerte de an-Nasir, un año después, fueron los prebostes almohades los que continuaron liderando el califato en nombre del niño Yusuf, conocido como al-Mustansir. Pero el hundimiento había empezado. Uno tras otro, entre conspiraciones y banderías, se sucedieron débiles califas que perdían de forma progresiva el poder y el territorio.

Abd al-Wahid ibn Abí Hafs Umar Intí, llamado en esta novela el Tuerto, siguió en su puesto como gobernante de Ifriqiyya. Todavía tuvo que enfrentarse a rebeliones que consiguió aplastar, cada vez más desconectado del poder de Marrakech. Su hijo Zakariyyah se independizó del imperio almohade en 1228 y fundó una nueva dinastía, la Hafsí. Ya sin el lastre fanático del Tawhid, los descendientes del Tuerto mantuvieron su poder hasta el siglo XVI.

Abú Said Utmán ibn Yami era el descendiente de un calderero de Rota, aunque su familia había medrado en la corte almohade. Fue nombrado visir en 1208, por lo que su aparición estrella tras Alarcos es una licencia en esta novela. Como en otras ocasiones a lo largo de esta trilogía temática, tanto el Tuerto como el Calderero concentran, en su condición de personajes dramáticos, los roles de otros visires y jeques almohades históricos. Lo que sí parece cierto es la responsabilidad del Calderero en la desmotivación andalusí y africana previa a las Navas. De hecho, el cronista Ibn Abí Zar nos cuenta que «Ben Yami no era de noble origen entre los almohades y, cuando obtuvo el visirato, diose a humillar a los jefes almohades y a despreciar a los nobles». El Calderero logró escapar de la matanza, acompañó a an-Nasir de vuelta a Marrakech y se mantuvo en su cargo con el siguiente califa, Yusuf al-Mustansir.

Idríss, el hijo de Safiyya bint Mardánish y nieto del rey Lobo, es un personaje real, lo mismo que su genealogía. De hecho se puede afirmar que es él el que cumple la profecía dada a Zobeyda al principio de La loba de al Ándalus: «La sangre de tu sangre unirá este lado con el otro.» Llegó a desempeñar algunos cargos de confianza bajo el mando de al-Adil, séptimo califa almohade; fue él quien impulsó la construcción de la Torre del Oro, en Sevilla. Idríss se sublevó en dicha ciudad en 1227, lo que llevó al inmediato asesinato de al-Adil en Marrakech. Una vez con el poder, Idríss asumió el califato con el sobrenombre de al-Mamún. Una de sus primeras medidas fue acabar con la doctrina unitaria del Tawhid y con el recuerdo del Mahdi, con lo que puede decirse que fue el mayor responsable de la desfanatización del califato almohade. Sufrió desafección en África, pero pactó con el rey Fernando III de Castilla, e incluso llevó tropas castellanas con él en su cruce del Estrecho para afianzar su autoridad en Marrakech. Murió en 1232, con sus estados en rápida descomposición. Él, un descendiente del rey Lobo, fue el último califa almohade que pisó suelo andalusí. El fin oficial del imperio, barrido por la ola meriní, tendría lugar en 1269.

Ibn Qadish es personaje real. Su defensa de Calatrava durante la campaña de las Navas, justo tras la masacre de Malagón, fue realmente la causa del pacto que motivó la deserción ultramontana. Y, efectivamente, Ibn Qadish compareció ante el califa antes de la batalla. Parece ser que su ejecución, inducida por el visir Ibn Yami, fue la causa determinante para un hecho no demostrado pero sí apuntado por la historiografía: la retirada de las tropas andalusíes en el momento crítico del combate. Ramla es un personaje ficticio, aunque su padre en la novela, Ibn Sanadid, es histórico y de cierta importancia durante la batalla de Alarcos y en los años posteriores. En cuanto al veterano andalusí Ibn Farach, es personaje real, aunque no tengo constancia de su participación en las Navas de Tolosa.

Respecto del emir de Mallorca, Abd Allah ibn Ganiyya, es licencia de autor el sobrenombre de Cabeza de Serpiente. El resto de lo narrado, aunque con la correspondiente carga dramática, coincide con lo que dice la documentación, salvo que no parece probable que an-Nasir asistiera personalmente a esta campaña; tampoco procede de aquí la costumbre de proteger el pabellón califal con un palenque. Las Baleares continuaron bajo poder almohade hasta la desmembración del califato y la conquista de Jaime I.

Sancho VII el Fuerte, rey de Navarra, fue el único de los tres monarcas de las Navas cuya vida se alargó, y eso a pesar de su desmesurado tamaño, que sin duda fue la causa de que pasara la mayor parte de su existencia recluido por propia voluntad en Tudela. Sancho murió sin descendencia en 1234 y el trono recayó en otra línea dinástica, la de Champaña, que implicó la aproximación a Francia del reino navarro. La evolución legendaria de las Navas de Tolosa a través de los siglos ha querido que la participación del gran Sancho en la batalla sea crucial. A él se le atribuye la llegada en primer lugar al palenque y, durante mucho tiempo, se ha tenido por cierto que las cadenas del escudo navarro son precisamente aquellas que sujetaban a los Ábid al-Majzén para proteger a an-Nasir.

Pedro II el Católico, rey de Aragón, se centró tras las Navas en sus problemas occitanos. El papa Inocencio III falló finalmente a favor de María de Montpellier, por lo que la legitimidad del pequeño Jaime quedó fuera de toda duda. Frustrado por esta y otras razones, Pedro decidió por fin poner coto a los desmanes de Arnaldo Amalarico y su camarilla en tierras cátaras, por lo que se enfrentó en Muret, muy cerca de Toulouse, a una fuerza cruzada comandada por el fanático Simón de Montfort. La muerte de Pedro II en esa batalla, en septiembre de 1213, es otro fascinante y épico hito medieval. Junto a él murió la mayor parte de su mesnada regia, incluido Miguel de Luesia. Una tradición afirma que el rey pasó la noche previa en compañía femenina y que acudió al campo de batalla no muy bien dispuesto. El desastre de Muret, unido a la corta edad del único heredero y al hecho de que se hallara en poder de Montfort, determinó un periodo de anarquía en Aragón y Cataluña, con constantes disputas y maquinaciones nobiliarias, lo que retrasó los potenciales avances facilitados por la derrota almohade en las Navas y debilitó el poder de la casa de Aragón al norte de los Pirineos. El pequeño Jaime, tan poco deseado por su padre, se convirtió con el tiempo en uno de los reyes de Aragón más célebres: Jaime I el Conquistador. A partir de su mayoría de edad supo sacar renta de la supremacía cristiana conseguida con las Navas; y merced a sus conquistas de Mallorca, Valencia y Murcia, dejó abierto el Mediterráneo a la expansión aragonesa.

He hallado en María de Montpellier un personaje digno de conmiseración. La leyenda que rodea a la concepción de Jaime I, con el engaño al rey en Mireval, guarda muchas similitudes con el episodio narrado en la novela. Y no es el único rasgo legendario a este respecto. María no fue nunca amenazada ni presionada por Arnaldo Amalarico —se trata de otra de las muchas licencias que me tomo para dotar de dramatismo a la obra—, pero sí es cierto que viajó a Roma para someterse al juicio del papa acerca de la legitimidad de su matrimonio y de su dominio sobre Montpellier. María no regresaría jamás, pues encontró la muerte un poco antes que su odiado —y al mismo tiempo amado— esposo.

Rodrigo Jiménez de Rada, arzobispo de Toledo, desplegó tras las Navas una importante labor intelectual y política. Dado que el ficticio Velasco no pudo escribir lo ocurrido en la batalla, fue él el que la narró con toda suerte de magnificaciones en su crónica *De rebus Hispaniae*, fuente para la monumental *Estoria de España* de Alfonso X. De esta última obra procede la arenga de Alfonso VIII a los nobles y prelados antes de las Navas de Tolosa, episodio dramatizado en la novela («Amigos, todos nos somos espannoles et entráronnos los moros la tierra por fuerça»). Rada murió en 1247 tras conseguir, entre otras cosas, el reconocimiento pontificio de la primacía archiepiscopal toledana sobre toda España. Su sepulcro se puede visitar en el monasterio de Santa María de Huerta (Soria), donde también reposa el santificado Martín de Hinojosa.

Santa María de Huerta, a tenor de lo que deducen los académicos de su situación y características, podría haber sido la cuna del *Cantar de Mío Cid*. Todo lo narrado en esta novela en cuanto a su composición es ficticio, bien que plausible. La versión más antigua que se conserva del *Cantar* es aquella firmada por un tal Per Abbat en 1207. ¿La copia de un abad llamado Pedro, quizá? Cada vez cabe menor duda de que la obra tuvo un fin propagandístico, muy probablemente de cara a motivar a la población castellana para un enfrentamiento contra el invasor almohade. Velasco es personaje ficticio; nacido en Medinaceli, tal como suponen algunos académicos con respecto al anónimo autor de nuestra primera gran obra literaria escrita en una lengua romance. Debo añadir que, en la transcripción de las estrofas romances, me he servido de cierta libertad, sobre todo para adaptar la longitud de los versos y aproximar su rima.

Raquel es también un personaje inventado. He querido conectar, siquiera como un roce, su existencia con esa leyenda que habla de los amores de Alfonso VIII con una judía de Toledo. Esta relación adúltera, malintencionada invención posterior al siglo XIII, podría muy bien haber encontrado pie en una situación como la narrada en la novela. Creo, no obstante, que Alfonso VIII es uno de los pocos reyes medievales de quien no he leído nada creíble referente a infidelidades.

Abraham ibn al-Fayyar es un personaje real, responsable de las treguas entre Castilla y los almohades tras Alarcos. También llevó a cabo alguna que otra misión diplomática tras las Navas. Tal como se narra en la novela, la familia de Abraham se había refugiado en Toledo huyendo de la presión almohade en al-Ándalus. Alcanzó el cargo de gran rabino y destacó por su labor intelectual. Murió cerca de 1240.

Arnaldo Amalarico es célebre por su «Matadlos a todos, que Dios escogerá a los suyos» a pesar de que, con toda probabilidad, la frase es ficticia. Tras una fulgurante carrera en el Císter como abad en Poblet, Grandselve y Citeaux, alcanzó el arzobispado de Narbona. Después de Muret, su intransigencia y la figura emergente de Simón de Montfort ensombrecieron un poco su figura e implicaron su relevo al frente de la cruzada antialbigense. Murió en 1225. Es cierto que influyó en Sancho VII de Navarra para que acudiera a las Navas —o al menos es cierto que lo intentó—, pero la forma en que esto ocurre en la novela es, por supuesto, licencia del autor.

Alfonso VIII intentó sacar partido a la victoria de las Navas al año siguiente, aunque Castilla se vio azotada por una repentina hambruna a causa de las malas cosechas. Algo tuvo que ver, sin duda, el enorme esfuerzo económico invertido en la preparación de la gran batalla. En lugar de buscar revancha del rey leonés, el castellano se mostró amigable y firmó un tratado de paz con él, lo que determinó que Pedro de Castro, *el Renegado*, se marchara junto a los almohades durante lo poco que le restaba de vida. En mayo de 1213, Alfonso VIII conquistó Alcaraz tras dos meses de reñido asedio. La plaza estaba a cargo del caíd andalusí Ibn Farach, que la defendió muy dignamente. Los problemas internos ocasionados por el hambre llevaron al rey a buscar una nueva tregua con los almohades, que negoció Abraham ibn al-Fayyar y que esta vez los africanos no se atrevieron a denegar. A mediados de septiembre, en Valladolid, Alfonso VIII recibió la noticia de que Diego de Haro, su sempiterno alférez y compañero de desdichas y triunfos, acababa de morir. El rey lo sobrevivió veinte días, y un mes después fue Leonor Plantagenet la que falleció. No existen constancia ni razones para pensar que Leonor Plantagenet adoptara una actitud distante con su esposo tras Alarcos, aunque sí parece claro que su influencia en los asuntos políticos y diplomáticos fue importante. Lo mismo se puede decir de su mecenazgo de las artes y de sus esfuerzos por la transmisión del saber. Seguramente la fundación de Las Huelgas fue una empresa más personal de la reina que del rey. No en vano, y al igual que Santa María de Huerta, los monasterios eran focos culturales con los que guardamos una deuda mayor de lo que estamos dispuestos a reconocer. Es muy posible que con la callada labor de las reinas españolas pase otro tanto, y doy por seguro que con Leonor ocurre tal cual.

Tras la muerte de Alfonso y Leonor, Enrique I de Castilla subió al trono. Como el crío solo tenía diez años, su hermana Berenguela se vio obligada a asumir la regencia. Al igual que durante la infancia de Alfonso VIII, este nuevo periodo estuvo plagado de rivalidades nobiliarias protagonizadas por la casa de Lara. Sin embargo, un desgraciado accidente de juegos acabó con la vida del joven rey a los trece años. Sin otro varón, la corona recayó en Berenguela. En 1217, la reina abdicó en su hijo Fernando, que también lo era de Alfonso IX de León. Como este había perdido a su primogénito unos años antes, Fernando III reunió en su corona los dos reinos que su antepasado Alfonso VII, el Emperador, había dividido de forma tan imprudente. Castilla y León no volverían a separarse nunca.

Las cadenas del destino es novela y, por lo tanto, una obra de ficción. Sin embargo, soy consciente de que muchos lectores esperan de una novela —sobre todo si se la cataloga con el adjetivo de «histórica»— cierta adecuación a los hechos reales. En consideración a ellos, y aparte de las licencias ya comentadas, aclaro algunas otras de las que me he servido para que la novela sea novela y no simple historia novelada:

He obviado, en las negociaciones tras la batalla de Alarcos, algunos célebres episodios relacionados con los Lara, Diego de Haro y Pedro de Castro. Muchas de estas tradiciones parecen interpoladas, dirigidas a encumbrar o rebajar a unas familias u otras dependiendo de cuál de ellas pagara la crónica en cuestión.

Aunque las crónicas hablan del apocamiento de an-Nasir y la historia ha demostrado que su carácter no podía compararse con el de su padre, es licencia el trato despectivo que este le dispensa. Tampoco existe relación de causa y efecto entre el ascenso político del visir Ibn Yami y la caída en desgracia de Ibn Rushd (Averroes). En realidad, el filósofo ya padecía apuros de este tipo antes de Alarcos.

El año en el que Diego de Haro pierde la alferecía por la ira regia es 1199. Yo lo retraso hasta 1200. También parece ser que, a la muerte de al-Mansur, Abraham ibn al-Fayyar viajó a Marrakech para confirmar con an-Nasir las treguas que había firmado su difunto padre. Este episodio no aparece en la novela.

El protagonismo del Tuerto en la toma de Menorca recaería en realidad sobre el almirante de la escuadra almohade, Abú-l Ulá. En la de Mallorca, los méritos corresponden a Abú Said ibn Abí Hafs, hermano del Tuerto. Como en tantos otros casos, he unificado hechos de varios personajes históricos en uno solo.

Hay episodios históricos que he obviado para no hipertrofiar las tramas. Dos ejemplos serían los tratos entre Sancho VII y el rey de Inglaterra en 1202 o las negociaciones de Pedro II con Roma para casar a su hermana Sancha con Federico de Sicilia.

No queda claro, según las crónicas, si en 1210 ocurrió antes la campaña aragonesa contra el Sharq al-Ándalus o la incursión naval almohade en las costas catalanas. La muerte del príncipe Fernando tuvo lugar el 14 de octubre de 1211, un poco más tarde que el episodio correspondiente en la novela. La famosa carta de desafío de an-Nasir es, probablemente, una invención posterior a las Navas de Tolosa. Lo que sí es histórico fue el cruel comportamiento de Ibn Yami —y de otro visir llamado Ibn Mutanna, del que he prescindido por requerimientos de trama—. Las ejecuciones de funcionarios almohades, el impago de estipendios militares y el desprecio a los andalusíes fueron constantes en la marcha y posterior campaña de cara a las Navas.

Las cifras de la batalla siguen —y sin duda seguirán— siendo un misterio. Existen serios cálculos en los que se atiende a la capacidad logística, asunto clave en estos casos, y que implican ejércitos menores de los que dicta la tradición épica alimentada por los siglos. Los ejércitos que yo pongo sobre el papel están más próximos a esa moderación que a las evidentes exageraciones de los cronistas medievales. Otro tanto ocurre con el desarrollo del combate. El diseño estratégico de Rada es adición mía, aunque he intentado reflejar la batalla de la forma más plausible de acuerdo con las crónicas y los diversos estudios actuales.

Apéndice

Referencias a las citas, versos y fragmentos

Capítulo 1
Tu vida vas a darla por mí... Evangelio de san Juan, 13:28.

Capítulo 3
¿Qué será de mí contigo?... Zéjel de Magdallís.

Capítulo 5
Ese día sacaron a las doncellas... Verso del hebreo Yishaq ibn Gayyat.

Capítulo 6
Y el partido de Satán... Corán, sura LVIII, 20.
Besa a tu amado y cumple su anhelo... Poema de Mosheh ibn Ezra.

Capítulo 8
Al principio la guerra se parece... Verso de Samuel Ha-Naguid.

Capítulo 10
Porque no faltarán menesterosos... Deuteronomio, 16:11.

Capítulo 12
Mientras vivan la música y el vino... Verso del sevillano al-Mutamid
Oro, mirra e incienso le ofrecemos... Fragmento del anónimo *Auto de los Reyes Magos.*
Lo que ates en la tierra... Evangelio de san Mateo, 16:19.

Capítulo 13
El imperio de los cielos y de la tierra... Corán, Sura de la Inmunidad, 117.

Capítulo 16
Podríamos cantar las gestas (...) Con alegría oíd... Fragmentos del anónimo *Carmen Campidoctoris.*
Aun la vida eterna quizá la desean... Parte de los *Sermones* de san Bernardo de Claraval.
Bien muerto está el que no siente... Trova de Bernat de Ventadorn.

Capítulo 17
Así fueron los días deliciosos que ya pasaron... Verso de Ibn Zaydún.
Cuídate de tu enemigo... Poema de Abd Allah ibn Tahir ad-Daní.
El que salve su vida, la perderá... Evangelio de san Mateo, 10:39.

Capítulo 19
¡Oh, tú, beldad que robas los corazones!... Poema de Yehudah ha-Leví.

Capítulo 21
Dios no conduce a buen fin... Corán, Sura XII, 52.

Capítulo 24
No esté tu mano extendida para recibir... Eclesiástico, 4:26.
No pretendas ser juez si no tienes valor... Eclesiástico, 7:6.
Toda sabiduría es temor de Dios... Eclesiástico, 9:18.

Capítulo 26
Con razón dicen los sabios... Talmud Baba Kamma, 94b.

Capítulo 27
Deleite de las almas... Moaxaja anónima.

Capítulo 29
¿Qué se puede esperar de una mujer...? Verso de la poetisa Maryam bint Abí Yaqub as-Silbí.

Capítulo 30
Si no marcháis al combate... Corán, Sura de la Inmunidad, 39.

Capítulo 32
Cual palmera soy por mi talle... Adaptación de un verso de Shlomoh ibn Gabirol.

Capítulo 33
Alma de mi fulgor... Jarcha anónima.

Capítulo 35
Mensajero, ve, así Dios te guarde... Fragmento del trovador Cercamón.
El buen Dios, que absolvió los pecados... Trova de Arnaut Daniel.
Quien tenga un manto, véndalo... Evangelio de san Lucas, 22:36.
Aún es menester que se cumpla... Evangelio de san Lucas, 22:37.

Capítulo 37
Quaecumque alligaveritis... Evangelio de san Mateo, 16:19.

Capítulo 40
Totum est vanitas... Parte del sermón *De Miseria Humana*, de san Bernardo de Claraval.

Capítulo 42
Homo natus de muliere... Libro de Job, 24:1.
Militia est vita hominis... Libro de Job, 7:1.

Capítulo 44
Gratia domini nostri... Segunda carta a los Corintios, 13:13.
Haec in pugna publica... *Epitoma rei militaris*, de Vegecio, LIII-14.

Capítulo 46
Todas las cosas tienen su tiempo... Eclesiastés, 3:1 y ss.
Los justos y los sabios, y las obras de todos ellos... Eclesiastés, 9:1 y 2.
Sin perder tiempo, puesto que ni obra, ni pensamiento... Eclesiastés, 9:10.

Capítulo 47
Llovieron sobre Sodoma y Gomorra azufre y fuego... Génesis, 19:24 y ss.

Capítulo 50
Ellos vienen a nosotros con multitud insolente... Libro de los Macabeos, 3:20 y 21.

Glosario

Ábid al-Majzén. Esclavos del gobierno almohade. Los hay de varias procedencias, pero en la novela el término alude a los negros «sudaneses» (en realidad senegaleses, guineanos y mauritanos), la élite militar del ejército, destinada preferentemente como guardia personal del califa.

Adalid. Jefe militar.

Adarga. Escudo que usan algunos guerreros musulmanes. En la época de la novela tiene forma redonda y es de menor tamaño que los escudos cristianos.

Adarve. Conjunto de construcciones superiores de una muralla (parapeto o antepecho, camino de ronda, etcétera) desde el que se lleva a cabo la defensa y que sirve para desplazarse.

Agzaz. Singular: *guzz.* Jinetes de origen turco o turcomano integrados en el ejército almohade en el último cuarto del siglo XII. Muy hábiles sobre el caballo con sus arcos compuestos.

Al-Ándalus. Nombre árabe con el que se conoce a la Península Ibérica. En esta novela se refiere a la parte de la Península bajo dominio musulmán.

Albacara. Recinto murado en el exterior de una fortaleza, usado normalmente para encerrar ganado.

Albarrada. Conjunto de las defensas de campaña que levanta un ejército sitiador frente a la ciudad asediada.

Al-Basit. Literalmente, *la Llanura.* Territorio cercano a Alcaraz donde, con el tiempo, crecerá la ciudad de Albacete.

Albigense. Seguidor de un credo de origen oriental especialmente extendido en Occitania durante el siglo XII. A los albigenses, considerados herejes por Roma, se les llama más habitualmente cátaros.

Alcabala. Impuesto indirecto sobre las transacciones.

Alcazaba. Recinto fortificado dentro de una población amurallada. Reúne el centro de control militar y administrativo en varios edificios, y normalmente ocupa un lugar prominente.

Alcázar. Palacio fortificado dentro de una población amurallada.

Alfaquí. Musulmán docto en la ley.

Alférez. Cargo de gran importancia en los reinos cristianos, con competencias militares y el deber de portar el estandarte real.

Alfoz. Territorio que circunda a una ciudad o castillo y sobre el que ostenta jurisdicción.

Al-Hamma. Batalla que tuvo lugar el 12 de octubre de 1187 cerca de la aldea del mismo nombre, en las inmediaciones del desierto del Yarid. Se enfrentaron las tropas almohades del califa Yaqub al-Mansur y los rebeldes de Ifriqiyya liderados por los Banú Ganiyya. Resultó en aplastante triunfo almohade.

Algara. Cabalgada. Algarear supone cruzar la frontera y saquear la tierra del enemigo.

Alhanía. Pequeño aposento adosado a una sala mayor. En los palacios mardanisíes se ha comprobado la abundancia de salones rectangulares con alhanías de pequeño tamaño en sus extremos, a modo de alacenas.

Aljaba. Carcaj. Recipiente para las flechas. Se lleva colgada de la silla de montar o, si el arquero va a pie, del cinturón, normalmente al lado derecho.

Aljama. Así se llama a la mezquita mayor de cada ciudad. Suele estar situada en lugar preferente, junto al alcázar si lo hay.

Almajaneque. Máquina de guerra de contrapeso, que sirve para arrojar proyectiles, normalmente contra las defensas de una construcción enemiga.

Almejía. Túnica talar, normalmente forrada.

Almena. Espacio entre dos merlones en el parapeto de un adarve o de una torre.

Almocrí. El que lee el Corán en la mezquita.

Almófar. Capuchón de cota de malla que cubre cuello y cabeza en el combate. Puede estar unido a la loriga o bien ser pieza independiente.

Almohade. Seguidor de la doctrina unitaria de Ibn Tumart, líder musulmán que en el siglo XII fanatiza a las tribus occidentales de África y da ocasión a que se funde un nuevo imperio con ruina del de los almorávides.

Almorávide. Individuo de una tribu guerrera del Atlas que funda un vasto imperio en el occidente de África y llega a dominar al-Ándalus desde 1093 hasta mediados del siglo XII. Uno de los rasgos distintivos de los guerreros almorávides es que se velan el rostro, por lo que son conocidos como «velados».

Almozala. También almuzala o almuzalla. Alfombrilla para la oración.

Amán. Paz musulmana a la que se pueden acoger los vencidos en batalla o los amenazados por ella. El vencedor decide si otorga el amán, aunque es dueño del destino de los derrotados y rendidos.

Andalusí. Persona originaria de al-Ándalus. Por extensión, hispanomusulmán.

Anubda. Servicio militar de vigilancia del territorio.

Antifonario. Libro de coro con los cantos litúrgicos.

Arráez. Comandante militar.

Arriaz. Cruz. Conjunto formado por la empuñadura y los brazos de la espada.

Arzón. Cada una de las piezas de madera integradas en la estructura de la silla de montar. Ayudan a encajar al jinete y a asegurarlo en el momento del choque, por lo que son elevados, tanto por delante de aquel como por detrás. El arzón delantero puede lucir un pomo.

As-Saliha. Complejo palatino construido por Yaqub al-Mansur como ampliación sur de Marrakech. Cuenta con jardines, mezquita aljama, zoco, residencia real...

Bab Chellah. Una de las puertas de Rabat por las que se sale hacia el este.

Bab Dukkala. Puerta noroeste de Marrakech.

Bab Gumara. Puerta sur de la medina de Mallorca, ciudad que será conocida como Palma de Mallorca.

Bab Taryana. Puerta de Triana, en Sevilla. Da al puente de barcas que une la ciudad con el arrabal de Triana.

Bahr az-Zaqqaq. Estrecho de Gibraltar. También llamado Puerta Estrecha o Bab az-Zaqqaq.

Baraka. Bendición o don divino. Entre los almohades, un donativo que el califa reparte a sus guerreros antes de marchar al combate.

Barboquejo. Correa que sujeta una prenda de cabeza, como el yelmo, por debajo de la barbilla.

Bereber. Persona originaria de la región del norte de África que llega hasta el Sahara por el sur, el Atlántico por el oeste y Egipto por el este. En esta novela, también los individuos de algún linaje bereber nacidos en al-Ándalus.

Bloca. Umbo. Prominencia central en el exterior del escudo, normalmente semiesférica y metálica. A veces se refuerza con nervaduras radiales hasta los bordes.

Bolaño. Cada una de las piedras, normalmente trabajadas para darles forma, que se usan como proyectiles de las máquinas de guerra.

Brial. Prenda larga y lujosa con mangas amplias, en principio para hombres y mujeres. Con el tiempo servirá solo para vestir a las damas.

Bullansa. Distrito musulmán de la isla de Mallorca. Con el tiempo dará lugar al municipio de Pollensa.

Burnús. Prenda larga, a modo de capa con capucha, de uso extendido entre los bereberes. Con el tiempo dará lugar al albornoz.

Cabila. Cada una de las tribus bereberes.

Cadí. Juez musulmán.

Caíd. Gobernador de una ciudad musulmana.

Capiello. Tocado femenino consistente en un armazón rígido forrado de tela.

Capítulo. Reunión diaria de los monjes. Se lleva a cabo en la sala capitular.

Cátaro. Albigense.

Cendal. Tejido que mezcla la seda y el lino.

Ciclatón. Seda tejida con hilo de oro, plata o de ambos materiales.

Cilla. Almacén del monasterio.

Codo. Medida de longitud. El usado en al-Ándalus equivale más o menos a medio metro.

Collación. Comunidad de vecinos que, en una villa castellana, se asocia con cada parroquia. Por extensión, el barrio que ocupan.

Concejo. Asamblea vecinal de una villa libre. A las tropas de un concejo se las conoce como *milicias concejiles*. Cada concejo cuenta con juez y con varios funcionarios llamados *alcaldes*, todos ellos cargos electivos.

Costanera. Flanco. Ala de una formación militar.

Crespina. Pieza de tela que cubre la parte superior de la cabeza, normalmente atada mediante cintas bajo la barbilla.

Cofia. Versión militar de la crespina. Está acolchada y sirve para aislar el cuero cabelludo del roce del almófar o del yelmo.

Cuadrillo. Virote. Proyectil de ballesta.

Cúfica. Antigua forma de caligrafía árabe más elaborada que la cursiva, de tendencia vertical y líneas rectas.

Curia regia *(curia regis)*. O simplemente conocida como curia. Consejo de gobierno de los reyes cristianos, con miembros permanentes en caso ordinario y compuesto por los más principales de cada reino en caso extraordinario.

Dar al-Hayyar. Antiguo palacio almorávide de Marrakech. Derruido a medias por el primer califa almohade, Abd al-Mumín, para construir la mezquita Kutubiyya.

Dar al-Majzén. Textualmente, casa del gobierno. Palacio califal, en particular el de Marrakech.

Delantera. Cuerpo de vanguardia en un ejército en orden de combate.

Desnaturar. Por parte de un vasallo, romper los vínculos que le ligan a su señor o rey.

Destrero. Del francés *destrier*, caballo de batalla, de gran alzada y potencia.

Dinar. Moneda de oro.

Dírhem. Moneda de plata.

Embrazadura. Cada una de las correas que sostienen el escudo y rodean el brazo del guerrero.

Emir. Rey. A diferencia del califa, que también ostenta el poder espiritual, el emir solo posee el poder político, y de forma limitada.

Espolonada. Arremetida a caballo, normalmente por parte de la fuerza asediada y con el fin de romper las líneas de asedio.

Extremaduras. Comarcas de los reinos cristianos fronterizas con el islam. En Castilla, las comprendidas entre el Duero y el Sistema Central, es decir, entre el reino de Castilla propiamente dicho y el conocido como reino de Toledo. En el caso de Aragón, las tierras llamadas «de frontera», entre el antiguo reino de Zaragoza y los territorios musulmanes. En León, la zona de influencia de Salamanca hacia el sur. Y en Portugal, el entorno de la sierra de la Estrella.

Fondaco. Construcción portuaria que sirve tanto para almacenar género como para alojar a los viajantes.

Fonsadera. Tributo que se satisface al rey para evitar el fonsado u obligación de comparecer en servicio de armas.

Fonsado. Deber militar en caso de movilización real.

Freire. Caballero profeso de alguna de las órdenes religiosas militares.

Gambesón. Camisa acolchada que protege al guerrero. Puede vestirse bajo la loriga.

Garb. Oeste. Se conoce como Garb al-Ándalus a la parte musulmana que linda con los reinos cristianos de Portugal y León. Como derivación de esa palabra, se llamará Algarve a una parte del Garb al-Ándalus.

Gazzula. Tribu bereber del grupo sanhaya. También el cuchillo que usan los miembros de esa tribu, de uso extendido en el Magreb.

Ghuzat (en singular, *ghazi*). Defensores de la fe. Voluntarios que se alistan en los ejércitos musulmanes con el afán de caer como mártires. Por lo general mal armados e indisciplinados, son especialmente numerosos en caso de guerra santa.

Gilala. Túnica o camisa femenina sobre la que usualmente se viste otra prenda.

Guadacelet. Subafluente del Tajo que será conocido como Guazalete.

Guadaxaraz. Afluente del Tajo que será conocido como Guajaraz.

Gualdrapa. Prenda que cubre las ancas del caballo. Puede lucir los colores del caballero.

Gumara. Tribu bereber que habita las montañas del Rif a lo largo del Atlántico hasta Ceuta.

Hafiz. El que conoce el Corán. Los hafices almohades están especialmente educados en la doctrina del Tawhid y adiestrados física e intelectualmente para el liderazgo militar.

Hammam. Baño árabe, de estructura parecida al romano. Cada ciudad cuenta con varios baños públicos y los palacios suelen tener su propio *hammam*.

Harén. Grupo de mujeres de un musulmán. También la dependencia del hogar donde viven dichas mujeres.

Harga. Una de las tribus masmudas. A ella pertenecía el Mahdi, Ibn Tumart.

Haskura. Tribu del Atlas del grupo de los masmudas. No acogió el Tawhid desde el primer momento, por lo que los haskuras son despreciados por los demás masmudas.

Haz. Unidad táctica de caballería, normalmente dispuesta en línea.

Hintata. Una de las tribus masmudas. La más fuerte y de mayor fe.

Hisn al-Farach. Castillo de la Buena Vista. Edificado en las inmediaciones de Sevilla, con el tiempo dará lugar a San Juan de Aznalfarache.

Hisn Salim. Castillo situado en la vertiente sur de Sierra Morena, entre Despeñaperros y La Carolina. Posiblemente el que después será conocido como Castillo de las Navas de Tolosa.

Hisn Santueri. Castillo de Santueri, en el sudeste de la isla de Mallorca.

Huesas. Botas altas.

Hurí. Cada una de las bellísimas vírgenes que acompañan a los buenos musulmanes en el paraíso.

Iblís. Nombre con el que los musulmanes denominan a Satanás.

Ifriqiyya. Territorio del norte de África que con el tiempo coincidirá, más o menos, con Túnez y el este de Argelia.

Infanzón. Hidalgo. Miembro de la baja nobleza.

Inqán. Distrito musulmán de la isla de Mallorca. Con el tiempo dará lugar al municipio conocido como Inca.

Ira regia. Facultad del rey para sancionar a quien incumpla su voluntad o caiga en desgracia. Suele llevar aparejada la ruptura del vasallaje y la pérdida de honores. En ocasiones puede causar hasta el destierro.

Islas Orientales. *Al-Yazair as-Sharqiyya*. Islas Baleares.

Jamete. Seda tejida en relieve.

Janucá. Fiesta de las luces. Conmemora la liberación hebrea de la Siria seléucida.

Jeque. Líder. Normalmente de una facción tribal.

Jutbá. Sermón del viernes.

Kohl. Cosmético para ennegrecer los bordes de los párpados, las pestañas o las cejas.

Leccionario. Libro de coro con textos bíblicos.

Legua. En Castilla, medida de longitud de unos 5,57 kilómetros.

Limosnera. Bolsa de piel para llevar el dinero. Se suele atar al cinto.

Litam. Velo que cubre la parte inferior del rostro, es decir, boca y nariz

Loriga. Equipamiento militar defensivo, normalmente hecho con pequeñas anillas metálicas entrelazadas. También llamada cota de malla. Cubre el torso y los brazos y puede bajar hasta medio muslo.

Magún. Castillo de Mahón, en Menorca.

Mahdi. Mesías. Según las profecías apocalípticas musulmanas, el que habrá de venir para frustrar los planes del anticristo. Ibn Tumart, fundador del credo almohade, fue llamado así: al-Mahdi.

Manaqur. Ciudad de la isla de Mallorca. Con el tiempo se la conocerá como Manacor.

Mangonel. Máquina de guerra de tracción humana que sirve para arrojar proyectiles.

Mantelete. Tablero que sirve de resguardo contra los flechazos del enemigo asediado. Se alinea normalmente en la albarrada, y puede estar forrado e incluso aspillerado.

Maristán. Institución que sirve como hospital y manicomio.

Masmuda. Uno de los grupos tribales bereberes, procedente del Atlas; la base de la que surge el núcleo de los almohades.

Mayordomo. En las cortes cristianas, noble que tiene a su cargo la dirección de la casa real. Es uno de los más cercanos colaboradores del monarca. En el condado de Barcelona, las funciones del mayordomo las cumple, con salvedades, el senescal o *dapifer*.

Mazamute. También *mazmute*. Por *masmuda*. En las crónicas cristianas, almohade.

Medianera. Cuerpo central de una formación de batalla. Suele ser el más denso.

Medina. Ciudad. Para ser más concreto, la parte de ella que queda fuera de la alcazaba o aparte del alcázar.

Merlón. Tramo macizo entre dos almenas. Protege al defensor cuando está en el adarve.

Mesnada. Grupo de guerreros a las órdenes de un señor. El mesnadero recibe, a cambio de su servicio, soldada y armas. Además participa de las ganancias por el combate.

Mezuzah. Estuche empotrado en la jamba de la vivienda judía, en cuyo interior se guarda un pergamino con textos sagrados. Es costumbre tocarlo y besar la mano al salir y entrar.

Minarete. Almínar. Torre de la mezquita desde la que el muecín o almuédano llama a la oración.

Miqná. Velo para la cabeza de la mujer. Sus extremos pueden usarse para envolver y cubrir el rostro.

Miramamolín. Adaptación al romance de la expresión *al-amir al-muminín*; en árabe, príncipe de los creyentes. Título del califa almohade.

Mirqa. Salchicha, normalmente de cordero y sazonada con alguna especia picante.

Mizar. Manto. Tela que envuelve la parte inferior del cuerpo a modo de falda o la cabeza y hombros a modo de velo.

Moharra. Punta de la lanza.

Montazgo. Tributo sobre el pasto del ganado.

Nártex. Atrio o vestíbulo de la iglesia.

Nasal. Pieza del yelmo que baja desde su borde delantero y cubre la nariz.

Niqab. Velo femenino que cubre todo el rostro, aunque deja ver a través de su transparencia, de la urdimbre de hilo o de una pequeña abertura.

Panda. Cada una de las cuatro galerías porticadas que enmarcan el claustro.

Parasanga. Medida de longitud empleada por los musulmanes. De las diversas posibilidades históricas, en la novela se aplica la que considera una parasanga más o menos equivalente a una legua castellana, es decir, unos 5,57 kilómetros.

Paria. Tributo que, en época de supremacía cristiana, pagaban los reinos andalusíes a cambio de protección y para evitar la guerra.

Pellizón. Prenda de abrigo larga, holgada y forrada de piel.

Pendón. Banderola triangular que adorna la lanza del caballero y luce sus colores o blasón. Cumple una función primordial de identificación en combate.

Plumbum. Punta de plomo para marcar márgenes y líneas antes de la escritura.

Pontazgo. Arancel por el cruce de puentes.

Portazgo. Tributo de paso de mercadería.

Príncipe de los creyentes. Título que se da al califa almohade y que lo acredita como cabeza del islam. La cristianización de la expresión árabe *amir al-muminín* dará como resultado la palabra «miramamolín».

Qamís. Camisa.

Qalvyán. Distrito musulmán de la isla de Mallorca. Con el tiempo dará lugar a Calviá.

Qasr Masmuda. Nombre que los almohades dan a Alcazarseguir, en la costa norte de África. Principal puerto almohade para cruzar el Estrecho.

Qerba. Odre hecho de piel de oveja o de cabra.

Rodela. Escudo redondo.

Rumat (en singular, *rami*). Exploradores arqueros del ejército almohade. De origen mayoritariamente almorávide.

Salterio. Libro de coro con salmos.

Sanhaya. En castellano, cenhegí. Grupo tribal del desierto africano cuyos miembros formaron el núcleo del estado almorávide.

Saya. Túnica corta de mangas ajustadas que se ciñe con cinturón.

Sayyid. Señor o jefe de una tribu. En el contexto almohade, especialmente los familiares del califa, a los que este nombra para posiciones de poder político y militar.

Sent Agaiz. Castillo de Santa Águeda, en Menorca.

Shakla. Parche amarillo identificativo para los judíos islamizados en territorio almohade, según decreto de Yaqub al-Mansur.

Sharq. Oriente. El Sharq al-Ándalus comprende las tierras costeras mediterráneas.

Sobrecota. Llamada *pellote* en Castilla. Prenda para vestir sobre la saya.

Sura. Capítulo del Corán.

Sus. Territorio del norte de África situado entre la región de Marrakech y el Sahara.

Tagrí. Entre los andalusíes, guerrero de frontera. Experto en incursiones y en la vida de rapiña, y conocedor del enemigo.

Tahalí. Correa que se cruza en bandolera desde el hombro a la cintura, y que sostiene la vaina de la espada.

Talaba. Estudiantes. Tiene el mismo origen etimológico que la palabra «talibán». Entre los almohades, los *talaba* forman parte de la élite dirigente, con un gran poder político, propagandístico y jurídico.

Talabarte. Cinturón del que penden las vainas para la espada, dagas u otras armas.

Tarida. Nave de carga.

Tawhid. Concepto islámico esencial alrededor del cual gira la doctrina que siguen los almohades, y que está referido a la unicidad de Dios. Por su naturaleza se contrapone a la doctrina malikí, imperante entre los musulmanes andalusíes y los almorávides.

Tenencia. Concesión de un territorio, ciudad o castillo por parte del rey a un señor (el tenente) junto a ciertos poderes sobre ella.

Tinmallal. Una de las tribus masmudas. La huida de Ibn Tumart hacia sus tierras se compara con la hégira. Allí, en la villa de Tinmal, está su tumba, lugar de peregrinación.

Tiracol. Correa del escudo con la que se cuelga del cuello.

Tornafuye. Maniobra consistente en fingir la huida para revolverse y sorprender al enemigo perseguidor.

Trasierra. Tierras al sur del Sistema Central por las que se extendía el llamado reino de Toledo.

Ulema. Conocedor de la doctrina islámica. En árabe es el plural de *alim* (sabio).

Umm walad. Concubina que da un hijo a su amo. Su estatus legal está por encima del de una vulgar esclava, aunque por debajo de la esposa libre.

Valdense. Seguidor de la herejía de Pedro Valdo.

Vara. Medida de longitud antigua. La castellana no alcanza por poco el metro.

Ventalle. Pieza del almófar, y de su mismo material, que se cierra ante boca y nariz; sirve para proteger la parte inferior de la cara.

Velmez. Prenda que se lleva sobre la camisa para proteger el cuerpo del roce de la cota.

Veste. Sobreveste o sobregonel. Prenda que se viste por encima de la loriga y que puede adornarse con señales identificativas. Poco habitual —probablemente— en la época de la novela.

Vestiario. Monje encargado del vestuario y el ajuar.

Virote. Proyectil de ballesta.

Visir. Ministro.

Walí. Valí. Gobernador de una provincia.

Yábal Darán. Cordillera del Alto Atlas.

Yábal Khal. Montañas Negras. Conocidas como Pequeño Atlas o Anti Atlas. Rama meridional de la cordillera del Atlas.

Yadmiwa. Una de las tribus masmudas.

Yamur. Elemento metálico que remata el minarete. Comprende varias esferas o «manzanas» atravesadas por un vástago vertical y colocadas en orden decreciente de abajo arriba.

Yanfisa. Una de las tribus masmudas.

Yantar. Obligación de alimentar al rey cuando visita una población.

Yarid. Bilad al-Yarid o Chott al-Yarid. Desierto salado de Ifriqiyya, en la actual Túnez.

Yartán. Distrito musulmán de la isla de Mallorca. Con el tiempo dará lugar al municipio conocido como Artá.

Yilbab. Vestido femenino, usualmente largo y holgado, que se completa con un pañuelo para el cabello.

Yinn. Espíritu que despierta temor a los árabes, normalmente asociado a lugares desérticos y ruinosos.

Zaga. Cuerpo de retaguardia en una formación de combate. Suele actuar como reserva y en él se sitúa el líder del ejército.

Zanata. Grupo tribal de las llanuras del Magreb, sometido en su día por los almorávides.

Zaragüelles. Calzones.

Zihara. Túnica ligera que se ponen los hombres.

Bibliografía

ALESÓN, F. de: *Annales del Reyno de Navarra,* tomo II, recurso digital, 1766.

ALEXANDER, D.: «Swords and sabers during the early islamic period», en *Gladius,* XXI [en línea], 2001.

— «Jihād and islamic arms and armour», en *Gladius,* XXII [en línea], 2002.

AL-HIMYARI, M.: *Kitab ar-Rawd al-Mitar* (trad. Pilar Maestro González), Valencia, 1963.

AL-IDRĪSĪ: *Los caminos de al-Ándalus en el siglo XII* [en línea], 1989.

AL-MARRAKUSI, A.: *Kitab al-Muyib* (trad. Ambrosio Huici Miranda), Tetuán, 1955.

ALMAGRO GORBEA, A.: «El análisis arqueológico como base de dos propuestas: el Cuarto Real de Santo Domingo (Granada) y el Patio del Crucero (Alcázar de Sevilla)», en *Arqueología de la arquitectura,* n.º 1 [en línea], 2002.

— «El patio del Crucero de los Reales Alcázares de Sevilla», en *Al-qantara: Revista de estudios árabes,* n.º 20 [en línea], 1999.

— «Los Reales Alcázares de Sevilla», en *Artigrama: Revista del Departamento de Historia del Arte de la Universidad de Zaragoza,* Zaragoza, 2007.

— «Planimetría de las ciudades hispanomusulmanas», en *Al-qantara: Revista de estudios árabes,* n.º 8 [en línea], 1987.

ALONSO ÁLVAREZ, R.: «Los promotores de la Orden del Císter en los reinos de Castilla y León: familias aristocráticas y damas nobles», en *Anuario de estudios medievales,* n.º 37/2 [en línea], 2007.

ALTADILL, J.: «El séquito del rey Fuerte», en *Boletín Comisión monumentos de Navarra, III* [en línea], 1912.

ÁLVAREZ BORGE, I.: *Cambios y alianzas: La política regia en la frontera del Ebro en el reinado de Alfonso VIII de Castilla (1158-1214)*, Madrid, 2008.

ALVIRA CABRER, M.: *Guerra e ideología en la España medieval. Cultura y actitudes históricas ante el giro de principios del siglo XIII: batallas de las Navas de Tolosa (1212) y Muret (1213)* [en línea], 2000.

— «La imagen del Miramamolín al Nasir (1199-1213) en las fuentes cristianas del siglo XIII», en *Anuario de estudios medievales*, n.º 26/2 [en línea], 1996.

— *Muret 1213. La batalla decisiva de la cruzada contra los cátaros*, Barcelona, 2008.

— *Pedro el Católico, Rey de Aragón y Conde de Barcelona (1196-1213). Documentos, Testimonios y Memoria Histórica* [en línea], 2010.

—; BEN ELHAJ SOULAMI, J.: «Una misma exclamación del sultán Ṣalāḥ al-Dīn y del Miramamolín al-Naṣir en las batallas de Ḥiṭṭin/ Ḥaṭṭīn (583 H./1187 JC) y al-ʿIqāb/Las Navas de Tolosa (609 H./1212 JC)», en *Anaquel de Estudios Árabes*, vol. 13 [en línea], 2002.

—; SMITH, D. J.: «Política antiherética en la Corona de Aragón: una carta inédita de Inocencio III a la reina Sancha (1203)», en *Acta historica et archaeologica mediaevalia*, n.ºs 27-28 [en línea], 2006-2007.

AMRAN, R.: «El arzobispo Rodrigo Jiménez de Rada y los judíos de Toledo: la concordia del 16 de junio de 1219», en *Cahiers de linguistique et de civilisation hispaniques medievales*, n.º 26 [en línea], 2003.

ANÓNIMO: *Al-Hulal al-Mawsiyya. Crónica árabe de las dinastías almorávide, almohade y benimerín* (trad. Ambrosio Huici Miranda), Tetuán, 1952.

— *Cantar de Mío Cid*. Edición de Enrique Rull, Barcelona, 1994.

— *Poema de Mío Cid*. Adaptación de Leonardo Funés [en línea], 2007.

— *Poema de Mío Cid*. Edición, introducción y notas de Ian Michael, Madrid, 2001.

ARAGONÉS ESTELLA, E.: «La moda medieval Navarra: siglos XII, XIII y XIV», en *Cuadernos de etnología y etnografía de Navarra*, n.º 74 [en línea], 1999.

ARIZAGA BOLUMBURU, B. y BARRENA OSORO, E.: «El litoral

vasco peninsular en la época pre-urbana y el nacimiento de San Sebastián», en *Lurralde, investigación y espacio* [en línea], 1990.

ARIZALETA, A.: «Una historia en el margen: Alfonso VIII de Castilla y la Judía de Toledo», en *Cahiers d'etudes hispaniques medievales*, vol. 28 [en línea], 2005.

AYALA MARTÍNEZ, C. de: «Frontera y órdenes militares en la Edad Media castellano-leonesa (siglos XII-XIII)», en *Studia historica. Historia medieval*, n.° 24 [en línea], 2006.

— «Las fortalezas castellanas de la Orden de Calatrava en el siglo XII», en *En la España medieval*, n.° 16 [en línea], 1993.

— *Las órdenes militares hispánicas en la Edad Media (siglos XII-XV)*, Madrid, 2007.

— «Los obispos de Alfonso VIII», en *Carreiras eclesiásticas no Ocidente cristião (séc. XII-XIV)*, Lisboa, 2007.

AZUAR RUIZ, R.: «Técnicas constructivas y fortificación almohade en al-Ándalus», en *Los almohades: su patrimonio arquitectónico y arqueológico en el sur de al-Ándalus*, Sevilla, 2004.

BAADJ, A.: «Saladin and the Ayyubid Campaigns in the Maghrib», en *Al-Qantara*, XXXIV [en línea], 2013.

BALLESTEROS BERETTA, A.: «Datos para la topografía del Burgos medieval», en *Boletín de la Comisión Provincial de Monumentos Históricos y Artísticos de Burgos*, n.° 79 [en línea], 1942.

BALLESTEROS GAIBROIS, M.: *Don Rodrigo Jiménez de Rada*, Barcelona, 1943.

BARRIOS GARCÍA, A.: *Documentación medieval de la Catedral de Ávila*, Salamanca, 1981.

BASHIR HASAN RADHI, M.: «Un manuscrito de origen andalusí sobre tema bélico», en *Anaquel de estudios árabes*, n.° 2, Madrid, 1991.

BAURY, G.: «Los ricoshombres y el rey en Castilla: el linaje Haro (1076-1322)», en *Territorio, sociedad y poder: revista de estudios medievales*, n.° 6 [en línea], 2011.

BENAVIDES-BARAJAS, L.: *Al-Ándalus. La cocina y su historia (reinos de taifas, norte de África, judíos, mudéjares y moriscos)*, Motril, 1996.

BERNARDO (SANTO): *Sermones de San Bernardo, abad de Claraval, de todo el año, de tiempo y de santos* [en línea], 2009.

BODELÓN, S.: «Carmen Campidoctoris: introducción, edición y traducción», en *Archivum. Revista de la Facultad de Filología*, n.ᵒˢ 44-45 [en línea], 1994.

BORGOGNONI, E.: «Los judíos en la legislación castellana medieval. Notas para su estudio (siglos X-XIII)», en *Estudios de historia de España*, n.º 14 [en línea], 2012.

Bruhn de Hoffmeyer, A.: «Las armas en la historia de la Reconquista», en *Gladius*, vol. especial [en línea], 1988.

Cabañero Subiza, B.: «La Aljafería de Zaragoza», en *Artigrama*, n.º 22 [en línea], 2007.

Camacho Gaspar, L. Y.: *La canción trovadoresca: una nueva imagen de la mujer medieval* [en línea], 2009.

Canellas López, A.: «Relaciones políticas, militares y dinásticas entre la Corona de Aragón, Montpellier y los países de Languedoc de 1204 a 1349», en *Revista de historia Jerónimo Zurita*, n.ºs 53-54 [en línea], 1986.

Cantera Montenegro, E.: «La mujer judía en la España medieval», en *Espacio, tiempo y forma. Serie III, Historia medieval*, n.º 2 [en línea], 1989.

Carabaza Bravo, J. M.: «Las palomas en la agricultura andalusí», en *Dynamis: Acta hispanica ad medicinae scientarumque historiam illustrandam*, n.º 21 [en línea], 2001.

Carmona Fernández, F.: *Lírica románica medieval, Volumen 1* [en línea], 1986.

Carnicero Cáceres, A.: *Guía de indumentaria medieval femenina en los reinos hispanos (1170-1230)* [en línea], 2010.

— Alvira Cabrer, M.: *Guía de indumentaria medieval masculina. Reyes y nobles en los reinos hispanos (1170-1230)* [en línea], 2010.

Carrasco Paez, J.: «Juderías y sinagogas en el reino de Navarra», en *Príncipe de Viana*, Año 63, n.º 225 [en línea], 2002.

Castaño González, J; Avelló Álvarez, J. L.: «Dos nuevos epitafios hebreos en la necrópolis del Castro de los Judíos (Puente del Castro, León), en *Sefarad. Revista de Estudios Hebraicos y Sefardíes*, Año 61, n.º 2 [en línea], 2001.

Castellano Huerta, A.: «Castillos y doblamientos en el marco de la batalla de las Navas de Tolosa», en *Boletín del Instituto de Estudios Giennenses*, n.º 135 [en línea], 1988.

Cerdá, J. M.: «Leonor Plantagenet y la consolidación castellana en el reinado de Alfonso VIII», en *Anuario de estudios medievales*, n.º 42/2 [en línea], 2012.

Cervera Fras, M. J.: «El nombre árabe medieval. Sus elementos, forma y significado», en *Aragón en la Edad Media*, n.º 9 [en línea], 1991.

CONTAMINE, P.: *La economía medieval* [en línea], 2000.

CLEMENTE RAMOS, J.; MONTAÑA CONCHIÑA, J. L. de la: «La Extremadura cristiana (1142-1230). Ocupación del espacio y transformaciones socioeconómicas», en *Historia, instituciones, documentos*, n.º 21 [en línea], 1994.

COLMEIRO, M.: *Cortes de los antiguos reinos de León y Castilla* [en línea], 1884.

CONDE, J. A.: *Historia de la dominación de los árabes en España* [en línea], tomo III, 1844.

CORCHADO Y SORIANO, M.: «Localización del Castillo de Dueñas», en *Cuadernos de estudios manchegos*, n.º 1 [en línea], 1970.

CRESPO ÁLVAREZ, M.: «Judíos, préstamos y usuras en la Castilla medieval. De Alfonso X a Enrique III», en *Edad Media, revista de historia*, n.º 5 [en línea], 2002.

CRESPO LÓPEZ, M.: *Rodrigo Jiménez de Rada. Vida, obra y bibliografía* [en línea], 2015.

DILLARD, H.: *La mujer en la Reconquista*, Madrid, 1993.

DOMÍNGUEZ BERENJENO, E. L.: «La remodelación urbana de Ishbilia a través de la historiografía almohade», en *Anales de Arqueología Cordobesa*, n.º 12 [en línea], 2001.

ESLAVA GALÁN, J.: *Califas, guerreros, esclavas y eunucos. Los moros en España*, Madrid, 2008.

ESTEPA DÍEZ, C.: «Frontera, nobleza y señoríos en Castilla. El señorío de Molina (siglos XII-XIII)», en *Studia historica. Historia medieval*, Salamanca, 2006.

ESTEPA DÍEZ, C.; ÁLVAREZ BORGE, I.; SANTAMARTA LUENGOS, J. M.: *Poder real y sociedad: estudios sobre el reinado de Alfonso VIII (1158-1214)*, León, 2011.

FALCÓN PÉREZ, M. I.: «Las ciudades medievales aragonesas», en *En la España medieval*, n.º 7 [en línea], 1985.

FIERRO BELLO, M. I.: «Revolución y tradición: algunos aspectos del mundo del saber en época almohade», en *Estudios onomástico-biográficos de al-Ándalus*, X, Madrid, 2000.

FITA COLOMÉ, F.: «Bulas históricas del reino de Navarra en los postreros años del siglo XII», en *Boletín de la Real Academia de la Historia*, vol. 26 [en línea], 1895.

— «Sobre monedas de época almohade: I. El dinar del cadí 'Iyād que nunca existió. II. Cuándo se acuñaron las primeras monedas almohades y la cuestión de la licitud de acuñar moneda», en *Al-Qantara*, XXVII, Madrid, 2006.

— «El castigo de los herejes y su relación con las formas del poder político y religioso en al-Ándalus (ss. II/VIII-VII/XIII)», en *El cuerpo derrotado: cómo trataban musulmanes y cristianos a los enemigos vencidos: Península Ibérica, siglos VIII-XIII*, Estudios Árabes e Islámicos, monografías, n.º 15, Madrid, 2008.

— «Algunas reflexiones sobre el poder itinerante almohade», en *e-Spania*, n.º 8 [en línea], 2009.

FONTENLA BALLESTA, S.: «Numismática y propaganda almohade», en *Al-Qantara*, XVIII, Madrid, 1997.

FORTÚN PÉREZ DE CIRIZA, L. J.: «La quiebra de la soberanía navarra en Álava, Guipúzcoa y el Duranguesado (1199-1200)», en *Revista internacional de estudios vascos*, vol. 45 [en línea], 2009.

GALMÉS DE FUENTES, A.: *El amor cortés en la lírica árabe y en la lírica provenzal*, Madrid, 1996.

GARCÍA CUADRADO, A.: *Las Cantigas: El Códice de Florencia*, Murcia, 1993.

GARCÍA FITZ, F.: *Castilla y León frente al islam*, Sevilla, 1998.

— *Las Navas de Tolosa*, Barcelona, 2008.

— *Relaciones políticas y guerra. La experiencia castellano-leonesa frente al islam, siglos XI-XIII*, Sevilla, 2002.

GARCÍA GÓMEZ, E.: *Poemas arabigoandaluces*, Madrid, 1940.

GARCÍA SAINZ DE BARANDA, J.: «Los monteros de Espinosa», en *Boletín de la Institución Fernán González*, n.º 141 [en línea], 1957.

GARULO, T.; HAGERTY, M. J.; AL-RAMLI, M.: *Poesía andalusí*, Madrid, 2007.

GÓMEZ DE ARTECHE, J.: *Descripción y mapas de Marruecos*, Madrid, 1859.

GÓMEZ PÉREZ, J.: «Manuscritos del Toledano», en *Revista de Archivos, Bibliotecas y Museos*, tomo LX [en línea], 1954.

GÓMEZ REDONDO, F.: «El *Poema del Cid* ante la crítica», en *Dicenda: Cuadernos de filología hispánica*, n.º 5 [en línea], 1986.

GONZÁLEZ, J.: *El reino de Castilla en la época de Alfonso VIII: Documentos (1191-1217) e índices*, Madrid, 1960.

— *Índice de documentos reales*, Madrid, 1944.

— *Regesta de Fernando II*, Madrid, 1943.

GONZÁLEZ CABRERIZO, E.: *San Martín de la Finojosa, abad de Huerta y obispo de Sigüenza*, Soria, 1929.

GONZÁLEZ CAÑAL, R.: «De *La desgraciada Raquel* a *La judía de Toledo*: Una autoría complicada», en *La teatralización de la historia en el Siglo de Oro español. Actas del III Coloquio del Au-*

la-Biblioteca Mira de Amescua celebrado en Granada del 5 al 7 de noviembre de 1999 y cuatro estudios clásicos sobre el tema [en línea], 2001.

GONZÁLEZ JIMÉNEZ, M.: «La muerte de los reyes de Castilla y León. Siglo XIII», en *Boletín de la Real Academia Sevillana de Buenas Letras: Minerva Baeticae*, n.º 34 [en línea], 2006.

GONZÁLEZ GONZÁLEZ, J.: «Fijación de la frontera castellano-leonesa en el siglo XII», en *En la España medieval*, n.º 2 [en línea], 1982.

GONZÁLEZ MÍNGUEZ, C.: «El proceso de urbanización de Álava. La fundación de Labraza (1196)», en *Miscelánea medieval murciana*, vols. 21-22 [en línea], 1998-1998.

GONZÁLEZ ZYMILA, H.: «El castillo y las fortificaciones de Calatayud: estado de la cuestión y secuencia constructiva», en *Anales de Historia del Arte*, vol. 22 [en línea], 2012.

GORDO MOLINA, A. G.: *Alfonso IX de León y Berenguela de Castilla. La documentación de Inocencio III respecto a los convenios de paz entre los reinos de León y Castilla. Auctoritas y potestas en la encrucijada peninsular* [en línea], 2008.

GOZALBES BUSTO, G.; GOZALBES CRAVIOTO, E.: «Al-Magrib al-Aqsà en los primeros geógrafos árabes orientales», en *Al-Ándalus Magreb*, n.º 4 [en línea], 1996.

GRANDA GALLEGO, C.: «Otra imagen del guerrero cristiano (su valoración positiva en testimonios del islam)», en *En la España Medieval*, tomo V, Madrid, 1986.

GRAVETT, C.: *Medieval siege warfare*, Osprey P., Elite, 28, Oxford, 1990.

GUTIÉRREZ LLORET, S.: *Elementos del urbanismo de la capital de Mallorca* [en línea], 1987.

HERVÁS HERRERA, M. A.; RETUERCE VELASCO, M.: «La Medina de Calatrava la Vieja en el s. XIII. Una primera aproximación», en *Arqueología y territorio medieval*, n.º 12/2 [en línea], 2005.

HIDALGO BRINQUIS, M. C.: «Técnicas medievales en la elaboración del libro: aportaciones hispanas a la fabricación del pergamino y del papel y a los sistemas de encuadernación», en *Anuario de Estudios Medievales*, n.º 41 [en línea], 2011.

HINOJOSA MONTALVO, J. R.: «Los judíos en la España medieval: de la tolerancia a la expulsión», en *Los marginados en el mundo medieval y moderno: Almería, 5 a 7 de noviembre de 1998* [en línea], 2000.

HUICI MIRANDA, A.: *Historia musulmana de Valencia y su región, novedades y rectificaciones*, vol. 3, Valencia, 1969.

— *Historia política del imperio almohade*, Granada, 2000.

IBÁÑEZ DE SEGOVIA MONDÉJAR (PERALTA Y MENDOZA), G.; VILLANUEVA, C.; CERDÁ Y RICO, F.: *Memorias históricas de la vida y acciones del rey D. Alonso el Noble, octavo del nombre* [en línea], 1783.

IBN ABI ZAR AL-FASI, A.: *Rawd al-Qirtas*, vol. 2 (trad. Ambrosio Huici Miranda), Valencia, 1964.

IBN IDARI AL-MARRAKUSI, M.: *Al-Bayan al-Mugrib* (trad. Ambrosio Huici Miranda), Tetuán, 1953.

— *Al-Bayan al-Mugrib, nuevos fragmentos almorávides y almohades* (trad. Ambrosio Huici Miranda), Valencia, 1963.

IBN MOHAMMED AL-MAKKARI, A.: *The history of the mohammedan dynasties in Spain* (trad. Pascual de Gayangos), Nueva York, 2002.

IBN SAHIB AL-SALA, A.: *Al-Mann bil-Imama* (trad. Ambrosio Huici Miranda), Valencia, 1969.

IZQUIERDO BENITO, R.; RUÍZ GÓMEZ, F.: *Alarcos 1195 = Arak 592:* Actas del Congreso Internacional Conmemorativo del VIII Centenario de la Batalla de Alarcos, Ciudad Real, 1996.

— «Los judíos de Toledo en el contexto de la ciudad», en *Espacio, tiempo y forma*. Serie III, *Historia medieval*, n.º 6 [en línea], 1993.

JIMÉNEZ MAQUEDA, D.: «Algunas precisiones cronológicas acerca de las murallas de Sevilla», en *Laboratorio de Arte*, n.º 9, Sevilla, 1996.

JIMÉNEZ MARTÍN, A.: «Notas sobre la mezquita mayor de la Sevilla almohade», en *Artigrama*, n.º 22 [en línea], 2007.

JIMÉNEZ DE RADA, R.: *Crónica de España por el Arzobispo de Toledo Don Rodrigo Jiménez de Rada, traducida al castellano y continuada por Don Gonzalo de la Hinojosa, Obispo de Burgos, y después por un anónimo hasta 1430* [en línea].

JIMENO ARANGUREN, R.; JIMENO JURÍO, J. M.: *Archivo General de Navarra (1194-1234)* [en línea], 1998.

JONES, L. G.: «"The christian companion": a rhetorical trope in the narration of intra-muslim conflict during the almohad epoch», en *Anuario de Estudios Medievales*, n.º 38/2 [en línea], 2008.

KENNEDY, H.: *Muslim Spain and Portugal: A Political History of Al-Andalus* [en línea], 1996.

LACARRA DE MIGUEL, J. M.; GONZÁLEZ ANTÓN, L.: «Los testamentos de la reina María de Montpellier», en *Boletín de la Real Academia de la Historia*, tomo 177, cuaderno 1 [en línea], 1980.

LADERO QUESADA, M. A.: «Toledo en época de la frontera», en *Anales de la Universidad de Alicante. Historia medieval*, n.º 3 [en línea], 1984.

LÓPEZ DE GUEREÑO SANZ, M. T.: «Santa María de Huerta, panteón de la nobleza castellana», en *De arte: revista de historia del arte*, n.º 6 [en línea], 2007.

MAGALLANES LATAS, F.; BALBUENA TOREZANO, M. del C.: *El amor cortés en la lírica medieval alemana: (Minnesang)*, Sevilla, 2001.

MAILLO SALGADO, F.: «El arabismo "algoz" (al-guzz)», en *Historia, instituciones, documentos*, n.º 26 [en línea], 1999.

MAIRA VIDAL, R.: «Bóvedas sexpartitas: traza, estereotomía y construcción. Monasterio de Santa María de Huerta», en *Actas del Séptimo Congreso Nacional de Historia de la Construcción, Santiago de Compostela, 26-29 octubre de 2011*, vol. 2 [en línea], 2011.

MALALANA UREÑA, A.: «Escalona medieval (1083-1400)», en *Laya (Asociación Cultural Al-Mudayna)*, vol. 1 [en línea], 2011.

— «La evolución de los recintos amurallados castellano-leoneses a lo largo del siglo XII», en *Arqueología y territorio medieval*, Jaén, 2009.

MANN, H. K.: *Lives of the popes in the Middle Ages* [en línea], 1925.

MARÍN, M.: «Signos visuales de la identidad andalusí», en *Tejer y vestir: de la antigüedad al islam*, Estudios árabes e islámicos: monografías, n.º 1 [en línea], 2001.

MARTÍNEZ DÍEZ, G.: *Alfonso VIII, rey de Castilla y Toledo*, Gijón, 1995.

MARTÍNEZ LORCA, A.: «La reforma almohade: del impulso religioso a la política ilustrada», en *Espacio, Tiempo y Forma*, serie III, Hª. Medieval, tomo 17, Madrid, 2004.

MARTÍNEZ MARTÍN, M.: «Claves para una tesis: las murallas medievales de Valladolid», en *Historia, Instituciones, Documentos*, n.º 33 [en línea], 2006.

MARTÍNEZ ORTEGA, R.: *El tratado de Cabreros del Monte (Valla-*

dolid) del año 1206 (Primer documento cancilleresco en romance hispánico): identificación y localización de su toponimia a través de la documentación latina medieval [en línea], 2002.

MARTÍNEZ VAL, J. M.: *La batalla de Alarcos*, Ciudad Real, 1962.

MAS LATRIE L. de.: *Relations et Commerce de l'Afrique Septentrionale ou Magre avec les Nations Chrétiennes au Moyen Âge* [en línea], 2013.

MATEU IBARS, J.: «La confirmatio del "signifer, armiger y alférez" según documentación astur-leonesa y castellana», en *En la España medieval,* n.º 1 [en línea], 1980.

MENÉNDEZ PIDAL, G.: *La España del siglo XIII: leída en imágenes,* Madrid, 1987.

MILÁ Y FONTANALS, M.: De los trovadores en España: Estudio de lengua y poesía provenzal [en línea], 1861.

MIRRET Y SANS, J.: «Itinerario del rey Alfonso I de Cataluña, II en Aragón. III (1186-1196)», en *Boletín de la Real Academia de Buenas Letras de Barcelona,* n.º 16 [en línea], 1904.

MOLINA, L.; MONTANER. A.: «Oliver Pérez, D., El Cantar de Mío Cid: génesis y autoría árabe», en *Al-Qantara,* XXXI/1 [en línea], 2010.

MOLINA MOLINA, A. L.: «Viajeros y caminos medievales», en *Cuadernos de Turismo,* n.º 4 [en línea], 1999.

MONSALVO ANTÓN, J. M.: «Espacios y poderes en la ciudad medieval. Impresiones a partir de cuatro casos: León, Burgos, Ávila y Salamanca», en *Los espacios de poder en la España medieval* [en línea], 2002.

MORA FIGUEROA, L. de: *Glosario de arquitectura defensiva medieval,* Cádiz, 1994.

MUÑOZ RUANO, J.: *Construcciones histórico-militares en la línea estratégica del Tajo* [en línea], 2004.

MURRAY MAS, I.: «Menorca y sus ciudades. Otra rareza menorquina en las Baleares», en *Introducción a la geografía urbana de las Illes Balears,* [en línea], 2006.

NAVAREÑO MATEOS, A.: «El castillo bajomedieval: arquitectura y táctica militar», en *Gladius,* vol. especial [en línea], 1988.

NAVARRO PALAZÓN, J.; GARRIDO CARRETERO, F.; TORRES CARBONELL, J. M.: «Agua, arquitectura y poder en una capital del Islam: la finca real del Agdal de Marrakech (ss. XII-XX)», en *Arqueología de la arquitectura,* n.º 10 [en línea], 2013.

NAVASCUÉS PALACIO, P.: «Introducción al desarrollo urbano de

Madrid hasta 1830», en *Madrid, testimonios de su historia* [en línea], 1979.

NICHOLSON, H.; NICOLLE, D.: *God's warriors. Crusaders, Saracens and the battle for Jerusalem*, Oxford, 2005.

NICOLLE, D.: «The Monreale Capitals and the Military Equipment of Later Norman Sicily», en *Gladius*, XV [en línea], 1980.

— *The Moors: The Islamic West 7th-15th Centuries AD*, Osprey P., Men-at-arms, 348, Oxford, 2001.

— *Medieval Siege Weapons (1): Western Europe AD 585-1385*, Osprey P., New Vanguard, 58, Oxford, 2002.

— *Medieval siege weapons (2): Byzantium, the islamic world & India AD 476-1526*, Osprey P., New Vanguard, 69, Oxford, 2003.

— *Saracen Faris AD 1050-1250*, Osprey P., Warrior, 10, Oxford, 1994.

OLIVER PÉREZ, D.: *El cantar de Mío Cid: génesis y autoría árabe*, Almería, 2011.

— «Réplica a *El Cantar de Mío Cid y su supuesta autoría árabe*. Nota bibliográfica de L. Molina y A. Montaner publicada en *Al-Qantara*, XXXI, 1 (2010)», en *Al-Qantara*, XXXII/2 [en línea], 2011.

ORELLA UNZUÉ, J. L.: «Nacimiento de Gipuzkoa como tenencia navarra de frontera», en *Lurralde: investigación y espacio*, n.º 34 [en línea], 2011.

OSTOS SALCEDO, P.: «La cancillería de Alfonso VIII, rey de Castilla (1158-1214)», en *Boletín Millares Carlo,* n.º 13 [en línea], 1994.

PASCUAL ECHEGARAY, E.: «De reyes, señores y tratados en la Península Ibérica del siglo XII», en *Studia historica. Historia medieval*, n.os 20-21, Salamanca, 2002-2003.

PAVÓN MALDONADO, B.: *Ciudades hispanomusulmanas*, Madrid, 1992.

— *Encrucijada y acoso. Lecturas del plano árabe-mudéjar del Alcázar de Sevilla* [en línea], 2009.

PEDRAZA JIMÉNEZ, F. B.: «La judía de Toledo: génesis y cristalización», en *Marañón en Toledo: (sobre Elogio y Nostalgia de Toledo)* [en línea], 1999.

PEÑA PÉREZ, F. J.: «Los monjes de San Pedro de Cardeña y el mito del Cid», en *Memoria, mito y realidad en la historia medieval: XIII Semana de Estudios Medievales* [en línea], 2003.

PÉRÈS, H.: *Esplendor de al-Ándalus* (trad. Mercedes García-Arenal), Madrid, 1983.

PÉREZ DE CIRIZA, J. F.: *La quiebra de la soberanía Navarra en Álava, Guipúzcoa y el Duranguesado (1199-1200)* [en línea], 1993.

PÉREZ MONZÓN, O.: «Iconografía y poder real en Castilla. Las imágenes de Alfonso VIII», en *Anuario del Departamento de Historia y Teoría del Arte*, n.º 14, Madrid, 2002.

PÉREZ DE URBEL, J.: «Tres notas sobre el Cantar de Mío Cid, en *Boletín de la Institución Fernán González*, n.º 132 [en línea], 1955.

PETREL MARÍN, A.: «¿Pervivencias cristianas bajo dominio islámico en las sierras de Alcaraz y Segura?», en *Mozárabes. Identidad y continuidad de su historia*, XXVIII [en línea], 2011.

PICK, L. K.: «What did Rodrigo Jiménez de Rada Know About Islam?», en *Anuario de Historia de la Iglesia*, vol. 20 [en línea], 2011.

PIPES, D.: *Slave soldiers and islam. The genesis of a military system*, Londres, 1981.

POLITE CAVERO, C. M.: *Guía de indumentaria medieval masculina. Peones ricos o acomodados (1168-1220)* [en línea], 2010.

PORRAS ARBOLEDAS, P. A.: «El derecho de la guerra y de la paz en la España medieval», en *Boletín del Instituto de Estudios Giennenses*, n.º 153, 1, Jaén, 1994.

—; RAMÍREZ VAQUERO, E; SABATÉ, F.: *Historia de España 8. La época medieval: administración y gobierno*, Madrid, 2003.

PRENSA VILLEGAS, L.: «La música en iglesias y monasterios medievales», en *Arte y vida cotidiana en época medieval* [en línea], 2007.

PUENTE, C. DE LA: «Límites legales del concubinato: normas y tabúes en la esclavitud sexual según la Bidāya de Ibn Rušd», en *Al-Qantara*, XXVIII, Madrid, 2007.

PUIG MONTADA, J.: «Averroes, vida y persecución de un filósofo», en *Revista Española de Filosofía Medieval*, n.º 6 [en línea], 1999.

RIAÑO RODRÍGUEZ, T.; GUTIÉRREZ AJA, M. C.: *El Cantar de Mío Cid. 2: fecha y autor del Cantar de Mío Cid* [en línea], 2006.

RÍOS CARRATALÁ, J. A.: «Versiones decimonónicas de la leyenda de la Judía de Toledo», en *Anales de literatura española*, n.º 5 [en línea], 1986-1987.

RIQUER, M. de: *Los trovadores: Historia literaria y textos*, Barcelona, 2011.

RODRÍGUEZ DÍAZ, E. E.: «La industria del libro manuscrito en Castilla. Fabricantes y vendedores de pergamino (ss. XII-XV)», en *Historia, Instituciones, Documentos*, n.º 28 [en línea], 2001.

RODRÍGUEZ-PICAVEA MATILLA, E.: «Aproximación a la geografía de la frontera meridional del reino de Castilla (1157-1212)», en *Cuadernos de Historia Medieval. Secc. Miscelánea* [en línea], 1999.

— «Calatrava. Una villa en la frontera castellano-andalusí del siglo XII», en *Anuario de Estudios Medievales*, vol. 30, n.º 2 [en línea], 2000.

— «Documentos para el estudio de la orden de Calatrava en la meseta meridional castellana (1102-1302)», en *Cuadernos de Historia Medieval*, n.º 2 [en línea], 1999.

— «Orígenes de la Orden del Hospital en el reino de Toledo (1144-1215)», en *Espacio, tiempo y forma. Serie III, Historia medieval* [en línea], 2002.

ROLDÁN GUAL, J. M.: «La cuenca baja del Urumea en los siglos XI y XII. Un espacio neohistórico guipuzcoano en mutación», en *Lurralde, investigación y espacio*, n.º 8 [en línea], 1985.

ROSELLÓ BORDOY, G.: *El Islam en las Islas Baleares: Mallorca musulmana según la Remembrança de Nunyo Sanç y el Repartiment de Mallorca* [en línea], 2007.

RUBIERA MATA, M. J.: *Literatura hispanoárabe*, Alicante, 2004.

RUIZ GÓMEZ, F.: «La Mancha en el siglo XII. Sociedades, espacios, culturas», en *Studia historica. Historia medieval*, n.º 24 [en línea], 2006.

— «Los hijos de Marta, las Órdenes Militares y las tierras de La Mancha en el siglo XII», en *Hispania*, n.º 62 [en línea], 2002.

SAFI, N.: *El tratamiento de la mujer árabe y hebrea en la poesía andalusí* [en línea], 2012.

SALVADOR MARTÍNEZ, H.: «Matrimonio de Alfonso IX de León con Berenguela de Castilla. Una historia de intrepidez femenina», en *Arguitorio*, n.os 29/28 [en línea], 2012.

SÁNCHEZ JIMÉNEZ, A.: *La literatura en la corte de Alfonso VIII de Castilla* [en línea], 2001.

SÁNCHEZ DE MORA, A.: *La nobleza castellana en la Plena Edad Media. El linaje de los Lara (ss. XI-XIII)* [en línea], 2003.

SEDRA, M. I.: «La ville de Rabat au VI/XII siècles: le project d'une nouvelle capitale de l'empire almohade?», en *Al-Andalus Magreb*, n.º 15 [en línea], 2008.

SERRANO, L.: *El obispado de Burgos y Castilla primitiva: desde el siglo V al XIII* [en línea], 1935.

SERRANO-PIEDECASAS FERNÁNDEZ, L.: «Elementos para una historia de la manufactura textil andalusí (siglos IX-XII)», en *Studia historica. Historia medieval*, n.º 4, Salamanca, 1986.

SHADIS, M.: *Berenguela of Castile (1180-1246) and Political Women in the High Middle Ages* [en línea], 2009.

SORIA, V.: «Fortalezas, castillos y torres de la Extremadura Medieval», en *Gladius*, VIII [en línea], 1969.

TERÉS SÁDABA, E.: *Materiales para el estudio de la toponimia hispanoárabe. Nómina fluvial* [en línea], 1986.

TOLOSA IGUALADA, M.: «Aproximación a la actividad traductora en el al-Ándalus de los siglos XII y XIII», en *Interlingüística*, n.º 14 [en línea], 2003.

TRIKI, H.: *Itinerario cultural de almorávides y almohades: Magreb y Península Ibérica*, Granada, 1999.

UBIETO ARTETA, A.: «El sentimiento antileonés en el Cantar de Mío Cid», en *En la España medieval*, n.º 1 [en línea], 1980.

VANACKER, C.: «Géographie économique de l'Afrique du Nord selon les auteurs arabes du IXe siècle au milieu du XIIe siècle», en *Annales. Économies, Sociétés, Civilisations*, n.º 3 [en línea], 1973.

VARA THORBECK, C.: *Las Navas de Tolosa*, Barcelona, 2012.

VEAS ARTESEROS, F. A.; VEAS ARTESEROS, M. C.: «Alférez y mayordomo real en el siglo XIII», en *Miscelánea medieval murciana*, vol. 12 [en línea], 1985.

VEGECIO RENATO, F.: *Epitoma Rei Militaris* [en línea].

VEGLISON ELÍAS DE MOLINS, J.: *La poesía árabe clásica*, Madrid, 1997.

VIGUERA MOLINS, M. J.: «Las reacciones de los andalusíes ante los almohades», en *Los almohades: problemas y perspectivas* [en línea], 2005.

VITA DA VILA, M.: «Repoblación y estructura urbana de Ávila en la Edad Media», en *La ciudad y el mundo urbano en la historia de Galicia* [en línea], 1988.

VON SCHACK, A. F.: *Poesía y arte de los árabes en España y Sicilia* [en línea], 2003.

VV. AA.: *III jornadas de canto gregoriano. Scriptoria y códices aragoneses*, Zaragoza, 1999.

VV. AA.: *Anales del Instituto General y Técnico de Valencia. Número I*, Valencia, 1916.

VV. AA. *Árboles y arbustos en Al-Ándalus*, Madrid, 2004.

VV. AA.: «Actas de las I Jornadas sobre historia de las Órdenes Militares», en *Revista de Historia Militar*, n.º extraordinario, Madrid, 2000.

VV. AA.: *Anthologica Annua. Publicaciones del Instituto Español de Estudios Eclesiásticos*, n.º 2 [en línea], 1954.

VV. AA.: «Conquistar y defender: los recursos militares en la Edad Media hispánica», en *Revista de historia militar*, vol. especial [en línea], 2001.

VV. AA.: *Construir la identidad en la Edad Media: Poder y memoria en la Castilla de los siglos VII a XV* [en línea], 2010.

VV. AA.: «Ciudades de al-Ándalus», en *Atlas de Historia del territorio de Andalucía*, Sevilla, 2009.

VV. AA.: *El legado material hispanojudío*, Toledo, 1998.

VV. AA.: *Juderías y sinagogas de la Sefarad medieval*, Toledo, 2001.

VV. AA.: *La ciudad medieval: de la casa al tejido urbano*, Cuenca, 2001.

VV. AA.: *Los caminos de la exclusión en la sociedad medieval: pecado, delito y represión* [en línea], 2012.

VV. AA.: *Vida y muerte en el monasterio románico*, Aguilar de Campoo, 2004.

ZADERENKO, I.: «Per Abbat en Cardeña», en *Revista de literatura medieval*, n.º 20 [en línea], 2008.

ZURITA, J.: *Anales de la Corona de Aragón* [en línea], 2003.